Bruce Sunstein

Brookline, MA
May 2000

Alexandre Dumas

Vingt ans après

Préface de Dominique Fernandez
Avec une vie de Dumas
par Léon-François Hoffmann

Gallimard

PRÉFACE

Alexandre Dumas n'est-il qu'un amuseur ? Ou peut-il prétendre au titre d'écrivain ? Faut-il le reléguer au rang des auteurs pour la jeunesse, ou lui donner une place dans l'histoire littéraire ? Sa fécondité, sa bonne humeur, sa franchise galopante, sa verve picaresque, le débridé de son style, tout ce qui le recommandait à l'admiration de ses contemporains le rend suspect à notre époque qui a fait de la littérature une religion et méprise les livres qu'on avale sans effort.

Pourtant, le mouvement qui se dessine dans la seconde moitié de ce siècle en faveur d'une culture moins élitaire pourrait rendre ses chances à Dumas. Des romans qui ne sont pas réservés aux professionnels de la littérature, quelle aubaine ! Des romans qui racontent une histoire, avec de vrais sujets, un vrai milieu, de vrais personnages ! Si on proclame de toutes parts aujourd'hui la mort du roman, c'est bien qu'il s'est tué lui-même, en se vidant de tout contenu. Né pour être à la fois une œuvre d'art, une étude psychologique et un document sociologique, ayant maintenu jusqu'à la fin du XIXe siècle cette triple exigence, le roman est tombé aujourd'hui au pouvoir des grammairiens qui le réduisent à un pur exercice d'écriture.

Si un jour il retrouve son souffle et son âme, ce sera peut-être d'abord sous la forme du roman d'aventures, parce que le roman d'aventures oblige à être clair, précis, à filer droit sur le but, à montrer les hommes en action. Alors Dumas, au lieu de paraître un attardé, fera figure de précurseur.

Enfin, celui qui ayant dit : « Livres pour enfants, littérature pour la jeunesse », croit avoir prononcé un jugement négatif, ferait bien de s'aviser que les contes de Perrault, les contes de Grimm, les romans de la comtesse de Ségur ou les voyages extraordinaires de Jules Verne, pour ne citer que ces textes-là, ont révélé, à la lumière des méthodes modernes de lecture, un sens caché aussi sérieux que celui qui circule chez les « grands » auteurs. Il serait temps de s'apercevoir que Dumas, lui aussi, a ses obsessions, ses fantasmes, son monde souterrain, que lui aussi, sous une fiction amusante, canalise quelques-uns des plus puissants mythes qui font rêver l'humanité. Quand on pense que de sottes classifications littéraires reléguaient il n'y a pas si longtemps encore Cervantès, Swift ou Herman Melville dans le ghetto des écrivains pour l'enfance !

On l'appelle Dumas père pour le distinguer du comédiographe de La Dame aux camélias, son fils, mais il mérite de garder ce nom pour la fertilité de son génie, le nombre de ses livres et l'aisance inouïe avec laquelle il créa ou recréa des milliers de personnages. Non moins généreux de son temps que de sa plume, on sait qu'il changeait de maîtresse aussi facilement que d'habit, qu'il entretenait une douzaine d'animaux, invitait jusqu'à six cents personnes à dîner et se multiplia en trop d'enfants pour qu'on puisse les compter, tous naturels, et chacun d'une mère différente. Ses livres aussi, à vrai dire, sont tous un peu bâtards : sur les quatre-vingt-onze pièces de théâtre et la centaine de romans qu'il a écrits, sans compter la série non moins abondante de ses Mémoires et de ses Impressions de voyage (277 volumes en tout !), il y en a peu, paraît-il (mais le point reste controversé), qui ne doivent quelque chose à l'un ou l'autre (en premier lieu Auguste Maquet) des collaborateurs qu'il exploitait, en les récompensant généreusement.

Voilà des circonstances, certes, qui contribuent à expliquer le peu d'estime dont l'œuvre de Dumas jouit auprès du public lettré. On lui reprocherait moins d'avoir eu un atelier de romans produisant à la chaîne si, au lieu de vivre en plein XIXᵉ siècle, au moment où l'individualisme à outrance devenait la règle du bon écrivain, il était né à Florence au temps de Benvenuto Cellini, à Venise à l'époque du Titien ou à Anvers à celle de Rubens. Et puis, notre siècle se représente les créateurs comme des fils, des Fils en lutte obscure contre un Œdipe qui les accable, des Fils blessés et frustrés qui se vengent par la création. Un créateur qui se pose lui-même en père, qui se conduit en Père absolu, éveille inévitablement nos soupçons.

La fécondité ! Quelle horrible tare, si la littérature doit n'être qu'un effort douloureux pour s'arracher à ses fantômes ! Les Trois Mousquetaires *avaient paru en 1844. Dès 1845,* Vingt ans après *est écrit. Les livraisons se suivent quotidien-*

nement dans les pages du Siècle, *un des premiers journaux à grand tirage qui valent à leurs rédacteurs une audience véritablement populaire. La même année 1845, Dumas, toujours en feuilletons, donne* Le Comte de Monte-Cristo *au* Journal des débats, La Reine Margot *à* La Presse, Le Chevalier de Maison-Rouge *à* La Démocratie pacifique, Une fille du Régent *au* Commerce.

D'où, peut-être, la légende qu'il ne « construisait » pas, qu'il n'en avait pas le temps. Quoi de plus construit, au contraire, que l'ensemble formé par Les Trois Mousquetaires *et* Vingt ans après ? *Le second volet correspond symétriquement au premier, avec un sens des proportions qui aurait dû plaire à Proust. À la place de Richelieu, un autre cardinal, Mazarin. À la place des deux faits historiques célèbres de 1628, le siège de La Rochelle et l'assassinat de Buckingham, les deux faits non moins historiques ni moins célèbres de 1648 : la Fronde de Paris, le procès et la mort de Charles Ier. La France et l'Angleterre, toujours, et toujours les quatre amis escortés de leurs quatre valets, mais vingt ans plus tard, justement. Le temps qui s'est écoulé ne figure pas seulement dans le titre : on le sent qui a passé. Les mousquetaires perdus deviennent des mousquetaires retrouvés : Dumas, parmi les romanciers de la durée et de la mélancolie, peut revendiquer un petit tabouret au pied des trônes augustes de Chateaubriand et de Proust.*

Sa grand-mère était une esclave noire de Saint-Domingue, et son père, connu pour sa force herculéenne (il pouvait, en s'accrochant à une poutre, soulever du sol un cheval coincé entre ses cuisses), un général d'Empire, mortifié et brimé par Napoléon qui le disgracia, brisa sa carrière et le ruina, simplement parce que cet officier avait émis quelques réserves sur la politique trop personnelle du chef de l'expédition d'Égypte. Doublement humilié dans le monde des barons du régime, une fois par la couleur de sa peau, une autre fois par l'arbitraire de son maître, le général Dumas transmit à son fils Alexandre un sentiment amer de frustration. On en retrouve toute la secrète violence dans deux romans au moins, Georges, *récemment réexhumé de l'oubli, et le fameux* Comte de Monte-Cristo. *Mais dans* Les Trois Mousquetaires *aussi et dans* Vingt ans après, *le souvenir des injustices subies et le besoin d'une vengeance à satisfaire ne sont pas étrangers à l'énergie chevaleresque que Dumas prête à d'Artagnan.*

Des origines si singulières du romancier, retenons encore ceci : Dumas arriva dans la République des Lettres, française et bourgeoise, avec un sang mêlé et la fougue réunie du primitif et du militaire. Ce que Victor Hugo, né la même année que lui, et comme lui fils d'un général d'Empire, dut aller chercher en Espagne, en Italie et chez les sombres burgraves, Dumas le portait en lui-même. D'où le caractère moins littéraire et moins enflé de sa « barbarie ». Jamais de chantage au sentiment chez lui, jamais de pathos. Cette économie de moyens fait de lui notre seul romantique sec, maigre et véloce. Car romantique, il l'était ! On oublie que ses pièces faisaient autant scandale que celles de Hugo, que le tumulte d'Antony fit pendant à la bataille d'Hernani, et que dans les années 1830 il était considéré comme un des porte-parole de la nouvelle école.

Il disputait Marie Dorval à Alfred de Vigny et demanda à Chateaubriand d'être témoin à son mariage.

Romantique, oui, mais sans larmes, sans tremblements dans la voix, romantique avec esprit. De la belle duchesse de Chevreuse, il parle en ces termes : « Elle avait toujours ses beaux cheveux blonds, ses grands yeux vifs et intelligents que l'intrigue avait si souvent ouverts et l'amour si souvent fermés. » (Vingt ans après, *chapitre* XXII). *Combien de fois, ainsi, est-on surpris (mais on ne devrait plus l'être) de trouver chez ce gros butor des* mass media *une alacrité, une nervosité d'ancien régime qui le rapproche de Stendhal plus que de Balzac !*

Que Dumas s'intéressait au langage, on en a d'ailleurs d'autres preuves. Toujours dans Vingt ans après, *il s'amuse énormément à faire estropier les mots par le duc de Beaufort, donnant à entendre par là que le langage universel est un mythe, et que la façon dont chacun parle reflète sa condition culturelle et sociale.*

S'il est vrai qu'il a hérité, par son père, du sang de primitif et de la sève de militaire, Dumas trahit cette double ascendance dans le jugement qu'il porte sur les femmes.

Ou bien, comme Diane de Méridor, l'héroïne de La Dame

de Monsoreau, *ce sont des victimes innocentes, au teint d'albâtre, au cœur sublime, palpitantes d'un grand amour, sans défense contre les malandrins, blanches agnelles bêlantes créées pour le repos du bretteur. Ou bien, comme l'immortelle* Milady *des* Trois Mousquetaires *dont le souvenir hante encore les héros de* Vingt ans après, *ce sont des esprits du mal, des vampires sortis de l'enfer, des monstres d'ambition et de cruauté, des cœurs de marbre sous l'enveloppe d'une beauté satanique.*

On peut sourire, sans doute, de cette division manichéenne entre les purs anges et les purs démons, encore que de grands esprits comme Balzac ne soient pas loin d'y souscrire, et que notre époque ne fasse nullement la fine bouche lorsque les femmes fatales qu'elle admire s'appellent Hérodiade, Salomé ou Méduse. Seulement, au lieu de sortir de l'imagination saine et robuste d'Alexandre Dumas, elles portent témoignage de l'esprit fin de siècle. Tel est le prestige de la mode décadente aujourd'hui, qu'on trouve simpliste et primaire, ou suggestif et mystérieux, le même fantasme féminin, selon qu'il émane d'un quarteron obèse ou de tempéraments réputés délicats, Mallarmé, Oscar Wilde, Gustave Moreau.

Le quarteron obèse avait une intuition pénétrante des secrets du cœur humain. Le partage du monde entre des femmes entièrement bonnes et des femmes entièrement mauvaises exprime assez bien, selon les psychologues modernes, le mélange de fascination et d'horreur qui saisit le jeune homme moyen occidental devant l'énigme de l'autre sexe. Diane de Méridor et Milady, comme dans Le Lys dans la vallée *la comtesse de Mortsauf et lady Dudley, représentent, pour quiconque a été élevé dans la théologie chrétienne de la chair ou dans la religion puritaine du péché, les deux pôles du Bien et du Mal féminins, c'est-à-dire la Mère et la Prostituée, celle qu'on vénère sans la toucher et celle qu'on s'approprie en la méprisant. Est-il sûr qu'il n'y ait pas encore aujourd'hui, en France même sans parler de pays comme l'Italie, une majorité d'hommes qui continuent à être incapables de se représenter la femme sous un autre aspect qu'un de ces deux-là ?*

Et voici d'autres signes d'une admirable connaissance, non pas de quelque superficielle et anecdotique « psychologie », mais des grandes structures du comportement.

Pendant les huit cents pages de La Dame de Monsoreau, *Alexandre Dumas décrit les innombrables ruses ou violences par lesquelles le duc d'Anjou tente de s'emparer de Diane de Méridor, toujours contrecarré par Bussy d'Amboise, l'autre prétendant. On croit vraiment que le duc aime passionnément la jeune femme. Puis, tout à coup, dans les dernières pages, après que Bussy a été tué dans l'embuscade que le duc lui a tendue, alors que le chemin vers Diane est enfin libre, l'auteur déclare, comme par inadvertance, que le duc regarda à peine sa conquête et cessa aussitôt de s'y intéresser. « Et Diane ? demanda Aurilly. » « Ma foi, je ne suis plus amoureux. »*

Ce qui est prodigieux ici, c'est la modestie de l'auteur devant sa découverte. « Je ne suis plus amoureux. » Un point c'est tout. Aucun commentaire. Une simple remarque jetée en passant. Pourtant, dire que le duc n'éprouve plus rien pour Diane depuis qu'il n'a plus à la ravir à Bussy, c'est énoncer cette loi fondamentale de l'amour, qu'il naît de l'excitation de se mesurer à un tiers. La situation triangulaire est à l'origine de tout désir. Voilà pourquoi tant de jeunes gens font une cour enthousiaste tant qu'ils doivent conquérir leur fiancée, puis deviennent des maris éteints. Voilà pourquoi, si elles veulent les ranimer, les épouses ont intérêt à provoquer leur jalousie. La fascination du tiers dans la relation amoureuse est un des thèmes préférés de Dostoïevski. On sait aussi que n'importe quel objet de commerce ne devient désirable que par rapport aux personnes qui le possèdent déjà : je n'ai envie de cette voiture que parce que je vois qu'elle appartient à d'autres, que parce que je vois qu'elle plaît à d'autres. La publicité moderne et l'exploitation de la mode reposent sur des connaissances de ce genre-là.

Freud donne une explication globale du phénomène triangulaire. L'amant qui a besoin de disputer la femme aimée à un quelconque possesseur ne fait que reproduire le petit garçon qui était dans la nécessité de disputer sa mère à son père. La relation triangulaire perpétue dans l'âge adulte le schéma enfantin de l'Œdipe, Freud ! Œdipe ! Ne nous sommes-nous pas éloignés un peu trop de Dumas ?

Le chapitre XCVI *de* Vingt ans après *vient nous donner à point nommé une réponse. Raoul, vicomte de Bragelonne, est le fils qu'Athos et la duchesse de Chevreuse ont eu il y a quinze ans. Ils s'étaient rencontrés, par le plus grand des hasards, dans un presbytère du Limousin, elle déguisée en lingère et fuyant sous le nom de Marie Michon les sbires du cardinal de Richelieu, lui cavalier anonyme chargé d'une mission en province. De leur liaison d'une nuit cet enfant était né. Le mousquetaire l'avait ensuite recueilli. Au chapitre* XXII *de* Vingt ans après, Athos *apprend tout à la duchesse, y compris l'existence de ce Raoul qu'elle avait abandonné nouveau-né et perdu de vue depuis. Mais le jeune homme, lui, ne sait toujours rien. Tel Œdipe, il ignore le secret de ses origines.*

Nous voici maintenant au chapitre XCVI. *La duchesse et Athos se demandent ce qu'ils vont faire de Raoul, au milieu de tous ces troubles de la Fronde. Ce garçon de quinze ans est fort beau, et la duchesse encore des plus séduisantes.*

« — M. de Bragelonne reste-t-il à Paris ? dit-elle.

— Qu'en pensez-vous ? demanda Athos.

— Laissez-le-moi, reprit la duchesse.

— Non pas, Madame ; si vous avez oublié l'histoire d'Œdipe, moi, je m'en souviens. »

Freud avait quatorze ans quand Alexandre Dumas mourut. Le petit-fils de l'esclave nègre avait devancé le professeur viennois dans la relecture de Sophocle et de Shakespeare.

Pour manier les hommes, les faire parler, boire, chevaucher, se poursuivre, s'entre-tuer, Dumas est incomparable ; et les résistances qu'il soulève chez ses lecteurs cultivés sont peut-être plus révélatrices de leurs préjugés que de ses insuffisances. On ne lui pardonne pas d'avoir avec les choses, avec le réel, un rapport simple et immédiat. Dumas ne se pose jamais le problème du pourquoi de l'existence. Le monde le prend à la gorge, et il le provoque à son tour pour ne pas se laisser suffoquer. D'où cet entrain endiablé qui est sa marque propre, cette fureur de mouvement et ce choix de héros, bretteurs comme Bussy d'Amboise, mousquetaires comme les trois ou quatre légendaires amis, aventuriers comme Joseph Balsamo. Avec Dumas, on n'est jamais en repos, on court à la vitesse même du temps. C'est tout le contraire de l'écrivain moderne qui, affligé d'une sorte de myopie mentale, ne réussit à rejoindre le réel qu'à la suite d'accommodations pénibles. Dumas a mis en scène, dans Joseph Balsamo, *Jean-Jacques Rousseau, le type même de l'intellectuel moderne, qu'il a dépeint, non sans malice ni*

ironie, seul, malade et coupé du monde dans sa mansarde pari-
sienne : l'anti-d'Artagnan.

Il y aurait donc, sous le simplisme apparent de Dumas, le
propos délibéré de contester un certain style de vie et de pensée
qui allait s'imposer à toute l'intelligentsia occidentale. Refusant l'alternative entre la platitude bourgeoise et la tour
d'ivoire de l'élu, il propose le modèle archaïque du chevalier
d'aventures.

Ce n'est pas un hasard s'il est l'auteur, aussi, d'un Grand
Dictionnaire de cuisine. Gourmand de choses, de faits et de
mots, Dumas ignore cette anorexie contemplative qui est notre
mal du siècle. Devant une pomme, au lieu de s'abîmer dans une
stupeur rêveuse, il étend la main, s'en empare et la mange. Ce
qui ne veut pas dire qu'il n'ait point soupçonné le caractère
relatif de toute chose et les mille facettes de la réalité. La scène
où Chicot, dans La Dame de Monsoreau, persuade le gros et
gras moine Gorenflot de manger un vendredi une poularde en la
lui faisant baptiser carpe, voilà non seulement une grande scène
comique, mais aussi un morceau d'acrobatie pyrrhonienne.
À quoi servent Athos, Porthos et Aramis, sinon à nous montrer les choses par d'autres yeux que ceux du trop candide
d'Artagnan et à nous donner sur un même événement quatre
points de vue dissemblables ? Si Dumas par certains côtés peut
apparaître comme un petit cousin de Dostoïevski, on le verra
plus volontiers encore en grand frère de Pirandello.

Revenons un moment sur le thème du roman d'aventures. Le
mépris qui s'attache à cette formule ! Comme si par « aventures » il fallait entendre seulement les coups de rapière, les
poursuites au galop, les évasions ! La quadripartition de
Dumas en d'Artagnan, Aramis, Porthos et Athos, voilà la
véritable aventure du cycle des Mousquetaires : la projection de
l'auteur en quatre doubles différents. Ce n'est pas le côté cape et
épée qui permet de définir les romans de Dumas comme des
romans d'aventures : c'est la surabondance de ces dédouble-
ments. Quels sont les plus grands romans d'aventures du
XIXᵉ siècle ? Les romans de Stendhal. Au lieu de se raconter
lui-même, de se livrer à une confession forcément étriquée,
comme tant de jeunes romanciers aujourd'hui, l'auteur de
romans d'aventures est celui qui se demande : qu'aurais-je fait

si au lieu d'être né dans tel pays, à telle époque, de telle famille, j'étais né sous un autre ciel, avec des coordonnées différentes ? Par exemple, si au lieu d'être le fils d'un avocat grenoblois, j'étais né d'un charpentier de Franche-Comté ? Ou d'un marquis italien ? Ou d'un homme politique parisien ? Si au lieu d'être né garçon, j'étais né fille ? Quelles aventures en effet ! Et quels livres merveilleux : non pas les souvenirs d'un bourgeois de province, le petit roman « psychologique » bien français, mais Le Rouge et le Noir, La Chartreuse de Parme, Lucien Leuwen, Lamiel...*

L'idée des quatre mousquetaires dérive un peu du même principe. Voyons, a pu se dire Dumas, il y a en moi un bravache impénitent, un libertin de l'ancien régime, un capitaliste du nouveau, plus un nostalgique du mystère. Eh bien ! au lieu d'assommer le lecteur en lui exposant les diverses faces de mon caractère, incarnons-en chacune dans un personnage différent. Et au lieu de ressasser mon passé dans une autobiographie narcissique, lançons d'Artagnan, Aramis, Porthos et Athos sur les routes de l'avenir ! Que je m'éprouve à travers eux tel que j'aurais pu vivre dans un autre siècle, sous une autre identité ! Cette attitude n'est plus guère comprise des romanciers contemporains, obsédés qu'ils sont, depuis Proust et Freud, par le retour en arrière, par l'analyse rétrospective. L'esprit d'enfance, pourtant, c'est aussi de regarder devant soi, d'inventer du nouveau, d'imaginer qu'on est à la fois le même et un autre...

La contemplation du même, en tout cas, a stérilisé le roman. Au secours, mousquetaires !

Dominique Fernandez.

Vingt ans après

LE FANTÔME DE RICHELIEU

Dans une chambre du Palais Cardinal que nous connaissons déjà, près d'une table à coins de vermeil, chargée de papiers et de livres, un homme était assis la tête appuyée dans ses deux mains.

Derrière lui était une vaste cheminée, rouge de feu, et dont les tisons enflammés s'écroulaient sur de larges chenets dorés. La lueur de ce foyer éclairait par-derrière le vêtement magnifique de ce rêveur, que la lumière d'un candélabre chargé de bougies éclairait par-devant.

A voir cette simarre rouge et ces riches dentelles, à voir ce front pâle et courbé sous la méditation, à voir la solitude de ce cabinet, le silence des antichambres, le pas mesuré des gardes sur le palier, on eût pu croire que l'ombre du cardinal de Richelieu était encore dans sa chambre.

Hélas! c'était bien en effet seulement l'ombre du grand homme. La France affaiblie, l'autorité du roi méconnue, les grands redevenus forts et turbulents, l'ennemi rentré en deçà des frontières, tout témoignait que Richelieu n'était plus là.

Mais ce qui montrait encore mieux que tout cela que la simarre rouge n'était point celle du vieux cardinal, c'était cet isolement qui semblait, comme nous l'avons dit, plutôt celui d'un fantôme que celui d'un vivant; c'étaient ces corridors vides de courtisans, ces cours pleines de gardes; c'était le sentiment railleur qui montait de la rue et qui pénétrait à travers les vitres de cette chambre ébranlée par le souffle de toute une ville liguée contre le ministre; c'étaient enfin des bruits lointains et sans cesse renouvelés de coups de feu, tirés heureusement sans but et sans résultat, mais seulement pour faire voir aux gardes, aux Suisses, aux mousquetaires et aux soldats qui environnaient le Palais-Royal, car le Palais Cardinal lui-même avait changé de nom, que le peuple aussi avait des armes.

Ce fantôme de Richelieu, c'était Mazarin.

Or, Mazarin était seul et se sentait faible.

— Étranger! murmurait-il; Italien! voilà leur grand mot lâché! Avec ce mot, ils ont assassiné, pendu et dévoré Concini , et, si je les laissais faire, ils m'assassineraient, me pendraient et me dévoreraient comme lui, bien que je ne leur aie jamais fait d'autre mal que de les pressurer un peu. Les niais! ils ne sentent donc pas que leur ennemi, ce n'est point cet Italien qui parle mal le français, mais bien plutôt ceux-là qui ont le talent de leur dire des belles paroles avec un si pur et si bon accent parisien.

« Oui, oui, continuait le ministre avec son sourire fin, qui cette fois semblait étrange sur ses lèvres pâles, oui, vos rumeurs me le disent, le sort des favoris est précaire; mais, si vous savez cela, vous devez savoir aussi que je ne suis point un favori ordinaire, moi! Le comte d'Essex avait une bague splendide et enrichie de diamants que lui avait donnée sa royale maîtresse; moi, je n'ai qu'un simple anneau avec un chiffre et une date*, mais cet anneau a été bénit dans la chapelle du Palais-Royal; aussi, moi, ne me briseront-ils pas selon leurs vœux. Ils ne s'aperçoivent pas qu'avec leur éternel cri : « A bas le » Mazarin! » je leur fais crier tantôt vive M. de Beaufort, tantôt vive M. le Prince, tantôt vive le Parlement! Eh bien! M. de Beaufort est à Vincennes, M. le Prince ira le rejoindre un jour ou l'autre, et le Parlement … »

Ici le sourire du cardinal prit une expression de haine dont sa figure douce paraissait incapable.

— Eh bien! le Parlement… nous verrons ce que nous en ferons du Parlement; nous avons Orléans et Montargis. Oh! j'y mettrai le temps; mais ceux qui ont commencé à crier A bas le Mazarin! finiront par crier A bas tous ces gens-là, chacun à son tour. Richelieu, qu'ils haïssaient quand il était vivant, et dont ils parlent toujours depuis qu'il est mort, a été plus bas que moi; car il a été chassé plusieurs fois, et plus souvent encore il a craint de l'être. La reine ne me chassera jamais moi, et si je suis

---

* On sait que Mazarin, n'ayant reçu aucun des ordres qui empêchent le mariage, avait épousé Anne d'Autriche. Voir les *Mémoires* de Laporte, ceux de la princesse Palatine. (*Note de l'édition originale.)*

contraint de céder au peuple, elle cédera avec moi; si je fuis, elle fuira, et nous verrons alors ce que feront les rebelles sans leur reine et sans leur roi. Oh! si seulement je n'étais pas étranger, si seulement j'étais Français, si seulement j'étais gentilhomme!

Et il retomba dans sa rêverie.

En effet, la position était difficile, et la journée qui venait de s'écouler l'avait compliquée encore. Mazarin, toujours éperonné par sa sordide avarice, écrasaït le peuple d'impôts, et ce peuple, à qui il ne restait que l'âme, comme le disait l'avocat général Talon, et encore parce qu'on ne pouvait vendre son âme à l'encan, le peuple, à qui on essayait de faire prendre patience avec le bruit des victoires qu'on remportait, et qui trouvait que les lauriers n'étaient pas viande dont il pût se nourrir*, le peuple depuis longtemps avait commencé à murmurer.

Mais ce n'était pas tout; car lorsqu'il n'y a que le peuple qui murmure, séparée qu'elle en est par la bourgeoisie et les gentilshommes, la cour ne l'entend pas; mais Mazarin avait eu l'imprudence de s'attaquer aux magistrats! Il avait vendu douze brevets de Maître des requêtes, et, comme les officiers payaient leurs charges fort cher, et que l'adjonction de ces douze nouveaux confrères devait en faire baisser le prix, les anciens s'étaient réunis, avaient juré sur les Évangiles de ne point souffrir cette augmentation et de résister à toutes les persécutions de la cour, se promettant les uns aux autres qu'au cas où l'un d'eux, par cette rébellion, perdrait sa charge, ils se cotiseraient pour lui en rembourser le prix.

Or, voici ce qui était arrivé de ces deux côtés:

Le 7 de janvier, sept à huit cents marchands de Paris s'étaient assemblés et mutinés à propos d'une nouvelle taxe qu'on voulait imposer aux propriétaires de maisons, et ils avaient député dix d'entre eux pour parler au duc d'Orléans, qui, selon sa vieille habitude, faisait de la popularité. Le duc d'Orléans les avait reçus, et ils lui avaient déclaré qu'ils étaient décidés à ne point payer cette nouvelle taxe, dussent-ils se défendre à main armée contre les gens du roi qui viendraient pour la percevoir. Le duc d'Orléans les avait écoutés avec une grande complaisance, leur avait fait espérer quelque modération,

---

    * Mme de Motteville. *(Note de l'édition originale.)*

leur avait promis d'en parler à la reine et les avait congédiés avec le mot ordinaire des princes : « On verra ».

De leur côté, le 9, les Maîtres des requêtes étaient venus trouver le cardinal, et l'un d'eux, qui portait la parole pour tous les autres, lui avait parlé avec tant de fermeté et de hardiesse, que le cardinal en avait été tout étonné; aussi les avait-il renvoyés en disant, comme le duc d'Orléans, que l'on verrait.

Alors, pour *voir,* on avait assemblé le conseil et l'on avait envoyé chercher le surintendant des finances d'Émery.

Ce d'Émery était fort détesté du peuple, d'abord parce qu'il était surintendant des finances, et que tout surintendant des finances doit être détesté; ensuite, il faut le dire, parce qu'il méritait quelque peu de l'être.

C'était le fils d'un banquier de Lyon qui s'appelait Particelli, et qui, ayant changé de nom à la suite de sa banqueroute, se faisait appeler d'Émery*. Le cardinal de Richelieu, qui avait reconnu en lui un grand mérite financier, l'avait présenté au roi Louis XIII sous le nom de M. d'Émery, et voulant le faire nommer intendant des finances, il lui en disait grand bien.

— A merveille! avait répondu le roi, et je suis aise que vous me parliez de M. d'Émery pour cette place qui veut un honnête homme. On m'avait dit que vous poussiez ce coquin de Particelli, et j'avais peur que vous ne me forçassiez à le prendre.

— Sire! répondit le cardinal, que Votre Majesté se rassure, le Particelli dont elle parle a été pendu.

— Ah! tant mieux! s'écria le roi, ce n'est donc pas pour rien que l'on m'a appelé Louis le Juste.

Et il signa la nomination de M. d'Émery.

C'était ce même d'Émery qui était devenu surintendant des finances.

On l'avait envoyé chercher de la part du ministre, et il était accouru tout pâle et tout effaré, disant que son fils avait manqué d'être assassiné le jour même sur la place du Palais : la foule l'avait rencontré et lui avait reproché le luxe de sa femme, qui avait un appartement

---

* Ce qui n'empêche pas M. l'avocat général Omer Talon de l'appeler toujours M. Particelle, suivant l'habitude du temps de franciser les noms étrangers. (*Note de l'édition originale.*)

tendu de velours rouge avec des crépines d'or. C'était la fille de Nicolas Le Camus, secrétaire en 1617, lequel était venu à Paris avec vingt livres et qui, tout en se réservant quarante mille livres de rente, venait de partager neuf millions entre ses enfants.

Le fils d'Émery avait manqué d'être étouffé, un des émeutiers ayant proposé de le presser jusqu'à ce qu'il eût rendu l'or qu'il dévorait. Le conseil n'avait rien décidé ce jour-là, le surintendant étant trop occupé de cet événement pour avoir la tête bien libre.

Le lendemain, le premier président Mathieu Molé, dont le courage dans toutes ces affaires, dit le cardinal de Retz, égala celui de M. le duc de Beaufort et celui de M. le prince de Condé, c'est-à-dire des deux hommes qui passaient pour les plus braves de France; le lendemain, le premier président, disons-nous, avait été attaqué à son tour; le peuple le menaçait de se prendre à lui des maux qu'on lui voulait faire; mais le premier président avait répondu avec son calme habituel, sans s'émouvoir et sans s'étonner, que si les perturbateurs n'obéissaient pas aux volontés du roi, il allait faire dresser des potences dans les places pour faire pendre à l'instant même les plus mutins d'entre eux. Ce à quoi ceux-ci avaient répondu qu'ils ne demandaient pas mieux que de voir dresser des potences, et qu'elles serviraient à pendre les mauvais juges qui achetaient la faveur de la cour au prix de la misère du peuple.

Ce n'est pas tout; le 11, la reine allant à la messe à Notre-Dame, ce qu'elle faisait régulièrement tous les samedis, avait été suivie par plus de deux cents femmes criant et demandant justice. Elles n'avaient au reste aucune intention mauvaise, voulant seulement se mettre à genoux devant elle pour tâcher d'émouvoir sa pitié; mais les gardes les en empêchèrent, et la reine passa hautaine et fière sans écouter leurs clameurs.

L'après-midi, il y avait eu conseil de nouveau; et là on avait décidé que l'on maintiendrait l'autorité du roi: en conséquence, le Parlement fut convoqué pour le lendemain, 12.

Ce jour-là, celui pendant la soirée duquel nous ouvrons cette nouvelle histoire, le roi, alors âgé de dix ans, et qui venait d'avoir la petite vérole, avait, sous prétexte d'aller rendre grâce à Notre-Dame de son rétablissement, mis

sur pied ses gardes, ses Suisses et ses mousquetaires, et
les avait échelonnés autour du Palais-Royal, sur les quais
et sur le Pont-Neuf, et, après la messe entendue, il était
passé au Parlement, où, sur un lit de justice improvisé, il
avait non seulement maintenu ses édits passés, mais
encore en avait rendu cinq ou six nouveaux, tous, dit le
cardinal de Retz, plus ruineux les uns que les autres. Si
bien que le premier président, qui, on a pu le voir, était
les jours précédents pour la cour, s'était cependant élevé
fort hardiment sur cette manière de mener le roi au
Palais pour surprendre et forcer la liberté des suffrages.

Mais ceux qui surtout s'élevèrent fortement contre les
nouveaux impôts, ce furent le président Blancmesnil et
le conseiller Broussel .

Ces édits rendus, le roi rentra au Palais-Royal. Une
grande multitude de peuple était sur sa route; mais
comme on savait qu'il venait du Parlement, et qu'on
ignorait s'il y avait été pour y rendre justice au peuple
ou pour l'opprimer de nouveau, pas un seul cri de joie
ne retentit sur son passage pour le féliciter de son retour
à la santé. Tous les visages, au contraire, étaient mornes
et inquiets; quelques-uns même étaient menaçants.

Malgré son retour, les troupes restèrent sur place : on
avait craint qu'une émeute n'éclatât quand on connaîtrait le résultat de la séance du Parlement : et, en effet, à
peine le bruit se fut-il répandu dans les rues qu'au lieu
d'alléger les impôts, le roi les avait augmentés, que des
groupes se formèrent et que de grandes clameurs retentirent, criant : « A bas le Mazarin! Vive Broussel! Vive
Blancmesnil! » car le peuple avait su que Broussel et
Blancmesnil avaient parlé en sa faveur; et, quoique leur
éloquence eût été perdue, il ne leur en savait pas moins
bon gré.

On avait voulu dissiper ces groupes, on avait voulu
faire taire ces cris, et, comme cela arrive en pareil cas,
les groupes s'étaient grossis et les cris avaient redoublé.
L'ordre venait d'être donné aux gardes du roi et aux
gardes suisses, non seulement de tenir ferme, mais encore
de faire des patrouilles dans les rues Saint-Denis et Saint-
Martin, où ces groupes surtout paraissaient plus nombreux et plus animés, lorsqu'on annonça au Palais-Royal
le prévôt des marchands.

Il fut introduit aussitôt : il venait dire que si l'on ne

cessait pas à l'instant même ces démonstrations hostiles, dans deux heures Paris tout entier serait sous les armes.

On délibérait sur ce qu'on aurait à faire, lorsque Comminges, lieutenant aux gardes, rentra, ses habits tout déchirés et le visage sanglant. En le voyant paraître, la reine jeta un cri de surprise et lui demanda ce qu'il y avait.

Il y avait qu'à la vue des gardes, comme l'avait prévu le prévôt des marchands, les esprits s'étaient exaspérés. On s'était emparé des cloches et l'on avait sonné le tocsin. Comminges avait tenu bon, avait arrêté un homme qui paraissait un des principaux agitateurs, et pour faire un exemple avait ordonné qu'il fût pendu à la croix du Trahoir . En conséquence, les soldats l'avaient entraîné pour exécuter cet ordre. Mais aux halles ceux-ci avaient été attaqués à coups de pierres et à coups de hallebarde; le rebelle avait profité de ce moment pour s'échapper, avait gagné la rue des Lombards et s'était jeté dans une maison dont on avait aussitôt enfoncé les portes.

Cette violence avait été inutile, on n'avait pu retrouver le coupable. Comminges avait laissé un poste dans la rue, et avec le reste de son détachement était revenu au Palais-Royal pour rendre compte à la reine de ce qui se passait. Tout le long de la route, il avait été poursuivi par des cris et par des menaces, plusieurs de ses hommes avaient été blessés de coups de pique et de hallebarde, et lui-même avait été atteint d'une pierre qui lui fendit le sourcil.

Le récit de Comminges corroborait l'avis du prévôt des marchands, on n'était pas en mesure de tenir tête à une révolte sérieuse; le cardinal fit répandre dans le peuple que les troupes n'avaient été échelonnées sur les quais et le Pont-Neuf qu'à propos de la cérémonie, et qu'elles allaient se retirer. En effet vers les quatre heures du soir, elles se concentrèrent toutes vers le Palais-Royal; on plaça un poste à la barrière des Sergents , un autre aux Quinze-Vingts , enfin un troisième à la butte Saint-Roch . On emplit les cours et les rez-de-chaussée de Suisses et de mousquetaires, et l'on attendit.

Voilà donc où en étaient les choses lorsque nous avons introduit nos lecteurs dans le cabinet du cardinal Mazarin qui avait été autrefois celui du cardinal de Richelieu. Nous avons vu dans quelle situation d'esprit il écoutait les murmures du peuple qui arrivaient jusqu'à lui et l'écho des coups de fusil qui retentissaient jusque dans sa chambre.

Tout à coup il releva la tête, le sourcil à demi froncé, comme un homme qui a pris son parti, fixa les yeux sur une énorme pendule qui allait sonner dix heures, et prenant un sifflet de vermeil placé sur la table, à la portée de sa main, il siffla deux coups.

Une porte cachée dans la tapisserie s'ouvrit sans bruit, et un homme vêtu de noir s'avança silencieusement et se tint debout derrière le fauteuil.

— Bernouin , dit le cardinal sans même se retourner, car ayant sifflé deux coups il savait que ce devait être son valet de chambre, quels sont les mousquetaires de garde au palais?

— Les mousquetaires noirs, Monseigneur.

— Quelle compagnie?

— Compagnie Tréville.

— Y a-t-il quelque officier de cette compagnie dans l'antichambre?

— Le lieutenant d'Artagnan.

— Un bon, je crois?

— Oui, Monseigneur.

— Donnez-moi un habit de mousquetaire, et aidez-moi à m'habiller.

Le valet de chambre sortit aussi silencieusement qu'il était entré, et revint un instant après, apportant le costume demandé.

Le cardinal commença alors, silencieux et pensif, à se défaire du costume de cérémonie qu'il avait endossé pour assister à la séance du Parlement, et à se revêtir de la casaque militaire, qu'il portait avec une certaine aisance grâce à ses anciennes campagnes d'Italie ; puis quand il fut complètement habillé :

— Allez me chercher M. d'Artagnan, dit-il.

Et le valet de chambre sortit cette fois par la porte du milieu, mais toujours aussi silencieux et aussi muet. On eût dit d'une ombre.

Resté seul, le cardinal se regarda avec une certaine satisfaction dans une glace; il était encore jeune, car il avait quarante-six ans à peine , il était d'une taille élégante et un peu au-dessous de la moyenne; il avait le teint vif et beau, le regard plein de feu, le nez grand, mais cependant assez bien proportionné, le front large

et majestueux, les cheveux châtains un peu crépus, la
barbe plus noire que les cheveux et toujours bien relevée
avec le fer, ce qui lui donnait bonne grâce. Alors il passa
son baudrier, regarda avec complaisance ses mains, qu'il
avait fort belles et desquelles il prenait le plus grand
soin ; puis rejetant les gros gants de daim qu'il avait déjà
pris, et qui étaient d'uniforme, il passa de simples gants
de soie.

En ce moment la porte s'ouvrit.

— M. d'Artagnan, dit le valet de chambre.

Un officier entra.

C'était un homme de trente-neuf à quarante ans , de
petite taille mais bien prise, maigre, l'œil vif et spirituel, la barbe noire et les cheveux grisonnants, comme
il arrive toujours lorsqu'on a trouvé la vie trop bonne
ou trop mauvaise, et surtout quand on est fort brun.

D'Artagnan fit quatre pas dans le cabinet, qu'il reconnaissait pour y être venu une fois dans le temps du cardinal de Richelieu , et voyant qu'il n'y avait personne
dans ce cabinet qu'un mousquetaire de sa compagnie,
il arrêta les yeux sur ce mousquetaire, sous les habits
duquel, au premier coup d'œil, il reconnut le cardinal.

Il demeura debout dans une pose respectueuse mais
digne et comme il convient à un homme de condition
qui a eu souvent dans sa vie occasion de se retrouver avec
des grands seigneurs.

Le cardinal fixa sur lui son œil plus fin que profond,
l'examina avec attention, puis, après quelques secondes
de silence :

— C'est vous qui êtes Monsieur d'Artagnan ? dit-il.

— Moi-même, Monseigneur, dit l'officier.

Le cardinal regarda un moment encore cette tête si
intelligente et ce visage dont l'excessive mobilité avait
été enchaînée par les ans et l'expérience ; mais d'Artagnan soutint l'examen en homme qui avait été regardé
autrefois par des yeux bien autrement perçants que
ceux dont il soutenait à cette heure l'investigation.

— Monsieur, dit le cardinal, vous allez venir avec
moi, ou plutôt je vais aller avec vous.

— A vos ordres, Monseigneur, répondit d'Artagnan.

— Je voudrais visiter moi-même les postes qui entourent le Palais-Royal ; croyez-vous qu'il y ait quelque
danger ?

— Du danger, Monseigneur! demanda d'Artagnan d'un air étonné, et lequel?

— On dit le peuple tout à fait mutiné.

— L'uniforme des mousquetaires du roi est fort respecté, Monseigneur, et ne le fût-il pas, moi quatrième, je me fais fort de mettre en fuite une centaine de ces manants.

— Vous avez vu cependant ce qui est arrivé à Comminges?

— M. de Comminges est aux gardes et non pas aux mousquetaires, répondit d'Artagnan.

— Ce qui veut dire, reprit le cardinal en souriant, que les mousquetaires sont meilleurs soldats que les gardes?

— Chacun a l'amour-propre de son uniforme, Monseigneur.

— Excepté moi, Monsieur, reprit Mazarin en souriant, puisque vous voyez que j'ai quitté le mien pour prendre le vôtre.

— Peste, Monseigneur! dit d'Artagnan, c'est de la modestie. Quant à moi, je déclare que, si j'avais celui de Votre Éminence, je m'en contenterais et m'engagerais au besoin à n'en porter jamais d'autre.

— Oui, mais pour sortir ce soir, peut-être n'eût-il pas été très sûr. Bernouin, mon feutre.

Le valet de chambre rentra, rapportant un chapeau d'uniforme à large bord. Le cardinal s'en coiffa d'une façon assez cavalière, et se retournant vers d'Artagnan:

— Vous avez des chevaux tout sellés dans les écuries, n'est-ce pas?

— Oui, Monseigneur.

— Eh bien! partons.

— Combien Monseigneur veut-il d'hommes?

— Vous avez dit qu'avec quatre hommes, vous vous chargeriez de mettre en fuite cent manants; comme nous pourrions en rencontrer deux cents, prenez-en huit.

— Quand Monseigneur voudra.

— Je vous suis; ou plutôt, reprit le cardinal, non, par ici. Éclairez-nous, Bernouin.

Le valet prit une bougie, le cardinal prit une petite clef forée sur son bureau, et ayant ouvert la porte d'un escalier secret, il se trouva au bout d'un instant dans la cour du Palais-Royal.

II

UNE RONDE DE NUIT

Dıx minutes après, la petite troupe sortait par la rue des Bons-Enfants , derrière la salle de spectacle qu'avait bâtie le cardinal de Richelieu pour y faire jouer *Mirame ,* et dans laquelle le cardinal de Mazarin, plus amateur de musique que de littérature, venait de faire jouer les premiers opéras qui aient été représentés en France.

L'aspect de la ville présentait tous les caractères d'une grande agitation; des groupes nombreux parcouraient les rues, et, quoi qu'en ait dit d'Artagnan, s'arrêtaient pour voir passer les militaires avec un air de raillerie menaçante qui indiquait que les bourgeois avaient momentanément déposé leur mansuétude ordinaire pour des intentions plus belliqueuses. De temps en temps des rumeurs venaient du quartier des Halles. Des coups de fusil pétillaient du côté de la rue Saint-Denis, et parfois tout à coup sans que l'on sût pourquoi quelque cloche se mettait à sonner, ébranlée par le caprice populaire.

D'Artagnan suivait son chemin avec l'insouciance d'un homme sur lequel de pareilles niaiseries n'ont aucune influence. Quand un groupe tenait le milieu de la rue, il poussait son cheval sans lui dire gare, et comme si, rebelles ou non, ceux qui le composaient avaient su à quel homme ils avaient affaire, ils s'ouvraient et laissaient passer la patrouille. Le cardinal enviait ce calme, qu'il attribuait à l'habitude du danger; mais il n'en prenait pas moins pour l'officier, sous les ordres duquel il s'était momentanément placé, cette sorte de considération que la prudence elle-même accorde à l'insoucieux courage.

En approchant du poste de la barrière des Sergents, la sentinelle cria : « Qui vive ? » D'Artagnan répondit, et, ayant demandé les mots de passe au cardinal, s'avança à l'ordre : les mots de passe étaient *Louis* et *Rocroy.*

Ces signes de reconnaissance échangés, d'Artagnan

demanda si ce n'était pas M. de Comminges qui commandait le poste.

La sentinelle lui montra alors un officier qui causait, à pied, la main appuyée sur le cou du cheval de son interlocuteur. C'était celui que demandait d'Artagnan.

— Voici M. de Comminges, dit d'Artagnan revenant au cardinal.

Le cardinal poussa son cheval vers eux, tandis que d'Artagnan se reculait par discrétion; cependant, à la manière dont l'officier à pied et l'officier à cheval ôtèrent leurs chapeaux, il vit qu'ils avaient reconnu Son Éminence.

— Bravo, Guitaut , dit le cardinal au cavalier, je vois que malgré vos soixante-quatre ans vous êtes toujours le même, alerte et dévoué. Que dites-vous à ce jeune homme?

— Monseigneur, répondit Guitaut, je lui disais que nous vivions à une singulière époque, et que la journée d'aujourd'hui ressemblait fort à l'une de ces journées de la Ligue dont j'ai tant entendu parler dans mon jeune temps. Savez-vous qu'il n'était question de rien moins, dans les rues Saint-Denis et Saint-Martin, que de faire des barricades.

— Et que vous répondait Comminges, mon cher Guitaut?

— Monseigneur, dit Comminges, je répondais que, pour faire une Ligue, il ne leur manquait qu'une chose qui me paraissait assez essentielle, c'était un duc de Guise ; d'ailleurs, on ne fait pas deux fois la même chose.

— Non, mais ils feront une Fronde, comme ils disent, reprit Guitaut.

— Qu'est-ce que cela, une Fronde? demanda Mazarin.

— Monseigneur, c'est le nom qu'ils donnent à leur parti.

— Et d'où vient ce nom?

— Il paraît qu'il y a quelques jours le conseiller Bachaumont a dit au Palais que tous les faiseurs d'émeutes ressemblaient aux écoliers qui frondent dans les fossés de Paris et qui se dispersent quand ils aperçoivent le lieutenant civil, pour se réunir de nouveau lorsqu'il est passé. Alors ils ont ramassé le mot au bond, comme ont fait les gueux à Bruxelles , ils se sont appelés frondeurs. Aujourd'hui et hier, tout était à la Fronde, les pains, les chapeaux, les gants, les manchons, les éventails; et, tenez, écoutez.

En ce moment en effet une fenêtre s'ouvrit, un homme se mit à cette fenêtre et commença de chanter :

> Un vent de Fronde
> S'est levé ce matin;
> Je crois qu'il gronde
> Contre le Mazarin.
> Un vent de Fronde
> S'est levé ce matin !

— L'insolent! murmura Guitaut.

— Monseigneur, dit Comminges, que sa blessure avait mis de mauvaise humeur et qui ne demandait qu'à prendre une revanche et à rendre plaie pour bosse, voulez-vous que j'envoie à ce drôle-là une balle pour lui apprendre à ne pas chanter si faux une autre fois?

Et il mit la main aux fontes du cheval de son oncle.

— Non pas, non pas! s'écria Mazarin. Diavolo! mon cher ami, vous allez tout gâter; les choses vont à merveille, au contraire! Je connais vos Français comme si je les avais faits depuis le premier jusqu'au dernier : ils chantent, ils payeront . Pendant la Ligue, dont parlait Guitaut tout à l'heure, on ne chantait que la messe, aussi tout allait fort mal. Viens, Guitaut, viens, et allons voir si l'on fait aussi bonne garde aux Quinze-Vingts qu'à la barrière des Sergents.

Et saluant Comminges de la main, il rejoignit d'Artagnan, qui reprit la tête de sa petite troupe suivi immédiatement par Guitaut et le cardinal, lesquels étaient suivis à leur tour du reste de l'escorte.

— C'est juste, murmura Comminges en le regardant s'éloigner, j'oubliais que, pourvu qu'on paye, c'est tout ce qu'il lui faut, à lui.

On reprit la rue Saint-Honoré en déplaçant toujours des groupes; dans ces groupes on ne parlait que des édits du jour; on plaignait le jeune roi qui ruinait ainsi son peuple sans le savoir; on jetait toute la faute sur Mazarin; on parlait de s'adresser au duc d'Orléans et à M le Prince; on exaltait Blancmesnil et Broussel.

D'Artagnan passait au milieu de ces groupes, insoucieux comme si lui et son cheval eussent été de fer; Mazarin et Guitaut causaient tout bas; les mousquetaires, qui avaient fini par reconnaître le cardinal, suivaient en silence.

On arriva à la rue Saint-Thomas-du-Louvre , où était le poste des Quinze-Vingts ; Guitaut appela un officier subalterne, qui vint rendre compte.

— Eh bien ! demanda Guitaut.

— Ah ! mon capitaine, dit l'officier, tout va bien de ce côté, si ce n'est, je crois, qu'il se passe quelque chose dans cet hôtel.

Et il montrait de la main un magnifique hôtel situé juste sur l'emplacement où fut depuis le Vaudeville .

— Dans cet hôtel, dit Guitaut, mais c'est l'hôtel de Rambouillet.

— Je ne sais pas si c'est l'hôtel de Rambouillet, reprit l'officier, mais ce que je sais, c'est que j'y ai vu entrer force gens de mauvaise mine.

— Bah ! dit Guitaut en éclatant de rire, ce sont des poètes.

— Eh bien, Guitaut ! dit Mazarin, veux-tu bien ne pas parler avec une pareille irrévérence de ces Messieurs ! Tu ne sais pas que j'ai été poète aussi dans ma jeunesse et que je faisais des vers dans le genre de ceux de M. de Benserade !

— Vous, Monseigneur ?

— Oui, moi. Veux-tu que je t'en dise ?

— Cela m'est égal, Monseigneur, je n'entends pas l'italien.

— Oui, mais tu entends le français, n'est-ce pas, mon bon et brave Guitaut, reprit Mazarin en lui posant amicalement la main sur l'épaule, et, quelque ordre qu'on te donne dans cette langue, tu l'exécuteras ?

— Sans doute, Monseigneur, comme je l'ai déjà fait, pourvu qu'il me vienne de la reine.

— Ah ! oui dit Mazarin en se pinçant les lèvres, je sais que tu lui es entièrement dévoué.

— Je suis capitaine de ses gardes depuis plus de vingt ans .

— En route, Monsieur d'Artagnan, reprit le cardinal, tout va bien de ce côté.

D'Artagnan reprit la tête de la colonne sans souffler un mot et avec cette obéissance passive qui fait le caractère du vieux soldat.

Il s'achemina vers la butte Saint-Roch, où était le

troisième poste, en passant par la rue Richelieu et la rue
Villedo. C'était le plus isolé, car il touchait presque aux
remparts, et la ville était peu peuplée de ce côté-là.

— Qui commande ce poste? demanda le cardinal.

— Villequier , répondit Guitaut.

— Diable! fit Mazarin; parlez-lui seul, vous savez
que nous sommes en brouille depuis que vous avez eu la
charge d'arrêter M. le duc de Beaufort; il prétendait que
c'était à lui, comme capitaine des gardes du roi, que
revenait cet honneur.

— Je le sais bien, et je lui ai dit cent fois qu'il avait
tort, le roi ne pouvait lui donner cet ordre, puisqu'à
cette époque-là le roi avait à peine quatre ans.

— Oui, mais je pouvais le lui donner, moi, Guitaut,
et j'ai préféré que ce fût vous.

Guitaut, sans répondre, poussa son cheval en avant,
et s'étant fait reconnaître à la sentinelle, fit appeler
M. de Villequier.

Celui-ci sortit.

— Ah! c'est vous, Guitaut! dit-il de ce ton de mauvaise humeur qui lui était habituel, que diable venez-vous
faire ici?

— Je viens vous demander s'il y a quelque chose de
nouveau de ce côté.

— Que voulez-vous qu'il y ait? On crie : Vive le
roi! et A bas le Mazarin! ce n'est pas du nouveau, cela;
il y a déjà quelque temps que nous sommes habitués à
à ces cris-là.

— Et vous faites chorus? dit en riant Guitaut.

— Ma foi, j'en ai quelquefois grande envie! Je trouve
qu'ils ont bien raison, Guitaut; je donnerais volontiers
cinq ans de ma paye, qu'on ne me paye pas, pour que le
roi eût cinq ans de plus.

— Vraiment, et qu'arriverait-il si le roi avait cinq ans
de plus?

— Il arriverait qu'à l'instant où le roi serait majeur,
le roi donnerait ses ordres lui-même, et qu'il y a plus de
plaisir à obéir au petit-fils de Henri IV qu'au fils de
Pietro Mazarini . Pour le roi, mort-diable! je me ferais
tuer avec plaisir; mais si j'étais tué pour le Mazarin,
comme votre neveu a manqué de l'être aujourd'hui, il
n'y a point de paradis, si bien placé que j'y fusse, qui m'en
consolât jamais.

— Bien, bien, Monsieur de Villequier, dit Mazarin.
Soyez tranquille, je rendrai compte de votre dévouement
au roi.

Puis se retournant vers l'escorte :

— Allons, Messieurs, continua-t-il, tout va bien,
rentrons.

— Tiens, dit Villequier, le Mazarin était là! Tant
mieux; il y avait longtemps que j'avais envie de lui dire
en face ce que j'en pensais; vous m'en avez fourni l'occasion, Guitaut; et quoique votre intention ne soit
peut-être pas des meilleures pour moi, je vous remercie.

Et tournant sur ses talons, il rentra au corps de garde
en sifflant un air de Fronde.

Cependant Mazarin revenait tout pensif; ce qu'il avait
successivement entendu de Comminges, de Guitaut et
de Villequier le confirmait dans cette pensée qu'en cas
d'événements graves, il n'aurait personne pour lui que
la reine, et encore la reine avait si souvent abandonné
ses amis que son appui paraissait parfois au ministre,
malgré les précautions qu'il avait prises, bien incertain
et bien précaire.

Pendant tout le temps que cette course nocturne avait
duré, c'est-à-dire pendant une heure à peu près, le cardinal avait, tout en étudiant tour à tour Comminges,
Guitaut et Villequier, examiné un homme. Cet homme
qui était resté impassible devant la menace populaire, et
dont la figure n'avait pas plus sourcillé aux plaisanteries
qu'avait faites Mazarin qu'à celles dont il avait été l'objet,
cet homme lui semblait un être à part et trempé pour des
événements dans le genre de ceux dans lesquels on se
trouvait, surtout de ceux dans lesquels on allait se
trouver.

D'ailleurs ce nom de d'Artagnan ne lui était pas tout
à fait inconnu, et quoique lui, Mazarin, ne fût venu en
France que vers 1634 ou 1635 , c'est-à-dire sept ou huit
ans après les événements que nous avons racontés dans
une précédente histoire, il semblait au cardinal qu'il
avait entendu prononcer ce nom comme celui d'un
homme qui, dans une circonstance qui n'était plus
présente à son esprit, s'était fait remarquer comme un
modèle de courage, d'adresse et de dévouement.

Cette idée s'était tellement emparée de son esprit,
qu'il résolut de l'éclaircir sans retard; mais ces rensei-

gnements qu'il désirait sur d'Artagnan, ce n'était point
à d'Artagnan lui-même qu'il fallait les demander. Aux
quelques mots qu'avait prononcés le lieutenant des
mousquetaires, le cardinal avait reconnu l'origine gasconne; et Italiens et Gascons se connaissent trop bien
et se ressemblent trop pour s'en rapporter les uns aux
autres de ce qu'ils peuvent dire d'eux-mêmes. Aussi, en
arrivant aux murs dont le jardin du Palais-Royal était
enclos, le cardinal frappa-t-il à une petite porte située à
peu près où s'élève aujourd'hui le café de Foy , et, après
avoir remercié d'Artagnan et l'avoir invité à l'attendre
dans la cour du Palais-Royal, fit-il signe à Guitaut de le
suivre. Tous deux descendirent de cheval, remirent la
bride de leur monture au laquais qui avait ouvert la porte
et disparurent dans le jardin.

— Mon cher Guitaut, dit le cardinal en s'appuyant
sur le bras du vieux capitaine des gardes, vous me
disiez tout à l'heure tantôt vingt ans que
vous étiez au service de la reine ?

— Oui, c'est la vérité, répondit Guitaut.

— Or, mon cher Guitaut, continua le cardinal, j'ai
remarqué qu'outre votre courage, qui est hors de contes-
tation, et votre fidélité, qui est à toute épreuve, vous
aviez une admirable mémoire.

— Vous avez remarqué cela, Monseigneur ? dit le
capitaine des gardes; diable! tant pis pour moi.

— Comment cela ?

— Sans doute, une des premières qualités du courtisan est de savoir oublier.

— Mais vous n'êtes pas un courtisan, vous, Guitaut,
vous êtes un brave soldat, un de ces capitaines comme il
en reste encore quelques-uns du temps du roi Henri IV,
mais comme malheureusement il n'en restera plus
bientôt.

— Peste, Monseigneur! m'avez-vous fait venir avec
vous pour me tirer mon horoscope ?

— Non, dit Mazarin en riant; je vous ai fait venir
pour vous demander si vous aviez remarqué notre lieutenant de mousquetaires.

— M. d'Artagnan ?

— Oui.

— Je n'ai pas eu besoin de le remarquer, Monseigneur, il y a longtemps que je le connais.

— Quel homme est-ce, alors?

— Eh mais, dit Guitaut, surpris de la demande, c'est un Gascon!

— Oui, je sais cela; mais je voulais vous demander si c'était un homme en qui l'on pût avoir confiance.

— M. de Tréville le tient en grande estime, et M. de Tréville, vous le savez, est des grands amis de la reine.

— Je désirais savoir si c'était un homme qui eût fait ses preuves.

— Si c'est comme brave soldat que vous l'entendez, je crois pouvoir vous répondre que oui. Au siège de La Rochelle, au pas de Suze, à Perpignan , j'ai entendu dire qu'il avait fait plus que son devoir.

— Mais, vous le savez, Guitaut, nous autres pauvres ministres, nous avons souvent besoin encore d'autres hommes que d'hommes braves. Nous avons besoin de gens adroits. M. d'Artagnan ne s'est-il pas trouvé mêlé du temps du cardinal dans quelque intrigue dont le bruit public voudrait qu'il se fût tiré fort habilement?

— Monseigneur, sous ce rapport, dit Guitaut, qui vit bien que le cardinal voulait le faire parler, je suis forcé de dire à Votre Éminence que je ne sais que ce que le bruit public a pu lui apprendre à elle-même. Je ne me suis jamais mêlé d'intrigues pour mon compte, et si j'ai parfois reçu quelques confidences à propos des intrigues des autres, comme le secret ne m'appartient pas, Monseigneur trouvera bon que je le garde à ceux qui me l'ont confié.

Mazarin secoua la tête.

— Ah! dit-il, il y a, sur ma parole, des ministres bien heureux, et qui savent tout ce qu'ils veulent savoir.

— Monseigneur, reprit Guitaut, c'est que ceux-là ne pèsent pas tous les hommes dans la même balance, et qu'ils savent s'adresser aux gens de guerre pour la guerre et aux intrigants pour l'intrigue. Adressez-vous à quelque intrigant de l'époque dont vous parlez, et vous en tirerez ce que vous voudrez, en payant, bien entendu.

— Eh, pardieu! reprit Mazarin en faisant une certaine grimace qui lui échappait toujours lorsqu'on touchait avec lui la question d'argent dans le sens que venait de le faire Guitaut... on payera... s'il n'y a pas moyen de faire autrement.

— Est-ce sérieusement que Monseigneur me demande de lui indiquer un homme qui ait été mêlé dans toutes les cabales de cette époque?

— Per Bacco! reprit Mazarin, qui commençait à s'impatienter, il y a une heure que je ne vous demande pas autre chose, tête de fer que vous êtes.

— Il y en a un dont je vous réponds sous ce rapport, s'il veut parler toutefois.

— Cela me regarde.

— Ah! Monseigneur! ce n'est pas toujours chose facile, que de faire dire aux gens ce qu'ils ne veulent pas dire.

— Bah! avec de la patience on y arrive. Eh bien! cet homme c'est…

— C'est le comte de Rochefort.

— Le comte de Rochefort.

— Malheureusement il a disparu depuis tantôt quatre ou cinq ans et je ne sais ce qu'il est devenu.

— Je le sais, moi, Guitaut, dit Mazarin.

— Alors de quoi se plaignait donc tout à l'heure Votre Éminence, de ne rien savoir?

— Et, dit Mazarin, vous croyez que Rochefort…

— C'était l'âme damnée du cardinal, Monseigneur; mais, je vous en préviens, cela vous coûtera cher; le cardinal était prodigue avec ses créatures.

— Oui, oui, Guitaut, dit Mazarin, c'était un grand homme, mais il avait ce défaut-là. Merci, Guitaut, je ferai mon profit de votre conseil, et cela ce soir même.

Et comme en ce moment les deux interlocuteurs étaient arrivés à la cour du Palais-Royal, le cardinal salua Guitaut d'un signe de la main; et, apercevant un officier qui se promenait de long en large, il s'approcha de lui.

C'était d'Artagnan qui attendait le retour du cardinal, comme celui-ci en avait donné l'ordre.

— Venez, Monsieur d'Artagnan, dit Mazarin de sa voix la plus flûtée, j'ai un ordre à vous donner.

D'Artagnan s'inclina, suivit le cardinal par l'escalier secret, et, un instant après, se retrouva dans le cabinet d'où il était parti. Le cardinal s'assit devant son bureau et prit une feuille de papier sur laquelle il écrivit quelques lignes.

D'Artagnan, debout, impassible, attendit sans impatience comme sans curiosité : il était devenu un automate militaire, agissant, ou plutôt obéissant par ressort.

Le cardinal plia la lettre et y mit son cachet.

— Monsieur d'Artagnan, dit-il, vous allez porter cette dépêche à la Bastille, et ramener la personne qui en est l'objet; vous prendrez un carrosse, une escorte et vous garderez soigneusement le prisonnier.

D'Artagnan prit la lettre, porta la main à son feutre, pivota sur ses talons, comme eût pu le faire le plus habile sergent instructeur, sortit, et, un instant après, on l'entendit commander de sa voix brève et monotone :

— Quatre hommes d'escorte, un carrosse, mon cheval.

Cinq minutes après, on entendait les roues de la voiture et les fers des chevaux retentir sur le pavé de la cour.

III

DEUX ANCIENS ENNEMIS

D'ARTAGNAN arrivait à la Bastille comme huit heures et demie sonnaient.

Il se fit annoncer au gouverneur, qui, lorsqu'il sut qu'il venait de la part et avec un ordre du ministre, s'avança au-devant de lui jusqu'au perron.

Le gouverneur de la Bastille était alors M. du Tremblay , frère du fameux capucin Joseph, ce terrible favori de Richelieu que l'on appelait l'Éminence grise.

Lorsque le maréchal de Bassompierre était à la Bastille, où il resta douze ans bien comptés , et que ses compagnons, dans leurs rêves de liberté, se disaient les uns aux autres : Moi, je sortirai à telle époque; et moi, dans tel temps, Bassompierre répondait : Et moi, Messieurs, je sortirai quand M. du Tremblay sortira. Ce qui voulait dire qu'à la mort du cardinal, M. du Tremblay ne pouvait manquer de perdre sa place à la Bastille, et Bassompierre de reprendre la sienne à la cour.

Sa prédiction faillit en effet s'accomplir, mais d'une autre façon que ne l'avait pensé Bassompierre, car, le cardinal mort, contre toute attente, les choses continuèrent de marcher comme par le passé : M. du Tremblay ne sortit pas et Bassompierre faillit ne point sortir.

M. du Tremblay était donc encore gouverneur de la Bastille lorsque d'Artagnan s'y présenta pour accomplir l'ordre du ministre; il le reçut avec la plus grande politesse, et comme il allait se mettre à table, il invita d'Artagnan à souper avec lui.

— Ce serait avec le plus grand plaisir, dit d'Artagnan; mais, si je ne me trompe, il y a sur l'enveloppe de la lettre *très pressée*.

— C'est juste, dit M. du Tremblay. Holà, major! que l'on fasse descendre le numéro 256.

En entrant à la Bastille, on cessait d'être un homme et l'on devenait un numéro.

D'Artagnan se sentit frissonner au bruit des clefs;

aussi resta-t-il à cheval sans en vouloir descendre, regardant les barreaux, les fenêtres renforcées, les murs énormes qu'il n'avait jamais vus que de l'autre côté des fossés, et qui lui avaient fait si grand-peur il y avait quelque vingt années.

Un coup de cloche retentit.

— Je vous quitte, lui dit M. du Tremblay, on m'appelle pour signer la sortie du prisonnier. Au revoir, Monsieur d'Artagnan.

— Que le diable m'extermine si je te rends ton souhait! murmura d'Artagnan, en accompagnant son imprécation du plus gracieux sourire; rien que de demeurer cinq minutes dans la cour j'en suis malade. Allons, allons, je vois que j'aime encore mieux mourir sur la paille, ce qui m'arrivera probablement, que d'amasser dix mille livres de rente à être gouverneur de la Bastille.

Il achevait à peine ce monologue que le prisonnier parut. En le voyant, d'Artagnan fit un mouvement de surprise qu'il réprima aussitôt. Le prisonnier monta dans le carrosse sans paraître avoir reconnu d'Artagnan.

— Messieurs, dit d'Artagnan aux quatre mousquetaires, on m'a recommandé la plus grande surveillance pour le prisonnier; or, comme le carrosse n'a pas de serrures à ses portières, je vais monter près de lui. Monsieur de Lillebonne , ayez l'obligeance de mener mon cheval en bride.

— Volontiers, mon lieutenant, répondit celui auquel il s'était adressé.

D'Artagnan mit pied à terre, il donna la bride de son cheval au mousquetaire, monta dans le carrosse, se plaça près du prisonnier, et, d'une voix dans laquelle il était impossible de distinguer la moindre émotion :

— Au Palais-Royal, et au trot, dit-il.

Aussitôt la voiture partit, et d'Artagnan, profitant de l'obscurité qui régnait sous la voûte que l'on traversait, se jeta au cou du prisonnier.

— Rochefort! s'écria-t-il. Vous! c'est bien vous! Je ne me trompe pas!

— D'Artagnan! s'écria à son tour Rochefort étonné.

— Ah! mon pauvre ami! continua d'Artagnan, ne vous ayant pas revu depuis quatre ou cinq ans, je vous ai cru mort.

— Ma foi, dit Rochefort, il n'y a pas grande différence, je crois, entre un mort et un enterré; or je suis enterré, ou peu s'en faut.

— Et pour quel crime êtes-vous à la Bastille?

— Voulez-vous que je vous dise la vérité?

— Oui.

— Eh bien! je n'en sais rien.

— De la défiance avec moi, Rochefort?

— Non, foi de gentilhomme! car il est impossible que j'y sois pour la cause que l'on m'impute.

— Quelle cause?

— Comme voleur de nuit.

— Vous, voleur de nuit! Rochefort, vous riez?

— Je comprends. Ceci demande explication, n'est-ce pas?

— Je l'avoue.

— Eh bien, voilà ce qui est arrivé : un soir, après une orgie chez Reinard, aux Tuileries, avec le duc d'Harcourt, Fontrailles, de Rieux, et autres, le duc d'Harcourt proposa d'aller tirer des manteaux sur le Pont-Neuf; c'est, vous le savez, un divertissement qu'avait mis fort à la mode M. le duc d'Orléans.

— Étiez-vous fou, Rochefort! A votre âge?

— Non, j'étais ivre; et cependant, comme l'amusement me semblait médiocre, je proposai au chevalier de Rieux d'être spectateurs au lieu d'être acteurs, et, pour voir la scène des premières loges, de monter sur le cheval de bronze. Aussitôt dit, aussitôt fait. Grâce aux éperons, qui nous servirent d'étriers, en un instant nous fûmes perchés sur la croupe; nous étions à merveille et nous voyions à ravir. Déjà quatre ou cinq manteaux avaient été enlevés avec une dextérité sans égale et sans que ceux à qui on les avait enlevés osassent dire un mot, quand je ne sais quel imbécile moins endurant que les autres s'avise de crier : « A la garde! » et nous attire une patrouille d'archers. Le duc d'Harcourt, Fontrailles et les autres se sauvent; de Rieux veut en faire autant. Je le retiens en lui disant qu'on ne viendra pas nous dénicher où nous sommes. Il ne m'écoute pas, met le pied sur l'éperon pour descendre, l'éperon casse, il tombe, se rompt une jambe, et, au lieu de se taire, se met à crier comme un pendu. Je veux sauter à mon tour, mais il était trop tard : je saute dans les bras des archers, qui me con-

duisent au Châtelet, où je m'endors sur les deux oreilles,
bien certain que le lendemain je sortirais de là. Le lendemain se passe, le surlendemain se passe, huit jours
se passent, j'écris au cardinal. Le même jour on vient
me chercher et l'on me conduit à la Bastille; il y a cinq
ans que j'y suis. Croyez-vous que ce soit pour avoir
commis le sacrilège de monter en croupe derrière
Henri IV?

— Non, vous avez raison, mon cher Rochefort, ce
ne peut pas être pour cela, mais vous allez savoir probablement pourquoi.

— Ah! oui, car j'ai, moi, oublié de vous demander
cela : où me menez-vous?

— Au cardinal.

— Que me veut-il?

— Je n'en sais rien, puisque j'ignorais même que
c'était vous que j'allais chercher.

— Impossible. Vous, un favori!

— Un favori, moi! s'écria d'Artagnan. Ah! mon
pauvre comte! je suis plus cadet de Gascogne que lorsque
je vous vis à Meung, vous savez, il y a tantôt vingt-deux
ans, hélas!

Et un gros soupir acheva sa phrase.

— Cependant vous venez avec un commandement?

— Parce que je me trouvais là par hasard dans l'antichambre, et que le cardinal s'est adressé à moi comme il
se serait adressé à un autre; mais je suis toujours lieutenant aux mousquetaires, et il y a, si je compte bien, à
peu près vingt et un ans que je le suis.

— Enfin, il ne vous est pas arrivé malheur, c'est
beaucoup.

— Et quel malheur vouliez-vous qu'il m'arrivât?
Comme dit je ne sais quel vers latin que j'ai oublié, ou
plutôt que je n'ai jamais bien su : La foudre ne frappe
pas les vallées; et je suis une vallée, mon cher Rochefort, et des plus basses qui soient.

— Alors le Mazarin est toujours Mazarin?

— Plus que jamais, mon cher; on le dit marié avec
la reine.

— Marié!

— S'il n'est pas son mari, il est à coup sûr son
amant.

— Résister à un Buckingham et céder à un Mazarin!

— Voilà les femmes! reprit philosophiquement d'Artagnan.

— Les femmes, bon, mais les reines!

— Eh! mon Dieu! sous ce rapport, les reines sont deux fois femmes.

— Et M. de Beaufort, est-il toujours en prison?

— Toujours; pourquoi?

— Ah! c'est que, comme il me voulait du bien, il aurait pu me tirer d'affaire.

— Vous êtes probablement plus près d'être libre que lui; ainsi c'est vous qui l'en tirerez.

— Alors, la guerre...

— On va l'avoir.

— Avec l'Espagnol?

— Non, avec Paris.

— Que voulez-vous dire?

— Entendez-vous ces coups de fusil?

— Oui. Eh bien?

— Eh bien, ce sont les bourgeois qui pelotent en attendant la partie.

— Est-ce que vous croyez qu'on pourrait faire quelque chose des bourgeois?

— Mais, oui, ils promettent, et s'ils avaient un chef qui fît de tous les groupes un rassemblement...

— C'est malheureux de ne pas être libre.

— Eh! mon Dieu! ne vous désespérez pas. Si Mazarin vous fait chercher, c'est qu'il a besoin de vous; et s'il a besoin de vous, eh bien! je vous en fais mon compliment. Il y a bien des années que personne n'a plus besoin de moi; aussi vous voyez où j'en suis.

— Plaignez-vous donc, je vous le conseille!

— Écoutez, Rochefort. Un traité...

— Lequel?

— Vous savez que nous sommes bons amis.

— Pardieu! j'en porte les marques, de notre amitié : trois coups d'épée!...

— Eh bien, si vous redevenez en faveur, ne m'oubliez pas.

— Foi de Rochefort, mais à charge de revanche.

— C'est dit : voilà ma main.

— Ainsi, à la première occasion que vous trouvez de parler de moi...

— J'en parle, et vous?

— Moi de même.

— A propos, et vos amis, faut-il parler d'eux aussi ?

— Quels amis ?

— Athos, Porthos et Aramis, les avez-vous donc oubliés ?

— A peu près.

— Que sont-il devenus ?

— Je n'en sais rien.

— Vraiment !

— Ah ! mon Dieu, oui ! Nous nous sommes quittés comme vous savez; ils vivent, voilà tout ce que je peux dire; j'en apprends de temps en temps des nouvelles indirectes. Mais dans quel lieu du monde ils sont, le diable m'emporte si j'en sais quelque chose. Non, d'honneur ! je n'ai plus que vous d'ami, Rochefort.

— Et l'illustre... comment appelez-vous donc ce garçon que j'ai fait sergent au régiment de Piémont ?

— Planchet ?

— Oui, c'est cela. Et l'illustre Planchet, qu'est-il devenu ?

— Mais il a épousé une boutique de confiseur dans la rue des Lombards , c'est un garçon qui a toujours fort aimé les douceurs; de sorte qu'il est bourgeois de Paris et que, selon toute probabilité, il fait de l'émeute en ce moment. Vous verrez que ce drôle sera échevin avant que je sois capitaine.

— Allons, mon cher d'Artagnan, un peu de courage ! C'est quand on est au plus bas de la roue que la roue tourne et vous élève. Dès ce soir, votre sort va peut-être changer.

— *Amen !* dit d'Artagnan en arrêtant le carrosse.

— Que faites-vous ? demanda Rochefort.

— Je fais que nous sommes arrivés et que je ne veux pas qu'on me voie sortir de votre voiture; nous ne nous connaissons pas.

— Vous avez raison. Adieu.

— Au revoir; rappelez-vous votre promesse.

Et d'Artagnan remonta à cheval et reprit la tête de l'escorte.

Cinq minutes après on entrait dans la cour du Palais-Royal.

D'Artagnan conduisit le prisonnier par le grand escalier et lui fit traverser l'antichambre et le corridor.

Arrivé à la porte du cabinet de Mazarin, il s'apprêtait à se faire annoncer quand Rochefort lui mit la main sur l'épaule.

— D'Artagnan, dit Rochefort en souriant, voulez-vous que je vous avoue une chose à laquelle j'ai pensé tout le long de la route, en voyant les groupes de bourgeois que nous traversions et qui vous regardaient, vous et vos quatre hommes, avec des yeux flamboyants?

— Dites, répondit d'Artagnan.

— C'est que je n'avais qu'à crier à l'aide pour vous faire mettre en pièces vous et votre escorte, et qu'alors j'étais libre.

— Pourquoi ne l'avez-vous pas fait? dit d'Artagnan.

— Allons donc! reprit Rochefort. L'amitié jurée! Ah! si c'eût été un autre que vous qui m'eût conduit, je ne dis pas…

D'Artagnan inclina la tête.

« Est-ce que Rochefort serait devenu meilleur que moi? » se dit-il.

Et il se fit annoncer chez le ministre.

— Faites entrer M. de Rochefort, dit la voix impatiente de Mazarin aussitôt qu'il eut entendu prononcer ces deux noms et priez M. d'Artagnan d'attendre : je n'en ai pas encore fini avec lui.

Ces paroles rendirent d'Artagnan tout joyeux. Comme il l'avait dit, il y avait longtemps que personne n'avait eu besoin de lui, et cette insistance de Mazarin à son égard lui paraissait d'un heureux présage.

Quant à Rochefort, elle ne lui produisit pas d'autre effet que de le mettre parfaitement sur ses gardes. Il entra dans le cabinet et trouva Mazarin assis à sa table avec son costume ordinaire, c'est-à-dire en *monsignore*; ce qui était à peu près l'habit des abbés du temps, excepté qu'il portait les bas et le manteau violets.

Les portes se refermèrent, Rochefort regarda Mazarin du coin de l'œil, et il surprit un regard du ministre qui croisait le sien.

Le ministre était toujours le même, bien peigné, bien frisé, bien parfumé, et, grâce à sa coquetterie, ne paraissait pas même son âge. Quant à Rochefort, c'était autre chose, les cinq années qu'il avait passées en prison avaient fort vieilli ce digne ami de M. de Richelieu; ses cheveux noirs étaient devenus tout blancs, et les couleurs bronzées de son teint avaient fait place à une entière pâleur qui semblait de l'épuisement. En l'apercevant, Mazarin secoua imperceptiblement la tête d'un air qui voulait dire : — Voilà un homme qui ne me paraît plus bon à grand-chose.

Après un silence qui fut assez long en réalité, mais qui parut un siècle à Rochefort, Mazarin tira d'une liasse de papiers une lettre tout ouverte, et la montrant au gentilhomme :

— J'ai trouvé là une lettre où vous réclamez votre liberté, Monsieur de Rochefort. Vous êtes donc en prison ?

Rochefort tressaillit à cette demande.

— Mais, dit-il, il me semblait que Votre Éminence le savait mieux que personne.

— Moi ? pas du tout ! Il y a encore à la Bastille une foule de prisonniers qui y sont du temps de M. de Richelieu, et dont je ne sais pas même les noms.

— Oh, mais, moi, c'est autre chose, Monseigneur ! Et vous saviez le mien, puisque c'est sur un ordre de Votre Éminence que j'ai été transporté du Châtelet à la Bastille ?

— Vous croyez ?

— J'en suis sûr.

— Oui, je crois me souvenir, en effet ; n'avez-vous pas, dans le temps, refusé de faire pour la reine un voyage à Bruxelles ?

— Ah ! ah ! dit Rochefort, voilà donc la véritable cause ? Je la cherche depuis cinq ans. Niais que je suis, je ne l'avais pas trouvée ?

— Mais je ne vous dis pas que ce soit la cause de votre arrestation ; entendons-nous, je vous fais cette question, voilà tout : n'avez-vous pas refusé d'aller à Bruxelles pour le service de la reine, tandis que vous aviez consenti à y aller pour le service du feu cardinal ?

— C'est justement parce que j'y avais été pour le service du feu cardinal que je ne pouvais y retourner pour celui de la reine. J'avais été à Bruxelles dans une circonstance terrible. C'était lors de la conspiration de Chalais. J'y avais été pour surprendre la correspondance de Chalais avec l'archiduc, et déjà à cette époque, lorsque je fus reconnu, je faillis y être mis en pièces.

Comment vouliez-vous que j'y retournasse! Je perdais la reine au lieu de la servir.

— Eh bien, vous comprenez, voici comment les meilleures intentions sont mal interprétées, mon cher Monsieur de Rochefort. La reine n'a vu dans votre refus qu'un refus pur et simple; elle avait eu fort à se plaindre de vous sous le feu cardinal, Sa Majesté la reine!

Rochefort sourit avec mépris.

— C'était justement parce que j'avais bien servi M. le cardinal de Richelieu contre la reine, que, lui mort, vous deviez comprendre, Monseigneur, que je vous servirais bien contre tout le monde.

— Moi, Monsieur de Rochefort, dit Mazarin, moi, je ne suis pas comme M. de Richelieu, qui visait à la toute-puissance; je suis un simple ministre qui n'a pas besoin de serviteurs, étant celui de la reine. Or, Sa Majesté est très susceptible; elle aura su votre refus, elle l'aura pris pour une déclaration de guerre, et elle m'aura, sachant combien vous êtes un homme supérieur et par conséquent dangereux, mon cher Monsieur de Rochefort, elle m'aura ordonné de m'assurer de vous. Voilà comment vous vous trouvez à la Bastille.

— Eh bien, Monseigneur, il me semble, dit Rochefort, que si c'est par erreur que je me trouve à la Bastille...

— Oui, oui, reprit Mazarin, certainement tout cela peut s'arranger; vous êtes homme à comprendre certaines affaires, vous, et, une fois ces affaires comprises, à les bien pousser.

— C'était l'avis de M. le cardinal de Richelieu, et mon admiration pour ce grand homme s'augmente encore de ce que vous voulez bien me dire que c'est aussi le vôtre.

— C'est vrai, reprit Mazarin, M. le cardinal avait beaucoup de politique, c'est ce qui faisait sa grande supériorité sur moi, qui suis un homme tout simple et sans détours; c'est ce qui me nuit, j'ai une franchise toute française.

Rochefort se pinça les lèvres pour ne pas sourire.

— Je viens donc au but. J'ai besoin de bons amis, de serviteurs fidèles; quand je dis: j'ai besoin, je veux dire: la reine a besoin. Je ne fais rien que par les ordres de la reine, moi, entendez-vous bien? Ce n'est pas comme

M. le cardinal de Richelieu, qui faisait tout à son caprice. Aussi, je ne serai jamais un grand homme comme lui; mais, en échange, je suis un bonhomme, Monsieur de Rochefort, et j'espère que je vous le prouverai.

Rochefort connaissait cette voix soyeuse, dans laquelle glissait de temps en temps un sifflement qui ressemblait à celui de la vipère.

— Je suis tout prêt à vous croire, Monseigneur, dit-il, quoique, pour ma part, j'aie eu peu de preuves de cette bonhomie dont parle Votre Éminence. N'oubliez pas, Monseigneur, reprit Rochefort voyant le mouvement qu'essayait de réprimer le ministre, n'oubliez pas que depuis cinq ans je suis à la Bastille, et que rien ne fausse les idées comme de voir les choses à travers les grilles d'une prison.

— Ah! Monsieur de Rochefort, je vous ai déjà dit que je n'y étais pour rien dans votre prison. La reine... colère de femme et de princesse, que voulez-vous! mais cela passe comme cela vient, et après on n'y pense plus...

— Je conçois, Monseigneur, qu'elle n'y pense plus, elle qui a passé cinq ans au Palais-Royal, au milieu des fêtes et des courtisans; mais, moi, qui les ai passés à la Bastille...

— Eh! mon Dieu, mon cher Monsieur de Rochefort, croyez-vous que le Palais-Royal soit un séjour bien gai? Non pas, allez. Nous y avons eu, nous aussi, nos grands tracas, je vous assure. Mais, tenez, ne parlons plus de tout cela. Moi, je joue cartes sur table, comme toujours. Voyons, êtes-vous des nôtres, Monsieur de Rochefort.

— Vous devez comprendre, Monseigneur, que je ne demande pas mieux, mais je ne suis plus au courant de rien, moi. A la Bastille, on ne cause politique qu'avec les soldats et les geôliers, et vous n'avez pas idée, Monseigneur, comme ces gens-là sont peu au courant des choses qui se passent. J'en suis toujours à M. de Bassompierre, moi... Il est toujours un des dix-sept seigneurs ?

— Il est mort, Monsieur, et c'est une grande perte. C'était un homme dévoué à la reine, lui, et les hommes dévoués sont rares.

— Parbleu! je crois bien, dit Rochefort. Quand vous en avez, vous les envoyez à la Bastille.

— Mais c'est qu'aussi, dit Mazarin, qu'est-ce qui prouve le dévouement?

— L'action, dit Rochefort.

— Ah! oui, l'action! reprit le ministre réfléchissant; mais où trouver des hommes d'action?

Rochefort hocha la tête.

— Il n'en manque jamais, Monseigneur, seulement vous cherchez mal.

— Je cherche mal! Que voulez-vous dire, mon cher Monsieur de Rochefort? Voyons, instruisez-moi. Vous avez dû beaucoup apprendre dans l'intimité de feu Monseigneur le cardinal. Ah! c'était un si grand homme!

— Monseigneur se fâchera-t-il si je lui fais de la morale?

— Moi, jamais! Vous le savez bien, on peut tout me dire. Je cherche à me faire aimer, et non à me faire craindre.

— Eh bien, Monseigneur, il y a dans mon cachot un proverbe écrit sur la muraille, avec la pointe d'un clou.

— Et quel est ce proverbe? demanda Mazarin.

— Le voici, Monseigneur : *Tel maître...*

— Je le connais : *tel valet.*

— Non : *tel serviteur.* C'est un petit changement que les gens dévoués dont je vous parlais tout à l'heure y ont introduit pour leur satisfaction particulière.

— Eh bien! Que signifie le proverbe?

— Il signifie que M. de Richelieu a bien su trouver des serviteurs dévoués et par douzaines.

— Lui, le point de mire de tous les poignards! Lui qui a passé sa vie à parer tous les coups qu'on lui portait!

— Mais il les a parés, enfin, et pourtant ils étaient rudement portés. C'est que s'il avait de bons ennemis, il avait aussi de bons amis.

— Mais voilà tout ce que je demande!

— J'ai connu des gens, continua Rochefort qui pensa que le moment était venu de tenir parole à d'Artagnan, j'ai connu des gens qui, par leur adresse, ont cent fois mis en défaut la pénétration du cardinal; par leur bravoure, battu ses gardes et ses espions; des gens qui sans argent, sans appui, sans crédit, ont conservé une couronne à une tête couronnée et fait demander grâce au cardinal.

— Mais ces gens dont vous parlez, dit Mazarin en souriant en lui-même de ce que Rochefort arrivait où il voulait le conduire, ces gens-là n'étaient pas dévoués au cardinal, puisqu'ils luttaient contre lui.

— Non, car ils eussent été mieux récompensés; mais ils avaient le malheur d'être dévoués à cette même reine pour laquelle tout à l'heure vous demandiez des serviteurs.

— Mais comment pouvez-vous savoir toutes ces choses?

— Je sais ces choses parce que ces gens-là étaient mes ennemis à cette époque, parce qu'ils luttaient contre moi, parce que je leur ai fait tout le mal que j'ai pu, parce qu'ils me l'ont rendu de leur mieux, parce que l'un d'eux, à qui j'avais eu plus particulièrement affaire, m'a donné un coup d'épée, voilà sept ans à peu près : c'était le troisième que je recevais de la même main... la fin d'un ancien compte .

— Ah! fit Mazarin avec une bonhomie admirable, si je connaissais des hommes pareils.

— Eh! Monseigneur, vous en avez un à votre porte depuis plus de six ans, et que depuis six ans vous n'avez jugé bon à rien.

— Qui donc?

— Monsieur d'Artagnan.

— Ce Gascon! s'écria Mazarin avec une surprise parfaitement jouée.

— Ce Gascon a sauvé une reine, et fait confesser à M. de Richelieu qu'en fait d'habileté, d'adresse et de politique il n'était qu'un écolier.

— En vérité!

— C'est comme j'ai l'honneur de le dire à Votre Excellence.

— Contez-moi un peu cela, mon cher Monsieur de Rochefort.

— C'est bien difficile, Monseigneur, dit le gentilhomme en souriant.

— Il me le contera lui-même, alors.

— J'en doute, Monseigneur.

— Et pourquoi cela?

— Parce que le secret ne lui appartient pas; parce

que, comme je vous l'ai dit, ce secret est celui d'une grande reine.

— Et il était seul pour accomplir une pareille entreprise?

— Non, Monseigneur, il avait trois amis, trois braves qui le secondaient, des braves comme vous en cherchiez tout à l'heure.

— Et ces quatre hommes étaient unis, dites-vous?

— Comme si ces quatre hommes n'en eussent fait qu'un, comme si ces quatre cœurs eussent battu dans la même poitrine; aussi, que n'ont-ils fait à eux quatre!

— Mon cher Monsieur de Rochefort, en vérité vous piquez ma curiosité à un point que je ne puis vous dire. Ne pourriez-vous donc me narrer cette histoire?

— Non, mais je puis vous dire un conte, un véritable conte de fées, je vous en réponds, Monseigneur.

— Oh! dites-moi cela, Monsieur de Rochefort; j'aime beaucoup les contes.

— Vous le voulez donc, Monseigneur? dit Rochefort en essayant de démêler une intention sur cette figure fine et rusée.

— Oui.

— Eh bien, écoutez! Il y avait une fois une reine... mais une puissante reine, la reine d'un des plus grands royaumes du monde, à laquelle un grand ministre voulait beaucoup de mal pour lui avoir voulu auparavant trop de bien. Ne cherchez pas, Monseigneur! vous ne pourriez pas deviner qui. Tout cela se passait bien longtemps avant que vous vinssiez dans le royaume où régnait cette reine. Or, il vint à la cour un ambassadeur si brave, si riche et si élégant, que toutes les femmes en devinrent folles, et que la reine elle-même, en souvenir sans doute de la façon dont il avait traité les affaires d'État, eut l'imprudence de lui donner certaine parure si remarquable qu'elle ne pouvait être remplacée. Comme cette parure venait du roi, le ministre engagea celui-ci à exiger de la princesse que cette parure figurât dans sa toilette au prochain bal. Il est inutile de vous dire, Monseigneur, que le ministre savait de science certaine que la parure avait suivi l'ambassadeur, lequel ambassadeur était fort loin, de l'autre côté des mers. La grande reine était perdue! perdue comme la dernière de ses sujettes, car elle tombait du haut de toute sa grandeur.

— Vraiment! fit Mazarin.

— Eh bien, Monseigneur! quatre hommes résolurent de la sauver. Ces quatre hommes, ce n'étaient pas des princes, ce n'étaient pas des ducs, ce n'étaient pas des hommes puissants, ce n'étaient même pas des hommes riches : c'étaient quatre soldats ayant grand cœur, bon bras, franche épée. Ils partirent. Le ministre savait leur départ et avait aposté des gens sur la route pour les empêcher d'arriver à leur but. Trois furent mis hors de combat par les nombreux assaillants; mais un seul arriva au port, tua ou blessa ceux qui voulaient l'arrêter, franchit la mer et rapporta la parure à la grande reine, qui put l'attacher sur son épaule au jour désigné, ce qui manqua de faire damner le ministre. Que dites-vous de ce trait-là, Monseigneur?

— C'est magnifique! dit Mazarin rêveur.

— Eh bien, j'en sais dix pareils!

Mazarin ne parlait plus, il songeait.

Cinq ou six minutes s'écoulèrent.

— Vous n'avez plus rien à me demander, Monseigneur? dit Rochefort.

— Si fait, et M. d'Artagnan était un de ces quatre hommes, dites-vous?

— C'est lui qui a mené toute l'entreprise.

— Et les autres, quels étaient-ils?

— Monseigneur, permettez que je laisse à M. d'Artagnan le soin de vous les nommer. C'étaient ses amis et non les miens; lui seul aurait quelque influence sur eux, et je ne les connais même pas sous leurs véritables noms.

— Vous vous défiez de moi, Monsieur de Rochefort. Eh bien, je veux être franc jusqu'au bout : j'ai besoin de vous, de lui, de tous!

— Commençons par moi, Monseigneur, puisque vous m'avez envoyé chercher et que me voilà, puis vous passerez à eux. Vous ne vous étonnerez pas de ma curiosité : lorsqu'il y a cinq ans qu'on est en prison, on n'est pas fâché de savoir où l'on va vous envoyer.

— Vous, mon cher Monsieur de Rochefort, vous aurez le poste de confiance, vous irez à Vincennes où M. de Beaufort est prisonnier : vous me le garderez à vue. Eh bien, qu'avez-vous donc?

— J'ai que vous me proposez là une chose impossible, dit Rochefort en secouant la tête d'un air désappointé.

— Comment, une chose impossible! Et pourquoi cette chose est-elle impossible?

— Parce que M. de Beaufort est un de mes amis, ou plutôt que je suis un des siens; avez-vous oublié, Monseigneur, que c'est lui qui avait répondu de moi à la reine?

— M. de Beaufort, depuis ce temps-là, est l'ennemi de l'État.

— Oui, Monseigneur, c'est possible; mais comme je ne suis ni roi, ni reine, ni ministre, il n'est pas mon ennemi, à moi, et je ne puis accepter ce que vous m'offrez.

— Voilà ce que vous appelez du dévouement? Je vous en félicite! Votre dévouement ne vous engage pas trop, Monsieur de Rochefort.

— Et puis, Monseigneur, reprit Rochefort, vous comprendrez que sortir de la Bastille pour rentrer à Vincennes, ce n'est que changer de prison.

— Dites tout de suite que vous êtes du parti de M. de Beaufort, et ce sera plus franc de votre part.

— Monseigneur, j'ai été si longtemps enfermé que je ne suis que d'un parti : c'est du parti du grand air. Employez-moi à toute autre chose, envoyez-moi en mission, occupez-moi activement, mais sur les grands chemins, si c'est possible!

— Mon cher Monsieur de Rochefort, dit Mazarin avec son air goguenard, votre zèle vous emporte : vous vous croyez encore un jeune homme, parce que le cœur y est toujours; mais les forces vous manqueraient. Croyez-moi donc : ce qu'il vous faut maintenant, c'est du repos. Holà, quelqu'un!

— Vous ne statuez donc rien sur moi, Monseigneur?

— Au contraire, j'ai statué.

Bernouin entra.

— Appelez un huissier, dit-il, et restez près de moi, ajouta-t-il tout bas.

Un huissier entra. Mazarin écrivit quelques mots qu'il remit à cet homme, puis salua de la tête.

— Adieu, Monsieur de Rochefort! dit-il.

Rochefort s'inclina respectueusement.

— Je vois, Monseigneur, dit-il, que l'on me reconduit à la Bastille.

— Vous êtes intelligent.

— J'y retourne, Monseigneur; mais, je vous le répète, vous avez tort de ne pas savoir m'employer.

— Vous, l'ami de mes ennemis!

— Que voulez-vous, il me fallait faire l'ennemi de vos ennemis!

— Croyez-vous qu'il n'y ait que vous seul, Monsieur de Rochefort? Croyez-moi, j'en trouverai qui vous vaudront bien.

— Je vous le souhaite, Monseigneur.

— C'est bien. Allez, allez! A propos, c'est inutile que vous m'écriviez davantage, Monsieur de Rochefort, vos lettres seraient des lettres perdues.

« J'ai tiré les marrons du feu, murmura Rochefort en se retirant; et si d'Artagnan n'est pas content de moi quand je lui raconterai tout à l'heure l'éloge que j'ai fait de lui, il sera difficile. Mais où diable me mène-t-on? »

En effet, on conduisait Rochefort par le petit escalier, au lieu de le faire passer dans l'antichambre, où attendait d'Artagnan. Dans la cour, il trouva son carrosse et ses quatre hommes d'escorte; mais il chercha vainement son ami.

« Ah! ah! se dit en lui-même Rochefort, voilà qui change terriblement la chose! Et s'il y a toujours un aussi grand nombre de populaire dans les rues, eh bien! nous tâcherons de prouver au Mazarin que nous sommes encore bon à autre chose, Dieu merci! qu'à garder un prisonnier. »

Et il sauta dans le carrosse aussi légèrement que s'il n'eût eu que vingt-cinq ans.

IV

ANNE D'AUTRICHE A QUARANTE-SIX ANS

Resté seul avec Bernouin, Mazarin demeura un instant pensif; il en savait beaucoup, et cependant il n'en savait pas encore assez. Mazarin était tricheur au jeu; c'est un détail que nous a conservé Brienne : il appelait cela prendre ses avantages. Il résolut de n'entamer la partie avec d'Artagnan que lorsqu'il connaîtrait bien toutes les cartes de son adversaire.

— Monseigneur n'ordonne rien? demanda Bernouin.

— Si fait, répondit Mazarin; éclaire-moi, je vais chez la reine.

Bernouin prit un bougeoir et marcha le premier.

Il y avait un passage secret qui aboutissait des appartements et du cabinet de Mazarin aux appartements de la reine; c'était par ce corridor que passait le cardinal pour se rendre à toute heure auprès d'Anne d'Autriche*.

En arrivant dans la chambre à coucher où donnait ce passage, Bernouin rencontra Mme Beauvais . Mme Beauvais et Bernouin étaient les confidents intimes de ces amours surannées; et Mme Beauvais se chargea d'annoncer le cardinal à Anne d'Autriche, qui était dans son oratoire avec le jeune Louis XIV.

Anne d'Autriche, assise dans un grand fauteuil, le coude appuyé sur une table et la tête appuyée sur sa main, regardait l'enfant royal, qui, couché sur le tapis, feuilletait un grand livre de bataille. Anne d'Autriche était une reine qui savait le mieux s'ennuyer avec majesté, elle restait quelquefois des heures ainsi retirée dans sa chambre ou dans son oratoire, sans lire ni prier.

Quant au livre avec lequel jouait le roi, c'était un Quinte-Curce enrichi de gravures représentant les hauts faits d'Alexandre.

---

* Le chemin par lequel le cardinal se rendait chez la reine mère se voit encore au Palais-Royal. *Mémoires de la princesse Palatine,* p. 331. *(Note de l'édition originale.)*

Mme Beauvais apparut à la porte de l'oratoire et annonça le cardinal de Mazarin.

L'enfant se releva sur un genou, le sourcil froncé, et regardant sa mère :

— Pourquoi donc, dit-il, entre-t-il ainsi sans faire demander audience ?

Anne rougit légèrement.

— Il est important, répliqua-t-elle, qu'un premier ministre, dans les temps où nous sommes, puisse venir rendre compte à toute heure de ce qui se passe à la reine, sans avoir à exciter la curiosité ou les commentaires de toute la cour.

— Mais il me semble que M. de Richelieu n'entrait pas ainsi, répondit l'enfant implacable.

— Comment vous rappelez-vous ce que faisait M. de Richelieu ? Vous ne pouvez le savoir, vous étiez trop jeune .

— Je ne me le rappelle pas, je l'ai demandé, on me l'a dit.

— Et qui vous a dit cela ? reprit Anne d'Autriche avec un mouvement d'humeur mal déguisé.

— Je sais que je ne dois jamais nommer les personnes qui répondent aux questions que je leur fais, répondit l'enfant, ou que sans cela je n'apprendrai plus rien.

En ce moment Mazarin entra. Le roi se leva alors tout à fait, prit son livre, le plia et·alla le porter sur la table, près de laquelle il se tint debout pour forcer Mazarin à se tenir debout aussi.

Mazarin surveillait de son œil intelligent toute cette scène, à laquelle il semblait demander l'explication de celle qui l'avait précédée.

Il s'inclina respectueusement devant la reine et fit une profonde révérence au roi, qui lui répondit par un salut de tête assez cavalier ; mais un regard de sa mère lui reprocha cet abandon aux sentiments de haine que dès son enfance Louis XIV avait voués au cardinal, et il accueillit le sourire sur les lèvres le compliment du ministre.

Anne d'Autriche cherchait à deviner sur le visage de Mazarin la cause de cette visite imprévue, le cardinal ordinairement ne venant chez elle que lorsque tout le monde était retiré.

Le ministre fit un signe de tête imperceptible ; alors la reine s'adressant à Mme Beauvais :

— Il est temps que le roi se couche, dit-elle, appelez Laporte.

Déjà la reine avait dit deux ou trois fois au jeune Louis de se retirer, et toujours l'enfant avait tendrement insisté pour rester; mais, cette fois, il ne fit aucune observation, seulement il se pinça les lèvres et pâlit.

Un instant après, Laporte entra.

L'enfant alla droit à lui sans embrasser sa mère.

— Eh bien, Louis, dit Anne, pourquoi ne m'embrassez-vous point?

— Je croyais que vous étiez fâchée contre moi, Madame : vous me chassez.

— Je ne vous chasse pas; seulement vous venez d'avoir la petite vérole, vous êtes souffrant encore, et je crains que veiller ne vous fatigue.

— Vous n'avez pas eu la même crainte quand vous m'avez fait aller aujourd'hui au Palais pour rendre ces méchants édits qui ont tant fait murmurer le peuple.

— Sire, dit Laporte pour faire diversion, à qui Votre Majesté veut-elle que je donne le bougeoir?

— A qui tu voudras, Laporte, répondit l'enfant, pourvu, ajouta-t-il à haute voix, que ce ne soit pas à Mancini.

M. Mancini était un neveu du cardinal que Mazarin avait placé près du roi comme enfant d'honneur et sur lequel Louis XIV reportait une partie de la haine qu'il avait pour son ministre.

Et le roi sortit sans embrasser sa mère et sans saluer le cardinal.

— A la bonne heure! dit Mazarin; j'aime à voir qu'on élève Sa Majesté dans l'horreur de la dissimulation.

— Pourquoi cela, demanda la reine d'un air presque timide.

— Mais il me semble que la sortie du roi n'a pas besoin de commentaires; d'ailleurs, Sa Majesté ne se donne pas la peine de cacher le peu d'affection qu'elle me porte. Ce qui ne m'empêche pas, du reste, d'être tout dévoué à son service, comme à celui de Votre Majesté.

— Je vous demande pardon pour lui, cardinal, dit la reine, c'est un enfant qui ne peut encore savoir toutes les obligations qu'il vous a.

Le cardinal sourit.

— Mais, continua la reine, vous étiez venu sans

doute pour quelque objet important, qu'y a-t-il donc?

Mazarin s'assit ou plutôt se renversa dans une large chaise, et d'un air mélancolique :

— Il y a, dit-il, que, selon toute probabilité, nous serons forcés de nous quitter bientôt, à moins que vous ne poussiez le dévouement pour moi jusqu'à me suivre en Italie.

— Et pourquoi cela ? demanda la reine.

— Parce que, comme dit l'opéra de *Thisbé,* reprit Mazarin :

> Le monde entier conspire à diviser nos feux .

— Vous plaisantez, Monsieur ! dit la reine en essayant de reprendre un peu de son ancienne dignité.

— Hélas ! non, Madame ! dit Mazarin, je ne plaisante pas le moins du monde ; je pleurerais bien plutôt, je vous prie de le croire ; il y a de quoi, car notez bien que j'ai dit :

> Le monde entier conspire à diviser nos feux.

Or, comme vous faites partie du monde entier, je veux dire que vous aussi m'abandonnez.

— Cardinal !

— Eh ! mon Dieu ! ne vous ai-je pas vue sourire l'autre jour très agréablement à M. le duc d'Orléans ou plutôt à ce qu'il vous disait !

— Et que me disait-il ?

— Il vous disait, Madame : « C'est votre Mazarin » qui est la pierre d'achoppement ; qu'il parte, et tout ira » bien. »

— Que vouliez-vous que je fisse ?

— Oh ! Madame, vous êtes la reine, ce me semble !

— Belle royauté, à la merci du premier gribouil-leur de paperasses du Palais-Royal ou du premier gen-tillâtre du royaume !

— Cependant vous êtes assez forte pour éloigner de vous les gens qui vous déplaisent.

— C'est-à-dire qui vous déplaisent, à vous ! répondit la reine.

— A moi !

— Sans doute. Qui a renvoyé Mme de Chevreuse , qui pendant douze ans avait été persécutée sous l'autre règne ?

— Une intrigante qui voulait continuer contre moi les cabales commencées contre M. de Richelieu!

— Qui a renvoyé Mme de Hautefort, cette amie si parfaite qu'elle avait refusé les bonnes grâces du roi pour rester dans les miennes?

— Une prude qui vous disait chaque soir, en vous déshabillant, que c'était perdre votre âme que d'aimer un prêtre, comme si on était prêtre parce qu'on est cardinal!

— Qui a fait arrêter M. de Beaufort?

— Un brouillon qui ne parlait de rien moins que de m'assassiner!

— Vous voyez bien, cardinal, reprit la reine, que vos ennemis sont les miens.

— Ce n'est pas assez, Madame, il faudrait encore que vos amis fussent les miens aussi.

— Mes amis, Monsieur!... La reine secoua la tête: Hélas! je n'en ai plus.

— Comment n'avez-vous plus d'amis dans le bonheur quand vous en aviez bien dans l'adversité?

— Parce que, dans le bonheur, j'ai oublié ces amis-là, Monsieur, parce que j'ai fait comme la reine Marie de Médicis, qui, au retour de son premier exil, a méprisé tous ceux qui avaient souffert pour elle, et qui, proscrite une seconde fois, est morte à Cologne, abandonnée du monde entier et même de son fils, parce que tout le monde la méprisait à son tour.

— Eh bien, voyons! dit Mazarin, ne serait-il pas temps de réparer le mal? Cherchez parmi vos amis vos plus anciens.

— Que voulez-vous dire, Monsieur?

— Rien autre chose que ce que je dis: cherchez.

— Hélas! j'ai beau regarder autour de moi, je n'ai d'influence sur personne. Monsieur, comme toujours, est conduit par son favori: hier c'était Choisy, aujourd'hui c'est La Rivière, demain ce sera un autre. M. le Prince est conduit par le coadjuteur, qui est conduit par Mme de Guéménée.

— Aussi, Madame, je ne vous dis pas de regarder parmi vos amis du jour, mais parmi vos amis d'autrefois.

— Parmi mes amis d'autrefois? fit la reine.

— Oui, parmi vos amis d'autrefois, parmi ceux qui vous ont aidée à lutter contre M. de Richelieu, à le vaincre même.

« Où veut-il en venir ? » murmura la reine en regardant le cardinal avec inquiétude.

— Oui, continua celui-ci, en certaines circonstances, avec cet esprit puissant et fin qui caractérise Votre Majesté, vous avez su, grâce au concours de vos amis, repousser les attaques de cet adversaire.

— Moi ! dit la reine, j'ai souffert, voilà tout.

— Oui, dit Mazarin, comme souffrent les femmes en se vengeant. Voyons, allons au fait ! Connaissez-vous M. de Rochefort ?

— M. de Rochefort n'était pas un de mes amis, dit la reine, mais bien au contraire de mes ennemis les plus acharnés, un des plus fidèles de M. le cardinal. Je croyais que vous saviez cela.

— Je le sais si bien, répondit Mazarin, que nous l'avons fait mettre à la Bastille.

— En est-il sorti ? demanda la reine.

— Non, rassurez-vous, il y est toujours; aussi je ne vous parle de lui que pour arriver à un autre. Connaissez-vous M. d'Artagnan ? continua Mazarin en regardant la reine en face.

Anne d'Autriche reçut le coup en plein cœur.

« Le Gascon aurait-il été indiscret ? » murmura-t-elle. Puis tout haut :

— D'Artagnan ! ajouta-t-elle. Attendez donc, oui, certainement, ce nom-là m'est familier. D'Artagnan, un mousquetaire, qui aimait une de mes femmes, pauvre petite créature qui est morte empoisonnée à cause moi.

— Voilà tout ? dit Mazarin.

La reine regarda le cardinal avec étonnement.

— Mais, Monsieur, dit-elle, il me semble que vous me faites subir un interrogatoire ?

— Auquel, en tout cas, dit Mazarin avec son éternel sourire et sa voix toujours douce, vous ne répondez que selon votre fantaisie.

— Exposez clairement vos désirs, Monsieur, et j'y répondrai de même, dit la reine avec un commencement d'impatience.

— Eh bien, Madame ! dit Mazarin en s'inclinant, je désire que vous me fassiez part de vos amis, comme je vous ai fait part du peu d'industrie et de talent que le ciel a mis en moi. Les circonstances sont graves, et il va falloir agir énergiquement.

— Encore! dit la reine, je croyais que nous en serions quittes avec M. de Beaufort.

— Oui! vous n'avez vu que le torrent qui voulait vous renverser, et vous n'avez pas fait attention à l'eau dormante. Il y a cependant en France un proverbe sur l'eau qui dort.

— Achevez, dit la reine.

— Eh bien! continua Mazarin, je souffre tous les jours les affronts que me font vos princes et vos valets titrés, tous automates qui ne voient pas que je tiens leur fil, et qui, sous ma gravité patiente, n'ont pas deviné le rire de l'homme irrité, qui s'est juré à lui-même d'être un jour le plus fort. Nous avons fait arrêter M. de Beaufort, c'est vrai; mais c'était le moins dangereux de tous, il y a encore M. le Prince...

— Le vainqueur de Rocroy! Y pensez-vous?

— Oui, Madame, et fort souvent; mais *patienza,* comme nous disons, nous autres Italiens. Puis, après M. de Condé, il y a M. le duc d'Orléans.

— Que dites-vous là? Le premier prince du sang, l'oncle du roi!

— Non pas le premier prince du sang, non pas l'oncle du roi, mais le lâche conspirateur qui, sous l'autre règne, poussé par son caractère capricieux et fantasque, rongé d'ennuis misérables, dévoré d'une plate ambition, jaloux de tout ce qui le dépassait en loyauté et en courage, irrité de n'être rien, grâce à sa nullité, s'est fait l'écho de tous les mauvais bruits, s'est fait l'âme de toutes les cabales, a fait signe d'aller en avant à tous ces braves gens qui ont eu la sottise de croire à la parole d'un homme du sang royal, et qui les a reniés lorsqu'ils sont montés sur l'échafaud! Non pas le premier prince du sang, non pas l'oncle du roi, je le répète, mais l'assassin de Chalais, de Montmorency et de Cinq-Mars , qui essaye aujourd'hui de jouer le même jeu, et qui se figure qu'il gagnera la partie parce qu'il changera d'adversaire et parce qu'au lieu d'avoir en face de lui un homme qui menace il a un homme qui sourit. Mais il se trompe, il aura perdu à perdre M. de Richelieu, et je n'ai pas intérêt à laisser près de la reine ce ferment de discorde avec lequel feu M. le cardinal a fait bouillir vingt ans la bile du roi.

Anne rougit et cacha sa tête dans ses deux mains.

— Je ne veux point humilier Votre Majesté, reprit

Mazarin, revenant à un ton plus calme, mais en même
temps d'une fermeté étrange. Je veux qu'on respecte
la reine et qu'on respecte son ministre, puisque aux
yeux de tous je ne suis que cela. Votre Majesté sait, elle,
que je ne suis pas, comme beaucoup de gens le disent,
un pantin venu d'Italie; il faut que tout le monde le
sache comme Votre Majesté.

— Eh bien, donc, que dois-je faire? dit Anne d'Autriche courbée sous cette voix dominatrice.

— Vous devez chercher dans votre souvenir le nom
de ces hommes fidèles et dévoués qui ont passé la mer
malgré M. de Richelieu, en laissant des traces de leur
sang tout le long de la route, pour rapporter à Votre
Majesté certaine parure qu'elle avait donnée à M. de
Buckingham.

Anne se leva majestueuse et irritée comme si un ressort
d'acier l'eût fait bondir, et, regardant le cardinal avec
cette hauteur et cette dignité qui la rendaient si puissante
aux jours de sa jeunesse:

— Vous m'insultez, Monsieur! dit-elle.

— Je veux enfin, continua Mazarin, achevant la
pensée qu'avait tranchée par le milieu le mouvement
de la reine, je veux que vous fassiez aujourd'hui pour
votre mari ce que vous avez fait autrefois pour votre
amant.

— Encore cette calomnie! s'écria la reine. Je la
croyais cependant bien morte et bien étouffée, car vous
me l'aviez épargnée jusqu'à présent; mais voilà que
vous m'en parlez à votre tour. Tant mieux; car il en
sera question cette fois entre nous, et tout sera fini,
entendez-vous bien?

— Mais, Madame, dit Mazarin étonné de ce retour de
force, je ne demande pas que vous me disiez tout.

— Et moi je veux tout vous dire, répondit Anne
d'Autriche. Écoutez donc. Je veux vous dire qu'il y avait
effectivement à cette époque quatre cœurs dévoués,
quatre âmes loyales, quatre épées fidèles, qui m'ont
sauvé plus que la vie, Monsieur, qui m'ont sauvé l'honneur.

— Ah! vous l'avouez, dit Mazarin.

— N'y a-t-il donc que les coupables dont l'honneur
soit en jeu, Monsieur, et ne peut-on pas déshonorer
quelqu'un, une femme surtout, avec des apparences!

Oui, les apparences étaient contre moi et j'allais être déshonorée, et cependant, je le jure, je n'étais pas coupable. Je le jure...

La reine chercha une chose sainte sur laquelle elle pût jurer; et tirant d'une armoire perdue dans la tapisserie un petit coffret de bois de rose incrusté d'argent , et le posant sur l'autel :

— Je le jure, reprit-elle, sur ces reliques sacrées, j'aimais M. de Buckingham, mais M. de Buckingham n'était pas mon amant!

— Et quelles sont ces reliques sur lesquelles vous faites ce serment, Madame? dit en souriant Mazarin; car je vous en préviens, en ma qualité de Romain je suis incrédule : il y a relique et relique.

La reine détacha une petite clef d'or de son cou et la présenta au cardinal.

— Ouvrez, Monsieur, dit-elle, et voyez vous-même.

Mazarin, étonné, prit la clef et ouvrit le coffret, dans lequel il ne trouva qu'un couteau rongé par la rouille et deux lettres dont l'une était tachée de sang.

— Qu'est-ce que cela? demanda Mazarin.

— Qu'est-ce que cela, Monsieur? dit Anne d'Autriche avec son geste de reine et en étendant sur le coffret ouvert un bras resté parfaitement beau malgré les années, je vais vous le dire. Ces deux lettres sont les deux seules lettres que je lui aie jamais écrites. Ce couteau, c'est celui dont Felton l'a frappé. Lisez ces lettres, Monsieur, et vous verrez si j'ai menti.

Malgré la permission qui lui était donnée, Mazarin, par un sentiment naturel, au lieu de lire les lettres, prit le couteau que Buckingham mourant avait arraché de sa blessure, et qu'il avait, par Laporte, envoyé à la reine; la lame en était toute rongée, car le sang était devenu de la rouille; puis après un instant d'examen, pendant lequel la reine était devenue aussi blanche que la nappe de l'autel sur lequel elle était appuyée, il le replaça dans le coffret avec un frisson involontaire.

— C'est bien, Madame, dit-il, je m'en rapporte à votre serment.

— Non, non! lisez, dit la reine en fronçant le sourcil; lisez, je le veux, je l'ordonne, afin, comme je l'ai résolu, que tout soit fini de cette fois, et que nous ne revenions plus sur ce sujet. Croyez-vous, ajouta-t-elle avec un

sourire terrible, que je sois disposée à rouvrir ce coffret à
chacune de vos accusations à venir?

Mazarin, dominé par cette énergie, obéit presque
machinalement et lut les deux lettres. L'une était celle
par laquelle la reine redemandait les ferrets à Buckingham : c'était celle qu'avait portée d'Artagnan, et qui
était arrivée à temps. L'autre était celle que Laporte avait
remise au duc, dans laquelle la reine le prévenait qu'il
allait être assassiné et qui était arrivée trop tard.

— C'est bien, Madame, dit Mazarin, et il n'y a rien à
répondre à cela.

— Si, Monsieur, dit la reine en refermant le coffret
et en appuyant sa main dessus; si, il y a quelque chose
à répondre : c'est que j'ai toujours été ingrate envers
ces hommes qui m'ont sauvée, moi, et qui ont fait tout
ce qu'ils ont pu pour le sauver, lui; c'est que je n'ai rien
donné à ce brave d'Artagnan, dont vous me parliez tout
à l'heure, que ma main à baiser, et ce diamant.

La reine étendit sa belle main vers le cardinal et lui
montra une pierre admirable qui scintillait à son doigt.

— Il l'a vendu, à ce qu'il paraît, reprit-elle, dans un
moment de gêne, il l'a vendu pour me sauver une seconde fois, car c'était pour envoyer un messager au duc
et pour le prévenir qu'il devait être assassiné.

— D'Artagnan le savait donc?

— Il savait tout. Comment faisait-il? Je l'ignore.
Mais enfin il l'a vendu à M. des Essarts, au doigt
duquel je l'ai vu, et de qui je l'ai racheté; mais ce diamant lui appartient, Monsieur : rendez-le-lui donc de
ma part, et, puisque vous avez le bonheur d'avoir près
de vous un pareil homme, tâchez de l'utiliser.

— Merci, Madame! dit Mazarin, je profiterai du
conseil.

— Et maintenant, dit la reine comme brisée par
l'émotion, avez-vous autre chose à me demander?

— Rien, Madame, répondit le cardinal de sa voix la
plus caressante, que de vous supplier de me pardonner
mes injustes soupçons; mais je vous aime tant, qu'il
n'est pas étonnant que je sois jaloux, même du passé.

Un sourire d'une indéfinissable expression passa sur
les lèvres de la reine.

— Eh bien, alors, Monsieur, dit-elle, si vous n'avez
rien autre chose à me demander, laissez-moi; vous devez

comprendre qu'après une pareille scène j'ai besoin d'être seule.

Mazarin s'inclina.

— Je me retire, Madame, dit-il; me permettez-vous de revenir?

— Oui, mais demain; je n'aurai pas trop de tout ce temps pour me remettre.

Le cardinal prit la main de la reine et la lui baisa galamment, puis il se retira.

A peine fut-il sorti que la reine passa dans l'appartement de son fils et demanda à Laporte si le roi était couché. Laporte lui montra de la main l'enfant qui dormait.

Anne d'Autriche monta sur les marches du lit, approcha ses lèvres du front plissé de son fils et y déposa doucement un baiser; puis elle se retira silencieuse comme elle était venue, se contentant de dire au valet de chambre:

— Tâchez donc, mon cher Laporte, que le roi fasse meilleure mine à M. le cardinal, auquel lui et moi avons de si grandes obligations.

V

GASCON ET ITALIEN

Pendant ce temps le cardinal était revenu dans son cabinet, à la porte duquel veillait Bernouin, à qui il demanda si rien ne s'était passé de nouveau et s'il n'était venu aucune nouvelle du dehors. Sur sa réponse négative il lui fit signe de se retirer.

Resté seul, il alla ouvrir la porte du corridor, puis celle de l'antichambre; d'Artagnan, fatigué, dormait sur une banquette.

— Monsieur d'Artagnan! dit-il d'une voix douce

D'Artagnan ne broncha point.

— Monsieur d'Artagnan! dit-il plus haut.

D'Artagnan continua de dormir.

Le cardinal s'avança vers lui et lui toucha l'épaule du bout du doigt.

Cette fois d'Artagnan tressaillit, se réveilla, et, en se réveillant, se trouva tout debout et comme un soldat sous les armes.

— Me voilà, dit-il; qui m'appelle?

— Moi, dit Mazarin avec son visage le plus souriant.

— J'en demande pardon à Votre Éminence, dit d'Artagnan, mais j'étais si fatigué...

— Ne me demandez pas pardon, Monsieur, dit Mazarin, car vous vous êtes fatigué à mon service.

D'Artagnan admira l'air gracieux du ministre.

« Ouais! dit-il entre ses dents, est-il vrai le proverbe qui dit que le bien vient en dormant? »

— Suivez-moi, Monsieur! dit Mazarin.

« Allons, allons, murmura d'Artagnan, Rochefort m'a tenu parole; seulement, par où diable est-il passé? »

Et il regarda jusque dans les moindres recoins du cabinet mais il n'y avait plus de Rochefort.

— Monsieur d'Artagnan, dit Mazarin en s'asseyant et en s'accommodant sur son fauteuil, vous m'avez toujours paru un brave et galant homme.

« C'est possible, pensa d'Artagnan, mais il a mis le temps à me le dire. »

Ce qui ne l'empêcha pas de saluer Mazarin jusqu'à terre pour répondre à son compliment.

— Eh bien, continua Mazarin, le moment est venu de mettre à profit vos talents et votre valeur!

Les yeux de l'officier lancèrent comme un éclair de joie qui s'éteignit aussitôt, car il ne savait pas où Mazarin en voulait venir.

— Ordonnez, Monseigneur, dit-il, je suis prêt à obéir à Votre Éminence.

— Monsieur d'Artagnan, continua Mazarin, vous avez fait sous le dernier règne certains exploits...

— Votre Éminence est trop bonne de se souvenir... C'est vrai, j'ai fait la guerre avec assez de succès.

— Je ne parle pas de vos exploits guerriers, dit Mazarin, car, quoiqu'ils aient fait quelque bruit, ils ont été surpassés par les autres.

D'Artagnan fit l'étonné.

— Eh bien, dit Mazarin, vous ne répondez pas?

— J'attends, reprit d'Artagnan, que Monseigneur me dise de quels exploits il veut parler.

— Je parle de l'aventure... Hé! vous savez bien ce que je veux dire.

— Hélas! non, Monseigneur, répondit d'Artagnan tout étonné.

— Vous êtes discret, tant mieux. Je veux parler de cette aventure de la reine, de ces ferrets, de ce voyage que vous avez fait avec trois de vos amis.

« Hé, hé! pensa le Gascon, est-ce un piège, tenons-nous ferme. »

Et il arma ses traits d'une stupéfaction que lui eût enviée Mondori ou Bellerose , les deux meilleurs comédiens de l'époque.

— Fort bien! dit Mazarin en riant, bravo! on m'avait bien dit que vous étiez l'homme qu'il me fallait. Voyons, là, que feriez-vous bien pour moi?

— Tout ce que Votre Éminence m'ordonnera de faire, dit d'Artagnan.

— Vous feriez pour moi ce que vous avez fait autrefois pour une reine?

« Décidément, se dit d'Artagnan à lui-même, on veut me faire parler; voyons-le venir. Il n'est pas plus

fin que le Richelieu !... Que diable... » Pour une reine,
Monseigneur ! je ne comprends pas.

— Vous ne comprenez pas que j'ai besoin de vous
et de vos trois amis ?

— De quels amis, Monseigneur ?

— De vos trois amis d'autrefois.

— Autrefois, Monseigneur, répondit d'Artagnan,
je n'avais pas trois amis, j'en avais cinquante. A vingt
ans, on appelle tout le monde ses amis.

— Bien, bien, Monsieur l'officier ! dit Mazarin, la
discrétion est une belle chose ; mais aujourd'hui, vous
pourriez vous repentir d'avoir été trop discret.

— Monseigneur, Pythagore faisait garder pendant
cinq ans le silence à ses disciples pour leur apprendre à
se taire.

— Et vous l'avez gardé vingt ans, Monsieur. C'est
quinze ans de plus qu'un philosophe pythagoricien, ce
qui me semble raisonnable. Parlez donc aujourd'hui,
car la reine elle-même vous relève de votre serment.

— La reine ! dit d'Artagnan avec un étonnement,
qui, cette fois, n'était pas joué.

— Oui, la reine ! Et pour preuve que je vous parle
en son nom, c'est qu'elle m'a dit de vous montrer ce
diamant qu'elle prétend que vous connaissez, et qu'elle
a racheté de M. des Essarts.

Et Mazarin étendit la main vers l'officier, qui soupira
en reconnaissant la bague que la reine lui avait donnée
le soir du bal de l'Hôtel de Ville .

— C'est vrai ! dit d'Artagnan, je reconnais ce diamant,
qui a appartenu à la reine.

— Vous voyez donc bien que je vous parle en son
nom. Répondez-moi donc sans jouer davantage la
comédie. Je vous l'ai déjà dit, et je vous le répète, il y
va de votre fortune.

— Ma foi, Monseigneur ! j'ai grand besoin de faire
fortune. Votre Éminence m'a oublié si longtemps !

— Il ne faut que huit jours pour réparer cela. Voyons,
vous voilà, vous, mais où sont vos amis ?

— Je n'en sais rien, Monseigneur.

— Comment, vous n'en savez rien ?

— Non ; il y a longtemps que nous nous sommes
séparés, car tous trois ont quitté le service.

— Mais où les retrouverez-vous ?

— Partout où ils seront. Cela me regarde.

— Bien! Vos conditions?

— De l'argent, Monseigneur, tant que nos entreprises en demanderont. Je me rappelle trop combien parfois nous avons été empêchés, faute d'argent, et sans ce diamant, que j'ai été obligé de vendre, nous serions restés en chemin.

— Diable! de l'argent, et beaucoup! dit Mazarin; comme vous y allez, Monsieur l'officier! Savez-vous bien qu'il n'y en a pas, d'argent, dans les coffres du roi?

— Faites comme moi, alors, Monseigneur, vendez les diamants de la couronne; croyez-moi, ne marchandons pas, on fait mal les grandes choses avec de petits moyens.

— Eh bien, dit Mazarin, nous verrons à vous satisfaire.

« Richelieu, pensa d'Artagnan, m'eût déjà donné cinq cents pistoles d'arrhes. »

— Vous serez donc à moi?

— Oui, si mes amis le veulent.

— Mais, à leur refus, je pourrais compter sur vous?

— Je n'ai jamais rien fait de bon seul, dit d'Artagnan en secouant la tête.

— Allez donc les trouver.

— Que leur dirai-je pour les déterminer à servir Votre Éminence?

— Vous les connaissez mieux que moi. Selon leurs caractères vous promettrez.

— Que promettrai-je?

— Qu'ils me servent comme ils ont servi la reine, et ma reconnaissance sera éclatante.

— Que ferons-nous?

— Tout, puisqu'il paraît que vous savez tout faire.

— Monseigneur, lorsqu'on a confiance dans les gens et qu'on veut qu'ils aient confiance en nous, on les renseigne mieux que ne fait Votre Éminence.

— Lorsque le moment d'agir sera venu, soyez tranquille, reprit Mazarin, vous aurez toute ma pensée.

— Et jusque-là!

— Attendez et cherchez vos amis.

— Monseigneur, peut-être ne sont-ils pas à Paris, c'est probable même, il va falloir voyager. Je ne suis qu'un lieutenant de mousquetaires fort pauvre et les voyages sont chers.

— Mon intention, dit Mazarin, n'est pas que vous paraissiez avec un grand train, mes projets ont besoin de mystère et souffriraient d'un trop grand équipage.

— Encore, Monseigneur, ne puis-je voyager avec ma paye, puisque l'on est en retard de trois mois avec moi; et je ne puis voyager avec mes économies, attendu que depuis vingt-deux ans que je suis au service je n'ai économisé que des dettes.

Mazarin resta un instant pensif, comme si un grand combat se livrait en lui; puis allant à une armoire fermée d'une triple serrure, il en tira un sac, et le pesant dans sa main deux ou trois fois avant de le donner à d'Artagnan :

— Prenez donc ceci, dit-il avec un soupir, voilà pour le voyage.

« Si ce sont des doublons d'Espagne ou même des écus d'or, pensa d'Artagnan, nous pourrons encore faire affaire ensemble. »

Il salua le cardinal et engouffra le sac dans sa large poche.

— Eh bien, c'est donc dit, répondit le cardinal, vous allez voyager...

— Oui, Monseigneur.

— Écrivez-moi tous les jours pour me donner des nouvelles de votre négociation.

— Je n'y manquerai pas, Monseigneur.

— Très bien. A propos, le nom de vos amis?

— Le nom de mes amis? répéta d'Artagnan avec un reste d'inquiétude.

— Oui; pendant que vous chercherez de votre côté, moi, je m'informerai du mien et peut-être apprendrai-je quelque chose.

— M. le comte de La Fère, autrement dit Athos; M. du Vallon, autrement dit Porthos, et M. le chevalier d'Herblay, aujourd'hui l'abbé d'Herblay, autrement dit Aramis .

Le cardinal sourit.

— Des cadets, dit-il, qui s'étaient engagés aux mousquetaires sous de faux noms pour ne pas compromettre leurs noms de famille. Longues rapières, mais bourses légères; on connaît cela.

— Si Dieu veut que ces rapières-là passent au service de Votre Éminence, dit d'Artagnan, j'ose exprimer un désir, c'est que ce soit à son tour la bourse de Monseigneur qui devienne légère et la leur qui devienne lourde; car avec ces trois hommes et moi, Votre Éminence remuera toute la France et même toute l'Europe, si cela lui convient.

— Ces Gascons, dit Mazarin en riant, valent presque les Italiens pour la bravade.

— En tout cas, dit d'Artagnan avec un sourire pareil à celui du cardinal, ils valent mieux pour l'estocade.

Et il sortit après avoir demandé un congé qui lui fut accordé à l'instant et signé par Mazarin lui-même.

A peine dehors il s'approcha d'une lanterne qui était dans la cour et regarda précipitamment dans le sac.

— Des écus d'argent! fit-il avec mépris; je m'en doutais. Ah! Mazarin! Mazarin! tu n'as pas confiance en moi! tant pis! cela te portera malheur!

Pendant ce temps le cardinal se frottait les mains.

— Cent pistoles, murmura-t-il, cent pistoles! Pour cent pistoles j'ai eu un secret que M. de Richelieu aurait payé vingt mille écus. Sans compter ce diamant, en jetant amoureusement les yeux sur la bague qu'il avait gardée, au lieu de la donner à d'Artagnan; sans compter ce diamant, qui vaut au moins dix mille livres.

Et le cardinal rentra dans sa chambre tout joyeux de cette soirée dans laquelle il avait fait un si beau bénéfice, plaça la bague dans un écrin garni de brillants de toute espèce, car le cardinal avait le goût des pierreries, et il appela Bernouin pour le déshabiller, sans davantage se préoccuper des rumeurs qui continuaient de venir par bouffées battre les vitres, et des coups de fusil qui retentissaient encore dans Paris, quoiqu'il fût plus de onze heures du soir.

Pendant ce temps d'Artagnan s'acheminait vers la rue Tiquetonne , où il demeurait à *l'Hôtel de la Chevrette*.

Disons en peu de mots comment d'Artagnan avait été amené à faire choix de cette demeure.

VI

D'ARTAGNAN A QUARANTE ANS

HÉLAS! depuis l'époque où, dans notre roman des *Trois Mousquetaires,* nous avons quitté d'Artagnan, rue des Fossoyeurs, 12, il s'était passé bien des choses, et surtout bien des années.

D'Artagnan n'avait pas manqué aux circonstances, mais les circonstances avaient manqué à d'Artagnan. Tant que ses amis l'avaient entouré, d'Artagnan était resté dans sa jeunesse et sa poésie; c'était une de ces natures fines et ingénieuses qui s'assimilent facilement les qualités des autres. Athos lui donnait de sa grandeur, Porthos de sa verve, Aramis de son élégance. Si d'Artagnan eût continué de vivre avec ces trois hommes, il fût devenu un homme supérieur. Athos le quitta le premier, pour se retirer dans cette petite terre dont il avait hérité du côté de Blois; Porthos, le second, pour épouser sa procureuse; enfin, Aramis, le troisième, pour entrer définitivement dans les ordres et se faire abbé. A partir de ce moment, d'Artagnan, qui semblait avoir confondu son avenir avec celui de ses trois amis, se trouva isolé et faible, sans courage pour poursuivre une carrière dans laquelle il sentait qu'il ne pouvait devenir quelque chose qu'à la condition que chacun de ses amis lui céderait, si cela peut se dire, une part du fluide électrique qu'il avait reçu du ciel.

Ainsi, quoique devenu lieutenant de mousquetaires, d'Artagnan ne s'en trouva que plus isolé; il n'était pas d'assez haute naissance, comme Athos, pour que les grandes maisons s'ouvrissent devant lui; il n'était pas assez vaniteux, comme Porthos, pour faire croire qu'il voyait la haute société; il n'était pas assez gentilhomme, comme Aramis, pour se maintenir dans son élégance native, en tirant son élégance de lui-même. Quelque temps le souvenir charmant de Mme Bonacieux avait imprimé à l'esprit du jeune lieutenant une certaine poésie; mais comme celui de toutes les choses de ce monde, ce souvenir périssable s'était peu à peu effacé; la vie de garnison est fatale, même aux organisations aristocratiques. Des deux natures opposées qui composaient l'individualité de d'Artagnan, la nature matérielle l'avait peu à peu emporté, et tout doucement, sans s'en apercevoir lui-même, d'Artagnan, toujours en garnison, toujours au camp, toujours à cheval, était devenu (je ne sais comment cela s'appelait à cette époque) ce qu'on appelle de nos jours un « véritable troupier. »

Ce n'est point que pour cela d'Artagnan eût perdu de sa finesse primitive; non pas. Au contraire, peut-être cette finesse s'était augmentée, ou du moins paraissait doublement remarquable sous une enveloppe un peu grossière; mais cette finesse il l'avait appliquée aux petites et non aux grandes choses de la vie; au bien-être matériel, au bien-être comme les soldats l'entendent, c'est-à-dire à avoir bon gîte, bonne table, bonne hôtesse.

Et d'Artagnan avait trouvé tout cela depuis six ans rue Tiquetonne, à l'enseigne de *la Chevrette*.

Dans les premiers temps de son séjour dans cet hôtel, la maîtresse de la maison, belle et fraîche Flamande de vingt-cinq à vingt-six ans, s'était singulièrement éprise de lui; et après quelques amours fort traversées par un mari incommode, auquel dix fois d'Artagnan avait fait semblant de passer son épée au travers du corps, ce mari avait disparu un beau matin, désertant à tout jamais, après avoir vendu furtivement quelques pièces de vin et emporté l'argent et les bijoux. On le crut mort; sa femme surtout, qui se flattait de cette douce idée qu'elle était veuve, soutenait hardiment qu'il était trépassé. Enfin, après trois ans d'une liaison que d'Artagnan s'était bien gardé de rompre, trouvant chaque année son gîte et sa maîtresse plus agréables que jamais, car l'une faisait crédit de l'autre, la maîtresse eut l'exorbitante prétention de devenir femme, et proposa à d'Artagnan de l'épouser.

— Ah! fi! répondit d'Artagnan. De la bigamie, ma chère! Allons donc, vous n'y pensez pas!

— Mais il est mort, j'en suis sûre.

— C'était un gaillard très contrariant et qui reviendrait pour nous faire pendre.

— Eh bien, s'il revient, vous le tuerez; vous êtes si **brave et si adroit!**

— Peste! ma mie! Autre moyen d'être pendu.

— Ainsi vous repoussez ma demande?

— Comment donc! Mais avec acharnement!

La belle hôtelière fut désolée. Elle eût fait bien volontiers de M. d'Artagnan non seulement son mari, mais encore son dieu : c'était un si bel homme et une si fière moustache!

Vers la quatrième année de cette liaison vint l'expédition de Franche-Comté , D'Artagnan fut désigné pour en être et se prépara à partir. Ce furent de grandes douleurs, des larmes sans fin, des promesses solennelles de rester fidèle; le tout de la part de l'hôtesse, bien entendu. D'Artagnan était trop grand seigneur pour rien promettre; aussi promit-il seulement de faire ce qu'il pourrait pour ajouter encore à la gloire de son nom.

Sous ce rapport, on connaît le courage de d'Artagnan; il paya admirablement de sa personne, et, en chargeant à la tête de sa compagnie, il reçut au travers de la poitrine une balle qui le coucha tout de son long sur le champ de bataille. On le vit tomber de son cheval, on ne le vit pas se relever, on le crut mort, et tous ceux qui avaient espoir de lui succéder dans son grade dirent à tout hasard qu'il l'était. On croit facilement ce qu'on désire; or, à l'armée, depuis les généraux de division qui désirent la mort du général en chef jusqu'aux soldats qui désirent la mort des caporaux, tout le monde désire la mort de quelqu'un.

Mais d'Artagnan n'était pas un homme à se laisser tuer comme cela. Après être resté pendant la chaleur du jour évanoui sur le champ de bataille, la fraîcheur de la nuit le fit revenir à lui; il gagna un village, alla frapper à la porte de la plus belle maison, fut reçu comme le sont partout et toujours les Français, fussent-ils blessés; il fut choyé, soigné, guéri, et, mieux portant que jamais, il reprit un beau matin le chemin de la France, une fois en France la route de Paris, et une fois à Paris la direction de la rue Tiquetonne.

Mais d'Artagnan trouva sa chambre prise par un portemanteau d'homme complet, sauf l'épée, installé contre la muraille.

— Il sera revenu, dit-il; tant pis et tant mieux!

Il va sans dire que d'Artagnan songeait toujours au mari.

Il s'informa : nouveau garçon, nouvelle servante; la maîtresse était allée à la promenade.

— Seule? demanda d'Artagnan.

— Avec Monsieur.

— Monsieur est donc revenu?

— Sans doute, répondit naïvement la servante.

« Si j'avais de l'argent, se dit d'Artagnan à lui-même, je m'en irais; mais je n'en ai pas, il faut demeurer et suivre les conseils de mon hôtesse, en traversant les projets conjugaux de cet importun revenant. »

Il achevait ce monologue, ce qui prouve que dans les grandes circonstances rien n'est plus naturel que le monologue, quand la servante, qui guettait à la porte, s'écria tout à coup :

— Ah, tenez! justement voici Madame qui revient avec Monsieur.

D'Artagnan jeta les yeux au loin dans la rue et vit en effet, au tournant de la rue Montmartre, l'hôtesse qui revenait suspendue au bras d'un énorme Suisse, lequel se dandinait en marchant avec des airs qui rappelèrent agréablement Porthos à son ancien ami.

« C'est là Monsieur? se dit d'Artagnan. Oh! oh! il a fort grandi ce me semble! »

Et il s'assit dans la salle, dans un endroit parfaitement en vue.

L'hôtesse en entrant aperçut tout d'abord d'Artagnan et jeta un petit cri.

A ce petit cri, d'Artagnan se jugeant reconnu se leva, courut à elle et l'embrassa tendrement.

Le Suisse regardait d'un air stupéfait l'hôtesse qui demeurait toute pâle.

— Ah! c'est vous, Monsieur! Que me voulez-vous? demanda-t-elle dans le plus grand trouble.

— Monsieur est votre cousin? Monsieur est votre frère? dit d'Artagnan sans se déconcerter aucunement dans le rôle qu'il jouait.

Et, sans attendre qu'elle répondît, il se jeta dans les bras de l'Helvétien, qui le laissa faire avec une grande froideur.

— Quel est cet homme? demanda-t-il.

L'hôtesse ne répondit que par des suffocations.

— Quel est ce Suisse? demanda d'Artagnan.

— Monsieur va m'épouser, répondit l'hôtesse entre deux spasmes.

— Votre mari est donc mort enfin?

— Que vous imborde ? répondit le Suisse.

— Il m'imborde beaucoup, répondit d'Artagnan, attendu que vous ne pouvez épouser Madame sans mon consentement et que...

— Et gue ?... demanda le Suisse.

— Et gue... je ne le donne pas, dit le mousquetaire.

Le Suisse devint pourpre comme une pivoine; il portait son bel uniforme doré, d'Artagnan était enveloppé d'une espèce de manteau gris; le Suisse avait six pieds, d'Artagnan n'en avait guère plus de cinq; le Suisse se croyait chez lui, d'Artagnan lui sembla un intrus.

— Foulez-vous sordir d'ici ? demanda le Suisse en frappant violemment du pied comme un homme qui commence sérieusement à se fâcher.

— Moi ? Pas du tout ! dit d'Artagnan.

— Mais il n'y a qu'à aller chercher main-forte, dit un garçon qui ne pouvait comprendre que ce petit homme disputât la place à cet homme si grand.

— Toi, dit d'Artagnan que la colère commençait à prendre aux cheveux et en saisissant le garçon par l'oreille, toi, tu vas commencer par te tenir à cette place, et ne bouge pas ou j'arrache ce que je tiens. Quant à vous, illustre descendant de Guillaume Tell, vous allez faire un paquet de vos habits qui sont dans ma chambre et qui me gênent, et partir vivement pour chercher une autre auberge.

Le Suisse se mit à rire bruyamment.

— Moi bardir ! dit-il, et bourguoi ?

— Ah ! c'est bien ! dit d'Artagnan, je vois que vous comprenez le français. Alors, venez faire un tour avec moi, et je vous expliquerai le reste.

L'hôtesse, qui connaissait d'Artagnan pour une fine lame, commença à pleurer et à s'arracher les cheveux.

D'Artagnan se retourna du côté de la belle éplorée.

— Alors, renvoyez-le, Madame, dit-il.

— Pah ! répliqua le Suisse, à qui il avait fallu un certain temps pour se rendre compte de la proposition que lui avait faite d'Artagnan; pah ! qui êtes-fous, t'apord, pour me broboser t'aller faire un tour avec fous !

— Je suis lieutenant aux mousquetaires de Sa Majesté, dit d'Artagnan, et par conséquent votre supérieur en tout; seulement, comme il ne s'agit pas de grade ici, mais de billet de logement, vous connaissez la coutume. Venez chercher le vôtre; le premier de retour ici reprendra sa chambre.

D'Artagnan emmena le Suisse malgré les lamentations de l'hôtesse, qui, au fond, sentait son cœur pencher pour l'ancien amour, mais qui n'eût pas été fâchée de donner une leçon à cet orgueilleux mousquetaire, qui lui avait fait l'affront de refuser sa main.

Les deux adversaires s'en allèrent droit aux fossés Montmartre, il faisait nuit quand ils y arrivèrent; d'Artagnan pria poliment le Suisse de lui céder la chambre et de ne plus revenir; celui-ci refusa d'un signe de tête et tira son épée.

— Alors, vous coucherez ici, dit d'Artagnan; c'est un vilain gîte, mais ce n'est pas ma faute, et c'est vous qui l'aurez voulu.

Et à ces mots il tira le fer à son tour et croisa l'épée avec son adversaire.

Il avait affaire à un rude poignet, mais sa souplesse était supérieure à toute force. La rapière de l'Allemand ne trouvait jamais celle du mousquetaire. Le Suisse reçut deux coups d'épée avant de s'en être aperçu, à cause du froid; cependant, tout à coup, la perte de son sang et la faiblesse qu'elle lui occasionna le contraignirent de s'asseoir.

— Là! dit d'Artagnan, que vous avais-je prédit? Vous voilà bien avancé, entêté que vous êtes! Heureusement que vous n'en avez que pour une quinzaine de jours. Restez là, et je vais vous envoyer vos habits par le garçon. Au revoir. A propos, logez-vous rue Montorgueil, *Au Chat qui pelote*, on y est parfaitement nourri, si c'est toujours la même hôtesse. Adieu.

Et là-dessus il revint tout guilleret au logis, envoya en effet les hardes au Suisse, que le garçon trouva assis à la même place où l'avait laissé d'Artagnan, et tout consterné encore de l'aplomb de son adversaire.

Le garçon, l'hôtesse et toute la maison eurent pour d'Artagnan les égards que l'on aurait pour Hercule s'il revenait sur la terre pour y recommencer ses douze travaux.

Mais lorsqu'il fut seul avec l'hôtesse :

— Maintenant, belle Madeleine, dit-il, vous savez la distance qu'il y a d'un Suisse à un gentilhomme; quant à vous, vous vous êtes conduite comme une cabaretière.

Tant pis pour vous, car à cette conduite vous perdez mon estime et ma pratique. J'ai chassé le Suisse pour vous humilier; mais je ne logerai plus ici; je ne prends pas gîte là où je méprise. Holà, garçon! qu'on emporte ma valise au *Muid d'amour,* rue des Bourdonnais . Adieu, Madame.

D'Artagnan fut à ce qu'il paraît, en disant ces paroles, à la fois majestueux et attendrissant. L'hôtesse se jeta à ses pieds, lui demanda pardon, et le retint par une douce violence. Que dire de plus? La broche tournait, le poêle ronflait, la belle Madeleine pleurait; d'Artagnan sentit la faim, le froid et l'amour lui revenir ensemble : il pardonna; et, ayant pardonné, il resta.

Voilà comment d'Artagnan était logé rue Tique-tonne, à l'hôtel de *la Chevrette*.

VII

D'ARTAGNAN EST EMBARRASSÉ,
MAIS UNE DE NOS ANCIENNES CONNAISSANCES
LUI VIENT EN AIDE

D'ARTAGNAN s'en revenait donc tout pensif, trouvant un assez vif plaisir à porter le sac du cardinal Mazarin, et songeant à ce beau diamant qui avait été à lui et qu'un instant il avait vu briller au doigt du premier ministre.

— Si ce diamant retombait jamais entre mes mains, disait-il, j'en ferais à l'instant même de l'argent, j'achèterais quelques propriétés autour du château de mon père, qui est une jolie habitation, mais qui n'a, pour toutes dépendances, qu'un jardin, grand à peine comme le cimetière des Innocents , et là, j'attendrais, dans ma majesté, que quelque riche héritière, séduite par ma bonne mine, me vînt épouser; puis j'aurais trois garçons : je ferais du premier un grand seigneur comme Athos; du second, un beau soldat comme Porthos; et du troisième, un gentil abbé comme Aramis. Ma foi! cela vaudrait infiniment mieux que la vie que je mène; mais malheureusement M. de Mazarin est un pleutre qui ne se dessaisira pas de son diamant en ma faveur.

Qu'aurait dit d'Artagnan s'il avait su que ce diamant avait été confié par la reine à Mazarin pour lui être rendu?

En entrant dans la rue Tiquetonne, il vit qu'il s'y faisait une grande rumeur; il y avait un attroupement considérable aux environs de son logement.

— Oh! oh! dit-il, le feu serait-il à l'hôtel de *la Chevrette* ou le mari de la belle Madeleine serait-il décidément revenu?

Ce n'était ni l'un ni l'autre : en approchant, d'Artagnan s'aperçut que ce n'était pas devant son hôtel, mais devant la maison voisine, que le rassemblement avait lieu. On poussait de grands cris, on courait avec des

flambeaux, et, à la lueur de ces flambeaux, d'Artagnan
aperçut des uniformes.

Il demanda ce qui se passait.

On lui répondit que c'était un bourgeois qui avait
attaqué, avec une vingtaine de ses amis, une voiture
escortée par les gardes de M. le cardinal, mais qu'un
renfort étant survenu les bourgeois avaient été mis en
fuite. Le chef du rassemblement s'était réfugié dans la
maison voisine de l'hôtel, et on fouillait la maison.

Dans sa jeunesse, d'Artagnan eût couru là où il
voyait des uniformes et eût prêté main-forte aux soldats
contre les bourgeois, mais il était revenu de toutes ces
chaleurs de tête; d'ailleurs, il avait dans sa poche les
cent pistoles du cardinal, et il ne voulait pas s'aventurer
dans un rassemblement.

Il entra dans l'hôtel sans faire d'autres questions.

Autrefois, d'Artagnan voulait toujours tout savoir;
maintenant il en savait toujours assez.

Il trouva la belle Madeleine qui ne l'attendait pas,
croyant, comme le lui avait dit d'Artagnan, qu'il passerait la nuit au Louvre; elle lui fit donc grande fête de
ce retour imprévu, qui, cette fois, lui allait d'autant
mieux qu'elle avait grand-peur de ce qui se passait dans
la rue, et qu'elle n'avait aucun Suisse pour la garder.

Elle voulut donc entamer la conversation avec lui
et lui raconter ce qui s'était passé; mais d'Artagnan
lui dit de faire monter le souper dans sa chambre, et
d'y joindre une bouteille de vieux bourgogne.

La belle Madeleine était dressée à obéir militairement,
c'est-à-dire sur un signe. Cette fois, d'Artagnan avait
daigné parler, il fut donc obéi avec une double vitesse.

D'Artagnan prit sa clef et sa chandelle et monta dans
sa chambre. Il s'était contenté, pour ne pas nuire à la
location, d'une chambre au quatrième. Le respect que
nous avons pour la vérité nous force même à dire que
la chambre était immédiatement au-dessus de la gouttière
et au-dessous du toit.

C'était là sa tente d'Achille. D'Artagnan se renfermait
dans cette chambre lorsqu'il voulait, par son absence,
punir la belle Madeleine.

Son premier soin fut d'aller serrer, dans un vieux
secrétaire dont la serrure était neuve, son sac, qu'il
n'eut pas même besoin de vérifier pour se rendre compte

de la somme qu'il contenait; puis, comme un instant après son souper était servi, sa bouteille de vin apportée, il congédia le garçon, ferma la porte et se mit à table.

Ce n'était pas pour réfléchir, comme on pourrait le croire, mais d'Artagnan pensait qu'on ne fait bien les choses qu'en les faisant chacune à son tour. Il avait faim, il soupa, puis après souper il se coucha. D'Artagnan n'était pas non plus de ces gens qui pensent que la nuit porte conseil; la nuit d'Artagnan dormait. Mais le matin, au contraire, tout frais, tout avisé, il trouvait les meilleures inspirations. Depuis longtemps il n'avait pas eu l'occasion de penser le matin, mais il avait toujours dormi la nuit.

Au petit jour il se réveilla, sauta en bas de son lit avec une résolution toute militaire, et se promena autour de sa chambre en réfléchissant.

« En 43, dit-il, six mois à peu près avant la mort du feu cardinal, j'ai reçu une lettre d'Athos. Où cela? Voyons… Ah! c'était au siège de Besançon , je me rappelle… j'étais dans la tranchée. Que me disait-il? Qu'il habitait une petite terre, oui, c'est bien cela, une petite terre; mais où? J'en étais là quand un coup de vent a emporté ma lettre. Autrefois j'eusse été la chercher, quoique le vent l'eût menée à un endroit fort découvert. Mais la jeunesse est un grand défaut… quand on n'est plus jeune. J'ai laissé ma lettre s'en aller porter l'adresse d'Athos aux Espagnols, qui n'en ont que faire et qui devraient bien me la renvoyer. Il ne faut donc plus penser à Athos. Voyons… Porthos.

« J'ai reçu une lettre de lui : il m'invitait à une grande chasse dans ses terres, pour le mois de septembre 1646. Malheureusement, comme à cette époque j'étais en Béarn à cause de la mort de mon père, la lettre m'y suivit; j'étais parti quand elle arriva. Mais elle se mit à me poursuivre et toucha à Montmédy quelques jours après que j'avais quitté la ville. Enfin elle me rejoignit au mois d'avril; mais, comme c'était seulement au mois d'avril 1647 qu'elle me rejoignit et que l'invitation était pour le mois de septembre 46, je ne pus en profiter. Voyons, cherchons cette lettre, elle doit être avec mes titres de propriété. »

D'Artagnan ouvrit une vieille cassette qui gisait dans un coin de la chambre, pleine de parchemins relatifs à la terre d'Artagnan, qui depuis deux cents ans était entièrement sortie de sa famille, et il poussa un cri de joie : il venait de reconnaître la vaste écriture de Porthos et au-dessous quelques lignes en pattes de mouche tracées par la main sèche de sa digne épouse.

D'Artagnan ne s'amusa point à relire sa lettre, il savait ce qu'elle contenait, il courut à l'adresse.

L'adresse était : au château du Vallon.

Porthos avait oublié tout autre renseignement. Dans son orgueil il croyait que tout le monde devait connaître le château auquel il avait donné son nom.

— Au diable le vaniteux! dit d'Artagnan, toujours le même! Il m'allait cependant bien de commencer par lui, attendu qu'il ne devait pas avoir besoin d'argent, lui qui a hérité des huit cent mille livres de M. Coquenard . Allons, voilà le meilleur qui me manque. Athos sera devenu idiot à force de boire. Quant à Aramis, il doit être plongé dans ses pratiques de dévotion.

D'Artagnan jeta encore une fois les yeux sur la lettre de Porthos. Il y avait un post-scriptum, et ce post-scriptum contenait cette phrase :

« J'écris par le même courrier à notre digne ami » Aramis en son couvent. »

— En son couvent! oui, mais quel couvent? Il y en a deux cents à Paris, et trois mille en France. Et puis peut-être en se mettant au couvent a-t-il changé une troisième fois de nom. Ah! si j'étais savant en théologie et que je me souvinsse seulement du sujet de ses thèses qu'il discutait si bien à Crèvecœur avec le curé de Montdidier et le supérieur des jésuites, je verrais quelle doctrine il affectionne et je déduirais de là à quel saint il a pu se vouer. Voyons, si j'allais trouver le cardinal et que je lui demandasse un sauf-conduit pour entrer dans tous les couvents possibles, même dans ceux des religieuses? Ce serait une idée et peut-être le trouverais-je là comme Achille ... Oui, mais c'est avouer dès le début mon impuissance, et au premier coup je suis perdu dans l'esprit du cardinal. Les grands ne sont reconnaissants que lorsque l'on fait pour eux l'impossible. « Si c'eût » été possible, nous disent-ils, je l'eusse fait moi-même. » Et les grands ont raison. Mais attendons un peu et voyons. J'ai reçu une lettre de lui aussi, le cher ami, à

telle enseigne qu'il me demandait même un petit service
que je lui ai rendu. Ah! oui; mais où ai-je mis cette
lettre à présent?

D'Artagnan réfléchit un instant et s'avança vers le
portemanteau où étaient pendus ses vieux habits; il y
chercha son pourpoint de l'année 1648, et, comme
c'était un garçon d'ordre que d'Artagnan, il le trouva
accroché à son clou. Il fouilla dans la poche et en tira
un papier : c'était justement la lettre d'Aramis.

« Monsieur d'Artagnan, lui disait-il, vous saurez que
» j'ai eu querelle avec un certain gentilhomme qui m'a
» donné rendez-vous pour ce soir, place Royale ; comme
» je suis d'Église et que l'affaire pourrait me nuire si j'en
» faisais part à un autre qu'à un ami aussi sûr que vous,
» je vous écris pour que vous me serviez de second.

« Vous entrerez par la rue Neuve-Sainte-Catherine;
» sous le second réverbère à droite vous trouverez votre
» adversaire. Je serai avec le mien sous le troisième.

« Tout à vous,

« ARAMIS. »

Cette fois il n'y avait pas même d'adieux. D'Artagnan
essaya de rappeler ses souvenirs; il était allé au rendez-
vous, y avait rencontré l'adversaire indiqué, dont il
n'avait jamais su le nom, lui avait fourni un joli coup
d'épée dans le bras, puis il s'était approché d'Aramis,
qui venait de son côté au-devant de lui, ayant déjà
fini son affaire.

— C'est terminé, avait dit Aramis. Je crois que j'ai
tué l'insolent. Mais, cher ami, si vous avez besoin de
moi, vous savez que je vous suis tout dévoué.

Sur quoi Aramis lui avait donné une poignée de
main et avait disparu sous les arcades.

Il ne savait donc pas plus où était Aramis qu'où
étaient Athos et Porthos, et la chose commençait à
devenir assez embarrassante, lorsqu'il crut entendre le
bruit d'une vitre qu'on brisait dans sa chambre. Il pensa
aussitôt à son sac qui était dans le secrétaire et s'élança
du cabinet. Il ne s'était pas trompé : au moment où il
entrait par la porte, un homme entrait par la fenêtre.

— Ah! misérable! s'écria d'Artagnan, prenant cet homme pour un larron et mettant l'épée à la main.

— Monsieur, s'écria l'homme, au nom du ciel, remettez votre épée au fourreau et ne me tuez pas sans m'entendre! Je ne suis pas un voleur, tant s'en faut! Je suis un honnête bourgeois bien établi, ayant pignon sur rue. Je me nomme... Eh! mais, je ne me trompe pas, vous êtes Monsieur d'Artagnan.

— Et toi Planchet! s'écria le lieutenant.

— Pour vous servir, Monsieur, dit Planchet au comble du ravissement, si j'en étais encore capable.

— Peut-être, dit d'Artagnan; mais que diable fais-tu à courir sur les toits à sept heures du matin dans le mois de janvier?

— Monsieur, dit Planchet, il faut que vous sachiez... Mais, au fait, vous ne devez peut-être pas le savoir.

— Voyons, quoi? dit d'Artagnan. Mais d'abord mets une serviette devant la vitre et tire les rideaux.

Planchet obéit, puis quand il eut fini:

— Eh bien? dit d'Artagnan.

— Monsieur, avant toute chose, dit le prudent Planchet, comment êtes-vous avec M. de Rochefort?

— Mais à merveille. Comment donc! Rochefort, mais tu sais bien que c'est maintenant un de mes meilleurs amis?

— Ah! tant mieux.

— Mais qu'a de commun Rochefort avec cette manière d'entrer dans ma chambre?

— Ah! voilà, Monsieur! Il faut vous dire d'abord que M. de Rochefort est...

Planchet hésita.

— Pardieu, dit d'Artagnan, je le sais bien, il est à la Bastille.

— C'est-à-dire qu'il y était, répondit Planchet.

— Comment, il y était! s'écria d'Artagnan; aurait-il eu le bonheur de se sauver?

— Ah! Monsieur, s'écria à son tour Planchet, si vous appelez cela du bonheur, tout va bien; il faut donc vous dire qu'il paraît qu'hier on avait envoyé prendre M. de Rochefort à la Bastille.

— Eh pardieu! je le sais bien, puisque c'est moi qui suis allé l'y chercher!

— Mais ce n'est pas vous qui l'y avez reconduit, heureusement pour lui; car si je vous eusse reconnu parmi l'escorte, croyez, Monsieur, que j'ai toujours trop de respect pour vous...

— Achève donc, animal! Voyons, qu'est-il arrivé?

— Eh bien! il est arrivé qu'au milieu de la rue de la Ferronnerie, comme le carrosse de M. de Rochefort traversait un groupe de peuple, et que les gens de l'escorte rudoyaient les bourgeois, il s'est élevé des murmures; le prisonnier a pensé que l'occasion était belle, il s'est nommé et a crié à l'aide. Moi j'étais là, j'ai reconnu le nom du comte de Rochefort; je me suis souvenu que c'était lui qui m'avait fait sergent dans le régiment de Piémont; j'ai dit tout haut que c'était un prisonnier, ami de M. le duc de Beaufort. On s'est émeuté, on a arrêté les chevaux, on a culbuté l'escorte. Pendant ce temps-là j'ai ouvert la portière, M. de Rochefort a sauté à terre et s'est perdu dans la foule. Malheureusement en ce moment-là une patrouille passait, elle s'est réunie aux gardes et nous a chargés. J'ai battu en retraite du côté de la rue Tiquetonne, j'étais suivi de près, je me suis réfugié dans la maison à côté de celle-ci; on l'a cernée, fouillée, mais inutilement; j'avais trouvé au cinquième une personne compatissante qui m'a fait cacher sous deux matelas. Je suis resté dans ma cachette, ou à peu près, jusqu'au jour, et, pensant qu'au soir on allait peut-être recommencer les perquisitions, je me suis aventuré sur les gouttières, cherchant une entrée d'abord, puis ensuite une sortie dans une maison quelconque, mais qui ne fût point gardée. Voilà mon histoire, et sur l'honneur, Monsieur, je serais désespéré qu'elle vous fût désagréable.

— Non pas, dit d'Artagnan, au contraire, et je suis, ma foi, bien aise que Rochefort soit en liberté; mais sais-tu bien une chose : c'est que si tu tombes dans les mains des gens du roi, tu seras pendu sans miséricorde?

— Pardieu, si je le sais! dit Planchet; c'est bien ce qui me tourmente même, et voilà pourquoi je suis si content de vous avoir retrouvé; car si vous voulez me cacher, personne ne le peut mieux que vous.

— Oui, dit d'Artagnan, je ne demande pas mieux, quoique je ne risque ni plus ni moins que mon grade, s'il était reconnu que j'ai donné asile à un rebelle.

— Ah! Monsieur, vous savez bien que moi je risquerais ma vie pour vous.

— Tu pourrais même ajouter que tu l'as risquée, Planchet. Je n'oublie que les choses que je dois oublier, et quant à celle-ci, je veux m'en souvenir. Assieds-toi donc là; mange tranquille, car je m'aperçois que tu regardes les restes de mon souper avec un regard des plus expressifs.

— Oui, Monsieur, car le buffet de la voisine était fort mal garni en choses succulentes, et je n'ai mangé depuis hier midi qu'une tartine de pain et de confiture. Quoique je ne méprise pas les douceurs quand elles viennent en leur lieu et place, j'ai trouvé le souper un peu bien léger.

— Pauvre garçon! dit d'Artagnan; eh bien, voyons, remets-toi!

— Ah! Monsieur, vous me sauvez deux fois la vie, dit Planchet.

Et il s'assit à la table, où il commença à dévorer comme aux beaux jours de la rue des Fossoyeurs.

D'Artagnan continuait de se promener de long en large; il cherchait dans son esprit tout le parti qu'il pouvait tirer de Planchet dans les circonstances où il se trouvait. Pendant ce temps, Planchet travaillait de son mieux à réparer les heures perdues.

Enfin il poussa ce soupir de satisfaction de l'homme affamé, qui indique qu'après avoir pris un premier et solide acompte il va faire une petite halte.

— Voyons, dit d'Artagnan, qui pensa que le moment était venu de commencer l'interrogatoire, procédons par ordre : sais-tu où est Athos?

— Non, Monsieur, répondit Planchet.

— Diable! Sais-tu où est Porthos?

— Pas davantage.

— Diable, diable!

— Et Aramis?

— Non plus.

— Diable, diable, diable!

— Mais, dit Planchet de son air narquois, je sais où est Bazin.

— Comment! Tu sais où est Bazin?

— Oui, Monsieur.

— Et où est-il?

— A Notre-Dame.

— Et que fait-il à Notre-Dame?

— Il est bedeau.

— Bazin bedeau à Notre-Dame! Tu en es sûr?

— Parfaitement sûr; je l'ai vu, je lui ai parlé.

— Il doit savoir où est son maître.

— Sans aucun doute.

D'Artagnan réfléchit, puis il prit son manteau et son épée et s'apprêta à sortir.

— Monsieur, dit Planchet d'un air lamentable, m'abandonnez-vous ainsi? Songez que je n'ai d'espoir qu'en vous!

— Mais on ne viendra pas te chercher ici, dit d'Artagnan.

— Enfin, si on y venait, dit le prudent Planchet, songez que pour les gens de la maison qui ne m'ont pas vu entrer, je suis un voleur.

— C'est juste, dit d'Artagnan; voyons, parles-tu un patois quelconque?

— Je parle mieux que cela, Monsieur, dit Planchet, je parle une langue; je parle le flamand.

— Et où diable l'as-tu appris?

— En Artois, où j'ai fait la guerre deux ans. Écoutez: *Goeden morgen, mijnheer! Ik ben begeerig te weten de gezondheitsomstand.*

— Ce qui veut dire?

— Bonjour, Monsieur! Je m'empresse de m'informer de l'état de votre santé.

— Il appelle cela une langue! Mais n'importe, dit d'Artagnan, cela tombe à merveille.

D'Artagnan alla à la porte, appela un garçon et lui ordonna de dire à la belle Madeleine de monter.

— Que faites-vous, Monsieur, dit Planchet, vous allez confier notre secret à une femme!

— Sois tranquille, celle-là ne soufflera pas le mot.

En ce moment l'hôtesse entra. Elle accourait l'air riant s'attendant à trouver d'Artagnan seul; mais, en apercevant Planchet, elle recula d'un air étonné.

— Ma chère hôtesse, dit d'Artagnan, je vous présente Monsieur votre frère qui arrive de Flandre et que je prends pour quelques jours à mon service.

— Mon frère! dit l'hôtesse de plus en plus étonnée.

— Souhaitez donc le bonjour à votre sœur, Master Peter.

— *Welkom, zuster!* dit Planchet.

— *Goeden dag, broer !* répondit l'hôtesse étonnée.

— Voici la chose, dit d'Artagnan : Monsieur est votre frère, que vous ne connaissez pas peut-être, mais que je connais, moi; il est arrivé d'Amsterdam; vous l'habillez pendant mon absence; à mon retour, c'est-à-dire dans une heure, vous me le présentez, et, sur votre recommandation, quoiqu'il ne dise pas un mot de français, comme je n'ai rien à vous refuser, je le prends à mon service, vous entendez?

— C'est-à-dire que je devine ce que vous désirez, et c'est tout ce qu'il me faut, dit Madeleine.

— Vous êtes une femme précieuse, ma belle hôtesse, et je m'en rapporte à vous.

Sur quoi, ayant fait un signe d'intelligence à Planchet d'Artagnan sortit pour se rendre à Notre-Dame.

VIII

DES INFLUENCES DIFFÉRENTES QUE PEUT AVOIR
UNE DEMI-PISTOLE SUR UN BEDEAU
ET SUR UN ENFANT DE CHŒUR

D'Artagnan prit le Pont-Neuf en se félicitant d'avoir retrouvé Planchet; car tout en ayant l'air de rendre un service au digne garçon, c'était dans la réalité d'Artagnan qui en recevait un de Planchet. Rien ne pouvait en effet lui être plus agréable en ce moment qu'un laquais brave et intelligent. Il est vrai que Planchet, selon toute probabilité, ne devait pas rester longtemps à son service; mais, en reprenant sa position sociale rue des Lombards, Planchet demeurait l'obligé de d'Artagnan, qui lui avait, en le cachant chez lui, sauvé la vie ou à peu près, et d'Artagnan n'était pas fâché d'avoir des relations dans la bourgeoisie au moment où celle-ci s'apprêtait à faire la guerre à la cour. C'était une intelligence dans le camp ennemi, et, pour un homme aussi fin que l'était d'Artagnan, les plus petites choses pouvaient mener aux grandes.

C'était donc dans cette disposition d'esprit, assez satisfait du hasard et de lui-même, que d'Artagnan atteignit Notre-Dame. Il monta le perron, entra dans l'église, et, s'adressant à un sacristain qui balayait une chapelle, il lui demanda s'il ne connaissait pas M. Bazin.

— M. Bazin le bedeau ? dit le sacristain.

— Lui-même.

— Le voilà qui sert la messe là-bas, à la chapelle de la Vierge.

D'Artagnan tressaillit de joie, il lui semblait que, quoi que lui en eût dit Planchet, il ne trouverait jamais Bazin; mais maintenant qu'il tenait un bout du fil, il répondait bien d'arriver à l'autre bout.

Il alla s'agenouiller en face de la chapelle pour ne pas perdre son homme de vue. C'était heureusement une messe basse et qui devait finir promptement. D'Artagnan, qui avait oublié ses prières et qui avait

négligé de prendre un livre de messe, utilisa ses loisirs
en examinant Bazin.

Bazin portait son costume, on peut le dire, avec autant
de majesté que de béatitude. On comprenait qu'il était
arrivé, ou peu s'en fallait, à l'apogée de ses ambitions,
et que la baleine garnie d'argent qu'il tenait à la main
lui paraissait aussi honorable que le bâton de commandement que Condé jeta ou ne jeta pas dans les lignes
ennemies à la bataille de Fribourg. Son physique avait
subi un changement, si on peut le dire, parfaitement
analogue au costume. Tout son corps s'était arrondi et
comme chanoinisé. Quant à sa figure, les parties saillantes
semblaient s'en être effacées. Il avait toujours son nez,
mais les joues, en s'arrondissant, en avaient attiré à
elles chacune une partie; le menton fuyait sous la gorge;
chose qui était non pas de la graisse, mais de la bouffis-
sure, laquelle avait enfermé ses yeux; quant au front,
des cheveux taillés carrément et saintement le couvraient
jusqu'à trois lignes des sourcils. Hâtons-nous de dire
que le front de Bazin n'avait toujours eu, même au temps
de sa plus grande découverte, qu'un pouce et demi de
hauteur.

Le desservant achevait la messe en même temps que
d'Artagnan son examen; il prononça les paroles sacra-
mentelles et se retira en donnant, au grand étonnement
de d'Artagnan, sa bénédiction, que chacun recevait à
genoux. Mais l'étonnement de d'Artagnan cessa lorsque
dans l'officiant il eut reconnu le coadjuteur lui-même,
c'est-à-dire le fameux Jean-François de Gondy, qui, à
cette époque, pressentant le rôle qu'il allait jouer, commençait à force d'aumônes à se faire très populaire.
C'était dans le but d'augmenter cette popularité qu'il
disait de temps en temps une de ces messes matinales
auxquelles le peuple seul à l'habitude d'assister.

D'Artagnan se mit à genoux comme les autres,
reçut sa part de bénédiction, fit le signe de la croix;
mais au moment où Bazin passait à son tour les yeux
levés au ciel et marchant humblement le dernier, d'Artagnan l'accrocha par le bas de sa robe. Bazin baissa
les yeux et fit un bond en arrière comme s'il eût aperçu
un serpent.

— Monsieur d'Artagnan! s'écria-t-il; *vade retro, Sa-
tanas !*...

— Eh bien, mon cher Bazin, dit l'officier en riant, voilà comment vous recevez un ancien ami!

— Monsieur, répondit Bazin, les vrais amis du chrétien sont ceux qui l'aident à faire son salut, et non ceux qui l'en détournent.

— Je ne vous comprends pas, Bazin, dit d'Artagnan, et je ne vois pas en quoi je puis être une pierre d'achoppement à votre salut.

— Vous oubliez, Monsieur, répondit Bazin, que vous avez failli détruire à jamais celui de mon pauvre maître, et qu'il n'a pas tenu à vous qu'il ne se damnât en restant mousquetaire, quand sa vocation l'entraînait si ardemment vers l'Église.

— Mon cher Bazin, reprit d'Artagnan, vous devez voir, par le lieu où vous me rencontrez, que je suis fort changé en toutes choses; l'âge amène la raison; et, comme je ne doute pas que votre maître ne soit en train de faire son salut, je viens m'informer de vous où il est, pour qu'il m'aide par ses conseils à faire le mien.

— Dites plutôt pour le ramener avec vous vers le monde. Heureusement, ajouta Bazin, que j'ignore où il est car, comme nous sommes dans un saint lieu, je n'oserais pas mentir.

— Comment! s'écria d'Artagnan au comble du désappointement, vous ignorez où est Aramis?

— D'abord, dit Bazin, Aramis était son nom de perdition, dans Aramis on trouve Simara , qui est un nom de démon, et, par bonheur pour lui, il a quitté à tout jamais ce nom.

— Aussi, dit d'Artagnan décidé à être patient jusqu'au bout, n'est-ce point Aramis que je cherchais, mais l'abbé d'Herblay. Voyons, mon cher Bazin, dites-moi où il est.

— N'avez-vous pas entendu, Monsieur d'Artagnan, que je vous ai répondu que je l'ignorais?

— Oui, sans doute; mais à ceci je vous réponds, moi, que c'est impossible.

— C'est pourtant la vérité, Monsieur, la vérité pure, la vérité du bon Dieu.

D'Artagnan vit bien qu'il ne tirerait rien de Bazin; il était évident que Bazin mentait, mais il mentait avec tant d'ardeur et de fermeté qu'on pouvait deviner facilement qu'il ne reviendrait pas sur son mensonge.

— C'est bien, Bazin! dit d'Artagnan; puisque vous ignorez où demeure votre maître, n'en parlons plus, quittons-nous bons amis, et prenez cette demi-pistole pour boire à ma santé.

— Je ne bois pas, Monsieur, dit Bazin en repoussant majestueusement la main de l'officier, c'est bon pour des laïques.

« Incorruptible! murmura d'Artagnan. En vérité, je joue de malheur. »

Et comme d'Artagnan, distrait par ses réflexions, avait lâché la robe de Bazin, Bazin profita de la liberté pour battre vivement en retraite vers la sacristie, dans laquelle il ne se crut encore en sûreté qu'après avoir fermé la porte derrière lui.

D'Artagnan restait immobile, pensif et les yeux fixés sur la porte qui avait mis une barrière entre lui et Bazin, lorsqu'il sentit qu'on lui touchait légèrement l'épaule du bout du doigt.

Il se retourna et allait pousser une exclamation de surprise, lorsque celui qui l'avait touché du bout du doigt ramena ce doigt sur ses lèvres en signe de silence.

— Vous ici, mon cher Rochefort! dit-il à demi-voix.

— Chut, dit Rochefort. Saviez-vous que j'étais libre?

— Je l'ai su de première main.

— Et par qui?

— Par Planchet.

— Comment, par Planchet?

— Sans doute! C'est lui qui vous a sauvé.

— Planchet!… En effet, j'avais cru le reconnaître. Voilà ce qui prouve, mon cher, qu'un bienfait n'est jamais perdu.

— Et que venez-vous faire ici?

— Je viens remercier Dieu de mon heureuse délivrance, dit Rochefort.

— Et puis quoi encore? Car je présume que ce n'est pas tout.

— Et puis prendre les ordres du coadjuteur, pour voir si nous ne pourrons pas quelque peu faire enrager Mazarin.

— Mauvaise tête! vous allez vous faire fourrer encore à la Bastille.

— Oh! quant à cela, j'y veillerai, je vous en réponds! c'est si bon, le grand air! Aussi, continua Rochefort en respirant à pleine poitrine, je vais aller me promener à la campagne, faire un tour en province.

— Tiens! dit d'Artagnan, et moi aussi!

— Et sans indiscrétion, peut-on vous demander où vous allez?

— A la recherche de mes amis.

— De quels amis?

— De ceux dont vous me demandiez des nouvelles hier.

— D'Athos, de Porthos et d'Aramis? Vous les cherchez?

— Oui.

— D'honneur?

— Qu'y a-t-il donc là d'étonnant?

— Rien. C'est drôle. Et de la part de qui les cherchez-vous.

— Vous ne vous en doutez pas.

— Si fait.

— Malheureusement je ne sais où ils sont.

— Et vous n'avez aucun moyen d'avoir de leurs nouvelles? Attendez huit jours, et je vous en donnerai, moi.

— Huit jours, c'est trop; il faut qu'avant trois jours je les aie trouvés.

— Trois jours, c'est court, dit Rochefort, et la France est grande.

— N'importe, vous connaissez le mot *il faut;* avec ce mot-là on fait bien des choses.

— Et quand vous mettez-vous à leur recherche?

— J'y suis.

— Bonne chance!

— Et vous, bon voyage!

— Peut-être nous rencontrerons-nous par les chemins.

— Ce n'est pas probable.

— Qui sait! le hasard est si capricieux.

— Adieu.

— Au revoir. A propos, si le Mazarin vous parle de moi, dites-lui que je vous ai chargé de lui faire savoir qu'il verrait avant peu si je suis, comme il le dit, trop vieux pour l'action.

Et Rochefort s'éloigna avec un de ces sourires diaboliques qui autrefois avaient si souvent fait frissonner d'Artagnan; mais d'Artagnan le regarda cette fois sans angoisse, et souriant à son tour avec une expression de mélancolie que ce souvenir seul peut-être pouvait donner à son visage :

— Va, démon, dit-il, et fais ce que tu voudras, peu m'importe : il n'y a pas une seconde Constance au monde!

En se retournant, d'Artagnan vit Bazin qui, après avoir déposé ses habits ecclésiastiques, causait avec le sacristain à qui lui, d'Artagnan, avait parlé en entrant dans l'église. Bazin paraissait fort animé et faisait avec ses gros petits bras courts force gestes. D'Artagnan comprit que, selon toute probabilité, il lui recommandait la plus grande discrétion à son égard.

D'Artagnan profita de la préoccupation des deux hommes d'Église pour se glisser hors de la cathédrale et aller s'embarquer au coin de la rue des Canettes . Bazin ne pouvait, du point où était caché d'Artagnan, sortir sans qu'on le vît.

Cinq minutes après, d'Artagnan étant à son poste, Bazin apparut sur le parvis; il regarda de tous côtés pour s'assurer s'il n'était pas observé; mais il n'avait garde d'apercevoir notre officier, dont la tête seule passait à l'angle d'une maison à cinquante pas de là. Tranquillisé par les apparences, il se hasarda dans la rue Notre-Dame. D'Artagnan s'élança de sa cachette et arriva à temps pour lui voir tourner la rue de la Juiverie et entrer, rue de la Calandre , dans une maison d'honnête apparence. Aussi notre officier ne douta point que ce ne fût dans cette maison que logeait le digne bedeau.

D'Artagnan n'avait garde d'aller s'informer à cette maison; le concierge, s'il y en avait un, devait déjà être prévenu; et s'il n'y en avait point, à qui s'adresserait-il?

Il entra dans un petit cabaret qui faisait le coin de la rue Saint-Éloi et de la rue de la Calandre, et demanda une mesure d'hypocras. Cette boisson demandait une bonne demi-heure de préparation; d'Artagnan avait tout le temps d'épier Bazin sans éveiller aucun soupçon.

Il avisa dans l'établissement un petit drôle de douze à quinze ans à l'air éveillé, qu'il crut reconnaître pour l'avoir vu vingt minutes auparavant sous l'habit d'enfant de chœur. Il l'interrogea, et comme l'apprenti sous-diacre n'avait aucun intérêt à dissimuler, d'Artagnan apprit de lui qu'il exerçait de six à neuf heures du matin la profession d'enfant de chœur et de neuf heures à minuit celle de garçon de cabaret.

Pendant qu'il causait avec l'enfant, on amena un cheval à la porte de la maison de Bazin. Le cheval était tout sellé et bridé. Un instant après, Bazin descendit.

— Tiens! dit l'enfant, voilà notre bedeau qui va se mettre en route.

— Et où va-t-il comme cela? demanda d'Artagnan.

— Dame, je n'en sais rien.

— Une demi-pistole, dit d'Artagnan, si tu peux le savoir.

— Pour moi! dit l'enfant dont les yeux étincelèrent de joie, si je puis savoir où va Bazin! Ce n'est pas difficile. Vous ne vous moquez pas de moi?

— Non, foi d'officier, tiens, voilà la demi-pistole.

Et il lui montra la pièce corruptrice, mais sans cependant la lui donner.

— Je vais lui demander.

— C'est justement le moyen de ne rien savoir, dit d'Artagnan; attends qu'il soit parti, et puis après, dame! questionne, interroge, informe-toi. Cela te regarde, la demi-pistole est là. Et il la remit dans sa poche.

— Je comprends, dit l'enfant avec ce sourire narquois qui n'appartient qu'au gamin de Paris; eh bien, on attendra!

On n'eut pas à attendre longtemps. Cinq minutes après, Bazin partit au petit trot, activant le pas de son cheval à coups de parapluie.

Bazin avait toujours eu l'habitude de porter un parapluie en guise de cravache.

A peine eut-il tourné le coin de la rue de la Juiverie, que l'enfant s'élança comme un limier sur sa trace.

D'Artagnan reprit sa place à la table où il s'était assis en entrant, parfaitement sûr qu'avant dix minutes il saurait ce qu'il voulait savoir.

En effet, avant que ce temps fût écoulé, l'enfant rentrait.

— Eh bien? demanda d'Artagnan.

— Eh bien, dit le petit garçon, on sait la chose.

— Et où est-il allé?

— La demi-pistole est toujours pour moi?

— Sans doute! Réponds.

— Je demande à la voir. Prêtez-la-moi, que je voie si elle n'est pas fausse.

— La voilà.

— Dites donc, bourgeois, dit l'enfant, Monsieur demande de la monnaie.

Le bourgeois était à son comptoir, il donna la monnaie et prit la demi-pistole.

L'enfant mit la monnaie dans sa poche.

— Et maintenant, où est-il allé? dit d'Artagnan, qui l'avait regardé faire son petit manège en riant.

— Il est allé à Noisy.

— Comment sais-tu cela?

— Ah! pardié! il n'a pas fallu être bien malin. J'avais reconnu le cheval pour être celui du boucher qui le loue de temps en temps à M. Bazin. Or, j'ai pensé que le boucher ne louait pas son cheval comme cela sans demander où on le conduisait, quoique je ne croie pas M. Bazin capable de surmener un cheval.

— Et il t'a répondu que M. Bazin...

— Allait à Noisy. D'ailleurs il paraît que c'est son habitude, il y va deux ou trois fois par semaine.

— Et connais-tu Noisy?

— Je crois bien, j'y ai ma nourrice.

— Y a-t-il un couvent à Noisy?

— Et un fier, un couvent de jésuites.

— Bon, fit d'Artagnan, plus de doute!

— Alors, vous êtes content?

— Oui. Comment t'appelle-t-on?

— Friquet.

D'Artagnan prit ses tablettes et écrivit le nom de l'enfant et l'adresse du cabaret.

— Dites donc, Monsieur l'officier, dit l'enfant, est-ce qu'il y a encore d'autres demi-pistoles à gagner?

— Peut-être, dit d'Artagnan.

Et comme il avait appris ce qu'il voulait savoir, il paya la mesure d'hypocras, qu'il n'avait point bue, et reprit vivement le chemin de la rue Tiquetonne.

IX

COMMENT D'ARTAGNAN, EN CHERCHANT
BIEN LOIN ARAMIS, S'APERÇUT QU'IL
ÉTAIT EN CROUPE DERRIÈRE PLANCHET

E N RENTRANT, d'Artagnan vit un homme assis au coin
du feu : c'était Planchet, mais Planchet si bien méta-
morphosé, grâce aux vieilles hardes qu'en fuyant le mari
avait laissées, que lui-même avait peine à le reconnaître.
Madeleine le lui présenta à la vue de tous les garçons.
Planchet adressa à l'officier une belle phrase flamande,
l'officier lui répondit par quelques paroles qui n'étaient
d'aucune langue, et le marché fut conclu. Le frère de
Madeleine entrait au service de d'Artagnan.

Le plan de d'Artagnan était parfaitement arrêté : il
ne voulait pas arriver de jour à Noisy, de peur d'être
reconnu. Il avait donc du temps devant lui, Noisy n'étant
situé qu'à trois ou quatre lieues de Paris, sur la route de
Meaux.

Il commença par déjeuner substantiellement, ce qui
peut être un mauvais début quand on veut agir de la
tête, mais ce qui est une excellente précaution lorsqu'on
veut agir de son corps; puis il changea d'habit, craignant
que sa casaque de lieutenant de mousquetaire n'inspirât
de la défiance; puis il prit la plus forte et la plus solide de
ses trois épées, qu'il ne prenait qu'aux grands jours; puis,
vers les deux heures, il fit seller les deux chevaux, et, suivi
de Planchet, il sortit par la barrière de La Villette . On
faisait toujours, dans la maison voisine de l'hôtel de *la
Chevrette,* les perquisitions les plus actives pour retrouver Planchet.

À une lieue et demie de Paris, d'Artagnan, voyant
que dans son impatience il était encore parti trop tôt,
s'arrêta pour faire souffler les chevaux; l'auberge était
pleine de gens d'assez mauvaise mine qui avaient l'air
d'être sur le point de tenter quelque expédition nocturne.
Un homme enveloppé d'un manteau parut à la porte;

mais, voyant un étranger, il fit signe de la main et deux
buveurs sortirent pour s'entretenir avec lui.

Quant à d'Artagnan, il s'approcha de la maîtresse de
la maison insoucieusement, vanta son vin, qui était
d'un horrible cru de Montreuil , lui fit quelques questions
sur Noisy, et apprit qu'il n'y avait dans le village que
deux maisons de grande apparence : l'une qui appartenait
à Monseigneur l'archevêque de Paris, et dans laquelle
se trouvait en ce moment sa nièce, Mme la duchesse de
Longueville ; l'autre qui était un couvent de jésuites, et
qui, selon l'habitude, était la propriété de ces dignes
pères; il n'y avait pas à se tromper.

A quatre heures, d'Artagnan se remit en route, marchant au pas, car il ne voulait arriver qu'à nuit close.
Or, quand on marche au pas à cheval, par une journée
d'hiver, par un temps gris, au milieu d'un paysage sans
accident, on n'a guère rien de mieux à faire que ce que
fait, comme dit La Fontaine , un lièvre dans son gîte : à
songer; d'Artagnan songeait donc, et Planchet aussi.
Seulement, comme on va le voir, leurs rêveries étaient
différentes.

Un mot de l'hôtesse avait imprimé une direction particulière aux pensées de d'Artagnan; ce mot, c'était le nom
de Mme de Longueville.

En effet, Mme de Longueville avait tout ce qu'il fallait
pour faire songer : c'était une des plus grandes dames du
royaume, c'était une des plus belles femmes de la cour.
Mariée au vieux duc de Longueville qu'elle n'aimait pas,
elle avait d'abord passé pour être la maîtresse de Coligny,
qui s'était fait tuer pour elle par le duc de Guise, dans un
duel sur la place Royale; puis on avait parlé d'une amitié
un peu trop tendre qu'elle aurait eue pour le prince de
Condé, son frère, et qui aurait scandalisé les âmes timo-
rées de la cour; puis enfin, disait-on encore, une haine
véritable et profonde avait succédé à cette amitié, et la
duchesse de Longueville, en ce moment, avait, disait-on
toujours, une liaison politique avec le prince de Marcillac, fils aîné du vieux duc de La Rochefoucauld, dont
elle était en train de faire un ennemi à M. le duc de Condé,
son frère.

D'Artagnan pensait à toutes ces choses-là. Il pensait
que lorsqu'il était au Louvre il avait vu souvent passer
devant lui, radieuse et éblouissante, la belle Mme de

Longueville. Il pensait à Aramis, qui, sans être plus que lui, avait été autrefois l'amant de Mme de Chevreuse, qui était à l'autre cour ce que Mme de Longueville était à celle-ci. Et il se demandait pourquoi il y a dans le monde des gens qui arrivent à tout ce qu'ils désirent, ceux-ci comme ambition, ceux-là comme amour, tandis qu'il y en a d'autres qui restent, soit hasard, soit mauvaise fortune, soit empêchement naturel que la nature a mis en eux, à moitié chemin de toutes leurs espérances.

Il était forcé de s'avouer que malgré tout son esprit, malgré toute son adresse, il était et resterait probablement de ces derniers, lorsque Planchet s'approcha de lui et lui dit :

— Je parie, Monsieur, que vous pensez à la même chose que moi.

— J'en doute, Planchet, dit en souriant d'Artagnan; mais à quoi penses-tu?

— Je pense, Monsieur, à ces gens de mauvaise mine qui buvaient dans l'auberge où nous nous sommes arrêtés.

— Toujours prudent, Planchet.

— Monsieur, c'est de l'instinct.

— Eh bien, voyons, que te dit ton instinct en pareille circonstance?

— Monsieur, mon instinct me disait que ces gens-là étaient rassemblés dans cette auberge pour un mauvais dessein, et je réfléchissais à ce que mon instinct me disait dans le coin le plus obscur de l'écurie, lorsqu'un homme enveloppé d'un manteau entra dans cette même écurie suivi de deux autres hommes.

— Ah! ah! fit d'Artagnan, le récit de Planchet correspondant avec ses précédentes observations. Eh bien?

— L'un de ces hommes disait :

« — Il doit bien certainement être à Noisy ou y venir » ce soir, car j'ai reconnu son domestique.

« — Tu es sûr? a dit l'homme au manteau.

« — Oui, mon prince. »

— Mon prince, interrompit d'Artagnan.

— Oui, mon prince. Mais écoutez donc.

« — S'il y est, voyons décidément, que faut-il en faire? » a dit l'autre buveur.

« — Ce qu'il faut en faire? a dit le prince.

« — Oui. Il n'est pas homme à se laisser prendre com-
» me cela, il jouera de l'épée.

.« — Eh bien, il faudra faire comme lui, et cepen-
» dant tâchez de l'avoir vivant. Avez-vous des cordes
» pour le lier, et un bâillon pour lui mettre sur la
» bouche?

« — Nous avons tout cela.

« — Faites attention qu'il sera, selon toute probabilité,
» déguisé en cavalier.

« — Oh! oui, oui, Monseigneur, soyez tranquille.

« — D'ailleurs, je serai là, et je vous guiderai.

« — Vous répondez que la justice…

« — Je réponds de tout, dit le prince.

« — C'est bon, nous ferons de notre mieux. »

Et sur ce, ils sont sortis de l'écurie.

— Eh bien, dit d'Artagnan, en quoi cela nous regarde-
t-il? C'est quelqu'une de ces entreprises comme on en fait
tous les jours.

— Êtes-vous sûr qu'elle n'est point dirigée contre
nous?

— Contre nous! Et pourquoi?

— Dame! repassez leurs paroles: « J'ai reconnu son
» domestique », a dit l'un, ce qui pourrait bien se rapporter à moi.

— Après?

— « Il doit être à Noisy ou y venir ce soir », a dit
l'autre, ce qui pourrait bien se rapporter à vous.

— Ensuite?

— Ensuite le prince a dit: « Faites attention qu'il
» sera, selon toute probabilité, déguisé en cavalier », ce
qui me paraît ne pas laisser de doute, puisque vous êtes
en cavalier et non en officier de mousquetaires; eh bien,
que dites-vous de cela?

— Hélas! mon cher Planchet! dit d'Artagnan en
poussant un soupir, j'en dis que je n'en suis malheureusement plus au temps où les princes me voulaient faire
assassiner. Ah! celui-là, c'était le bon temps. Sois donc
tranquille, ces gens-là n'en veulent point à nous.

— Monsieur est sûr?

— J'en réponds.

— C'est bien, alors; n'en parlons plus.

Et Planchet reprit sa place à la suite de d'Artagnan,
avec cette sublime confiance qu'il avait toujours eue

pour son maître, et que quinze ans de séparation n'avaient point altérée.

On fit ainsi une lieue à peu près.

Au bout de cette lieue, Planchet se rapprocha de d'Artagnan.

— Monsieur, dit-il.

— Eh bien! fit celui-ci.

— Tenez, Monsieur, regardez de ce côté, dit Planchet, ne vous semble-t-il pas au milieu de la nuit voir passer comme des ombres? Écoutez, il me semble qu'on entend des pas de chevaux.

— Impossible, dit d'Artagnan, la terre est détrempée par les pluies; cependant, comme tu me le dis, il me semble voir quelque chose.

Et il s'arrêta pour regarder et écouter.

— Si l'on n'entend point les pas des chevaux, on entend leur hennissement au moins; tenez.

Et en effet le hennissement d'un cheval vint, en traversant l'espace et l'obscurité, frapper l'oreille de d'Artagnan.

— Ce sont nos hommes qui sont en campagne, dit-il, mais cela ne nous regarde pas, continuons notre chemin.

Et ils se remirent en route.

Une demi-heure après ils atteignaient les premières maisons de Noisy, il pouvait être huit heures et demie à neuf heures du soir.

Selon les habitudes villageoises, tout le monde était couché, et pas une lumière ne brillait dans le village.

D'Artagnan et Planchet continuèrent leur route.

A droite et à gauche de leur chemin se découpait sur le gris sombre du ciel la dentelure plus sombre encore des toits des maisons; de temps en temps un chien éveillé aboyait derrière une porte, ou un chat effrayé quittait précipitamment le milieu du pavé pour se réfugier dans un tas de fagots, où l'on voyait briller comme des escarboucles ses yeux effarés. C'étaient les seuls êtres vivants qui semblaient habiter ce village.

Vers le milieu du bourg à peu près, dominant la place principale, s'élevait une masse sombre, isolée entre deux ruelles, et sur la façade de laquelle d'énormes tilleuls étendaient leurs bras décharnés. D'Artagnan examina avec attention la bâtisse.

— Ceci, dit-il à Planchet, ce doit être le château de

l'archevêque, la demeure de la belle Mme de Longueville. Mais le couvent, où est-il?

— Le couvent, dit Planchet, il est au bout du village,
je le connais.

— Eh bien, dit d'Artagnan, un temps de galop
jusque-là, Planchet, tandis que je vais resserrer la sangle
de mon cheval, et reviens me dire s'il y a quelque fenêtre
éclairée chez les jésuites.

Planchet obéit et s'éloigna dans l'obscurité, tandis
que d'Artagnan, mettant pied à terre, rajustait, comme
il l'avait dit, la sangle de sa monture.

Au bout de cinq minutes, Planchet revint.

— Monsieur, dit-il, il y a une seule fenêtre éclairée
sur la face qui donne vers les champs.

— Hum! dit d'Artagnan; si j'étais frondeur, je frapperais ici et serais sûr d'avoir un bon gîte; si j'étais
moine, je frapperais là-bas et serais sûr d'avoir un bon
souper; tandis qu'au contraire, il est bien possible
qu'entre le château et le couvent nous couchions sur
la dure, mourant de soif et de faim.

— Oui, ajouta Planchet, comme le fameux âne de
Buridan. En attendant, voulez-vous que je frappe?

— Chut! dit d'Artagnan; la seule fenêtre qui était
éclairée vient de s'éteindre.

— Entendez-vous, Monsieur? dit Planchet.

— En effet, quel est ce bruit?

C'était comme la rumeur d'un ouragan qui s'approchait; au même instant deux troupes de cavaliers, chacune
d'une dizaine d'hommes, débouchèrent par chacune des
deux ruelles qui longeaient la maison, et fermant toute
issue enveloppèrent d'Artagnan et Planchet.

— Ouais! dit d'Artagnan en tirant son épée et en
s'abritant derrière son cheval, tandis que Planchet
exécutait la même manœuvre, aurais-tu pensé juste, et
serait-ce à nous qu'on en veut réellement?

— Le voilà, nous le tenons! dirent les cavaliers en
s'élançant sur d'Artagnan l'épée nue.

— Ne le manquez pas, dit une voix haute.

— Non, Monseigneur, soyez tranquille.

D'Artagnan crut que le moment était venu pour lui
de se mêler à la conversation.

— Holà, Messieurs! dit-il avec son accent gascon,
que voulez-vous, que demandez-vous?

— Tu vas le savoir! hurlèrent en chœur les cavaliers.

— Arrêtez, arrêtez! cria celui qu'ils avaient appelé Monseigneur; arrêtez, sur votre tête, ce n'est pas sa voix.

— Ah çà! Messieurs, dit d'Artagnan, est-ce qu'on est enragé, par hasard, à Noisy? Seulement, prenez-y garde, car je vous préviens que le premier qui s'approche à la longueur de mon épée, et mon épée est longue, je l'éventre.

Le chef s'approcha.

— Que faites-vous là? dit-il d'une voix hautaine et comme habituée au commandement.

— Et vous-même? dit d'Artagnan.

— Soyez poli, ou l'on vous étrillera de bonne sorte; car, bien qu'on ne veuille pas se nommer, on désire être respecté selon son rang.

— Vous ne voulez pas vous nommer parce que vous dirigez un guet-apens, dit d'Artagnan; mais moi qui voyage tranquillement avec mon laquais, je n'ai pas les mêmes raisons de vous taire mon nom.

— Assez, assez! Comment vous appelez-vous?

— Je vous dis mon nom afin que vous sachiez où me retrouver, Monsieur, Monseigneur ou mon prince, comme il vous plaira qu'on vous appelle, dit notre Gascon, qui ne voulait pas avoir l'air de céder à une menace, connaissez-vous M. d'Artagnan?

— Lieutenant aux mousquetaires du roi? dit la voix.

— C'est cela même.

— Oui, sans doute.

— Eh bien, continua le Gascon, vous devez avoir entendu dire que c'est un poignet solide et une fine lame?

— Vous êtes Monsieur d'Artagnan?

— Je le suis.

— Alors, vous venez ici pour *le* défendre?

— *Le?...* qui *le?...*

— Celui que nous cherchons.

— Il paraît, continua d'Artagnan, qu'en croyant venir à Noisy, j'ai abordé, sans m'en douter, dans le royaume des énigmes.

— Voyons, répondez! dit la même voix hautaine; l'attendez-vous sous ces fenêtres? Veniez-vous à Noisy pour le défendre?

— Je n'attends personne, dit d'Artagnan, qui commençait à s'impatienter, je ne compte défendre personne que moi; mais, ce moi, je le défendrai vigoureusement, je vous en préviens.

— C'est bien, dit la voix, partez d'ici et quittez-nous la place!

— Partir d'ici! dit d'Artagnan, que cet ordre contrariait dans ses projets, ce n'est pas facile, attendu que je tombe de lassitude et mon cheval aussi; à moins cependant que vous ne soyez disposé à m'offrir à souper et à coucher aux environs.

— Maraud!

— Eh! Monsieur! dit d'Artagnan, ménagez vos paroles, je vous en prie, car si vous en disiez encore une seconde comme celle-ci, fussiez-vous marquis, duc, prince ou roi, je vous la ferais rentrer dans le ventre, entendez-vous?

— Allons, allons, dit le chef, il n'y a pas à s'y tromper, c'est bien un Gascon qui parle, et par conséquent ce n'est pas celui que nous cherchons. Notre coup est manqué pour ce soir, retirons-nous. Nous nous retrouverons, Maître d'Artagnan, continua le chef en haussant la voix.

— Oui, mais jamais avec les mêmes avantages, dit le Gascon en raillant, car, lorsque vous me retrouverez, peut-être serez-vous seul et fera-t-il jour.

— C'est bon, c'est bon! dit la voix; en route, Messieurs!

Et la troupe, murmurant et grondant, disparut dans les ténèbres, retournant du côté de Paris.

D'Artagnan et Planchet demeurèrent un instant encore sur la défensive; mais le bruit continuant de s'éloigner, ils remirent leurs épées au fourreau.

— Tu vois bien, imbécile, dit tranquillement d'Artagnan à Planchet, que ce n'était pas à nous qu'ils en voulaient.

— Mais à qui donc alors? demanda Planchet.

— Ma foi, je n'en sais rien! et peu m'importe. Ce qui m'importe, c'est d'entrer au couvent des jésuites. Ainsi, à cheval! et allons y frapper. Vaille que vaille, que diable, ils ne nous mangeront pas!

Et d'Artagnan se remit en selle.

Planchet venait d'en faire autant, lorsqu'un poids inattendu tomba sur le derrière de son cheval, qui s'abattit.

— Eh! monsieur, s'écria Planchet, j'ai un homme en croupe!

D'Artagnan se retourna et vit effectivement deux formes humaines sur le cheval de Planchet.

— Mais c'est donc le diable qui nous poursuit! s'écria-t-il en tirant son épée et s'apprêtant à charger le nouveau venu.

— Non, mon cher d'Artagnan, dit celui-ci; ce n'est pas le diable : c'est moi, c'est Aramis. Au galop, Planchet, et au bout du village, guide à gauche.

Et Planchet, portant Aramis en croupe, partit au galop suivi de d'Artagnan, qui commençait à croire qu'il faisait quelque rêve fantastique et incohérent.

X

L'ABBÉ D'HERBLAY

Au bout du village, Planchet tourna à gauche, comme le lui avait ordonné Aramis, et s'arrêta au-dessous de la fenêtre éclairée. Aramis sauta à terre et frappa trois fois dans ses mains. Aussitôt la fenêtre s'ouvrit, et une échelle de corde descendit.

— Mon cher, dit Aramis si vous voulez monter, je serai enchanté de vous recevoir.

— Ah çà, dit d'Artagnan, c'est comme cela que l'on rentre chez vous ?

— Passé neuf heures du soir il le faut pardieu bien ! dit Aramis : la consigne du couvent est des plus sévères.

— Pardon, mon cher ami, dit d'Artagnan, il me semble que vous avez dit pardieu.

— Vous croyez, dit Aramis en riant, c'est possible ; vous n'imaginez pas, mon cher, combien dans ces maudits couvents on prend de mauvaises habitudes et quelles méchantes façons ont tous ces gens d'Église avec lesquels je suis forcé de vivre ! Mais vous ne montez pas ?

— Passez devant, je vous suis.

— Comme disait le feu cardinal au feu roi : « Pour » vous montrer le chemin, sire. »

Et Aramis monta lestement à l'échelle, et en un instant il eut atteint la fenêtre.

D'Artagnan monta derrière lui, mais plus doucement ; on voyait que ce genre de chemin lui était moins familier qu'à son ami.

— Pardon, dit Aramis en remarquant sa gaucherie : si j'avais su avoir l'honneur de votre visite, j'aurais fait apporter l'échelle du jardinier ; mais pour moi seul, celle-ci est suffisante.

— Monsieur, dit Planchet lorsqu'il vit d'Artagnan sur le point d'achever son ascension, cela va bien pour M. Aramis, cela va encore pour vous, cela, à la rigueur, irait aussi pour moi, mais les deux chevaux ne peuvent pas monter l'échelle.

— Conduisez-les sous ce hangar, mon ami, dit Aramis en montrant à Planchet une espèce de fabrique qui s'élevait dans la plaine, vous y trouverez de la paille et de l'avoine pour eux.

— Mais pour moi? dit Planchet.

— Vous reviendrez sous cette fenêtre, vous frapperez trois fois dans vos mains, et nous vous ferons passer des vivres. Soyez tranquille, morbleu! on ne meurt pas de faim ici, allez!

Et Aramis, retirant l'échelle, ferma la fenêtre.

D'Artagnan examinait la chambre.

Jamais il n'avait vu appartement plus guerrier à la fois et plus élégant. A chaque angle étaient des trophées d'armes offrant à la vue et à la main des épées de toutes sortes, et quatre grands tableaux représentaient dans leurs costumes de bataille le cardinal de Lorraine, le cardinal de Richelieu, le cardinal de Lavalette et l'archevêque de Bordeaux . Il est vrai qu'au surplus rien n'indiquait la demeure d'un abbé, les tentures étaient de damas, les tapis venaient d'Alençon, et le lit surtout avait plutôt l'air du lit d'une petite-maîtresse, avec sa garniture de dentelle et son couvre-pied, que de celui d'un homme qui avait fait vœu de gagner le ciel par l'abstinence et la macération.

— Vous regardez mon bouge, dit Aramis. Ah! mon cher, excusez-moi. Que voulez-vous! je suis logé comme un chartreux. Mais que cherchez-vous des yeux?

— Je cherche qui vous a jeté l'échelle; je ne vois personne, et cependant l'échelle n'est pas venue toute seule.

— Non, c'est Bazin.

— Ah! ah! fit d'Artagnan.

— Mais, continua Aramis, Monsieur Bazin est un garçon bien dressé, qui, voyant que je ne rentrais pas seul, se sera retiré par discrétion. Asseyez-vous, mon cher, et causons.

Et Aramis poussa à d'Artagnan un large fauteuil, dans lequel celui-ci s'allongea en s'accoudant.

— D'abord, vous soupez avec moi, n'est-ce pas? demanda Aramis.

— Oui, si vous le voulez bien, dit d'Artagnan, et même ce sera avec grand plaisir, je vous l'avoue; la route m'a donné un appétit du diable.

— Ah! mon pauvre ami! dit Aramis, vous trouverez maigre chère, on ne vous attendait pas.

— Est-ce que je suis menacé de l'omelette de Crèvecœur et des théobromes en question? N'est-ce pas comme cela que vous appeliez autrefois les épinards?

— Oh! il faut espérer, dit Aramis, qu'avec l'aide de Dieu et de Bazin nous trouverons quelque chose de mieux dans le garde-manger des dignes pères jésuites.

— Bazin, mon ami, dit Aramis, Bazin, venez ici.

La porte s'ouvrit et Bazin parut; mais, en apercevant d'Artagnan, il poussa une exclamation qui ressemblait à un cri de désespoir.

— Mon cher Bazin, dit d'Artagnan, je suis bien aise de voir avec quel admirable aplomb vous mentez, même dans une église.

— Monsieur, dit Bazin, j'ai appris des dignes pères jésuites qu'il était permis de mentir lorsqu'on mentait dans une bonne intention.

— C'est bien, c'est bien, Bazin, d'Artagnan meurt de faim et moi aussi, servez-nous à souper de votre mieux, et surtout, montez-nous du bon vin.

Bazin s'inclina en signe d'obéissance, poussa un gros soupir et sortit.

— Maintenant que nous voilà seuls, mon cher Aramis, dit d'Artagnan en ramenant ses yeux de l'appartement au propriétaire et en achevant par les habits l'examen commencé par les meubles, dites-moi, d'où diable veniez-vous lorsque vous êtes tombé en croupe derrière Planchet?

— Eh! corbleu! dit Aramis, vous le voyez bien, du ciel!

— Du ciel! reprit d'Artagnan en hochant la tête, vous ne m'avez pas plus l'air d'en revenir que d'y aller.

— Mon cher, dit Aramis avec un air de fatuité que d'Artagnan ne lui avait jamais vu du temps qu'il était mousquetaire, si je ne venais pas du ciel, au moins je sortais du paradis : ce qui se ressemble beaucoup.

— Alors voilà les savants fixés, reprit d'Artagnan. Jusqu'à présent on n'avait pas su s'entendre sur la situation positive du paradis : les uns l'avaient placé sur le mont Ararat; les autres entre le Tigre et l'Euphrate; il paraît qu'on le cherchait bien loin tandis qu'il était bien près. Le paradis est à Noisy-le-Sec, sur l'emplace-

ment du château de M. l'archevêque de Paris . On en
sort non point par la porte, mais par la fenêtre; on en
descend non par les degrés de marbre d'un péristyle,
mais par les branches d'un tilleul, et l'ange à l'épée flam-
boyante qui le garde m'a bien l'air d'avoir changé son
nom céleste de Gabriel en celui plus terrestre de prince
de Marcillac.

Aramis éclata de rire.

— Vous êtes toujours joyeux compagnon, mon cher,
dit-il, et votre spirituelle humeur gasconne ne vous a
pas quitté. Oui, il y a bien un peu de tout cela dans ce
que vous me dites; seulement, n'allez pas croire au moins
que ce soit de Mme de Longueville que je sois amoureux.

— Peste, je m'en garderai bien! dit d'Artagnan. Après
avoir été si longtemps amoureux de Mme de Chevreuse
vous n'auriez pas été porter votre cœur à sa plus mortelle
ennemie.

— Oui, c'est vrai, dit Aramis d'un air détaché, oui,
cette pauvre duchesse, je l'ai fort aimée autrefois, et il
faut lui rendre cette justice qu'elle nous a été fort utile;
mais, que voulez-vous! il lui a fallu quitter la France.
C'était un si rude jouteur que ce damné cardinal! continua Aramis en jetant un coup d'œil sur le portrait de
l'ancien ministre : il avait donné l'ordre de l'arrêter et de
la conduire au château de Loches; il lui eût fait trancher
la tête, sur ma foi, comme à Chalais, à Montmorency et
à Cinq-Mars; elle s'est sauvée déguisée en homme , avec
sa femme de chambre, cette pauvre Ketty; il lui est
même arrivé, à ce que j'ai entendu dire, une étrange
aventure dans je ne sais quel village, avec je ne sais quel
curé à qui elle demandait l'hospitalité, et qui, n'ayant
qu'une chambre et la prenant pour un cavalier, lui a
offert de la partager avec elle. C'est qu'elle portait d'une
façon incroyable l'habit d'homme, cette chère Marie. Je
ne connais qu'une femme qui le porte aussi bien; aussi
avait-on fait ce couplet sur elle :

> Laboissière dis-moi...

» Vous le connaissez? »

— Non pas; chantez-le, mon cher.

Et Aramis reprit du ton le plus cavalier :

> Laboissière, dis-moi,
> Suis-je pas bien en homme?

> — Vous chevauchez, ma foi,
> Mieux que tant que nous sommes.
>   Elle est,
> Parmi les hallebardes,
> Au régiment des gardes,
>   Comme un cadet.

— Bravo! dit d'Artagnan; vous chantez toujours à merveille, mon cher Aramis, et je vois que la messe ne vous a pas gâté la voix.

— Mon cher, dit Aramis, vous comprenez... du temps que j'étais mousquetaire, je montais le moins de gardes que je pouvais; aujourd'hui que je suis abbé, je dis le moins de messes que je peux. Mais revenons à cette pauvre duchesse.

— Laquelle? la duchesse de Chevreuse ou la duchesse de Longueville?

— Mon cher, je vous ai dit qu'il n'y avait rien entre moi et la duchesse de Longueville : des coquetteries peut-être, et voilà tout. Non, je parlais de la duchesse de Chevreuse. L'avez-vous vue à son retour de Bruxelles après la mort du roi?

— Oui, certes, et elle était fort belle encore.

— Oui, dit Aramis. Aussi l'ai-je quelque peu revue à cette époque; je lui avais donné d'excellents conseils, dont elle n'a point profité; je me suis tué de lui dire que Mazarin était l'amant de la reine; elle n'a pas voulu me croire, disant qu'elle connaissait Anne d'Autriche, et qu'elle était trop fière pour aimer un pareil faquin. Puis, en attendant, elle s'est jetée dans la cabale du duc de Beaufort, et le faquin a fait arrêter M. le duc de Beaufort et exilé Mme de Chevreuse.

— Vous savez, dit d'Artagnan, qu'elle a obtenu la permission de revenir?

— Oui, et même qu'elle est revenue... Elle va encore faire quelque sottise.

— Oh! mais cette fois peut-être suivra-t-elle vos conseils.

— Oh! cette fois, dit Aramis, je ne l'ai pas revue; elle est fort changée.

— Ce n'est pas comme vous, mon cher Aramis, car vous êtes toujours le même; vous avez toujours vos beaux cheveux noirs, toujours votre taille élégante, toujours vos mains de femme, qui sont devenues d'admirables mains de prélat.

— Oui, dit Aramis, c'est vrai, je me soigne beaucoup. Savez-vous, mon cher, que je me fais vieux : je vais avoir trente-sept ans .

— Écoutez, mon cher, dit d'Artagnan avec un sourire, puisque nous nous retrouvons, convenons d'une chose : c'est de l'âge que nous aurons à l'avenir.

— Comment cela ? dit Aramis.

— Oui, reprit d'Artagnan; autrefois c'était moi qui étais votre cadet de deux ou trois ans, et, si je ne fais pas d'erreur, j'ai quarante ans bien sonnés.

— Vraiment ! dit Aramis. Alors c'est moi qui me trompe, car vous avez toujours été, mon cher, un admirable mathématicien. J'aurais donc quarante-trois ans, à votre compte! Diable, diable, mon cher! n'allez pas le dire à l'hôtel de Rambouillet, cela me ferait tort.

— Soyez tranquille, dit d'Artagnan, je n'y vais pas.

— Ah çà mais, s'écria Aramis, que fait donc cet animal de Bazin? Bazin! dépêchons-nous donc, Monsieur le drôle! nous enrageons de faim et de soif!

Bazin, qui entrait en ce moment, leva au ciel ses mains chargées chacune d'une bouteille.

— Enfin, dit Aramis, sommes-nous prêts, voyons?

— Oui, Monsieur, à l'instant même, dit Bazin; mais il m'a fallu le temps de monter toutes les...

— Parce que vous vous croyez toujours votre simarre de bedeau sur les épaules, interrompit Aramis, et que vous passez tout votre temps à lire votre bréviaire. Mais je vous préviens que si, à force de polir toutes les affaires qui sont dans les chapelles, vous désappreniez à fourbir mon épée, j'allume un grand feu de toutes vos images bénites et je vous y fais rôtir.

Bazin, scandalisé, fit un signe de croix avec la bouteille qu'il tenait. Quant à d'Artagnan, plus surpris que jamais du ton et des manières de l'abbé d'Herblay, qui contrastaient si fort avec celles du mousquetaire Aramis, il demeurait les yeux écarquillés en face de son ami.

Bazin couvrit vivement la table d'une nappe damassée, et sur cette nappe rangea tant de choses dorées, parfumées, friandes, que d'Artagnan en demeura tout ébahi.

— Mais vous attendiez donc quelqu'un? demanda l'officier.

— Heu! dit Aramis, j'ai toujours un en-cas; puis je savais que vous me cherchiez.

— Par qui?

— Mais par Maître Bazin, qui vous a pris pour le diable, mon cher, et qui est accouru pour me prévenir du danger qui menaçait mon âme si je revoyais aussi mauvaise compagnie qu'un officier de mousquetaires.

— Oh! Monsieur!... fit Bazin les mains jointes et d'un air suppliant.

— Allons, pas d'hypocrisies! Vous savez que je ne les aime pas. Vous feriez bien mieux d'ouvrir la fenêtre et de descendre un pain, un poulet et une bouteille de vin à votre ami Planchet, qui s'extermine depuis une heure à frapper dans ses mains.

En effet, Planchet, après avoir donné la paille et l'avoine à ses chevaux, était revenu sous la fenêtre et avait répété deux ou trois fois le signal indiqué.

Bazin obéit, attacha au bout d'une corde les trois objets désignés et les descendit à Planchet, qui, n'en demandant pas davantage, se retira aussitôt sous le hangar.

— Maintenant soupons, dit Aramis.

Les deux amis se mirent à table, et Aramis commença à découper poulets, perdreaux et jambons avec une adresse toute gastronomique.

— Peste, dit d'Artagnan, comme vous vous nourrissez!

— Oui, assez bien. J'ai pour les jours maigres des dispenses de Rome que m'a fait avoir M. le coadjuteur à cause de ma santé; puis j'ai pris pour cuisinier l'ex-cuisinier de Lafollone , vous savez? l'ancien ami du cardinal, ce fameux gourmand qui disait pour toute prière après son dîner : « Mon Dieu, faites-moi la grâce » de bien digérer ce que j'ai si bien mangé. »

— Ce qui ne l'a pas empêché de mourir d'indigestion, dit en riant d'Artagnan.

— Que voulez-vous, reprit Aramis d'un air résigné, on ne peut fuir sa destinée!

— Mais pardon, mon cher, de la question que je vais vous faire, reprit d'Artagnan.

— Comment donc! faites, vous savez bien qu'entre nous il ne peut y avoir d'indiscrétion.

— Vous êtes donc devenu riche?

— Oh! mon Dieu, non! Je me fais une douzaine de mille livres par an, sans compter un petit bénéfice d'un millier d'écus que m'a fait avoir M. le Prince.

— Et avec quoi vous faites-vous ces douze mille livres? dit d'Artagnan; avec vos poèmes?

— Non, j'ai renoncé à la poésie, excepté pour faire de temps en temps quelque chanson à boire, quelque sonnet galant ou quelque épigramme innocente : je fais des sermons, mon cher.

— Comment, des sermons?

— Oh! mais des sermons prodigieux, voyez-vous. A ce qu'il paraît, du moins.

— Que vous prêchez?

— Non, que je vends.

— A qui?

— A ceux de mes compères qui visent à être de grands orateurs donc!

— Ah! vraiment? Et vous n'avez pas été tenté de la gloire pour vous-même?

— Si fait, mon cher, mais la nature l'a emporté. Quand je suis en chaire et que par hasard une jolie femme me regarde, je la regarde; si elle sourit, je souris aussi. Alors je bats la campagne; au lieu de parler des tourments de l'enfer, je parle des joies du paradis. Eh! tenez, la chose m'est arrivée un jour à l'église Saint-Louis au Marais... Un cavalier m'a ri au nez, je me suis interrompu pour lui dire qu'il était un sot. Le peuple est sorti pour ramasser des pierres; mais pendant ce temps j'ai si bien retourné l'esprit des assistants, que c'est lui qu'ils ont lapidé. Il est vrai que le lendemain il s'est présenté chez moi, croyant avoir affaire à un abbé comme tous les abbés.

— Et qu'est-il résulté de sa visite? dit d'Artagnan en se tenant les côtes de rire.

— Il en est résulté que nous avons pris pour le lendemain soir rendez-vous sur la place Royale! Eh! pardieu! vous en savez quelque chose.

— Serait-ce, par hasard, contre cet impertinent que je vous aurais servi de second? demanda d'Artagnan.

— Justement. Vous avez vu comme je l'ai arrangé.

— En est-il mort?

— Je n'en sais rien. Mais en tout cas je lui avais donné

l'absolution *in articulo mortis*. C'est assez de tuer le corps sans tuer l'âme.

Bazin fit un signe de désespoir qui voulait dire qu'il approuvait peut-être cette morale, mais qu'il désapprouvait fort le ton dont elle était faite.

— Bazin, mon ami, vous ne remarquez pas que je vous vois dans cette glace, et qu'une fois pour toutes je vous ai interdit tout signe d'approbation ou d'improbation. Vous allez donc me faire le plaisir de nous servir le vin d'Espagne et de vous retirer chez vous. D'ailleurs, mon ami d'Artagnan a quelque chose de secret à me dire. N'est-ce pas, d'Artagnan?

D'Artagnan fit signe de la tête que oui, et Bazin se retira après avoir posé le vin d'Espagne sur la table.

Les deux amis, restés seuls, demeurèrent un instant silencieux en face l'un de l'autre. Aramis semblait attendre une douce digestion. D'Artagnan préparait son exorde. Chacun d'eux, lorsque l'autre ne le regardait pas, risquait un coup d'œil en dessous.

Aramis rompit le premier le silence.

XI

LES DEUX GASPARDS

— A QUOI songez-vous, d'Artagnan, dit-il, et quelle pensée vous fait sourire?

— Je songe, mon cher, que, lorsque vous étiez mousquetaire, vous tourniez sans cesse à l'abbé, et qu'aujourd'hui que vous êtes abbé, vous me paraissez tourner fort au mousquetaire.

— C'est vrai, dit Aramis en riant. L'homme, vous le savez, mon cher d'Artagnan, est un étrange animal, tout composé de contrastes. Depuis que je suis abbé, je ne rêve plus que batailles.

— Cela se voit à votre ameublement : vous avez là des rapières de toutes les formes et pour les goûts les plus difficiles. Est-ce que vous tirez toujours bien?

— Moi, je tire comme vous tiriez autrefois, mieux encore peut-être. Je ne fais que cela toute la journée.

— Et avec qui?

— Avec un excellent maître d'armes que nous avons ici.

— Comment, ici?

— Oui, ici, dans ce couvent, mon cher. Il y a de tout dans un couvent de jésuites.

— Alors vous auriez tué M. de Marcillac s'il fût venu vous attaquer seul, au lieu de tenir tête à vingt hommes?

— Parfaitement, dit Aramis, et même à la tête de ses vingt hommes, si j'avais pu dégainer sans être reconnu.

« Dieu me pardonne, dit tout bas d'Artagnan, je crois qu'il est devenu plus Gascon que moi. »

Puis tout haut :

— Eh bien, mon cher Aramis, vous me demandez pourquoi je vous cherchais?

— Non, je ne vous le demandais pas, dit Aramis avec son air fin, mais j'attendais que vous me le dissiez.

— Eh bien, je vous cherchais pour vous offrir tout

uniquement un moyen de tuer M. de Marcillac, quand cela vous fera plaisir, tout prince qu'il est.

— Tiens, tiens, tiens! dit Aramis, c'est une idée, cela.

— Dont je vous invite à faire votre profit, mon cher. Voyons! avec votre abbaye de mille écus et les douze mille livres que vous vous faites en vendant des sermons, êtes-vous riche? Répondez franchement.

— Moi! je suis gueux comme Job, et en fouillant poches et coffres, je crois que vous ne trouveriez pas ici cent pistoles.

« Peste, cent pistoles! se dit tout bas d'Artagnan, il appelle cela être gueux comme Job! Si je les avais toujours devant moi, je me trouverais riche comme Crésus. »

Puis tout haut :

— Êtes-vous ambitieux?

— Comme Encelade .

— Eh bien, mon ami, je vous apporte de quoi être riche, puissant, et libre de faire tout ce que vous voudrez.

L'ombre d'un nuage passa sur le front d'Aramis aussi rapide que celle qui flotte en août sur les blés; mais si rapide qu'elle fut, d'Artagnan la remarqua.

— Parlez, dit Aramis.

— Encore une question auparavant. Vous occupez-vous de politique?

Un éclair passa dans les yeux d'Aramis, rapide comme l'ombre qui avait passé sur son front, mais pas si rapide cependant que d'Artagnan ne le vît.

— Non, répondit Aramis.

— Alors toutes propositions vous agréeront, puisque vous n'avez pour le moment d'autre maître que Dieu, dit en riant le Gascon.

— C'est possible.

— Avez-vous, mon cher Aramis, songé quelquefois à ces beaux jours de notre jeunesse que nous passions riant, buvant ou nous battant?

— Oui, certes, et plus d'une fois je les ai regrettés. C'était un heureux temps, *delectabile tempus !*

— Eh bien, mon cher, ces beaux jours peuvent renaître, cet heureux temps peut revenir! J'ai reçu mission d'aller trouver mes compagnons, et j'ai voulu commencer par vous, qui étiez l'âme de notre association.

Aramis s'inclina plus poliment qu'affectueusement.

— Me remettre dans la politique! dit-il d'une voix mourante et en se renversant dans son fauteuil. Ah! cher d'Artagnan, voyez comme je vis régulièrement et à l'aise. Nous avons essuyé l'ingratitude des grands, vous le savez!

— C'est vrai, dit d'Artagnan; mais peut-être les grands se repentent-ils d'avoir été ingrats.

— En ce cas, dit Aramis, ce serait autre chose. Voyons! à tout péché miséricorde. D'ailleurs, vous avez raison sur un point : c'est que si l'envie nous reprenait de nous mêler des affaires d'État, le moment, je crois serait venu.

— Comment savez-vous cela, vous qui ne vous occupez pas de politique?

— Eh! mon Dieu! sans m'en occuper personnellement, je vis dans un monde où l'on s'en occupe. Tout en cultivant la poésie, tout en faisant l'amour, je me suis lié avec M. Sarazin, qui est à M. de Conti; avec M. Voiture qui est au coadjuteur, et avec M. de Bois-Robert, qui, depuis qu'il n'est plus à M. le cardinal de Richelieu, n'est à personne ou est à tout le monde, comme vous voudrez; en sorte que le mouvement politique ne m'a pas tout à fait échappé.

— Je m'en doutais, dit d'Artagnan.

— Au reste, mon cher, ne prenez tout ce que je vais vous dire que pour parole de cénobite, d'homme qui parle comme un écho, en répétant purement et simplement ce qu'il a entendu dire, reprit Aramis. J'ai entendu dire que dans ce moment-ci le cardinal Mazarin était fort inquiet de la manière dont marchaient les choses. Il paraît qu'on n'a pas pour ses commandements tout le respect qu'on avait autrefois pour ceux de notre ancien épouvantail, le feu cardinal, dont vous voyez ici le portrait; car, quoi qu'on en ait dit, il faut convenir, mon cher, que c'était un grand homme.

— Je ne vous contredirai pas là-dessus, mon cher Aramis, c'est lui qui m'a fait lieutenant.

— Ma première opinion avait été tout entière pour le cardinal : je m'étais dit qu'un ministre n'est jamais aimé, mais qu'avec le génie qu'on accorde à celui-ci il finirait par triompher de ses ennemis et par se faire craindre, ce qui, selon moi, vaut peut-être mieux encore que de se faire aimer.

D'Artagnan fit un signe de tête qui voulait dire qu'il approuvait entièrement cette douteuse maxime.

— Voilà donc, poursuivit Aramis, quelle était mon opinion première; mais comme je suis fort ignorant dans ces sortes de matières et que l'humilité dont je fais profession m'impose la loi de ne pas m'en rapporter à mon propre jugement, je me suis informé. Eh bien! mon cher ami...

— Eh bien, quoi? demanda d'Artagnan.

— Eh bien, reprit Aramis, il faut que je mortifie mon orgueil, il faut que j'avoue que je m'étais trompé.

— Vraiment?

— Oui, je me suis informé, comme je vous disais, et voici ce que m'ont répondu plusieurs personnes toutes différentes de goût et d'ambition : M. de Mazarin n'est point un homme de génie, comme je le croyais.

— Bah! dit d'Artagnan.

— Non. C'est un homme de rien, qui a été domestique du cardinal Bentivoglio, qui s'est poussé par l'intrigue; un parvenu, un homme sans nom, qui ne fera en France qu'un chemin de partisan. Il entassera beaucoup d'écus dilapidera fort les revenus du roi, se payera à lui-même toutes les pensions que feu le cardinal de Richelieu payait à tout le monde, mais ne gouvernera jamais par la loi du plus fort, du plus grand ou du plus honoré. Il paraît en outre qu'il n'est pas gentilhomme de manières et de cœur, ce ministre, et que c'est une espèce de bouffon, de Pulcinello, de Pantalon. Le connaissez-vous? Moi, je ne le connais pas.

— Heu! fit d'Artagnan, il y a un peu de vrai dans ce que vous dites.

— Eh bien, vous me comblez d'orgueil, mon cher, si j'ai pu, grâce à certaine pénétration vulgaire dont je suis doué, me rencontrer avec un homme comme vous, qui vivez à la cour.

— Mais vous m'avez parlé de lui personnellement et non de son parti et de ses ressources.

— C'est vrai. Il a pour lui la reine.

— C'est quelque chose, ce me semble.

— Mais il n'a pas pour lui le roi.

— Un enfant!

— Un enfant qui sera majeur dans quatre ans.

— C'est le présent.

— Oui, mais ce n'est pas l'avenir, et encore dans le présent, il n'a pour lui ni le parlement ni le peuple, c'est-à-dire l'argent; il n'a pour lui ni la noblesse ni les princes, c'est-à-dire l'épée.

D'Artagnan se gratta l'oreille, il était forcé de s'avouer à lui-même que c'était non seulement largement mais encore justement pensé.

— Voyez, mon pauvre ami, si je suis toujours doué de ma perspicacité ordinaire. Je vous dirai que peut-être ai-je tort de vous parler ainsi à cœur ouvert, car vous, vous me paraissez pencher pour le Mazarin.

— Moi! s'écria d'Artagnan; moi! pas le moins du monde!

— Vous parliez de mission.

— Ai-je parlé de mission? Alors j'ai eu tort. Non, je me suis dit comme vous le dites : Voilà les affaires qui s'embrouillent! Eh bien, jetons la plume au vent, allons du côté où le vent l'emportera et reprenons la vie d'aventures. Nous étions quatre chevaliers vaillants, quatre cœurs tendrement unis; unissons de nouveau, non pas nos cœurs qui n'ont jamais été séparés, mais nos fortunes et nos courages. L'occasion est bonne pour conquérir quelque chose de mieux qu'un diamant.

— Vous avez raison, d'Artagnan, toujours raison, continua Aramis, et la preuve c'est que j'avais eu la même idée que vous; seulement, à moi, qui n'ai pas votre nerveuse et féconde imagination, elle m'avait été suggérée; tout le monde a besoin aujourd'hui d'auxiliaires; on m'a fait des propositions, il a transpercé quelque chose de nos fameuses prouesses d'autrefois, et je vous avouerai franchement que le coadjuteur m'a fait parler.

— M. de Gondy, l'ennemi du cardinal! s'écria d'Artagnan.

— Non, l'ami du roi, dit Aramis, l'ami du roi, entendez-vous? Eh bien, il s'agirait de servir le roi, ce qui est le devoir d'un gentilhomme.

— Mais le roi est avec M. de Mazarin, mon cher!

— De fait, pas de volonté; d'apparence, mais pas de cœur, et voilà justement le piège que les ennemis du roi tendent au pauvre enfant.

— Ah çà! mais c'est la guerre civile tout bonnement que vous me proposez là, mon cher Aramis.

— La guerre pour le roi.

— Mais le roi sera à la tête de l'armée où sera Mazarin.

— Mais il sera de cœur dans l'armée que commandera M. de Beaufort.

— M. de Beaufort? Il est à Vincennes.

— Ai-je dit M. de Beaufort? dit Aramis; M. de Beaufort ou un autre, M. de Beaufort ou M. le prince.

— Mais M. le prince va partir pour l'armée, il est entièrement au cardinal.

— Heu, heu! fit Aramis, ils ont quelques discussions ensemble justement en ce moment-ci. Mais d'ailleurs, si ce n'est M. le prince, M. de Gondy...

— Mais M. de Gondy va être cardinal, on demande pour lui le chapeau.

— N'y a-t-il pas des cardinaux fort belliqueux? dit Aramis. Voyez : voici autour de vous quatre cardinaux qui, à la tête des armées, valaient bien M. de Guébriant et M. de Gassion .

— Mais un général bossu!

— Sous sa cuirasse on ne verra pas sa bosse. D'ailleurs, souvenez-vous qu'Alexandre boitait et qu'Annibal était borgne.

— Voyez-vous de grands avantages dans ce parti? demanda d'Artagnan.

— J'y vois la protection de princes puissants.

— Avec la proscription du gouvernement.

— Annulée par les parlements et les émeutes.

— Tout cela pourrait se faire, comme vous le dites, si l'on parvenait à séparer le roi de sa mère.

— On y arrivera peut-être.

— Jamais! s'écria d'Artagnan rentrant cette fois dans sa conviction. J'en appelle à vous, Aramis, à vous qui connaissez Anne d'Autriche aussi bien que moi. Croyez-vous que jamais elle puisse oublier que son fils est sa sûreté, son palladium, le gage de sa considération, de sa fortune et de sa vie? Il faudrait qu'elle passât avec lui du côté des princes en abandonnant Mazarin; mais vous savez mieux que personne qu'il y a des raisons puissantes pour qu'elle ne l'abandonne jamais.

— Peut-être avez-vous raison, dit Aramis rêveur; ainsi je ne m'engagerai pas.

— Avec eux, dit d'Artagnan, mais avec moi?

— Avec personne. Je suis prêtre, qu'ai-je affaire de la politique! Je ne lis aucun bréviaire; j'ai une petite clien-

tèle de coquins d'abbés spirituels et de femmes charmantes; plus les affaires se troubleront, moins mes escapades
feront de bruit; tout va donc à merveille sans que je
m'en mêle; et décidément, tenez, cher ami, je ne m'en
mêlerai pas.

— Eh bien, tenez, mon cher, dit d'Artagnan, votre
philosophie me gagne, parole d'honneur, et je ne sais pas
quelle diable de mouche d'ambition m'avait piqué; j'ai
une espèce de charge qui me nourrit; je puis, à la mort de
ce pauvre M. de Tréville, qui se fait vieux, devenir capitaine; c'est un fort joli bâton de maréchal pour un cadet
de Gascogne, et je sens que je me rattache aux charmes
du pain modeste mais quotidien : au lieu de courir les
aventures, eh bien, j'accepterai les invitations de Porthos,
j'irai chasser dans ses terres; vous savez qu'il a des terres,
Porthos.

— Comment donc! je crois bien. Dix lieues de bois,
de marais et de vallées; il est seigneur du mont et de la
plaine, et il plaide pour droits féodaux contre l'évêque de
Noyon.

— Bon, dit d'Artagnan à lui-même, voilà ce que je
voulais savoir; Porthos est en Picardie.

Puis tout haut :

— Et il a repris son ancien nom de du Vallon?

— Auquel il a ajouté celui de Bracieux , une terre qui
a été baronnie, par ma foi!

— De sorte que nous verrons Porthos baron.

— Je n'en doute pas. La baronne Porthos surtout est
admirable.

Les deux amis éclatèrent de rire.

— Ainsi, reprit d'Artagnan, vous ne voulez pas passer
au Mazarin?

— Ni vous aux princes?

— Non. Ne passons à personne, alors, et restons amis;
ne soyons ni cardinalistes ni frondeurs.

— Oui, dit Aramis, soyons mousquetaires.

— Même avec le petit collet, reprit d'Artagnan.

— Surtout avec le petit collet! s'écria Aramis, c'est
ce qui en fait le charme.

— Alors donc, adieu, dit d'Artagnan.

— Je ne vous retiens pas, mon cher, dit Aramis, vu
que je ne saurais où vous coucher, et que je ne puis
décemment vous offrir la moitié du hangar de Planchet.

— D'ailleurs je suis à trois lieues à peine de Paris ; les chevaux sont reposés, et en moins d'une heure je serai rendu.

Et d'Artagnan se versa un dernier verre de vin.

— A notre ancien temps ! dit-il.

— Oui, reprit Aramis, malheureusement c'est un temps passé... *fugit irreparabile tempus...*

— Bah ! dit d'Artagnan, il reviendra peut-être. En tout cas, si vous avez besoin de moi, rue Tiquetonne, hôtel de la Chevrette.

— Et moi au couvent des jésuites : de six heures du matin à huit heures du soir, par la porte ; de huit heures du soir à six heures du matin, par la fenêtre.

— Adieu, mon cher.

— Oh ! je ne vous quitte pas ainsi, laissez-moi vous reconduire.

Et il prit son épée et son manteau.

« Il veut s'assurer que je pars, » dit en lui-même d'Artagnan.

Aramis siffla Bazin, mais Bazin dormait dans l'antichambre sur les restes de son souper, et Aramis fut forcé de le secouer par l'oreille pour le réveiller.

Bazin étendit les bras, se frotta les yeux et essaya de se rendormir.

— Allons, allons, maître dormeur, vite l'échelle.

— Mais, dit Bazin en bâillant à se démonter la mâchoire, elle est restée à la fenêtre, l'échelle.

— L'autre, celle du jardinier : n'as-tu pas vu que d'Artagnan a eu peine à monter et aura encore plus grand-peine à descendre ?

D'Artagnan allait assurer Aramis qu'il descendrait fort bien, lorsqu'il lui vint une idée ; cette idée fit qu'il se tut.

Bazin poussa un profond soupir et sortit pour aller chercher l'échelle. Un instant après, une bonne et solide échelle de bois était posée contre la fenêtre.

— Allons donc, dit d'Artagnan, voilà ce qui s'appelle un moyen de communication, une femme monterait à une échelle comme celle-là.

Un regard perçant d'Aramis sembla vouloir aller chercher la pensée de son ami jusqu'au fond de son cœur, mais d'Artagnan soutint ce regard avec un air d'admirable naïveté.

D'ailleurs en ce moment il mettait le pied sur le premier échelon de l'échelle et descendait.

En un instant il fut à terre. Quant à Bazin, il demeura à la fenêtre.

— Reste là, dit Aramis, je reviens.

Tous deux s'acheminèrent vers le hangar : à leur approche Planchet sortit, tenant en bride les deux chevaux.

— A la bonne heure, dit Aramis, voilà un serviteur actif et vigilant; ce n'est pas comme ce paresseux de Bazin, qui n'est plus bon à rien depuis qu'il est homme d'Église. Suivez-nous, Planchet; nous allons en causant jusqu'au bout du village.

Effectivement, les deux amis traversèrent tout le village en causant de choses indifférentes; puis, aux dernières maisons :

— Allez donc, cher ami, dit Aramis, suivez votre carrière, la fortune vous sourit, ne la laissez pas échapper; souvenez-vous que c'est une courtisane, et traitez-la en conséquence; quant à moi, je reste dans mon humilité et ma paresse; adieu.

— Ainsi, c'est bien décidé, dit d'Artagnan, ce que je vous ai offert ne vous agrée point?

— Cela m'agréerait fort, au contraire, dit Aramis, si j'étais un homme comme un autre; mais, je vous le répète, en vérité je suis un composé de contrastes : ce que je hais aujourd'hui, je l'adorerai demain, et vice versa. Vous voyez bien que je ne puis m'engager comme vous, par exemple, qui avez des idées arrêtées.

« Tu mens, sournois, se dit à lui-même d'Artagnan : tu es le seul, au contraire, qui saches choisir un but et qui y marches obscurément. »

— Adieu donc, mon cher, continua Aramis, et merci de vos excellentes intentions, et surtout des bons souvenirs que votre présence a éveillés en moi.

Ils s'embrassèrent. Planchet était déjà à cheval. D'Artagnan se mit en selle à son tour, puis ils se serrèrent encore une fois la main. Les cavaliers piquèrent leurs chevaux et s'éloignèrent du côté de Paris.

Aramis resta debout et immobile sur le milieu du pavé jusqu'à ce qu'il les eût perdus de vue.

Mais, au bout de deux cents pas, d'Artagnan s'arrêta court, sauta à terre, jeta la bride de son cheval au bras de

Planchet, et prit ses pistolets dans ses fontes, qu'il passa
à sa ceinture.

— Qu'avez-vous donc, Monsieur? dit Planchet tout
effrayé.

— J'ai que, si fin qu'il soit, dit d'Artagnan, il ne sera
pas dit que je serai sa dupe. Reste ici et ne bouge pas;
seulement mets-toi sur le revers du chemin et attends-
moi.

A ces mots, d'Artagnan s'élança de l'autre côté du
fossé qui bordait la route, et piqua à travers la plaine de
manière à tourner le village. Il avait remarqué entre la
maison qu'habitait Mme de Longueville et le couvent
des jésuites un espace vide qui n'était fermé que par une
haie.

Peut-être une heure auparavant eût-il eu de la peine
à retrouver cette haie, mais la lune venait de se lever, et
quoique de temps en temps elle fût couverte par des
nuages, on y voyait, même pendant les obscurcies, assez
clair pour retrouver son chemin.

D'Artagnan gagna donc la haie et se cacha derrière.
En passant devant la maison où avait eu lieu la scène
que nous avons racontée, il avait remarqué que la même
fenêtre s'était éclairée de nouveau, et il était convaincu
qu'Aramis n'était pas encore rentré chez lui, et que,
lorsqu'il y rentrerait, il n'y rentrerait pas seul.

En effet, au bout d'un instant il entendit des pas qui
s'approchaient et comme un bruit de voix qui parlaient
à demi bas.

Au commencement de la haie les pas s'arrêtèrent.

D'Artagnan mit un genou en terre, cherchant la plus
grande épaisseur de la haie pour s'y cacher.

En ce moment deux hommes apparurent, au grand
étonnement de d'Artagnan; mais bientôt son étonnement cessa, car il entendit vibrer une voix douce et
harmonieuse : l'un de ces deux hommes était une femme
déguisée en cavalier.

— Soyez tranquille, mon cher René, disait la voix
douce, la même chose ne se renouvellera plus; j'ai découvert une espèce de souterrain qui passe sous la rue, et
nous n'aurons qu'à soulever une des dalles qui sont
devant la porte pour vous ouvrir une sortie.

— Oh! dit une autre voix que d'Artagnan reconnut
pour celle d'Aramis, je vous jure bien, princesse, que si

notre renommée ne dépendait pas de toutes ces précautions, et que je n'y risquasse que ma vie...

— Oui, oui, je sais que vous êtes brave et aventureux autant qu'homme du monde; mais vous n'appartenez pas seulement à moi seule, vous appartenez à tout notre parti. Soyez donc prudent, soyez donc sage.

— J'obéis toujours, Madame, dit Aramis, quand on me sait commander avec une voix si douce.

Il lui baisa tendrement la main.

— Ah! s'écria le cavalier à la voix douce.

— Quoi? demanda Aramis.

— Mais ne voyez-vous pas que le vent a enlevé mon chapeau?

Et Aramis s'élança après le feutre fugitif. D'Artagnan profita de la circonstance pour chercher un endroit de la haie moins touffu qui laissât son regard pénétrer librement jusqu'au problématique cavalier. En ce moment, justement, la lune, curieuse peut-être comme l'officier, sortait de derrière un nuage et, à sa clarté indiscrète, d'Artagnan reconnut les grands yeux bleus, les cheveux d'or et la noble tête de la duchesse de Longueville.

Aramis revint en riant, un chapeau sur la tête et un à la main, et tous deux continuèrent leur chemin vers le couvent des jésuites.

— Bon! dit d'Artagnan en se relevant et en brossant son genou, maintenant je te tiens, tu es frondeur et amant de Mme de Longueville.

XII

M. PORTHOS
DU VALLON DE BRACIEUX DE PIERREFONDS

GRACE aux informations prises auprès d'Aramis, d'Artagnan qui savait déjà que Porthos, de son nom de famille, s'appelait du Vallon, avait appris que, de son nom de terre, il s'appelait de Bracieux, et qu'à cause de cette terre de Bracieux il était en procès avec l'évêque de Noyon.

C'était donc dans les environs de Noyon qu'il devait aller chercher cette terre, c'est-à-dire sur la frontière de l'Ile-de-France et de la Picardie.

Son itinéraire fut promptement arrêté : il irait jusqu'à Dammartin, où s'embranchent deux routes, l'une qui va à Soissons, l'autre à Compiègne; là il s'informerait de la terre de Bracieux, et selon la réponse il suivrait tout droit ou prendrait à gauche.

Planchet, qui n'était pas encore bien rassuré à l'endroit de son escapade, déclara qu'il suivrait d'Artagnan jusqu'au bout du monde, prît-il tout droit, ou prît-il à gauche. Seulement il supplia son ancien maître de partir le soir, l'obscurité présentant plus de garanties. D'Artagnan lui proposa alors de prévenir sa femme pour la rassurer au moins sur son sort; mais Planchet répondit avec beaucoup de sagacité qu'il était bien certain que sa femme ne mourrait point d'inquiétude de ne pas savoir où il était, tandis que, connaissant l'incontinence de langue dont elle était atteinte, lui, Planchet, mourrait d'inquiétude si elle le savait.

Ces raisons parurent si bonnes à d'Artagnan, qu'il n'insista pas davantage, et que, vers les huit heures du soir, au moment où la brume commençait à s'épaissir dans les rues, il partit de l'hôtel de *La Chevrette,* et, suivi de Planchet, sortit de la capitale par la porte Saint-Denis.

A minuit, les deux voyageurs étaient à Dammartin. C'était trop tard pour prendre des renseignements.

L'hôte du *Cygne de la Croix* était couché. D'Artagnan remit donc la chose au lendemain.

Le lendemain, il fit venir l'hôte. C'était un de ces rusés Normands qui ne disent ni oui ni non, et qui croient toujours qu'ils se compromettent en répondant directement à la question qu'on leur fait ; seulement, ayant cru comprendre qu'il devait suivre tout droit, d'Artagnan se remit en marche sur ce renseignement assez équivoque. A neuf heures du matin, il était à Nanteuil ; là il s'arrêta pour déjeuner.

Cette fois, l'hôte était un franc et bon Picard qui, reconnaissant dans Planchet un compatriote, ne fit aucune difficulté pour lui donner les renseignements qu'il désirait. La terre de Bracieux était à quelques lieues de Villers-Cotterets .

D'Artagnan connaissait Villers-Cotterets pour y avoir suivi deux ou trois fois la cour, car à cette époque Villers-Cotterets était une résidence royale. Il s'achemina donc vers cette ville, et descendit à son hôtel ordinaire, c'est-à-dire au *Dauphin d'or*.

Là les renseignements furent des plus satisfaisants. Il apprit que la terre de Bracieux était située à quatre lieues de cette ville, mais que ce n'était point là qu'il fallait chercher Porthos. Porthos avait eu effectivement des démêlés avec l'évêque de Noyon à propos de la terre de Pierrefonds qui limitait la sienne, et, ennuyé de tous ces démêlés judiciaires auxquels il ne comprenait rien, il avait, pour en finir, acheté Pierrefonds, de sorte qu'il avait ajouté ce nouveau nom à ses anciens noms. Il s'appelait maintenant du Vallon de Bracieux de Pierrefonds, et demeurait dans sa nouvelle propriété. A défaut d'autre illustration, Porthos visait évidemment à celle du marquis de Carabas.

Il fallait encore attendre au lendemain, les chevaux avaient fait dix lieues dans leur journée et étaient fatigués. On aurait pu en prendre d'autres, il est vrai, mais il y avait toute une grande forêt à traverser, et Planchet, on se le rappelle, n'aimait pas les forêts la nuit .

Il y avait une chose encore que Planchet n'aimait pas, c'était de se mettre en route à jeun : aussi, en se réveillant, d'Artagnan trouva-t-il son déjeuner tout prêt. Il n'y avait pas moyen de se plaindre d'une pareille attention. Aussi d'Artagnan se mit-il à table ; il va sans dire que

Planchet, en reprenant ses anciennes fonctions, avait
repris son ancienne humilité et n'était pas plus honteux
de manger les restes de d'Artagnan que ne l'étaient
Mme de Motteville et Mme du Fargis de ceux d'Anne
d'Autriche.

On ne put donc partir que vers les huit heures. Il n'y
avait pas à se tromper, il fallait suivre la route qui mène
de Villers-Cotterets à Compiègne, et en sortant du bois
prendre à droite.

Il faisait une belle matinée de printemps, les oiseaux
chantaient dans les grands arbres, de larges rayons de
soleil passaient à travers les clairières et semblaient des
rideaux de gaze dorée.

En d'autres endroits, la lumière perçait à peine la
voûte épaisse des feuilles, et les pieds des vieux chênes,
que rejoignaient précipitamment, à la vue des voyageurs,
les écureuils agiles, étaient plongés dans l'ombre. Il en
sortait de toute cette nature matinale un parfum d'herbes, de fleurs, et de feuilles qui réjouissait le cœur.
D'Artagnan, lassé de l'odeur fétide de Paris, se disait à
lui-même que lorsqu'on portait trois noms de terre
embrochés les uns aux autres, on devait être bien heureux dans un pareil paradis; puis il secouait la tête en
disant : « Si j'étais Porthos et que d'Artagnan me vînt
faire la proposition que je vais faire à Porthos, je sais
bien ce que je répondrais à d'Artagnan. »

Quant à Planchet, il ne pensait à rien, il digérait.

A la lisière du bois, d'Artagnan aperçut le chemin
indiqué, et au bout du chemin les tours d'un immense
château féodal.

— Oh! oh! murmura-t-il, il me semblait que ce château appartenait à l'ancienne branche d'Orléans; Porthos
en aurait-il traité avec le duc de Longueville?

— Ma foi, Monsieur, dit Planchet, voici des terres
bien tenues; et si elles appartiennent à M. Porthos, je lui
en ferai mon compliment.

— Peste, dit d'Artagnan, ne va pas l'appeler Porthos,
ni même du Vallon; appelle-le de Bracieux ou de
Pierrefonds. Tu me ferais manquer mon ambassade.

A mesure qu'il approchait du château qui avait d'abord
attiré ses regards, d'Artagnan comprenait que ce n'était
point là que pouvait habiter son ami : les tours, quoique
solides et paraissant bâties d'hier, étaient ouvertes et

comme éventrées. On eût dit que quelque géant les avait fendues à coups de hache.

Arrivé à l'extrémité du chemin, d'Artagnan se trouva dominer une magnifique vallée, au fond de laquelle on voyait dormir un charmant petit lac au pied de quelques maisons éparses çà et là et qui semblaient, humbles et couvertes les unes de tuile et les autres de chaume, reconnaître pour seigneur suzerain un joli château bâti vers le commencement du règne de Henri IV, que surmontaient des girouettes seigneuriales.

Cette fois d'Artagnan ne douta pas qu'il fût en vue de la demeure de Porthos.

Le chemin conduisait droit à ce joli château, qui était à son aïeul le château de la montagne ce qu'un petit-maître de la coterie de M. le duc d'Enghien était à un chevalier bardé de fer du temps de Charles VII; d'Artagnan mit son cheval au trot et suivit le chemin, Planchet régla le pas de son coursier sur celui de son maître.

Au bout de dix minutes, d'Artagnan se trouva à l'extrémité d'une allée régulièrement plantée de beaux peupliers, et qui aboutissait à une grille de fer dont les piques et les bandes transversales étaient dorées. Au milieu de cette avenue se tenait une espèce de seigneur habillé de vert et doré comme la grille, lequel était à cheval sur un gros roussin. A sa droite et à sa gauche étaient deux valets galonnés sur toutes les coutures; bon nombre de croquants assemblés lui rendaient des hommages fort respectueux.

« Ah ! se dit d'Artagnan, serait-ce là le seigneur du Vallon de Bracieux de Pierrefonds ? Eh ! mon Dieu ! comme il est recroquevillé depuis qu'il ne s'appelle plus Porthos ! »

— Ce ne peut être lui, dit Planchet répondant à ce que d'Artagnan s'était dit à lui-même. M. Porthos avait près de six pieds, et celui-là en a cinq à peine.

— Cependant, reprit d'Artagnan, on salue bien bas ce Monsieur.

A ces mots, d'Artagnan piqua vers le roussin, l'homme considérable et les valets. A mesure qu'il approchait, il lui semblait reconnaître les traits du personnage.

— Jésus Dieu ! Monsieur, dit Planchet, qui de son côté croyait le reconnaître, serait-il donc possible que ce fût lui ?

A cette exclamation, l'homme à cheval se retourna lentement et d'un air fort noble, et les deux voyageurs purent voir briller dans tout leur éclat les gros yeux, la trogne vermeille et le sourire si éloquent de Mousqueton.

En effet, c'était Mousqueton, Mousqueton gras à lard, croulant de bonne santé, bouffi de bien-être, qui, reconnaissant d'Artagnan, tout au contraire de cet hypocrite de Bazin, se laissa glisser de son roussin par terre et s'approcha chapeau bas vers l'officier; de sorte que les hommages de l'assemblée firent un quart de conversion vers ce nouveau soleil qui éclipsait l'ancien.

— Monsieur d'Artagnan, Monsieur d'Artagnan, répétait dans ses joues énormes Mousqueton tout suant d'allégresse, Monsieur d'Artagnan! Oh! quelle joie pour mon seigneur et maître du Vallon de Bracieux de Pierrefonds!

— Ce bon Mousqueton! Il est donc ici, ton maître?

— Vous êtes sur ses domaines.

— Mais, comme te voilà beau, comme te voilà gras, comme te voilà fleuri! continuait d'Artagnan infatigable à détailler les changements que la bonne fortune avait apportés chez l'ancien affamé.

— Eh! oui, Dieu merci! Monsieur, dit Mousqueton, je me porte assez bien.

— Mais ne dis-tu donc rien à ton ami Planchet?

— A mon ami Planchet! Planchet serait-ce toi par hasard? s'écria Mousqueton, les bras ouverts et des larmes plein les yeux.

— Moi-même, dit Planchet toujours prudent, mais je voulais savoir si tu n'étais pas devenu fier.

— Devenu fier avec un ancien ami! Jamais, Planchet. Tu n'as pas pensé cela ou tu ne connais pas Mousqueton.

— A la bonne heure! dit Planchet en descendant de son cheval et tendant à son tour les bras à Mousqueton : ce n'est pas comme cette canaille de Bazin, qui m'a laissé deux heures sous un hangar sans même faire semblant de me reconnaître.

Et Planchet et Mousqueton s'embrassèrent avec une effusion qui toucha fort les assistants et qui leur fit croire que Planchet était quelque seigneur déguisé, tant ils appréciaient à sa plus haute valeur la position de Mousqueton.

— Et maintenant, Monsieur, dit Mousqueton lorsqu'il se fut débarrassé de l'étreinte de Planchet, qui avait

inutilement essayé de joindre ses mains derrière le dos
de son ami; et maintenant, Monsieur, permettez-moi de
vous quitter, car je ne veux pas que mon maître apprenne
la nouvelle de votre arrivée par d'autres que par moi; il
ne me pardonnerait pas de m'être laissé devancer.

— Ce cher ami, dit d'Artagnan, évitant de donner à
Porthos ni son ancien ni son nouveau nom, il ne m'a
donc pas oublié!

— Oublié! lui! s'écria Mousqueton, c'est-à-dire,
Monsieur, qu'il n'y a pas de jour que nous ne nous
attendions à apprendre que vous étiez nommé maréchal,
ou en place de M. de Gassion, ou en place de M. de
Bassompierre.

D'Artagnan laissa errer sur ses lèvres un de ces rares
sourires mélancoliques qui avaient survécu dans le plus
profond de son cœur au désenchantement de ses jeunes
années.

— Et vous, manants, continua Mousqueton, demeurez près de M. le comte d'Artagnan, et faites-lui honneur
de votre mieux, tandis que je vais prévenir Monseigneur
de son arrivée.

Et remontant, aidé de deux âmes charitables, sur son
robuste cheval, tandis que Planchet, plus ingambe,
remontait tout seul sur le sien, Mousqueton prit sur le
gazon de l'avenue un petit galop qui témoignait encore
plus en faveur des reins que des jambes du quadrupède.

— Ah çà! mais voilà qui s'annonce bien! dit d'Artagnan; pas de mystère, pas de manteau, pas de politique
par ici; on rit à gorge déployée, on pleure de joie, je ne
vois que des visages larges d'une aune; en vérité, il me
semble que la nature elle-même est en fête, que les arbres,
au lieu de feuilles et de fleurs, sont couverts de petits
rubans verts et roses.

— Et moi, dit Planchet, il me semble que je sens d'ici
la plus délectable odeur de rôti, que je vois des marmi-
tons se ranger en haie pour nous voir passer. Ah, Monsieur! quel cuisinier doit avoir M. de Pierrefonds, lui
qui aimait déjà tant et si bien manger quand il ne s'appelait encore que M. Porthos!

— Halte-là! dit d'Artagnan: tu me fais peur. Si la
réalité répond aux apparences, je suis perdu. Un homme
si heureux ne sortira jamais de son bonheur, et je vais
échouer près de lui comme j'ai échoué près d'Aramis.

XIII

COMMENT D'ARTAGNAN S'APERÇUT
EN RETROUVANT PORTHOS QUE LA FORTUNE
NE FAIT PAS LE BONHEUR

D'ARTAGNAN franchit la grille et se trouva en face du château; il mettait pied à terre quand une sorte de géant apparut sur le perron. Rendons cette justice à d'Artagnan, qu'à part tout sentiment d'égoïsme le cœur lui battit avec joie à l'aspect de cette haute taille et de cette figure martiale qui lui rappelaient un homme brave et bon.

Il courut à Porthos et se précipita dans ses bras; toute la valetaille, rangée en cercle à distance respectueuse, regardait avec une humble curiosité. Mousqueton, au premier rang, s'essuya les yeux, le pauvre garçon n'avait pas cessé de pleurer de joie depuis qu'il avait reconnu d'Artagnan et Planchet.

Porthos prit son ami par le bras.

— Ah! quelle joie de vous revoir, cher d'Artagnan, s'écria-t-il d'une voix qui avait tourné du baryton à la basse; vous ne m'avez donc pas oublié, vous?

— Vous oublier! ah! cher du Vallon, oublie-t-on les plus beaux jours de sa jeunesse et ses amis dévoués, et les périls affrontés ensemble! Mais c'est-à-dire qu'en vous revoyant il n'y a pas un instant de notre ancienne amitié qui ne se présente à ma pensée.

— Oui, oui, dit Porthos en essayant de redonner à sa moustache ce pli coquet qu'elle avait perdu dans la solitude, oui, nous en avons fait de belles dans notre temps, et nous avons donné du fil à retordre à ce pauvre cardinal.

Et, il poussa un soupir. D'Artagnan le regarda.

— En tout cas, continua Porthos d'un ton languissant, soyez le bienvenu, cher ami, vous m'aiderez à retrouver ma joie; nous courrons demain le lièvre dans ma plaine, qui est superbe, ou le chevreuil dans mes bois, qui sont fort beaux : j'ai quatre lévriers qui passent pour

les plus légers de la province, et une meute qui n'a point
sa pareille à vingt lieues à la ronde.

Et Porthos poussa un second soupir.

« Oh, oh! se dit d'Artagnan tout bas, mon gaillard
serait-il moins heureux qu'il n'en a l'air? »

Puis tout haut :

— Mais avant tout, dit-il, vous me présenterez à
Mme du Vallon, car je me rappelle certaine lettre
d'obligeante invitation que vous aviez bien voulu
m'écrire, et au bas de laquelle elle avait bien voulu ajouter quelques lignes.

Troisième soupir de Porthos.

— J'ai perdu Mme du Vallon il y a deux ans, dit-il,
et vous m'en voyez encore tout affligé. C'est pour cela
que j'ai quitté mon château du Vallon près de Corbeil,
pour venir habiter ma terre de Bracieux, changement
qui m'a amené à acheter celle-ci. Pauvre Mme du Vallon,
continua Porthos en faisant une grimace de regret; ce
n'était pas une femme d'un caractère fort égal, mais elle
avait fini cependant par s'accoutumer à mes façons et
par accepter mes petites volontés.

— Ainsi, vous êtes riche et libre? dit d'Artagnan.

— Hélas! dit Porthos, je suis veuf et j'ai quarante mille livres de rente. Allons déjeuner, voulez-
vous?

— Je le veux fort, dit d'Artagnan; l'air du matin m'a
mis en appétit.

— Oui, dit Porthos, mon air est excellent.

Ils entrèrent dans le château; ce n'étaient que do-
rures du haut en bas, les corniches étaient dorées, les
moulures étaient dorées, les bois des fauteuils étaient
dorés.

Une table toute servie attendait.

— Vous voyez, dit Porthos, c'est mon ordinaire.

— Peste, dit d'Artagnan, je vous en fais mon compliment : le roi n'en a pas un pareil.

— Oui, dit Porthos, j'ai entendu dire qu'il était fort
mal nourri par M. de Mazarin. Goûtez cette côtelette,
mon cher d'Artagnan, c'est de mes moutons.

— Vous avez des moutons fort tendres, dit d'Artagnan, et je vous en félicite.

— Oui, on les nourrit dans mes prairies qui sont
excellentes.

— Donnez-m'en encore.

— Non; prenez plutôt de ce lièvre que j'ai tué hier dans une de mes garennes.

— Peste! quel goût! dit d'Artagnan. Ah çà! vous ne les nourrissez donc que de serpolet, vos lièvres?

— Et que pensez-vous de mon vin? dit Porthos; il est agréable, n'est-ce pas?

— Il est charmant.

— C'est cependant du vin du pays.

— Vraiment!

— Oui, un petit versant au midi, là-bas sur ma montagne; il fournit vingt muids.

— Mais c'est une véritable vendange, cela!

Porthos soupira pour la cinquième fois. D'Artagnan avait compté les soupirs de Porthos.

— Ah çà! mais, dit-il curieux d'approfondir le problème, on dirait, mon cher ami, que quelque chose vous chagrine. Seriez-vous souffrant, par hasard?... Est-ce que cette santé...

— Excellente, mon cher, meilleure que jamais; je tuerais un bœuf d'un coup de poing.

— Alors, des chagrins de famille...

— De famille! Par bonheur je n'ai que moi au monde.

— Mais alors qu'est-ce donc qui vous fait soupirer?

— Mon cher, dit Porthos, je serai franc avec vous : je ne suis pas heureux.

— Vous, pas heureux, Porthos! vous qui avez un château, des prairies, des montagnes, des bois; vous qui avez quarante mille livres de rente, enfin, vous n'êtes pas heureux?

— Mon cher, j'ai tout cela, c'est vrai, mais je suis seul au milieu de tout cela.

— Ah! je comprends : vous êtes entouré de croquants que vous ne pouvez pas voir sans déroger.

Porthos pâlit légèrement, et vida un énorme verre de son petit vin du versant.

— Non pas, dit-il, au contraire; imaginez-vous que ce sont des hobereaux qui ont tous un titre quelconque et prétendent remonter à Pharamond, à Charlemagne, ou tout au moins à Hugues Capet. Dans le commencement, j'étais le dernier venu, par conséquent j'ai dû faire les avances, je les ai faites; mais vous le savez, mon cher, Mme du Vallon...

Porthos, en disant ces mots, parut avaler avec peine sa salive.

— Mme du Vallon, reprit-il, était de noblesse douteuse, elle avait, en premières noces (je crois, d'Artagnan, ne vous apprendre rien de nouveau), épousé un procureur. Ils trouvèrent cela nauséabond. Ils ont dit nauséabond. Vous comprenez, c'était un mot à faire tuer trente mille hommes. J'en ai tué deux; cela a fait taire les autres, mais ne m'a pas rendu leur ami. De sorte que je n'ai plus de société, que je vis seul, que je m'ennuie, que je me ronge.

D'Artagnan sourit; il voyait le défaut de la cuirasse, et il apprêtait le coup.

— Mais enfin, dit-il, vous êtes par vous-même, et votre femme ne peut vous défaire.

— Oui, mais vous comprenez, n'étant pas de noblesse historique comme les Coucy, qui se contentaient d'être sires, et les Rohan , qui ne voulaient pas être ducs, tous ces gens-là, qui sont tous ou vicomtes ou comtes, ont le pas sur moi, à l'église, dans les cérémonies, partout, et je n'ai rien à dire. Ah! si j'étais seulement...

— Baron? N'est-ce pas? dit d'Artagnan achevant la phrase de son ami...

— Ah! s'écria Porthos dont les traits s'épanouirent, ah! si j'étais baron!

« Bon! pensa d'Artagnan, je réussirai ici. »

Puis tout haut :

— Eh bien, cher ami, c'est ce titre que vous souhaitez que je viens vous apporter aujourd'hui.

Porthos fit un bond qui ébranla toute la salle; deux ou trois bouteilles en perdirent l'équilibre et roulèrent à terre, où elles furent brisées. Mousqueton accourut au bruit, et l'on aperçut à la perspective Planchet la bouche pleine et la serviette à la main.

— Monseigneur m'appelle? demanda Mousqueton.

Porthos fit signe de la main à Mousqueton de ramasser les éclats de bouteilles.

— Je vois avec plaisir, dit d'Artagnan, que vous avez toujours ce brave garçon.

— Il est mon intendant, dit Porthos.

Puis haussant la voix :

— Il a fait ses affaires, le drôle, on voit cela; mais,

continua-t-il plus bas, il m'est attaché et ne me quitterait
pour rien au monde.

« Et il l'appelle Monseigneur », pensa d'Artagnan.

— Sortez, Mouston, dit Porthos.

— Vous dites Mouston? Ah! oui! par abréviation :
Mousqueton était trop long à prononcer.

— Oui, dit Porthos, et puis cela sentait son maréchal
des logis d'une lieue. Mais nous parlions affaire quand
ce drôle est entré.

— Oui, dit d'Artagnan; cependant remettons la
conversation à plus tard, vos gens pourraient soupçonner quelque chose; il y a peut-être des espions
dans le pays. Vous devinez, Porthos, qu'il s'agit de
choses sérieuses.

— Peste! dit Porthos. Eh bien, pour faire la digestion
promenons-nous dans mon parc.

— Volontiers.

Et comme tous deux avaient suffisamment déjeuné,
ils commencèrent à faire le tour d'un jardin magnifique;
des allées de marronniers et de tilleuls enfermaient un
espace de trente arpents au moins; au bout de chaque
quinconce bien fourré de taillis et d'arbustes, on voyait
courir des lapins disparaissant dans les glandées et se
jouant dans les hautes herbes.

— Ma foi, dit d'Artagnan, le parc correspond à tout
le reste; et s'il y a autant de poissons dans votre étang
que de lapins dans vos garennes, vous êtes un homme
heureux, mon cher Porthos, pour peu que vous ayez
conservé le goût de la chasse et acquis celui de la pêche.

— Mon ami, dit Porthos, je laisse la pêche à Mousqueton, c'est un plaisir roturier; mais je chasse quelquefois; c'est-à-dire que, quand je m'ennuie, je m'assieds
sur un de ces bancs de marbre, je me fais apporter mon
fusil, je me fais amener Gredinet, mon chien favori, et je
tire des lapins.

— Mais c'est fort divertissant! dit d'Artagnan.

— Oui, répondit Porthos avec un soupir, c'est fort
divertissant.

D'Artagnan ne les comptait plus.

— Puis, ajouta Porthos, Gredinet va les chercher
et les porte lui-même au cuisinier; il est dressé à cela.

— Ah! la charmante petite bête! dit d'Artagnan.

— Mais, reprit Porthos, laissons là Gredinet, que

je vous donnerai si vous en avez envie, car je commence
à m'en lasser, et revenons à notre affaire.

— Volontiers, dit d'Artagnan; seulement je vous
préviens, cher ami, pour que vous ne disiez pas que
je vous ai pris en traître, qu'il faudra bien changer d'existence.

— Comment cela?

— Reprendre le harnais, ceindre l'épée, courir les
aventures, laisser, comme dans le temps passé, un peu
de sa chair par les chemins; vous savez, la manière
d'autrefois, enfin.

— Ah! diable! fit Porthos.

— Oui, je comprends, vous vous êtes gâté, cher ami;
vous avez pris du ventre, et le poignet n'a plus cette
élasticité dont les gardes de M. le cardinal ont eu tant de
preuves.

— Ah! le poignet est encore bon, je vous le jure, dit
Porthos en étendant une main pareille à une épaule de
mouton.

— Tant mieux.

— C'est donc la guerre qu'il faut que nous fassions?

— Eh! mon Dieu, oui!

— Et contre qui?

— Avez-vous suivi la politique, mon ami?

— Moi! pas le moins du monde.

— Alors, êtes-vous pour le Mazarin ou pour les
princes?

— Moi, je ne suis pour personne.

— C'est-à-dire que vous êtes pour nous. Tant mieux,
Porthos, c'est la bonne position pour faire ses affaires.
Eh bien, mon cher, je vous dirai que je viens de la part
du cardinal.

Ce mot fit son effet sur Porthos, comme si on
eût encore été en 1640 et qu'il se fût agi du vrai cardinal.

— Oh! oh! dit-il, que me veut Son Éminence?

— Son Éminence veut vous avoir à son service.

— Et qui lui a parlé de moi?

— Rochefort. Vous rappelez-vous?

— Oui, pardieu! celui qui nous a donné tant d'ennui
dans le temps et qui nous a fait tant courir par les chemins,
le même à qui vous avez fourni successivement trois
coups d'épée, qu'il n'a pas volés, au reste.

— Mais vous savez qu'il est devenu notre ami? dit d'Artagnan.

— Non, je ne le savais pas. Ah! il n'a pas de rancune!

— Vous vous trompez, Porthos, dit d'Artagnan à son tour : c'est moi qui n'en ai pas.

Porthos ne comprit pas très bien; mais on se le rappelle la compréhension n'était pas son fort.

— Vous dites donc, continua-t-il, que c'est le comte de Rochefort qui a parlé de moi au cardinal?

— Oui, et puis la reine.

— Comment, la reine?

— Pour nous inspirer confiance, elle lui a même remis le fameux diamant, vous savez, que j'avais vendu à M. des Essarts, et qui, je ne sais comment, est rentré en sa possession.

— Mais il me semble, dit Porthos avec son gros bon sens, qu'elle eût mieux fait de le remettre à vous.

— C'est aussi mon avis, dit d'Artagnan; mais que voulez-vous! les rois et les reines ont quelquefois de singuliers caprices. Au bout du compte, comme ce sont eux qui tiennent les richesses et les honneurs, qui distribuent l'argent et les titres, on leur est dévoué.

— Oui, on leur est dévoué! dit Porthos. Alors vous êtes donc dévoué, dans ce moment-ci?...

— Au roi, à la reine et au cardinal, et j'ai de plus répondu de votre dévouement.

— Et vous dites que vous avez fait certaines conditions pour moi?

— Magnifiques, mon cher, magnifiques! D'abord vous avez de l'argent, n'est-ce pas? Quarante mille livres de rente, vous me l'avez dit.

Porthos entra en défiance.

— Eh! mon ami, lui dit-il, on n'a jamais trop d'argent. Mme du Vallon a laissé une succession embrouillée; je ne suis pas grand clerc, moi, en sorte que je vis un peu au jour le jour.

« Il a peur que je ne sois venu pour lui emprunter de l'argent », pensa d'Artagnan. — Ah! mon ami, dit-il tout haut, tant mieux si vous êtes gêné!

— Comment, tant mieux? dit Porthos.

— Oui, car Son Éminence donnera tout ce que l'on voudra, terres, argent et titres.

— Ah! ah! ah! fit Porthos, écarquillant les yeux à ce dernier mot.

— Sous l'autre cardinal, continua d'Artagnan, nous n'avons pas su profiter de la fortune; c'était le cas pourtant; je ne dis pas cela pour vous qui avez vos quarante mille livres de rente, et qui me paraissez l'homme le plus heureux de la terre.

Porthos soupira.

— Toutefois, continua d'Artagnan, malgré vos quarante mille livres de rente, et peut-être même à cause de vos quarante mille livres de rente, il me semble qu'une petite couronne ferait bien sur votre carrosse. Eh! eh!

— Mais oui, dit Porthos.

— Eh bien, mon cher, gagnez-la; elle est au bout de votre épée. Nous ne nous nuirons pas. Votre but à vous, c'est un titre; mon but, à moi, c'est de l'argent. Que j'en gagne assez pour faire reconstruire Artagnan, que mes ancêtres appauvris par les croisades ont laissé tomber en ruine depuis ce temps, et pour acheter une trentaine d'arpents de terre autour, c'est tout ce qu'il faut; je m'y retire, et j'y meurs tranquille.

— Et moi, dit Porthos, je veux être baron.

— Vous le serez.

— Et n'avez-vous donc point pensé aussi à nos autres amis? demanda Porthos.

— Si fait, j'ai vu Aramis.

— Et que désire-t-il, lui? d'être évêque?

— Aramis, dit d'Artagnan, qui ne voulait pas désenchanter Porthos; Aramis, imaginez-vous, mon cher, qu'il est devenu moine et jésuite, qu'il vit comme un ours: il renonce à tout, et ne pense qu'à son salut. Mes offres n'ont pu le décider.

— Tant pis! dit Porthos, il avait de l'esprit. Et Athos?

— Je ne l'ai pas encore vu, mais j'irai le voir en vous quittant. Savez-vous où je le trouverai, lui?

— Près de Blois, dans une petite terre qu'il a héritée, je ne sais de quel parent.

— Et qu'on appelle?

— Bragelonne. Comprenez-vous, mon cher, Athos qui était noble comme l'empereur et qui hérite d'une terre qui a titre de comté! que fera-t-il de tous ces comtés-là? Comté de la Fère, comté de Bragelonne?

— Avec cela qu'il n'a pas d'enfants, dit d'Artagnan.

— Heu! fit Porthos, j'ai entendu dire qu'il avait adopté un jeune homme qui lui ressemble par le visage.

— Athos, notre Athos, qui était vertueux comme Scipion, l'avez-vous revu?

— Non.

— Eh bien, j'irai demain lui porter de vos nouvelles. J'ai peur, entre nous, que son penchant pour le vin ne l'ait fort vieilli et dégradé.

— Oui, dit Porthos, c'est vrai; il buvait beaucoup.

— Puis c'était notre aîné à tous, dit d'Artagnan.

— De quelques années seulement, reprit Porthos; son air grave le vieillissait beaucoup.

— Oui, c'est vrai. Donc, si nous avons Athos, ce sera tant mieux : si nous ne l'avons pas, eh bien, nous nous en passerons. Nous en valons bien douze à nous deux.

— Oui, dit Porthos souriant au souvenir de ses anciens exploits; mais à nous quatre nous en aurions valu trente-six; d'autant plus que le métier sera dur, à ce que vous dites.

— Dur pour des recrues, oui; mais pour nous, non.

— Sera-ce long?

— Dame! cela pourra durer trois ou quatre ans.

— Se battra-t-on beaucoup?

— Je l'espère.

— Tant mieux, au bout du compte, tant mieux! s'écria Porthos, vous n'avez point idée, mon cher, combien les os me craquent depuis que je suis ici. Quelquefois le dimanche, en sortant de la messe, je cours à cheval dans les champs et sur les terres des voisins pour rencontrer quelque bonne petite querelle, car je sens que j'en ai besoin; mais rien, mon cher! Soit qu'on me respecte, soit qu'on me craigne, ce qui est bien plus probable, on me laisse fouler les luzernes avec mes chiens, passer sur le ventre à tout le monde, et je reviens, plus ennuyé, voilà tout. Au moins, dites-moi, se bat-on un peu plus facilement à Paris?

— Quant à cela, mon cher, c'est charmant; plus d'édits, plus de gardes de cardinal, plus de Jussac ni d'autres limiers. Mon Dieu! voyez-vous, sous une lanterne, dans une auberge, partout : êtes-vous frondeur, on dégaine et tout est dit. M. de Guise a tué M. de Coligny en pleine place Royale, et il n'en a rien été.

— Ah! voilà qui va bien, alors, dit Porthos.

— Et puis avant peu, continua d'Artagnan, nous aurons des batailles rangées, du canon, des incendies, ce sera très varié.

— Alors, je me décide.

— J'ai donc votre parole?

— Oui, c'est dit. Je frapperai d'estoc et de taille pour Mazarin. Mais...

— Mais?

— Mais il me fera baron.

— Eh pardieu! dit d'Artagnan, c'est arrêté d'avance; je vous l'ai dit et je vous le répète, je réponds de votre baronnie.

Sur cette promesse, Porthos, qui n'avait jamais douté de la parole de son ami, reprit avec lui le chemin du château.

XIV

OÙ IL EST DÉMONTRÉ QUE SI PORTHOS
ÉTAIT MÉCONTENT DE SON ÉTAT,
MOUSQUETON ÉTAIT FORT SATISFAIT DU SIEN

Tout en revenant vers le château et tandis que Porthos
nageait dans ses rêves de baronnie, d'Artagnan
réfléchissait à la misère de cette pauvre nature humaine,
toujours mécontente de ce qu'elle a, toujours désireuse
de ce qu'elle n'a pas. A la place de Porthos, d'Artagnan
se serait trouvé l'homme le plus heureux de la terre, et
pour que Porthos fût heureux, il lui manquait, quoi?
cinq lettres à mettre avant tous ses noms et une petite
couronne à faire peindre sur les panneaux de sa voiture.

« Je passerai donc toute ma vie, disait en lui-même
d'Artagnan, à regarder à droite et à gauche sans voir
jamais la figure d'un homme complètement heureux. »

Il faisait cette réflexion philosophique, lorsque la Providence sembla vouloir lui donner un démenti. Au moment où Porthos venait de le quitter pour donner quelques ordres à son cuisinier, il vit s'approcher de lui
Mousqueton. La figure du brave garçon, moins un
léger trouble qui, comme un nuage d'été, gazait sa
physionomie plutôt qu'elle ne la voilait, paraissait celle
d'un homme parfaitement heureux.

« Voilà ce que je cherchais, se dit d'Artagnan; mais,
hélas! le pauvre garçon ne sait pas pourquoi je suis
venu. »

Mousqueton se tenait à distance. D'Artagnan s'assit
sur un banc et lui fit signe de s'approcher.

— Monsieur, dit Mousqueton profitant de la permission, j'ai une grâce à vous demander.

— Parle, mon ami, dit d'Artagnan.

— C'est que je n'ose, j'ai peur que vous ne pensiez
que la prospérité m'a perdu.

— Tu es donc heureux, mon ami, dit d'Artagnan.

— Aussi heureux qu'il est possible de l'être, et cependant vous pouvez me rendre plus heureux encore.

— Eh bien, parle, et si la chose dépend de moi, elle est faite.

— Oh! Monsieur, elle ne dépend que de vous.

— J'attends.

— Monsieur, la grâce que j'ai à vous demander, c'est de m'appeler non plus Mousqueton, mais bien Mouston. Depuis que j'ai l'honneur d'être intendant de Monseigneur, j'ai pris ce dernier nom, qui est plus digne et sert à me faire respecter de mes inférieurs. Vous savez, Monsieur, combien la subordination est nécessaire à la valetaille.

D'Artagnan sourit; Porthos allongeait ses noms, Mousqueton raccourcissait le sien.

— Eh bien, Monsieur? dit Mousqueton tout tremblant.

— Eh bien, oui, mon cher Mouston, dit d'Artagnan; sois tranquille, je n'oublierai pas ta requête, et si cela te fait plaisir je ne te tutoierai même plus.

— Oh! s'écria Mousqueton rouge de joie, si vous me faisiez un pareil honneur, Monsieur, j'en serais reconnaissant toute ma vie, mais ce serait trop demander peut-être?

« Hélas! dit en lui-même d'Artagnan, c'est bien peu en échange des tribulations inattendues que j'apporte à ce pauvre diable qui m'a si bien reçu. »

— Et Monsieur reste longtemps avec nous! dit Mousqueton, dont la figure, rendue à son ancienne sérénité, s'épanouissait comme une pivoine.

— Je pars demain, mon ami, dit d'Artagnan.

— Ah! Monsieur! dit Mousqueton, c'était donc seulement pour nous donner des regrets que vous étiez venu?

— J'en ai peur, dit d'Artagnan, si bas que Mousqueton, qui se retirait en saluant, ne put l'entendre.

Un remords traversait l'esprit de d'Artagnan, quoique son cœur se fût fort racorni.

Il ne regrettait pas d'engager Porthos dans une route où sa vie et sa fortune allaient être compromises, car Porthos risquait volontiers tout cela pour le titre de baron, qu'il désirait depuis quinze ans d'atteindre; mais Mousqueton, qui ne désirait rien que d'être appelé Mouston, n'était-il pas bien cruel de l'arracher à la vie délicieuse de son grenier d'abondance? Cette idée-là le préoccupait lorsque Porthos reparut.

— A table! dit Porthos.

— Comment, à table? dit d'Artagnan, quelle heure est-il donc?

— Eh! mon cher, il est une heure passée.

— Votre habitation est un paradis, Porthos; on y oublie le temps. Je vous suis, mais je n'ai pas faim.

— Venez, si l'on ne peut pas toujours manger, l'on peut toujours boire; c'est une des maximes de ce pauvre Athos dont j'ai reconnu la solidité depuis que je m'ennuie.

D'Artagnan, que son naturel gascon avait toujours fait sobre, ne paraissait pas aussi convaincu que son ami de la vérité de l'axiome d'Athos; néanmoins il fit ce qu'il put pour se tenir à la hauteur de son hôte.

Cependant, tout en regardant manger Porthos et en buvant de son mieux, cette idée de Mousqueton revenait à l'esprit de d'Artagnan, et cela avec d'autant plus de force que Mousqueton, sans servir lui-même à table, ce qui eût été au-dessous de sa nouvelle position, apparaissait de temps en temps à la porte et trahissait sa reconnaissance pour d'Artagnan par l'âge et le cru des vins qu'il faisait servir.

Aussi, quand au dessert, sur un signe de d'Artagnan, Porthos eut renvoyé ses laquais et que les deux amis se trouvèrent seuls:

— Porthos, dit d'Artagnan, qui vous accompagnera donc dans vos campagnes?

— Mais, répondit naturellement Porthos, Mouston, ce me semble.

Ce fut un coup pour d'Artagnan; il vit déjà se changer en grimace de douleur le bienveillant sourire de l'intendant.

— Cependant, répliqua d'Artagnan, Mouston n'est plus de la première jeunesse, mon cher; de plus, il est devenu très gros et peut-être a-t-il perdu l'habitude du service actif.

— Je le sais, dit Porthos. Mais je me suis accoutumé à lui; et d'ailleurs il ne voudrait pas me quitter, il m'aime trop.

« Oh! aveugle amour-propre! » pensa d'Artagnan.

— D'ailleurs, vous-même, demanda Porthos, n'avez-vous pas toujours à votre service votre même laquais: ce bon, ce brave, cet intelligent... comment l'appelez-vous donc?

— Planchet. Oui, je l'ai retrouvé, mais il n'est plus laquais.

— Qu'est-il donc?

— Eh bien, avec ses seize cents livres, vous savez les seize cents livres qu'il a gagnées au siège de La Rochelle en portant la lettre à lord de Winter, il a élevé une petite boutique rue des Lombards, et il est confiseur.

— Ah! il est confiseur rue des Lombards! Mais comment vous sert-il?

— Il a fait quelques escapades, dit d'Artagnan, et il craint d'être inquiété.

Et le mousquetaire raconta à son ami comment il avait retrouvé Planchet.

— Eh bien, dit alors Porthos, si on vous eût dit, mon cher, qu'un jour Planchet ferait sauver Rochefort, et que vous le cacheriez pour cela?

— Je ne l'aurais pas cru. Mais, que voulez-vous? les événements changent les hommes.

— Rien de plus vrai, dit Porthos; mais ce qui ne change pas, ou ce qui change pour se bonifier, c'est le vin. Goûtez de celui-ci; c'est d'un cru d'Espagne qu'estimait fort notre ami Athos : c'est du xérès.

A ce moment l'intendant vint consulter son maître sur le menu du lendemain et aussi sur la partie de chasse projetée.

— Dis-moi, Mouston, dit Porthos, mes armes sont-elles en bon état?

D'Artagnan commença à battre la mesure sur la table pour cacher son embarras.

— Vos armes, Monseigneur, demanda Mouston, quelles armes?

— Eh pardieu! mes harnais.

— Quels harnais?

— Mes harnais de guerre.

— Mais oui, Monseigneur. Je le crois, du moins.

— Tu t'en assureras demain, et tu les feras fourbir si elles en ont besoin. Quel est mon meilleur cheval de course?

— Vulcain.

— Et de fatigue?

— Bayard.

— Quel cheval aimes-tu, toi?

— J'aime Ruſtaud, Monseigneur; c'eſt une bonne bête, avec laquelle je m'entends à merveille.

— C'eſt vigoureux, n'eſt-ce pas?

— Normand croisé Mecklembourg, ça irait jour et nuit.

— Voilà notre affaire. Tu feras reſtaurer les trois bêtes, tu fourbiras ou tu feras fourbir mes armes; plus, des piſtolets pour toi et un couteau de chasse.

— Nous voyagerons donc, Monseigneur? dit Mousqueton d'un air inquiet.

D'Artagnan, qui n'avait jusque-là fait que des accords vagues, battit une marche.

— Mieux que cela, Mouſton! répondit Porthos.

— Nous faisons une expédition, Monsieur? dit l'intendant, dont les roses commençaient à se changer en lys.

— Nous rentrons au service, Mouſton! répondit Porthos en essayant toujours de faire reprendre à sa mouſtache ce pli martial qu'elle avait perdu.

Ces paroles étaient à peine prononcées que Mousqueton fut agité d'un tremblement qui secouait ses grosses joues marbrées, il regarda d'Artagnan d'un air indicible de tendre reproche, que l'officier ne put supporter sans se sentir attendri; puis il chancela, et d'une voix étranglée :

— Du service! du service dans les armées du roi? dit-il.

— Oui et non. Nous allons refaire campagne, chercher toutes sortes d'aventures, reprendre la vie d'autrefois, enfin.

Ce dernier mot tomba sur Mousqueton comme la foudre. C'était cet *autrefois* si terrible qui faisait le *maintenant* si doux.

— Oh! mon Dieu! qu'eſt-ce que j'entends? dit Mousqueton avec un regard plus suppliant encore que le premier, à l'adresse de d'Artagnan.

— Que voulez-vous, mon pauvre Mouſton? dit d'Artagnan, la fatalité...

Malgré la précaution qu'avait prise d'Artagnan de ne pas le tutoyer et de donner à son nom la mesure qu'il ambitionnait, Mousqueton n'en reçut pas moins le coup, et le coup fut si terrible qu'il sortit tout bouleversé en oubliant de fermer la porte.

— Ce bon Mousqueton, il ne se connaît plus de joie, dit Porthos du ton que Don Quichotte dut mettre à encourager Sancho à seller son grison pour une dernière campagne.

Les deux amis, restés seuls, se mirent à parler de l'avenir et à faire mille châteaux en Espagne. Le bon vin de Mousqueton leur faisait voir, à d'Artagnan une perspective toute reluisante de quadruples et de pistoles, à Porthos le cordon bleu et le manteau ducal. Le fait est qu'ils dormaient sur la table lorsqu'on vint les inviter à passer dans leur lit.

Cependant, dès le lendemain, Mousqueton fut un peu reconforté par d'Artagnan, qui lui annonça que probablement la guerre se ferait toujours au cœur de Paris et à la portée du château du Vallon, qui était près de Corbeil; de Bracieux, qui était près de Meaux, et de Pierrefonds, qui était entre Compiègne et Villers-Cotterets.

— Mais il me semble qu'autrefois..., dit timidement Mousqueton.

— Oh! dit d'Artagnan, on ne fait pas la guerre à la manière d'autrefois. Ce sont aujourd'hui affaires diplomatiques, demandez à Planchet.

Mousqueton alla demander ces renseignements à son ancien ami, lequel confirma en tout point ce qu'avait dit d'Artagnan; seulement, ajouta-t-il, dans cette guerre, les prisonniers courent le risque d'être pendus.

— Peste, dit Mousqueton, je crois que j'aime encore mieux le siège de La Rochelle.

Quant à Porthos, après avoir fait tuer un chevreuil à son hôte, après l'avoir conduit de ses bois à sa montagne, de sa montagne à ses étangs, après lui avoir fait voir ses lévriers, sa meute, Gredinet, tout ce qu'il possédait enfin, et fait refaire trois autres repas des plus somptueux, il demanda ses instructions définitives à d'Artagnan, forcé de le quitter pour continuer son chemin.

— Voici, cher ami! lui dit le messager; il me faut quatre jours pour aller d'ici à Blois, un jour pour y rester, trois ou quatre jours pour retourner à Paris. Partez donc dans une semaine avec vos équipages; vous descendrez rue Tiquetonne, à l'hôtel de *La Chevrette,* et vous attendrez mon retour.

— C'est convenu, dit Porthos.

— Moi, je vais faire un tour sans espoir chez Athos, dit d'Artagnan; mais, quoique je le croie devenu fort incapable, il faut observer les procédés avec ses amis.

— Si j'allais avec vous, dit Porthos, cela me distrairait peut-être.

— C'est possible, dit d'Artagnan, et moi aussi; mais vous n'auriez plus le temps de faire vos préparatifs.

— C'est vrai, dit Porthos. Partez donc, et bon courage; quant à moi, je suis plein d'ardeur.

— A merveille! dit d'Artagnan.

Et ils se séparèrent sur les limites de la terre de Pierrefonds, jusqu'aux extrémités de laquelle Porthos voulut conduire son ami.

— Au moins, disait d'Artagnan tout en prenant la route de Villers-Cotterets, au moins je ne serai pas seul. Ce diable de Porthos est encore d'une vigueur superbe. Si Athos vient, eh bien! nous serons trois à nous moquer d'Aramis, de ce petit frocard à bonnes fortunes.

A Villers-Cotterets il écrivait au cardinal.

« Monseigneur, j'en ai déjà un à offrir à Votre Émi-
» nence, et celui-là vaut vingt hommes. Je pars pour
» Blois, le comte de La Fère habitant le château de Bra-
» gelonne aux environs de cette ville. »

Et sur ce il prit la route de Blois tout en devisant avec Planchet, qui lui était une grande distraction pendant ce long voyage.

XV

DEUX TÊTES D'ANGE

Il s'agissait d'une longue route; mais d'Artagnan ne s'en inquiétait point : il savait que ses chevaux s'étaient rafraîchis aux plantureux râteliers du seigneur de Brâcieux. Il se lança donc avec confiance dans les quatre ou cinq journées de marche qu'il avait à faire, suivi du fidèle Planchet.

Comme nous l'avons déjà dit, ces deux hommes, pour combattre les ennuis de la route, cheminaient côte à côte et causaient toujours ensemble. D'Artagnan avait peu à peu dépouillé le maître, et Planchet avait quitté tout à fait la peau du laquais. C'était un profond matois, qui, depuis sa bourgeoisie improvisée, avait regretté souvent les franches lippées du grand chemin ainsi que la conversation et la compagnie brillante des gentils-hommes, et qui, se sentant une certaine valeur person-nelle, souffrait de se voir démonétiser par le contact per-pétuel des gens à idées plates.

Il s'éleva donc bientôt avec celui qu'il appelait encore son maître au rang de confident. D'Artagnan depuis de longues années n'avait pas ouvert son cœur. Il arriva que ces deux hommes en se retrouvant s'agencèrent admirablement.

D'ailleurs, Planchet n'était pas un compagnon d'aven-tures tout à fait vulgaire : il était homme de bon conseil; sans chercher le danger il ne reculait pas aux coups, comme d'Artagnan avait eu plusieurs fois occasion de s'en apercevoir; enfin, il avait été soldat, et les armes anoblissaient; et puis, plus que tout cela, si Planchet avait besoin de lui, Planchet ne lui était pas non plus inutile. Ce fut dont presque sur le pied de deux bons amis que d'Artagnan et Planchet arrivèrent dans le Blaisois.

Chemin faisant, d'Artagnan disait en secouant la tête et en revenant à cette idée qui l'obsédait sans cesse :

— Je sais bien que ma démarche près d'Athos est

inutile et absurde, mais je dois ce procédé à mon ancien
ami, homme qui avait l'étoffe en lui du plus noble et du
plus généreux de tous les hommes.

— Oh! M. Athos était un fier gentilhomme! dit
Planchet.

— N'est-ce pas? reprit d'Artagnan.

— Semant l'argent comme le ciel fait de la grêle,
continua Planchet, mettant l'épée à la main d'un air
royal. Vous souvient-il, Monsieur, du duel avec les
Anglais dans l'enclos des Carmes? Ah! que M. Athos
était beau et magnifique ce jour-là, lorsqu'il dit à son
adversaire : « Vous avez exigé que je vous disse mon
» nom, Monsieur; tant pis pour vous, car je vais être
» forcé de vous tuer! » J'étais près de lui et je l'ai entendu
Ce sont mot à mot ses propres paroles. Et ce coup d'œil,
Monsieur, lorsqu'il toucha son adversaire comme il
l'avait dit, et que son adversaire tomba, sans seulement
dire ouf. Ah! Monsieur, je le répète, c'était un fier gentilhomme.

— Oui, dit d'Artagnan, tout cela est vrai comme
l'Évangile, mais il aura perdu toutes ces qualités avec
un seul défaut.

— Je m'en souviens, dit Planchet, il aimait à boire,
ou plutôt il buvait. Mais il ne buvait pas comme les
autres. Ses yeux ne disaient rien quand il portait le
verre à ses lèvres. En vérité, jamais silence n'a été si
parlant. Quant à moi, il me semblait que je l'enten-
dais murmurer : « Entre, liqueur! et chasse mes cha-
» grins. » Et comme il vous brisait le pied d'un verre ou
le cou d'une bouteille! Il n'y avait que lui pour cela.

— Eh bien! aujourd'hui, continua d'Artagnan, voici
le triste spectacle qui nous attend. Ce noble gentilhomme
à l'œil fier, ce beau cavalier si brillant sous les armes, que
l'on s'étonnait toujours qu'il. tînt une simple épée à la
main au lieu d'un bâton de commandement, eh bien! il
se sera transformé en un vieillard courbé, au nez rouge,
aux yeux pleurants. Nous allons le trouver couché sur
quelque gazon, d'où il nous regardera d'un œil terne, et
qui peut-être ne nous reconnaîtra pas. Dieu m'est témoin,
Planchet, continua d'Artagnan, que je fuirais ce triste
spectacle si je ne tenais à prouver mon respect à cette
ombre illustre du glorieux comte de La Fère, que nous
avons tant aimé

Planchet hocha la tête et ne dit mot : on voyait facilement qu'il partageait les craintes de son maître.

— Et puis, reprit d'Artagnan, cette décrépitude, car Athos est vieux maintenant; la misère, peut-être, car il aura négligé le peu de bien qu'il avait; et le sale Grimaud, plus muet que jamais et plus ivrogne que son maître... tiens, Planchet, tout cela me fend le cœur.

— Il me semble que j'y suis, et que je le vois là bégayant et chancelant, dit Planchet d'un ton piteux.

— Ma seule crainte, je l'avoue, reprit d'Artagnan, c'est qu'Athos n'accepte mes propositions dans un moment d'ivresse guerrière. Ce serait pour Porthos et moi un grand malheur et surtout un véritable embarras; mais, pendant sa première orgie, nous le quitterons, voilà tout. En revenant à lui, il comprendra.

— En tout cas, Monsieur, dit Planchet, nous ne tarderons pas à être éclairés, car je crois que ces murs si hauts, qui rougissent au soleil couchant, sont les murs de Blois.

— C'est probable, répondit d'Artagnan, et ces clochetons aigus et sculptés que nous entrevoyons là-bas à gauche dans le bois ressemblent à ce que j'ai entendu dire de Chambord .

— Entrerons-nous en ville ? demanda Planchet.

— Sans doute, pour nous renseigner.

— Monsieur, je vous conseille, si nous y entrons, de goûter à certains petits pots de crème dont j'ai fort entendu parler, mais qu'on ne peut malheureusement faire venir à Paris et qu'il faut manger sur place.

— Eh bien, nous en mangerons! sois tranquille, dit d'Artagnan.

En ce moment, un de ces lourds chariots, attelés de bœufs, qui portent le bois coupé dans les belles forêts du pays jusqu'aux ports de la Loire, déboucha par un sentier plein d'ornières sur la route que suivaient les deux cavaliers. Un homme l'accompagnait, portant une longue gaule armée d'un clou avec laquelle il aiguillonnait son lent attelage.

— Hé! l'ami, cria Planchet au bouvier.

— Qu'y a-t-il pour votre service, Messieurs ? dit le paysan avec cette pureté de langage particulière aux gens de ce pays et qui ferait honte aux citadins puristes de la place de la Sorbonne et de la rue de l'Université.

— Nous cherchons la maison de M. le comte de

La Fère, dit d'Artagnan; connaissez-vous ce nom-là parmi ceux des seigneurs des environs?

Le paysan ôta son chapeau en entendant ce nom et répondit :

— Messieurs, ce bois que je charrie est à lui; je l'ai coupé dans sa futaie et je le conduis au château.

D'Artagnan ne voulut pas questionner cet homme, il lui répugnait d'entendre dire par un autre peut-être ce qu'il avait dit lui-même à Planchet.

— Le *château !* se dit-il à lui-même, le *château !* Ah! je comprends! Athos n'est pas endurant; il aura forcé, comme Porthos, ses paysans à l'appeler Monseigneur et à nommer château sa bicoque : il avait la main lourde, ce cher Athos, surtout quand il avait bu.

Les bœufs avançaient lentement. D'Artagnan et Planchet marchaient derrière la voiture. Cette allure les impatienta.

— Le chemin est donc celui-ci, demanda d'Artagnan au bouvier, et nous pouvons le suivre sans crainte de nous égarer?

— Oh! mon Dieu! oui, Monsieur, dit l'homme, et vous pouvez le prendre au lieu de vous ennuyer à escorter des bêtes si lentes. Vous n'avez qu'une demi-lieue à faire et vous apercevrez un château sur la droite; on ne le voit pas encore d'ici, à cause d'un rideau de peupliers qui le cache. Ce château n'est point Bragelonne, c'est La Vallière : vous passerez outre; mais à trois portées de mousquet plus loin, une grande maison blanche, à toits en ardoise, bâtie sur un tertre ombragé de sycomores énormes, c'est le château de M. le comte de La Fère.

— Et cette demi-lieue est-elle longue? demanda d'Artagnan, car il y a lieue et lieue dans notre beau pays de France.

— Dix minutes de chemin, Monsieur, pour les jambes fines de votre cheval.

D'Artagnan remercia le bouvier et piqua aussitôt; puis, troublé malgré lui à l'idée de revoir cet homme singulier qui l'avait tant aimé, qui avait tant contribué par ses conseils et par son exemple à son éducation de gentilhomme, il ralentit peu à peu le pas de son cheval et continua d'avancer, la tête basse comme un rêveur.

Planchet aussi avait trouvé dans la rencontre et l'at-

titude de ce paysan matière à de graves réflexions. Jamais,
ni en Normandie, ni en Franche-Comté, ni en Artois, ni
en Picardie, pays qu'il avait particulièrement habités,
il n'avait rencontré chez les villageois cette allure facile,
cet air poli, ce langage épuré. Il était tenté de croire qu'il
avait rencontré quelque gentilhomme, frondeur comme
lui, qui, pour cause politique, avait été forcé comme lui
de se déguiser.

Bientôt, au détour du chemin, le château de La Vallière, comme l'avait dit le bouvier, apparut aux yeux
des voyageurs; puis, à un quart de lieue plus loin environ, la maison blanche, encadrée dans ses sycomores,
se dessina sur le fond d'un massif d'arbres épais que le
printemps poudrait d'une neige de fleurs.

A cette vue d'Artagnan, qui d'ordinaire s'émotion-
nait peu, sentit un trouble étrange pénétrer jusqu'au
fond de son cœur, tant sont puissants pendant tout le
cours de la vie ces souvenirs de jeunesse. Planchet, qui
n'avait pas les mêmes motifs d'impression, interdit de
voir son maître si agité, regardait alternativement d'Artagnan et la maison.

Le mousquetaire fit encore quelques pas en avant
et se trouva en face d'une grille travaillée avec le goût
qui distingue les fontes de cette époque.

On voyait par cette grille des potagers tenus avec soin,
une cour assez spacieuse dans laquelle piétinaient plusieurs chevaux de main tenus par des valets en livrées
différentes, et un carrosse attelé de deux chevaux du pays.

— Nous nous trompons, ou cet homme nous a
trompés, dit d'Artagnan, ce ne peut être là que demeure
Athos. Mon Dieu! serait-il mort, et cette propriété
appartiendrait-elle à quelqu'un de son nom? Mets pied
à terre, Planchet, et va t'informer; j'avoue que pour moi
je n'en ai pas le courage.

Planchet mit pied à terre.

— Tu ajouteras, dit d'Artagnan, qu'un gentilhomme
qui passe désire avoir l'honneur de saluer M. le comte
de La Fère, et si tu es content des renseignements, eh
bien! alors nomme-moi.

Planchet, traînant son cheval par la bride, s'approcha
de la porte, fit retentir la cloche de la grille, et aussitôt
un homme de service, aux cheveux blanchis, à la taille
droite malgré son âge, vint se présenter et reçut Planchet.

— C'est ici que demeure M. le comte de La Fère ?
demanda Planchet.

— Oui, Monsieur, c'est ici, répondit le serviteur à
Planchet, qui ne portait pas de livrée.

— Un seigneur retiré du service, n'est-ce pas ?

— C'est cela même.

— Et qui avait un laquais nommé Grimaud, reprit
Planchet, qui, avec sa prudence habituelle, ne croyait
pas pouvoir s'entourer de trop de renseignements.

— M. Grimaud est absent du château pour le moment,
dit le serviteur commençant à regarder Planchet des
pieds à la tête, peu accoutumé qu'il était à de pareilles
interrogations.

— Alors, s'écria Planchet radieux, je vois bien que
c'est le même comte de La Fère que nous cherchons.
Veuillez m'ouvrir alors, car je désirais annoncer à M. le
comte que mon maître, un gentilhomme de ses amis,
est là qui voudrait le saluer.

— Que ne disiez-vous cela plus tôt ! dit le serviteur
en ouvrant la grille. Mais votre maître, où est-il ?

— Derrière moi, il me suit.

Le serviteur ouvrit la grille et précéda Planchet,
lequel fit signe à d'Artagnan, qui, le cœur plus palpitant que jamais, entra à cheval dans la cour.

Lorsque Planchet fut sur le perron, il entendit une
voix sortant d'une salle basse et qui disait :

— Eh bien ! où est-il ce gentilhomme, et pourquoi
ne pas le conduire ici ?

Cette voix, qui parvint jusqu'à d'Artagnan, réveilla
dans son cœur mille sentiments, mille souvenirs qu'il
avait oubliés. Il sauta précipitamment à bas de son cheval, tandis que Planchet, le sourire sur les lèvres, s'avançait vers le maître du logis.

— Mais je connais ce garçon-là, dit Athos en appa-
raissant sur le seuil.

— Oh ! oui, Monsieur le comte, vous me connaissez,
et moi aussi je vous connais bien. Je suis Planchet, Monsieur le comte, Planchet vous savez bien...

Mais l'honnête serviteur ne put en dire davantage, tant l'aspect inattendu du gentilhomme l'avait
saisi.

— Quoi ! Planchet ! s'écria Athos. M. d'Artagnan
serait-il donc ici ?

— Me voici, ami! me voici, cher Athos, dit d'Artagnan en balbutiant et presque chancelant.

A ces mots une émotion visible se peignit à son tour
sur le beau visage et les traits calmes d'Athos. Il fit deux
pas rapides vers d'Artagnan sans le perdre du regard
et le serra tendrement dans ses bras. D'Artagnan, remis
de son trouble, l'étreignit à son tour avec une cordialité
qui brillait en larmes dans ses yeux...

Athos le prit alors par la main, qu'il serrait dans les
siennes, et le mena au salon, où plusieurs personnes
étaient réunies. Tout le monde se leva.

— Je vous présente, dit Athos, Monsieur le chevalier
d'Artagnan, lieutenant aux mousquetaires de Sa Majesté,
un ami bien dévoué, et l'un des plus braves et des plus
aimables gentilshommes que j'aie jamais connus.

D'Artagnan, selon l'usage, reçut les compliments
des assistants, les rendit de son mieux, prit place au
cercle, et, tandis que la conversation interrompue un
moment redevenait générale, il se mit à examiner Athos.

Chose étrange! Athos avait vieilli à peine. Ses beaux
yeux, dégagés de ce cercle de bistre que dessinent les
veilles et l'orgie, semblaient plus grands et d'un fluide
plus pur que jamais; son visage, un peu allongé, avait
gagné en majesté ce qu'il avait perdu d'agitation fé-
brile; sa main, toujours admirablement belle et nerveuse,
malgré la souplesse des chairs, resplendissait sous une
manchette de dentelles, comme certaines mains du Titien
et de Van Dyck; il était plus svelte qu'autrefois; ses
épaules, bien effacées et larges, annonçaient une vigueur
peu commune; ses longs cheveux noirs, parsemés
à peine de quelques cheveux gris, tombaient élégants
sur ses épaules, et ondulés comme par un pli naturel;
sa voix était toujours fraîche comme s'il n'eût eu que
vingt-cinq ans, et ses dents magnifiques, qu'il avait
conservées blanches et intactes, donnaient un charme
inexprimable à son sourire.

Cependant les hôtes du comte, qui s'aperçurent, à
la froideur imperceptible de l'entretien, que les deux
amis brûlaient du désir de se trouver seuls, commencèrent à préparer, avec tout cet art et cette politesse
d'autrefois, leur départ, cette grave affaire des gens du
grand monde, quand il y avait des gens du grand monde;
mais alors un grand bruit de chiens aboyants retentit

dans la cour, et plusieurs personnes dirent en même temps :

— Ah! c'est Raoul qui revient.

Athos, à ce nom de Raoul, regarda d'Artagnan, et sembla épier la curiosité que ce nom devait faire naître sur son visage. Mais d'Artagnan ne comprenait encore rien, il était mal revenu de son éblouissement. Ce fut donc presque machinalement qu'il se retourna, lorsqu'un beau jeune homme de quinze ans, vêtu simplement, mais avec un goût parfait, entra dans le salon en levant gracieusement son feutre orné de longues plumes rouges.

Cependant ce nouveau personnage, tout à fait inattendu, le frappa. Tout un monde d'idées nouvelles se présenta à son esprit, lui expliquant par toutes les sources de son intelligence le changement d'Athos, qui jusque-là lui avait paru inexplicable. Une ressemblance singulière entre le gentilhomme et l'enfant lui expliquait le mystère de cette vie régénérée. Il attendit, regardant et écoutant.

— Vous voici de retour, Raoul? dit le comte.

— Oui, Monsieur, répondit le jeune homme avec respect, et je me suis acquitté de la commission que vous m'aviez donnée.

— Mais qu'avez-vous, Raoul? dit Athos avec sollicitude, vous êtes pâle et vous paraissez agité.

— C'est qu'il vient, Monsieur, répondit le jeune homme, d'arriver un malheur à notre petite voisine.

— A Mlle de La Vallière? dit vivement Athos.

— Quoi donc? demandèrent quelques voix.

— Elle se promenait avec sa bonne Marceline dans l'enclos où les bûcherons équarrissent leurs arbres, lorsqu'en passant à cheval je l'ai aperçue et me suis arrêté. Elle m'a aperçu à son tour, et, en voulant sauter du haut d'une pile de bois où elle était montée, le pied de la pauvre enfant est tombé à faux et elle n'a pu se relever. Elle s'est, je crois, foulé la cheville.

— Oh! mon Dieu! dit Athos; et Mme de Saint-Remy, sa mère, est-elle prévenue?

— Non, Monsieur, Mme de Saint-Remy est à Blois, près de Mme la duchesse d'Orléans . J'ai eu peur que les premiers secours fussent inhabilement appliqués, et j'accourais, Monsieur, vous demander des conseils.

— Envoyez vite à Blois, Raoul! ou plutôt prenez votre cheval et courez-y vous-même.

Raoul s'inclina.

— Mais où est Louise? continua le comte.

— Je l'ai apportée jusqu'ici, Monsieur, et l'ai déposée chez la femme de Charlot, qui, en attendant, lui a fait mettre le pied dans de l'eau glacée.

Après cette explication, qui avait fourni un prétexte pour se lever, les hôtes d'Athos prirent congé de lui; le vieux duc de Barbé seul, qui agissait familièrement en vertu d'une amitié de vingt ans avec la maison de La Vallière, alla voir la petite Louise, qui pleurait et qui, en apercevant Raoul, essuya ses beaux yeux et sourit aussitôt.

Alors il proposa d'emmener la petite Louise à Blois dans son carrosse.

— Vous avez raison, Monsieur, dit Athos, elle sera plus tôt près de sa mère; quant à vous, Raoul, je suis sûr que vous avez agi étourdiment et qu'il y a de votre faute.

— Oh! non, non, Monsieur, je vous le jure! s'écria la jeune fille; tandis que le jeune homme pâlissait à l'idée qu'il était peut-être la cause de cet accident...

— Oh! Monsieur, je vous assure..., murmura Raoul.

— Vous n'en irez pas moins à Blois, continua le comte avec bonté, et vous ferez vos excuses et les miennes à Mme de Saint-Remy, puis vous reviendrez.

Les couleurs reparurent sur les joues du jeune homme; il reprit, après avoir consulté des yeux le comte, dans ses bras déjà vigoureux la petite fille, dont la jolie tête endolorie et souriante à la fois posait sur son épaule, et il l'installa doucement dans le carrosse; puis, sautant sur son cheval avec l'élégance et l'agilité d'un écuyer consommé, après avoir salué Athos et d'Artagnan, il s'éloigna rapidement, accompagnant la portière du carrosse, vers l'intérieur duquel ses yeux restèrent constamment fixés.

XVI

LE CHATEAU DE BRAGELONNE

D'ARTAGNAN était resté pendant toute cette scène le
regard effaré, la bouche presque béante, il avait si
peu trouvé les choses selon ses prévisions, qu'il en était
resté stupide d'étonnement.

Athos lui prit le bras et l'emmena dans le jardin.

— Pendant qu'on nous prépare à souper, dit-il en
souriant, vous ne serez point fâché, n'est-ce pas, mon
ami, d'éclaircir un peu tout ce mystère qui vous fait
rêver.

— Il est vrai, Monsieur le comte, dit d'Artagnan,
qui avait senti peu à peu Athos reprendre sur lui cette
immense supériorité d'aristocratie qu'il avait toujours
eue.

Athos le regarda avec son doux sourire.

— Et d'abord, dit-il, mon cher d'Artagnan, il n'y
a point ici de Monsieur le comte. Si je vous ai appelé
chevalier, c'était pour vous présenter à mes hôtes, afin
qu'ils sussent qui vous étiez; mais, pour vous, d'Artagnan, je suis, je l'espère, toujours Athos, votre compagnon, votre ami. Préférez-vous le cérémonial parce que
vous m'aimez moins?

— Oh! Dieu m'en préserve! dit le Gascon avec un
de ces loyaux élans de jeunesse qu'on retrouve si rarement dans l'âge mûr.

— Alors revenons à nos habitudes, et, pour commencer, soyons francs. Tout vous étonne ici?

— Profondément.

— Mais ce qui vous étonne le plus, dit Athos en
souriant, c'est moi, avouez-le.

— Je vous l'avoue.

— Je suis encore jeune, n'est-ce pas, malgré mes
quarante-neuf ans, je suis reconnaissable encore?

— Tout au contraire, dit d'Artagnan tout prêt à
outrer la recommandation de franchise que lui avait
faite Athos, c'est que vous ne l'êtes plus du tout.

— Ah! je comprends, dit Athos avec une légère rougeur, tout a une fin, d'Artagnan, la folie comme autre chose.

— Puis il s'est fait un changement dans votre fortune, ce me semble. Vous êtes admirablement logé; cette maison est à vous, je présume.

— Oui; c'est ce petit bien, vous savez, mon ami, dont je vous ai dit que j'avais hérité quand j'ai quitté le service.

— Vous avez parc, chevaux, équipages.

Athos sourit.

— Le parc à vingt arpents, mon ami, dit-il; vingt arpents sur lesquels sont pris les potagers et les communs. Mes chevaux sont au nombre de deux; bien entendu que je ne compte pas le courtaud de mon valet. Mes équipages se réduisent à quatre chiens de bois, à deux lévriers et à un chien d'arrêt. Encore tout ce luxe de meute, ajouta Athos en souriant, n'est-il pas pour moi.

— Oui, je comprends, dit d'Artagnan, c'est pour le jeune homme, pour Raoul.

Et d'Artagnan regarda Athos avec un sourire involontaire.

— Vous avez deviné, mon ami! dit Athos.

— Et ce jeune homme est votre commensal, votre filleul, votre parent peut-être? Ah! que vous êtes changé, mon cher Athos!

— Ce jeune homme, répondit Athos avec calme, ce jeune homme, d'Artagnan, est un orphelin que sa mère avait abandonné chez un pauvre curé de campagne; je l'ai nourri, élevé.

— Et il doit vous être bien attaché?

— Je crois qu'il m'aime comme si j'étais son père.

— Bien reconnaissant surtout?

— Oh! quant à la reconnaissance, dit Athos, elle est réciproque, je lui dois autant qu'il me doit; et je ne le lui dis pas, à lui, mais je le dis à vous, d'Artagnan, je suis encore son obligé.

— Comment cela? dit le mousquetaire étonné.

— Eh! mon Dieu, oui! c'est lui qui a causé en moi le changement que vous voyez: je me desséchais comme un pauvre arbre isolé qui ne tient en rien sur la terre, il n'y avait qu'une affection profonde qui pût me faire

reprendre racine dans la vie. Une maîtresse? J'étais trop
vieux. Des amis? Je ne vous avais plus là. Eh bien!
cet enfant m'a fait retrouver tout ce que j'avais perdu;
je n'avais plus le courage de vivre pour moi, j'ai vécu
pour lui. Les leçons sont beaucoup pour un enfant,
l'exemple vaut mieux. Je lui ai donné l'exemple, d'Artagnan. Les vices que j'avais, je m'en suis corrigé; les
vertus que je n'avais pas, j'ai feint de les avoir. Aussi, je
ne crois pas m'abuser, d'Artagnan, mais Raoul est
destiné à être un gentilhomme aussi complet qu'il est
donné à notre âge appauvri d'en fournir encore.

D'Artagnan regardait Athos avec une admiration
croissante. Ils se promenaient sous une allée fraîche et
ombreuse, à travers laquelle filtraient obliquement
quelques rayons de soleil couchant. Un de ces rayons
dorés illuminait le visage d'Athos, et ses yeux semblaient rendre à leur tour ce feu tiède et calme du soir
qu'ils recevaient.

L'idée de Milady vint se présenter à l'esprit de d'Artagnan.

— Et vous êtes heureux? dit-il à son ami.

L'œil vigilant d'Athos pénétra jusqu'au fond du
cœur de d'Artagnan, et sembla y lire sa pensée.

— Aussi heureux qu'il est permis à une créature de
Dieu de l'être sur la terre. Mais achevez votre pensée,
d'Artagnan, car vous ne me l'avez pas dite tout entière.

— Vous êtes terrible, Athos, et l'on ne vous peut
rien cacher, dit d'Artagnan. Eh bien! oui, je voulais
vous demander si vous n'avez pas quelquefois des
mouvements inattendus de terreur qui ressemblent...

— A des remords? continua Athos. J'achève votre
phrase, mon ami. Oui et non : je n'ai pas de remords,
parce que cette femme, je le crois, méritait la peine qu'elle
a subie; je n'ai pas de remords, parce que, si nous
l'eussions laissée vivre, elle eût sans aucun doute
continué son œuvre de destruction; mais cela ne veut
pas dire, ami, que j'aie cette conviction que nous avions
le droit de faire ce que nous avons fait. Peut-être tout
sang versé veut-il une expiation. Elle a accompli la
sienne; peut-être à notre tour nous reste-t-il à accomplir la nôtre.

— Je l'ai quelquefois pensé comme vous, Athos,
dit d'Artagnan.

— Elle avait un fils, cette femme ?

— Oui.

— En avez-vous quelquefois entendu parler ?

— Jamais.

— Il doit avoir vingt-trois ans, murmura Athos ; je pense souvent à ce jeune homme, d'Artagnan.

— C'est étrange ! Et moi qui l'avais oublié !

Athos sourit mélancoliquement.

— Et lord de Winter, en avez-vous quelque nouvelle ?

— Je sais qu'il était en grande faveur près du roi Charles Ier.

— Il aura suivi sa fortune qui est mauvaise en ce moment. Tenez, d'Artagnan, continua Athos, cela revient à ce que je vous ai dit tout à l'heure. Lui, il a laissé couler le sang de Strafford ; le sang appelle le sang. Et la reine ?

— Quelle reine ?

— Mme Henriette d'Angleterre , la fille de Henri IV.

— Elle est au Louvre, comme vous savez.

— Oui, où elle manque de tout, n'est-ce pas ? Pendant les grands froids de cet hiver, sa fille malade, m'a-t-on dit, était forcée, faute de bois, de rester couchée. Comprenez-vous cela ? dit Athos en haussant les épaules. La fille de Henri IV grelottant faute d'un fagot ! Pourquoi n'est-elle pas venue demander l'hospitalité au premier venu de nous au lieu de la demander au Mazarin ! Elle n'eût manqué de rien.

— La connaissez-vous donc, Athos ?

— Non, mais ma mère l'a vue enfant. Vous ai-je jamais dit que ma mère avait été dame d'honneur de Marie de Médicis ?

— Jamais. Vous ne dites pas de ces choses-là, vous, Athos.

— Ah ! mon Dieu si, vous le voyez, reprit Athos ; mais encore faut-il que l'occasion s'en présente.

— Porthos ne l'attendrait pas si patiemment, dit d'Artagnan avec un sourire.

— Chacun sa nature, mon cher d'Artagnan. Porthos a, malgré un peu de vanité, des qualités excellentes. L'avez-vous revu ?

— Je le quitte il y a cinq jours, dit d'Artagnan.

Et alors il raconta, avec la verve de son humeur gasconne, toutes les magnificences de Porthos en son château de Pierrefonds; et, tout en criblant son ami, il lança deux ou trois flèches à l'adresse de cet excellent M. Mouston.

— J'admire, répliqua Athos en souriant de cette gaieté qui lui rappelait leurs bons jours, que nous ayons autrefois formé au hasard une société d'hommes encore si bien liés les uns aux autres, malgré vingt ans de séparation. L'amitié jette des racines bien profondes dans les cœurs honnêtes, d'Artagnan; croyez-moi, il n'y a que les méchants qui nient l'amitié, parce qu'ils ne la comprennent pas. Et Aramis?

— Je l'ai vu aussi, dit d'Artagnan, mais il m'a paru froid.

— Ah! vous avez vu Aramis, reprit Athos en regardant d'Artagnan avec son œil investigateur. Mais c'est un véritable pèlerinage, cher ami, que vous faites au temple de l'Amitié, comme diraient les poètes.

— Mais oui, dit d'Artagnan embarrassé.

— Aramis, vous le savez, continua Athos, est naturellement froid, puis il est toujours empêché dans des intrigues de femmes.

— Je lui en crois en ce moment une fort compliquée, dit d'Artagnan.

Athos ne répondit pas.

« Il n'est pas curieux », pensa d'Artagnan.

Non seulement Athos ne répondit pas, mais encore il changea la conversation.

— Vous le voyez, dit-il en faisant remarquer à d'Artagnan qu'ils étaient revenus près du château, en une heure de promenade, nous avons quasi fait le tour de mes domaines.

— Tout y est charmant, et surtout tout y sent son gentilhomme, répondit d'Artagnan.

En ce moment on entendit le pas d'un cheval.

— C'est Raoul qui revient, dit Athos, nous allons avoir des nouvelles de la pauvre petite.

En effet, le jeune homme reparut à la grille et rentra dans la cour tout couvert de poussière, puis sauta à bas de son cheval qu'il remit aux mains d'une espèce de palefrenier; il vint saluer le comte et d'Artagnan.

— Monsieur, dit Athos en posant la main sur l'épaule de d'Artagnan, Monsieur est le chevalier d'Artagnan, dont vous m'avez entendu parler souvent, Raoul.

— Monsieur, dit le jeune homme en saluant de nouveau et plus profondément, Monsieur le comte a prononcé votre nom devant moi comme un exemple chaque fois qu'il a eu à citer un gentilhomme intrépide et généreux.

Ce petit compliment ne laissa pas que d'émouvoir d'Artagnan qui sentit son cœur doucement remué. Il tendit une main à Raoul en lui disant :

— Mon jeune ami, tous les éloges que l'on fait de moi doivent retourner à Monsieur le comte que voici, car il a fait mon éducation en toutes choses, et ce n'est pas sa faute si l'élève a si mal profité. Mais il se rattrapera sur vous, j'en suis sûr. J'aime votre air, Raoul, et votre politesse m'a touché.

Athos fut plus ravi qu'on ne saurait le dire : il regarda d'Artagnan avec reconnaissance, puis attacha sur Raoul un de ces sourires étranges dont les enfants sont fiers lorsqu'ils les saisissent.

« À présent, se dit d'Artagnan, à qui ce jeu muet de physionomie n'avait point échappé, j'en suis certain ».

— Eh bien ! dit Athos, j'espère que l'accident n'a pas eu de suite ?

— On ne sait encore rien, Monsieur, et le médecin n'a rien pu dire à cause de l'enflure ; il craint cependant qu'il n'y ait quelque nerf endommagé.

— Et vous n'êtes pas resté plus tard près de Mme de Saint-Remy ?

— J'aurais craint de n'être pas de retour pour l'heure de votre dîner, Monsieur, dit Raoul, et par conséquent de vous faire attendre.

En ce moment un petit garçon, moitié paysan, moitié laquais, vint avertir que le souper était servi.

Athos conduisit son hôte dans une salle à manger fort simple, mais dont les fenêtres s'ouvraient d'un côté sur le jardin et de l'autre sur une serre où poussaient de magnifiques fleurs.

D'Artagnan jeta les yeux sur le service : la vaisselle était magnifique ; on voyait que c'était de la vieille argenterie de famille. Sur un dressoir était une aiguière d'argent superbe ; d'Artagnan s'arrêta à la regarder.

— Ah ! voilà qui est divinement fait, dit-il.

— Oui, répondit Athos, c'est un chef-d'œuvre d'un grand artiste florentin nommé Benvenuto Cellini.

— Et la bataille qu'elle représente?

— Est celle de Marignan. C'est le moment où l'un de mes ancêtres donne son épée à François Ier, qui vient de briser la sienne. Ce fut à cette occasion qu'Enguerrand de La Fère, mon aïeul, fut fait chevalier de Saint-Michel. En outre, le roi, quinze ans plus tard, car il n'avait pas oublié qu'il avait combattu trois heures encore avec l'épée de son ami Enguerrand sans qu'elle se rompît, lui fit don de cette aiguière et d'une épée que vous avez peut-être vue autrefois chez moi, et qui est aussi un assez beau morceau d'orfèvrerie. C'était le temps des géants, dit Athos. Nous sommes des nains, nous autres, à côté de ces hommes-là. Asseyons-nous d'Artagnan, et soupons. A propos, dit Athos au petit laquais qui venait de servir le potage, appelez Charlot.

L'enfant sortit, et, un instant après, l'homme de service auquel les deux voyageurs s'étaient adressés en arrivant entra.

— Mon cher Charlot, lui dit Athos, je vous recommande particulièrement, pour tout le temps qu'il demeurera ici, Planchet, le laquais de M. d'Artagnan. Il aime le bon vin; vous avez la clef des caves. Il a couché longtemps sur la dure et ne doit pas détester un bon lit; veillez encore à cela, je vous prie.

Charlot s'inclina et sortit.

— Charlot est aussi un brave homme, dit le comte, voici dix-huit ans qu'il me sert.

— Vous pensez à tout, dit d'Artagnan, et je vous remercie pour Planchet, mon cher Athos.

Le jeune homme ouvrit de grands yeux à ce nom, et regarda si c'était bien au comte que d'Artagnan parlait.

— Ce nom vous paraît bizarre, n'est-ce pas, Raoul? dit Athos en souriant. C'était mon nom de guerre, alors que M. d'Artagnan, deux braves amis et moi faisions nos prouesses à La Rochelle sous le défunt cardinal et sous M. de Bassompierre qui est mort aussi depuis. Monsieur daigne me conserver ce nom d'amitié, et chaque fois que je l'entends, mon cœur est joyeux.

— Ce nom-là était célèbre, dit d'Artagnan, et il eut un jour les honneurs du triomphe.

— Que voulez-vous dire, Monsieur? demanda Raoul avec sa curiosité juvénile.

— Je n'en sais ma foi rien, dit Athos.

— Vous avez oublié le bastion Saint-Gervais , Athos, et cette serviette dont trois balles firent un drapeau. J'ai meilleure mémoire que vous, je m'en souviens, et je vais vous raconter cela, jeune homme.

Et il raconta à Raoul toute l'histoire du bastion, comme Athos lui avait raconté celle de son aïeul.

A ce récit, le jeune homme crut voir se dérouler un de ces faits d'armes racontés par le Tasse ou l'Arioste, et qui appartiennent aux temps prestigieux de la chevalerie.

— Mais ce que ne vous dit pas d'Artagnan, Raoul, reprit à son tour Athos, c'est qu'il était une des meilleures lames de son temps : jarret de fer, poignet d'acier, coup d'œil sûr et regard brûlant, voilà ce qu'il offrait à son adversaire : il avait dix-huit ans, trois ans de plus que vous, Raoul, lorsque je le vis à l'œuvre pour la première fois et contre des hommes éprouvés.

— Et M. d'Artagnan fut vainqueur? dit le jeune homme, dont les yeux brillaient pendant cette conversation et semblaient implorer des détails.

— J'en tuai un, je crois! dit d'Artagnan interrogeant Athos du regard. Quant à l'autre, je le désarmai, ou je le blessai, je ne me le rappelle plus.

— Oui, vous le blessâtes . Oh! vous étiez un rude athlète!

— Eh! je n'ai pas encore trop perdu, reprit d'Artagnan avec son petit rire gascon plein de contentement de lui-même, et dernièrement encore...

Un regard d'Athos lui ferma la bouche.

— Je veux que vous sachiez, Raoul, reprit Athos, vous qui vous croyez une fine épée et dont la vanité pourrait souffrir un jour quelque cruelle déception; je veux que vous sachiez combien est dangereux l'homme qui unit le sang-froid à l'agilité, car jamais je ne pourrais vous en offrir un plus frappant exemple : priez demain M. d'Artagnan, s'il n'est pas trop fatigué, de vouloir bien vous donner une leçon.

— Peste, mon cher Athos, vous êtes cependant un bon maître, surtout sous le rapport des qualités que vous vantez en moi. Tenez, aujourd'hui encore, Planchet me parlait de ce fameux duel de l'enclos des Carmes, avec lord de Winter et ses compagnons. Ah! jeune homme, continua d'Artagnan, il doit y avoir quelque part une épée que j'ai souvent appelée la première du royaume.

— Oh! j'aurai gâté ma main avec cet enfant, dit Athos.

— Il y a des mains qui ne se gâtent jamais, mon cher Athos, dit d'Artagnan, mais qui gâtent beaucoup les autres.

Le jeune homme eût voulu prolonger cette conversation toute la nuit; mais Athos lui fit observer que leur hôte devait être fatigué et avait besoin de repos. D'Artagnan s'en défendit par politesse, mais Athos insista pour que d'Artagnan prît possession de sa chambre. Raoul y conduisit l'hôte du logis; et, comme Athos pensa qu'il resterait le plus tard possible près de d'Artagnan pour lui faire dire toutes les vaillantises de leur jeune temps, il vint le chercher lui-même un instant après, et ferma cette bonne soirée par une poignée de main bien amicale et un souhait de bonne nuit au mousquetaire.

XVII

LA DIPLOMATIE D'ATHOS

D'ARTAGNAN s'était mis au lit bien moins pour dormir que pour être seul et penser à tout ce qu'il avait vu et entendu dans cette soirée.

Comme il était d'un bon naturel et qu'il avait eu tout d'abord pour Athos un penchant instinctif qui avait fini par devenir une amitié sincère, il fut enchanté de trouver un homme brillant d'intelligence et de force au lieu de cet ivrogne abruti qu'il s'attendait à voir cuver son vin sur quelque fumier; il accepta, sans trop regimber, cette supériorité constante d'Athos sur lui, et, au lieu de ressentir la jalousie et le désappointement qui eussent attristé une nature moins généreuse, il n'éprouva en résumé qu'une joie sincère et loyale qui lui fit concevoir pour sa négociation les plus favorables espérances.

Cependant il lui semblait qu'il ne retrouvait point Athos franc et clair sur tous les points. Qu'était-ce que ce jeune homme qu'il disait avoir adopté et qui avait avec lui une si grande ressemblance? Qu'étaient-ce que ce retour à la vie du monde et cette sobriété exagérée qu'il avait remarquée à table? Une chose même insignifiante en apparence, cette absence de Grimaud, dont Athos ne pouvait se séparer autrefois et dont le nom même n'avait pas été prononcé malgré les ouvertures faites à ce sujet, tout cela inquiétait d'Artagnan. Il ne possédait donc plus la confiance de son ami, ou bien Athos était attaché à quelque chaîne invisible, ou bien encore prévenu d'avance contre la visite qu'il lui faisait.

Il ne put s'empêcher de songer à Rochefort, à ce qu'il lui avait dit à l'église Notre-Dame. Rochefort aurait-il précédé d'Artagnan chez Athos?

D'Artagnan n'avait pas de temps à perdre en longues études. Aussi résolut-il d'en venir dès le lendemain à une explication. Ce peu de fortune d'Athos si habilement déguisé annonçait l'envie de paraître et trahissait un reste d'ambition facile à réveiller. La vigueur d'esprit et la netteté d'idées d'Athos en faisaient un homme plus prompt qu'un autre à s'émouvoir. Il entrerait dans les plans du ministre avec d'autant plus d'ardeur, que son activité naturelle serait doublée d'une dose de nécessité.

Ces idées maintenaient d'Artagnan éveillé malgré sa fatigue, il dressait ses plans d'attaque, et quoiqu'il sût qu'Athos était un rude adversaire, il fixa l'action au lendemain après le déjeuner.

Cependant il se dit aussi, d'un autre côté, que sur un terrain si nouveau il fallait s'avancer avec prudence, étudier pendant plusieurs jours les connaissances d'Athos, suivre ses nouvelles habitudes et s'en rendre compte, essayer de tirer du naïf jeune homme, soit en faisant des armes avec lui, soit en courant quelque gibier, les renseignements intermédiaires qui lui manquaient pour joindre l'Athos d'autrefois à l'Athos d'aujourd'hui; et cela devait être facile, car le précepteur devait avoir déteint sur le cœur et l'esprit de son élève. Mais d'Artagnan lui-même qui était un garçon d'une grande finesse, comprit sur-le-champ quelles chances il donnerait contre lui au cas où une indiscrétion ou une maladresse laisserait à découvert ses manœuvres à l'œil exercé d'Athos.

Puis, faut-il le dire, d'Artagnan, tout prêt à user de ruse contre la finesse d'Aramis ou la vanité de Porthos, d'Artagnan avait honte de biaiser avec Athos, l'homme franc, le cœur loyal. Il lui semblait qu'en le reconnaissant leur maître en diplomatie, Aramis et Porthos l'en estimeraient davantage, tandis qu'au contraire Athos l'en estimerait moins.

— Ah! pourquoi Grimaud, le silencieux Grimaud, n'est-il pas ici? disait d'Artagnan; il y a bien des choses dans son silence que j'aurais comprises. Grimaud avait un silence si éloquent!

Cependant toutes les rumeurs s'étaient éteintes successivement dans la maison; d'Artagnan avait entendu se fermer les portes et les volets; puis, après s'être répondu quelque temps les uns aux autres dans la campagne, les chiens s'étaient tus à leur tour; enfin, un rossignol perdu dans un massif d'arbres avait quelque temps égrené au milieu de la nuit ses gammes harmonieuses et s'était endormi; il ne se faisait plus dans le château qu'un bruit de pas égal et monotone au-dessous

de sa chambre; il supposait que c'était la chambre
d'Athos.

« Il se promène et réfléchit, pensa d'Artagnan, mais
à quoi? C'est ce qu'il est impossible de savoir. On
pouvait deviner le reste, mais non pas cela. »

Enfin Athos se mit au lit sans doute, car ce dernier
bruit s'éteignit.

Le silence et la fatigue unis ensemble vainquirent
d'Artagnan; il ferma les yeux à son tour et presque
aussitôt le sommeil le prit.

D'Artagnan n'était pas dormeur. A peine l'aube
eut-elle doré ses rideaux, qu'il sauta en bas de son lit
et ouvrit les fenêtres. Il lui sembla alors voir à travers
la jalousie quelqu'un qui rôdait dans la cour en évitant
de faire du bruit. Selon son habitude de ne rien laisser
passer à sa portée sans s'assurer de ce que c'était, d'Artagnan regarda attentivement sans faire aucun bruit, et
reconnut le justaucorps grenat et les cheveux bruns de
Raoul.

Le jeune homme, car c'était bien lui, ouvrit la porte
de l'écurie, en tira le cheval bai qu'il avait déjà monté
la veille, le sella et brida lui-même avec autant de promptitude et de dextérité qu'eût pu le faire le plus habile
écuyer, puis il fit sortir l'animal par l'allée droite du
potager, ouvrit une petite porte latérale qui donnait
sur un sentier, tira son cheval dehors, la referma derrière
lui, et alors, par-dessus la crête du mur, d'Artagnan
le vit passer comme une flèche en se courbant sous
les branches pendantes et fleuries des érables et des
acacias.

D'Artagnan avait remarqué la veille que le sentier
devait conduire à Blois.

— Eh, eh! dit le Gascon, voici un gaillard qui fait
déjà des siennes, et qui ne me paraît point partager les
haines d'Athos contre le beau sexe : il ne va pas chasser,
car il n'a ni armes ni chiens; il ne remplit pas un message,
car il se cache. De qui se cache-t-il?... Est-ce de moi ou
de son père... car je suis sûr que le comte est son père...
Parbleu! quant à cela je le saurai, car j'en parlerai tout
net à Athos.

Le jour grandissait; tous ces bruits que d'Artagnan
avait entendus s'éteindre successivement la veille se
réveillaient l'un après l'autre : l'oiseau dans les branches,

le chien dans l'étable, les moutons dans les champs; les bateaux amarrés sur la Loire paraissaient eux-mêmes s'animer, se détachant du rivage et se laissant aller au fil de l'eau. D'Artagnan resta ainsi à sa fenêtre pour ne réveiller personne, puis, lorsqu'il eut entendu les portes et les volets du château s'ouvrir, il donna un dernier pli à ses cheveux, un dernier tour à sa moustache, brossa par habitude les rebords de son feutre avec la manche de son pourpoint, et descendit. Il avait à peine franchi la dernière marche du perron, qu'il aperçut Athos baissé vers la terre et dans l'attitude d'un homme qui cherche un écu dans le sable.

— Eh! bonjour, cher hôte, dit d'Artagnan.

— Bonjour, cher ami. La nuit a-t-elle été bonne?

— Excellente, Athos, comme votre lit, comme votre souper d'hier soir qui devait me conduire au sommeil, comme votre accueil quand vous m'avez revu. Mais que regardiez-vous donc là si attentivement? Seriez-vous devenu amateur de tulipes par hasard?

— Mon cher ami, il ne faudrait pas pour cela vous moquer de moi. A la campagne, les goûts changent fort, et on arrive à aimer, sans y faire attention, toutes ces belles choses que le regard de Dieu fait sortir du fond de la terre et que l'on méprise fort dans les villes. Je regardais tout bonnement des iris que j'avais déposés près de ce réservoir et qui ont été écrasés ce matin. Ces jardiniers sont les gens les plus maladroits du monde. En ramenant le cheval après lui avoir fait tirer de l'eau, ils l'auront laissé marcher dans la plate-bande.

D'Artagnan se prit à sourire.

— Ah! dit-il, vous croyez?

Et il amena son ami le long de l'allée, où bon nombre de pas pareils à celui qui avait écrasé les iris étaient imprimés.

— Les voici encore, ce me semble; tenez, Athos, dit-il indifféremment.

— Mais, oui; et des pas tout frais!

— Tout frais, répéta d'Artagnan.

— Qui donc est sorti par ici ce matin? se demanda Athos avec inquiétude. Un cheval se serait-il échappé de l'écurie?

— Ce n'est pas probable, dit d'Artagnan, car les pas sont très égaux et très reposés.

— Où est Raoul? s'écria Athos, et comment se fait-il que je ne l'aie pas encore aperçu?

— Chut! dit d'Artagnan en mettant avec un sourire son doigt sur sa bouche.

— Qu'y a-t-il donc? demanda Athos.

D'Artagnan raconta ce qu'il avait vu, en épiant la physionomie de son hôte.

— Ah! je devine tout maintenant, dit Athos avec un léger mouvement d'épaules : le pauvre garçon est allé à Blois.

— Pour quoi faire?

— Eh, mon Dieu! pour savoir des nouvelles de la petite La Vallière. Vous savez, cette enfant qui s'est foulé hier le pied.

— Vous croyez? dit d'Artagnan incrédule.

— Non seulement je le crois, mais j'en suis sûr, répondit Athos. N'avez-vous donc pas remarqué que Raoul est amoureux?

— Bon! De qui? De cette enfant de sept ans ?

— Mon cher, à l'âge de Raoul le cœur est si plein, qu'il faut bien le répandre sur quelque chose, rêve ou réalité. Eh bien! son amour, à lui, est moitié l'un, moitié l'autre.

— Vous voulez rire! Quoi! cette petite fille.

— N'avez-vous donc pas regardé? C'est la plus jolie petite créature qui soit au monde : des cheveux d'un blond d'argent, des yeux bleus déjà mutins et langoureux à la fois.

— Mais que dites-vous de cet amour?

— Je ne dis rien, je ris et je me moque de Raoul; mais ces premiers besoins du cœur sont tellement impérieux, ces épanchements de la mélancolie amoureuse chez les jeunes gens sont si doux et si amers tout ensemble, que cela paraît avoir souvent tous les caractères de la passion. Moi, je me rappelle qu'à l'âge de Raoul j'étais devenu amoureux d'une statue grecque que le bon roi Henri IV avait donnée à mon père, et que je pensais devenir fou de douleur lorsqu'on me dit que l'histoire de Pygmalion n'était qu'une fable.

— C'est du désœuvrement. Vous n'occupez pas assez Raoul, et il cherche à s'occuper de son côté.

— Pas autre chose. Aussi songé-je à l'éloigner d'ici.

— Et vous ferez bien.

— Sans doute; mais ce sera lui briser le cœur, et il souffrira autant que pour un véritable amour. Depuis trois ou quatre ans, et à cette époque lui-même était un enfant, il s'est habitué à parer et à admirer cette petite idole, qu'il finirait un jour par adorer s'il restait ici. Ces enfants rêvent tout le jour ensemble et causent de mille choses sérieuses comme de vrais amants de vingt ans. Bref, cela a fait longtemps sourire les parents de la petite de La Vallière, mais je crois qu'ils commencent à froncer le sourcil.

— Enfantillage! Mais Raoul a besoin d'être distrait; éloignez-le bien vite d'ici, ou, morbleu! vous n'en ferez jamais un homme.

— Je crois, dit Athos, que je vais l'envoyer à Paris.

— Ah! fit d'Artagnan.

Et il pensa que le moment des hostilités était arrivé.

— Si vous voulez, dit-il, nous pouvons faire un sort à ce jeune homme.

— Ah! fit à son tour Athos.

— Je veux même vous consulter sur quelque chose qui m'est passé en tête.

— Faites.

— Croyez-vous que le temps soit venu de prendre du service?

— Mais n'êtes-vous pas toujours au service, vous d'Artagnan?

— Je m'entends : du service actif. La vie d'autrefois n'a-t-elle plus rien qui vous tente, et, si des avantages réels vous attendaient, ne seriez-vous pas bien aise de recommencer en ma compagnie et en celle de notre ami Porthos les exploits de notre jeunesse?

— C'est une proposition que vous me faites alors! dit Athos.

— Nette et franche.

— Pour rentrer en campagne?

— Oui.

— De la part de qui et contre qui? demanda tout à coup Athos en attachant son œil si clair et si bienveillant sur le Gascon.

— Ah diable! vous êtes pressant!

— Et surtout précis. Écoutez bien, d'Artagnan. Il n'y a qu'une personne ou plutôt une cause à qui un homme comme moi puisse être utile : celle du roi.

— Voilà précisément, dit le mousquetaire.

— Oui ; mais entendons-nous, reprit sérieusement Athos : si par la cause du roi vous entendez celle de M. de Mazarin, nous cessons de nous comprendre.

— Je ne dis pas précisément, répondit le Gascon embarrassé.

— Voyons, d'Artagnan, dit Athos, ne jouons pas au plus fin, vos hésitations, vos détours me disent de quelle part vous venez. Cette cause, en effet, on n'ose l'avouer hautement ; et lorsqu'on recrute pour elle, c'est l'oreille basse et la voix embarrassée.

— Ah ! mon cher Athos ! dit d'Artagnan.

— Eh ! vous savez bien, reprit Athos, que je ne parle pas pour vous, qui êtes la perle des gens braves et hardis, je vous parle de cet Italien mesquin et intrigant, de ce cuistre qui essaye de mettre sur sa tête une couronne qu'il a volée sous un oreiller, de ce faquin qui appelle son parti le parti du roi, et qui s'avise de faire mettre des princes du sang en prison, n'osant pas les tuer, comme faisait notre cardinal à nous, le grand cardinal ; un fesse-mathieu qui pèse ses écus d'or et garde les rognés, de peur, quoiqu'il triche, de les perdre à son jeu du lendemain ; un drôle enfin qui maltraite la reine, à ce qu'on assure ; au reste, tant pis pour elle ! et qui va d'ici à trois mois nous faire une guerre civile pour garder ses pensions. C'est là le maître que vous me proposez, d'Artagnan ? Grand merci !

— Vous êtes plus vif qu'autrefois, Dieu me pardonne ! dit d'Artagnan, et les années ont échauffé votre sang, au lieu de le refroidir. Qui vous dit donc que ce soit là mon maître et que je veuille vous l'imposer !

« Diable ! s'était dit le Gascon, ne livrons pas nos secrets à un homme si mal disposé. »

— Mais alors, cher ami, reprit Athos, qu'est-ce donc que ces propositions ?

— Eh ! mon Dieu ! rien de plus simple : vous vivez dans vos terres, vous, et il paraît que vous êtes heureux dans votre médiocrité dorée. Porthos a cinquante ou soixante mille livres de revenu peut-être ; Aramis a toujours quinze duchesses qui se disputent le prélat, comme elles se disputaient le mousquetaire ; c'est encore un enfant gâté du sort ; mais moi, que fais-je en ce monde ? Je porte ma cuirasse et mon buffle depuis vingt ans, cramponné à ce grade insuffisant, sans avancer, sans reculer, sans vivre. Je suis mort en un mot! Eh bien! lorsqu'il s'agit pour moi de ressusciter un peu, vous venez tous me dire : C'est un faquin! c'est un drôle! un cuistre! un mauvais maître! Eh, parbleu! je suis de votre avis, moi, mais trouvez-m'en un meilleur, ou faites-moi des rentes.

Athos réfléchit trois secondes, et pendant ces trois secondes il comprit la ruse de d'Artagnan, qui pour s'être trop avancé tout d'abord rompait maintenant afin de cacher son jeu. Il vit clairement que les propositions qu'on venait de lui faire étaient réelles, et se fussent déclarées dans tout leur développement, pour peu qu'il eût prêté l'oreille.

« Bon! se dit-il, d'Artagnan est à Mazarin. »

De ce moment il s'observa avec une extrême prudence.

De son côté d'Artagnan joua plus serré que jamais.

— Mais, enfin, vous avez une idée? continua Athos.

— Assurément. Je voulais prendre conseil de vous tous et aviser au moyen de faire quelque chose, car les uns sans les autres nous serons toujours incomplets.

— C'est vrai. Vous me parliez de Porthos; l'avez-vous donc décidé à chercher fortune? Mais cette fortune il l'a.

— Sans doute, il l'a; mais l'homme est ainsi fait, il désire toujours quelque chose.

— Et que désire Porthos?

— D'être baron.

— Ah! c'est vrai, j'oubliais, dit Athos en riant.

« C'est vrai? pensa d'Artagnan. Et d'où a-t-il appris cela? Correspondrait-il avec Aramis? Ah! si je savais cela, je saurais tout. »

La conversation finit là, car Raoul entra juste en ce moment. Athos voulut le gronder sans aigreur; mais le jeune homme était si chagrin qu'il n'en eut pas le courage et qu'il s'interrompit pour lui demander ce qu'il avait.

— Est-ce que notre petite voisine irait plus mal? dit d'Artagnan.

— Ah! Monsieur, reprit Raoul presque suffoqué par la douleur, sa chute est grave, et, sans difformité apparente, le médecin craint qu'elle ne boite toute sa vie.

— Ah! ce serait affreux! dit Athos.

D'Artagnan avait une plaisanterie au bout des lèvres; mais en voyant la part que prenait Athos à ce malheur, il se retint.

— Ah! Monsieur, ce qui me désespère surtout, reprit Raoul, c'est que ce malheur, c'est moi qui en suis cause.

— Comment vous, Raoul? demanda Athos.

— Sans doute, n'est-ce point pour accourir à moi qu'elle a sauté du haut de cette pile de bois?

— Il ne vous reste plus qu'une ressource, mon cher Raoul, c'est de l'épouser en expiation, dit d'Artagnan.

— Ah! Monsieur, dit Raoul, vous plaisantez avec une douleur réelle : c'est mal, cela.

Et Raoul, qui avait besoin d'être seul pour pleurer tout à son aise, rentra dans sa chambre, d'où il ne sortit qu'à l'heure du déjeuner.

La bonne intelligence des deux amis n'avait pas le moins du monde été altérée par l'escarmouche du matin; aussi déjeunèrent-ils du meilleur appétit, regardant de temps en temps le pauvre Raoul, qui, les yeux tout humides et le cœur gros, mangeait à peine.

A la fin du déjeuner, deux lettres arrivèrent, qu'Athos lut avec une extrême attention, sans pouvoir s'empêcher de tressaillir plusieurs fois. D'Artagnan, qui le vit lire ces lettres d'un côté de la table à l'autre et dont la vue était perçante, jura qu'il reconnaissait à n'en pas douter la petite écriture d'Aramis. Quant à l'autre, c'était une écriture de femme, longue et embarrassée.

— Allons, dit d'Artagnan à Raoul, voyant qu'Athos désirait demeurer seul, soit pour répondre à ces lettres, soit pour y réfléchir; allons faire un tour dans la salle d'armes, cela vous distraira.

Le jeune homme regarda Athos, qui répondit à ce regard par un signe d'assentiment.

Tous deux passèrent dans une salle basse où étaient suspendus des fleurets, des masques, des gants, des plastrons, et tous les accessoires de l'escrime.

— Eh bien? dit Athos en arrivant un quart d'heure après.

— C'est déjà votre main, mon cher Athos, dit d'Artagnan, et s'il avait votre sang-froid, je n'aurais que des compliments à lui faire...

Quant au jeune homme, il était un peu honteux.

Pour une ou deux fois qu'il avait touché d'Artagnan, soit au bras, soit à la cuisse, celui-ci l'avait boutonné vingt fois en plein corps.

En ce moment, Charlot entra porteur d'une lettre très pressée pour d'Artagnan qu'un messager venait d'apporter.

Ce fut au tour d'Athos de regarder du coin de l'œil.

D'Artagnan lut la lettre sans aucune émotion apparente et après avoir lu, avec un léger hochement de tête :

— Voyez, mon cher ami, dit-il, ce que c'est que le service, et vous avez, ma foi, bien raison de n'en pas vouloir reprendre : M. de Tréville est malade, et voilà la compagnie qui ne peut se passer de moi; de sorte que mon congé se trouve perdu.

— Vous retournez à Paris ? dit vivement Athos.

— Eh, mon Dieu, oui! dit d'Artagnan; mais n'y venez-vous pas vous-même?

Athos rougit un peu et répondit :

— Si j'y allais, je serais fort heureux de vous voir.

— Holà, Planchet! s'écria d'Artagnan de la porte, nous partons dans dix minutes : donnez l'avoine aux chevaux.

Puis se retournant vers Athos :

— Il me semble qu'il me manque quelque chose ici, et je suis vraiment désespéré de vous quitter sans avoir revu ce bon Grimaud.

— Grimaud! dit Athos. Ah! c'est vrai? je m'étonnais aussi que vous ne me demandassiez pas de ses nouvelles. Je l'ai prêté à un de mes amis.

— Qui comprendra ses signes ? dit d'Artagnan.

— Je l'espère, dit Athos.

Les deux amis s'embrassèrent cordialement. D'Artagnan serra la main de Raoul, fit promettre à Athos de le visiter s'il venait à Paris, de lui écrire s'il ne venait pas, et il monta à cheval. Planchet, toujours exact, était déjà en selle.

— Ne venez-vous point avec moi, dit-il en riant à Raoul, je passe par Blois ?

Raoul se retourna vers Athos qui le retint d'un signe imperceptible.

— Non, Monsieur, répondit le jeune homme, je reste près de M. le comte.

— En ce cas, adieu tous deux, mes bons amis, dit d'Artagnan en leur serrant une dernière fois la main, et Dieu vous garde! comme nous nous disions chaque fois que nous nous quittions du temps du feu cardinal.

Athos lui fit un signe de la main, Raoul une révérence, et d'Artagnan et Planchet partirent.

Le comte les suivit des yeux, la main appuyée sur l'épaule du jeune homme, dont la taille égalait presque la sienne; mais aussitôt qu'ils eurent disparu derrière le mur :

— Raoul, dit le comte, nous partons ce soir pour Paris.

— Comment! dit le jeune homme en pâlissant.

— Vous pouvez aller présenter mes adieux et les vôtres à Mme de Saint-Remy. Je vous attendrai ici à sept heures.

Le jeune homme s'inclina avec une expression mêlée de douleur et de reconnaissance, et se retira pour aller seller son cheval.

Quant à d'Artagnan, à peine hors de vue de son côté, il avait tiré la lettre de sa poche et l'avait relue :

« Revenez sur-le-champ à Paris.

« J. M... »

— La lettre est sèche, murmura d'Artagnan, et s'il n'y avait un *post-scriptum,* peut-être ne l'eussé-je pas comprise; mais heureusement il y a un *post-scriptum.*

Et il lut ce fameux *post-scriptum* qui lui faisait passer par-dessus la sécheresse de la lettre :

« P.-S. — Passez chez le trésorier du roi, à Blois : » dites-lui votre nom et montrez-lui cette lettre : vous » toucherez deux cents pistoles. »

— Décidément, dit d'Artagnan, j'aime cette prose, et le cardinal écrit mieux que je ne croyais. Allons, Planchet, allons rendre visite à M. le trésorier du roi, et puis piquons.

— Vers Paris, Monsieur.

— Vers Paris.

Et tous deux partirent au plus grand trot de leurs montures.

XVIII

M. DE BEAUFORT

VOICI ce qui était arrivé et quelles étaient les causes qui nécessitaient le retour de d'Artagnan à Paris.

Un soir que Mazarin, selon son habitude, se rendait chez la reine à l'heure où tout le monde s'en était retiré, et qu'en passant près de la salle des gardes, dont une porte donnait sur ses antichambres, il avait entendu parler haut dans cette chambre, il avait voulu savoir de quel sujet s'entretenaient les soldats, s'était approché à pas de loup, selon son habitude, avait poussé la porte, et, par l'entrebâillement, avait passé la tête.

Il y avait une discussion parmi les gardes.

— Et moi je vous réponds, disait l'un d'eux, que si Coysel a prédit cela, la chose est aussi sûre que si elle était arrivée. Je ne le connais pas, mais j'ai entendu dire qu'il était non seulement astrologue, mais encore magicien.

— Peste, mon cher, s'il est de tes amis, prends garde! tu lui rends un mauvais service.

— Pourquoi cela?

— Parce qu'on pourrait bien lui faire un procès.

— Ah bah! on ne brûle plus les sorciers, aujourd'hui.

— Non! il me semble cependant qu'il n'y a pas si longtemps que le feu cardinal a fait brûler Urbain Grandier . J'en sais quelque chose, moi. J'étais de garde au bûcher, et je l'ai vu rôtir.

— Mon cher, Urbain Grandier n'était pas un sorcier, c'était un savant, ce qui est tout autre chose. Urbain Grandier ne prédisait pas l'avenir. Il savait le passé, ce qui quelquefois est bien pis.

Mazarin hocha la tête en signe d'assentiment; mais, désirant connaître la prédiction sur laquelle on discutait, il demeura à la même place.

— Je ne te dis pas, reprit le garde, que Coysel ne soit pas un sorcier, mais je te dis que s'il publie d'avance sa prédiction c'est le moyen qu'elle ne s'accomplisse point.

— Pourquoi ?

— Sans doute. Si nous nous battons l'un contre l'autre et que je te dise : « Je vais te porter ou un coup » droit ou un coup de seconde », tu pareras tout naturellement. Eh bien! si Coysel dit assez haut pour que le cardinal l'entende : « Avant tel jour, tel prisonnier se » sauvera », il est bien évident que le cardinal prendra si bien ses précautions que le prisonnier ne se sauvera pas.

— Eh! mon Dieu! dit un autre qui semblait dormir, couché sur un banc, et qui, malgré son sommeil apparent, ne perdait pas un mot de la conversation; eh! mon Dieu! croyez-vous que les hommes puissent échapper à leur destinée? S'il est écrit là-haut que le duc de Beaufort doit se sauver, M. de Beaufort se sauvera, et toutes les précautions du cardinal n'y feront rien.

Mazarin tressaillit. Il était Italien, c'est-à-dire superstitieux; il s'avança rapidement au milieu des gardes, qui, l'apercevant, interrompirent leur conversation.

— Que disiez-vous donc, Messieurs? fit-il avec son air caressant, que M. de Beaufort s'était évadé, je crois?

— Oh! non, Monseigneur, dit le soldat incrédule; pour le moment il n'a garde. On disait seulement qu'il devait se sauver.

— Et qui dit cela?

— Voyons, répétez votre histoire, Saint-Laurent, dit le garde se tournant vers le narrateur.

— Monseigneur, dit le garde, je racontais purement et simplement à ces Messieurs ce que j'ai entendu dire de la prédiction d'un nommé Coysel, qui prétend que, si bien gardé que soit M. de Beaufort, il se sauvera avant la Pentecôte.

— Et ce Coysel est un rêveur, un fou? reprit le cardinal toujours souriant.

— Non pas, dit le garde, tenace dans sa crédulité, il a prédit beaucoup de choses qui sont arrivées, comme par exemple que la reine accoucherait d'un fils, que M. de Coligny serait tué dans son duel avec le duc de Guise, enfin que le coadjuteur serait nommé cardinal. Eh bien! la reine est accouchée non seulement d'un premier fils, mais encore, deux ans après, d'un second, et M. de Coligny a été tué .

— Oui, dit Mazarin; mais le coadjuteur n'est pas encore cardinal.

— Non, Monseigneur, dit le garde, mais il le sera.

Mazarin fit une grimace qui voulait dire : « Il ne tient » pas encore la barrette. » Puis il ajouta :

— Ainsi votre avis, mon ami, est que M. de Beaufort doit se sauver.

— C'est si bien mon avis, Monseigneur, dit le soldat, que si Votre Éminence m'offrait à cette heure la place de M. de Chavigny, c'est-à-dire celle de gouverneur du château de Vincennes , je ne l'accepterais pas. Oh! le lendemain de la Pentecôte, ce serait autre chose.

Il n'y a rien de plus convaincant qu'une grande conviction, elle influe même sur les incrédules; et, loin d'être incrédule, nous l'avons dit, Mazarin était superstitieux. Il se retira tout pensif.

— Le ladre! dit le garde qui était accoudé contre la muraille, il fait semblant de ne pas croire à votre magicien, Saint-Laurent, pour n'avoir rien à vous donner; mais il ne sera pas plus tôt rentré chez lui qu'il fera son profit de votre prédiction.

En effet, au lieu de continuer son chemin vers la chambre de la reine, Mazarin rentra dans son cabinet, et, appelant Bernouin, il donna l'ordre que le lendemain, au point du jour, on lui allât chercher l'exempt qu'il avait placé auprès de M. de Beaufort, et qu'on l'éveillât aussitôt qu'il arriverait.

Sans s'en douter, le garde avait touché du doigt la plaie la plus vive du cardinal. Depuis cinq ans que M. de Beaufort était en prison , il n'y avait pas de jour que Mazarin ne pensât qu'à un moment ou à un autre il en sortirait. On ne pouvait pas retenir prisonnier toute sa vie un petit-fils de Henri IV, surtout quand ce petit-fils de Henri IV avait à peine trente ans. Mais, de quelque façon qu'il en sortît, quelle haine n'avait-il pas dû, dans sa captivité, amasser contre celui à qui il la devait; qui l'avait pris riche, brave, glorieux, aimé des femmes, craint des hommes, pour retrancher de sa vie ses plus belles années, car ce n'est pas exister que de vivre en prison! En attendant, Mazarin redoublait de surveillance contre M. de Beaufort. Seulement, il était pareil à l'avare de la fable, qui ne pouvait dormir près de son trésor. Bien des fois la nuit il se réveillait en sursaut, rêvant qu'on lui avait volé M. de Beaufort. Alors il s'informait de lui, et, à chaque information qu'il prenait, il avait la douleur d'entendre que le prisonnier jouait, buvait, chantait que c'était merveille; mais que tout en jouant, buvant et chantant, il s'interrompait toujours pour jurer que le Mazarin lui payerait cher tout ce plaisir qu'il le forçait de prendre à Vincennes.

Cette pensée avait fort préoccupé le ministre pendant son sommeil; aussi, lorsqu'à sept heures du matin Bernouin entra dans sa chambre pour le réveiller, son premier mot fut:

— Eh! qu'y a-t-il? Est-ce que M. de Beaufort s'est sauvé de Vincennes?

— Je ne crois pas, Monseigneur, dit Bernouin, dont le calme officiel ne se démentait jamais; mais en tout cas vous allez en avoir des nouvelles, car l'exempt La Ramée, que l'on a envoyé chercher ce matin à Vincennes, est là qui attend les ordres de Votre Éminence.

— Ouvrez et faites-le entrer ici, dit Mazarin en accommodant ses oreillers de manière à le recevoir assis dans son lit.

L'officier entra. C'était un grand et gros homme joufflu et de bonne mine. Il avait un air de tranquillité qui donna des inquiétudes à Mazarin.

« Ce drôle-là m'a tout l'air d'un sot », murmura-t-il.

L'exempt demeurait debout et silencieux à la porte.

— Approchez, Monsieur! dit Mazarin.

L'exempt obéit.

— Savez-vous ce qu'on dit ici? continua le cardinal.

— Non, Votre Éminence.

— Eh bien! l'on dit que M. de Beaufort va se sauver de Vincennes, s'il ne l'a déjà fait.

La figure de l'officier exprima la plus profonde stupéfaction. Il ouvrit tout ensemble ses petits yeux et sa grande bouche, pour mieux humer la plaisanterie que Son Éminence lui faisait l'honneur de lui adresser; puis, ne pouvant tenir plus longtemps son sérieux à une pareille supposition, il éclata de rire, mais d'une telle façon que ses gros membres étaient secoués par cette hilarité comme par une fièvre violente.

Mazarin fut enchanté de cette expansion peu respectueuse, mais cependant il ne cessa de garder son air grave.

Quand La Ramée eut bien ri et qu'il se fut essuyé les

yeux, il crut qu'il était temps enfin de parler et d'excuser l'inconvenance de sa gaieté.

— Se sauver, Monseigneur! dit-il, se sauver! Mais Votre Éminence ne sait donc pas où est M. de Beaufort?

— Si fait, Monsieur, je sais qu'il est au donjon de Vincennes.

— Oui, Monseigneur, dans une chambre dont les murs ont sept pieds d'épaisseur, avec des fenêtres à grillages croisés dont chaque barreau est gros comme le bras.

— Monsieur, dit Mazarin, avec de la patience on perce tous les murs, et avec un ressort de montre on scie un barreau.

— Mais Monseigneur ignore donc qu'il a près de lui huit gardes, quatre dans son antichambre et quatre dans sa chambre, et que ces gardes ne le quittent jamais.

— Mais il sort de sa chambre, il joue au mail, il joue à la paume!

— Monseigneur, ce sont les amusements permis aux prisonniers. Cependant, si Votre Éminence le veut, on les lui retranchera.

— Non pas, non pas, dit le Mazarin, qui craignait, en lui retranchant ces plaisirs, que si son prisonnier sortait jamais de Vincennes, il n'en sortît encore plus exaspéré contre lui. Seulement je demande avec qui il joue.

— Monseigneur, il joue avec l'officier de garde, ou bien avec moi, ou bien avec les autres prisonniers.

— Mais n'approche-t-il point des murailles en jouant?

— Monseigneur, Votre Éminence ne connaît-elle point les murailles? Les murailles ont soixante pieds de hauteur, et je doute que M. de Beaufort soit encore assez las de la vie pour risquer de se rompre le cou en sautant du haut en bas.

— Hum! fit le cardinal, qui commençait à se rassurer. Vous dites donc, mon cher Monsieur La Ramée?...

— Qu'à moins que M. de Beaufort ne trouve moyen de se changer en petit oiseau, je réponds de lui.

— Prenez garde! vous vous avancez fort, reprit Mazarin, M. de Beaufort a dit aux gardes qui le conduisaient à Vincennes qu'il avait souvent pensé au cas où il serait emprisonné, et que, dans ce cas, il avait trouvé quarante manières de s'évader de prison.

— Monseigneur, si parmi ces quarante manières il y en avait eu une bonne, répondit La Ramée, il serait dehors depuis longtemps.

« Allons, allons, pas si bête que je croyais », murmura Mazarin.

— D'ailleurs, Monseigneur oublie que M. de Chavigny est gouverneur de Vincennes, continua La Ramée, et que M. de Chavigny n'est pas des amis de M. de Beaufort.

— Oui, mais M. de Chavigny s'absente.

— Quand il s'absente, je suis là.

— Mais quand vous vous absentez vous-même ?

— Oh ! quand je m'absente moi-même, j'ai en mon lieu et place un gaillard qui aspire à devenir exempt de Sa Majesté, et qui, je vous en réponds, fait bonne garde. Depuis trois semaines que je l'ai pris à mon service, je n'ai qu'un reproche à lui faire, c'est d'être trop dur au prisonnier.

— Et quel est ce cerbère ? demanda le cardinal.

— Un certain M. Grimaud, Monseigneur.

— Et que faisait-il avant d'être près de vous à Vincennes ?

— Mais il était en province, à ce que m'a dit celui qui me l'a recommandé ; il s'y est fait je ne sais quelle méchante affaire, à cause de sa mauvaise tête, et je crois qu'il ne serait pas fâché de trouver l'impunité sous l'uniforme du roi.

— Et qui vous a recommandé cet homme ?

— L'intendant de M. le duc de Grammont .

— Alors, on peut s'y fier, à votre avis ?

— Comme à moi-même, Monseigneur.

— Ce n'est pas un bavard ?

— Jésus-Dieu ! Monseigneur, j'ai cru longtemps qu'il était muet, il ne parle et ne répond que par signes ; il paraît que c'est son ancien maître qui l'a dressé à cela.

— Eh bien ! dites-lui, mon cher Monsieur La Ramée, reprit le cardinal, que s'il nous fait bonne et fidèle garde on fermera les yeux sur ses escapades de province, qu'on lui mettra sur le dos un uniforme qui le fera respecter, et dans les poches de cet uniforme quelques pistoles pour boire à la santé du roi.

Mazarin était fort large en promesses : c'était tout le contraire de ce bon M. Grimaud, que vantait La Ramée, lequel parlait peu et agissait beaucoup.

Le cardinal fit encore à La Ramée une foule de questions sur le prisonnier, sur la façon dont il était nourri, logé et couché, auxquelles celui-ci répondit d'une façon si satisfaisante, qu'il le congédia presque rassuré.

Puis, comme il était neuf heures du matin, il se leva, se parfuma, s'habilla et passa chez la reine pour lui faire part des causes qui l'avaient retenu chez lui. La reine, qui ne craignait guère moins M. de Beaufort que le cardinal ne le craignait lui-même, et qui était presque aussi superstitieuse que lui, lui fit répéter mot pour mot toutes les promesses de La Ramée et tous les éloges qu'il donnait à son second; puis, lorsque le cardinal eut fini :

— Hélas ! Monsieur, dit-elle à demi-voix, que n'avons-nous un Grimaud auprès de chaque prince !

— Patience, dit Mazarin avec son sourire italien, cela viendra peut-être un jour; mais en attendant...

— Eh bien ! en attendant ?

— Je vais toujours prendre mes précautions.

Sur ce, il avait écrit à d'Artagnan de presser son retour.

XIX

CE A QUOI SE RÉCRÉAIT M. LE DUC DE BEAUFORT
AU DONJON DE VINCENNES

LE PRISONNIER qui faisait si grand-peur à M. le cardinal, et dont les moyens d'évasion troublaient le repos de toute la cour, ne se doutait guère de tout cet effroi qu'à cause de lui on ressentait au Palais-Royal.

Il se voyait si admirablement gardé qu'il avait reconnu l'inutilité de ses tentatives; toute sa vengeance consistait à lancer nombre d'imprécations et d'injures contre le Mazarin. Il avait même essayé de faire des couplets, mais il y avait bien vite renoncé. En effet, M. de Beaufort non seulement n'avait pas reçu du ciel le don d'aligner des vers, mais encore ne s'exprimait souvent en prose qu'avec la plus grande peine du monde. Aussi Blot le chansonnier de l'époque, disait-il de lui :

> Dans un combat il brille, il tonne :
> On le redoute avec raison;
> Mais de la façon qu'il raisonne,
> On le prendrait pour un oison.
>
> Gaston, pour faire une harangue,
> Éprouve bien moins d'embarras;
> Pourquoi Beaufort n'a-t-il la langue!
> Pourquoi Gaston n'a-t-il le bras?

Ceci posé, on comprend que le prisonnier se soit borné aux injures et aux imprécations.

Le duc de Beaufort était petit-fils de Henri IV et de Gabrielle d'Estrées, aussi bon, aussi brave, aussi fier et surtout aussi Gascon que son aïeul, mais beaucoup moins lettré. Après avoir été pendant quelque temps, à la mort du roi Louis XIII, le favori, l'homme de confiance, le premier à la cour enfin, un jour il lui avait fallu céder la place à Mazarin, et il s'était trouvé le second; et le lendemain, comme il avait eu le mauvais esprit de se fâcher de cette transposition et l'imprudence de le dire, la reine l'avait fait arrêter et conduire à Vincennes par ce même Guitaut que nous avons vu apparaître au commencement de cette histoire, et que nous aurons l'occasion de retrouver. Bien entendu, qui dit la reine dit Mazarin. Non seulement on s'était débarrassé ainsi de sa personne et de ses prétentions, mais encore on ne comptait plus avec lui, tout prince populaire qu'il était, et depuis cinq ans il habitait une chambre fort peu royale au donjon de Vincennes.

Cet espace de temps, qui eût mûri les idées de tout autre que M. de Beaufort, avait passé sur sa tête sans y opérer aucun changement. Un autre, en effet, eût réfléchi que, s'il n'avait pas accepté de braver le cardinal, de mépriser les princes, et de marcher seul sans autres acolytes, comme dit le cardinal de Retz, que quelques mélancoliques qui avaient l'air de songe-creux, il aurait eu, depuis cinq ans, ou sa liberté, ou des défenseurs. Ces considérations ne se présentèrent probablement pas même à l'esprit du duc, que sa longue réclusion ne fit au contraire qu'affermir davantage dans sa mutinerie, et chaque jour le cardinal reçut des nouvelles de lui qui étaient on ne peut plus désagréables pour Son Éminence.

Après avoir échoué en poésie, M. de Beaufort avait essayé de la peinture. Il dessinait avec du charbon les traits du cardinal, et, comme ses talents assez médiocres en cet art ne lui permettaient pas d'atteindre à une grande ressemblance, pour ne pas laisser de doute sur l'original du portrait, il écrivait au-dessous : « *Ritratto dell' illustrissimo facchino Mazarini* . » M. de Chavigny, prévenu, vint faire une visite au duc et le pria de se livrer à un autre passe-temps, ou tout au moins de faire des portraits sans légende. Le lendemain, la chambre était pleine de légendes et de portraits. M. de Beaufort, comme tous les prisonniers, au reste, ressemblait fort aux enfants qui ne s'entêtent qu'aux choses qu'on leur défend.

M. de Chavigny fut prévenu de ce surcroît de profils. M. de Beaufort, pas assez sûr de lui pour risquer la tête de face, avait fait de sa chambre une véritable salle d'exposition. Cette fois le gouverneur ne dit rien; mais un jour que M. de Beaufort jouait à la paume, il fit passer l'éponge sur tous ses dessins et peindre la chambre à la détrempe.

M. de Beaufort remercia M. de Chavigny, qui avait la

bonté de lui remettre ses cartons à neuf; et cette fois il divisa sa chambre en compartiments, et consacra chacun de ces compartiments à un trait de la vie du cardinal Mazarin.

Le premier devait représenter l'illustrissime faquin Mazarini recevant une volée de coups de bâton du cardinal Bentivoglio , dont il avait été le domestique.

Le second, l'illustrissime faquin Mazarini jouant le rôle d'Ignace de Loyola, dans la tragédie de ce nom .

Le troisième, l'illustrissime faquin Mazarini volant le portefeuille de premier ministre à M. de Chavigny, qui croyait déjà le tenir.

Enfin, le quatrième, l'illustrissime faquin Mazarini refusant des draps à La Porte, valet de chambre de Louis XIV, et disant que c'est assez, pour un roi de France, de changer de draps tous les·trimestres.

C'étaient là de grandes compositions et qui dépassaient certainement la mesure du talent du prisonnier; aussi s'était-il contenté de tracer les cadres et de mettre les inscriptions.

Mais les cadres et les inscriptions suffirent pour éveiller la susceptibilité de M. de Chavigny, lequel fit prévenir M. de Beaufort que s'il ne renonçait pas aux tableaux projetés, il lui enlèverait tout moyen d'exécution. M. de Beaufort répondit que, puisqu'on lui ôtait la chance de se faire une réputation dans les armes, il voulait s'en faire une dans la peinture, et que, ne pouvant être un Bayard ou un Trivulce , il voulait devenir un Michel-Ange ou un Raphaël.

Un jour que M. de Beaufort se promenait au préau, on enleva son feu, avec son feu ses charbons, avec son charbon ses cendres, de sorte qu'en rentrant il ne trouva plus le plus petit objet dont il pût faire un crayon.

M. de Beaufort jura, tempêta, hurla, dit qu'on voulait le faire mourir de froid et d'humidité, comme étaient morts Puylaurens, le maréchal Ornano et le grand prieur de Vendôme , ce à quoi M. de Chavigny répondit qu'il n'avait qu'à donner sa parole de renoncer au dessin ou promettre de ne point faire de peintures historiques, et qu'on lui rendrait du bois et tout ce qu'il fallait pour l'allumer. M. de Beaufort ne voulut pas donner sa parole, et il resta sans feu pendant tout le reste de l'hiver.

De plus, pendant une des sorties du prisonnier, on gratta les inscriptions, et la chambre se retrouva blanche et nue sans la moindre trace de fresque.

M. de Beaufort alors acheta à l'un de ses gardiens un chien nommé Pistache; rien ne s'opposant à ce que les prisonniers eussent un chien, M. de Chavigny autorisa que le quadrupède changeât de maître. M. de Beaufort restait quelquefois des heures entières enfermé avec son chien. On se doutait bien que pendant ces heures le prisonnier s'occupait de l'éducation de Pistache, mais on ignorait dans quelle voie il la dirigeait. Un jour, Pistache se trouvant suffisamment dressé, M. de Beaufort invita M. de Chavigny et les officiers de Vincennes à une grande représentation qu'il donna dans sa chambre. Les invités arrivèrent; la chambre était éclairée d'autant de bougies qu'avait pu s'en procurer M. de Beaufort. Les exercices commencèrent.

Le prisonnier, avec un morceau de plâtre détaché de la muraille, avait tracé au milieu de la chambre une longue ligne blanche représentant une corde. Pistache, au premier ordre de son maître, se plaça sur cette ligne, se dressa sur ses pattes de derrière, et, tenant une baguette à battre les habits entre ses pattes de devant, il commença à suivre la ligne avec toutes les contorsions que fait un danseur de corde; puis, après avoir parcouru deux ou trois fois en avant et en arrière la longueur de la ligne, il rendit la baguette à M. de Beaufort, et recommença les mêmes évolutions sans balancier.

L'intelligent animal fut criblé d'applaudissements.

Le spectacle était divisé en trois parties; la première achevée, on passa à la seconde.

Il s'agissait d'abord de dire l'heure qu'il était.

M. de Chavigny montra sa montre à Pistache. Il était six heures et demie.

Pistache leva et baissa la patte six fois, et, à la septième, resta la patte en l'air. Il était impossible d'être plus clair, un cadran solaire n'aurait pas mieux répondu : comme chacun sait, le cadran solaire a le désavantage de ne dire l'heure que tant que le soleil luit.

Ensuite, il s'agissait de reconnaître devant toute la société quel était le meilleur geôlier de toutes les prisons de France.

Le chien fit trois fois le tour du cercle et alla se coucher de la façon la plus respectueuse du monde aux pieds de M. de Chavigny.

M. de Chavigny fit semblant de trouver la plaisanterie charmante et rit du bout des dents. Quand il eut fini de rire il se mordit les lèvres et commença de froncer le sourcil.

Enfin M. de Beaufort posa à Pistache cette question si difficile à résoudre, à savoir : Quel était le plus grand voleur du monde connu?

Pistache, cette fois, fit le tour de la chambre, mais ne s'arrêta à personne, et, s'en allant à la porte, il se mit à gratter et à se plaindre.

— Voyez, Messieurs, dit le prince, cet intéressant animal ne trouvant pas ici ce que je lui demande, va chercher dehors. Mais, soyez tranquilles, vous ne serez pas privé de sa réponse pour cela. Pistache, mon ami, continua le duc, venez ici. Le chien obéit. Le plus grand voleur du monde connu, reprit le prince, est-ce M. le secrétaire du roi Le Camus , qui est venu à Paris avec vingt livres et qui possède maintenant dix millions?

Le chien secoua la tête en signe de négation.

— Est-ce, continua le prince, M. le surintendant d'Emery , qui a donné à M. Thoré, son fils, en le mariant, trois cent mille livres de rente et un hôtel près duquel les Tuileries sont une masure et le Louvre une bicoque?

Le chien secoua la tête en signe de négation.

— Ce n'est pas encore lui, reprit le prince. Voyons, cherchons bien : serait-ce, par hasard, l'illustrissimo facchino Mazarini di Piscina, hein?

Le chien fit désespérément signe que oui en se levant et en baissant la tête huit ou dix fois de suite.

— Messieurs, vous le voyez, dit M. de Beaufort aux assistants, qui cette fois n'osèrent pas même rire du bout des dents, l'illustrissimo facchino Mazarini di Piscina est le plus grand voleur du monde connu; c'est Pistache qui le dit, du moins.

« Passons à un autre exercice.

« Messieurs, continua le duc de Beaufort, profitant d'un grand silence qui se faisait pour produire le programme de la troisième partie de la soirée, vous vous rappelez tous que M. le duc de Guise avait appris à tous les chiens de Paris à sauter pour Mlle de Pons , qu'il

avait proclamée la belle des belles ! Eh bien, Messieurs, ce
n'était rien, car ces animaux obéissaient machinalement,
ne sachant point faire de dissidence (M. de Beaufort
voulait dire différence) entre ceux pour lesquels ils
devaient sauter et ceux pour lesquels ils ne le devaient
pas. Pistache va vous montrer, ainsi qu'à M. le gouverneur, qu'il est fort au-dessus de ses confrères. Monsieur
de Chavigny, ayez la bonté de me prêter votre canne.

M. de Chavigny prêta sa canne à M. de Beaufort.

M. de Beaufort la plaça horizontalement à la hauteur
d'un pied.

— Pistache, mon ami, dit-il, faites-moi le plaisir de
sauter pour Mme de Montbazon .

Tout le monde se mit à rire : on savait qu'au moment
où il avait été arrêté, M. de Beaufort était l'amant
déclaré de Mme de Montbazon.

Pistache ne fit aucune difficulté, et sauta joyeusement
par-dessus la canne.

— Mais, dit M. de Chavigny, il me semble que
Pistache fait juste ce que faisaient ses confrères quand ils
sautaient pour Mlle de Pons.

— Attendez, dit le prince. Pistache, mon ami, dit-il,
sautez pour la reine.

Et il haussa la canne de six pouces.

Le chien sauta respectueusement par-dessus la canne.

— Pistache, mon ami, continua le duc en haussant la
canne de six pouces, sautez pour le roi.

Le chien prit son élan, et malgré la hauteur sauta
légèrement par-dessus.

— Et maintenant, attention, reprit le duc en baissant
la canne presque au niveau de terre, Pistache, mon ami,
sautez pour l'illustrissimo facchino Mazarini di Piscina.

Le chien tourna le derrière à la canne.

— Eh bien ! qu'est-ce que cela ? dit M. de Beaufort
en décrivant un demi-cercle de la queue à la tête de
l'animal, et en lui présentant de nouveau la canne, sautez
donc, Monsieur Pistache.

Mais Pistache, comme la première fois, fit un demi-tour
sur lui-même et présenta le derrière à la canne.

M. de Beaufort fit la même évolution et répéta la
même phrase, mais cette fois la patience de Pistache était
à bout ; il se jeta avec fureur sur la canne, l'arracha des
mains du prince et la brisa entre ses dents.

M. de Beaufort lui prit les deux morceaux de la gueule, et, avec un grand sérieux, les rendit à M. de Chavigny en lui faisant force excuses et en lui disant que la soirée était finie, mais que s'il voulait bien dans trois mois assister à une autre séance, Pistache aurait appris de nouveaux tours.

Trois jours après, Pistache était empoisonné.

On chercha le coupable; mais, comme on le pense bien, le coupable demeura inconnu. M. de Beaufort lui fit élever un tombeau avec cette épitaphe :

« Ci-gît Pistache, un des chiens les plus intelligents qui aient jamais existé. »

Il n'y avait rien à dire de cet éloge : M. de Chavigny ne put l'empêcher.

Mais alors le duc dit bien haut qu'on avait fait sur son chien l'essai de la drogue dont on devait se servir pour lui, et un jour, après son dîner, il se mit au lit en criant qu'il avait des coliques et que c'était le Mazarin qui l'avait fait empoisonner.

Cette nouvelle espièglerie revint aux oreilles du cardinal et lui fit grand-peur. Le donjon de Vincennes passait pour fort malsain : Mme de Rambouillet avait dit que la chambre dans laquelle étaient morts Puylaurens, le maréchal Ornano et le grand prieur de Vendôme valait son pesant d'arsenic, et le mot avait fait fortune. Il ordonna donc que le prisonnier ne mangeât plus rien sans qu'on fît l'essai du vin et des viandes. Ce fut alors que l'exempt La Ramée fut placé près de lui à titre de dégustateur.

Cependant M. de Chavigny n'avait point pardonné au duc les impertinences qu'avait déjà expiées l'innocent Pistache. M. de Chavigny était une créature du feu cardinal, on disait même que c'était son fils ; il devait donc quelque peu se connaître en tyrannie : il se mit à rendre ses noises à M. de Beaufort; il lui enleva ce qu'on lui avait laissé jusqu'alors de couteaux de fer et de fourchettes d'argent, il lui fit donner des couteaux d'argent et des fourchettes de bois. M. de Beaufort se plaignit; M. de Chavigny lui fit répondre qu'il venait d'apprendre que le cardinal ayant dit à Mme de Vendôme que son fils était au donjon de Vincennes pour toute sa vie, il avait craint qu'à cette désastreuse nouvelle son prisonnier ne se portât à quelque tentative de suicide. Quinze jours après, M. de Beaufort trouva deux rangées d'arbres gros comme le petit doigt plantés sur le chemin qui conduisait au jeu de paume; il demanda ce que c'était, et il lui fut répondu que c'était pour lui donner de l'ombre un jour. Enfin, un matin, le jardinier vint le trouver, et, sous la couleur de lui plaire, lui annonça qu'on allait faire pour lui des plants d'asperges. Or, comme chacun le sait, les asperges qui mettent aujourd'hui quatre ans à venir, en mettaient cinq à cette époque où le jardinage était moins perfectionné. Cette civilité mit M. de Beaufort en fureur.

Alors M. de Beaufort pensa qu'il était temps de recourir à l'un de ses quarante moyens, et il essaya d'abord du plus simple, qui était de corrompre La Ramée; mais La Ramée qui avait acheté sa charge d'exempt quinze cents écus, tenait fort à sa charge. Aussi, au lieu d'entrer dans les vues du prisonnier, alla-t-il tout courant prévenir M. de Chavigny; aussitôt M. de Chavigny mit huit hommes dans la chambre même du prince, doubla les sentinelles et tripla les postes. A partir de ce moment, le prince ne marcha plus que comme les rois de théâtre, avec quatre hommes devant lui et quatre derrière, sans compter ceux qui marchaient en serre-file.

M. de Beaufort rit beaucoup d'abord de cette sévérité, qui lui devenait une distraction. Il répéta tant qu'il put : « Cela m'amuse, cela me *diversifie*. » (M. de Beaufort voulait dire : Cela me divertit; mais, comme on sait, il ne disait pas toujours ce qu'il voulait dire.) Puis il ajoutait : « D'ailleurs, quand je voudrai me soustraire aux honneurs que vous me rendez, j'ai encore trente-neuf autres moyens. »

Mais cette distraction devint à la fin un ennui. Par fanfaronnade, M. de Beaufort tint bon six mois; mais au bout de six mois, voyant toujours huit hommes s'asseyant quand il s'asseyait, se levant quand il se levait, s'arrêtant quand il s'arrêtait, il commença à froncer le sourcil et à compter les jours.

Cette nouvelle persécution amena une recrudescence de haine contre le Mazarin. Le prince jurait du matin au soir, ne parlant que de capilotades d'oreilles mazarines. C'était à faire frémir; le cardinal, qui savait tout ce qui se passait à Vincennes, en enfonçait malgré lui sa barrette jusqu'au cou.

Un jour, M. de Beaufort rassembla les gardiens, et, malgré sa difficulté d'élocution devenue proverbiale, il leur fit ce discours qui, il est vrai, était préparé d'avance :

— Messieurs, leur dit-il, souffrirez-vous donc qu'un petit-fils du bon roi Henri IV soit abreuvé d'outrages et d'*ignobilies* (il voulait dire d'ignominies); ventre-saint-gris! comme disait mon grand-père, j'ai presque régné dans Paris, savez-vous! J'ai eu en garde pendant tout un jour le roi et Monsieur. La reine me caressait alors et m'appelait le plus honnête homme du royaume. Messieurs les bourgeois, maintenant, mettez-moi dehors : j'irai au Louvre, je tordrai le coup au Mazarin, vous serez mes gardes du corps, je vous ferai tous officiers et avec de bonnes pensions. Ventre-saint-gris! en avant, marche!

Mais, si pathétique qu'elle fût, l'éloquence du petit-fils de Henri IV n'avait point touché ces cœurs de pierre; pas un ne bougea : ce que voyant, M. de Beaufort leur dit qu'ils étaient tous des gredins et s'en fit des ennemis cruels.

Quelquefois, lorsque M. de Chavigny le venait voir, ce à quoi il ne manquait pas deux ou trois fois la semaine, le duc profitait de ce moment pour le menacer.

— Que feriez-vous, Monsieur, lui disait-il, si un beau jour vous voyiez apparaître une armée de Parisiens tout bardés de fer et hérissés de mousquets, venant me délivrer?

— Monseigneur, répondit M. de Chavigny en saluant profondément le prince, j'ai sur les remparts vingt pièces d'artillerie, et dans mes casemates trente mille coups à tirer; je les canonnerais de mon mieux.

— Oui, mais quand vous auriez tiré vos trente mille coups, ils prendraient le donjon, et le donjon pris, je serais forcé de les laisser vous pendre, ce dont je serais bien marri, certainement.

Et à son tour le prince salua M. de Chavigny avec la plus grande politesse.

— Mais moi, Monseigneur, reprenait M. de Chavigny, au premier croquant qui passerait le seuil de mes poternes, ou qui mettrait le pied sur mon rempart, je serais forcé, à mon bien grand regret, de vous tuer de ma propre main, attendu que vous m'êtes confié tout particulièrement, et que je vous dois rendre mort ou vif.

Et il saluait Son Altesse de nouveau.

— Oui, continuait le duc; mais comme bien certainement ces braves gens-là ne viendraient ici qu'après avoir un peu pendu M. Giulio Mazarini, vous vous garderiez bien de porter la main sur moi et vous me laisseriez vivre, de peur d'être tiré à quatre chevaux par les Parisiens, ce qui est bien plus désagréable encore que d'être pendu, allez.

Ces plaisanteries aigres-douces allaient ainsi dix minutes, un quart d'heure, vingt minutes au plus, mais elles finissaient toujours ainsi:

M. de Chavigny, se retournant vers la porte:

— Holà! La Ramée, criait-il.

La Ramée entrait.

— La Ramée, continuait M. de Chavigny, je vous recommande tout particulièrement M. de Beaufort: traitez-le avec tous les égards dus à son nom et à son rang, et à cet effet ne le perdez pas un instant de vue.

Puis il se retirait en saluant M. de Beaufort avec une politesse ironique qui mettait celui-ci dans des colères bleues.

La Ramée était donc devenu le commensal obligé du prince, son gardien éternel, l'ombre de son corps; mais, il faut le dire, la compagnie de La Ramée, joyeux vivant, franc convive, buveur reconnu, grand joueur de paume, bon diable au fond, et n'ayant pour M. de Beaufort qu'un défaut, celui d'être incorruptible, était devenu pour le prince plutôt une distraction qu'une fatigue.

Malheureusement il n'en était point de même pour Maître La Ramée, et quoiqu'il estimât à un certain prix l'honneur d'être enfermé avec un prisonnier de si haute importance, le plaisir de vivre dans la familiarité du petit-fils de Henri IV ne compensait pas celui qu'il eût éprouvé à aller faire de temps en temps visite à sa famille.

On peut être excellent exempt du roi, en même temps que bon père et bon époux. Or Maître La Ramée adorait sa femme et ses enfants, qu'il ne faisait plus qu'entrevoir du haut de la muraille, lorsque pour lui donner cette consolation paternelle et conjugale ils se venaient promener de l'autre côté des fossés; décidément c'était trop peu pour lui, et La Ramée sentait que sa joyeuse humeur, qu'il avait considérée comme la cause de sa bonne santé, sans calculer qu'au contraire elle n'en était

probablement que le résultat, ne tiendrait pas longtemps
à un pareil régime. Cette conviction ne fit que croître
dans son esprit, lorsque, peu à peu, les relations de M. de
Beaufort et de M. de Chavigny s'étant aigries de plus
en plus, ils cessèrent tout à fait de se voir. La Ramée
sentit alors la responsabilité peser plus forte sur sa tête,
et comme justement, par ces raisons que nous venons
d'expliquer, il cherchait du soulagement, il accueillit
très chaudement l'ouverture que lui avait faite son ami,
l'intendant du maréchal de Grammont, de lui donner
un acolyte : il en avait aussitôt parlé à M. de Chavigny,
lequel avait répondu qu'il ne s'y opposait en aucune
manière, à la condition toutefois que le sujet lui convînt.

Nous regardons comme parfaitement inutile de faire
à nos lecteurs le portrait physique et moral de Grimaud :
si, comme nous l'espérons, ils n'ont pas tout à fait oublié
la première partie de cet ouvrage, ils doivent avoir
conservé un souvenir assez net de cet estimable personnage, chez lequel il ne s'était fait d'autre changement
que d'avoir pris vingt ans de plus : acquisition qui
n'avait fait que le rendre plus taciturne et plus silencieux,
quoique, depuis le changement qui s'était opéré en lui,
Athos lui eût rendu toute permission de parler.

Mais à cette époque il y avait déjà douze ou quinze
ans que Grimaud se taisait, et une habitude de douze
ou quinze ans est devenue une seconde nature.

XX

GRIMAUD ENTRE EN FONCTIONS

Grimaud se présenta donc avec ses dehors favorables au donjon de Vincennes. M. de Chavigny se piquait d'avoir l'œil infaillible ; ce qui pourrait faire croire qu'il était véritablement le fils du cardinal de Richelieu, dont c'était aussi la prétention éternelle. Il examina donc avec attention le postulant, et conjectura que les sourcils rapprochés, les lèvres minces, le nez crochu et les pommettes saillantes de Grimaud étaient des indices parfaits. Il ne lui adressa que douze paroles ; Grimaud en répondit quatre.

— Voilà un garçon distingué, et je l'avais jugé tel, dit M. de Chavigny ; allez vous faire agréer de M. La Ramée, et dites-lui que vous me convenez sur tous les points.

Grimaud tourna sur ses talons et s'en alla passer l'inspection beaucoup plus rigoureuse de La Ramée. Ce qui le rendait plus difficile, c'est que M. de Chavigny savait qu'il pouvait se reposer sur lui, et que lui voulait pouvoir se reposer sur Grimaud.

Grimaud avait juste les qualités qui peuvent séduire un exempt qui désire un sous-exempt ; aussi, après mille questions qui n'obtinrent chacune qu'un quart de réponse, La Ramée, fasciné par cette sobriété de paroles, se frotta les mains et enrôla Grimaud.

— La consigne ? demanda Grimaud.

— La voici : Ne jamais laisser le prisonnier seul, lui ôter tout instrument piquant ou tranchant, l'empêcher de faire signe aux gens du dehors ou de causer trop longtemps avec ses gardiens.

— C'est tout ? demanda Grimaud.

— Tout pour le moment, répondit La Ramée. Des circonstances nouvelles, s'il y en a, amèneront de nouvelles consignes.

— Bon, répondit Grimaud.

Et il entra chez M. le duc de Beaufort.

Celui-ci était en train de se peigner la barbe qu'il laissait pousser, ainsi que ses cheveux, pour faire pièce au Mazarin en étalant sa misère et en faisant parade de sa mauvaise mine. Mais comme quelques jours auparavant il avait cru, du haut du donjon, reconnaître au fond d'un carrosse la belle Mme de Montbazon, dont le souvenir lui était toujours cher, il n'avait pas voulu être pour elle ce qu'il était pour Mazarin; il avait donc, dans l'espérance de la revoir, demandé un peigne de plomb qui lui avait été accordé.

M. de Beaufort avait demandé un peigne de plomb, parce que, comme tous les blonds, il avait la barbe un peu rouge : il se la teignait en se la peignant.

Grimaud, en entrant, vit le peigne que le prince venait de déposer sur la table; il le prit en faisant une révérence.

Le duc regarda cette étrange figure avec étonnement.

La figure mit le peigne dans sa poche.

— Holà, hé! qu'est-ce que cela? s'écria le duc, et quel est ce drôle?

Grimaud ne répondit point, mais salua une seconde fois.

— Es-tu muet? s'écria le duc.

Grimaud fit signe que non.

— Qu'es -tu alors? Réponds, je te l'ordonne, dit le duc.

— Gardien, répondit Grimaud.

— Gardien! s'écria le duc. Bien, il ne manquait que cette figure patibulaire à ma collection. Holà! La Ramée, quelqu'un!

La Ramée appelé accourut : malheureusement pour le prince il allait, se reposant sur Grimaud, se rendre à Paris, il était déjà dans la cour et remonta mécontent.

— Qu'est-ce, mon prince? demanda-t-il.

— Quel est ce maraud qui prend mon peigne et qui le met dans sa poche? demanda M. de Beaufort.

— C'est un de vos gardes, Monseigneur, un garçon plein de mérite et que vous apprécierez comme M. de Chavigny et moi, j'en suis sûr.

— Pourquoi me prend-il mon peigne?

— En effet, dit La Ramée, pourquoi prenez-vous le peigne de Monseigneur?

Grimaud tira le peigne de sa poche, passa son doigt dessus, et, en regardant et montrant la grosse dent, se contenta de prononcer un seul mot :

— Piquant.

— C'est vrai, dit La Ramée.

— Que dit cet animal? demanda le duc.

— Que tout instrument piquant est interdit par le roi à Monseigneur.

— Ah çà! dit le duc, êtes-vous fou, La Ramée? Mais c'est vous-même qui me l'avez donné ce peigne.

— Et grand tort j'ai eu, Monseigneur; car en vous le donnant je me suis mis en contravention avec ma consigne.

Le duc regarda furieusement Grimaud, qui avait rendu le peigne à La Ramée.

« Je prévois que ce drôle me déplaira énormément », murmura le prince.

En effet, en prison il n'y a pas de sentiment intermédiaire. Comme tout, hommes et choses, vous est ou ami ou ennemi, on aime ou l'on hait quelquefois avec raison, mais bien plus souvent encore par instinct. Or, par ce motif infiniment simple que Grimaud au premier coup d'œil avait plu à M. de Chavigny et à La Ramée, il devait, ses qualités aux yeux du gouverneur et de l'exempt devenant des défauts aux yeux du prisonnier, déplaire tout d'abord à M. de Beaufort.

Cependant Grimaud ne voulut pas dès le premier jour rompre directement en visière avec le prisonnier; il avait besoin, non pas d'une répugnance improvisée, mais d'une belle et bonne haine bien tenace.

Il se retira donc pour faire place à quatre gardes qui, venant de déjeuner, pouvaient reprendre leur service près du prince.

De son côté, le prince avait à confectionner une nouvelle plaisanterie sur laquelle il comptait beaucoup : il avait demandé des écrevisses pour son déjeuner du lendemain et comptait passer la journée à faire une petite potence pour pendre la plus belle au milieu de sa chambre. La couleur rouge que devait lui donner la cuisson ne laisserait aucun doute sur l'allusion, et ainsi il aurait eu le plaisir de pendre le cardinal en effigie en attendant qu'il fût pendu en réalité, sans qu'on pût toutefois lui reprocher d'avoir pendu autre chose qu'une écrevisse.

La journée fut employée aux préparatifs de l'exécution. On devient très enfant en prison, et M. de Beaufort était de caractère à le devenir plus que tout autre. Il alla se promener comme d'habitude, brisa deux ou trois petites branches deſtinées à jouer un rôle dans sa parade, et après avoir beaucoup cherché, trouva un morceau de verre cassé, trouvaille qui parut lui faire le plus grand plaisir. Rentré chez lui, il effila son mouchoir.

Aucun de ces détails n'échappa à l'œil inveſtigateur de Grimaud.

Le lendemain matin la potence était prête, et afin de pouvoir la planter dans le milieu de la chambre, M. de Beaufort en effilait un des bouts avec son verre brisé.

La Ramée le regardait faire avec la curiosité d'un père qui pense qu'il va peut-être découvrir un joujou nouveau pour ses enfants, et les quatre gardes avec cet air de désœuvrement qui faisait à cette époque comme aujourd'hui le caractère principal de la physionomie du soldat.

Grimaud entra comme le prince venait de poser son morceau de verre, quoiqu'il n'eût pas encore achevé d'effiler le pied de sa potence; mais il s'était interrompu pour attacher le fil à son extrémité opposée.

Il jeta sur Grimaud un coup d'œil où se révélait un reſte de la mauvaise humeur de la veille; mais comme il était d'avance très satisfait du résultat que ne pouvait manquer d'avoir sa nouvelle invention, il n'y fit pas autrement attention.

Seulement, quand il eut fini de faire un nœud à la marinière à un bout de son fil et un nœud coulant à l'autre, quand il eut jeté un regard sur le plat d'écrevisses et choisi de l'œil la plus majeſtueuse, il se retourna pour aller chercher son morceau de verre. Le morceau de verre avait disparu.

— Qui m'a pris mon morceau de verre? demanda le prince en fronçant le sourcil.

Grimaud fit signe que c'était lui.

— Comment! toi encore? Et pourquoi me l'as-tu pris?

— Oui, demanda La Ramée, pourquoi avez-vous pris le morceau de verre à Son Alteſse?

Grimaud, qui tenait à la main le fragment de vitre, passa le doigt sur le fil, et dit :

— Tranchant.

— C'eſt juſte, Monseigneur, dit La Ramée. Ah! peſte! que nous avons acquis là un garçon précieux!

— Monsieur Grimaud, dit le prince, dans votre

intérêt, je vous en conjure, ayez soin de ne jamais vous trouver à la portée de ma main.

Grimaud fit la révérence et se retira au bout de la chambre.

— Chut, chut, Monseigneur, dit La Ramée; donnez-moi votre petite potence, je vais l'effiler avec mon couteau.

— Vous? dit le duc en riant.

— Oui, moi; n'était-ce pas cela que vous désiriez?

— Sans doute.

— Tiens, au fait, dit le duc, ce sera plus drôle. Tenez, mon cher La Ramée.

La Ramée, qui n'avait rien compris à l'exclamation du prince, effila le pied de la potence le plus proprement du monde.

— Là, dit le duc; maintenant, faites-moi un petit trou en terre pendant que je vais aller chercher le patient.

La Ramée mit un genou en terre et creusa le sol.

Pendant ce temps, le prince suspendit son écrevisse au fil.

Puis il planta la potence au milieu de la chambre en éclatant de rire.

La Ramée aussi rit de tout son cœur, sans trop savoir de quoi il riait, et les gardes firent chorus.

Grimaud seul ne rit pas.

Il s'approcha de La Ramée, et, lui montrant l'écrevisse qui tournait au bout de son fil:

— Cardinal! dit-il.

— Pendu par Son Altesse le duc de Beaufort, reprit le prince en riant plus fort que jamais, et par Maître Jacques Chrysostome La Ramée, exempt du roi.

La Ramée poussa un cri de terreur et se précipita vers la potence, qu'il arracha de terre, qu'il mit incontinent en morceaux, et dont il jeta les morceaux par la fenêtre. Il allait en faire autant de l'écrevisse, tant il avait perdu l'esprit, lorsque Grimaud la lui prit des mains.

— Bonne à manger, dit-il; et il la mit dans sa poche.

Cette fois le duc avait pris si grand plaisir à cette scène qu'il pardonna presque à Grimaud le rôle qu'il avait joué. Mais comme, dans le courant de la journée, il réfléchit à l'intention qu'avait eue son gardien, et qu'au fond cette intention lui parut mauvaise, il sentit sa haine pour lui s'augmenter d'une manière sensible.

Mais l'histoire de l'écrevisse n'en eut pas moins, au grand désespoir de La Ramée, un immense retentissement dans l'intérieur du donjon, et même au-dehors. M. de Chavigny, qui au fond du cœur détestait fort le cardinal, eut soin de conter l'anecdote à deux ou trois amis bien intentionnés, qui la répandirent à l'instant même.

Cela fit passer deux ou trois bonnes journées à M. de Beaufort.

Cependant, le duc avait remarqué parmi ses gardes un homme porteur d'une assez bonne figure, et il l'amadouait d'autant plus qu'à chaque instant Grimaud lui déplaisait davantage. Or, un matin qu'il avait pris cet homme à part, et qu'il était parvenu à lui parler quelque temps en tête à tête, Grimaud entra, regarda ce qui se passait, puis, s'approchant respectueusement du garde et du prince, il prit le garde par le bras.

— Que me voulez-vous? demanda brutalement le duc.

Grimaud conduisit le garde à quatre pas et lui montra la porte.

— Allez, dit-il.

Le garde obéit.

— Oh! mais, s'écria le prince, vous m'êtes insupportable : je vous châtierai.

Grimaud salua respectueusement.

— Monsieur l'espion, je vous romprai les os! s'écria le prince exaspéré.

Grimaud salua en reculant.

— Monsieur l'espion, continua le duc, je vous étranglerai de mes propres mains.

Grimaud salua en reculant toujours.

— Et cela, reprit le prince, qui pensait qu'autant valait en finir de suite, pas plus tard qu'à l'instant même.

Et il étendit ses deux mains crispées vers Grimaud, qui se contenta de pousser le garde dehors et de fermer la porte derrière lui.

En même temps il sentit les mains du prince qui s'abaissaient sur ses épaules, pareilles à deux tenailles de fer; il se contenta, au lieu d'appeler ou de se défendre, d'amener lentement son index à la hauteur de ses lèvres et de prononcer à demi-voix, en colorant sa figure de son plus charmant sourire, le mot : « Chut! »

C'était une chose si rare de la part de Grimaud qu'un geste, qu'un sourire et qu'une parole, que Son Altesse s'arrêta tout court, au comble de la stupéfaction.

Grimaud profita de ce moment pour tirer de la doublure de sa veste un charmant petit billet à cachet aristocratique, auquel sa longue station dans les habits de Grimaud n'avait pu faire perdre entièrement son premier parfum, et le présenta au duc sans prononcer une parole.

Le duc, de plus en plus étonné, lâcha Grimaud, prit le billet, et, reconnaissant l'écriture :

— De Mme de Montbazon? s'écria-t-il.

Grimaud fit signe de la tête que oui.

Le duc déchira rapidement l'enveloppe, passa sa main sur ses yeux, tant il était ébloui, et lut ce qui suit :

« Mon cher duc,

« Vous pouvez vous fier entièrement au brave garçon
» qui vous remettra ce billet, car c'est le valet d'un gentil-
» homme qui est à nous, et qui nous l'a garanti comme
» éprouvé par vingt ans de fidélité. Il a consenti à entrer
» au service de votre exempt et à s'enfermer avec vous à
» Vincennes, pour préparer et aider à votre fuite, de
» laquelle nous nous occupons.

« Le moment de la délivrance approche; prenez pa-
» tience et courage en songeant, que malgré le temps et
» l'absence, tous vos amis vous ont conservé les senti-
» ments qu'ils vous avaient voués.

« Votre toute et toujours affectionnée,

« Marie de Montbazon. »

« P.S. — Je signe en toutes lettres, car ce serait par
» trop de vanité de penser qu'après cinq ans d'absence
» vous reconnaîtriez mes initiales. »

Le duc demeura un instant étourdi. Ce qu'il cherchait depuis cinq ans sans avoir pu le trouver, c'est-à-dire un serviteur, un aide, un ami, lui tombait tout à coup du ciel au moment où il s'y attendait le moins. Il regarda Grimaud avec étonnement et revint à sa lettre qu'il relut d'un bout à l'autre.

— Oh! chère Marie, murmura-t-il quand il eut fini, c'est donc bien elle que j'avais aperçue au fond de son carrosse! Comment, elle pense encore à moi après cinq ans de séparation! Morbleu! voilà une constance comme on n'en voit que dans l'*Astrée* .

Puis se retournant vers Grimaud :

— Et toi, mon brave garçon, ajouta-t-il, tu consens donc à nous aider?

Grimaud fit signe que oui.

— Et tu es venu ici pour cela?

Grimaud répéta le même signe.

— Et moi qui voulais t'étrangler! s'écria le duc.

Grimaud se prit à sourire.

— Mais attends, dit le duc.

Et il fouilla dans sa poche.

— Attends, continua-t-il en renouvelant l'expérience infructueuse une première fois, il ne sera pas dit qu'un pareil dévouement pour un petit-fils de Henri IV restera sans récompense.

Le mouvement du duc de Beaufort dénonçait la meilleure intention du monde. Mais une des précautions qu'on prenait à Vincennes était de ne pas laisser d'argent aux prisonniers.

Sur quoi Grimaud, voyant le désappointement du duc, tira de sa poche une bourse pleine d'or et la lui présenta.

— Voilà ce que vous cherchez, dit-il.

Le duc ouvrit la bourse et voulut la vider entre les mains de Grimaud, mais Grimaud secoua la tête.

— Merci, Monseigneur, ajouta-t-il en se reculant, je suis payé.

Le duc tombait de surprise en surprise.

Le duc lui tendit la main; Grimaud s'approcha et la lui baisa respectueusement. Les grandes manières d'Athos avaient déteint sur Grimaud.

— Et maintenant, demanda le duc, qu'allons-nous faire?

— Il est onze heures du matin, reprit Grimaud. Que Monseigneur, à deux heures, demande à faire une partie de paume avec La Ramée, et envoie deux ou trois balles par-dessus les remparts.

— Eh bien, après?

— Après... Monseigneur s'approchera des murailles

et criera à un homme qui travaille dans les fossés de les lui renvoyer.

— Je comprends, dit le duc.

Le visage de Grimaud parut exprimer une vive satisfaction : le peu d'usage qu'il faisait d'habitude de la parole lui rendait la conversation difficile.

Il fit un mouvement pour se retirer.

— Ah çà ! dit le duc, tu ne veux donc rien accepter ?

— Je voudrais que Monseigneur me fît une promesse.

— Laquelle ? parle.

— C'est que, lorsque nous nous sauverons, je passerai toujours et partout le premier ; car si l'on rattrape Monseigneur, le plus grand risque qu'il coure est d'être réintégré dans sa prison, tandis que si l'on m'attrape, moi, le moins qui puisse m'arriver, c'est d'être pendu.

— C'est trop juste, dit le duc, et, foi de gentilhomme, il sera fait comme tu demandes.

— Maintenant, dit Grimaud, je n'ai plus qu'une chose à demander à Monseigneur : c'est qu'il continue de me faire l'honneur de me détester comme auparavant.

— Je tâcherai, dit le duc.

On frappa à la porte.

Le duc mit son billet et sa bourse dans sa poche et se jeta sur son lit. On savait que c'était sa ressource dans ses grands moments d'ennui. Grimaud alla ouvrir : c'était La Ramée qui venait de chez le cardinal, où s'était passée la scène que nous avons racontée.

La Ramée jeta un regard investigateur autour de lui, et, voyant toujours les mêmes symptômes d'antipathie entre le prisonnier et son gardien, il sourit plein d'une satisfaction intérieure.

Puis se retournant vers Grimaud :

— Bien, mon ami, lui dit-il, bien. Il vient d'être parlé de vous en bon lieu, et vous aurez bientôt, je l'espère, des nouvelles qui ne vous seront point désagréables.

Grimaud salua d'un air qu'il tâcha de rendre gracieux et se retira, ce qui était son habitude quand son supérieur entrait.

— Eh bien, Monseigneur ! dit La Ramée avec son gros rire, vous boudez donc toujours ce pauvre garçon ?

— Ah ! c'est vous, La Ramée, dit le duc ; ma foi, il était temps que vous arrivassiez. Je m'étais jeté sur mon lit et j'avais tourné le nez au mur pour ne pas céder à la tentation de tenir ma promesse en étranglant ce scélérat de Grimaud.

— Je doute pourtant, dit La Ramée en faisant une spirituelle allusion au mutisme de son subordonné, qu'il ait dit quelque chose de désagréable à Votre Altesse.

— Je le crois pardieu bien! un muet d'Orient. Je vous jure qu'il était temps que vous revinssiez, La Ramée, et que j'avais hâte de vous revoir.

— Monseigneur est trop bon, dit La Ramée, flatté du compliment.

— Oui, continua le duc; en vérité, je me sens aujourd'hui d'une maladresse qui vous fera plaisir à voir.

— Nous ferons donc une partie de paume? dit machinalement La Ramée.

— Si vous le voulez bien.

— Je suis aux ordres de Monseigneur.

— C'est-à-dire, mon cher La Ramée, dit le duc, que vous êtes un homme charmant et que je voudrais demeurer éternellement à Vincennes pour avoir le plaisir de passer ma vie avec vous.

— Monseigneur, dit La Ramée, je crois qu'il ne tiendra pas au cardinal que vos souhaits ne soient accomplis.

— Comment cela? L'avez-vous vu depuis peu?

— Il m'a envoyé quérir ce matin.

— Vraiment! Pour vous parler de moi?

— De quoi voulez-vous qu'il me parle? En vérité, Monseigneur, vous êtes son cauchemar.

Le duc sourit amèrement.

— Ah! dit-il, si vous acceptiez mes offres, La Ramée!

— Allons, Monseigneur, voilà encore que nous allons reparler de cela; mais vous voyez bien que vous n'êtes pas raisonnable.

— La Ramée, je vous ai dit que je vous répète encore que je ferais votre fortune.

— Avec quoi? Vous ne serez pas plus tôt sorti de prison que vos biens seront confisqués.

— Je ne serai pas plus tôt sorti de prison que je serai maître de Paris.

— Chut! chut donc! Eh bien... mais, est-ce que je puis entendre des choses comme cela? Voilà une belle conversation à tenir à un officier du roi! Je vois bien, Monseigneur, qu'il faudra que je cherche un second Grimaud.

— Allons! n'en parlons plus. Ainsi il a été question de moi entre toi et le cardinal? La Ramée, tu devrais, un jour qu'il te fera demander, me laisser mettre tes habits; j'irais à ta place, je l'étranglerais, et, foi de gentilhomme, si c'était une condition, je reviendrais me mettre en prison.

— Monseigneur, je vois bien qu'il faut que j'appelle Grimaud.

— J'ai tort. Et que t'a-t-il dit, le cuistre?

— Je vous passe le mot, Monseigneur, dit La Ramée d'un air fin, parce qu'il rime avec ministre. Ce qu'il m'a dit? Il m'a dit de vous surveiller.

— Et pourquoi cela, me surveiller? demanda le duc inquiet.

— Parce qu'un astrologue a prédit que vous vous échapperiez.

— Ah! un astrologue a prédit cela? dit le duc en tressaillant malgré lui.

— Oh! mon Dieu, oui! ils ne savent que s'imaginer, ma parole d'honneur, pour tourmenter les honnêtes gens, ces imbéciles de magiciens.

— Et qu'as-tu répondu à l'illustrissime Éminence?

— Que si l'astrologue en question faisait des almanachs, je ne lui conseillerais pas d'en acheter.

— Pourquoi?

— Parce que, pour vous sauver, il faudrait que vous devinssiez pinson ou roitelet.

— Et tu as bien raison, malheureusement. Allons faire une partie de paume, La Ramée.

— Monseigneur, j'en demande bien pardon à Votre Altesse, mais il faut qu'elle m'accorde une demi-heure.

— Et pourquoi cela?

— Parce que Monseigneur Mazarin est plus fier que vous, quoiqu'il ne soit pas tout à fait de si bonne naissance, et qu'il a oublié de m'inviter à déjeuner.

— Eh bien! veux-tu que je te fasse apporter à déjeuner ici?

— Non pas! Monseigneur. Il faut vous dire que le pâtissier qui demeurait en face du château, et qu'on appelait le père Marteau...

— Eh bien?

— Eh bien! il y a huit jours qu'il a vendu son fonds

à un pâtissier de Paris, à qui les médecins, à ce qu'il paraît, ont recommandé l'air de la campagne.

— Eh bien! qu'est-ce que cela me fait à moi?

— Attendez donc, Monseigneur; de sorte que ce damné pâtissier a devant sa boutique une masse de choses qui vous font venir l'eau à la bouche.

— Gourmand.

— Eh! mon Dieu! Monseigneur, reprit La Ramée, on n'est pas gourmand parce qu'on aime à bien manger. Il est dans la nature de l'homme de chercher la perfection dans les pâtés comme dans les autres choses. Or, ce gueux de pâtissier, il faut vous dire, Monseigneur, que quand il m'a vu m'arrêter devant son étalage, il est venu à moi la langue tout enfarinée et m'a dit : « Monsieur » La Ramée, il faut me faire avoir la pratique des pri- » sonniers du donjon. J'ai acheté l'établissement de » mon prédécesseur parce qu'il m'a assuré qu'il fournis- » sait le château : et cependant, sur mon honneur, » Monsieur La Ramée, depuis huit jours que je suis » établi, M. de Chavigny ne m'a pas fait acheter une » tartelette.

« — Mais, lui ai-je dit alors, c'est probablement que » M. de Chavigny craint que votre pâtisserie ne soit » pas bonne.

« — Pas bonne ma pâtisserie! Eh bien, Monsieur » La Ramée, je veux vous en faire juge, et cela à l'instant » même.

« — Je ne peux pas, lui ai-je répondu, il faut abso- » lument que je rentre au château.

« — Eh bien, a-t-il dit, allez à vos affaires, puisque » vous paraissez pressé, mais revenez dans une demi- » heure.

« — Dans une demi-heure?

« — Oui. Avez-vous déjeuné?

« — Ma foi, non.

« — Eh bien, voici un pâté qui vous attendra avec » une bouteille de vieux bourgogne... »

« Et vous comprenez, Monseigneur, comme je suis » à jeun, je voudrais, avec la permission de Votre » Altesse... »

Et La Ramée s'inclina.

— Va donc, animal, dit le duc; mais fais attention que je ne te donne qu'une demi-heure.

— Puis-je promettre votre pratique au successeur
du père Marteau, Monseigneur?

— Oui, pourvu qu'il ne mette pas de champignons
dans ses pâtés; tu sais, ajouta le prince, que les champignons du bois de Vincennes sont mortels à ma famille .

La Ramée sortit sans relever l'allusion, et, cinq
minutes après sa sortie, l'officier de garde entra sous
prétexte de faire honneur au prince en lui tenant compagnie, mais en réalité pour accomplir les ordres du
cardinal, qui, ainsi que nous l'avons dit, recommandait
de ne pas perdre le prisonnier de vue.

Mais pendant les cinq minutes qu'il était resté seul,
le duc avait eu le temps de relire le billet de Mme de
Montbazon, lequel prouvait au prisonnier que ses amis
ne l'avaient pas oublié et s'occupaient de sa délivrance.
De quelle façon? Il l'ignorait encore, mais il se promettait bien, quel que fût son mutisme, de faire parler
Grimaud, dans lequel il avait une confiance d'autant
plus grande qu'il se rendait maintenant compte de toute
sa conduite, et qu'il comprenait qu'il n'avait inventé
toutes les petites persécutions dont il poursuivait le
duc que pour ôter à ses gardiens toute idée qu'il pouvait
s'entendre avec lui.

Cette ruse donna au duc une haute idée de l'intellect
de Grimaud, auquel il résolut de se fier entièrement.

XXI

CE QUE CONTENAIENT LES PATÉS DU SUCCESSEUR DU PÈRE MARTEAU

UNE demi-heure après, La Ramée rentra gai et allègre comme un homme qui a bien mangé, et qui surtout a bien bu. Il avait trouvé les pâtés excellents et le vin délicieux.

Le temps était beau et permettait la partie projetée. Le jeu de paume de Vincennes était un jeu de longue paume, c'est-à-dire en plein air; rien n'était donc plus facile au duc que de faire ce que lui avait recommandé Grimaud, c'est-à-dire d'envoyer les balles dans les fossés.

Cependant, tant que deux heures ne furent pas sonnées, le duc ne fut pas trop maladroit, car deux heures étaient l'heure dite. Il n'en perdit pas moins les parties engagées jusque-là, ce qui lui permit de se mettre en colère et de faire ce qu'on fait en pareil cas, faute sur faute.

Aussi, à deux heures sonnantes, les balles commencèrent-elles à prendre le chemin des fossés, à la grande joie de La Ramée qui marquait quinze à chaque dehors que faisait le prince.

Les dehors se multiplièrent tellement que bientôt on manqua de balles. La Ramée proposa alors d'envoyer quelqu'un pour les ramasser dans le fossé. Mais le duc fit observer très judicieusement que c'était du temps perdu, et s'approchant du rempart qui à cet endroit, comme l'avait dit l'exempt, avait au moins cinquante pieds de haut, il aperçut un homme qui travaillait dans un des mille petits jardins que défrichent les paysans sur le revers du fossé.

— Eh! l'ami? cria le duc.

L'homme leva la tête, et le duc fut prêt à pousser un cri de surprise. Cet homme, ce paysan, ce jardinier, c'était Rochefort, que le prince croyait à la Bastille.

— Eh bien, qu'y a-t-il là-haut? demanda l'homme.

— Ayez l'obligeance de nous rejeter nos balles, dit le duc.

Le jardinier fit un signe de la tête, et se mit à jeter les balles, que ramassèrent La Ramée et les gardes. Une d'elles tomba aux pieds du duc, et comme celle-là lui était visiblement destinée, il la mit dans sa poche.

Puis, ayant fait au jardinier un signe de remerciement, il retourna à sa partie.

Mais décidément le duc était dans son mauvais jour, les balles continuèrent à battre la campagne : au lieu de se maintenir dans les limites du jeu, deux ou trois retournèrent dans le fossé; mais, comme le jardinier n'était plus là pour les renvoyer, elles furent perdues, puis le duc déclara qu'il avait honte de tant de maladresse et qu'il ne voulait pas continuer.

La Ramée était enchanté d'avoir si complètement battu un prince du sang.

Le prince rentra chez lui et se coucha; c'était ce qu'il faisait presque toute la journée depuis qu'on lui avait enlevé ses livres.

La Ramée prit les habits du prince, sous prétexte qu'ils étaient couverts de poussière, et qu'il allait les faire brosser, mais en réalité pour être sûr que le prince ne bougerait pas. C'était un homme de précaution que La Ramée.

Heureusement le prince avait eu le temps de cacher la balle sous son traversin.

Aussitôt que la porte fut refermée, le duc déchira l'enveloppe de la balle avec ses dents, car on ne lui laissait aucun instrument tranchant; il mangeait avec des couteaux à lames d'argent pliantes et qui ne coupaient pas.

Sous l'enveloppe était une lettre qui contenait les lignes suivantes :

« Monseigneur, vos amis veillent, et l'heure de votre » délivrance approche : demandez après-demain à man- » ger un pâté fait par le nouveau pâtissier qui a acheté le » fonds de boutique de l'ancien, et qui n'est autre que » Noirmont¹ votre maître d'hôtel; n'ouvrez le pâté que » lorsque vous serez seul, j'espère que vous serez » content de ce qu'il contiendra.

« Le serviteur toujours dévoué de Votre Altesse, à
» la Bastille comme ailleurs,

« Comte DE ROCHEFORT. »

« *P.S.* — Votre Altesse peut se fier à Grimaud en
» tout point; c'est un garçon fort intelligent et qui nous
» est tout à fait dévoué. »

Le duc de Beaufort, à qui l'on avait rendu son feu
depuis qu'il avait renoncé à la peinture, brûla la lettre,
comme il avait fait, avec plus de regrets, de celle de
Mme de Montbazon, et il allait en faire autant de la
balle, lorsqu'il pensa qu'elle pourrait lui être utile pour
faire parvenir sa réponse à Rochefort.

Il était bien gardé, car au mouvement qu'il avait fait,
La Ramée entra.

— Monseigneur a besoin de quelque chose? dit-il.

— J'avais froid, répondit le duc, et j'attisais le feu
pour qu'il donnât plus de chaleur. Vous savez, mon
cher, que les chambres du donjon de Vincennes sont
réputées pour leur fraîcheur. On pourrait y conserver
la glace et on y récolte du salpêtre. Celles où sont morts
Puylaurens, le maréchal Ornano et le grand prieur, mon
oncle, valaient, sous ce rapport, comme le disait Mme
de Rambouillet, leur pesant d'arsenic.

Et le duc se recoucha en fourrant la balle sous son
traversin. La Ramée sourit du bout des lèvres. C'était
un brave homme au fond, qui s'était pris d'une grande
affection pour son illustre prisonnier, et qui eût été
désespéré qu'il lui arrivât malheur. Or, les malheurs
successifs arrivés aux trois personnages qu'avait nom-
més le duc étaient incontestables.

— Monseigneur, lui dit-il, il ne faut point se livrer
à de pareilles pensées. Ce sont ces pensées-là qui tuent,
et non le salpêtre.

— Eh! mon cher, dit le duc, vous êtes charmant;
si je pouvais comme vous aller manger des pâtés et
boire du vin de Bourgogne chez le successeur du père
Marteau, cela me distrairait.

— Le fait est, Monseigneur, dit La Ramée, que ses
pâtés sont de fameux pâtés, et que son vin est un
fier vin.

— En tout cas, reprit le duc, sa cave et sa cuisine

n'ont pas de peine à valoir mieux que celles de M. de Chavigny.

— Eh bien! Monseigneur, dit La Ramée donnant dans le piège, qui vous empêche d'en tâter? D'ailleurs, je lui ai promis votre pratique.

— Tu as raison, dit le duc, si je dois rester ici à perpétuité, comme Monsieur Mazarin a eu la bonté de me le faire entendre, il faut que je me crée une distraction pour mes vieux jours, il faut que je me fasse gourmand.

— Monseigneur, dit La Ramée, croyez-en un bon conseil, n'attendez pas que vous soyez vieux pour cela.

« Bon, dit à part le duc de Beaufort, tout homme doit avoir, pour perdre son cœur et son âme, reçu de la magnificence céleste un des sept péchés capitaux, quand il n'en a pas reçu deux; il paraît que celui de Maître La Ramée est la gourmandise. Soit, nous en profiterons ».

Puis tout haut :

— Eh bien! mon cher La Ramée, ajouta-t-il, c'est après-demain fête?

— Oui, Monseigneur, c'est la Pentecôte.

— Voulez-vous me donner une leçon, après-demain?

— De quoi?

— De gourmandise.

— Volontiers, Monseigneur.

— Mais une leçon en tête à tête. Nous enverrons dîner les gardes à la cantine de M. de Chavigny, et nous ferons ici un souper dont je vous laisse la direction.

— Hum! fit La Ramée.

L'offre était séduisante; mais La Ramée, quoi qu'en eût pensé de désavantageux en le voyant M. le cardinal, était un vieux routier qui connaissait tous les pièges que peut tendre un prisonnier. M. de Beaufort avait, disait-il, préparé quarante moyens de fuir de prison. Ce déjeuner ne cachait-il pas quelque ruse?

Il réfléchit un instant; mais le résultat de ses réflexions fut qu'il commanderait les vivres et le vin, et que par conséquent aucune poudre ne serait semée sur les vivres, aucune liqueur ne serait mêlée au vin.

Quant à le griser, le duc ne pouvait avoir une pareille intention, et il se mit à rire à cette seule pensée; puis une idée lui vint qui conciliait tout.

Le duc avait suivi le monologue intérieur de La Ramée

d'un œil assez inquiet à mesure que le trahissait sa
physionomie; mais enfin le visage de l'exempt s'éclaira.

— Eh bien! demanda le duc, cela va-t-il?

— Oui, Monseigneur, à une condition.

— Laquelle?

— C'est que Grimaud nous servira à table.

Rien ne pouvait mieux aller au prince.

Cependant il eut cette puissance de faire prendre à sa
figure une teinte de mauvaise humeur des plus visibles.

— Au diable votre Grimaud! s'écria-t-il, il me gâtera
toute la fête.

— Je lui ordonnerai de se tenir derrière Votre Altesse,
et comme il ne souffle pas un mot, Votre Altesse ne le
verra ni ne l'entendra, et, avec un peu de bonne volonté,
pourra se figurer qu'il est à cent lieues d'elle.

— Mon cher, dit le duc, savez-vous ce que je vois de
plus clair dans cela? C'est que vous vous défiez de moi.

— Monseigneur, c'est après-demain la Pentecôte.

— Eh bien! que me fait la Pentecôte à moi? Avez-
vous peur que le Saint-Esprit ne descende sous la figure
d'une langue de feu pour m'ouvrir les portes de ma
prison?

— Non, Monseigneur; mais je vous ai raconté ce
qu'avait prédit ce magicien damné.

— Et qu'a-t-il prédit?

— Que le jour de la Pentecôte ne se passerait pas sans
que Votre Altesse fût hors de Vincennes.

— Tu crois donc aux magiciens? Imbécile!

— Moi, dit La Ramée, je m'en soucie comme de cela,
et il fit claquer ses doigts. Mais c'est Monseigneur Giulio
qui s'en soucie; en qualité d'Italien, il est superstitieux.

Le duc haussa les épaules.

— Eh bien, soit, dit-il, avec une bonhomie parfaitement jouée, j'accepte Grimaud, car sans cela la chose
n'en finirait point; mais je ne veux personne autre que
Grimaud; vous vous chargerez de tout. Vous commanderez le souper comme vous l'entendrez, le seul mets
que je désigne est un de ces pâtés dont vous m'avez
parlé. Vous le commanderez pour moi, afin que le
successeur du père Marteau se surpasse, et vous lui
promettrez ma pratique, non seulement pour tout le
temps que je resterai en prison, mais encore pour le
moment où j'en serai sorti.

— Vous croyez donc toujours que vous en sortirez?
dit La Ramée.

— Dame! répliqua le prince, ne fût-ce qu'à la mort
de Mazarin : j'ai quinze ans de moins que lui. Il est
vrai, ajouta-t-il en souriant, qu'à Vincennes on vit plus
vite.

— Monseigneur! reprit La Ramée, Monseigneur!

— Ou qu'on meurt plus tôt, ajouta le duc de Beaufort,
ce qui revient au même.

— Monseigneur, dit La Ramée, je vais commander
le souper.

— Et vous croyez que vous pourrez faire quelque
chose de votre élève?

— Mais je l'espère, Monseigneur, répondit La Ramée.

— S'il vous en laisse le temps, murmura le duc.

— Que dit Monseigneur? demanda La Ramée.

— Monseigneur dit que vous n'épargniez pas la
bourse de M. le cardinal, qui a bien voulu se charger
de notre pension.

La Ramée s'arrêta à la porte.

— Qui Monseigneur veut-il que je lui envoie?

— Qui vous voudrez, excepté Grimaud.

— L'officier des gardes, alors?

— Avec son jeu d'échecs.

— Oui.

Et La Ramée sortit.

Cinq minutes après, l'officier des gardes entrait et le
duc de Beaufort paraissait profondément plongé dans
les sublimes combinaisons de l'échec et mat.

C'est une singulière chose que la pensée, et quelles
révolutions un signe, un mot, une espérance, y opèrent.
Le duc était depuis cinq ans en prison, et un regard jeté
en arrière lui faisait paraître ces cinq années, qui cependant s'étaient écoulées bien lentement, moins longues
que les deux jours, les quarante-huit heures qui le
séparaient encore du moment fixé pour l'évasion.

Puis il y avait une chose surtout qui le préoccupait
affreusement : c'était de quelle manière s'opérerait cette
évasion. On lui avait fait espérer le résultat; mais on lui
avait caché les détails que devait contenir le mystérieux
pâté. Quels amis l'attendaient? Il avait donc encore des
amis après cinq ans de prison? En ce cas il était un
prince bien privilégié.

Il oubliait qu'outre ses amis, chose bien plus extraordinaire, une femme s'était souvenue de lui; il est vrai
qu'elle ne lui avait peut-être pas été bien scrupuleusement fidèle, mais elle ne l'avait pas oublié, ce qui était
beaucoup.

Il y en avait là plus qu'il n'en fallait pour donner des
préoccupations au duc; aussi en fut-il des échecs comme
de la longue paume : M. de Beaufort fit école sur école,
et l'officier le battit à son tour le soir comme l'avait
battu le matin La Ramée.

Mais ses défaites successives avaient eu un avantage :
c'était de conduire le prince jusqu'à huit heures du soir;
c'étaient toujours trois heures gagnées; puis la nuit allait
venir, et avec la nuit le sommeil.

Le duc le pensait ainsi du moins : mais le sommeil est
une divinité fort capricieuse, et c'est justement lorsqu'on
l'invoque qu'elle se fait attendre. Le duc l'attendit
jusqu'à minuit, se tournant et se retournant sur ses
matelas comme saint Laurent sur son gril. Enfin il
s'endormit.

Mais avec le jour il s'éveilla : il avait fait des rêves
fantastiques; il lui était poussé des ailes; il avait alors
et tout naturellement voulu s'envoler, et d'abord ses
ailes l'avaient parfaitement soutenu; mais, parvenu à
une certaine hauteur, cet appui étrange lui avait manqué
tout à coup, ses ailes s'étaient brisées, et il lui avait
semblé qu'il roulait dans des abîmes sans fond, et il
s'était réveillé le front couvert de sueur et brisé comme
s'il avait réellement fait une chute aérienne.

Alors il s'était endormi pour errer de nouveau dans
un dédale de songes plus insensés les uns que les autres;
à peine ses yeux étaient-ils fermés, que son esprit, tendu
vers un seul but, son évasion, se reprenait à tenter cette
évasion. Alors c'était autre chose : on avait trouvé un
passage souterrain qui devait le conduire hors de Vincennes, il s'était engagé dans ce passage, et Grimaud
marchait devant lui, une lanterne à la main; mais peu à
peu le passage se rétrécissait, et cependant le duc continuait toujours son chemin; enfin le souterrain devenait
si étroit que le fugitif essayait inutilement d'aller plus
loin : les parois de la muraille se resserraient et le pressaient entre elles, il faisait des efforts inouïs pour avancer,
la chose était impossible; et cependant il voyait au loin

Grimaud avec sa lanterne qui continuait de marcher; il voulait l'appeler pour qu'il l'aidât à se tirer de ce défilé qui l'étouffait, mais impossible de prononcer une parole. Alors, à l'autre extrémité, à celle par laquelle il était venu, il entendait les pas de ceux qui le poursuivaient, ces pas se rapprochaient incessamment, il était découvert, il n'avait plus d'espoir de fuir. La muraille semblait être d'intelligence avec ses ennemis, et le presser d'autant plus qu'il avait plus besoin de fuir; enfin il entendait la voix de La Ramée, il l'apercevait. La Ramée étendait la main et lui posait cette main sur l'épaule en éclatant de rire; il était repris et conduit dans cette chambre basse et voûtée où étaient morts le maréchal Ornano, Puylaurens et son oncle; leurs trois tombes étaient là, bosselant le terrain, et une quatrième fosse était ouverte, n'attendant plus qu'un cadavre.

Aussi, quand il se réveilla, le duc fit-il autant d'efforts pour se tenir éveillé qu'il en avait fait pour s'endormir; et lorsque La Ramée entra, il le trouva si pâle et si fatigué qu'il lui demanda s'il était malade.

— En effet, dit un des gardes qui avait couché dans la chambre et qui n'avait pas pu dormir à cause d'un mal de dents que lui avait donné l'humidité, Monseigneur a eu une nuit fort agitée et deux ou trois fois dans ses rêves, a appelé au secours.

— Qu'a donc Monseigneur? demanda La Ramée.

— Eh! c'est toi, imbécile, dit le duc, qui avec toutes tes billevesées d'évasion m'as rompu la tête hier, et qui es cause que j'ai rêvé que je me sauvais, et qu'en me sauvant je me cassais le cou.

La Ramée éclata de rire.

— Vous le voyez, Monseigneur, dit La Ramée, c'est un avertissement du ciel; aussi j'espère que Monseigneur ne commettra jamais de pareilles imprudences qu'en rêve.

— Et vous avez raison, mon cher La Ramée, dit le duc en essuyant la sueur qui coulait encore sur son front, tout éveillé qu'il était, je ne veux plus songer qu'à boire et à manger.

— Chut! dit La Ramée.

Et il éloigna les gardes les uns après les autres sous un prétexte quelconque.

— Eh bien? demanda le duc quand ils furent seuls.

— Eh bien! dit La Ramée, votre souper est commandé.

— Ah! fit le prince, et de quoi se composera-t-il? Voyons, Monsieur mon majordome.

— Monseigneur a promis de s'en rapporter à m

— Et il y aura un pâté?

— Je crois bien! Comme une tour.

— Fait par le successeur du père Marteau?

— Il est commandé.

— Et tu lui as dit que c'était pour moi?

— Je le lui ai dit.

— Et il a répondu?

— Qu'il ferait de son mieux pour contenter Votre Altesse.

— A la bonne heure! dit le duc en se frottant les mains.

— Peste! Monseigneur, dit La Ramée, comme vous mordez à la gourmandise! Je ne vous ai pas encore vu, depuis cinq ans, si joyeux visage qu'en ce moment.

Le duc vit qu'il n'avait point été assez maître de lui; mais à ce moment, comme s'il eût écouté à la porte et qu'il eût compris qu'une distraction aux idées de La Ramée était urgente, Grimaud entra et fit signe à La Ramée qu'il avait quelque chose à lui dire.

La Ramée s'approcha de Grimaud, qui lui parla tout bas.

Le duc se remit pendant ce temps.

— J'ai déjà défendu à cet homme, dit-il, de se présenter ici sans ma permission.

— Monseigneur, dit La Ramée, il faut lui pardonner, car c'est moi qui l'ai mandé.

— Et pourquoi l'avez-vous mandé, puisque vous savez qu'il me déplaît?

— Monseigneur se rappelle ce qui a été convenu, dit La Ramée, et qu'il doit nous servir à ce fameux souper. Monseigneur a oublié le souper.

— Non; mais j'avais oublié M. Grimaud.

— Monseigneur sait qu'il n'y a pas de souper sans lui.

— Allons donc, faites à votre guise.

— Approchez, mon garçon, dit La Ramée, et écoutez ce que je vais vous dire.

Grimaud s'approcha avec son visage le plus renfrogné.

La Ramée continua :

— Monseigneur me fait l'honneur de m'inviter à souper demain en tête à tête.

Grimaud fit un signe qui voulait dire qu'il ne voyait pas en quoi la chose pouvait le regarder.

— Si fait, si fait, dit La Ramée, la chose vous regarde, au contraire, car vous aurez l'honneur de nous servir, sans compter que, si bon appétit et si grande soif que nous ayons, il restera bien quelque chose au fond des plats et au fond des bouteilles, et que ce quelque chose sera pour vous.

Grimaud s'inclina en signe de remerciement.

— Et maintenant, Monseigneur, dit La Ramée, j'en demande pardon à Votre Altesse, il paraît que M. de Chavigny s'absente pour quelques jours, et avant son départ il me prévient qu'il a des ordres à me donner.

Le duc essaya d'échanger un regard avec Grimaud, mais l'œil de Grimaud était sans regard.

— Allez, dit le duc à La Ramée, et revenez le plus tôt possible.

— Monseigneur veut-il donc prendre sa revanche de la partie de paume d'hier ?

Grimaud fit un signe de tête imperceptible de haut en bas.

— Oui, dit le duc ; mais prenez garde, mon cher La Ramée, les jours se suivent et ne se ressemblent pas, de sorte qu'aujourd'hui je suis décidé à vous battre d'importance.

La Ramée sortit : Grimaud le suivit des yeux, sans que le reste de son corps déviât d'une ligne ; puis, lorsqu'il vit la porte refermée, il tira vivement de sa poche un crayon et un carré de papier.

— Écrivez, Monseigneur, lui dit-il.

— Et que faut-il que j'écrive ?

Grimaud fit un signe du doigt et dicta :

« Tout est prêt pour demain soir, tenez-vous sur vos
» gardes de sept à neuf heures, ayez deux chevaux de
» main tout prêts, nous descendrons par la première
» fenêtre de la galerie. »

— Après ? dit le duc.

— Après, Monseigneur ? reprit Grimaud étonné. Après signez.

— Et c'est tout ?

— Que voulez-vous de plus, Monseigneur? reprit Grimaud, qui était pour la plus austère concision.

Le duc signa.

— Maintenant, dit Grimaud, Monseigneur a-t-il perdu la balle?

— Quelle balle?

— Celle qui contenait la lettre.

— Non, j'ai pensé qu'elle pouvait nous être utile. La voici.

Et le duc prit la balle sous son oreiller et la présenta à Grimaud.

Grimaud sourit le plus agréablement qu'il lui fut possible.

— Eh bien? demanda le duc.

— Eh bien! Monseigneur, dit Grimaud, je recouds le papier dans la balle, en jouant à la paume vous envoyez la balle dans le fossé.

— Mais peut-être sera-t-elle perdue?

— Soyez tranquille, Monseigneur, il y aura quelqu'un pour la ramasser.

— Un jardinier? demanda le duc.

Grimaud fit signe que oui.

— Le même qu'hier?

Grimaud répéta son signe.

— Le comte de Rochefort, alors?

Grimaud fit trois fois signe que oui.

— Mais, voyons, dit le duc, donne-moi au moins quelques détails sur la manière dont nous devons fuir.

— Cela m'est défendu, dit Grimaud, avant le moment même de l'exécution.

— Quels sont ceux qui m'attendront de l'autre côté du fossé?

— Je n'en sais rien, Monseigneur.

— Mais, au moins, dis-moi ce que contiendra ce fameux pâté, si tu ne veux pas que je devienne fou.

— Monseigneur, dit Grimaud, il contiendra deux poignards, une corde à nœuds et une poire d'angoisse*.

— Bien, je comprends.

---

* La poire d'angoisse était un bâillon perfectionné; il avait la forme d'une poire, se fourrait dans la bouche, et à l'aide d'un ressort se dilatait de façon à distendre les mâchoires dans leur plus grande largeur. *(Note de l'édition originale.)*

— Monseigneur voit qu'il y en aura pour tout le monde.

— Nous prendrons pour nous les poignards et la corde, dit le duc.

— Et nous ferons manger la poire à La Ramée, répondit Grimaud.

— Mon cher Grimaud, dit le duc, tu ne parles pas souvent, mais quand tu parles, c'est une justice à te rendre, tu parles d'or.

XXII

Vers la même époque où ces projets d'évasion se tramaient entre le duc de Beaufort et Grimaud, deux hommes à cheval, suivis à quelques pas par un laquais, entraient dans Paris par la rue du Faubourg-Saint-Marcel. Ces deux hommes, c'étaient le comte de La Fère et le vicomte de Bragelonne.

C'était la première fois que le jeune homme venait à Paris, et Athos n'avait pas mis grande coquetterie en faveur de la capitale, son ancienne amie, en la lui montrant de ce côté. Certes, le dernier village de la Touraine était plus agréable à la vue que Paris vu sous la face avec laquelle il regarde Blois. Aussi faut-il le dire à la honte de cette ville tant vantée, elle produisit un médiocre effet sur le jeune homme.

Athos avait toujours son air insoucieux et serein.

Arrivé à Saint-Médard, Athos, qui servait dans ce grand labyrinthe de guide à son compagnon de voyage, prit la rue des Postes, puis celle de l'Estrapade, puis celle des Fossés-Saint-Michel, puis celle de Vaugirard. Parvenus à la rue Férou, les voyageurs s'y engagèrent. Vers la moitié de cette rue, Athos leva les yeux en souriant, et montrant une maison de bourgeoise apparence au jeune homme :

— Tenez, Raoul, lui dit-il, voici une maison où j'ai passé sept des plus douces et des plus cruelles années de ma vie.

Le jeune homme sourit à son tour et salua la maison. La piété de Raoul pour son protecteur se manifestait dans tous les actes de sa vie.

Quant à Athos, nous l'avons dit, Raoul était non seulement pour lui le centre, mais encore, moins ses anciens souvenirs de régiment, le seul objet de ses affections, et l'on comprend de quelle façon tendre et profonde cette fois pouvait aimer le cœur d'Athos.

Les deux voyageurs s'arrêtèrent rue du Vieux-Colombier, à l'enseigne du *Renard-Vert*. Athos connaissait la taverne de longue date, cent fois il y était venu avec ses amis; mais depuis vingt ans il s'était fait force changements dans l'hôtel, à commencer par les maîtres.

Les voyageurs remirent leurs chevaux aux mains des garçons, et comme c'étaient des animaux de noble race, ils recommandèrent qu'on en eût le plus grand soin, qu'on ne leur donnât que de la paille et de l'avoine, et qu'on leur lavât le poitrail et les jambes avec du vin tiède. Ils avaient fait vingt lieues dans la journée. Puis, s'étant occupés d'abord de leurs chevaux, comme doivent faire de vrais cavaliers, ils demandèrent ensuite deux chambres pour eux.

— Vous allez faire toilette, Raoul, dit Athos, je vous présente à quelqu'un.

— Aujourd'hui, Monsieur, demanda le jeune homme.

— Dans une demi-heure.

Le jeune homme salua.

Peut-être, moins infatigable qu'Athos, qui semblait de fer, eût-il préféré un bain dans cette rivière de Seine dont il avait tant entendu parler, et qu'il se promettait bien de trouver inférieure à la Loire, et son lit après; mais le comte de La Fère avait parlé, il ne songea qu'à obéir.

— A propos, dit Athos, soignez-vous, Raoul; je veux qu'on vous trouve beau.

— J'espère, Monsieur, dit le jeune homme en souriant, qu'il ne s'agit point de mariage. Vous savez mes engagements avec Louise.

Athos sourit à son tour.

— Non, soyez tranquille, dit-il, quoique ce soit à une femme que je vais vous présenter.

— Une femme? demanda Raoul.

— Oui, et je désire même que vous l'aimiez.

Le jeune homme regarda le comte avec une certaine inquiétude; mais au sourire d'Athos, il fut bien vite rassuré.

— Et quel âge a-t-elle? demanda le vicomte de Bragelonne.

— Mon cher Raoul, apprenez une fois pour toutes, dit Athos, que voilà une question qui ne se fait jamais. Quand vous pouvez lire son âge sur le visage d'une femme, il est inutile de le lui demander; quand vous ne le pouvez plus, c'est indiscret.

— Et est-elle belle?

— Il y a seize ans, elle passait non seulement pour la plus jolie, mais encore pour la plus gracieuse femme de France.

Cette réponse rassura complètement le vicomte. Athos ne pouvait avoir aucun projet sur lui et sur une femme qui passait pour la plus jolie et la plus gracieuse de France un an avant qu'il vînt au monde.

Il se retira donc dans sa chambre, et avec cette coquetterie qui va si bien à la jeunesse, il s'appliqua à suivre les instructions d'Athos, c'est-à-dire à se faire le plus beau qu'il lui était possible. Or c'était chose facile avec ce que la nature avait fait pour cela.

Lorsqu'il reparut, Athos le reçut avec ce sourire paternel dont autrefois il accueillait d'Artagnan, mais qui s'était empreint d'une plus profonde tendresse encore pour Raoul.

Athos jeta un regard sur ses pieds, sur ses mains et sur ses cheveux, ces trois signes de race. Ses cheveux noirs étaient élégamment partagés comme on les portait à cette époque et retombaient en boucles encadrant son visage au teint mat; des gants de daim grisâtres et qui s'harmonisaient avec son feutre dessinaient une main fine et élégante, tandis que ses bottes, de la même couleur que ses gants et son feutre, pressaient un pied qui semblait être celui d'un enfant de dix ans.

— Allons, murmura-t-il, si elle n'est pas fière de lui, elle sera bien difficile.

Il était trois heures de l'après-midi, c'est-à-dire l'heure convenable aux visites. Les deux voyageurs s'acheminèrent par la rue de Grenelle, prirent la rue des Rosiers, entrèrent dans la rue Saint-Dominique, et s'arrêtèrent devant un magnifique hôtel situé en face des Jacobins, et que surmontaient les armes de Luynes .

— C'est ici, dit Athos.

Il entra dans l'hôtel de ce pas ferme et assuré qui indique au suisse que celui qui entre a le droit d'en agir ainsi. Il monta le perron, et, s'adressant à un laquais qui attendait en grande livrée, il demanda si Mme la duchesse de Chevreuse était visible et si elle pouvait recevoir M. le comte de La Fère.

Un instant après le laquais rentra, et dit que, quoique Mme la duchesse de Chevreuse n'eût pas l'honneur de connaître M. le comte de La Fère, elle le priait de vouloir bien entrer.

Athos suivit le laquais qui lui fit traverser une longue file d'appartements et s'arrêta enfin devant une porte fermée. On était dans un salon. Athos fit signe au vicomte de Bragelonne de s'arrêter là où il était.

Le laquais ouvrit et annonça M. le comte de La Fère.

Mme de Chevreuse, dont nous avons si souvent parlé dans notre histoire des *Trois Mousquetaires* sans avoir eu l'occasion de la mettre en scène, passait encore pour une fort belle femme. En effet, quoiqu'elle eût à cette époque déjà quarante-quatre ou quarante-cinq ans, à peine en paraissait-elle trente-huit ou trente-neuf; elle avait toujours ses beaux cheveux blonds, ses grands yeux vifs et intelligents que l'intrigue avait si souvent ouverts et l'amour si souvent fermés, et sa taille de nymphe, qui faisait que lorsqu'on la voyait par-derrière elle semblait toujours être la jeune fille qui sautait avec Anne d'Autriche ce fossé des Tuileries qui priva, en 1633, la couronne de France d'un héritier.

Au reste, c'était toujours la même folle créature qui a jeté sur ses amours un tel cachet d'originalité, que ses amours sont presque devenues une illustration pour sa famille.

Elle était dans un petit boudoir dont la fenêtre donnait sur le jardin. Ce boudoir, selon la mode qu'en avait fait venir Mme de Rambouillet en bâtissant son hôtel, était tendu d'une espèce de damas bleu à fleurs roses et à feuillage d'or. Il y avait une grande coquetterie à une femme de l'âge de Mme de Chevreuse à rester dans un pareil boudoir, et surtout comme elle était en ce moment, c'est-à-dire couchée sur une chaise longue et la tête appuyée à la tapisserie.

Elle tenait à la main un livre entrouvert et avait un coussin pour soutenir le bras qui tenait ce livre.

A l'annonce du laquais, elle se souleva un peu et avança curieusement la tête.

Athos parut.

Il était vêtu de velours violet avec des passementeries pareilles; les aiguillettes étaient d'argent bruni, son manteau n'avait aucune broderie d'or, et une simple plume violette enveloppait son feutre noir.

Il avait aux pieds des bottes de cuir noir, et à son

ceinturon verni pendait cette épée à la poignée magnifique que Porthos avait si souvent admirée rue Férou, mais qu'Athos n'avait jamais voulu lui prêter. De splendides dentelles formaient le col rabattu de sa chemise; des dentelles retombaient aussi sur les revers de ses bottes.

Il y avait dans toute la personne de celui qu'on venait d'annoncer ainsi sous un nom complètement inconnu à Mme de Chevreuse un tel air de gentilhomme de haut lieu, qu'elle se souleva à demi, et lui fit gracieusement signe de prendre un siège auprès d'elle.

Athos salua et obéit. Le laquais allait se retirer, lorsque Athos fit un signe qui le retint.

— Madame, dit-il à la duchesse, j'ai eu cette audace de me présenter à votre hôtel sans être connu de vous; elle m'a réussi, puisque vous avez daigné me recevoir. J'ai maintenant celle de vous demander une demi-heure d'entretien.

— Je vous l'accorde, Monsieur, répondit Mme de Chevreuse avec son plus gracieux sourire.

— Mais ce n'est pas tout, Madame. Oh! je suis un grand ambitieux, je le sais! L'entretien que je vous demande est un entretien de tête à tête, et dans lequel j'aurais un bien vif désir de ne pas être interrompu.

— Je n'y suis pour personne, dit la duchesse de Chevreuse au laquais. Allez.

Le laquais sortit.

Il se fit un instant de silence, pendant lequel ces deux personnages, qui se reconnaissaient si bien à la première vue pour être de haute race, s'examinèrent sans aucun embarras de part ni d'autre.

La duchesse de Chevreuse rompit la première le silence.

— Eh bien! Monsieur, dit-elle en souriant, ne voyez-vous pas que j'attends avec impatience?

— Et moi, Madame, répondit Athos, je regarde avec admiration.

— Monsieur, dit Mme de Chevreuse, il faut m'excuser car j'ai hâte de savoir à qui je parle. Vous êtes homme de cour, c'est incontestable, et cependant je ne vous ai jamais vu à la cour. Sortez-vous de la Bastille par hasard?

— Non, Madame, répondit en souriant Athos, mais peut-être suis-je sur le chemin qui y mène.

— Ah! en ce cas, dites-moi vite qui vous êtes et allez-vous-en, répondit la duchesse de ce ton enjoué qui avait un si grand charme chez elle, car je suis déjà bien assez compromise comme cela, sans me compromettre encore davantage.

— Qui je suis, Madame? On vous a dit mon nom, le comte de La Fère. Ce nom, vous ne l'avez jamais su. Autrefois j'en portais un autre que vous avez su peut-être, mais que vous avez certainement oublié.

— Dites toujours, Monsieur.

— Autrefois, dit le comte de La Fère, je m'appelais Athos.

Mme de Chevreuse ouvrit de grands yeux étonnés. Il était évident, comme le lui avait dit le comte, que ce nom n'était pas tout à fait effacé de sa mémoire, quoiqu'il y fût fort confondu parmi d'anciens souvenirs.

— Athos? dit-elle, attendez donc!...

Et elle posa ses deux mains sur son front comme pour forcer les mille idées fugitives qu'il contenait à se fixer un instant pour lui laisser voir clair dans leur troupe brillante et diaprée.

— Voulez-vous que je vous aide, Madame? dit en souriant Athos.

— Mais oui, dit la duchesse, déjà fatiguée de chercher, vous me ferez plaisir.

— Cet Athos était lié avec trois jeunes mousquetaires qui se nommaient d'Artagnan, Porthos, et...

Athos s'arrêta.

— Et Aramis, dit vivement la duchesse.

— Et Aramis, c'est cela, reprit Athos; vous n'avez donc pas tout à fait oublié ce nom?

— Non, dit-elle, non; pauvre Aramis! C'était un charmant gentilhomme, élégant, discret et faisant de jolis vers; je crois qu'il a mal tourné, ajouta-t-elle.

— Au plus mal: il s'est fait abbé.

— Ah! quel malheur! dit Mme de Chevreuse jouant négligemment avec son éventail. En vérité, Monsieur, je vous remercie.

— De quoi, Madame?

— De m'avoir rappelé ce souvenir, qui est un des souvenirs agréables de ma jeunesse.

— Me permettrez-vous alors, dit Athos, de vous en rappeler un second?

— Qui se rattache à celui-là ?

— Oui et non.

— Ma foi, dit Mme de Chevreuse, dites toujours ; d'un homme comme vous je risque tout.

Athos salua.

— Aramis, continua-t-il, était lié avec une jeune lingère de Tours.

— Une jeune lingère de Tours ? dit Mme de Chevreuse.

— Oui, une cousine à lui, qu'on appelait Marie Michon.

— Ah ! je la connais, s'écria Mme de Chevreuse, c'est celle à laquelle il écrivait du siège de La Rochelle pour la prévenir d'un complot qui se tramait contre ce pauvre Buckingham .

— Justement, dit Athos ; voulez-vous bien me permettre de vous parler d'elle ?

Mme de Chevreuse regarda Athos.

— Oui, dit-elle, pourvu que vous n'en disiez pas trop de mal.

— Je serais un ingrat, dit Athos, et je regarde l'ingratitude, non pas comme un défaut ou un crime, mais comme un vice, ce qui est bien pis.

— Vous, ingrat envers Marie Michon, Monsieur ? dit Mme de Chevreuse essayant de lire dans les yeux d'Athos. Mais comment cela pourrait-il être ? Vous ne l'avez jamais connue personnellement.

— Eh ! Madame, qui sait ? reprit Athos. Il y a un proverbe populaire qui dit qu'il n'y a que les montagnes qui ne se rencontrent pas, et les proverbes populaires sont quelquefois d'une justesse incroyable.

— Oh ! continuez, Monsieur, continuez ! dit vivement Mme de Chevreuse ; car vous ne pouvez vous faire une idée combien cette conversation m'amuse.

— Vous m'encouragez, dit Athos ; je vais donc poursuivre. Cette cousine d'Aramis, cette Marie Michon, cette jeune lingère enfin, malgré sa condition vulgaire, avait les plus hautes connaissances ; elle appelait les plus grandes dames de la cour ses amies, et la reine, toute fière qu'elle est, en sa double qualité d'Autrichienne et d'Espagnole, l'appelait sa sœur.

— Hélas ! dit Mme de Chevreuse, avec un léger soupir et un petit mouvement de sourcils qui n'appar-

tenait qu'à elle, les choses sont bien changées depuis
ce temps-là.

— Et la reine avait raison, continua Athos, car elle
lui était fort dévouée, dévouée au point de lui servir
d'intermédiaire avec son frère le roi d'Espagne.

— Ce qui, reprit la duchesse, lui est imputé aujour-
d'hui à grand crime.

— Si bien, continua Athos, que le cardinal, le vrai
cardinal, l'autre, résolut un beau matin de faire arrêter
la pauvre Marie Michon et de la faire conduire au château de Loches . Heureusement que la chose ne put se
faire si secrètement qu'elle ne transpirât; le cas était
prévu : si Marie Michon était menacée de quelque
danger, la reine devait lui faire parvenir un livre d'heures
relié en velours vert.

— C'est cela, Monsieur! vous êtes bien instruit.

— Un matin, le livre vert arriva apporté par le prince
de Marcillac . Il n'y avait pas de temps à perdre. Par
bonheur, Marie Michon et une suivante qu'elle avait,
nommée Ketty, portaient admirablement les habits
d'homme. Le prince leur procura, à Marie Michon un
habit de cavalier, à Ketty un habit de laquais, leur remit
deux excellents chevaux, et les deux fugitives quittèrent
rapidement Tours, se dirigeant vers l'Espagne, tremblant
au moindre bruit, suivant les chemins détournés, parce
qu'elles n'osaient suivre les grandes routes, et demandant
l'hospitalité quand elles ne trouvaient pas d'auberge.

— Mais, en vérité, c'est que c'est cela tout à fait!
s'écria Mme de Chevreuse en frappant ses mains l'une
dans l'autre. Il serait vraiment curieux...

Elle s'arrêta.

— Que je suivisse les deux fugitives jusqu'au bout
de leur voyage? dit Athos. Non, Madame, je n'abuserai
pas ainsi de vos moments, et nous ne les accompagne-
rons que jusqu'à un petit village du Limousin situé
entre Tulle et Angoulême, un petit village que l'on
nomme Roche-l'Abeille .

Mme de Chevreuse jeta un cri de surprise et regarda
Athos avec une expression d'étonnât qui fit sourire
l'ancien mousquetaire.

— Attendez, Madame, continua Athos, car ce qu'il
me reste à vous dire est bien autrement étrange que ce
que je vous ai dit.

— Monsieur, dit Mme de Chevreuse, je vous tiens pour sorcier, je m'attends à tout; mais en vérité… n'importe, allez toujours.

— Cette fois, la journée avait été longue et fatigante; il faisait froid; c'était le 11 octobre ; ce village ne présentait ni auberge ni château, les maisons des paysans étaient pauvres et sales. Marie Michon était une personne fort aristocrate; comme la reine sa sœur, elle était habituée aux bonnes odeurs et au linge fin; elle résolut donc de demander l'hospitalité au presbytère.

Athos fit une pause.

— Oh! continuez, dit la duchesse, je vous ai prévenu que je m'attendais à tout.

— Les deux voyageuses frappèrent à la porte; il était tard; le prêtre, qui était couché, leur cria d'entrer; elles entrèrent, car la porte n'était point fermée. La confiance est grande dans les villages. Une lampe brûlait dans la chambre où était le prêtre. Marie Michon, qui faisait bien le plus charmant cavalier de la terre, poussa la porte, passa la tête et demanda l'hospitalité.

« — Volontiers, mon jeune cavalier, dit le prêtre, » si vous voulez vous contenter des restes de mon souper » et de la moitié de ma chambre.

« Les deux voyageuses se consultèrent un instant; le prêtre les entendit éclater de rire, puis le maître ou plutôt la maîtresse répondit.

« — Merci, Monsieur le curé, j'accepte.

« — Alors, soupez et faites le moins de bruit pos- » sible, répondit le prêtre, car moi aussi j'ai couru » toute la journée et ne serais pas fâché de dormir cette » nuit. »

Mme de Chevreuse marchait évidemment de surprise en étonnement et d'étonnement en stupéfaction; sa figure en regardant Athos, avait pris une expression impossible à rendre; on voyait qu'elle eût voulu parler, et cependant elle se taisait, de peur de perdre une des paroles de son interlocuteur.

— Après? dit-elle.

— Après? dit Athos. Ah! voilà justement le plus difficile.

— Dites, dites, dites! On peut tout me dire à moi. D'ailleurs cela ne me regarde pas, et c'est l'affaire de Mlle Marie Michon.

— Ah! c'est juste, dit Athos. Eh bien! donc, Marie
Michon soupa avec sa suivante, et, après avoir soupé,
selon la permission qui lui avait été donnée, elle rentra
dans la chambre où reposait son hôte, tandis que Ketty
s'accommodait sur un fauteuil dans la première pièce,
c'est-à-dire dans celle où l'on avait soupé.

— En vérité, Monsieur, dit Mme de Chevreuse, à
moins que vous ne soyez le démon en personne, je ne
sais pas comment vous pouvez connaître tous ces
détails.

— C'était une charmante femme que cette Marie
Michon, reprit Athos, une de ces folles créatures à qui
passent sans cesse dans l'esprit les idées les plus étranges,
un de ces êtres nés pour nous damner tous tant que nous
sommes. Or, en pensant que son hôte était prêtre, il
vint à l'esprit de la coquette que ce serait un joyeux
souvenir pour sa vieillesse, au milieu de tant de souvenirs
joyeux qu'elle avait déjà, que celui d'avoir damné un
abbé.

— Comte, dit la duchesse, ma parole d'honneur,
vous m'épouvantez!

— Hélas! reprit Athos, le pauvre abbé n'était pas un
saint Ambroise , et, je le répète, Marie Michon était une
adorable créature.

— Monsieur, s'écria la duchesse en saisissant les
mains d'Athos, dites-moi tout de suite comment vous
savez tous ces détails, ou je fais venir un moine du couvent des Vieux-Augustins et je vous exorcise.

Athos se mit à rire.

— Rien de plus facile, Madame. Un cavalier, qui lui-
même était chargé d'une mission importante, était venu
demander une heure avant vous l'hospitalité au presbytère et cela au moment même où le curé, appelé auprès
d'un mourant, quittait non seulement sa maison, mais
le village pour toute la nuit. Alors l'homme de Dieu,
plein de confiance dans son hôte, qui d'ailleurs était
gentilhomme, lui avait abandonné maison, souper et
chambre. C'était donc à l'hôte du bon abbé, et non à
l'abbé lui-même, que Marie Michon était venue demander l'hospitalité.

— Et ce cavalier, cet hôte, ce gentilhomme arrivé
avant elle?

— C'était moi, le comte de La Fère, dit Athos en se

levant et en saluant respectueusement la duchesse de Chevreuse.

La duchesse resta un moment stupéfaite, puis tout à coup éclatant de rire :

— Ah! ma foi! dit-elle, c'est fort drôle, et cette folle de Marie Michon a trouvé mieux qu'elle n'espérait. Asseyez-vous, cher comte, et reprenez votre récit.

— Maintenant, il me reste à m'accuser, Madame. Je vous l'ai dit, moi-même je voyageais pour une mission pressée : dès le point du jour, je sortis de la chambre, sans bruit, laissant dormir mon charmant compagnon de gîte. Dans la première pièce dormait aussi, la tête renversée sur un fauteuil, la suivante, en tout digne de la maîtresse. Sa jolie figure me frappa; je m'approchai et je reconnus cette petite Ketty, que notre ami Aramis avait placée auprès d'elle. Ce fut ainsi que je sus que la charmante voyageuse était...

— Marie Michon! dit vivement Mme de Chevreuse.

— Marie Michon, reprit Athos. Alors je sortis de la maison, j'allai à l'écurie, je trouvai mon cheval sellé et mon laquais prêt; nous partîmes.

— Et vous n'êtes jamais repassé par ce village? demanda vivement Mme de Chevreuse.

— Un an après, Madame.

— Eh bien?

— Eh bien! je voulus revoir le bon curé. Je le trouvai fort préoccupé d'un événement auquel il ne comprenait rien. Il avait, huit jours auparavant, reçu dans une barcelonnette un charmant petit garçon de trois mois avec une bourse pleine d'or et un billet contenant ces simples mots : « 11 octobre 1633. »

— C'était la date de cette étrange aventure, reprit Mme de Chevreuse.

— Oui, mais il n'y comprenait rien, sinon qu'il avait passé cette nuit-là près d'un mourant, car Marie Michon avait quitté elle-même le presbytère avant qu'il y fût de retour.

— Vous savez, Monsieur, que Marie Michon, lorsqu'elle revint en France, en 1643 , fit redemander à l'instant même des nouvelles de cet enfant; car, fugitive, elle ne pouvait le garder; mais, revenue à Paris, elle voulait le faire élever près d'elle.

— Et que lui dit l'abbé? demanda à son tour Athos.

— Qu'un seigneur qu'il ne connaissait pas avait bien voulu s'en charger, avait répondu de son avenir, et l'avait emporté avec lui.

— C'était la vérité.

— Ah! je comprends alors! Ce seigneur, c'était vous, c'était son père!

— Chut! ne parlez pas si haut, Madame; il est là.

— Il est là! s'écria Mme de Chevreuse se levant vivement; il est là, mon fils, le fils de Marie Michon est là! Mais je veux le voir à l'instant!

— Faites attention, Madame, qu'il ne connaît ni son père ni sa mère, interrompit Athos.

— Vous avez gardé le secret, et vous me l'amenez ainsi, pensant que vous me rendrez bien heureuse. Oh! merci, merci, Monsieur! s'écria Mme de Chevreuse en saisissant sa main, qu'elle essaya de porter à ses lèvres; merci! Vous êtes un noble cœur.

— Je vous l'amène, dit Athos en retirant sa main, pour qu'à votre tour vous fassiez quelque chose pour lui, Madame. Jusqu'à présent j'ai veillé sur son éducation, et j'en ai fait, je le crois, un gentilhomme accompli; mais le moment est venu où je me trouve de nouveau forcé de reprendre la vie errante et dangereuse d'homme de parti. Dès demain je me jette dans une affaire aventureuse où je puis être tué; alors il n'aura plus que vous pour le pousser dans le monde, où il est appelé à tenir une place.

— Oh! soyez tranquille! s'écria la duchesse. Malheureusement j'ai peu de crédit à cette heure, mais ce qu'il m'en reste est à lui; quant à sa fortune et à son titre...

— De ceci, ne vous inquiétez point, Madame, je lui ai substitué la terre de Bragelonne, que je tiens d'héritage, laquelle lui donne le titre de vicomte et dix mille livres de rente.

— Sur mon âme, Monsieur, dit la duchesse, vous êtes un vrai gentilhomme! Mais j'ai hâte de voir notre jeune vicomte. Où est-il donc?

— Là, dans le salon; je vais le faire venir, si vous le voulez bien.

Athos fit un mouvement vers la porte. Mme de Chevreuse l'arrêta.

— Est-il beau? demanda-t-elle.

Athos sourit.

—— Il ressemble à sa mère, dit-il.

En même temps il ouvrit la porte et fit signe au jeune homme, qui apparut sur le seuil.

Mme de Chevreuse ne put s'empêcher de jeter un cri de joie en apercevant un si charmant cavalier, qui dépassait toutes les espérances que son orgueil avait pu concevoir.

— Vicomte, approchez-vous, dit Athos, Mme la duchesse de Chevreuse permet que vous lui baisiez la main.

Le jeune homme s'approcha avec son charmant sourire et, la tête découverte, mit un genou en terre et baisa la main de Mme de Chevreuse.

— Monsieur le comte, dit-il en se retournant vers Athos, n'est-ce pas pour ménager ma timidité que vous m'avez dit que Madame était la duchesse de Chevreuse, et n'est-ce pas plutôt la reine?

— Non, vicomte, dit Mme de Chevreuse en lui prenant la main à son tour, en le faisant asseoir auprès d'elle et en le regardant avec des yeux brillants de plaisir. Non, malheureusement, je ne suis point la reine, car si je l'étais, je ferais à l'instant même pour vous tout ce que vous méritez; mais, voyons, telle que je suis, ajouta-t-elle en se retenant à peine d'appuyer ses lèvres sur son front si pur, voyons, quelle carrière désirez-vous embrasser?

Athos, debout, les regardait tous deux avec une expression d'indicible bonheur.

— Mais, Madame, dit le jeune homme avec sa voix douce et sonore à la fois, il me semble qu'il n'y a qu'une carrière pour un gentilhomme, c'est celle des armes. Monsieur le comte m'a élevé avec l'intention, je crois, de faire de moi un soldat, et il m'a laissé espérer qu'il me présenterait à Paris à quelqu'un qui pourrait me recommander peut-être à M. le prince.

— Oui, je comprends, il va bien à un jeune soldat comme vous de servir sous un général comme lui; mais voyons, attendez... personnellement je suis assez mal avec lui, à cause des querelles de Mme de Montbazon, ma belle-mère, avec Mme de Longueville; mais par le prince de Marcillac... Eh! vraiment, tenez, comte, c'est cela! M. le prince de Marcillac est un ancien ami à moi; il recommandera notre jeune ami à Mme de Longueville, laquelle lui donnera une lettre pour son frère, M. le

prince, qui l'aime trop tendrement pour ne pas faire
à l'instant même pour lui tout ce qu'elle lui demandera.

— Eh bien! voilà qui va à merveille, dit le comte.
Seulement, oserai-je maintenant vous recommander la
plus grande diligence? J'ai des raisons pour désirer que
le vicomte ne soit plus demain soir à Paris.

— Désirez-vous que l'on sache que vous vous inté-
ressez à lui, Monsieur le comte?

— Mieux vaudrait peut-être pour son avenir que l'on
ignorât qu'il m'ait jamais connu.

— Oh! Monsieur! s'écria le jeune homme.

— Vous savez, Bragelonne, dit le comte, que je ne
fais jamais rien sans raison.

— Oui, Monsieur, répondit le jeune homme, je sais
que la suprême sagesse est en vous, et je vous obéirai
comme j'ai l'habitude de le faire.

— Eh bien! comte, laissez-le-moi, dit la duchesse;
je vais envoyer chercher le prince de Marcillac, qui par
bonheur est à Paris en ce moment, et je ne le quitterai
pas que l'affaire ne soit terminée.

— C'est bien, Madame la duchesse, mille grâces. J'ai
moi-même plusieurs courses à faire aujourd'hui, et à
mon retour, c'est-à-dire vers les six heures du soir, j'attendrai le vicomte à l'hôtel.

— Que faites-vous, ce soir?

— Nous allons chez l'abbé Scarron, pour lequel j'ai
une lettre, et chez qui je dois rencontrer un de mes amis.

— C'est bien, dit la duchesse de Chevreuse, j'y passerai moi-même un instant, ne quittez donc pas ce salon
que vous ne m'ayez vue.

Athos salua Mme de Chevreuse et s'apprêta à sortir.

— Eh bien, Monsieur le comte, dit en riant la duchesse, quitte-t-on si sérieusement ses anciens amis?

— Ah! murmura Athos en lui baisant la main, si
j'avais su plus tôt que Marie Michon fût une si charmante créature!...

Et il se retira en soupirant.

XXIII

L'ABBÉ SCARRON

Il y avait, rue des Tournelles , un logis que connaissaient tous les porteurs de chaises et tous les laquais de Paris, et cependant ce logis n'était ni celui d'un grand seigneur ni celui d'un financier. On n'y mangeait pas, on n'y jouait jamais, on n'y dansait guère.

Cependant, c'était le rendez-vous du beau monde, et tout Paris y allait.

Ce logis était celui du petit Scarron.

On y riait tant, chez ce spirituel abbé; on y débitait tant de nouvelles; ces nouvelles étaient si vite commentées, déchiquetées et transformées, soit en contes, soit en épigrammes, que chacun voulait aller passer une heure avec le petit Scarron, entendre ce qu'il disait et reporter ailleurs ce qu'il avait dit. Beaucoup brûlaient aussi d'y placer leur mot, et, s'il était drôle, ils étaient eux-mêmes les bienvenus.

Le petit abbé Scarron, qui n'était au reste abbé que parce qu'il possédait une abbaye, et non point du tout parce qu'il était dans les ordres, avait été autrefois un des plus coquets prébendiers de la ville du Mans, qu'il habitait. Or, un jour de carnaval, il avait voulu réjouir outre mesure cette bonne ville dont il était l'âme; il s'était donc fait frotter de miel par son valet; puis, ayant ouvert un lit de plume, il s'était roulé dedans, de sorte qu'il était devenu le plus grotesque volatile qu'il fût possible de voir. Il avait commencé alors à faire des visites à ses amis et amies dans cet étrange costume; on avait commencé par le suivre avec ébahissement, puis avec des huées, puis les crocheteurs l'avaient insulté, puis les enfants lui avaient jeté des pierres, puis enfin il avait été obligé de prendre la fuite pour échapper aux projectiles. Du moment où il avait fui, tout le monde l'avait poursuivi; pressé, traqué, relancé de tous côtés, Scarron n'avait trouvé d'autre moyen d'échapper à son escorte qu'en se jetant à la rivière. Il nageait comme un poisson, mais l'eau était glacée. Scarron était en sueur, le froid le saisit, et en atteignant l'autre rive, il était perclus.

On avait alors essayé, par tous les moyens connus, de lui rendre l'usage de ses membres; on l'avait tant fait souffrir du traitement, qu'il avait renvoyé tous les médecins en déclarant qu'il préférait de beaucoup la maladie; puis il était revenu à Paris, où déjà sa réputation d'homme d'esprit était établie. Là il s'était fait confectionner une chaise de son invention; et comme un jour, dans cette chaise, il faisait une visite à la reine Anne d'Autriche celle-ci, charmée de son esprit, lui avait demandé s'il ne désirait pas quelque titre.

— Oui, Votre Majesté, il en est un que j'ambitionne fort, avait répondu Scarron.

— Et lequel? avait demandé Anne d'Autriche.

— Celui de votre malade, répondit l'abbé.

Et Scarron avait été nommé *malade de la reine* avec une pension de quinze cents livres.

A partir de ce moment, n'ayant plus d'inquiétude sur l'avenir, Scarron avait mené joyeuse vie, mangeant le fonds et le revenu.

Un jour cependant un émissaire du cardinal lui avait donné à entendre qu'il avait tort de recevoir M. le coadjuteur.

— Et pourquoi cela? avait demandé Scarron, n'est-ce donc point un homme de naissance?

— Si fait, pardieu!

— Aimable?

— Incontestablement.

— Spirituel?

— Il n'a malheureusement que trop d'esprit.

— Eh bien! alors, avait répondu Scarron, pourquoi voulez-vous que je cesse de voir un pareil homme?

— Parce qu'il pense mal.

— Vraiment? Et de qui?

— Du cardinal.

— Comment! avait dit Scarron, je continue bien de voir M. Gilles Despréaux , qui pense mal de moi, et vous voulez que je cesse de voir M. le coadjuteur parce qu'il pense mal d'un autre? impossible!

La conversation en était restée là, et Scarron, par esprit de contrariété, n'en avait vu que plus souvent M. de Gondy.

Or, le matin du jour où nous sommes arrivés, et qui était le jour d'échéance de son trimestre, Scarron, comme c'était son habitude, avait envoyé son laquais avec son reçu pour toucher son trimestre à la caisse des pensions; mais il lui avait été répondu « que l'État n'avait plus d'argent pour M. l'abbé Scarron. »

Lorsque le laquais apporta cette réponse à Scarron, il avait près de lui M. le duc de Longueville, qui offrait de lui donner une pension double de celle que le Mazarin lui supprimait; mais le rusé goutteux n'avait garde d'accepter. Il fit si bien qu'à quatre heures de l'après-midi toute la ville savait le refus du cardinal. Justement c'était jeudi, jour de réception chez l'abbé; on y vint en foule, et l'on fronda d'une manière enragée par toute la ville.

Athos rencontra dans la rue Saint-Honoré deux gentilshommes qu'il ne connaissait pas, à cheval comme lui, suivis d'un laquais comme lui, et faisant le même chemin que lui. L'un des deux mit le chapeau à la main et lui dit :

— Croyez-vous bien, Monsieur, que ce pleutre de Mazarin a supprimé la pension au pauvre Scarron !

— Cela est extravagant, dit Athos en saluant à son tour les deux cavaliers.

— On voit que vous êtes honnête homme, Monsieur, répondit le même seigneur qui avait déjà adressé la parole à Athos, et ce Mazarin est un véritable fléau.

— Hélas! Monsieur, répondit Athos, à qui le dites-vous.

Et ils se séparèrent avec force politesses.

— Cela tombe bien que nous devions y aller ce soir, dit Athos au vicomte; nous ferons notre compliment à ce pauvre homme.

— Mais qu'est-ce donc que M. Scarron, qui met ainsi en émoi tout Paris ? demanda Raoul; est-ce quelque ministre disgracié ?

— Oh! mon Dieu! non, vicomte, répondit Athos, c'est tout bonnement un petit gentilhomme de grand esprit qui sera tombé dans la disgrâce du cardinal pour avoir fait quelque quatrain contre lui.

— Est-ce que les gentilshommes font des vers ? demanda naïvement Raoul, je croyais que c'était déroger.

— Oui, mon cher vicomte, répondit Athos en riant,

quand on les fait mauvais; mais quand on les fait bons,
cela illustre encore. Voyez M. de Rotrou . Cependant,
continua Athos du ton dont on donne un conseil salutaire, je crois qu'il vaut mieux ne pas en faire.

— Et alors, demanda Raoul, ce M. Scarron est poète ?

— Oui, vous voilà prévenu, vicomte; faites bien
attention à vous dans cette maison; ne parlez que par
gestes, ou plutôt, écoutez toujours.

— Oui, Monsieur, répondit Raoul.

— Vous me verrez causant beaucoup avec un gentilhomme de mes amis : ce sera l'abbé d'Herblay, dont vous
m'avez souvent entendu parler.

— Je me le rappelle, Monsieur.

— Approchez-vous quelquefois de nous comme
pour nous parler, mais ne nous parlez pas, n'écoutez pas
non plus. Ce jeu servira pour que les importuns ne nous
dérangent pas.

— Fort bien, Monsieur, et je vous obéirai de point
en point.

Athos alla faire deux visites dans Paris. Puis, à sept
heures, ils se dirigèrent vers la rue des Tournelles. La
rue était obstruée par les porteurs, les chevaux et les
valets de pied. Athos se fit faire passage et entra suivi
du jeune homme. La première personne qui le frappa en
entrant fut Aramis. Installé dans un fauteuil à roulettes,
fort large, recouvert d'un dais en tapisserie, sous lequel
s'agitait, enveloppé dans une couverture de brocart,
une petite figure assez jeune, assez rieuse, mais parfois
pâlissante, sans que ses yeux cessassent néanmoins d'exprimer un sentiment vif, spirituel ou gracieux : c'était
l'abbé Scarron, toujours riant, raillant, complimentant,
souffrant et se grattant avec une petite baguette.

Autour de cette espèce de tente roulante, s'empressait
une foule de gentilshommes et de dames. La chambre
était fort propre et convenablement meublée. De grandes
pentes de soies brochées de fleurs qui avaient été autrefois de couleurs vives, et qui pour le moment étaient
un peu passées, tombaient de larges fenêtres, la tapisserie était modeste, mais de bon goût. Deux laquais fort
polis et dressés aux bonnes manières faisaient le service
avec distinction.

En apercevant Athos, Aramis s'avança vers lui, le
prit par la main et le présenta à Scarron, qui témoigna

autant de plaisir que de respect pour le nouvel hôte, et fit un compliment très spirituel pour le vicomte. Raoul resta interdit, car il ne s'était pas préparé à la majesté du bel esprit. Toutefois il salua avec beaucoup de grâce. Athos reçut ensuite les compliments de deux ou trois seigneurs auxquels le présenta Aramis; puis le tumulte de son entrée s'effaça peu à peu, et la conversation devint générale.

Au bout de quatre ou cinq minutes, que Raoul employa à se remettre et à prendre topographiquement connaissance de l'assemblée, la porte se rouvrit, et un laquais annonça Mlle Paulet .

Athos toucha de la main l'épaule du vicomte.

— Regardez cette femme, Raoul, dit-il, car c'est un personnage historique; c'est chez elle que se rendait le roi Henri IV lorsqu'il fut assassiné.

Raoul tressaillit; à chaque instant, depuis quelques jours, se levait pour lui quelque rideau qui lui découvrait un aspect héroïque : cette femme, encore jeune et encore belle, qui entrait, avait connu Henri IV et lui avait parlé.

Chacun s'empressa auprès de la nouvelle venue, car elle était toujours fort à la mode. C'était une grande personne à taille fine et onduleuse, avec une forêt de cheveux dorés, comme Raphaël les affectionnait et comme Titien en a mis à toutes ses Madeleines. Cette couleur fauve, ou peut-être aussi la royauté qu'elle avait conquise sur les autres femmes, l'avait fait surnommer la Lionne.

Nos belles dames d'aujourd'hui qui visent à ce titre fashionable sauront donc qu'il leur vient, non pas d'Angleterre, comme elles le croyaient peut-être, mais de leur belle et spirituelle compatriote Mlle Paulet.

Mlle Paulet alla droit à Scarron, au milieu du murmure qui de toutes parts s'éleva à son arrivée.

— Eh bien, mon cher abbé! dit-elle de sa voix tranquille, vous voilà donc pauvre ? Nous avons appris cela cet après-midi, chez Mme de Rambouillet; c'est M. de Grasse qui nous l'a dit.

— Oui, mais l'État est riche maintenant, dit Scarron; il faut savoir se sacrifier à son pays.

— M. le cardinal va s'acheter pour quinze cents livres de plus de pommades et de parfums par an, dit un frondeur qu'Athos reconnut pour le gentilhomme qu'il avait rencontré rue Saint-Honoré.

— Mais la Muse, que dira-t-elle, répondit Aramis de sa voix mielleuse; la Muse qui a besoin de la médiocrité dorée? Car enfin :

Si Virgilio puer aut tolerabile desit
Hospitium, caderent omnes a crinibus hydri.

— Bon! dit Scarron en tendant la main à Mlle Paulet; mais si je n'ai plus mon hydre, il me reste au moins ma lionne.

Tous les mots de Scarron paraissaient exquis ce soir-là. C'est le privilège de la persécution. M. Ménage en fit des bonds d'enthousiasme.

Mlle Paulet alla prendre sa place accoutumée; mais, avant de s'asseoir, elle promena du haut de sa grandeur un regard de reine sur toute l'assemblée, et ses yeux s'arrêtèrent sur Raoul.

Athos sourit.

— Vous avez été remarqué par Mlle Paulet, vicomte; allez la saluer. Donnez-vous pour ce que vous êtes, pour un franc provincial; mais ne vous avisez pas de lui parler de Henri IV.

Le vicomte s'approcha en rougissant de la Lionne, et on le confondit bientôt avec tous les seigneurs qui entouraient la chaise.

Cela faisait déjà deux groupes bien distincts : celui qui entourait M. Ménage, et celui qui entourait Mlle Paulet; Scarron courait de l'un à l'autre, manœuvrant son fauteuil à roulettes au milieu de tout ce monde avec autant d'adresse qu'un pilote expérimenté ferait d'une barque au milieu d'une mer parsemée d'écueils.

— Quand causerons-nous? dit Athos à Aramis.

— Tout à l'heure, répondit celui-ci; il n'y a pas encore assez de monde, et nous serions remarqués.

En ce moment la porte s'ouvrit, et le laquais annonça M. le coadjuteur.

A ce nom, tout le monde se retourna, car c'était un nom qui commençait déjà à devenir fort célèbre.

Athos fit comme les autres. Il ne connaissait l'abbé de Gondy que de nom.

Il vit entrer un petit homme noir, mal fait, myope, maladroit de ses mains à toutes choses, excepté à tirer l'épée et le pistolet, qui alla tout d'abord donner contre

une table qu'il faillit renverser; mais ayant avec tout cela
quelque chose de haut et de fier dans le visage.

Scarron se retourna de son côté et vint au-devant de
lui dans son fauteuil; Mlle Paulet salua de sa place et
de la main.

— Eh bien! dit le coadjuteur en apercevant Scarron,
ce qui ne fut que lorsqu'il se trouva sur lui, vous voilà
donc en disgrâce, l'abbé?

C'était la phrase sacramentelle; elle avait été dite cent
fois dans la soirée, et Scarron en était à son centième bon
mot sur le même sujet : aussi faillit-il rester court; mais
un effort désespéré le sauva.

— M. le cardinal Mazarin a bien voulu songer à moi,
dit-il.

— Prodigieux! s'écria Ménage.

— Mais comment allez-vous faire pour continuer de
nous recevoir? continua le coadjuteur. Si vos revenus
baissent je vais être obligé de vous faire nommer cha-
noine de Notre-Dame.

— Oh! non pas, dit Scarron, je vous compromettrais
trop.

— Alors vous avez des ressources que nous ne connaissons pas?

— J'emprunterai à la reine.

— Mais Sa Majesté n'a rien à elle, dit Aramis; ne
vit-elle pas sous le régime de la communauté?

Le coadjuteur se retourna et sourit à Aramis, en lui
faisant du bout du doigt un signe d'amitié.

— Pardon, mon cher abbé, lui dit-il, vous êtes en
retard, et il faut que je vous fasse un cadeau.

— De quoi, dit Aramis.

— D'un cordon de chapeau.

Chacun se retourna du côté du coadjuteur, qui tira de
sa poche un cordon de soie d'une forme singulière.

— Ah! mais, dit Scarron, c'est une fronde, cela!

— Justement! dit le coadjuteur, on fait tout à la fronde. Mademoiselle Paulet, j'ai un éventail pour vous à la
fronde. Je vous donnerai mon marchand de gants,
d'Herblay, il fait des gants à la fronde; et à vous, Scarron,
mon boulanger avec un crédit illimité : il fait des pains
à la fronde qui sont excellents.

Aramis prit le cordon et le noua autour de son
chapeau.

En ce moment la porte s'ouvrit, et le laquais cria à haute voix :

— Mme la duchesse de Chevreuse !

Au nom de Mme de Chevreuse, tout le monde se leva.

Scarron dirigea vivement son fauteuil du côté de la porte. Raoul rougit. Athos fit un signe à Aramis, qui alla se tapir dans l'embrasure d'une fenêtre.

Au milieu des compliments respectueux qui l'accueillirent à son entrée, la duchesse cherchait visiblement quelqu'un ou quelque chose. Enfin elle distingua Raoul, et ses yeux devinrent étincelants ; elle aperçut Athos, et devint rêveuse ; elle vit Aramis dans l'embrasure de la fenêtre, et fit un imperceptible mouvement de surprise derrière son éventail.

— A propos, dit-elle comme pour chasser les idées qui l'envahissaient malgré elle, comment va ce pauvre Voiture ? Savez-vous, Scarron ?

— Comment ! M. Voiture est malade ? demanda le seigneur qui avait parlé à Athos dans la rue Saint-Honoré, et qu'a-t-il donc encore ?

— Il a joué sans avoir eu le soin de faire prendre par son laquais des chemises de rechange, dit le coadjuteur de sorte qu'il a attrapé un froid et s'en va mourant.

— Où donc cela ?

— Eh ! mon Dieu ! chez moi. Imaginez donc que le pauvre Voiture avait fait un vœu solennel de ne plus jouer. Au bout de trois jours il n'y peut plus tenir, et s'achemine vers l'archevêché pour que je le relève de son vœu. Malheureusement, en ce moment-là, j'étais en affaires très sérieuses avec ce bon conseiller Broussel, au plus profond de mon appartement, lorsque Voiture aperçoit le marquis de Luynes à une table et attendant un joueur. Le marquis l'appelle, l'invite à se mettre à table. Voiture répond qu'il ne peut pas jouer que je ne l'aie relevé de son vœu. Luynes s'engage en mon nom, prend le péché pour son compte ; Voiture se met à table, perd quatre cents écus, prend froid en sortant et se couche pour ne plus se relever.

— Est-il donc si mal que cela, ce cher Voiture ? demanda Aramis à demi caché derrière son rideau de fenêtre.

— Hélas ! répondit M. Ménage, il est fort mal, et ce grand homme va peut-être nous quitter, *deseret orbem*.

— Bon, dit avec aigreur Mlle Paulet, lui, mourir! il n'a garde! il est entouré de sultanes comme un Turc. Mme de Saintot est accourue et lui donne des bouillons. La Renaudot lui chauffe ses draps, et il n'y a pas jusqu'à notre amie, la marquise de Rambouillet, qui ne lui envoie des tisanes.

— Vous ne l'aimez pas, ma chère Parthénie! dit en riant Scarron.

— Oh! quelle injustice, mon cher malade! Je le hais si peu que je ferais dire avec plaisir des messes pour le repos de son âme.

— Vous n'êtes pas nommée Lionne pour rien, ma chère, dit Mme de Chevreuse de sa place, et vous mordez rudement.

— Vous maltraitez fort un grand poète, ce me semble, Madame, hasarda Raoul.

— Un grand poète, lui?... Allons, on voit bien, vicomte, que vous arrivez de province, comme vous me le disiez tout à l'heure, et que vous ne l'avez jamais vu. Lui! un grand poète? Eh! il a à peine cinq pieds.

— Bravo! bravo! dit un grand homme sec et noir avec une moustache orgueilleuse et une énorme rapière. Bravo, belle Paulet! il est temps enfin de remettre ce petit Voiture à sa place. Je déclare hautement que je crois me connaître en poésie, et que j'ai toujours trouvé la sienne fort détestable.

— Quel est donc ce capitan, Monsieur? demanda Raoul à Athos.

— M. de Scudéry.

— L'auteur de la *Clélie* et du *Grand Cyrus?*

— Qu'il a composés de compte à demi avec sa sœur, qui cause en ce moment avec cette jolie personne, là-bas, près de M. Scarron.

Raoul se retourna et vit effectivement deux figures nouvelles qui venaient d'entrer: l'une toute charmante, toute frêle, toute triste, encadrée dans de beaux cheveux noirs, avec des yeux veloutés comme ces belles fleurs violettes de la pensée sous lesquelles étincelle un calice d'or; l'autre femme, semblant tenir celle-ci sous sa tutelle, était froide, sèche et jaune, une véritable figure de duègne ou de dévote.

Raoul se promit bien de ne pas sortir du salon sans avoir parlé à la belle jeune fille aux yeux veloutés qui, par un étrange jeu de la pensée, venait quoiqu'elle n'eût aucune ressemblance avec elle, de lui rappeler sa pauvre petite Louise qu'il avait laissée souffrante au château de La Vallière, et qu'au milieu de tout ce monde il avait oubliée un instant.

Pendant ce temps, Aramis s'était approché du coadjuteur, qui, avec une mine toute rieuse, lui avait glissé quelques mots à l'oreille. Aramis, malgré sa puissance sur lui-même, ne put s'empêcher de faire un léger mouvement.

— Riez donc, lui dit M. de Retz; on nous regarde.

Et il le quitta pour aller causer avec Mme de Chevreuse, qui avait un grand cercle autour d'elle.

Aramis feignit de rire pour dépister l'attention de quelques auditeurs curieux, et, s'apercevant qu'à son tour Athos était allé se mettre dans l'embrasure de la fenêtre où il était resté quelque temps, il s'en fut, après avoir jeté quelques mots à droite et à gauche, le rejoindre sans affectation.

Aussitôt qu'ils se furent rejoints, ils entamèrent une conversation accompagnée de force gestes.

Raoul alors s'approcha d'eux, comme le lui avait recommandé Athos.

— C'est un rondeau de M. Voiture que me débite M. l'abbé, dit Athos à haute voix, et que je trouve incomparable.

Raoul demeura quelques instants près d'eux, puis il alla se confondre au groupe de Mme de Chevreuse, dont s'étaient rapprochées Mlle Paulet d'un côté et Mlle de Scudéry de l'autre.

— Eh bien! moi, dit le coadjuteur, je me permettrai de n'être pas tout à fait de l'avis de M. de Scudéry; je trouve au contraire que M. de Voiture est un poète, mais un pur poète. Les idées politiques lui manquent complètement.

— Ainsi donc? demanda Athos.

— C'est demain, dit précipitamment Aramis.

— A quelle heure?

— A six heures.

— Où cela?

— A Saint-Mandé.

— Qui vous l'a dit?

— Le comte de Rochefort.

Quelqu'un s'approchait.

— Et les idées philosophiques ? C'étaient celles-la qui lui manquaient à ce pauvre Voiture. Moi je me range à l'avis de M. le coadjuteur : pur poète.

— Oui certainement, en poésie il était prodigieux, dit Ménage, et toutefois la postérité, tout en l'admirant, lui reprochera une chose, c'est d'avoir amené dans la facture du vers une trop grande licence ; il a tué la poésie sans le savoir.

— Tué, c'est le mot, dit Scudéry.

— Mais quel chef-d'œuvre que ses lettres, dit Mme de Chevreuse.

— Oh ! sous ce rapport, dit Mlle de Scudéry, c'est un illustre complet.

— C'est vrai, répliqua Mlle Paulet, mais tant qu'il plaisante, car dans le genre épistolaire sérieux il est pitoyable, et s'il ne dit les choses très crûment, vous conviendrez qu'il les dit fort mal.

— Mais vous conviendrez au moins que dans la plaisanterie il est inimitable.

— Oui, certainement, reprit Scudéry en tordant sa moustache ; je trouve seulement que son comique est forcé et sa plaisanterie est par trop familière. Voyez sa *Lettre de la Carpe au Brochet* .

— Sans compter, reprit Ménage, que ses meilleures inspirations lui venaient de l'hôtel de Rambouillet. Voyez *Zélide et Alcidalée*

— Quant à moi, dit Aramis en se rapprochant du cercle et en saluant respectueusement Mme de Chevreuse, qui lui répondit par un gracieux sourire ; quant à moi, je l'accuserai encore d'avoir été trop libre avec les grands. Il a manqué souvent à Mme la princesse, à M. le maréchal d'Albret , à M. de Schomberg, à la reine elle-même.

— Comment, à la reine ? demanda Scudéry en avançant la jambe droite comme pour se mettre en garde. Morbleu ! je ne savais pas cela. Et comment donc a-t-il manqué à Sa Majesté ?

— Ne connaissez-vous donc pas sa pièce : *Je pensais ?*

— Non, dit Mme de Chevreuse.

— Non, dit Mlle de Scudéry.

— Non, dit Mlle Paulet.

— En effet, je crois que la reine l'a communiquée a peu de personnes ; mais moi je le tiens de mains sûres.

— Et vous la savez?

— Je me la rappellerais, je crois.

— Voyons! voyons! dirent toutes les voix.

— Voici dans quelle occasion la chose a été faite, dit Aramis. M. de Voiture était dans le carrosse de la reine, qui se promenait en tête à tête avec lui dans la forêt de Fontainebleau; il fit semblant de penser pour que la reine lui demandât à quoi il pensait, ce qui ne manqua point.

« — A quoi pensez-vous donc, Monsieur de Voiture? demanda Sa Majesté.

« Voiture sourit, fit semblant de réfléchir cinq secondes pour qu'on crût qu'il improvisait, et répondit :

> Je pensais que la destinée,
> Après tant d'injustes malheurs,
> Vous a justement couronnée
> De gloire, d'éclat et d'honneurs;
> Mais que vous étiez plus heureuse,
> Lorsque vous étiez autrefois,
> Je ne dirais pas amoureuse!...
> La rime le veut toutefois .

Scudéry, Ménage et Mlle Paulet haussèrent les épaules.

— Attendez, attendez, dit Aramis, il y a trois strophes.

— Oh! dites trois couplets, dit Mlle de Scudéry, c'est tout au plus une chanson.

> Je pensais que ce pauvre Amour,
> Qui toujours vous prêta ses armes,
> Est banni loin de votre cour,
> Sans ses traits, son arc et ses charmes;
> Et de quoi puis-je profiter,
> En pensant près de vous, Marie,
> Si vous pouvez si maltraiter
> Ceux qui vous ont si bien servie?

— Oh! quant à ce dernier trait, dit Mme de Chevreuse, je ne sais s'il est dans les règles poétiques, mais je demande grâce pour lui comme vérité et Mme de Hautefort et Mme de Sennecey se joindront à moi s'il le faut, sans compter M. de Beaufort.

— Allez, allez, dit Scarron, cela ne me regarde plus : depuis ce matin je ne suis plus son malade.

— Et le dernier couplet? dit Mlle de Scudéry, le dernier couplet? voyons.

— Le voici, dit Aramis; celui-ci a l'avantage de

procéder par noms propres, de sorte qu'il n'y a pas à s'y tromper.

> Je pensais — nous autres poètes,
> Nous pensons extravagamment —
> Ce que, dans l'humeur où vous êtes,
> Vous feriez, si dans ce moment
> Vous avisiez en cette place
> Venir le duc de Buckingham,
> Et lequel serait en disgrâce,
> Du duc ou du père Vincent*.

A cette dernière strophe, il n'y eut qu'un cri sur l'impertinence de Voiture.

— Mais, dit à demi-voix la jeune fille aux yeux veloutés, mais j'ai le malheur de les trouver charmants, moi, ces vers.

C'était aussi l'avis de Raoul, qui s'approcha de Scarron et lui dit en rougissant :

— Monsieur Scarron, faites-moi donc l'honneur, je vous prie, de me dire quelle est cette jeune dame qui est seule de son opinion contre toute cette illustre assemblée.

— Ah! ah! mon jeune vicomte, dit Scarron, je crois que vous avez envie de lui proposer une alliance offensive et défensive?

Raoul rougit de nouveau.

— J'avoue, dit-il, que je trouve ces vers fort jolis.

— Et ils le sont en effet, dit Scarron; mais chut, entre poètes, on ne dit pas de ces choses-là.

— Mais moi, dit Raoul, je n'ai pas l'honneur d'être poète, et je vous demandais…

— C'est vrai : quelle était cette jeune dame, n'est-ce pas? C'est la belle Indienne.

— Veuillez m'excuser, Monsieur, dit en rougissant Raoul, mais je n'en sais pas plus qu'auparavant. Hélas! je suis provincial.

— Ce qui veut dire que vous ne connaissez pas grand-chose au phébus qui ruisselle ici de toutes les bouches. Tant mieux, jeune homme, tant mieux! Ne cherchez pas à comprendre, vous y perdriez votre temps; et quand vous le comprendrez, il faut espérer qu'on ne le parlera plus.

---

* Le père Vincent était le confesseur de la reine *(Note de l'édition originale.)*

— Ainsi, vous me pardonnez, Monsieur, dit Raoul,
et vous daignerez me dire quelle est la personne que vous
appelez la belle Indienne?

— Oui, certes, c'est une des plus charmantes personnes qui existent, Mlle Françoise d'Aubigné .

— Est-elle de la famille du fameux Agrippa, l'ami du
roi Henri IV?

— C'est sa petite-fille. Elle arrive de la Martinique,
voilà pourquoi je l'appelle la belle Indienne.

Raoul ouvrit des yeux excessifs; et ses yeux rencontrèrent ceux de la jeune dame qui sourit.

On continuait à parler de Voiture.

— Monsieur, dit Mlle d'Aubigné en s'adressant à
son tour à Scarron comme pour entrer dans la conversation qu'il avait avec le jeune vicomte, n'admirez-vous
pas les amis du pauvre Voiture! Mais écoutez donc
comme ils le plument tout en le louant! L'un lui ôte le
bon sens, l'autre la poésie, l'autre l'originalité, l'autre le
comique, l'autre l'indépendance, l'autre... Eh! mais, bon
Dieu! que vont-ils donc lui laisser, à cet illustre complet?
Comme a dit Mlle de Scudéry .

Scarron se mit à rire et Raoul aussi. La belle Indienne,
étonnée elle-même de l'effet qu'elle avait produit, baissa
les yeux et reprit son air naïf.

— Voilà une spirituelle personne, dit Raoul.

Athos, toujours dans l'embrasure de la fenêtre, planait
sur toute cette scène, le sourire du dédain sur les lèvres.

— Appelez donc M. le comte de La Fère, dit Mme de
Chevreuse au coadjuteur, j'ai besoin de lui parler.

— Et moi, dit le coadjuteur, j'ai besoin qu'on croie
que je ne lui parle pas. Je l'aime et l'admire, car je connais
ses anciennes aventures, quelques-unes, du moins; mais
je ne compte le saluer qu'après-demain matin.

— Et pourquoi après-demain matin? demanda Mme
de Chevreuse.

— Vous saurez cela demain soir, dit le coadjuteur
en riant.

— En vérité, mon cher Gondy, dit la duchesse, vous
parlez comme l'Apocalypse. Monsieur d'Herblay, ajouta-
t-elle en se retournant du côté d'Aramis, voulez-vous
bien encore une fois être mon servant ce soir?

— Comment donc, duchesse? dit Aramis, ce soir,
demain, toujours, ordonnez.

— Eh bien! allez me chercher le comte de La Fère, je veux lui parler.

Aramis s'approcha d'Athos et revint avec lui.

— Monsieur le comte, dit la duchesse en remettant une lettre à Athos, voici ce que je vous ai promis. Notre protégé sera parfaitement reçu.

— Madame, dit Athos, il est bien heureux de vous devoir quelque chose.

— Vous n'avez rien à lui envier sous ce rapport; car, moi, je vous dois de l'avoir connu, répliqua la malicieuse femme avec un sourire qui rappela Marie Michon à Aramis et à Athos.

Et, à ce mot, elle se leva et demanda son carrosse. Mlle Paulet était déjà partie, Mlle de Scudéry partait.

— Vicomte, dit Athos en s'adressant à Raoul, suivez Mme la duchesse de Chevreuse; priez-la qu'elle vous fasse la grâce de prendre votre main pour descendre, et en descendant remerciez-la.

La belle Indienne s'approcha de Scarron pour prendre congé de lui.

— Vous vous en allez déjà? dit-il.

— Je m'en vais une des dernières, comme vous le voyez. Si vous avez des nouvelles de M. de Voiture, et qu'elles soient bonnes surtout, faites-moi la grâce de m'en envoyer demain.

— Oh! maintenant, dit Scarron, il peut mourir.

— Comment cela? dit la jeune fille aux yeux de velours.

— Sans doute, son panégyrique est fait.

Et l'on se quitta en riant, la jeune fille se retournant pour regarder le pauvre paralytique avec intérêt, le pauvre paralytique la suivant des yeux avec amour.

Peu à peu les groupes s'éclaircirent. Scarron ne fit pas semblant de voir que certains de ses hôtes s'étaient parlé mystérieusement, que des lettres étaient venues pour plusieurs, et que sa soirée semblait avoir eu un but mystérieux qui s'écartait de la littérature, dont on avait cependant tant fait de bruit. Mais qu'importait à Scarron? On pouvait maintenant fronder chez lui tout à l'aise : depuis le matin comme il l'avait dit, il n'était plus le malade de la reine.

Quant à Raoul, il avait en effet accompagné la duchesse jusqu'à son carrosse, où elle avait pris place en lui donnant sa main à baiser; puis, par un de ses fous caprices qui la rendaient si adorable et surtout si dangereuse, elle l'avait saisi tout à coup par la tête et l'avait embrassé au front en lui disant :

— Vicomte, que mes vœux et ce baiser vous portent bonheur!

Puis elle l'avait repoussé et avait ordonné au cocher de toucher à l'hôtel de Luynes. Le carrosse était parti; Mme de Chevreuse avait fait au jeune homme un dernier signe par la portière, et Raoul était remonté tout interdit.

Athos comprit ce qui s'était passé et sourit.

— Venez, vicomte, dit-il, il est temps de vous retirer; vous partez demain pour l'armée de M. le prince; dormez bien votre dernière nuit de citadin.

— Je serai donc soldat? dit le jeune homme; oh! Monsieur, merci de tout mon cœur!

— Adieu, comte, dit l'abbé d'Herblay; je rentre dans mon couvent.

— Adieu, l'abbé, dit le coadjuteur, je prêche demain, et j'ai vingt textes à consulter ce soir.

— Adieu, Messieurs, dit le comte; moi je vais dormir vingt-quatre heures de suite, je tombe de lassitude.

Les trois hommes se saluèrent après avoir échangé un dernier regard.

Scarron les suivait du coin de l'œil à travers les portières de son salon.

— Pas un d'eux ne fera ce qu'il dit, murmura-t-il avec son petit sourire de singe; mais qu'ils aillent, les braves gentilshommes! Qui sait s'ils ne travaillent pas à me faire rendre ma pension!... Ils peuvent remuer les bras, eux, c'est beaucoup; hélas! moi je n'ai que la langue, mais je tâcherai de prouver que c'est quelque chose. Holà! Champenois, voilà onze heures qui sonnent. Venez me rouler vers mon lit... En vérité, cette demoiselle d'Aubigné est bien charmante!

Sur ce, le pauvre paralytique disparut dans sa chambre à coucher, dont la porte se referma derrière lui, et les lumières s'éteignirent l'une après l'autre dans le salon de la rue des Tournelles.

XXIV

SAINT-DENIS

LE JOUR commençait à poindre lorsque Athos se leva et se fit habiller; il était facile de voir, à sa pâleur, plus grande que d'habitude, et à ces traces que l'insomnie laisse sur le visage, qu'il avait dû passer presque toute la nuit sans dormir. Contre l'habitude de cet homme si ferme et si décidé, il y avait ce matin dans toute sa personne quelque chose de lent et d'irrésolu.

C'est qu'il s'occupait des préparatifs de départ de Raoul et qu'il cherchait à gagner du temps. D'abord, il fourbit lui-même une épée qu'il tira de son étui de cuir parfumé, examina si la poignée était bien en garde, et si la lame tenait solidement à la poignée.

Puis il jeta au fond d'une valise destinée au jeune homme un petit sac plein de louis, appela Olivain, c'était le nom du laquais qui l'avait suivi de Blois, lui fit faire le portemanteau devant lui, veillant à ce que toutes les choses nécessaires à un jeune homme qui se met en campagne y fussent renfermées.

Enfin, après avoir employé à peu près une heure à tous ces soins, il ouvrit la porte qui conduisait dans la chambre du vicomte et entra légèrement.

Le soleil, déjà radieux, pénétrait dans la chambre par la fenêtre à larges panneaux, dont Raoul, rentré tard, avait négligé de fermer les rideaux la veille. Il dormait encore, la tête gracieusement appuyée sur son bras. Ses longs cheveux noirs couvraient à demi son front charmant et tout humide de cette vapeur qui roule en perles le long des joues de l'enfant fatigué.

Athos s'approcha, et, le corps incliné dans une attitude pleine de tendre mélancolie, il regarda longtemps ce jeune homme à la bouche souriante, aux paupières mi-closes, dont les rêves devaient être doux et le sommeil léger, tant son ange protecteur mettait dans sa garde muette de sollicitude et d'affection. Peu à peu Athos se laissa entraîner aux charmes de sa rêverie en présence

de cette jeunesse si riche et si pure. Sa jeunesse à lui reparut, apportant tous ces souvenirs suaves qui sont plutôt
des parfums que des pensées. De ce passé au présent il y
avait un abîme. Mais l'imagination a le vol de l'ange et
de l'éclair; elle franchit les mers où nous avons failli faire
naufrage, les ténèbres où nos illusions se sont perdues,
le précipice où notre bonheur s'est englouti. Il songea
que toute la première partie de sa vie à lui avait été brisée
par une femme; il pensa avec terreur quelle influence
pouvait avoir l'amour sur une organisation si fine et si
vigoureuse à la fois.

En se rappelant tout ce qu'il avait souffert, il prévit
tout ce que Raoul pouvait souffrir, et l'expression de la
tendre et profonde pitié qui passa dans son cœur se
répandit dans le regard humide dont il couvrit le jeune
homme.

A ce moment Raoul s'éveilla de ce réveil sans nuages,
sans ténèbres et sans fatigues qui caractérise certaines
organisations délicates comme celle de l'oiseau. Ses yeux
s'arrêtèrent sur ceux d'Athos, et il comprit sans doute
tout ce qui se passait dans le cœur de cet homme qui
attendait son réveil comme un amant attend le réveil de
sa maîtresse, car son regard prit l'expression d'un amour
infini.

— Vous étiez là, Monsieur ? dit-il avec respect.

— Oui, Raoul, j'étais là, dit le comte.

— Et vous ne m'éveilliez point ?

— Je voulais vous laisser encore quelques moments
de ce bon sommeil, mon ami; vous devez être fatigué
de la journée d'hier, qui s'est prolongée si avant dans la
nuit.

— Oh! Monsieur, que vous êtes bon! dit Raoul.
Athos sourit.

— Comment vous trouvez-vous ? dit-il.

— Mais parfaitement bien, Monsieur, et tout à fait
remis et dispos.

— C'est que vous grandissez encore, continua Athos
avec un intérêt paternel et charmant d'homme mûr pour
le jeune homme, et que les fatigues sont doubles à votre
âge.

— Oh! Monsieur, je vous demande bien pardon, dit
Raoul honteux de tant de prévenances, mais dans un
instant je vais être habillé.

Athos appela Olivain, et en effet au bout de dix minutes, avec cette ponctualité qu'Athos, rompu au service militaire, avait transmise à son pupille, le jeune homme fut prêt.

— Maintenant, dit le jeune homme au laquais, occupez-vous de mon bagage.

— Vos bagages vous attendent, Raoul, dit Athos. J'ai fait faire la valise sous mes yeux, et rien ne vous manquera. Elle doit déjà, ainsi que le portemanteau du laquais, être placée sur les chevaux, si toutefois on a suivi les ordres que j'ai donnés.

— Tout a été fait selon la volonté de Monsieur le comte, et les chevaux attendent.

— Et moi qui dormais, s'écria Raoul, tandis que vous, Monsieur, vous aviez la bonté de vous occuper de tous ces détails! Oh! mais, en vérité, Monsieur, vous me comblez de bontés.

— Ainsi vous m'aimez un peu, je l'espère du moins? répliqua Athos d'un ton presque attendri.

— Oh! Monsieur, s'écria Raoul, qui, pour ne pas manifester son émotion par un élan de tendresse, se domptait presque à suffoquer, oh! Dieu m'est témoin que je vous aime et que je vous vénère.

— Voyez si vous n'oubliez rien, dit Athos en faisant semblant de chercher autour de lui pour cacher son émotion.

— Mais non, Monsieur, dit Raoul.

Le laquais s'approcha alors d'Athos avec une certaine hésitation, et lui dit tout bas :

— M. le vicomte n'a pas d'épée, car Monsieur le comte m'a fait enlever hier soir celle qu'il a quittée.

— C'est bien, dit Athos, cela me regarde.

Raoul ne parut pas s'apercevoir du colloque. Il descendit, regardant le comte à chaque instant pour voir si le moment des adieux était arrivé; mais Athos ne sourcillait pas.

Arrivé sur le perron, Raoul vit trois chevaux.

— Oh! Monsieur, s'écria-t-il tout radieux, vous m'accompagnez donc?

— Je veux vous conduire quelque peu, dit Athos.

La joie brilla dans les yeux de Raoul, et il s'élança légèrement sur son cheval.

Athos monta lentement sur le sien après avoir dit

un mot tout bas au laquais, qui, au lieu de suivre immédiatement, remonta au logis. Raoul, enchanté d'être en la compagnie du comte ne s'aperçut ou feignit de ne s'apercevoir de rien.

Les deux gentilshommes prirent par le Pont-Neuf, suivirent les quais ou plutôt ce qu'on appelait alors l'abreuvoir Pépin, et longèrent les murs du Grand-Châtelet. Ils entraient dans la rue Saint-Denis lorsqu'ils furent rejoints par le laquais.

La route se fit silencieusement. Raoul sentait bien que le moment de la séparation approchait; le comte avait donné la veille différents ordres pour des choses qui le regardaient, dans le courant de la journée. D'ailleurs ses regards redoublaient de tendresse, et les quelques paroles qu'il laissait échapper redoublaient d'affection. De temps en temps une réflexion ou un conseil lui échappait, et ses paroles étaient pleines de sollicitude.

Après avoir passé la porte Saint-Denis, et comme les deux cavaliers étaient arrivés à la hauteur des Récollets, Athos jeta les yeux sur la monture du vicomte.

— Prenez-y garde, Raoul, lui dit-il, je vous l'ai déjà dit souvent; il faudrait ne point oublier cela, car c'est un grand défaut dans un écuyer. Voyez! votre cheval est déjà fatigué; il écume, tandis que le mien semble sortir de l'écurie. Vous lui endurcissez la bouche en lui serrant ainsi le mors; et, faites-y attention, vous ne pouvez plus le faire manœuvrer avec la promptitude nécessaire. Le salut d'un cavalier est parfois dans la prompte obéissance de son cheval. Dans huit jours, songez-y, vous ne manœuvrerez plus dans un manège, mais sur un champ de bataille.

Puis tout à coup, pour ne point donner une trop triste importance à cette observation :

— Voyez donc, Raoul, continua Athos, la belle plaine pour voler la perdrix.

Le jeune homme profitait de la leçon, et admirait surtout avec quelle tendre délicatesse elle était donnée.

— J'ai encore remarqué l'autre jour une chose, disait Athos, c'est qu'en tirant le pistolet vous teniez le bras trop tendu. Cette tension fait perdre la justesse du coup. Aussi, sur douze fois manquâtes-vous trois fois le but.

— Que vous atteignîtes douze fois, vous, Monsieur, répondit en souriant Raoul.

— Parce que je pliais la saignée et que je reposais ainsi ma main sur mon coude. Comprenez-vous bien ce que je veux vous dire, Raoul?

— Oui, Monsieur; j'ai tiré seul depuis en suivant ce conseil et j'ai obtenu un succès entier.

— Tenez, reprit Athos, c'est comme en faisant des armes, vous chargez trop votre adversaire. C'est un défaut de votre âge, je le sais bien; mais le mouvement du corps en chargeant dérange toujours l'épée de la ligne; et si vous aviez affaire à un homme de sang-froid, il vous arrêterait au premier pas que vous feriez ainsi par un simple dégagement, ou même par un coup droit.

— Oui, Monsieur, comme vous l'avez fait bien souvent, mais tout le monde n'a pas votre adresse et votre courage.

— Que voilà un vent frais! reprit Athos, c'est un souvenir de l'hiver. A propos, dites-moi, si vous allez au feu, et vous irez, car vous êtes recommandé à un jeune général qui aime fort la poudre, souvenez-vous bien dans une lutte particulière, comme cela arrive souvent à nous autres cavaliers surtout, souvenez-vous bien de ne tirer jamais le premier : qui tire le premier touche rarement son homme, car il tire avec la crainte de rester désarmé devant un ennemi armé; puis, lorsqu'il tirera, faites cabrer votre cheval, cette manœuvre m'a sauvé deux ou trois fois la vie.

— Je l'emploierai, ne fût-ce que par reconnaissance.

— Eh! dit Athos, ne sont-ce pas des braconniers qu'on arrête là-bas? Oui, vraiment... Puis encore une chose importante, Raoul : si vous êtes blessé dans une charge, si vous tombez de votre cheval et s'il vous reste encore quelque force, dérangez-vous de la ligne qu'a suivie votre régiment; autrement, il peut être ramené, et vous seriez foulé aux pieds des chevaux. En tout cas, si vous étiez blessé, écrivez-moi à l'instant même, ou faites-moi écrire; nous nous connaissons en blessures, nous autres, ajouta Athos en souriant.

— Merci, Monsieur, répondit le jeune homme tout ému.

— Ah! nous voici à Saint-Denis, murmura Athos.

Ils arrivaient effectivement en ce moment à la porte de la ville, gardée par deux sentinelles. L'une dit à l'autre :

— Voici encore un jeune gentilhomme qui m'a l'air de se rendre à l'armée.

Athos se retourna : tout ce qui s'occupait, d'une façon même indirecte, de Raoul, prenait aussitôt un intérêt à ses yeux.

— A quoi voyez-vous cela, demanda-t-il.

— A son air, Monsieur, dit la sentinelle. D'ailleurs il a l'âge. C'est le second d'aujourd'hui.

— Il est déjà passé ce matin un jeune homme comme moi ? demanda Raoul.

— Oui, ma foi, de haute mine et dans un bel équipage, cela m'a eu l'air de quelque fils de bonne maison.

— Ce me sera un compagnon de route, Monsieur, reprit Raoul en continuant son chemin ; mais, hélas ! il ne me fera pas oublier celui que je perds.

— Je ne crois pas que vous le rejoigniez, Raoul, car j'ai à vous parler ici, et ce que j'ai à vous dire durera peut-être assez de temps pour que ce gentilhomme prenne de l'avance sur vous.

— Comme il vous plaira, Monsieur.

Tout en causant ainsi on traversait les rues qui étaient pleines de monde à cause de la solennité de la fête, et l'on arrivait en face de la vieille basilique, dans laquelle on disait une première messe.

— Mettons pied à terre, Raoul, dit Athos. Vous, Olivain, gardez nos chevaux et me donnez l'épée.

Athos prit à la main l'épée que lui tendait le laquais, et les deux gentilshommes entrèrent dans l'église.

Athos présenta de l'eau bénite à Raoul. Il y a dans certains cœurs de père un peu de cet amour prévenant qu'un amant a pour sa maîtresse.

Le jeune homme toucha la main d'Athos, salua et se signa.

Athos dit un mot à l'un des gardiens, qui s'inclina et marcha dans la direction des caveaux.

— Venez, Raoul, dit Athos, et suivons cet homme.

Le gardien ouvrit la grille des tombes royales et se tint sur la haute marche, tandis qu'Athos et Raoul descendaient. Les profondeurs de l'escalier sépulcral étaient éclairées par une lampe d'argent brûlant sur la dernière marche, et juste au-dessous de cette lampe reposait, enveloppé d'un large manteau de velours violet semé de fleurs de lys d'or, un catafalque soutenu par des chevalets de chêne.

Le jeune homme, préparé à cette situation par l'état de son propre cœur plein de tristesse, par la majesté de l'église qu'il avait traversée, était descendu d'un pas lent et solennel, et se tenait debout et la tête découverte devant cette dépouille mortelle du dernier roi, qui ne devait aller rejoindre ses aïeux que lorsque son successeur viendrait le rejoindre lui-même, et qui semblait demeurer là pour dire à l'orgueil humain, parfois si facile à s'exalter sur le trône : « Poussière terrestre, je t'attends ! »

Il se fit un instant de silence.

Puis Athos leva la main, et désignant du doigt le cercueil :

— Cette sépulture incertaine, dit-il, est celle d'un homme faible et sans grandeur, et qui eut cependant un règne plein d'immenses événements ; c'est qu'au-dessus de ce roi veillait l'esprit d'un autre homme, comme cette lampe veille au-dessus de ce cercueil et l'éclaire. Celui-là, c'était le roi réel, Raoul ; l'autre n'était qu'un fantôme dans lequel il mettait son âme. Et cependant, tant est puissante la majesté monarchique chez nous, cet homme n'a pas même l'honneur d'une tombe aux pieds de celui pour la gloire duquel il a usé sa vie, car cet homme, Raoul, souvenez-vous de cette chose, s'il a fait ce roi petit, il a fait la royauté grande, et il y a deux choses enfermées au palais du Louvre : le roi, qui meurt, et la royauté qui ne meurt pas. Ce règne est passé, Raoul ; ce ministre tant redouté, tant craint, tant haï de son maître, est descendu dans la tombe, tirant après lui le roi qu'il ne voulait pas laisser vivre seul, de peur sans doute qu'il ne détruisît son œuvre, car un roi n'édifie que lorsqu'il a près de lui soit Dieu, soit l'esprit de Dieu. Alors, cependant, tout le monde regarda la mort du cardinal comme une délivrance, et moi-même, tant sont aveugles les contemporains, j'ai quelquefois traversé en face les desseins de ce grand homme qui tenait la France dans ses mains, et qui, selon qu'il les serrait ou les ouvrait, l'étouffait ou lui donnait de l'air à son gré. S'il ne m'a pas broyé, moi et mes amis, dans sa terrible colère, c'était sans doute pour que je puisse aujourd'hui vous dire : Raoul, sachez distinguer toujours le roi de

la royauté; le roi n'est qu'un homme, la royauté, c'est
l'esprit de Dieu; quand vous serez dans le doute de
savoir qui vous devez servir, abandonnez l'apparence
matérielle pour le principe invisible, car le principe
invisible est tout. Seulement, Dieu a voulu rendre ce
principe palpable en l'incarnant dans un homme. Raoul,
il me semble que je vois votre avenir comme à travers
un nuage. Il est meilleur que le nôtre, je le crois. Tout
au contraire de nous, qui avons eu un ministre sans roi,
vous aurez, vous, un roi sans ministre. Vous pourrez
donc servir, aimer et respecter le roi. Si ce roi est un
tyran, car la toute-puissance a son vertige qui la pousse à
la tyrannie, servez, aimez et respectez la royauté, c'est-
à-dire la chose infaillible, c'est-à-dire l'esprit de Dieu
sur la terre, c'est-à-dire cette étincelle céleste qui fait
la poussière si grande et si sainte que, nous autres
gentilshommes de haut lieu cependant, nous sommes
aussi peu de chose devant ce corps étendu sur la dernière
marche de cet escalier que ce corps lui-même devant le
trône du Seigneur.

— J'adorerai Dieu, Monsieur, dit Raoul, je respec-
terai la royauté; je servirai le roi, et tâcherai, si je meurs,
que ce soit pour le roi, pour la royauté ou pour Dieu.
Vous ai-je bien compris?

Athos sourit.

— Vous êtes une noble nature, dit-il, voici votre
épée.

Raoul mit un genou en terre.

— Elle a été portée par mon père, un loyal gentilhomme. Je l'ai portée à mon tour, et lui ai fait honneur
quelquefois quand la poignée était dans ma main et que
son fourreau pendait à mon côté. Si votre main est
faible encore pour manier cette épée, Raoul, tant mieux,
vous aurez plus de temps à apprendre à ne la tirer que
lorsqu'elle devra voir le jour.

— Monsieur, dit Raoul en recevant l'épée de la main
du comte, je vous dois tout; cependant, cette épée est
le plus précieux présent que vous m'ayez fait. Je la
porterai, je vous jure, en homme reconnaissant.

Et il approcha ses lèvres de la poignée, qu'il baisa avec
respect.

— C'est bien, dit Athos. Relevez-vous, vicomte, et
embrassons-nous.

Raoul se releva et se jeta avec effusion dans les bras d'Athos.

— Adieu, murmura le comte, qui sentait son cœur se fondre, adieu, et pensez à moi.

— Oh! éternellement! éternellement! s'écria le jeune homme. Oh! je le jure, Monsieur, et s'il m'arrive malheur, votre nom sera le dernier nom que je prononcerai, votre souvenir ma dernière pensée.

Athos remonta précipitamment pour cacher son émotion, donna une pièce d'or au gardien des tombeaux, s'inclina devant l'autel et gagna à grands pas le porche de l'église, au bas duquel Olivain attendait avec les deux autres chevaux.

— Olivain, dit-il en montrant le baudrier de Raoul, resserrez la boucle de cette épée qui tombe un peu bas. Bien. Maintenant, vous accompagnerez M. le vicomte jusqu'à ce que Grimaud vous ait rejoints; lui venu, vous quitterez le vicomte. Vous entendez, Raoul? Grimaud est un vieux serviteur plein de courage et de prudence, Grimaud vous suivra.

— Oui, Monsieur, dit Raoul.

— Allons, à cheval, que je vous voie partir.

Raoul obéit.

— Adieu, Raoul, dit le comte, adieu, mon cher enfant.

— Adieu, Monsieur, dit Raoul, adieu, mon bien-aimé protecteur!

Athos fit signe de la main, car il n'osait parler, et Raoul s'éloigna, la tête découverte.

Athos resta immobile et le regardant aller jusqu'au moment où il disparut au tournant d'une rue.

Alors le comte jeta la bride de son cheval aux mains d'un paysan, remonta lentement les degrés, rentra dans l'église, alla s'agenouiller dans le coin le plus obscur et pria.

XXV

Cependant le temps s'écoulait pour le prisonnier comme pour ceux qui s'occupaient de sa fuite : seulement, il s'écoulait plus lentement. Tout au contraire des autres hommes qui prennent avec ardeur une résolution périlleuse et qui se refroidissent à mesure que le moment de l'exécuter se rapproche, le duc de Beaufort, dont le courage bouillant était passé en proverbe, et qu'avait enchaîné une inaction de cinq années, le duc de Beaufort semblait pousser le temps devant lui et appelait de tous ses vœux l'heure de l'action. Il y avait dans son évasion seule, à part les projets qu'il nourrissait pour l'avenir, projets, il faut l'avouer, encore fort vagues et fort incertains, un commencement de vengeance qui lui dilatait le cœur. D'abord sa fuite était une mauvaise affaire pour M. de Chavigny, qu'il avait pris en haine à cause des petites persécutions auxquelles il l'avait soumis ; puis, une plus mauvaise affaire contre le Mazarin, qu'il avait pris en exécration à cause des grands reproches qu'il avait à lui faire. On voit que toute proportion était gardée entre les sentiments que M. de Beaufort avait voués au gouverneur et au ministre, au subordonné et au maître.

Puis M. de Beaufort, qui connaissait si bien l'intérieur du Palais-Royal, qui n'ignorait pas les relations de la reine et du cardinal, mettait en scène, de sa prison, tout ce mouvement dramatique qui allait s'opérer, quand ce bruit retentirait du cabinet du ministre à la chambre d'Anne d'Autriche : M. de Beaufort est sauvé ! En se disant tout cela à lui-même, M. de Beaufort souriait doucement, se croyait déjà dehors, respirant l'air des plaines et des forêts, pressant un cheval vigoureux entre ses jambes et criant à haute voix : « Je suis libre ! »

Il est vrai qu'en revenant à lui, il se trouvait entre ses quatre murailles, voyait à dix pas de lui La Ramée qui

tournait ses pouces l'un autour de l'autre, et dans l'antichambre, ses gardes qui riaient ou qui buvaient.

La seule chose qui le reposait de cet odieux tableau,
tant est grande l'instabilité de l'esprit humain, c'était la
figure refrognée de Grimaud, cette figure qu'il avait prise
d'abord en haine, et qui depuis était devenue toute son
espérance. Grimaud lui semblait un Antinoüs.

Il est inutile de dire que tout cela était un jeu de l'imagination fiévreuse du prisonnier. Grimaud était toujours le même. Aussi avait-il conservé la confiance
entière de son supérieur La Ramée, qui maintenant se
serait fié à lui mieux qu'à lui-même : car, nous l'avons
dit, La Ramée se sentait au fond du cœur un certain
faible pour M. de Beaufort.

Aussi ce bon La Ramée se faisait-il une fête de ce
petit souper en tête à tête avec son prisonnier. La Ramée
n'avait qu'un défaut, il était gourmand; il avait trouvé
les pâtés bons, le vin excellent. Or, le successeur du père
Marteau lui avait promis un pâté de faisan au lieu d'un
pâté de volaille, et du vin de Chambertin au lieu du vin
de Mâcon. Tout cela, rehaussé de la présence de cet
excellent prince qui était si bon au fond, qui inventait
de si drôles de tours contre M. de Chavigny, et de si
bonnes plaisanteries contre le Mazarin, faisait pour La
Ramée, de cette belle Pentecôte qui allait venir, une des
quatre grandes fêtes de l'année.

La Ramée attendait donc six heures du soir avec
autant d'impatience que le duc.

Dès le matin il s'était préoccupé de tous les détails
et, ne se fiant qu'à lui-même, il avait fait en personne
une visite au successeur du père Marteau. Celui-ci s'était
surpassé : il lui montra un véritable pâté monstre, orné
sur sa couverture des armes de M. de Beaufort : le pâté
était vide encore, mais près de lui étaient un faisan et
deux perdrix, piqués si menu, qu'ils avaient l'air chacun
d'une pelote d'épingles. L'eau en était venue à la bouche
de La Ramée, et il était rentré dans la chambre du duc en
se frottant les mains.

Pour comble de bonheur, comme nous l'avons dit,
M. de Chavigny, se reposant sur La Ramée, était allé faire
lui-même un petit voyage, et était parti le matin même,
ce qui faisait de La Ramée le sous-gouverneur du
château.

Quant à Grimaud, il paraissait plus refrogné que jamais.

Dans la matinée, M. de Beaufort avait fait avec La Ramée une partie de paume; un signe de Grimaud lui avait fait comprendre de faire attention à tout.

Grimaud, marchant devant, traçait le chemin qu'on avait à suivre le soir. Le jeu de paume était dans ce qu'on appelait l'enclos de la petite cour du château. C'était un endroit assez désert, où l'on ne mettait de sentinelles qu'au moment où M. de Beaufort faisait sa partie; encore, à cause de la hauteur de la muraille, cette précaution paraissait-elle superflue.

Il y avait trois portes à ouvrir avant d'arriver à cet enclos. Chacune s'ouvrait avec une clef différente.

En arrivant à l'enclos, Grimaud alla machinalement s'asseoir près d'une meurtrière, les jambes pendantes en dehors de la muraille. Il devenait évident que c'était à cet endroit qu'on attacherait l'échelle de corde.

Toute cette manœuvre, compréhensible pour le duc de Beaufort, était, on en conviendra, inintelligible pour La Ramée.

La partie commença. Cette fois, M. de Beaufort était en veine, et l'on eût dit qu'il posait avec la main les balles où il voulait qu'elles allassent. La Ramée fut complètement battu.

Quatre des gardes de M. de Beaufort l'avaient suivi et ramassaient les balles : le jeu terminé, M. de Beaufort, tout en raillant à son aise La Ramée sur sa maladresse, offrit aux gardes deux louis pour aller boire à sa santé avec leurs quatre autres camarades.

Les gardes demandèrent l'autorisation de La Ramée, qui la leur donna, mais pour le soir seulement. Jusque-là, La Ramée avait à s'occuper de détails importants; il désirait, comme il avait des courses à faire, que le prisonnier ne fût pas perdu de vue.

M. de Beaufort aurait arrangé les choses lui-même que, selon toute probabilité, il les eût faites moins à sa convenance que ne le faisait son gardien.

Enfin six heures sonnèrent; quoiqu'on ne dût se mettre à table qu'à sept heures, le dîner se trouvait prêt et servi. Sur un buffet était le pâté colossal aux armes du duc et paraissant cuit à point, autant qu'on en pouvait juger par la couleur dorée qui enluminait sa croûte.

Le reste du dîner était à l'avenant.

Tout le monde était impatient, les gardes d'aller boire, La Ramée de se mettre à table, et M. de Beaufort de se sauver.

Grimaud seul était impassible. On eût dit qu'Athos avait fait son éducation dans la prévision de cette grande circonstance.

Il y avait des moments où, en le regardant, le duc de Beaufort se demandait s'il ne faisait point un rêve, et si cette figure de marbre était bien réellement à son service et s'animerait au moment venu.

La Ramée renvoya les gardes en leur recommandant de boire à la santé du prince; puis, lorsqu'ils furent partis, il ferma les portes, mit les clefs dans sa poche, et montra la table au prince d'un air qui voulait dire :

— Quand Monseigneur voudra.

Le prince regarda Grimaud, Grimaud regarda la pendule : il était six heures un quart à peine, l'évasion était fixée à sept heures, il y avait donc trois quarts d'heure à attendre.

Le prince, pour gagner un quart d'heure, prétexta une lecture qui l'intéressait et demanda à finir son chapitre. La Ramée s'approcha, regarda par-dessus son épaule quel était ce livre qui avait sur le prince cette influence de l'empêcher de se mettre à table quand le dîner était servi.

C'étaient les *Commentaires de César,* que lui-même, contre les ordonnances de M. de Chavigny, lui avait procurés trois jours auparavant.

La Ramée se promit bien de ne plus se mettre en contravention avec les règlements du donjon.

En attendant, il déboucha les bouteilles et alla flairer le pâté.

A six heures et demie, le duc se leva en disant avec gravité :

— Décidément, César était le plus grand homme de l'antiquité.

— Vous trouvez, Monseigneur, dit La Ramée.

— Oui.

— Eh bien! moi, reprit La Ramée, j'aime mieux Annibal.

— Et pourquoi cela, Maître La Ramée? demanda le duc.

— Parce qu'il n'a pas laissé de Commentaires, dit La Ramée avec son gros sourire.

Le duc comprit l'allusion et se mit à table en faisant signe à La Ramée de se placer en face de lui.

L'exempt ne se le fit pas répéter deux fois.

Il n'y a pas de figure aussi expressive que celle d'un véritable gourmand qui se trouve en face d'une bonne table; aussi, en recevant son assiette de potage des mains de Grimaud, la figure de La Ramée présentait-elle le sentiment de la parfaite béatitude.

Le duc le regarda avec un sourire.

— Ventre-saint-gris! La Ramée, s'écria-t-il, savez-vous que, si on me disait qu'il y a en ce moment en France un homme plus heureux que vous, je ne le croirais pas!

— Et vous auriez, ma foi, raison, Monseigneur, dit La Ramée. Quant à moi, j'avoue que, lorsque j'ai faim, je ne connais pas de vue plus agréable qu'une table bien servie, et si vous ajoutez, continua La Ramée, que celui qui fait les honneurs de cette table est le petit-fils de Henri le Grand, alors vous comprendrez, Monseigneur, que l'honneur qu'on reçoit double le plaisir qu'on goûte.

Le prince s'inclina à son tour, et un imperceptible sourire parut sur le visage de Grimaud, qui se tenait derrière La Ramée.

— Mon cher La Ramée, dit le duc, il n'y a en vérité que vous pour tourner un compliment.

— Non, Monseigneur, dit La Ramée dans l'effusion de son âme; non, en vérité, je dis ce que je pense, il n'y a pas de compliment dans ce que je vous dis là.

— Alors, vous m'êtes attaché? demanda le prince.

— C'est-à-dire, reprit La Ramée, que je ne me consolerais pas si Votre Altesse sortait de Vincennes.

— Une drôle de manière de témoigner votre affliction. (Le prince voulait dire affection.)

— Mais, Monseigneur, dit La Ramée, que feriez-vous dehors? Quelque folie qui vous brouillerait avec la cour et vous ferait mettre à la Bastille au lieu d'être à Vincennes. M. de Chavigny n'est pas aimable, j'en conviens, continua La Ramée en savourant un verre de madère, mais M. du Tremblay, c'est bien pis.

— Vraiment! dit le duc, qui s'amusait du tour que prenait la conversation et qui de temps en temps regardait la pendule, dont l'aiguille marchait avec une lenteur désespérante.

— Que voulez-vous attendre du frère d'un capucin nourri à l'école du cardinal de Richelieu ! Ah! Monseigneur, croyez-moi, c'est un grand bonheur que la reine, qui vous a toujours voulu du bien, à ce que j'ai entendu dire du moins, ait eu l'idée de vous envoyer ici, où il y a promenade, jeu de paume, bonne table, bon air.

— En vérité, dit le duc, à vous entendre, La Ramée, je suis donc bien ingrat d'avoir eu un instant l'idée de sortir d'ici?

— Oh! Monseigneur, c'est le comble de l'ingratitude, reprit La Ramée; mais Votre Altesse n'y a jamais songé sérieusement.

— Si fait, reprit le duc, et, je dois vous l'avouer, c'est peut-être une folie, je ne dis pas non, mais de temps en temps j'y songe encore.

— Toujours par un de vos quarante moyens, Monseigneur?

— Eh! mais oui, reprit le duc.

— Monseigneur, dit La Ramée, puisque nous sommes aux épanchements, dites-moi un de ces quarante moyens inventés par Votre Altesse.

— Volontiers, dit le duc. Grimaud, donnez-moi le pâté.

— J'écoute, dit La Ramée en se renversant sur son fauteuil, en soulevant son verre et en clignant de l'œil, pour regarder le soleil à travers le rubis liquide qu'il contenait.

Le duc jeta un regard sur la pendule. Dix minutes encore et elle allait sonner sept heures.

Grimaud apporta le pâté devant le prince, qui prit son couteau à lame d'argent pour enlever le couvercle; mais La Ramée, qui craignait qu'il n'arrivât malheur à cette belle pièce, passa au duc son couteau, qui avait une lame de fer.

— Merci, La Ramée, dit le duc en prenant le couteau.

— Eh bien, Monseigneur, dit l'exempt, ce fameux moyen?

— Faut-il que je vous dise, reprit le duc, celui sur lequel je comptais le plus, celui que j'avais résolu d'employer le premier?

— Oui, celui-là, dit La Ramée.

— Eh bien! dit le duc, en creusant le pâté d'une main et en décrivant de l'autre un cercle avec son couteau, j'espérais d'abord avoir pour gardien un brave garçon comme vous, Monsieur La Ramée.

— Bien! dit La Ramée; vous l'avez, Monseigneur. Après.

— Et je m'en félicite.

La Ramée salua.

— Je me disais, continua le prince, si une fois j'ai près de moi un bon garçon comme La Ramée, je tâcherai de lui faire recommander par quelque ami à moi, avec lequel il ignorera mes relations, un homme qui me soit dévoué, et avec lequel je puisse m'entendre pour préparer ma fuite.

— Allons! allons! dit La Ramée, pas mal imaginé.

— N'est-ce pas? reprit le prince; par exemple, le serviteur de quelque brave gentilhomme, ennemi lui-même du Mazarin, comme doit l'être tout gentilhomme.

— Chut! Monseigneur, dit La Ramée, ne parlons pas politique.

— Quand j'aurai cet homme près de moi, continua le duc, pour peu que cet homme soit adroit et ait su inspirer de la confiance à mon gardien, celui-ci se reposera sur lui, et alors j'aurai des nouvelles du dehors.

— Ah! oui, dit La Ramée, mais comment cela, des nouvelles du dehors?

— Oh! rien de plus facile, dit le duc de Beaufort, en jouant à la paume, par exemple.

— En jouant à la paume? demanda La Ramée, commençant à prêter la plus grande attention au récit du duc.

— Oui, tenez, j'envoie une balle dans le fossé, un homme est là qui la ramasse. La balle renferme une lettre; au lieu de renvoyer cette balle que je lui ai demandée du haut des remparts, il m'en envoie une autre. Cette autre balle contient une lettre. Ainsi, nous avons échangé nos idées, et personne n'y a rien vu.

— Diable! diable! dit La Ramée en se grattant l'oreille, vous faites bien de me dire cela, Monseigneur, je surveillerai les ramasseurs des balles.

Le duc sourit.

— Mais, continua La Ramée, tout cela, au bout du compte, n'est qu'un moyen de correspondre.

— C'est déjà beaucoup, ce me semble.

— Ce n'est pas assez.

— Je vous demande pardon. Par exemple, je dis à
mes amis : « Trouvez-vous tel jour, à telle heure, de
» l'autre côté du fossé avec deux chevaux de main. »

— Eh bien ! après ? dit La Ramée avec une certaine
inquiétude ; à moins que ces chevaux n'aient des ailes
pour monter sur le rempart et venir vous y chercher…

— Eh ! mon Dieu ! dit négligemment le prince, il ne
s'agit pas que les chevaux aient des ailes pour monter
sur les remparts, mais que j'aie, moi, un moyen d'en
descendre.

— Lequel ?

— Une échelle de corde.

— Oui, mais, dit La Ramée en essayant de rire, une
échelle de corde ne s'envoie pas comme une lettre, dans
une balle de paume.

— Non, mais elle s'envoie dans autre chose.

— Dans autre chose, dans autre chose ! Dans quoi ?

— Dans un pâté, par exemple.

— Dans un pâté ? dit La Ramée.

— Oui. Supposez une chose, reprit le duc ; supposez,
par exemple, que mon maître d'hôtel, Noirmont, ait
traité du fonds de boutique du père Marteau…

— Eh bien ? demanda La Ramée tout frissonnant.

— Eh bien ! La Ramée, qui est un gourmand, voit ses
pâtés, trouve qu'ils ont bien meilleure mine que ceux de
ses prédécesseurs, vient m'offrir de m'en faire goûter.
J'accepte, à la condition que La Ramée en goûtera avec
moi. Pour être plus à l'aise, La Ramée écarte les gardes
et ne conserve que Grimaud pour nous servir. Grimaud
est l'homme qui m'a été donné par un ami, ce serviteur
avec lequel je m'entends, prêt à me seconder en toutes
choses. Le moment de ma fuite est marqué à sept heures.
Eh bien ! à sept heures moins quelques minutes…

— A sept heures moins quelques minutes ?… reprit
La Ramée, auquel la sueur commençait à perler sur le
front.

— A sept heures moins quelques minutes, reprit le
duc en joignant l'action aux paroles, j'enlève la croûte
du pâté. J'y trouve deux poignards, une échelle de corde
et un bâillon. Je mets un des poignards sur la poitrine de
La Ramée et je lui dis : « Mon ami, j'en suis désolé, mais
» si tu fais un geste, si tu pousses un cri, tu es mort ! »

Nous l'avons dit, en prononçant ces derniers mots,

le duc avait joint l'action aux paroles. Le duc était debout près de lui et lui appuyait la pointe d'un poignard sur la poitrine avec un accent qui ne permettait pas à celui auquel il s'adressait de conserver de doute sur sa résolution.

Pendant ce temps Grimaud, toujours silencieux, tirait du pâté le second poignard, l'échelle de corde et la poire d'angoisse.

La Ramée suivait des yeux chacun de ces objets avec une terreur croissante.

— Oh! Monseigneur, s'écria-t-il en regardant le duc avec une expression de stupéfaction qui eût fait éclater de rire le prince dans un autre moment, vous n'aurez pas le cœur de me tuer!

— Non, si tu ne t'opposes pas à ma fuite.

— Mais, Monseigneur, si je vous laisse fuir, je suis un homme ruiné.

— Je te rembourserai le prix de ta charge.

— Et vous êtes bien décidé à quitter le château?

— Pardieu!

— Tout ce que je pourrais vous dire ne vous fera pas changer de résolution?

— Ce soir, je veux être libre.

— Et si je me défends, si j'appelle, si je crie?

— Foi de gentilhomme, je te tue.

En ce moment la pendule sonna.

— Sept heures, dit Grimaud qui n'avait pas encore prononcé une parole.

— Sept heures, dit le duc, tu vois, je suis en retard.

La Ramée fit un mouvement comme pour l'acquit de sa conscience.

Le duc fronça le sourcil, et l'exempt sentit la pointe du poignard qui, après avoir traversé ses habits, s'apprêtait à lui traverser la poitrine.

— Bien, Monseigneur, dit-il, cela suffit. Je ne bougerai pas.

— Hâtons-nous, dit le duc.

— Monseigneur, une dernière grâce.

— Laquelle? Parle, dépêche-toi.

— Liez-moi bien, Monseigneur.

— Pourquoi cela te lier?

— Pour qu'on ne croie pas que je suis votre complice.

— Les mains! dit Grimaud.

— Non pas par-devant, par-derrière donc, par-
derrière !

— Mais avec quoi ? dit le duc.

— Avec votre ceinture, Monseigneur, reprit La Ramée.

Le duc détacha sa ceinture et la donna à Grimaud,
qui lia les mains de La Ramée de manière à le satisfaire.

— Les pieds, dit Grimaud.

La Ramée tendit les jambes, Grimaud prit une serviette, la déchira par bandes et ficela La Ramée.

— Maintenant mon épée, dit La Ramée ; liez-moi
donc la garde de mon épée.

Le duc arracha un des rubans de son haut-de-chausses,
et accomplit le désir de son gardien.

— Maintenant, dit le pauvre La Ramée, la poire
d'angoisse, je la demande ; sans cela on me ferait mon
procès parce que je n'ai pas crié. Enfoncez, Monseigneur,
enfoncez.

Grimaud s'apprêta à remplir le désir de l'exempt, qui fit
un mouvement en signe qu'il avait quelque chose à dire.

— Parle, dit le duc.

— Maintenant, Monseigneur, dit La Ramée, n'oubliez
pas, s'il m'arrive malheur à cause de vous, que j'ai une
femme et quatre enfants.

— Sois tranquille. Enfonce, Grimaud.

En une seconde La Ramée fut bâillonné et couché à
terre, deux ou trois chaises furent renversées en signe
de lutte. Grimaud prit dans les poches de l'exempt toutes
les clefs qu'elles contenaient, ouvrit d'abord la porte de
la chambre où ils se trouvaient, la referma à double
tour quand ils furent sortis, puis tous deux prirent
rapidement le chemin de la galerie qui conduisait au
petit enclos. Les trois portes furent successivement
ouvertes et fermées avec une promptitude qui faisait
honneur à la dextérité de Grimaud. Enfin l'on arriva au
jeu de paume. Il était parfaitement désert, pas de sentinelles, personne aux fenêtres.

Le duc courut au rempart et aperçut de l'autre côté
des fossés trois cavaliers avec deux chevaux en main. Le
duc échangea un signe avec eux, c'était bien pour lui
qu'ils étaient là.

Pendant ce temps, Grimaud attachait le fil conducteur.
Ce n'était pas une échelle de corde, mais un peloton de
soie avec un bâton qui devait se passer entre les jambes

et se dévider de lui-même par le poids de celui qui se tenait dessus à califourchon.

— Va, dit le duc.

— Le premier, Monseigneur ? demanda Grimaud.

— Sans doute, dit le duc; si on me rattrape, je ne risque que la prison; si on t'attrape, toi, tu es pendu.

— C'est juste, dit Grimaud.

Et aussitôt Grimaud, se mettant à cheval sur le bâton, commença sa périlleuse descente; le duc le suivit des yeux avec une terreur involontaire; il était déjà arrivé aux trois quarts de la muraille, lorsque tout à coup la corde cassa. Grimaud tomba, précipité dans le fossé.

Le duc jeta un cri, mais Grimaud ne poussa pas une plainte; et cependant il devait être blessé grièvement, car il était resté étendu à l'endroit où il était tombé.

Aussitôt un des hommes qui attendaient se laissa glisser dans le fossé, attacha sous les épaules de Grimaud l'extrémité d'une corde, et les deux autres, qui en tenaient le bout opposé, tirèrent Grimaud à eux.

— Descendez, Monseigneur, dit l'homme qui était dans la fosse; il n'y a qu'une quinzaine de pieds de distance et le gazon est moelleux.

Le duc était déjà à l'œuvre. Sa besogne à lui était plus difficile, car il n'avait plus de bâton pour se soutenir; il fallait qu'il descendît à la force des poignets, et cela d'une hauteur d'une cinquantaine de pieds. Mais, nous l'avons dit, le duc était adroit, vigoureux et plein de sang-froid; en moins de cinq minutes, il se trouva à l'extrémité de la corde; comme le lui avait dit le gentil-homme, il n'était plus qu'à quinze pieds de terre. Il lâcha l'appui qui le soutenait et tomba sur ses pieds sans se faire aucun mal.

Aussitôt il se mit à gravir le talus du fossé, au haut duquel il trouva Rochefort. Les deux autres gentils-hommes lui étaient inconnus. Grimaud, évanoui, était attaché sur un cheval.

— Messieurs, dit le prince, je vous remercierai plus tard; mais à cette heure, il n'y a pas un instant à perdre, en route donc, en route! Qui m'aime, me suive!

Et il s'élança sur son cheval, partit au grand galop, respirant à pleine poitrine, et criant avec une expression de joie impossible à rendre :

— Libre!... Libre!... Libre!...

XXVI

D'ARTAGNAN ARRIVE A PROPOS

D'Artagnan toucha à Blois la somme que Mazarin, dans son désir de le revoir près de lui, s'était décidé à lui donner pour ses services futurs.

De Blois à Paris il y avait quatre journées pour un cavalier ordinaire. D'Artagnan arriva vers les quatre heures de l'après-midi du troisième jour à la barrière Saint-Denis. Autrefois il n'en eût mis que deux. Nous avons vu qu'Athos, parti trois heures après lui, était arrivé vingt-quatre heures auparavant.

Planchet avait perdu l'usage de ces promenades forcées ; d'Artagnan lui reprocha sa mollesse.

— Eh ! Monsieur, quarante lieues en trois jours, je trouve cela fort joli pour un marchand de pralines !

— Es-tu réellement devenu marchand, Planchet, et comptes-tu sérieusement, maintenant que nous nous sommes retrouvés, végéter dans ta boutique ?

— Heu ! reprit Planchet, vous seul en vérité êtes fait pour l'existence active. Voyez M. Athos, qui dirait que c'est cet intrépide chercheur d'aventures que nous avons connu ? Il vit maintenant en véritable gentilhomme fermier, en vrai seigneur campagnard. Tenez, Monsieur, il n'y a en vérité de désirable qu'une existence tranquille.

— Hypocrite ! dit d'Artagnan, que l'on voit bien que tu te rapproches de Paris, et qu'il y a à Paris une corde et une potence qui t'attendent !

En effet, comme ils en étaient là de leur conversation, les deux voyageurs arrivèrent à la barrière. Planchet baissait son feutre en songeant qu'il allait passer dans des rues où il était fort connu, et d'Artagnan relevait sa moustache en se rappelant Porthos, qui devait l'attendre rue Tiquetonne. Il pensait aux moyens de lui faire oublier sa seigneurie de Bracieux et les cuisines homériques de Pierrefonds.

En tournant le coin de la rue Montmartre, il aperçut, à l'une des fenêtres de l'hôtel de *La Chevrette,* Porthos,

vêtu d'un splendide justaucorps bleu de ciel tout brodé
d'argent, et bâillant à se démonter la mâchoire, de sorte
que les passants contemplaient avec une certaine admiration respectueuse ce gentilhomme si beau et si riche,
qui semblait si fort ennuyé de sa richesse et de sa
grandeur.

A peine d'ailleurs, de leur côté, d'Artagnan et Planchet
avaient-ils tourné l'angle de la rue, que Porthos les avait
reconnus.

— Eh! d'Artagnan, s'écria-t-il, Dieu soit loué! c'est
vous!

— Eh! bonjour, cher ami, répondit d'Artagnan.

Une petite foule de badauds se forma bientôt autour
des chevaux que les valets de l'hôtel tenaient déjà par la
bride et des cavaliers qui causaient ainsi le nez en l'air;
mais un froncement de sourcils de d'Artagnan et deux
ou trois gestes mal intentionnés de Planchet et bien
compris des assistants dissipèrent la foule, qui commençait à devenir d'autant plus compacte qu'elle ignorait pourquoi elle était rassemblée.

Porthos était déjà descendu sur le seuil de l'hôtel.

— Ah! mon cher ami, dit-il, que mes chevaux sont
mal ici!

— En vérité! dit d'Artagnan, j'en suis au désespoir
pour ces nobles animaux.

— Et moi aussi, j'étais assez mal, dit Porthos, et
n'était l'hôtesse, continua-t-il en se balançant sur ses
jambes avec son gros air content de lui-même, qui est
assez avenante et qui entend la plaisanterie, j'aurais été
chercher gîte ailleurs.

La belle Madeleine, qui s'était approchée pendant ce
colloque, fit un pas en arrière et devint pâle comme la
mort en entendant les paroles de Porthos, car elle crut
que la scène du Suisse allait se renouveler; mais, à sa
grande stupéfaction, d'Artagnan ne sourcilla point, et,
au lieu de se fâcher, il dit en riant à Porthos :

— Oui, je comprends, cher ami, l'air de la rue Tiquetonne ne vaut pas celui de la vallée de Pierrefonds;
mais, soyez tranquille, je vais vous en faire prendre un
meilleur.

— Quand cela?

— Ma foi, bientôt, je l'espère.

— Ah! tant mieux!

A cette exclamation de Porthos succéda un gémissement bas et profond qui partait de l'angle d'une porte. D'Artagnan, qui venait de mettre pied à terre, vit alors se dessiner en relief sur le mur l'énorme ventre de Mousqueton, dont la bouche attristée laissait échapper de sourdes plaintes.

— Et vous aussi, mon pauvre Monsieur Mouston, êtes déplacé dans ce chétif hôtel, n'est-ce pas? demanda d'Artagnan de ce ton railleur qui pouvait être aussi bien de la compassion que de la moquerie.

— Il trouve la cuisine détestable, répondit Porthos.

— Eh bien, mais, dit d'Artagnan, que ne la faisait-il lui-même comme à Chantilly ?

— Ah! Monsieur, je n'avais plus ici, comme là-bas, les étangs de M. le prince, pour y pêcher ces belles carpes, et les forêts de Son Altesse, pour y prendre au collet ces fines perdrix. Quant à la cave, je l'ai visitée en détail, et en vérité c'est bien peu de chose.

— Monsieur Mouston, dit d'Artagnan, en vérité je vous plaindrais, si je n'avais pour le moment quelque chose de bien autrement pressé à faire.

Alors, prenant Porthos à part :

— Mon cher du Vallon, continua-t-il, vous voilà tout habillé, et c'est heureux, car je vous mène de ce pas chez le cardinal.

— Bah! vraiment! dit Porthos en ouvrant de grands yeux ébahis.

— Oui, mon ami.

— Une présentation?

— Cela vous effraye?

— Non, mais cela m'émeut.

— Oh! soyez tranquille; vous n'avez plus affaire à l'autre cardinal, et celui-ci ne vous terrassera pas sous sa majesté.

— C'est égal, vous comprenez, d'Artagnan, la cour.

— Eh! mon ami, il n'y a plus de cour.

— La reine!

— J'allais dire : il n'y a plus de reine. La reine? Rassurez-vous, nous ne la verrons pas.

— Et vous dites que nous allons de ce pas au Palais-Royal.

— De ce pas. Seulement, pour ne point faire de retard, je vous emprunterai un de vos chevaux.

— A votre aise : ils sont tous les quatre à votre service.

— Oh! je n'en ai besoin que d'un pour le moment.

— N'emmenons-nous pas nos valets?

— Oui, prenez Mousqueton, cela ne fera pas mal. Quant à Planchet, il a ses raisons pour ne pas venir à la cour.

— Et pourquoi cela?

— Heu! il est mal avec Son Éminence.

— Mouston, dit Porthos, sellez Vulcain et Bayard

— Et moi, Monsieur, prendrai-je Rustaud?

— Non, prenez un cheval de luxe, prenez Phébus ou Superbe, nous allons en cérémonie.

— Ah! dit Mousqueton respirant, il ne s'agit donc que de faire une visite?

— Eh! mon Dieu, oui, Mouston, pas d'autre chose. Seulement, à tout hasard, mettez des pistolets dans les fontes; vous trouverez à ma selle les miens tout chargés.

Mouston poussa un soupir, il comprenait peu ces visites de cérémonie qui se faisaient armé jusqu'aux dents.

— Au fait, dit Porthos en regardant s'éloigner complaisamment son ancien laquais, vous avez raison, d'Artagnan, Mouston suffira, Mouston a fort belle apparence.

D'Artagnan sourit.

— Et vous, dit Porthos, ne vous habillez-vous point de frais?

— Non pas, je reste comme je suis.

— Mais vous êtes tout mouillé de sueur et de poussière, vos bottes sont fort crottées.

— Ce négligé de voyage témoignera de mon empressement à me rendre aux ordres du cardinal.

En ce moment Mousqueton revint avec les trois chevaux tout accommodés. D'Artagnan se remit en selle comme s'il se reposait depuis huit jours.

— Oh! dit-il à Planchet, ma longue épée...

— Moi, dit Porthos montrant une petite épée de parade à la garde toute dorée, j'ai mon épée de cour.

— Prenez votre rapière, mon ami.

— Et pourquoi?

— Je n'en sais rien, mais prenez toujours, croyez-moi.

— Ma rapière, Mouston, dit Porthos.

— Mais c'est tout un attirail de guerre, Monsieur! dit celui-ci; nous allons donc faire campagne? Alors dites-

le-moi tout de suite, je prendrai mes précautions en
conséquence.

— Avec nous, Mouston, vous le savez, reprit d'Artagnan, les précautions sont toujours bonnes à prendre.
Ou vous n'avez pas grande mémoire, ou vous avez
oublié que nous n'avons pas l'habitude de passer nos
nuits en bals et en sérénades.

— Hélas! c'est vrai, dit Mousqueton en s'armant de
pied en cap, mais je l'avais oublié.

Ils partirent d'un trait assez rapide et arrivèrent au
Palais Cardinal vers les sept heures un quart. Il y avait
foule dans les rues, car c'était le jour de la Pentecôte,
et cette foule regardait passer avec étonnement ces deux
cavaliers, dont l'un était si frais qu'il semblait sortir
d'une boîte, et l'autre si poudreux qu'on eût dit qu'il
quittait un champ de bataille.

Mousqueton attirait aussi les regards des badauds, et
comme le roman de Don Quichotte était alors dans
toute sa vogue , quelques-uns disaient que c'était Sancho
qui, après avoir perdu un maître, en avait trouvé deux.

En arrivant à l'antichambre, d'Artagnan se trouva
en pays de connaissance. C'étaient des mousquetaires
de sa compagnie qui justement étaient de garde. Il fit
appeler l'huissier et montra la lettre du cardinal qui
lui enjoignait de revenir sans perdre une seconde.
L'huissier s'inclina et entra chez Son Éminence.

D'Artagnan se retourna vers Porthos, et crut remarquer qu'il était agité d'un léger tremblement. Il sourit,
et s'approchant de son oreille, il lui dit :

— Bon courage, mon brave ami! ne soyez pas intimidé; croyez-moi, l'œil de l'aigle est fermé, et nous
n'avons plus affaire qu'au simple vautour. Tenez-vous
raide comme au jour du bastion Saint-Gervais , et ne
saluez pas trop bas cet Italien, cela lui donnerait une
pauvre idée de vous.

— Bien, bien, répondit Porthos.

L'huissier reparut.

— Entrez, Messieurs, dit-il, Son Éminence vous
attend.

En effet, Mazarin était assis dans son cabinet, travail-
lant à raturer le plus de noms possible sur une liste de
pensions et de bénéfices. Il vit du coin de l'œil entrer
d'Artagnan et Porthos, et quoique son regard eût

pétillé de joie à l'annonce de l'huissier, il ne parut pas
s'émouvoir.

— Ah! c'est vous, Monsieur le lieutenant? dit-il,
vous avez fait diligence, c'est bien; soyez le bienvenu.

— Merci, Monseigneur. Me voilà aux ordres de
Votre Éminence, ainsi que M. du Vallon, celui de
mes anciens amis, celui qui déguisait sa noblesse sous
le nom de Porthos.

Porthos salua le cardinal.

— Un cavalier magnifique, dit Mazarin.

Porthos tourna la tête à droite et à gauche, et fit des
mouvements d'épaule pleins de dignité.

— La meilleure épée du royaume, Monseigneur, dit
d'Artagnan, et bien des gens le savent qui ne le disent
pas et qui ne peuvent pas le dire.

Porthos salua d'Artagnan.

Mazarin aimait presque autant les beaux soldats que
Frédéric de Prusse les aima plus tard. Il se mit à admirer
les mains nerveuses, les vastes épaules et l'œil fixe de
Porthos. Il lui sembla qu'il avait devant lui le salut de
son ministère et du royaume, taillé en chair et en os.
Cela lui rappela que l'ancienne association des mousquetaires était formée de quatre personnes.

— Et vos deux autres amis? demanda Mazarin.

Porthos ouvrait la bouche, croyant que c'était l'occasion de placer un mot à son tour. D'Artagnan lui fit
un signe du coin de l'œil.

— Nos autres amis sont empêchés en ce moment,
ils nous rejoindront plus tard.

Mazarin toussa légèrement.

— Et Monsieur, plus libre qu'eux, reprendra volontiers du service? demanda Mazarin.

— Oui, Monseigneur, et cela par pur dévouement,
car M. de Bracieux est riche.

— Riche? dit Mazarin, à qui ce seul mot avait toujours le privilège d'inspirer une grande considération.

— Cinquante mille livres de rente, dit Porthos.

C'était la première parole qu'il avait prononcée.

— Par pur dévouement, reprit Mazarin avec son
fin sourire, par pur dévouement alors?

— Monseigneur ne croit peut-être pas beaucoup à
ce mot-là? demanda d'Artagnan.

— Et vous, Monsieur le Gascon? dit Mazarin en

appuyant ses deux coudes sur son bureau et son menton dans ses deux mains.

— Moi, dit d'Artagnan, je crois au dévouement comme à un nom de baptême, par exemple, qui doit être naturellement suivi d'un nom de terre. On est d'un naturel plus ou moins dévoué, certainement; mais il faut toujours qu'au bout d'un dévouement il y ait quelque chose.

— Et votre ami, par exemple, quelle chose désirerait-il avoir au bout de son dévouement?

— Eh bien! Monseigneur, mon ami a trois terres magnifiques : celle du Vallon, à Corbeil; celle de Bracieux, dans le Soissonnais, et celle de Pierrefonds dans le Valois; or, Monseigneur, il désirerait que l'une de ses trois terres fût érigée en baronnie.

— N'est-ce que cela? dit Mazarin, dont les yeux pétillèrent de joie en voyant qu'il pouvait récompenser le dévouement de Porthos sans bourse délier; n'est-ce que cela? La chose pourra s'arranger.

— Je serai baron! s'écria Porthos en faisant un pas en avant.

— Je vous l'avais dit, reprit d'Artagnan en l'arrêtant de la main, et Monseigneur vous le répète.

— Et vous, Monsieur d'Artagnan, que désirez-vous?

— Monseigneur, dit d'Artagnan, il y aura vingt ans au mois de septembre prochain que M. le cardinal de Richelieu m'a fait lieutenant.

— Oui, et vous voudriez que le cardinal Mazarin vous fît capitaine.

D'Artagnan salua.

— Eh bien! tout cela n'est pas chose impossible. On verra, Messieurs, on verra. Maintenant, Monsieur du Vallon, dit Mazarin, quel service préférez-vous? Celui de la ville? Celui de la campagne?

Porthos ouvrit la bouche pour répondre.

— Monseigneur, dit d'Artagnan, M. du Vallon est comme moi, il aime le service extraordinaire, c'est-à-dire des entreprises qui sont réputées comme folles et impossibles.

Cette gasconnade ne déplut pas à Mazarin, qui se mit à rêver.

— Cependant, je vous avoue que je vous avais fait venir pour vous donner un poste sédentaire. J'ai certaines inquiétudes. Eh bien! qu'est-ce que cela? dit Mazarin.

En effet, un grand bruit se faisait entendre dans l'antichambre, et presque en même temps la porte du cabinet s'ouvrit; un homme couvert de poussière se précipita dans la chambre en criant :

— Monsieur le cardinal? Où est Monsieur le cardinal?

Mazarin crut qu'on voulait l'assassiner, et se recula en faisant rouler son fauteuil. D'Artagnan et Porthos firent un mouvement qui les plaça entre le nouveau venu et le cardinal.

— Eh! Monsieur, dit Mazarin, qu'y a-t-il donc, que vous entrez ici comme dans les halles?

— Monseigneur, dit l'officier à qui s'adressait ce reproche, deux mots, je voudrais vous parler vite et en secret. Je suis M. de Poins , officier aux gardes, en service au donjon de Vincennes.

L'officier était si pâle et si défait, que Mazarin, persuadé qu'il était porteur d'une nouvelle d'importance, fit signe à d'Artagnan et à Porthos de faire place au messager.

D'Artagnan et Porthos se retirèrent dans un coin du cabinet.

— Parlez, Monsieur, parlez vite, dit Mazarin, qu'y a-t-il donc?

— Il y a, Monseigneur, dit le messager, que M. de Beaufort vient de s'évader du château de Vincennes.

Mazarin poussa un cri et devint à son tour plus pâle que celui qui lui annonçait cette nouvelle; il retomba sur son fauteuil presque anéanti.

— Évadé! dit-il, M. de Beaufort évadé?

— Monseigneur, je l'ai vu fuir du haut de la terrasse.

— Et vous n'avez pas tiré dessus?

— Il était hors de portée.

— Mais M. de Chavigny, que faisait-il donc?

— Il était absent.

— Mais La Ramée?

— On l'a trouvé garrotté dans la chambre du prisonnier, un bâillon dans la bouche et un poignard près de lui.

— Mais cet homme qu'il s'était adjoint?

— Il était complice du duc et s'est évadé avec lui.

Mazarin poussa un gémissement.

— Monseigneur, dit d'Artagnan faisant un pas vers le cardinal.

— Quoi ? dit Mazarin.

— Il me semble que Votre Éminence perd un temps précieux.

— Comment cela ?

— Si Votre Éminence ordonnait qu'on courût après le prisonnier, peut-être le rejoindrait-on encore. La France est grande, et la plus proche frontière est à soixante lieues.

— Et qui courrait après lui ? s'écria Mazarin.

— Moi, pardieu !

— Et vous l'arrêteriez ?

— Pourquoi pas ?

— Vous arrêteriez le duc de Beaufort, armé, en campagne ?

— Si Monseigneur m'ordonnait d'arrêter le diable, je l'empoignerais par les cornes et je le lui amènerais.

— Moi aussi, dit Porthos.

— Vous aussi ? dit Mazarin en regardant ces deux hommes avec étonnement. Mais le duc ne se rendra pas sans un combat acharné.

— Eh bien ! dit d'Artagnan dont les yeux s'enflammaient, bataille ! Il y a longtemps que nous ne nous sommes battus, n'est-ce pas, Porthos ?

— Bataille ! dit Porthos.

— Et vous croyez le rattraper ?

— Oui, si nous sommes mieux montés que lui.

— Alors, prenez ce que vous trouverez de gardes ici et courez.

— Vous l'ordonnez, Monseigneur ?

— Je le signe, dit Mazarin en prenant un papier et en écrivant quelques lignes.

— Ajoutez, Monseigneur, que nous pourrons prendre tous les chevaux que nous rencontrerons sur notre route.

— Oui, oui, dit Mazarin, service du roi ! Prenez et courez !

— Bon, Monseigneur.

— Monsieur du Vallon, dit Mazarin, votre baronnie est en croupe du duc de Beaufort ; il ne s'agit que de le rattraper. Quant à vous, mon cher Monsieur d'Artagnan, je ne vous promets rien, mais si vous le ramenez, mort ou vif, vous demanderez ce que vous voudrez.

— A cheval, Porthos ! dit d'Artagnan en prenant la main de son ami.

— Me voici, répondit Porthos avec son sublime sang-froid.

Et ils descendirent le grand escalier, prenant avec eux les gardes qu'ils rencontraient sur leur route en criant : « A cheval! à cheval! »

Une dizaine d'hommes se trouvèrent réunis.

D'Artagnan et Porthos sautèrent l'un sur Vulcain, l'autre sur Bayard; Mousqueton enfourcha Phébus.

— Suivez-moi! cria d'Artagnan.

— En route, dit Porthos.

Et ils enfoncèrent l'éperon dans les flancs de leurs nobles coursiers, qui partirent par la rue Saint-Honoré comme une tempête furieuse.

— Eh bien! Monsieur le baron! je vous avais promis de l'exercice, vous voyez que je vous tiens parole.

— Oui, mon capitaine, répondit Porthos.

Ils se retournèrent, Mousqueton, plus suant que son cheval, se tenait à la distance obligée. Derrière Mousqueton galopaient les dix gardes.

Les bourgeois ébahis sortaient sur le seuil de leur porte et les chiens effarouchés suivaient les cavaliers en aboyant.

Au coin du cimetière Saint-Jean, d'Artagnan renversa un homme; mais c'était un trop petit événement pour arrêter des gens si pressés. La troupe galopante continua donc son chemin comme si les chevaux eussent eu des ailes.

Hélas! il n'y a pas de petits événements dans ce monde, et nous verrons que celui-ci pensa perdre la monarchie!

XXVII

Ils coururent ainsi pendant toute la longueur du faubourg Saint-Antoine et la route de Vincennes; bientôt
ils se trouvèrent hors de la ville, bientôt dans la forêt,
bientôt en vue du village.

Les chevaux semblaient s'animer de plus en plus à
chaque pas, et leurs naseaux commençaient à rougir
comme des fournaises ardentes. D'Artagnan, les éperons dans le ventre de son cheval, devançait Porthos de
deux pieds au plus. Mousqueton suivait à deux lon-
gueurs. Les gardes venaient distancés selon la valeur
de leurs montures.

Du haut d'une éminence d'Artagnan vit un groupe de
personnes arrêtées de l'autre côté du fossé, en face de la
partie du donjon qui regarde Saint-Maur. Il comprit
que c'était par là que le prisonnier avait fui, et que
c'était de ce côté qu'il aurait des renseignements. En cinq
minutes il était arrivé à ce but, où le rejoignirent successivement les gardes.

Tous les gens qui composaient ce groupe étaient fort
occupés; ils regardaient la corde encore pendante à la
meurtrière et rompue à vingt pieds du sol. Leurs yeux
mesuraient la hauteur, et ils échangeaient force conjec-
tures. Sur le haut du rempart allaient et venaient des
sentinelles à l'air effaré.

Un poste de soldats, commandé par un sergent,
éloignait les bourgeois de l'endroit où le duc était monté
à cheval.

D'Artagnan piqua droit au sergent.

— Mon officier, dit le sergent, on ne s'arrête pas
ici.

— Cette consigne n'est pas pour moi, dit d'Artagnan.
A-t-on poursuivi les fuyards?

— Oui, mon officier; malheureusement ils sont bien
montés.

— Et combien sont-ils?

— Quatre valides, et un cinquième qu'ils ont emporté blessé.

— Quatre! dit d'Artagnan en regardant Porthos; entends-tu baron? Ils ne sont que quatre!

Un joyeux sourire illumina la figure de Porthos.

— Et combien d'avance ont-ils?

— Deux heures un quart, mon officier.

— Deux heures un quart, ce n'est rien, nous sommes bien montés, n'est-ce pas, Porthos?

Porthos poussa un soupir; il pensa à ce qui attendait ses pauvres chevaux.

— Fort bien, dit d'Artagnan, et maintenant de quel côté sont-ils partis?

— Quant à ceci, mon officier, défense de le dire.

D'Artagnan tira de sa poche un papier.

— Ordre du roi, dit-il.

— Parlez au gouverneur alors.

— Et où est le gouverneur?

— A la campagne.

La colère monta au visage de d'Artagnan, son front se plissa, ses tempes se colorèrent.

— Ah! misérable! dit-il au sergent, je crois que tu te moques de moi. Attends!

Il déplia le papier, le présenta d'une main au sergent et de l'autre prit dans ses fontes un pistolet qu'il arma.

— Ordre du roi, te dis-je. Lis et réponds, ou je te fais sauter la cervelle! Quelle route ont-ils prise?

Le sergent vit que d'Artagnan parlait sérieusement.

— Route du Vendômois, répondit-il.

— Et par quelle porte sont-ils sortis?

— Par la porte de Saint-Maur .

— Si tu me trompes, misérable, dit d'Artagnan, tu seras pendu demain!

— Et vous, si vous les rejoignez, vous ne reviendrez pas me faire pendre, murmura le sergent.

D'Artagnan haussa les épaules, fit un signe à son escorte et piqua.

— Par ici, Messieurs, par ici! cria-t-il en se dirigeant vers la porte du parc indiquée.

Mais maintenant que le duc s'était sauvé, le concierge avait jugé à propos de fermer la porte à double tour. Il fallut le forcer de l'ouvrir comme on avait forcé le sergent, et cela fit perdre encore dix minutes.

Le dernier obstacle franchi, la troupe reprit sa course avec la même vélocité.

Mais tous les chevaux ne continuèrent pas avec la même ardeur; quelques-uns ne purent soutenir longtemps cette course effrénée; trois s'arrêtèrent après une heure de marche, un tomba.

D'Artagnan, qui ne tournait pas la tête, ne s'en aperçut même pas. Porthos le lui dit avec son air tranquille.

— Pourvu que nous arrivions à deux, dit d'Artagnan, c'est tout ce qu'il faut, puisqu'ils ne sont que quatre.

— C'est vrai, dit Porthos.

Et il mit les éperons dans le ventre de son cheval.

Au bout de deux heures, les chevaux avaient fait douze lieues sans s'arrêter; leurs jambes commençaient à trembler et l'écume qu'ils soufflaient mouchetait les pourpoints des cavaliers, tandis que la sueur pénétrait sous leurs hauts-de-chausses.

— Reposons-nous un instant pour faire souffler ces malheureuses bêtes, dit Porthos.

— Tuons-les, au contraire, tuons-les! dit d'Artagnan, et arrivons. Je vois des traces fraîches, il n'y a pas plus d'un quart d'heure qu'ils sont passés ici.

Effectivement le revers de la route était labouré par les pieds des chevaux. On voyait les traces aux derniers rayons du jour.

Ils repartirent; mais après deux lieues, le cheval de Mousqueton s'abattit.

— Bon! dit Porthos, voilà Phébus flambé!

— Le cardinal vous le payera mille pistoles.

— Oh! dit Porthos, je suis au-dessus de cela.

— Repartons donc, et au galop!

— Oui, si nous pouvons.

En effet, le cheval de d'Artagnan refusa d'aller plus loin, il ne respirait plus; un dernier coup d'éperon, au lieu de le faire avancer, le fit tomber.

— Ah! diable! dit Porthos, voilà Vulcain fourbu!

— Mordieu! s'écria d'Artagnan en saisissant ses cheveux à pleine poignée, il faut donc s'arrêter! Donnez-moi votre cheval, Porthos. Eh bien! mais, que diable faites-vous?

— Eh! pardieu! je tombe, dit Porthos, ou plutôt c'est Bayard qui s'abat.

D'Artagnan voulut le faire relever pendant que

Porthos se tirait comme il pouvait des étriers, mais il s'aperçut que le sang lui sortait par les naseaux.

— Et de trois! dit-il. Maintenant tout est fini!

En ce moment un hennissement se fit entendre.

— Chut! dit d'Artagnan.

— Qu'y a-t-il?

— J'entends un cheval.

— C'est celui de quelqu'un de nos compagnons qui nous rejoint.

— Non, dit d'Artagnan, c'est en avant.

— Alors, c'est autre chose, dit Porthos.

Et il écouta à son tour en tendant l'oreille du côté qu'avait indiqué d'Artagnan.

— Monsieur, dit Mousqueton, qui, après avoir abandonné son cheval sur la grande route, venait de rejoindre son maître à pied; Monsieur, Phébus n'a pu résister, et...

— Silence donc! dit Porthos.

En effet, en ce moment un second hennissement passait, emporté par la brise de la nuit.

— C'est à cinq cents pas d'ici, en avant de nous, dit d'Artagnan.

— En effet, Monsieur, dit Mousqueton, et à cinq cents pas de nous il y a une petite maison de chasse.

— Mousqueton, tes pistolets, dit d'Artagnan.

— Je les ai à la main, Monsieur.

— Porthos, prenez les vôtres dans vos fontes.

— Je les tiens.

— Bien, dit d'Artagnan en s'emparant à son tour des siens; maintenant vous comprenez, Porthos?

— Pas trop.

— Nous courons pour le service du roi.

— Eh bien?

— Pour le service du roi nous requérons ces chevaux.

— C'est cela, dit Porthos.

— Alors, pas un mot et à l'œuvre!

Tous trois s'avancèrent dans la nuit, silencieux comme des fantômes. A un détour de la route, ils virent briller une lumière au milieu des arbres.

— Voilà la maison, dit d'Artagnan tout bas. Laissez-moi faire, Porthos, et faites comme je ferai.

Ils se glissèrent d'arbre en arbre, et arrivèrent jusqu'à vingt pas de la maison sans avoir été vus. Parvenus à cette distance, ils aperçurent, à la faveur d'une lanterne suspendue sous un hangar, quatre chevaux d'une belle mine. Un valet les pansait. Près d'eux étaient les selles et les brides.

D'Artagnan s'approcha vivement, faisant signe à ses deux compagnons de se tenir quelques pas en arrière.

— J'achète ces chevaux, dit-il au valet.

Celui-ci se retourna étonné, mais sans rien dire.

— N'as-tu pas entendu, drôle? reprit d'Artagnan.

— Si fait, dit celui-ci.

— Pourquoi ne réponds-tu pas?

— Parce que ces chevaux ne sont pas à vendre.

— Je les prends alors, dit d'Artagnan.

Et il mit la main sur celui qui était à sa portée. Ses deux compagnons apparurent au même moment et en firent autant.

— Mais, Messieurs! s'écria le laquais, ils viennent de faire une traite de six lieues, et il y a à peine une demi-heure qu'ils sont dessellés.

— Une demi-heure de repos suffit, dit d'Artagnan, et ils n'en seront que mieux en haleine.

Le palefrenier appela à son aide. Une espèce d'intendant sortit juste au moment où d'Artagnan et ses compagnons mettaient la selle sur le dos des chevaux.

L'intendant voulut faire la grosse voix.

— Mon cher ami, dit d'Artagnan, si vous dites un mot je vous brûle la cervelle.

Et il lui montra le canon d'un pistolet qu'il remit aussitôt sous son bras pour continuer sa besogne.

— Mais, Monsieur, dit l'intendant, savez-vous que ces chevaux appartiennent à M. de Montbazon?

— Tant mieux, dit d'Artagnan, ce doivent être de bonnes bêtes.

— Monsieur, dit l'intendant en reculant pas à pas et en essayant de regagner la porte, je vous préviens que je vais appeler mes gens.

— Et moi les miens, dit d'Artagnan. Je suis lieutenant aux mousquetaires du roi, j'ai dix gardes qui me suivent, et, tenez, les entendez-vous galoper? Nous allons voir.

On n'entendait rien, mais l'intendant eut peur d'entendre.

— Y êtes-vous, Porthos? dit d'Artagnan.

— J'ai fini.

— Et vous, Mouston ?

— Moi aussi.

— Alors en selle, et partons.

Tous trois s'élancèrent sur leurs chevaux.

— A moi! dit l'intendant, à moi, les laquais et les carabines!

— En route! dit d'Artagnan, il va y avoir de la mousquetade.

Et tous trois partirent comme le vent.

— A moi! hurla l'intendant, tandis que le palefrenier courait vers le bâtiment voisin.

— Prenez garde de tuer vos chevaux! cria d'Artagnan en éclatant de rire.

— Feu! répondit l'intendant.

Une lueur pareille à celle d'un éclair illumina le chemin puis en même temps que la détonation, les trois cavaliers entendirent siffler les balles, qui se perdirent dans l'air.

— Ils tirent comme des laquais, dit Porthos. On tirait mieux que cela du temps de M. de Richelieu. Vous rappelez-vous la route de Crèvecœur, Mousqueton ?

— Ah! Monsieur, la fesse droite m'en fait encore mal.

— Êtes-vous sûr que nous sommes sur la piste, d'Artagnan? demanda Porthos.

— Pardieu! n'avez-vous donc pas entendu?

— Quoi?

— Que ces chevaux appartiennent à M. de Montbazon.

— Eh bien?

— Eh bien! M. de Montbazon est le mari de Mme de Montbazon.

— Après?

— Et Mme de Montbazon est la maîtresse de M. de Beaufort.

— Ah! je comprends, dit Porthos. Elle avait disposé des relais.

— Justement.

— Et nous courons après le duc avec les chevaux qu'il vient de quitter.

— Mon cher Porthos, vous êtes vraiment d'une intelligence supérieure, dit d'Artagnan de son air moitié figue, moitié raisin.

— Peuh! fit Porthos, voilà comme je suis, moi!

On courut ainsi une heure, les chevaux étaient blancs d'écume et le sang leur coulait du ventre.

— Hein! qu'ai-je vu là-bas? dit d'Artagnan.

— Vous êtes bien heureux si vous y voyez quelque chose par une pareille nuit, dit Porthos.

— Des étincelles.

— Moi aussi, dit Mousqueton, je les ai vues.

— Ah! ah! les aurions-nous rejoints?

— Bon! un cheval mort! dit d'Artagnan en ramenant sa monture d'un écart qu'elle venait de faire, il paraît qu'eux aussi sont au bout de leur haleine.

— Il semble qu'on entend le bruit d'une troupe de cavaliers, dit Porthos penché sur la crinière de son cheval.

— Impossible.

— Ils sont nombreux.

— Alors, c'est autre chose.

— Encore un cheval! dit Porthos.

— Mort?

— Non, expirant.

— Sellé ou dessellé?

— Sellé.

— Ce sont eux, alors.

— Courage! nous les tenons.

— Mais s'ils sont nombreux, dit Mousqueton, ce n'est pas nous qui les tenons, ce sont eux qui nous tiennent.

— Bah! dit d'Artagnan, ils nous croiront plus forts qu'eux, puisque nous les poursuivons; alors ils prendront peur et se disperseront.

— C'est sûr, dit Porthos.

— Ah! voyez-vous, s'écria d'Artagnan.

— Oui, encore des étincelles; cette fois je les ai vues à mon tour, dit Porthos.

— En avant, en avant! dit d'Artagnan de sa voix stridente et dans cinq minutes nous allons rire.

Et ils s'élancèrent de nouveau. Les chevaux, furieux de douleur et d'émulation, volaient sur la route sombre, au milieu de laquelle on commençait d'apercevoir une masse plus compacte et plus obscure que le reste de l'horizon.

XXVIII

RENCONTRE

ON COURUT dix minutes encore ainsi.

Soudain, deux points noirs se détachèrent de la masse, avancèrent, grossirent, et, à mesure qu'ils grossissaient, prirent la forme de deux cavaliers.

— Oh! oh! dit d'Artagnan, on vient à nous.

— Tant pis pour ceux qui viennent, dit Porthos.

— Qui va là? cria une voix rauque.

Les trois cavaliers lancés ne s'arrêtèrent ni ne répondirent, seulement on entendit le bruit des épées qui sortaient du fourreau et le cliquetis des chiens de pistolet qu'armaient les deux fantômes noirs.

— Bride aux dents! dit d'Artagnan.

Porthos comprit, et d'Artagnan et lui tirèrent chacun de la main gauche un pistolet de leurs fontes et l'armèrent à leur tour.

— Qui va là? s'écria-t-on une seconde fois. Pas un pas de plus où vous êtes morts!

— Bah! répondit Porthos presque étranglé par la poussière et mâchant sa bride comme son cheval mâchait son mors, bah! nous en avons vu bien d'autres!

A ces mots les deux ombres barrèrent le chemin, et l'on vit, à la clarté des étoiles, reluire les canons des pistolets abaissés.

— Arrière! cria d'Artagnan, ou c'est vous qui êtes morts!

Deux coups de pistolet répondirent à cette menace, mais les deux assaillants venaient avec une telle rapidité qu'au même instant ils furent sur leurs adversaires. Un troisième coup de pistolet retentit, tiré à bout portant par d'Artagnan, et son ennemi tomba. Quant à Porthos il heurta le sien avec tant de violence que, quoique son épée eût été détournée, il l'envoya du choc rouler à dix pas de son cheval.

— Achève, Mousqueton, achève! dit Porthos.

Et il s'élança en avant au côté de son ami qui avait déjà repris sa poursuite.

— Eh bien? dit Porthos.

— Je lui ai cassé la tête, dit d'Artagnan; et vous?

— Je l'ai renversé seulement; mais tenez...

On entendit un coup de carabine : c'était Mousqueton qui, en passant, exécutait l'ordre de son maître.

— Sus! sus! dit d'Artagnan; cela va bien et nous avons la première manche!

— Ah! ah! dit Porthos, voilà d'autres joueurs.

En effet, deux autres cavaliers apparaissaient détachés du groupe principal, et s'avançaient rapidement pour barrer de nouveau la route.

Cette fois, d'Artagnan n'attendit pas même qu'on lui adressât la parole.

— Place! cria-t-il le premier, place!

— Que voulez-vous? dit une voix.

— Le duc! hurlèrent à la fois Porthos et d'Artagnan.

Un éclat de rire répondit, mais il s'acheva dans un gémissement; d'Artagnan avait percé le rieur de part en part avec son épée.

En même temps deux détonations qui ne faisaient qu'un seul coup : c'étaient Porthos et son adversaire qui tiraient l'un sur l'autre.

D'Artagnan se retourna et vit Porthos près de lui.

— Bravo! Porthos, dit-il, vous l'avez tué, ce me semble?

— Je crois que je n'ai touché que le cheval, dit Porthos.

— Que voulez-vous, mon cher, on ne fait pas mouche à tous coups, et il ne faut pas se plaindre quand on met dans la carte. Hé! parbleu! qu'a donc mon cheval?

— Votre cheval a qu'il s'abat, dit Porthos en arrêtant le sien.

En effet, le cheval de d'Artagnan butait et tombait sur les genoux, puis il poussa un râle et se coucha.

Il avait reçu dans le poitrail la balle du premier adversaire de d'Artagnan.

D'Artagnan poussa un juron à faire éclater le ciel.

— Monsieur veut-il un cheval? dit Mousqueton.

— Pardieu! si j'en veux un, cria d'Artagnan.

— Voici, dit Mousqueton.

— Comment diable as-tu deux chevaux de main ? dit d'Artagnan en sautant sur l'un d'eux.

— Leurs maîtres sont morts : j'ai pensé qu'ils pouvaient nous être utiles, et je les ai pris.

Pendant ce temps Porthos avait rechargé son pistolet.

— Alerte ! dit d'Artagnan, en voilà deux autres.

— Ah çà, mais ! il y en aura donc jusqu'à demain ! dit Porthos.

En effet, deux autres cavaliers s'avançaient rapidement.

— Eh ! Monsieur, dit Mousqueton, celui que vous avez renversé se relève.

— Pourquoi n'en as-tu pas fait autant que du premier ?

— J'étais embarrassé, Monsieur, je tenais les chevaux.

Un coup de feu partit, Mousqueton jeta un cri de douleur.

— Ah ! Monsieur, cria-t-il, dans l'autre ! juste dans l'autre ! Ce coup-là fera le pendant de celui de la route d'Amiens.

Porthos se retourna comme un lion, fondit sur le cavalier démonté, qui essaya de tirer son épée, mais avant qu'elle fût hors du fourreau, Porthos, du pommeau de la sienne, lui avait porté un si terrible coup sur la tête, qu'il était tombé comme un bœuf sous la masse du boucher.

Mousqueton, tout en gémissant, s'était laissé glisser le long de son cheval, la blessure qu'il avait reçue ne lui permettait pas de rester en selle.

En apercevant les cavaliers, d'Artagnan s'était arrêté et avait rechargé son pistolet ; de plus, son nouveau cheval avait une carabine à l'arçon de la selle.

— Me voilà ! dit Porthos, attendons-nous ou chargeons-nous ?

— Chargeons, dit d'Artagnan.

— Chargeons, dit Porthos.

Ils enfoncèrent leurs éperons dans le ventre de leurs chevaux.

Les cavaliers n'étaient plus qu'à vingt pas d'eux.

— De par le roi ! cria d'Artagnan, laissez-nous passer.

— Le roi n'a rien à faire ici ! répliqua une voix sombre et vibrante qui semblait sortir d'une nuée, car le cavalier arrivait enveloppé d'un tourbillon de poussière.

— C'est bien, nous verrons si le roi ne passe pas partout, reprit d'Artagnan.

— Voyez, dit la même voix.

Deux coups de pistolet partirent presque en même temps, un tiré par d'Artagnan, l'autre par l'adversaire de Porthos. La balle de d'Artagnan enleva le chapeau de son ennemi; la balle de l'adversaire de Porthos traversa la gorge de son cheval, qui tomba raide en poussant un gémissement.

— Pour la dernière fois, où allez-vous? dit la même voix.

— Au diable! répondit d'Artagnan.

— Bon! soyez tranquille alors, vous arriverez.

D'Artagnan vit s'abaisser vers lui le canon d'un mousquet; il n'avait pas le temps de fouiller à ses fontes; il se souvint d'un conseil que lui avait donné autrefois Athos. Il fit cabrer son cheval.

La balle frappa l'animal en plein ventre. D'Artagnan sentit qu'il manquait sous lui, et avec son agilité merveilleuse se jeta de côté.

— Ah çà, mais! dit la même voix vibrante et railleuse, c'est une boucherie de chevaux et non un combat d'hommes que nous faisons là. A l'épée! Monsieur, à l'épée!

Et il sauta à bas de son cheval.

— A l'épée, soit, dit d'Artagnan, c'est mon affaire.

En deux bonds d'Artagnan fut contre son adversaire, dont il sentit le fer sur le sien. D'Artagnan, avec son adresse ordinaire, avait engagé l'épée en tierce, sa garde favorite.

Pendant ce temps, Porthos, agenouillé derrière son cheval, qui trépignait dans les convulsions de l'agonie, tenait un pistolet dans chaque main.

Cependant le combat était commencé entre d'Artagnan et son adversaire. D'Artagnan l'avait attaqué rudement, selon sa coutume; mais cette fois il avait rencontré un jeu et un poignet qui le firent réfléchir. Deux fois ramené en quarte, d'Artagnan fit un pas en arrière; son adversaire ne bougea point; d'Artagnan revint et engagea de nouveau l'épée en tierce.

Deux ou trois coups furent portés de part et d'autre sans résultat, les étincelles jaillissaient par gerbes des épées.

Enfin, d'Artagnan pensa que c'était le moment d'utiliser sa feinte favorite; il l'amena fort habilement, l'exécuta avec la rapidité de l'éclair, et porta le coup avec une vigueur qu'il croyait irrésistible.

Le coup fut paré.

— Mordious! s'écria-t-il avec son accent gascon.

A cette exclamation, son adversaire bondit en arrière, et, penchant sa tête découverte, il s'efforça de distinguer à travers les ténèbres le visage de d'Artagnan.

Quant à d'Artagnan, craignant une feinte, il se tenait sur la défensive.

— Prenez garde, dit Porthos à son adversaire, j'ai encore mes deux pistolets chargés.

— Raison de plus pour que vous tiriez le premier, répondit celui-ci.

Porthos tira : un éclair illumina le champ de bataille.

A cette lueur, les deux autres combattants jetèrent chacun un cri.

— Athos! dit d'Artagnan.

— D'Artagnan! dit Athos.

Athos leva son épée, d'Artagnan baissa la sienne.

— Aramis! cria Athos, ne tirez pas.

— Ah! ah! c'est vous, Aramis? dit Porthos.

Et il jeta son pistolet.

Aramis repoussa le sien dans ses fontes et remit son épée au fourreau.

— Mon fils! dit Athos en tendant la main à d'Artagnan.

C'était le nom qu'il lui donnait autrefois dans ses moments de tendresse.

— Athos, dit d'Artagnan en se tordant les mains, vous le défendez donc? Et moi qui avais juré de le ramener mort ou vif! Ah! je suis déshonoré.

— Tuez-moi, dit Athos en découvrant sa poitrine, si votre honneur a besoin de ma mort.

— Oh! malheur à moi! malheur à moi! s'écriait d'Artagnan, il n'y avait qu'un homme au monde qui pouvait m'arrêter, et il faut que la fatalité mette cet homme sur mon chemin! Ah! que dirai-je au cardinal?

— Vous lui direz, Monsieur, répondit une voix qui dominait le champ de bataille, qu'il avait envoyé contre moi les deux seuls hommes capables de renverser quatre hommes, de lutter corps à corps sans désavantage contre

le comte de La Fère et le chevalier d'Herblay, et de ne
se rendre qu'à cinquante hommes.

— Le prince! dirent en même temps Athos et Aramis
en faisant un mouvement pour démasquer le duc de
Beaufort, tandis que d'Artagnan et Porthos faisaient
de leur côté un pas en arrière.

— Cinquante cavaliers! murmurèrent d'Artagnan et
Porthos.

— Regardez autour de vous, Messieurs, si vous en
doutez, dit le duc.

D'Artagnan et Porthos regardèrent autour d'eux; ils
étaient en effet entièrement enveloppés par une troupe
d'hommes à cheval.

— Au bruit de votre combat, dit le duc, j'ai cru que
vous étiez vingt hommes, et je suis revenu avec tous
ceux qui m'entouraient, las de toujours fuir, et désireux
de tirer un peu l'épée à mon tour! vous n'étiez que deux.

— Oui, Monseigneur, dit Athos, mais, vous l'avez
dit, deux qui en valent vingt.

— Allons, Messieurs, vos épées, dit le duc.

— Nos épées! dit d'Artagnan relevant la tête et
revenant à lui, nos épées! Jamais!

— Jamais! dit Porthos.

Quelques hommes firent un mouvement.

— Un instant, Monseigneur, dit Athos, deux mots.

Et il s'approcha du prince, qui se pencha vers lui et
auquel il dit quelques paroles tout bas.

— Comme vous voudrez, comte, dit le prince. Je
suis trop votre obligé pour vous refuser votre première
demande. Écartez-vous, Messieurs, dit-il aux hommes
de son escorte. Messieurs d'Artagnan et du Vallon,
vous êtes libres.

L'ordre fut aussitôt exécuté, et d'Artagnan et Porthos
se trouvèrent former le centre d'un vaste cercle.

— Maintenant, d'Herblay, dit Athos, descendez de
cheval et venez.

Aramis mit pied à terre et s'approcha de Porthos,
tandis qu'Athos s'approchait de d'Artagnan. Tous
quatre alors se trouvèrent réunis.

— Amis, dit Athos, regrettez-vous encore de n'avoir
pas versé notre sang?

— Non, dit d'Artagnan, je regrette de nous voir
les uns contre les autres, nous qui avions toujours été

si bien unis, je regrette de nous rencontrer dans deux camps opposés. Ah! rien ne nous réussira plus.

— Oh! mon Dieu! non, c'est fini, dit Porthos.

— Eh bien! soyez des nôtres alors, dit Aramis.

— Silence, d'Herblay, dit Athos, on ne fait point de ces propositions-là à des hommes comme ces Messieurs. S'ils sont entrés dans le parti de Mazarin, c'est que leur conscience les a poussés de ce côté, comme la nôtre nous a poussés du côté des princes.

— En attendant, nous voilà ennemis, dit Porthos, sang-bleu! qui aurait jamais cru cela?

D'Artagnan ne dit rien, mais poussa un soupir.

Athos les regarda et prit leurs mains dans les siennes.

— Messieurs, dit-il, cette affaire est grave, et mon cœur souffre comme si vous l'aviez percé d'outre en outre. Oui, nous sommes séparés, voilà la grande, voilà la triste vérité, mais nous ne nous sommes pas déclaré la guerre encore; peut-être avons-nous des conditions à faire, un entretien suprême est indispensable.

— Quant à moi, je le réclame, dit Aramis.

— Je l'accepte, dit d'Artagnan avec fierté.

Porthos inclina la tête en signe d'assentiment.

— Prenons donc un lieu de rendez-vous, continua Athos, à la portée de nous tous, et dans une dernière entrevue réglons définitivement notre position réciproque et la conduite que nous devons tenir les uns vis-à-vis des autres.

— Bien! dirent les trois autres.

— Vous êtes donc de mon avis? demanda Athos.

— Entièrement.

— Eh bien! le lieu?

— La place Royale vous convient-elle? demanda d'Artagnan.

— À Paris?

— Oui.

Athos et Aramis se regardèrent, Aramis fit un signe de tête approbatif.

— La place Royale, soit! dit Athos.

— Et quand cela?

— Demain soir, si vous voulez.

— Serez-vous de retour?

— Oui.

— À quelle heure?

— A dix heures de la nuit, cela vous convient-il?

— A merveille.

— De là, dit Athos, sortira la paix ou la guerre, mais notre honneur du moins, amis, sera sauf.

— Hélas! murmura d'Artagnan, notre honneur de soldat est perdu, à nous.

— D'Artagnan, dit gravement Athos, je vous jure que vous me faites mal de penser à ceci quand je ne pense, moi, qu'à une chose, c'est que nous avons croisé l'épée l'un contre l'autre. Oui, continua-t-il en secouant douloureusement la tête, oui, vous l'avez dit, le malheur est sur nous; venez, Aramis.

— Et nous, Porthos, dit d'Artagnan, retournons porter notre honte au cardinal.

— Et dites-lui surtout, cria une voix, que je ne suis pas trop vieux pour être un homme d'action.

D'Artagnan reconnut la voix de Rochefort.

— Puis-je quelque chose pour vous, Messieurs? dit le prince.

— Rendre témoignage que nous avons fait ce que nous avons pu, Monseigneur.

— Soyez tranquille, cela sera fait. Adieu, Messieurs, dans quelque temps nous nous reverrons, je l'espère, sous Paris et même dans Paris peut-être, et alors vous pourrez prendre votre revanche.

A ces mots, le duc salua de la main, remit son cheval au galop et disparut suivi de son escorte, dont la vue alla se perdre dans l'obscurité et le bruit dans l'espace.

D'Artagnan et Porthos se trouvèrent seuls sur la grande route avec un homme qui tenait deux chevaux de main.

Ils crurent que c'était Mousqueton et s'approchèrent.

— Que vois-je! s'écria d'Artagnan, c'est toi, Grimaud?

— Grimaud! dit Porthos.

Grimaud fit signe aux deux amis qu'ils ne se trompaient pas.

— Et à qui les chevaux? demanda d'Artagnan.

— Qui nous les donne? demanda Porthos.

— M. le comte de La Fère.

— Athos, Athos, murmura d'Artagnan, vous pensez à tout et vous êtes vraiment un gentilhomme.

— A la bonne heure! dit Porthos, j'avais peur d'être obligé de faire l'étape à pied.

Et il se mit en selle. D'Artagnan y était déjà.

— Eh bien! où vas-tu donc, Grimaud? demanda d'Artagnan, tu quittes ton maître?

— Oui, dit Grimaud, je vais rejoindre le vicomte de Bragelonne à l'armée de Flandre.

Ils firent alors silencieusement quelques pas sur le grand chemin en venant vers Paris, mais tout à coup ils entendirent des plaintes qui semblaient sortir d'un fossé.

— Qu'est-ce que cela? demanda d'Artagnan.

— Cela, dit Porthos, c'est Mousqueton.

— Eh! oui, Monsieur, c'est moi, dit une voix plaintive, tandis qu'une espèce d'ombre se dressait sur le revers de la route.

Porthos courut à son intendant, auquel il était réellement attaché.

— Serais-tu blessé dangereusement, mon cher Mouston? dit-il.

— Mouston! reprit Grimaud en ouvrant des yeux ébahis.

— Non, Monsieur, je ne crois pas; mais je suis blessé d'une manière fort gênante.

— Alors, tu ne peux pas monter à cheval?

— Ah! Monsieur, que me proposez-vous là?

— Peux-tu aller à pied?

— Je tâcherai, jusqu'à la première maison.

— Comment faire? dit d'Artagnan, il faut cependant que nous revenions à Paris.

— Je me charge de Mousqueton, dit Grimaud.

— Merci, mon bon Grimaud! dit Porthos.

Grimaud mit pied à terre et alla donner le bras à son ancien ami, qui l'accueillit les larmes aux yeux, sans que Grimaud pût positivement savoir si ces larmes venaient du plaisir de le revoir ou de la douleur que lui causait sa blessure.

Quant à d'Artagnan et à Porthos, ils continuèrent silencieusement leur route vers Paris.

Trois heures après, ils furent dépassés par une espèce de courrier couvert de poussière: c'était un homme envoyé par le duc et qui portait au cardinal une lettre dans laquelle, comme l'avait promis le prince, il rendait témoignage de ce qu'avaient fait Porthos et d'Artagnan.

Mazarin avait passé une fort mauvaise nuit lorsqu'il reçut cette lettre, dans laquelle le prince lui annonçait lui-même qu'il était en liberté et qu'il allait lui faire une guerre mortelle.

Le cardinal la lut deux ou trois fois, puis la pliant et la mettant dans sa poche :

— Ce qui me console, dit-il, puisque d'Artagnan l'a manqué, c'est qu'au moins en courant après lui il a écrasé Broussel. Décidément le Gascon est un homme précieux, et il me sert jusque dans ses maladresses.

Le cardinal faisait allusion à cet homme qu'avait renversé d'Artagnan au coin du cimetière Saint-Jean à Paris, et qui n'était autre que le conseiller Broussel.

QUATRE ANCIENS AMIS S'APPRÊTENT À SE REVOIR

— Eh bien! dit Porthos, assis dans la cour de l'hôtel de *La Chevrette,* à d'Artagnan, qui, la figure allongée et maussade, rentrait du Palais Cardinal; eh bien! il vous a mal reçu, mon brave d'Artagnan?

— Ma foi, oui! Décidément, c'est une laide bête que cet homme! Que mangez-vous là, Porthos?

— Eh! vous voyez, je trempe un biscuit dans un verre de vin d'Espagne. Faites-en autant.

— Vous avez raison, Gimblou, un verre!

Le garçon apostrophé par ce nom harmonieux apporta le verre demandé, et d'Artagnan s'assit près de son ami.

— Comment cela s'est-il passé?

— Dame! vous comprenez, il n'y avait pas deux moyens de dire la chose. Je suis entré, il m'a regardé de travers; j'ai haussé les épaules, et je lui ai dit :

« — Eh bien! Monseigneur, nous n'avons pas été
» les plus forts.

« — Oui, je sais tout cela; mais racontez-moi les
» détails. »

« Vous comprenez, Porthos, je ne pouvais pas raconter les détails sans nommer nos amis, et les nommer, c'était les perdre. »

— Pardieu!

« — Monseigneur, ai-je dit, ils étaient cinquante et
» nous étions deux.

« — Oui, mais cela n'empêche pas, a-t-il répondu,
» qu'il y a eu des coups de pistolets échangés, à ce que
» j'ai entendu dire.

« — Le fait est que, de part et d'autre, il y a eu quelques
» charges de poudre de brûlées.

« — Et les épées ont vu le jour? a-t-il ajouté.

« — C'est-à-dire la nuit, Monseigneur, ai-je répondu.

« — Ah çà! a continué le cardinal, je vous croyais
» Gascon, mon cher?

« — Je ne suis Gascon que quand je réussis, Mon-
» seigneur.

» La réponse lui a plu, car il s'est mis à rire.

« — Cela m'apprendra, a-t-il dit, à faire donner de
» meilleurs chevaux à mes gardes; car s'ils eussent pu
» vous suivre et qu'ils eussent fait chacun autant que
» vous et votre ami, vous eussiez tenu votre parole et
» me l'eussiez ramené mort ou vif. »

— Eh bien! mais, il me semble que ce n'est pas mal,
cela, reprit Porthos.

— Eh! mon Dieu, non, mon cher, mais c'est la manière dont c'est dit. C'est incroyable, interrompit d'Artagnan, combien ces biscuits tiennent de vin! Ce sont
de véritables éponges! Gimblou, une autre bouteille.

La bouteille fut apportée avec une promptitude qui
prouvait le degré de considération dont d'Artagnan
jouissait dans l'établissement. Il continua :

— Aussi je me retirais, lorsqu'il m'a rappelé.

« — Vous avez eu trois chevaux tant tués que four-
» bus ? m'a-t-il demandé.

« — Oui, Monseigneur.

« — Combien valaient-ils ? »

— Mais, dit Porthos, c'est un assez bon mouvement,
cela, il me semble.

« — Mille pistoles, ai-je répondu. »

— Mille pistoles! dit Porthos; oh! oh! c'est beaucoup,
et s'il se connaît en chevaux, il a dû marchander.

— Il en avait, ma foi, bien envie, le pleutre, car il a
fait un soubresaut terrible et m'a regardé. Je l'ai regardé
aussi; alors il a compris, et mettant la main dans
une armoire, il en a tiré des billets sur la banque de
Lyon.

— Pour mille pistoles?

— Pour mille pistoles! tout juste, le ladre! pas pour
une de plus.

— Et vous les avez?

— Les voici.

— Ma foi! je trouve que c'est agir convenablement,
dit Porthos.

— Convenablement! avec des gens qui non seulement
viennent de risquer leur peau, mais encore de lui rendre
un grand service?

— Un grand service, et lequel? demanda Porthos.

— Dame! il paraît que je lui ai écrasé un conseiller au parlement.

— Comment! ce petit homme noir que vous avez renversé au coin du cimetière Saint-Jean.

— Justement, mon cher. Eh bien! il le gênait. Malheureusement, je ne l'ai pas écrasé à plat. Il paraît qu'il en reviendra et qu'il le gênera encore.

— Tiens! dit Porthos, et moi qui ai dérangé mon cheval qui allait donner en plein dessus! Ce sera pour une autre fois.

— Il aurait dû me payer le conseiller, le cuistre!

— Dame! dit Porthos, s'il n'était pas écrasé tout à fait.

— Ah! M. de Richelieu eût dit : « Cinq cents écus » pour le conseiller! » Enfin n'en parlons plus. Combien vous coûtaient vos bêtes, Porthos?

— Ah! mon ami, si le pauvre Mousqueton était là, il vous dirait la chose à livre, sou et denier.

— N'importe! dites toujours, à dix écus près.

— Mais Vulcain et Bayard me coûtaient chacun deux cents pistoles à peu près, et en mettant Phébus à cent cinquante, je crois que nous approcherons de compte.

— Alors, il reste donc quatre cent cinquante pistoles, dit d'Artagnan assez satisfait.

— Oui, dit Porthos, mais il y a les harnais.

— C'est pardieu vrai. A combien les harnais?

— Mais en mettant cent pistoles pour les trois...

— Va pour cent pistoles, dit d'Artagnan. Il reste alors trois cent cinquante pistoles.

Porthos inclina la tête en signe d'adhésion.

— Donnons les cinquante pistoles à l'hôtesse pour notre dépense, dit d'Artagnan, et partageons les trois cents autres.

— Partageons, dit Porthos.

— Piètre affaire! murmura d'Artagnan en serrant ses billets.

— Heu! dit Porthos, c'est toujours cela. Mais dites donc?

— Quoi?

— N'a-t-il en aucune façon parlé de moi?

— Ah! si fait! s'écria d'Artagnan, qui craignait de décourager son ami en lui disant que le cardinal n'avait pas soufflé un mot de lui, si fait! il a dit...

— Il a dit? reprit Porthos.

— Attendez, je tiens à me rappeler ses propres paroles; il a dit : « Quant à votre ami, annoncez-lui qu'il » peut dormir sur ses deux oreilles. »

— Bon! dit Porthos; cela signifie clair comme le jour qu'il compte toujours me faire baron.

En ce moment neuf heures sonnèrent à l'église voisine. D'Artagnan tressaillit.

— Ah! c'est vrai, dit Porthos, voilà neuf heures qui sonnent, et c'est à dix, vous vous le rappelez, que nous avons rendez-vous à la place Royale.

— Ah! tenez, Porthos, taisez-vous! s'écria d'Artagnan avec un mouvement d'impatience, ne me rappelez pas ce souvenir, c'est cela qui m'a rendu maussade depuis hier. Je n'irai pas.

— Et pourquoi? demanda Porthos.

— Parce que ce m'est une chose douloureuse que de revoir ces deux hommes qui ont fait échouer notre entreprise.

— Cependant, reprit Porthos, ni l'un ni l'autre n'ont eu l'avantage. J'avais encore un pistolet chargé, et vous étiez en face l'un de l'autre, l'épée à la main.

— Oui, dit d'Artagnan; mais si ce rendez-vous cache quelque chose...

— Oh! dit Porthos, vous ne le croyez pas, d'Artagnan.

C'était vrai, d'Artagnan ne croyait pas Athos capable d'employer la ruse, mais il cherchait un prétexte de ne point aller à ce rendez-vous.

— Il faut y aller, continua le superbe seigneur de Bracieux; ils croiraient que nous avons eu peur. Eh! cher ami, nous avons bien affronté cinquante ennemis sur la grande route; nous affronterons bien deux amis sur la place Royale.

— Oui, oui, dit d'Artagnan, je le sais; mais ils ont pris le parti des princes sans nous en prévenir; mais Athos et Aramis ont joué avec moi un jeu qui m'alarme. Nous avons découvert la vérité hier. A quoi sert-il d'aller apprendre aujourd'hui autre chose?

— Vous vous défiez donc réellement? dit Porthos.

— D'Aramis, oui, depuis qu'il est devenu abbé. Vous ne pouvez pas vous figurer, mon cher, ce qu'il est devenu. Il nous voit sur le chemin qui doit le conduire à son évêché, et ne serait pas fâché de nous supprimer peut-être.

— Ah! de la part d'Aramis, c'est autre chose, dit Porthos, et cela ne m'étonnerait pas.

— M. de Beaufort peut essayer de nous faire saisir à son tour.

— Bah! puisqu'il nous tenait et qu'il nous a lâchés. D'ailleurs, mettons-nous sur nos gardes, armons-nous et emmenons Planchet avec sa carabine.

— Planchet est frondeur, dit d'Artagnan.

— Au diable les guerres civiles! dit Porthos; on ne peut plus compter ni sur ses amis ni sur ses laquais. Ah! si le pauvre Mousqueton était là! En voilà un qui ne me quittera jamais.

— Oui, tant que vous serez riche. Eh! mon cher, ce ne sont pas les guerres civiles qui nous désunissent; c'est que nous n'avons plus vingt ans chacun, c'est que les loyaux élans de la jeunesse ont disparu pour faire place au murmure des intérêts, au souffle des ambitions, aux conseils de l'égoïsme. Oui, vous avez raison, allons-y, Porthos, mais allons-y bien armés. Si nous n'y allions pas, ils diraient que nous avons peur.

— Holà! Planchet! dit d'Artagnan.

Planchet apparut.

— Faites seller les chevaux, et prenez votre carabine.

— Mais, Monsieur, contre qui allons-nous d'abord!

— Nous n'allons contre personne, dit d'Artagnan; c'est une simple mesure de précaution dans le cas où nous serions attaqués.

— Vous savez, Monsieur, qu'on a voulu tuer ce bon conseiller Broussel, le père du peuple?

— Ah! vraiment? dit d'Artagnan.

— Oui, mais il a été bien vengé, car il a été reporté chez lui dans les bras du peuple. Depuis hier sa maison ne désemplit pas. Il a reçu la visite du coadjuteur, de M. de Longueville et du prince de Conti. Mme de Chevreuse et Mme de Vendôme se sont fait inscrire chez lui, et quand il voudra maintenant...

— Eh bien! quand il voudra?

Planchet se mit à chantonner:

Un vent de fronde
S'est levé ce matin;
    Je crois qu'il gronde
Contre le Mazarin.
    Un vent de fronde
S'est levé ce matin.

« Cela ne m'étonne plus, dit tout bas d'Artagnan à Porthos, que·le Mazarin eût préféré de beaucoup que j'eusse écrasé tout à fait son conseiller. »

— Vous comprenez donc, Monsieur, reprit Planchet, que si c'était pour quelque entreprise pareille à celle qu'on a tramée contre M. Broussel, que vous me priiez de prendre ma carabine...

— Non, sois tranquille; mais de qui tiens-tu tous ces détails?

— Oh! de bonne source, Monsieur. Je les tiens de Friquet.

— De Friquet? dit d'Artagnan. Je connais ce nom-là.

— C'est le fils de la servante de M. Broussel, un gaillard qui, je vous en réponds, dans une émeute ne donnerait pas sa part aux chiens.

— N'est-il pas enfant de chœur à Notre-Dame! demanda d'Artagnan.

— Oui, c'est cela; Bazin le protège.

— Ah! ah! je sais, dit d'Artagnan. Et garçon de comptoir au cabaret de la rue de la Calandre?

— Justement.

— Que vous fait ce marmot? dit Porthos.

— Heu! dit d'Artagnan, il m'a déjà donné de bons renseignements, et dans l'occasion il pourrait m'en donner encore.

— A vous qui avez failli écraser son maître?

— Et qui le lui dira?

— C'est juste.

A ce même moment, Athos et Aramis entraient dans Paris par le faubourg Saint-Antoine. Ils s'étaient rafraîchis en route et se hâtaient pour ne pas manquer au rendez-vous. Bazin seul les suivait. Grimaud, on se le rappelle, était resté pour soigner Mousqueton, et devait rejoindre directement le jeune vicomte de Bragelonne qui se rendait à l'armée de Flandre.

— Maintenant, dit Athos, il nous faut entrer dans quelque auberge pour prendre l'habit de ville, déposer nos pistolets et nos rapières, et désarmer notre valet.

— Oh! point du tout, cher comte, et en ceci, vous me permettrez, non seulement de n'être point de votre avis, mais encore d'essayer de vous ramener au mien.

— Et pourquoi cela?

— Parce que c'est à un rendez-vous de guerre que nous allons.

— Que voulez-vous dire, Aramis?

— Que la place Royale est la suite de la grande route du Vendômois, et pas autre chose.

— Comment! nos amis...

— Sont devenus nos plus dangereux ennemis, Athos; croyez-moi, défions-nous, et surtout défiez-vous.

— Oh! mon cher d'Herblay!

— Qui vous dit que d'Artagnan n'a pas rejeté sa défaite sur nous et n'a pas prévenu le cardinal? Qui vous dit que le cardinal ne profitera pas de ce rendez-vous pour nous faire saisir?

— Eh quoi! Aramis, vous pensez que d'Artagnan, que Porthos prêteraient les mains à une pareille infamie?

— Entre amis, mon cher Athos, vous avez raison, ce serait une infamie; mais entre ennemis, c'est une ruse.

Athos croisa les bras et laissa tomber sa belle tête sur sa poitrine.

— Que voulez-vous, Athos! dit Aramis, les hommes sont ainsi faits et n'ont pas toujours vingt ans. Nous avons cruellement blessé, vous le savez, cet amour-propre qui dirige aveuglément les actions de d'Artagnan. Il a été vaincu. Ne l'avez-vous pas entendu se désespérer sur la route? Quant à Porthos, sa baronnie dépendait peut-être de la réussite de cette affaire. Eh bien! il nous a rencontrés sur son chemin, et ne sera pas encore baron de cette fois-ci. Qui vous dit que cette fameuse baronnie ne tient pas à notre entrevue de ce soir? Prenons nos précautions, Athos.

— Mais s'ils allaient venir sans armes, eux? Quelle honte pour nous, Aramis!

— Oh! soyez tranquille, mon cher, je vous réponds qu'il n'en sera pas ainsi. D'ailleurs, nous avons une excuse, nous, nous arrivons de voyage et nous sommes rebelles!

— Une excuse à nous! Il nous faut prévoir le cas où nous aurions besoin d'une excuse vis-à-vis de d'Artagnan, vis-à-vis de Porthos! Oh! Aramis, Aramis, continua Athos en secouant tristement la tête, sur mon âme, vous me rendez le plus malheureux des hommes. Vous désenchantez un cœur qui n'était pas entièrement mort à l'amitié! Tenez, Aramis, j'aimerais presque autant, je vous le jure, qu'on me l'arrachât de la poitrine. Allez-y comme vous voudrez, Aramis. Quant à moi, j'irai désarmé.

— Non pas, car je ne vous laisserai pas aller ainsi. Ce n'est plus un homme, ce n'est plus Athos, ce n'est plus même le comte de La Fère que vous trahirez par cette faiblesse; c'est un parti tout entier auquel vous appartenez et qui compte sur vous.

— Qu'il soit fait comme vous dites, répondit tristement Athos.

Et ils continuèrent leur chemin.

A peine arrivaient-ils par la rue du Pas-de-la-Mule, aux grilles de la place déserte, qu'ils aperçurent sous l'arcade, au débouché de la rue Sainte-Catherine, trois cavaliers.

C'étaient d'Artagnan et Porthos marchant enveloppés de leurs manteaux que relevaient les épées. Derrière eux venait Planchet, le mousquet à la cuisse.

Athos et Aramis descendirent de cheval en apercevant d'Artagnan et Porthos.

Ceux-ci en firent autant. D'Artagnan remarqua que les trois chevaux, au lieu d'être tenus par Bazin, étaient attachés aux anneaux des arcades. Il ordonna à Planchet de faire comme faisait Bazin.

Alors ils s'avancèrent, deux contre deux, suivis des valets, à la rencontre les uns des autres, et se saluèrent poliment.

— Où vous plaît-il que nous causions, Messieurs? dit Athos, qui s'aperçut que plusieurs personnes s'arrêtaient et les regardaient, comme s'il s'agissait d'un de ces fameux duels, encore vivants dans la mémoire des Parisiens, et surtout de ceux qui habitaient la place Royale.

— La grille est fermée, dit Aramis, mais si ces Messieurs aiment le frais sous les arbres et une solitude inviolable, je prendrai la clef à l'hôtel de Rohan et nous serons à merveille.

D'Artagnan plongea son regard dans l'obscurité de la place, et Porthos hasarda sa tête entre deux barreaux pour sonder les ténèbres.

— Si vous préférez un autre endroit, Messieurs, dit Athos de sa voix noble et persuasive, choisissez vous-mêmes.

— Cette place, si M. d'Herblay peut s'en procurer la clef, sera, je le crois, le meilleur terrain possible.

Aramis s'écarta aussitôt, en prévenant Athos de ne pas rester seul ainsi à portée de d'Artagnan et de Porthos ; mais celui auquel il donnait ce conseil ne fit que sourire dédaigneusement, et fit un pas vers ses anciens amis qui demeurèrent tous deux à leur place.

Aramis avait effectivement été frapper à l'hôtel de Rohan, il parut bientôt avec un homme qui disait :

— Vous me le jurez, Monsieur ?

— Tenez, dit Aramis en lui donnant un louis.

— Ah ! vous ne voulez pas jurer, mon gentilhomme ! disait le concierge en secouant la tête.

— Eh ! peut-on jurer de rien, dit Aramis. Je vous affirme seulement qu'à cette heure ces Messieurs sont nos amis.

— Oui, certes, dirent froidement Athos, d'Artagnan et Porthos.

D'Artagnan avait entendu le colloque et avait compris.

— Vous voyez ? dit-il à Porthos.

— Qu'est-ce que je vois ?

— Qu'il n'a pas voulu jurer.

— Jurer, quoi ?

— Cet homme voulait qu'Aramis lui jurât que nous n'allions pas sur la place Royale pour nous battre.

— Et Aramis n'a pas voulu jurer ?

— Non.

— Attention, alors.

Athos ne perdait pas de vue les deux discoureurs. Aramis ouvrit la porte et s'effaça pour que d'Artagnan et Porthos pussent entrer. En entrant, d'Artagnan engagea la poignée de son épée dans la grille et fut forcé d'écarter son manteau. En écartant son manteau il découvrit la crosse luisante de ses pistolets, sur lesquels se refléta un rayon de la lune.

— Voyez-vous, dit Aramis en touchant l'épaule

d'Athos d'une main et en lui montrant de l'autre l'arsenal que d'Artagnan portait à sa ceinture.

— Hélas! oui, dit Athos avec un profond soupir.

Et il entra le troisième. Aramis entra le dernier et ferma la grille derrière lui. Les deux valets restèrent dehors; mais comme si eux aussi se méfiaient l'un de l'autre, ils restèrent à distance.

LA PLACE ROYALE

O<small>N</small> <small>MARCHA</small> silencieusement jusqu'au centre de la place; mais comme en ce moment la lune venait de sortir d'un nuage, on réfléchit qu'à cette place découverte on serait facilement vu, et l'on gagna les tilleuls, où l'ombre était plus épaisse.

Des bancs étaient disposés de place en place; les quatre promeneurs s'arrêtèrent devant l'un d'eux. Athos fit un signe, d'Artagnan et Porthos s'assirent. Athos et Aramis restèrent debout devant eux.

Au bout d'un moment de silence dans lequel chacun sentait l'embarras qu'il y avait à commencer l'explication :

— Messieurs, dit Athos, une preuve de la puissance de notre ancienne amitié, c'est notre présence à ce rendez-vous; pas un n'a manqué, pas un n'avait donc de reproches à se faire.

— Écoutez, Monsieur le comte, dit d'Artagnan, au lieu de nous faire des compliments que nous ne méritons peut-être ni les uns ni les autres, expliquons-nous en gens de cœur.

— Je ne demande pas mieux, répondit Athos. Je suis franc; parlez avec toute franchise : avez-vous quelque chose à me reprocher, à moi ou à M. l'abbé d'Herblay ?

— Oui, dit d'Artagnan; lorsque j'eus l'honneur de vous voir au château de Bragelonne, je vous portais des propositions que vous avez comprises; au lieu de me répondre comme à un ami, vous m'avez joué comme un enfant, et cette amitié que vous vantez ne s'est pas rompue hier par le choc de nos épées, mais par votre dissimulation à votre château.

— D'Artagnan! dit Athos d'un ton de doux reproche.

— Vous m'avez demandé de la franchise, dit d'Artagnan, en voilà; vous demandez ce que je pense, je vous le dis. Et maintenant j'en ai autant à votre service, Monsieur l'abbé d'Herblay. J'ai agi de même avec vous et vous m'avez abusé aussi.

— En vérité, Monsieur, vous êtes étrange, dit Aramis;
vous êtes venu me trouver pour me faire des propositions, mais me les avez-vous faites ? Non, vous m'avez
sondé, voilà tout. Eh bien! que vous ai-je dit ? Que Mazarin était un cuistre et que je ne servirais pas Mazarin.
Mais voilà tout. Vous ai-je dit que je ne servirais pas
un autre ? Au contraire, je vous ai fait entendre, ce me
semble, que j'étais aux princes. Nous avons même, si je
ne m'abuse, fort agréablement plaisanté sur le cas très
probable où vous recevriez du cardinal mission de m'arrêter. Étiez-vous homme de parti ? Oui, sans doute. Eh
bien! pourquoi ne serions nous pas à notre tour gens de
parti ? Vous aviez votre secret comme nous avions le
nôtre; nous ne les avons pas échangés, tant mieux :
cela prouve que nous savons garder nos secrets.

— Je ne vous reproche rien, Monsieur, dit d'Artagnan, c'est seulement parce que M. le comte de La Fère
a parlé d'amitié que j'examine vos procédés.

— Et qu'y trouvez-vous ? demanda Aramis avec hauteur.

Le sang monta aussitôt aux tempes de d'Artagnan,
qui se leva et répondit :

— Je trouve que ce sont bien ceux d'un élève des
jésuites.

En voyant d'Artagnan se lever, Porthos s'était levé
aussi. Les quatre hommes se retrouvaient donc debout
et menaçants en face les uns des autres.

A la réponse de d'Artagnan, Aramis fit un mouvement comme pour porter la main à son épée.

Athos l'arrêta.

— D'Artagnan, dit-il, vous venez ce soir ici encore
tout furieux de notre aventure d'hier. D'Artagnan, je
vous croyais assez grand cœur pour qu'une amitié de
vingt ans résistât chez vous à une défaite d'amour-propre d'un quart d'heure. Voyons, dites cela à moi. Croyez-
vous avoir quelque chose à me reprocher ? Si je suis en
faute, d'Artagnan, j'avouerai ma faute.

Cette voix grave et harmonieuse d'Athos avait toujours sur d'Artagnan son ancienne influence, tandis que
celle d'Aramis, devenue aigre et criarde dans ses moments de mauvaise humeur, l'irritait. Aussi répondit-il
à Athos :

— Je crois, Monsieur le comte, que vous aviez une

confidence à me faire au château de Bragelonne, et que Monsieur, continua-t-il en désignant Aramis, en avait une à me faire à son couvent; je ne me fusse point jeté alors dans une aventure où vous deviez me barrer le chemin; cependant, parce que j'ai été discret, il ne faut pas tout à fait me prendre pour un sot. Si j'avais voulu approfondir la différence des gens que M. d'Herblay reçoit par une échelle de corde avec celle des gens qu'il reçoit par une échelle de bois, je l'aurais bien forcé de me parler.

— De quoi vous mêlez-vous? s'écria Aramis, pâle de colère au doute qui lui vint dans le cœur qu'épié par d'Artagnan, il avait été vu avec Mme de Longueville.

— Je me mêle de ce qui me regarde, et je sais faire semblant de ne pas avoir vu ce qui ne me regarde pas; mais je hais les hypocrites, et, dans cette catégorie, je range les mousquetaires qui font les abbés et les abbés qui font les mousquetaires, et, ajouta-t-il en se tournant vers Porthos, voici Monsieur qui est de mon avis.

Porthos, qui n'avait pas encore parlé, ne répondit que par un mot et un geste.

Il dit « Oui », et mit l'épée à la main.

Aramis fit un bond en arrière et tira la sienne. D'Artagnan se courba, prêt à attaquer ou à se défendre.

Alors Athos étendit la main avec le geste de commandement suprême qui n'appartenait qu'à lui, tira lentement épée et fourreau tout à la fois, brisa le fer dans sa gaine en le frappant sur son genou, et jeta les deux morceaux à sa droite.

Puis se retournant vers Aramis :

— Aramis, dit-il, brisez votre épée.

Aramis hésita.

— Il le faut, dit Athos. Puis d'une voix plus basse et plus douce : Je le veux.

Alors Aramis, plus pâle encore, mais subjugué par ce geste, vaincu par cette voix, rompit dans ses mains la lame flexible, puis se croisa les bras et attendit frémissant de rage.

Ce mouvement fit reculer d'Artagnan et Porthos; d'Artagnan ne tira point son épée, Porthos remit la sienne au fourreau.

— Jamais, dit Athos en levant lentement la main droite au ciel, jamais, je le jure devant Dieu qui nous voit et nous écoute pendant la solennité de cette nuit, jamais mon épée ne touchera les vôtres, jamais mon œil n'aura pour vous un regard de colère, jamais mon cœur un battement de haine. Nous avons vécu ensemble, haï et aimé ensemble; nous avons versé et confondu notre sang, et peut-être, ajouterai-je encore, y a-t-il entre nous un lien plus puissant que celui de l'amitié, peut-être y a-t-il le pacte du crime; car, tous quatre, nous avons condamné, jugé, exécuté un être humain que nous n'avions peut-être pas le droit de retrancher de ce monde, quoique plutôt qu'à ce monde il parût appartenir à l'enfer. D'Artagnan, je vous ai toujours aimé comme mon fils. Porthos, nous avons dormi dix ans côte à côte; Aramis est votre frère comme il est le mien, car Aramis vous a aimés comme je vous aime encore, comme je vous aimerai toujours. Qu'est-ce que le cardinal de Mazarin peut être pour nous, qui avons forcé la main et le cœur d'un homme comme Richelieu? Qu'est-ce que tel ou tel prince pour nous qui avons consolidé la couronne sur la tête d'une reine? D'Artagnan, je vous demande pardon d'avoir hier croisé le fer avec vous; Aramis en fait autant pour Porthos. Et maintenant, haïssez-moi si vous pouvez, mais, moi, je vous jure que, malgré votre haine, je n'aurai que de l'estime et de l'amitié pour vous. Maintenant répétez mes paroles, Aramis, et après, s'ils le veulent, et si vous le voulez, quittons nos anciens amis pour toujours.

Il se fit un instant de silence solennel qui fut rompu par Aramis.

— Je jure, dit-il avec un front calme et un regard loyal, mais d'une voix dans laquelle vibrait un dernier tremblement d'émotion, je jure que je n'ai plus de haine contre ceux qui furent mes amis; je regrette d'avoir touché votre épée, Porthos. Je jure enfin que non seulement la mienne ne se dirigera plus sur votre poitrine, mais encore qu'au fond de ma pensée la plus secrète, il ne restera pas dans l'avenir l'apparence de sentiments hostiles contre vous. Venez, Athos.

Athos fit un mouvement pour se retirer.

— Oh! non, non! ne vous en allez pas! s'écria d'Artagnan, entraîné par un de ces élans irrésistibles qui trahissaient la chaleur de son sang et la droiture native de son âme, ne vous en allez pas; car, moi aussi, j'ai un serment à faire, je jure que je donnerais jusqu'à la dernière goutte de mon sang, jusqu'au dernier lambeau de ma chair pour conserver l'estime d'un homme comme vous, Athos, l'amitié d'un homme comme vous, Aramis.

Et il se précipita dans les bras d'Athos.

— Mon fils! dit Athos en le pressant sur son cœur.

— Et moi, dit Porthos, je ne jure rien, mais j'étouffe, sacrebleu! S'il me fallait me battre contre vous, je crois que je me laisserais percer d'outre en outre, car je n'ai jamais aimé que vous au monde.

Et l'honnête Porthos se mit à fondre en larmes en se jetant dans les bras d'Aramis.

— Mes amis, dit Athos, voilà ce que j'espérais, voilà ce que j'attendais de deux cœurs comme les vôtres; oui, je l'ai dit et je le répète, nos destinées sont liées irrévocablement, quoique nous suivions une route différente. Je respecte votre opinion, d'Artagnan; je respecte votre conviction, Porthos; mais quoique nous combattions pour des causes opposées, gardons-nous amis; les ministres, les princes, les rois passeront comme un torrent, la guerre civile comme une flamme, mais nous, resterons-nous? J'en ai le pressentiment.

— Oui, dit d'Artagnan, soyons toujours mousquetaires, et gardons pour unique drapeau cette fameuse serviette du bastion de Saint-Gervais, où le grand cardinal avait fait broder trois fleurs de lys.

— Oui, dit Aramis, cardinalistes ou frondeurs, que nous importe! Retrouvons nos bons seconds pour les duels, nos amis dévoués dans les affaires graves, nos joyeux compagnons pour le plaisir!

— Et chaque fois, dit Athos, que nous nous rencontrerons dans la mêlée, à ce seul mot : Place Royale! passons nos épées dans la main gauche et tendons-nous la main droite, fût-ce au milieu du carnage!

— Vous parlez à ravir, dit Porthos.

— Vous êtes le plus grand des hommes, dit d'Artagnan, et, quant à nous, vous nous dépassez de dix coudées.

Athos sourit d'un sourire d'ineffable joie.

— C'est donc conclu, dit-il. Allons, Messieurs, votre main. Êtes-vous quelque peu chrétiens?

— Pardieu! dit d'Artagnan.

— Nous le serons dans cette occasion, pour rester fidèles à notre serment, dit Aramis.

— Ah! je suis prêt à jurer par ce qu'on voudra, dit Porthos, même par Mahomet! Le diable m'emporte si j'ai jamais été si heureux qu'en ce moment.

Et le bon Porthos essuyait ses yeux encore humides.

— L'un de vous a-t-il une croix? demanda Athos.

Porthos et d'Artagnan se regardèrent en secouant la tête comme des hommes pris au dépourvu.

Aramis sourit et tira de sa poitrine une croix de diamants suspendue à son cou par un fil de perles.

— En voilà une, dit-il.

— Eh bien! reprit Athos, jurons sur cette croix, qui malgré sa matière est toujours une croix, jurons d'être unis malgré tout et toujours, et puisse ce serment non seulement nous lier nous-mêmes, mais encore lier nos descendants? Ce serment vous convient-il?

— Oui, dirent-ils tout d'une voix.

— Ah! traître! dit tout bas d'Artagnan en se penchant à l'oreille d'Aramis, vous nous avez fait jurer sur le crucifix d'une frondeuse.

Nous espérons que le lecteur n'a point tout à fait oublié le jeune voyageur que nous avons laissé sur la route de Flandre.

Raoul, en perdant de vue son protecteur, qu'il avait laissé le suivant des yeux en face de la basilique royale, avait piqué son cheval pour échapper d'abord à ses douloureuses pensées, et ensuite pour dérober à Olivain l'émotion qui altérait ses traits.

Une heure de marche rapide dissipa bientôt cependant toutes ces sombres vapeurs qui avaient attristé l'imagination si riche du jeune homme. Ce plaisir inconnu d'être libre, plaisir qui a sa douceur, même pour ceux qui n'ont jamais souffert de leur dépendance, dora pour Raoul le ciel et la terre, et surtout cet horizon lointain et azuré de la vie qu'on appelle l'avenir.

Cependant il s'aperçut, après plusieurs essais de conversation avec Olivain, que de longues journées passées ainsi seraient bien tristes, et la parole du comte, si douce, si persuasive et si intéressante, lui revint en mémoire à propos des villes que l'on traversait, et sur lesquelles personne ne pouvait plus lui donner ces renseignements précieux qu'il eût tirés d'Athos, le plus savant et le plus amusant de tous les guides.

Un autre souvenir attristait encore Raoul : on arrivait à Louvres, il avait vu, perdu derrière un rideau de peupliers, un petit château qui lui avait si fort rappelé celui de La Vallière, qu'il s'était arrêté à le regarder près de dix minutes, et avait repris sa route en soupirant, sans même répondre à Olivain, qui l'avait interrogé respectueusement sur la cause de cette attention. L'aspect des objets extérieurs est un mystérieux conducteur, qui correspond aux fibres de la mémoire et va les réveiller quelquefois malgré nous ; une fois ce fil éveillé, comme celui d'Ariane, il conduit dans un labyrinthe de pensées où l'on s'égare en suivant cette ombre du passé qu'on appelle le souvenir. Or, la vue de ce château avait rejeté Raoul à cinquante lieues du côté de l'occident, et lui avait fait remonter sa vie depuis le moment où il avait pris congé de la petite Louise jusqu'à celui où il l'avait vue pour la première fois, et chaque touffe de chêne, chaque girouette entrevue au haut d'un toit d'ardoise, lui rappelaient qu'au lieu de retourner vers ses amis d'enfance, il s'en éloignait chaque instant davantage, et que peut-être même il les avait quittés pour jamais.

Le cœur gonflé, la tête lourde, il commanda à Olivain de conduire les chevaux à une petite auberge qu'il apercevait sur la route à une demi-portée de mousquet à peu près en avant de l'endroit où l'on était parvenu. Quant à lui, il mit pied à terre, s'arrêta sous un beau groupe de marronniers en fleur, autour desquels murmuraient des multitudes d'abeilles, et dit à Olivain de lui faire apporter par l'hôte du papier à lettres et de l'encre sur une table qui paraissait là toute disposée pour écrire.

Olivain obéit et continua sa route, tandis que Raoul s'asseyait, le coude appuyé sur cette table, les regards vaguement perdus sur ce charmant paysage tout parsemé de champs verts et de bouquets d'arbres, et faisant de temps en temps tomber de ses cheveux ces fleurs qui descendaient sur lui comme une neige.

Raoul était là depuis dix minutes à peu près, et il y en avait cinq qu'il était perdu dans ses rêveries, lorsque dans le cercle embrassé par ses regards distraits il vit se mouvoir une figure rubiconde qui, une serviette autour du corps, une serviette sur le bras, un bonnet blanc sur la tête, s'approchait de lui, tenant papier, encre et plumes

— Ah! ah! dit l'apparition, on voit que tous les gentilshommes ont des idées pareilles, car il n'y a qu'un quart d'heure qu'un jeune seigneur, bien monté comme vous, de haute mine comme vous, et de votre âge à peu près, a fait halte devant ce bouquet d'arbres, y a fait apporter cette table et cette chaise, et y a dîné, avec un vieux Monsieur qui avait l'air d'être son gouverneur, d'un pâté dont ils n'ont pas laissé un morceau, et d'une bouteille de vieux vin de Mâcon dont ils n'ont pas laissé une goutte; mais heureusement nous avons encore du même vin et des pâtés pareils, et si Monsieur veut donner ses ordres...

— Non, mon ami, dit Raoul en souriant, et je vous

remercie, je n'ai besoin pour le moment que des choses que j'ai fait demander; seulement je serais bien heureux que l'encre fût noire et que la plume fût bonne; à ces conditions je payerai la plume au prix de la bouteille, et l'encre au prix du pâté.

— Eh bien! Monsieur, dit l'hôte, je vais donner le pâté et la bouteille à votre domestique, de cette façon-là vous aurez la plume et l'encre par-dessus le marché.

— Faites comme vous voudrez, dit Raoul, qui commençait son apprentissage avec cette classe toute particulière de la société qui, lorsqu'il y avait des voleurs sur les grandes routes, était associée avec eux, et qui, depuis qu'il n'y en a plus, les a avantageusement remplacés.

L'hôte, tranquillisé sur sa recette, déposa sur la table papier, encre et plume. Par hasard, la plume était passable, et Raoul se mit à écrire.

L'hôte était resté devant lui et considérait avec une espèce d'admiration involontaire cette charmante figure si sérieuse et si douce à la fois. La beauté a toujours été et sera toujours une reine.

— Ce n'est pas un convive comme celui de tout à l'heure, dit l'hôte à Olivain, qui venait rejoindre Raoul pour voir s'il n'avait besoin de rien, et votre jeune maître n'a pas d'appétit.

— Monsieur en avait encore il y a trois jours, de l'appétit, mais que voulez-vous! il l'a perdu depuis avant-hier.

Et Olivain et l'hôte s'acheminèrent vers l'auberge. Olivain, selon la coutume des laquais heureux de leur condition, racontant au tavernier tout ce qu'il crut pouvoir dire sur le compte du jeune gentilhomme.

Cependant Raoul écrivait :

« Monsieur,

« Après quatre heures de marche, je m'arrête pour
» vous écrire, car vous me faites faute à chaque instant,
» et je suis toujours prêt à tourner la tête, comme pour
» répondre lorsque vous me parliez. J'ai été si étourdi de
» votre départ, et si affecté du chagrin de notre sépara-
» tion, que je ne vous ai que bien faiblement exprimé
» tout ce que je ressentais de tendresse et de reconnais-
» sance pour vous. Vous m'excuserez, Monsieur, car
» votre cœur est si généreux que vous avez compris tout

» ce qui se passait dans le mien. Écrivez-moi, Monsieur, je
» vous en prie, car vos conseils sont une partie de mon
» existence; et puis, si j'ose vous le dire, je suis inquiet,
» il m'a semblé que vous vous prépariez vous-même à
» quelque expédition périlleuse, sur laquelle je n'ai point
» osé vous interroger, car vous ne m'en avez rien dit. J'ai
» donc, vous le voyez, grand besoin d'avoir de vos nou-
» velles. Depuis que je ne vous ai plus là, près de moi,
» j'ai peur à tout moment de manquer. Vous me soute-
» niez puissamment, Monsieur, et aujourd'hui, je le jure,
» je me trouve bien seul.

« A'urez-vous l'obligeance, Monsieur, si vous recevez
» des nouvelles de Blois, de me toucher quelques mots
» de ma petite amie Mlle de La Vallière, dont, vous le
» savez, la santé, lors de notre départ, pouvait donner
» quelque inquiétude? Vous comprenez, Monsieur et
» cher protecteur, combien les souvenirs du temps que
» j'ai passé près de vous me sont précieux et indispen-
» sables. J'espère que parfois vous penserez aussi à moi,
» et si je vous manque à de certaines heures, si vous res-
» sentez comme un petit regret de mon absence, je serais
» comblé de joie en songeant que vous avez senti mon
» affection et mon dévouement pour vous, et que j'ai
» su vous les faire comprendre pendant que j'avais le
» bonheur de vivre auprès de vous. »

Cette lettre achevée, Raoul se sentit plus calme; il
regarda bien si Olivain et l'hôte ne le guettaient pas,
et il déposa un baiser sur ce papier, muette et touchante
caresse que le cœur d'Athos était capable de deviner en
ouvrant la lettre.

Pendant ce temps, Olivain avait bu sa bouteille et
mangé son pâté; les chevaux aussi s'étaient rafraîchis.
Raoul fit signe à l'hôte de venir, jeta un écu sur la table,
remonta à cheval, et à Senlis jeta la lettre à la poste.

Le repos qu'avaient pris cavaliers et chevaux leur
permettait de continuer leur route sans s'arrêter. A Ver-
berie, Raoul ordonna à Olivain de s'informer de ce jeune
gentilhomme qui les précédait. On l'avait vu passer
il n'y avait pas trois quarts d'heure, mais il était bien
monté, comme l'avait déjà dit le tavernier, et allait bon
train.

— Tâchons de rattraper ce gentilhomme, dit Raoul

à Olivain, il va comme nous à l'armée, et ce nous sera une compagnie agréable.

Il était quatre heures de l'après-midi lorsque Raoul arriva à Compiègne; il y dîna de bon appétit et s'informa de nouveau du jeune gentilhomme qui le précédait : il s'était arrêté comme Raoul à l'*Hôtel de la Cloche et de la Bouteille* , qui était le meilleur de Compiègne, et avait continué sa route en disant qu'il voulait aller coucher à Noyon.

— Allons coucher à Noyon, dit Raoul.

— Monsieur, répondit respectueusement Olivain, permettez-moi de vous faire observer que nous avons déjà fort fatigué les chevaux ce matin. Il sera bon, je crois, de coucher ici et de repartir demain de bon matin. Dix-huit lieues suffisent pour une première étape.

— M. le comte de La Fère désire que je me hâte, répondit Raoul, et que j'aie rejoint M. le Prince dans la matinée du quatrième jour : poussons donc jusqu'à Noyon, ce sera une étape pareille à celles que nous avons faites en allant de Blois à Paris. Nous arriverons à huit heures. Les chevaux auront toute la nuit pour se reposer, et demain, à cinq heures du matin, nous nous remettrons en route.

Olivain n'osa s'opposer à cette détermination; mais il suivit en murmurant.

— Allez, allez, disait-il entre ses dents, jetez votre feu le premier jour; demain, en place d'une journée de vingt lieues, vous en ferez une de dix, après-demain, une de cinq, et dans trois jours vous serez au lit. Là, il faudra bien que vous vous reposiez. Tous ces jeunes gens sont de vrais fanfarons.

On voit qu'Olivain n'avait pas été élevé à l'école des Planchet et des Grimaud.

Raoul se sentait las en effet; mais il désirait essayer ses forces, et nourri des principes d'Athos, sûr de l'avoir entendu mille fois parler d'étapes de vingt-cinq lieues, il ne voulait pas rester au-dessous de son modèle. D'Artagnan, cet homme de fer qui semblait tout bâti de nerfs et de muscles, l'avait frappé d'admiration.

Il allait donc toujours pressant de plus en plus le pas de son cheval, malgré les observations d'Olivain, et suivant un charmant petit chemin qui conduisait à un bac et qui raccourcissait d'une lieue la route, à ce qu'on lui avait assuré, lorsqu'en arrivant au sommet d'une colline, il aperçut devant lui la rivière. Une petite troupe d'hommes à cheval se tenait sur le bord et était prête à s'embarquer. Raoul ne douta point que ce ne fût le gentilhomme et son escorte; il poussa un cri d'appel; mais il était encore trop loin pour être entendu; alors, tout fatigué qu'était son cheval, Raoul le mit au galop; mais une ondulation de terrain lui déroba bientôt la vue des voyageurs, et lorsqu'il parvint sur une nouvelle hauteur, le bac avait quitté le bord et voguait vers l'autre rive.

Raoul, voyant qu'il ne pouvait arriver à temps pour passer le bac en même temps que les voyageurs, s'arrêta pour attendre Olivain.

En ce moment on entendit un cri qui semblait venir de la rivière. Raoul se retourna du côté d'où venait le cri, et mettant la main sur ses yeux qu'éblouissait le soleil couchant :

— Olivain! s'écria-t-il, que vois-je donc là-bas?

Un second cri retentit, plus perçant que le premier.

— Eh! Monsieur, dit Olivain, la corde du bac a cassé et le bateau dérive. Mais que vois-je donc dans l'eau? Cela se débat.

— Eh! sans doute, s'écria Raoul, fixant ses regards sur un point de la rivière que les rayons du soleil illuminaient splendidement, un cheval, un cavalier.

— Ils enfoncent, cria à son tour Olivain.

C'était vrai, et Raoul aussi venait d'acquérir la certitude qu'un accident était arrivé et qu'un homme se noyait. Il rendit la main à son cheval, lui enfonça les éperons dans le ventre, et l'animal, pressé par la douleur et sentant qu'on lui livrait l'espace, bondit par-dessus une espèce de garde-fou qui entourait le débarcadère, et tomba dans la rivière en faisant jaillir au loin des flots d'écume.

— Ah! Monsieur, s'écria Olivain, que faites-vous donc, Seigneur Dieu!

Raoul dirigeait son cheval vers le malheureux en danger. C'était, au reste, un exercice qui lui était familier. Élevé sur les bords de la Loire, il avait pour ainsi dire été bercé dans ses flots; cent fois, il l'avait traversée à cheval, mille fois en nageant. Athos, dans la pré-

voyance du temps où il ferait du vicomte un soldat,
l'avait aguerri dans toutes ces entreprises.

— Oh! mon Dieu! continuait Olivain désespéré, que
dirait M. le comte s'il vous voyait?

— M. le comte eût fait comme moi, répondit Raoul
en poussant vigoureusement son cheval.

— Mais moi! mais moi! s'écriait Olivain pâle et
désespéré en s'agitant sur la rive, comment passerai-je,
moi?

— Saute, poltron! cria Raoul nageant toujours.

Puis s'adressant au voyageur qui se débattait à vingt
pas de lui :

— Courage, Monsieur, dit-il, courage, on vient à
votre aide.

Olivain avança, recula, fit cabrer son cheval, le fit
tourner, et enfin, mordu au cœur par la honte, s'élança
comme avait fait Raoul, mais en répétant : « Je suis
mort, nous sommes perdus! »

Cependant le bac descendait rapidement, emporté
par le fil de l'eau, et on entendait crier ceux qu'il em-
portait.

Un homme à cheveux gris s'était jeté du bac à la rivière
et nageait vigoureusement vers la personne qui se noyait;
mais il avançait lentement, car il lui fallait remonter le
cours de l'eau.

Raoul continuait sa route et gagnait visiblement du
terrain; mais le cheval et le cavalier, qu'il ne quittait
pas du regard, s'enfonçaient visiblement : le cheval
n'avait plus que les naseaux hors de l'eau, et le cavalier,
qui avait quitté les rênes en se débattant, tendait les bras
et laissait aller sa tête en arrière. Encore une minute, et
tout disparaissait.

— Courage, cria Raoul, courage!

— Trop tard, murmura le jeune homme, trop tard!

L'eau passa par-dessus sa tête et éteignit sa voix dans
sa bouche.

Raoul s'élança de son cheval, auquel il laissa le soin
de sa propre conservation, et en trois ou quatre brassées
fut près du gentilhomme. Il saisit aussitôt le cheval par
la gourmette, et lui souleva la tête hors de l'eau; l'animal alors respira plus librement, et comme s'il eût compris que l'on venait à son aide, il redoubla d'efforts;
Raoul en même temps saisissait une des mains du jeune

homme et la ramenait à la crinière, à laquelle elle se cramponna avec cette ténacité de l'homme qui se noie. Sûr alors que le cavalier ne lâcherait plus prise, Raoul ne s'occupa que du cheval, qu'il dirigea vers la rive opposée en l'aidant à couper l'eau et en l'encourageant de la langue.

Tout à coup l'animal buta contre un bas-fond et prit pied sur la sable.

— Sauvé! s'écria l'homme aux cheveux gris en prenant pied à son tour.

— Sauvé! murmura machinalement le gentilhomme en lâchant la crinière et en se laissant glisser de dessus la selle aux bras de Raoul.

Raoul n'était qu'à dix pas de la rive; il y porta le gentilhomme évanoui, le coucha sur l'herbe, desserra les cordons de son col et déboutonna les agrafes de son pourpoint.

Une minute après, l'homme aux cheveux gris était près de lui.

Olivain avait fini par aborder à son tour après force signes de croix, et les gens du bac se dirigeaient du mieux qu'ils pouvaient vers le bord, à l'aide d'une perche qui se trouvait par hasard dans le bateau.

Peu à peu, grâce aux soins de Raoul et de l'homme qui accompagnait le jeune cavalier, la vie revint sur les joues pâles du moribond, qui ouvrit d'abord deux yeux égarés, mais qui bientôt se fixèrent sur celui qui l'avait sauvé.

— Ah! Monsieur, s'écria-t-il, c'est vous que je cherchais : sans vous j'étais mort, trois fois mort.

— Mais on ressuscite, Monsieur, comme vous voyez, dit Raoul, et nous en serons quittes pour un bain.

— Ah! Monsieur, que de reconnaissance! s'écria l'homme aux cheveux gris.

— Ah! vous voilà, mon bon d'Arminges! Je vous ai fait grand-peur, n'est-ce pas? Mais c'est votre faute : vous étiez mon précepteur, pourquoi ne m'avez-vous pas fait apprendre à mieux nager?

— Ah! Monsieur le comte, dit le vieillard, s'il vous était arrivé malheur, je n'aurais jamais osé me présenter devant le maréchal.

— Mais comment la chose est-elle donc arrivée? demanda Raoul.

— Ah! Monsieur, de la manière la plus simple, répondit celui à qui l'on avait donné le titre de comte. Nous étions au tiers de la rivière à peu près quand la corde du bac a cassé. Aux cris et aux mouvements qu'ont faits les bateliers, mon cheval s'est effrayé et a sauté à l'eau. Je nage mal et n'ai pas osé me lancer à la rivière. Au lieu d'aider les mouvements de mon cheval, je les paralysais, et j'étais en train de me noyer le plus galamment du monde lorsque vous êtes arrivé là tout juste pour me tirer de l'eau. Aussi, Monsieur, si vous le voulez bien, c'est désormais entre nous à la vie et à la mort.

— Monsieur, dit Raoul en s'inclinant, je suis tout à fait votre serviteur, je vous l'assure.

— Je me nomme le comte de Guiche, continua le cavalier; mon père est le maréchal de Grammont. Et maintenant que vous savez qui je suis, me ferez-vous l'honneur de me dire qui vous êtes?

— Je suis le vicomte de Bragelonne, dit Raoul en rougissant de ne pouvoir nommer son père comme avait fait le comte de Guiche.

— Vicomte, votre visage, votre bonté et votre courage m'attirent à vous; vous avez déjà toute ma reconnaissance. Embrassons-nous, je vous demande votre amitié.

— Monsieur, dit Raoul en rendant au comte son accolade, je vous aime aussi déjà de tout mon cœur, faites donc état de moi, je vous prie, comme d'un ami dévoué.

— Maintenant, où allez-vous, vicomte? demanda de Guiche.

— A l'armée de M. le Prince, comte.

— Et moi aussi, s'écria le jeune homme avec un transport de joie. Ah! tant mieux, nous allons faire ensemble le premier coup de pistolet.

— C'est bien, aimez-vous, dit le gouverneur; jeunes tous deux, vous n'avez sans doute qu'une même étoile, et vous deviez vous rencontrer.

Les deux jeunes gens sourirent avec la confiance de la jeunesse.

— Et maintenant, dit le gouverneur, il vous faut changer d'habits; vos laquais, à qui j'ai donné des ordres au moment où ils sont sortis du bac, doivent être arrivés déjà à l'hôtellerie. Le linge et le vin chauffent, venez.

Les jeunes gens n'avaient aucune objection à faire à cette proposition; au contraire, la trouvèrent-ils excel-

lente ; ils remontèrent donc aussitôt à cheval, en se
regardant et en s'admirant tous deux : c'étaient en effet
deux élégants cavaliers à la tournure svelte et élancée,
deux nobles visages au front dégagé, au regard doux et
fier, au sourire loyal et fin. De Guiche pouvait avoir
dix-huit ans, mais il n'était guère plus grand que Raoul,
qui n'en avait que quinze.

Ils se tendirent la main par un mouvement spontané,
et, piquant leurs chevaux, firent côte à côte le trajet de la
rivière à l'hôtellerie, l'un trouvant bonne et riante cette
vie qu'il avait failli perdre, l'autre remerciant Dieu
d'avoir déjà assez vécu pour avoir fait quelque chose qui
serait agréable à son protecteur.

Quant à Olivain, il était le seul que cette belle action de
son maître ne satisfît pas entièrement. Il tordait les manches et les basques de son justaucorps en songeant qu'une
halte à Compiègne lui eût sauvé non seulement l'accident
auquel il venait d'échapper, mais encore les fluxions de
poitrine et les rhumatismes qui devaient naturellement
en être le résultat.

XXXII

ESCARMOUCHE

Le séjour à Noyon fut court, chacun y dormit d'un profond sommeil. Raoul avait recommandé de le réveiller si Grimaud arrivait, mais Grimaud n'arriva point.

Les chevaux apprécièrent de leur côté, sans doute, les huit heures de repos absolu et d'abondante litière qui leur furent accordées. Le comte de Guiche fut réveillé à cinq heures du matin par Raoul, qui lui vint souhaiter le bonjour. On déjeuna à la hâte, et à six heures on avait déjà fait deux lieues.

La conversation du jeune comte était des plus intéressantes pour Raoul. Aussi Raoul écoutait-il beaucoup, et le jeune comte racontait-il toujours. Élevé à Paris, où Raoul n'était venu qu'une fois ; à la cour, que Raoul n'avait jamais vue, ses folies de page, deux duels qu'il avait déjà trouvé moyen d'avoir malgré les édits et surtout malgré son gouverneur, étaient des choses de la plus haute curiosité pour Raoul. Raoul n'avait été que chez M. Scarron ; il nomma à Guiche les personnes qu'il y avait vues. Guiche connaissait tout le monde : Mme de Neuillan, Mlle d'Aubigné, Mlle de Scudéry, Mlle Paulet, Mme de Chevreuse. Il railla tout le monde avec esprit ; Raoul tremblait qu'il ne raillât aussi Mme de Chevreuse, pour laquelle il se sentait une réelle et profonde sympathie ; mais soit instinct, soit affection pour la duchesse de Chevreuse, il en dit le plus grand bien possible. L'amitié de Raoul pour le comte redoubla de ces éloges.

Puis vint l'article des galanteries et des amours. Sous ce rapport aussi, Bragelonne avait beaucoup plus à écouter qu'à dire. Il écouta donc, et il lui sembla voir à travers trois ou quatre aventures assez diaphanes, que, comme lui, le comte cachait un secret au fond du cœur.

De Guiche, comme nous l'avons dit, avait été élevé à la cour, et les intrigues de toute cette cour lui étaient connues. C'était la cour dont Raoul avait tant entendu parler au comte de La Fère ; seulement elle avait fort changé de face depuis l'époque où Athos lui-même l'avait vue. Tout le récit du comte de Guiche fut donc nouveau pour son compagnon de voyage. Le jeune comte, médisant et spirituel, passa tout le monde en revue ; il raconta les anciennes amours de Mme de Longueville avec Coligny, et le duel de celui-ci à la place Royale, duel qui lui fut si fatal, et que Mme de Longueville vit à travers une jalousie ; ses amours nouvelles avec le prince de Marcillac, qui en était jaloux, disait-on, à vouloir faire tuer tout le monde, et même l'abbé d'Herblay, son directeur ; les amours de M. le prince de Galles avec Mademoiselle, qu'on appela plus tard la grande Mademoiselle, si célèbre depuis par son mariage secret avec Lauzun. La reine elle-même ne fut pas épargnée, et le cardinal Mazarin eut sa part de raillerie aussi .

La journée passa rapide comme une heure. Le gouverneur du comte, bon vivant, homme du monde, savant jusqu'aux dents, comme le disait son élève, rappela plusieurs fois à Raoul la profonde érudition et la raillerie spirituelle et mordante d'Athos ; mais quant à la grâce, à la délicatesse et à la noblesse des apparences, personne, sur ce point, ne pouvait être comparé au comte de La Fère.

Les chevaux, plus ménagés que la veille, s'arrêtèrent vers quatre heures du soir à Arras. On s'approchait du théâtre de la guerre, et l'on résolut de s'arrêter dans cette ville jusqu'au lendemain, des partis d'Espagnols profitant quelquefois de la nuit pour faire des expéditions jusque dans les environs d'Arras.

L'armée française tenait depuis Pont-à-Marc jusqu'à Valenciennes, en revenant sur Douai. On disait M. le Prince de sa personne à Béthune.

L'armée ennemie s'étendait de Cassel à Courtray, et, comme il n'était sorte de pillages et de violences qu'elle ne commît, les pauvres gens de la frontière quittaient leurs habitations isolées et venaient se réfugier dans les villes fortes qui leur promettaient un abri. Arras était encombré de fuyards.

On parlait d'une prochaine bataille qui devait être décisive, M. le Prince n'ayant manœuvré jusque-là que dans l'attente de renforts, qui venaient enfin d'arriver. Les jeunes gens se félicitaient de tomber si à propos.

Ils soupèrent ensemble et couchèrent dans la même chambre. Ils étaient à l'âge des promptes amitiés, il leur semblait qu'ils se connaissaient depuis leur naissance et qu'il leur serait impossible de jamais plus se quitter.

La soirée fut employée à parler guerre; les laquais fourbirent les armes; les jeunes gens chargèrent des pistolets en cas d'escarmouche; et ils se réveillèrent désespérés, ayant rêvé tous deux qu'ils arrivaient trop tard pour prendre part à la bataille.

Le matin, le bruit se répandit que le prince de Condé avait évacué Béthune pour se retirer sur Carvin, en laissant cependant garnison dans cette première ville. Mais comme cette nouvelle ne présentait rien de positif, les jeunes gens décidèrent qu'ils continueraient leur chemin vers Béthune, quitte, en route, à obliquer à droite et à marcher sur Carvin.

Le gouverneur du comte de Guiche connaissait parfaitement le pays; il proposa en conséquence de prendre un chemin de traverse qui tenait le milieu entre la route de Lens et celle de Béthune. A Ablain, on prendrait des informations. Un itinéraire fut laissé pour Grimaud.

On se mit en route vers les sept heures du matin.

De Guiche, qui était jeune et emporté, disait à Raoul :

— Nous voici trois maîtres et trois valets; nos valets sont bien armés, et le vôtre me paraît assez têtu.

— Je ne l'ai jamais vu à l'œuvre, répondit Raoul, mais il est Breton, cela promet.

— Oui, oui, reprit de Guiche, et je suis certain qu'il ferait le coup de mousquet à l'occasion; quant à moi, j'ai deux hommes sûrs, qui ont fait la guerre avec mon père; c'est donc six combattants que nous représentons; si nous trouvions une petite troupe de partisans égale en nombre à la nôtre, et même supérieure, est-ce que nous ne chargerions pas, Raoul?

— Si fait, Monsieur, répondit le vicomte.

— Holà! jeunes gens, holà! dit le gouverneur se mêlant à la conversation, comme vous y allez, vertudieu! Et mes instructions, à moi, Monsieur le comte? Oubliez-vous que j'ai ordre de vous conduire sain et sauf à M. le Prince? Une fois à l'armée, faites-vous tuer si c'est votre bon plaisir; mais d'ici là je vous préviens qu'en ma qualité de général d'armée j'ordonne la retraite, et tourne le dos au premier plumet que j'aperçois.

De Guiche et Raoul se regardèrent du coin de l'œil en souriant. Le pays devenait assez couvert, et de temps en temps on rencontrait de petites troupes de paysans qui se retiraient, chassant devant eux leurs bestiaux et traînant dans des charrettes ou portant à bras leurs objets les plus précieux.

On arriva jusqu'à Ablain sans accident. Là on prit langue, et on apprit que M. le Prince avait quitté effectivement Béthune et se tenait entre Cambrin et la Venthie. On reprit alors, en laissant toujours la carte à Grimaud, un chemin de traverse qui conduisit en une demi-heure la petite troupe sur la rive d'un petit ruisseau qui va se jeter dans la Lys.

Le pays était charmant, coupé de vallées vertes comme de l'émeraude. De temps en temps on trouvait de petits bois, que traversait le sentier que l'on suivait. A chacun de ces bois, dans la prévoyance d'une embuscade, le gouverneur faisait prendre la tête aux deux laquais du comte, qui formaient ainsi l'avant-garde. Le gouverneur et les deux jeunes gens représentaient le corps d'armée, et Olivain, la carabine sur le genou et l'œil au guet, veillait sur les derrières.

Depuis quelque temps, un bois assez épais se présentait à l'horizon; arrivé à cent pas de ce bois, M. d'Arminges prit ses précautions habituelles et envoya en avant les deux laquais du comte.

Les laquais venaient de disparaître sous les arbres; les jeunes gens et le gouverneur riant et causant suivaient à cent pas à peu près. Olivain se tenait en arrière à pareille distance, lorsque tout à coup cinq ou six coups de mousquet retentirent. Le gouverneur cria halte, les jeunes gens obéirent et retinrent leurs chevaux. Au même instant on vit revenir au galop les deux laquais.

Les deux jeunes gens impatients de connaître la cause de cette mousqueterie, piquèrent vers les laquais. Le gouverneur les suivit par-derrière.

— Avez-vous été arrêtés? demandèrent vivement les deux jeunes gens.

— Non, répondirent les laquais; il est même probable que nous n'avons pas été vus : les coups de fusil ont éclaté à cent pas en avant de nous, à peu près dans l'endroit le plus épais du bois, et nous sommes revenus pour demander avis.

— Mon avis, dit M. d'Arminges, et au besoin même ma volonté est que nous fassions retraite : ce bois peut cacher une embuscade.

— N'avez-vous donc rien vu ? demanda le comte aux laquais.

— Il m'a semblé voir, dit l'un d'eux, des cavaliers vêtus de jaune qui se glissaient dans le lit du ruisseau.

— C'est cela, dit le gouverneur, nous sommes tombés dans un parti d'Espagnols. Arrière, Messieurs, arrière !

Les deux jeunes gens se consultèrent du coin de l'œil, et en ce moment on entendit un coup de pistolet suivi de deux ou trois cris qui appelaient au secours.

Les deux jeunes gens s'assurèrent par un dernier regard que chacun d'eux était dans la disposition de ne pas reculer, et, comme le gouverneur avait déjà fait retourner son cheval, tous deux piquèrent en avant, Raoul criant : A moi, Olivain ! et le comte de Guiche criant : A moi, Urbain et Blanchet !

Et avant que le gouverneur fût revenu de sa surprise, ils étaient déjà disparus dans la forêt.

En même temps qu'ils piquaient leurs chevaux, les deux jeunes gens avaient mis le pistolet au poing.

Cinq minutes après, ils étaient arrivés à l'endroit d'où le bruit semblait être venu. Alors ils ralentirent leurs chevaux, s'avançant avec précaution.

— Chut ! dit de Guiche, des cavaliers.

— Oui, trois à cheval, et trois qui ont mis pied à terre.

— Que font-ils ? Voyez-vous ?

— Oui, il me semble qu'ils fouillent un homme blessé ou mort.

— C'est quelque lâche assassinat, dit de Guiche.

— Ce sont des soldats cependant, reprit Bragelonne.

— Oui, mais des partisans, c'est-à-dire des voleurs de grand chemin.

— Donnons ! dit Raoul.

— Donnons ! dit de Guiche.

— Messieurs ! s'écria le pauvre gouverneur ; Messieurs au nom du ciel...

Mais les jeunes gens n'écoutaient point. Ils étaient partis à l'envi l'un de l'autre, et les cris du gouverneur n'eurent d'autre résultat que de donner l'éveil aux Espagnols.

Aussitôt les trois partisans qui étaient à cheval s'élancèrent à la rencontre des jeunes gens, tandis que les trois autres achevaient de dévaliser les deux voyageurs; car, en approchant, les deux jeunes gens, au lieu d'un corps étendu, en aperçurent deux.

A dix pas, de Guiche tira le premier et manqua son homme; l'Espagnol qui venait au-devant de Raoul tira à son tour, et Raoul sentit au bras gauche une douleur pareille à un coup de fouet. A quatre pas, il lâcha son coup, et l'Espagnol, frappé au milieu de la poitrine, étendit les bras et tomba à la renverse sur la croupe de son cheval, qui tourna bride et l'emporta.

En ce moment, Raoul vit comme à travers un nuage le canon d'un mousquet se diriger sur lui. La recommandation d'Athos lui revint à l'esprit : par un mouvement rapide comme l'éclair, il fit cabrer sa monture, le coup partit.

Le cheval fit un bond de côté, manqua des quatre pieds, et tomba, engageant la jambe de Raoul sous lui.

L'Espagnol s'élança, saisissant son mousquet par le canon pour briser la tête de Raoul avec sa crosse.

Malheureusement, dans la position où était Raoul, il ne pouvait ni tirer l'épée de son fourreau ni tirer le pistolet de ses fontes : il vit la crosse tournoyer au-dessus de sa tête, et, malgré lui, il allait fermer les yeux, lorsque d'un bond Guiche arriva sur l'Espagnol et lui mit le pistolet sur la gorge.

— Rendez-vous! lui dit-il, ou vous êtes mort!

Le mousquet tomba des mains du soldat, qui se rendit à l'instant même.

Guiche appela un de ses laquais, lui remit le prisonnier en garde avec ordre de lui brûler la cervelle s'il faisait un mouvement pour s'échapper, sauta à bas de son cheval, et s'approcha de Raoul.

— Ma foi! Monsieur, dit Raoul en riant, quoique sa pâleur trahît l'émotion inévitable d'une première affaire, vous payez vite vos dettes et n'avez pas voulu m'avoir longue obligation. Sans vous, ajouta-t-il en répétant les paroles du comte, j'étais mort, trois fois mort.

— Mon ennemi en prenant la fuite, dit de Guiche, m'a laissé toute facilité de venir à votre secours; mais êtes-vous blessé gravement, je vous vois tout ensanglanté?

— Je crois, dit Raoul, que j'ai quelque chose comme une égratignure au bras. Aidez-moi donc à me tirer de dessous mon cheval, et rien, je l'espère, ne s'opposera à ce que nous continuions notre route.

M. d'Arminges et Olivain étaient déjà à terre et soulevaient le cheval qui se débattait dans l'agonie. Raoul parvint à tirer son pied de l'étrier, et sa jambe de dessous le cheval, et en un instant il se trouva debout.

— Rien de cassé? dit de Guiche.

— Ma foi, non, grâce au ciel, répondit Raoul. Mais que sont devenus les malheureux que les misérables assassinaient?

— Nous sommes arrivés trop tard, ils les ont tués, je crois, et ont pris la fuite en emportant leur butin; mes deux laquais sont près des cadavres.

— Allons voir s'ils ne sont pas tout à fait morts et si on peut leur porter secours, dit Raoul. Olivain, nous avons hérité de deux chevaux, mais j'ai perdu le mien : prenez le meilleur des deux pour vous et vous me donnerez le vôtre.

Et ils s'approchèrent de l'endroit où gisaient les victimes.

XXXIII

LE MOINE

Deux hommes étaient étendus : l'un immobile, la face contre terre, percé de trois balles et nageant dans son sang... celui-là était mort.

L'autre, adossé à un arbre par les deux laquais, les yeux au ciel et les mains jointes, faisait une ardente prière... il avait reçu une balle qui lui avait brisé le haut de la cuisse.

Les jeunes gens allèrent d'abord au mort et se regardèrent avec étonnement.

— C'est un prêtre, dit Bragelonne, il est tonsuré. Oh! les maudits! qui portent la main sur les ministres de Dieu!

— Venez ici, Monsieur, dit Urbain, vieux soldat qui avait fait toutes les campagnes avec le cardinal-duc; venez ici... il n'y a plus rien à faire avec l'autre, tandis que celui-ci, peut-être peut-on encore le sauver.

Le blessé sourit tristement.

— Me sauver! non, dit-il; mais m'aider à mourir, oui.

— Êtes-vous prêtre? demanda Raoul.

— Non, Monsieur.

— C'est que votre malheureux compagnon m'a paru appartenir à l'Église, reprit Raoul.

— C'est le curé de Béthune, Monsieur; il portait en lieu sûr les vases sacrés de son église et le trésor du chapitre; car M. le Prince a abandonné notre ville hier, et peut-être l'Espagnol y sera-t-il demain; or, comme on savait que des partis ennemis couraient la campagne, et que la mission était périlleuse, personne n'a osé l'accompagner, alors je me suis offert.

— Et ces misérables vous ont attaqués, ces misérables ont tiré sur un prêtre!

— Messieurs, dit le blessé en regardant autour de lui, je souffre bien, et cependant je voudrais être transporté dans quelque maison.

— Où vous puissiez être secouru? dit de Guiche.

— Non, où je puisse me confesser.

— Mais peut-être, dit Raoul, n'êtes-vous point blessé si dangereusement que vous croyez.

— Monsieur, dit le blessé, croyez-moi, il n'y a pas de temps à perdre, la balle a brisé le col du fémur et a pénétré jusqu'aux intestins.

— Êtes-vous médecin? demanda de Guiche.

— Non, dit le moribond, mais je me connais un peu aux blessures, et la mienne eſt mortelle. Tâchez donc de me transporter quelque part où je puisse trouver un prêtre, ou prenez cette peine de m'en amener un ici, et Dieu récompensera cette sainte action; c'eſt mon âme qu'il faut sauver, car, pour mon corps, il eſt perdu.

— Mourir en faisant une bonne œuvre, c'eſt impossible! et Dieu vous assiſtera.

— Messieurs, au nom du ciel! dit le blessé rassemblant toutes ses forces comme pour se lever, ne perdons point le temps en paroles inutiles : aidez-moi à gagner le prochain village, ou jurez-moi sur votre salut que vous m'enverrez ici le premier moine, le premier curé, le premier prêtre que vous rencontrerez. Mais, ajouta-t-il avec l'accent du désespoir, peut-être nul n'osera venir, car on sait que les Espagnols courent la campagne, et je mourrai sans absolution. Mon Dieu! mon Dieu! ajouta le blessé avec un accent de terreur qui fit frissonner les jeunes gens, vous ne permettrez point cela, n'eſt-ce pas? Ce serait trop terrible?

— Monsieur, tranquillisez-vous, dit de Guiche, je vous jure que vous allez avoir la consolation que vous demandez. Dites-nous seulement où il y a une maison où nous puissions demander du secours, et un village où nous puissions aller quérir un prêtre.

— Merci, et que Dieu vous récompense! Il y a une auberge à une demi-lieue d'ici en suivant cette route et à une lieue à peu près au delà de l'auberge vous trouverez le village de Greney . Allez trouver le curé; si le curé n'eſt pas chez lui, entrez dans le couvent des Auguſtins, qui eſt la dernière maison du bourg à droite, et amenez-moi un frère, qu'importe! moine ou curé, pourvu qu'il ait reçu de notre sainte Église la faculté d'absoudre *in articulo mortis*.

— Monsieur d'Arminges, dit de Guiche, reſtez près de ce malheureux, et veillez à ce qu'il soit transporté le plus doucement possible. Faites un brancard avec des branches d'arbres, mettez-y tous nos manteaux; deux de nos laquais le porteront, tandis que le troisième se tiendra prêt à prendre la place de celui qui sera las. Nous allons, le vicomte et moi, chercher un prêtre.

— Allez, Monsieur le comte, dit le gouverneur; mais au nom du ciel! ne vous exposez pas.

— Soyez tranquille. D'ailleurs, nous sommes sauvés pour aujourd'hui; vous connaissez l'axiome : *Non bis in idem*.

— Bon courage, Monsieur! dit Raoul au blessé, nous allons exécuter votre désir.

— Dieu vous bénisse, Messieurs! répondit le moribond avec un accent de reconnaissance impossible à décrire.

Et les deux jeunes gens partirent au galop dans la direction indiquée, tandis que le gouverneur du duc de Guiche présidait à la confection du brancard.

Au bout de dix minutes de marche les deux jeunes gens aperçurent l'auberge.

Raoul, sans descendre de cheval, appela l'hôte, le prévint qu'on allait lui amener un blessé et le pria de préparer, en attendant, tout ce qui serait nécessaire à son pansement, c'est-à-dire un lit, des bandes, de la charpie, l'invitant en outre, s'il connaissait dans les environs quelque médecin, chirurgien ou opérateur à l'envoyer chercher, se chargeant, lui, de récompenser le messager.

L'hôte, qui vit deux jeunes seigneurs richement vêtus, promit tout ce qu'ils lui demandèrent, et nos deux cavaliers, après avoir vu commencer les préparatifs de la réception, partirent de nouveau et piquèrent vivement vers Greney.

Ils avaient fait plus d'une lieue et distinguaient déjà les premières maisons du village dont les toits couverts de tuiles rougeâtres se détachaient vigoureusement sur les arbres verts qui les environnaient, lorsqu'ils aperçurent, venant à leur rencontre, monté sur une mule, un pauvre moine qu'à son large chapeau et à sa robe de laine grise ils prirent pour un frère augustin. Cette fois, le hasard semblait leur envoyer ce qu'ils cherchaient.

Ils s'approchèrent du moine.

C'était un homme de vingt-deux à vingt-trois ans,

mais que les pratiques ascétiques avaient vieilli en apparence. Il était pâle, non de cette pâleur mate qui est une beauté, mais d'un jaune bilieux; ses cheveux courts, qui dépassaient à peine le cercle que son chapeau traçait autour de son front, étaient d'un blond pâle, et ses yeux, d'un bleu clair, semblaient dénués de regard.

— Monsieur, dit Raoul avec sa politesse ordinaire, êtes-vous ecclésiastique?

— Pourquoi me demandez-vous cela? dit l'étranger avec une impassibilité presque incivile.

— Pour le savoir, dit le comte de Guiche avec hauteur.

L'étranger toucha sa mule du talon et continua son chemin.

De Guiche sauta d'un bond en avant de lui, et lui barra la route.

— Répondez, Monsieur! dit-il, on vous a interrogé poliment, et toute question vaut une réponse.

— Je suis libre, je suppose, de dire ou ne pas dire qui je suis aux deux premières personnes venues à qui il prend le caprice de m'interroger.

De Guiche réprima à grand-peine la furieuse envie qu'il avait de casser les os au moine.

— D'abord, dit-il en faisant un effort sur lui-même, nous ne sommes pas les deux premières personnes venues; mon ami que voilà est le vicomte de Bragelonne, et moi je suis le comte de Guiche. Enfin, ce n'est point par caprice que nous vous faisons cette question; car un homme est là, blessé et mourant, qui réclame les secours de l'Église. Êtes-vous prêtre, je vous somme, au nom de l'humanité, de me suivre pour secourir cet homme; ne l'êtes-vous pas, c'est autre chose. Je vous préviens, au nom de la courtoisie, que vous paraissez si complètement ignorer, que je vais vous châtier de votre insolence.

La pâleur du moine devint de la lividité, et il sourit d'une si étrange façon que Raoul, qui ne le quittait pas des yeux, sentit ce sourire lui serrer le cœur comme une insulte.

— C'est quelque espion espagnol ou flamand, dit-il en mettant la main sur la crosse de ses pistolets.

Un regard menaçant et pareil à un éclair répondit à Raoul.

— Eh bien! Monsieur, dit de Guiche, répondrez-vous?

— Je suis prêtre, Messieurs, dit le jeune homme.

Et sa figure reprit son impassibilité ordinaire.

— Alors, mon père, dit Raoul laissant retomber ses pistolets dans ses fontes et imposant à ses paroles un accent respectueux qui ne sortait pas de son cœur, alors, si vous êtes prêtre, vous allez trouver, comme vous l'a dit mon ami, une occasion d'exercer votre état : un malheureux blessé vient à notre rencontre et doit s'arrêter au prochain hôtel; il demande l'assistance d'un ministre de Dieu; nos gens l'accompagnent.

— J'y vais, dit le moine.

Et il donna du talon à sa mule.

— Si vous n'y allez pas, Monsieur, dit de Guiche, croyez que nous avons des chevaux capables de rattraper votre mule, un crédit capable de vous faire saisir partout où vous serez; et alors, je vous le jure, votre procès sera bientôt fait : on trouve partout un arbre et une corde.

L'œil du moine étincela de nouveau, mais ce fut tout; il répéta sa phrase : « J'y vais », et il partit.

— Suivons-le, dit de Guiche, ce sera plus sûr.

— J'allais vous le proposer, dit de Bragelonne.

Et les deux jeunes gens se remirent en route, réglant leur pas sur celui du moine, qu'ils suivaient ainsi à une portée de pistolet.

Au bout de cinq minutes, le moine se retourna pour s'assurer s'il était suivi ou non.

— Voyez-vous, dit Raoul, que nous avons bien fait!

— L'horrible figure que celle de ce moine! dit le comte de Guiche.

— Horrible, répondit Raoul, et d'expression surtout; ces cheveux jaunes, ces yeux ternes, ces lèvres qui disparaissent au moindre mot qu'il prononce...

— Oui, oui, dit de Guiche, qui avait été moins frappé que Raoul de tous ces détails, attendu que Raoul examinait tandis que de Guiche parlait; oui, figure étrange; mais ces moines sont assujettis à des pratiques si dégradantes : les jeûnes les font pâlir, les coups de discipline les font hypocrites, et c'est à force de pleurer les biens de la vie, qu'ils ont perdus et dont nous jouissons, que leurs yeux deviennent ternes.

— Enfin, dit Raoul, ce pauvre homme va avoir son prêtre; mais, de par Dieu! le pénitent a la mine de posséder une conscience meilleure que celle du confesseur. Quant à moi, je l'avoue, je suis accoutumé à voir des prêtres d'un tout autre aspect.

— Ah! dit de Guiche, comprenez-vous? Celui-ci est un de ces frères errants qui s'en vont mendiant sur les grandes routes jusqu'au jour où un bénéfice leur tombe du ciel; ce sont des étrangers pour la plupart : Écossais, Irlandais, Danois. On m'en a quelquefois montré de pareils.

— Aussi laids?

— Non, mais raisonnablement hideux, cependant.

— Quel malheur pour ce pauvre blessé de mourir entre les mains d'un pareil frocard!

— Bah! dit de Guiche, l'absolution vient, non de celui qui la donne, mais de Dieu. Cependant, voulez-vous que je vous dise : eh bien! j'aimerais mieux mourir impénitent que d'avoir affaire à un pareil confesseur. Vous êtes de mon avis, n'est-ce pas, vicomte? Et je vous voyais caresser le pommeau de votre pistolet comme si vous aviez quelque intention de lui casser la tête.

— Oui, comte, c'est une chose étrange, et qui va vous surprendre, j'ai éprouvé à l'aspect de cet homme une horreur indéfinissable. Avez-vous quelquefois fait lever un serpent sur votre chemin?

— Jamais, dit de Guiche.

— Eh bien! à moi cela m'est arrivé dans nos forêts du Blaisois, et je me rappelle qu'à la vue du premier qui me regarda de ses yeux ternes, replié sur lui-même, branlant la tête et agitant la langue, je demeurai fixe, pâle et comme fasciné jusqu'au moment où le comte de la Fère...

— Votre père? demanda de Guiche.

— Non, mon tuteur, répondit Raoul en rougissant.

— Fort bien.

— Jusqu'au moment, reprit Raoul, où le comte de La Fère me dit : « Allons, Bragelonne, dégainez. » Alors seulement je courus au reptile et le tranchai en deux, au moment où il se dressait sur sa queue en sifflant pour venir lui-même au-devant de moi. Eh bien! je vous jure que j'ai ressenti exactement la même sensation à la

vue de cet homme lorsqu'il a dit : « *Pourquoi me demandez-*
» *vous cela ?* » et qu'il m'a regardé.

— Alors, vous vous reprochez de ne l'avoir pas
coupé en deux comme votre serpent?

— Ma foi, oui, presque, dit Raoul.

En ce moment, on arrivait en vue de la petite auberge,
et l'on apercevait de l'autre côté le cortège du blessé
qui s'avançait guidé par M. d'Arminges. Deux hommes
portaient le moribond, le troisième tenait les chevaux
en main.

Les jeunes gens donnèrent de l'éperon.

— Voici le blessé, dit de Guiche en passant près du
frère augustin ; ayez la bonté de vous presser un peu, sire
moine.

Quant à Raoul, il s'éloigna du frère de toute la largeur
de la route, et passa en détournant la tête avec dégoût.

C'étaient alors les jeunes gens qui précédaient le
confesseur au lieu de le suivre. Ils allèrent au-devant du
blessé et lui annoncèrent cette bonne nouvelle. Celui-ci
se souleva pour regarder dans la direction indiquée,
vit le moine qui s'approchait en hâtant le pas de sa mule,
et retomba sur sa litière le visage éclairé d'un rayon de
joie.

— Maintenant, dirent les jeunes gens, nous avons fait
pour vous tout ce que nous avons pu faire, et comme
nous sommes pressés de rejoindre l'armée de M. le
Prince, nous allons continuer notre route ; vous nous
excusez, n'est-ce pas, Monsieur ? Mais on dit qu'il va y
avoir une bataille, et nous ne voudrions pas arriver le
lendemain.

— Allez, mes jeunes seigneurs, dit le blessé, et soyez
bénis tous deux pour votre pitié. Vous avez en effet,
et comme vous l'avez dit, fait pour moi tout ce que vous
pouviez faire ; moi, je ne puis que vous dire encore une
fois : Dieu vous garde, vous et ceux qui vous sont chers!

— Monsieur, dit de Guiche à son gouverneur, nous
allons devant, vous nous rejoindrez sur la route de
Cambrin.

L'hôte était sur sa porte et avait tout préparé, lit,
bandes et charpie, et un palefrenier était allé chercher
un médecin à Lens, qui était la ville la plus proche.

— Bien, dit l'aubergiste, il sera fait comme vous le
désirez ; mais ne vous arrêtez-vous pas, Monsieur, pour

panser votre blessure? continua-t-il en s'adressant à
Bragelonne.

— Oh! ma blessure, à moi, n'est rien, dit le vicomte,
et il sera temps que je m'en occupe à la prochaine halte;
seulement, ayez la bonté, si vous voyez passer un cavalier, et si ce cavalier vous demande des nouvelles d'un
jeune homme monté sur un alezan et suivi d'un laquais,
de lui dire qu'effectivement vous m'avez vu, mais que
j'ai continué ma route et que je compte dîner à Mazingarbe et coucher à Cambrin. Ce cavalier est mon serviteur.

— Ne serait-il pas mieux, et pour plus grande sûreté,
que je lui demandasse son nom et que je lui dise le vôtre?
répondit l'hôte.

— Il n'y a pas de mal au surcroît de précaution, dit
Raoul, je me nomme le vicomte de Bragelonne et lui
Grimaud.

En ce moment le blessé arrivait d'un côté et le moine
de l'autre; les deux jeunes gens se reculèrent pour laisser
passer le brancard; de son côté le moine descendait de
sa mule, et ordonnait qu'on la conduisît à l'écurie sans
la desseller.

— Sire moine, dit de Guiche, confessez bien ce brave
homme, et ne vous inquiétez pas de votre dépense ni de
celle de votre mule : tout est payé.

— Merci, Monsieur! dit le moine avec un de ces
sourires qui avaient fait frissonner Bragelonne.

— Venez, comte, dit Raoul, qui semblait instinctivement ne pouvoir supporter la présence de l'augustin,
venez, je me sens mal ici.

— Merci, encore une fois, mes beaux jeunes seigneurs,
dit le blessé, et ne m'oubliez pas dans vos prières!

— Soyez tranquille! dit de Guiche en piquant pour
rejoindre Bragelonne, qui était déjà de vingt pas en
avant.

En ce moment le brancard, porté par les deux laquais,
entrait dans la maison. L'hôte et sa femme, qui était
accourue, se tenaient debout sur les marches de l'escalier.
Le malheureux blessé paraissait souffrir des douleurs
atroces; et cependant il n'était préoccupé que de savoir
si le moine le suivait.

A la vue de cet homme pâle et ensanglanté, la femme
saisit fortement le bras de son mari.

— Eh bien! qu'y a-t-il? demanda celui-ci. Est-ce que par hasard tu te trouverais mal?

— Non, mais regarde! dit l'hôtesse en montrant à son mari le blessé.

— Dame! répondit celui-ci, il me paraît bien malade.

— Ce n'est pas cela que je veux dire, continua la femme toute tremblante, je te demande si tu le reconnais?

— Cet homme? Attends donc...

— Ah! je vois que tu le reconnais, dit la femme, car tu pâlis à ton tour.

— En vérité! s'écria l'hôte. Malheur à notre maison, c'est l'ancien bourreau de Béthune.

— L'ancien bourreau de Béthune! murmura le jeune moine en faisant un mouvement d'arrêt et en laissant voir sur son visage le sentiment de répugnance que lui inspirait son pénitent.

M. d'Arminges, qui se tenait à la porte, s'aperçut de son hésitation.

— Sire moine, dit-il, pour être ou pour avoir été bourreau, ce malheureux n'en est pas moins un homme. Rendez-lui donc le dernier service qu'il réclame de vous, et votre œuvre n'en sera que plus méritoire.

Le moine ne répondit rien, mais il continua silencieusement son chemin vers la chambre basse où les deux valets avaient déjà déposé le mourant sur un lit.

En voyant l'homme de Dieu s'approcher du chevet du blessé, les deux laquais sortirent en fermant la porte sur le moine et sur le moribond.

D'Arminges et Olivain les attendaient; ils remontèrent à cheval, et tous quatre partirent au trot, suivant le chemin à l'extrémité duquel avaient déjà disparu Raoul et son compagnon.

Au moment où le gouverneur et son escorte disparaissaient à leur tour, un nouveau voyageur s'arrêtait devant le seuil de l'auberge.

— Que désire Monsieur? dit l'hôte, encore pâle et tremblant de la découverte qu'il venait de faire.

Le voyageur fit le signe d'un homme qui boit, et, mettant pied à terre, montra son cheval et fit le signe d'un homme qui frotte.

« Ah! diable! se dit l'hôte, il paraît que celui-ci est muet. »

— Et où voulez-vous boire? demanda-t-il.

— Ici, dit le voyageur en montrant une table.

« Je me trompais, dit l'hôte, il n'est pas tout à fait muet. »

Et il s'inclina, alla chercher une bouteille de vin et des biscuits, qu'il posa devant son taciturne convive.

— Monsieur ne désire pas autre chose? demanda-t-il.

— Si fait, dit le voyageur.

— Que désire Monsieur?

— Savoir si vous avez vu passer un jeune gentilhomme de quinze ans, monté sur un cheval alezan et suivi d'un laquais.

— Le vicomte de Bragelonne? dit l'hôte.

— Justement.

— Alors c'est vous qui vous appelez M. Grimaud?

Le voyageur fit signe que oui.

— Eh bien! dit l'hôte, votre jeune maître était ici il n'y a qu'un quart d'heure; il dînera à Mazingarbe et couchera à Cambrin.

— Combien d'ici à Mazingarbe?

— Deux lieues et demie.

— Merci.

Grimaud, assuré de rencontrer son jeune maître avant la fin du jour, parut plus calme, s'essuya le front et se versa un verre de vin, qu'il but silencieusement.

Il venait de poser son verre sur la table et se disposait à le remplir une seconde fois, lorsqu'un cri terrible partit de la chambre où étaient le moine et le mourant.

Grimaud se leva tout debout.

— Qu'est-ce que cela, dit-il, et d'où vient ce cri?

— De la chambre du blessé, dit l'hôte.

— Quel blessé? demanda Grimaud.

— L'ancien bourreau de Béthune, qui vient d'être assassiné par les partisans espagnols, qu'on a apporté ici, et qui se confesse en ce moment à un frère augustin : il paraît qu'il souffre bien.

— L'ancien bourreau de Béthune? murmura Grimaud rappelant ses souvenirs... un homme de cinquante-cinq à soixante ans, grand, vigoureux, basané, cheveux et barbe noirs?

— C'est cela, excepté que sa barbe a grisonné et que ses cheveux ont blanchi. Le connaissez-vous? demanda l'hôte.

— Je l'ai vu une fois, dit Grimaud, dont le front s'assombrit au tableau que lui présentait ce souvenir.

La femme était accourue toute tremblante.

— As-tu entendu? dit-elle à son mari.

— Oui, répondit l'hôte en regardant avec inquiétude du côté de la porte.

En ce moment, un cri moins fort que le premier, mais suivi d'un gémissement long et prolongé, se fit entendre.

Les trois personnages se regardèrent en frissonnant.

— Il faut voir ce que c'est, dit Grimaud.

— On dirait le cri d'un homme qu'on égorge, murmura l'hôte.

— Jésus! dit la femme en se signant.

Si Grimaud parlait peu, on sait qu'il agissait beaucoup. Il s'élança vers la porte et la secoua vigoureusement, mais elle était fermée par un verrou intérieur.

— Ouvrez! cria l'hôte, ouvrez; sire moine, ouvrez à l'instant!

Personne ne répondit.

— Ouvrez, ou j'enfonce la porte! dit Grimaud.

Même silence.

Grimaud jeta les yeux autour de lui et avisa une pince qui d'aventure se trouvait dans un coin; il s'élança dessus, et, avant que l'hôte eût pu s'opposer à son dessein, il avait mis la porte en dedans.

La chambre était inondée du sang qui filtrait à travers les matelas, le blessé ne parlait plus et râlait; le moine avait disparu.

— Le moine? cria l'hôte. Où est le moine?

Grimaud s'élança vers une fenêtre ouverte qui donnait sur la cour.

— Il aura fui par là, s'écria-t-il.

— Vous croyez? dit l'hôte effaré. Garçon, voyez si la mule du moine est à l'écurie.

— Plus de mule! cria celui à qui cette question était adressée.

Grimaud fronça le sourcil, l'hôte joignit les mains et regarda autour de lui avec défiance. Quant à la femme, elle n'avait pas osé entrer dans la chambre et se tenait debout, épouvantée, à la porte.

Grimaud s'approcha du blessé, regardant ses traits rudes et marqués qui lui rappelaient un souvenir si terrible.

Enfin, après un moment de morne et muette contemplation :

— Il n'y a plus de doute, dit-il, c'est bien lui.

— Vit-il encore ? demanda l'hôte.

Grimaud, sans répondre, ouvrit son justaucorps pour lui tâter le cœur, tandis que l'hôte s'approchait à son tour ; mais tout à coup tous deux reculèrent, l'hôte en poussant un cri d'effroi, Grimaud en pâlissant.

La lame d'un poignard était enfoncée jusqu'à la garde du côté gauche de la poitrine du bourreau.

— Courez chercher du secours, dit Grimaud, moi je resterai près de lui.

L'hôte sortit de la chambre tout égaré ; quant à la femme, elle s'était enfuie au cri qu'avait poussé son mari.

XXXIV

Voici ce qui s'était passé.

Nous avons vu que ce n'était point par un effet de sa propre volonté, mais au contraire assez à contre-cœur que le moine escortait le blessé qui lui avait été recommandé d'une si étrange manière. Peut-être eût-il cherché à fuir, s'il en avait vu la possibilité; mais les menaces des deux gentilshommes, leur suite qui était restée après eux et qui sans doute avait reçu leurs instructions, et pour tout dire, enfin, là réflexion même avait engagé le moine, sans laisser paraître trop de mauvais vouloir, à jouer jusqu'au bout son rôle de confesseur, et, une fois entré dans la chambre, il s'était approché du chevet du blessé.

Le bourreau examina de ce regard rapide, particulier à ceux qui vont mourir et qui, par conséquent, n'ont pas de temps à perdre, la figure de celui qui devait être son consolateur; il fit un mouvement de surprise et dit :

— Vous êtes bien jeune, mon père?

— Les gens qui portent ma robe n'ont point d'âge, répondit sèchement le moine.

— Hélas! parlez-moi plus doucement, mon père, dit le blessé, j'ai besoin d'un ami à mes derniers moments.

— Vous souffrez beaucoup? demanda le moine.

— Oui; mais de l'âme bien plus que du corps.

— Nous sauverons votre âme, dit le jeune homme; mais êtes-vous réellement le bourreau de Béthune, comme le disaient ces gens?

— C'est-à-dire, reprit vivement le blessé, qui craignait sans doute que ce nom de bourreau n'éloignât de lui les derniers secours qu'il réclamait, c'est-à-dire que je l'ai été, mais je ne le suis plus; il y a quinze ans que j'ai cédé ma charge. Je figure encore aux exécutions, mais je ne frappe plus moi-même, oh! non!

— Vous avez donc horreur de votre état?

Le bourreau poussa un profond soupir.

— Tant que je n'ai frappé qu'au nom de la loi et de la justice, dit-il, mon état m'a laissé dormir tranquille, abrité que j'étais sous la justice et sous la loi; mais depuis cette nuit terrible où j'ai servi d'instrument à une vengeance particulière et où j'ai levé avec haine le glaive sur une créature de Dieu, depuis ce jour...

Le bourreau s'arrêta en secouant la tête d'un air désespéré.

— Parlez, dit le moine, qui s'était assis au pied du lit du blessé et qui commençait à prendre intérêt à un récit qui s'annonçait d'une façon si étrange.

— Ah! s'écria le moribond avec tout l'élan d'une douleur longtemps comprimée et qui finit enfin par se faire jour, ah! j'ai pourtant essayé d'étouffer ce remords par vingt ans de bonnes œuvres, j'ai dépouillé la férocité naturelle à ceux qui versent le sang; à toutes les occasions j'ai exposé ma vie pour sauver la vie de ceux qui étaient en péril, et j'ai conservé à la terre des existences humaines, en échange de celle que je lui avais enlevée. Ce n'est pas tout : le bien acquis dans l'exercice de ma profession, je l'ai distribué aux pauvres, je suis devenu assidu aux églises, les gens qui me fuyaient se sont habitués à me voir. Tous m'ont pardonné, quelques-uns même m'ont aimé; mais je crois que Dieu ne m'a pas pardonné, lui, car le souvenir de cette exécution me poursuit sans cesse, et il me semble chaque nuit voir se dresser devant moi le spectre de cette femme.

— Une femme! C'est donc une femme que vous avez assassinée? s'écria le moine.

— Et vous aussi! s'écria le bourreau, vous vous servez donc de ce mot qui retentit à mon oreille : assassinée! Je l'ai donc assassinée et non pas exécutée! Je suis donc un assassin et non pas un justicier!

Et il ferma les yeux en poussant un gémissement.

Le moine craignit sans doute qu'il ne mourût sans en dire davantage, car il reprit vivement :

— Continuez, je ne sais rien, et quand vous aurez achevé votre récit, Dieu et moi jugerons.

— Oh! mon père! continua le bourreau sans rouvrir les yeux, comme s'il craignait, en les rouvrant, de revoir quelque objet effrayant, c'est surtout lorsqu'il fait nuit et que je traverse quelque rivière, que cette terreur que je n'ai pu vaincre redouble : il me semble alors que ma main s'alourdit, comme si mon coutelas y pesait encore; que l'eau devient couleur de sang; et que toutes les voix de la nature, le bruissement des arbres, le murmure du vent, le clapotement du flot, se réunissent pour former une voix pleurante, désespérée, terrible, qui me crie : « Laissez passer la justice de Dieu! »

— Délire! murmura le moine en secouant la tête à son tour.

Le bourreau rouvrit les yeux, fit un mouvement pour se retourner du côté du jeune homme et lui saisit le bras.

— Délire, répéta-t-il, délire, dites-vous? Oh! non pas, car c'était le soir, car j'ai jeté son corps dans la rivière, car les paroles que mes remords me répètent, ces paroles, c'est moi qui dans mon orgueil les ai prononcées : après avoir été l'instrument de la justice humaine, je croyais être devenu celui de la justice de Dieu.

— Mais, voyons; comment cela s'est-il fait? Parlez, dit le moine.

— C'était un soir, un homme me vint chercher, me montra un ordre, je le suivis. Quatre autres seigneurs m'attendaient. Ils m'emmenèrent masqué. Je me réservais toujours de résister si l'office qu'on réclamait de moi me paraissait injuste. Nous fîmes cinq ou six lieues, sombres, silencieux et presque sans échanger une parole; enfin, à travers les fenêtres d'une petite chaumière, ils me montrèrent une femme accoudée sur une table et me dirent : « Voici celle qu'il faut exécuter. »

— Horreur! dit le moine. Et vous avez obéi?

— Mon père, cette femme était un monstre : elle avait empoisonné, disait-on, son second mari, tenté d'assassiner son beau-frère, qui se trouvait parmi ces hommes; elle venait d'empoisonner une jeune femme qui était sa rivale, et avant de quitter l'Angleterre elle avait, disait-on, fait poignarder le favori du roi.

— Buckingham? s'écria le moine.

— Oui, Buckingham, c'est cela.

— Elle était donc Anglaise, cette femme?

— Non, elle était Française, mais elle s'était mariée en Angleterre.

Le moine pâlit, s'essuya le front et alla fermer la porte au verrou. Le bourreau crut qu'il l'abandonnait et retomba en gémissant sur son lit.

— Non, non, me voilà, reprit le moine en revenant vivement près de lui; continuez : quels étaient ces
hommes ?

— L'un était étranger, Anglais, je crois. Les quatre
autres étaient Français et portaient le costume de mousquetaires.

— Leurs noms ? demanda le moine.

— Je ne les connais pas. Seulement les quatre autres
seigneurs appelaient l'Anglais Milord.

— Et cette femme était-elle belle ?

— Jeune et belle ! Oh ! oui, belle surtout. Je la vois
encore, lorsque, à genoux à mes pieds, elle priait, la
tête renversée en arrière. Je n'ai jamais compris depuis
comment j'avais abattu cette tête si belle et si pâle.

Le moine semblait agité d'une émotion étrange. Tous
ses membres tremblaient; on voyait qu'il voulait faire
une question, mais il n'osait pas.

Enfin, après un violent effort sur lui-même :

— Le nom de cette femme ? dit-il.

— Je l'ignore. Comme je vous le dis, elle s'était mariée
deux fois, à ce qu'il paraît : une fois en France et l'autre
en Angleterre.

— Et elle était jeune, dites-vous ?

— Vingt-cinq ans.

— Belle ?

— A ravir.

— Blonde ?

— Oui.

— De grands cheveux, n'est-ce pas ? qui tombaient
jusque sur ses épaules.

— Oui.

— Des yeux d'une expression admirable ?

— Quand elle voulait. Oh ! oui, c'est bien cela.

— Une voix d'une douceur étrange ?

— Comment le savez-vous ?

Le bourreau s'accouda sur son lit et fixa son regard
épouvanté sur le moine, qui devint livide.

— Et vous l'avez tuée ! dit le moine; vous avez servi
d'instrument à ces lâches, qui n'osaient la tuer eux-mêmes ! Vous n'avez pas eu pitié de cette jeunesse, de cette
beauté, de cette faiblesse ! vous avez tué cette femme.

— Hélas ! reprit le bourreau, je vous l'ai dit, mon
père, cette femme, sous cette enveloppe céleste, cachait

un esprit infernal, et quand je la vis, quand je me rappelai tout le mal qu'elle m'avait fait à moi-même...

— A vous? Et qu'avait-elle pu vous faire à vous? Voyons.

— Elle avait séduit et perdu mon frère, qui était prêtre; elle s'était sauvée avec lui de son couvent.

— Avec ton frère?

— Oui. Mon frère avait été son premier amant : elle avait été la cause de la mort de mon frère. Oh! mon père! mon père! ne me regardez donc pas ainsi. Oh! je suis donc coupable? Oh! vous ne me pardonnerez donc pas?

Le moine composa son visage.

— Si fait, si fait, dit-il, je vous pardonnerai si vous me dites tout!

— Oh! s'écria le bourreau, tout! tout! tout!

— Alors, répondez. Si elle a séduit votre frère... vous dites qu'elle l'a séduit, n'est-ce pas?

— Oui.

— Si elle a causé sa mort... vous avez dit qu'elle avait causé sa mort!

— Oui, répéta le bourreau.

— Alors, vous devez savoir son nom de jeune fille?

— O mon Dieu! dit le bourreau, mon Dieu! il me semble que je vais mourir. L'absolution, mon père! l'absolution!

— Dis son nom! s'écria le moine, et je te la donnerai.

— Elle s'appelait... mon Dieu, ayez pitié de moi! murmura le bourreau.

Et il se laissa aller sur son lit, pâle, frissonnant et pareil à un homme qui va mourir.

— Son nom! répéta le moine se courbant sur lui comme pour lui arracher ce nom s'il ne voulait pas le lui dire; son nom!... parle, ou pas d'absolution!

Le mourant parut rassembler toutes ses forces.

Les yeux du moines étincelaient.

— Anne de Bueil , murmura le blessé.

— Anne de Bueil! s'écria le moine en se redressant et en levant les deux mains au ciel; Anne de Bueil! tu as bien dit Anne de Bueil, n'est-ce pas?

— Oui, oui, c'était son nom, et maintenant absolvez-moi, car je me meurs.

— Moi, t'absoudre! s'écria le prêtre avec un rire qui

fit dresser les cheveux sur la tête du mourant, moi, t'absoudre! je ne suis pas prêtre!

— Vous n'êtes pas prêtre! s'écria le bourreau, mais
qu'êtes-vous donc alors?

— Je vais te le dire à mon tour, misérable!

— Ah! Seigneur! mon Dieu!

— Je suis John Francis de Winter!

— Je ne vous connais pas! s'écria le bourreau.

— Attends, attends, tu vas me connaître: je suis
John Francis de Winter, répéta-t-il, et cette femme...

— Eh bien! cette femme?

— C'était ma mère.

Le bourreau poussa le premier cri, ce cri si terrible
qu'on avait entendu d'abord.

— Oh! pardonnez-moi, pardonnez-moi, murmura-
t-il, sinon au nom de Dieu, du moins en votre nom;
sinon comme prêtre, du moins comme fils.

— Te pardonner! s'écria le faux moine, te pardonner! Dieu le fera peut-être, mais moi, jamais!

— Par pitié, dit le bourreau en tendant ses bras vers
lui.

— Pas de pitié pour qui n'a pas eu de pitié; meurs
impénitent, meurs désespéré, meurs et sois damné!

Et tirant de sa robe un poignard et le lui enfonçant
dans la poitrine:

— Tiens, dit-il, voilà mon absolution!

Ce fut alors que l'on entendit ce second cri plus faible
que le premier, qui avait été suivi d'un long gémissement.

Le bourreau, qui s'était soulevé, retomba renversé
sur son lit. Quant au moine, sans retirer le poignard
de la plaie, il courut à la fenêtre, l'ouvrit, sauta sur les
fleurs d'un petit jardin, se glissa dans l'écurie, prit sa
mule, sortit par une porte de derrière, courut jusqu'au
prochain bouquet de bois, y jeta sa robe de moine, tira
de sa valise un habit complet de cavalier, s'en revêtit,
gagna à pied la première poste, prit un cheval et continua à franc étrier son chemin vers Paris.

XXXV

GRIMAUD PARLE

GRIMAUD était resté seul auprès du bourreau : l'hôte était allé chercher du secours; la femme priait.

Au bout d'un instant, le blessé rouvrit les yeux.

— Du secours! murmura-t-il; du secours! O mon Dieu, mon Dieu! ne trouverai-je donc pas un ami dans ce monde qui m'aide à vivre ou à mourir.

Et il porta avec effort sa main à sa poitrine; sa main rencontra le manche du poignard.

— Ah! dit-il comme un homme qui se souvient. Et il laissa retomber son bras près de lui.

— Ayez courage, dit Grimaud, on est allé chercher du secours.

— Qui êtes-vous? demanda le blessé en fixant sur Grimaud des yeux démesurément ouverts.

— Une ancienne connaissance, dit Grimaud.

— Vous?

Le blessé chercha à se rappeler les traits de celui qui lui parlait ainsi.

— Dans quelles circonstances nous sommes-nous donc rencontrés? demanda-t-il.

— Il y a vingt ans, une nuit; mon maître vous avait pris à Béthune et vous conduisit à Armentières.

— Je vous reconnais bien, dit le bourreau, vous êtes un des quatre laquais.

— C'est cela.

— D'où venez-vous?

— Je passais sur la route; je me suis arrêté dans cette auberge pour faire rafraîchir mon cheval. On me racontait que le bourreau de Béthune était là blessé, quand vous avez poussé deux cris. Au premier nous sommes accourus, au second nous avons enfoncé la porte.

— Et le moine? dit le bourreau; avez-vous vu le moine?

— Quel moine?

— Le moine qui était enfermé avec moi?

— Non, il n'y était déjà plus; il paraît qu'il a fui par cette fenêtre. Est-ce donc lui qui vous a frappé?

— Oui, dit le bourreau.

Grimaud fit un mouvement pour sortir.

— Qu'allez-vous faire? demanda le blessé.

— Il faut courir après lui.

— Gardez-vous-en bien!

— Et pourquoi?

— Il s'est vengé, et il a bien fait. Maintenant j'espère que Dieu me pardonnera, car il y a expiation.

— Expliquez-vous, dit Grimaud.

— Cette femme que vous et vos maîtres m'avez fait tuer...

— Milady?

— Oui, Milady, c'est vrai, vous l'appeliez ainsi...

— Qu'a de commun Milady et le moine?

— C'était sa mère.

Grimaud chancela et regarda le mourant d'un œil terne et presque hébété.

— Sa mère? répéta-t-il.

— Oui, sa mère.

— Mais il sait donc ce secret?

— Je l'ai pris pour un moine, et je le lui ai révélé en confession.

— Malheureux! s'écria Grimaud, dont les cheveux se mouillèrent de sueur à la seule idée des suites que pouvait avoir une pareille révélation; malheureux! vous n'avez nommé personne, j'espère?

— Je n'ai prononcé aucun nom, car je n'en connais aucun, excepté le nom de fille de sa mère, et c'est à ce nom qu'il l'a reconnue; mais il sait que son oncle était au nombre des juges.

Et il retomba épuisé. Grimaud voulut lui porter secours et avança sa main vers le manche du poignard.

— Ne me touchez pas, dit le bourreau; si l'on retirait ce poignard, je mourrais.

Grimaud resta la main étendue, puis tout à coup se frappant le front du poing:

— Ah! mais si jamais cet homme apprend qui sont les autres, mon maître est perdu alors.

— Hâtez-vous, hâtez-vous! s'écria le bourreau, prévenez-le, s'il vit encore; prévenez ses amis; ma mort, croyez-le bien, ne sera pas le dénouement de cette terrible aventure.

— Où allait-il ? demanda Grimaud.

— Vers Paris.

— Qui l'a arrêté ?

— Deux jeunes gentilshommes qui se rendaient à l'armée, et dont l'un d'eux, j'ai entendu son nom prononcé par son camarade, s'appelle le vicomte de Bragelonne.

— Et c'est ce jeune homme qui vous a amené ce moine ?

— Oui.

Grimaud leva les yeux au ciel.

— C'était donc la volonté de Dieu ? dit-il.

— Sans doute, dit le blessé.

— Alors voilà qui est effrayant, murmura Grimaud, et cependant cette femme, elle avait mérité son sort. N'est-ce donc plus votre avis ?

— Au moment de mourir, dit le bourreau, on voit les crimes des autres bien petits en comparaison des siens.

Et il tomba épuisé en fermant les yeux.

Grimaud était retenu entre la pitié, qui lui défendait de laisser cet homme sans secours, et la crainte, qui lui commandait de partir à l'instant même pour aller porter cette nouvelle au comte de La Fère, lorsqu'il entendit du bruit dans le corridor et vit l'hôte qui rentrait avec le chirurgien, qu'on avait enfin trouvé.

Plusieurs curieux suivaient, attirés par la curiosité : le bruit de l'étrange événement commençait à se répandre.

Le praticien s'approcha du mourant, qui semblait évanoui.

— Il faut d'abord extraire le fer de la poitrine, dit-il en secouant la tête d'une façon significative.

Grimaud se rappela la prophétie que venait de faire le blessé et détourna les yeux.

Le chirurgien écarta le pourpoint, déchira la chemise et mit la poitrine à nu.

Le fer, comme nous l'avons dit, était enfoncé jusqu'à la garde.

Le chirurgien le prit par l'extrémité de la poignée ; à mesure qu'il l'attirait, le blessé ouvrait les yeux avec une fixité effrayante. Lorsque la lame fut sortie entière-

ment de la plaie, une mousse rougeâtre vint couronner
la bouche du blessé, puis au moment où il respira, un
flot de sang jaillit de l'orifice de sa blessure; le mourant
fixa son regard sur Grimaud avec une expression singulière, poussa un râle étouffé, et expira sur-le-champ.

Alors, Grimaud ramassa le poignard inondé de sang
qui gisait dans la chambre et faisait horreur à tous, fit
signe à l'hôte de le suivre, paya la dépense avec une
générosité digne de son maître et remonta à cheval.

Grimaud avait pensé tout d'abord à retourner droit
à Paris, mais il songea à l'inquiétude où son absence
prolongée tiendrait Raoul; il se rappela que Raoul n'était
qu'à deux lieues de l'endroit où il se trouvait lui-même,
qu'en un quart d'heure il serait près de lui, et qu'allée,
retour et explication ne lui prendraient pas une heure :
il mit son cheval au galop, et dix minutes après il descendait au *Mulet-Couronné,* la seule auberge de Mazingarbe.

Aux premiers mots qu'il échangea avec l'hôte, il
acquit la certitude qu'il avait rejoint celui qu'il cherchait.

Raoul était à table avec le comte de Guiche et son
gouverneur, mais la sombre aventure de la matinée laissait sur les deux fronts une tristesse que la gaieté de
M. d'Arminges, plus philosophe qu'eux par la grande
habitude qu'il avait de ces sortes de spectacles, ne pouvait parvenir à dissiper.

Tout à coup la porte s'ouvrit, et Grimaud se présenta
pâle, poudreux et encore couvert du sang du malheureux
blessé.

— Grimaud, mon bon Grimaud, s'écria Raoul, enfin
te voici. Excusez-moi, Messieurs, ce n'est pas un serviteur, c'est un ami.

Et se levant et courant à lui :

— Comment va M. le comte? continua-t-il; me re-
grette-t-il un peu? L'as-tu vu depuis que nous nous
sommes quittés? Réponds, mais j'ai de mon côté bien
des choses à te dire. Va, depuis trois jours, il nous est
arrivé force aventures; mais qu'as-tu? Comme tu es
pâle! Du sang! pourquoi ce sang?

— En effet, il y a du sang! dit le comte en se levant;
Êtes-vous blessé, mon ami?

— Non, Monsieur, répondit Grimaud, ce sang n'est
pas à moi.

— Mais à qui? demanda Raoul.

— C'est le sang du malheureux que vous avez laissé à l'auberge, et qui est mort entre mes bras.

— Entre tes bras! cet homme! mais sais-tu qui il était?

— Oui, dit Grimaud.

— Mais c'était l'ancien bourreau de Béthune.

— Je le sais.

— Et tu le connaissais?

— Je le connaissais.

— Et il est mort?

— Oui.

Les deux jeunes gens se regardèrent.

— Que voulez-vous, Messieurs, dit d'Arminges, c'est la loi commune, et pour avoir été bourreau on n'en est pas exempt. Du moment où j'ai vu sa blessure, j'en ai eu mauvaise idée; et, vous le savez, c'était son opinion à lui-même, puisqu'il demandait un moine.

A ce mot de moine, Grimaud pâlit.

— Allons, allons, à table! dit d'Arminges, qui, comme tous les hommes de cette époque et surtout de son âge, n'admettait pas la sensibilité entre deux services.

— Oui, Monsieur, vous avez raison, dit Raoul. Allons, Grimaud, fais-toi servir; ordonne, commande, et après que tu seras reposé, nous causerons.

— Non, Monsieur, non, dit Grimaud, je ne puis pas m'arrêter un instant, il faut que je reparte pour Paris.

— Comment, que tu repartes pour Paris! Tu te trompes, c'est Olivain qui va partir; toi, tu restes.

— C'est Olivain qui reste, au contraire, et c'est moi qui pars. Je suis venu tout exprès pour vous l'apprendre.

— Mais à quel propos ce changement?

— Je ne puis vous le dire.

— Explique-toi.

— Je ne puis m'expliquer.

— Allons, qu'est-ce que cette plaisanterie?

— Monsieur le vicomte sait que je ne plaisante jamais.

— Oui, mais je sais aussi que M. le comte de La Fère a dit que vous resteriez près de moi et qu'Olivain retournerait à Paris. Je suivrai les ordres de M. le comte.

— Pas dans cette circonstance, Monsieur.

— Me désobéirez-vous, par hasard?

— Oui, Monsieur, car il le faut.

— Ainsi, vous persistez?

— Ainsi, je pars; soyez heureux, Monsieur le vicomte.

Et Grimaud salua et tourna vers la porte pour sortir. Raoul, furieux et inquiet tout à la fois, courut après lui et l'arrêta par le bras.

— Grimaud! s'écria Raoul, restez, je le veux!

— Alors, dit Grimaud, vous voulez que je laisse tuer M. le comte.

Grimaud salua et s'apprêta à sortir.

— Grimaud, mon ami, dit le vicomte, vous ne partirez pas ainsi, vous ne me laisserez pas dans une pareille inquiétude. Grimaud, parle, parle, au nom du ciel!

Et Raoul, tout chancelant, tomba sur un fauteuil.

— Je ne puis vous dire qu'une chose, Monsieur, car le secret que vous me demandez n'est pas à moi. Vous avez rencontré un moine, n'est-ce pas?

— Oui.

Les deux jeunes gens se regardèrent avec effroi.

— Vous l'avez conduit près du blessé?

— Oui.

— Vous avez eu le temps de le voir, alors?

— Oui.

— Et peut-être le reconnaîtriez-vous si jamais vous le rencontriez?

— Oh! oui, je le jure, dit Raoul.

— Et moi aussi, dit de Guiche.

— Eh bien! si vous le rencontrez jamais, dit Grimaud, quelque part que ce soit, sur la grande route, dans la rue, dans une église, partout où il sera et où vous serez, mettez le pied dessus et écrasez-le sans pitié, sans miséricorde, comme vous feriez d'une vipère, d'un serpent, d'un aspic; écrasez-le et ne le quittez que quand il sera mort; la vie de cinq hommes sera pour moi en doute tant qu'il vivra.

Et sans ajouter une seule parole, Grimaud profita de l'étonnement et de la terreur où il avait jeté ceux qui l'écoutaient pour s'élancer hors de l'appartement.

— Eh bien! comte, dit Raoul en se retournant vers de Guiche, ne l'avais-je pas bien dit que ce moine me faisait l'effet d'un reptile!

Deux minutes après on entendait sur la route le galop d'un cheval. Raoul courut à la fenêtre.

C'était Grimaud qui reprenait la route de Paris. Il salua le vicomte en agitant son chapeau et disparut bientôt à l'angle du chemin.

En route Grimaud réfléchit à deux choses : la première c'est qu'au train dont il allait son cheval ne le mènerait pas dix lieues.

La seconde, c'est qu'il n'avait pas d'argent.

Mais Grimaud avait l'imagination d'autant plus féconde qu'il parlait moins.

Au premier relais qu'il rencontra il vendit son cheval, et avec l'argent de son cheval il prit la poste.

XXXVI

LA VEILLE DE LA BATAILLE

Raoul fut tiré de ces sombres réflexions par l'hôte, qui entra précipitamment dans la chambre où venait de se passer la scène que nous avons racontée, en criant :

— Les Espagnols ! Les Espagnols !

Ce cri était assez grave pour que toute préoccupation fît place à celle qu'il devait causer. Les jeunes gens demandèrent quelques informations et apprirent que l'ennemi s'avançait effectivement par Houdin et Béthune.

Tandis que M. d'Arminges donnait les ordres pour que les chevaux, qui se rafraîchissaient, fussent mis en état de partir, les deux jeunes gens montèrent aux plus hautes fenêtres de la maison qui dominaient les environs, et virent effectivement poindre du côté de Marsin et de Lens un corps nombreux d'infanterie et de cavalerie. Cette fois, ce n'était plus une troupe nomade de partisans, c'était toute une armée.

Il n'y avait donc d'autre parti à prendre qu'à suivre les sages instructions de M. d'Arminges et à battre en retraite.

Les jeunes gens descendirent rapidement. M. d'Arminges était déjà à cheval. Olivain tenait en main les deux montures des jeunes gens, et les laquais du comte de Guiche gardaient soigneusement entre eux le prisonnier espagnol, monté sur un bidet qu'on venait d'acheter à son intention. Pour surcroît de précaution, il avait les mains liées.

La petite troupe prit au trot le chemin de Cambrin où l'on croyait trouver le prince; mais il n'y était plus, depuis la veille et s'était retiré à La Bassée, une fausse nouvelle lui ayant appris que l'ennemi devait passer la Lys à Estaire .

En effet, trompé par ces renseignements, le prince avait retiré ses troupes de Béthune, concentré toutes ses forces entre Vieille-Chapelle et la Venthie , et lui-même après la reconnaissance sur toute la ligne avec le maré-

chal de Grammont, venait de rentrer et de se mettre
à table, interrogeant les officiers, qui étaient assis à ses
côtés, sur les renseignements qu'il avait chargé chacun
d'eux de prendre; mais nul n'avait de nouvelles positives.
L'armée ennemie avait disparu depuis quarante-huit
heures et semblait s'être évanouie.

Or, jamais une armée ennemie n'est si proche et par
conséquent si menaçante que lorsqu'elle a disparu complètement. Le prince était donc maussade et soucieux
contre son habitude, lorsqu'un officier de service entra
et annonça au maréchal de Grammont que quelqu'un
demandait à lui parler.

Le duc de Grammont prit du regard la permission
du prince et sortit.

Le prince le suivit des yeux, et ses regards restèrent
fixés sur la porte, personne n'osant parler, de peur de
le distraire de sa préoccupation.

Tout à coup un bruit sourd retentit; le prince se
leva vivement en étendant la main du côté d'où venait
le bruit. Ce bruit lui était bien connu, c'était celui du
canon.

Chacun s'était levé comme lui.

En ce moment la porte s'ouvrit.

— Monseigneur, dit le maréchal de Grammont radieux, Votre Altesse veut-elle permettre que mon fils,
le comte de Guiche, et son compagnon de voyage, le
vicomte de Bragelonne, viennent lui donner des nouvelles de l'ennemi que nous cherchons, nous, et qu'ils
ont trouvé, eux?

— Comment donc! dit vivement le prince, si je le
permets! Non seulement je le permets, mais je le désire.
Qu'ils entrent.

Le maréchal poussa les deux jeunes gens, qui se trouvèrent en face du prince.

— Parlez, Messieurs, dit le prince en les saluant, parlez d'abord; ensuite nous nous ferons les compliments
d'usage. Le plus pressé pour nous tous maintenant est
de savoir où est l'ennemi et ce qu'il fait.

C'était au comte de Guiche que revenait naturellement
la parole; non seulement il était le plus âgé des deux
jeunes gens, mais encore il était présenté au prince par
son père. D'ailleurs, il connaissait depuis longtemps le
prince, que Raoul voyait pour la première fois.

Il raconta donc au prince ce qu'ils avaient vu de l'auberge de Mazingarbe.

Pendant ce temps, Raoul regardait ce jeune général déjà si fameux par les batailles de Rocroy, de Fribourg et de Nordlingen.

Louis de Bourbon, prince de Condé, que, depuis la mort de Henri de Bourbon, son père, on appelait, par abréviation et selon l'habitude du temps, Monsieur le Prince, était un jeune homme de vingt-six à vingt-sept ans à peine, au regard d'aigle, *agl' occhi grifani* comme dit Dante, au nez recourbé, aux longs cheveux flottants par boucles, à la taille médiocre mais bien prise, ayant toutes les qualités d'un grand homme de guerre, c'est-à-dire coup d'œil, décision rapide, courage fabuleux; ce qui ne l'empêchait pas d'être en même temps homme d'élégance et d'esprit, si bien qu'outre la révolution qu'il faisait dans la guerre par les nouveaux aperçus qu'il y portait, il avait aussi fait révolution à Paris parmi les jeunes seigneurs de la cour, dont il était le chef naturel, et qu'en opposition aux élégants de l'ancienne cour, dont Bassompierre, Bellegarde et le duc d'Angoulême avaient été les modèles, on appelait les petits-maîtres.

Aux premiers mots du comte de Guiche et à la direction de laquelle venait le bruit du canon, le prince avait tout compris. L'ennemi avait dû passer la Lys à Saint-Venant et marchait sur Lens, dans l'intention sans doute de s'emparer de cette ville et de séparer l'armée française de la France. Ce canon qu'on entendait, dont les détonations dominaient de temps en temps les autres, c'étaient des pièces de gros calibre qui répondaient au canon espagnol et lorrain.

Mais de quelle force était cette troupe? Était-ce un corps destiné à produire une simple diversion? Était-ce l'armée toute entière?

C'était la dernière question du prince, à laquelle il était impossible à de Guiche de répondre.

Or, comme c'était la plus importante, c'était aussi celle à laquelle surtout le prince eût désiré une réponse exacte, précise, positive.

Raoul alors surmonta le sentiment bien naturel de timidité qu'il sentait, malgré lui, s'emparer de sa personne en face du prince, et se rapprochant de lui:

— Monseigneur me permettra-t-il de hasarder sur

ce sujet quelques paroles qui peut-être le tireront d'embarras? dit-il.

Le prince se retourna et sembla envelopper tout entier le jeune homme dans un seul regard; il sourit en reconnaissant en lui un enfant de quinze ans à peine.

— Sans doute, Monsieur, parlez, dit-il en adoucissant sa voix brève et accentuée, comme s'il eût cette fois adressé la parole à une femme.

— Monseigneur, répondit Raoul en rougissant, pourrait interroger le prisonnier espagnol.

— Vous avez fait un prisonnier espagnol? s'écria le prince.

— Oui, Monseigneur.

— Ah! c'est vrai, répondit de Guiche, je l'avais oublié.

— C'est tout simple, c'est vous qui l'avez fait, comte, dit Raoul en souriant.

Le vieux maréchal se retourna vers le vicomte, reconnaissant de cet éloge donné à son fils, tandis que le prince s'écriait :

— Le jeune homme a raison, qu'on amène le prisonnier.

Pendant ce temps, le prince prit de Guiche à part et l'interrogea sur la manière dont ce prisonnier avait été fait, et lui demanda quel était ce jeune homme.

— Monsieur, dit le prince en revenant vers Raoul, je sais que vous avez une lettre de ma sœur, Mme de Longueville, mais je vois que vous avez préféré vous recommander vous-même en me donnant un bon avis.

— Monseigneur, dit Raoul en rougissant, je n'ai point voulu interrompre Votre Altesse dans une conversation aussi importante que celle qu'elle avait entamée avec M. le comte. Mais voici la lettre.

— C'est bien, dit le prince, vous me la donnerez plus tard. Voici le prisonnier, pensons au plus pressé.

En effet, on amenait le partisan. C'était un de ces condottieri comme il en restait encore à cette époque, vendant leur sang à qui voulait l'acheter et vieillis dans la ruse et le pillage. Depuis qu'il avait été pris, il n'avait pas prononcé une seule parole, de sorte que ceux qui l'avaient pris ne savaient pas eux-mêmes à quelle nation il appartenait.

Le prince le regarda d'un air d'indicible défiance.

— De quelle nation es-tu? demanda le prince.

Le prisonnier répondit quelques mots en langue étrangère.

— Ah! ah! ah! il paraît qu'il est Espagnol. Parlez-vous espagnol, Grammont?

— Ma foi, Monseigneur, fort peu.

— Et moi, pas du tout, dit le prince en riant; Messieurs, ajouta-t-il en se retournant vers ceux qui l'environnaient, y a-t-il parmi vous quelqu'un qui parle espagnol et qui veuille me servir d'interprète?

— Moi, Monseigneur, dit Raoul.

— Ah! vous parlez espagnol?

— Assez, je crois, pour exécuter les ordres de Votre Altesse en cette occasion.

Pendant tout ce temps, le prisonnier était resté impassible et comme s'il n'eût pas compris le moins du monde de quelle chose il s'agissait.

— Monseigneur vous a fait demander de quelle nation vous êtes, dit le jeune homme dans le plus pur castillan.

— *Ich bin ein Deutscher*, répondit le prisonnier.

— Que diable dit-il? demanda le prince, et quel nouveau baragouin est celui-là?

— Il dit qu'il est Allemand, Monseigneur, reprit Raoul; cependant j'en doute, car son accent est mauvais et sa prononciation défectueuse.

— Vous parlez donc allemand aussi? demanda le prince.

— Oui, Monseigneur, répondit Raoul.

— Assez pour l'interroger dans cette langue?

— Oui, Monseigneur.

— Interrogez-le donc, alors.

Raoul commença l'interrogatoire, mais les faits vinrent à l'appui de son opinion. Le prisonnier n'entendait pas ou faisait semblant de ne pas entendre ce que Raoul lui disait, et Raoul, de son côté, comprenait mal ses réponses mélangées de flamand et d'alsacien. Cependant au milieu de tous les efforts du prisonnier pour éluder un interrogatoire en règle, Raoul avait reconnu l'accent naturel à cet homme.

— *Non siete Spagnuolo*, dit-il, *non siete Tedesco, siete Italiano*.

Le prisonnier fit un mouvement et se mordit les lèvres.

— Ah! ceci, je l'entends à merveille, dit le prince de Condé, et puisqu'il est Italien, je vais continuer l'interrogatoire. Merci, vicomte, continua le prince en riant, je vous nomme, à partir de ce moment, mon interprète.

Mais le prisonnier n'était pas plus disposé à répondre en italien que dans les autres langues; ce qu'il voulait, c'était éluder les questions. Aussi ne savait-il rien, ni le nombre de l'ennemi, ni le nom de ceux qui le commandaient, ni l'intention de la marche de l'armée.

— C'est bien, dit le prince, qui comprit les causes de cette ignorance; cet homme a été pris pillant et assassinant; il aurait pu racheter sa vie en parlant, il ne veut pas parler, emmenez-le et passez-le par les armes.

Le prisonnier pâlit, les deux soldats qui l'avaient emmené le prirent chacun par un bras et le conduisirent vers la porte, tandis que le prince, se retournant vers le maréchal de Grammont, paraissait déjà avoir oublié l'ordre qu'il avait donné.

Arrivé au seuil de la porte, le prisonnier s'arrêta; les soldats, qui ne connaissaient que leur consigne, voulurent le forcer à continuer son chemin.

— Un instant, dit le prisonnier en français : je suis prêt à parler, Monseigneur.

— Ah! ah! dit le prince en riant, je savais bien que nous finirions par là. J'ai un merveilleux secret pour délier les langues; jeunes gens, faites-en votre profit pour le temps où vous commanderez à votre tour.

— Mais à la condition, continua le prisonnier, que Votre Altesse me jurera la vie sauve.

— Sur ma foi de gentilhomme, dit le prince.

— Alors, interrogez, Monseigneur.

— Où l'armée a-t-elle passé la Lys?

— Entre Saint-Venant et Aire.

— Par qui est-elle commandée?

— Par le comte de Fuonsaldagna, par le général Beck et par l'archiduc en personne .

— De combien d'hommes se compose-t-elle?

— De dix-huit mille hommes et de trente-six pièces de canon.

— Et elle marche?

— Sur Lens.

— Voyez-vous, Messieurs! dit le prince en se retournant d'un air de triomphe vers le maréchal de Grammont et les autres officiers.

— Oui, Monseigneur, dit le maréchal, vous avez deviné tout ce qu'il était possible au génie humain de deviner.

— Rappelez Le Plessis, Bellièvre, Villequier et d'Erlac , dit le prince, rappelez toutes les troupes qui sont en deçà de la Lys, qu'elles se tiennent prêtes à marcher cette nuit : demain, selon toute probabilité, nous attaquons l'ennemi.

— Mais, Monseigneur, dit le maréchal de Grammont, songez qu'en réunissant tout ce que nous avons d'hommes disponibles, nous atteindrons à peine le chiffre de 13.000 hommes.

— Monsieur le maréchal, dit le prince avec cet admirable regard qui n'appartenait qu'à lui, c'est avec les petites armées qu'on gagne les grandes batailles.

Puis se retournant vers le prisonnier :

— Qu'on emmène cet homme, et qu'on le garde soigneusement à vue. Sa vie repose sur les renseignements qu'il nous a donnés : s'ils sont vrais, il sera libre; s'ils sont faux, qu'on le fusille.

On emmena le prisonnier.

— Comte de Guiche, reprit le prince, il y a longtemps que vous n'avez vu votre père, restez près de lui. Monsieur, continua-t-il en s'adressant à Raoul, si vous n'êtes pas trop fatigué, suivez-moi.

— Au bout du monde! Monseigneur, s'écria Raoul, éprouvant pour ce jeune général, qui lui paraissait si digne de sa renommée, un enthousiasme inconnu.

Le prince sourit; il méprisait les flatteurs, mais estimait fort les enthousiastes.

— Allons, Monsieur, dit-il, vous êtes bon au conseil, nous venons de l'éprouver; demain nous verrons comment vous êtes à l'action.

— Et moi, Monseigneur, dit le maréchal, que ferai-je?

— Restez pour recevoir les troupes; ou je reviendrai les chercher moi-même, ou je vous enverrai un courrier pour que vous me les ameniez. Vingt gardes des mieux montés c'est tout ce dont j'ai besoin pour mon escorte.

— C'est bien peu, dit le maréchal.

— C'est assez, dit le prince. Avez-vous un bon cheval, Monsieur de Bragelonne?

— Le mien a été tué ce matin, Monseigneur, et je monte provisoirement celui de mon laquais.

— Demandez et choisissez vous-même dans mes écuries celui qui vous conviendra. Pas de fausse honte, prenez le cheval qui vous semblera le meilleur. Vous en aurez besoin ce soir peut-être, et demain certainement.

Raoul ne se le fit pas dire deux fois; il savait qu'avec les supérieurs, et surtout quand ces supérieurs sont princes, la politesse suprême est d'obéir sans retard et sans raisonnement; il descendit aux écuries, choisit un cheval andalou de couleur isabelle, le sella, le brida lui-même — car Athos lui avait recommandé, au moment du danger, de ne confier ces soins importants à personne — et il vint rejoindre le prince qui, en ce moment, montait à cheval.

— Maintenant, Monsieur, dit-il à Raoul, voulez-vous me remettre la lettre dont vous êtes porteur?

Raoul tendit la lettre au prince.

— Tenez-vous près de moi, Monsieur, dit celui-ci.

Le prince piqua des deux, accrocha sa bride au pommeau de sa selle comme il avait habitude de le faire quand il voulait avoir les mains libres, décacheta la lettre de Mme de Longueville et partit au galop sur la route de Lens, accompagné de Raoul et suivi de sa petite escorte; tandis que les messagers qui devaient rappeler les troupes partaient de leur côté à franc étrier dans des directions opposées.

Le prince lisait tout en courant.

— Monsieur, dit-il après un instant, on me dit le plus grand bien de vous; je n'ai qu'une chose à vous apprendre, c'est que, d'après le peu que j'ai vu et entendu, j'en pense encore plus qu'on ne m'en dit.

Raoul s'inclina.

Cependant, à chaque pas qui conduisait la petite troupe vers Lens, les coups de canon retentissaient plus rapprochés. Le regard du prince était tendu vers ce bruit avec la fixité de celui d'un oiseau de proie. On eût dit qu'il avait la puissance de percer les rideaux d'arbres qui s'étendaient devant lui et qui bornaient l'horizon.

De temps en temps, les narines du prince se dilataient, comme s'il avait eu hâte de respirer l'odeur de la poudre, et il soufflait comme son cheval.

Enfin on entendit le canon de si près qu'il était

évident qu'on n'était plus guère qu'à une lieue du champ de bataille. En effet, au détour du chemin, on aperçut le petit village d'Aunay .

Les paysans étaient en grande confusion; le bruit des cruautés des Espagnols s'était répandu et effrayait chacun; les femmes avaient déjà fui, se retirant vers Vitry ; quelques hommes restaient seuls.

A la vue du prince, ils accoururent; un d'eux le reconnut.

— Ah! Monseigneur, dit-il, venez-vous chasser tous ces gueux d'Espagnols et tous ces pillards de Lorrains?

— Oui, dit le prince, si tu veux me servir de guide.

— Volontiers, Monseigneur; où Votre Altesse veut-elle que je la conduise?

— Dans quelque endroit élevé, d'où je puisse découvrir Lens et ses environs.

— J'ai votre affaire, en ce cas.

— Je puis me fier à toi, tu es bon Français?

— Je suis un vieux soldat de Rocroy, Monseigneur.

— Tiens, dit le prince en lui donnant sa bourse, voilà pour Rocroy. Maintenant, veux-tu un cheval ou préfères-tu aller à pied?

— A pied, Monseigneur, à pied, j'ai toujours servi dans l'infanterie. D'ailleurs, je compte faire passer Votre Altesse par des chemins où il faudra bien qu'elle mette pied à terre.

— Viens donc, dit le prince, et ne perdons pas de temps.

Le paysan partit, courant devant le cheval du prince; puis, à cent pas du village, il prit par un petit chemin perdu au fond d'un joli vallon. Pendant une demi-lieue, on marcha ainsi sous un couvert d'arbres, les coups de canon retentissant si près qu'on eût dit à chaque détonation qu'on allait entendre siffler le boulet. Enfin, on trouva un sentier qui quittait le chemin pour s'escarper au flanc de la montagne. Le paysan prit le sentier en invitant le prince à le suivre. Celui-ci mit pied à terre, ordonna à un de ses aides de camp et à Raoul d'en faire autant, aux autres d'attendre ses ordres en se gardant et se tenant sur le qui-vive, et il commença à gravir le sentier.

Au bout de dix minutes, on était arrivé aux ruines

d'un vieux château; ces ruines couronnaient le sommet d'une colline du haut de laquelle on dominait tous les environs. A un quart de lieue à peine, on découvrait Lens aux abois, et, devant Lens, toute l'armée ennemie.

D'un seul coup d'œil, le prince embrassa l'étendue qui se découvrait à ses yeux depuis Lens jusqu'à Vimy . En un instant, tout le plan de la bataille qui devait le lendemain sauver la France pour la seconde fois d'une invasion se déroula dans son esprit. Il prit un crayon, déchira une page de ses tablettes et écrivit :

« Mon cher maréchal,

« Dans une heure Lens sera au pouvoir de l'ennemi. » Venez me rejoindre; amenez avec vous toute l'armée. » Je serai à Vendin pour lui faire prendre sa position. » Demain nous aurons repris Lens et battu l'ennemi. »

Puis, se retournant vers Raoul :

— Allez, Monsieur, dit-il, partez à franc étrier et remettez cette lettre à M. de Grammont.

Raoul s'inclina, prit le papier, descendit rapidement la montagne, s'élança sur son cheval et partit au galop.

Un quart d'heure après il était près du maréchal.

Une partie des troupes était déjà arrivée, on attendait le reste d'instant en instant.

Le maréchal de Grammont se mit à la tête de tout ce qu'il avait d'infanterie et de cavalerie disponible, et prit la route de Vendin, laissant le duc de Châtillon pour attendre et amener le reste.

Toute l'artillerie était en mesure de partir à l'instant même et se mit en marche.

Il était sept heures du soir lorsque le maréchal arriva au rendez-vous. Le prince l'y attendait. Comme il l'avait prévu, Lens était tombé au pouvoir de l'ennemi presque aussitôt après le départ de Raoul. La cessation de la canonnade avait annoncé d'ailleurs cet événement.

On attendit la nuit. A mesure que les ténèbres s'avançaient, les troupes mandées par le prince arrivaient successivement. On avait ordonné qu'aucune d'elles ne battît le tambour ni ne sonnât de la trompette.

A neuf heures, la nuit était tout à fait venue. Cependant un dernier crépuscule éclairait encore la plaine.

On se mit en marche silencieusement, le prince conduisant la colonne.

Arrivée au-delà d'Aunay, l'armée aperçut Lens; deux
ou trois maisons étaient en flammes, et une sourde
rumeur qui indiquait l'agonie d'une ville prise d'assaut
arrivait jusqu'aux soldats.

Le prince indiqua à chacun son poste : le maréchal
de Grammont devait tenir l'extrême gauche et devait
s'appuyer à Méricourt ; le duc de Châtillon formait le
centre; enfin le prince, qui formait l'aile droite, restait
en avant d'Aunay.

L'ordre de bataille du lendemain devait être le même
que celui des positions prises la veille. Chacun en se
réveillant se trouverait sur le terrain où il devait manœuvrer.

Le mouvement s'exécuta dans le plus profond silence
et avec la plus grande précision. A dix heures, chacun
tenait sa position; à dix heures et demie, le prince
parcourut les postes et donna l'ordre du lendemain.

Trois choses étaient recommandées par-dessus toutes
aux chefs, qui devaient veiller à ce que les soldats les
observassent scrupuleusement. La première, que les différents corps se regarderaient bien marcher, afin que la
cavalerie et l'infanterie fussent bien sur la même ligne
et que chacun gardât ses intervalles.

La seconde, de n'aller à la charge qu'au pas.

La troisième, de laisser tirer l'ennemi le premier.

Le prince donna le comte de Guiche à son père et
retint pour lui Bragelonne; mais les deux jeunes gens
demandèrent à passer cette nuit ensemble, ce qui leur
fut accordé.

Une tente fut posée pour eux près de celle du maréchal. Quoique la journée eût été fatigante, ni l'un ni
l'autre n'avaient besoin de dormir.

D'ailleurs c'est une chose grave et imposante, même
pour les vieux soldats, que la veille d'une bataille; à
plus forte raison pour deux jeunes gens qui allaient voir
ce terrible spectacle pour la première fois.

La veille d'une bataille, on pense à mille choses
qu'on avait oubliées jusque-là et qui vous reviennent
alors à l'esprit. La veille d'une bataille, les indifférents
deviennent des amis, les amis deviennent des frères.

Il va sans dire que si on a au fond du cœur quelque

sentiment plus tendre, ce sentiment atteint tout naturellement le plus haut degré d'exaltation auquel il puisse atteindre.

Il faut croire que chacun des deux jeunes gens éprouvait quelque sentiment car, au bout d'un instant, chacun d'eux s'assit à une extrémité de la tente et se mit à écrire sur ses genoux.

Les épîtres furent longues, les quatre pages se couvrirent successivement de lettres fines et rapprochées. De temps en temps, les deux jeunes gens se regardaient en souriant. Ils se comprenaient sans rien dire; ces deux organisations élégantes et sympathiques étaient faites pour s'entendre sans se parler.

Les lettres finies, chacun mit la sienne dans deux enveloppes, où nul ne pouvait lire le nom de la personne à laquelle elle était adressée qu'en déchirant la première enveloppe; puis tous deux s'approchèrent l'un de l'autre et échangèrent leurs lettres en souriant.

— S'il m'arrivait malheur, dit Bragelonne.

— Si j'étais tué, dit de Guiche.

— Soyez tranquille, dirent-ils tous deux.

Puis ils s'embrassèrent comme deux frères, s'enveloppèrent chacun dans son manteau et s'endormirent de ce sommeil jeune et gracieux dont dorment les oiseaux, les fleurs et les enfants.

XXXVII

UN DINER D'AUTREFOIS

L<small>A SECONDE</small> entrevue des anciens mousquetaires n'avait pas été pompeuse et menaçante comme la première. Athos avait jugé, avec sa raison toujours supérieure, que la table serait le centre le plus rapide et le plus complet de la réunion; et au moment où ses amis, redoutant sa distinction et sa sobriété, n'osaient parler d'un de ces bons dîners d'autrefois mangés soit à la *Pomme-de-Pin,* soit au *Parpaillot* , il proposa le premier de se trouver autour de quelque table bien servie, et de s'abandonner sans réserve chacun à son caractère et à ses manières, abandon qui avait entretenu cette bonne intelligence qui les avait fait nommer autrefois les inséparables.

La proposition fut agréable à tous et surtout à d'Artagnan, lequel était avide de retrouver le bon goût et la gaieté des entretiens de sa jeunesse; car depuis longtemps son esprit fin et enjoué n'avait rencontré que des satisfactions insuffisantes, une vile pâture, comme il le disait lui-même. Porthos, au moment d'être baron, était enchanté de trouver cette occasion d'étudier dans Athos et dans Aramis le ton et les manières des gens de qualité. Aramis voulait savoir les nouvelles du Palais-Royal par d'Artagnan et par Porthos, et se ménager pour toutes les occasions des amis si dévoués, qui autrefois soutenaient ses querelles avec des épées si promptes et si invincibles.

Quant à Athos, il était le seul qui n'eût rien à attendre ni à recevoir des autres et qui ne fût mû que par un sentiment de grandeur simple et d'amitié pure.

On convint donc que chacun donnerait son adresse très positive, et que sur le besoin de l'un des associés la réunion serait convoquée chez un fameux traiteur de la rue de la Monnaie , à l'enseigne de l'*Ermitage*. Le premier rendez-vous fut fixé au mercredi suivant et à huit heures précises du soir.

En effet, ce jour-là, les quatre amis arrivèrent ponctuellement à l'heure dite, et chacun de son côté. Porthos avait eu à essayer un nouveau cheval, d'Artagnan descendait sa garde du Louvre, Aramis avait eu à visiter une de ses pénitentes dans le quartier, et Athos, qui avait établi son domicile rue Guénégaud, se trouvait presque tout porté. Ils furent donc surpris de se rencontrer à la porte de l'*Ermitage*, Athos, débouchant par le Pont-Neuf, Porthos par la rue du Roule, d'Artagnan par la rue des Fossés-Saint-Germain-l'Auxerrois, Aramis par la rue de Béthisy.

Les premières paroles échangées entre les quatre amis, justement par l'affectation que chacun mit dans ses démonstrations, furent donc un peu forcées et le repas lui-même commença avec une espèce de raideur. On voyait que d'Artagnan se forçait pour rire, Athos pour boire, Aramis pour conter, et Porthos pour se taire. Athos s'aperçut de cet embarras, et ordonna, pour y porter un prompt remède, d'apporter quatre bouteilles de vin de Champagne.

A cet ordre donné avec le calme habituel d'Athos, on vit se dérider la figure du Gascon et s'épanouir le front de Porthos.

Aramis fut étonné. Il savait non seulement qu'Athos ne buvait plus, mais encore qu'il éprouvait une certaine répugnance pour le vin.

Cet étonnement redoubla quand Aramis vit Athos se verser rasade et boire avec son enthousiasme d'autrefois. D'Artagnan remplit et vida aussitôt son verre; Porthos et Aramis choquèrent les leurs. En un instant les quatre bouteilles furent vides. On eût dit que les convives avaient hâte de divorcer avec leurs arrière-pensées.

En un instant cet excellent spécifique eut dissipé jusqu'au moindre nuage qui pouvait rester au fond de leur cœur. Les quatre amis se mirent à parler plus haut sans attendre que l'un eût fini pour que l'autre commençât, et à prendre sur la table chacun sa posture favorite. Bientôt, chose énorme, Aramis défit deux aiguillettes de son pourpoint; ce que voyant, Porthos dénoua toutes les siennes.

Les batailles, les longs chemins, les coups reçus et donnés firent les premiers frais de la conversation. Puis

on passa aux luttes sourdes soutenues contre celui qu'on
appelait maintenant le grand cardinal.

— Ma foi, dit Aramis en riant, voici assez d'éloges
donnés aux morts, médisons un peu des vivants.
Je voudrais bien un peu médire du Mazarin. Est-ce
permis ?

— Toujours, dit d'Artagnan en éclatant de rire,
toujours ; contez votre histoire, et je vous applaudirai
si elle est bonne.

— Un grand prince, dit Aramis, dont le Mazarin
recherchait l'alliance, fut invité par celui-ci à lui envoyer
la liste des conditions moyennant lesquelles il voulait
bien lui faire l'honneur de frayer avec lui. Le prince,
qui avait quelque répugnance à traiter avec un pareil
cuistre, fit sa liste à contrecœur et la lui envoya. Sur
cette liste il y avait trois conditions qui déplaisaient à
Mazarin ; il fit offrir au prince d'y renoncer pour dix
mille écus.

— Ah! ah! ah! s'écrièrent les trois amis, ce n'était
pas cher, et il n'avait pas à craindre d'être pris au mot.
Que fit le prince ?

— Le prince envoya aussitôt cinquante mille livres
à Mazarin en le priant de ne plus jamais lui écrire, et
en lui offrant vingt mille livres de plus s'il s'engageait à
ne plus jamais lui parler.

— Que fit Mazarin ?

— Il se fâcha ? dit Athos.

— Il fit bâtonner le messager ? dit Porthos.

— Il accepta la somme ? dit d'Artagnan.

— Vous avez deviné, d'Artagnan, dit Aramis.

Et tous d'éclater de rire si bruyamment que l'hôte
monta en demandant si ces Messieurs n'avaient pas
besoin de quelque chose.

Il avait cru que l'on se battait.

L'hilarité se calma enfin.

— Peut-on crosser M. de Beaufort ? demanda d'Artagnan, j'en ai bien envie.

— Faites, dit Aramis, qui connaissait à fond cet
esprit gascon si fin et si brave qui ne reculait jamais
d'un seul pas sur aucun terrain.

— Et vous, Athos ? demanda d'Artagnan.

— Je vous jure, foi de gentilhomme, que nous
rirons si vous êtes drôle, dit Athos.

— Je commence, dit d'Artagnan : M. de Beaufort, causant un jour avec un des amis de M. le Prince, lui dit que, sur les premières querelles du Mazarin et du parlement, il s'était trouvé un jour en différend avec M. de Chavigny, et que le voyant attaché au nouveau cardinal, lui qui tenait à l'ancien par tant de manières, il l'avait *gourmé* de bonne façon.

« Cet ami, qui connaissait M. de Beaufort pour avoir la main fort légère, ne fut pas autrement étonné du fait, et l'alla tout courant conter à M. le Prince. La chose se répand, et voilà que chacun tourne le dos à Chavigny. Celui-ci cherche l'explication de cette froideur générale : on hésite à la lui faire connaître ; enfin quelqu'un se hasarde à lui dire que chacun s'étonne qu'il se soit laissé *gourmer* par M. de Beaufort, tout prince qu'il est.

« — Et qui a dit que le prince m'avait gourmé ? » demanda Chavigny.

« — Le prince lui-même », répond l'ami.

« On remonte à la source et l'on trouve la personne à laquelle le prince a tenu ce propos, laquelle, adjurée sur l'honneur de dire la vérité, le répète et l'affirme.

« Chavigny, au désespoir d'une pareille calomnie, à laquelle il ne comprend rien, déclare à ses amis qu'il mourra plutôt que de supporter une pareille injure. En conséquence, il envoie deux témoins au prince, avec mission de lui demander s'il est vrai qu'il ait dit qu'il avait gourmé M. de Chavigny.

« — Je l'ai dit et je le répète, répondit le prince ; » car c'est la vérité.

« — Monseigneur, dit alors l'un des parrains de » Chavigny, permettez-moi de dire à Votre Altesse que » des coups à un gentilhomme dégradent autant celui qui » les donne que celui qui les reçoit. Le roi Louis XIII » ne voulait pas avoir de valets de chambre gentils- » hommes, pour avoir le droit de battre ses valets de » chambre.

« — Eh bien! mais, demanda M. de Beaufort étonné, » qui a reçu des coups et qui parle de battre ?

« — Mais vous, Monseigneur, qui prétendez avoir » battu…

« — Qui ?

« — M. de Chavigny.

« — Moi ?

« — N'avez-vous pas gourmé M. de Chavigny, à
» ce que vous dites au moins, Monseigneur ?

« — Oui.

« — Eh bien ! lui dément.

« — Ah ! par exemple, dit le prince, je l'ai si bien
» gourmé que voilà mes propres paroles », dit M. de
Beaufort avec toute la majesté que vous lui connaissez :
Mon cher Chavigny, vous êtes blâmable de prêter
secours à un drôle comme ce Mazarin.

« — Ah ! Monseigneur, s'écria le second, je com-
» prends, c'est gourmander que vous avez voulu dire.

« — *Gourmander, gourmer,* que fait cela ? dit le prince ;
» n'est-ce pas la même chose ? En vérité, vos faiseurs de
» mots sont bien pédants ! »

On rit beaucoup de cette erreur philologique de
M. de Beaufort, dont les bévues en ce genre commençaient à devenir proverbiales, et il fut convenu que,
l'esprit de parti étant exilé à tout jamais de ces réunions
amicales, d'Artagnan et Porthos pourraient railler les
princes, à la condition qu'Athos et Aramis pourraient
gourmer le Mazarin.

— Ma foi, dit d'Artagnan à ses deux amis, vous
avez raison de lui vouloir du mal, à ce Mazarin, car de
son côté, je vous le jure, il ne vous veut pas de bien.

— Bah ! vraiment ? dit Athos. Si je croyais que ce
drôle me connût par mon nom, je me ferais débaptiser,
de peur qu'on ne crût que je le connais, moi.

— Il ne vous connaît point par votre nom, mais
par vos faits ; il sait qu'il y a deux gentilshommes qui
ont plus particulièrement contribué à l'évasion de
M. de Beaufort, et il les fait chercher activement, je
vous en réponds.

— Par qui ?

— Par moi.

— Comment, par vous ?

— Oui, il m'a encore envoyé chercher ce matin pour
me demander si j'avais quelque renseignement.

— Sur ces deux gentilshommes ?

— Oui.

— Et que lui avez-vous répondu ?

— Que je n'en avais pas encore, mais que je dînais
avec deux personnes qui pourraient m'en donner.

— Vous lui avez dit cela ! dit Porthos avec son gros

rire épanoui sur sa large figure. Bravo! Et cela ne vous fait pas peur, Athos?

— Non, dit Athos, ce n'est pas la recherche du Mazarin que je redoute.

— Vous, reprit Aramis, dites-moi un peu ce que vous redoutez?

— Rien, dans le présent du moins, c'est vrai.

— Et dans le passé? dit Porthos.

— Ah! dans le passé, c'est autre chose, dit Athos avec un soupir; dans le passé et dans l'avenir...

— Est-ce que vous craignez pour votre jeune Raoul? demanda Aramis.

— Bon! dit d'Artagnan, on n'est jamais tué à la première affaire.

— Ni à la seconde, dit Aramis.

— Ni à la troisième, dit Porthos. D'ailleurs, quand on est tué, on en revient, et la preuve c'est que nous voilà.

— Non, dit Athos, ce n'est pas Raoul non plus qui m'inquiète, car il se conduira, je l'espère, en gentilhomme, et s'il est tué, eh bien! ce sera bravement; mais tenez, si ce malheur lui arrivait, eh bien...

Athos passa la main sur son front pâle.

— Eh bien? demanda Aramis.

— Eh bien! je regarderais ce malheur comme une expiation.

— Ah! ah! dit d'Artagnan, je sais ce que vous voulez dire.

— Et moi aussi, dit Aramis; mais il ne faut pas songer à cela, Athos : le passé est passé.

— Je ne comprends pas, dit Porthos.

— L'affaire d'Armentières, dit tout bas d'Artagnan.

— L'affaire d'Armentières? demanda celui-ci.

— Milady...

— Ah! oui, dit Porthos, je l'avais oubliée, moi.

Athos le regarda de son œil profond.

— Vous l'avez oubliée, vous, Porthos? dit-il.

— Ma foi, oui, dit Porthos, il y a longtemps de cela.

— La chose ne pèse donc point à votre conscience?

— Ma foi, non! dit Porthos.

— Et à vous, Aramis?

— Mais, j'y pense parfois, dit Aramis, comme à un des cas de conscience qui prêtent le plus à la discussion.

— Et à vous, d'Artagnan ?

— Moi, j'avoue que lorsque mon esprit s'arrête sur cette époque terrible, je n'ai de souvenirs que pour le corps glacé de cette pauvre Mme Bonacieux. Oui, oui, murmura-t-il, j'ai eu bien des fois des regrets pour la victime, jamais de remords pour son assassin.

Athos secoua la tête d'un air de doute.

— Songez, dit Aramis, que si vous admettez la justice divine et sa participation aux choses de ce monde, cette femme a été punie de par la volonté de Dieu. Nous avons été les instruments, voilà tout.

— Mais le libre arbitre, Aramis ?

— Que fait le juge ? Il a son libre arbitre et il condamne sans crainte. Que fait le bourreau ! Il est maître de son bras, et cependant il frappe sans remords.

— Le bourreau..., murmura Athos.

Et l'on vit qu'il s'arrêtait à un souvenir.

— Je sais que c'est effrayant, dit d'Artagnan, mais quand on pense que nous avons tué des Anglais, des Rochelois, des Espagnols, des Français même, qui n'avaient jamais fait d'autre mal que de nous coucher en joue et de nous manquer, qui n'avaient jamais eu d'autre tort que de croiser le fer avec nous et de ne pas arriver à la parade assez vite, je m'excuse pour ma part dans le meurtre de cette femme, parole d'honneur !

— Moi, dit Porthos, maintenant que vous m'en avez fait souvenir, Athos, je revois encore la scène comme si j'y étais : Milady était là, où vous êtes (Athos pâlit) ; moi j'étais à la place où se trouve d'Artagnan. J'avais au côté une épée qui coupait comme un damas... Vous vous le rappelez, Aramis, car vous l'appeliez toujours Balizarde ? Eh bien ! je vous jure à tous trois que s'il n'y avait pas eu là le bourreau de Béthune... Est-ce de Béthune ?... Oui, ma foi, de Béthune... j'eusse coupé le cou à cette scélérate, sans m'y reprendre, et même en m'y reprenant. C'était une méchante femme.

— Et puis, dit Aramis, avec ce ton d'insoucieuse philosophie qu'il avait pris depuis qu'il était d'Église, et dans lequel il y avait bien plus d'athéisme que de confiance en Dieu, à quoi bon songer à tout cela ! Ce qui est fait est fait. Nous nous confesserons de cette action à l'heure suprême, et Dieu saura bien mieux que nous si c'est un crime, une faute ou une action méritoire. M'en

repentir? me direz-vous; ma foi, non. Sur l'honneur
et sur la croix, je ne me repens que parce qu'elle était
femme.

— Le plus tranquillisant dans tout cela, dit d'Artagnan, c'est que de tout cela il ne reste aucune trace.

— Elle avait un fils, dit Athos.

— Ah! oui, je le sais bien, dit d'Artagnan, et vous
m'en avez parlé; mais qui sait ce qu'il est devenu? Mort
le serpent, morte la couvée? Croyez-vous que de Winter,
son oncle, aura élevé ce serpenteau-là? De Winter aura
condamné le fils comme il a condamné la mère.

— Alors, dit Athos, malheur à de Winter, car l'enfant
n'avait rien fait, lui.

— L'enfant est mort, ou le diable m'emporte! dit
Porthos. Il fait tant de brouillard dans cet affreux pays,
à ce que dit d'Artagnan, du moins...

Au moment où cette conclusion de Porthos allait
peut-être ramener la gaieté sur tous ces fronts plus ou
moins assombris, un bruit de pas se fit entendre dans
l'escalier, et l'on frappa à la porte.

— Entrez, dit Athos.

— Messieurs, dit l'hôte, il y a un garçon très pressé
qui demande à parler à l'un de vous.

— Auquel? demandèrent les quatre amis.

— A celui qui se nomme le comte de La Fère.

— C'est moi, dit Athos. Et comment s'appelle ce
garçon?

— Grimaud.

— Ah! fit Athos pâlissant, déjà de retour! Qu'est-il
donc arrivé à Bragelonne?

— Qu'il entre! dit d'Artagnan, qu'il entre!

Mais déjà Grimaud avait franchi l'escalier et attendait
sur le degré; il s'élança dans la chambre et congédia
l'hôte d'un geste.

L'hôte referma la porte: les quatre amis restèrent
dans l'attente. L'agitation de Grimaud, sa pâleur, la
sueur qui mouillait son visage, la poussière qui souillait
ses vêtements, tout annonçait qu'il s'était fait le messager
de quelque importante et terrible nouvelle.

— Messieurs, dit-il, cette femme avait un enfant,
l'enfant est devenu un homme; la tigresse avait un
petit, le tigre est lancé, il vient à vous, prenez garde!

Athos regarda ses amis avec un sourire mélancolique.

Porthos chercha à son côté son épée, qui était pendue à la muraille; Aramis saisit son couteau, d'Artagnan se leva.

— Que veux-tu dire, Grimaud? s'écria ce dernier.

— Que le fils de Milady a quitté l'Angleterre, qu'il est en France, qu'il vient à Paris, s'il n'y est déjà.

— Diable! dit Porthos, tu es sûr?

— Sûr, dit Grimaud.

Un long silence accueillit cette déclaration. Grimaud était si haletant, si fatigué, qu'il tomba sur une chaise.

Athos remplit un verre de champagne et le lui porta.

— Eh bien! après tout, dit d'Artagnan, quand il vivrait, quand il viendrait à Paris, nous en avons vu bien d'autres! Qu'il vienne!

— Oui, dit Porthos, caressant du regard son épée pendue à la muraille, nous l'attendons : qu'il vienne!

— D'ailleurs ce n'est qu'un enfant, dit Aramis.

Grimaud se leva.

— Un enfant! dit-il. Savez-vous ce qu'il a fait, cet enfant? Déguisé en moine, il a découvert toute l'histoire en confessant le bourreau de Béthune, et après l'avoir confessé, après avoir tout appris de lui, il lui a, pour absolution, planté dans le cœur le poignard que voilà. Tenez, il est encore rouge et humide, car il n'y a pas plus de trente heures qu'il est sorti de la plaie.

Et Grimaud jeta sur la table le poignard oublié par le moine dans la blessure du bourreau.

D'Artagnan, Porthos et Aramis se levèrent, et d'un mouvement spontané coururent à leurs épées.

Athos seul demeura sur sa chaise, calme et rêveur.

— Et tu dis qu'il est vêtu en moine, Grimaud?

— Oui, en moine augustin.

— Quel homme est-ce?

— De ma taille, à ce que m'a dit l'hôte, maigre, pâle, avec des yeux bleu clair, et des cheveux blonds!

— Et... il n'a pas vu Raoul? dit Athos.

— Au contraire, ils se sont rencontrés, et c'est le vicomte lui-même qui l'a conduit au lit du mourant.

Athos se leva sans dire une parole et alla à son tour décrocher son épée.

— Ah çà, Messieurs, dit d'Artagnan essayant de rire, savez-vous que nous avons l'air de femmelettes! Comment, nous, quatre hommes, qui avons sans sourciller tenu tête à des armées, voilà que nous tremblons devant un enfant.

— Oui, dit Athos, mais cet enfant vient au nom de Dieu.

Et ils sortirent empressés de l'hôtellerie.

XXXVIII

MAINTENANT, il faut que le lecteur franchisse avec nous la Seine, et nous suive jusqu'à la porte du couvent des Carmélites de la rue Saint-Jacques.

Il est onze heures du matin, et les pieuses sœurs viennent d'entendre une messe pour le succès des armes de Charles Iᵉʳ. En sortant de l'église, une femme et une jeune fille vêtues de noir, l'une comme une veuve, l'autre comme une orpheline, sont rentrées dans leur cellule.

La femme s'est agenouillée sur un prie-Dieu de bois peint, et à quelques pas d'elle la jeune fille, appuyée sur une chaise, se tient debout et pleure.

La femme a dû être belle, mais on voit que ses larmes l'ont vieillie. La jeune fille est charmante, et ses pleurs l'embellissent encore. La femme paraît avoir quarante ans, la jeune fille en a quatorze.

— Mon Dieu, disait la suppliante agenouillée, conservez mon époux, conservez mon fils, et prenez ma vie si triste et si misérable.

— Mon Dieu! disait la jeune fille, conservez-moi ma mère!

— Votre mère ne peut plus rien pour vous en ce monde, Henriette, dit en se retournant la femme affligée qui priait. Votre mère n'a plus ni trône, ni époux, ni fils, ni argent, ni amis; votre mère, ma pauvre enfant, est abandonnée de tout l'univers.

Et la femme, se renversant aux bras de sa fille qui se précipitait pour la soutenir, se laissa aller elle-même aux sanglots.

— Ma mère, prenez courage, dit la jeune fille.

— Ah! les rois sont malheureux cette année, dit la mère en posant sa tête sur l'épaule de l'enfant; et personne ne songe à nous dans ce pays, car chacun songe à ses propres affaires. Tant que votre frère a été avec nous, il m'a soutenue; mais votre frère est parti : il est à présent sans pouvoir donner de ses nouvelles à moi ni à son père.

J'ai engagé mes derniers bijoux, vendu toutes mes hardes et les vôtres pour payer les gages de ses serviteurs, qui refusaient de l'accompagner si je n'eusse fait ce sacrifice. Maintenant nous en sommes réduites de vivre aux dépens des filles du Seigneur. Nous sommes des pauvres secourues par Dieu.

— Mais pourquoi ne vous adressez-vous pas à la reine votre sœur ? demanda la jeune fille.

— Hélas ! dit l'affligée, la reine ma sœur n'est plus reine, mon enfant, et c'est un autre qui règne en son nom. Un jour vous pourrez comprendre cela.

— Eh bien, alors, au roi votre neveu. Voulez-vous que je lui parle ? Vous savez comme il m'aime, ma mère.

— Hélas ! le roi, mon neveu, n'est pas encore roi, et lui-même, vous le savez bien, La Porte nous l'a dit vingt fois, lui-même manque de tout.

— Alors adressons-nous à Dieu, dit la jeune fille.

Et elle s'agenouilla près de sa mère.

Ces deux femmes qui priaient ainsi au même prie-Dieu, c'étaient la fille et la petite-fille de Henri IV, la femme et la fille de Charles Ier.

Elles achevaient leur double prière lorsqu'une religieuse gratta doucement à la porte de la cellule.

— Entrez, ma sœur, dit la plus âgée des deux femmes en essuyant ses pleurs et en se relevant.

La religieuse entrouvrit respectueusement la porte.

— Que Votre Majesté veuille bien m'excuser si je trouble ses méditations, dit-elle ; mais il y a au parloir un seigneur étranger qui arrive d'Angleterre, et qui demande l'honneur de présenter une lettre à Votre Majesté.

— Oh ! une lettre ! une lettre du roi peut-être ! des nouvelles de votre père, sans doute ! Entendez-vous, Henriette ?

— Oui, Madame, j'entends et j'espère.

— Et quel est ce seigneur, dites ?

— Un gentilhomme de quarante-cinq à cinquante ans.

— Son nom ? A-t-il dit son nom ?

— Milord de Winter.

— Milord de Winter ! s'écria la reine ; l'ami de mon époux ! Eh ! faites entrer, faites entrer !

Et la reine courut au-devant du messager, dont elle saisit la main avec empressement.

Lord de Winter, en entrant dans la cellule, s'agenouilla et présenta à la reine une lettre roulée dans un étui d'or.

— Ah! Milord, dit la reine, vous nous apportez trois choses que nous n'avions pas vues depuis bien longtemps : de l'or, un ami dévoué et une lettre du roi notre époux et maître.

De Winter salua de nouveau; mais il ne put répondre, tant il était profondément ému.

— Milord, dit la reine montrant la lettre, vous comprenez que je suis pressée de savoir ce que contient ce papier.

— Je me retire, Madame, dit de Winter.

— Non, restez, dit la reine, nous lirons devant vous. Ne comprenez-vous pas que j'ai mille questions à vous faire?

De Winter recula de quelques pas, et demeura debout en silence.

La mère et la fille, de leur côté, s'étaient retirées dans l'embrasure d'une fenêtre, et lisaient avidement, la fille appuyée au bras de la mère, la lettre suivante :

« Madame et chère épouse,

» Nous voici arrivés au terme. Toutes les ressources
» que Dieu m'a laissées sont concentrées en ce camp de
» Naseby, d'où je vous écris à la hâte. Là j'attends
» l'armée de mes sujets rebelles, et je vais lutter une
» dernière fois contre eux. Vainqueur, j'éternise la lutte;
» vaincu, je suis perdu complètement. Je veux, dans ce
» dernier cas (hélas! quand on en est où nous en sommes,
» il faut tout prévoir), je veux essayer de gagner les côtes
» de France. Mais pourra-t-on, voudra-t-on y recevoir un
» roi malheureux, qui apportera un si funeste exemple
» dans un pays déjà soulevé par les discordes civiles?
» Votre sagesse et votre affection me serviront de guide.
» Le porteur de cette lettre vous dira, Madame, ce que je
» ne puis confier au risque d'un accident. Il vous expli-
» quera quelle démarche j'attends de vous. Je le charge
» aussi de ma bénédiction pour mes enfants et de tous
» les sentiments de mon cœur pour vous, Madame et
» chère épouse. »

La lettre était signée, au lieu de « Charles, roi »
« Charles, encore roi ».

Cette triste lecture, dont de Winter suivait les impressions sur le visage de la reine, amena cependant dans ses yeux un éclair d'espérance.

— Qu'il ne soit plus roi! s'écria-t-elle, qu'il soit vaincu, exilé, proscrit, mais qu'il vive! Hélas! le trône est un poste trop périlleux aujourd'hui pour que je désire qu'il y reste. Mais, dites-moi, Milord, continua la reine, ne me cachez rien, où en est le roi? Sa position est-elle donc aussi désespérée qu'il le pense?

— Hélas! Madame, plus désespérée qu'il ne le pense lui-même. Sa Majesté a le cœur si bon, qu'elle ne comprend pas la haine; si loyal, qu'elle ne devine pas la trahison. L'Angleterre est atteinte d'un esprit de vertige qui, j'en ai bien peur, ne s'éteindra que dans le sang.

— Mais lord Montross? répondit la reine. J'avais entendu parler de grands et rapides succès, de batailles gagnées à Inverlashy, à Auldone, à Alfort et à Kilsyth. J'avais entendu dire qu'il marchait à la frontière pour se joindre à son roi.

— Oui, Madame; mais à la frontière il a rencontré Lesly. Il avait lassé la victoire à force d'entreprises surhumaines : la victoire l'a abandonné. Montross, battu à Phillippaugh, a été forcé de congédier les restes de son armée et de fuir déguisé en laquais. Il est à Bergen en Norvège.

— Dieu le garde! dit la reine. C'est au moins une consolation de savoir que ceux qui ont tant de fois risqué leur vie pour nous sont en sûreté. Et maintenant, Milord, que je vois la position du roi telle qu'elle est, c'est-à-dire désespérée, dites-moi ce que vous avez à me dire de la part de mon royal époux.

— Eh bien! Madame, dit de Winter, le roi désire que vous tâchiez de pénétrer les dispositions du roi et de la reine à son égard.

— Hélas! vous le savez, répondit la reine, le roi n'est encore qu'un enfant, et la reine est une femme, bien faible même : c'est M. de Mazarin qui est tout.

— Voudrait-il donc jouer en France le rôle que Cromwell joue en Angleterre?

— Oh! non. C'est un Italien souple et rusé, qui peut-être rêve le crime mais n'osera jamais le commettre; et, tout au contraire de Cromwell, qui dispose des deux

Chambres, Mazarin n'a pour appui que la reine dans sa lutte avec le parlement.

— Raison de plus alors pour qu'il protège un roi que les parlements poursuivent.

La reine hocha la tête avec amertume.

— Si j'en juge par moi-même, Milord, dit-elle, le cardinal ne fera rien, où peut-être même sera contre nous. Ma présence et celle de ma fille en France lui pèsent déjà : à plus forte raison, celle du roi. Milord, ajouta Henriette en souriant avec mélancolie, c'est triste et presque honteux à dire, mais nous avons passé l'hiver au Louvre sans argent, sans linge, presque sans pain, et souvent ne nous levant pas faute de feu.

— Horreur ! s'écria de Winter. La fille de Henri IV, la femme du roi Charles ! Que ne vous adressiez-vous donc, Madame, au premier venu de nous ?

— Voilà l'hospitalité que donne à une reine le ministre auquel un roi veut la demander.

— Mais j'avais entendu parler d'un mariage entre Monseigneur le prince de Galles et Mademoiselle d'Orléans ? dit de Winter.

— Oui, j'en ai eu un instant l'espoir. Les enfants s'aimaient ; mais la reine, qui avait d'abord donné les mains à cet amour, a changé d'avis ; mais M. le duc d'Orléans qui avait encouragé le commencement de leur familiarité, a défendu à sa fille de songer davantage à cette union. Ah ! Milord, continua la reine sans songer même à essuyer ses larmes, mieux vaut combattre comme a fait le roi, et mourir comme il va faire peut-être, que de vivre en mendiant comme je le fais.

— Du courage, Madame, dit de Winter, du courage. Ne désespérez pas. Les intérêts de la couronne de France, si ébranlée en ce moment, sont de combattre la rébellion chez le peuple le plus voisin. Mazarin est homme d'État et il comprendra cette nécessité.

— Mais êtes-vous sûr, dit la reine d'un air de doute, que vous ne soyez pas prévenu ?

— Par qui ? demanda de Winter.

— Mais par les Joyce, par les Pride , par les Cromwell.

— Par un tailleur ! par un charretier ! par un brasseur ! Ah ! je l'espère, Madame, le cardinal n'entrerait pas en alliance avec de pareils hommes.

— Et qu'est-il lui-même? demanda Madame Henriette.

— Mais, pour l'honneur du roi, pour celui de la reine...

— Allons, espérons qu'il fera quelque chose pour cet honneur, dit Madame Henriette. Un ami possède une si bonne éloquence, Milord, que vous me rassurez. Donnez-moi donc la main et allons chez le ministre.

— Madame, dit de Winter en s'inclinant, je suis confus de cet honneur.

— Mais enfin, s'il refusait, dit Madame Henriette s'arrêtant, et que le roi perdît la bataille?

— Sa Majesté alors se réfugierait en Hollande, où j'ai entendu dire qu'était Monseigneur le prince de Galles .

— Et Sa Majesté pourrait-elle compter pour sa fuite sur beaucoup de serviteurs comme vous?

— Hélas! non, Madame, dit de Winter; mais le cas est prévu, et je viens chercher des alliés en France.

— Des alliés? dit la reine en secouant la tête.

— Madame, répondit de Winter, que je retrouve d'anciens amis que j'ai eus autrefois, et je réponds de tout.

— Allons donc, Milord, dit la reine avec ce doute poignant des gens qui ont été longtemps malheureux, allons donc, et que Dieu vous entende!

La reine monta dans sa voiture, et de Winter, à cheval, suivi de deux laquais, l'accompagna à la portière.

XXXIX

Au moment où Madame Henriette quittait les Carmélites pour se rendre au Palais-Royal, un cavalier descendait de cheval à la porte de cette demeure royale, et annonçait aux gardes qu'il avait quelque chose de conséquence à dire au cardinal Mazarin.

Bien que le cardinal eût souvent peur, comme il avait encore plus souvent besoin d'avis et de renseignements, il était assez accessible. Ce n'était point à la première porte qu'on trouvait la difficulté véritable, la seconde même se franchissait assez facilement, mais à la troisième veillait, outre le garde et les huissiers, le fidèle Bernouin, cerbère qu'aucune parole ne pouvait fléchir, qu'aucun rameau, fût-il d'or, ne pouvait charmer.

C'était donc à la troisième porte que celui qui sollicitait ou réclamait une audience devait subir un interrogatoire formel.

Le cavalier, ayant laissé son cheval attaché aux grilles de la cour, monta le grand escalier, et s'adressant aux gardes dans la première salle :

— M. le cardinal Mazarin ? dit-il.

— Passez, répondirent les gardes sans lever le nez, les uns de dessus leurs cartes et les autres de dessus leurs dés, enchantés d'ailleurs de faire comprendre que ce n'était pas à eux de remplir l'office de laquais.

Le cavalier entra dans la seconde salle. Celle-ci était gardée par les mousquetaires et les huissiers.

Le cavalier répéta sa demande.

— Avez-vous une lettre d'audience ? demanda un huissier s'avançant au-devant du solliciteur.

— J'en ai une, mais pas du cardinal Mazarin.

— Entrez et demandez M. Bernouin, dit l'huissier.

Et il ouvrit la porte de la troisième chambre.

Soit par hasard, soit qu'il se tînt à son poste habituel, Bernouin était debout derrière cette porte et avait tout entendu.

— C'est moi, Monsieur, que vous cherchez, dit-il. De qui est la lettre que vous apportez à Son Éminence?

— Du général Olivier Cromwell, dit le nouveau venu; veuillez dire ce nom à Son Éminence, et venir rapporter s'il peut me recevoir oui ou non.

Et il se tint debout dans l'attitude sombre et fière qui était particulière aux puritains.

Bernouin, après avoir promené sur toute la personne du jeune homme un regard inquisiteur, rentra dans le cabinet du cardinal, auquel il transmit les paroles du messager.

— Un homme porteur d'une lettre d'Olivier Cromwell? dit Mazarin ; et quelle espèce d'homme?

— Un vrai Anglais, Monseigneur; cheveux blonds roux, plutôt roux que blonds; œil gris bleu, plutôt gris que bleu; pour le reste, orgueil et raideur.

— Qu'il donne sa lettre.

— Monseigneur demande la lettre, dit Bernouin en repassant du cabinet dans l'antichambre.

— Monseigneur ne verra pas la lettre sans le porteur, répondit le jeune homme; mais pour vous convaincre que je suis réellement porteur d'une lettre, regardez, la voici.

Bernouin regarda le cachet; et, voyant que la lettre venait véritablement du général Olivier Cromwell, il s'apprêta à retourner près de Mazarin.

— Ajoutez, dit le jeune homme, que je suis non pas un simple messager, mais un envoyé extraordinaire.

Bernouin rentrant dans le cabinet, et sortant après quelques secondes :

— Entrez, Monsieur, dit-il en tenant la porte ouverte.

Mazarin avait eu besoin de toutes ces allées et venues pour se remettre de l'émotion que lui avait causée l'annonce de cette lettre, mais, quelque perspicace que fût son esprit, il cherchait en vain quel motif avait pu porter Cromwell à entrer avec lui en communication.

Le jeune homme parut sur le seuil de son cabinet; il tenait son chapeau d'une main et la lettre de l'autre.

Mazarin se leva.

— Vous avez, Monsieur, dit-il, une lettre de créance pour moi?

— La voici, Monseigneur, dit le jeune homme.

Mazarin prit la lettre, la décacheta et lut :

« M. Mordaunt , un de mes secrétaires, remettra cette
» lettre d'introduction à Son Éminence le cardinal Maza-
» rini, à Paris; il est porteur, en outre, pour Son Émi-
» nence, d'une seconde lettre confidentielle.

« OLIVIER CROMWELL. »

— Fort bien, Monsieur Mordaunt, dit Mazarin, donnez-moi cette seconde lettre et asseyez-vous.

Le jeune homme tira de sa poche une seconde lettre,
la donna au cardinal et s'assit.

Cependant, tout à ses réflexions, le cardinal avait pris
la lettre, et, sans la décacheter, la tournait et la retournait
dans sa main; mais, pour donner le change au messager,
il se mit à l'interroger selon son habitude, et convaincu
qu'il était, par l'expérience, que peu d'hommes parve-
naient à lui cacher quelque chose lorsqu'il interrogeait
et regardait à la fois :

— Vous êtes bien jeune, Monsieur Mordaunt, pour
ce rude métier d'ambassadeur où échouent parfois les
plus vieux diplomates.

— Monseigneur, j'ai vingt-trois ans; mais Votre
Éminence se trompe en me disant que je suis jeune. J'ai
plus d'âge qu'elle, quoique je n'aie point sa sagesse.

— Comment cela, Monsieur? dit Mazarin, je ne vous
comprends pas.

— Je dis, Monseigneur, que les années de souffrance
comptent double, et que depuis vingt ans je souffre.

— Ah! oui, je comprends, dit Mazarin, défaut de
fortune; vous êtes pauvre, n'est-ce pas?

Puis il ajouta en lui-même :

« Ces révolutionnaires anglais sont tous des gueux
et des manants. »

— Monseigneur, je devais avoir un jour une fortune
de six millions; mais on me l'a prise.

— Vous n'êtes donc pas un homme du peuple, dit
Mazarin étonné.

— Si je portais mon titre, je serais lord; si je portais
mon nom, vous eussiez entendu un des noms les plus
illustres de l'Angleterre.

— Comment vous appelez-vous donc? demanda
Mazarin.

— Je m'appelle M. Mordaunt, dit le jeune homme en s'inclinant.

Mazarin comprit que l'envoyé de Cromwell désirait garder son incognito.

Il se tut un instant, mais, pendant cet instant, il le regarda avec une attention plus grande encore qu'il n'avait fait la première fois.

Le jeune homme était impassible.

« Au diable ces puritains! dit tout bas Mazarin, ils sont taillés dans le marbre. »

Et tout haut :

— Mais il vous reste des parents? dit-il.

— Il m'en reste un, oui, Monseigneur.

— Alors il vous aide?

— Je me suis présenté trois fois pour implorer son appui, et trois fois il m'a fait chasser pas ses valets.

— Oh! mon Dieu! mon cher Monsieur Mordaunt, dit Mazarin, espérant faire tomber le jeune homme dans quelque piège par sa fausse pitié, mon Dieu! que votre récit m'intéresse donc? Vous ne connaissez donc pas votre naissance?

— Je ne la connais que depuis peu de temps.

— Et jusqu'au moment où vous l'avez connue?...

— Je me considérais comme un enfant abandonné.

— Alors vous n'avez jamais vu votre mère?

— Si fait, Monseigneur; quand j'étais enfant, elle vint trois fois chez ma nourrice; je me rappelle la dernière fois qu'elle vint comme si c'était aujourd'hui.

— Vous avez bonne mémoire, dit Mazarin.

— Oh! oui, Monseigneur, dit le jeune homme, avec un si singulier accent que le cardinal sentit un frisson lui courir par les veines.

— Et qui vous élevait? demanda Mazarin.

— Une nourrice française, qui me renvoya quand j'eus cinq ans, parce que personne ne la payait plus, en me nommant ce parent dont souvent ma mère lui avait parlé.

— Que devîntes-vous?

— Comme je pleurais et mendiais sur les grands chemins, un ministre de Kingston me recueillit, m'instruisit dans la religion calviniste, me donna toute la science qu'il avait lui-même, et m'aida dans les recherches que je fis de ma famille.

— Et ces recherches?

— Furent infructueuses; le hasard fit tout.

— Vous découvrîtes ce qu'était devenue votre mère?

— J'appris qu'elle avait été assassinée par ce parent aidé de quatre de ses amis, mais je savais déjà que j'avais été dégradé de la noblesse et dépouillé de tous mes biens par le roi Charles Ier.

— Ah! je comprends maintenant pourquoi vous servez M. Cromwell. Vous haïssez le roi.

— Oui, Monseigneur, je le hais! dit le jeune homme.

Mazarin vit avec étonnement l'expression diabolique avec laquelle le jeune homme prononça ces paroles: comme les visages ordinaires se colorent de sang, son visage, à lui, se colora de fiel et devint livide.

— Votre histoire est terrible, Monsieur Mordaunt, et me touche vivement; mais, par bonheur pour vous, vous servez un maître tout-puissant. Il doit vous aider dans vos recherches. Nous avons tant de renseignements, nous autres.

— Monseigneur, à un bon chien de race il ne faut montrer que le bout d'une piste pour qu'il arrive sûrement à l'autre bout.

— Mais ce parent dont vous m'avez entretenu, voulez-vous que je lui parle? dit Mazarin qui tenait à se faire un ami près de Cromwell:

— Merci, Monseigneur, je lui parlerai moi-même.

— Mais ne m'avez-vous pas dit qu'il vous maltraitait?

— Il me traitera mieux la première fois que je le verrai.

— Vous avez donc un moyen de l'attendrir?

— J'ai un moyen de me faire craindre.

Mazarin regardait le jeune homme, mais à l'éclair qui jaillit de ses yeux il baissa la tête, et, embarrassé de continuer une semblable conversation, il ouvrit la lettre de Cromwell.

Peu à peu les yeux du jeune homme redevinrent ternes et vitreux comme d'habitude, et il tomba dans une rêverie profonde. Après avoir lu les premières lignes, Mazarin se hasarda à regarder en dessous si Mordaunt n'épiait pas sa physionomie; et remarquant son indifférence:

«Faites donc faire vos affaires, se dit-il en haussant imperceptiblement les épaules, par des gens qui font en même temps les leurs! Voyons ce que veut cette lettre.»

Nous la reproduisons textuellement :

« A Son Éminence
« Monseigneur le cardinal Mazarini.

« J'ai voulu, Monseigneur, connaître vos intentions
» au sujet des affaires présentes de l'Angleterre. Les deux
» royaumes sont trop voisins pour que la France ne s'oc-
» cupe pas de notre situation, comme nous nous occu-
» pons de celle de la France. Les Anglais sont presque
» tous unanimes pour combattre la tyrannie du roi
» Charles et de ses partisans. Placé à la tête de ce mou-
» vement par la confiance publique, j'en apprécie mieux
» que personne la nature et les conséquences. Aujour-
» d'hui je fais la guerre et je vais livrer au roi Charles
» une bataille décisive. Je la gagnerai, car l'espoir de la
» nation et l'esprit du Seigneur sont avec moi. Cette
» bataille gagnée, le roi n'a plus de ressources en Angle-
» terre ni en Écosse; et s'il n'est pas pris ou tué, il va
» essayer de passer en France pour recruter des soldats
» et se refaire des armes et de l'argent. Déjà la France a
» reçu la reine Henriette, et, involontairement sans
» doute, a entretenu un foyer de guerre civile inextin-
» guible dans mon pays; mais Madame Henriette est
» fille de France et l'hospitalité de la France lui était due.
» Quant au roi Charles, la question change de face : en
» le recevant et en le secourant, la France improuverait
» les actes du peuple anglais et nuirait si essentiellement
» à l'Angleterre et surtout à la marche du gouvernement
» qu'elle compte se donner, qu'un pareil état équivau-
» drait à des hostilités flagrantes... »

A ce moment, Mazarin, fort inquiet de la tournure
que prenait la lettre, cessa de lire de nouveau et regarda
le jeune homme en dessous.
Il rêvait toujours.
Mazarin continua :

« Il est donc urgent, Monseigneur, que je sache à
» quoi m'en tenir sur les vues de la France : les intérêts
» de ce royaume et ceux de l'Angleterre, quoique dirigés
» en sens inverse, se rapprochent cependant plus qu'on
» ne saurait le croire. L'Angleterre a besoin de tranquil-
» lité intérieure pour consommer l'expulsion de son roi,

» la France a besoin de cette tranquillité pour consolider
» le trône de son jeune monarque; vous avez autant que
» nous besoin de cette paix intérieure, à laquelle nous tou-
» chons, nous, grâce à l'énergie de notre gouvernement.

« Vos querelles avec le parlement, vos dissensions
» bruyantes avec les princes qui aujourd'hui combattent
» pour vous et demain combattront contre vous, la téna-
» cité populaire dirigée par le coadjuteur, le président
» Blancmesnil et le conseiller Broussel; tout ce désordre
» enfin qui parcourt les différents degrés de l'État doit
» vous faire envisager avec inquiétude l'éventualité d'une
» guerre étrangère : car alors l'Angleterre, surexcitée par
» l'enthousiasme des idées nouvelles, s'allierait avec l'Es-
» pagne qui déjà convoite cette alliance. J'ai donc pensé,
» Monseigneur, connaissant votre prudence et la position
» toute personnelle que les événements vous font aujour-
» d'hui, j'ai pensé que vous aimeriez mieux concentrer
» vos forces dans l'intérieur du royaume de France et
» abandonner aux siennes le gouvernement nouveau de
» l'Angleterre. Cette neutralité consiste seulement à éloi-
» gner le roi Charles du territoire de France, et à ne se-
» courir ni par armes, ni par argent, ni par troupes, ce
» roi entièrement étranger à votre pays.

« Ma lettre est donc toute confidentielle, et c'est
» pour cela que je vous l'envoie par un homme de mon
» intime confiance; elle précédera, par un sentiment que
» Votre Éminence appréciera, les mesures que je pren-
» drai d'après les événements. Olivier Cromwell a pensé
» qu'il ferait mieux entendre la raison à un esprit intel-
» ligent comme celui de Mazarini, qu'à une reine admi-
» rable de fermeté sans doute, mais trop soumise aux
» vains préjugés de la naissance et du pouvoir divin.

« Adieu, Monseigneur, si je n'ai pas de réponse dans
» quinze jours, je regarderai ma lettre comme non
» avenue.

« OLIVIER CROMWELL. »

— Monsieur Mordaunt, dit le cardinal en élevant
la voix comme pour éveiller le songeur, ma réponse à
cette lettre sera d'autant plus satisfaisante pour le général
Cromwell, que je serai plus sûr qu'on ignorera que je
la lui aurai faite. Allez donc l'attendre à Boulogne-sur-
Mer, et promettez-moi de partir demain matin.

— Je vous le promets, Monseigneur, répondit Mordaunt, mais combien de jours Votre Éminence me fera-t-elle attendre cette réponse.

— Si vous ne l'avez pas reçue dans dix jours, vous pouvez partir.

Mordaunt s'inclina.

— Ce n'est pas tout, Monsieur, continua Mazarin, vos aventures particulières m'ont vivement touché; en outre, la lettre de M. Cromwell vous rend important à mes yeux comme ambassadeur. Voyons, je vous le répète, dites-moi, que puis-je faire pour vous?

Mordaunt réfléchit un instant, et, après une visible hésitation, il allait ouvrir la bouche pour parler, quand Bernouin entra précipitamment, se pencha vers l'oreille du cardinal et lui parla tout bas.

— Monseigneur, lui dit-il, la reine Henriette, accompagnée d'un gentilhomme anglais, entre en ce moment au Palais-Royal.

Mazarin fit sur sa chaise un bond qui n'échappa point au jeune homme et réprima la confidence qu'il allait sans doute faire.

— Monsieur, dit le cardinal, vous avez entendu, n'est-ce pas? Je vous fixe Boulogne parce que je pense que toute ville de France vous est indifférente; si vous en préférez une autre, nommez-la; mais vous concevez facilement qu'entouré comme je le suis d'influences auxquelles je n'échappe qu'à force de discrétion, je désire qu'on ignore votre présence à Paris.

— Je partirai, Monsieur, dit Mordaunt en faisant quelques pas vers la porte par laquelle il était entré.

— Non, point par là, Monsieur, je vous prie! s'écria vivement le cardinal; veuillez passer par cette galerie d'où vous gagnerez le vestibule. Je désire qu'on ne vous voie pas sortir, notre entrevue doit être secrète.

Mordaunt suivit Bernouin, qui le fit passer dans une salle voisine et le remit à un huissier en lui indiquant une porte de sortie.

Puis il revint à la hâte vers son maître pour introduire près de lui la reine Henriette, qui traversait déjà la galerie vitrée.

XL

L E CARDINAL se leva et alla recevoir en hâte la reine
d'Angleterre. Il la joignit au milieu de la galerie qui
précédait son· cabinet.

Il témoignait d'autant plus de respect à cette reine
sans suite et sans parure, qu'il sentait lui-même qu'il
avait bien quelque reproche à se faire sur son avarice et
son manque de cœur.

Mais les suppliants savent contraindre leur visage à
prendre toutes les expressions, et la fille de Henri IV
souriait en venant au-devant de celui qu'elle haïssait et
méprisait.

— Ah! se dit à lui-même Mazarin, quel doux visage!
Viendrait-elle pour m'emprunter de l'argent?

Et il jeta un regard inquiet sur le panneau de son coffre-fort; il tourna même en dedans le chaton du diamant
magnifique dont l'éclat attirait les yeux sur sa main, qu'il
avait d'ailleurs blanche et belle. Malheureusement cette
bague n'avait pas la vertu de celle de Gygès, qui rendait son maître invisible lorsqu'il faisait ce que venait
de faire Mazarin.

Or, Mazarin eût bien désiré être invisible en ce moment, car il devinait que Madame Henriette venait lui
demander quelque chose; du moment où une reine
qu'il avait traitée ainsi apparaissait avec le sourire sur
les lèvres, au lieu d'avoir la menace sur la bouche, elle
venait en suppliante.

— Monsieur le cardinal, dit l'auguste visiteuse, j'avais
d'abord eu l'idée de parler de l'affaire qui m'amène avec
la reine ma sœur, mais j'ai réfléchi que les choses politiques regardent avant tout les hommes.

— Madame, dit Mazarin, croyez que Votre Majesté
me confond avec cette distinction flatteuse.

« Il est bien gracieux, pensa la reine, m'aurait-il donc
devinée? »

On était arrivé au cabinet du cardinal. Il fit asseoir la reine, et lorsqu'elle fut accommodée dans son fauteuil :

— Donnez, dit-il, vos ordres au plus respectueux de vos serviteurs.

— Hélas! Monsieur, répondit la reine, j'ai perdu l'habitude de donner des ordres, et pris celle de faire des prières. Je viens vous prier, trop heureuse si ma prière est exaucée par vous.

— Je vous écoute, Madame, dit Mazarin.

— Monsieur le cardinal, il s'agit de la guerre que le roi mon mari soutient contre ses sujets rebelles. Vous ignorez peut-être qu'on se bat en Angleterre, dit la reine avec un sourire triste, et que dans peu l'on se battra d'une façon bien plus décisive encore qu'on ne l'a fait jusqu'à présent.

— Je l'ignore complètement, Madame, dit le cardinal en accompagnant ces paroles d'un léger mouvement d'épaules. Hélas! nos guerres à nous absorbent le temps et l'esprit d'un pauvre ministre incapable et infirme comme je le suis.

— Eh bien! Monsieur le cardinal, dit la reine, je vous apprendrai donc que Charles Ier, mon époux, est à la veille d'engager une action décisive. En cas d'échec... Mazarin fit un mouvement... il faut tout prévoir, continua la reine; en cas d'échec, il désire se retirer en France et y vivre comme un simple particulier. Que dites-vous de ce projet?

Le cardinal avait écouté sans qu'une fibre de son visage trahît l'impression qu'il éprouvait; en écoutant, son sourire resta ce qu'il était toujours, faux et câlin, et quand la reine eut fini :

— Croyez-vous, Madame, dit-il de sa voix la plus soyeuse, que la France, toute agitée et toute bouillante comme elle est elle-même, soit un port bien salutaire pour un roi détrôné? La couronne est déjà peu solide sur la tête du roi Louis XIV, comment supporterait-il un double poids?

— Ce poids n'a pas été bien lourd, quant à ce qui me regarde, interrompit la reine avec un douloureux sourire, et je ne demande pas qu'on fasse plus pour mon époux qu'on n'a fait pour moi. Vous voyez que nous sommes des rois bien modestes, Monsieur.

— Oh! vous, Madame, vous, se hâta de dire le cardinal pour couper court aux explications qu'il voyait arriver, vous, c'est autre chose, une fille de Henri IV, de ce grand, de ce sublime roi...

— Ce qui ne vous empêche pas de refuser l'hospitalité à son gendre, n'est-ce pas, Monsieur? Vous devriez pourtant vous souvenir que ce grand, ce sublime roi, proscrit un jour comme va l'être mon mari, a été demander du secours à l'Angleterre, et que l'Angleterre lui en a donné; il est vrai de dire que la reine Elisabeth n'était pas sa nièce .

— *Peccato!* dit Mazarin se débattant sous cette logique si simple, Votre Majesté ne me comprend pas; elle juge mal mes intentions, et cela sans doute parce que je m'explique mal en français.

— Parlez italien, Monsieur; la reine Marie de Médecis, notre mère, nous a appris cette langue avant que le cardinal votre prédécesseur l'ait envoyée mourir en exil. S'il est resté quelque chose de ce grand, de ce sublime roi Henri dont vous parliez tout à l'heure, il doit bien s'étonner de cette profonde admiration pour lui jointe à si peu de pitié pour sa famille.

La sueur coulait à grosses gouttes sur le front de Mazarin.

— Cette admiration est, au contraire, si grande et si réelle, Madame, dit Mazarin sans accepter l'offre que lui faisait la reine de changer d'idiome, que, si le roi Charles Ier — que Dieu le garde de tout malheur! — venait en France, je lui offrirais ma maison, ma propre maison; mais, hélas! ce serait une retraite peu sûre. Quelque jour le peuple brûlera cette maison comme il a brûlé celle du maréchal d'Ancre. Pauvre Concino Concini! il ne voulait cependant que le bien de la France.

— Oui, Monseigneur, comme vous, dit ironiquement la reine.

Mazarin fit semblant de ne pas comprendre le double sens de la phrase qu'il avait dite lui-même, et continua de s'apitoyer sur le sort de Concino Concini.

— Mais enfin, Monseigneur le cardinal, dit la reine impatientée, que me répondez-vous?

— Madame, s'écria Mazarin de plus en plus attendri, Madame, Votre Majesté me permettrait-elle de lui donner un conseil? Bien entendu qu'avant de prendre cette hardiesse, je commence à me mettre aux pieds de Votre Majesté pour tout ce qui lui fera plaisir.

— Dites, Monsieur, répondit la reine. Le conseil d'un homme aussi prudent que vous doit être assurément bon.

— Madame, croyez-moi, le roi doit se défendre jusqu'au bout.

— Il l'a fait, Monsieur, et cette dernière bataille, qu'il va livrer avec des ressources bien inférieures à celles de ses ennemis, prouve qu'il ne compte pas se rendre sans combattre; mais enfin, dans le cas où il serait vaincu?

— Eh bien, Madame, dans ce cas, mon avis, je sais que je suis bien hardi de donner un avis à Votre Majesté; mais mon avis est que le roi ne doit pas quitter son royaume. On oublie vite les rois absents : s'il passe en France, sa cause est perdue.

— Mais alors, dit la reine, si c'est votre avis et que vous lui portiez vraiment intérêt, envoyez-lui quelque secours d'hommes et d'argent; car, moi, je ne puis plus rien pour lui, j'ai vendu pour l'aider jusqu'à mon dernier diamant. Il ne me reste rien, vous le savez, vous le savez mieux que personne, Monsieur. S'il m'était resté quelque bijou, j'en aurais acheté du bois pour me chauffer, moi et ma fille, cet hiver.

— Ah! Madame, dit Mazarin, Votre Majesté ne sait guère ce qu'elle me demande. Du jour où un secours d'étrangers entre à la suite d'un roi pour le replacer sur le trône, c'est avouer qu'il n'a plus d'aide dans l'amour de ses sujets.

— Au fait, Monsieur le cardinal, dit la reine impatientée de suivre cet esprit subtil dans le labyrinthe de mots où il s'égarait; au fait, et répondez-moi oui ou non : si le roi persiste à rester en Angleterre, lui enverrez-vous des secours? S'il vient en France, lui donnerez-vous l'hospitalité?

— Madame, dit le cardinal en affectant la plus grande franchise, je vais montrer à Votre Majesté, je l'espère, combien je lui suis dévoué et le désir que j'ai de terminer une affaire qu'elle a tant à cœur. Après quoi Votre Majesté, je pense, ne doutera plus de mon zèle à la servir.

La reine se mordait les lèvres et s'agitait d'impatience sur son fauteuil.

— Eh bien! qu'allez-vous faire? dit-elle enfin;
voyons, parlez.

— Je vais à l'instant même aller consulter la reine,
et nous déférerons de suite la chose au parlement.

— Avec lequel vous êtes en guerre, n'est-ce pas?
Vous chargerez Broussel d'en être rapporteur. Assez,
Monsieur le cardinal, assez. Je vous comprends, ou
plutôt j'ai tort. Allez en effet au parlement; car c'est
de ce parlement, ennemi des rois, que sont venus à la
fille de ce grand, de ce sublime Henri IV, que vous
admirez tant, les seuls secours qui l'aient empêchée de
mourir de faim et de froid cet hiver.

Et, sur ces paroles, la reine se leva avec une majestueuse indignation.

Le cardinal étendit vers elle ses mains jointes.

— Ah! Madame, Madame, que vous me connaissez
mal, mon Dieu!

Mais la reine Henriette, sans même se retourner du
côté de celui qui versait ces hypocrites larmes, traversa
le cabinet, ouvrit la porte elle-même, et, au milieu des
gardes nombreuses de l'Éminence, des courtisans empressés à lui faire leur cour, du luxe d'une royauté rivale,
elle alla prendre la main de Winter, seul, isolé et debout.
Pauvre reine déjà déchue, devant laquelle tous s'incli-
naient encore par étiquette, mais qui n'avait plus, de fait,
qu'un seul bras sur lequel elle pût s'appuyer.

— C'est égal, dit Mazarin quand il fut seul, cela
m'a donné de la peine, et c'est un rude rôle à jouer. Mais
je n'ai rien dit ni à l'un ni à l'autre. Hum! le Cromwell
est un rude chasseur de rois, je plains ses ministres, s'il en
prend jamais. Bernouin!

Bernouin entra.

— Qu'on voie si le jeune homme au pourpoint noir
et aux cheveux courts, que vous avez tantôt introduit
près de moi, est encore au palais.

Bernouin sortit. Le cardinal occupa le temps de son
absence à retourner en dehors le chaton de sa bague, à
en frotter le diamant, à en admirer l'eau, et comme une
larme roulait encore dans ses yeux et lui rendait la vue
trouble, il secoua la tête pour la faire tomber.

Bernouin rentra avec Comminges , qui était de garde.

— Monseigneur, dit Comminges, comme je recondui-
sais le jeune homme que Votre Éminence demande, il

s'est approché de la porte vitrée de la galerie et a regardé
quelque chose avec étonnement, sans doute le tableau
de Raphaël, qui est vis-à-vis cette porte. Ensuite il a rêvé
un instant, et a descendu l'escalier. Je crois l'avoir vu
monter sur un cheval gris et sortir de la cour du palais.
Mais Monseigneur ne va-t-il point chez la reine?

— Pour quoi faire?

— M. de Guitaut, mon oncle, vient de me dire que
Sa Majesté avait reçu des nouvelles de l'armée.

— C'est bien, j'y cours.

En ce moment, M. de Villequier apparut. Il venait
en effet chercher le cardinal de la part de la reine.

Comminges avait bien vu, et Mordaunt avait réellement agi comme il l'avait raconté. En traversant la galerie parallèle à la grande galerie vitrée, il aperçut de Winter qui attendait que la reine eût terminé sa négociation.

A cette vue, le jeune homme s'arrêta court, non point
en admiration devant le tableau de Raphaël, mais comme fasciné par la vue d'un objet terrible. Ses yeux se
dilatèrent; un frisson courut par tout son corps. On
eût dit qu'il voulait franchir le rempart de verre qui le
séparait de son ennemi, car si Comminges avait vu avec
quelle expression de haine les yeux de ce jeune homme
s'étaient fixés sur de Winter, il n'eût point douté un instant que ce seigneur anglais ne fût son ennemi mortel.

Mais il s'arrêta.

Ce fut pour réfléchir sans doute; car au lieu de se laisser
entraîner à son premier mouvement, qui avait été d'aller
droit à Milord de Winter, il descendit lentement l'escalier,
sortit du palais la tête baissée, se mit en selle, fit ranger
son cheval à l'angle de la rue Richelieu et, les yeux fixés
sur la grille, il attendit que le carrosse de la reine sortît
de la cour.

Il ne fut pas longtemps à attendre, car à peine la reine
était-elle restée un quart d'heure chez Mazarin; mais ce
quart d'heure d'attente parut un siècle à celui qui attendait.

Enfin la lourde machine que l'on appelait alors un
carrosse sortit, en grondant, des grilles, et de Winter,
toujours à cheval, se pencha de nouveau à la portière
pour causer avec Sa Majesté.

Les chevaux partirent au trot et prirent le chemin du
Louvre, où ils entrèrent. Avant de partir du couvent

des Carmélites, Madame Henriette avait dit à sa fille de venir l'attendre au palais qu'elle avait habité longtemps et qu'elle n'avait quitté que parce que leur misère leur semblait plus lourde encore dans les salles dorées.

Mordaunt suivit la voiture, et lorsqu'il l'eut vue entrer sous l'arcade sombre, il alla, lui et son cheval, s'appliquer contre une muraille sur laquelle l'ombre s'étendait, et demeura immobile au milieu des moulures de Jean Goujon, pareil à un bas-relief représentant une statue équestre.

Il attendait comme il avait déjà fait au Palais-Royal.

XLI

COMMENT LES MALHEUREUX
PRENNENT PARFOIS LE HASARD POUR LA PROVIDENCE

— Eh bien, Madame? dit de Winter quand la reine eut éloigné ses serviteurs.

— Eh bien, ce que j'avais prévu arrive, Milord.

— Il refuse?

— Ne vous l'avais-je pas dit d'avance?

— Le cardinal refuse de recevoir le roi, la France refuse l'hospitalité à un prince malheureux? Mais c'est la première fois, Madame!

— Je n'ai pas dit la France, Milord, j'ai dit le cardinal, et le cardinal n'est pas même Français.

— Mais la reine, l'avez-vous vue?

— Inutile, dit Madame Henriette en secouant la tête tristement; ce n'est pas la reine qui dira jamais oui quand le cardinal a dit non. Ignorez-vous que cet Italien mène tout, au-dedans comme au-dehors? Il y a plus, et j'en reviens à ce que je vous ai dit, je ne serais pas étonnée que nous eussions été prévenus par Cromwell; il était embarrassé en me parlant, et cependant ferme dans sa volonté de refuser. Puis, avez-vous remarqué cette agitation au Palais-Royal, ces allées, ces venues de gens affairés! Auraient-ils reçu quelques nouvelles, Milord?

— Ce n'est point d'Angleterre, Madame; j'ai fait si grande diligence que je suis sûr de n'avoir point été prévenu : je suis parti il y a trois jours, j'ai passé par miracle au milieu de l'armée puritaine, j'ai pris la poste avec mon laquais Tony, et les chevaux que nous montons, nous les avons achetés à Paris. D'ailleurs, avant de rien risquer, le roi, j'en suis sûr, attendra la réponse de Votre Majesté.

— Vous lui rapporterez, Milord, reprit la reine au désespoir, que je ne puis rien, que j'ai souffert autant que lui, plus que lui, obligée que je suis de manger le pain de l'exil, et de demander l'hospitalité à de faux amis qui rient de mes larmes, et que, quant à sa personne royale.

il faut qu'il se sacrifie généreusement et meure en roi. J'irai mourir à ses côtés.

— Madame! Madame! s'écria de Winter, Votre Majesté s'abandonne au découragement, et peut-être nous reste-t-il encore quelque espoir.

— Plus d'amis, Milord! plus d'amis dans le monde entier que vous! O mon Dieu! mon Dieu! s'écria Madame Henriette en levant les yeux au ciel, avez-vous donc repris tous les cœurs généreux qui existaient sur la terre!

— J'espère que non, Madame, répondit de Winter rêveur; je vous ai parlé de quatre hommes.

— Que voulez-vous faire avec quatre hommes?

— Quatre hommes dévoués, quatre hommes résolus à mourir peuvent beaucoup, croyez-moi, Madame, et ceux dont je vous parle ont beaucoup fait dans un temps.

— Et ces quatre hommes, où sont-ils?

— Ah! voilà ce que j'ignore. Depuis près de vingt ans je les ai perdus de vue, et cependant dans toutes les occasions où j'ai vu le roi en péril j'ai songé à eux.

— Et ces hommes étaient vos amis?

— L'un d'eux a tenu ma vie entre ses mains et me l'a rendue; je ne sais pas s'il est resté mon ami, mais depuis ce temps au moins, moi, je suis demeuré le sien.

— Et ces hommes sont en France, Milord?

— Je le crois.

— Dites leurs noms; peut-être les ai-je entendu nommer et pourrai-je vous aider dans votre recherche.

— L'un d'eux se nommait le chevalier d'Artagnan.

— Oh! Milord! si je ne me trompe, le chevalier d'Artagnan est lieutenant aux gardes, j'ai entendu prononcer son nom; mais faites-y attention, cet homme, j'en ai peur, est tout entier au cardinal.

— En ce cas, ce serait un dernier malheur, dit de Winter, et je commencerais à croire que nous sommes véritablement maudits.

— Mais les autres, dit la reine, qui s'accrochait à ce dernier espoir comme un naufragé aux débris de son vaisseau, les autres, Milord!

— Le second, j'ai entendu son nom par hasard, car avant de se battre contre nous ces quatre gentilshommes nous avaient dit leurs noms, le second s'appelait le comte de La Fère. Quant aux deux autres, l'habitude que j'avais de les appeler de noms empruntés m'a fait oublier leurs noms véritables.

— Oh! mon Dieu, il serait pourtant bien urgent de les retrouver, dit la reine, puisque vous pensez que ces dignes gentilshommes pourraient être si utiles au roi.

— Oh! oui, dit de Winter, car ce sont les mêmes; écoutez bien ceci, Madame, et rappelez vos souvenirs : n'avez-vous point entendu raconter que la reine Anne d'Autriche avait été autrefois sauvée du plus grand danger que jamais reine ait couru?

— Oui, lors de ses amours avec M. de Buckingham, et je ne sais à quel propos de ferrets et de diamants.

— Eh bien! c'est cela, Madame; ces hommes, ce sont eux qui la sauvèrent, et je souris de pitié en songeant que si les noms de ces gentilshommes ne vous sont point connus, c'est que la reine les a oubliés, tandis qu'elle aurait dû les faire les premiers seigneurs du royaume.

— Eh bien! Milord, il faut les chercher; mais que pourront faire quatre hommes, ou plutôt trois hommes? car, je vous le dis, il ne faut pas compter sur M. d'Artagnan.

— Ce serait une vaillante épée de moins, mais il en resterait toujours trois autres sans compter la mienne, or, quatre hommes dévoués autour du roi pour le garder de ses ennemis, l'entourer dans la bataille, l'aider dans le conseil, l'escorter dans la fuite, ce serait assez, non pas pour faire le roi vainqueur, mais assez pour le sauver s'il était vaincu, pour l'aider à traverser la mer, et quoi qu'en dise Mazarin, une fois sur les côtes de France, votre royal époux y trouverait autant de retraites et d'asiles que l'oiseau de mer en trouve dans les tempêtes.

— Cherchez, Milord, cherchez ces gentilshommes, et si vous les retrouvez, s'ils consentent à passer avec vous en Angleterre, je leur donnerai chacun un duché le jour où nous remonterons sur le trône, et en outre autant d'or qu'il en faudrait pour payer le palais de White-Hall. Cherchez donc, Milord, cherchez, je vous en conjure.

— Je chercherais bien, Madame, dit de Winter, et je les trouverais sans doute, mais le temps me manque :

Votre Majesté oublie-t-elle que le roi attend sa réponse et l'attend avec angoisse?

— Alors nous sommes donc perdus! s'écria la reine avec l'expansion d'un cœur brisé.

En ce moment la porte s'ouvrit, la jeune Henriette parut, et la reine, avec cette sublime force qui est l'héroïsme des mères, renfonça ses larmes au fond de son cœur en faisant signe à de Winter de changer de conversation.

Mais cette réaction, si puissante qu'elle fût, n'échappa point aux yeux de la jeune princesse, elle s'arrêta sur le seuil; poussa un soupir, et s'adressant à la reine :

— Pourquoi donc pleurez-vous toujours sans moi, ma mère? lui dit-elle.

La reine sourit, et au lieu de lui répondre :

— Tenez, de Winter, lui dit-elle, j'ai au moins gagné une chose à n'être plus qu'à moitié reine, c'est que mes enfants m'appellent ma mère au lieu de m'appeler Madame.

Puis se tournant vers sa fille :

— Que voulez-vous, Henriette? continua-t-elle.

— Ma mère, dit la jeune princesse, un cavalier vient d'entrer au Louvre et demande à présenter ses respects à Votre Majesté; il arrive de l'armée, et a, dit-il, une lettre à vous remettre de la part du maréchal de Grammont, je crois.

— Ah! dit la reine à de Winter, c'est un de mes fidèles; mais ne remarquez-vous pas, mon cher lord, que nous sommes si pauvrement servis que c'est ma fille qui fait les fonctions d'introductrice?

— Madame, ayez pitié de moi, dit de Winter, vous me brisez l'âme.

— Et quel est ce cavalier, Henriette? demanda la reine.

— Je l'ai vu par la fenêtre, Madame; c'est un jeune homme qui paraît à peine seize ans et qu'on nomme le vicomte de Bragelonne.

La reine fit en souriant un signe de la tête, la jeune princesse rouvrit la porte et Raoul apparut sur le seuil.

Il fit trois pas vers la reine et s'agenouilla.

— Madame, dit-il, j'apporte à Votre Majesté une lettre de mon ami, M. le comte de Guiche, qui m'a dit avoir l'honneur d'être de vos serviteurs; cette lettre contient une nouvelle importante et l'expression de ses respects.

Au nom du comte de Guiche, une rougeur se répandit sur les joues de la jeune princesse; la reine la regarda avec une certaine sévérité.

— Mais vous m'aviez dit que la lettre était du maréchal de Grammont, Henriette! dit la reine.

— Je le croyais, Madame…, balbutia la jeune fille.

— C'est ma faute, Madame, dit Raoul, je me suis annoncé effectivement comme venant de la part du maréchal de Grammont; mais, blessé au bras droit, il n'a pu écrire, et c'est le comte de Guiche qui lui a servi de secrétaire.

— On s'est donc battu? dit la reine faisant signe à Raoul de se relever.

— Oui, Madame, dit le jeune homme remettant la lettre à de Winter, qui s'était avancé pour la recevoir et qui la transmit à la reine.

À cette nouvelle d'une bataille livrée, la jeune princesse ouvrit la bouche pour faire une question qui l'intéressait sans doute; mais sa bouche se referma sans avoir prononcé une parole, tandis que les roses de ses joues disparaissaient graduellement.

La reine vit tous ces mouvements, et sans doute son cœur maternel les traduisit; car s'adressant de nouveau à Raoul :

— Et il n'est rien arrivé de mal au jeune comte de Guiche? demanda-t-elle; car non seulement il est de nos serviteurs, comme il vous l'a dit, Monsieur, mais encore de nos amis.

— Non, Madame, répondit Raoul; mais au contraire il a gagné dans cette journée une grande gloire, et il a eu l'honneur d'être embrassé par M. le prince sur le champ de bataille.

La jeune princesse frappa ses mains l'une contre l'autre, mais toute honteuse de s'être laissé entraîner à une pareille démonstration de joie, elle se tourna à demi et se pencha vers un vase plein de roses comme pour en respirer l'odeur.

— Voyons ce que nous dit le comte, dit la reine.

— J'ai eu l'honneur de dire à Votre Majesté qu'il écrivait au nom de son père.

— Oui, Monsieur.

La reine décacheta la lettre et lut :

« Madame et reine,

« Ne pouvant avoir l'honneur de vous écrire moi-
» même pour cause d'une blessure que j'ai reçue dans la
» main droite, je vous fais écrire par mon fils, M. le comte
» de Guiche, que vous savez être votre serviteur à l'égal
» de son père, pour vous dire que nous venons de gagner
» la bataille de Lens, et que cette victoire ne peut man-
» quer de donner grand pouvoir au cardinal Mazarin et
» à la reine sur les affaires de l'Europe. Que Votre Ma-
» jesté, si elle veut bien en croire mon conseil, profite
» donc de ce moment pour insister en faveur de son
» auguste époux auprès du gouvernement du roi. M. le
» vicomte de Bragelonne, qui aura l'honneur de vous
» remettre cette lettre, est l'ami de mon fils, auquel il a,
» selon toute probabilité, sauvé la vie ; c'est un gentil-
» homme auquel Votre Majesté peut entièrement se
» confier, dans le cas où elle aurait quelque ordre verbal
» ou écrit à me faire parvenir.

« J'ai l'honneur d'être avec respect...

« Maréchal DE GRAMMONT. »

Au moment où il avait été question du service qu'il
avait rendu au comte, Raoul n'avait pu s'empêcher de
tourner la tête vers la jeune princesse, et alors il avait vu
passer dans ses yeux une expression de reconnaissance
infinie pour Raoul ; il n'y avait plus de doute, la fille du
roi Charles Ier aimait son ami.

— La bataille de Lens est gagnée ! dit la reine. Ils
sont heureux ici, ils gagnent des batailles ! Oui le maréchal de Grammont a raison, cela va changer la face
de leurs affaires ; mais j'ai bien peur qu'elle ne fasse rien
aux nôtres, si toutefois elle ne leur nuit pas. Cette nouvelle est récente, Monsieur, continua la reine, je vous
sais gré d'avoir mis cette diligence à me l'apporter ; sans
vous, sans cette lettre, je ne l'eusse apprise que demain,
après-demain peut-être, la dernière de tout Paris.

— Madame, dit Raoul, le Louvre est le second palais
où cette nouvelle soit arrivée ; personne encore ne la
connaît ; et j'avais juré à M. le comte de Guiche de remettre cette lettre à Votre Majesté avant même d'avoir
embrassé mon tuteur.

— Votre tuteur est-il un Bragelonne comme vous ? demanda lord de Winter. J'ai connu autrefois un Bragelonne, vit-il toujours ?

— Non, Monsieur, il est mort, et c'est de lui que mon tuteur, dont il était parent assez proche, je crois, a hérité cette terre dont il porte le nom.

— Et votre tuteur, Monsieur, demanda la reine, qui ne pouvait s'empêcher de prendre intérêt à ce beau jeune homme, comment se nomme-t-il ?

— M. le comte de La Fère, Madame, répondit le jeune homme en s'inclinant.

De Winter fit un mouvement de surprise, la reine le regarda en éclatant de joie.

— Le comte de La Fère ! s'écria-t-elle ; n'est-ce point ce nom que vous m'avez dit ?

Quant à de Winter, il ne pouvait en croire ce qu'il avait entendu.

— M. le comte de La Fère ! s'écria-t-il à son tour. Oh ! Monsieur, répondez-moi, je vous en supplie : le comte de La Fère n'est-il point un seigneur que j'ai connu beau et brave, qui fut mousquetaire de Louis XIII, et qui peut avoir maintenant quarante-sept à quarante-huit ans ?

— Oui, Monsieur, c'est cela en tous points.

— Et qui servait sous un nom d'emprunt ?

— Sous le nom d'Athos. Dernièrement encore j'ai entendu son ami, M. d'Artagnan, lui donner ce nom.

— C'est cela, Madame, c'est cela. Dieu soit loué ! Et il est à Paris ? continua le comte en s'adressant à Raoul.

Puis revenant à la reine :

— Espérez encore, espérez, lui dit-il, la Providence se déclare pour nous, puisqu'elle fait que je retrouve ce brave gentilhomme d'une façon si miraculeuse. Et où loge-t-il, Monsieur, je vous prie ?

— M. le comte de La Fère loge rue Guénégaud, hôtel du *Grand-Roi-Charlemagne*.

— Merci, Monsieur. Prévenez ce digne ami afin qu'il reste chez lui, je vais aller l'embrasser tout à l'heure.

— Monsieur, j'obéis avec grand plaisir, si Sa Majesté veut me donner mon congé.

— Allez, Monsieur le vicomte de Bragelonne, dit la reine, allez, et soyez assuré de notre affection.

Raoul s'inclina respectueusement devant les deux princesses, salua de Winter et partit.

De Winter et la reine continuèrent à s'entretenir quelque temps à voix basse pour que la jeune princesse ne les entendît pas; mais cette précaution était inutile, celle-ci s'entretenait avec ses pensées.

Puis comme de Winter allait prendre congé :

— Écoutez, milord, dit la reine, j'avais conservé cette croix de diamants, qui vient de ma mère, et cette plaque de saint Michel , qui vient de mon époux; elles valent à peu près cinquante mille livres. J'avais juré de mourir de faim près de ces gages précieux plutôt que de m'en défaire; mais aujourd'hui que ces deux bijoux peuvent être utiles à lui ou à ses défenseurs, il faut sacrifier tout à cette espérance. Prenez-les; et s'il est besoin d'argent pour votre expédition, vendez sans crainte, Milord, vendez. Mais si vous trouvez moyen de les conserver, songez, Milord, que je vous tiens comme m'ayant rendu le plus grand service qu'un gentilhomme puisse rendre à une reine, et qu'au jour de ma prospérité celui qui me rapportera cette plaque et cette croix sera béni par moi et mes enfants.

— Madame, dit de Winter, Votre Majesté sera servie par un homme dévoué. Je cours déposer en lieu sûr ces deux objets, que je n'accepterais pas s'il nous restait les ressources de notre ancienne fortune; mais nos biens sont confisqués, notre argent comptant est tari, et nous sommes arrivés aussi à faire ressources de tout ce que nous possédons. Dans une heure je me rends chez le comte de La Fère, et demain Votre Majesté aura une réponse définitive.

La reine tendit la main à lord de Winter, qui la baisa respectueusement; et se tournant vers sa fille :

— Milord, dit-elle, vous étiez chargé de remettre à cette enfant quelque chose de la part de son père.

De Winter demeura étonné; il ne savait pas ce que la reine voulait dire.

La jeune Henriette s'avança alors souriant et rougissant, et tendit son front au gentilhomme.

— Dites à mon père que, roi ou fugitif, vainqueur ou vaincu, puissant ou pauvre, dit la jeune princesse, il a en moi la fille la plus soumise et la plus affectionnée.

— Je le sais, Madame, répondit de Winter, en touchant de ses lèvres le front d'Henriette.

Puis il partit, traversant, sans être reconduit, ces

grands appartements déserts et obscurs, essuyant les larmes que, tout blasé qu'il était par cinquante années de vie de cour, il ne pouvait s'empêcher de verser à la vue de cette royale infortune, si digne et si profonde à la fois.

XLII

L'ONCLE ET LE NEVEU

LE CHEVAL et le laquais de Winter l'attendaient à la
porte : il s'achemina vers son logis tout pensif et
regardant derrière lui de temps en temps pour contem-
pler la façade silencieuse et noire du Louvre. Ce fut alors
qu'il vit un cavalier se détacher pour ainsi dire de la
muraille et le suivre à quelque distance ; il se rappela avoir
vu, en sortant du Palais-Royal, une ombre à peu près
pareille.

Le laquais de lord de Winter, qui le suivait à quelques pas, suivait aussi de l'œil ce cavalier avec inquiétude.

— Tony, dit le gentilhomme en faisant signe au valet
de s'approcher.

— Me voici, Monseigneur.

Et le valet se plaça à côté de son maître.

— Avez-vous remarqué cet homme qui nous suit ?

— Oui, Milord.

— Qui est-il ?

— Je n'en sais rien ; seulement il suit Votre Grâce
depuis le Palais-Royal, s'est arrêté au Louvre pour
attendre sa sortie, et repart du Louvre avec elle.

— Quelque espion du cardinal, dit de Winter à part
lui, feignons de ne pas nous apercevoir de sa surveillance.

Et, piquant des deux, il s'enfonça dans le dédale des
rues qui conduisaient à son hôtel situé du côté des Marais : ayant habité longtemps la place Royale, lord de
Winter était revenu tout naturellement se loger près de
son ancienne demeure .

L'inconnu mit son cheval au galop.

De Winter descendit à son hôtellerie et monta chez
lui, se promettant de faire observer l'espion ; mais comme
il déposait ses gants et son chapeau sur une table, il vit
dans une glace qui se trouvait devant lui une figure qui
se dessinait sur le seuil de la chambre.

Il se retourna, Mordaunt était devant lui.

De Winter pâlit et resta debout et immobile; quant à Mordaunt, il se tenait sur la porte, froid, menaçant, et pareil à la statue du Commandeur.

Il y eut un instant de silence glacé entre ces deux hommes.

— Monsieur, dit de Winter, je croyais déjà vous avoir fait comprendre que cette persécution me fatiguait, retirez-vous donc ou je vais appeler pour vous faire chasser comme à Londres. Je ne suis pas votre oncle, je ne vous connais pas.

— Mon oncle, répliqua Mordaunt de sa voix rauque et railleuse, vous vous trompez; vous ne me ferez pas chasser cette fois comme vous l'avez fait à Londres, vous n'oserez. Quant à nier que je suis votre neveu, vous y songerez à deux fois, maintenant que j'ai appris bien des choses que j'ignorais il y a un an.

— Et que m'importe ce que vous avez appris! dit de Winter.

— Oh! il vous importe beaucoup, mon oncle, j'en suis sûr, et vous allez être de mon avis tout à l'heure, ajouta-t-il avec un sourire qui fit passer un frisson dans les veines de celui auquel il s'adressait. Quand je me suis présenté chez vous la première fois, à Londres, c'était pour vous demander ce qu'était devenu mon bien; quand je me suis présenté la seconde fois, c'était pour vous demander ce qui avait souillé mon nom. Cette fois je me présente devant vous pour vous faire une question bien autrement terrible que toutes ces questions, pour vous dire, comme Dieu dit au premier meurtrier : « Caïn, qu'as-tu fait de ton frère Abel? », Milord, qu'avez-vous fait de votre sœur, de votre sœur qui était ma mère?

De Winter recula sous le feu de ces yeux ardents.

— De votre mère? dit-il.

— Oui, de ma mère, Milord, répondit le jeune homme en jetant la tête de haut en bas.

De Winter fit un effort violent sur lui-même, et, plongeant dans ses souvenirs pour y chercher une haine nouvelle, il s'écria :

— Cherchez ce qu'elle est devenue, malheureux, et demandez-le à l'enfer, peut-être que l'enfer vous répondra.

Le jeune homme s'avança alors dans la chambre

jusqu'à ce qu'il se trouvât face à face avec lord de Winter, et croisant les bras :

— Je l'ai demandé au bourreau de Béthune, dit Mordaunt d'une voix sourde et le visage livide de douleur et de colère, et le bourreau de Béthune m'a répondu.

De Winter tomba sur une chaise comme si la foudre l'avait frappé, et tenta vainement de répondre.

— Oui, n'est-ce pas ? continua le jeune homme, avec ce mot tout s'explique, avec cette clef l'abîme s'ouvre. Ma mère avait hérité de son mari, et vous avez assassiné ma mère! Mon nom m'assurait le bien paternel, et vous m'avez dégradé de mon nom; puis, quand vous m'avez eu dégradé de mon nom, vous m'avez dépouillé de ma fortune. Je ne m'étonne plus maintenant que vous ne me reconnaissiez pas; je ne m'étonne plus que vous refusiez de me reconnaître. Il est malséant d'appeler son neveu, quand on est spoliateur, l'homme qu'on a fait pauvre; quand on est meurtrier, l'homme qu'on a fait orphelin!

Ces paroles produisirent l'effet contraire qu'en attendait Mordaunt : de Winter se rappela quel monstre était Milady; il se releva calme et grave, contenant par son regard sévère le regard exalté du jeune homme.

— Vous voulez pénétrer dans cet horrible secret, Monsieur ? dit de Winter. Eh bien, soit!... Sachez donc quelle était cette femme dont vous venez aujourd'hui me demander compte; cette femme avait, selon toute probabilité, empoisonné mon frère, et, pour hériter de moi, elle allait m'assassiner à mon tour; j'en ai la preuve. Que direz-vous à cela ?

— Je dirai que c'était ma mère!

— Elle a fait poignarder, par un homme autrefois juste, bon et pur, le malheureux duc de Buckingham. Que direz-vous à ce crime, dont j'ai la preuve ?

— C'était ma mère!

— Revenue en France, elle a empoisonné dans le couvent des Augustines de Béthune une jeune femme qu'aimait un de ses ennemis. Ce crime vous persuadera-t-il de la justice du châtiment ? Ce crime, j'en ai la preuve!

— C'était ma mère! s'écria le jeune homme, qui avait donné à ces trois exclamations une force toujours progressive.

— Enfin, chargée de meurtres, de débauches, odieuse

à tous, menaçante encore comme une panthère altérée
de sang, elle a succombé sous les coups d'hommes qu'elle
avait désespérés et qui jamais ne lui avaient causé le
moindre dommage; elle a trouvé des juges que ses
attentats hideux ont évoqués; et ce bourreau que vous
avez vu, ce bourreau qui vous a tout raconté, prétendez-
vous, ce bourreau, s'il vous a tout raconté, a dû vous
dire qu'il avait tressailli de joie en vengeant sur elle la
honte et le suicide de son frère. Fille pervertie, épouse
adultère, sœur dénaturée, homicide, empoisonneuse,
exécrable à tous les gens qui l'avaient connue, à toutes
les nations qui l'avaient reçue dans leur sein, elle est
morte maudite du ciel et de la terre; voilà ce qu'était
cette femme.

Un sanglot plus fort que la volonté de Mordaunt
lui déchira la gorge et fit remonter le sang à son visage
livide; il crispa ses poings, et le visage ruisselant de
sueur, les cheveux hérissés sur son front comme ceux
d'Hamlet, il s'écria, dévoré de fureur :

— Taisez-vous, Monsieur! c'était ma mère! Ses désordres, je ne les connais pas; ses vices, je ne les connais
pas; ses crimes, je ne les connais pas! Mais ce que je sais,
c'est que j'avais une mère, c'est que cinq hommes, ligués
contre une femme, l'on tuée clandestinement, nuitam-
ment, silencieusement, comme des lâches! Ce que je sais,
c'est que vous en étiez, Monsieur; c'est que vous en étiez,
mon oncle, et que vous avez dit comme les autres, et plus
haut que les autres : *Il faut qu'elle meure !* Donc je vous en
préviens, écoutez bien ces paroles et qu'elles se gravent
dans votre mémoire de manière que vous ne les oubliiez
jamais : ce meurtre qui m'a tout ravi, ce meurtre qui m'a
fait sans nom, ce meurtre qui m'a fait pauvre, ce meurtre
qui m'a fait corrompu, méchant, implacable, j'en deman-
derai compte à vous d'abord, puis à ceux qui furent vos
complices, quand je les connaîtrai.

La haine dans les yeux, l'écume à la bouche, le poing
tendu, Mordaunt avait fait un pas de plus, un pas terrible et menaçant vers de Winter.

Celui-ci porta la main à son épée, et dit avec le sourire de l'homme qui depuis trente ans joue avec la mort :

— Voulez-vous m'assassiner, Monsieur? Alors je
vous reconnaîtrai pour mon neveu, car vous êtes bien
le fils de votre mère.

— Non, répliqua Mordaunt en forçant toutes les fibres de son visage, tous les muscles de son corps à reprendre leur place et à s'effacer; non, je ne vous tuerai pas, en ce moment du moins : car sans vous je ne découvrirais pas les autres. Mais quand je les connaîtrai, tremblez, Monsieur; j'ai poignardé le bourreau de Béthune, je l'ai poignardé sans pitié, sans miséricorde, et c'était le moins coupable de vous tous.

A ces mots, le jeune homme sortit, et descendit l'escalier avec assez de calme pour n'être pas remarqué; puis sur le palier inférieur il passa devant Tony, penché sur la rampe et n'attendant qu'un cri de son maître pour monter près de lui.

Mais de Winter n'appela point : écrasé, défaillant, il resta debout et l'oreille tendue; puis seulement lorsqu'il eut entendu le pas du cheval qui s'éloignait, il tomba sur une chaise en disant :

— Mon Dieu! je vous remercie qu'il ne connaisse que moi.

XLIII

PATERNITÉ

Pendant que cette scène terrible se passait chez lord de Winter, Athos, assis près de la fenêtre de sa chambre, le coude appuyé sur une table, la tête inclinée sur sa main, écoutait des yeux et des oreilles à la fois Raoul qui lui racontait les aventures de son voyage et les détails de la bataille.

La belle et noble figure du gentilhomme exprimait un indicible bonheur au récit de ces premières émotions si fraîches et si pures; il aspirait les sons de cette voix juvénile qui se passionnait déjà aux beaux sentiments, comme on fait d'une musique harmonieuse. Il avait oublié ce qu'il y avait de sombre dans le passé, de nuageux dans l'avenir. On eût dit que le retour de cet enfant bien-aimé avait fait de ces craintes mêmes des espérances. Athos était heureux, heureux comme jamais il ne l'avait été.

— Et vous avez assisté et pris part à cette grande bataille, Bragelonne? disait l'ancien mousquetaire.

— Oui, Monsieur.

— Et elle a été rude, dites-vous?

— M. le Prince a chargé onze fois en personne.

— C'est un grand homme de guerre, Bragelonne.

— C'est un héros, Monsieur; je ne l'ai pas perdu de vue un instant. Oh! que c'est beau, Monsieur, de s'appeler Condé... et de porter ainsi son nom!

— Calme et brillant, n'est-ce pas?

— Calme comme à une parade, brillant comme dans une fête. Lorsque nous abordâmes l'ennemi, c'était au pas; on nous avait défendu de tirer les premiers, et nous marchions aux Espagnols, qui se tenaient sur une hauteur, le mousqueton à la cuisse. Arrivé à trente pas d'eux, le prince se retourna vers les soldats : « Enfants, » dit-il, vous allez avoir à souffrir une furieuse décharge; » mais, après, soyez tranquilles, vous aurez bon marché » de tous ces gens. » Il se faisait un tel silence qu'amis et

ennemis entendirent ces paroles. Puis levant son épée :
« Sonnez, trompettes ! » dit-il.

— Bien, bien !... Dans l'occasion, vous feriez ainsi,
Raoul, n'est-ce pas ?

— J'en doute, Monsieur, car j'ai trouvé cela bien
beau et bien grand. Lorsque nous fûmes arrivés à vingt
pas, nous vîmes tous ces mousquetons s'abaisser comme
une ligne brillante ; car le soleil resplendissait sur les
canons. « Au pas, enfants, au pas, dit le prince, voici le
» moment. »

— Eûtes-vous peur, Raoul ? demanda le comte.

— Oui, Monsieur, répondit naïvement le jeune hom-
mé, je me sentis comme un grand froid au cœur, et au
mot de « Feu » qui retentit en espagnol dans les rangs
ennemis, je fermai les yeux et je pensai à vous.

— Bien vrai, Raoul ? dit Athos en lui serrant la
main.

— Oui, Monsieur. Au même instant il se fit une telle
détonation qu'on eût dit que l'enfer s'ouvrait et ceux
qui ne furent pas tués sentirent la chaleur de la flamme.
Je rouvris les yeux, étonné de n'être pas mort, ou tout
au moins blessé ; le tiers de l'escadron était couché à
terre, mutilé et sanglant. En ce moment je rencontrai
l'œil du prince ; je ne pensai plus qu'à une chose, c'est
qu'il me regardait. Je piquai des deux et je me trouvai
au milieu des rangs ennemis.

— Et le prince fut content de vous ?

— Il me le dit du moins, Monsieur, lorsqu'il me
chargea d'accompagner à Paris M. de Châtillon, qui est
venu donner cette nouvelle à la reine et apporter les
drapeaux pris « Allez, me dit le prince, l'ennemi ne sera
» pas rallié de quinze jours. D'ici là je n'ai pas besoin de
» vous. Allez embrasser ceux que vous aimez et qui vous
» aiment, et dites à ma sœur de Longueville que je la
» remercie du cadeau qu'elle m'a fait en vous donnant à
» moi. » Et je suis venu, Monsieur, ajouta Raoul en regardant le comte avec un sourire de profond amour, car
j'ai pensé que vous seriez bien aise de me revoir.

Athos attira le jeune homme à lui et l'embrassa au
front comme il eût fait à une jeune fille.

— Ainsi, dit-il, vous voilà lancé, Raoul ; vous avez
des ducs pour amis, un maréchal de France pour parrain, un prince du sang pour capitaine, et dans une

même journée de retour vous avez été reçu par deux reines : c'est beau pour un novice.

— Ah! Monsieur, dit Raoul tout à coup, vous me rappelez une chose que j'oubliais, dans mon empressement à vous raconter mes exploits : c'est qu'il se trouvait chez Sa Majesté la reine d'Angleterre un gentilhomme qui, lorsque j'ai prononcé votre nom, a poussé un cri de surprise et de joie; il s'est dit de vos amis, m'a demandé votre adresse et va venir vous voir.

— Comment s'appelle-t-il?

— Je n'ai point osé le lui demander, Monsieur; mais quoiqu'il s'exprime élégamment, à son accent j'ai jugé qu'il était Anglais.

— Ah! fit Athos.

Et sa tête se pencha comme pour chercher un souvenir. Puis, lorsqu'il releva son front, ses yeux furent frappés de la présence d'un homme qui se tenait debout devant la porte entrouverte et le regardait d'un air attendri.

— Lord de Winter, s'écria le comte.

— Athos, mon ami!

Et les deux gentilshommes se tinrent un instant embrassés; puis Athos, lui prenant les deux mains, lui dit en le regardant :

— Qu'avez-vous, Milord? Vous paraissez aussi triste que je suis joyeux.

— Oui, cher ami, c'est vrai; et je dirai même plus, c'est que votre vue redouble ma crainte.

Et de Winter regarda autour de lui comme pour chercher la solitude. Raoul comprit que les deux amis avaient à causer, et sortit sans affectation.

— Voyons, maintenant que nous voilà seuls, dit Athos, parlons de vous.

— Pendant que nous voilà seuls, parlons de nous, répondit lord de Winter. Il est ici.

— Qui?

— Le fils de Milady.

Athos, encore une fois frappé par ce nom qui semblait le poursuivre comme un écho fatal, hésita un moment, fronça légèrement le sourcil, puis d'un ton calme :

— Je le sais, dit-il.

— Vous le savez?

— Oui. Grimaud l'a rencontré entre Béthune et

Arras, et est revenu à franc étrier pour me prévenir de
sa présence.

— Grimaud le connaissait donc?

— Non, mais il a assisté à son lit de mort un homme
qui le connaissait.

— Le bourreau de Béthune! s'écria de Winter.

— Vous savez cela? dit Athos étonné.

— Il me quitte à l'instant, répondit de Winter, il
m'a tout dit. Ah! mon ami, quelle horrible scène! Que
n'avons-nous étouffé l'enfant avec la mère!

Athos, comme toutes les nobles natures, ne rendait
pas à autrui les impressions fâcheuses qu'il ressentait;
mais, au contraire, il les absorbait toujours en lui-même
et renvoyait en leur place des espérances et des consola-
tions. On eût dit que ses douleurs personnelles sortaient
de son âme transformées en joies pour les autres.

— Que craignez-vous? dit-il revenant par le raisonnement sur la terreur instinctive qu'il avait éprouvée
d'abord, ne sommes-nous pas là pour nous défendre?
Ce jeune homme s'est-il fait assassin de profession,
meurtrier de sang-froid? Il a pu tuer le bourreau de
Béthune dans un mouvement de rage, mais maintenant
sa fureur est assouvie.

De Winter sourit tristement et secoua la tête.

— Vous ne connaissez donc plus ce sang? dit-il.

— Bah! dit Athos en essayant de sourire à son tour,
il aura perdu de sa férocité à la deuxième génération.
D'ailleurs, ami, la Providence nous a prévenus que nous
nous mettions sur nos gardes. Nous ne pouvons rien
autre chose qu'attendre. Attendons. Mais, comme je le
disais d'abord, parlons de vous. Qui vous amène à Paris?

— Quelques affaires d'importance que vous connaîtrez plus tard. Mais qu'ai-je ouï dire chez Sa Majesté la
reine d'Angleterre, M. d'Artagnan est à Mazarin! Pardonnez-moi ma franchise, mon ami, je ne hais ni ne
blâme le cardinal, et vos opinions me seront toujours
sacrées; seriez-vous par hasard à cet homme?

— M. d'Artagnan est au service, dit Athos, il est
soldat, il obéit au pouvoir constitué. M. d'Artagnan
n'est pas riche et a besoin pour vivre de son grade de
lieutenant. Les millionnaires comme vous, Milord, sont
rares en France.

— Hélas! dit de Winter, je suis aujourd'hui aussi

pauvre et plus pauvre que lui. Mais revenons à vous.

— Eh bien! vous voulez savoir si je suis mazarin?
Non, mille fois non. Pardonnez-moi aussi ma franchise,
Milord.

De Winter se leva et serra Athos dans ses bras.

— Merci, comte, dit-il, merci de cette heureuse nouvelle. Vous me voyez heureux et rajeuni. Ah! vous
n'êtes pas mazarin, vous! à la bonne heure! D'ailleurs,
ce ne pouvait pas être. Mais, pardonnez encore, êtes-vous
libre!

— Qu'entendez-vous par libre?

— Je vous demande si vous n'êtes point marié.

— Ah! pour cela, non, dit Athos en souriant.

— C'est que ce jeune homme, si beau, si élégant, si
gracieux...

— C'est un enfant que j'élève et qui ne connaît pas
même son père.

— Fort bien; vous êtes toujours le même, Athos,
grand et généreux.

— Voyons, Milord, que me demandez-vous?

— Vous avez encore pour amis MM. Porthos et
Aramis?

— Et ajoutez d'Artagnan, Milord. Nous sommes
toujours quatre amis dévoués l'un à l'autre comme autrefois, mais lorsqu'il s'agit de servir le cardinal ou de le
combattre, d'être mazarins ou frondeurs, nous ne sommes plus que deux.

— M. Aramis est avec d'Artagnan? demanda lord
de Winter.

— Non, dit Athos, M. Aramis me fait l'honneur de
partager mes convictions.

— Pouvez-vous me mettre en relation avec cet ami
si charmant et si spirituel?

— Sans doute, dès que cela vous sera agréable.

— Est-il changé?

— Il s'est fait abbé, voilà tout.

— Vous m'effrayez. Son état a dû le faire renoncer
alors aux grandes entreprises.

— Au contraire, dit Athos en souriant, il n'a jamais
été si mousquetaire que depuis qu'il est abbé, et vous
retrouverez un véritable Galaor . Voulez-vous que je
l'envoie chercher par Raoul?

— Merci, comte, on pourrait ne pas le trouver à cette

heure chez lui. Mais puisque vous croyez pouvoir répondre de lui...

— Comme de moi-même.

— Pouvez-vous vous engager à me l'amener demain à dix heures sur le pont du Louvre?

— Ah! ah! dit Athos en souriant, vous avez un duel?

— Oui, comte, et un beau duel, un duel dont vous serez, j'espère.

— Où irons-nous, Milord?

— Chez Sa Majesté la reine d'Angleterre, qui m'a chargé de vous présenter à elle, comte.

— Sa Majesté me connaît donc?

— Je vous connais, moi.

— Énigme, dit Athos; mais n'importe, du moment où vous en avez le mot, je n'en demande pas davantage. Me ferez-vous l'honneur de souper avec moi, Milord?

— Merci, comte, dit de Winter, la visite de ce jeune homme, je vous l'avoue, m'a ôté l'appétit et m'ôtera probablement le sommeil. Quelle entreprise vient-il accomplir à Paris? Ce n'est pas pour m'y rencontrer qu'il est venu, car il ignorait mon voyage. Ce jeune homme m'épouvante, comte; il y a en lui un avenir de sang.

— Que fait-il en Angleterre?

— C'est un des sectateurs les plus ardents d'Olivier Cromwell.

— Qui l'a donc rallié à cette cause? Sa mère et son père étaient catholiques, je crois?

— La haine qu'il a contre le roi.

— Contre le roi?

— Oui, le roi l'a déclaré bâtard, l'a dépouillé de ses biens, lui a défendu de porter le nom de Winter.

— Et comment s'appelle-t-il maintenant?

— Mordaunt.

— Puritain et déguisé en moine, voyageant seul sur les routes de France.

— En moine, dites-vous?

— Oui, ne le saviez-vous pas?

— Je ne sais rien que ce qu'il m'a dit.

— C'est ainsi et que par hasard, j'en demande pardon à Dieu si je blasphème, c'est ainsi qu'il a entendu la confession du bourreau de Béthune.

— Alors je devine tout : il vient envoyé par Cromwell.

— A qui ?

— A Mazarin ; et la reine avait deviné juste, nous avons été prévenus : tout s'explique pour moi maintenant. Adieu, comte, à demain.

— Mais la nuit est noire, dit Athos en voyant lord de Winter agité d'une inquiétude plus grande que celle qu'il voulait laisser paraître, et vous n'avez peut-être pas de laquais ?

— J'ai Tony, un bon, mais naïf garçon.

— Holà ! Olivain, Grimaud, Blaisois, qu'on prenne le mousqueton et qu'on appelle M. le vicomte.

Blaisois était ce grand garçon, moitié laquais, moitié paysan, que nous avons entrevu au château de Bragelonne, venant annoncer que le dîner était servi, et qu'Athos avait baptisé du nom de sa province.

Cinq minutes après cet ordre donné, Raoul entra.

— Vicomte, dit-il, vous allez escorter Milord jusqu'à son hôtellerie et ne le laisserez approcher par personne.

— Ah ! comte, dit de Winter, pour qui donc me prenez-vous ?

— Pour un étranger qui ne connaît point Paris, dit Athos, et à qui le vicomte montrera le chemin.

De Winter lui serra la main.

— Grimaud, dit Athos, mets-toi à la tête de la troupe, et gare au moine.

Grimaud tressaillit, puis il fit un signe de tête et attendit le départ en caressant avec une éloquence silencieuse la crosse de son mousqueton.

— A demain, comte, dit de Winter.

— Oui, Milord.

La petite troupe s'achemina vers la rue Saint-Louis, Olivain tremblant comme Sosie à chaque reflet de lumière équivoque ; Blaisois assez ferme parce qu'il ignorait qu'on courût un danger quelconque ; Tony regardant à droite et à gauche, mais ne pouvant dire une parole, attendu qu'il ne parlait pas français.

De Winter et Raoul marchaient côte à côte et causaient ensemble.

Grimaud, qui, selon l'ordre d'Athos, avait précédé le cortège le flambeau d'une main et le mousqueton de l'autre, arriva devant l'hôtellerie de de Winter, frappa du poing à la porte, et, lorsqu'on fut venu ouvrir, salua Milord sans rien dire.

Il en fut de même pour le retour : les yeux perçants de Grimaud ne virent rien de suspect qu'une espèce d'ombre embusquée au coin de la rue Guénégaud et du quai; il lui sembla qu'en passant il avait déjà remarqué ce guetteur de nuit qui avait attiré ses yeux. Il piqua vers lui; mais, avant qu'il pût l'atteindre, l'ombre avait disparu dans une ruelle où Grimaud ne pensa point qu'il était prudent de s'engager.

On rendit compte à Athos du succès de l'expédition; et comme il était dix heures du soir, chacun se retira dans son appartement.

Le lendemain, en ouvrant les yeux, ce fut le comte à son tour qui aperçut Raoul à son chevet. Le jeune homme était tout habillé et lisait un livre nouveau de M. Chapelain .

— Déjà levé, Raoul? dit le comte.

— Oui, Monsieur, répondit le jeune homme avec une légère hésitation, j'ai mal dormi.

— Vous, Raoul! vous avez mal dormi? Quelque chose vous préoccupait donc? demanda Athos.

— Monsieur, vous allez dire que j'ai bien grande hâte de vous quitter quand je viens d'arriver à peine, mais...

— Vous n'aviez donc que deux jours de congé, Raoul?

— Au contraire, Monsieur, j'en ai dix, aussi n'est-ce point au camp que je désirerais aller.

Athos sourit.

— Où donc, dit-il, à moins que ce ne soit un secret, vicomte? Vous voilà presque un homme, puisque vous avez fait vos premières armes, et vous avez conquis le droit d'aller où vous voulez sans me le dire.

— Jamais, Monsieur, dit Raoul, tant que j'aurai le bonheur de vous avoir pour protecteur, je ne croirai avoir le droit de m'affranchir d'une tutelle qui m'est si chère. J'aurais donc le désir d'aller passer un jour à Blois seulement. Vous me regardez et vous allez rire de moi?

— Non, au contraire, dit Athos en étouffant un soupir, non, je ne ris pas, vicomte. Vous avez envie de revoir Blois, mais c'est tout naturel!

— Ainsi, vous me le permettez? s'ecria Raoul tout joyeux.

— Assurément, Raoul.

— Au fond du cœur, Monsieur, vous n'êtes point fâché?

— Pas du tout. Pourquoi serais-je fâché de ce qui vous fait plaisir?

— Ah! Monsieur, que vous êtes bon! s'écria le jeune homme faisant un mouvement pour sauter au cou d'Athos, mais le respect l'arrêta.

Athos lui ouvrit ses bras.

— Ainsi je puis partir tout de suite?

— Quand vous voudrez, Raoul.

Raoul fit trois pas pour sortir.

— Monsieur, dit-il, j'ai pensé à une chose, c'est que c'est à Mme la duchesse de Chevreuse, si bonne pour moi, que j'ai dû mon introduction près de M. le Prince.

— Et que vous lui devez un remerciement, n'est-ce pas, Raoul?

— Mais il me semble, Monsieur; cependant c'est à vous de décider.

— Passez par l'hôtel de Luynes, Raoul, et faites demander si Mme la duchesse peut vous recevoir. Je vois avec plaisir que vous n'oubliez pas les convenances. Vous prendrez Grimaud et Olivain.

— Tous deux, Monsieur? demanda Raoul avec étonnement.

Raoul salua et sortit.

En le regardant fermer la porte et en l'écoutant appeler de sa voix joyeuse et vibrante Grimaud et Olivain, Athos soupira.

« C'est bien vite me quitter, pensa-t-il en secouant la tête; mais il obéit à la loi commune. La nature est ainsi faite, elle regarde en avant. Décidément il aime cette enfant; mais m'aimera-t-il moins pour en aimer d'autres? »

Et Athos s'avoua qu'il ne s'attendait point à ce prompt départ; mais Raoul était si heureux que tout s'effaça dans l'esprit d'Athos devant cette considération.

A dix heures tout était prêt pour le départ. Comme Athos regardait Raoul monter à cheval, un laquais le vint saluer de la part de Mme de Chevreuse. Il était chargé de dire au comte de La Fère qu'elle avait appris le retour de son jeune protégé, ainsi que la conduite qu'il avait tenue à la bataille et qu'elle serait fort aise de lui faire ses félicitations.

— Dites à Mme la duchesse, répondit Athos, que M. le vicomte montait à cheval pour se rendre à l'hôtel de Luynes.

Puis, après avoir fait de nouvelles recommandations à Grimaud, Athos fit de la main signe à Raoul qu'il pouvait partir.

Au reste, en y réfléchissant, Athos songeait qu'il n'y avait point de mal peut-être à ce que Raoul s'éloignât de Paris en ce moment.

XLIV

ENCORE UNE REINE QUI DEMANDE SECOURS

ATHOS avait envoyé prévenir Aramis dès le matin et avait donné sa lettre à Blaisois, seul serviteur qui lui fût resté. Blaisois trouva Bazin revêtant sa robe de bedeau; il était ce jour-là de service à Notre-Dame.

Athos avait recommandé à Blaisois de tâcher de parler à Aramis lui-même. Blaisois, grand et naïf garçon, qui ne connaissait que sa consigne, avait donc demandé l'abbé d'Herblay, et, malgré les assurances de Bazin qu'il n'était pas chez lui, il avait insisté de telle façon que Bazin s'était mis fort en colère. Blaisois, voyant Bazin en costume d'église, s'était peu inquiété de ses dénégations et avait voulu passer outre, croyant celui auquel il avait affaire doué de toutes les vertus de son habit, c'est-à-dire de la patience et de la charité chrétiennes.

Mais Bazin, toujours valet de mousquetaire lorsque le sang montait à ses gros yeux, saisit un manche à balai et rossa Blaisois en lui disant:

— Vous avez insulté l'Église; mon ami, vous avez insulté l'Église.

En ce moment et à ce bruit inaccoutumé, Aramis était apparu, entrouvrant avec précaution la porte de sa chambre à coucher.

Alors Bazin avait posé respectueusement son balai sur un des deux bouts, comme il avait vu à Notre-Dame le suisse faire de sa hallebarde; et Blaisois, avec un regard de reproche adressé au cerbère, avait tiré sa lettre de sa poche et l'avait présentée à Aramis.

— Du comte de La Fère? dit Aramis, c'est bien.

Puis il était rentré sans même demander la cause de tout ce bruit.

Blaisois revint tristement à l'hôtel du *Grand-Roi-Charlemagne*. Athos lui demanda des nouvelles de sa commission. Blaisois raconta son aventure.

— Imbécile! dit Athos en riant, tu n'as donc pas annoncé que tu venais de ma part?

— Non, Monsieur.

— Et qu'a dit Bazin quand il a su que vous étiez à moi?

— Ah! Monsieur, il m'a fait toutes sortes d'excuses et m'a forcé de boire deux verres d'un très bon vin muscat, dans lequel il m'a fait tremper trois ou quatre biscuits excellents; mais c'est égal, il est brutal en diable. Un bedeau! fi donc!

« Bon, pensa Athos, du moment où Aramis a reçu ma lettre, si empêché qu'il soit, Aramis viendra. »

A dix heures, Athos, avec son exactitude habituelle, se trouvait sur le pont du Louvre. Il y rencontra lord de Winter, qui arrivait à l'instant même.

Ils attendirent dix minutes à peu près.

Milord de Winter commençait à craindre qu'Aramis ne vînt pas.

— Patience, dit Athos, qui tenait ses yeux fixés dans la direction de la rue du Bac, patience, voici un abbé qui donne une gourmade à un homme et qui salue une femme, ce doit être Aramis.

C'était lui en effet: un jeune bourgeois qui bayait aux corneilles s'était trouvé sur son chemin, et d'un coup de poing Aramis, qu'il avait éclaboussé, l'avait envoyé à dix pas. En même temps une de ses pénitentes avait passé; et comme elle était jeune et jolie, Aramis l'avait saluée de son plus gracieux sourire.

En un instant Aramis fut près d'eux.

Ce furent, comme on le comprend bien, de grandes embrassades entre lui et lord de Winter.

— Où allons-nous, dit Aramis; est-ce qu'on se bat par là, sacrebleu? Je n'ai pas d'épée ce matin, et il faut que je repasse chez moi pour en prendre une.

— Non, dit de Winter, nous allons faire visite à Sa Majesté la reine d'Angleterre.

— Ah! fort bien, dit Aramis; et dans quel but cette visite? continua-t-il en se penchant à l'oreille d'Athos.

— Ma foi, je n'en sais rien; quelque témoignage qu'on réclame de nous, peut-être?

— Ne serait-ce point pour cette maudite affaire? dit Aramis. Dans ce cas, je ne me soucierais pas trop d'y aller, car ce serait pour empocher quelque semonce; et depuis que j'en donne aux autres, je n'aime pas à en recevoir.

— Si cela était ainsi, dit Athos, nous ne serions pas conduits à Sa Majesté par lord de Winter, car il en aurait sa part : il était des nôtres.

— Ah! oui, c'est vrai. Allons donc.

Arrivés au Louvre, lord de Winter passa le premier; au reste, un seul concierge tenait la porte. A la lumière du jour, Athos, Aramis et l'Anglais lui-même purent remarquer le dénuement affreux de l'habitation qu'une avare charité concédait à la malheureuse reine. De grandes salles toutes dépouillées de meubles, des murs dégradés sur lesquels reposaient par places d'anciennes moulures d'or qui avaient résisté à l'abandon, des fenêtres qui ne fermaient plus et qui manquaient de vitres; pas de tapis, pas de gardes, pas de valets : voilà ce qui frappa tout d'abord les yeux d'Athos, et ce qu'il fit silencieusement remarquer à son compagnon en le poussant du coude et en lui montrant cette misère des yeux.

— Mazarin est mieux logé, dit Aramis.

— Mazarin est presque roi, dit Athos, et Madame Henriette n'est presque plus reine.

— Si vous daigniez avoir de l'esprit, Athos, dit Aramis, je crois véritablement que vous en auriez plus que n'en avait ce pauvre M. de Voiture.

Athos sourit.

La reine paraissait attendre avec impatience, car, au premier mouvement qu'elle entendit dans la salle qui précédait sa chambre, elle vint elle-même sur le seuil pour y recevoir les courtisans de son infortune.

— Entrez et soyez les bienvenus, Messieurs, dit-elle.

Les gentilshommes entrèrent et demeurèrent d'abord debout; mais, sur un geste de la reine qui leur faisait signe de s'asseoir, Athos donna l'exemple de l'obéissance. Il était grave et calme; mais Aramis était furieux : cette détresse royale l'avait exaspéré, ses yeux étudiaient chaque nouvelle trace de misère qu'il apercevait.

— Vous examinez mon luxe? dit Madame Henriette avec un triste regard jeté autour d'elle.

— Madame, dit Aramis, j'en demande pardon à Votre Majesté, mais je ne saurais cacher mon indignation de voir qu'à la cour de France on traite ainsi la fille de Henri IV.

— Monsieur n'est point cavalier? dit la reine à lord de Winter.

— Monsieur est l'abbé d'Herblay, répondit celui-ci.

Aramis rougit.

— Madame, dit-il, je suis abbé, il est vrai, mais c'est contre mon gré; jamais je n'eus de vocation pour le petit collet : ma soutane ne tient qu'à un bouton, et je suis toujours prêt à redevenir mousquetaire. Ce matin, ignorant que j'aurais l'honneur de voir Votre Majesté, je me suis affublé de ces habits, mais je n'en suis pas moins l'homme que Votre Majesté trouvera le plus dévoué à son service, quelque chose qu'elle veuille ordonner.

— Monsieur le chevalier d'Herblay, reprit de Winter, est l'un de ces vaillants mousquetaires de Sa Majesté le roi Louis XIII dont je vous ai parlé, Madame... Puis, se retournant vers Athos : Quant à Monsieur, continua-t-il, c'est ce noble comte de La Fère dont la haute réputation est si bien connue de Votre Majesté.

— Messieurs, dit la reine, j'avais autour de moi, il y a quelques années, des gentilshommes, des trésors, des armées; à un signe de ma main tout cela s'employait pour mon service. Aujourd'hui, regardez autour de moi, cela vous surprendra sans doute; mais pour accomplir un dessein qui doit me sauver la vie, je n'ai que lord de Winter, un ami de vingt ans, et vous, Messieurs, que je vois pour la première fois, et que je ne connais que comme mes compatriotes.

— C'est assez, Madame, dit Athos, en saluant profondément, si la vie de trois hommes peut racheter la vôtre.

— Merci, Messieurs. Mais écoutez-moi, poursuivit-elle, je suis non seulement la plus misérable des reines, mais la plus malheureuse des mères, la plus désespérée des épouses : mes enfants, deux du moins, le duc d'York et la princesse Charlotte , sont loin de moi, exposés aux coups des ambitieux et des ennemis; le roi mon mari traîne en Angleterre une existence si douloureuse que c'est peu dire en vous affirmant qu'il cherche la mort comme une chose désirable. Tenez, Messieurs, voici la lettre qu'il me fit tenir par Milord de Winter. Lisez.

Athos et Aramis s'excusèrent.

— Lisez, dit la reine.

Athos lut à haute voix la lettre que nous connaissons, et dans laquelle le roi Charles demandait si l'hospitalité lui serait accordée en France.

— Eh bien? demanda Athos lorsqu'il eut fini cette lecture.

— Eh bien! dit la reine, il a refusé.

Les deux amis échangèrent un sourire de mépris.

— Et maintenant, Madame, que faut-il faire? dit Athos.

— Avez-vous quelque compassion pour tant de malheur? dit la reine émue.

— J'ai eu l'honneur de demander à Votre Majesté ce qu'elle désirait que M. d'Herblay et moi fissions pour son service; nous sommes prêts.

— Ah! Monsieur, vous êtes en effet un noble cœur, s'écria la reine avec une explosion de voix reconnaissante, tandis que lord de Winter la regardait en ayant l'air de lui dire : Ne vous avais-je pas répondu d'eux?

— Mais vous, Monsieur? demanda la reine à Aramis.

— Moi, Madame, répondit celui-ci, partout où va M. le comte, fût-ce à la mort, je le suis sans demander pourquoi; mais quand il s'agit du service de Votre Majesté, ajouta-t-il en regardant la reine avec toute la grâce de sa jeunesse, alors je précède M. le comte.

— Eh bien! Messieurs, dit la reine, puisqu'il en est ainsi, puisque vous voulez bien vous dévouer au service d'une pauvre princesse que le monde entier abandonne, voici ce qu'il s'agit de faire pour moi. Le roi est seul avec quelques gentilshommes qu'il craint de perdre chaque jour, au milieu d'Écossais dont il se défie, quoiqu'il soit Écossais lui-même. Depuis que lord de Winter l'a quitté, je ne vis plus, Messieurs. Eh bien! je demande beaucoup trop peut-être, car je n'ai aucun titre pour demander; passez en Angleterre, joignez le roi, soyez ses amis, soyez ses gardiens, marchez à ses côtés dans la bataille, marchez près de lui dans l'intérieur de sa maison, où des embûches se pressent chaque jour, bien plus périlleuses que tous les risques de la guerre; et en échange de ce sacrifice que vous me ferez, Messieurs, je vous promets, non de vous récompenser, je crois que ce mot vous blesserait, mais de vous aimer comme une sœur et de vous préférer à tout ce qui ne sera pas mon époux et mes enfants, je le jure devant Dieu!

Et la reine leva lentement et solennellement les yeux au ciel.

— Madame, dit Athos, quand faut-il partir?

— Vous consentez donc? s'écria la reine avec joie.

— Oui, Madame. Seulement Votre Majesté va trop loin, ce me semble, en s'engageant à nous combler d'une amitié si fort au-dessus de nos mérites. Nous servons Dieu, Madame, en servant un prince si malheureux et une reine si vertueuse. Madame, nous sommes à vous corps et âme.

— Ah! Messieurs, dit la reine attendrie jusqu'aux larmes, voici le premier instant de joie et d'espoir que j'ai éprouvé depuis cinq ans. Oui, vous servez Dieu, et comme mon pouvoir sera trop borné pour reconnaître un pareil sacrifice, c'est lui qui vous récompensera, lui qui lit dans mon cœur tout ce que j'ai de reconnaissance envers lui et envers vous. Sauvez mon époux, sauvez le roi; et bien que vous ne soyez pas sensibles au prix qui peut vous revenir sur la terre pour cette belle action, laissez-moi l'espoir que je vous reverrai pour vous remercier moi-même. En attendant, je reste. Avez-vous quelque recommandation à me faire? Je suis dès à présent votre amie; et puisque vous faites mes affaires, je dois m'occuper des vôtres.

— Madame, dit Athos, je n'ai rien à demander à Votre Majesté que ses prières.

— Et moi, dit Aramis, je suis seul au monde et n'ai que Votre Majesté à servir.

La reine leur tendit sa main, qu'ils baisèrent, et elle dit tout bas à de Winter :

— Si vous manquez d'argent, Milord, n'hésitez pas un instant, brisez les joyaux que je vous ai donnés, détachez-en les diamants et vendez-les à un juif : vous en tirerez cinquante à soixante mille livres; dépensez-les s'il est nécessaire, mais que ces gentilshommes soient traités comme ils le méritent, c'est-à-dire en rois.

La reine avait préparé deux lettres : une écrite par elle, une écrite par la princesse Henriette sa fille . Toutes deux étaient adressées au roi Charles. Elle en donna une à Athos et une à Aramis, afin que si le hasard les séparait, ils pussent se faire reconnaître au roi; puis ils se retirèrent.

Au bas de l'escalier, de Winter s'arrêta :

— Allez de votre côté et moi du mien, Messieurs, dit-il, afin que nous n'éveillions point les soupçons, et ce soir, à neuf heures, trouvons-nous à la porte Saint-

Denis. Nous irons avec mes chevaux tant qu'ils pourront aller, puis ensuite nous prendrons la poste. Encore une fois merci, mes chers amis, merci en mon nom, merci au nom de la reine.

Les trois gentilshommes se serrèrent la main ; le comte de Winter prit la rue Saint-Honoré, et Athos et Aramis demeurèrent ensemble.

— Eh bien ! dit Aramis quand ils furent seuls, que dites-vous de cette affaire, mon cher comte ?

— Mauvaise, répondit Athos, très mauvaise.

— Mais vous l'avez accueillie avec enthousiasme ?

— Comme j'accueillerai toujours la défense d'un grand principe, mon cher d'Herblay. Les rois ne peuvent être forts que par la noblesse, mais la noblesse ne peut être grande que par les rois. Soutenons donc les monarchies, c'est nous soutenir nous-mêmes.

— Nous allons nous faire assassiner là-bas, dit Aramis. Je hais les Anglais, ils sont grossiers comme tous les gens qui boivent de la bière.

— Valait-il donc mieux rester ici, dit Athos, et nous en aller faire un tour à la Bastille ou au donjon de Vincennes, comme ayant favorisé l'évasion de M. de Beaufort ? Ah ! ma foi, Aramis, croyez-moi, il n'y a point de regret à avoir. Nous évitons la prison et nous agissons en héros, le choix est facile.

— C'est vrai ; mais, en toute chose, mon cher, il faut en revenir à cette première question, fort sotte, je le sais, mais fort nécessaire : Avez-vous de l'argent ?

— Quelque chose comme une centaine de pistoles, que mon fermier m'avait envoyées la veille de mon départ de Bragelonne ; mais là-dessus je dois en laisser une cinquantaine à Raoul : il faut qu'un jeune gentilhomme vive dignement. Je n'ai donc que cinquante pistoles à peu près : et vous ?

— Moi, je suis sûr qu'en retournant toutes mes poches et en ouvrant tous mes tiroirs, je ne trouverai pas dix louis chez moi. Heureusement que lord de Winter est riche.

— Lord de Winter est momentanément ruiné, car c'est Cromwell qui touche ses revenus.

— Voilà où le baron Porthos serait bon, dit Aramis.

— Voilà où je regrette d'Artagnan, dit Athos.

— Quelle bourse ronde !

— Quelle fière épée!

— Débauchons-les.

— Ce secret n'est pas le nôtre, Aramis; croyez-moi donc, ne mettons personne dans notre confidence. Puis, en faisant une pareille démarche, nous paraîtrions douter de nous-mêmes. Regrettons à part nous, mais ne parlons pas.

— Vous avez raison. Que ferez-vous d'ici à ce soir? Moi, je suis forcé de remettre deux choses.

— Est-ce choses qui puissent se remettre?

— Dame! il le faudra bien.

— Et quelles étaient-elles?

— D'abord un coup d'épée au coadjuteur, que j'ai rencontré hier soir chez Mme de Rambouillet, et que j'ai trouvé monté sur un singulier ton à mon égard.

— Fi donc! une querelle entre prêtres! un duel entre alliés!

— Que voulez-vous, mon cher! il est ferrailleur, et moi aussi; il court les ruelles, et moi aussi; sa soutane lui pèse, et j'ai, je crois, assez de la mienne; je crois parfois qu'il est Aramis et que je suis le coadjuteur, tant nous avons d'analogie l'un avec l'autre. Cette espèce de Sosie m'ennuie et me fait ombre; d'ailleurs, c'est un brouillon qui perdra notre parti. Je suis convaincu que si je lui donnais un soufflet, comme j'ai fait ce matin à ce petit bourgeois qui m'avait éclaboussé, cela changerait la face des affaires.

— Et moi, mon cher Aramis, répondit tranquillement Athos, je crois que cela ne changerait que la face de M. de Retz. Ainsi, croyez-moi, laissons les choses comme elles sont; d'ailleurs, vous ne vous appartenez plus ni l'un ni l'autre : vous êtes à la reine d'Angleterre et lui à la Fronde; donc, si la seconde chose que vous regrettez de ne pouvoir accomplir n'est pas plus importante que la première...

— Oh! celle-là était fort importante.

— Alors faites-la tout de suite.

— Malheureusement je ne suis pas libre de la faire à l'heure que je veux. C'était au soir, tout à fait au soir.

— Je comprends, dit Athos en souriant, à minuit?

— A peu près.

— Que voulez-vous, mon cher, ce sont choses qui se

remettent que ces choses-là, et vous la remettrez, ayant surtout une pareille excuse à donner à votre retour...

— Oui, si je reviens.

— Si vous ne revenez pas, que vous importe? Soyez donc un peu raisonnable! Voyons, Aramis, vous n'avez plus vingt ans, mon cher ami.

— A mon grand regret, mordieu! Ah! si je les avais!

— Oui, dit Athos, je crois que vous feriez de bonnes folies! Mais il faut que nous nous quittions : j'ai, moi, une ou deux visites à faire et une lettre à écrire; revenez donc me prendre à huit heures, ou plutôt voulez-vous que je vous attende à souper à sept?

— Fort bien; j'ai, moi, dit Aramis, vingt visites à faire et autant de lettres à écrire.

Et sur ce ils se quittèrent. Athos alla faire une visite à Mme de Vendôme , déposa son nom chez Mme de Chevreuse, et écrivit à d'Artagnan la lettre suivante :

« Cher ami, je pars avec Aramis pour une affaire
» d'importance. Je voudrais vous faire mes adieux, mais
» le temps me manque. N'oubliez pas que je vous écris
» pour vous répéter combien je vous aime.

« Raoul est allé à Blois, et il ignore mon départ; veillez
» sur lui en mon absence du mieux qu'il vous sera possi-
» ble, et si par hasard vous n'avez pas de mes nouvelles
» d'ici à trois mois, dites-lui qu'il ouvre un paquet
» cacheté à son adresse, qu'il trouvera à Blois dans ma
» cassette de bronze, dont je vous envoie la clef.

« Embrassez Porthos pour Aramis et pour moi. Au
» revoir, peut-être adieu. »

Et il fit porter la lettre par Blaisois.

A l'heure convenue, Aramis arriva : il était en cava-lier, et avait au côté cette ancienne épée qu'il avait tirée si souvent et qu'il était plus que jamais prêt à tirer.

— Ah çà! dit-il, je crois que décidément nous avons tort de partir ainsi, sans laisser un petit mot d'adieu à Porthos et à d'Artagnan.

— C'est chose faite, cher ami, dit Athos, et j'y ai pourvu; je les ai embrassés tous deux pour vous et pour moi.

— Vous êtes un homme admirable, mon cher comte, dit Aramis, et vous pensez à tout.

— Eh bien! avez-vous pris votre parti de ce voyage?

— Tout à fait; et maintenant que j'y ai réfléchi, je suis aise de quitter Paris en ce moment.

— Et moi aussi, répondit Athos; seulement je regrette de ne pas avoir embrassé d'Artagnan, mais le démon est si fin qu'il eût deviné nos projets.

A la fin du souper, Blaisois rentra.

— Monsieur, voilà la réponse de M. d'Artagnan.

— Mais je ne t'ai pas dit qu'il y eût réponse, imbécile! dit Athos.

— Aussi étais-je parti sans l'attendre, mais il m'a fait rappeler et il m'a donné ceci.

Et il présenta un petit sac de peau tout arrondi et tout sonnant.

Athos l'ouvrit et commença par en tirer un petit billet conçu en ces termes :

« Mon cher comte,

« Quand on voyage, et surtout pour trois mois, on
» n'a jamais assez d'argent; or, je me rappelle nos temps
» de détresse, et je vous envoie la moitié de ma bourse :
» c'est de l'argent que je suis parvenu à faire suer au
» Mazarin. N'en faites donc pas un trop mauvais usage,
» je vous en supplie.

« Quant à ce qui est de ne plus vous revoir, je n'en
» crois pas un mot; quand on a votre cœur et votre épée,
» on passe partout.

« Au revoir donc, et pas adieu.

« Il va sans dire que du jour où j'ai vu Raoul je l'ai
» aimé comme mon enfant; cependant croyez que je
» demande bien sincèrement à Dieu de ne pas devenir
» son père, quoique je fusse fier d'un fils comme lui.

« Votre d'Artagnan. »

« *P.-S.* — Bien entendu que les cinquante louis que je
» vous envoie sont à vous comme à Aramis, à Aramis
» comme à vous. »

Athos sourit, et son beau regard se voila d'une larme. D'Artagnan qu'il avait toujours tendrement aimé, l'aimait donc toujours, tout mazarin qu'il était.

— Voilà, ma foi, les cinquante louis, dit Aramis en versant la bourse sur une table, tous à l'effigie du roi Louis XIII. Eh bien, que faites-vous de cet argent, comte, le gardez-vous ou le renvoyez-vous?

— Je le garde, Aramis, et je n'en aurais pas besoin que je le garderais encore. Ce qui est offert de grand cœur doit être accepté de grand cœur. Prenez-en vingt-cinq, Aramis et donnez-moi les vingt-cinq autres.

— A la bonne heure, je suis heureux de voir que vous êtes de mon avis. Là, maintenant, partons-nous ?

— Quand vous voudrez; mais n'avez-vous donc point de laquais ?

— Non, cet imbécile de Bazin a eu la sottise de se faire bedeau, comme vous savez, de sorte qu'il ne peut pas quitter Notre-Dame.

— C'est bien, vous prendrez Blaisois, dont je ne saurais que faire, puisque j'ai déjà Grimaud.

— Volontiers, dit Aramis.

En ce moment, Grimaud parut sur le seuil.

— Prêts, dit-il avec son laconisme ordinaire.

— Partons donc, dit Athos.

En effet, les chevaux attendaient tout sellés. Les deux laquais en firent autant.

Au coin du quai ils rencontrèrent Bazin qui accourait tout essoufflé.

— Ah! Monsieur, dit Bazin, Dieu merci! j'arrive à temps.

— Qu'y a-t-il ?

— M. Porthos sort de la maison et a laissé ceci pour vous, en disant que la chose était fort pressée et devait vous être remise avant votre départ.

— Bon, dit Aramis en prenant une bourse que lui tendait Bazin, qu'est ceci ?

— Attendez, Monsieur l'abbé, il y a une lettre.

— Tu sais que je t'ai déjà dit que si tu m'appelais autrement que chevalier, je te briserais les os. Voyons la lettre.

— Comment allez-vous lire ? demanda Athos, il fait noir comme dans un four.

— Attendez, dit Bazin.

Bazin battit le briquet et alluma une bougie roulée avec laquelle il allumait ses cierges. A la lueur de cette bougie, Aramis lut :

« Mon cher d'Herblay,

« J'apprends par d'Artagnan, qui m'embrasse de votre
» part et de celle du comte de La Fère, que vous partez

» pour une expédition qui durera peut-être deux ou
» trois mois; comme je sais que vous n'aimez pas deman-
» der à vos amis, moi je vous offre : voici deux cents
» pistoles dont vous pouvez disposer et que vous me
» rendrez quand l'occasion s'en présentera. Ne craignez
» pas de me gêner : si j'ai besoin d'argent, j'en ferai venir
» de l'un de mes châteaux; rien qu'à Bracieux j'ai vingt
» mille livres en or. Aussi, si je ne vous envoie pas plus,
» c'est que je crains que vous n'acceptiez pas une somme
» trop forte.

« Je m'adresse à vous parce que vous savez que le
» comte de La Fère m'impose toujours un peu malgré
» moi, quoique je l'aime de tout mon cœur; mais il est
» bien entendu que ce que j'offre à vous, je l'offre en
» même temps à lui.

« Je suis, comme vous n'en doutez pas, j'espère, votre
» bien dévoué.

« Du Vallon de Bracieux de Pierrefonds. »

— Eh bien! dit Aramis, que dites-vous de cela?

— Je dis, mon cher d'Herblay, que c'est presque un
sacrilège de douter de la Providence quand on a de tels
amis.

— Ainsi donc?

— Ainsi donc nous partageons les pistoles de Porthos
comme nous avons partagé les louis de d'Artagnan.

Le partage fait à la lueur du rat-de-cave de Bazin, les
deux amis se remirent en route.

Un quart d'heure après, ils étaient à la porte Saint-
Denis, où de Winter les attendait.

XLV

OÙ IL EST PROUVÉ QUE LE PREMIER
MOUVEMENT EST TOUJOURS LE BON

LES trois gentilshommes prirent la route de Picardie, cette route si connue d'eux, et qui rappelait à Athos et à Aramis quelques-uns des souvenirs les plus pittoresques de leur jeunesse.

— Si Mousqueton était avec nous, dit Athos en arrivant à l'endroit où ils avaient eu dispute avec des paveurs, comme il frémirait en passant ici; vous rappelez-vous, Aramis? c'est ici que lui arriva cette fameuse balle.

— Ma foi, je le lui permettrais, dit Aramis, car moi je me sens frissonner à ce souvenir; tenez, voici au-delà de cet arbre un petit endroit où j'ai bien cru que j'étais mort.

On continua le chemin. Bientôt ce fut à Grimaud à redescendre dans sa mémoire. Arrivés en face de l'auberge où son maître et lui avaient fait autrefois une si énorme ripaille, il s'approcha d'Athos, et, lui montrant le soupirail de la cave, il lui dit :

— Saucissons!

Athos se mit à rire, et cette folie de son jeune âge lui parut aussi amusante que si quelqu'un la lui eût racontée comme d'un autre.

Enfin, après deux jours et une nuit de marche, ils arrivèrent vers le soir, par un temps magnifique, à Boulogne, ville alors presque déserte, bâtie entièrement sur la hauteur; ce qu'on appelle la basse ville n'existait pas. Boulogne était une position formidable.

En arrivant aux portes de la ville :

— Messieurs, dit de Winter, faisons ici comme à Paris : séparons-nous pour éviter les soupçons; j'ai une auberge peu fréquentée, mais dont le patron m'est entièrement dévoué. Je vais y aller, car des lettres doivent m'y attendre; vous, allez à la première hôtellerie de la ville, à l'*Épée du grand Henri*, par exemple; rafraîchissez-

vous, et dans deux heures trouvez-vous sur la jetée, notre
barque doit nous y attendre.

La chose fut arrêtée ainsi. Lord de Winter continua
son chemin le long des boulevards extérieurs pour
entrer par une autre porte, tandis que les deux amis
entrèrent par celle devant laquelle ils se trouvaient; au
bout de deux cents pas ils rencontrèrent l'hôtel indiqué.

On fit rafraîchir les chevaux, mais sans les desseller;
les laquais soupèrent, car il commençait à se faire tard,
et les deux maîtres, fort impatients de s'embarquer,
leur donnèrent rendez-vous sur la jetée, avec ordre de
n'échanger aucune parole avec qui que ce fût. On comprend bien que cette recommandation ne regardait que
Blaisois; pour Grimaud, il y avait longtemps qu'elle
était devenue inutile.

Athos et Aramis descendirent vers le port.

Par leurs habits couverts de poussière, par certain air
dégagé qui fait toujours reconnaître un homme habitué
aux voyages, les deux amis excitèrent l'attention de quelques promeneurs.

Ils en virent un surtout à qui leur arrivée avait produit une certaine impression. Cet homme, qu'ils avaient
remarqué les premiers, par les mêmes causes qui les
avaient fait, eux, remarquer des autres, allait et venait
tristement sur la jetée. Dès qu'il les vit, il ne cessa de
les regarder à son tour et parut brûler d'envie de leur
adresser la parole.

Cet homme était jeune et pâle; il avait les yeux d'un
bleu si incertain, qu'ils paraissaient s'iriser comme ceux
du tigre, selon les couleurs qu'ils reflétaient; sa démarche, malgré la lenteur et l'incertitude de ses détours,
était raide et hardie; il était vêtu de noir et portait une
longue épée avec assez de grâce.

Arrivés sur la jetée, Athos et Aramis s'arrêtèrent à
regarder un petit bateau amarré à un pieu et tout équipé
comme s'il attendait.

— C'est sans doute le nôtre, dit Athos.

— Oui, répondit Aramis, et le sloop qui appareille
là-bas a bien l'air d'être celui qui doit nous conduire
à notre destination; maintenant, continua-t-il, pourvu
que de Winter ne se fasse pas attendre. Ce n'est
point amusant de demeurer ici : il n'y passe pas une
seule femme.

— Chut! dit Athos; on nous écoutait.

En effet, le promeneur qui, pendant l'examen des deux amis, avait passé et repassé plusieurs fois derrière eux, s'était arrêté au nom de Winter; mais comme sa figure n'avait exprimé aucune émotion en entendant ce nom, ce pouvait être aussi bien le hasard qui l'avait fait s'arrêter.

— Messieurs, dit le jeune homme en saluant avec beaucoup d'aisance et de politesse, pardonnez à ma curiosité, mais je vois que vous venez de Paris, ou du moins que vous êtes étrangers à Boulogne.

— Nous venons de Paris, oui, Monsieur, répondit Athos avec la même courtoisie, qu'y a-t-il pour votre service?

— Monsieur, dit le jeune homme, seriez-vous assez bon pour me dire s'il est vrai que M. le cardinal Mazarin ne soit plus ministre?

— Voilà une question étrange, dit Aramis.

— Il l'est et ne l'est pas, répondit Athos; c'est-à-dire la moitié de la France le chasse, et qu'à force d'intrigues et de promesses, il se fait maintenir par l'autre moitié : cela peut durer ainsi fort longtemps, comme vous voyez.

— Enfin, Monsieur, dit l'étranger, il n'est pas en fuite ni en prison?

— Non, Monsieur, pas pour le moment du moins.

— Messieurs, agréez mes remerciements pour votre complaisance, dit le jeune homme en s'éloignant.

— Que dites-vous de ce questionneur? dit Aramis.

— Je dis que c'est un provincial qui s'ennuie ou un espion qui s'informe.

— Et vous lui avez répondu ainsi?

— Rien ne m'autorisait à lui répondre autrement. Il était poli avec moi, je l'ai été avec lui.

— Mais cependant si c'est un espion...

— Que voulez-vous que fasse un espion? Nous ne sommes plus au temps du cardinal de Richelieu, qui sur un simple soupçon faisait fermer les ports.

— N'importe, vous avez eu tort de lui répondre comme vous avez fait, dit Aramis, en suivant des yeux le jeune homme qui disparaissait derrière les dunes.

— Et vous, dit Athos, vous oubliez que vous avez commis une bien autre imprudence, c'était celle de pro-

noncer le nom de lord de Winter. Oubliez-vous que
c'est à ce nom que le jeune homme s'est arrêté?

— Raison de plus, quand il vous a parlé, de l'inviter
à passer son chemin.

— Une querelle, dit Athos.

— Et depuis quand une querelle vous fait-elle peur?

— Une querelle me fait toujours peur lorsqu'on
m'attend quelque part et que cette querelle peut m'empêcher d'arriver. D'ailleurs, voulez-vous que je vous
avoue une chose? Moi aussi je suis curieux de voir ce
jeune homme de près.

— Et pourquoi cela?

— Aramis, vous allez vous moquer de moi; Aramis,
vous allez dire que je répète toujours la même chose;
vous allez m'appeler le plus peureux des visionnaires.

— Après?

— A qui trouvez-vous que cet homme ressemble?

— En laid ou en beau? demanda en riant Aramis.

— En laid, et autant qu'un homme peut ressembler
à une femme.

— Ah! pardieu! s'écria Aramis, vous m'y faites penser. Non, certes, vous n'êtes pas visionnaire, mon cher
ami, et, à présent que je réfléchis, oui, vous avez ma foi
raison : cette bouche fine et rentrée, ces yeux qui semblent toujours aux ordres de l'esprit et jamais à ceux du
cœur. C'est quelque bâtard de Milady.

— Vous riez, Aramis!

— Par habitude, voilà tout; car, je vous le jure, je
n'aimerais pas plus que vous à rencontrer ce serpenteau
sur mon chemin.

— Ah! voici de Winter qui vient, dit Athos.

— Bon, il ne manquerait plus qu'une chose, dit Aramis, c'est que ce fussent maintenant nos laquais qui se
fissent attendre.

— Non, dit Athos, je les aperçois, ils viennent à vingt
pas derrière Milord. Je reconnais Grimaud à sa tête raide
et à ses longues jambes. Tony porte nos carabines.

— Alors nous allons nous embarquer de nuit? demanda Aramis en jetant un coup d'œil sur l'occident,
où le soleil ne laissait plus qu'un nuage d'or qui semblait
s'éteindre peu à peu en se trempant dans la mer.

— C'est probable, dit Athos.

— Diable! reprit Aramis, j'aime peu la mer le jour,

mais encore moins la nuit; le bruit des flots, le bruit des vents, le mouvement affreux du bâtiment, j'avoue que je préférerais le couvent de Noisy.

Athos sourit de son sourire triste, car il écoutait ce que lui disait son ami tout en pensant évidemment à autre chose, et s'achemina vers de Winter.

Aramis le suivit.

— Qu'a donc notre ami? dit Aramis, il ressemble aux damnés de Dante, à qui Satan a disloqué le cou et qui regardent leurs talons . Que diable a-t-il donc à regarder ainsi derrière lui?

En les apercevant à son tour, de Winter doubla le pas et vint à eux avec une rapidité surprenante.

— Qu'avez-vous donc, Milord, dit Athos, et qui vous essouffle ainsi?

— Rien, dit de Winter, rien. Cependant, en passant près des dunes, il m'a semblé...

Et il se retourna de nouveau.

Athos regarda Aramis.

— Mais partons, continua de Winter, partons, le bateau doit nous attendre, et voici notre sloop à l'ancre, le voyez-vous d'ici? Je voudrais déjà être dessus.

Et il se retourna encore.

— Ah çà! dit Aramis, vous oubliez donc quelque chose?

— Non, c'est une préoccupation.

— Il l'a vu, dit tout bas Athos à Aramis.

On était arrivé à l'escalier qui conduisait à la barque. De Winter fit descendre les premiers les laquais qui portaient les armes, les crocheteurs qui portaient les malles, et commença à descendre après eux.

En ce moment, Athos aperçut un homme qui suivait le bord de la mer parallèle à la jetée, et qui hâtait sa marche comme pour assister de l'autre côté du port, séparé de vingt pas à peine, à leur embarquement.

Il crut, au milieu de l'ombre qui commençait à descendre, reconnaître le jeune homme qui les avait questionnés.

— Oh! oh! se dit-il, serait-ce décidément un espion et voudrait-il s'opposer à notre embarquement?

Mais comme, dans le cas où l'étranger aurait eu ce projet, il était déjà un peu tard pour qu'il fût mis à exécution, Athos, à son tour, descendit l'escalier, mais sans perdre de vue le jeune homme. Celui-ci, pour couper court, avait paru sur une écluse.

— Il nous en veut assurément, dit Athos, mais embarquons-nous toujours, et une fois en pleine mer, qu'il y vienne.

Et Athos sauta dans la barque, qui se détacha aussitôt du rivage et qui commença de s'éloigner sous l'effort de quatre vigoureux rameurs.

Mais le jeune homme se mit à suivre ou plutôt à devancer la barque. Elle devait passer entre la pointe de la jetée, dominée par le fanal qui venait de s'allumer, et un rocher qui surplombait. On le vit de loin gravir le rocher de manière à dominer la barque lorsqu'elle passerait.

— Ah çà! dit Aramis à Athos, ce jeune homme est décidément un espion.

— Quel est ce jeune homme? demanda de Winter en se retournant.

— Mais celui qui nous a suivis, qui nous a parlé et qui nous a attendus là-bas : voyez.

De Winter se retourna et suivit la direction du doigt d'Aramis. Le phare inondait de clarté le petit détroit où l'on allait passer et le rocher où se tenait debout le jeune homme, qui attendait la tête nue et les bras croisés.

— C'est lui! s'écria lord de Winter en saisissant le bras d'Athos, c'est lui; j'avais bien cru le reconnaître et je ne m'étais pas trompé.

— Qui, lui? demanda Aramis.

— Le fils de Milady, répondit Athos.

— Le moine! s'écria Grimaud.

Le jeune homme entendit ces paroles; on eût dit qu'il allait se précipiter, tant il se tenait à l'extrémité du rocher, penché sur la mer.

— Oui, c'est moi, mon oncle; moi, le fils de Milady; moi, le moine; moi, le secrétaire et l'ami de Cromwell, et je vous connais, vous et vos compagnons.

Il y avait dans cette barque trois hommes qui étaient braves, certes, et desquels nul homme n'eût osé contester le courage; eh bien, à cette voix, à cet accent, à ce geste, ils sentirent le frisson de la terreur courir dans leurs veines.

Quant à Grimaud, ses cheveux étaient hérissés sur sa tête, et la sueur lui coulait du front.

— Ah! dit Aramis, c'est là le neveu, c'est le moine, c'est là le fils de Milady, comme il le dit lui-même?

— Hélas! oui, murmura de Winter.

— Alors, attendez! dit Aramis.

Et il prit, avec le sang-froid terrible qu'il avait dans les suprêmes occasions, un des deux mousquets que tenait Tony, l'arma et coucha en joue cet homme qui se tenait debout sur ce rocher comme l'ange des malédictions.

— Feu! cria Grimaud hors de lui.

Athos se jeta sur le canon de la carabine et arrêta le coup qui allait partir.

— Que le diable vous emporte! s'écria Aramis, je le tenais si bien au bout de mon mousquet; je lui eusse mis la balle en pleine poitrine.

— C'est bien assez d'avoir tué la mère, dit sourdement Athos.

— La mère était une scélérate, qui nous avait tous frappés en nous ou dans ceux qui nous étaient chers.

— Oui, mais le fils ne nous a rien fait, lui.

Grimaud, qui s'était soulevé pour voir l'effet du coup, retomba découragé en frappant des mains.

Le jeune homme éclata de rire.

— Ah! c'est bien vous, dit-il, c'est bien vous, et je vous connais maintenant.

Son rire strident et ses paroles menaçantes passèrent au-dessus de la barque, emportés par la brise et allèrent se perdre dans les profondeurs de l'horizon.

Aramis frémit.

— Du calme, dit Athos. Que diable! ne sommes-nous donc plus des hommes?

— Si fait, dit Aramis; mais celui-là est un démon. Et, tenez, demandez à l'oncle si j'avais tort de le débarrasser de son cher neveu.

De Winter ne répondit que par un soupir.

— Tout était fini, continua Aramis. Ah! j'ai bien peur, Athos, que vous ne m'ayez fait faire une folie avec votre sagesse.

Athos prit la main de de Winter, et, essayant de détourner la conversation :

— Quand aborderons-nous en Angleterre? demanda-t-il au gentilhomme.

Mais celui-ci n'entendit point ces paroles et ne répondit pas.

— Tenez, Athos, dit Aramis, peut-être serait-il encore temps. Voyez, il est toujours à la même place.

Athos se retourna avec effort, la vue de ce jeune homme lui était évidemment pénible.

En effet, il était toujours debout sur son rocher, le phare faisant autour de lui comme une auréole de lumière.

— Mais que fait-il à Boulogne? demanda Athos, qui, étant la raison même, cherchait en tout la cause, peu soucieux de l'effet.

— Il me suivait, il me suivait, dit de Winter, qui, cette fois, avait entendu la voix d'Athos; car la voix d'Athos correspondait à ses pensées.

— Pour vous suivre, mon ami, dit Athos, il aurait fallu qu'il sût notre départ; et, d'ailleurs, selon toute probabilité, au contraire, il nous avait précédés.

— Alors je n'y comprends rien! dit l'Anglais en secouant la tête comme un homme qui pense qu'il est inutile d'essayer de lutter contre une force surnaturelle.

— Décidément, Aramis, dit Athos, je crois que j'ai eu tort de ne pas vous laisser faire.

— Taisez-vous, répondit Aramis; vous me feriez pleurer si je pouvais.

Grimaud poussa un grognement sourd qui ressemblait à un rugissement.

En ce moment, une voix les héla du sloop. Le pilote, qui était assis au gouvernail, répondit, et la barque aborda le bâtiment.

En un instant, hommes, valets et bagages furent à bord. Le patron n'attendait que les passagers pour partir; et à peine eurent-ils le pied sur le pont que l'on mit le cap vers Hastings où on devait débarquer.

En ce moment les trois amis, malgré eux, jetèrent un dernier regard vers le rocher, où se détachait visible encore l'ombre menaçante qui les poursuivait.

Puis une voix arriva jusqu'à eux, qui leur envoyait cette dernière menace :

— Au revoir, Messieurs, en Angleterre!

XLVI

LE «TE DEUM» DE LA VICTOIRE DE LENS

Tout ce mouvement que Madame Henriette avait remarqué et dont elle avait cherché vainement le motif, était occasionné par la victoire de Lens, dont M. le
Prince avait fait messager M. le duc de Châtillon, qui y
avait eu une noble part; il était, en outre, chargé de sus-
pendre aux voûtes de Notre-Dame vingt-deux drapeaux,
pris tant aux Lorrains qu'aux Espagnols .

Cette nouvelle était décisive : elle tranchait le procès
entamé avec le parlement en faveur de la cour. Tous les
impôts enregistrés sommairement, et auxquels le parlement faisait opposition, étaient toujours motivés sur la
nécessité de soutenir l'honneur de la France et sur l'espérance hasardeuse de battre l'ennemi. Or, comme depuis
Nördlingen on n'avait éprouvé que des revers, le parlement avait beau jeu pour interpeller M. de Mazarin sur
les victoires toujours promises et toujours ajournées;
mais cette fois on en était enfin venu aux mains, il y avait
eu triomphe et triomphe complet : aussi tout le monde
avait-il compris qu'il y avait double victoire pour la cour,
victoire à l'extérieur, victoire à l'intérieur, si bien qu'il
n'y avait pas jusqu'au jeune roi, qui, en apprenant cette
nouvelle, ne se fût écrié :

— Ah! Messieurs du parlement, nous allons voir ce
que vous allez dire.

Sur quoi la reine avait pressé sur son cœur l'enfant
royal, dont les sentiments hautains et indomptés s'harmonisaient si bien avec les siens. Un conseil eut lieu le
même soir, auquel avaient été appelés le maréchal de
La Meilleraie et M. de Villeroy, parce qu'ils étaient mazarins; Chavigny et Séguier, parce qu'ils haïssaient le parlement, et Guitaut et Comminges, parce qu'ils étaient
dévoués à la reine .

Rien ne transpira de ce qui avait été décidé dans ce
conseil. On sut seulement que le dimanche suivant il y

aurait un *Te Deum* chanté à Notre-Dame en l'honneur de
la victoire de Lens.

Le dimanche suivant, les Parisiens s'éveillèrent donc
dans l'allégresse : c'était une grande affaire, à cette époque, qu'un *Te Deum*. On n'avait pas encore fait abus de
ce genre de cérémonie, et elle produisait son effet. Le
soleil, qui, de son côté, semblait prendre part à la fête,
s'était levé radieux et dorait les sombres tours de la métropole, déjà remplie d'une immense quantité de peuple;
les rues les plus obscures de la Cité avaient pris un air de
fête, et tout le long des quais on voyait de longues files
de bourgeois, d'artisans, de femmes et d'enfants se rendant à Notre-Dame, semblables à un fleuve qui remon-
terait vers sa source.

Les boutiques étaient désertes, les maisons fermées;
chacun avait voulu voir le jeune roi avec sa mère et le
fameux cardinal de Mazarin, que l'on haïssait tant que
personne ne voulait se priver de sa présence.

La plus grande liberté, au reste, régnait parmi ce peuple immense; toutes les opinions s'exprimaient ouverte-
ment et sonnaient, pour ainsi dire, l'émeute, comme les
mille cloches de toutes les églises de Paris sonnaient le
Te Deum. La police de la ville était faite par la ville elle-
même, rien de menaçant ne venait troubler le concert de
la haine générale et glacer les paroles dans ces bouches
médisantes.

Cependant, dès huit heures du matin, le régiment
des gardes de la reine, commandé par Guitaut, et en
second par Comminges, son neveu, était venu, tambours et trompettes en tête, s'échelonner depuis le Palais-
Royal jusqu'à Notre-Dame, manœuvre que les Parisiens
avaient vue avec tranquillité, toujours curieux qu'ils
sont de musique militaire et d'uniformes éclatants.

Friquet était endimanché, et sous prétexte d'une
fluxion qu'il s'était momentanément procurée en intro-
duisant un nombre infini de noyaux de cerise dans un
des côtés de sa bouche, il avait obtenu de Bazin, son
supérieur, un congé pour toute la journée.

Bazin avait commencé par refuser, car Bazin était de
mauvaise humeur, d'abord du départ d'Aramis, qui
était parti sans lui dire où il allait, ensuite de servir une
messe dite en faveur d'une victoire qui n'était pas selon
ses opinions, Bazin était frondeur, on se le rappelle;

et s'il y avait eu moyen que, dans une pareille solennité, le bedeau s'absentât comme un simple enfant de
chœur, Bazin eût certainement adressé à l'archevêque
la même demande que celle qu'on venait de lui faire.
Il avait donc commencé par refuser, comme nous avons
dit, tout congé ; mais en la présence même de Bazin la
fluxion de Friquet avait tellement augmenté de volume,
que pour l'honneur du corps des enfants de chœur, qui
aurait été compromis par une pareille difformité, il avait
fini par céder en grommelant. A la porte de l'église, Friquet avait craché sa fluxion et envoyé du côté de Bazin
un de ces gestes qui assurent au gamin de Paris sa supériorité sur les autres gamins de l'univers ; et, quant à son
hôtellerie, il s'en était naturellement débarrassé en disant
qu'il servait la messe à Notre-Dame.

Friquet était donc libre, et, ainsi que nous l'avons
vu, avait revêtu sa plus somptueuse toilette ; il avait
surtout, comme ornement remarquable de sa personne,
un de ces bonnets indescriptibles qui tiennent le milieu
entre la barrette du moyen âge et le chapeau du temps
de Louis XIII. Sa mère lui avait fabriqué ce curieux
couvre-chef, et, soit caprice, soit manque d'étoffe uniforme, s'était montrée en le fabriquant peu soucieuse
d'assortir les couleurs ; de sorte que le chef-d'œuvre de
la chapellerie du dix-septième siècle était jaune et vert
d'un côté, blanc et rouge de l'autre. Mais Friquet, qui
avait toujours aimé la variété dans les tons, n'en était
que plus fier et plus triomphant.

En sortant de chez Bazin, Friquet était parti tout
courant pour le Palais-Royal ; il y arriva au moment où
en sortait le régiment des gardes, et, comme il ne venait
pas pour autre chose que pour jouir de sa vue et profiter
de sa musique, il prit place en tête, battant le tambour
avec deux ardoises, et passant de cet exercice à celui de
la trompette, qu'il contrefaisait naturellement avec la
bouche d'une façon qui lui avait plus d'une fois valu les
éloges des amateurs de l'harmonie imitative.

Cet amusement dura de la barrière des Sergents jusqu'à la place Notre-Dame ; et Friquet y prit un véritable
plaisir ; mais lorsque le régiment s'arrêta et que les compagnies, en se développant, pénétrèrent jusqu'au cœur
de la Cité, se posant à l'extrémité de la rue Saint-Christophe, près de la rue Cocatrix , où demeurait Broussel,

alors Friquet, se rappelant qu'il n'avait pas déjeuné,
chercha de quel côté il pourrait tourner ses pas pour accomplir cet acte important de la journée, et, après avoir
mûrement réfléchi, décida que ce serait le conseiller
Broussel qui ferait les frais de son repas.

En conséquence il prit son élan, arriva tout essoufflé
devant la porte du conseiller et heurta rudement.

Sa mère, la vieille servante de Broussel, vint ouvrir.

— Que viens-tu faire ici, garnement, dit-elle, et pourquoi n'es-tu pas à Notre-Dame?

— J'y étais, mère Nanette, dit Friquet, mais j'ai vu
qu'il s'y passait des choses dont Maître Broussel devait
être averti, et avec la permission de M. Bazin, vous savez
bien, mère Nanette, M. Bazin le bedeau? je suis venu
pour parler à M. Broussel.

— Et que veux-tu lui dire, magot, à M. Broussel?

— Je veux lui parler à lui-même.

— Cela ne se peut pas, il travaille.

— Alors j'attendrai, dit Friquet, que cela arrangeait
d'autant mieux qu'il trouverait bien moyen d'utiliser
le temps.

Et il monta rapidement l'escalier, que dame Nanette
monta plus lentement derrière lui.

— Mais enfin, dit-elle, que lui veux-tu, à M. Broussel?

— Je veux lui dire, répondit Friquet en criant de
toutes les forces, qu'il y a le régiment des gardes tout
entier qui vient de ce côté-ci. Or, comme j'ai entendu
dire partout qu'il y avait à la cour de mauvaises dispositions contre lui, je viens le prévenir afin qu'il se tienne
sur ses gardes.

Broussel entendit le cri du jeune drôle, et, charmé de
son excès de zèle, descendit au premier étage; car il travaillait en effet dans son cabinet au second.

— Eh! dit-il, mon ami, que nous importe le régiment
des gardes, et n'es-tu pas fou de faire un pareil esclandre?
Ne sais-tu pas que c'est l'usage d'agir comme ces Messieurs le font, et que c'est l'habitude de ce régiment de se
mettre en haie sur le passage du roi?

Friquet contrefit l'étonné, et tournant son bonnet neuf
entre ses doigts:

— Ce n'est pas étonnant que vous le sachiez, dit-il,
vous, Monsieur Broussel, qui savez tout; mais moi, en
vérité du bon Dieu, je ne le savais pas, et j'ai cru vous

donner un bon avis. Il ne faut pas m'en vouloir pour
cela, Monsieur Broussel.

— Au contraire, mon garçon, au contraire, et ton
zèle me plaît. Dame Nanette, voyez donc un peu à ces
abricots que Mme de Longueville nous a envoyés hier
de Noisy; et donnez-en donc une demi-douzaine à votre
fils avec un croûton de pain tendre.

— Ah! merci, Monsieur Broussel, dit Friquet; merci,
j'aime justement beaucoup les abricots.

Broussel alors passa chez sa femme et demanda son
déjeuner. Il était neuf heures et demie. Le conseiller se
mit à la fenêtre. La rue était complètement déserte, mais
au loin on entendait, comme le bruit d'une marée qui
monte, l'immense mugissement des ondes populaires qui
grossissaient déjà autour de Notre-Dame.

Ce bruit redoubla lorsque d'Artagnan vint avec une
compagnie de mousquetaires se poster aux portes de
Notre-Dame pour faire faire le service de l'église. Il avait
dit à Porthos de profiter de l'occasion pour voir la cérémonie, et Porthos, en grande tenue, monta sur son plus
beau cheval, faisant le mousquetaire honoraire, comme
jadis si souvent d'Artagnan l'avait fait. Le sergent de
cette compagnie, vieux soldat des guerres d'Espagne,
avait reconnu Porthos, son ancien compagnon, et bientôt il avait mis au courant chacun de ceux qui servaient
sous ses ordres des hauts faits de ce géant, l'honneur des
anciens mousquetaires de Tréville. Porthos non seulement avait été bien accueilli dans la compagnie, mais
encore il y était regardé avec admiration.

A dix heures, le canon du Louvre annonça la sortie
du roi. Un mouvement pareil à celui des arbres dont
un vent d'orage courbe et tourmente les cimes, courut
dans la multitude, qui s'agita derrière les mousquets immobiles des gardes. Enfin le roi parut avec la reine dans
un carrosse tout doré. Dix autres carrosses suivaient,
renfermant les dames d'honneur, les officiers de la maison
royale et toute la cour.

— Vive le roi! cria-t-on de toutes parts.

Le jeune roi mit gravement la tête à la portière, fit
une petite mine assez reconnaissante, et salua même légèrement, ce qui fit redoubler les cris de la multitude.

Le cortège s'avança lentement et mit près d'une demi-
heure pour franchir l'intervalle qui sépare le Louvre de

la place Notre-Dame. Arrivé là, il se rendit peu à peu sous la voûte immense de la sombre métropole, et le service divin commença.

Au moment où la cour prenait place, un carrosse aux armes de Comminges quitta la file des carrosses de la cour, et vint lentement se placer au bout de la rue Saint-Christophe, entièrement déserte. Arrivé là, quatre gardes et un exempt qui l'escortaient montèrent dans la lourde machine et en fermèrent les mantelets ; puis, à travers un jour prudemment ménagé, l'exempt se mit à guetter le long de la rue Cocatrix, comme s'il attendait l'arrivée de quelqu'un.

Tout le monde était occupé de la cérémonie, de sorte que ni le carrosse ni les précautions dont s'entouraient ceux qui étaient dedans ne furent remarqués. Friquet, dont l'œil toujours au guet eût pu seul les pénétrer, s'en était allé savourer ses abricots sur l'entablement d'une maison du parvis Notre-Dame. De là il voyait le roi, la reine et M. de Mazarin, et entendait la messe comme s'il l'avait servie.

Vers la fin de l'office, la reine, voyant que Comminges attendait debout auprès d'elle une confirmation de l'ordre qu'elle lui avait déjà donné avant de quitter le Louvre, dit à demi-voix :

— Allez, Comminges, et que Dieu vous assiste !

Comminges partit aussitôt, sortit de l'église, et entra dans la rue Saint-Christophe.

Friquet, qui vit ce bel officier marcher suivi de deux gardes, s'amusa à le suivre, et cela avec d'autant plus d'allégresse que la cérémonie finissait à l'instant même et que le roi remontait dans son carrosse.

A peine l'exempt vit-il apparaître Comminges au bout de la rue Cocatrix qu'il dit un mot au cocher, lequel mit aussitôt sa machine en mouvement et la conduisit devant la porte de Broussel.

Comminges frappait à cette porte en même temps que la voiture s'y arrêtait.

Friquet attendait derrière Comminges que cette porte fût ouverte.

— Que fais-tu là, drôle ? demanda Comminges.

— J'attends pour entrer chez Maître Broussel, Monsieur l'officier ! dit Friquet de ce ton câlin que sait si bien prendre dans l'occasion le gamin de Paris.

— C'est donc bien là qu'il demeure ? demanda Comminges.

— Oui, Monsieur.

— Et quel étage occupe-t-il ?

— Toute la maison, dit Friquet ; la maison est à lui.

— Mais où se tient-il ordinairement ?

— Pour travailler, il se tient au second, mais pour prendre ses repas, il descend au premier ; dans ce moment il doit dîner, car il est midi.

— Bien, dit Comminges.

En ce moment on ouvrit. L'officier interrogea le laquais, et apprit que Maître Broussel était chez lui, et dînait effectivement. Comminges monta derrière le laquais, et Friquet monta derrière Comminges.

Broussel était assis à table avec sa famille, ayant devant lui sa femme, à ses côtés ses deux filles, et au bout de la table son fils, Louvières , que nous avons vu déjà apparaître lors de l'accident arrivé au conseiller, accident dont au reste il était parfaitement remis. Le bonhomme, revenu en pleine santé, goûtait donc les beaux fruits que lui avait envoyés Mme de Longueville.

Comminges, qui avait arrêté le bras du laquais au moment où celui-ci allait ouvrir la porte pour l'annoncer, ouvrit la porte lui-même et se trouva en face de ce tableau de famille.

A la vue de l'officier, Broussel se sentit quelque peu ému ; mais, voyant qu'il saluait poliment, il se leva et salua aussi.

Cependant, malgré cette politesse réciproque, l'inquiétude se peignit sur le visage des femmes ; Louvières devint fort pâle et attendait impatiemment que l'officier s'expliquât.

— Monsieur, dit Comminges, je suis porteur d'un ordre du roi.

— Fort bien, Monsieur, répondit Broussel. Quel est cet ordre ?

Et il tendit la main.

— J'ai commission de me saisir de votre personne, Monsieur, dit Comminges, toujours sur le même ton, avec la même politesse, et si vous voulez bien m'en croire, vous vous épargnerez la peine de lire cette longue lettre et vous me suivrez.

La foudre tombée au milieu de ces bonnes gens si

paisiblement assemblés n'eût pas produit un effet plus
terrible. Broussel recula tout tremblant. C'était une terrible chose à cette époque que d'être emprisonné par
l'inimitié du roi. Louvières fit un mouvement pour
sauter sur son épée, qui était sur une chaise dans l'angle
de la salle; mais un coup d'œil du bonhomme Broussel,
qui au milieu de tout cela ne perdait pas la tête, contint
ce mouvement désespéré. Mme Broussel, séparée de son
mari par la largeur de la table, fondait en larmes, les deux
jeunes filles tenaient leur père embrassé.

— Allons, Monsieur, dit Comminges, hâtons-nous,
il faut obéir au roi.

— Monsieur, dit Broussel, je suis en mauvaise santé
et ne puis me rendre prisonnier en cet état; je demande
du temps.

— C'est impossible, répondit Comminges, l'ordre est
formel et doit être exécuté à l'instant même.

— Impossible! dit Louvières; Monsieur, prenez garde
de nous pousser au désespoir.

— Impossible! dit une voix criarde au fond de la
chambre.

Comminges se retourna et vit dame Nanette, son balai
à la main, et dont les yeux brillaient de tous les feux de la
colère.

— Ma bonne Nanette, tenez-vous tranquille, dit
Broussel, je vous en prie.

— Moi, me tenir tranquille quand on arrête mon
maître, le soutien, le libérateur, le père du pauvre peuple!
Ah bien, oui! vous me connaissez encore... Voulez-vous
vous en aller! dit-elle à Comminges.

Comminges sourit.

— Voyons, Monsieur, dit-il en se retournant vers
Broussel, faites-moi taire cette femme et suivez-
moi.

— Me faire taire, moi! moi! dit Nanette; ah bien, oui!
il en faudrait encore un autre que vous, mon bel oiseau
du roi! Vous allez voir.

Et dame Nanette s'élança vers la fenêtre, l'ouvrit, et
d'une voix si perçante qu'on put l'entendre du parvis
de Notre-Dame.

— Au secours! cria-t-elle, on arrête mon maître! On
arrête le conseiller Broussel! Au secours!

— Monsieur, dit Comminges, déclarez-vous tout de

suite : obéirez-vous ou comptez-vous faire rébellion au roi?

— J'obéis, j'obéis, Monsieur, s'écria Broussel, essayant de se dégager de l'étreinte de ses deux filles et de contenir du regard son fils toujours prêt à lui échapper.

— En ce cas, dit Comminges, imposez silence à cette vieille.

— Ah! vieille! dit Nanette.

Et elle se mit à crier de plus belle en se cramponnant aux barres de la fenêtre :

— Au secours! au secours! pour Maître Broussel, qu'on arrête parce qu'il a défendu le peuple; au secours!

Comminges saisit la servante à bras-le-corps, et voulut l'arracher de son poste; mais au même instant une autre voix, sortant d'une espèce d'entresol, hurla d'un ton de fausset :

— Au meurtre! au feu! à l'assassin! On tue M. Broussel! On égorge M. Broussel!

C'était la voix de Friquet. Dame Nanette, se sentant soutenue, reprit alors avec plus de force et fit chorus. Déjà des têtes curieuses apparaissaient aux fenêtres.

Le peuple, attiré au bout de la rue, accourait, des hommes, puis des groupes, puis une foule : on entendait les cris; on voyait un carrosse, mais on ne comprenait pas. Friquet sauta de l'entresol sur l'impériale de la voiture.

— Ils veulent arrêter M. Broussel! cria-t-il; il y a des gardes dans le carrosse, et l'officier est là-haut.

La foule se mit à gronder et s'approcha des chevaux. Les deux gardes qui étaient restés dans l'allée montèrent au secours de Comminges; ceux qui étaient dans le carrosse ouvrirent les portières et croisèrent la pique.

— Les voyez-vous? criait Friquet. Les voyez-vous? les voilà.

Le cocher se retourna et envoya à Friquet un coup de fouet qui le fit hurler de douleur.

— Ah! cocher du diable! s'écria Friquet, tu t'en mêles? Attends!

Et il regagna son entresol, d'où il accabla le cocher de tous les projectiles qu'il put trouver.

Malgré la démonstration hostile des gardes, et peut-être même à cause de cette démonstration, la foule se mit à gronder et s'approcher des chevaux. Les gardes firent reculer les plus mutins à grands coups de pique.

Cependant le tumulte allait toujours croissant; la rue ne pouvait plus contenir les spectateurs qui affluaient de toutes parts; la presse envahissait l'espace que formaient encore entre eux et le carrosse les redoutables piques des gardes. Les soldats, repoussés comme par des murailles vivantes, allaient être écrasés contre les moyeux des roues et les panneaux de la voiture. Les cris : « Au nom du roi! » vingt fois répétés par l'exempt, ne pouvaient rien contre cette redoutable multitude, et semblaient l'exaspérer encore, quand, à ces cris : « Au nom du roi! », un cavalier accourut, et, voyant des uniformes fort maltraités, s'élança dans la mêlée l'épée à la main et apporta un secours inespéré aux gardes.

Ce cavalier était un jeune homme de quinze à seize ans à peine, que la colère rendait pâle. Il mit pied à terre comme les autres gardes, s'adossa au timon de la voiture, se fit un rempart de son cheval, tira de ses fontes les pistolets, qu'il passa à sa ceinture et commença à espadonner en homme à qui le maniement de l'épée est chose familière.

Pendant dix minutes, à lui seul, le jeune homme soutint l'effort de toute la foule.

Alors on vit paraître Comminges poussant Broussel devant lui.

— Rompons le carrosse! criait le peuple.

— Au secours! criait la vieille.

— Au meurtre! criait Friquet en continuant de faire pleuvoir sur les gardes tout ce qui se trouvait sous sa main.

— Au nom du roi! criait Comminges.

— Le premier qui avance est mort! cria Raoul qui, se voyant pressé, fit sentir la pointe de son épée à une espèce de géant qui était prêt à l'écraser, et qui, se sentant blessé, recula en hurlant.

Car c'était Raoul qui, revenant de Blois, selon qu'il l'avait promis au comte de La Fère, après cinq jours d'absence, avait voulu jouir du coup d'œil de la cérémonie, et avait pris par les rues qui le conduiraient plus directement à Notre-Dame. Arrivé aux environs de la rue Cocatrix, il s'était trouvé entraîné par le flot du populaire, et à ce mot : « Au nom du roi! » il s'était rappelé le mot d'Athos : « Servez le roi! », et il était accouru combattre pour le roi, dont on maltraitait les gardes.

Comminges jeta pour ainsi dire Broussel dans le carrosse et s'élança derrière lui. En ce moment un coup d'arquebuse retentit, une balle traversa du haut en bas le chapeau de Comminges et cassa le bras d'un garde. Comminges releva la tête et vit, au milieu de la fumée, la figure menaçante de Louvières, qui apparaissait à la fenêtre du second étage.

— C'est bien, Monsieur, dit Comminges, vous entendrez parler de moi.

— Et vous aussi, Monsieur, dit Louvières, et nous verrons lequel parlera plus haut.

Friquet et Nanette hurlaient toujours; les cris, le bruit du coup, l'odeur de la poudre toujours si enivrante, faisaient leur effet.

— A mort l'officier! à mort! hurla la foule.

Et il se fit un grand mouvement.

— Un pas de plus, cria Comminges en abattant les mantelets pour qu'on pût bien voir dans la voiture et en appuyant son épée sur la poitrine de Broussel, un pas de plus, et je tue le prisonnier; j'ai ordre de l'amener mort ou vif, je l'amènerai mort, voilà tout.

Un cri terrible retentit : la femme et les filles de Broussel tendaient au peuple des mains suppliantes.

Le peuple comprit que cet officier si pâle, mais qui paraissait si résolu, ferait comme il disait : on continua de menacer, mais on s'écarta.

Comminges fit monter avec lui dans la voiture le garde blessé, et ordonna aux autres de fermer la portière.

— Touche au palais, dit-il au cocher plus mort que vif.

Celui-ci fouetta ses animaux, qui ouvrirent un large chemin dans la foule; mais en arrivant au quai, il fallut s'arrêter. Le carrosse versa, les chevaux étaient portés, étouffés, broyés par la foule. Raoul, à pied, car il n'avait pas eu le temps de remonter à cheval, las de distribuer des coups de plat d'épée, comme les gardes las de distribuer des coups de plat de lame, commençait à recourir à la pointe. Mais ce terrible et dernier recours ne faisait qu'exaspérer la multitude. On commençait de temps en temps à voir reluire aussi au milieu de la foule le canon d'un mousquet ou la lame d'une rapière; quelques coups de feu retentissaient, tirés en l'air sans doute, mais dont l'écho ne faisait pas moins vibrer les cœurs; les projectiles continuaient de pleuvoir des fenêtres. On entendait des voix que l'on n'entend que les jours d'émeute; on voyait des visages qu'on ne voit que les jours sanglants. Les cris: « A mort! à mort les gardes! A la Seine l'officier! » dominaient tout ce bruit, si immense qu'il fût. Raoul, son chapeau broyé, le visage sanglant, sentait que non seulement ses forces, mais encore sa raison, commençaient à l'abandonner; ses yeux nageaient dans un brouillard rougeâtre, et à travers ce brouillard il voyait cent bras menaçants s'étendre sur lui, prêts à le saisir quand il tomberait. Comminges s'arrachait les cheveux de rage dans le carrosse renversé. Les gardes ne pouvaient porter secours à personne, occupés qu'ils étaient chacun à se défendre personnellement. Tout était fini: carrosse, chevaux, gardes, satellites et prisonnier peut-être, tout allait être dispersé par lambeaux, quand tout à coup une voix bien connue de Raoul retentit, quand soudain une large épée brilla en l'air; au même instant la foule s'ouvrit, trouée, renversée, écrasée: un officier de mousquetaires, frappant et taillant de droite et de gauche, courut à Raoul et le prit dans ses bras au moment où il allait tomber.

— Sangdieu! cria l'officier, l'ont-ils donc assassiné? En ce cas, malheur à eux!

Et il se retourna, si effrayant de vigueur, de colère et de menace, que les plus enragés rebelles se ruèrent les uns sur les autres pour s'enfuir et que quelques-uns roulèrent jusque dans la Seine.

— Monsieur d'Artagnan, murmura Raoul.

— Oui, sangdieu! en personne, et heureusement pour vous, à ce qu'il paraît, mon jeune ami. Voyons! ici, vous autres, s'écria-t-il en se redressant sur ses étriers et élevant son épée, appelant de la voix et du geste les mousquetaires qui n'avaient pu le suivre, tant sa course avait été rapide. Voyons, balayez-moi tout cela! Aux mousquets! Portez armes! Apprêtez armes! En joue...

A cet ordre les montagnes du populaire s'affaissèrent si subitement que d'Artagnan ne put retenir un éclat de rire homérique.

— Merci, d'Artagnan, dit Comminges, montrant la moitié de son corps par la portière du carrosse renversé; merci, mon jeune gentilhomme! Votre nom? que je le dise à la reine.

Raoul allait répondre, lorsque d'Artagnan se pencha à son oreille :

— Taisez-vous, dit-il, et laissez-moi répondre.

Puis, se retournant vers Comminges :

— Ne perdez pas votre temps, Comminges, dit-il, sortez du carrosse si vous pouvez, et faites-en avancer un autre.

— Mais lequel?

— Pardieu, le premier venu qui passera sur le Pont-Neuf, ceux qui le montent seront trop heureux, je l'espère, de prêter leur carrosse pour le service du roi.

— Mais, dit Comminges, je ne sais.

— Allez donc, ou, dans cinq minutes, tous les manants vont revenir avec des épées et des mousquets. Vous serez tué et votre prisonnier délivré. Allez. Et, tenez, voici justement un carrosse qui vient là-bas.

Puis se penchant de nouveau vers Raoul :

— Surtout ne dites pas votre nom, lui souffla-t-il.

Le jeune homme le regardait d'un air étonné.

— C'est bien, j'y cours, dit Comminges, et s'ils reviennent, faites feu.

— Non pas, non pas, répondit d'Artagnan, que personne ne bouge, au contraire : un coup de feu tiré en ce moment serait payé trop cher demain.

Comminges prit ses quatre gardes et autant de mousquetaires et courut au carrosse. Il en fit descendre les gens qui s'y trouvaient et le ramena près du carrosse versé.

Mais lorsqu'il fallut transporter Broussel du char brisé dans l'autre, le peuple, qui aperçut celui qu'il appelait son libérateur, poussa des hurlements inimaginables et se rua de nouveau vers le carrosse.

— Partez, dit d'Artagnan. Voici dix mousquetaires pour vous accompagner, j'en garde vingt pour contenir le peuple, partez et ne perdez pas une minute. Dix hommes pour M. de Comminges!

Dix hommes se séparèrent de la troupe, entourèrent le nouveau carrosse et partirent au galop.

Au départ du carrosse les cris redoublèrent; plus de dix mille hommes se pressaient sur le quai, encombrant le Pont-Neuf et les rues adjacentes.

Quelques coups de feu partirent. Un mousquetaire fut blessé.

— En avant! cria d'Artagnan, poussé à bout et mordant sa moustache.

Et il fit avec ses vingt hommes une charge sur tout ce peuple, qui se renversa épouvanté. Un seul homme demeura à sa place, l'arquebuse à la main.

— Ah! dit cet homme, c'est toi qui déjà as voulu l'assassiner! Attends!

Et il abaissa son arquebuse sur d'Artagnan, qui arrivait sur lui au triple galop.

D'Artagnan se pencha sur le cou de son cheval, le jeune homme fit feu; la balle coupa la plume de son chapeau.

Le cheval emporté heurta l'imprudent qui, à lui seul, essayait d'arrêter une tempête, et l'envoya tomber contre la muraille.

D'Artagnan arrêta son cheval tout court, et tandis que ses mousquetaires continuaient de charger, il revint l'épée haute sur celui qu'il avait renversé.

— Ah! Monsieur, cria Raoul, qui reconnaissait le jeune homme pour l'avoir vu rue Cocatrix, Monsieur, épargnez-le, c'est son fils.

D'Artagnan retint son bras prêt à frapper.

— Ah! vous êtes son fils, dit-il; c'est autre chose.

— Monsieur, je me rends! dit Louvières tendant à l'officier son arquebuse déchargée.

— Eh non! ne vous rendez pas, mordieu! filez au contraire, et promptement; si je vous prends, vous serez pendu.

Le jeune homme ne se le fit pas dire deux fois, il passa sous le cou du cheval et disparut au coin de la rue Guénégaud.

— Ma foi, dit d'Artagnan à Raoul, il était temps que vous m'arrêtiez la main, c'était un homme mort, et, ma foi, quand j'aurais su qui il était, j'eusse eu regret de l'avoir tué.

— Ah! Monsieur, dit Raoul, permettez qu'après vous avoir remercié pour ce pauvre garçon, je vous remercie pour moi; moi aussi, Monsieur, j'allais mourir quand vous êtes arrivé.

— Attendez, attendez, jeune homme, et ne vous fatiguez pas à parler.

Puis tirant d'une de ses fontes un flacon plein de vin d'Espagne :

— Buvez deux gorgées de ceci, dit-il.

Raoul but et voulut renouveler ses remerciements.

— Cher, dit d'Artagnan, nous parlerons de cela plus tard.

Puis, voyant que les mousquetaires avaient balayé le quai depuis le Pont-Neuf jusqu'au quai Saint-Michel et qu'ils revenaient, il leva son épée pour qu'ils doublassent le pas.

Les mousquetaires arrivèrent au trot; en même temps, de l'autre côté du quai, arrivaient les dix hommes d'escorte que d'Artagnan avait donnés à Comminges.

— Holà! dit d'Artagnan s'adressant à ceux-ci, est-il arrivé quelque chose de nouveau?

— Eh! monsieur, dit le sergent, leur carrosse s'est encore brisé une fois; c'est une véritable malédiction.

D'Artagnan haussa les épaules.

— Ce sont des maladroits, dit-il; quand on choisit un carrosse, il faut qu'il soit solide : le carrosse avec lequel on arrête un Broussel doit pouvoir porter dix mille hommes.

— Qu'ordonnez-vous, mon lieutenant?

— Prenez le détachement et conduisez-le au quartier.

— Mais vous vous retirez donc seul?

— Certainement. Croyez-vous pas que j'aie besoin d'escorte?

— Cependant...

— Allez donc.

Les mousquetaires partirent et d'Artagnan demeura seul avec Raoul.

— Maintenant, souffrez-vous? lui dit-il.

— Oui, Monsieur, j'ai la tête lourde et brûlante.

— Qu'y a-t-il donc à cette tête? dit d'Artagnan levant le chapeau. Ah! ah! une contusion.

— Oui, j'ai reçu, je crois, un pot de fleurs sur la tête.

— Canaille! dit d'Artagnan. Mais vous avez des éperons, étiez-vous donc à cheval?

— Oui; mais j'en suis descendu pour défendre M. de Comminges, et mon cheval a été pris. Et tenez le voici.

En effet, en ce moment même le cheval de Raoul passait monté par Friquet, qui courait au galop, agitant son bonnet de quatre couleurs et criant :

— Broussel! Broussel!

— Holà! arrête, drôle! cria d'Artagnan, amène ici ce cheval.

Friquet entendit bien; mais il fit semblant de ne pas entendre, et essaya de continuer son chemin.

D'Artagnan eut un instant envie de courir après Maître Friquet, mais il ne voulut point laisser Raoul seul; il se contenta donc de prendre un pistolet dans ses fontes et de l'armer.

Friquet avait l'œil vif et l'oreille fine, il vit le mouvement de d'Artagnan, entendit le bruit du chien; il arrêta son cheval tout court.

— Ah! c'est vous, Monsieur l'officier, s'écria-t-il en venant à d'Artagnan, et je suis en vérité bien aise de vous rencontrer.

D'Artagnan regarda Friquet avec attention et reconnut le petit garçon de la rue de la Calandre.

— Ah! c'est toi, drôle, dit-il; viens ici.

— Oui, c'est moi, Monsieur l'officier, dit Friquet de son air câlin.

— Tu as donc changé de métier? Tu n'es donc plus enfant de chœur? Tu n'es donc plus garçon de taverne? Tu es donc voleur de chevaux?

— Ah! Monsieur l'officier, peut-on dire! s'écria Friquet, je cherchais le gentilhomme auquel appartient ce cheval, un beau cavalier brave comme un César. Il fit semblant d'apercevoir Raoul pour la première fois. Ah! mais je ne me trompe pas, continua-t-il, le voici. Monsieur, vous n'oublierez pas le garçon, n'est-ce pas?

Raoul mit la main à sa poche.

— Qu'allez-vous faire? dit d'Artagnan.

— Donnez dix livres à ce brave garçon, répondit Raoul en tirant une pistole de sa poche.

— Dix coups de pied dans le ventre, dit d'Artagnan. Va-t'en, drôle! et n'oublie pas que j'ai ton adresse.

Friquet, qui ne s'attendait pas à en être quitte à si bon marché, ne fit qu'un bond du quai à la rue Dauphine, où il disparut. Raoul remonta sur son cheval et tous deux marchant au pas, d'Artagnan gardant le jeune homme comme si c'était son fils, prirent le chemin de la rue Tiquetonne.

Tout le long de la route il y eut bien de sourds murmures et de lointaines menaces; mais, à l'aspect de cet officier à la tournure si militaire, à la vue de cette puissante épée qui pendait à son poignet soutenue par sa dragonne, on s'écarta constamment, et aucune tentative sérieuse ne fut faite contre les deux cavaliers.

On arriva donc sans accident à l'hôtel de *La Chevrette*.

La belle Madeleine annonça à d'Artagnan que Planchet était de retour et avait amené Mousqueton, lequel avait supporté héroïquement l'extraction de la balle et se trouvait aussi bien que le comportait son état.

D'Artagnan ordonna alors d'appeler Planchet ; mais, si bien qu'on l'appelât, Planchet ne répondit point : il avait disparu.

— Alors, du vin ! dit d'Artagnan.

Puis quand le vin fut apporté et que d'Artagnan fut seul avec Raoul :

— Vous êtes bien content de vous, n'est-ce pas ? dit-il en le regardant entre les deux yeux.

— Mais oui, dit Raoul ; il me semble que j'ai fait mon devoir. N'ai-je pas défendu le roi ?

— Et qui vous dit de défendre le roi ?

— Mais M. le comte de La Fère lui-même.

— Oui, le roi ; mais aujourd'hui vous n'avez pas défendu le roi, vous avez défendu Mazarin, ce qui n'est pas la même chose.

— Mais, Monsieur...

— Vous avez fait une énormité, jeune homme, vous vous êtes mêlé de choses qui ne vous regardent pas.

— Cependant vous-même...

— Oh ! moi, c'est autre chose ; moi, j'ai dû obéir aux ordres de mon capitaine. Votre capitaine, à vous, c'est M. le Prince. Entendez bien cela, vous n'en avez pas d'autre. Mais a-t-on vu, continua d'Artagnan, cette mauvaise tête qui va se faire mazarin, et qui aide à arrêter Broussel ! Ne soufflez pas un mot de cela, au moins, ou M. le comte de La Fère serait furieux.

— Vous croyez que M. le comte de La Fère se fâcherait contre moi ?

— Si je le crois ! j'en suis sûr ; sans cela je vous remercierais, car enfin vous avez travaillé pour nous. Aussi je vous gronde en son lieu et place ; la tempête sera plus douce, croyez-moi. Puis, ajouta d'Artagnan, j'use, mon cher enfant, du privilège que votre tuteur m'a concédé.

— Je ne vous comprends pas, Monsieur, dit Raoul.

D'Artagnan se leva, alla à son secrétaire, prit une lettre, et la présenta à Raoul.

Dès que Raoul eut parcouru le papier, ses regards se troublèrent.

— Oh! mon Dieu, dit-il en levant ses beaux yeux tout humides de larmes sur d'Artagnan, M. le comte a donc quitté Paris sans me voir?

— Il est parti il y a quatre jours, dit d'Artagnan.

— Mais sa lettre semble indiquer qu'il court un danger de mort.

— Ah bien, oui! lui, courir un danger de mort! soyez tranquille : non, il voyage pour affaire et va revenir bientôt; vous n'avez pas de répugnance, je l'espère, à m'accepter pour tuteur par intérim?

— Oh! non, Monsieur d'Artagnan, dit Raoul, vous êtes si brave gentilhomme et M. le comte de La Fère vous aime tant!

— Eh! mon Dieu! aimez-moi aussi; je ne vous tourmenterai guère, mais à la condition que vous serez frondeur, mon jeune ami, et très frondeur même.

— Mais puis-je continuer de voir Mme de Chevreuse?

— Je le crois mordieu bien! et M. le coadjuteur aussi, et Mme de Longueville aussi; et si le bonhomme Broussel était là, que vous avez si étourdiment contribué à faire arrêter, je vous dirais : Faites vos excuses bien vite à M. Broussel et embrassez-le sur les deux joues.

— Allons, Monsieur, je vous obéirai, quoique je ne vous comprenne pas.

— C'est inutile que vous compreniez. Tenez, continua d'Artagnan en se tournant vers la porte qu'on venait d'ouvrir, voici M. du Vallon qui nous arrive avec ses habits tout déchirés.

— Oui, mais en échange, dit Porthos ruisselant de sueur et tout souillé de poussière, en échange j'ai déchiré bien des peaux. Ces croquants ne voulaient-ils pas m'ôter mon épée! Peste! quelle émotion populaire! continua le géant avec son air tranquille; mais j'en ai assommé plus de vingt avec le pommeau de Balizarde... Un doigt de vin, d'Artagnan.

— Oh! je m'en rapporte à vous, dit le Gascon en remplissant le verre de Porthos jusqu'au bord; mais quand vous aurez bu, dites-moi votre opinion.

Porthos avala le verre d'un trait; puis, quand il l'eut posé sur la table et qu'il eut sucé sa moustache :

— Sur quoi? dit-il.

— Tenez, reprit d'Artagnan, voici M. de Bragelonne qui voulait à toute force aider à l'arrestation de Broussel et que j'ai eu grand-peine à empêcher de défendre M. de Comminges!

— Peste! dit Porthos; et le tuteur, qu'aurait-il dit s'il eût appris cela?

— Voyez-vous! interrompit d'Artagnan; frondez, mon ami, frondez et songez que je remplace M. le comte en tout.

Et il fit sonner sa bourse.

Puis, se retournant vers son compagnon :

— Venez-vous, Porthos? dit-il.

— Où cela? demanda Porthos en se versant un second verre de vin.

— Présenter nos hommages au cardinal.

Porthos avala le second verre avec la même tranquillité qu'il avait bu le premier, reprit son feutre, qu'il avait déposé sur une chaise, et suivit d'Artagnan.

Quant à Raoul, il resta tout étourdi de ce qu'il voyait, d'Artagnan lui ayant défendu de quitter la chambre avant que toute cette émotion se fût calmée.

XLVII

LE MENDIANT DE SAINT-EUSTACHE

D'Artagnan avait calculé ce qu'il faisait en ne se rendant pas immédiatement au Palais-Royal : il avait donné le temps à Comminges de s'y rendre avant lui, et par conséquent de faire part au cardinal des services éminents que lui, d'Artagnan, et son ami avaient rendus dans cette matinée au parti de la reine.

Aussi tous deux furent-ils admirablement reçus par Mazarin, qui leur fit force compliments et qui leur annonça que chacun d'eux était à plus de moitié chemin de ce qu'il désirait : c'est-à-dire d'Artagnan de son capitainat, et Porthos de sa baronnie.

D'Artagnan aurait mieux aimé de l'argent que tout cela, car il savait que Mazarin promettait facilement et tenait avec grand-peine : il estimait donc les promesses du cardinal comme viandes creuses, mais il ne parut pas moins très satisfait devant Porthos, qu'il ne voulait pas décourager.

Pendant que les deux amis étaient chez le cardinal, la reine le fit demander. Le cardinal pensa que c'était un moyen de redoubler le zèle de ses deux défenseurs, en leur procurant les remerciements de la reine elle-même ; il leur fit signe de le suivre. D'Artagnan et Porthos lui montrèrent leurs habits tout poudreux et tout déchirés, mais le cardinal secoua la tête.

— Ces costumes-là, dit-il, valent mieux que ceux de la plupart des courtisans que vous trouverez chez la reine, car ce sont des costumes de bataille.

D'Artagnan et Porthos obéirent.

La cour d'Anne d'Autriche était nombreuse et joyeusement bruyante, car, à tout prendre, après avoir remporté une victoire sur l'Espagnol, on venait de remporter une victoire sur le peuple. Broussel avait été conduit hors de Paris sans résistance et devait être à cette heure dans les prisons de Saint-Germain ; et Blancmesnil, qui avait été arrêté en même temps que lui, mais dont l'arrestation s'était opérée sans bruit et sans difficulté, était écroué au château de Vincennes.

Comminges était près de la reine, qui l'interrogeait sur les détails de son expédition; et chacun écoutait son récit, lorsqu'il aperçut à la porte, derrière le cardinal qui entrait, d'Artagnan et Porthos.

— Eh! Madame, dit-il courant à d'Artagnan, voici quelqu'un qui peut vous dire cela mieux que moi, car c'est mon sauveur. Sans lui, je serais probablement à ce moment arrêté aux filets de Saint-Cloud ; car il ne s'agissait de rien de moins que de me jeter à la rivière. Parlez, d'Artagnan, parlez.

Depuis qu'il était lieutenant aux mousquetaires, d'Artagnan s'était trouvé cent fois peut-être dans le même appartement que la reine, mais jamais celle-ci ne lui avait parlé.

— Eh bien, Monsieur, après m'avoir rendu un pareil service, vous vous taisez? dit Anne d'Autriche.

— Madame, répondit d'Artagnan, je n'ai rien à dire, sinon que ma vie est au service de Votre Majesté, et que je ne serai heureux que le jour où je la perdrai pour elle.

— Je sais cela, Monsieur, je sais cela, dit la reine, et depuis longtemps. Aussi suis-je charmée de pouvoir vous donner cette marque publique de mon estime et de ma reconnaissance.

— Permettez-moi, Madame, dit d'Artagnan, d'en reverser une part sur mon ami, ancien mousquetaire de la compagnie de Tréville, comme moi (il appuya sur ces mots), et qui fait des merveilles, ajouta-t-il.

— Le nom de Monsieur? demanda la reine.

— Aux mousquetaires, dit d'Artagnan, il s'appelait Porthos (la reine tressaillit), mais son véritable nom est le chevalier du Vallon.

— De Bracieux de Pierrefonds, ajouta Porthos.

— Ces noms sont trop nombreux pour que je me les rappelle tous, et je ne veux me souvenir que du premier, dit gracieusement la reine.

Porthos salua. D'Artagnan fit deux pas en arrière.

En ce moment on annonça le coadjuteur.

Il y eut un cri de surprise dans la royale assemblée. Quoique M. le coadjuteur eût prêché le matin même, on savait qu'il penchait fort du côté de la Fronde; et Mazarin en demandant à M. l'archevêque de Paris de faire precêde son neveu, avait eu évidemment l'intention de porter à M. de Retz une de ces bottes à l'italienne qui le réjouissait si fort.

En effet, au sortir de Notre-Dame, le coadjuteur avait appris l'événement. Quoique à peu près engagé avec les principaux frondeurs, il ne l'était point assez pour qu'il ne pût faire retraite si la cour lui offrait les avantages qu'il ambitionnait et auxquels la coadjutorerie n'était qu'un acheminement. M. de Retz voulait être archevêque en remplacement de son oncle, et cardinal comme Mazarin. Or, le parti populaire pouvait difficilement lui accorder ces faveurs toutes royales. Il se rendait donc au palais pour faire compliment à la reine sur la bataille de Lens, déterminé d'avance à agir pour ou contre la cour, selon que son compliment serait bien ou mal reçu.

Le coadjuteur fut donc annoncé; il entra, et, à son aspect, toute cette cour triomphante redoubla de curiosité pour entendre ses paroles.

Le coadjuteur avait à lui seul à peu près autant d'esprit que tous ceux qui étaient réunis là pour se moquer de lui. Aussi son discours fut-il si parfaitement habile que, si bonne envie que les assistants eussent d'en rire, ils n'y trouvaient point prise. Il termina en disant qu'il mettait sa faible puissance au service de Sa Majesté.

La reine parut, tout le temps qu'elle dura, goûter fort la harangue de M. le coadjuteur; mais, cette harangue terminée par cette phrase, la seule qui donnât prise aux quolibets, Anne se retourna, et un coup d'œil décoché vers ses favoris leur annonça qu'elle leur livrait le coadjuteur. Aussitôt les plaisants de cour se lancèrent dans la mystification. Nogent-Beautin , le bouffon de la maison, s'écria que la reine était bien heureuse de trouver les secours de la religion dans un pareil moment.

Chacun éclata de rire.

Le comte de Villeroi dit qu'il ne savait pas comment on avait pu craindre un instant, quand on avait pour défendre la cour contre le parlement et les bourgeois de Paris M. le coadjuteur qui, d'un signe, pouvait lever une armée de curés, de suisses et de bedeaux.

Le maréchal de La Meilleraie ajouta que, le cas échéant où l'on en viendrait aux mains, et où M le coadjuteur ferait le coup de feu, il était fâcheux seulement que

M. le coadjuteur ne pût pas être reconnu à un chapeau
rouge dans la mêlée, comme Henri IV l'avait été à sa
plume blanche à la bataille d'Ivry.

Gondy, devant cet orage qu'il pouvait rendre mortel
pour les railleurs, demeura calme et sévère. La reine
lui demanda alors s'il avait quelque chose à ajouter au
beau discours qu'il venait de lui faire.

— Oui, Madame, dit le coadjuteur, j'ai à vous prier
d'y réfléchir à deux fois avant de mettre la guerre civile
dans le royaume.

La reine tourna le dos et les rires recommencèrent.

Le coadjuteur salua et sortit du palais en lançant au
cardinal, qui le regardait, un de ces regards qu'on comprend entre ennemis mortels. Ce regard était si acéré
qu'il pénétra jusqu'au fond du cœur de Mazarin, et que
celui-ci, sentant que c'était une déclaration de guerre,
saisit le bras de d'Artagnan et lui dit :

— Dans l'occasion, Monsieur, vous reconnaîtrez
bien cet homme, qui vient de sortir, n'est-ce pas ?

— Oui, Monseigneur, dit-il.

Puis, se tournant à son tour vers Porthos :

— Diable ! dit-il, cela se gâte ; je n'aime pas les querelles entre les gens d'Église.

Gondy se retira en semant les bénédictions sur son
passage et en se donnant le malin plaisir de faire tomber à ses genoux jusqu'aux serviteurs de ses ennemis.

— Oh ! murmura-t-il en franchissant le seuil du palais,
cour ingrate, cour perfide, cour lâche ! je t'apprendrai
demain à rire, mais sur un autre ton.

Mais tandis que l'on faisait des extravagances de joie
au Palais-Royal pour renchérir sur l'hilarité de la reine,
Mazarin, homme de sens, et qui d'ailleurs avait toute
la prévoyance de la peur, ne perdait pas son temps à de
vaines et dangereuses plaisanteries : il était sorti derrière
le coadjuteur, assurait ses comptes, serrait son or, et
faisait, par des ouvriers de confiance, pratiquer des
cachettes dans ses murailles.

En rentrant chez lui, le coadjuteur apprit qu'un jeune
homme était venu après son départ et l'attendait ; il
demanda le nom de ce jeune homme, et tressaillit de joie
en apprenant qu'il s'appelait Louvières.

Il courut aussitôt à son cabinet ; en effet le fils de
Broussel, encore tout furieux et tout sanglant de la lutte

contre les gens du roi, était là. La seule précaution qu'il
eût prise pour venir à l'archevêché avait été de déposer
son arquebuse chez un ami.

Le coadjuteur alla à lui et lui tendit la main. Le jeune
homme le regarda comme s'il eût voulu lire au fond de
son cœur.

— Mon cher Monsieur Louvières, dit le coadjuteur,
croyez que je prends une part bien réelle au malheur qui
vous arrive.

— Est-ce vrai et parlez-vous sérieusement? dit Louvières.

— Du fond du cœur, dit de Gondy.

— En ce cas, Monseigneur, le temps des paroles est
passé, et l'heure d'agir est venue; Monseigneur, si vous
le voulez, mon père, dans trois jours, sera hors de prison,
et dans six mois vous serez cardinal.

Le coadjuteur tressaillit.

— Oh! parlons franc, dit Louvières, et jouons cartes
sur table. On ne sème pas pour trente mille écus d'aumônes comme vous l'avez fait depuis six mois par pure
charité chrétienne, ce serait trop beau. Vous êtes ambitieux, c'est tout simple : vous êtes homme de génie et
vous sentez votre valeur. Moi je hais la cour et n'ai,
en ce moment-ci, qu'un seul désir, la vengeance. Donnez-
nous le clergé et le peuple, dont vous disposez; moi, je
vous donne la bourgeoisie et le parlement; avec ces
quatre éléments, dans huit jours Paris est à nous, et,
croyez-moi, Monsieur le coadjuteur, la cour donnera
par crainte ce qu'elle ne donnerait pas par bienveillance.

Le coadjuteur regarda à son tour Louvières de son
œil perçant.

— Mais, Monsieur Louvières, savez-vous que c'est
tout bonnement la guerre civile que vous me proposez là?

— Vous la préparez depuis assez longtemps, Monseigneur, pour qu'elle soit la bienvenue de vous.

— N'importe, dit le coadjuteur, vous comprenez
que cela demande réflexion?

— Et combien d'heures demandez-vous?

— Douze heures, Monsieur. Est-ce trop?

— Il est midi; à minuit je serai chez vous.

— Si je n'étais pas rentré, attendez-moi.

— A merveille. A minuit, Monseigneur.

— A minuit, mon cher Monsieur Louvières.

Resté seul, Gondy manda chez lui tous les curés avec lesquels il était en relation. Deux heures après, il avait réuni trente desservants des paroisses les plus populeuses et par conséquent les plus remuantes de Paris.

Gondy leur raconta l'insulte qu'on venait de lui faire au Palais-Royal, et rapporta les plaisanteries de Beautin, du comte de Villeroi et du maréchal de La Meilleraye. Les curés lui demandèrent ce qu'il y avait à faire.

— C'est tout simple, dit le coadjuteur; vous dirigez les consciences, eh bien! sapez-y ce misérable préjugé de la crainte et du respect des rois; apprenez à vos ouailles que la reine est un tyran, et répétez, tant et si fort que chacun le sache, que les malheurs de la France viennent du Mazarin, son amant et son corrupteur; commencez l'œuvre aujourd'hui, à l'instant même, et dans trois jours je vous attends au résultat. En outre, si quelqu'un de vous a un bon conseil à me donner, qu'il reste, je l'écouterai avec plaisir.

Trois curés restèrent : celui de Saint-Merri, celui de Saint-Sulpice et celui de Saint-Eustache.

Les autres se retirèrent.

— Vous croyez donc pouvoir m'aider encore plus efficacement que vos confrères? dit de Gondy.

— Nous l'espérons, reprirent les curés.

— Voyons, Monsieur le desservant de Saint-Merri, commencez.

— Monseigneur, j'ai dans mon quartier un homme qui pourrait vous être de la plus grande utilité.

— Quel est cet homme?

— Un marchand de la rue des Lombards, qui a la plus grande influence sur le petit commerce de son quartier.

— Comment l'appelez-vous?

— C'est un nommé Planchet : il avait fait à lui seul une émeute il y a six semaines à peu près; mais, à la suite de cette émeute, comme on le cherchait pour le pendre, il a disparu.

— Et le retrouverez-vous?

— Je l'espère, je ne crois pas qu'il ait été arrêté; et comme je suis confesseur de sa femme, si elle sait où il est, je le saurai.

— Bien, Monsieur le curé, cherchez-moi cet homme-là, et si vous me le trouvez, amenez-le-moi.

— A quelle heure, Monseigneur?

— A six heures, voulez-vous?

— Nous serons chez vous à six heures, Monseigneur.

— Allez, mon cher curé, allez, et que Dieu vous seconde!

Le curé sortit.

— Et vous, Monsieur? dit Gondy en se retournant vers le curé de Saint-Sulpice.

— Moi, Monseigneur, dit celui-ci, je connais un homme qui a rendu de grands services à un prince très populaire, qui ferait un excellent chef de révoltés et que je puis mettre à votre disposition.

— Comment nommez-vous cet homme?

— M. le comte de Rochefort.

— Je le connais aussi; malheureusement il n'est pas à Paris.

— Monseigneur, il est rue Cassette.

— Depuis quand?

— Depuis trois jours déjà.

— Et pourquoi n'est-il pas venu me voir?

— On lui a dit... Monseigneur me pardonnera...

— Sans doute; dites.

— Que Monseigneur était en train de traiter avec la cour.

Gondy se mordit les lèvres.

— On l'a trompé; amenez-le-moi à huit heures, Monsieur le curé, et que Dieu vous bénisse comme je vous bénis!

Le second curé s'inclina et sortit.

— A votre tour, Monsieur, dit le coadjuteur en se tournant vers le dernier restant. Avez-vous aussi bien à m'offrir que ces deux Messieurs qui nous quittent?

— Mieux, Monseigneur.

— Diable! faites attention que vous prenez là un terrible engagement: l'un m'a offert un marchand, l'autre m'a offert un comte; vous allez donc m'offrir un prince, vous?

— Je vais vous offrir un mendiant, Monseigneur.

— Ah! ah! fit Gondy réfléchissant, vous avez raison, Monsieur le curé; quelqu'un qui soulèverait toute cette légion de pauvres qui encombrent les carrefours de Paris et qui saurait leur faire crier, assez haut pour que toute la France l'entendît, que c'est le Mazarin qui les a réduits à la besace.

— Justement j'ai votre homme.

— Bravo! et quel est cet homme?

— Un simple mendiant comme je vous l'ai dit, Monseigneur, qui demande l'aumône en donnant de l'eau bénite sur les marches de l'église Saint-Eustache depuis six ans à peu près.

— Et vous dites qu'il a une grande influence sur ses pareils.

— Monseigneur sait-il que la mendicité est un corps organisé, une espèce d'association de ceux qui ne possèdent pas contre ceux qui possèdent, une association dans laquelle chacun apporte sa part, et qui relève d'un chef?

— Oui, j'ai déjà entendu dire cela, dit le coadjuteur.

— Eh bien! cet homme que je vous offre est un syndic général.

— Et que savez-vous de cet homme?

— Rien, Monseigneur, sinon qu'il me paraît tourmenté de quelque remords.

— Qui vous le fait croire?

— Tous les 28 de chaque mois, il me fait dire une messe pour le repos de l'âme d'une personne morte de mort violente; hier encore j'ai dit cette messe.

— Et vous l'appelez?

— Maillard; mais je ne pense pas que ce soit son véritable nom.

— Et croyez-vous qu'à cette heure nous le trouvions à son poste?

— Parfaitement.

— Allons voir votre mendiant, Monsieur le curé; et s'il est tel que vous me le dites, vous avez raison, c'est vous qui aurez trouvé le véritable trésor.

Et Gondy s'habilla en cavalier, mit un large feutre avec une plume rouge, ceignit une longue épée, boucla des éperons à ses bottes, s'enveloppa d'un ample manteau et suivit le curé.

Le coadjuteur et son compagnon traversèrent toutes les rues qui séparent l'archevêché de l'église Saint-Eustache, examinant avec soin l'esprit du peuple. Le peuple était ému, mais, comme un essaim d'abeilles effarouchées, semblait ne savoir sur quelle place s'abattre, et il était évident que, si l'on ne trouvait des chefs à ce peuple, tout se passerait en bourdonnements.

En arrivant à la rue des Prouvaires , le curé étendit la main vers le parvis de l'église.

— Tenez, dit-il, le voilà, il est à son poste.

Gondy regarda du côté indiqué, et aperçut un pauvre assis sur une chaise et adossé à une des moulures; il avait près de lui un petit seau et tenait un goupillon à la main.

— Est-ce par privilège, dit Gondy, qu'il se tient là?

— Non, Monseigneur, dit le curé, il a traité avec son prédécesseur de la place de donneur d'eau bénite.

— Traité?

— Oui, ces places s'achètent; je crois que celui-ci a payé la sienne cent pistoles.

— Le drôle est donc riche?

— Quelques-uns de ces hommes meurent en laissant parfois vingt mille, vingt-cinq mille, trente mille livres et même plus.

— Hum! fit Gondy en riant, je ne croyais pas si bien placer mes aumônes.

Cependant on avançait vers le parvis; au moment où le curé et le coadjuteur mettaient le pied sur la première marche de l'église, le mendiant se leva et tendit son goupillon.

C'était un homme de soixante-six à soixante-huit ans, petit, assez gros, aux cheveux gris, aux yeux fauves. Il y avait sur sa figure la lutte de deux principes opposés, une nature mauvaise domptée par la volonté, peut-être par le repentir.

En voyant le cavalier qui accompagnait le curé, il tressaillit légèrement et le regarda d'un air étonné.

Le curé et le coadjuteur touchèrent le goupillon du bout des doigts et firent le signe de la croix; le coadjuteur jeta une pièce d'argent dans le chapeau qui était à terre.

— Maillard, dit le curé, nous sommes venus, Monsieur et moi, pour causer un instant avec vous.

— Avec moi! dit le mendiant; c'est bien de l'honneur pour un pauvre donneur d'eau bénite.

Il y avait dans la voix du pauvre un accent d'ironie qu'il ne put dominer tout à fait et qui étonna le coadjuteur.

— Oui, continua le curé qui semblait habitué à cet accent, oui, nous avons voulu savoir ce que vous pensiez des événements d'aujourd'hui, et ce que vous en avez entendu dire aux personnes qui entrent à l'église et qui en sortent.

Le mendiant hocha la tête.

— Ce sont de tristes événements, Monsieur le curé, et qui, comme toujours, retombent sur le pauvre peuple. Quant à ce qu'on en dit, tout le monde est mécontent, tout le monde se plaint, mais qui dit tout le monde ne dit personne.

— Expliquez-vous, mon cher ami, dit le coadjuteur.

— Je dis que tous ces cris, toutes ces plaintes, toutes ces malédictions ne produiront qu'une tempête et des éclairs, voilà tout; mais que le tonnerre ne tombera que lorsqu'il y aura un chef pour le diriger.

— Mon ami, dit de Gondy, vous me paraissez un habile homme; seriez-vous disposé à vous mêler d'une petite guerre civile dans le cas où nous en aurions une, et à mettre à la disposition de ce chef, si nous en trouvions un, votre pouvoir personnel et l'influence que vous avez acquise sur vos camarades?

— Oui, Monsieur, pourvu que cette guerre fût approuvée par l'Église, et par conséquent pût me conduire au but que je veux atteindre, c'est-à-dire à la rémission de mes péchés.

— Cette guerre sera non seulement approuvée, mais encore dirigée par elle. Quant à la rémission de vos péchés, nous avons M. l'archevêque de Paris qui tient de grands pouvoirs de la cour de Rome, et même M. le coadjuteur qui possède des indulgences plénières; nous vous recommanderions à lui.

— Songez, Maillard, dit le curé, que c'est moi qui vous ai recommandé à Monsieur qui est un seigneur tout-puissant, et qui en quelque sorte ai répondu de vous.

— Je sais, Monsieur le curé, dit le mendiant, que vous avez toujours été excellent pour moi; aussi, de mon côté suis-je tout disposé à vous être agréable.

— Et croyez-vous votre pouvoir aussi grand sur vos confrères que me le disait tout à l'heure M. le curé?

— Je crois qu'ils ont pour moi une certaine estime, dit le mendiant avec orgueil, et que non seulement ils feront tout ce que je leur ordonnerai, mais encore que partout où j'irai ils me suivront.

— Et pouvez-vous me répondre de cinquante hommes bien résolus, de bonnes âmes oisives et bien animées, de braillards capables de faire tomber les murs du Palais-Royal en criant : « A bas le Mazarin! » comme tombaient autrefois ceux de Jéricho ?

— Je crois, dit le mendiant, que je puis être chargé de choses plus difficiles et plus importantes que cela.

— Ah! ah! dit Gondy, vous chargeriez-vous donc dans une nuit de faire une dizaine de barricades ?

— Je me chargerais d'en faire cinquante, et, le jour venu, de les défendre.

— Pardieu, dit Gondy, vous parlez avec une assurance qui me fait plaisir, et puisque M. le curé me répond de vous...

— J'en réponds, dit le curé.

— Voici un sac contenant cinq cents pistoles en or, faites toutes vos dispositions, et dites-moi où je puis vous retrouver ce soir à dix heures.

— Il faudrait que ce fût dans un endroit élevé, et d'où un signal fait pût être vu dans tous les quartiers de Paris.

— Voulez-vous que je vous donne un mot pour le vicaire de Saint-Jacques-la-Boucherie ? Il vous introduira dans une des chambres de la tour, dit le curé.

— A merveille, dit le mendiant.

— Donc, dit le coadjuteur, ce soir, à dix heures; et si je suis content de vous, il y aura à votre disposition un autre sac de cinq cents pistoles.

Les yeux du mendiant brillèrent d'avidité, mais il réprima cette émotion.

— A ce soir, Monsieur, répondit-il, tout sera prêt.

Et il reporta sa chaise dans l'église, rangea près de sa chaise son seau et son goupillon, alla prendre de l'eau bénite au bénitier, comme s'il n'avait pas confiance dans la sienne, et sortit de l'église.

XLVIII

A six heures moins un quart, M. de Gondy avait fait toutes ses courses et était rentré à l'archevêché.

A six heures on annonça le curé de Saint-Merri.

Le coadjuteur jeta vivement les yeux derrière lui et vit qu'il était suivi d'un autre homme.

— Faites entrer, dit-il.

Le curé entra, et Planchet avec lui.

— Monseigneur, dit le curé de Saint-Merri, voici la personne dont j'ai eu l'honneur de vous parler.

Planchet salua de l'air d'un homme qui a fréquenté les bonnes maisons.

— Et vous êtes disposé à servir la cause du peuple? demanda Gondy.

— Je crois bien, dit Planchet : je suis frondeur dans l'âme. Tel que vous me voyez, Monseigneur, je suis condamné à être pendu.

— Et à quelle occasion?

— J'ai tiré des mains des sergents de Mazarin un noble seigneur qu'ils reconduisaient à la Bastille, où il était depuis cinq ans.

— Vous le nommez?

— Oh! Monseigneur le connaît bien : c'est le comte de Rochefort.

— Ah! vraiment oui! dit le coadjuteur, j'ai entendu parler de cette affaire : vous aviez soulevé tout le quartier, m'a-t-on dit?

— A peu près, dit Planchet d'un air satisfait de lui-même.

— Et vous êtes de votre état?...

— Confiseur, rue des Lombards.

— Expliquez-moi comment il se fait qu'exerçant un état si pacifique vous ayez des inclinations si belliqueuses?

— Comment Monseigneur, étant d'Église, me reçoit-il maintenant en habit de cavalier, avec l'épée au côté et les éperons aux bottes?

— Pas mal répondu, ma foi! dit Gondy en riant; mais, vous le savez, j'ai toujours eu, malgré mon rabat, des inclinations guerrières.

— Eh bien, Monseigneur, moi, avant d'être confiseur, j'ai été trois ans sergent au régiment de Piémont, et avant d'être trois ans au régiment de Piémont, j'ai été dix-huit mois laquais de M. d'Artagnan.

— Le lieutenant aux mousquetaires? demanda Gondy.

— Lui-même, Monseigneur.

— Mais on le dit mazarin enragé?

— Heu..., fit Planchet.

— Que voulez-vous dire?

— Rien, Monseigneur, M. d'Artagnan est au service; M. d'Artagnan fait son état de défendre Mazarin, qui le paye, comme nous faisons, nous autres bourgeois, notre état d'attaquer le Mazarin, qui nous vole.

— Vous êtes un garçon intelligent, mon ami, peut-on compter sur vous?

— Je croyais, dit Planchet, que M. le curé vous avait répondu de moi.

— En effet; mais j'aime à recevoir cette assurance de votre bouche.

— Vous pouvez compter sur moi, Monseigneur, pourvu qu'il s'agisse de faire un bouleversement par la ville.

— Il s'agit justement de cela. Combien d'hommes croyez-vous pouvoir rassembler dans la nuit?

— Deux cents mousquets et cinq cents hallebardes.

— Qu'il y ait seulement un homme par chaque quartier qui en fasse autant, et demain nous aurons une assez forte armée.

— Mais oui.

— Seriez-vous disposé à obéir au comte de Rochefort?

— Je le suivrais en enfer; et ce n'est pas peu dire, car je le crois capable d'y descendre.

— Bravo!

— A quel signe pourra-t-on distinguer demain les amis des ennemis?

— Tout frondeur peut mettre un nœud de paille à son chapeau.

— Bien, Donnez la consigne. Avez-vous besoin d'argent?

— L'argent ne fait jamais de mal en aucune chose, Monseigneur. Si on n'en a pas, on s'en passera; si on en a, les choses n'iront que plus vite et mieux.

Gondy alla à un coffre et tira un sac.

— Voici cinq cents pistoles, dit-il; et si l'action va bien, comptez demain sur pareille somme.

— Je rendrai fidèlement compte à Monseigneur de cette somme, dit Planchet en mettant le sac sous son bras.

— C'est bien, je vous recommande le cardinal.

— Soyez tranquille, il est en bonnes mains.

Planchet sortit, le curé resta un peu en arrière.

— Êtes-vous content, Monseigneur, dit-il.

— Oui, cet homme m'a l'air d'un gaillard résolu.

— Eh bien, il fera plus qu'il n'a promis!

— C'est merveilleux alors.

Et le curé rejoignit Planchet, qui l'attendait sur l'escalier. Dix minutes après on annonçait le curé de Saint-Sulpice.

Dès que la porte du cabinet de Gondy fut ouverte, un homme s'y précipita, c'était le comte de Rochefort.

— C'est donc vous, mon cher comte! dit de Gondy en lui tendant la main.

— Vous êtes donc enfin décidé, Monseigneur? dit Rochefort.

— Je l'ai toujours été, dit Gondy.

— Ne parlons plus de cela, vous le dites, je vous crois; nous allons donner le bal au Mazarin.

— Mais… je l'espère.

— Et quand commencera la danse?

— Les invitations se font pour cette nuit, dit le coadjuteur, mais les violons ne commenceront à jouer que demain matin.

— Vous pouvez compter sur moi et sur cinquante soldats que m'a promis le chevalier d'Humières, dans l'occasion où j'en aurais besoin.

— Sur cinquante soldats?

— Oui; il fait des recrues et me les prête; la fête finie, s'il en manque, je les remplacerai.

— Bien, mon cher Rochefort; mais ce n'est pas tout.

— Qu'y a-t-il encore? demanda Rochefort en souriant.

— M. de Beaufort, qu'en avez-vous fait?

— Il est dans le Vendômois, où il attend que je lui écrive de revenir à Paris.

— Écrivez-lui, il est temps.

— Vous êtes donc sûr de votre affaire?

— Oui, mais il faut qu'il se presse; car à peine le peuple de Paris va-t-il être révolté que nous aurons dix princes pour un qui voudront se mettre à sa tête : s'il tarde, il trouvera la place prise.

— Puis-je lui donner avis de votre part?

— Oui, parfaitement.

— Puis-je lui dire qu'il doit compter sur vous?

— A merveille

— Et vous lui laisserez tout pouvoir?

— Pour la guerre, oui; quant à la politique...

— Vous savez que ce n'est pas son fort.

— Il me laissera négocier à ma guise mon chapeau de cardinal.

— Vous y tenez?

— Puisqu'on me force de porter un chapeau d'une forme qui ne me convient pas, dit Gondy, je désire au moins que ce chapeau soit rouge.

— Il ne faut pas disputer des goûts et des couleurs, dit Rochefort en riant; je réponds de son consentement.

— Et vous lui écrivez ce soir?

— Je fais mieux que cela, je lui envoie un messager.

— Dans combien de jours peut-il être ici?

— Dans cinq jours.

— Qu'il vienne, et il trouvera un changement.

— Je le désire.

— Je vous en réponds.

— Ainsi?

— Allez rassembler vos cinquante hommes et tenez-vous prêt.

— A quoi?

— A tout.

— Y a-t-il un signe de ralliement?

— Un nœud de paille au chapeau.

— C'est bien. Adieu, Monseigneur.

— Adieu, mon cher Rochefort.

— Ah! mons Mazarin, mons Mazarin! dit Rochefort en entraînant son curé, qui n'avait pas trouvé moyen de placer un mot dans ce dialogue, vous verrez si je suis trop vieux pour être un homme d'action!

Il était neuf heures et demie, il fallait bien une demi-heure au coadjuteur pour se rendre de l'archevêché à la tour de Saint-Jacques-la-Boucherie.

Le coadjuteur remarqua qu'une lumière veillait à l'une des fenêtres les plus élevées de la tour.

— Bon, dit-il, notre syndic est à son poste.

Il frappa, on vint lui ouvrir. Le vicaire lui-même l'attendait et le conduisit en l'éclairant jusqu'au haut de la tour; arrivé là, il lui montra une petite porte, posa la lumière dans un angle de la muraille pour que le coadjuteur pût la trouver en sortant, et descendit.

Quoique la clef fût à la porte, le coadjuteur frappa.

— Entrez, dit une voix que le coadjuteur reconnut pour celle du mendiant.

De Gondy entra. C'était effectivement le donneur d'eau bénite du parvis Saint-Eustache. Il attendait couché sur une espèce de grabat.

En voyant entrer le coadjuteur, il se leva.

Dix heures sonnèrent.

— Eh bien! dit Gondy, m'as-tu tenu parole?

— Pas tout à fait, dit le mendiant.

— Comment cela?

— Vous m'avez demandé cinq cents hommes, n'est-ce pas?

— Oui, eh bien?

— Eh bien! je vous en aurai deux mille.

— Tu ne te vantes pas?

— Voulez-vous une preuve?

— Oui.

Trois chandelles étaient allumées, chacune d'elles brûlant devant une fenêtre dont l'une donnait sur la Cité, l'autre sur le Palais-Royal, l'autre sur la rue Saint-Denis.

L'homme alla silencieusement à chacune des trois chandelles et les souffla l'une après l'autre.

Le coadjuteur se trouva dans l'obscurité, la chambre n'était plus éclairée que par le rayon incertain de la lune perdue dans les gros nuages noirs dont elle frangeait d'argent les extrémités.

— Qu'as-tu fait? dit le coadjuteur.

— J'ai donné le signal.

— Lequel?

— Celui des barricades.

— Ah! ah!

— Quand vous sortirez d'ici vous verrez mes hommes à l'œuvre. Prenez seulement garde de vous casser les jambes en vous heurtant à quelque chaîne ou en vous laissant tomber dans quelque trou.

— Bien! Voici la somme, la même que celle que tu as reçue. Maintenant souviens-toi que tu es un chef et ne va pas boire.

— Il y a vingt ans que je n'ai bu que de l'eau.

L'homme prit le sac des mains du coadjuteur, qui entendit le bruit que faisait la main en fouillant et en maniant les pièces d'or.

— Ah! ah! dit le coadjuteur, tu es avare, mon drôle.

Le mendiant poussa un soupir et rejeta le sac.

— Serai-je donc toujours le même, dit-il, et ne parviendrai-je jamais à dépouiller le vieil homme? O misère, ô vanité!

— Tu le prends, cependant.

— Oui, mais je fais vœu devant vous d'employer ce qui me restera à des œuvres pies.

Son visage était pâle et contracté comme l'est celui d'un homme qui vient de subir une lutte intérieure.

— Singulier homme, murmura Gondy.

Et il prit son chapeau pour s'en aller, mais en se retournant il vit le mendiant entre lui et la porte.

Son premier mouvement fut que cet homme lui voulait quelque mal.

Mais bientôt, au contraire, il lui vit joindre les deux mains et il tomba à genoux.

— Monseigneur, lui dit-il, avant de me quitter, votre bénédiction, je vous prie.

— Monseigneur! s'écria Gondy; mon ami, tu me prends pour un autre.

— Non, Monseigneur, je vous prends pour ce que vous êtes, c'est-à-dire pour M. le coadjuteur; je vous ai reconnu du premier coup d'œil.

Gondy sourit.

— Et tu veux ma bénédiction? dit-il.

— Oui, j'en ai besoin.

Le mendiant dit ces paroles avec un ton d'humilité si grande et de repentir si profond, que Gondy étendit sa main sur lui et lui donna sa bénédiction avec toute l'onction dont il était capable.

— Maintenant, dit le coadjuteur, il y a communion entre nous. Je t'ai béni et tu m'es sacré, comme à mon tour je le suis pour toi. Voyons, as-tu commis quelque crime que poursuive la justice humaine dont je puisse te garantir?

Le mendiant secoua la tête.

— Le crime que j'ai commis, Monseigneur, ne relève point de la justice humaine, et vous ne pouvez m'en délivrer qu'en me bénissant souvent comme vous venez de le faire.

— Voyons, sois franc, dit le coadjuteur tu n'as pas fait toute ta vie le métier que tu fais?

— Non, Monseigneur, je ne le fais que depuis six ans.

— Avant de le faire, où étais-tu?

— A la Bastille.

— Et avant d'être à la Bastille?

— Je vous le dirai, Monseigneur, le jour où vous voudrez bien m'entendre en confession.

— C'est bien. A quelque heure du jour ou de la nuit que tu te présentes, souviens-toi que je suis prêt à te donner l'absolution.

— Merci, Monseigneur, dit le mendiant d'une voix sourde, mais je ne suis pas encore prêt à la recevoir.

— C'est bien. Adieu.

— Adieu, Monseigneur, dit le mendiant en ouvrant la porte et en se courbant devant le prélat.

Le coadjuteur prit la chandelle, descendit et sortit tout rêveur.

L'ÉMEUTE

IL ÉTAIT onze heures de la nuit à peu près. Gondy n'eut pas fait cent pas dans les rues de Paris qu'il s'aperçut du changement étrange qui s'était opéré.

Toute la ville semblait habitée d'êtres fantastiques; on voyait des ombres silencieuses qui dépavaient les rues, d'autres qui traînaient et qui renversaient des charrettes, d'autres qui creusaient des fossés à engloutir des compagnies entières de cavaliers. Tous ces personnages si actifs allaient, venaient, couraient, pareils à des démons accomplissant quelque œuvre inconnue : c'étaient les mendiants de la cour des Miracles, c'étaient les agents du donneur d'eau bénite du parvis Saint-Eustache qui préparaient les barricades du lendemain.

Gondy regardait ces hommes de l'obscurité, ces travailleurs nocturnes, avec une certaine épouvante; il se demandait si, après avoir fait sortir toutes ces créatures immondes de leurs repaires, il aurait le pouvoir de les y faire rentrer. Quand quelqu'un de ces êtres s'approchait de lui, il était prêt à faire le signe de la croix.

Il gagna la rue Saint-Honoré et la suivit en s'avançant vers la rue de la Ferronnerie. Là, l'aspect changea : c'étaient des marchands qui couraient de boutique en boutique; les portes semblaient fermées comme les contrevents; mais elles n'étaient que poussées, si bien qu'elles s'ouvraient et se refermaient aussitôt pour donner entrée à des hommes qui semblaient craindre de laisser voir ce qu'ils portaient; ces hommes, c'étaient les boutiquiers qui ayant des armes en prêtaient à ceux qui n'en avaient pas.

Un individu allait de porte en porte, pliant sous le poids d'épées, d'arquebuses, de mousquetons, d'armes de toute espèce, qu'il déposait au fur et à mesure. A la lueur d'une lanterne, le coadjuteur reconnut Planchet.

Le coadjuteur regagna le quai par la rue de la Monnaie; sur le quai, des groupes de bourgeois en manteaux noirs et gris, selon qu'ils appartenaient à la haute ou à la basse bourgeoisie, stationnaient immobiles, tandis que des hommes isolés passaient d'un groupe à l'autre. Tous ces manteaux gris ou noirs étaient relevés par-derrière par la pointe d'une épée, par-devant par le canon d'une arquebuse ou d'un mousqueton.

En arrivant sur le Pont-Neuf, le coadjuteur trouva ce pont gardé; un homme s'approcha de lui.

— Qui êtes-vous? demanda cet homme; je ne vous reconnais pas pour être des nôtres.

— C'est que vous ne reconnaissez pas vos amis, mon cher Monsieur Louvières, dit le coadjuteur en levant son chapeau.

Louvières le reconnut et s'inclina.

Gondy poursuivit sa route et descendit jusqu'à la tour de Nesle . Là, il vit une longue file de gens qui se glissaient le long des murs. On eût dit d'une procession de fantômes, car ils étaient tous enveloppés de manteaux blancs. Arrivés à un certain endroit, tous ces hommes semblaient s'anéantir l'un après l'autre comme si la terre eût manqué sous leurs pieds. Gondy s'accouda dans un angle et les vit disparaître depuis le premier jusqu'à l'avant-dernier.

Le dernier leva les yeux pour s'assurer sans doute que lui et ses compagnons n'étaient point épiés, et malgré l'obscurité il aperçut Gondy. Il marcha droit à lui et lui mit le pistolet sous la gorge.

— Holà! Monsieur de Rochefort, dit Gondy en riant, ne plaisantons pas avec les armes à feu.

Rochefort reconnut la voix.

— Ah! c'est vous, Monseigneur? dit-il.

— Moi-même. Quelles gens menez-vous ainsi dans les entrailles de la terre?

— Mes cinquante recrues du chevalier d'Humières, qui sont destinées à entrer dans les chevau-légers, et qui ont pour tout équipement reçu leurs manteaux blancs.

— Et vous allez?

— Chez un sculpteur de mes amis; seulement nous descendons par la trappe où il introduit ses marbres.

— Très bien, dit Gondy.

Et il donna une poignée de main à Rochefort, qui descendit à son tour et referma la trappe derrière lui.

Le coadjuteur rentra chez lui. Il était une heure du matin. Il ouvrit la fenêtre et se pencha pour écouter.

Il se faisait par toute la ville une rumeur étrange, inouïe, inconnue; on sentait qu'il se passait dans toutes ces rues, obscures comme des gouffres, quelque chose d'inusité et de terrible. De temps en temps un grondement pareil à celui d'une tempête qui s'amasse ou d'une houle qui monte, se faisait entendre; mais rien de clair, rien de distinct, rien d'explicable ne se présentait à l'esprit : on eût dit de ces bruits mystérieux et souterrains qui précèdent les tremblements de terre.

L'œuvre de révolte dura toute la nuit ainsi. Le lendemain, Paris en s'éveillant sembla tressaillir à son propre aspect. On eût dit d'une ville assiégée. Des hommes armés se tenaient sur les barricades, l'œil menaçant, le mousquet à l'épaule; des mots d'ordre, des patrouilles, des arrestations, des exécutions même, voilà ce que le passant trouvait à chaque pas. On arrêtait les chapeaux à plumes et les épées dorées pour leur faire crier : « Vive Broussel! A bas le Mazarin! » et quiconque se refusait à cette cérémonie était hué, conspué et même battu. On ne tuait pas encore, mais on sentait que ce n'était pas l'envie qui en manquait.

Les barricades avaient été poussées jusqu'auprès du Palais-Royal. De la rue des Bons-Enfants à celle de la Ferronnerie, de la rue Saint-Thomas-du-Louvre au Pont-Neuf, de la rue Richelieu à la porte Saint-Honoré, il y avait plus de dix mille hommes armés, dont les plus avancés criaient des défis aux sentinelles impassibles du régiment des gardes placées en vedette tout autour du Palais-Royal, dont les grilles étaient refermées derrière elles, précaution qui rendait leur situation précaire. Au milieu de tout cela circulaient, par bandes de cent, de cent cinquante, de deux cents, des hommes hâves, livides, déguenillés, portant des espèces d'étendards où étaient écrits ces mots : *Voyez la misère du peuple !* Partout où passaient ces gens, des cris frénétiques se faisaient entendre; et il y avait tant de bandes semblables que l'on criait partout.

L'étonnement d'Anne d'Autriche et de Mazarin fut grand à leur lever, quand on vint leur annoncer que la Cité, que la veille au soir ils avaient laissée tranquille, se réveillait fiévreuse et tout en émotion; aussi ni l'un ni l'autre ne voulaient-ils croire les rapports qu'on leur faisait, disant qu'ils ne s'en rapporteraient de cela qu'à leurs yeux et à leurs oreilles. On leur ouvrit une fenêtre : ils virent, ils entendirent et ils furent convaincus.

Mazarin haussa les épaules et fit semblant de mépriser fort cette populace, mais il pâlit visiblement et, tout tremblant, courut à son cabinet, enfermant son or et ses bijoux dans ses cassettes, et passant à ses doigts ses plus beaux diamants. Quant à la reine, furieuse et abandonnée à sa seule volonté, elle fit venir le maréchal de La Meilleraie, lui ordonna de prendre autant d'hommes qu'il lui plairait et d'aller voir ce que c'était que cette *plaisanterie*.

Le maréchal était d'ordinaire fort aventureux et ne doutait de rien, ayant ce haut mépris de la populace que professaient pour elle les gens d'épée ; il prit cent cinquante hommes et voulut sortir par le pont du Louvre, mais là il rencontra Rochefort et ses cinquante chevau-légers accompagnés de plus de quinze cents personnes. Il n'y avait pas moyen de forcer une pareille barrière. Le maréchal ne l'essaya même point et remonta le quai.

Mais au Pont-Neuf il trouva Louvières et ses bourgeois. Cette fois le maréchal essaya de charger, mais il fut accueilli à coups de mousquet, tandis que les pierres tombaient comme grêle par toutes les fenêtres. Il y laissa trois hommes.

Il battit en retraite vers le quartier des Halles, mais il y trouva Planchet et ses hallebardiers. Les hallebardes se couchèrent menaçantes vers lui ; il voulut passer sur le ventre à tous ces manteaux gris, mais les manteaux gris tinrent bon, et le maréchal recula vers la rue Saint-Honoré, laissant sur le champ quatre de ses gardes qui avaient été tués tout doucement à l'arme blanche.

Alors il s'engagea dans la rue Saint-Honoré ; mais là il rencontra les barricades du mendiant de Saint-Eustache. Elles étaient gardées, non seulement par des hommes armés, mais encore par des femmes et des enfants. Maître Friquet, possesseur d'un pistolet et d'une épée que lui avait donnés Louvières, avait organisé une bande de drôles comme lui, et faisait un bruit à tout rompre.

Le maréchal crut ce point plus mal gardé que les autres et voulut le forcer. Il fit mettre pied à terre à vingt hommes pour forcer et ouvrir cette barricade, tandis que lui et le reste de sa troupe à cheval protégeraient

les assaillants. Les vingt hommes marchèrent droit à
l'obstacle; mais, là, de derrière les poutres, d'entre les
roues des charrettes, du haut des pierres, une fusillade
terrible partit, et au bruit de cette fusillade, les hallebardiers de Planchet apparurent au coin du cimetière des
Innocents, et les bourgeois de Louvières au coin de la
rue de la Monnaie.

Le maréchal de La Meilleraie était pris entre deux
feux.

Le maréchal de La Meilleraie était brave, aussi résolut-
il de mourir où il était. Il rendit coup pour coup, et les
hurlements de douleur commencèrent à retentir dans la
foule. Les gardes, mieux exercés, tiraient plus juste, mais
les bourgeois, plus nombreux, les écrasaient sous un véritable ouragan de fer. Les hommes tombaient autour de
lui comme ils auraient pu tomber à Rocroi ou à Lérida .
Fontrailles, son aide de camp, avait le bras cassé, son
cheval avait reçu une balle dans le cou, et il avait grand-
peine à le maîtriser, car la douleur le rendait presque
fou. Enfin, il en était à ce moment suprême où le plus
brave sent le frisson dans ses veines et la sueur sur son
front, lorsque tout à coup la foule s'ouvrit du côté de la
rue de l'Arbre-Sec en criant : « Vive le coadjuteur! » et
Gondy, en rochet et en camail, parut, passant tranquille
au milieu de la fusillade, et distribuant à droite et à
gauche ses bénédictions avec autant de calme que s'il
conduisait la procession de la Fête-Dieu.

Tout le monde tomba à genoux.

Le maréchal le reconnut et courut à lui.

— Tirez-moi d'ici, au nom du ciel, dit-il, ou j'y
laisserai ma peau et celle de tous mes hommes.

Il se faisait un tumulte au milieu duquel on n'eût pas
entendu gronder le tonnerre du ciel. Gondy leva la main
et réclama le silence. On se tut.

— Mes enfants, dit-il, voici M. le maréchal de La
Meilleraie, aux intentions duquel vous vous êtes trompés, et qui s'engage, en rentrant au Louvre, à demander
en votre nom, à la reine, la liberté de notre Broussel.
Vous y engagez-vous, maréchal? ajouta Gondy en se
tournant vers La Meilleraie.

— Morbleu! s'écria celui-ci, je le crois bien que je
m'y engage! Je n'espérais pas en être quitte à si bon
marché.

— Il vous donne sa parole de gentilhomme, dit Gondy.

Le maréchal leva la main en signe d'assentiment.

« Vive le coadjuteur! » cria la foule. Quelques voix ajoutèrent même : « Vive le maréchal! », mais toutes reprirent en chœur : « A bas le Mazarin! »

La foule s'ouvrit, le chemin de la rue Saint-Honoré était le plus court. On ouvrit les barricades, et le maréchal et le reste de sa troupe firent retraite, précédés par Friquet et ses bandits, les uns faisant semblant de battre du tambour, les autres imitant le son de la trompette.

Ce fut presque une marche triomphale; seulement, derrière les gardes, les barricades se refermaient; le maréchal rongeait ses poings.

Pendant ce temps, comme nous l'avons dit, Mazarin était dans son cabinet, mettant ordre à ses petites affaires. Il avait fait demander d'Artagnan; mais, au milieu de tout ce tumulte, il n'espérait pas le voir, d'Artagnan n'étant pas de service. Au bout de dix minutes le lieutenant parut sur le seuil, suivi de son inséparable Porthos.

— Ah! venez, venez, monsou d'Artagnan, s'écria le cardinal, et soyez le bienvenu, ainsi que votre ami. Mais que se passe-t-il donc dans ce damné Paris?

— Ce qui se passe, Monseigneur! rien de bon, dit d'Artagnan en hochant la tête; la ville est en pleine révolte, et tout à l'heure, comme je traversais la rue Montorgueil avec M. du Vallon que voici et qui est votre serviteur, malgré mon uniforme et peut-être même à cause de mon uniforme, on a voulu nous faire crier : Vive Broussel! et faut-il que je dise Monseigneur, ce qu'on a voulu nous faire crier encore?

— Dites, dites.

— Et : A bas Mazarin! Ma foi, voilà le grand mot lâché.

Mazarin sourit, mais devint fort pâle.

— Et vous avez crié? dit-il.

— Ma foi non, dit d'Artagnan, je n'étais pas en voix, M. du Vallon est enrhumé et n'a pas crié non plus. Alors, Monseigneur…

— Alors quoi? demanda Mazarin.

— Regardez mon chapeau et mon manteau.

Et d'Artagnan montra quatre trous de balle dans son manteau et deux dans son feutre. Quant à l'habit de

Porthos, un coup de hallebarde l'avait ouvert sur le flanc, et un coup de pistolet avait coupé sa plume.

— Diavolo! dit le cardinal pensif et en regardant les deux amis avec une naïve admiration, j'aurais crié, moi!

En ce moment le tumulte retentit plus rapproché.

Mazarin s'essuya le front en regardant autour de lui. Il avait bonne envie d'aller à la fenêtre, mais il n'osait.

— Voyez donc ce qui se passe, Monsieur d'Artagnan, dit-il.

D'Artagnan alla à la fenêtre avec son insouciance habituelle:

— Oh! oh! dit-il, qu'est-ce que cela? Le maréchal de La Meilleraie qui revient sans chapeau. Fontrailles qui porte son bras en écharpe, des gardes blessés, des chevaux tout en sang... Eh! mais... que font donc les sentinelles! elles mettent en joue, elles vont tirer!

— On leur a donné la consigne de tirer sur le peuple, s'écria Mazarin, si le peuple approchait du Palais-Royal.

— Mais si elles font feu, tout est perdu! s'écria d'Artagnan.

— Nous avons les grilles.

— Les grilles! il y en a pour cinq minutes; les grilles! elles seront arrachées, tordues, broyées!... Ne tirez pas, mordieu! s'écria d'Artagnan en ouvrant la fenêtre.

Malgré cette recommandation, qui, au milieu du tumulte, n'avait pu être entendue, trois ou quatre coups de mousquet retentirent, puis une fusillade terrible leur succéda; on entendit cliqueter les balles sur la façade du Palais-Royal, une d'elles passa sous le bras de d'Artagnan et alla briser une glace dans laquelle Porthos se mirait avec complaisance.

— *Ohimé* ! s'écria le cardinal, une glace de Venise!

— Oh! Monseigneur, dit d'Artagnan en refermant tranquillement la fenêtre, ne pleurez pas encore, cela n'en vaut pas la peine, car il est probable que dans une heure il n'en restera pas une au Palais-Royal, de toutes vos glaces, qu'elles soient de Venise ou de Paris.

— Mais quel est donc votre avis, alors? dit le cardinal tout tremblant.

— Eh morbleu! de leur rendre Broussel, puisqu'ils vous le redemandent! Que diable voulez-vous faire d'un conseiller au parlement? Ce n'est bon à rien!

— Et vous, Monsieur du Vallon, est-ce votre avis ?
Que feriez-vous ?

— Je rendrais Broussel, dit Porthos.

— Venez, venez, Messieurs, s'écria Mazarin, je vais
parler de la chose à la reine.

Au bout du corridor il s'arrêta.

— Je puis compter sur vous, n'est-ce pas, Messieurs ?
dit-il.

— Nous ne nous donnons pas deux fois, dit d'Artagnan, nous nous sommes donnés à vous, ordonnez, nous
obéirons.

— Eh bien ! dit Mazarin, entrez dans ce cabinet, et
attendez.

Et faisant un détour, il rentra dans le salon par une
autre porte.

L'ÉMEUTE SE FAIT RÉVOLTE

LE CABINET où l'on avait fait entrer d'Artagnan et Porthos n'était séparé du salon où se trouvait la reine que par des portières de tapisserie. Le peu d'épaisseur de la séparation permettait donc d'entendre tout ce qui se passait, tandis que l'ouverture qui se trouvait entre les deux rideaux, si étroite qu'elle fût, permettait de voir.

La reine était debout dans ce salon, pâle de colère ; mais cependant sa puissance sur elle-même était si grande qu'on eût dit qu'elle n'éprouvait aucune émotion. Derrière elle étaient Comminges, Villequier et Guitaut ; derrière les hommes, les femmes.

Devant elle, le chancelier Séguier, le même qui, vingt ans auparavant, l'avait si fort persécutée, racontait que son carrosse venait d'être brisé, qu'il avait été poursuivi, qu'il s'était jeté dans l'hôtel d'O, que l'hôtel avait été aussitôt envahi, pillé, dévasté ; heureusement il avait eu le temps de gagner un cabinet perdu dans la tapisserie, où une vieille femme l'avait enfermé avec son frère l'évêque de Meaux. Là, le danger avait été si réel, les forcenés s'étaient approchés de ce cabinet avec de telles menaces, que le chancelier avait cru que son heure était venue, et qu'il s'était confessé à son frère, afin d'être tout prêt à mourir s'il était découvert. Heureusement ne l'avait-il point été : le peuple, croyant qu'il s'était évadé par quelque porte de derrière, s'était retiré et lui avait laissé la retraite libre. Il s'était alors déguisé avec les habits du marquis d'O et il était sorti de l'hôtel, enjambant par-dessus les corps de son exempt et de deux gardes qui avaient été tués en défendant la porte de la rue.

Pendant ce récit, Mazarin était entré, et sans bruit s'était glissé près de la reine et écoutait.

— Eh bien ! demanda la reine quand le chancelier eut fini, que pensez-vous de cela ?

— Je pense que la chose est fort grave, Madame.

— Mais quel conseil me proposez-vous ?

— J'en proposerais bien un à Votre Majesté, mais je n'ose.

— Osez, osez, Monsieur, dit la reine avec un sourire amer, vous avez bien osé autre chose.

Le chancelier rougit et balbutia quelques mots.

— Il n'est pas question du passé, mais du présent, dit la reine. Vous avez dit que vous aviez un conseil à me donner, quel est-il?

— Madame, dit le chancelier en hésitant, ce serait de relâcher Broussel.

La reine, quoique très pâle, pâlit visiblement encore et sa figure se contracta.

— Relâcher Broussel! dit-elle, jamais!

En ce moment on entendit des pas dans la salle précédente, et, sans être annoncé, le maréchal de La Meilleraie parut sur le seuil de la porte.

— Ah! vous voilà, maréchal! s'écria Anne d'Autriche avec joie, vous avez mis toute cette canaille à la raison, j'espère?

— Madame, dit le maréchal, j'ai laissé trois hommes au Pont-Neuf, quatre aux Halles, six au coin de la rue de l'Arbre-Sec et deux à la porte de votre palais, en tout quinze. Je ramène dix ou douze blessés. Mon chapeau est resté je ne sais où, emporté par une balle, et, selon toute probabilité, je serais resté avec mon chapeau, sans M. le coadjuteur, qui est venu et qui m'a tiré d'affaire.

— Ah! au fait, dit la reine, cela m'eût étonné de ne pas voir ce basset à jambes torses mêlé dans tout cela.

— Madame, dit La Meilleraie en riant, n'en dites pas trop de mal devant moi, car le service qu'il m'a rendu est encore tout chaud.

— C'est bon, dit la reine, soyez-lui reconnaissant tant que vous voudrez, mais cela ne m'engage pas, moi. Vous voilà sain et sauf, c'est tout ce que je désirais; soyez non seulement le bienvenu, mais le bien revenu.

— Oui, Madame; mais je suis le bien revenu à une condition, c'est que je vous transmettrai les volontés du peuple.

— Des volontés! dit Anne d'Autriche en fronçant le sourcil. Oh! oh! Monsieur le maréchal, il faut que vous vous soyez trouvé dans un bien grand danger pour vous charger d'une ambassade si étrange!

Et ces mots furent prononcés avec un accent d'ironie qui n'échappa point au maréchal.

— Pardon, Madame, dit le maréchal, je ne suis pas avocat, je suis homme de guerre, et par conséquent peut-être je comprends mal la valeur des mots; c'est le *désir* et non la volonté du peuple que j'aurais dû dire. Quant à ce que vous me faites l'honneur de me répondre, je crois que vous vouliez dire que j'ai eu peur.

La reine sourit.

— Eh bien! oui, Madame, j'ai eu peur; c'est la troisième fois de ma vie que cela m'arrive, et cependant je me suis trouvé à douze batailles rangées et je ne sais combien de combats et d'escarmouches : oui, j'ai eu peur, et j'aime mieux être en face de Votre Majesté, si menaçant que soit son sourire, qu'en face de ces démons d'enfer qui m'ont accompagné jusqu'ici et qui sortent je ne sais d'où.

« Bravo! dit tout bas d'Artagnan à Porthos, bien répondu. »

— Eh bien! dit la reine se mordant les lèvres, tandis que les courtisans se regardaient avec étonnement, quel est ce désir de mon peuple?

— Qu'on lui rende Broussel, Madame, dit le maréchal.

— Jamais! dit la reine, jamais!

— Votre Majesté est la maîtresse, dit La Meilleraie saluant en faisant un pas en arrière.

— Où allez-vous, maréchal? dit la reine.

— Je vais rendre la réponse de Votre Majesté à ceux qui l'attendent.

— Restez, maréchal, je ne veux pas avoir l'air de parlementer avec des rebelles.

— Madame, j'ai donné ma parole, dit le maréchal.

— Ce qui veut dire?...

— Que si vous ne me faites pas arrêter, je suis forcé de descendre.

Les yeux d'Anne d'Autriche lancèrent deux éclairs.

— Oh! qu'à cela ne tienne, Monsieur, dit-elle, j'en ai fait arrêter de plus grands que vous; Guitaut!

Mazarin s'élança.

— Madame, dit-il, si j'osais à mon tour vous donner un avis...

— Serait-ce aussi de rendre Broussel, Monsieur? En ce cas vous pouvez vous en dispenser.

— Non, dit Mazarin, quoique peut-être **celui-là en** vaille bien un autre.

— Que serait-ce, alors?

— Ce serait d'appeler M. le coadjuteur.

— Le coadjuteur! s'écria la reine, cet affreux brouillon! C'est lui qui a fait toute cette révolte!

— Raison de plus, dit Mazarin; s'il l'a faite, il peut la défaire.

— Et tenez, Madame, dit Comminges qui se tenait près d'une fenêtre par laquelle il regardait; tenez, l'occasion est bonne, car le voici qui donne sa bénédiction sur la place du Palais-Royal.

La reine s'élança vers la fenêtre.

— C'est vrai, dit-elle, le maître hypocrite! Voyez!

— Je vois, dit Mazarin, que tout le monde s'agenouille devant lui, quoiqu'il ne soit que coadjuteur; tandis que si j'étais à sa place on me mettrait en pièces, quoique je sois cardinal. Je persiste donc, Madame, dans mon *désir* (Mazarin appuya sur ce mot) que Votre Majesté reçoive le coadjuteur.

— Et pourquoi ne dites-vous pas aussi, dans *votre volonté?* répondit la reine à voix basse.

Mazarin s'inclina.

La reine demeura un instant pensive. Puis relevant la tête:

— Monsieur le maréchal, dit-elle, allez me chercher M. le coadjuteur, et me l'amenez.

— Et que dirai-je au peuple? demanda le maréchal.

— Qu'il ait patience, dit Anne d'Autriche; je l'ai bien, moi!

Il y avait dans la voix de la fière Espagnole un accent si impératif que le maréchal ne fit aucune observation; il s'inclina et sortit.

D'Artagnan se retourna vers Porthos:

— Comment cela va-t-il finir? dit-il.

— Nous le verrons bien, dit Porthos avec son air tranquille.

Pendant ce temps Anne d'Autriche allait à Comminges et lui parlait tout bas.

Mazarin, inquiet, regardait du côté où étaient d'Artagnan et Porthos.

Les autres assistants échangeaient des paroles à voix basse.

La porte se rouvrit; le maréchal parut, suivi du coadjuteur.

— Voici, Madame, dit-il, M. de Gondy qui s'empresse de se rendre aux ordres de Votre Majesté.

La reine fit quelques pas à sa rencontre et s'arrêta, froide, sévère, immobile et la lèvre inférieure dédaigneusement avancée.

Gondy s'inclina respectueusement.

— Eh bien, Monsieur, dit la reine, que dites-vous de cette émeute?

— Que ce n'est déjà plus une émeute, Madame, répondit le coadjuteur, mais une révolte.

— La révolte est chez ceux qui pensent que mon peuple puisse se révolter! s'écria Anne incapable de dissimuler devant le coadjuteur, qu'elle regardait, à bon titre peut-être, comme le promoteur de toute cette émotion. La révolte, voilà comment appellent ceux qui la désirent le mouvement qu'ils ont fait eux-mêmes; mais, attendez, attendez, l'autorité du roi y mettra bon ordre.

— Est-ce pour me dire cela, Madame, répondit froidement Gondy, que Votre Majesté m'a admis à l'honneur de sa présence?

— Non, mon cher coadjuteur, dit Mazarin, c'était pour vous demander votre avis dans la conjoncture fâcheuse où nous nous trouvons.

— Est-il vrai, demanda de Gondy en feignant l'air d'un homme étonné, que Sa Majesté m'ait fait appeler pour me demander un conseil?

— Oui, dit la reine, on l'a voulu.

Le coadjuteur s'inclina.

— Sa Majesté désire donc...

— Que vous lui disiez ce que vous feriez à sa place, s'empressa de répondre Mazarin.

Le coadjuteur regarda la reine, qui fit un signe affirmatif.

— A la place de Sa Majesté, dit froidement Gondy, je n'hésiterais pas, je rendrais Broussel.

— Et si je ne le rends pas, s'écria la reine, que croyez-vous qu'il arrive?

— Je crois qu'il n'y aura pas demain pierre sur pierre dans Paris, dit le maréchal.

— Ce n'est pas vous que j'interroge, dit la reine d'un ton sec et sans même se retourner, c'est M. de Gondy.

— Si c'est moi que Sa Majesté interroge, répondit le coadjuteur avec le même calme, je lui dirai que je suis en tout point de l'avis de M. le maréchal.

Le rouge monta au visage de la reine, ses beaux yeux bleus parurent prêts à lui sortir de la tête ; ses lèvres de carmin, comparées par tous les poètes du temps à des grenades en fleur, pâlirent et tremblèrent de rage : elle effraya presque Mazarin lui-même, qui pourtant était habitué aux fureurs domestiques de ce ménage tourmenté :

— Rendre Broussel ! s'écria-t-elle enfin avec un sourire effrayant : le beau conseil, par ma foi ! On voit bien qu'il vient d'un prêtre !

Gondy tint ferme. Les injures du jour semblaient glisser sur lui comme les sarcasmes de la veille ; mais la haine et la vengeance s'amassaient silencieusement et goutte à goutte au fond de son cœur. Il regarda froidement la reine, qui poussait Mazarin pour lui faire dire à son tour quelque chose.

Mazarin, selon son habitude, pensait beaucoup et parlait peu.

— Hé ! hé ! dit-il, bon conseil, conseil d'ami. Moi aussi je le rendrais, ce bon monsou Broussel, mort ou vif, et tout serait fini.

— Si vous le rendiez mort, tout serait fini, comme vous dites, Monseigneur, mais autrement que vous ne l'entendez.

— Ai-je dit mort ou vif ? reprit Mazarin : manière de parler ; vous savez que j'entends bien mal le français, que vous parlez et écrivez si bien, vous, monsou le coadjuteur.

— Voilà un conseil d'État, dit d'Artagnan à Porthos ; mais nous en avons tenu de meilleurs à La Rochelle, avec Athos et Aramis.

— Au bastion Saint-Gervais, dit Porthos.

— Là et ailleurs.

Le coadjuteur laissa passer l'averse, et reprit, toujours avec le même flegme :

— Madame, si Votre Majesté ne goûte pas l'avis que je lui soumets, c'est sans doute parce qu'elle en a de meilleurs à suivre ; je connais trop la sagesse de la reine et celle de ses conseillers pour supposer qu'on laissera longtemps la ville capitale dans un trouble qui peut amener une révolution.

— Ainsi donc, à votre avis, reprit en ricanant l'Espagnole qui se mordait les lèvres de colère, cette émeute d'hier, qui aujourd'hui est déjà une révolte, peut demain devenir une révolution ?

— Oui, Madame, dit gravement le coadjuteur.

— Mais, à vous entendre, Monsieur, les peuples auraient donc oublié tout frein ?

— L'année est mauvaise pour les rois, dit Gondy en secouant la tête, regardez en Angleterre, Madame.

— Oui, mais heureusement nous n'avons point en France d'Olivier Cromwell, répondit la reine.

— Qui sait ? dit Gondy, ces hommes-là sont pareils à la foudre : on ne les connaît que lorsqu'ils frappent.

Chacun frissonna, et il se fit un moment de silence.

Pendant ce temps, la reine avait ses deux mains appuyées sur sa poitrine ; on voyait qu'elle comprimait les battements précipités de son cœur.

— Porthos, murmura d'Artagnan, regardez bien ce prêtre.

— Bon, je le vois, dit Porthos. Eh bien ?

— Eh bien ! c'est un homme.

Porthos regarda d'Artagnan d'un air étonné ; il était évident qu'il ne comprenait point parfaitement ce que son ami voulait dire.

— Votre Majesté, continua impitoyablement le coadjuteur, va donc prendre les mesures qui conviennent. Mais je les prévois terribles et de nature à irriter encore les mutins.

— Eh bien, alors, vous, Monsieur le coadjuteur, qui avez tant de puissance sur eux et qui êtes notre ami, dit ironiquement la reine, vous les calmerez en leur donnant vos bénédictions.

— Peut-être sera-t-il trop tard, dit Gondy toujours de glace, et peut-être aurai-je perdu moi-même toute influence, tandis qu'en leur rendant leur Broussel, Votre Majesté coupe toute racine à la sédition et prend droit de châtier cruellement toute recrudescence de révolte.

— N'ai-je donc pas ce droit ? s'écria la reine.

— Si vous l'avez, usez-en, répondit Gondy.

— Peste ! dit d'Artagnan à Porthos, voilà un caractère comme je les aime ; que n'est-il ministre, et que ne suis-je son d'Artagnan, au lieu d'être à ce bélître de Maza-

rin! Ah! mordieu! les beaux coups que nous ferions
ensemble!

— Oui, dit Porthos.

La reine, d'un signe, congédia la cour, excepté Mazarin. Gondy s'inclina et voulut se retirer comme les
autres.

— Restez, Monsieur, dit la reine.

« Bon, dit Gondy en lui-même, elle va céder. »

— Elle va le faire tuer, dit d'Artagnan à Porthos;
mais, en tout cas, ce ne sera point par moi. Je jure Dieu,
au contraire, que si l'on arrive sur lui, je tombe sur les
arrivants.

— Moi aussi, dit Porthos.

— Bon! murmura Mazarin en prenant un siège, nous
allons voir du nouveau.

La reine suivait des yeux les personnes qui sortaient.
Quand la dernière eut refermé la porte, elle se retourna.
On voyait qu'elle faisait des efforts inouïs pour dompter
sa colère; elle s'éventait, elle respirait des cassolettes,
elle allait et venait. Mazarin restait sur le siège où il s'était
assis, paraissant réfléchir. Gondy, qui commençait à
s'inquiéter, sondait des yeux toutes les tapisseries, tâtait
la cuirasse qu'il portait sous sa longue robe, et de temps
en temps cherchait sous son camail si le manche d'un bon
poignard espagnol qu'il y avait caché était bien à la
portée de sa main.

— Voyons, dit la reine en s'arrêtant enfin, voyons,
maintenant que nous sommes seuls, répétez votre conseil,
Monsieur le coadjuteur.

— Le voici, Madame : feindre une réflexion, reconnaître publiquement une erreur, ce qui est la force des
gouvernements forts, faire sortir Broussel de sa prison
et le rendre au peuple.

— Oh! s'écria Anne d'Autriche, m'humilier ainsi!
Suis-je oui ou non la reine? Toute cette canaille qui hurle
est-elle ou non la foule de mes sujets? Ai-je des amis, des
gardes? Ah! par Notre-Dame! comme disait la reine
Catherine, continua-t-elle en se montant à ses propres
paroles, plutôt que de leur rendre cet infâme Broussel,
je l'étranglerais de mes propres mains!

Et elle s'élança les poings crispés vers Gondy, que
certes en ce moment elle détestait pour le moins autant
que Broussel.

Gondy demeura immobile, pas un muscle de son visage ne bougea; seulement son regard glacé se croisa comme un glaive avec le regard furieux de la reine.

— Voilà un homme mort, s'il y a encore quelque Vitry à la cour et que le Vitry entre en ce moment, dit le Gascon. Mais moi, avant qu'il arrive à ce bon prélat, je tue le Vitry, et net! M. le cardinal de Mazarin m'en saura un gré infini.

— Chut! dit Porthos; écoutez donc.

— Madame! s'écria le cardinal en saisissant Anne d'Autriche et en la tirant en arrière; Madame, que faites-vous?

Puis il ajouta en espagnol :

— Anne, êtes-vous folle? Vous faites ici des querelles de bourgeoise, vous, une reine! Et ne voyez-vous pas que vous avez devant vous, dans la personne de ce prêtre, tout le peuple de Paris, auquel il est dangereux de faire insulte en ce moment, et que, si ce prêtre le veut, dans une heure vous n'aurez plus de couronne! Allons donc, plus tard, dans une autre occasion, vous tiendrez ferme et fort, mais aujourd'hui ce n'est pas l'heure; aujourd'hui, flattez et caressez, ou vous n'êtes qu'une femme vulgaire.

Aux premiers mots de ce discours, d'Artagnan avait saisi le bras de Porthos et l'avait serré progressivement; puis quand Mazarin se fut tu :

— Porthos, dit-il tout bas, ne dites jamais devant Mazarin que j'entends l'espagnol ou je suis un homme perdu et vous aussi.

— Bon, dit Porthos.

Cette rude semonce, empreinte d'une éloquence qui caractérisait Mazarin lorsqu'il parlait italien ou espagnol, et qu'il perdait entièrement lorsqu'il parlait français, fut prononcée avec un visage impénétrable qui ne laissa soupçonner à Gondy, si habile physionomiste qu'il fût, qu'un simple avertissement d'être plus modérée.

De son côté aussi, la reine rudoyée s'adoucit tout à coup; elle laissa pour ainsi dire tomber de ses yeux le feu, de ses joues le sang, de ses lèvres la colère verbeuse. Elle s'assit, et d'une voix humide de pleurs, laissant tomber ses bras abattus à ses côtés :

— Pardonnez-moi, Monsieur le coadjuteur, dit-elle, et attribuez cette violence à ce que je souffre. Femme, et par conséquent assujettie aux faiblesses de mon sexe, je m'effraye de la guerre civile; reine et accoutumée à être obéie, je m'emporte aux premières résistances.

— Madame, dit de Gondy en s'inclinant, Votre Majesté se trompe en qualifiant de résistance mes sincères avis. Votre Majesté n'a que des sujets soumis et respectueux. Ce n'est point à la reine que le peuple en veut, il appelle Broussel, et voilà tout, trop heureux de vivre sous les lois de Votre Majesté, si toutefois Votre Majesté lui rend Broussel, ajouta Gondy en souriant.

Mazarin qui, à ces mots : *Ce n'est pas à la reine que le peuple en veut,* avait déjà dressé l'oreille, croyant que le coadjuteur allait parler des cris : « A bas le Mazarin! » sut gré à Gondy de cette suppression, et dit de sa voix la plus soyeuse et avec son visage le plus gracieux :

— Madame, croyez-en le coadjuteur, qui est l'un des plus habiles politiques que nous ayons; le premier chapeau de cardinal qui vaquera semble fait pour sa noble tête.

— Ah! que tu as besoin de moi, rusé coquin! dit de Gondy.

— Et que nous promettra-t-il à nous, dit d'Artagnan, le jour où on voudra le tuer? Peste, s'il donne comme cela des chapeaux, apprêtons-nous, Porthos, et demandons chacun un régiment dès demain. Corbleu! que la guerre civile dure une année seulement, et je ferai redorer pour moi l'épée de connétable!

— Et moi? dit Porthos.

— Toi! je te ferai donner le bâton de maréchal de M. de La Meilleraie, qui ne me paraît pas en grande faveur en ce moment.

— Ainsi, Monsieur, dit la reine, sérieusement, vous craignez l'émotion populaire?

— Sérieusement, Madame, reprit Gondy étonné de ne pas être plus avancé; je crains, quand le torrent a rompu sa digue, qu'il ne cause de grands ravages.

— Et moi, dit la reine, je crois que, dans ce cas, il lui faut opposer des digues nouvelles. Allez, je réfléchirai.

Gondy regarda Mazarin d'un air étonné. Mazarin s'approcha de la reine pour lui parler. En ce moment on entendit un tumulte effroyable sur la place du Palais-Royal.

Gondy sourit, le regard de la reine s'enflamma, Mazarin devint très pâle.

— Qu'est-ce encore? dit-il.

En ce moment Comminges se précipita dans le salon.

— Pardon, Madame, dit Comminges à la reine en entrant, mais le peuple a broyé les sentinelles contre les grilles, et en ce moment il force les portes : qu'ordonnez-vous?

— Écoutez, Madame, dit Gondy.

Le mugissement des flots, le bruit de la foudre, les rugissements d'un volcan, ne peuvent point se comparer à la tempête de cris qui s'éleva au ciel en ce moment.

— Ce que j'ordonne? dit la reine.

— Oui, le temps presse.

— Combien d'hommes à peu près avez-vous au Palais-Royal?

— Six cents hommes.

— Mettez cent hommes autour du roi, et avec le reste balayez-moi toute cette populace.

— Madame, dit Mazarin, que faites-vous?

— Allez! dit la reine.

Comminges sortit avec l'obéissance passive du soldat.

En ce moment un craquement horrible se fit entendre, une des portes commençait à céder.

— Eh! Madame, dit Mazarin, vous nous perdez tous, le roi, vous et moi.

Anne d'Autriche, à ce cri parti de l'âme du cardinal effrayé, eut peur à son tour, elle rappela Comminges.

— Il est trop tard! dit Mazarin en s'arrachant les cheveux, il est trop tard!

La porte céda, et l'on entendit les hurlements de joie de la populace. D'Artagnan mit l'épée à la main et fit signe à Porthos d'en faire autant.

— Sauvez la reine! s'écria Mazarin en s'adressant au coadjuteur.

Gondy s'élança vers la fenêtre, qu'il ouvrit; il reconnut Louvières à la tête d'une troupe de trois ou quatre mille hommes peut-être.

— Pas un pas de plus! cria-t-il, la reine signe.

— Que dites-vous? s'écria la reine.

— La vérité, Madame, dit Mazarin lui présentant une plume et un papier, il le faut. Puis il ajouta : Signez, Anne, je vous en prie, je le veux!

La reine tomba sur une chaise, prit la plume et signa.

Contenu par Louvières, le peuple n'avait pas fait un pas de plus; mais ce murmure terrible qui indique la colère de la multitude continuait toujours.

La reine écrivit :

« Le concierge de la prison de Saint-Germain mettra « en liberté le conseiller Broussel. »

Et elle signa.

Le coadjuteur, qui dévorait des yeux ses moindres mouvements, saisit le papier aussitôt que la signature y fut déposée, revint à la fenêtre, et l'agitant avec la main :

— Voici l'ordre, dit-il.

Paris tout entier sembla pousser une grande clameur de joie; puis les cris : « Vive Broussel! Vive le coadjuteur! » retentirent.

— Vive la reine! dit le coadjuteur.

Quelques cris répondirent au sien, mais pauvres et rares.

Peut-être le coadjuteur n'avait-il poussé ce cri que pour faire sentir à Anne d'Autriche sa faiblesse.

— Et maintenant que vous avez ce que vous avez voulu, dit-elle, allez, Monsieur de Gondy.

— Quand la reine aura besoin de moi, dit le coadjuteur en s'inclinant, Sa Majesté sait que je suis à ses ordres.

La reine fit un signe de tête, Gondy se retira.

— Ah! prêtre maudit! s'écria Anne d'Autriche en étendant la main vers la porte à peine fermée, je te ferai boire un jour le reste du fiel que tu m'as versé aujourd'hui.

Mazarin voulut s'approcher d'elle.

— Laissez-moi! dit-elle; vous n'êtes pas un homme!

Et elle sortit.

— C'est vous qui n'êtes pas une femme, murmura Mazarin.

Puis, après un instant de rêverie, il se souvint que d'Artagnan et Porthos devaient être là, et par conséquent avaient tout entendu. Il fronça le sourcil et alla droit à la tapisserie, qu'il souleva; le cabinet était vide.

Au dernier mot de la reine, d'Artagnan avait pris Porthos par la main et l'avait entraîné vers la galerie.

Mazarin entra à son tour dans la galerie et trouva les deux amis qui se promenaient.

— Pourquoi avez-vous quitté le cabinet, Monsieur d'Artagnan ? dit Mazarin.

— Parce que, dit d'Artagnan, la reine a ordonné à tout le monde de sortir et que j'ai pensé que cet ordre était pour nous comme pour les autres.

— Ainsi vous êtes ici depuis...

— Depuis un quart d'heure à peu près, dit d'Artagnan en regardant Porthos et en lui faisant signe de ne pas le démentir.

Mazarin surprit ce signe et demeura convaincu que d'Artagnan avait tout vu et tout entendu, mais il lui sut gré du mensonge.

— Décidément, Monsieur d'Artagnan, vous êtes l'homme que je cherchais, et vous pouvez compter sur moi ainsi que votre ami.

Puis, saluant les deux amis de son plus charmant sourire, il rentra plus tranquille dans son cabinet, car, à la sortie de Gondy, le tumulte avait cessé comme par enchantement.

LE MALHEUR DONNE DE LA MÉMOIRE

ANNE était rentrée furieuse dans son oratoire.

— Quoi! s'écria-t-elle en tordant ses beaux bras, quoi, le peuple a vu M. de Condé, le premier prince du sang, arrêté par ma belle-mère, Marie de Médicis; il a vu ma belle-mère, son ancienne régente, chassée par le cardinal; il a vu M. de Vendôme, c'est-à-dire le fils de Henri IV, prisonnier à Vincennes; il n'a rien dit tandis qu'on insultait, qu'on incarcérait, qu'on menaçait ces grands personnages! et pour un Broussel! Jésus, qu'est donc devenue la royauté?

Anne touchait sans y penser à la question brûlante. Le peuple n'avait rien dit pour les princes, le peuple se soulevait pour Broussel; c'est qu'il s'agissait d'un plébéien, et qu'en défendant Broussel le peuple sentait instinctivement qu'il se défendait lui-même.

Pendant ce temps, Mazarin se promenait de long en large dans son cabinet, regardant de temps en temps sa belle glace de Venise tout étoilée.

— Eh! disait-il, c'est triste, je le sais bien, d'être forcé de céder ainsi; mais bah! nous prendrons notre revanche : qu'importe Broussel! c'est un nom, ce n'est pas une chose.

Si habile politique qu'il fût, Mazarin se trompait cette fois : Broussel était une chose et non pas un nom.

Aussi, lorsque le lendemain matin Broussel fit son entrée à Paris dans un grand carrosse, ayant son fils Louvières à côté de lui et Friquet derrière la voiture, tout le peuple en armes se précipita-t-il sur son passage! Les cris de : «Vive Broussel! Vive notre père! » retentissaient de toutes parts et portaient la mort aux oreilles de Mazarin; de tous les côtés les espions du cardinal et de la reine rapportaient de fâcheuses nouvelles, qui trouvaient le ministre fort agité et la reine fort tranquille. La reine paraissait mûrir dans sa tête une grande résolution, ce qui redoublait les inquiétudes de Mazarin. Il connaissait l'orgueilleuse princesse et craignait fort les résolutions d'Anne d'Autriche.

Le coadjuteur était rentré au parlement plus roi que le roi, la reine et le cardinal ne l'étaient à eux trois ensemble; sur son avis, un édit du parlement avait invité les bourgeois à déposer leurs armes et à démolir les barricades : ils savaient maintenant qu'il ne fallait qu'une heure pour reprendre les armes et qu'une nuit pour refaire les barricades.

Planchet était rentré dans sa boutique; la victoire amnistie : Planchet n'avait donc plus peur d'être pendu; il était convaincu que, si l'on faisait seulement mine de l'arrêter, le peuple se soulèverait pour lui comme il venait de le faire pour Broussel.

Rochefort avait rendu ses chevau-légers au chevalier d'Humières : il en manquait bien deux à l'appel; mais le chevalier, qui était frondeur dans l'âme, n'avait pas voulu entendre parler de dédommagement.

Le mendiant avait repris sa place au parvis Saint-Eustache, distribuant toujours son eau bénite d'une main et demandant l'aumône de l'autre; et nul ne se doutait que ces deux mains-là venaient d'aider à tirer de l'édifice social la pierre fondamentale de la royauté.

Louvières était fier et content, il s'était vengé du Mazarin, qu'il détestait, et avait fort contribué à faire sortir son père de prison; son nom avait été répété avec terreur au Palais-Royal, et il disait en riant au conseiller réintégré dans sa famille :

— Croyez-vous, mon père, que si maintenant je demandais une compagnie à la reine elle me la donnerait?

D'Artagnan avait profité du moment de calme pour renvoyer Raoul, qu'il avait eu grand-peine à retenir enfermé pendant l'émeute, et qui voulait absolument tirer l'épée pour l'un ou l'autre parti. Raoul avait fait quelque difficulté d'abord, mais d'Artagnan avait parlé au nom du comte de La Fère. Raoul avait été faire une visite à Mme de Chevreuse et était parti pour rejoindre l'armée.

Rochefort seul trouvait la chose assez mal terminée : il avait écrit à M. le duc de Beaufort de venir; le duc allait arriver et trouverait Paris tranquille.

Il alla trouver le coadjuteur, pour lui demander s'il

ne fallait pas donner avis au prince de s'arrêter en route;
mais Gondy y réfléchit un instant et dit :

— Laissez-le continuer son chemin.

— Mais ce n'est donc pas fini? demanda Rochefort.

— Bon! mon cher comte, nous ne sommes encore
qu'au commencement.

— Qui vous fait croire cela?

— La connaissance que j'ai du cœur de la reine : elle
ne voudra pas demeurer battue.

— Prépare-t-elle donc quelque chose?

— Je l'espère.

— Que savez-vous, voyons?

— Je sais qu'elle a écrit à M. le Prince de revenir de
l'armée en toute hâte.

— Ah! ah! dit Rochefort, vous avez raison, il faut
laisser venir M. de Beaufort.

Le soir même de cette conversation, le bruit se répandit
que M. le Prince était arrivé .

C'était une nouvelle bien simple et bien naturelle, et
cependant elle eut un immense retentissement; des indis-
crétions, disait-on, avaient été commises par Mme de
Longueville, à qui M. le Prince, qu'on accusait d'avoir
pour sa sœur une tendresse qui dépassait les bornes de
l'amitié fraternelle , avait fait des confidences.

Ces confidences dévoilaient de sinistres projets de
la part de la reine.

Le soir même de l'arrivée de M. le Prince, des bourgeois plus avancés que les autres, des échevins, des
capitaines de quartier s'en allaient chez leurs connaissances, disant :

— Pourquoi ne prendrions-nous pas le roi et ne le
mettrions-nous pas à l'Hôtel de Ville? C'est un tort de le
laisser élever par nos ennemis, qui lui donnent de mauvais conseils; tandis que s'il était dirigé par M. le coadjuteur, par exemple, il sucerait des principes nationaux
et aimerait le peuple.

La nuit fut sourdement agitée; le lendemain on revit
les manteaux gris et noirs, les patrouilles de marchands
en armes et les bandes de mendiants.

La reine avait passé la nuit à conférer seul à seul avec
M. le Prince; à minuit il avait été introduit dans son
oratoire et ne l'avait quittée qu'à cinq heures.

A cinq heures la reine se rendit au cabinet du cardinal.

Si elle n'était pas encore couchée, elle, le cardinal était déjà levé.

Il rédigeait une réponse à Cromwell, six jours étaient déjà écoulés sur les dix qu'il avait demandés à Mordaunt.

— Bah! disait-il, je l'aurai fait un peu attendre, mais M. Cromwell sait trop ce que c'est que les révolutions pour ne pas m'excuser.

Il relisait donc avec complaisance le premier paragraphe de son factum, lorsqu'on gratta doucement à la porte qui communiquait aux appartements de la reine. Anne d'Autriche pouvait seule venir par cette porte. Le cardinal se leva et alla ouvrir.

La reine était en négligé, mais le négligé lui allait encore, car, ainsi que Diane de Poitiers et Ninon , Anne d'Autriche conserva ce privilège de rester toujours belle : seulement ce matin-là elle était plus belle que de coutume, car ses yeux avaient tout le brillant que donne au regard une joie intérieure.

— Qu'avez-vous, Madame, dit Mazarin inquiet, vous avez l'air toute fière ?

— Oui, Giulio, fière et heureuse, car j'ai trouvé le moyen d'étouffer cette hydre.

— Vous êtes un grand politique, ma reine, dit Mazarin, voyons le moyen.

Et il cacha ce qu'il écrivait en glissant la lettre commencée sous du papier blanc.

— Ils veulent me prendre le roi, vous savez ? dit la reine.

— Hélas, oui! et me pendre, moi.

— Ils n'auront pas le roi.

— Et ils ne me pendront pas, *benone* .

— Écoutez : je veux leur enlever mon fils et moi-même, et vous avec moi; je veux que cet événement, qui du jour au lendemain changera la face des choses, s'accomplisse sans que d'autres le sachent que vous. moi et une troisième personne.

— Et quelle est cette troisième personne ?

— M. le Prince.

— Il est donc arrivé, comme on me l'avait dit ?

— Hier soir.

— Et vous l'avez vu ?

— Je le quitte.

— Il prête les mains à ce projet ?

— Le conseil vient de lui.

— Et Paris?

— Il l'affame et le force à se rendre à discrétion.

— Le projet ne manque pas de grandiose, mais je n'y vois qu'un empêchement.

— Lequel?

— L'impossibilité.

— Parole vide de sens. Rien n'est impossible.

— En projet.

— En exécution. Avons-nous de l'argent?

— Un peu, dit Mazarin tremblant qu'Anne d'Autriche ne demandât à puiser dans sa bourse.

— Avons-nous des troupes?

— Cinq ou six mille hommes.

— Avons-nous du courage?

— Beaucoup.

— Alors la chose est facile. Oh! comprenez-vous, Giulio? Paris, cet odieux Paris, se réveillant un matin sans reine et sans roi, cerné, assiégé, affamé, n'ayant plus pour toute ressource que son stupide parlement et son maigre coadjuteur aux jambes torses!

— Joli! joli! dit Mazarin : je comprends l'effet; mais je ne vois pas le moyen d'y arriver.

— Je le trouverai, moi!

— Vous savez que c'est la guerre, la guerre civile, ardente, acharnée, implacable.

— Oh! oui, oui, la guerre, dit Anne d'Autriche; oui, je veux réduire cette ville rebelle en cendres; je veux éteindre le feu dans le sang; je veux qu'un exemple effroyable éternise le crime et le châtiment. Paris! je le hais, je le déteste.

— Tout beau, Anne, vous voilà sanguinaire! Prenez garde, nous ne sommes pas au temps des Malatesta et des Castruccio Castracani; vous vous ferez décapiter, ma belle reine, et ce serait dommage.

— Vous riez.

— Je ris très peu, la guerre est dangereuse avec tout un peuple : voyez votre frère Charles Ier, il est mal, très mal.

— Nous sommes en France et je suis Espagnole.

— Tant pis, *per Baccho,* tant pis, j'aimerais mieux que vous fussiez Française, et moi aussi : on nous détesterait moins tous les deux.

— Cependant vous m'approuvez?

— Oui, si je vois la chose possible.

— Elle l'est, c'est moi qui vous le dis; faites vos préparatifs de départ.

— Moi! je suis toujours prêt à partir; seulement, vous le savez, je ne pars jamais... et cette fois probablement pas plus que les autres.

— Enfin, si je pars, partirez-vous?

— J'essayerai.

— Vous me faites mourir avec vos peurs, Giulio, et de quoi donc avez-vous peur?

— De beaucoup de choses.

— Desquelles!

La physionomie de Mazarin, de railleuse qu'elle était, devint sombre.

— Anne, dit-il, vous n'êtes qu'une femme, et, comme femme, vous pouvez insulter à votre aise les hommes, sûre que vous êtes de l'impunité. Vous m'accusez d'avoir peur : je n'ai pas tant peur que vous, puisque je ne me sauve pas, moi. Contre qui crie-t-on? Est-ce contre vous ou contre moi? Qui veut-on pendre? Est-ce vous ou moi? Eh bien, je fais tête à l'orage, moi, cependant, que vous accusez d'avoir peur, non pas en bravache, ce n'est pas ma mode, mais je tiens. Imitez-moi, pas tant d'éclat, plus d'effet. Vous criez très haut, vous n'aboutissez à rien. Vous parlez de fuir!

Mazarin haussa les épaules, prit la main de la reine et la conduisit à la fenêtre :

— Regardez!

— Eh bien? dit la reine aveuglée par son entêtement.

— Eh bien, que voyez-vous de cette fenêtre? Ce sont, si je ne m'abuse, des bourgeois cuirassés, casqués, armés de bons mousquets, comme au temps de la Ligue, et qui regardent si bien la fenêtre d'où vous les regardez, vous, que vous allez être vue si vous soulevez si fort le rideau. Maintenant, venez à cette autre : que voyez-vous? Des gens du peuple armés de hallebardes qui gardent vos portes. A chaque ouverture de ce palais où je vous conduirais, vous en verriez autant; vos portes sont gardées, les soupiraux de vos caves sont gardés, et je vous dirai à mon tour ce que ce bon La Ramée me disait de M. de Beaufort : « A moins d'être oiseau ou souris, » vous ne sortirez pas. »

— Il est cependant sorti, lui.

— Comptez-vous sortir de la même manière?

— Je suis donc prisonnière alors?

— Parbleu! dit Mazarin, il y a une heure que je vous le prouve.

Et Mazarin reprit tranquillement sa dépêche commencée, à l'endroit où il l'avait interrompue.

Anne, tremblante de colère, rouge d'humiliation, sortit du cabinet en repoussant derrière elle la porte avec violence.

Mazarin ne tourna pas même la tête.

Rentrée dans ses appartements, la reine se laissa tomber sur un fauteuil et se mit à pleurer.

Puis tout à coup frappée d'une idée subite:

— Je suis sauvée, dit-elle en se levant. Oh! oui, oui, je connais un homme qui saura me tirer de Paris, lui, un homme que j'ai trop longtemps oublié.

Et, rêveuse, quoique avec un sentiment de joie:

— Ingrate que je suis, dit-elle, j'ai vingt ans oublié cet homme, dont j'eusse dû faire un maréchal de France. Ma belle-mère a prodigué l'or, les dignités, les caresses à Concini, qui l'a perdue; le roi a fait Vitry maréchal de France pour un assassinat, et moi j'ai laissé dans l'oubli, dans la misère, ce noble d'Artagnan qui m'a sauvée.

Et elle courut à une table sur laquelle étaient du papier et de l'encre, et se mit à écrire.

CE MATIN-LÀ d'Artagnan était couché dans la chambre de Porthos. C'était une habitude que les deux amis avaient prise depuis les troubles. Sous leur chevet était leur épée, et sur leur table, à portée de la main, étaient leurs pistolets.

D'Artagnan dormait encore et rêvait que le ciel se couvrait d'un grand nuage jaune, que de ce nuage tombait une pluie d'or, et qu'il tendait son chapeau sous une gouttière.

Porthos rêvait de son côté que le panneau de son carrosse n'était pas assez large pour contenir les armoiries qu'il y faisait peindre.

Ils furent réveillés à sept heures par un valet sans livrée qui apportait une lettre à d'Artagnan.

— De quelle part? demanda le Gascon.

— De la part de la reine, répondit le valet.

— Hein! fit Porthos en se soulevant sur son lit, que dit-il donc?

D'Artagnan pria le valet de passer dans une salle voisine, et dès qu'il eut refermé la porte il sauta à bas de son lit et lut rapidement, pendant que Porthos le regardait, les yeux écarquillés et sans oser lui adresser une question.

— Ami Porthos, dit d'Artagnan en lui tendant la lettre, voici pour cette fois ton titre de baron et mon brevet de capitaine. Tiens, lis et juge.

Porthos étendit la main, prit la lettre, et lut ces mots d'une voix tremblante:

« La reine veut parler à M. d'Artagnan, qu'il suive
» le porteur. »

— Eh bien! dit Porthos, je ne vois rien là que d'ordinaire.

— J'y vois, moi, beaucoup d'extraordinaire, dit d'Artagnan. Si l'on m'appelle, c'est que les choses sont bien embrouillées. Songe un peu quel remue-ménage a dû se faire dans l'esprit de la reine, pour qu'après vingt ans mon souvenir remonte à la surface.

— C'est juste, dit Porthos.

— Aiguise ton épée, baron, charge tes pistolets, donne l'avoine aux chevaux, je te réponds qu'il y aura du nouveau avant demain; et *motus !*

— Ah çà! ce n'est point un piège qu'on nous tend pour se défaire de nous? dit Porthos toujours préoccupé de la gêne que sa grandeur future devait causer à autrui.

— Si c'est un piège, reprit d'Artagnan, je le flairerai, sois tranquille. Si Mazarin est Italien, je suis Gascon, moi.

Et d'Artagnan s'habilla en un tour de main.

Comme Porthos, toujours couché, lui agrafait son manteau, on frappa une seconde fois à la porte.

— Entrez, dit d'Artagnan.

Un second valet entra.

— De la part de Son Éminence le cardinal Mazarin, dit-il.

D'Artagnan regarda Porthos.

— Voilà qui se complique, dit Porthos, par où commencer?

— Cela tombe à merveille, dit d'Artagnan; Son Éminence me donne rendez-vous dans une demi-heure.

— Bien.

— Mon ami, dit d'Artagnan se retournant vers le valet, dites à Son Éminence que dans une demi-heure je suis à ses ordres.

Le valet salua et sortit.

— C'est bien heureux qu'il n'ait pas vu l'autre, reprit d'Artagnan.

— Tu crois donc qu'ils ne t'envoient pas chercher tous deux pour la même chose?

— Je ne le crois pas, j'en suis sûr.

— Allons, allons, d'Artagnan, alerte! Songe que la reine t'attend; après la reine, le cardinal; et après le cardinal, moi.

D'Artagnan rappela le valet d'Anne d'Autriche.

— Me voilà, mon ami, dit-il, conduisez-moi.

Le valet le conduisit par la rue des Petits-Champs, et, tournant à gauche, le fit entrer par la petite porte du jardin qui donnait sur la rue de Richelieu puis on gagna un escalier dérobé, et d'Artagnan fut introduit dans l'oratoire.

Une certaine émotion dont il ne pouvait se rendre compte faisait battre le cœur du lieutenant; il n'avait plus la confiance de la jeunesse, et l'expérience lui avait appris toute la gravité des événements passés. Il savait ce que c'était que la noblesse des princes et la majesté des rois, il s'était habitué à classer sa médiocrité après les illustrations de la fortune et de la naissance. Jadis il eût abordé Anne d'Autriche en jeune homme qui salue une femme. Aujourd'hui c'était autre chose : il se rendait près d'elle comme un humble soldat près d'un illustre chef.

Un léger bruit troubla le silence de l'oratoire. D'Artagnan tressaillit et vit une blanche main soulever la tapisserie, et à sa forme, à sa blancheur, à sa beauté, il reconnut cette main royale qu'un jour on lui avait donnée à baiser.

La reine entra.

— C'est vous, Monsieur d'Artagnan, dit-elle en arrêtant sur l'officier un regard plein d'affectueuse mélancolie, c'est vous et je vous reconnais bien. Regardez-moi à votre tour, je suis la reine; me reconnaissez-vous?

— Non, Madame, répondit d'Artagnan.

— Mais ne savez-vous donc plus, continua Anne d'Autriche avec cet accent délicieux qu'elle savait, lorsqu'elle le voulait, donner à sa voix, que la reine a eu besoin jadis d'un jeune cavalier brave et dévoué, qu'elle a trouvé ce cavalier, et que, quoiqu'il ait pu croire qu'elle l'avait oublié, elle lui a gardé une place au fond de son cœur!

— Non, Madame, j'ignore cela, dit le mousquetaire.

— Tant pis, Monsieur, dit Anne d'Autriche, tant pis, pour la reine du moins, car la reine aujourd'hui a besoin de ce même courage et de ce même dévouement.

— Eh quoi! dit d'Artagnan, la reine, entourée comme elle est de serviteurs si dévoués, de conseillers si sages, d'hommes si grands enfin par leur mérite ou leur position, daigne jeter les yeux sur un soldat obscur!

Anne comprit ce reproche voilé; elle en fut émue plus qu'irritée. Tant d'abnégation et de désintéressement de la part du gentilhomme gascon l'avait maintes fois humiliée, elle s'était laissé vaincre en générosité.

— Tout ce que vous me dites de ceux qui m'entourent

Monsieur d'Artagnan, est vrai peut-être, dit la reine : mais moi je n'ai confiance qu'en vous seul. Je sais que vous êtes à M. le cardinal, mais soyez à moi aussi et je me charge de votre fortune. Voyons, feriez-vous pour moi aujourd'hui ce que fit jadis pour la reine ce gentilhomme que vous ne connaissez pas ?

— Je ferai tout ce qu'ordonnera Votre Majesté, dit d'Artagnan.

La reine réfléchit un moment; et, voyant l'attitude circonspecte du mousquetaire :

— Vous aimez peut-être le repos ? dit-elle.

— Je ne sais, car je ne me suis jamais reposé, Madame.

— Avez-vous des amis ?

— J'en avais trois : deux ont quitté Paris et j'ignore où ils sont allés. Un seul me reste, mais c'est un de ceux qui connaissaient, je crois, le cavalier dont Votre Majesté m'a fait l'honneur de me parler.

— C'est bien, dit la reine : vous et votre ami, vous valez une armée.

— Que faut-il que je fasse, Madame.

— Revenez à cinq heures et je vous le dirai; mais ne parlez à âme qui vive, Monsieur, du rendez-vous que je vous donne.

— Non, Madame.

— Jurez-le sur le Christ.

— Madame, je n'ai jamais menti à ma parole; quand je dis non, c'est non.

La reine, quoique étonnée de ce langage, auquel ses courtisans ne l'avaient pas habituée, en tira un heureux présage pour le zèle que d'Artagnan mettrait à la servir dans l'accomplissement de son projet. C'était un des artifices du Gascon de cacher parfois sa profonde subtilité sous les apparences d'une brutalité loyale.

— La reine n'a pas autre chose à m'ordonner pour le moment ? dit-il.

— Non, Monsieur, répondit Anne d'Autriche, et vous pouvez vous retirer jusqu'au moment que je vous ai dit.

D'Artagnan salua et sortit.

— Diable ! dit-il lorsqu'il fut à la porte, il paraît qu'on a besoin de moi ici.

Puis, comme la demi-heure était écoulée, il traversa la galerie et alla heurter à la porte du cardinal.

Bernouin l'introduisit.

— Je me rends à vos ordres, Monseigneur, dit-il.

Et, selon son habitude, d'Artagnan jeta un coup d'œil rapide autour de lui, et remarqua que Mazarin avait devant lui une lettre cachetée. Seulement elle était posée sur le bureau du côté de l'écriture, de sorte qu'il était impossible de voir à qui elle était adressée.

— Vous venez de chez la reine? dit Mazarin en regardant fixement d'Artagnan.

— Moi, Monseigneur! Qui vous a dit cela?

— Personne; mais je le sais.

— Je suis désespéré de dire à Monseigneur qu'il se trompe, répondit impudemment le Gascon, fort de la promesse qu'il venait de faire à Anne d'Autriche.

— J'ai ouvert moi-même l'antichambre, et je vous ai vu venir du bout de la galerie.

— C'est que j'ai été introduit par l'escalier dérobé.

— Comment cela?

— Je l'ignore; il y aura eu malentendu.

Mazarin savait qu'on ne faisait pas dire facilement à d'Artagnan ce qu'il voulait cacher; aussi renonça-t-il à découvrir pour le moment le mystère que lui faisait le Gascon.

— Parlons de mes affaires, dit le cardinal, puisque vous ne voulez rien dire des vôtres.

D'Artagnan s'inclina.

— Aimez-vous les voyages? demanda le cardinal.

— J'ai passé ma vie sur les grands chemins.

— Quelque chose vous retiendrait-il à Paris?

— Rien ne me retiendrait à Paris qu'un ordre supérieur.

— Bien. Voici une lettre qu'il s'agit de remettre à son adresse.

— A son adresse, Monseigneur? mais il n'y en a pas.

En effet le côté opposé au cachet était intact de toute écriture.

— C'est-à-dire, reprit Mazarin, qu'il y a une double enveloppe.

— Je comprends, et je dois déchirer la première, arrivé à un endroit donné seulement.

— A merveille. Prenez et partez. Vous avez un ami, M. du Vallon, je l'aime fort, vous l'emmènerez.

« Diable! se dit d'Artagnan, il sait que nous avons

entendu sa conversation d'hier, et il veut nous éloigner de Paris. »

— Hésiteriez-vous ? demanda Mazarin.

— Non, Monseigneur, et je pars sur-le-champ. Seulement je désirerais une chose…

— Laquelle ? Dites.

— C'est que Votre Éminence passât chez la reine.

— Quand cela ?

— A l'instant même.

— Pour quoi faire ?

— Pour lui dire seulement ces mots : « J'envoie » M. d'Artagnan quelque part, et je le fais partir tout » de suite. »

— Vous voyez bien, dit Mazarin, que vous avez vu la reine.

— J'ai eu l'honneur de dire à Votre Éminence qu'il était possible qu'il y eût un malentendu.

— Que signifie cela ? demanda Mazarin.

— Oserais-je renouveler ma prière à Son Éminence ?

— C'est bien, j'y vais. Attendez-moi ici.

Mazarin regarda avec attention si aucune clef n'avait été oubliée aux armoires et sortit.

Dix minutes s'écoulèrent, pendant lesquelles d'Artagnan fit tout ce qu'il put pour lire à travers la première enveloppe ce qui était écrit sur la seconde; mais il n'en put venir à bout.

Mazarin rentra pâle et vivement préoccupé; il alla s'asseoir à son bureau. D'Artagnan l'examinait comme il venait d'examiner l'épître; mais l'enveloppe de son visage était presque aussi impénétrable que l'enveloppe de la lettre.

« Eh! eh! dit le Gascon, il a l'air fâché. Serait-ce contre moi ? Il médite; est-ce de m'envoyer à la Bastille ? Tout beau, Monseigneur! au premier mot que vous en dites, je vous étrangle et me fais frondeur. On me portera en triomphe comme M. Broussel, et Athos me proclamera le Brutus français. Ce serait drôle. »

Le Gascon, avec son imagination toujours galopante, avait déjà vu tout le parti qu'il pouvait tirer de la situation.

Mais Mazarin ne donna aucun ordre de ce genre et se mit au contraire à faire patte de velours à d'Artagnan.

— Vous aviez raison, lui dit-il, mon cher monsou d'Artagnan, et vous ne pouvez partir encore.

— Ah! fit d'Artagnan.

— Rendez-moi donc cette dépêche, je vous prie.

D'Artagnan obéit. Mazarin s'assura que le cachet était bien intaƈt.

— J'aurai besoin de vous ce soir, dit-il, revenez dans deux heures.

— Dans deux heures, Monseigneur, dit d'Artagnan, j'ai un rendez-vous auquel je ne puis manquer.

— Que cela ne vous inquiète pas, dit Mazarin, c'eſt le même.

« Bon, pensa d'Artagnan, je m'en doutais. »

— Revenez donc à cinq heures et amenez-moi ce cher M. du Vallon; seulement, laissez-le dans l'antichambre : je veux causer avec vous seul.

D'Artagnan s'inclina.

En s'inclinant il se disait :

« Tous deux le même ordre, tous deux à la même heure, tous deux au Palais-Royal; je devine. Ah! voilà un secret que M. de Gondy eût payé cent mille livres ».

— Vous réfléchissez! dit Mazarin inquiet.

— Oui, je me demande si nous devons être armés ou non.

— Armés jusqu'aux dents, dit Mazarin.

— C'eſt bien, Monseigneur, on le sera.

D'Artagnan salua, sortit et courut répéter à son ami les promesses flatteuses de Mazarin, lesquelles donnèrent à Porthos une allégresse inconcevable.

LA FUITE

L<small>E PALAIS-ROYAL</small>, malgré les signes d'agitation que donnait la ville, présentait, lorsque d'Artagnan s'y rendit vers les cinq heures du soir, un spectacle des plus réjouissants. Ce n'était pas étonnant : la reine avait rendu Broussel et Blancmesnil au peuple. La reine n'avait réellement donc rien à craindre, puisque le peuple n'avait plus rien à demander. Son émotion était un reste d'agitation auquel il fallait laisser le temps de se calmer, comme après une tempête il faut quelquefois plusieurs journées pour affaisser la houle.

Il y avait eu un grand festin, dont le retour du vainqueur de Lens était le prétexte. Les princes, les princesses étaient invités, les carrosses encombraient les cours depuis midi. Après le dîner, il devait y avoir jeu chez la reine.

Anne d'Autriche était charmante, ce jour-là, de grâce et d'esprit, jamais on ne l'avait vue de plus joyeuse humeur. La vengeance en fleurs brillait dans ses yeux et épanouissait ses lèvres.

Au moment où l'on se leva de table, Mazarin s'éclipsa. D'Artagnan était déjà à son poste et l'attendait dans l'antichambre. Le cardinal parut, l'air riant, le prit par la main et l'introduisit dans son cabinet.

— Mon cher monsou d'Artagnan, dit le ministre en s'asseyant, je vais vous donner la plus grande marque de confiance qu'un ministre puisse donner à un officier.

D'Artagnan s'inclina.

— J'espère, dit-il, que Monseigneur me la donne sans arrière-pensée et avec cette conviction que j'en suis digne.

— Le plus digne de tous, mon cher ami, puisque c'est à vous que je m'adresse.

— Eh bien! dit d'Artagnan, je vous l'avouerai, Monseigneur, il y a longtemps que j'attends une occasion pareille. Ainsi, dites-moi vite ce que vous avez à me dire.

— Vous allez, mon cher monsou d'Artagnan, reprit Mazarin, avoir ce soir entre les mains le salut de l'État.

Il s'arrêta.

— Expliquez-vous, Monseigneur, j'attends.

— La reine a résolu de faire avec le roi un petit voyage à Saint-Germain.

— Ah! ah! dit d'Artagnan, c'est-à-dire que la reine veut quitter Paris.

— Vous comprenez, caprice de femme.

— Oui, je comprends très bien, dit d'Artagnan.

— C'était pour cela qu'elle vous avait fait venir ce matin, et qu'elle vous a dit de revenir à cinq heures.

« C'était bien la peine de vouloir me faire jurer que je ne parlerais de ce rendez-vous à personne! murmura d'Artagnan; oh! les femmes! fussent-elles reines, elles sont toujours femmes. »

— Désapprouveriez-vous ce petit voyage, mon cher monsou d'Artagnan? demanda Mazarin avec inquiétude.

— Moi, Monseigneur! dit d'Artagnan, et pourquoi cela?

— C'est que vous haussez les épaules.

— C'est une façon de me parler à moi-même, Monseigneur.

— Ainsi, vous approuvez ce voyage?

— Je n'approuve pas plus que je ne désapprouve, Monseigneur, j'attends vos ordres.

— Bien. C'est donc sur vous que j'ai jeté les yeux pour porter le roi et la reine à Saint-Germain.

« Double fourbe », dit en lui-même d'Artagnan.

— Vous voyez bien, reprit Mazarin voyant l'impassibilité de d'Artagnan, que, comme je vous le disais, le salut de l'État va reposer entre vos mains.

— Oui, Monseigneur, et je sens toute la responsabilité d'une pareille charge.

— Vous acceptez, cependant?

— J'accepte toujours.

— Vous croyez la chose possible?

— Tout l'est.

— Serez-vous attaqué en chemin?

— C'est probable.

— Mais comment ferez-vous en ce cas?

— Je passerai à travers ceux qui m'attaqueront.

— Et si vous ne passez pas à travers?

— Alors, tant pis pour eux, je passerai dessus.

— Et vous rendrez le roi et la reine sains et saufs à Saint-Germain?

— Oui.

— Sur votre vie?

— Sur ma vie.

— Vous êtes un héros, mon cher! dit Mazarin en regardant le mousquetaire avec admiration.

D'Artagnan sourit.

— Et moi? dit Mazarin après un moment de silence et en regardant fixement d'Artagnan.

— Comment et vous, Monseigneur?

— Et moi, si je veux partir?

— Ce sera plus difficile.

— Comment cela?

— Votre Éminence peut être reconnue.

— Même sous ce déguisement? dit Mazarin.

Et il leva un manteau qui couvrait un fauteuil sur lequel était un habit complet de cavalier gris perle et grenat tout passementé d'argent.

— Si Votre Éminence se déguise, cela devient plus facile.

— Ah! fit Mazarin en respirant.

— Mais il faudra faire ce que Votre Éminence disait l'autre jour qu'elle eût fait à notre place.

— Que faudra-t-il faire?

— Crier : « A bas Mazarin! »

— Je crierai.

— En français, en bon français, Monseigneur, prenez garde à l'accent; on nous a tué six mille Angevins en Sicile parce qu'ils prononçaient mal l'italien . Prenez garde que les Français ne prennent sur vous leur revanche des Vêpres siciliennes.

— Je ferai de mon mieux.

— Il y a bien des gens armés dans les rues, continua d'Artagnan; êtes-vous sûr que personne ne connaît le projet de la reine?

Mazarin réfléchit.

— Ce serait une belle affaire pour un traître, Monseigneur, que l'affaire que vous me proposez-là; les hasards d'une attaque excuseraient tout.

Mazarin frissonna; mais il réfléchit qu'un homme qui aurait l'intention de trahir ne préviendrait pas.

— Aussi, dit-il vivement, je ne me fie pas à tout le monde, et la preuve, c'est que je vous ai choisi pour m'escorter.

— Ne partez-vous pas avec la reine?

— Non, dit Mazarin.

— Alors, vous partez après la reine?

— Non, fit encore Mazarin.

— Ah! dit d'Artagnan, qui commençait à comprendre.

— Oui, j'ai mes plans, continua le cardinal : avec la reine, je double ses mauvaises chances; après la reine, son départ double les miennes; puis, la cour une fois sauvée, on peut m'oublier : les grands sont ingrats.

— C'est vrai, dit d'Artagnan en jetant malgré lui les yeux sur le diamant de la reine que Mazarin avait à son doigt.

Mazarin suivit la direction de ce regard et tourna doucement le chaton de sa bague en dedans.

— Je veux donc, dit Mazarin avec son fin sourire, les empêcher d'être ingrats envers moi.

— C'est de charité chrétienne, dit d'Artagnan, que de ne pas induire son prochain en tentation.

— C'est justement pour cela, dit Mazarin, que je veux partir avant eux.

D'Artagnan sourit; il était homme à très bien comprendre cette astuce italienne.

Mazarin le vit sourire et profita du moment.

— Vous commencerez donc par me faire sortir de Paris d'abord, n'est-ce pas, mon cher monsou d'Artagnan?

— Rude commission, Monseigneur! dit d'Artagnan en reprenant son air grave.

— Mais, dit Mazarin en le regardant attentivement pour que pas une des expressions de sa physionomie ne lui échappât, mais vous n'avez pas fait toutes ces observations pour le roi et pour la reine?

— Le roi et la reine sont ma reine et mon roi, Monseigneur, répondit le mousquetaire; ma vie est à eux, je la leur dois. Ils me la demandent; je n'ai rien à dire.

« C'est juste, murmura tout bas Mazarin; mais comme ta vie n'est pas à moi, il faut que je te l'achète, n'est-ce pas? »

Et tout en poussant un profond soupir, il commença de retourner le chaton de sa bague en dehors.

D'Artagnan sourit.

Ces deux hommes se touchaient par un point, par l'astuce. S'ils se fussent touchés de même par le courage, l'un eût fait faire à l'autre de grandes choses.

— Mais aussi, dit Mazarin, vous comprenez, si je vous demande ce service, c'est avec l'intention d'en être reconnaissant.

— Monseigneur n'en est-il encore qu'à l'intention? demanda d'Artagnan.

— Tenez, dit Mazarin en tirant la bague de son doigt, mon cher monsou d'Artagnan, voici un diamant qui vous a appartenu jadis, il est juste qu'il vous revienne; prenez-le, je vous en supplie.

D'Artagnan ne donna point à Mazarin la peine d'insister, il le prit, regarda si la pierre était bien la même, et, après s'être assuré de la pureté de son eau, il le passa à son doigt avec un plaisir indicible.

— J'y tenais beaucoup, dit Mazarin en l'accompagnant d'un dernier regard; mais n'importe, je vous le donne avec grand plaisir.

— Et moi, Monseigneur, dit d'Artagnan, je le reçois comme il m'est donné. Voyons, parlons donc de vos petites affaires. Vous voulez partir avant tout le monde?

— Oui, j'y tiens.

— A quelle heure?

— A dix heures.

— Et la reine, à quelle heure part-elle?

— A minuit.

— Alors c'est possible : je vous fais sortir d'abord, je vous laisse hors de la barrière, et je reviens la chercher.

— A merveille, mais comment me conduire hors de Paris?

— Oh! pour cela, il faut me laisser faire.

— Je vous donne pleins pouvoirs, prenez une escorte aussi considérable que vous le voudrez.

D'Artagnan secoua la tête.

— Il me semble cependant que c'est le moyen le plus sûr, dit Mazarin.

— Oui, pour vous, Monseigneur, mais pas pour la reine.

Mazarin se mordit les lèvres.

— Alors, dit-il, comment opérerons-nous?

— Il faut me laisser faire, Monseigneur.

— Hum! fit Mazarin.

— Et il faut me donner la direction entière de cette entreprise.

— Cependant...

— Ou en chercher un autre, dit d'Artagnan en tournant le dos.

« Eh! fit tout bas Mazarin, je crois qu'il s'en va avec le diamant. »

Et il le rappela.

— Monsou d'Artagnan, mon cher monsou d'Artagnan, dit-il d'une voix caressante.

— Monseigneur?

— Me répondez-vous de tout?

— Je ne réponds de rien, je ferai de mon mieux.

— De votre mieux?

— Oui.

— Eh bien! allons, je me fie à vous.

« C'est bien heureux, se dit d'Artagnan à lui-même ».

— Vous serez donc ici à neuf heures et demie.

— Et je trouverai Votre Éminence prête?

— Certainement, toute prête.

— C'est chose convenue, alors. Maintenant, Monseigneur veut-il me faire voir la reine?

— A quoi bon?

— Je désirerais prendre les ordres de Sa Majesté de sa propre bouche.

— Elle m'a chargé de vous les donner.

— Elle pourrait avoir oublié quelque chose.

— Vous tenez à la voir?

— C'est indispensable, Monseigneur.

Mazarin hésita un instant, d'Artagnan demeura impassible dans sa volonté.

— Allons donc, dit Mazarin, je vais vous conduire, mais pas un mot de notre conversation.

— Ce qui a été dit entre nous ne regarde que nous, Monseigneur, dit d'Artagnan.

— Vous jurer d'être muet?

— Je ne jure jamais, Monseigneur. Je dis oui ou je dis non; et comme je suis gentilhomme, je tiens ma parole.

— Allons, je vois qu'il faut me fier à vous sans restriction.

— C'est ce qu'il y a de mieux, croyez-moi, Monseigneur.

— Venez, dit Mazarin.

Mazarin fit entrer d'Artagnan dans l'oratoire de la reine et lui dit d'attendre.

D'Artagnan n'attendit pas longtemps. Cinq minutes après qu'il était dans l'oratoire, la reine arriva en costume de grand gala. Parée ainsi, elle paraissait trente-cinq ans à peine et était toujours belle.

— C'est vous, Monsieur d'Artagnan, dit-elle en souriant gracieusement, je vous remercie d'avoir insisté pour me voir.

— J'en demande pardon à Votre Majesté, dit d'Artagnan, mais j'ai voulu prendre ses ordres de sa bouche même.

— Vous savez de quoi il s'agit?

— Oui, Madame.

— Vous acceptez la mission que je vous confie?

— Avec reconnaissance.

— C'est bien; soyez ici à minuit.

— J'y serai.

— Monsieur d'Artagnan, dit la reine, je connais trop votre désintéressement pour vous parler de ma reconnaissance dans ce moment-ci, mais je vous jure que je n'oublierai pas ce second service comme j'ai oublié le premier.

— Votre Majesté est libre de se souvenir et d'oublier, et je ne sais pas ce qu'elle veut dire.

Et d'Artagnan s'inclina.

— Allez, Monsieur, dit la reine avec son plus charmant sourire, allez et revenez à minuit.

Elle lui fit de la main un signe d'adieu, et d'Artagnan se retira; mais en se retirant il jeta les yeux sur la portière par laquelle était entrée la reine, et au bas de la tapisserie il aperçut le bout d'un soulier de velours.

— Bon, dit-il, le Mazarin écoutait pour voir si je ne le trahissais pas. En vérité, ce pantin d'Italie ne mérite pas d'être servi par un honnête homme.

D'Artagnan n'en fut pas moins exact au rendez-vous; à neuf heures et demie, il entrait dans l'antichambre.

Bernouin attendait et l'introduisit.

Il trouva le cardinal en cavalier. Il avait fort bonne mine sous ce costume, qu'il portait, nous l'avons dit, avec élégance; seulement il était fort pâle et tremblait quelque peu.

— Tout seul? dit Mazarin.

— Oui, Monseigneur.

— Et ce bon M. du Vallon, ne jouirons-nous pas de sa compagnie?

— Si fait, Monseigneur, il attend dans son carrosse.

— Où cela?

— A la porte du jardin du Palais-Royal.

— C'est donc dans son carrosse que nous partons?

— Oui, Monseigneur.

— Et sans autre escorte que vous deux?

— N'est-ce donc pas assez? Un des deux suffirait!

— En vérité, mon cher Monsieur d'Artagnan, dit Mazarin, vous m'épouvantez avec votre sang-froid.

— J'aurais cru, au contraire, qu'il devait vous inspirer de la confiance.

— Et Bernouin, est-ce que je ne l'emmène pas?

— Il n'y a point de place pour lui, il viendra rejoindre Votre Éminence.

— Allons, dit Mazarin, puisqu'il faut faire en tout comme vous le voulez.

— Monseigneur, il est encore temps de reculer, dit d'Artagnan, et Votre Éminence est parfaitement libre.

— Non pas, non pas, dit Mazarin, partons.

Et tous deux descendirent par l'escalier dérobé, Mazarin appuyant au bras de d'Artagnan son bras que le mousquetaire sentait trembler sur le sien.

Ils traversèrent les cours du Palais-Royal, où stationnaient encore quelques carrosses de convives attardés, gagnèrent le jardin et atteignirent la petite porte.

Mazarin essaya de l'ouvrir à l'aide d'une clef qu'il tira de sa poche, mais la main lui tremblait tellement qu'il ne put trouver le trou de la serrure.

— Donnez, dit d'Artagnan.

Mazarin lui donna la clef, d'Artagnan ouvrit et remit la clef dans sa poche; il comptait rentrer par là.

Le marchepied était abaissé, la porte ouverte; Mousqueton se tenait à la portière. Porthos était au fond de la voiture.

— Montez, Monseigneur, dit d'Artagnan.

Mazarin ne se le fit pas dire à deux fois et il s'élança dans le carrosse.

D'Artagnan monta derrière lui, Mousqueton referma la portière et se hissa avec force gémissements derrière la voiture. Il avait fait quelques difficultés pour partir sous prétexte que sa blessure le faisait encore souffrir, mais d'Artagnan lui avait dit :

— Restez si vous voulez, mon cher Monsieur Mouston, mais je vous préviens que Paris sera brûlé cette nuit.

Sur quoi Mousqueton n'en avait pas demandé davantage et avait déclaré qu'il était prêt à suivre son maître et M. d'Artagnan au bout du monde.

La voiture partit à un trot raisonnable et qui ne dénonçait pas le moins du monde qu'elle renfermât des gens pressés. Le cardinal s'essuya le front avec son mouchoir et regarda autour de lui.

Il avait à sa gauche Porthos et à sa droite d'Artagnan; chacun gardait une portière, chacun lui servait de rempart.

En face, sur la banquette de devant, étaient deux paires de pistolets, une paire devant Porthos, une paire devant d'Artagnan; les deux amis avaient en outre chacun son épée au côté.

A cent pas du Palais-Royal une patrouille arrêta le carrosse.

— Qui vive? dit le chef.

— Mazarin! répondit d'Artagnan en éclatant de rire.

Le cardinal sentit ses cheveux se dresser sur sa tête.

La plaisanterie parut excellente aux bourgeois, qui, voyant ce carrosse sans armes et sans escorte, n'eussent jamais cru à la réalité d'une pareille imprudence.

— Bon voyage! crièrent-ils.

Et ils laissèrent passer.

— Hein! dit d'Artagnan, que pense Monseigneur de cette réponse?

— Homme d'esprit! s'écria Mazarin.

— Au fait, dit Porthos, je comprends...

Vers le milieu de la rue des Petits-Champs, une seconde patrouille arrêta le carrosse.

— Qui vive? cria le chef de la patrouille.

— Rangez-vous, Monseigneur, dit d'Artagnan.

Et Mazarin s'enfonça tellement entre les deux amis, qu'il disparut complètement caché par eux.

— Qui vive? reprit la même voix avec impatience.

Et d'Artagnan sentit qu'on se jetait à la tête des chevaux.

Il sortit la moitié du corps du carrosse.

— Eh! Planchet, dit-il.

Le chef s'approcha : c'était effectivement Planchet. D'Artagnan avait reconnu la voix de son ancien laquais.

— Comment! Monsieur, dit Planchet, c'est vous?

— Eh! mon Dieu, oui, mon cher ami. Ce cher Porthos vient de recevoir un coup d'épée, et je le reconduis à sa maison de campagne de Saint-Cloud.

— Oh! vraiment? dit Planchet.

— Porthos, reprit d'Artagnan, si vous pouvez encore parler, mon cher Porthos, dites donc un mot à ce bon Planchet.

— Planchet, mon ami, dit Porthos d'une voix dolente, je suis bien malade, et si tu rencontres un médecin, tu me feras plaisir de me l'envoyer.

— Ah! grand Dieu! dit Planchet, quel malheur! Et comment cela est-il arrivé?

— Je te conterai cela, dit Mousqueton.

Porthos poussa un profond gémissement.

— Fais-nous faire place, Planchet, dit tout bas d'Artagnan, ou il n'arrivera pas vivant : les poumons sont offensés, mon ami.

Planchet secoua la tête de l'air d'un homme qui dit : En ce cas, la chose va mal.

Puis, se retournant vers ses hommes :

— Laissez passer, dit-il, ce sont des amis.

La voiture reprit sa marche, et Mazarin, qui avait retenu son haleine, se hasarda à respirer.

— *Bricconi!* murmura-t-il.

Quelques pas avant la porte Saint-Honoré, on rencontra une troisième troupe; celle-ci était composée de gens de mauvaise mine et qui ressemblaient plutôt à des bandits qu'à autre chose : c'étaient les hommes du mendiant de Saint-Eustache.

— Attention, Porthos! dit d'Artagnan.

Porthos allongea la main vers ses pistolets.

— Qu'y a-t-il? dit Mazarin.

— Monseigneur, je crois que nous sommes en mauvaise compagnie.

Un homme s'avança à la portière avec une espèce de faux à la main.

— Qui vive! demanda cet homme.

— Eh! drôle, dit d'Artagnan, ne reconnaissez-vous pas le carrosse de M. le Prince?

— Prince ou non, dit cet homme, ouvre! Nous avons la garde de la porte, et personne ne passera que nous ne sachions qui passe.

— Que faut-il faire? demanda Porthos.

— Pardieu! passer, dit d'Artagnan.

— Mais comment passer? dit Mazarin.

— A travers ou dessus. Cocher, au galop.

Le cocher leva son fouet.

— Pas un pas de plus, dit l'homme qui paraissait le chef, ou je coupe le jarret de vos chevaux.

— Peste! dit Porthos, ce serait dommage, des bêtes qui me coûtent cent pistoles pièce.

— Je vous les payerai deux cents, dit Mazarin.

— Oui; mais quand ils auront les jarrets coupés, on nous coupera le cou à nous.

— Il en vient un de mon côté, dit Porthos; faut-il que je le tue?

— Oui; d'un coup de poing, si vous pouvez: ne faisons feu qu'à la dernière extremité.

— Je le puis, dit Porthos.

— Venez ouvrir alors, dit d'Artagnan à l'homme à la faux, en prenant un de ses pistolets par le canon et en s'apprêtant à frapper de la crosse.

Celui-ci s'approcha.

A mesure qu'il s'approchait, d'Artagnan, pour être plus libre de ses mouvements, sortait à demi par la portière; ses yeux s'arrêtèrent sur ceux du mendiant, qu'éclairait la lueur d'une lanterne.

Sans doute il reconnut le mousquetaire, car il devint fort pâle; sans doute d'Artagnan le reconnut, car ses cheveux se dressèrent sur sa tête.

— Monsieur d'Artagnan! s'écria-t-il en reculant d'un pas, Monsieur d'Artagnan! laissez passer!

Peut-être d'Artagnan allait-il répondre de son côté, lorsqu'un coup pareil à celui d'une masse qui tombe sur la tête d'un bœuf retentit: c'était Porthos qui venait d'assommer son homme.

D'Artagnan se retourna et vit le malheureux gisant à quatre pas de là.

— Ventre à terre, maintenant! cria-t-il au cocher; pique! pique!

Le cocher enveloppa ses chevaux d'un large coup de fouet, les nobles animaux bondirent. On entendit des cris comme ceux d'hommes qui sont renversés. Puis on sentit une double secousse : deux des roues venaient de passer sur un corps flexible et rond.

Il se fit un moment de silence. La voiture franchit la porte.

— Au Cours-la-Reine! cria d'Artagnan au cocher.

Puis se retournant vers Mazarin :

— Maintenant, Monseigneur, lui dit-il, vous pouvez dire cinq *Pater* et cinq *Ave* pour remercier Dieu de votre délivrance; vous êtes sauvé, vous êtes libre!

Mazarin ne répondit que par une espèce de gémissement, il ne pouvait croire à un pareil miracle.

Cinq minutes après, la voiture s'arrêta, elle était arrivée au Cours-la-Reine.

— Monseigneur est-il content de son escorte? demanda le mousquetaire.

— Enchanté, monsou, dit Mazarin en hasardant sa tête à l'une des portières; maintenant faites-en autant pour la reine.

— Ce sera moins difficile, dit d'Artagnan en sautant à terre. Monsieur du Vallon, je vous recommande Son Éminence.

— Soyez tranquille, dit Porthos en étendant la main.

D'Artagnan prit la main de Porthos et la secoua.

— Aïe! fit Porthos.

D'Artagnan regarda son ami avec étonnement.

— Qu'avez-vous donc? demanda-t-il.

— Je crois que j'ai le poignet foulé, dit Porthos.

— Que diable, aussi, vous frappez comme un sourd.

— Il le fallait bien, mon homme allait me lâcher un coup de pistolet; mais vous, comment vous êtes-vous débarrassé du vôtre.

— Oh! le mien, dit d'Artagnan, ce n'était pas un homme.

— Qu'était-ce donc?

— C'était un spectre.

— Et...

— Et je l'ai conjuré.

Sans autre explication, d'Artagnan prit les pistolets qui étaient sur la banquette de devant, les passa à sa ceinture, s'enveloppa dans son manteau, et, ne voulant pas rentrer par la même barrière qu'il était sorti, il s'achemina vers la porte Richelieu.

LIV

LE CARROSSE DE M. LE COADJUTEUR

Au lieu de rentrer par la porte Saint-Honoré, d'Artagnan, qui avait du temps devant lui, fit le tour et rentra par la porte Richelieu . On vint le reconnaître, et, quand on vit à son chapeau à plumes et à son manteau galonné qu'il était officier des mousquetaires, on l'entoura avec l'intention de lui faire crier : « A bas le Mazarin! » Cette première démonstration ne laissa pas que de l'inquiéter d'abord; mais, quand il sut de quoi il était question, il cria d'une si belle voix que les plus difficiles furent satisfaits.

Il suivait la rue de Richelieu, rêvant à la façon dont il emmènerait à son tour la reine, car de l'emmener dans un carrosse aux armes de France il n'y fallait pas songer, lorsqu'à la porte de l'hôtel de Mme de Guéménée il aperçut un équipage.

Une idée subite l'illumina.

— Ah! pardieu, dit-il, ce serait de bonne guerre.

Et il s'approcha du carrosse, regarda les armes qui étaient sur les panneaux et la livrée du cocher qui était sur le siège.

Cet examen lui était d'autant plus facile que le cocher dormait les poings fermés.

— C'est bien le carrosse de M. le coadjuteur, dit-il; sur ma parole, je commence à croire que la Providence est pour nous.

Il monta doucement dans le carrosse, et tirant le fil de soie qui correspondait au petit doigt du cocher :

— Au Palais-Royal! dit-il.

Le cocher, réveillé en sursaut, se dirigea vers le point désigné sans se douter que l'ordre vînt d'un autre que de son maître. Le suisse allait fermer les grilles; mais en voyant ce magnifique équipage, il ne douta pas que ce ne fût une visite d'importance, et laissa passer le carrosse, qui s'arrêta sous le péristyle.

Là seulement le cocher s'aperçut que les laquais n'étaient pas derrière la voiture.

Il crut que M. le coadjuteur en avait disposé, sauta à bas du siège sans lâcher les rênes et vint ouvrir.

D'Artagnan sauta à son tour à terre, et, au moment où le cocher, effrayé en ne reconnaissant pas son maître, faisait un pas en arrière, il le saisit au collet de la main gauche, et de la droite lui mit un pistolet sur la gorge :

— Essaye de prononcer un seul mot, dit d'Artagnan, et tu es mort!

Le cocher vit à l'expression du visage de celui qui lui parlait qu'il était tombé dans un guet-apens, et il resta la bouche béante et les yeux démesurément ouverts.

Deux mousquetaires se promenaient dans la cour, d'Artagnan les appela par leur nom.

— Monsieur de Bellière, dit-il à l'un, faites-moi le plaisir de prendre les rênes des mains de ce brave homme, de monter sur le siège de la voiture, de la conduire à la porte de l'escalier dérobé et de m'attendre là; c'est pour affaire d'importance et qui tient au service du roi.

Le mousquetaire, qui savait son lieutenant incapable de faire une mauvaise plaisanterie à l'endroit du service, obéit sans dire un mot, quoique l'ordre lui parût singulier.

Alors, se retournant vers le second mousquetaire :

— Monsieur du Verger, dit-il, aidez-moi à conduire cet homme en lieu de sûreté.

Le mousquetaire crut que son lieutenant venait d'arrêter quelque prince déguisé, s'inclina et, tirant son épée, fit signe qu'il était prêt.

D'Artagnan monta l'escalier suivi de son prisonnier, qui était suivi lui-même du mousquetaire, traversa le vestibule et entra dans l'antichambre de Mazarin.

Bernouin attendait avec impatience des nouvelles de son maître.

— Eh bien! Monsieur? dit-il.

— Tout va à merveille, mon cher Monsieur Bernouin; mais voici, s'il vous plaît, un homme qu'il vous faudrait mettre en lieu de sûreté...

— Où cela, Monsieur?

— Où vous voudrez, pourvu que l'endroit que vous choisirez ait des volets qui ferment au cadenas et une porte qui ferme à la clef.

— Nous avons cela, Monsieur, dit Bernouin.

Et l'on conduisit le pauvre cocher dans un cabinet dont les fenêtres étaient grillées et qui ressemblait fort à une prison.

— Maintenant, mon cher ami, je vous invite, dit d'Artagnan, à vous défaire en ma faveur de votre chapeau et de votre manteau.

Le cocher, comme on le comprend bien, ne fit aucune résistance; d'ailleurs il était si étonné de ce qui lui arrivait qu'il chancelait et balbutiait comme un homme ivre : d'Artagnan mit le tout sous le bras du valet de chambre.

— Maintenant, Monsieur du Verger, dit d'Artagnan, enfermez-vous avec cet homme jusqu'à ce que M. Bernouin vienne ouvrir la porte; la faction sera passablement longue et fort peu amusante, je le sais; mais vous comprenez, ajouta-t-il gravement, service du roi.

— A vos ordres, mon lieutenant, répondit le mousquetaire, qui vit qu'il s'agissait de choses sérieuses.

— A propos, dit d'Artagnan, si cet homme essaie de fuir ou de crier, passez-lui votre épée au travers du corps.

Le mousquetaire fit un signe de tête qui voulait dire qu'il obéirait ponctuellement à la consigne.

D'Artagnan sortit, emmenant Bernouin avec lui.

Minuit sonnait.

— Menez-moi dans l'oratoire de la reine, dit-il; prévenez-la que j'y suis, et allez me mettre ce paquet-là, avec un mousqueton bien chargé, sur le siège de la voiture qui attend au bas de l'escalier dérobé.

Bernouin introduisit d'Artagnan dans l'oratoire où il s'assit tout pensif.

Tout avait été au Palais-Royal comme d'habitude. A dix heures, ainsi que nous l'avons dit, presque tous les convives étaient retirés; ceux qui devaient fuir avec la cour eurent le mot d'ordre, et chacun fut invité à se trouver de minuit à une heure au Cours-la-Reine.

A dix heures, Anne d'Autriche passa chez le roi. On venait de coucher Monsieur; et le jeune Louis, resté le dernier, s'amusait à mettre en bataille des soldats de plomb, exercice qui le récréait fort. Deux enfants d'honneur jouaient avec lui.

— Laporte, dit la reine, il serait temps de coucher Sa Majesté.

Le roi demanda à rester encore debout, n'ayant aucune envie de dormir, disait-il; mais la reine insista.

— Ne devez-vous pas aller demain matin à six heures vous baigner à Conflans, Louis? C'est vous-même qui l'avez demandé, ce me semble.

— Vous avez raison, Madame, dit le roi, et je suis prêt à me retirer dans mon appartement quand vous aurez bien voulu m'embrasser. Laporte, donnez le bougeoir à M. le chevalier de Coislin.

La reine posa ses lèvres sur le front blanc et poli que l'auguste enfant lui tendait avec une gravité qui sentait déjà l'étiquette.

— Endormez-vous bien vite, Louis, dit la reine, car vous serez réveillé de bonne heure.

— Je ferai de mon mieux pour vous obéir, Madame, dit le jeune Louis, mais je n'ai aucune envie de dormir.

— Laporte, dit tout bas Anne d'Autriche, cherchez quelque livre bien ennuyeux à lire à Sa Majesté, mais ne vous déshabillez pas.

Le roi sortit accompagné du chevalier de Coislin, qui lui portait le bougeoir. L'autre enfant d'honneur fut reconduit chez lui.

Alors la reine rentra dans son appartement. Ses femmes, c'est-à-dire Mme de Brégy, Mlle de Beaumont, Mme de Motteville et Socratine sa sœur, que l'on appelait ainsi à cause de sa sagesse, venaient de lui apporter dans la garde-robe des restes du dîner, avec lesquels elle soupait, selon son habitude.

La reine alors donna ses ordres, parla d'un repas que lui offrait le surlendemain le marquis de Villequier, désigna les personnes qu'elle admettait à l'honneur d'en être, annonça pour le lendemain encore une visite au Val-de-Grâce, où elle avait l'intention de faire ses dévotions, et donna à Béringhen, son premier valet de chambre, ses ordres pour qu'il l'accompagnât.

Le souper des dames fini, la reine feignit une grande fatigue et passa dans sa chambre à coucher. Mme de Motteville, qui était de service particulier ce soir-là, l'y suivit, puis l'aida à se dévêtir. La reine alors se mit au lit, lui parla affectueusement pendant quelques minutes et la congédia.

C'était en ce moment que d'Artagnan entrait dans la cour du Palais-Royal avec la voiture du coadjuteur.

Un instant après, les carrosses des dames d'honneur en sortaient et la grille se refermait derrière eux.

Minuit sonnait.

Cinq minutes après, Bernouin frappait à la chambre à coucher de la reine, venant par le passage secret du cardinal.

Anne d'Autriche alla ouvrir elle-même.

Elle était déjà habillée, c'est-à-dire qu'elle avait remis ses bas et s'était enveloppée d'un long peignoir.

— C'est vous, Bernouin, dit-elle, M. d'Artagnan est-il là?

— Oui, Madame, dans votre oratoire, il attend que Votre Majesté soit prête.

— Je le suis. Allez dire à Laporte d'éveiller et d'habiller le roi, puis, de là, passez chez le maréchal de Villeroy et prévenez-le de ma part.

Bernouin s'inclina et sortit.

La reine entra dans son oratoire, qu'éclairait une simple lampe en verroterie de Venise. Elle vit d'Artagnan debout et qui l'attendait.

— C'est vous? lui dit-elle.

— Oui, Madame.

— Vous êtes prêt?

— Je le suis.

— Et M. le cardinal?

— Est sorti sans accident. Il attend Votre Majesté au Cours-la-Reine.

— Mais dans quelle voiture partons-nous?

— J'ai tout prévu, un carrosse attend en bas Votre Majesté.

— Passons chez le roi.

D'Artagnan s'inclina et suivit la reine.

Le jeune Louis était déjà habillé, à l'exception des souliers et du pourpoint, il se laissait faire d'un air étonné, en accablant de questions Laporte, qui ne lui répondait que ces paroles :

— Sire, c'est par l'ordre de la reine.

Le lit était découvert, et l'on voyait les draps du roi tellement usés qu'en certains endroits il y avait des trous.

C'était encore un des effets de la lésinerie de Mazarin.

La reine entra, et d'Artagnan se tint sur le seuil. L'enfant, en apercevant la reine, s'échappa des mains de Laporte et courut à elle.

La reine fit signe à d'Artagnan de s'approcher.

D'Artagnan obéit.

— Mon fils, dit Anne d'Autriche en lui montrant le mousquetaire calme, debout et découvert, voici M. d'Artagnan, qui est brave comme un de ces anciens preux dont vous aimez tant que mes femmes vous racontent l'histoire. Rappelez-vous bien son nom, et regardez-le bien pour ne pas oublier son visage, car ce soir il nous rendra un grand service.

Le jeune roi regarda l'officier de son grand œil fier et répéta :

— M. d'Artagnan?

— C'est cela, mon fils.

Le jeune roi leva lentement sa petite main et la tendit au mousquetaire; celui-ci mit un genou en terre et la baisa.

— M. d'Artagnan, répéta Louis, c'est bien, Madame.

A ce moment on entendit comme une rumeur qui s'approchait.

— Qu'est-ce que cela? dit la reine.

— Oh! oh! répondit d'Artagnan en tendant tout à la fois son oreille fine et son regard intelligent, c'est le bruit du peuple qui s'émeut.

— Il faut fuir, dit la reine.

— Votre Majesté m'a donné la direction de cette affaire, il faut rester et savoir ce qu'il veut.

— Monsieur d'Artagnan!

— Je réponds de tout.

Rien ne se communique plus rapidement que la confiance. La reine, pleine de force et de courage, sentait au plus haut degré ces deux vertus chez les autres.

— Faites, dit-elle, je m'en rapporte à vous.

— Votre Majesté veut-elle me permettre dans toute cette affaire de donner des ordres en son nom?

— Ordonnez, Monsieur.

— Que veut donc encore ce peuple? dit le roi.

— Nous allons le savoir, sire, dit d'Artagnan.

Et il sortit rapidement de la chambre.

Le tumulte allait croissant, il semblait envelopper le Palais-Royal tout entier. On entendait de l'intérieur des cris dont on ne pouvait comprendre le sens. Il était évident qu'il y avait clameur et sédition. Le roi, à moitié habillé, la reine et Laporte restèrent chacun dans l'état et presque à la place où ils étaient, écoutant et attendant.

Comminges, qui était de garde cette nuit-là au Palais-Royal, accourut; il avait deux cents hommes à peu près dans les cours et dans les écuries, il les mettait à la disposition de la reine.

— Eh bien! demanda Anne d'Autriche en voyant reparaître d'Artagnan, qu'y a-t-il?

— Il y a, Madame, que le bruit s'est répandu que la reine avait quitté le Palais-Royal, enlevant le roi, et que le peuple demande à avoir la preuve du contraire, ou menace de démolir le Palais-Royal.

— Oh! cette fois, c'est trop fort, dit la reine, et je leur prouverai que je ne suis point partie.

D'Artagnan vit, à l'expression du visage de la reine, qu'elle allait donner quelque ordre violent. Il s'approcha d'elle et lui dit tout bas :

— Votre Majesté a-t-elle toujours confiance en moi?

Cette voix la fit tressaillir.

— Oui, Monsieur, toute confiance, dit-elle... Dites.

— La reine daigne-t-elle se conduire d'après mes avis?

— Dites.

— Que Votre Majesté veuille renvoyer M. de Comminges, en lui ordonnant de se renfermer, lui et ses hommes, dans le corps de garde et les écuries.

Comminges regarda d'Artagnan de ce regard envieux avec lequel tout courtisan voit poindre une fortune nouvelle.

— Vous avez entendu, Comminges? dit la reine.

D'Artagnan alla à lui, il avait reconnu avec sa sagacité ordinaire ce coup d'œil inquiet.

— Monsieur de Comminges, lui dit-il, pardonnez-moi; nous sommes tous deux serviteurs de la reine, n'est-ce pas? C'est mon tour de lui être utile, ne m'enviez donc pas ce bonheur.

Comminges s'inclina et sortit.

« Allons, se dit d'Artagnan, me voilà avec un ennemi de plus! »

— Et maintenant, dit la reine en s'adressant à d'Artagnan, que faut-il faire? car, vous l'entendez, au lieu de se calmer le bruit redouble.

— Madame, répondit d'Artagnan, le peuple veut voir le roi, il faut qu'il le voie.

— Comment, qu'il le voie! Où cela? Sur le balcon?

— Non pas, Madame, mais ici, dans son lit, dormant.

— Oh! Votre Majesté, M. d'Artagnan a toute raison! s'écria Laporte.

La reine réfléchit et sourit en femme à qui la duplicité n'est pas étrangère.

— Au fait, murmura-t-elle.

— Monsieur de Laporte, dit d'Artagnan, allez à travers les grilles du Palais-Royal annoncer au peuple qu'il va être satisfait, et que, dans cinq minutes, non seulement il verra le roi, mais encore qu'il le verra dans son lit; ajoutez que le roi dort et que la reine prie que l'on fasse silence pour ne point le réveiller.

— Mais pas tout le monde, une députation de deux ou quatre personnes?

— Tout le monde, Madame.

— Mais ils nous tiendront jusqu'au jour, songez-y.

— Nous en aurons pour un quart d'heure. Je réponds de tout, Madame; croyez-moi, je connais le peuple, c'est un grand enfant qu'il ne s'agit que de caresser. Devant le roi endormi, il sera muet, doux et timide comme un agneau.

— Allez, Laporte, dit la reine.

Le jeune roi se rapprocha de sa mère.

— Pourquoi faire ce que ces gens demandent? dit-il.

— Il le faut, mon fils, dit Anne d'Autriche.

— Mais alors, si on me dit *il le faut,* je ne suis donc plus roi?

La reine resta muette.

— Sire, dit d'Artagnan, Votre Majesté me permettra-t-elle de lui faire une question?

Louis XIV se retourna, étonné qu'on osât lui adresser la parole; la reine serra la main de l'enfant.

— Oui, Monsieur, dit-il.

— Votre Majesté se rappelle-t-elle avoir, lorsqu'elle jouait dans le parc de Fontainebleau ou dans les cours du Palais de Versailles, vu tout à coup le ciel se couvrir et entendu le bruit du tonnerre?

— Oui, sans doute.

— Eh bien! ce bruit du tonnerre, si bonne envie que Votre Majesté eût encore de jouer, lui disait : « Rentrez, » sire, il le faut. »

— Sans doute, Monsieur; mais aussi l'on m'a dit que le bruit du tonnerre, c'était la voix de Dieu.

— Eh bien! sire, dit d'Artagnan, écoutez le bruit du peuple, et vous verrez que cela ressemble beaucoup à celui du tonnerre.

En effet, en ce moment une rumeur terrible passait emportée par la brise de la nuit.

Tout à coup elle cessa.

— Tenez, sire, dit d'Artagnan, on vient de dire au peuple que vous dormiez; vous voyez bien que vous êtes toujours roi.

La reine regardait avec étonnement cet homme étrange que son courage éclatant faisait l'égal des plus braves, que son esprit fin et rusé faisait l'égal de tous.

Laporte entra.

— Eh bien, Laporte? demanda la reine.

— Madame, répondit-il, la prédiction de M. d'Artagnan s'est accomplie, ils se sont calmés comme par enchantement. On va leur ouvrir les portes, et dans cinq minutes ils seront ici.

— Laporte, dit la reine, si vous mettiez un de vos fils à la place du roi, nous partirions pendant ce temps.

— Si Sa Majesté l'ordonne, dit Laporte, mes fils, comme moi, sont au service de la reine.

— Non pas, dit d'Artagnan, car si l'un d'eux connaissait Sa Majesté et s'apercevait du subterfuge, tout serait perdu.

— Vous avez raison, monsieur, toujours raison, dit Anne d'Autriche. Laporte, couchez le roi.

Laporte posa le roi tout vêtu comme il était dans son lit, puis il le recouvrit jusqu'aux épaules avec le drap.

La reine se courba sur lui et l'embrassa au front.

— Faites semblant de dormir, Louis, dit-elle.

— Oui, dit le roi, mais je ne veux pas qu'un seul de ces hommes me touche.

— Sire, je suis là, dit d'Artagnan, et je vous réponds que si un seul avait cette audace, il la payerait de sa vie.

— Maintenant, que faut-il faire? demanda la reine, car je les entends.

— Monsieur Laporte, allez au-devant d'eux, et leur recommandez de nouveau le silence. Madame, attendez là à la porte. Moi je suis au chevet du roi, tout prêt à mourir pour lui.

Laporte sortit, la reine se tint debout près de la tapisserie, d'Artagnan se glissa derrière les rideaux.

Puis on entendit la marche sourde et contenue d'une grande multitude d'hommes; la reine souleva elle-même la tapisserie en mettant un doigt sur sa bouche.

En voyant la reine, ces hommes s'arrêtèrent dans l'attitude du respect.

— Entrez, Messieurs, entrez, dit la reine.

Il y eut alors parmi tout ce peuple un mouvement d'hésitation qui ressemblait à de la honte : il s'attendait à la résistance, il s'attendait à être contrarié, à forcer les grilles et à renverser les gardes; les grilles s'étaient ouvertes toutes seules, et le roi, ostensiblement du moins, n'avait à son chevet d'autre garde que sa mère.

Ceux qui étaient en tête balbutièrent et essayèrent de reculer.

— Entrez donc, Messieurs, dit Laporte, puisque la reine le permet.

Alors un plus hardi que les autres, se hasardant, dépassa le seuil de la porte et s'avança sur la pointe du pied. Tous les autres l'imitèrent, et la chambre s'emplit silencieusement, comme si tous ces hommes eussent été les courtisans les plus humbles et les plus dévoués. Bien au delà de la porte on apercevait les têtes de ceux qui, n'ayant pu entrer, se haussaient sur la pointe des pieds. D'Artagnan voyait tout à travers une ouverture qu'il avait faite au rideau; dans l'homme qui entra le premier il reconnut Planchet.

— Monsieur, lui dit la reine, qui comprit qu'il était le chef de toute cette bande, vous avez désiré voir le roi et j'ai voulu le montrer moi-même. Approchez, regardez-le et dites si nous avons l'air de gens qui veulent s'échapper.

— Non certes, répondit Planchet un peu étonné de l'honneur inattendu qu'il recevait.

— Vous direz donc à mes bons et fidèles Parisiens, reprit Anne d'Autriche avec un sourire à l'expression duquel d'Artagnan ne se trompa point, que vous avez vu le roi couché et dormant, ainsi que la reine prête à se mettre au lit à son tour.

— Je le dirai, Madame, et ceux qui m'accompagnent le diront tous ainsi que moi, mais...

— Mais quoi ? demanda Anne d'Autriche.

— Que Votre Majesté me pardonne, dit Planchet, mais est-ce bien le roi qui est couché dans ce lit?

Anne d'Autriche tressaillit.

— S'il y a quelqu'un parmi vous tous qui connaisse le roi, dit-elle, qu'il s'approche et qu'il dise si c'est bien Sa Majesté qui est là.

Un homme enveloppé d'un manteau, dont en se drapant il se cachait le visage, s'approcha, se pencha sur le lit et regarda.

Un instant d'Artagnan crut que cet homme avait un mauvais dessein, et il porta la main à son épée; mais dans le mouvement que fit en se baissant l'homme au manteau, il découvrit une portion de son visage, et d'Artagnan reconnut le coadjuteur.

— C'est bien le roi, dit cet homme en se relevant. Dieu bénisse Sa Majesté!

— Oui, dit à demi-voix le chef, oui, Dieu bénisse Sa Majesté!

Et tous ces hommes, qui étaient entrés furieux, passant de la colère à la pitié, bénirent à leur tour l'enfant royal.

— Maintenant, dit Planchet, remercions la reine, mes amis, et retirons-nous.

Tous s'inclinèrent et sortirent peu à peu et sans bruit, comme ils étaient entrés. Planchet, entré le premier, sortait le dernier.

La reine l'arrêta.

— Comment vous nommez-vous, mon ami? lui dit-elle.

Planchet se retourna, fort étonné de la question.

— Oui, dit la reine, je me tiens tout aussi honorée de vous avoir reçu ce soir que si vous étiez un prince, et je désire savoir votre nom.

« Oui, pensa Planchet, pour me traiter comme un prince, merci! »

D'Artagnan frémit que Planchet, séduit comme le corbeau de la fable, ne dît son nom, et que la reine, sachant son nom, ne sût que Planchet lui avait appartenu.

— Madame, répondit respectueusement Planchet, je m'appelle Dulaurier pour vous servir.

— Merci, Monsieur Dulaurier, dit la reine, et que faites-vous?

— Madame, je suis marchand drapier dans la rue des Bourdonnais.

— Voilà tout ce que je voulais savoir, dit la reine; bien obligée, mon cher Monsieur Dulaurier, vous entendrez parler de moi.

« Allons, allons, murmura d'Artagnan en sortant de derrière son rideau, décidément maître Planchet n'est point un sot, et l'on voit bien qu'il a été élevé à bonne école. »

Les différents acteurs de cette scène étrange restèrent un instant en face les uns des autres sans dire une seule parole, la reine debout près de la porte, d'Artagnan à moitié sorti de sa cachette, le roi soulevé sur son coude et prêt à retomber sur son lit au moindre bruit qui indiquerait le retour de toute cette multitude; mais, au lieu de se rapprocher, le bruit s'éloigna de plus en plus et finit par s'éteindre tout à fait.

La reine respira; d'Artagnan essuya son front humide; le roi se laissa glisser en bas de son lit en disant :

— Partons.

En ce moment Laporte reparut.

— Eh bien ? demanda la reine.

— Eh bien, Madame, répondit le valet de chambre, je les ai suivis jusqu'aux grilles; ils ont annoncé à tous leurs camarades qu'ils ont vu le roi et que la reine leur a parlé, de sorte qu'ils s'éloignent tout fiers et tout glorieux.

— Oh! les misérables! murmura la reine, ils payeront cher leur hardiesse, c'est moi qui le leur promets!

Puis, se retournant vers d'Artagnan :

— Monsieur, dit-elle, vous m'avez donné ce soir les meilleurs conseils que j'aie reçus de ma vie. Continuez : que devons-nous faire maintenant?

— Monsieur Laporte, dit d'Artagnan, achevez d'habiller Sa Majesté.

— Nous pouvons partir, alors! demanda la reine.

— Quand Votre Majesté voudra; elle n'a qu'à descendre par l'escalier dérobé; elle me trouvera à la porte.

— Allez, Monsieur, dit la reine, je vous suis.

D'Artagnan descendit, le carrosse était à son poste, le mousquetaire se tenait sur le siège.

D'Artagnan prit le paquet qu'il avait chargé Bernouin de mettre aux pieds du mousquetaire. C'était, on se le rappelle, le chapeau et le manteau du cocher de M. de Gondy.

Il mit le manteau sur ses épaules et le chapeau sur sa tête.

Le mousquetaire descendit du siège.

— Monsieur, dit d'Artagnan, vous allez rendre la liberté à votre compagnon qui garde le cocher. Vous monterez sur vos chevaux, vous irez prendre, rue Tiquetonne, hôtel de *la Chevrette*, mon cheval et celui de M. du Vallon, que vous sellerez et harnacherez en guerre, puis vous sortirez de Paris en les conduisant en main, et vous vous rendrez au Cours-la-Reine. Si au Cours-la-Reine vous ne trouviez plus personne, vous pousseriez jusqu'à Saint-Germain. Service du roi.

Le mousquetaire porta la main à son chapeau et s'éloigna pour accomplir les ordres qu'il venait de recevoir.

D'Artagnan monta sur le siège.

Il avait une paire de pistolets à sa ceinture, un mousqueton sous ses pieds, son épée nue derrière lui.

La reine parut ; derrière elle venaient le roi et M. le duc d'Anjou, son frère.

— Le carrosse de M. le coadjuteur ! s'écria-t-elle en reculant d'un pas.

— Oui, Madame, dit d'Artagnan, mais montez hardiment : c'est moi qui le conduis.

La reine poussa un cri de surprise et monta dans le carrosse. Le roi et Monsieur montèrent après elle et s'assirent à ses côtés.

— Venez, Laporte, dit la reine.

— Comment, Madame ! dit le valet de chambre, dans le même carrosse que Vos Majestés ?

— Il ne s'agit pas ce soir de l'étiquette royale, mais du salut du roi. Montez, Laporte !

Laporte obéit.

— Fermez les mantelets, dit d'Artagnan.

— Mais cela n'inspirera-t-il pas de la défiance, Monsieur ? demanda la reine.

— Que Votre Majesté soit tranquille, dit d'Artagnan, j'ai ma réponse prête.

On ferma les mantelets et on partit au galop par la rue de Richelieu. En arrivant à la porte, le chef du poste s'avança à la tête d'une douzaine d'hommes et tenant une lanterne à la main.

D'Artagnan lui fit signe d'approcher.

— Reconnaissez-vous la voiture? dit-il au sergent.

— Non, répondit celui-ci.

— Regardez les armes.

Le sergent approcha sa lanterne du panneau.

— Ce sont celles de M. le coadjuteur! dit-il.

— Chut! il est en bonne fortune avec Mme de Gué-ménée .

Le sergent se mit à rire.

— Ouvrez la porte, dit-il, je sais ce que c'est.

Puis, s'approchant du mantelet baissé :

— Bien du plaisir, Monseigneur! dit-il.

— Indiscret! cria d'Artagnan, vous me ferez chasser.

La barrière cria sur ses gonds; et d'Artagnan, voyant le chemin ouvert, fouetta vigoureusement ses chevaux, qui partirent au grand trot.

Cinq minutes après, on avait rejoint le carrosse du cardinal.

— Mousqueton, cria d'Artagnan, relevez les mantelets du carrosse de Sa Majesté.

— C'est lui, dit Porthos.

— En cocher! s'écria Mazarin.

— Et avec le carrosse du coadjuteur! dit la reine.

— *Corpo di Dio !* monsou d'Artagnan, dit Mazarin, vous valez votre pesant d'or!

LV

COMMENT D'ARTAGNAN ET PORTHOS GAGNÈRENT,
L'UN DEUX CENT DIX-NEUF,
ET L'AUTRE DEUX CENT QUINZE LOUIS,
A VENDRE DE LA PAILLE

MAZARIN voulait partir à l'instant même pour Saint-Germain, mais la reine déclara qu'elle attendrait les personnes auxquelles elle avait donné rendez-vous. Seulement, elle offrit au cardinal la place de Laporte. Le cardinal accepta et passa d'une voiture dans l'autre.

Ce n'était pas sans raison que le bruit s'était répandu que le roi devait quitter Paris dans la nuit : dix ou douze personnes étaient dans le secret de cette fuite depuis six heures du soir, et, si discrètes qu'elles eussent été, elles n'avaient pu donner leurs ordres de départ sans que la chose transpirât quelque peu. D'ailleurs, chacune de ces personnes en avait une ou deux autres auxquelles elle s'intéressait; et comme on ne doutait point que la reine ne quittât Paris avec de terribles projets de vengeance, chacun avait averti ses amis ou ses parents; de sorte que la rumeur de ce départ courut comme une traînée de poudre par les rues de la ville.

Le premier carrosse qui arriva après celui de la reine fut le carrosse de M. le Prince; il contenait M. de Condé, Mme la Princesse et Mme la Princesse douairière. Toutes deux avaient été réveillées au milieu de la nuit et ne savaient pas de quoi il était question.

Le second contenait M. le duc d'Orléans, Mme la duchesse, la Grande Mademoiselle et l'abbé de La Rivière, favori inséparable et conseiller intime du prince.

Le troisième contenait M. de Longueville et M. le prince de Conti, frère et beau-frère de M. le Prince. Ils mirent pied à terre, s'approchèrent du carrosse du roi et de la reine, et présentèrent leurs hommages à Sa Majesté.

La reine plongea son regard jusqu'au fond du carrosse, dont la portière était restée ouverte, et vit qu'il était vide.

— Mais où est donc Mme de Longueville ? dit-elle.

— En effet, où est donc ma sœur ? demanda M. le Prince.

— Mme de Longueville est souffrante, Madame, répondit le duc, et elle m'a chargé de l'excuser près de Votre Majesté.

Anne lança un coup d'œil rapide à Mazarin, qui répondit par un signe imperceptible de la tête.

— Qu'en dites-vous ? demanda la reine.

— Je dis que c'est un otage pour les Parisiens, répondit le cardinal.

— Pourquoi n'est-elle pas venue ? demanda tout bas M. le Prince à son frère.

— Silence ! répondit celui-ci ; sans doute elle a ses raisons.

— Elle nous perd, murmura le prince.

— Elle nous sauve, dit Conti.

Les voitures arrivaient en foule. Le maréchal de La Meilleraie, le maréchal de Villeroy, Guitaut, Villequier, Comminges vinrent à la file ; les deux mousquetaires arrivèrent à leur tour, tenant les chevaux de d'Artagnan et de Porthos en main. D'Artagnan et Porthos se mirent en selle. Le cocher de Porthos remplaça d'Artagnan sur le siège du carrosse royal, Mousqueton remplaça le cocher, conduisant debout, pour raison à lui connue, et pareil à l'Automédon antique.

La reine, bien qu'occupée de mille détails, cherchait des yeux d'Artagnan, mais le Gascon s'était déjà replongé dans la foule avec sa prudence accoutumée.

— Faisons l'avant-garde, dit-il à Porthos, et ménageons-nous de bons logements à Saint-Germain, car personne ne songera à nous. Je me sens fort fatigué.

— Moi, dit Porthos, je tombe véritablement de sommeil. Dire que nous n'avons pas eu la moindre bataille. Décidément les Parisiens sont bien sots.

— Ne serait-ce pas plutôt que nous sommes bien habiles ? dit d'Artagnan.

— Peut-être.

— Et votre poignet, comment va-t-il ?

— Mieux ; mais croyez-vous que nous les tenons cette fois-ci ?

— Quoi ?

— Vous, votre grade ; et moi, mon titre ?

— Ma foi! oui, je parierais presque. D'ailleurs, s'ils ne se souviennent pas, je les ferai souvenir.

— On entend la voix de la reine, dit Porthos. Je crois qu'elle demande à monter à cheval.

— Oh! elle le voudrait bien, elle; mais...

— Mais quoi?

— Mais le cardinal ne veut pas, lui. Messieurs, continua d'Artagnan s'adressant aux deux mousquetaires, accompagnez le carrosse de la reine, et ne quittez pas les portières. Nous allons faire préparer les logis.

Et d'Artagnan piqua vers Saint-Germain, accompagné de Porthos.

— Partons, Messieurs! dit la reine.

Et le carrosse royal se mit en route, suivi de tous les autres carrosses et de plus de cinquante cavaliers.

On arriva à Saint-Germain sans accident; en descendant du marchepied, la reine trouva M. le Prince qui attendait debout et découvert pour lui offrir la main.

— Quel réveil pour les Parisiens! dit Anne d'Autriche radieuse.

— C'est la guerre, dit le prince.

— Eh bien! la guerre, soit. N'avons-nous pas avec nous le vainqueur de Rocroy, de Nördlingen et de Lens?

Le prince s'inclina en signe de remerciement.

Il était trois heures du matin. La reine entra la première dans le château; tout le monde la suivit : deux cents personnes à peu près l'avaient accompagnée dans sa fuite.

— Messieurs, dit la reine en riant, logez-vous dans le château, il est vaste et la place ne vous manquera point; mais, comme on ne comptait pas y venir, on me prévient qu'il n'y a en tout que trois lits, un pour le roi, un pour moi...

— Et un pour Mazarin, dit tout bas M. le Prince.

— Et moi, je coucherai donc sur le plancher? dit Gaston d'Orléans avec un sourire très inquiet.

— Non, Monseigneur, dit Mazarin, car le troisième lit est destiné à Votre Altesse.

— Mais vous? demanda le prince.

— Moi, je ne me coucherai pas, dit Mazarin, j'ai à travailler.

Gaston se fit indiquer la chambre où était le lit, sans

s'inquiéter de quelle façon se logeraient sa femme et sa fille.

— Eh bien! moi, je me coucherai, dit d'Artagnan. Venez avec moi, Porthos.

Porthos suivit d'Artagnan avec cette profonde confiance qu'il avait dans l'intellect de son ami.

Ils marchaient l'un à côté de l'autre sur la place du château, Porthos regardant avec des yeux ébahis d'Artagnan, qui calculait sur ses doigts.

— Quatre cents à une pistole la pièce, quatre cents pistoles.

— Oui, disait Porthos, quatre cents pistoles; mais qu'est-ce qui fait quatre cents pistoles?

— Une pistole n'est pas assez, continua d'Artagnan; cela vaut un louis.

— Qu'est-ce qui vaut un louis?

— Quatre cents, à un louis, font quatre cents louis.

— Quatre cents? dit Porthos.

— Oui, ils sont deux cents; et il en faut au moins deux par personne. A deux par personne, cela fait quatre cents.

— Mais quatre cents quoi?

— Écoutez, dit d'Artagnan.

Et comme il y avait là toutes sortes de gens qui regardaient dans l'ébahissement l'arrivée de la cour, il acheva sa phrase tout bas à l'oreille de Porthos.

— Je comprends, dit Porthos, je comprends à merveille, par ma foi! Deux cents louis chacun, c'est joli; mais que dira-t-on?

— On dira ce qu'on voudra; d'ailleurs, saura-t-on que c'est nous?

— Mais qui se chargera de la distribution?

— Mousqueton n'est-il pas là?

— Et ma livrée! dit Porthos, on reconnaîtra ma livrée.

— Il retournera son habit.

— Vous avez toujours raison, mon cher, s'écria Porthos, mais où diable puisez-vous donc toutes les idées que vous avez?

D'Artagnan sourit.

Les deux amis prirent la première rue qu'ils rencontrèrent; Porthos frappa à la porte de la maison de droite, tandis que d'Artagnan frappait à la porte de la maison de gauche.

— De la paille! dirent-ils.

— Monsieur, nous n'en avons pas, répondirent les gens qui vinrent ouvrir, mais adressez-vous au marchand de fourrages.

— Et où est-il, le marchand de fourrages ?

— La dernière grand-porte de la rue.

— A droite ou à gauche ?

— A gauche.

— Et y a-t-il encore à Saint-Germain d'autres gens chez lesquels on en pourrait trouver ?

— Il y a l'aubergiste du *Mouton Couronné,* et Gros-Louis le fermier.

— Où demeurent-ils ?

— Rue des Ursulines .

— Tous deux ?

— Oui.

— Très bien.

Les deux amis se firent indiquer la seconde et la troisième adresse aussi exactement qu'ils s'étaient fait indiquer la première ; puis d'Artagnan se rendit chez le marchand de fourrages et traita avec lui de cent cinquante bottes de paille qu'il possédait, moyennant la somme de trois pistoles. Il se rendit ensuite chez l'aubergiste, où il trouva Porthos qui venait de traiter de deux cents bottes pour une somme à peu près pareille. Enfin le fermier Louis en mit cent quatre-vingts à leur disposition. Cela faisait un total de cinq cent trente.

Saint-Germain n'en avait pas davantage.

Toute cette rafle ne leur prit pas plus d'une demi-heure. Mousqueton, dûment éduqué, fut mis à la tête de ce commerce improvisé. On lui recommanda de ne pas laisser sortir de ses mains un fétu de paille au-dessous d'un louis la botte ; on lui en confiait pour quatre cent trente louis.

Mousqueton secouait la tête et ne comprenait rien à la spéculation des deux amis.

D'Artagnan, portant trois bottes de paille, s'en retourna au château, où chacun, grelottant de froid et tombant de sommeil, regardait envieusement le roi, la reine et Monsieur sur leurs lits de camp.

L'entrée de d'Artagnan dans la grande salle produisit un éclat de rire universel ; mais d'Artagnan n'eut pas même l'air de s'apercevoir qu'il était l'objet de l'attention générale et se mit à disposer avec tant d'habileté, d'adresse et de gaieté sa couche de paille que l'eau en venait à la bouche à tous ces pauvres endormis qui ne pouvaient dormir.

— De la paille! s'écrièrent-ils, de la paille! Où trouve-t-on de la paille?

— Je vais vous conduire, dit Porthos.

Et il conduisit les amateurs à Mousqueton, qui distribuait généreusement les bottes à un louis la pièce. On trouva bien que c'était un peu cher; mais, quand on a bien envie de dormir, qui est-ce qui ne payerait pas deux ou trois louis quelques heures de bon sommeil?

D'Artagnan cédait à chacun son lit, qu'il recommença dix fois de suite; et comme il était censé avoir payé comme les autres sa botte de paille un louis, il empocha ainsi une trentaine de louis en moins d'une demi-heure. A cinq heures du matin, la paille valait quatre-vingts livres la botte, et encore n'en trouvait-on plus.

D'Artagnan avait eu le soin d'en mettre quatre bottes de côté pour lui. Il prit dans sa poche la clef du cabinet où il les avait cachées, et, accompagné de Porthos, s'en retourna compter avec Mousqueton, qui, naïvement et comme un digne intendant qu'il était, leur remit cinq cent trente louis et garda encore cent louis pour lui.

Mousqueton, qui ne savait rien de ce qui s'était passé au château, ne comprenait pas comment l'idée de vendre de la paille ne lui était pas venue plus tôt.

D'Artagnan mit l'or dans son chapeau, et tout en revenant fit son compte avec Porthos. Il leur revenait à chacun deux cent soixante cinq louis.

Porthos alors seulement s'aperçut qu'il n'avait pas de paille pour son compte, il retourna auprès de Mousqueton; mais Mousqueton avait vendu jusqu'à son dernier fétu, ne gardant rien pour lui-même.

Il revint alors trouver d'Artagnan, lequel, grâce à ses quatre bottes de paille, était en train de confectionner, et en le savourant d'avance avec délices, un lit si moelleux si bien rembourré à la tête, si bien couvert au pied, que ce lit eût fait envie au roi lui-même, si le roi n'eût si bien dormi dans le sien.

D'Artagnan, à aucun prix, ne voulut déranger son lit pour Porthos; mais, moyennant quatre louis que celui-ci lui compta, il consentit à ce que Porthos couchât avec lui.

Il rangea son épée à son chevet, posa ses pistolets à son côté, étendit son manteau à ses pieds, plaça son feutre sur son manteau, et s'étendit voluptueusement sur la paille qui craquait. Déjà il caressait les doux rêves qu'engendre la possession de deux cent soixante-neuf louis gagnés en un quart d'heure, quand une voix retentit à la porte de la salle et le fit bondir.

— Monsieur d'Artagnan! criait-elle, Monsieur d'Artagnan!

— Ici, dit Porthos, ici!

Porthos comprenait que si d'Artagnan s'en allait, le lit lui resterait à lui tout seul.

Un officier s'approcha.

D'Artagnan se souleva sur son coude.

— C'est vous qui êtes Monsieur d'Artagnan? dit-il.

— Oui, Monsieur, que me voulez-vous?

— Je viens vous chercher.

— De quelle part?

— De la part de Son Éminence.

— Dites à Monseigneur que je vais dormir et que je lui conseille en ami d'en faire autant.

— Son Éminence ne s'est pas couchée et ne se couchera pas, et elle vous demande à l'instant même.

« La peste étouffe le Mazarin, qui ne sait pas dormir à propos! murmura d'Artagnan. Que me veut-il? Est-ce pour me faire capitaine? En ce cas, je lui pardonne. »

Et le mousquetaire se leva tout en grommelant, prit son épée, son chapeau, ses pistolets et son manteau, puis suivit l'officier, tandis que Porthos, resté seul unique possesseur du lit, essayait d'imiter les belles dispositions de son ami.

— Monsou d'Artagnan, dit le cardinal en apercevant celui qu'il venait d'envoyer chercher si mal à propos, je n'ai point oublié avec quel zèle vous m'avez servi, et je vais vous en donner une preuve.

« Bon! pensa d'Artagnan, cela s'annonce bien. »

Mazarin regardait le mousquetaire et vit sa figure s'épanouir.

— Ah! Monseigneur...

— Monsieur d'Artagnan, dit-il, avez-vous bien envie d'être capitaine?

— Oui, Monseigneur.

— Et votre ami désire-t-il toujours être baron?

— En ce moment-ci, Monseigneur, il rêve qu'il l'est!

— Alors, dit Mazarin, tirant d'un portefeuille la lettre qu'il avait déjà montrée à d'Artagnan, prenez cette dépêche et portez-la en Angleterre.

D'Artagnan regarda l'enveloppe : il n'y avait point d'adresse.

— Ne puis-je savoir à qui je dois la remettre ?

— En arrivant à Londres, vous le saurez; à Londres seulement vous déchirerez la double enveloppe.

— Et quelles sont mes instructions ?

— D'obéir en tout point à celui à qui cette lettre est adressée.

D'Artagnan allait faire de nouvelles questions, lorsque Mazarin ajouta :

— Vous partez pour Boulogne; vous trouverez, aux *Armes d'Angleterre,* un jeune gentilhomme nommé M. Mordaunt.

— Oui, Monseigneur, et que dois-je faire de ce gentilhomme ?

— Le suivre jusqu'où il vous mènera.

D'Artagnan regarda le cardinal d'un air stupéfait.

— Vous voilà renseigné, dit Mazarin; allez!

— Allez! c'est bien facile à dire, reprit d'Artagnan; mais pour aller il faut de l'argent et je n'en ai pas.

— Ah! dit Mazarin en se grattant l'oreille, vous dites que vous n'avez pas d'argent ?

— Non, Monseigneur.

— Mais ce diamant que je vous donnai hier soir ?

— Je désire le conserver comme un souvenir de Votre Éminence.

Mazarin soupira.

— Il fait cher vivre en Angleterre, Monseigneur, et surtout comme envoyé extraordinaire.

— Hein! fit Mazarin, c'est un pays fort sobre et qui vit de simplicité depuis la révolution; mais n'importe.

Il ouvrit un tiroir et prit une bourse.

— Que dites-vous de ces mille écus ?

D'Artagnan avança la lèvre inférieure d'une façon démesurée.

— Je dis, Monseigneur, que.c'est peu, car je ne partirai certainement pas seul.

— J'y compte bien, répondit Mazarin, M. du Vallon vous accompagnera, le digne gentilhomme; car, après vous, cher monsou d'Artagnan, c'est bien certainement l'homme de France que j'aime et estime le plus.

— Alors, Monseigneur, dit d'Artagnan en montrant la bourse que Mazarin n'avait point lâchée; alors, si vous l'aimez et l'estimez tant, vous comprenez...

— Soit! à sa considération, j'ajouterai deux cents écus.

« Ladre! » murmura d'Artagnan... Mais à notre retour au moins, ajouta-t-il tout haut, nous pourrons compter, n'est-ce pas, M. Porthos sur sa baronnie et moi sur mon grade?

— Foi de Mazarin!

« J'aimerais mieux un autre serment », se dit tout bas d'Artagnan; puis tout haut : — Ne puis-je, dit-il, présenter mes respects à Sa Majesté la reine?

— Sa Majesté dort, répondit vivement Mazarin, et il faut que vous partiez sans délai; allez donc, Monsieur.

— Encore un mot, Monseigneur : si on se bat où je vais, me battrai-je?

— Vous ferez ce que vous ordonnera la personne à laquelle je vous adresse.

— C'est bien, Monseigneur, dit d'Artagnan en allongeant la main pour recevoir le sac, et je vous présente tous mes respects.

D'Artagnan mit lentement le sac dans sa large poche, et se retournant vers l'officier :

— Monsieur, lui dit-il, voulez-vous bien aller réveiller à son tour M. du Vallon de la part de Son Éminence et lui dire que je l'attends aux écuries?

L'officier partit aussitôt avec un empressement qui parut à d'Artagnan avoir quelque chose d'intéressé.

Porthos venait de s'étendre à son tour dans son lit, et il commençait à ronfler harmonieusement, selon son habitude, lorsqu'il sentit qu'on lui frappait sur l'épaule.

Il crut que c'était d'Artagnan et ne bougea point.

— De la part du cardinal, dit l'officier.

— Hein! dit Porthos en ouvrant de grands yeux, que dites-vous?

— Je dis que Son Éminence vous envoie en Angleterre, et que M. d'Artagnan vous attend aux écuries.

Porthos poussa un profond soupir, se leva, prit son feutre, ses pistolets, son épée et son manteau, et sortit en jetant un regard de regret sur le lit dans lequel il s'était promis de si bien dormir.

A peine avait-il tourné le dos que l'officier y était installé, et il n'avait point passé le seuil de la porte que son successeur, à son tour, ronflait à tout rompre. C'était bien naturel, il était seul dans toute cette assemblée, avec le roi, la reine et Monseigneur Gaston d'Orléans, qui dormît gratis.

LVI

D'Artagnan s'était rendu droit aux écuries. Le jour venait de paraître; il reconnut son cheval et celui de Porthos attachés au râtelier, mais un râtelier vide. Il eut pitié de ces pauvres animaux, et s'achemina vers un coin de l'écurie où il voyait reluire un peu de paille échappée sans doute à la razzia de la nuit; mais, en rassemblant cette paille avec le pied, le bout de sa botte rencontra un corps rond qui, touché sans doute à un endroit sensible, poussa un cri et se releva sur ses genoux en se frottant les yeux. C'était Mousqueton, qui, n'ayant plus de paille pour lui-même, s'était accommodé de celle des chevaux.

— Mousqueton, dit d'Artagnan, allons, en route! en route!

Mousqueton, en reconnaissant la voix de l'ami de son maître, se leva précipitamment, et en se levant laissa choir quelques-uns des louis gagnés illégalement pendant la nuit.

— Oh! oh! dit d'Artagnan en ramassant un louis et en le flairant, voilà de l'or qui a une drôle d'odeur, il sent la paille.

Mousqueton rougit si honnêtement et parut si fort embarrassé que le Gascon se mit à rire et lui dit :

— Porthos se mettrait en colère, mon cher Monsieur Mousqueton, mais moi je vous pardonne; seulement rappelons-nous que cet or doit nous servir de topique pour notre blessure, et soyons gai, allons!

Mousqueton prit à l'instant même une figure des plus hilares, sella avec activité le cheval de son maître et monta sur le sien sans trop faire de grimaces.

Sur ces entrefaites, Porthos arriva avec une figure fort maussade, et fut on ne peut plus étonné de trouver d'Artagnan résigné et Mousqueton presque joyeux.

— Ah çà, dit-il, nous avons donc, vous votre grade, et moi ma baronnie?

— Nous allons en chercher les brevets, dit d'Artagnan, et à notre retour Maître Mazarini les signera.

— Et où allons-nous? demanda Porthos.

— A Paris d'abord, répondit d'Artagnan; j'y veux régler quelques affaires.

— Allons à Paris, dit Porthos.

Et tous deux partirent pour Paris.

En arrivant aux portes ils furent étonnés de voir l'attitude menaçante de la capitale. Autour d'un carrosse brisé en morceaux le peuple vociférait des imprécations, tandis que les personnes qui avaient voulu fuir étaient prisonnières, c'est-à-dire un vieillard et deux femmes.

Lorsque au contraire d'Artagnan et Porthos demandèrent l'entrée, il n'est sortes de caresses qu'on ne leur fit. On les prenait pour des déserteurs du parti royaliste, et on voulait se les attacher.

— Que fait le roi? demanda-t-on.

— Il dort.

— Et l'Espagnole?

— Elle rêve.

— Et l'Italien maudit?

— Il veille. Ainsi tenez-vous fermes; car s'ils sont partis, c'est bien certainement pour quelque chose. Mais comme, au bout du compte, vous êtes les plus forts, continua d'Artagnan, ne vous acharnez pas après des femmes et des vieillards, et prenez-vous-en aux causes véritables.

Le peuple entendit ces paroles avec plaisir et laissa aller les dames, qui remercièrent d'Artagnan par un éloquent regard.

— Maintenant, en avant! dit d'Artagnan.

Et ils continuèrent leur chemin, traversant les barricades, enjambant les chaînes, poussés, interrogés, interrogeant.

A la place du Palais-Royal, d'Artagnan vit un sergent qui faisait faire l'exercice à cinq ou six cents bourgeois : c'était Planchet qui utilisait au profit de la milice urbaine ses souvenirs du régiment de Piémont.

En passant devant d'Artagnan, il reconnut son ancien maître.

— Bonjour, Monsieur d'Artagnan, dit Planchet d'un air fier.

— Bonjour, Monsieur Dulaurier, répondit d'Artagnan.

Planchet s'arrêta court, fixant ¡sur d'Artagnan de grands yeux ébahis; le premier rang, voyant son chef s'arrêter, s'arrêta à son tour, ainsi de suite jusqu'au dernier.

— Ces bourgeois sont affreusement ridicules, dit d'Artagnan à Porthos.

Et il continua son chemin.

Cinq minutes après, il mettait pied à terre à l'hôtel de *La Chevrette*.

La belle Madeleine se précipita au-devant de d'Artagnan.

— Ma chère Madame Turquaine , dit d'Artagnan, si vous avez de l'argent, enfouissez-le vite; si vous avez des bijoux, cachez-les promptement; si vous avez des débiteurs, faites-vous payer; si vous avez des créanciers, ne les payez pas.

— Pourquoi cela? demanda Madeleine.

— Parce que Paris va être réduit en cendres ni plus ni moins que Babylone, dont vous avez sans doute entendu parler.

— Et vous me quittez dans un pareil moment?

— A l'instant même, dit d'Artagnan.

— Et où allez-vous?

— Ah! si vous pouvez me le dire, vous me rendrez un véritable service.

— Ah! mon Dieu! mon Dieu!

— Avez-vous des lettres pour moi? demanda d'Artagnan en faisant signe de la main à son hôtesse qu'elle devait s'épargner les lamentations, attendu que les lamentations seraient superflues.

— Il y en a une qui vient justement d'arriver.

Et elle donna la lettre à d'Artagnan.

— D'Athos! s'écria d'Artagnan en reconnaissant l'écriture ferme et allongée de leur ami.

— Ah! fit Porthos, voyons un peu quelles choses il dit.

D'Artagnan ouvrit la lettre et lut :

« Cher d'Artagnan, cher du Vallon, mes bons amis,
» peut-être recevez-vous de mes nouvelles pour la der-
» nière fois. Aramis et moi nous sommes bien malheu-
» reux; mais Dieu, notre courage et le souvenir de notre
» amitié nous soutiennent. Pensez bien à Raoul. Je vous

» recommande les papiers qui sont à Blois, et dans deux
» mois et demi, si vous n'avez pas reçu de nos nou-
» velles, prenez-en connaissance. Embrassez le vicomte
» de tout votre cœur pour votre ami dévoué,

« ATHOS. »

— Je le crois pardieu bien, que je l'embrasserai, dit
d'Artagnan, avec cela qu'il est sur notre route, et s'il a le
malheur de perdre notre pauvre Athos, de ce jour, il
devient mon fils.

— Et moi, dit Porthos, je le fais mon légataire universel.

— Voyons, que dit encore Athos ?

« Si vous rencontrez par les routes un M. Mordaunt,
» défiez-vous-en. Je ne puis vous en dire davantage dans
» ma lettre. »

— M. Mordaunt! dit avec surprise d'Artagnan.
— M. Mordaunt, c'est bon, dit Porthos, on s'en
souviendra. Mais voyez donc, il y a un post-scriptum
d'Aramis.

— En effet, dit d'Artagnan.
Et il lut :

« Nous vous cachons le lieu de notre séjour, chers
» amis, connaissant votre dévouement fraternel, et sa-
» chant bien que vous viendriez mourir avec nous. »

— Sacrebleu! interrompit Porthos avec une explosion de colère qui fit bondir Mousqueton à l'autre bout
de la chambre, sont-ils donc en danger de mort ?

D'Artagnan continua :

« Athos vous lègue Raoul, et moi je vous lègue une
» vengeance. Si vous mettez par bonheur la main sur un
» certain Mordaunt, dites à Porthos de l'emmener dans
» un coin et de lui tordre le cou. Je n'ose vous en dire
» davantage dans une lettre. »

« ARAMIS. »

— Si ce n'est que cela, dit Porthos, c'est facile à faire.
— Au contraire, dit d'Artagnan d'un air sombre,
c'est impossible.

— Et pourquoi cela?

— C'est justement ce M. Mordaunt que nous allons rejoindre à Boulogne et avec lequel nous passons en Angleterre.

— Eh bien, si au lieu d'aller rejoindre ce M. Mordaunt nous allions rejoindre nos amis? dit Porthos avec un geste capable d'épouvanter une armée.

— J'y ai bien pensé, dit d'Artagnan; mais la lettre n'a ni date ni timbre.

— C'est juste, dit Porthos.

Et il se mit à errer dans la chambre comme un homme égaré, gesticulant et tirant à tout moment son épée au tiers du fourreau.

Quant à d'Artagnan, il restait debout comme un homme consterné, et la plus profonde affliction se peignait sur son visage.

— Ah! c'est mal, disait-il; Athos nous insulte; il veut mourir seul, c'est mal.

Mousqueton, voyant ces deux grands désespoirs, fondait en larmes dans son coin.

— Allons, dit d'Artagnan, tout cela ne mène à rien. Partons, allons embrasser Raoul comme nous avons dit, et peut-être aura-t-il reçu des nouvelles d'Athos.

— Tiens, c'est une idée, dit Porthos; en vérité, mon cher d'Artagnan, je ne sais pas comment vous faites, mais vous êtes plein d'idées. Allons embrasser Raoul.

— Gare à celui qui regarderait mon maître de travers en ce moment, dit Mousqueton, je ne donnerais pas un denier de sa peau.

On monta à cheval et l'on partit. En arrivant à la rue Saint-Denis, les amis trouvèrent un grand concours de peuple. C'était M. de Beaufort qui venait d'arriver du Vendômois et que le coadjuteur montrait aux Parisiens émerveillés et joyeux.

Avec M. de Beaufort, ils se regardaient désormais comme invincibles.

Les deux amis prirent par une petite rue pour ne pas rencontrer le prince et gagnèrent la barrière Saint-Denis.

— Est-il vrai, dirent les gardes aux deux cavaliers, que M. de Beaufort est arrivé dans Paris?

— Rien de plus vrai, dit d'Artagnan, et la preuve, c'est qu'il nous envoie au-devant de M. de Vendôme, son père, qui va arriver à son tour.

— Vive M. de Beaufort! crièrent les gardes.

Et ils s'écartèrent respectueusement pour laisser passer les envoyés du grand prince.

Une fois hors barrière, la route fut dévorée par ces gens qui ne connaissaient ni fatigue ni découragement; leurs chevaux volaient, et eux ne cessaient de parler d'Athos et d'Aramis.

Mousqueton souffrait tous les tourments imaginables, mais l'excellent serviteur se consolait en pensant que ses deux maîtres éprouvaient bien d'autres souffrances. Car il était arrivé à regarder d'Artagnan comme son second maître et lui obéissait même plus promptement et plus correctement qu'à Porthos.

Le camp était entre Saint-Omer et Lambe; les deux amis firent un crochet jusqu'au camp et apprirent en détail à l'armée la nouvelle de la fuite du roi et de la reine, qui était arrivée sourdement jusque-là. Ils trouvèrent Raoul près de sa tente, couché sur une botte de foin dont son cheval tirait quelques bribes à la dérobée. Le jeune homme avait les yeux rouges et semblait abattu. Le maréchal de Grammont et le comte de Guiche étaient revenus à Paris, et le pauvre enfant se trouvait isolé.

Au bout d'un instant Raoul leva les yeux et vit les deux cavaliers qui le regardaient; il les reconnut et courut à eux les bras ouverts.

— Oh! c'est vous, chers amis! s'écria-t-il, me venez-vous chercher? M'emmenez-vous avec vous? M'apportez-vous des nouvelles de mon tuteur?

— N'en avez-vous donc point reçu? demanda d'Artagnan au jeune homme.

— Hélas! non, Monsieur, et je ne sais en vérité ce qu'il est devenu. De sorte, oh! de sorte que je suis inquiet à en pleurer.

Et effectivement deux grosses larmes roulaient sur les joues brunies du jeune homme.

Porthos détourna la tête pour ne pas laisser voir sur sa bonne grosse figure ce qui se passait dans son cœur.

— Que diable! dit d'Artagnan, plus remué qu'il ne l'avait été depuis bien longtemps, ne vous désespérez point, mon ami; si vous n'avez point reçu de lettres du comte, nous avons reçu, nous... une...

— Oh! vraiment? s'écria Raoul.

— Et bien rassurante même, dit d'Artagnan en voyant la joie que cette nouvelle causait au jeune homme.

— L'avez-vous? demanda Raoul.

— Oui; c'est-à-dire je l'avais, dit d'Artagnan en faisant semblant de chercher; attendez, elle doit être là, dans ma poche; il me parle de son retour, n'est-ce pas, Porthos?

Tout Gascon qu'il était, d'Artagnan ne voulait pas prendre à lui seul le fardeau de ce mensonge.

— Oui, dit Porthos en toussant.

— Oh! donnez-la-moi, dit le jeune homme.

— Eh! je la lisais encore tantôt. Est-ce que je l'aurais perdue! Ah! pécaïre, ma poche est percée.

— Oh! oui, Monsieur Raoul, dit Mousqueton, et la lettre était même très consolante; ces Messieurs me l'ont lue et j'en ai pleuré de joie.

— Mais au moins, Monsieur d'Artagnan, vous savez où il est? demanda Raoul à moitié rasséréné.

— Ah! voilà, dit d'Artagnan, certainement que je le sais, pardieu! mais c'est un mystère.

— Pas pour moi, je l'espère.

— Non, pas pour vous, aussi je vais vous dire où il est.

Porthos regardait d'Artagnan avec ses gros yeux étonnés.

« Où diable vais-je dire qu'il est pour qu'il n'essaye pas d'aller le rejoindre? » murmurait d'Artagnan.

— Eh bien! où est-il, Monsieur? demanda Raoul de sa voix douce et caressante.

— Il est à Constantinople!

— Chez les Turcs! s'écria Raoul effrayé. Bon Dieu! que me dites-vous là?

— Eh bien! cela vous fait peur? dit d'Artagnan. Bah! qu'est-ce que les Turcs pour des hommes comme le comte de La Fère et l'abbé d'Herblay?

— Ah! son ami est avec lui? dit Raoul. Cela me rassure un peu.

« A-t-il de l'esprit, ce démon de d'Artagnan! » disait Porthos, tout émerveillé de la ruse de son ami.

— Maintenant, dit d'Artagnan pressé de changer le sujet de la conversation, voilà cinquante pistoles que M. le comte vous envoyait par le même courrier. Je présume que vous n'avez plus d'argent et qu'elles sont les bienvenues.

— J'ai encore vingt pistoles, Monsieur.

— Eh bien! prenez toujours, cela vous en fera soixante-dix.

— Et si vous en voulez davantage..., dit Porthos mettant la main à son gousset.

— Merci, dit Raoul en rougissant, merci mille fois, Monsieur.

En ce moment, Olivain parut à l'horizon.

— A propos, dit d'Artagnan de manière que le laquais l'entendît, êtes-vous content d'Olivain?

— Oui, assez comme cela.

Olivain fit semblant de n'avoir rien entendu et entra dans la tente.

— Que lui reprochez-vous, à ce drôle-là?

— Il est gourmand, dit Raoul.

— Oh! Monsieur! fit Olivain, reparaissant à cette accusation.

— Il est un peu voleur.

— Oh! Monsieur, oh!

— Et surtout il est fort poltron.

— Oh! oh! oh! Monsieur, vous me déshonorez, dit Olivain.

— Peste! dit d'Artagnan, apprenez, maître Olivain, que des gens tels que nous ne se font pas servir par des poltrons. Volez votre maître, mangez ses confitures et buvez son vin, mais, cap de Diou! ne soyez pas poltron, ou je vous coupe les oreilles. Regardez M. Mouston, dites-lui de vous montrer les blessures honorables qu'il a reçues, et voyez ce que sa bravoure habituelle a mis de dignité sur son visage.

Mousqueton était au troisième ciel et eût embrassé d'Artagnan s'il l'eût osé; en attendant, il se promettait de de se faire tuer pour lui si l'occasion s'en présentait jamais.

— Renvoyez ce drôle, Raoul, dit d'Artagnan, car s'il est poltron, il se déshonorera quelque jour.

— Monsieur dit que je suis poltron, s'écria Olivain, parce qu'il a voulu se battre l'autre jour avec un cornette du régiment de Grammont, et que j'ai refusé de l'accompagner.

— Monsieur Olivain, un laquais ne doit jamais désobéir, dit sévèrement d'Artagnan.

Et le tirant à l'écart :

— Tu as bien fait, dit-il, si ton maître avait tort, et voici un écu pour toi; mais s'il est jamais insulté et que tu ne te fasses pas couper en quartiers près de lui, je te coupe la langue et je t'en balaye la figure. Retiens bien ceci.

Olivain s'inclina et mit l'écu dans sa poche.

— Et maintenant, ami Raoul, dit d'Artagnan, nous partons, M. du Vallon et moi, comme ambassadeurs. Je ne puis vous dire dans quel but, je n'en sais rien moi-même; mais si vous avez besoin de quelque chose, écrivez à Mme Madelon Turquaine, à *La Chevrette*, rue Tiquetonne, et tirez sur cette caisse comme sur celle d'un banquier : avec ménagement toutefois, car je vous préviens qu'elle n'est pas tout à fait si bien garnie que celle de M. d'Emery.

Et, ayant embrassé son pupille par intérim, il le passa aux robustes bras de Porthos, qui l'enlevèrent de terre et le tinrent un moment suspendu sur le noble cœur du redoutable géant.

— Allons, dit d'Artagnan, en route.

Et ils repartirent pour Boulogne, où vers le soir ils arrêtèrent leurs chevaux trempés de sueur et blancs d'écume.

A dix pas de l'endroit où ils faisaient halte avant d'entrer en ville, était un jeune homme vêtu de noir qui paraissait attendre quelqu'un, et qui, du moment où il les avait vus paraître, n'avait point cessé d'avoir les yeux fixés sur eux.

D'Artagnan s'approcha de lui, et voyant que son regard ne le quittait pas :

— Hé! dit-il, l'ami, je n'aime pas qu'on me toise.

— Monsieur, dit le jeune homme sans répondre à l'interprétation de d'Artagnan, ne venez-vous pas de Paris, s'il vous plaît?

D'Artagnan pensa que c'était un curieux qui désirait avoir des nouvelles de la capitale.

— Oui, Monsieur, dit-il d'un ton plus radouci.

— Ne devez-vous pas loger aux *Armes d'Angleterre* ?

— Oui, Monsieur.

— N'êtes-vous pas chargé d'une mission de la part de Son Éminence M. le cardinal de Mazarin?

— Oui, Monsieur.

— En ce cas, dit le jeune homme, c'est à moi que vous avez affaire, je suis M. Mordaunt.

« Ah! dit tout bas d'Artagnan, celui dont Athos me dit de me défier. »

« Ah! murmura Porthos, celui qu'Aramis veut que j'étrangle. »

Tous deux regardèrent attentivement le jeune homme. Celui-ci se trompa à l'expression de leur regard.

— Douteriez-vous de ma parole? dit-il; en ce cas je suis prêt à vous donner toute preuve.

— Non, Monsieur, dit d'Artagnan, et nous nous mettons à votre disposition!

— Eh bien! Messieurs, dit Mordaunt, nous partirons sans retard; car c'est aujourd'hui le dernier jour de délai que m'avait demandé le cardinal. Mon bâtiment est prêt; et, si vous n'étiez venus, j'allais partir sans vous, car le général Olivier Cromwell doit attendre mon retour avec impatience.

— Ah! ah! dit d'Artagnan, c'est donc au général Olivier Cromwell que nous sommes dépêchés?

— N'avez-vous donc pas une lettre pour lui? demanda le jeune homme.

— J'ai une lettre dont je ne devais rompre la double enveloppe qu'à Londres; mais puisque vous me dites à qui elle est adressée, il est inutile que j'attende jusque-là.

D'Artagnan déchira l'enveloppe de la lettre.

Elle était en effet adressée :

« A Monsieur Olivier Cromwell, général des troupes de la nation anglaise. »

— Ah! fit d'Artagnan, singulière commission!

— Qu'est-ce que ce M. Olivier Cromwell? demanda tout bas Porthos.

— Un ancien brasseur, répondit d'Artagnan.

— Est-ce que le Mazarin voudrait faire une spéculation sur la bière comme nous en avons fait sur la paille? demanda Porthos.

— Allons, allons, Messieurs, dit Mordaunt impatient, partons.

— Oh! oh! dit Porthos, sans souper? Est-ce que M. Cromwell ne peut pas bien attendre un peu?

— Oui, mais moi? dit Mordaunt.

— Eh bien! vous, dit Porthos, après?

— Moi, je suis pressé.

— Oh! si c'est pour vous, dit Porthos, la chose ne me regarde pas, et je souperai avec votre permission ou sans votre permission.

Le regard vague du jeune homme s'enflamma et parut prêt à jeter un éclair, mais il se contint.

— Monsieur, continua d'Artagnan, il faut excuser des voyageurs affamés. D'ailleurs notre souper ne vous retardera pas beaucoup, nous allons piquer jusqu'à l'auberge. Allez à pied jusqu'au port, nous mangeons un morceau et nous y sommes en même temps que vous.

— Tout ce qu'il vous plaira, Messieurs, pourvu que nous partions, dit Mordaunt.

— C'est bien heureux, murmura Porthos.

— Le nom du bâtiment? demanda d'Artagnan.

— Le *Standard*.

— C'est bien. Dans une demi-heure nous serons à bord.

Et tous deux, donnant de l'éperon à leurs chevaux, piquèrent vers l'hôtel des *Armes d'Angleterre*.

— Que dites-vous de ce jeune homme? demanda d'Artagnan tout en courant.

— Je dis qu'il ne me revient pas du tout, dit Porthos, et que je me suis senti une rude démangeaison de suivre le conseil d'Aramis.

— Gardez-vous-en, mon cher Porthos, cet homme est un envoyé du général Cromwell, et ce serait une façon de nous faire pauvrement recevoir, je crois, que de lui annoncer que nous avons tordu le cou à son confident.

— C'est égal, dit Porthos, j'ai toujours remarqué qu'Aramis était homme de bon conseil.

— Écoutez, dit d'Artagnan, quand notre ambassade sera finie...

— Après?

— S'il nous reconduit en France...

— Eh bien!

— Eh bien! nous verrons.

Les deux amis arrivèrent sur ce à l'hôtel des *Armes d'Angleterre,* où ils soupèrent de grand appétit; puis, incontinent, ils se rendirent sur le port. Un brick était prêt à mettre à la voile; et, sur le pont de ce brick, ils reconnurent Mordaunt, qui se promenait avec impatience.

— C'est incroyable, disait d'Artagnan, tandis que la barque le conduisait à bord du *Standard,* c'est étonnant comme ce jeune homme ressemble à quelqu'un que j'ai connu, mais je ne puis dire à qui.

Ils arrivèrent à l'escalier, et, un instant après, ils furent embarqués.

Mais l'embarquement des chevaux fut plus long que celui des hommes, et le brick ne put lever l'ancre qu'à huit heures du soir.

Le jeune homme trépignait d'impatience et commandait que l'on couvrît les mâts de voiles.

Porthos, éreinté de trois nuits sans sommeil et d'une route de soixante-dix lieues faite à cheval, s'était retiré dans sa cabine et dormait.

D'Artagnan, surmontant sa répugnance pour Mordaunt, se promenait avec lui sur le pont et faisait cent contes pour le forcer à parler.

Mousqueton avait le mal de mer.

LVII

L'Écossais, parjure à sa foi,
Pour un denier vendit son roi.

Et, maintenant, il faut que nos lecteurs laissent voguer tranquillement le *Standard,* non pas vers Londres, où d'Artagnan et Porthos croient aller, mais vers Durham, où des lettres reçues d'Angleterre pendant son séjour à Boulogne avaient ordonné à Mordaunt de se rendre, et nous suivent au camp royaliste, situé en deçà de la Tyne, auprès de la ville de Newcastle .

C'est là, placées entre deux rivières, sur la frontière d'Écosse, mais sur le sol d'Angleterre, que s'étalent les tentes d'une petite armée. Il est minuit. Des hommes qu'on peut reconnaître à leurs jambes nues, à leurs jupes courtes, à leurs plaids bariolés et à la plume qui décore leur bonnet pour des highlanders, veillent nonchalamment. La lune, qui glisse entre deux gros nuages, éclaire à chaque intervalle qu'elle trouve sur sa route les mousquets des sentinelles et découpe en vigueur les murailles, les toits et les clochers de la ville que Charles Ier vient de rendre aux troupes du Parlement ainsi qu'Oxford et Newart , qui tenaient encore pour lui, dans l'espoir d'un accommodement.

À l'une des extrémités du camp, près d'une tente immense, pleine d'officiers écossais tenant une espèce de conseil présidé par le vieux comte de Lœwen, leur chef, un homme vêtu en cavalier dort, couché sur le gazon et la main droite étendue sur son épée.

A cinquante pas de là un autre homme, vêtu aussi en cavalier, cause avec une sentinelle écossaise; et grâce à l'habitude qu'il paraît avoir, quoique étranger, de la langue anglaise, il parvient à comprendre les réponses que son interlocuteur lui fait dans le patois du comté de Perth .

Comme une heure du matin sonnait à la ville de Newcastle, le dormeur s'éveilla; et, après avoir fait tous les gestes d'un homme qui ouvre les yeux après un profond sommeil, il regarda attentivement autour de lui : voyant qu'il était seul il se leva, et, faisant un détour, alla passer près du cavalier qui causait avec la sentinelle. Celui-ci avait sans doute fini ses interrogations, car après un instant il prit congé de cet homme et suivit sans affectation la même route que le premier cavalier que nous avons vu passer.

A l'ombre d'une tente placée sur le chemin, l'autre l'attendait.

— Eh bien, mon cher ami? lui dit-il dans le plus pur français qui ait jamais été parlé de Rouen à Tours.

— Eh bien, mon ami, il n'y a pas de temps à perdre, et il faut prévenir le roi.

— Que se passe-t-il donc?

— Ce serait trop long à vous dire; d'ailleurs, vous l'entendrez tout à l'heure. Puis le moindre mot prononcé ici peut tout perdre. Allons trouver Milord de Winter.

Et tous deux s'acheminèrent vers l'extrémité opposée du camp; mais comme le camp ne couvrait pas une surface de plus de cinq cents pas carrés, ils furent bientôt arrivés à la tente de celui qu'ils cherchaient.

— Votre maître dort-il, Tony? dit en anglais l'un des deux cavaliers à un domestique couché dans un premier compartiment qui servait d'antichambre.

— Non, Monsieur le comte, répondit le laquais, je ne crois pas, ou ce serait depuis bien peu de temps, car il a marché pendant plus de deux heures après avoir quitté le roi, et le bruit de ses pas a cessé à peine depuis dix minutes; d'ailleurs, ajouta le laquais en levant la portière de la tente, vous pouvez le voir.

En effet, de Winter était assis devant une ouverture, pratiquée comme une fenêtre, qui laissait pénétrer l'air de la nuit, et à travers laquelle il suivait mélancoliquement des yeux la lune, perdue, comme nous l'avons dit tout à l'heure, au milieu de gros nuages noirs.

Les deux amis s'approchèrent de de Winter, qui, la tête appuyée sur sa main, regardait le ciel; il ne les entendit pas venir et resta dans la même attitude, jusqu'au moment où il sentit qu'on lui posait la main sur l'épaule. Alors il se retourna, reconnut Athos et Aramis, et leur tendit la main.

— Avez-vous remarqué, leur dit-il, comme la lune est ce soir couleur de sang?

— Non, dit Athos, elle m'a semblé comme à l'ordinaire.

— Regardez, chevalier, dit de Winter.

— Je vous avoue, dit Aramis, que je suis comme le comte de la Fère, et que je n'y vois rien de particulier.

— Comte, dit Athos, dans une position aussi précaire que la nôtre, c'est la terre qu'il faut examiner, et non le ciel. Avez-vous étudié nos Écossais et en êtes-vous sûr?

— Les Écossais? demanda de Winter; quels Écossais?

— Eh! les nôtres, pardieu! dit Athos; ceux auxquels le roi s'est confié, les Écossais du comte de Lœwen .

— Non, dit de Winter. Puis il ajouta : Ainsi, dites-moi, vous ne voyez pas comme moi cette teinte rougeâtre qui couvre le ciel?

— Pas le moins du monde, dirent ensemble Athos et Aramis.

— Dites-moi, continua de Winter toujours préoccupé de la même idée, n'est-ce pas une tradition en France, que, la veille du jour où il fut assassiné, Henri IV, qui jouait aux échecs avec M. de Bassompierre, vit des taches de sang sur l'échiquier?

— Oui, dit Athos, et le maréchal me l'a raconté maintes fois à moi-même.

— C'est cela, murmura de Winter, et le lendemain Henri IV fut tué .

— Mais quel rapport cette vision de Henri IV a-t-elle avec vous, comte? demanda Aramis.

— Aucune, Messieurs, et en vérité je suis fou de vous entretenir de pareilles choses, quand votre entrée à cette heure dans ma tente m'annonce que vous êtes porteurs de quelque nouvelle importante.

— Oui, Milord, dit Athos, je voudrais parler au roi.

— Au roi? Mais le roi dort.

— J'ai à lui révéler des choses de conséquence.

— Ces choses ne peuvent-elles être remises à demain?

— Il faut qu'il les sache à l'instant même, et peut-être est-il déjà trop tard.

— Entrons, Messieurs, dit de Winter.

La tente de de Winter était posée à côté de la tente royale, une espèce de corridor communiquait de l'une à l'autre. Ce corridor était gardé non par une sentinelle, mais par un valet de confiance de Charles Ier, afin qu'en cas urgent le roi pût à l'instant même communiquer avec son fidèle serviteur.

— Ces Messieurs sont avec moi, dit de Winter.

Le laquais s'inclina et laissa passer.

En effet, sur un lit de camp, vêtu de son pourpoint noir, chaussé de ses bottes longues, la ceinture lâche et son feutre près de lui, le roi Charles, cédant à un besoin irrésistible de sommeil, s'était endormi. Les hommes s'avancèrent, et Athos, qui marchait le premier, considéra un instant en silence cette noble figure si pâle, encadrée de ses longs cheveux noirs que collait à ses tempes la sueur d'un mauvais sommeil et que marbraient de grosses veines bleues, qui semblaient gonflées de larmes sous ses yeux fatigués.

Athos poussa un profond soupir; ce soupir réveilla le roi, tant il dormait d'un faible sommeil.

Il ouvrit les yeux.

— Ah? dit-il en se soulevant sur son coude, c'est vous, comte de La Fère?

— Oui, sire, répondit Athos.

— Vous veillez tandis que je dors, et vous venez m'apporter quelque nouvelle?

— Hélas! sire, répondit Athos, Votre Majesté a deviné juste.

— Alors, la nouvelle est mauvaise? dit le roi en souriant avec mélancolie.

— Oui, sire.

— N'importe, le messager est le bienvenu, et vous ne pouvez entrer chez moi sans me faire toujours plaisir. Vous dont le dévouement ne connaît ni patrie ni malheur, vous m'êtes envoyé par Henriette, quelle que soit la nouvelle que vous m'apportez, parlez donc avec assurance.

— Sire, M. Cromwell est arrivé cette nuit à Newcastle.

— Ah! fit le roi, pour me combattre?

— Non, sire, pour vous acheter.

— Que dites-vous?

— Je dis, sire, qu'il est dû à l'armée écossaise quatre cent mille livres sterling.

— Pour solde arriérée, oui, je le sais. Depuis près

d'un an mes braves et fidèles Écossais se battent pour l'honneur.

Athos sourit.

— Eh bien! sire, quoique l'honneur soit une belle chose, ils se sont lassés de se battre pour lui, et cette nuit, ils vous ont vendu pour deux cent mille livres, c'est-à-dire pour la moitié de ce qui leur était dû.

— Impossible! s'écria le roi, les Écossais vendre leur roi pour deux cent mille livres.

— Les Juifs ont bien vendu leur Dieu pour trente deniers.

— Et quel est le Judas qui a fait ce marché infâme?

— Le comte de Lœwen.

— En êtes-vous sûr, Monsieur?

— Je l'ai entendu de mes propres oreilles.

Le roi poussa un soupir profond, comme si son cœur se brisait, et laissa tomber sa tête entre ses mains.

— Oh! les Écossais! dit-il, les Écossais! que j'appelais mes fidèles; les Écossais! à qui je m'étais confié, quand je pouvais fuir à Oxford; les Écossais! mes compatriotes; les Écossais! mes frères! Mais en êtes-vous bien sûr, Monsieur?

— Couché derrière la tente du comte de Lœwen, dont j'avais soulevé la toile, j'ai tout vu, tout entendu.

— Et quand doit se consommer cet odieux marché?

— Aujourd'hui, dans la matinée. Comme le voit Votre Majesté, il n'y a pas de temps à perdre.

— Pour quoi faire, puisque vous dites que je suis vendu?

— Pour traverser la Tyne, pour gagner l'Écosse, pour rejoindre lord Montrose, qui ne vous vendra pas, lui.

— Et que ferais-je en Écosse? Une guerre de partisans? Une pareille guerre est indigne d'un roi.

— L'exemple de Robert Bruce est là pour vous absoudre, sire.

— Non, non! il y a trop longtemps que je lutte; s'ils m'ont vendu, qu'ils me livrent, et que la honte éternelle de leur trahison retombe sur eux.

— Sire, dit Athos, peut-être est-ce ainsi que doit agir un roi, mais ce n'est point ainsi que doit agir un époux et un père. Je suis venu au nom de votre femme et de votre fille, et, au nom de votre femme et de votre fille et des deux autres enfants que vous avez encore à Londres, je vous dis : Vivez, sire, Dieu le veut!

Le roi se leva, resserra sa ceinture, ceignit son épée, et essuyant d'un mouchoir son front mouillé de sueur :

— Eh bien? dit-il, que faut-il faire?

— Sire, avez-vous dans toute l'armée un régiment sur lequel vous puissiez compter?

— De Winter, dit le roi, croyez-vous à la fidélité du vôtre?

— Sire, ce ne sont que des hommes, et les hommes sont devenus bien faibles ou bien méchants. Je crois à leur fidélité, mais je n'en réponds pas; je leur confierais ma vie, mais j'hésite à leur confier celle de Votre Majesté.

— Eh bien! dit Athos, à défaut de régiment, nous sommes trois hommes dévoués, nous suffirons. Que Votre Majesté monte à cheval, qu'elle se place au milieu de nous, nous traversons la Tyne, nous gagnons l'Écosse et nous sommes sauvés.

— Est-ce votre avis, de Winter? demanda le roi.

— Oui, sire.

— Est-ce le vôtre, Monsieur d'Herblay?

— Oui, sire.

— Qu'il soit donc fait ainsi que vous le voulez. De Winter, donnez les ordres.

De Winter sortit; pendant ce temps, le roi acheva sa toilette. Les premiers rayons du jour commençaient à filtrer à travers les ouvertures de la tente lorsque de Winter entra.

— Tout est prêt, sire, dit-il.

— Et nous? demanda Athos.

— Grimaud et Blaisois vous tiennent vos chevaux tout sellés.

— En ce cas, dit Athos, ne perdons pas un instant et partons.

— Partons, dit le roi.

— Sire, dit Aramis, Votre Majesté ne prévient-elle pas ses amis?

— Mes amis, dit Charles Ier en secouant tristement la tête, je n'en ai plus d'autres que vous trois. Un ami de vingt ans qui ne m'a jamais oublié; deux amis de huit jours que je n'oublierai jamais. Venez, Messieurs, venez.

Le roi sortit de sa tente et trouva effectivement son cheval prêt. C'était un cheval isabelle qu'il montait depuis trois ans et qu'il affectionnait beaucoup.

Le cheval en le voyant hennit de plaisir.

— Ah! dit le roi, j'étais injuste, et voilà encore, sinon un ami, du moins un être qui m'aime. Toi, tu me seras fidèle, n'est-ce pas, Arthus?

Et comme s'il eût entendu ces paroles, le cheval approcha ses naseaux fumants du visage du roi, en relevant ses lèvres et en montrant joyeusement ses dents blanches.

— Oui, oui, dit le roi en le flattant de la main; oui, c'est bien, Arthus, et je suis content de toi.

Et, avec cette légèreté qui faisait du roi un des meilleurs cavaliers d'Europe, Charles se mit en selle, et se retournant vers Athos, Aramis et de Winter :

— Eh bien! Messieurs, dit-il, je vous attends.

Mais Athos était debout, immobile, les yeux fixés et la main tendue vers une ligne noire, qui suivait le rivage de la Tyne et qui s'étendait sur une longueur double de celle du camp.

— Qu'est-ce que cette ligne? dit Athos, auquel les dernières ténèbres de la nuit, luttant avec les premiers rayons du jour, ne permettaient pas bien de distinguer encore. Qu'est-ce que cette ligne? Je ne l'ai pas vue hier.

— C'est sans doute le brouillard qui s'élève de la rivière, dit le roi.

— Sire, c'est quelque chose de plus compact qu'une vapeur.

— En effet, je vois comme une barrière rougeâtre, dit de Winter.

— C'est l'ennemi qui sort de Newcastle et qui nous enveloppe, s'écria Athos.

— L'ennemi! dit le roi.

— Oui, l'ennemi. Il est trop tard. Tenez! tenez! sous ce rayon de soleil, là, du côté de la ville, voyez-vous reluire les Côtes de fer?

On appelait ainsi les cuirassiers dont Cromwell avait fait ses gardes .

— Ah! dit le roi, nous allons savoir s'il est vrai que mes Écossais me trahissent.

— Qu'allez-vous faire? s'écria Athos.

— Leur donner l'ordre de charger et passer avec eux sur le ventre de ces misérables rebelles.

Et le roi, piquant son cheval, s'élança vers la tente du comte de Lœwen.

— Suivons-le, dit Athos.

— Allons, dit Aramis.

— Est-ce que le roi serait blessé? dit de Winter. Je vois à terre des taches de sang.

Et il s'élança sur la trace des deux amis. Athos l'arrêta.

— Allez rassembler votre régiment, dit-il, je prévois que nous en aurons besoin tout à l'heure.

De Winter tourna bride, et les deux amis continuèrent leur route. En deux secondes le roi était arrivé à la tente du général en chef de l'armée écossaise. Il sauta à terre et entra.

Le général était au milieu des principaux chefs.

— Le roi! s'écrièrent-ils en se levant et en se regardant avec stupéfaction.

En effet, Charles était debout devant eux, le chapeau sur la tête, les sourcils froncés et fouettant sa botte avec la cravache

— Oui, Messieurs, dit-il, le roi en personne; le roi qui vient vous demander compte de ce qui se passe.

— Qu'y a-t-il donc, sire? demanda le comte de Lœwen.

— Il y a, Monsieur, dit le roi, se laissant emporter par la colère, que le général Cromwell est arrivé cette nuit à Newcastle; que vous le savez et que je n'en suis pas averti; il y a que l'ennemi sort de la ville et nous ferme le passage de la Tyne, que vos sentinelles ont dû voir ce mouvement, et que je n'en suis pas averti; il y a que vous m'avez, par un infâme traité, vendu deux cent mille livres sterling au Parlement, mais que de ce traité au moins j'en suis averti. Voici ce qu'il y a, Messieurs; répondez ou disculpez-vous, car je vous accuse.

— Sire, balbutia le comte de Lœwen, sire, Votre Majesté aura été trompée par quelque faux rapport.

— J'ai vu de mes yeux l'armée ennemie s'étendre entre moi et l'Écosse, dit Charles, et je puis presque dire: J'ai entendu de mes propres oreilles débattre les clauses du marché.

Les chefs écossais se regardèrent en fronçant le sourcil à leur tour.

— Sire, murmura le comte de Lœwen, courbé sous le poids de la honte, sire, nous sommes prêts à vous donner toutes preuves.

— Je n'en demande qu'une seule, dit le roi. Mettez l'armée en bataille et marchons à l'ennemi.

— Cela ne se peut pas, sire, dit le comte.

— Comment! cela ne se peut pas! Et qui empêche que cela se puisse? s'écria Charles Ier.

— Votre Majesté sait bien qu'il y a trêve entre nous et l'armée anglaise, répondit le comte.

— S'il y a trêve, l'armée anglaise l'a rompue en sortant de la ville, contre les conventions qui l'y tenaient enfermée; or, je vous le dis, il faut passer avec moi à travers cette armée et rentrer en Écosse, et si vous ne le faites pas, eh bien! choisissez entre les deux noms qui font les hommes en mépris et en exécration aux autres hommes : ou vous êtes des lâches, ou vous êtes des traîtres!

Les yeux des Écossais flamboyèrent, et, comme cela arrive souvent en pareille occasion, ils passèrent de l'extrême honte à l'extrême impudence, et deux chefs de clan s'avançant de chaque côté du roi :

— Eh bien, oui, dirent-ils, nous avons promis de délivrer l'Écosse et l'Angleterre de celui qui depuis vingt-cinq ans boit le sang et l'or de l'Angleterre et de l'Écosse. Nous avons promis, et nous tenons nos promesses. Roi Charles Stuart, vous êtes notre prisonnier.

Et tous deux étendirent en même temps la main pour saisir le roi; mais avant que le bout de leurs doigts touchât sa personne, tous deux étaient tombés, l'un évanoui et l'autre mort.

Athos avait assommé l'un avec le pommeau de son pistolet, et Aramis avait passé son épée au travers du corps de l'autre.

Puis, comme le comte de Lœwen et les autres chefs reculaient devant ce secours inattendu qui semblait tomber du ciel à celui qu'ils croyaient déjà leur prisonnier, Athos et Aramis entraînèrent le roi hors de la tente parjure, où il s'était si imprudemment aventuré, et, sautant sur les chevaux que les laquais tenaient préparés, tous trois reprirent au galop le chemin de la tente royale.

En passant ils aperçurent de Winter qui accourait à la tête de son régiment. Le roi lui fit signe de les accompagner.

LVIII

LE VENGEUR

Tous quatre entrèrent dans la tente; il n'y avait point de plan de fait, il fallait en arrêter un.

Le roi se laissa tomber sur un fauteuil.

— Je suis perdu, dit-il.

— Non, sire, répondit Athos, vous êtes seulement trahi.

Le roi poussa un profond soupir.

— Trahi, trahi par les Écossais, au milieu desquels je suis né, que j'ai toujours préférés aux Anglais! Oh! les misérables!

— Sire, dit Athos, ce n'est point l'heure des récriminations, mais le moment de montrer que vous êtes roi et gentilhomme. Debout, sire, debout! car vous avez du moins ici trois hommes qui ne vous trahiront pas, vous pouvez être tranquille. Ah! si seulement nous étions cinq! murmura Athos en pensant à d'Artagnan et à Porthos.

— Que dites-vous? demanda Charles en se levant.

— Je dis, sire, qu'il n'y a plus qu'un moyen. Milord de Winter répond de son régiment ou à peu près, ne chicanons pas sur les mots: il se met à la tête de ses hommes; nous nous mettons, nous, aux côtés de Sa Majesté, nous faisons une trouée dans l'armée de Cromwell et nous gagnons l'Écosse.

— Il y a encore un moyen, dit Aramis, c'est que l'un de nous prenne le costume et le cheval du roi: tandis qu'on s'acharnerait après celui-là, le roi passerait peut-être.

— L'avis est bon, dit Athos, et si Sa Majesté veut faire à l'un de nous cet honneur, nous lui en serons bien reconnaissants.

— Que pensez-vous de ce conseil, de Winter? dit le roi, regardant avec admiration ces deux hommes, dont l'unique préoccupation était d'amasser sur leur tête les dangers qui le menaçaient.

— Je pense, sire, que s'il y a un moyen de sauver Votre Majesté, M. d'Herblay vient de le proposer. Je supplie donc bien humblement Votre Majesté de faire promptement son choix, car nous n'avons pas de temps à perdre.

— Mais si j'accepte, c'est la mort, c'est tout au moins la prison pour celui qui prendra ma place.

— C'est l'honneur d'avoir sauvé son roi! s'écria de Winter.

Le roi regarda son vieil ami, les larmes aux yeux, détacha le cordon du Saint-Esprit, qu'il portait pour faire honneur aux deux Français qui l'accompagnaient, et le passa au cou de de Winter, qui reçut à genoux cette terrible marque de l'amitié et de la confiance de son souverain.

— C'est juste, dit Athos : il y a plus longtemps qu'il sert que nous.

Le roi entendit ces mots et se retourna, les larmes aux yeux.

— Messieurs, dit-il, attendez un instant, j'ai aussi un cordon à donner à chacun de vous.

Puis il alla à une armoire où étaient renfermés ses propres ordres, et prit deux cordons de la Jarretière .

— Ces ordres ne peuvent être pour nous, dit Athos.

— Et pourquoi cela, Monsieur? demanda Charles.

— Ces ordres sont presque royaux, et nous ne sommes que de simples gentilshommes.

— Passez-moi en revue tous les trônes de la terre, dit le roi, et trouvez-moi de plus grands cœurs que les vôtres. Non, non, vous ne vous rendez pas justice, Messieurs, mais je suis là pour vous la rendre, moi. A genoux, comte.

Athos s'agenouilla, le roi lui passa le cordon de gauche à droite comme d'habitude, et levant son épée, au lieu de la formule habituelle : Je vous fais chevalier, soyez brave, fidèle et loyal, il dit :

— Vous êtes brave, fidèle et loyal, je vous fais chevalier, Monsieur le comte.

Puis se retournant vers Aramis :

— A votre tour, Monsieur le chevalier, dit-il.

Et la même cérémonie recommença avec les mêmes paroles, tandis que de Winter, aidé des écuyers, détachait sa cuirasse de cuivre pour être mieux pris pour le roi.

Puis, lorsque Charles en eut fini avec Aramis comme il avait fini avec Athos, il les embrassa tous deux.

— Sire, dit de Winter, qui, en face d'un grand dévouement, avait repris toute sa force et tout son courage, nous sommes prêts.

Le roi regarda les trois gentilshommes.

— Ainsi donc il faut fuir ? dit-il.

— Fuir à travers une armée, sire, dit Athos, dans tous les pays du monde s'appelle charger.

— Je mourrai donc l'épée à la main, dit Charles. Monsieur le comte, Monsieur le chevalier, si jamais je suis roi...

— Sire, vous nous avez déjà honorés plus qu'il n'appartenait à de simples gentilshommes ; ainsi la reconnaissance vient de nous. Mais ne perdons pas de temps, car nous n'en avons déjà que trop perdu.

Le roi leur tendit une dernière fois la main à tous les trois, échangea son chapeau avec celui de de Winter et sortit.

Le régiment de de Winter était rangé sur une plate-forme qui dominait le camp ; le roi, suivi des trois amis, se dirigea vers la plate-forme.

Le camp écossais semblait être éveillé enfin ; les hommes étaient sortis de leurs tentes et avaient pris leur rang comme pour la bataille.

— Voyez-vous, dit le roi, peut-être se repentent-ils et sont-ils prêts à marcher.

— S'ils se repentent, sire, répondit Athos, ils nous suivront.

— Bien ! dit le roi, que faisons-nous ?

— Examinons l'armée ennemie, dit Athos.

Les yeux du petit groupe se fixèrent à l'instant même sur cette ligne qu'à l'aube du jour on avait prise pour du brouillard, et que les premiers rayons du soleil dénonçaient maintenant pour une armée rangée en bataille. L'air était pur et limpide comme il est d'ordinaire à cette heure de la matinée. On distinguait parfaitement les régiments, les étendards et jusqu'à la couleur des uniformes et des chevaux.

Alors on vit sur une petite colline, un peu en avant du front ennemi, apparaître un homme petit, trapu et lourd ; cet homme était entouré de quelques officiers. Il dirigea une lunette sur le groupe dont le roi faisait partie.

— Cet homme connaît-il personnellement Votre Majesté? demanda Aramis.

Charles sourit.

— Cet homme, c'est Cromwell, dit-il.

— Alors, abaissez votre chapeau, sire, qu'il ne s'aperçoive pas de la substitution.

— Ah! dit Athos, nous avons perdu bien du temps.

— Alors, dit le roi, l'ordre, et partons.

— Le donnez-vous, sire? demanda Athos.

— Non, je vous nomme mon lieutenant général, dit le roi.

— Écoutez alors, Milord de Winter, dit Athos; éloignez-vous, sire, je vous prie; ce que nous allons dire ne regarde pas Votre Majesté.

Le roi fit en souriant trois pas en arrière.

— Voici ce que je propose, continua Athos. Nous divisons notre régiment en deux escadrons; vous vous mettez à la tête du premier; Sa Majesté et nous à la tête du second; si rien ne vient nous barrer le passage, nous chargeons tous ensemble pour forcer la ligne ennemie et nous jeter dans la Tyne, que nous traversons, soit à gué, soit à la nage; si au contraire on nous pousse quelque obstacle sur le chemin, vous et vos hommes vous vous faites tuer jusqu'au dernier, nous et le roi nous continuons notre route : une fois arrivés au bord de la rivière, fussent-ils sur trois rangs d'épaisseur, si votre escadron fait son devoir, cela nous regarde.

— A cheval! dit de Winter.

— A cheval! dit Athos, tout est prévu et décidé.

— Alors, Messieurs, dit le roi, en avant! et rallions-nous à l'ancien cri de France : Montjoie et Saint-Denis! Le cri de l'Angleterre est répété maintenant par trop de traîtres.

On monta à cheval, le roi sur le cheval de de Winter, de Winter sur le cheval du roi; puis de Winter se mit au premier rang du premier escadron, et le roi, ayant Athos à sa droite et Aramis à sa gauche, au premier rang du second.

Toute l'armée écossaise regardait ces préparatifs avec l'immobilité et le silence de la honte.

On vit quelques chefs sortir des rangs et briser leurs épées.

— Allons, dit le roi, cela me console, ils ne sont pas tous des traîtres.

En ce moment la voix de de Winter retentit :

— En avant! criait-il.

Le premier escadron s'ébranla, le second le suivit et descendit de la plate-forme. Un régiment de cuirassiers à peu près égal en nombre se développait derrière la colline et venait ventre à terre au-devant de lui.

Le roi montra à Athos et à Aramis ce qui se passait :

— Sire, dit Athos, le cas est prévu, et si les hommes de de Winter font leur devoir, cet événement nous sauve au lieu de nous perdre.

En ce moment on entendit par-dessus tout le bruit que faisaient les chevaux en galopant et hennissant, de Winter qui criait :

— Sabre en main!

Tous les sabres à ce commandement sortirent du fourreau et parurent comme des éclairs.

— Allons, Messieurs, cria le roi à son tour, enivré par le bruit et par la vue, allons, Messieurs, sabre en main!

Mais à ce commandement, dont le roi donna l'exemple, Athos et Aramis seuls obéirent.

— Nous sommes trahis, dit tout bas le roi.

— Attendons encore, dit Athos, peut-être n'ont-ils pas reconnu la voix de Votre Majesté, et attendent-ils l'ordre de leur chef d'escadron.

— N'ont-ils pas entendu celui de leur colonel! Mais voyez! s'écria le roi, arrêtant son cheval d'une secousse qui le fit plier sur ses jarrets, et saisissant la bride du cheval d'Athos.

— Ah! lâches! ah! misérables! ah! traîtres! criait de Winter, dont on entendait la voix, tandis que ses hommes, quittant leurs rangs, s'éparpillaient dans la plaine.

Une quinzaine d'hommes à peine étaient groupés autour de lui et attendaient la charge des cuirassiers de Cromwell.

— Allons mourir avec eux! dit le roi.

— Allons mourir! dirent Athos et Aramis.

— A moi tous les cœurs fidèles! cria de Winter.

Cette voix arriva jusqu'aux deux amis, qui partirent au galop.

— Pas de quartier! cria en français, et répondant à la voix de Winter, une voix qui les fit tressaillir.

Quant à de Winter, au son de cette voix il demeura pâle et comme pétrifié.

Cette voix, c'était celle d'un cavalier monté sur un magnifique cheval noir, et qui chargeait en tête du régiment anglais que, dans son ardeur, il devançait de dix pas.

— C'est lui! murmura de Winter, les yeux fixes et laissant pendre son épée à ses côtés.

— Le roi! le roi! crièrent plusieurs voix se trompant au cordon bleu et au cheval isabelle de de Winter, prenez-le vivant!

— Non, ce n'est pas le roi! s'écria le cavalier; ne vous y trompez pas. N'est-ce pas, Milord de Winter, que vous n'êtes pas le roi? N'est-ce pas que vous êtes mon oncle?

Et en même temps, Mordaunt, car c'était lui, dirigea le canon d'un pistolet contre de Winter. Le coup partit; la balle traversa la poitrine du vieux gentilhomme, qui fit un bond sur sa selle et retomba entre les bras d'Athos en murmurant :

— Le vengeur!

— Souviens-toi de ma mère, hurla Mordaunt en passant outre, emporté qu'il était par le galop furieux de son cheval.

— Misérable! cria Aramis en lui lâchant un coup de pistolet presque à bout portant comme il passait à côté de lui; mais l'amorce seule prit feu et le coup ne partit point.

En ce moment le régiment tout entier tomba sur les quelques hommes qui avaient tenu, et les deux Français furent entourés, pressés, enveloppés. Athos, après s'être assuré que de Winter était mort, lâcha le cadavre, et tirant son épée :

— Allons, Aramis, pour l'honneur de la France.

Et les deux Anglais qui se trouvaient les plus proches des deux gentilshommes tombèrent tous deux frappés mortellement.

Au même instant un hourra terrible retentit et trente lames étincelèrent au-dessus de leurs têtes.

Tout à coup un homme s'élance du milieu des rangs anglais, qu'il bouleverse, bondit sur Athos, l'enlace de ses bras nerveux, lui arrache son épée en lui disant à l'oreille :

— Silence! rendez-vous. Vous rendre à moi, ce n'est pas vous rendre.

Un géant a aussi saisi les deux poignets d'Aramis, qui essaye en vain de se soustraire à sa formidable étreinte.

— Rendez-vous, lui dit-il en le regardant fixement.

Aramis lève la tête, Athos se retourne.

— D'Art..., s'écria Athos dont le Gascon ferma la bouche avec la main.

— Je me rends, dit Aramis en tendant son épée à Porthos.

— Feu! feu! criait Mordaunt en revenant sur le groupe où étaient les deux amis.

— Et pourquoi feu? dit le colonel, tout le monde s'est rendu.

— C'est le fils de Milady, dit Athos à d'Artagnan.

— Je l'ai reconnu.

— C'est le moine, dit Porthos à Aramis.

— Je le sais.

En même temps les rangs commencèrent à s'ouvrir. D'Artagnan tenait la bride du cheval d'Athos, Porthos celle du cheval d'Aramis. Chacun d'eux essayait d'entraîner son prisonnier loin du champ de bataille.

— Ce mouvement découvrit l'endroit où était tombé le corps de de Winter. Avec l'instinct de la haine, Mordaunt l'avait retrouvé, et le regardait, penché sur son cheval, avec un sourire hideux.

Athos, tout calme qu'il était, mit la main à ses fontes encore garnies de pistolets.

— Que faites-vous? dit d'Artagnan.

— Laissez-moi le tuer.

— Pas un geste qui puisse faire croire que vous le connaissez, ou nous sommes perdus tous quatre.

Puis se retournant vers le jeune homme.

— Bonne prise! s'écria-t-il, bonne prise! ami Mordaunt. Nous avons chacun le nôtre, M. du Vallon et moi : des chevaliers de la Jarretière, rien que cela.

— Mais, s'écria Mordaunt, regardant Athos et Aramis avec des yeux sanglants, mais ce sont des Français, ce me semble?

— Je n'en sais ma foi rien. Êtes-vous Français, Monsieur? demanda-t-il à Athos.

— Je le suis, répondit gravement celui-ci.

— Eh bien! mon cher Monsieur, vous voilà prisonnier d'un compatriote.

— Mais le roi? dit Athos avec angoisse, le roi?

D'Artagnan serra vigoureusement la main de son prisonnier et lui dit :

— Eh! nous le tenons, le roi!

— Oui, dit Aramis, par une trahison infâme.

Porthos broya le poignet de son ami et lui dit avec un sourire :

— Eh! Monsieur! la guerre se fait autant par l'adresse que par la force : regardez!

En effet on vit en ce moment l'escadron qui devait protéger la retraite de Charles s'avancer à la rencontre du régiment anglais, enveloppant le roi, qui marchait seul à pied dans un grand espace vide. Le prince était calme en apparence, mais on voyait ce qu'il devait souffrir pour paraître calme; ainsi la sueur coulait de son front et il s'essuyait les tempes et les lèvres avec un mouchoir qui chaque fois s'éloignait de sa bouche teint de sang.

— Voilà Nabuchodonosor, s'écria un des cuirassiers de Cromwell, vieux puritain, dont les yeux s'enflammèrent à l'aspect de celui qu'on appelait le tyran.

— Que dites-vous donc, Nabuchodonosor? dit Mordaunt avec un sourire effrayant. Non, c'est le roi Charles Ier, le bon roi Charles qui dépouille ses sujets pour en hériter.

Charles leva les yeux vers l'insolent qui parlait ainsi, mais il ne le reconnut point. Cependant la majesté calme et religieuse de son visage fit baisser le regard de Mordaunt.

— Bonjour, Messieurs, dit le roi aux deux gentilshommes qu'il vit, l'un aux mains de d'Artagnan, l'autre aux mains de Porthos. La journée a été malheureuse, mais ce n'est point votre faute, Dieu merci! Où est mon vieux de Winter!

Les deux gentilshommes tournèrent la tête et gardèrent le silence.

— Cherche où est Strafford, dit la voix stridente de Mordaunt.

Charles tressaillit : le démon avait frappé juste. Strafford, c'était son remords éternel, l'ombre de ses jours, le fantôme de ses nuits.

Le roi regarda autour de lui et vit un cadavre à ses pieds. C'était celui de de Winter.

Charles ne jeta pas un cri, ne versa pas une larme, seulement une pâleur plus livide s'étendit sur son visage; il mit un genou en terre, souleva la tête de de Winter, l'embrassa au front, et reprenant le cordon du Saint-Esprit qu'il lui avait passé au cou, il le mit religieusement sur sa poitrine.

— De Winter est donc tué? demanda d'Artagnan en fixant ses yeux sur le cadavre.

— Oui, dit Athos, et par son neveu.

— Allons! c'est le premier de nous qui s'en va, murmura d'Artagnan; qu'il dorme en paix, c'était un brave.

— Charles Stuart, dit alors le colonel du régiment anglais en s'avançant vers le roi qui venait de reprendre les insignes de la royauté, vous rendez-vous notre prisonnier?

— Colonel Thomlison , dit Charles, le roi ne se rend point; l'homme cède à la force, voilà tout.

— Votre épée.

Le roi tira son épée et la brisa sur son genou.

En ce moment un cheval sans cavalier, ruisselant d'écume, l'œil en flamme, les naseaux ouverts, accourut, et reconnaissant son maître, s'arrêta près de lui en hennissant de joie : c'était Arthus.

Le roi sourit, le flatta de la main et se mit légèrement en selle.

— Allons, Messieurs, dit-il, conduisez-moi où vous voudrez.

Puis se retournant vivement :

— Attendez, dit-il; il m'a semblé voir remuer de Winter, s'il vit encore, par ce que vous avez de plus sacré, n'abandonnez pas ce noble gentilhomme.

— Oh! soyez tranquille, roi Charles, dit Mordaunt, la balle a traversé le cœur.

— Ne soufflez pas un mot, ne faites pas un geste ne risquez pas un regard pour moi ni pour Porthos, dit d'Artagnan à Athos et à Aramis, car Milady n'est pas morte, et son âme vit dans le corps de ce démon.

Et le détachement s'achemina vers la ville, emmenant sa royale capture ; mais, à moitié chemin, un aide de camp du général Cromwell apporta l'ordre au colonel Thomlison de conduire le roi à Holdenby-Castle.

En même temps les courriers partaient dans toutes les directions pour annoncer à l'Angleterre et à toute l'Europe que le roi Charles Stuart était prisonnier du général Olivier Cromwell.

LIX

OLIVIER CROMWELL

— Venez-vous chez le général? dit Mordaunt à d'Artagnan et à Porthos, vous savez qu'il vous a mandés après l'action.

— Nous allons d'abord mettre nos prisonniers en lieu de sûreté, dit d'Artagnan à Mordaunt. Savez-vous, Monsieur, que ces gentilshommes valent chacun quinze cents pistoles?

— Oh! soyez tranquilles, dit Mordaunt en les regardant d'un œil dont il essayait en vain de réprimer la férocité, mes cavaliers les garderont, et les garderont bien; je vous réponds d'eux.

— Je les garderai encore mieux moi-même, reprit d'Artagnan; d'ailleurs, que faut-il? une bonne chambre avec des sentinelles, ou leur simple parole qu'ils ne chercheront pas à fuir. Je vais mettre ordre à cela, puis nous aurons l'honneur de nous présenter chez le général et de lui demander ses ordres pour Son Éminence.

— Vous comptez donc partir bientôt? demanda Mordaunt.

— Notre mission est finie et rien ne nous arrête plus en Angleterre que le bon plaisir du grand homme près duquel nous avons été envoyés.

Le jeune homme se mordit les lèvres, et se penchant à l'oreille du sergent :

— Vous suivrez ces hommes, lui dit-il, vous ne les perdrez pas de vue; et quand vous saurez où ils sont logés, vous reviendrez m'attendre à la porte de la ville.

Le sergent fit signe qu'il serait obéi.

Alors, au lieu de suivre le gros des prisonniers qu'on ramenait dans la ville, Mordaunt se dirigea vers la colline d'où Cromwell avait regardé la bataille et où il venait de faire dresser sa tente.

Cromwell avait défendu qu'on laissât pénétrer personne près de lui, mais la sentinelle, qui connaissait Mordaunt pour un des confidents les plus intimes du général, pensa que la défense ne regardait point le jeune homme.

Mordaunt écarta donc la toile de la tente et vit Cromwell assis devant une table, la tête cachée entre ses deux mains; en outre, il lui tournait le dos.

Soit qu'il entendît ou non le bruit que fit Mordaunt en entrant, Cromwell ne se retourna point.

Mordaunt resta debout près de la porte.

Enfin, au bout d'un instant, Cromwell releva son front appesanti, et, comme s'il eût senti instinctivement que quelqu'un était là, il tourna lentement la tête.

— J'avais dit que je voulais être seul! s'écria-t-il en voyant le jeune homme.

— On n'a pas cru que cette défense me regardât, Monsieur, dit Mordaunt; cependant, si vous l'ordonnez, je suis prêt à sortir.

— Ah! c'est vous, Mordaunt! dit Cromwell, éclaircissant, comme par la force de sa volonté, le voile qui couvrait ses yeux; puisque vous voilà, c'est bien, restez.

— Je vous apporte mes félicitations.

— Vos félicitations! Et de quoi?

— De la prise de Charles Stuart. Vous êtes le maître de l'Angleterre maintenant.

— Je l'étais bien mieux, il y a deux heures, dit Cromwell.

— Comment cela, général?

— L'Angleterre avait besoin de moi pour prendre le tyran, maintenant le tyran est pris. L'avez-vous vu?

— Oui, Monsieur, dit Mordaunt.

— Quelle attitude a-t-il?

Mordaunt hésita, mais la vérité sembla sortir de force de ses lèvres.

— Calme et digne, dit-il.

— Qu'a-t-il dit?

— Quelques paroles d'adieu à ses amis.

« A ses amis! murmura Cromwell; il a donc des amis, lui? »

Puis tout haut :

— S'est-il défendu?

— Non, Monsieur, il a été abandonné de tous, excepté de trois ou quatre hommes; il n'y avait donc pas moyen de se défendre.

— A qui a-t-il rendu son épée?

— Il ne l'a pas rendue, il l'a brisée.

— Il a bien fait; mais au lieu de la briser il eût mieux fait encore de s'en servir avec plus d'avantage.

Il y eut un instant de silence.

— Le colonel du régiment qui servait d'escorte au roi, à Charles, a été tué, ce me semble? dit Cromwell en regardant fixement Mordaunt.

— Oui, Monsieur.

— Par qui? demanda Cromwell.

— Par moi.

— Comment se nommait-il?

— Lord de Winter.

— Votre oncle? s'écria Cromwell.

— Mon oncle! reprit Mordaunt; les traîtres à l'Angleterre ne sont pas de ma famille.

Cromwell resta un instant pensif, regardant ce jeune homme; puis, avec cette profonde mélancolie que peint si bien Shakespeare:

— Mordaunt, lui dit-il, vous êtes un terrible serviteur.

— Quand le Seigneur ordonne, dit Mordaunt, il n'y a pas à marchander avec ses ordres. Abraham a levé le couteau sur Isaac, et Isaac était son fils.

— Oui, dit Cromwell, mais le Seigneur n'a pas laissé s'accomplir le sacrifice.

— J'ai regardé autour de moi, dit Mordaunt, et je n'ai vu ni bouc ni chevreau arrêté dans les buissons de la plaine.

Cromwell s'inclina.

— Vous êtes fort parmi les forts, Mordaunt, dit-il. Et les Français, comment se sont-ils conduits?

— En· gens de cœur, Monsieur, dit Mordaunt.

— Oui, oui, murmura Cromwell, les Français se battent bien, et, en effet, si ma lunette est bonne, il me semble que je les ai vus au premier rang.

— Ils y étaient, dit Mordaunt.

— Après vous, cependant, dit Cromwell.

— C'est la faute de leurs chevaux et non la leur.

Il se fit encore un moment de silence.

— Et les Écossais, demanda Cromwell.

— Ils ont tenu leur parole, dit Mordaunt, et n'ont pas bougé.

— Les misérables! murmura Cromwell.

— Leurs officiers demandent à vous voir, Monsieur.

— Je n'ai pas le temps. Les a-t-on payés ?

— Cette nuit.

— Qu'ils partent alors, qu'ils retournent dans leurs montagnes, qu'ils y cachent leur honte, si leurs montagnes sont assez hautes pour cela ; je n'ai plus affaire à eux, ni eux à moi. Et maintenant, allez, Mordaunt.

— Avant de m'en aller, dit Mordaunt, j'ai quelques questions à vous adresser, Monsieur, et une demande à vous faire, mon maître.

— A moi ?

Mordaunt s'inclina.

— Je viens à vous, mon héros, mon protecteur, mon père, et je vous dis : Maître, êtes-vous content de moi ?

Cromwell le regarda avec étonnement.

Le jeune homme demeura impassible.

— Oui, dit Cromwell ; vous avez fait, depuis que je vous connais, non seulement votre devoir, mais encore plus que votre devoir, vous avez été fidèle ami, adroit négociateur, bon soldat.

— Avez-vous souvenir, Monsieur, que c'est moi qui ai eu la première idée de traiter avec les Écossais de l'abandon de leur roi ?

— Oui, la pensée vient de vous, c'est vrai ; je ne poussais pas encore le mépris des hommes jusque-là.

— Ai-je été bon ambassadeur en France ?

— Oui, et vous avez obtenu de Mazarin ce que je demandais.

— Ai-je combattu toujours ardemment pour votre gloire et vos intérêts ?

— Trop ardemment peut-être, c'est ce que je vous reprochais tout à l'heure. Mais où voulez-vous en venir avec toutes vos questions ?

— A vous dire, Milord, que le moment est venu où vous pouvez d'un mot récompenser tous mes services.

— Ah ! fit Olivier avec un léger mouvement de dédain ; c'est vrai, j'oubliais que tout service mérite sa récompense, que vous m'avez servi et que vous n'êtes pas encore récompensé.

— Monsieur, je puis l'être à l'instant même et au-delà de mes souhaits.

— Comment cela ?

— J'ai le prix sous la main et je le tiens presque.

— Et quel est ce prix? demanda Cromwell. Vous a-t-on offert de l'or? Demandez-vous un grade? Désirez-vous un gouvernement?

— Monsieur, m'accorderez-vous ma demande?

— Voyons ce qu'elle est d'abord.

— Monsieur, lorsque vous m'avez dit : Vous allez accomplir un ordre, vous ai-je jamais répondu : Voyons cet ordre?

— Si cependant votre désir était impossible à réaliser?

— Lorsque vous avez eu un désir et que vous m'avez chargé de son accomplissement, vous ai-je jamais répondu : C'est impossible?

— Mais une demande formulée avec tant de préparation...

— Ah! soyez tranquille, Monsieur, dit Mordaunt avec une simple expression, elle ne vous ruinera pas.

— Eh bien! donc, dit Cromwell, je vous promets de faire droit à votre demande autant que la chose sera en mon pouvoir; demandez.

— Monsieur, répondit Mordaunt, on a fait ce matin deux prisonniers, je vous les demande.

— Ils ont donc offert une rançon considérable? dit Cromwell.

— Je les crois pauvres, au contraire, Monsieur.

— Mais ce sont donc des amis à vous?

— Oui, Monsieur, s'écria Mordaunt, ce sont des amis à moi, de chers amis, et je donnerais ma vie pour la leur.

— Bien, Mordaunt, dit Cromwell, reprenant, avec un certain mouvement de joie, une meilleure opinion du jeune homme; bien, je te les donne, je ne veux même pas savoir qui ils sont; fais-en ce que tu voudras.

— Merci, Monsieur, s'écria Mordaunt, merci! Ma vie est désormais à vous, et en la perdant je vous serai encore redevable; merci, vous venez de me payer magnifiquement de mes services.

Et il se jeta aux genoux de Cromwell, et, malgré les efforts du général puritain, qui ne voulait pas ou qui faisait semblant de ne pas vouloir se laisser rendre cet hommage presque royal, il prit sa main qu'il baisa.

— Quoi? dit Cromwell, l'arrêtant à son tour au moment où il se relevait, pas d'autres récompenses? Pas d'or? Pas de grades?

— Vous m'avez donné tout ce que vous pouviez me donner, Milord, et de ce jour je vous tiens quitte du reste.

Et Mordaunt s'élança hors de la tente du général avec une joie qui débordait de son cœur et de ses yeux.

Cromwell le suivit du regard.

— Il a tué son oncle! murmura-t-il; hélas! quels sont donc mes serviteurs? Peut-être celui-ci, qui ne me réclame rien ou qui semble ne rien réclamer, a-t-il plus demandé devant Dieu que ceux qui viendront réclamer l'or des provinces et le pain des malheureux; personne ne me sert pour rien. Charles, qui est mon prisonnier, a peut-être encore des amis, et moi je n'en ai pas.

Et il reprit en soupirant sa rêverie interrompue par Mordaunt.

LX

Pendant que Mordaunt s'acheminait vers la tente de Cromwell, d'Artagnan et Porthos ramenaient leurs prisonniers dans la maison qui leur avait été assignée pour logement à Newcastle.

La recommandation faite par Mordaunt au sergent n'avait point échappé au Gascon; aussi avait-il recommandé de l'œil à Athos et à Aramis la plus sévère prudence. Aramis et Athos avaient en conséquence marché silencieux près de leurs vainqueurs; ce qui ne leur avait pas été difficile, chacun ayant assez à faire de répondre à ses propres pensées.

Si jamais homme fut étonné, ce fut Mousqueton, lorsque du seuil de la porte il vit s'avancer les quatre amis suivis du sergent et d'une dizaine d'hommes. Il se frotta les yeux, ne pouvant se décider à reconnaître Athos et Aramis, mais enfin force lui fut de se rendre à l'évidence. Aussi allait-il se confondre en exclamations, lorsque Porthos lui imposa silence d'un de ces coups d'œil qui n'admettent pas de discussion.

Mousqueton resta collé le long de la porte, attendant l'explication d'une chose si étrange; ce qui le bouleversait surtout, c'est que les quatre amis avaient l'air de ne plus se reconnaître.

La maison dans laquelle d'Artagnan et Porthos conduisirent Athos et Aramis était celle qu'ils habitaient depuis la veille et qui leur avait été donnée par le général Cromwell : elle faisait l'angle d'une rue, avait une espèce de jardin et des écuries en retour sur la rue voisine.

Les fenêtres du rez-de-chaussée, comme cela arrive souvent dans les petites villes de province, étaient grillées, de sorte qu'elles ressemblaient fort à celles d'une prison.

Les deux amis firent entrer les prisonniers devant eux et se tinrent sur le seuil après avoir ordonné à Mousqueton de conduire les quatre chevaux à l'écurie.

— Pourquoi n'entrons-nous pas avec eux? dit Porthos.

— Parce que, auparavant, répondit d'Artagnan, il faut voir ce que nous veulent ce sergent et les huit ou dix hommes qui l'accompagnent.

Le sergent et les huit ou dix hommes s'établirent dans le petit jardin.

D'Artagnan leur demanda ce qu'ils désiraient et pourquoi ils se tenaient là.

— Nous avons reçu l'ordre, dit le sergent, de vous aider à garder vos prisonniers.

Il n'y avait rien à dire à cela, c'était au contraire une attention délicate dont il fallait avoir l'air de savoir gré à celui qui l'avait eue. D'Artagnan remercia le sergent et lui donna une couronne pour boire à la santé du général Cromwell.

Le sergent répondit que les puritains ne buvaient point et mit la couronne dans sa poche.

— Ah! dit Porthos, quelle affreuse journée, mon cher d'Artagnan!

— Que dites-vous là, Porthos? Vous appelez une affreuse journée celle dans laquelle nous avons retrouvé nos amis!

— Oui, mais dans quelle circonstance!

— Il est vrai que la conjoncture est embarrassante, dit d'Artagnan; mais n'importe, entrons chez eux, et tâchons de voir clair un peu dans notre position.

— Elle est fort embrouillée, dit Porthos, et je comprends maintenant pourquoi Aramis me recommandait si fort d'étrangler cet affreux Mordaunt.

— Silence donc! dit d'Artagnan, ne prononcez pas ce nom.

— Mais, dit Porthos, puisque je parle français et qu'ils sont Anglais!

D'Artagnan regarda Porthos avec cet air d'admiration qu'un homme raisonnable ne peut refuser aux énormités de tout genre.

Puis, comme Porthos de son côté le regardait sans rien comprendre à son étonnement, d'Artagnan le poussa en lui disant :

— Entrons.

Porthos entra le premier, d'Artagnan le second; d'Artagnan referma soigneusement la porte et serra successivement les deux amis dans ses bras.

Athos était d'une tristesse mortelle. Aramis regardait successivement Porthos et d'Artagnan sans rien dire, mais son regard était si expressif que d'Artagnan le comprit.

— Vous voulez savoir comment il se fait que nous sommes ici? Eh! mon Dieu! c'est bien facile à deviner : Mazarin nous a chargés d'apporter une lettre au général Cromwell.

— Mais comment vous trouvez-vous à côté de Mordaunt, dit Athos, de Mordaunt, dont je vous avais dit de vous défier, d'Artagnan?

— Et que je vous avais recommandé d'étrangler, Porthos, dit Aramis.

— Toujours Mazarin. Cromwell l'avait envoyé à Mazarin; Mazarin nous a envoyés à Cromwell. Il y a de la fatalité dans tout cela.

— Oui, vous avez raison, d'Artagnan, une fatalité qui nous divise et qui nous perd. Ainsi, mon cher Aramis, n'en parlons plus et préparons-nous à subir notre sort.

— Sang-Diou! parlons-en, au contraire, car il a été convenu, une fois pour toutes, que nous sommes toujours ensemble, quoique dans des causes opposées.

— Oh! oui, bien opposées, dit en souriant Athos; car ici, je vous le demande, quelle cause servez-vous? Ah! d'Artagnan, voyez à quoi le misérable Mazarin vous emploie. Savez-vous de quel crime vous vous êtes rendu coupable aujourd'hui? De la prise du roi, de son ignominie, de sa mort.

— Oh! oh! dit Porthos, croyez-vous?

— Vous exagérez, Athos, dit d'Artagnan, nous n'en sommes pas là.

— Eh, mon Dieu! nous y touchons, au contraire. Pourquoi arrête-t-on un roi? Quand on veut le respecter comme un maître, on ne l'achète pas comme un esclave. Croyez-vous que ce soit pour le remettre sur le trône que Cromwell l'a payé deux cent mille livres sterling? Amis, ils le tueront, soyez-en sûrs, et c'est encore le moindre crime qu'ils puissent commettre. Mieux vaut décapiter que souffleter un roi.

— Je ne vous dis pas non, et c'est possible après tout, dit d'Artagnan; mais que nous fait tout cela? Je suis ici, moi, parce que je suis soldat, parce que je sers mes maî-

tres, c'est-à-dire ceux qui me payent ma solde. J'ai fait
serment d'obéir et j'obéis; mais vous qui n'avez pas fait
de serment, pourquoi êtes-vous ici, et quelle cause y
servez-vous?

— La cause la plus sacrée qu'il y ait au monde, dit
Athos; celle du malheur, de la royauté et de la religion.
Un ami, une épouse, une fille, nous ont fait l'honneur
de nous appeler à leur aide. Nous les avons servis selon
nos faibles moyens, et Dieu nous tiendra compte de la
volonté à défaut du pouvoir. Vous pouvez penser d'une
autre façon, d'Artagnan, envisager les choses d'une autre
manière, mon ami; je ne vous en détourne pas, mais je
vous blâme.

— Oh! oh! dit d'Artagnan, et que me fait au bout du
compte que M. Cromwell, qui est Anglais, se révolte
contre son roi, qui est Écossais? Je suis Français, moi,
toutes ces choses ne me regardent pas. Pourquoi donc
voudriez-vous m'en rendre responsable?

— Au fait, dit Porthos.

— Parce que tous les gentilshommes sont frères,
parce que vous êtes gentilhomme, parce que les rois de
tous les pays sont les premiers entre les gentilshommes,
parce que la plèbe aveugle, ingrate et bête prend toujours
plaisir à abaisser ce qui lui est supérieur; et c'est vous,
vous, d'Artagnan, l'homme de la vieille seigneurie,
l'homme au beau nom, l'homme à la bonne épée, qui
avez contribué à livrer un roi à des marchands de bière,
à des tailleurs, à des charretiers! Ah! d'Artagnan, comme
soldat, peut-être avez-vous fait votre devoir, mais comme
gentilhomme, vous êtes coupable, je vous le dis.

D'Artagnan mâchonnait une tige de fleur, ne répondait
pas et se sentait mal à l'aise; car lorsqu'il détournait son
regard de celui d'Athos, il rencontrait celui d'Aramis.

— Et vous, Porthos, continua le comte comme s'il
eût eu pitié de l'embarras de d'Artagnan; vous, le
meilleur cœur, le meilleur ami, le meilleur soldat que
je connaisse; vous que votre âme faisait digne de naître
sur les degrés d'un trône, et qui tôt ou tard serez récompensé par un roi intelligent; vous, mon cher Porthos,
vous, gentilhomme par les mœurs, par les goûts et par
le courage, vous êtes aussi coupable que d'Artagnan.

Porthos rougit, mais de plaisir plutôt que de confusion
et cependant, baissant la tête comme s'il était humilié :

— Oui, oui, dit-il, je crois que vous avez raison, mon cher comte.

Athos se leva.

— Allons, dit-il en marchant à d'Artagnan et en lui tendant la main; allons, ne boudez pas, mon cher fils, car tout ce que je vous ai dit, je vous l'ai dit sinon avec la voix, du moins avec le cœur d'un père. Il m'eût été plus facile, croyez-moi, de vous remercier de m'avoir sauvé la vie et de ne pas vous toucher un seul mot de mes sentiments.

— Sans doute, sans doute, Athos, répondit d'Artagnan en lui serrant la main à son tour; mais c'est qu'aussi vous avez de diables de sentiments que tout le monde ne peut avoir. Qui va s'imaginer qu'un homme raisonnable va quitter sa maison, la France, son pupille, un jeune homme charmant, car nous l'avons vu au camp, pour courir où? Au secours d'une royauté pourrie et vermoulue qui va crouler un de ces matins comme une vieille baraque. Le sentiment que vous dites est beau, sans doute, si beau qu'il est surhumain.

— Quel qu'il soit, d'Artagnan, répondit Athos sans donner dans le piège qu'avec son adresse gasconne son ami tendait à son affection paternelle pour Raoul, quel qu'il soit, vous savez bien au fond du cœur qu'il est juste; mais j'ai tort de discuter avec mon maître. D'Artagnan, je suis votre prisonnier, traitez-moi donc comme tel.

— Ah! pardieu! dit d'Artagnan, vous savez bien que vous ne le serez pas longtemps, mon prisonnier.

— Non, dit Aramis, on nous traitera sans doute comme ceux qui furent faits à Philipaugh .

— Et comment les a-t-on traités? demanda d'Artagnan.

— Mais, dit Aramis, on en a pendu une moitié et l'on a fusillé l'autre.

— Eh bien! moi, dit d'Artagnan, je vous réponds que tant qu'il me restera une goutte de sang dans les veines, vous ne serez ni pendus ni fusillés. Sang-Diou! qu'ils y viennent! D'ailleurs, voyez-vous cette porte, Athos?

— Eh bien?

— Eh bien! vous passerez par cette porte quand vous voudrez; car, à partir de ce moment, vous et Aramis, vous êtes libres comme l'air.

— Je vous reconnais bien là, mon brave d'Artagnan, répondit Athos, mais vous n'êtes plus maîtres de nous : cette porte est gardée, d'Artagnan, vous le savez bien.

— Eh bien, vous la forcerez, dit Porthos. Qu'y a-t-il là ? Dix hommes tout au plus.

— Ce ne serait rien pour nous quatre, c'est trop pour nous deux. Non, tenez, divisés comme nous sommes maintenant, il faut que nous périssions. Voyez l'exemple fatal : sur la route du Vendômois, d'Artagnan, vous si brave, Porthos, vous si vaillant et si fort, vous avez été battus; aujourd'hui Aramis et moi nous le sommes, c'est notre tour. Or, jamais cela ne nous était arrivé lorsque nous étions tous quatre réunis; mourons donc comme est mort de Winter; quant à moi, je le déclare, je ne consens à fuir que tous quatre ensemble.

— Impossible, dit d'Artagnan, nous sommes sous les ordres de Mazarin.

— Je le sais, et ne vous presse point davantage; mes raisonnements n'ont rien produit; sans doute ils étaient mauvais, puisqu'ils n'ont point eu d'empire sur des esprits aussi justes que les vôtres.

— D'ailleurs eussent-ils fait effet, dit Aramis, le meilleur est de ne pas compromettre deux excellents amis comme sont d'Artagnan et Porthos. Soyez tranquilles, Messieurs, nous vous ferons honneur en mourant; quant à moi, je me sens tout fier d'aller au-devant des balles et même de la corde avec vous, Athos, car vous ne m'avez jamais paru si grand qu'aujourd'hui.

D'Artagnan ne disait rien, mais, après avoir rongé la tige de sa fleur, il se rongeait les doigts.

— Vous figurez-vous, reprit-il enfin, que l'on va vous tuer ? Et pour quoi faire ? Qui a intérêt à votre mort ? D'ailleurs, vous êtes nos prisonniers.

— Fou, triple fou! dit Aramis, ne connais-tu donc pas Mordaunt ? Eh bien! moi, je n'ai échangé qu'un regard avec lui, et j'ai vu dans ce regard que nous étions condamnés.

— Le fait est que je suis fâché de ne pas l'avoir étranglé comme vous me l'aviez dit, Aramis, reprit Porthos.

— Eh! je me moque pas mal de Mordaunt! s'écria d'Artagnan; cap de Diou! s'il me chatouille de trop près, je l'écraserai, cet insecte! Ne vous sauvez donc pas, c'est inutile, car, je vous le jure, vous êtes ici aussi en sûreté que vous l'étiez il y a vingt ans, vous, Athos, dans la rue Férou, et vous, Aramis, rue de Vaugirard.

— Tenez, dit Athos en étendant la main vers une des deux fenêtres grillées qui éclairaient la chambre, vous saurez tout à l'heure à quoi vous en tenir, car le voilà qui accourt.

— Qui ?

— Mordaunt.

En effet, en suivant la direction qu'indiquait la main d'Athos, d'Artagnan vit un cavalier qui accourait au galop.

C'était en effet Mordaunt.

D'Artagnan s'élança hors de la chambre.

Porthos voulut le suivre.

— Restez, dit d'Artagnan, et ne venez que lorsque vous m'entendrez battre le tambour avec les doigts contre la porte.

LXI

Lorsque Mordaunt arriva en face de la maison, il vit d'Artagnan sur le seuil et les soldats couchés çà et là avec leurs armes, sur le gazon du jardin.

— Holà! cria-t-il d'une voix étranglée par la précipitation de sa course, les prisonniers sont-ils toujours là?

— Oui, Monsieur, dit le sergent en se levant vivement ainsi que ses hommes, qui portèrent vivement comme lui la main à leur chapeau.

— Bien. Quatre hommes pour les prendre et les mener à l'instant même à mon logement.

Quatre hommes s'apprêtèrent.

— Plaît-il? dit d'Artagnan avec cet air goguenard que nos lecteurs ont dû lui voir bien des fois depuis qu'ils le connaissent. Qu'y a-t-il, s'il vous plaît?

— Il y a, Monsieur, dit Mordaunt, que j'ordonnais à quatre hommes de prendre les prisonniers que nous avons faits ce matin et de les conduire à mon logement.

— Et pourquoi cela? demanda d'Artagnan. Pardon de la curiosité; mais vous comprenez que je désire être édifié à ce sujet.

— Parce que les prisonniers sont à moi, maintenant, répondit Mordaunt avec hauteur, et que j'en dispose à ma fantaisie.

— Permettez, permettez, mon jeune Monsieur, dit d'Artagnan, vous faites erreur, ce me semble; les prisonniers sont d'habitude à ceux qui les ont pris et non à ceux qui les ont regardé prendre. Vous pouviez prendre Milord de Winter, qui était votre oncle, à ce que l'on dit; vous avez préféré le tuer, c'est bien; nous pouvions, M. du Vallon et moi, tuer ces deux gentilshommes, nous avons préféré les prendre, chacun son goût.

Les lèvres de Mordaunt devinrent blanches.

D'Artagnan comprit que les choses ne tarderaient pas à se gâter, et se mit à tambouriner la marche des gardes sur la porte.

A la première mesure, Porthos sortit et vint se placer de l'autre côté de la porte, dont ses pieds touchaient le seuil et son front le faîte.

La manœuvre n'échappa point à Mordaunt.

— Monsieur, dit-il avec une colère qui commençait à poindre, vous feriez une résistance inutile, ces prisonniers viennent de m'être donnés à l'instant même par le général en chef mon illustre patron, par M. Olivier Cromwell.

D'Artagnan fut frappé de ces paroles comme d'un coup de foudre. Le sang lui monta aux tempes, un nuage passa devant ses yeux; il comprit l'espérance féroce du jeune homme; et sa main descendit par un mouvement instinctif à la garde de son épée.

Quant à Porthos, il regardait d'Artagnan pour savoir ce qu'il devait faire et régler ses mouvements sur les siens.

Ce regard de Porthos inquiéta plus qu'il ne rassura d'Artagnan, et il commença à se reprocher d'avoir appelé la force brutale de Porthos dans une affaire qui lui semblait surtout devoir être menée par la ruse.

« La violence, se disait-il tout bas, nous perdrait tous; d'Artagnan, mon ami, prouve à ce jeune serpenteau que tu es non seulement plus fort, mais encore plus fin que lui. »

— Ah! dit-il en faisant un profond salut, que ne commenciez-vous par dire cela, Monsieur Mordaunt! Comment! vous venez de la part de M. Olivier Cromwell, le plus illustre capitaine de ces temps-ci?

— Je le quitte, Monsieur, dit Mordaunt en mettant pied à terre et en donnant son cheval à tenir à l'un de ses soldats, je le quitte à l'instant même.

— Que ne disiez-vous donc cela tout de suite, mon cher Monsieur! continua d'Artagnan; toute l'Angleterre est à M. Cromwell, et puisque vous venez me demander mes prisonniers en son nom, je m'incline, Monsieur, ils sont à vous, prenez-les.

Mordaunt s'avança radieux, et Porthos, anéanti et regardant d'Artagnan avec une stupeur profonde, ouvrait la bouche pour parler.

D'Artagnan marcha sur la botte de Porthos, qui comprit alors que c'était un jeu que son ami jouait.

Mordaunt posa le pied sur le premier degré de la porte,

et, le chapeau à la main, s'apprêta à passer entre les deux
amis, en faisant signe à ses quatre hommes de le suivre.

— Mais, pardon, dit d'Artagnan avec le plus charmant
sourire et en posant la main sur l'épaule du jeune homme,
si l'illustre général Olivier Cromwell a disposé de nos
prisonniers en votre faveur, il vous a sans doute fait par
écrit cet acte de donation.

Mordaunt s'arrêta court.

— Il vous a donné quelque petite lettre pour moi,
le moindre chiffon de papier, enfin, qui atteste que vous
venez en son nom. Veuillez me confier ce chiffon pour
que j'excuse au moins par un prétexte l'abandon de mes
compatriotes. Autrement, vous comprenez, quoique
je sois sûr que le général Olivier Cromwell ne peut leur
vouloir de mal, ce serait d'un mauvais effet.

Mordaunt recula, et, sentant le coup, lança un terrible
regard à d'Artagnan; mais celui-ci répondit par la mine
la plus aimable et la plus amicale qui ait jamais épanoui
un visage.

— Lorsque je vous dis une chose, Monsieur, dit
Mordaunt, me faites-vous l'injure d'en douter?

— Moi! s'écria d'Artagnan, moi! douter de ce que
vous dites! Dieu m'en préserve, mon cher monsieur
Mordaunt! Je vous tiens au contraire pour un digne et
accompli gentilhomme, suivant les apparences; et puis,
Monsieur, voulez-vous que je vous parle franc? continua
d'Artagnan avec sa mine ouverte.

— Parlez, Monsieur, dit Mordaunt.

— M. du Vallon que voilà est riche, il a quarante mille
livres de rente, et par conséquent ne tient point à
l'argent, je ne parle donc pas pour lui, mais pour moi.

— Après, Monsieur?

— Eh bien, moi, je ne suis pas riche; en Gascogne
ce n'est pas un déshonneur, Monsieur; personne ne l'est,
et Henri IV, de glorieuse mémoire, qui était le roi des
Gascons, comme Sa Majesté Philippe IV est le roi de
toutes les Espagnes, n'avait jamais le sou dans sa poche.

— Achevez, Monsieur, dit Mordaunt; je vois où vous
voulez en venir, et si c'est ce que je pense qui vous
retient, on pourra lever cette difficulté-là.

— Ah! je savais bien, dit d'Artagnan, que vous étiez
un garçon d'esprit. Eh bien! voilà le fait, voilà où le bât
me blesse, comme nous disons, nous autres Français;

je suis un officier de fortune, pas autre chose; je n'ai que
ce que me rapporte mon épée, c'est-à-dire plus de coups
que de bank-notes. Or, en prenant ce matin deux Français qui me paraissent de grande naissance, deux chevaliers de la Jarretière enfin, je me disais : Ma fortune est
faite. Je dis deux, parce que, en pareille circonstance,
M. du Vallon, qui est riche, me cède toujours ses prisonniers.

Mordaunt, complètement abusé par la verbeuse
bonhomie de d'Artagnan, sourit en homme qui comprend à merveille les raisons qu'on lui donne, et répondit
avec douceur :

— J'aurai l'ordre signé tout à l'heure, Monsieur, et
avec cet ordre deux mille pistoles; mais en attendant,
Monsieur, laissez-moi emmener ces hommes.

— Non, dit d'Artagnan; que vous importe un retard
d'une demi-heure? Je suis homme d'ordre, Monsieur,
faisons les choses dans les règles.

— Cependant, reprit Mordaunt, je pourrais vous
forcer, Monsieur, je commande ici.

— Ah! Monsieur, dit d'Artagnan en souriant agréablement, on voit bien que, quoique nous ayons eu
l'honneur de voyager, M. du Vallon et moi, en votre
compagnie, vous ne nous connaissez pas. Nous sommes
gentilshommes, nous sommes capables, à nous deux,
de vous tuer, vous et vos huit hommes. Pour Dieu!
Monsieur Mordaunt, ne faites pas l'obstiné, car lorsque
l'on s'obstine je m'obstine aussi, et alors je deviens d'un
entêtement féroce; et voilà Monsieur, continua d'Artagnan, qui, dans ce cas-là, est bien plus entêté encore et
bien plus féroce que moi; sans compter que nous sommes envoyés par M. le cardinal Mazarin, lequel représente le roi de France. Il en résulte que, dans ce moment-ci,
nous représentons le roi et le cardinal, ce qui fait qu'en
notre qualité d'ambassadeurs, nous sommes inviolables,
chose que M. Olivier Cromwell, aussi grand politique
certainement qu'il est grand général, est tout à fait homme à comprendre. Demandez-lui donc l'ordre écrit.
Qu'est-ce que cela vous coûte, mon cher Monsieur
Mordaunt?

— Oui, l'ordre écrit, dit Porthos, qui commençait
à comprendre l'intention de d'Artagnan; on ne vous
demande que cela.

Si bonne envie que Mordaunt eût d'avoir recours à la violence, il était homme à très bien reconnaître pour bonnes les raisons que lui donnait d'Artagnan. D'ailleurs sa réputation lui imposait, et, ce qu'il lui avait vu faire le matin venant en aide à sa réputation, il réfléchit. Puis, ignorant complètement les relations de profonde amitié qui existaient entre les quatre Français, toutes ses inquiétudes avaient disparu devant le motif, fort plausible d'ailleurs, de la rançon.

Il résolut donc d'aller non seulement chercher l'ordre, mais encore les deux mille pistoles auxquelles il avait estimé lui-même les deux prisonniers.

Mordaunt remonta donc à cheval, et, après avoir recommandé au sergent de faire bonne garde, il tourna bride et disparut.

— Bon! dit d'Artagnan, un quart d'heure pour aller à la tente, un quart d'heure pour revenir, c'est plus qu'il ne nous en faut.

Puis, revenant à Porthos, sans que son visage exprimât le moindre changement, de sorte que ceux qui l'épiaient eussent pu croire qu'il continuait la même conversation :

— Ami Porthos, lui dit-il en le regardant en face, écoutez bien ceci... D'abord, pas un seul mot à nos amis de ce que vous venez d'entendre; il est inutile qu'ils sachent le service que nous leur rendons.

— Bien, dit Porthos, je comprends.

— Allez-vous-en à l'écurie, vous y trouverez Mousqueton, vous sellerez les chevaux, vous leur mettrez les pistolets dans les fontes, vous les ferez sortir, et vous les conduirez dans la rue d'en bas, afin qu'il n'y ait plus qu'à monter dessus; le reste me regarde.

Porthos ne fit pas la moindre observation, et obéit avec cette sublime confiance qu'il avait en son ami.

— J'y vais, dit-il; seulement, entrerai-je dans la chambre où sont ces Messieurs?

— Non, c'est inutile.

— Eh bien! faites-moi le plaisir d'y prendre ma bourse que j'ai laissée sur la cheminée.

— Soyez tranquille.

Porthos s'achemina de son pas calme et tranquille vers l'écurie, et passa au milieu des soldats qui ne purent, tout Français qu'il était, s'empêcher d'admirer sa haute taille et ses membres vigoureux. A l'angle de la rue, il rencontra Mousqueton, qu'il emmena avec lui.

Alors d'Artagnan rentra tout en sifflotant un petit air qu'il avait commencé au départ de Porthos.

— Mon cher Athos, je viens de réfléchir à vos raisonnements, et ils m'ont convaincu; décidément je regrette de m'être trouvé à toute cette affaire. Vous l'avez dit, Mazarin est un cuistre. Je suis donc résolu de fuir avec vous. Pas de réflexions, tenez-vous prêts; vos deux épées sont dans le coin, ne les oubliez pas, c'est un outil qui, dans les circonstances où nous nous trouvons, peut être fort utile; cela me rappelle la bourse de Porthos. Bon! la voilà.

Et d'Artagnan mit la bourse dans sa poche. Les deux amis le regardaient faire avec stupéfaction.

— Eh bien! qu'y a-t-il donc d'étonnant? dit d'Artagnan, je vous le demande. J'étais aveugle : Athos m'a fait voir clair, voilà tout. Venez ici.

Les deux amis s'approchèrent.

— Voyez-vous cette rue? dit d'Artagnan, c'est là que seront les chevaux; vous sortirez par la porte, vous tournerez à gauche, vous sauterez en selle, et tout sera dit; ne vous inquiétez de rien que de bien écouter le signal. Ce signal sera quand je crierai : « Jésus Sei-» gneur! »

— Mais, vous, votre parole que vous viendrez, d'Artagnan? dit Athos.

— Sur Dieu, je vous le jure!

— C'est dit, s'écria Aramis. Au cri de : « Jésus Sei-» gneur! » nous sortons, nous renversons tout ce qui s'oppose à notre passage, nous courons à nos chevaux, nous sautons en selle, et nous piquons; est-ce cela?

— A merveille!

— Voyez, Aramis, dit Athos, je vous le dis toujours, d'Artagnan est le meilleur de nous tous.

— Bon! dit d'Artagnan, des compliments, je me sauve. Adieu.

— Et vous fuyez avec nous, n'est-ce pas?

— Je le crois bien. N'oubliez pas le signal : « Jésus » Seigneur! »

Et il sortit du même pas qu'il était entré, en reprenant l'air qu'il sifflotait en entrant à l'endroit où il l'avait interrompu.

Les soldats jouaient ou dormaient; deux chantaient faux dans un coin le psaume : *Super flumina Babylonis* .

D'Artagnan appela le sergent.

— Mon cher Monsieur, lui dit-il, le général Cromwell m'a fait demander par M. Mordaunt; veillez bien, je vous prie, sur les prisonniers.

Le sergent fit signe qu'il ne comprenait pas le français.

Alors d'Artagnan essaya de lui faire comprendre par gestes ce qu'il n'avait pu comprendre par paroles.

Le sergent fit signe que c'était bien.

D'Artagnan descendit vers l'écurie : il trouva les cinq chevaux sellés, le sien comme les autres.

— Prenez chacun un cheval en main, dit-il à Porthos et à Mousqueton, tournez à gauche de façon qu'Athos et Aramis vous voient bien de leur fenêtre.

— Ils vont venir alors? dit Porthos.

— Dans un instant.

— Vous n'avez pas oublié ma bourse?

— Non, soyez tranquille.

— Bon.

Et Porthos et Mousqueton, tenant chacun un cheval en main, se rendirent à leur poste.

Alors d'Artagnan, resté seul, battit le briquet, alluma un morceau d'amadou deux fois grand comme une lentille, monta à cheval, et vint s'arrêter tout au milieu des soldats, en face de la porte.

Là, tout en flattant l'animal de la main, il lui introduisit le petit morceau d'amadou dans l'oreille.

Il fallait être aussi bon cavalier que l'était d'Artagnan pour risquer un pareil moyen, car à peine l'animal eut-il senti la brûlure ardente qu'il jeta un cri de douleur, se cabra et bondit comme s'il devenait fou.

Les soldats, qu'il menaçait d'écraser, s'éloignèrent précipitamment.

— A moi! à moi! criait d'Artagnan. Arrêtez! arrêtez! mon cheval a le vertige.

En effet, en un instant, le sang parut lui sortir des yeux et il devint blanc d'écume.

— A moi! criait toujours d'Artagnan sans que les soldats osassent venir à son aide. A moi! me laisserez-vous tuer? Jésus Seigneur!

A peine d'Artagnan avait-il poussé ce cri que la porte s'ouvrit, et qu'Athos et Aramis, l'épée à la main, s'élancèrent. Mais, grâce à la ruse de d'Artagnan, le chemin était libre.

— Les prisonniers qui se sauvent! les prisonniers qui se sauvent! cria le sergent.

— Arrête! arrête! cria d'Artagnan en lâchant la bride à son cheval furieux, qui s'élança renversant deux ou trois hommes.

— Stop! stop! crièrent les soldats en courant à leurs armes.

Mais les prisonniers étaient déjà en selle, et une fois en selle ils ne perdirent pas de temps, s'élançant vers la porte la plus prochaine. Au milieu de la rue ils aperçurent Grimaud et Blaisois, qui revenaient cherchant leurs maîtres.

D'un signe Athos fit tout comprendre à Grimaud, lequel se mit à la suite de la petite troupe, qui semblait un tourbillon et que d'Artagnan, qui venait par-derrière, aiguillonnait encore de la voix. Ils passèrent sous la porte comme des ombres, sans que les gardiens songeassent seulement à les arrêter, et se trouvèrent en rase campagne.

Pendant ce temps, les soldats criaient toujours: Stop! stop! et le sergent, qui commençait à s'apercevoir qu'il avait été dupe d'une ruse, s'arrachait les cheveux.

Sur ces entrefaites, on vit arriver un cavalier au galop et tenant un papier à la main.

C'était Mordaunt, qui revenait avec l'ordre.

— Les prisonniers? cria-t-il en sautant à bas de son cheval.

Le sergent n'eut pas la force de lui répondre, il lui montra la porte béante et la chambre vide. Mordaunt s'élança vers les degrés, comprit tout, poussa un cri comme si on lui eût déchiré les entrailles, et tomba évanoui sur la pierre.

LXII

OÙ IL EST PROUVÉ
QUE, DANS LES POSITIONS LES PLUS DIFFICILES,
LES GRANDS CŒURS NE PERDENT JAMAIS LE COURAGE,
NI LES BONS ESTOMACS L'APPÉTIT

L A PETITE troupe, sans échanger une parole, sans regarder en arrière, courut ainsi au grand galop, traversant une petite rivière, dont personne ne savait le nom, et laissant à sa gauche une ville qu'Athos prétendit être Durham.

Enfin on aperçut un petit bois, et l'on donna un dernier coup d'éperon aux chevaux en les dirigeant de ce côté.

Dès qu'ils eurent disparu derrière un rideau de verdure assez épais pour les dérober aux regards de ceux qui pouvaient les poursuivre, ils s'arrêtèrent pour tenir conseil; on donna les chevaux à deux laquais, afin qu'ils soufflassent sans être dessellés ni débridés, et l'on plaça Grimaud en sentinelle.

— Venez d'abord que je vous embrasse, mon ami, dit Athos à d'Artagnan, vous notre sauveur, vous qui êtes le vrai héros parmi nous!

— Athos a raison et je vous admire, dit à son tour Aramis en le serrant dans ses bras; à quoi ne devriez-vous pas prétendre avec un maître intelligent, œil infaillible, bras d'acier, esprit vainqueur!

— Maintenant, dit le Gascon, ça va bien, j'accepte tout pour moi et pour Porthos, embrassades et remerciements : nous avons du temps à perdre, allez, allez.

Les deux amis, rappelés par d'Artagnan à ce qu'ils devaient aussi à Porthos, lui serrèrent à son tour la main.

— Maintenant, dit Athos, il s'agirait de ne point courir au hasard et comme des insensés, mais d'arrêter un plan. Qu'allons-nous faire?

— Ce que nous allons faire, mordioux! Ce n'est point difficile à dire.

— Dites donc alors, d'Artagnan.

— Nous allons gagner le port de mer le plus proche, réunir toutes nos petites ressources, fréter un bâtiment et passer en France. Quant à moi, j'y mettrai jusqu'à mon dernier sou. Le premier trésor, c'est la vie, et la nôtre, il faut le dire, ne tient qu'à un fil.

— Qu'en dites-vous, du Vallon ? demanda Athos.

— Moi, dit Porthos, je suis absolument de l'avis de d'Artagnan; c'est un vilain pays que cette Angleterre.

— Vous êtes bien décidé à la quitter, alors ? demanda Athos à d'Artagnan.

— Sang-Diou, dit d'Artagnan, je ne vois pas ce qui m'y retiendrait.

Athos échangea un regard avec Aramis.

— Allez donc, mes amis, dit-il en soupirant.

— Comment ! allez ? dit d'Artagnan. Allons, ce me semble !

— Non, mon ami, dit Athos; il faut nous quitter.

— Vous quitter ! dit d'Artagnan, tout étourdi de cette nouvelle inattendue.

— Bah ! fit Porthos; pourquoi donc nous quitter, puisque nous sommes ensemble ?

— Parce que votre mission est remplie, à vous, et que vous pouvez, et que vous devez même retourner en France, mais la nôtre ne l'est pas, à nous.

— Votre mission n'est pas accomplie ? dit d'Artagnan en regardant Athos avec surprise.

— Non, mon ami, répondit Athos de sa voix si douce et si ferme à la fois. Nous sommes venus ici pour défendre le roi Charles, nous l'avons mal défendu, il nous reste à le sauver.

— Sauver le roi ? fit d'Artagnan en regardant Aramis comme il avait regardé Athos.

Aramis se contenta de faire un signe de tête.

Le visage de d'Artagnan prit un air de profonde compassion; il commença à croire qu'il avait affaire à deux insensés.

— Il ne se peut pas que vous parliez sérieusement, Athos, dit d'Artagnan; le roi est au milieu d'une armée qui le conduit à Londres. Cette armée est commandée par un boucher, ou un fils de boucher, peu importe, le colonel Harrison . Le procès de Sa Majesté va être fait à son arrivée à Londres, je vous en réponds; j'en ai

entendu sortir assez sur ce sujet de la bouche de
M. Olivier Cromwell pour savoir à quoi m'en tenir.

Athos et Aramis échangèrent un second regard.

— Et, son procès fait, le jugement ne tardera pas à
être mis à exécution, continua d'Artagnan. Oh! ce sont
des gens qui vont vite en besogne que Messieurs les
puritains.

— Et à quelle peine pensez-vous que le roi soit
condamné? demanda Athos.

— Je crains bien que ce ne soit à la peine de mort;
ils en ont trop fait contre lui pour qu'il leur pardonne,
ils n'ont plus qu'un moyen : c'est de le tuer. Ne connaissez-vous donc pas le mot de M. Olivier Cromwell
quand il est venu à Paris , et qu'on lui a montré le donjon
de Vincennes, où était enfermé M. de Vendôme?

— Quel est ce mot? demanda Porthos.

— Il ne faut toucher les princes qu'à la tête.

— Je le connaissais, dit Athos.

— Et vous croyez qu'il ne mettra point sa maxime à
exécution, maintenant qu'il tient le roi?

— Si fait, j'en suis sûr même, mais raison de plus pour
ne point abandonner l'auguste tête menacée.

— Athos, vous devenez fou.

— Non, mon ami, répondit doucement le gentilhomme, mais de Winter est venu nous chercher en
France, il nous a conduits à Madame Henriette; Sa
Majesté nous a fait l'honneur, à M. d'Herblay et à moi,
de nous demander notre aide pour son époux; nous lui
avons engagé notre parole, notre parole renfermait
tout. C'était notre force, c'était notre intelligence, c'était
notre vie, enfin, que nous lui engagions; il nous reste à
tenir notre parole. Est-ce votre avis, d'Herblay?

— Oui, dit Aramis, nous avons promis.

— Puis, continua Athos, nous avons une autre raison,
et la voici; écoutez bien. Tout est pauvre et mesquin en
France en ce moment. Nous avons un roi de dix ans qui
ne sait pas encore ce qu'il veut; nous avons une reine
qu'une passion tardive rend aveugle; nous avons un
ministre qui régit la France comme il ferait d'une vaste
ferme, c'est-à-dire ne se préoccupant que de ce qu'il peut
y pousser d'or en la labourant avec l'intrigue et l'astuce
italiennes; nous avons des princes qui font de l'opposition personnelle et égoïste, qui n'arriveront à rien qu'à

tirer des mains de Mazarin quelques lingots d'or, quelques bribes de puissance. Je les ai servis, non par enthousiasme, Dieu sait que je les estime à ce qu'ils valent, et qu'ils ne sont pas bien haut dans mon estime, mais par principe. Aujourd'hui c'est autre chose; aujourd'hui je rencontre sur ma route une haute infortune, une infortune royale, une infortune européenne, je m'y attache. Si nous parvenons à sauver le roi, ce sera beau; si nous mourons pour lui, ce sera grand!

— Ainsi, d'avance, vous savez que vous y périrez, dit d'Artagnan.

— Nous le craignons, et notre seule douleur est de mourir loin de vous.

— Qu'allez-vous faire dans un pays étranger, ennemi?

— Jeune, j'ai voyagé en Angleterre, je parle anglais comme un Anglais, et de son côté Aramis a quelque connaissance de la langue. Ah! si nous vous avions, mes amis! Avec vous, d'Artagnan, avec vous, Porthos, tous quatre, et réunis pour la première fois depuis vingt ans, nous tiendrions tête non seulement à l'Angleterre, mais aux trois royaumes!

— Et avez-vous promis à cette reine, reprit d'Artagnan avec humeur, de forcer la Tour de Londres, de tuer cent mille soldats, de lutter victorieusement contre le vœu d'une nation et l'ambition d'un homme, quand cet homme s'appelle Cromwell? Vous ne l'avez pas vu, cet homme, vous, Athos, vous, Aramis. Eh bien! c'est un homme de génie, qui m'a fort rappelé notre cardinal, l'autre, le grand! vous savez bien. Ne vous exagérez donc pas vos devoirs. Au nom du ciel, mon cher Athos, ne faites pas de dévouement inutile! Quand je vous regarde, en vérité, il me semble que je vois un homme raisonnable; quand vous me répondez, il me semble que j'ai affaire à un fou. Voyons, Porthos, joignez-vous donc à moi. Que pensez-vous de cette affaire, dites franchement?

— Rien de bon, répondit Porthos.

— Voyons, continua d'Artagnan, impatienté de ce qu'au lieu de l'écouter Athos semblait écouter une voix qui parlait en lui-même, jamais vous ne vous êtes mal trouvé de mes conseils; eh bien! croyez-moi, Athos, votre mission est terminée, terminée noblement; revenez en France avec nous.

— Ami, dit Athos, notre résolution est inébranlable.

— Mais vous avez quelque autre motif que nous ne connaissons pas ?

Athos sourit.

D'Artagnan frappa sur sa cuisse avec colère et murmura les raisons les plus convaincantes qu'il put trouver ; mais, à toutes ces raisons, Athos se contenta de répondre par un sourire calme et doux, et Aramis par des signes de tête.

— Eh bien ! s'écria enfin d'Artagnan furieux, eh bien ! puisque vous le voulez, laissons donc nos os dans ce gredin de pays, où il fait froid toujours, où le beau temps est du brouillard, le brouillard de la pluie, la pluie du déluge ; où le soleil ressemble à la lune, et la lune à un fromage à la crème. Au fait, mourir là ou mourir ailleurs, puisqu'il faut mourir, peu nous importe.

— Seulement, songez-y, dit Athos, cher ami, c'est mourir plus tôt.

— Bah ! un peu plus tôt, un peu plus tard, cela ne vaut pas la peine de chicaner.

— Si je m'étonne de quelque chose, dit sentencieusement Porthos, c'est que ce ne soit pas déjà fait.

— Oh ! cela se fera, soyez tranquille, Porthos, dit d'Artagnan. Ainsi, c'est convenu, continua le Gascon, et si Porthos ne s'y oppose pas...

— Moi, dit Porthos, je ferai ce que vous voudrez. D'ailleurs je trouve très beau ce qu'a dit tout à l'heure le comte de La Fère.

— Mais votre avenir, d'Artagnan ? Vos ambitions, Porthos ?

— Notre avenir, nos ambitions ! dit d'Artagnan avec une volubilité fiévreuse ; avons-nous besoin de nous occuper de cela, puisque nous sauvons le roi ? Le roi sauvé, nous rassemblons ses amis, nous battons les puritains, nous reconquérons l'Angleterre, nous rentrons dans Londres avec lui, nous le reposons bien carrément sur son trône...

— Et il nous fait ducs et pairs, dit Porthos, dont les yeux étincelaient de joie, même en voyant cet avenir à travers une fable.

— Ou il nous oublie, dit d'Artagnan.

— Oh ! fit Porthos.

— Dame ! cela s'est vu, ami Porthos ; et il me semble

que nous avons autrefois rendu à la reine Anne d'Autriche un service qui ne le cédait pas de beaucoup à celui que nous voulons rendre aujourd'hui à Charles Iᵉʳ, ce qui n'a point empêché la reine Anne d'Autriche de nous oublier pendant près de vingt ans.

— Eh bien, malgré cela, d'Artagnan, dit Athos, êtes-vous fâché de lui avoir rendu service?

— Non, ma foi, dit d'Artagnan, et j'avoue même que dans mes moments de plus mauvaise humeur, eh bien! j'ai trouvé une consolation dans ce souvenir.

— Vous voyez bien, d'Artagnan, que les princes sont ingrats souvent, mais que Dieu ne l'est jamais.

— Tenez, Athos, dit d'Artagnan, je crois que si vous rencontriez le diable sur la terre, vous feriez si bien que vous le ramèneriez avec vous au ciel.

— Ainsi donc? dit Athos en tendant la main à d'Artagnan.

— Ainsi donc, c'est convenu, dit d'Artagnan, je trouve l'Angleterre un pays charmant, et j'y reste, mais à une condition.

— Laquelle?

— C'est qu'on ne me forcera pas d'apprendre l'anglais.

— Eh bien! maintenant, dit Athos triomphant, je vous le jure, mon ami, par ce Dieu qui nous entend, par mon nom que je crois sans tache, je crois qu'il y a une puissance qui veille sur nous, et j'ai l'espoir que nous reverrons tous quatre la France.

— Soit, dit d'Artagnan; mais moi j'avoue que j'ai la conviction toute contraire.

— Ce cher d'Artagnan! dit Aramis, il représente au milieu de nous l'opposition des parlements, qui disent toujours *non* et qui font toujours *oui*.

— Oui, mais qui, en attendant, sauvent la patrie, dit Athos.

— Eh bien! maintenant que tout est arrêté, dit Porthos en se frottant les mains, si nous pensions à dîner! Il me semble que, dans les situations les plus critiques de notre vie, nous avons dîné toujours.

— Ah! oui, parlez donc de dîner dans un pays où l'on mange pour tout festin du mouton cuit à l'eau, et où, pour tout régal, on boit de la bière! Comment diable êtes-vous venu dans un pays pareil, Athos? Ah! pardon,

ajouta-t-il en souriant, j'oubliais que vous n'êtes plus
Athos. Mais, n'importe, voyons votre plan pour dîner,
Porthos.

— Mon plan!

— Oui, avez-vous un plan?

— Non, j'ai faim, voilà tout.

— Pardieu! si ce n'est que cela, moi aussi j'ai faim;
mais ce n'est pas le tout que d'avoir faim, il.faut trouver
à manger, et à moins que de brouter l'herbe comme nos
chevaux...

— Ah! fit Aramis, qui n'était pas tout à fait si détaché des choses de la terre qu'Athos, quand nous étions
au Parpaillot, vous rappelez-vous les belles huîtres que
nous mangions?

— Et ces gigots de mouton des marais salants! fit
Porthos en passant sa langue sur ses lèvres.

— Mais, dit d'Artagnan, n'avons-nous pas notre ami
Mousqueton, qui vous faisait si bien vivre à Chantilly ,
Porthos?

— En effet, dit Porthos, nous avons Mousqueton,
mais, depuis qu'il est intendant, il s'est fort alourdi; n'importe, appelons-le.

Et pour être sûr qu'il répondît agréablement :

— Eh! Mouston! fit Porthos.

Mouston parut; il avait la figure fort piteuse.

— Qu'avez-vous donc, mon cher Monsieur Mouston,
dit d'Artagnan; seriez-vous malade?

— Monsieur, j'ai très faim, répondit Mousqueton.

— Eh bien! c'est justement pour cela que nous vous
faisons venir, mon cher Monsieur Mouston. Ne pourriez-vous donc pas vous procurer au collet quelques-uns
de ces gentils lapins et quelques-unes de ces charmantes
perdrix dont vous faisiez des gibelottes et des salmis à
l'hôtel de... ma foi, je ne me rappelle plus le nom de
l'hôtel?

— A l'hôtel de..., dit Porthos. Ma foi, je ne me
rappelle pas non plus.

— Peu importe; et au lasso quelques-unes de ces
bouteilles de vieux vin de Bourgogne qui ont si vivement
guéri votre maître de sa foulure?

— Hélas! Monsieur, dit Mousqueton, je crains bien
que tout ce que vous me demandez là ne soit fort rare
dans cet affreux pays, et je crois que nous ferons mieux

d'aller demander l'hospitalité au maître d'une petite maison que l'on aperçoit de la lisière du bois.

— Comment! il y a une maison aux environs? demanda d'Artagnan.

— Oui, Monsieur, répondit Mousqueton.

— Eh bien! comme vous le dites, mon ami, allons demander à dîner au maître de cette maison. Messieurs, qu'en pensez-vous, et le conseil de M. Mouston ne vous paraît-il pas plein de sens?

— Eh! eh! dit Aramis, si le maître est puritain?..

— Tant mieux, mordioux! dit d'Artagnan; s'il est puritain, nous lui apprendrons la prise du roi, et en l'honneur de cette nouvelle, il nous donnera ses poules blanches.

— Mais s'il est cavalier? dit Porthos.

— Dans ce cas, nous prendrons un air de deuil, et nous plumerons ses poules noires.

— Vous êtes bien heureux, dit Athos en souriant malgré lui de la saillie de l'indomptable Gascon, car vous voyez toute chose en riant.

— Que voulez-vous? dit d'Artagnan, je suis d'un pays où il n'y a pas un nuage au ciel.

— Ce n'est pas comme dans celui-ci, dit Porthos en étendant la main pour s'assurer si un sentiment de fraîcheur qu'il venait de ressentir sur la joue était bien réellement causé par une goutte de pluie.

— Allons, allons, dit d'Artagnan, raison de plus pour nous mettre en route... Holà, Grimaud!

Grimaud apparut.

— Eh bien, Grimaud, mon ami, avez-vous vu quelque chose? demanda d'Artagnan.

— Rien, répondit Grimaud.

— Ces imbéciles, dit Porthos, ils ne nous ont même pas poursuivis. Oh! si nous eussions été à leur place!

— Eh! ils ont eu tort, dit d'Artagnan; je dirais volontiers deux mots au Mordaunt dans cette petite Thébaïde. Voyez la jolie place pour coucher proprement un homme à terre.

— Décidément, dit Aramis, je crois, Messieurs, que le fils n'est pas de la force de la mère.

— Eh! cher ami, répondit Athos, attendez donc, nous le quittons depuis deux heures à peine, il ne sait pas encore de quel côté nous nous dirigeons, il ignore où nous sommes. Nous dirons qu'il est moins fort que sa mère en mettant le pied sur la terre de France, si d'ici là nous ne sommes ni tués ni empoisonnés.

— Dînons toujours en attendant, dit Porthos.

— Ma foi, oui, dit Athos, car j'ai grand-faim.

— Gare aux poules noires! dit Aramis.

Et les quatre amis, conduits par Mousqueton, s'acheminèrent vers la maison, déjà presque rendus à leur insouciance première, car ils étaient maintenant tous les quatre unis et d'accord, comme l'avait dit Athos.

LXIII

SALUT À LA MAJESTÉ TOMBÉE

A MESURE qu'ils approchaient de la maison, nos fugitifs voyaient la terre écorchée comme si une troupe considérable de cavaliers les eût précédés; devant la porte, les traces étaient encore plus visibles; cette troupe, quelle qu'elle fût, avait fait là une halte.

— Pardieu! dit d'Artagnan, la chose est claire, le roi et son escorte ont passé par ici.

— Diable! dit Porthos, en ce cas ils auront tout dévoré.

— Bah! dit d'Artagnan, ils auront bien laissé une poule.

Et il sauta à bas de son cheval et frappa à la porte; mais personne ne répondit.

Il poussa la porte qui n'était pas fermée, et vit que la première chambre était vide et déserte.

— Eh bien? demanda Porthos.

— Je ne vois personne, dit d'Artagnan. Ah! Ah!

— Quoi?

— Du sang!

A ce mot, les trois amis sautèrent à bas de leurs chevaux et entrèrent dans la première chambre; mais d'Artagnan avait déjà poussé la porte de la seconde, et, à l'expression de son visage, il était clair qu'il voyait quelque objet extraordinaire.

Les trois amis s'approchèrent et aperçurent un homme encore jeune étendu à terre et baigné dans une mare de sang.

On voyait qu'il avait voulu gagner son lit, mais il n'en avait pas eu la force, il était tombé auparavant.

Athos fut le premier qui se rapprocha de ce malheureux: il avait cru lui voir faire un mouvement.

— Eh bien? demanda d'Artagnan.

— Eh bien! dit Athos, s'il est mort, il n'y a pas longtemps, car il est chaud encore. Mais non, son cœur bat. Eh! mon ami!

Le blessé poussa un soupir; d'Artagnan prit de l'eau dans le creux de sa main et la lui jeta au visage.

L'homme rouvrit les yeux, fit un mouvement pour relever sa tête et retomba.

Athos alors essaya de la lui porter sur son genou, mais il s'aperçut que la blessure était un peu au-dessus du cervelet et lui fendait le crâne; le sang s'en échappait avec abondance.

Aramis trempa une serviette dans l'eau et l'appliqua sur la plaie; la fraîcheur rappela le blessé à lui, il rouvrit une seconde fois les yeux.

Il regarda avec étonnement ces hommes qui paraissaient le plaindre, et qui, autant qu'il était en leur pouvoir, essayaient de lui porter secours.

— Vous êtes avec des amis, dit Athos en anglais, rassurez-vous donc, et, si vous en avez la force, racontez-nous ce qui est arrivé.

— Le roi, murmura le blessé, le roi est prisonnier.

— Vous l'avez vu? demanda Aramis dans la même langue.

L'homme ne répondit pas.

— Soyez tranquille, reprit Athos, nous sommes de fidèles serviteurs de Sa Majesté.

— Est-ce vrai ce que vous me dites là? demanda le blessé.

— Sur notre honneur de gentilshommes.

— Alors je puis donc vous dire?

— Dites.

— Je suis le frère de Parry , le valet de chambre de Sa Majesté.

Athos et Aramis se rappelèrent que c'était de ce nom que de Winter avait appelé le laquais qu'ils avaient trouvé dans le corridor de la tente royale.

— Nous le connaissons, dit Athos; il ne quittait jamais le roi!

— Oui, c'est cela, dit le blessé. Eh bien! voyant le roi pris, il songea à moi; on passait devant la maison, il demanda au nom du roi qu'on s'y arrêtât. La demande fut accordée. Le roi, disait-on, avait faim; on le fit entrer dans la chambre où je suis, afin qu'il y prît son repas, et l'on plaça des sentinelles aux portes et aux fenêtres. Parry connaissait cette chambre, car plusieurs fois, tandis que Sa Majesté était à Newcastle, il était venu me

voir. Il savait que dans cette chambre il y avait une
trappe, que cette trappe conduisait à la cave, et que de
cette cave on pouvait gagner le verger. Il me fit un signe.
Je le compris. Mais sans doute ce signe fut intercepté
par les gardiens du roi et les mit en défiance. Ignorant
qu'on se doutait de quelque chose, je n'eus plus qu'un
désir, celui de sauver Sa Majesté. Je fis donc semblant
de sortir pour aller chercher du bois, en pensant qu'il n'y
avait pas de temps à perdre. J'entrai dans le passage souterrain qui conduisait à la cave à laquelle cette trappe
correspondait. Je levai la planche avec ma tête; et tandis
que Parry poussait doucement le verrou de la porte, je
fis signe au roi de me suivre. Hélas! il ne le voulait pas;
on eût dit que cette fuite lui répugnait. Mais Parry joignit
les mains en le suppliant; je l'implorai aussi de mon côté
pour qu'il ne perdît pas une pareille occasion. Enfin il
se décida à me suivre. Je marchai devant par bonheur;
le roi venait à quelques pas derrière moi, lorsque tout
à coup, dans le passage souterrain, je vis se dresser
comme une grande ombre. Je voulus crier pour avertir
le roi, mais je n'en eus pas le temps. Je sentis un coup
comme si la maison s'écroulait sur ma tête, et je tombai
évanoui..

— Bon et loyal Anglais! fidèle serviteur! dit Athos.

— Quand je revins à moi, j'étais étendu à la même
place. Je me traînai jusque dans la cour; le roi et son
escorte étaient partis. Je mis une heure peut-être à venir
de la cour ici; mais les forces me manquèrent, et je
m'évanouis pour la seconde fois.

— Et à cette heure, comment vous sentez-vous?

— Bien mal, dit le blessé.

— Pouvons-nous quelque chose pour vous? demanda Athos.

— Aidez-moi à me mettre sur le lit; cela me sou-
lagera, il me semble.

— Aurez-vous quelqu'un qui vous porte secours?

— Ma femme est à Durham, et va revenir d'un
moment à l'autre. Mais vous-mêmes, n'avez-vous
besoin de rien, ne désirez-vous rien?

— Nous étions venus dans l'intention de vous
demander à manger.

— Hélas! ils ont tout pris, il ne reste pas un morceau de pain dans la maison.

— Vous entendez d'Artagnan! dit Athos, il nous faut aller chercher notre dîner ailleurs.

— Cela m'est bien égal, maintenant, dit d'Artagnan; je n'ai plus faim.

— Ma foi, ni moi non plus, dit Porthos.

Et ils transportèrent l'homme sur son lit. On fit venir Grimaud, qui pansa sa blessure. Grimaud avait, au service des quatre amis, eu tant de fois l'occasion de faire de la charpie et des compresses, qu'il avait pris une certaine teinte de chirurgie.

Pendant ce temps, les fugitifs étaient revenus dans la première chambre et tenaient conseil.

— Maintenant, dit Aramis, nous savons à quoi nous en tenir : c'est bien le roi et son escorte qui sont passés par ici; il faut prendre du côté opposé. Est-ce votre avis, Athos?

Athos ne répondit pas, il réfléchissait.

— Oui, dit Porthos, prenons du côté opposé. Si nous suivons l'escorte, nous trouverons tout dévoré et nous finirons par mourir de faim; quel maudit pays que cette Angleterre! C'est la première fois que j'aurai manqué à dîner. Le dîner est mon meilleur repas, à moi.

— Que pensez-vous, d'Artagnan? dit Athos, êtes-vous de l'avis d'Aramis?

— Non point, dit d'Artagnan, je suis au contraire de l'avis tout opposé.

— Comment! vous voulez suivre l'escorte? dit Porthos effrayé.

— Non, mais faire route avec elle.

Les yeux d'Athos brillèrent de joie.

— Faire route avec l'escorte! s'écria Aramis.

— Laissez dire d'Artagnan, vous savez que c'est l'homme aux bons conseils, dit Athos.

— Sans doute, dit d'Artagnan, il faut aller où l'on ne nous cherchera pas. Or, on se gardera bien de nous chercher parmi les puritains; allons donc parmi les puritains.

— Bien, ami, bien! excellent conseil, dit Athos, j'allais le donner quand vous m'avez devancé.

— C'est donc aussi votre avis? demanda Aramis.

— Oui. On croira que nous voulons quitter l'Angleterre, on nous cherchera dans les ports; pendant ce temps nous arriverons à Londres avec le roi; une fois à

Londres, nous sommes introuvables; au milieu d'un million d'hommes, il n'est pas difficile de se cacher; sans compter, continua Athos en jetant un regard à Aramis, les chances que nous offre ce voyage.

— Oui, dit Aramis, je comprends.

— Moi, je ne comprends pas, dit Porthos, mais n'importe, puisque cet avis est à la fois celui de d'Artagnan et d'Athos, ce doit être le meilleur.

— Mais, dit Aramis, ne paraîtrons-nous point suspects au colonel Harrison?

— Eh! mordioux! dit d'Artagnan, c'est justement sur lui que je compte; le colonel Harrison est de nos amis; nous l'avons vu deux fois chez le général Cromwell; il sait que nous lui avons été envoyés de France par mons Mazarini; il nous regardera comme des frères. D'ailleurs, n'est-ce pas le fils d'un boucher? Oui, n'est-ce pas? Eh bien! Porthos lui montrera comment on assomme un bœuf d'un coup de poing! et moi comment on renverse un taureau en le prenant par les cornes; cela captera sa confiance.

Athos sourit.

— Vous êtes le meilleur compagnon que je connaisse, d'Artagnan, dit-il en tendant la main au Gascon, et je suis bien heureux de vous avoir retrouvé, mon cher fils.

C'était, comme on le sait, le nom qu'Athos donnait à d'Artagnan dans ses grandes effusions de cœur.

En ce moment Grimaud sortit de la chambre. Le blessé était pansé et se trouvait mieux.

Les quatre amis prirent congé de lui et lui demandèrent s'il n'avait pas quelque commission à leur donner pour son frère.

— Dites-lui, répondit le brave homme, qu'il fasse savoir au roi qu'ils ne m'ont pas tué tout à fait; si peu que je sois, je suis sûr que Sa Majesté me regrette et se reproche ma mort.

— Soyez tranquille, dit d'Artagnan, il le saura avant ce soir.

La petite troupe se remit en marche, il n'y avait point à se tromper de chemin; celui qu'il voulait suivre était visiblement tracé à travers la plaine.

Au bout de deux heures de marche silencieuse, d'Artagnan, qui tenait la tête, s'arrêta au tournant d'un chemin.

— Ah! ah! dit-il, voici nos gens.

En effet, une troupe considérable de cavaliers apparaissait à une demi-lieue de là environ.

— Mes chers amis, dit d'Artagnan, donnez vos épées à M. Mouston, qui vous les remettra en temps et lieu, et n'oubliez point que vous êtes nos prisonniers.

Puis on mit au trot les chevaux qui commençaient à se fatiguer, et l'on eut bientôt rejoint l'escorte.

Le roi, placé en tête, entouré d'une partie du régiment du colonel Harrison, cheminait impassible, toujours digne et avec une sorte de bonne volonté.

En apercevant Athos et Aramis, auxquels on ne lui avait pas même laissé le temps de dire adieu, et en lisant dans les regards de ces deux gentilshommes qu'il avait encore des amis à quelques pas de lui, quoiqu'il crût ces amis prisonniers, une rougeur de plaisir monta aux joues pâlies du roi.

D'Artagnan gagna la tête de la colonne, et, laissant ses amis sous la garde de Porthos, il alla droit à Harrison, qui le reconnut effectivement pour l'avoir vu chez Cromwell, et qui l'accueillit aussi poliment qu'un homme de cette condition et de ce caractère pouvait accueillir quelqu'un. Ce qu'avait prévu d'Artagnan arriva : le colonel n'avait et ne pouvait avoir aucun soupçon.

On s'arrêta : c'était à cette halte que devait dîner le roi. Seulement cette fois les précautions furent prises pour qu'il ne tentât pas de s'échapper. Dans la grande chambre de l'hôtellerie, une petite table fut placée pour lui, et une grande table pour les officiers.

— Dînez-vous avec moi? demanda Harrison à d'Artagnan.

— Diable! dit d'Artagnan, cela me ferait grand plaisir, mais j'ai mon compagnon, M. du Vallon, et mes deux prisonniers que je ne puis quitter et qui encombreraient votre table. Mais faisons mieux : faites dresser une table dans un coin, et envoyez-nous ce que bon vous semblera de la vôtre, car, sans cela, nous courrons grand risque de mourir de faim. Ce sera toujours dîner ensemble, puisque nous dînerons dans la même chambre.

— Soit, dit Harrison.

La chose fut arrangée comme le désirait d'Artagnan, et lorsqu'il revint près du colonel il trouva le roi déjà assis à sa petite table et servi par Parry, Harrison et ses officiers attablés en communauté, et dans un coin les places réservées pour lui et ses compagnons.

La table à laquelle étaient assis les officiers puritains était ronde, et, soit par hasard, soit grossier calcul, Harrison tournait le dos au roi.

Le roi vit entrer les quatre gentilshommes, mais il ne parut faire aucune attention à eux.

Ils allèrent s'asseoir à la table qui leur était réservée et se placèrent pour ne tourner le dos à personne. Ils avaient en face d'eux la table des officiers et celle du roi.

Harrison, pour faire honneur à ses hôtes, leur envoyait les meilleurs plats de sa table; malheureusement pour les quatre amis, le vin manquait. La chose paraissait complètement indifférente à Athos, mais d'Artagnan, Porthos et Aramis faisaient la grimace chaque fois qu'il leur fallait avaler la bière, cette boisson puritaine.

— Ma foi, colonel, dit d'Artagnan, nous vous sommes bien reconnaissants de votre gracieuse invitation, car, sans vous, nous courions le risque de nous passer de dîner, comme nous nous sommes passés de déjeuner; et voilà mon ami, M. du Vallon, qui partage ma reconnaissance, car il avait grand-faim.

— J'ai faim encore, dit Porthos en saluant le colonel Harrison.

— Et comment ce grave événement vous est-il donc arrivé, de vous passer de déjeuner? demanda le colonel en riant.

— Par une raison bien simple, colonel, dit d'Artagnan. J'avais hâte de vous rejoindre, et, pour arriver à ce résultat, j'avais pris la même route que vous, ce que n'aurait pas dû faire un vieux fourrier comme moi, qui doit savoir que là où a passé un bon et brave régiment comme le vôtre, il ne reste rien à glaner. Aussi, vous comprenez notre déception lorsqu'en arrivant à une jolie petite maison située à la lisière d'un bois, et qui, de loin, avec son toit rouge et ses contrevents verts, avait un petit air de fête qui faisait plaisir à voir, au lieu d'y trouver les poules que nous nous apprêtions à faire rôtir, et les jambons que nous comptions faire griller, nous ne vîmes qu'un pauvre diable baigné... Ah! mordioux! colonel, faites mon compliment à celui

de vos officiers qui a donné ce coup-là, il était bien
donné, si bien donné, qu'il a fait l'admiration de M. du
Vallon, mon ami, qui les donne gentiment aussi, les
coups.

— Oui, dit Harrison en riant et en s'adressant des
yeux à un officier assis à sa table, quand Groslow se
charge de cette besogne, il n'y a pas besoin de revenir
après lui.

— Ah! c'est Monsieur, dit d'Artagnan en saluant
l'officier; je regrette que monsieur ne parle pas français,
pour lui faire mon compliment.

— Je suis prêt à le recevoir et à vous le rendre,
Monsieur, dit l'officier en assez bon français, car j'ai
habité trois ans Paris.

— Eh bien! Monsieur, je m'empresse de vous dire,
continua d'Artagnan, que le coup était si bien appliqué que vous avez presque tué votre homme.

— Je croyais l'avoir tué tout à fait, dit Groslow.

— Non. Il ne s'en est pas fallu grand'chose, c'est
vrai, mais il n'est pas mort.

Et, en disant ces mots, d'Artagnan jeta un regard
sur Parry, qui se tenait debout devant le roi, la pâleur
de la mort au front, pour lui indiquer que cette nouvelle était à son adresse.

Quant au roi, il avait écouté toute cette conversation
le cœur serré d'une indicible angoisse, car il ne savait
pas où l'officier français en voulait venir, et ces détails
cruels, cachés sous une apparence insoucieuse, le révol-
taient.

Aux derniers mots qu'il prononça seulement, il respira
avec liberté.

— Ah! diable! dit Groslow, je croyais avoir mieux
réussi. S'il n'y avait pas si loin d'ici à la maison de ce
misérable, je retournerais pour l'achever.

— Et vous feriez bien, si vous avez peur qu'il en
revienne, dit d'Artagnan, car vous le savez, quand les
blessures à la tête ne tuent pas sur le coup, au bout
de huit jours elles sont guéries.

Et d'Artagnan lança un second regard à Parry, sur
la figure duquel se répandit une telle expression de
joie que Charles lui tendit la main en souriant.

Parry s'inclina sur la main de son maître et la baisa
avec respect.

— En vérité, d'Artagnan, dit Athos, vous êtes à la fois homme de parole et d'esprit. Mais que dites-vous du roi ?

— Sa physionomie me revient tout à fait, dit d'Artagnan ; il a l'air à la fois noble et bon.

— Oui, mais il se laisse prendre, dit Porthos, c'est un tort.

— J'ai bien envie de boire à la santé du roi, dit Athos.

— Alors, laissez-moi porter la santé, dit d'Artagnan.

— Faites, dit Aramis.

Porthos regardait d'Artagnan, tout étourdi des ressources que son esprit gascon fournissait incessamment à son camarade.

D'Artagnan prit son gobelet d'étain, l'emplit et se leva.

— Messieurs, dit-il à ses compagnons, buvons, s'il vous plaît, à celui qui préside le repas. A notre colonel, et qu'il sache que nous sommes bien à son service jusqu'à Londres et au-delà.

Et comme, en disant ces paroles, d'Artagnan regardait Harrison, Harrison crut que le toast était pour lui, se leva et salua les quatre amis, qui, les yeux attachés sur le roi Charles, burent ensemble, tandis que Harrison, de son côté, vidait son verre sans aucune défiance.

Charles, à son tour, tendit son verre à Parry, qui y versa quelques gouttes de bière, car le roi était au régime de tout le monde ; et le portant à ses lèvres, en regardant à son tour les quatre gentilshommes, il but avec un sourire plein de noblesse et de reconnaissance.

— Allons, Messieurs, s'écria Harrison en reposant son verre et sans aucun égard pour l'illustre prisonnier qu'il conduisait, en route !

— Où couchons-nous, colonel ?

— A Tirsk , répondit Harrison.

— Parry, dit le roi en se levant à son tour et en se retournant vers son valet, mon cheval. Je veux aller à Tirsk.

— Ma foi, dit d'Artagnan à Athos, votre roi m'a véritablement séduit et je suis tout à fait à son service.

— Si ce que vous me dites là est sincère, répondit Athos, il n'arrivera pas jusqu'à Londres.

— Comment cela ?

— Oui, car avant ce moment nous l'aurons enlevé.

— Ah! pour cette fois, Athos, dit d'Artagnan, ma parole d'honneur, vous êtes fou.

— Avez-vous donc quelque projet arrêté? demanda Aramis.

— Eh! dit Porthos, la chose ne serait pas impossible si on avait un bon projet.

— Je n'en ai pas, dit Athos; mais d'Artagnan en trouvera un.

D'Artagnan haussa les épaules, et on se mit en route.

LXIV

D'ARTAGNAN TROUVE UN PROJET

Athos connaissait d'Artagnan mieux peut-être que d'Artagnan ne se connaissait lui-même. Il savait que, dans un esprit aventureux comme l'était celui du Gascon, il s'agit de laisser tomber une pensée, comme dans une terre riche et vigoureuse il s'agit seulement de laisser tomber une graine. Il avait donc laissé tranquillement son ami hausser les épaules, et il avait continué son chemin en lui parlant de Raoul, conversation qu'il avait, dans une autre circonstance, complètement laissée tomber, on se le rappelle.

A la nuit fermée on arriva à Tirsk. Les quatre amis parurent complètement étrangers et indifférents aux mesures de précaution que l'on prenait pour s'assurer de la personne du roi. Ils se retirèrent dans une maison particulière, et, comme ils avaient d'un moment à l'autre à craindre pour eux-mêmes, ils s'établirent dans une seule chambre en se ménageant une issue en cas d'attaque. Les valets furent distribués à des postes différents; Grimaud coucha sur une botte de paille en travers de la porte.

D'Artagnan était pensif, et semblait avoir momentanément perdu sa loquacité ordinaire. Il ne disait pas mot, sifflotant sans cesse, allant de son lit à la croisée. Porthos, qui ne voyait jamais rien que les choses extérieures, lui, parlait comme d'habitude. D'Artagnan répondait par monosyllabes. Athos et Aramis se regardaient en souriant.

La journée avait été fatigante, et cependant, à l'exception de Porthos, dont le sommeil était aussi inflexible que l'appétit, les amis dormirent mal.

Le lendemain matin, d'Artagnan fut le premier debout. Il était descendu aux écuries, il avait déjà visité les chevaux, il avait déjà donné tous les ordres nécessaires à la journée qu'Athos et Aramis n'étaient point levés, et que Porthos ronflait encore.

A huit heures du matin, on se mit en marche dans
le même ordre que la veille. Seulement d'Artagnan
laissa ses amis cheminer de leur côté, et alla renouer
avec M. Groslow la connaissance entamée la veille.
Celui-ci, que ses éloges avaient doucement caressé
au cœur, le reçut avec un gracieux sourire.

— En vérité, Monsieur, lui dit d'Artagnan, je suis
heureux de trouver quelqu'un avec qui parler ma pauvre
langue. M. du Vallon, mon ami, est d'un caractère fort
mélancolique, de sorte qu'on ne saurait lui tirer quatre
paroles par jour; quant à nos deux prisonniers, vous
comprenez qu'ils sont peu en train de faire la conversation.

— Ce sont des royalistes enragés, dit Groslow.

— Raison de plus pour qu'ils nous boudent d'avoir
pris le Stuart, à qui, je l'espère bien, vous allez faire un
bel et bon procès.

— Dame! dit Groslow, nous le conduisons à Londres
pour cela.

— Et vous ne le perdez pas de vue, je présume?

— Peste! je le crois bien! Vous le voyez, ajouta
l'officier en riant, il a une escorte vraiment royale.

— Oui, le jour, il n'y a pas de danger qu'il vous
échappe; mais la nuit...

— La nuit, les précautions redoublent.

— Et quel mode de surveillance employez-vous?

— Huit hommes demeurent constamment dans sa
chambre.

— Diable! fit d'Artagnan, il est bien gardé. Mais,
outre ces huit hommes, vous placez sans doute une
garde dehors? On ne peut prendre trop de précautions
contre un pareil prisonnier.

— Oh! non. Pensez donc : que voulez-vous que
fassent deux hommes sans armes contre huit hommes
armés?

— Comment, deux hommes?

— Oui, le roi et son valet de chambre.

— On a donc permis à son valet de chambre de ne
pas le quitter?

— Oui, Stuart a demandé qu'on lui accordât cette
grâce, et le colonel Harrison y a consenti. Sous prétexte qu'il est roi, il paraît qu'il ne peut s'habiller ni se
déshabiller tout seul.

— En vérité, capitaine, dit d'Artagnan décidé à continuer à l'endroit de l'officier anglais le système laudatif qui lui avait si bien réussi, plus je vous écoute, plus je m'étonne de la manière facile et élégante avec laquelle vous parlez le français. Vous avez habité Paris trois ans, c'est bien; mais j'habiterais Londres toute ma vie que je n'arriverais pas, j'en suis sûr, au degré où vous en êtes. Que faisiez-vous donc à Paris?

— Mon père, qui est commerçant, m'avait placé chez son correspondant, qui, de son côté, avait envoyé son fils chez mon père; c'est l'habitude entre négociants de faire de pareils échanges.

— Et Paris vous a-t-il plu, Monsieur?

— Oui, mais vous auriez grand besoin d'une révolution dans le genre de la nôtre; non pas contre votre roi, qui n'est qu'un enfant, mais contre ce ladre d'Italien qui est l'amant de votre reine.

— Ah! je suis bien de votre avis, Monsieur, et que ce serait bientôt fait si nous avions seulement douze officiers comme vous, sans préjugés, vigilants, intraitables! Ah! nous viendrions bien vite à bout du Mazarin, et nous lui ferions un bon petit procès comme celui que vous allez faire à votre roi.

— Mais, dit l'officier, je croyais que vous étiez à son service, et que c'était lui qui vous avait envoyé au général Cromwell?

— C'est-à-dire que je suis au service du roi, et que, sachant qu'il devait envoyer quelqu'un en Angleterre, j'ai sollicité cette mission, tant était grand mon désir de connaître l'homme de génie qui commande à cette heure aux trois royaumes. Aussi, quand il nous a proposé, à M. du Vallon et à moi, de tirer l'épée en l'honneur de la vieille Angleterre, vous avez vu comme nous avons mordu à la proposition.

— Oui, je sais que vous avez chargé aux côtés de M. Mordaunt.

— A sa droite et à sa gauche, Monsieur. Peste! encore un brave et excellent jeune homme que celui-là. Comme il vous a décousu Monsieur son oncle! Avez-vous vu?

— Le connaissez-vous? demanda l'officier.

— Beaucoup; je puis même dire que nous sommes fort liés : M. du Vallon et moi sommes venus avec lui de France.

— Il paraît même que vous l'avez fait attendre fort longtemps à Boulogne?

— Que voulez-vous, dit d'Artagnan, j'étais comme vous, j'avais un roi en garde.

— Ah! ah! dit Groslow, et quel roi?

— Le nôtre, pardieu! le petit *king,* Louis le quatorzième.

Et d'Artagnan ôta son chapeau. L'Anglais en fit autant par politesse.

— Et combien de temps l'avez-vous gardé?

— Trois nuits, et, par ma foi, je me rappellerai toujours ces trois nuits avec plaisir.

— Le jeune roi est donc bien aimable?

— Le roi! il dormait les poings fermés.

— Mais alors, que voulez-vous dire?

— Je veux dire que mes amis les officiers aux gardes et aux mousquetaires me venaient tenir compagnie, et que nous passions nos nuits à boire et à jouer.

— Ah! oui, dit l'Anglais avec un soupir, c'est vrai, vous êtes joyeux compagnons, vous autres Français.

— Ne jouez-vous donc pas aussi, quand vous êtes de garde?

— Jamais, dit l'Anglais.

— En ce cas vous devez fort vous ennuyer et je vous plains, dit d'Artagnan.

— Le fait est, reprit l'officier, que je vois arriver mon tour avec une certaine terreur. C'est fort long, une nuit tout entière à veiller.

— Oui, quand on veille seul ou avec des soldats stupides; mais quand on veille avec un joyeux partner, quand on fait rouler l'or et les dés sur une table, la nuit passe comme un rêve. N'aimez-vous donc pas le jeu?

— Au contraire.

— Le lansquenet, par exemple.

— J'en suis fou, je le jouais presque tous les soirs en France.

— Et depuis que vous êtes en Angleterre?

— Je n'ai pas tenu un cornet ni une carte.

— Je vous plains, dit d'Artagnan d'un air de compassion profonde.

— Écoutez, dit l'Anglais, faites une chose.

— Laquelle?

— Demain je suis de garde.

— Près de Stuart?

— Oui. Venez passer la nuit avec moi.

— Impossible.

— Impossible?

— De toute impossibilité.

— Comment cela?

— Chaque nuit je fais la partie de M. du Vallon. Quelquefois nous ne nous couchons pas... Ce matin, par exemple, au jour nous jouions encore.

— Eh bien?

— Eh bien! il s'ennuierait si je ne faisais pas sa partie.

— Il est beau joueur?

— Je lui ai vu perdre jusqu'à deux mille pistoles en riant aux larmes.

— Amenez-le alors.

— Comment voulez-vous? Et nos prisonniers?

— Ah! diable! c'est vrai, dit l'officier. Mais faites-les garder par vos laquais.

— Oui, pour qu'ils se sauvent! dit d'Artagnan, je n'ai garde.

— Ce sont donc des hommes de condition, que vous y tenez tant?

— Peste! l'un est un riche seigneur de la Touraine; l'autre est un chevalier de Malte de grande maison. Nous avons traité de leur rançon à chacun : deux mille livres sterling en arrivant en France. Nous ne voulons donc pas quitter un seul instant des hommes que nos laquais savent des millionnaires. Nous les avons bien un peu fouillés en les prenant et je vous avouerai même que c'est leur bourse que nous nous tiraillons chaque nuit, M. du Vallon et moi; mais ils peuvent nous avoir caché quelque pierre précieuse, quelque diamant de prix, de sorte que nous sommes comme les avares, qui ne quittent pas leur trésor; nous nous sommes constitués gardiens permanents de nos hommes, et quand je dors, M. du Vallon veille.

— Ah! ah! dit Groslow.

— Vous comprenez donc maintenant ce qui me force de refuser votre politesse, à laquelle au reste je suis d'autant plus sensible que rien n'est plus ennuyeux que de jouer toujours avec la même personne; les chances se compensent éternellement, et au bout d'un mois on trouve qu'on ne s'est fait ni bien ni mal.

— Ah! dit Groslow avec un soupir, il y a quelque chose de plus ennuyeux encore, c'est de ne pas jouer du tout.

— Je comprends cela, dit d'Artagnan.

— Mais voyons, reprit l'Anglais, sont-ce des hommes dangereux que vos hommes?

— Sous quel rapport?

— Sont-ils capables de tenter un coup de main?

D'Artagnan éclata de rire.

— Jésus Dieu! s'écria-t-il; l'un des deux tremble la fièvre, ne pouvant pas se faire au charmant pays que vous habitez; l'autre est un chevalier de Malte, timide comme une jeune fille; et, pour plus grande sécurité, nous leur avons ôté jusqu'à leurs couteaux fermants et leurs ciseaux de poche.

— Eh bien! dit Groslow, amenez-les.

— Comment, vous voulez! dit d'Artagnan.

— Oui, j'ai huit hommes.

— Eh bien?

— Quatre les garderont, quatre garderont le roi.

— Au fait, dit d'Artagnan, la chose peut s'arranger ainsi, quoique ce soit un grand embarras que je vous donne.

— Bah! venez toujours; vous verrez comment j'arrangerai la chose.

— Oh! je ne m'en inquiète pas, dit d'Artagnan; à un homme comme vous, je me livre les yeux fermés.

Cette dernière flatterie tira de l'officier un de ces petits rires de satisfaction qui font les gens amis de celui qui les provoque, car ils sont une évaporation de la vanité caressée.

— Mais, dit d'Artagnan, j'y pense, qui nous empêche de commencer ce soir?

— Quoi?

— Notre partie.

— Rien au monde, dit Groslow.

— En effet, venez ce soir chez nous, et demain nous irons vous rendre votre visite. Si quelque chose vous inquiète dans nos hommes, qui, comme vous le savez, sont des royalistes enragés, eh bien! il n'y aura rien de dit, et ce sera toujours une bonne nuit de passée.

— A merveille! Ce soir chez vous, demain chez Stuart, après-demain chez moi.

— Et les autres jours à Londres. Eh! mordioux!
dit d'Artagnan, vous voyez bien qu'on peut mener
joyeuse vie partout.

— Oui, quand on rencontre des Français, et des
Français comme vous, dit Groslow.

— Et comme M. du Vallon; vous verrez bien quel
gaillard! un frondeur enragé, un homme qui a failli
tuer Mazarin entre deux portes; on l'emploie parce
qu'on en a peur.

— Oui, dit Groslow, il a une bonne figure, et, sans
que je le connaisse, il me revient tout à fait.

— Ce sera bien autre chose quand vous le connaîtrez.
Eh! tenez, le voilà qui m'appelle. Pardon, nous sommes
tellement liés qu'il ne peut se passer de moi. Vous
m'excusez?

— Comment donc!

— A ce soir.

— Chez vous?

— Chez moi.

Les deux hommes échangèrent un salut, et d'Artagnan revint vers ses compagnons.

— Que diable pouviez-vous dire à ce bouledogue?
dit Porthos.

— Mon cher ami, ne parlez point ainsi de M. Groslow, c'est un de mes amis intimes.

— Un de vos amis, dit Porthos, ce massacreur de
paysans.

— Chut! mon cher Porthos. Eh bien! oui, M. Groslow est un peu vif, c'est vrai, mais au fond, je lui ai
découvert deux bonnes qualités: il est bête et orgueilleux.

Porthos ouvrit de grands yeux stupéfaits; Athos et
Aramis se regardèrent avec un sourire; ils connaissaient
d'Artagnan et savaient qu'il ne faisait rien sans but.

— Mais, continua d'Artagnan, vous l'apprécierez
vous-même.

— Comment cela?

— Je vous le présente ce soir, il vient jouer avec nous.

— Oh! oh! dit Porthos, dont les yeux s'allumèrent
à ce mot; et il est riche?

— C'est le fils d'un des plus forts négociants de
Londres.

— Et il connaît le lansquenet?

— Il l'adore.

— La bassette ?

— C'est sa folie.

— Le biribi ?

— Il y raffine.

— Bon, dit Porthos, nous passerons une agréable nuit.

— D'autant plus agréable qu'elle nous promettra une nuit meilleure.

— Comment cela ?

— Oui, nous lui donnons à jouer ce soir ; lui, donne à jouer demain.

— Où cela ?

— Je vous le dirai. Maintenant ne nous occupons que d'une chose : c'est de recevoir dignement l'honneur que nous fait M. Groslow. Nous nous arrêtons ce soir à Derby , que Mousqueton prenne les devants, et s'il y a une bouteille de vin dans toute la ville, qu'il l'achète. Il n'y aura pas de mal non plus qu'il préparât un petit souper, auquel vous ne prendrez point part, vous, Athos, parce que vous avez la fièvre, et vous, Aramis, parce que vous êtes chevalier de Malte, et que les propos de soudards comme nous vous déplaisent et vous font rougir. Entendez-vous bien cela ?

— Oui, dit Porthos, mais le diable m'emporte si je comprends.

— Porthos, mon ami, vous savez que je descends des prophètes par mon père, et des sibylles par ma mère, que je ne parle que par paraboles et par énigmes ; que ceux qui ont des oreilles écoutent, et que ceux qui ont des yeux regardent, je n'en puis pas dire davantage pour le moment.

— Faites, mon ami, dit Athos, je suis sûr que ce que vous faites est bien fait.

— Et vous, Aramis, êtes-vous dans la même opinion ?

— Tout à fait, mon cher d'Artagnan.

— A la bonne heure, dit d'Artagnan, voilà de vrais croyants, et il y a plaisir d'essayer des miracles pour eux ; ce n'est pas comme cet incrédule de Porthos, qui veut toujours voir et toucher pour croire.

— Le fait est, dit Porthos d'un air fin, que je suis très incrédule.

D'Artagnan lui donna une claque sur l'épaule, et, comme on arrivait à la station du déjeuner, la conversation en resta là.

Vers les cinq heures du soir, comme la chose était convenue, on fit partir Mousqueton en avant. Mousqueton ne parlait pas anglais, mais, depuis qu'il était en Angleterre, il avait remarqué une chose, c'est que Grimaud, par l'habitude du geste, avait parfaitement remplacé la parole. Il s'était donc mis à étudier le geste avec Grimaud, et en quelques leçons, grâce à la supériorité du maître, il était arrivé à une certaine force. Blaisois l'accompagna.

Les quatre amis, en traversant la principale rue de Derby, aperçurent Blaisois debout sur le seuil d'une maison de belle apparence; c'est là que leur logement était préparé.

De toute la journée, ils ne s'étaient pas approchés du roi, de peur de donner des soupçons, et, au lieu de dîner à la table du colonel Harrison, comme ils l'avaient fait la veille, ils avaient dîné entre eux.

A l'heure convenue, Groslow vint. D'Artagnan le reçut comme il eût reçu un ami de vingt ans. Porthos le toisa des pieds à la tête et sourit en reconnaissant que, malgré le coup remarquable qu'il avait donné au frère de Parry, il n'était pas de sa force. Athos et Aramis firent ce qu'ils purent pour cacher le dégoût que leur inspirait cette nature brutale et grossière.

En somme, Groslow parut content de la réception.

Athos et Aramis se tinrent dans leur rôle. A minuit ils se retirèrent dans leur chambre, dont on laissa, sous prétexte de surveillance, la porte ouverte. En outre, d'Artagnan les y accompagna, laissant Porthos aux prises avec Groslow.

Porthos gagna cinquante pistoles à Groslow, et trouva, lorsqu'il se fut retiré, qu'il était d'une compagnie plus agréable qu'il ne l'avait cru d'abord.

Quant à Groslow, il se promit de réparer le lendemain sur d'Artagnan l'échec qu'il avait éprouvé avec Porthos, et quitta le Gascon en lui rappelant le rendez-vous du soir.

Nous disons du soir, car les joueurs se quittèrent à quatre heures du matin.

La journée se passa comme d'habitude; d'Artagnan allait du capitaine Groslow au colonel Harrison et du colonel Harrison à ses amis. Pour quelqu'un qui ne connaissait pas d'Artagnan, il paraissait être dans son assiette ordinaire; pour ses amis, c'est-à-dire pour Athos et Aramis, sa gaieté était de la fièvre.

— Que peut-il machiner? disait Aramis.

— Attendons, disait Athos.

Porthos ne disait rien, seulement il comptait l'une après l'autre, dans son gousset, avec un air de satisfaction qui se trahissait à l'extérieur, les cinquante pistoles qu'il avait gagnées à Groslow.

En arrivant le soir à Ryston, d'Artagnan rassembla ses amis. Sa figure avait perdu ce caractère de gaieté insoucieuse qu'il avait porté comme un masque toute la journée; Athos serra la main à Aramis.

— Le moment approche? dit-il.

— Oui, dit d'Artagnan, qui avait entendu, oui; le moment approche : cette nuit, Messieurs, nous sauvons le roi.

Athos tressaillit, ses yeux s'enflammèrent.

— D'Artagnan, dit-il, doutant après avoir espéré, ce n'est point une plaisanterie, n'est-ce pas? Elle me ferait trop grand mal!

— Vous êtes étrange, Athos, dit d'Artagnan, de douter ainsi de moi. Où et quand m'avez-vous vu plaisanter avec le cœur d'un ami et la vie d'un roi? Je vous ai dit et je vous répète que cette nuit nous sauvons Charles Ier. Vous vous en êtes rapporté à moi de trouver un moyen, le moyen est trouvé.

Porthos regardait d'Artagnan avec un sentiment d'admiration profonde. Aramis souriait en homme qui espère. Athos était pâle comme la mort et tremblait de tous ses membres.

— Parlez, dit Athos.

Porthos ouvrit ses gros yeux, Aramis se pendit pour ainsi dire aux lèvres de d'Artagnan.

— Nous sommes invités à passer la nuit chez M. Groslow, vous savez cela?

— Oui, répondit Porthos, il nous a fait promettre de lui donner sa revanche.

— Bien. Mais savez-vous où nous lui donnons sa revanche?

— Non.

— Chez le roi.

— Chez le roi! s'écria Athos.

— Oui, Messieurs, chez le roi. M. Groslow est de

garde ce soir près de Sa Majesté, et, pour se distraire dans sa faction, il nous invite à aller lui tenir compagnie.

— Tous quatre? demanda Athos.

— Pardieu! certainement, tous quatre; est-ce que nous quittons nos prisonniers!

— Ah! ah! fit Aramis.

— Voyons, dit Athos palpitant.

— Nous allons donc chez Groslow, nous avec nos épées, vous avec des poignards; à nous quatre nous nous rendons maîtres de ces huit imbéciles et de leur stupide commandant. Monsieur Porthos, qu'en dites-vous?

— Je dis que c'est facile, dit Porthos.

— Nous habillons le roi en Groslow; Mousqueton, Grimaud et Blaisois nous tiennent des chevaux tout sellés au détour de la première rue, nous sautons dessus, et avant le jour nous sommes à vingt lieues d'ici. Hein! est-ce tramé cela, Athos?

Athos posa ses deux mains sur les épaules de d'Artagnan et le regarda avec son calme et doux sourire.

— Je déclare, ami, dit-il, qu'il n'y a pas de créature sous le ciel qui vous égale en noblesse et en courage; pendant que nous vous croyions indifférent à nos douleurs que vous pouviez sans crime ne point partager, vous seul d'entre nous trouvez ce que nous cherchions vainement. Je te le répète donc, d'Artagnan, tu es le meilleur de nous, et je te bénis et je t'aime, mon cher fils.

— Dire que je n'ai point trouvé cela, dit Porthos en se frappant sur le front, c'est si simple!

— Mais, dit Aramis, si j'ai bien compris, nous tuerons tout, n'est-ce pas?

Athos frissonna et devint fort pâle.

— Mordioux! dit d'Artagnan, il le faudra bien. J'ai cherché longtemps s'il n'y avait pas moyen d'éluder la chose, mais j'avoue que je n'en ai pas pu trouver.

— Voyons, dit Aramis, il ne s'agit pas ici de marchander avec la situation; comment procédons-nous?

— J'ai fait un double plan, répondit d'Artagnan.

— Voyons le premier, dit Aramis.

— Si nous sommes tous les quatre réunis, à mon signal, et ce signal sera le mot *enfin*, vous plongez chacun un poignard dans le cœur du soldat qui est le plus

proche de vous, nous en faisons autant de notre côté;
voilà d'abord quatre hommes morts; la partie devient
donc égale, puisque nous nous trouvons quatre contre
cinq; ces cinq-là se rendent, et on les bâillonne, ou ils
se défendent, et on les tue; si par hasard notre amphi-
tryon change d'avis et ne reçoit à sa partie que Porthos
et moi, dame! il faudra prendre les grands moyens en
frappant double; ce sera un peu plus long et un peu
bruyant, mais vous vous tiendrez dehors avec des épées
et vous accourrez au bruit.

— Mais si l'on vous frappait vous-mêmes? dit Athos.

— Impossible! dit d'Artagnan, ces buveurs de bière
sont trop lourds et trop maladroits; d'ailleurs vous frapperez à la gorge, Porthos, cela tue aussi vite et empêche
de crier ceux que l'on tue.

— Très bien! dit Porthos, ce sera un joli petit égor-
gement.

— Affreux! affreux! dit Athos.

— Bah! monsieur l'homme sensible, dit d'Artagnan,
vous en feriez bien d'autres dans une bataille. D'ailleurs,
ami, continua-t-il, si vous trouvez que la vie du roi ne
vaille pas ce qu'elle doit coûter, rien n'est dit, et je vais
prévenir M. Groslow que je suis malade.

— Non, dit Athos, j'ai tort, mon ami, et c'est vous
qui avez raison, pardonnez-moi.

En ce moment la porte s'ouvrit, et un soldat parut.

— M. le capitaine Groslow, dit-il en mauvais français, fait prévenir Monsieur d'Artagnan et Monsieur
du Vallon qu'il les attend.

— Où cela? demanda d'Artagnan.

— Dans la chambre du Nabuchodonosor anglais,
répondit le soldat, puritain renforcé.

— C'est bien, répondit en excellent anglais Athos,
à qui le rouge était monté au visage à cette insulte faite
à la majesté royale, c'est bien; dites au capitaine Groslow que nous y allons.

Puis le puritain sortit; l'ordre avait été donné aux
laquais de seller huit chevaux, et d'aller attendre, sans
se séparer les uns des autres ni sans mettre pied à terre,
au coin d'une rue située à vingt pas à peu près de la
maison où était logé le roi.

LXV

LA PARTIE DE LANSQUENET

En effet, il était neuf heures du soir; les postes avaient été relevés à huit, et depuis une heure la garde du capitaine Groslow avait commencé.

D'Artagnan et Porthos armés de leurs épées, et Athos et Aramis ayant chacun un poignard caché dans la poitrine, s'avancèrent vers la maison qui ce soir-là servait de prison à Charles Stuart. Ces deux derniers suivaient leurs vainqueurs, humbles et désarmés en apparence, comme des captifs.

— Ma foi, dit Groslow en les apercevant, je ne comptais presque plus sur vous.

D'Artagnan s'approcha de celui-ci et lui dit tout bas :

— En effet, nous avons hésité un instant, M. du Vallon et moi.

— Et pourquoi? demanda Groslow.

D'Artagnan lui montra de l'œil Athos et Aramis.

— Ah! ah! dit Groslow, à cause des opinions? Peu importe. Au contraire, ajouta-t-il en riant; s'ils veulent voir leur Stuart, ils le verront.

— Passons-nous la nuit dans la chambre du roi? demanda d'Artagnan.

— Non, mais dans la chambre voisine; et comme la porte restera ouverte, c'est exactement comme si nous demeurions dans sa chambre même. Vous êtes-vous munis d'argent? Je vous déclare que je compte jouer ce soir un jeu d'enfer.

— Entendez-vous? dit d'Artagnan en faisant sonner l'or dans ses poches.

— *Very good!* dit Groslow, et il ouvrit la porte de la chambre. C'est pour vous montrer le chemin, Messieurs, dit-il.

Et il entra le premier.

D'Artagnan se retourna vers ses amis. Porthos était insoucieux comme s'il s'agissait d'une partie ordinaire;

Athos était pâle, mais résolu; Aramis essuyait avec un mouchoir son front mouillé d'une légère sueur.

Les huit gardes étaient à leur poste : quatre étaient dans la chambre du roi, deux à la porte de communication, deux à la porte par laquelle entraient les quatre amis. A la vue des épées nues, Athos sourit; ce n'était donc plus une boucherie, mais un combat.

A partir de ce moment toute sa bonne humeur parut revenue.

Charles, que l'on apercevait à travers une porte ouverte, était sur son lit tout habillé : seulement une couverture de laine était rejetée sur lui.

A son chevet, Parry était assis lisant à voix basse, et cependant assez haute pour que Charles, qui l'écoutait les yeux fermés, l'entendît, un chapitre dans une Bible catholique.

Une chandelle de suif grossier, placée sur une table noire, éclairait le visage résigné du roi et le visage infiniment moins calme de son fidèle serviteur.

De temps en temps Parry s'interrompait, croyant que le roi dormait visiblement; mais alors le roi rouvrait les yeux et lui disait en souriant :

— Continue, mon bon Parry, j'écoute.

Groslow s'avança jusqu'au seuil de la chambre du roi, remit avec affectation sur sa tête le chapeau qu'il avait tenu à la main pour recevoir ses hôtes, regarda un instant avec mépris ce tableau simple et touchant d'un vieux serviteur lisant la Bible à son roi prisonnier, s'assura que chaque homme était bien au poste qu'il lui avait assigné, et se retournant vers d'Artagnan, il regarda triomphalement le Français comme pour mendier un éloge sur sa tactique.

— A merveille, dit le Gascon; cap de Diou! vous ferez un général un peu distingué.

— Et croyez-vous, demanda Groslow, que ce sera tant que je serai de garde près de lui que le Stuart se sauvera?

— Non, certes, répondit d'Artagnan. A moins qu'il ne lui pleuve des amis du ciel.

Le visage de Groslow s'épanouit.

Comme Charles Stuart avait gardé pendant cette scène ses yeux constamment fermés, on ne peut dire s'il s'était aperçu ou non de l'insolence du capitaine puritain. Mais malgré lui, dès qu'il entendit le timbre accentué de la voix de d'Artagnan, ses paupières se rouvrirent.

Parry, de son côté, tressaillit et interrompit la lecture.

— A quoi songes-tu donc de t'interrompre? dit le roi, continue, mon bon Parry; à moins que tu ne sois fatigué, toutefois.

— Non, sire, dit le valet de chambre.

Et il reprit sa lecture.

Une table était préparée dans la première chambre, et sur cette table, couverte d'un tapis, étaient deux chandelles allumées, des cartes, deux cornets et des dés.

— Messieurs, dit Groslow, asseyez-vous, je vous prie, moi, en face du Stuart, que j'aime tant à voir, surtout où il est; vous, Monsieur d'Artagnan, en face de moi.

Athos rougit de colère, d'Artagnan le regarda en fronçant le sourcil.

— C'est cela, dit d'Artagnan; vous, Monsieur le comte de La Fère, à la droite de M. Groslow; vous, Monsieur le chevalier d'Herblay, à sa gauche; vous, du Vallon, près de moi. Vous pariez pour moi, et ces Messieurs pour M. Groslow.

D'Artagnan les avait ainsi : Porthos à sa gauche, et il lui parlait du genou; Athos et Aramis en face de lui, et il les tenait sous son regard.

Aux noms du comte de La Fère et du chevalier d'Herblay, Charles rouvrit les yeux, et malgré lui, relevant sa noble tête, embrassa d'un regard tous les acteurs de cette scène.

En ce moment Parry tourna quelques feuillets de sa Bible et lut tout haut ce verset de Jérémie :

« Dieu dit : Écoutez les paroles des prophètes, mes » serviteurs, que je vous ai envoyés avec grand soin, et » que j'ai conduits vers vous . »

Les quatre amis échangèrent un regard. Les paroles que venait de dire Parry leur indiquaient que leur présence était attribuée par le roi à son véritable motif.

Les yeux de d'Artagnan pétillèrent de joie.

— Vous m'avez demandé tout à l'heure si j'étais en fonds? dit d'Artagnan en mettant une vingtaine de pistoles sur la table.

— Oui, dit Groslow.

— Eh bien, reprit d'Artagnan, à mon tour je vous dis : Tenez bien votre trésor, mon cher Monsieur Groslow, car je vous réponds que nous ne sortirons d'ici qu'en vous l'enlevant.

— Ce ne sera pas sans que je le défende, dit Groslow.

— Tant mieux, dit d'Artagnan. Bataille ! mon cher capitaine, bataille ! Vous savez ou vous ne savez pas que c'est ce que nous demandons.

— Ah ! oui, je sais bien, dit Groslow en éclatant de son gros rire, vous ne cherchez que plaies et bosses, vous autres Français.

En effet, Charles avait tout entendu, tout compris. Une légère rougeur monta à son visage. Les soldats qui le gardaient le virent donc peu à peu étendre ses membres fatigués, et, sous prétexte d'une excessive chaleur, provoquée par un poêle chauffé à blanc, rejeter peu à peu la couverture écossaise sous laquelle, nous l'avons dit, il était couché tout vêtu.

Athos et Aramis tressaillirent de joie en voyant que le roi était couché habillé.

La partie commença. Ce soir-là la veine avait tourné et était pour Groslow, il tenait tout et gagnait toujours. Une centaine de pistoles passa ainsi d'un côté de la table à l'autre. Groslow était d'une gaieté folle.

Porthos, qui avait reperdu les cinquante pistoles qu'il avait gagnées la veille, et en outre une trentaine de pistoles à lui, était fort maussade et interrogeait d'Artagnan du genou, comme pour lui demander s'il n'était pas bientôt temps de passer à un autre jeu ; de leur côté Athos et Aramis le regardaient d'un œil scrutateur, mais d'Artagnan restait impassible.

Dix heures sonnèrent. On entendit la ronde qui passait.

— Combien faites-vous de rondes comme celle-là ? dit d'Artagnan en tirant de nouvelles pistoles de sa poche.

— Cinq, dit Groslow, une toutes les deux heures.

— Bien, dit d'Artagnan, c'est prudent.

Et à son tour il lança un coup d'œil à Athos et à Aramis.

On entendit les pas de la patrouille qui s'éloignait.

D'Artagnan répondit pour la première fois au coup de genou de Porthos par un coup de genou pareil.

Cependant, attirés par cet attrait du jeu et par la vue de l'or, si puissante chez tous les hommes, les soldats, dont la consigne était de rester dans la chambre du roi, s'étaient peu à peu rapprochés de la porte, et là, en se haussant sur la pointe du pied, ils regardaient par-dessus l'épaule de d'Artagnan et de Porthos; ceux de la porte s'étaient rapprochés aussi, secondant de cette façon les désirs des quatre amis, qui aimaient mieux les avoir sous la main que d'être obligés de courir à eux aux quatre coins de la chambre. Les deux sentinelles de la porte avaient toujours l'épée nue, seulement elles s'appuyaient sur la pointe, et regardaient les joueurs.

Athos semblait se calmer à mesure que le moment approchait; ses deux mains blanches et aristocratiques jouaient avec des louis, qu'il tordait et redressait avec autant de facilité que si l'or eût été de l'étain; moins maître de lui, Aramis fouillait continuellement sa poitrine; impatient de perdre toujours, Porthos jouait du genou à tout rompre.

D'Artagnan se retourna, regardant machinalement en arrière, et vit entre deux soldats Parry debout, et Charles appuyé sur son coude, joignant les mains et paraissant adresser à Dieu une fervente prière. D'Artagnan comprit que le moment était venu, que chacun était à son poste et qu'on n'attendait plus que le mot : « Enfin! » qui, on se le rappelle, devait servir de signal.

Il lança un coup d'œil préparatoire à Athos et à Aramis et tous deux reculèrent légèrement leur chaise pour avoir la liberté du mouvement.

Il donna un second coup de genou à Porthos, et celui-ci se leva comme pour se dégourdir les jambes; seulement en se levant il s'assura que son épée pouvait sortir facilement du fourreau.

— Sacrebleu! dit d'Artagnan, encore vingt pistoles de perdues! En vérité, capitaine Groslow, vous avez trop de bonheur, cela ne peut durer.

Et il tira vingt autres pistoles de sa poche.

— Un dernier coup, capitaine. Ces vingt pistoles sur un coup, sur un seul, sur le dernier.

— Va pour vingt pistoles, dit Groslow.

Et il retourna deux cartes comme c'est l'habitude, un roi pour d'Artagnan, un as pour lui.

— Un roi! dit d'Artagnan, c'est de bon augure. Maître Groslow, ajouta-t-il, prenez garde au roi.

Et, malgré sa puissance sur lui-même, il y avait dans la voix de d'Artagnan une vibration étrange qui fit tressaillir son partner.

Groslow commença à retourner les cartes les unes après les autres. S'il retournait un as d'abord, il avait gagné; s'il retournait un roi, il avait perdu.

Il retourna un roi.

— Enfin! dit d'Artagnan.

A ce mot, Athos et Aramis se levèrent, Porthos recula d'un pas.

Poignards et épées allaient briller, mais soudain la porte s'ouvrit, et Harrison parut sur le seuil, accompagné d'un homme enveloppé dans un manteau.

Derrière cet homme, on voyait briller les mousquets de cinq ou six soldats.

Groslow se leva vivement, honteux d'être surpris au milieu du vin, des cartes et des dés. Mais Harrison ne fit point attention à lui, et, entrant dans la chambre du roi suivi de son compagnon:

— Charles Stuart, dit-il, l'ordre arrive de vous conduire à Londres, sans s'arrêter ni jour ni nuit. Apprêtez-vous donc à partir à l'instant même.

— Et de quelle part cet ordre est-il donné? demanda le roi, de la part du général Olivier Cromwell?

— Oui, dit Harrison, et voici M. Mordaunt qui l'apporte à l'instant même et qui a charge de le faire exécuter.

— Mordaunt! murmurèrent les quatre amis en échangeant un regard.

D'Artagnan rafla sur la table tout l'argent que lui et Porthos avaient perdu et l'engouffra dans sa vaste poche; Athos et Aramis se rangèrent derrière lui. A ce mouvement Mordaunt se retourna, les reconnut et poussa une exclamation de joie sauvage.

— Je crois que nous sommes pris, dit tout bas d'Artagnan à ses amis.

— Pas encore, dit Porthos.

— Colonel! colonel! dit Mordaunt, faites entourer cette chambre, vous êtes trahis. Ces quatre Français se sont sauvés de Newcastle et veulent sans doute enlever le roi. Qu'on les arrête!

— Oh! jeune homme, dit d'Artagnan en tirant son épée, voici un ordre plus facile à dire qu'à exécuter.

Puis, décrivant autour de lui un moulinet terrible :

— En retraite, amis, cria-t-il, en retraite!

En même temps il s'élança vers la porte, renversa deux des soldats qui la gardaient avant qu'ils eussent eu le temps d'armer leurs mousquets; Athos et Aramis le suivirent; Porthos fit l'arrière-garde, et avant que les soldats, officiers, colonel, eussent eu le temps de se reconnaître, ils étaient tous quatre dans la rue.

— Feu! cria Mordaunt, feu sur eux!

Deux ou trois coups de mousquet partirent effectivement, mais n'eurent d'autre effet que de montrer les quatre fugitifs tournant sains et saufs l'angle de la rue.

Les chevaux étaient à l'endroit désigné; les valets n'eurent qu'à jeter la bride à leurs maîtres, qui se trouvèrent en selle avec la légèreté de cavaliers consommés.

— En avant! dit d'Artagnan, de l'éperon, ferme!

Ils coururent ainsi suivant d'Artagnan et reprenant la route qu'ils avaient déjà faite dans la journée, c'est-à-dire se dirigeant vers l'Écosse. Le bourg n'avait ni portes ni murailles, ils en sortirent donc sans difficulté.

A cinquante pas de la dernière maison, d'Artagnan s'arrêta.

— Halte! dit-il.

— Comment, halte? s'écria Porthos. Ventre à terre, vous voulez dire?

— Pas du tout, répondit d'Artagnan. Cette fois-ci on va nous poursuivre, laissons-les sortir du bourg et courir après nous sur la route d'Écosse; et quand nous les aurons vus passer au galop, suivons la route opposée.

A quelques pas de là passait un ruisseau, un pont était jeté sur le ruisseau; d'Artagnan conduisit son cheval sous l'arche de ce pont; ses amis le suivirent.

Ils n'y étaient pas depuis dix minutes qu'ils entendirent s'approcher le galop rapide d'une troupe de cavaliers. Cinq minutes après, cette troupe passait sur leur tête, bien loin de se douter que ceux qu'ils cherchaient n'étaient séparés d'eux que par l'épaisseur de la voûte du pont.

Lorsque le bruit des chevaux se fut perdu dans le lointain, d'Artagnan regagna le bord de la rivière, et se mit à arpenter la plaine en s'orientant autant que possible sur Londres. Ses trois amis le suivirent en silence, jusqu'à ce que, à l'aide d'un large demi-cercle, ils eussent laissé la ville loin derrière eux.

— Pour cette fois, dit d'Artagnan lorsqu'il se crut enfin assez loin du point de départ pour passer du galop au trot, je crois que bien décidément tout est perdu, et que ce que nous avons de mieux à faire est de gagner la France. Que dites-vous de la proposition, Athos? Ne la trouvez-vous point raisonnable?

— Oui, cher ami, répondit Athos; mais vous avez prononcé l'autre jour une parole plus que raisonnable, une parole noble et généreuse; vous avez dit : « Nous » mourrons ici! » Je vous rappellerai votre parole.

— Oh! dit Porthos, la mort n'est rien, et ce n'est pas la mort qui doit nous inquiéter, puisque nous ne savons pas ce que c'est; mais c'est l'idée d'une défaite qui me tourmente. A la façon dont les choses tournent, je vois qu'il nous faudra livrer bataille à Londres, aux provinces, à toute l'Angleterre, et en vérité nous ne pouvons à la fin manquer d'être battus.

— Nous devons assister à cette grande tragédie jusqu'à la fin, dit Athos; quel qu'il soit, ne quittons l'Angleterre qu'après le dénouement. Pensez-vous comme moi, Aramis?

— En tout point, mon cher comte; puis je vous avoue que je ne serais pas fâché de retrouver le Mordaunt; il me semble que nous avons un compte à régler avec lui, et que ce n'est pas notre habitude de quitter les pays sans payer ces sortes de dettes.

— Ah! ceci est autre chose, dit d'Artagnan, et voilà une raison qui me paraît plausible. J'avoue, quant à moi, que, pour retrouver le Mordaunt en question, je resterai s'il le faut un an à Londres. Seulement logeons-nous chez un homme sûr et de façon à n'éveiller aucun soupçon, car, à cette heure, M. Cromwell doit nous faire chercher, et, autant que j'en ai pu juger, il ne plaisante pas M. Cromwell. Athos, connaissez-vous dans toute la ville une auberge où l'on trouve des draps blancs, du rosbif raisonnablement cuit et du vin qui ne soit pas fait avec du houblon ou du genièvre?

— Je crois que j'ai votre affaire, dit Athos. De Winter nous a conduits chez un homme qu'il disait être un ancien Espagnol naturalisé Anglais de par les guinées de ses nouveaux compatriotes. Qu'en dites-vous, Aramis?

— Mais le projet de nous arrêter chez el señor Pérez me paraît des plus raisonnables, je l'adopte donc pour mon compte. Nous invoquerons le souvenir de ce pauvre de Winter, pour lequel il paraissait avoir une grande vénération; nous lui dirons que nous venons en amateurs pour voir ce qui se passe; nous dépenserons chez lui chacun une guinée par jour, et je crois que, moyennant toutes ces précautions, nous pourrons demeurer assez tranquilles.

— Vous en oubliez une, Aramis, et une précaution assez importante même.

— Laquelle?

— Celle de changer d'habits.

— Bah! dit Porthos, pour quoi faire, changer d'habits? Nous sommes si bien à notre aise dans ceux-ci!

— Pour ne pas être reconnus, dit d'Artagnan. Nos habits ont une coupe et presque une couleur uniforme qui dénonce leur *Frenchman* à la première vue. Or, je ne tiens pas assez à la coupe de mon pourpoint ou à la couleur de mes chausses pour risquer, par amour pour elles, d'être pendu à Tyburn ou d'aller faire un tour aux Indes. Je vais m'acheter un habit marron. J'ai remarqué que tous ces imbéciles de puritains raffolaient de cette couleur.

— Mais retrouverez-vous votre homme? dit Aramis.

— Oh! certainement, il demeurait Green-Hall street, *Bedford's Tavern;* d'ailleurs j'irais dans la cité les yeux fermés.

— Je voudrais déjà y être, dit d'Artagnan, et mon avis serait d'arriver à Londres avant le jour, dussions-nous crever nos chevaux.

— Allons donc, dit Athos, car si je ne me trompe pas dans mes calculs, nous ne devons guère en être éloignés que de huit ou dix lieues.

Les amis pressèrent leurs chevaux, et effectivement ils arrivèrent vers les cinq heures du matin. A la porte par laquelle ils se présentèrent, un poste les arrêta; mais Athos répondit en excellent anglais qu'ils étaient envoyés par le colonel Harrison pour prévenir son collègue, M. Pridge , de l'arrivée prochaine du roi. Cette réponse amena quelques questions sur la prise du roi, et Athos donna des détails si précis et si positifs que, si les gardiens des portes avaient quelques soupçons, ces soupçons s'évanouirent complètement. Le passage fut donc livré aux quatre amis avec toutes sortes de congratulations puritaines.

Athos avait dit vrai; il alla droit à *Bedford's Tavern* et se fit reconnaître de l'hôte, qui fut si fort enchanté de le voir revenir en si nombreuse et si belle compagnie, qu'il fit préparer à l'instant même ses plus belles chambres.

Quoiqu'il ne fît pas jour encore, nos quatre voyageurs en arrivant à Londres, avaient trouvé toute la ville en rumeur. Le bruit que le roi, ramené par le colonel Harrison, s'acheminait vers la capitale, s'était répandu dès la veille, et beaucoup ne s'étaient point couchés de peur que le Stuart comme ils l'appelaient, n'arrivât dans la nuit et qu'ils ne manquassent son entrée.

Le projet de changement d'habits avait été adopté à l'unanimité, on se le rappelle, moins la légère opposition de Porthos. On s'occupa donc de le mettre à exécution. L'hôte se fit apporter des vêtements de toute sorte comme s'il voulait remonter sa garde-robe. Athos prit un habit noir qui lui donnait l'air d'un honnête bourgeois; Aramis, qui ne voulait pas quitter l'épée, choisit un habit foncé de coupe militaire; Porthos fut séduit par un pourpoint rouge et par des chausses vertes; d'Artagnan, dont la couleur était arrêtée d'avance, n'eut qu'à s'occuper de la nuance, et, sous l'habit marron qu'il convoitait, représenta assez exactement un marchand de sucre retiré.

Quant à Grimaud et à Mousqueton, qui ne portaient pas de livrée, ils se trouvèrent tout déguisés; Grimaud d'ailleurs, offrait le type calme, sec et raide de l'Anglais circonspect; Mousqueton, celui de l'Anglais ventru, bouffi et flâneur.

— Maintenant, dit d'Artagnan, passons au principal; coupons-nous les cheveux afin de n'être point insultés par la populace. N'étant plus gentilshommes par l'épée, soyons puritains par la coiffure. C'est, vous le savez, le point important qui sépare le covenantaire du cavalier .

Sur ce point important, d'Artagnan trouva Aramis fort insoumis; il voulait à toute force garder sa chevelure, qu'il avait fort belle et dont il prenait le plus grand soin, et il fallut qu'Athos, à qui toutes ces questions étaient indifférentes, lui donnât l'exemple. Porthos livra sans difficulté son chef à Mousqueton, qui tailla à pleins ciseaux dans l'épaisse et rude chevelure. D'Artagnan se découpa lui-même une tête de fantaisie qui ne ressemblait pas mal à une médaille du temps de François Ier ou de Charles IX.

— Nous sommes affreux, dit Athos.

— Et il me semble que nous puons le puritain à faire frémir, dit Aramis.

— J'ai froid à la tête, dit Porthos.

— Et moi, je me sens envie de prêcher, dit d'Artagnan.

— Maintenant, dit Athos, que nous ne nous reconnaissons pas nous-mêmes et que nous n'avons point par conséquent la crainte que les autres nous reconnaissent, allons voir entrer le roi; s'il a marché toute la nuit, il ne doit pas être loin de Londres.

En effet, les quatre amis n'étaient pas mêlés depuis deux heures à la foule que de grands cris et un grand mouvement annoncèrent que Charles arrivait. On avait envoyé un carrosse au-devant de lui, et de loin le gigantesque Porthos, qui dépassait de la tête toutes les têtes, annonça qu'il voyait venir le carrosse royal. D'Artagnan se dressa sur la pointe des pieds, tandis qu'Athos et Aramis écoutaient pour tâcher de se rendre compte eux-mêmes de l'opinion générale. Le carrosse passa, et d'Artagnan reconnut Harrison à une portière et Mordaunt à l'autre. Quant au peuple, dont Athos et Aramis étudiaient les impressions, il lançait force imprécations contre Charles.

Athos rentra désespéré.

— Mon cher, lui dit d'Artagnan, vous vous entêtez

inutilement, et je vous proteste, moi, que la position
est mauvaise. Pour mon compte je ne m'y attache qu'à
cause de vous et par un certain intérêt d'artiste en politique à la mousquetaire; je trouve qu'il serait très plaisant
d'arracher leur proie à tous ces hurleurs et de se moquer
d'eux. J'y songerai.

Dès le lendemain, en se mettant à sa fenêtre qui donnait sur les quartiers les plus populeux de la Cité, Athos
entendit crier le bill du Parlement qui traduisait à la
barre l'ex-roi Charles Ier, coupable présumé de trahison
et d'abus de pouvoir .

D'Artagnan était près de lui. Aramis consultait une
carte, Porthos était absorbé dans les dernières délices
d'un succulent déjeuner.

— Le Parlement! s'écria Athos, il n'est pas possible
que le Parlement ait rendu un pareil bill.

— Écoutez, dit d'Artagnan, je comprends peu l'anglais; mais, comme l'anglais n'est que du français mal
prononcé, voici ce que j'entends : *Parliament's bill ;* ce qui
veut dire bill du Parlement, ou Dieu me damne, comme
ils disent ici.

En ce moment l'hôte entrait; Athos lui fit signe de
venir.

— Le Parlement a rendu ce bill? lui demanda Athos
en anglais.

— Oui, Milord, le Parlement pur.

— Comment, le Parlement pur! Il y a donc deux
Parlements ?

— Mon ami, interrompit d'Artagnan, comme je
n'entends pas l'anglais, mais que nous entendons tous
l'espagnol, faites-nous le plaisir de nous entretenir dans
cette langue, qui est la vôtre, et que, par conséquent,
vous devez parler avec plaisir quand vous en retrouvez
l'occasion.

— Ah! parfait, dit Aramis.

Quant à Porthos, nous l'avons dit, toute son attention
était concentrée sur un os de côtelette qu'il était occupé
à dépouiller de son enveloppe charnue.

— Vous demandiez donc? dit l'hôte en espagnol.

— Je demandais, reprit Athos dans la même langue,
s'il y avait deux Parlements, un pur et un impur.

— Oh! que c'est bizarre! dit Porthos en levant lentement la tête et en regardant ses amis d'un air étonné,

je comprends donc maintenant l'anglais? J'entends ce
que vous dites.

— C'est que nous parlons espagnol, cher ami, dit
Athos avec son sang-froid ordinaire.

— Ah! diable! dit Porthos, j'en suis fâché, cela m'aurait fait une langue de plus.

— Quand je dis le Parlement pur, senor, reprit l'hôte,
je parle de celui que M. le colonel Pridge a épuré.

— Ah! vraiment, dit d'Artagnan, ces gens-ci sont
bien ingénieux; il faudra qu'en revenant en France je
donne ce moyen à M. de Mazarin et à M. le coadjuteur.
L'un épurera au nom de la cour, l'autre au nom du
peuple, de sorte qu'il n'y aura plus de Parlement du
tout.

— Qu'est-ce que le colonel Pridge? demanda Aramis
et de quelle façon s'y est-il pris pour épurer le Parlement?

— Le colonel Pridge, dit l'Espagnol, est un ancien
charretier, homme de beaucoup d'esprit, qui avait
remarqué une chose en conduisant sa charrette: c'est que
lorsqu'une pierre se trouvait sur sa route, il était plus
court d'enlever la pierre que d'essayer de faire passer la
roue par-dessus. Or, sur deux cent cinquante et un membres dont se composait le Parlement, cent quatre-vingt-
onze le gênaient et auraient pu faire verser sa charrette
politique. Il les a pris comme autrefois il prenait les
pierres, et les a jetés hors de la Chambre.

— Joli! dit d'Artagnan, qui, homme d'esprit surtout,
estimait fort l'esprit partout où il le rencontrait.

— Et tous ces expulsés étaient stuartistes? demanda
Athos.

— Sans aucun doute, señor, et vous comprenez qu'ils
eussent sauvé le roi.

— Pardieu! dit majestueusement Porthos, ils faisaient
majorité.

— Et vous pensez, dit Aramis, qu'il consentira à
paraître devant un tel tribunal?

— Il le faudra bien, répondit l'Espagnol; s'il essayait
d'un refus, le peuple l'y contraindrait.

— Merci, Maître Pérez, dit Athos; maintenant je suis
suffisamment renseigné.

— Commencez-vous à croire enfin que c'est une
cause perdue, Athos, dit d'Artagnan, et qu'avec les

Harrison, les Joyce, les Pridge et les Cromwell, nous ne serons jamais à la hauteur ?

— Le roi sera délivré au tribunal, dit Athos ; le silence même de ses partisans indique un complot.

D'Artagnan haussa les épaules.

— Mais, dit Aramis, s'ils osent condamner leur roi, ils le condamneront à l'exil ou à la prison, voilà tout.

D'Artagnan siffla d'un petit air d'incrédulité.

— Nous le verrons bien, dit Athos ; car nous irons aux séances, je le présume.

— Vous n'aurez pas longtemps à attendre, dit l'hôte, car elles commencent demain.

— Ah çà ! répondit Athos, la procédure était donc instruite avant que le roi eût été pris ?

— Sans doute, dit d'Artagnan, on l'a commencée du jour où il a été acheté.

— Vous savez, dit Aramis, que c'est notre ami Mordaunt qui a fait, sinon le marché, du moins les premières ouvertures de cette petite affaire.

— Vous savez, dit d'Artagnan, que partout où il me tombe sous la main, je le tue, M. Mordaunt.

— Fi donc ! dit Athos, un pareil misérable !

— Mais c'est justement parce que c'est un misérable que je le tue, reprit d'Artagnan. Ah ! cher ami, je fais assez vos volontés pour que vous soyez indulgent aux miennes ; d'ailleurs, cette fois, que cela vous plaise ou non, je vous déclare que ce Mordaunt ne sera tué que par moi.

— Et par moi, dit Porthos.

— Et par moi, dit Aramis.

— Touchante unanimité, s'écria d'Artagnan, et qui convient bien à de bons bourgeois que nous sommes. Allons faire un tour par la ville ; ce Mordaunt lui-même ne nous reconnaîtrait point à quatre pas avec le brouillard qu'il fait. Allons boire un peu de brouillard.

— Oui, dit Porthos, cela nous changera de la bière.

Et les quatre amis sortirent en effet pour prendre, comme on le dit vulgairement, l'air du pays.

LXVII

LE PROCÈS

L E LENDEMAIN une garde nombreuse conduisait Charles Ier devant la haute cour qui devait le juger.

La foule envahissait les rues et les maisons voisines
du palais; aussi, dès les premiers pas que firent les quatre
amis, ils furent arrêtés par l'obstacle presque infranchis-
sable de ce mur vivant; quelques hommes du peuple,
robustes et hargneux, repoussèrent même Aramis si
rudement que Porthos leva son poing formidable et le
laissa retomber sur la face farineuse d'un boulanger,
laquelle changea immédiatement de couleur et se couvrit
de sang, écachée qu'elle était comme une grappe de
raisins mûrs. La chose fit grande rumeur; trois hommes
voulurent s'élancer sur Porthos; mais Athos en écarta un,
d'Artagnan l'autre, et Porthos jeta le troisième par-dessus
sa tête. Quelques Anglais amateurs de pugilat apprécié-
rent la façon rapide et facile avec laquelle avait été
exécutée cette manœuvre, et battirent des mains. Peu
s'en fallut alors qu'au lieu d'être assommés, comme ils
commençaient à le craindre, Porthos et ses amis ne fussent portés en triomphe; mais nos quatre voyageurs,
qui craignaient tout ce qui pouvait les mettre en lumière,
parvinrent à se soustraire à l'ovation. Cependant ils
gagnèrent une chose à cette démonstration herculéenne,
c'est que la foule s'ouvrit devant eux et qu'ils parvinrent
au résultat qui un instant auparavant leur avait paru
impossible, c'est-à-dire à aborder le palais.

Tout Londres se pressait aux portes des tribunes;
aussi, lorsque les quatre amis réussirent à pénétrer dans
une d'elles, trouvèrent-ils les trois premiers bancs occupés. Ce n'était que demi-mal pour des gens qui désiraient
ne pas être reconnus; ils prirent donc leurs places, fort
satisfaits d'en être arrivés là, à l'exception de Porthos,
qui désirait montrer son pourpoint rouge et ses chausses
vertes, et qui regrettait de ne pas être au premier rang.

Les bancs étaient disposés en amphithéâtre, et de leur

place les quatre amis dominaient toute l'assemblée. Le hasard avait fait justement qu'ils étaient entrés dans la tribune du milieu et qu'ils se trouvaient juste en face du fauteuil préparé pour Charles Ier.

Vers onze heures du matin le roi parut sur le seuil de la salle. Il entra environné de gardes, mais couvert et l'air calme, et promena de tous côtés un regard plein d'assurance, comme s'il venait présider une assemblée de sujets soumis, et non répondre aux accusations d'une cour rebelle.

Les juges, fiers d'avoir un roi à humilier, se préparaient visiblement à user de ce droit qu'ils s'étaient arrogé. En conséquence, un huissier vint dire à Charles Ier que l'usage était que l'accusé se découvrît devant lui.

Charles, sans répondre un seul mot, enfonça son feutre sur sa tête, qu'il tourna d'un autre côté; puis, lorsque l'huissier se fut éloigné, il s'assit sur le fauteuil préparé en face du président, fouettant sa botte avec un petit jonc qu'il portait à la main.

Parry, qui l'accompagnait, se tint debout derrière lui.

D'Artagnan, au lieu de regarder tout ce cérémonial, regardait Athos, dont le visage reflétait toutes les émotions que le roi, à force de puissance sur lui-même, parvenait à chasser du sien. Cette agitation d'Athos, l'homme froid et calme, l'effraya.

— J'espère bien, lui dit-il en se penchant à son oreille, que vous allez prendre exemple de Sa Majesté et ne pas vous faire sottement tuer dans cette cage?

— Soyez tranquille, dit Athos.

— Ah! ah! continua d'Artagnan, il paraît que l'on craint quelque chose, car voici les postes qui se doublent; nous n'avions que des pertuisanes, voici des mousquets. Il y en a maintenant pour tout le monde : les pertuisanes regardent les auditeurs du parquet, les mousquets sont à notre intention.

— Trente, quarante, cinquante, soixante-dix hommes, dit Porthos en comptant les nouveaux venus.

— Eh! dit Aramis, vous oubliez l'officier, Porthos, il vaut cependant, ce me semble, bien la peine d'être compté.

— Oui-da, dit d'Artagnan.

Et il devint pâle de colère, car il avait reconnu Mordaunt qui, l'épée nue, conduisait les mousquetaires derrière le roi, c'est-à-dire en face des tribunes.

— Nous aurait-il reconnus? continua d'Artagnan; c'est que, dans ce cas, je battrais très promptement en retraite. Je ne me soucie aucunement qu'on m'impose un genre de mort, et désire fort mourir à mon choix. Or, je ne choisis pas d'être fusillé dans une boîte.

— Non, dit Aramis, il ne vous a pas vus. Il ne voit que le roi. Mordieu! avec quels yeux il le regarde, l'insolent! Est-ce qu'il haïrait Sa Majesté autant qu'il nous hait nous-mêmes?

— Pardieu! dit Athos, nous ne lui avons enlevé que sa mère, nous, et le roi l'a dépouillé de son nom et de sa fortune.

— C'est juste, dit Aramis; mais, silence! voici le président qui parle au roi.

En effet, le président Bradshaw interpellait l'auguste accusé.

— Stuart, lui dit-il, écoutez l'appel nominal de vos juges, et adressez au tribunal les observations que vous aurez à faire.

Le roi, comme si ces paroles ne s'adressaient point à lui, tourna la tête d'un autre côté.

Le président attendit, et comme aucune réponse ne vint, il se fit un instant de silence.

Sur cent soixante-trois membres désignés, soixante-treize seulement pouvaient répondre, car les autres, effrayés de la complicité d'un pareil acte, s'étaient abstenus.

— Je procède à l'appel, dit Bradshaw sans paraître remarquer l'absence des trois cinquièmes de l'assemblée.

Et il commença à nommer les uns après les autres les membres présents et absents. Les présents répondaient d'une voix forte ou faible, selon qu'ils avaient ou non le courage de leur opinion. Un court silence suivait le nom des absents, répété deux fois.

Le nom du colonel Fairfax vint à son tour, et fut suivi d'un de ces silences courts mais solennels qui dénonçaient l'absence des membres qui n'avaient pas voulu personnellement prendre part à ce jugement.

— Le colonel Fairfax? répéta Bradshaw.

— Fairfax? répondit une voix moqueuse, qu'à son

timbre argentin on reconnut pour une voix de femme, il a trop d'esprit pour être ici.

Un immense éclat de rire accueillit ces paroles prononcées avec cette audace que les femmes puisent dans leur propre faiblesse, faiblesse qui les soustrait à toute vengeance.

— C'est une voix de femme, s'écria Aramis. Ah! par ma foi, je donnerais beaucoup pour qu'elle fût jeune et jolie.

Et il monta sur le gradin pour tâcher de voir dans la tribune d'où la voix était partie.

— Sur mon âme, dit Aramis, elle est charmante! Regardez donc, d'Artagnan, tout le monde la regarde, et malgré le regard de Bradshaw, elle n'a point pâli.

— C'est lady Fairfax elle-même, dit d'Artagnan; vous la rappelez-vous, Porthos? Nous l'avons vue avec son mari chez le général Cromwell.

Au bout d'un instant le calme troublé par cet étrange épisode se rétablit, et l'appel continua.

— Ces drôles vont lever la séance, quand ils s'apercevront qu'ils ne sont pas en nombre suffisant, dit le comte de La Fère.

— Vous ne les connaissez pas, Athos; remarquez donc le sourire de Mordaunt, voyez comme il regarde le roi. Ce regard est-il celui d'un homme qui craint que sa victime lui échappe? Non, non, c'est le sourire de la haine satisfaite, de la vengeance sûre de s'assouvir. Ah! basilic maudit, ce sera un heureux jour pour moi que celui où je croiserai avec toi autre chose que le regard!

— Le roi est véritablement beau, dit Porthos; et puis voyez, tout prisonnier qu'il est, comme il est vêtu avec soin. La plume de son chapeau vaut au moins cinquante pistoles, regardez-la donc, Aramis.

L'appel achevé, le président donna ordre de passer à la lecture de l'acte d'accusation.

Athos pâlit; il était trompé encore une fois dans son attente. Quoique les juges fussent en nombre insuffisant, le procès allait s'instruire, le roi était donc condamné d'avance.

— Je vous l'avais dit, Athos, fit d'Artagnan en haussant les épaules. Mais vous doutez toujours. Maintenant prenez votre courage à deux mains et écoutez, sans vous faire trop de mauvais sang, je vous en prie, les petites horreurs que ce Monsieur en noir va dire de son roi avec licence et privilège.

En effet, jamais plus brutale accusation, jamais injures plus basses, jamais plus sanglant réquisitoire n'avaient encore flétri la majesté royale. Jusque-là on s'était contenté d'assassiner les rois, mais ce n'était du moins qu'à leurs cadavres qu'on avait prodigué l'insulte.

Charles Ier écoutait le discours de l'accusateur avec une attention toute particulière, laissant passer les injures, retenant les griefs, et, quand la haine débordait par trop, quand l'accusateur se faisait bourreau par avance, il répondait par un sourire de mépris. C'était, après tout, une œuvre capitale et terrible que celle où ce malheureux roi retrouvait toutes ses imprudences changées en guet-apens, ses erreurs transformées en crimes.

D'Artagnan, qui laissait couler ce torrent d'injures avec tout le dédain qu'elles méritaient, arrêta cependant son esprit judicieux sur quelques-unes des inculpations de l'accusateur.

— Le fait est, dit-il, que si l'on punit pour imprudence et légèreté, ce pauvre roi mérite punition; mais il me semble que celle qu'il subit en ce moment est assez cruelle.

— En tout cas, répondit Aramis, la punition ne saurait atteindre le roi, mais ses ministres, puisque la première loi de la constitution est : *Le roi ne peut faillir*.

« Pour moi, pensait Porthos en regardant Mordaunt et ne s'occupant que de lui, si ce n'était troubler la majesté de la situation, je sauterais de la tribune en bas, je tomberais en trois bonds sur M. Mordaunt, que j'étranglerais; je le prendrais par les pieds et j'en assommerais tous ces mauvais mousquetaires qui parodient les mousquetaires de France. Pendant ce temps-là, d'Artagnan, qui est plein d'esprit et d'à-propos, trouve-rait peut-être un moyen de sauver le roi. Il faudra que je lui en parle. »

Quant à Athos, le feu au visage, les poings crispés, les lèvres ensanglantées par ses propres morsures, il écumait sur son banc, furieux de cette éternelle insulte parlementaire et de cette longue patience royale, et ce bras inflexible, ce cœur inébranlable s'étaient changés en une main tremblante et un corps frissonnant.

A ce moment l'accusateur terminait son office par ces mots :

« La présente accusation est portée par nous au nom du peuple anglais. »

Il y eut à ces paroles un murmure dans les tribunes, et une autre voix, non pas une voix de femme, mais une voix d'homme, mâle et furieuse, tonna derrière d'Artagnan.

— Tu mens! s'écria cette voix, et les neuf dixièmes du peuple anglais ont horreur de ce que tu dis !

Cette voix était celle d'Athos, qui, hors de lui, debout, le bras étendu, interpellait ainsi l'accusateur public.

A cette apostrophe, roi, juges, spectateurs, tout le monde tourna les yeux vers la tribune où étaient les quatre amis. Mordaunt fit comme les autres et reconnut le gentilhomme autour duquel s'étaient levés les trois autres Français, pâles et menaçants. Ses yeux flamboyèrent de joie, il venait de retrouver ceux à la recherche et à la mort desquels il avait voué sa vie. Un mouvement furieux appela près de lui vingt de ses mousquetaires, et montrant du doigt la tribune où étaient ses ennemis :

— Feu sur cette tribune! dit-il.

Mais alors, rapides comme la pensée, d'Artagnan saisissant Athos par le milieu du corps, Porthos emportant Aramis, sautèrent à bas des gradins, s'élancèrent dans les corridors, descendirent rapidement les escaliers et se perdirent dans la foule; tandis qu'à l'intérieur de la salle les mousquets abaissés menaçaient trois mille spectateurs dont les cris de miséricorde et les bruyantes terreurs arrêtèrent l'élan déjà donné au carnage.

Charles avait aussi reconnu les quatre Français; il mit une main sur son cœur pour en comprimer les battements, l'autre sur ses yeux pour ne pas voir égorger ses fidèles amis.

Mordaunt, pâle et tremblant de rage, se précipita hors de la salle, l'épée nue à la main, avec dix hallebardiers, fouillant la foule, interrogeant, haletant, puis il revint sans avoir rien trouvé.

Le trouble était inexprimable. Plus d'une demi-heure se passa sans que personne pût se faire entendre. Les juges croyaient chaque tribune prête à tonner. Les tribunes voyaient les mousquets dirigés sur elles, et,

partagées entre la crainte et la curiosité, demeuraient
tumultueuses et agitées.

Enfin le calme se rétablit.

— Qu'avez-vous à dire pour votre défense? demanda
Bradshaw au roi.

Alors, du ton d'un juge et non de celui d'un accusé,
la tête toujours couverte, se levant, non point par humilité, mais par domination :

— Avant de m'interroger, dit Charles, répondez-moi.
J'étais libre à Newcastle, j'y avais conclu un traité avec
les deux Chambres. Au lieu d'accomplir de votre part ce
traité que j'accomplissais de la mienne, vous m'avez
acheté aux Écossais, pas cher, je le sais, et cela fait honneur à l'économie de votre gouvernement. Mais pour
m'avoir payé le prix d'un esclave, espérez-vous que j'aie
cessé d'être votre roi? Non pas. Vous répondre serait
l'oublier. Je ne vous répondrai donc que lorsque vous
m'aurez justifié de vos droits à m'interroger. Vous
répondre serait vous reconnaître pour mes juges, et je
ne vous reconnais que pour mes bourreaux.

Et, au milieu d'un silence de mort, Charles, calme,
hautain et toujours couvert, se rassit sur son fauteuil.

— Que ne sont-ils là, mes Français! murmura
Charles avec orgueil et en tournant les yeux vers la
tribune où ils étaient apparus un instant, ils verraient
que leur ami, vivant, est digne d'être défendu; mort,
d'être pleuré.

Mais il eut beau sonder les profondeurs de la foule,
et demander en quelque sorte à Dieu ces douces et conso-
lantes présences, il ne vit rien que des physionomies
hébétées et craintives; il se sentit aux prises avec la haine
et la férocité.

— Eh bien, dit le président voyant Charles décidé à
se taire invinciblement, soit, nous vous jugerons malgré
votre silence; vous êtes accusé de trahison, d'abus de
pouvoir et d'assassinat. Les témoins feront foi. Allez,
et une prochaine séance accomplira ce que vous vous
refusez à faire dans celle-ci.

Charles se leva, et se retournant vers Parry, qu'il
voyait pâle et les tempes mouillées de sueur :

— Eh bien! mon cher Parry, lui dit-il, qu'as-tu donc
et qui peut t'agiter ainsi?

— Oh! sire, dit Parry les larmes aux yeux et d'une

voix suppliante, sire, en sortant de la salle, ne regardez pas à votre gauche.

— Pourquoi cela, Parry?

— Ne regardez pas, je vous en supplie, mon roi!

— Mais qu'y a-t-il? Parle donc, dit Charles en essayant de voir à travers la haie de gardes qui se tenaient derrière lui.

— Il y a... mais vous ne regarderez point, sire, n'est-ce pas? il y a que, sur une table, ils ont fait apporter la hache avec laquelle on exécute les criminels. Cette vue est hideuse; ne regardez pas, sire, je vous en supplie.

— Les sots! dit Charles, me croient-ils donc un lâche comme eux? Tu fais bien de m'avoir prévenu; merci, Parry.

Et comme le moment était venu de se retirer, le roi sortit, suivant ses gardes.

A gauche de la porte, en effet, brillait d'un reflet sinistre, celui du tapis rouge sur lequel elle était déposée, la hache blanche, au long manche poli par la main de l'exécuteur.

Arrivé en face d'elle, Charles s'arrêta; et se tournant avec un sourire :

— Ah! ah! dit-il en riant, la hache! Épouvantail ingénieux et bien digne de ceux qui ne savent pas ce que c'est qu'un gentilhomme; tu ne me fais pas peur, hache du bourreau, ajouta-t-il en la fouettant du jonc mince et flexible qu'il tenait à la main, et je te frappe, en attendant patiemment et chrétiennement que tu me le rendes .

Et haussant les épaules avec un royal dédain, il continua sa route, laissant stupéfaits ceux qui s'étaient pressés en foule autour de cette table pour voir quelle figure ferait le roi en voyant cette hache qui devait séparer sa tête de son corps.

— En vérité, Parry, continua le roi en s'éloignant, tous ces gens-là me prennent, Dieu me pardonne! pour un marchand de coton des Indes, et non pour un gentilhomme accoutumé à voir briller le fer; pensent-ils donc que je ne vaux pas bien un boucher!

Comme il disait ces mots, il arriva à la porte. Une longue file de peuple était accourue, qui, n'ayant pu trouver place dans les tribunes, voulait au moins jouir de la fin du spectacle dont la plus intéressante partie lui était échappée. Cette multitude innombrable, dont les rangs étaient semés de physionomies menaçantes, arracha un léger soupir au roi.

« Que de gens, pensa-t-il, et pas un ami dévoué ! »

Et comme il disait ces paroles de doute et de découragement en lui-même, une voix répondant à ces paroles dit près de lui :

— Salut à la majesté tombée !

Le roi se retourna vivement, les larmes aux yeux et au cœur.

C'était un vieux soldat de ses gardes qui n'avait pas voulu voir passer devant lui son roi captif sans lui rendre ce dernier hommage.

Mais au même instant le malheureux fut presque assommé à coups de pommeau d'épée.

Parmi les assommeurs, le roi reconnut le capitaine Groslow.

— Hélas ! dit Charles, voici un bien grand châtiment pour une bien petite faute.

Puis, le cœur serré, il continua son chemin, mais il n'avait pas fait cent pas, qu'un furieux, se penchant entre deux soldats de la haie, cracha au visage du roi, comme jadis un Juif infâme et maudit avait craché au visage de Jésus le Nazaréen .

De grands éclats de rire et de sombres murmures retentirent tout ensemble ; la foule s'écarta, se rapprocha, ondula comme une mer tempétueuse, et il sembla au roi qu'il voyait reluire au milieu de la vague vivante les yeux étincelants d'Athos.

Charles s'essuya le visage et dit avec un triste sourire :

— Le malheureux ! pour une demi-couronne il en ferait autant à son père.

Le roi ne s'était pas trompé ; il avait vu en effet Athos et ses amis, qui, mêlés de nouveau dans les groupes, escortaient d'un dernier regard le roi martyr.

Quand le soldat salua Charles, le cœur d'Athos se fondit de joie ; et lorsque ce malheureux revint à lui, il put trouver dans sa poche dix guinées qu'y avait glissées le gentilhomme français. Mais quand le lâche insulteur cracha au visage du roi prisonnier, Athos porta la main à son poignard.

Mais d'Artagnan arrêta cette main, et d'une voix rauque :

— Attends ! dit-il.

Jamais d'Artagnan n'avait tutoyé ni Athos ni le comte de La Fère.

Athos s'arrêta.

D'Artagnan s'appuya sur Athos, fit signe à Porthos et à Aramis de ne pas s'éloigner, et vint se placer derrière l'homme aux bras nus, qui riait encore de son infâme plaisanterie et que félicitaient quelques autres furieux.

Cet homme s'achemina vers la Cité. D'Artagnan, toujours appuyé sur Athos, le suivit en faisant signe à Porthos et à Aramis de les suivre eux-mêmes.

L'homme aux bras nus, qui semblait un garçon boucher, descendit avec deux compagnons par une petite rue rapide et isolée qui donnait sur la rivière.

D'Artagnan avait quitté le bras d'Athos et marchait derrière l'insulteur.

Arrivés près de l'eau, ces trois hommes s'aperçurent qu'ils étaient suivis, s'arrêtèrent, et, regardant insolemment les Français, échangèrent quelques lazzi entre eux.

— Je ne sais pas l'anglais, Athos, dit d'Artagnan, mais vous le savez, vous, et vous m'allez servir d'interprète.

Et à ces mots, doublant le pas, ils dépassèrent les trois hommes. Mais, se retournant tout à coup, d'Artagnan marcha droit au garçon boucher, qui s'arrêta, et le touchant à la poitrine du bout de son index :

— Répétez-lui ceci, Athos, dit-il à son ami : « Tu as » été lâche, tu as insulté un homme sans défense, tu as » souillé la face de ton roi, tu vas mourir !... »

Athos, pâle comme un spectre et que d'Artagnan tenait par le poignet, traduisit ces étranges paroles à l'homme, qui, voyant ces préparatifs sinistres et l'œil terrible de d'Artagnan, voulut se mettre en défense. Aramis, à ce mouvement, porta la main à son épée.

— Non, pas de fer, pas de fer ! dit d'Artagnan, le fer est pour les gentilshommes.

Et, saisissant le boucher à la gorge :

— Porthos, dit d'Artagnan, assommez-moi ce misérable d'un seul coup de poing.

Porthos leva son bras terrible, le fit siffler en l'air comme la branche d'une fronde, et la masse pesante s'abattit avec un bruit sourd sur le crâne du lâche, qu'elle brisa.

L'homme tomba comme tombe un bœuf sous le marteau.

Ses compagnons voulurent crier, voulurent fuir, mais la voix manqua à leur bouche, et leurs jambes tremblantes se dérobèrent sous eux.

— Dites-leur encore ceci, Athos, continua d'Artagnan : « Ainsi mourront tous ceux qui oublient qu'un » homme enchaîné est une tête sacrée, qu'un roi captif » est deux fois le représentant du Seigneur. »

Athos répéta les paroles de d'Artagnan.

Les deux hommes, muets et les cheveux hérissés, regardèrent le corps de leur compagnon qui nageait dans des flots de sang noir; puis, retrouvant à la fois la voix et les forces, ils s'enfuirent avec un cri et en joignant les mains.

— Justice est faite! dit Porthos en s'essuyant le front.

— Et maintenant, dit d'Artagnan à Athos, ne doutez point de moi et tenez-vous tranquille, je me charge de tout ce qui regarde le roi.

LXVIII

WHITE-HALL

Le parlement condamna Charles Stuart à mort, comme il était facile de le prévoir. Les jugements politiques sont toujours de vaines formalités, car les mêmes passions qui font accuser font condamner aussi. Telle est la terrible logique des révolutions.

Quoique nos amis s'attendissent à cette condamnation, elle les remplit de douleur. D'Artagnan, dont l'esprit n'avait jamais plus de ressources que dans les moments extrêmes, jura de nouveau qu'il tenterait tout au monde pour empêcher le dénouement de la sanglante tragédie. Mais par quels moyens? C'est ce qu'il n'entrevoyait que vaguement encore. Tout dépendrait de la nature des circonstances. En attendant qu'un plan complet pût être arrêté, il fallait à tout prix, pour gagner du temps, mettre obstacle à ce que l'exécution eût lieu le lendemain ainsi que les juges en avaient décidé. Le seul moyen, c'était de faire disparaître le bourreau de Londres.

Le bourreau disparu, la sentence ne pouvait être exécutée. Sans doute on enverrait chercher celui de la ville la plus voisine de Londres, mais cela faisait gagner au moins un jour, et un jour en pareil cas, c'est le salut peut-être! D'Artagnan se chargea de cette tâche plus que difficile.

Une chose non moins essentielle, c'était de prévenir Charles Stuart qu'on allait tenter de le sauver, afin qu'il secondât autant que possible ses défenseurs, ou que du moins il ne fît rien qui pût contrarier leurs efforts. Aramis se chargea de ce soin périlleux. Charles Stuart avait demandé qu'il fût permis à l'évêque Juxon de le visiter dans sa prison de White-Hall. Mordaunt était venu chez l'évêque ce soir-là même pour lui faire connaître le désir religieux exprimé par le roi, ainsi que l'autorisation de Cromwell. Aramis résolut d'obtenir de l'évêque, soit par la terreur, soit par la persuasion, qu'il le laissât pénétrer à sa place et revêtu de ses insignes sacerdotaux, dans le palais de White-Hall.

Enfin, Athos se chargea de préparer, à tout événement, les moyens de quitter l'Angleterre en cas d'insuccès comme en cas de réussite.

La nuit étant venue, on se donna rendez-vous à l'hôtel à onze heures, et chacun se mit en route pour exécuter sa dangereuse mission.

Le palais de White-Hall était gardé par trois régiments de cavalerie et surtout par les inquiétudes incessantes de Cromwell, qui allait, venait, envoyait ses généraux ou ses agents.

Seul et dans sa chambre habituelle, éclairée par la lueur de deux bougies, le monarque condamné à mort regardait tristement le luxe de sa grandeur passée, comme on voit à la dernière heure l'image de la vie plus brillante et plus suave que jamais.

Parry n'avait point quitté son maître, et depuis sa condamnation n'avait point cessé de pleurer.

Charles Stuart, accoudé sur une table, regardait un médaillon sur lequel étaient, près l'un de l'autre, les portraits de sa femme et de sa fille. Il attendait d'abord Juxon; puis après Juxon, le martyre.

Quelquefois sa pensée s'arrêtait sur ces braves gentilshommes français qui déjà lui paraissaient éloignés de cent lieues, fabuleux, chimériques, et pareils à ces figures que l'on voit en rêve et qui disparaissent au réveil.

C'est qu'en effet parfois Charles se demandait si tout ce qui venait de lui arriver n'était pas un rêve ou tout au moins le délire de la fièvre.

A cette pensée, il se levait, faisait quelques pas comme pour sortir de sa torpeur, allait jusqu'à la fenêtre; mais aussitôt au-dessous de la fenêtre il voyait reluire les mousquets des gardes. Alors il était forcé de s'avouer qu'il était bien éveillé et que son rêve sanglant était bien réel.

Charles revenait silencieux à son fauteuil, s'accoudait de nouveau à la table, laissait retomber sa tête sur sa main, et songeait.

— Hélas! disait-il en lui-même, si j'avais au moins pour confesseur une de ces lumières de l'Église dont l'âme a sondé tous les mystères de la vie, toutes les petitesses de la grandeur, peut-être sa voix étoufferait-

elle la voix qui se lamente dans mon âme! Mais j'aurai
un prêtre à l'esprit vulgaire, dont j'ai brisé, par mon
malheur, la carrière et la fortune. Il me parlera de Dieu
et de la mort comme il en a parlé à d'autres mourants,
sans comprendre que ce mourant royal laisse un trône
à l'usurpateur quand ses enfants n'ont plus de pain.

Puis, approchant le portrait de ses lèvres, il murmurait tour à tour et l'un après l'autre le nom de chacun
de ses enfants.

Il faisait, comme nous l'avons dit, une nuit bru-
meuse et sombre. L'heure sonnait lentement à l'horloge
de l'église voisine. Les pâles clartés des deux bougies
semaient dans cette grande et haute chambre des fantômes éclairés d'étranges reflets. Ces fantômes, c'étaient
les aïeux du roi Charles qui se détachaient de leurs
cadres d'or; ces reflets, c'étaient les dernières lueurs
bleuâtres et miroitantes d'un feu de charbon qui s'étei-
gnait.

Une immense tristesse s'empara de Charles. Il ense-
velit son front entre ses deux mains, songea au monde
si beau lorsqu'on le quitte ou plutôt lorsqu'il nous
quitte, aux caresses des enfants si suaves et si douces,
surtout quand on est séparé de ses enfants pour ne plus
les revoir; puis à sa femme, noble et courageuse créature qui l'avait soutenu jusqu'au dernier moment. Il
tira de sa poitrine la croix de diamants et la plaque de
la Jarretière qu'elle lui avait envoyées par ces généreux
Français, et les baisa; puis, songeant qu'elle ne rever-
rait ces objets que lorsqu'il serait couché froid et mutilé dans une tombe, il sentit passer en lui un de ces
frissons glacés que la mort nous jette comme son premier manteau.

Alors, dans cette chambre qui lui rappelait tant de
souvenirs royaux, où avaient passé tant de courtisans
et tant de flatteries, seul avec un serviteur désolé dont
l'âme faible ne pouvait soutenir son âme, le roi laissa
tomber son courage au niveau de cette faiblesse, de ces
ténèbres, de ce froid d'hiver; et, le dira-t-on, ce roi qui
mourut si grand, si sublime, avec le sourire de la résignation sur les lèvres, essuya dans l'ombre une larme
qui était tombée sur la table et qui tremblait sur le
tapis brodé d'or.

Soudain on entendit des pas dans les corridors, la

porte s'ouvrit, des torches emplirent la chambre d'une
lumière fumeuse, et un ecclésiastique, revêtu des habits
épiscopaux, entra suivi de deux gardes auxquels Charles
fit de la main un geste impérieux.

Ces deux gardes se retirèrent; la chambre rentra dans
son obscurité.

— Juxon! s'écria Charles, Juxon! Merci, mon dernier ami, vous arrivez à propos.

L'évêque jeta un regard oblique et inquiet sur cet
homme qui sanglotait dans l'angle du foyer.

— Allons, Parry, dit le roi, ne pleure plus, voici
Dieu qui vient à nous.

— Si c'est Parry, dit l'évêque, je n'ai plus rien à
craindre; ainsi, sire, permettez-moi de saluer Votre
Majesté et de lui dire qui je suis et pour quelle chose
je viens.

A cette vue, à cette voix, Charles allait s'écrier sans
doute, mais Aramis mit un doigt sur ses lèvres, et salua
profondément le roi d'Angleterre.

— Le chevalier, murmura Charles.

— Oui, sire, interrompit Aramis en élevant la voix,
oui, l'évêque Juxon, fidèle chevalier du Christ, et qui se
rend aux vœux de Votre Majesté.

Charles joignit les mains; il avait reconnu d'Herblay, il restait stupéfait, anéanti, devant ces hommes
qui, étrangers, sans aucun mobile qu'un devoir imposé
par leur propre conscience, luttaient ainsi contre la
volonté d'un peuple et contre la destinée d'un roi.

— Vous, dit-il, vous! comment êtes-vous parvenu
jusqu'ici? Mon Dieu, s'ils vous reconnaissaient, vous
seriez perdu

Parry était debout, toute sa personne exprimait le
sentiment d'une naïve et profonde admiration.

— Ne songez pas à moi, sire, dit Aramis en recommandant toujours du geste le silence au roi, ne songez
qu'à vous; vos amis veillent, vous le voyez; ce que
nous ferons, je ne le sais pas encore; mais quatre
hommes déterminés peuvent faire beaucoup. En attendant, ne fermez pas l'œil de la nuit, ne vous étonnez
de rien et attendez-vous à tout.

Charles secoua la tête.

— Ami, dit-il, savez-vous que vous n'avez pas de
temps à perdre et que si vous voulez agir, il faut vous

presser? Savez-vous que c'est demain à dix heures que je dois mourir?

— Sire, quelque chose se passera d'ici là qui rendra l'exécution impossible.

Le roi regarda Aramis avec étonnement.

En ce moment même il se fit, au-dessous de la fenêtre du roi, un bruit étrange et comme ferait celui d'une charrette de bois qu'on décharge.

— Entendez-vous? dit le roi.

Ce bruit fut suivi d'un cri de douleur.

— J'écoute, dit Aramis, mais je ne comprends pas quel est ce bruit, et surtout ce cri.

— Ce cri, j'ignore qui a pu le pousser, dit le roi, mais ce bruit, je vais vous en rendre compte. Savez-vous que je dois être exécuté en dehors de cette fenêtre? ajouta Charles en étendant la main vers la place sombre et déserte, peuplée seulement de soldats et de sentinelles.

— Oui, sire, dit Aramis, je le sais.

— Eh bien! ces bois qu'on apporte, sont les poutres et les charpentes avec lesquelles on va construire mon échafaud. Quelque ouvrier se sera blessé en les déchargeant.

Aramis frissonna malgré lui.

— Vous voyez bien, dit Charles, qu'il est inutile que vous vous obstiniez davantage; je suis condamné, laissez-moi subir mon sort.

— Sire, dit Aramis en reprenant sa tranquillité un instant troublée, ils peuvent bien dresser un échafaud, mais ils ne pourront pas trouver un exécuteur.

— Que voulez-vous dire? demanda le roi.

— Je veux dire qu'à cette heure, sire, le bourreau est enlevé ou séduit; demain, l'échafaud sera prêt, mais le bourreau manquera, on remettra alors l'exécution à après-demain.

— Eh bien? dit le roi.

— Eh bien! dit Aramis, demain dans la nuit nous vous enlevons.

— Comment cela? s'écria le roi, dont le visage s'illumina malgré lui d'un éclair de joie.

— Oh! Monsieur, murmura Parry les mains jointes, soyez bénis, vous et les vôtres.

— Comment cela? répéta le roi; il faut que je le sache, afin que je vous seconde s'il en est besoin.

— Je n'en sais rien, sire, dit Aramis; mais le plus adroit, le plus brave, le plus dévoué de nous quatre m'a dit en me quittant : « Chevalier, dites au roi que » demain à dix heures du soir nous l'enlevons. » Puisqu'il l'a dit, il le fera.

— Dites-moi le nom de ce généreux ami, dit le roi, pour que je lui en garde une reconnaissance éternelle, qu'il réussisse ou non.

— D'Artagnan, sire, le même qui a failli vous sauver quand le colonel Harrison est entré si mal à propos.

— Vous êtes en vérité des hommes merveilleux ! dit le roi; et l'on m'eût raconté de pareilles choses que je ne les eusse pas crues.

— Maintenant, sire reprit Aramis, écoutez-moi. N'oubliez pas un seul instant que nous veillons pour votre salut; le moindre geste, le moindre chant, le moindre signe de ceux qui s'approcheront de vous, épiez tout, écoutez tout, commentez tout.

— Oh! chevalier! s'écria le roi, que puis-je vous dire? Aucune parole, vînt-elle du plus profond de mon cœur, n'exprimerait ma reconnaissance. Si vous réussissez, je ne vous dirai pas que vous sauvez un roi; non, vue de l'échafaud comme je la vois, la royauté, je vous le jure, est bien peu de chose; mais vous conserverez un mari à sa femme, un père à ses enfants. Chevalier, touchez ma main, c'est celle d'un ami qui vous aimera jusqu'au dernier soupir.

Aramis voulut baiser la main du roi, mais le roi saisit la sienne et l'appuya contre son cœur.

En ce moment un homme entra sans même frapper à la porte; Aramis voulut retirer sa main, le roi la retint.

Celui qui entrait était un de ces puritains demi-prêtres, demi-soldats, comme il en pullulait près de Cromwell.

— Que voulez-vous, Monsieur? lui dit le roi.

— Je désire savoir si la confession de Charles Stuart est terminée, dit le nouveau venu.

— Que vous importe? dit le roi, nous ne sommes pas de la même religion.

— Tous les hommes sont frères, dit le puritain. Un de mes frères va mourir, et je viens l'exhorter à la mort.

— Assez, dit Parry, le roi n'a que faire de vos exhortations.

— Sire, dit tout bas Aramis, ménagez-le, c'est sans doute quelque espion.

— Après le révérend docteur évêque, dit le roi, je vous entendrai avec plaisir, Monsieur.

L'homme au regard louche se retira, non sans avoir observé Juxon avec une attention qui n'échappa point au roi.

— Chevalier, dit-il quand la porte fut refermée, je crois que vous aviez raison et que cet homme est venu ici avec des intentions mauvaises; prenez garde en vous retirant qu'il ne vous arrive malheur.

— Sire, dit Aramis, je remercie Votre Majesté; mais qu'elle se tranquillise, sous cette robe j'ai une cotte de mailles et un poignard.

— Allez donc, Monsieur, et que Dieu vous ait dans sa sainte garde, comme je disais du temps que j'étais roi.

Aramis sortit; Charles le reconduisit jusqu'au seuil. Aramis lança sa bénédiction, qui fit incliner les gardes, passa majestueusement à travers les antichambres pleines de soldats, remonta dans son carrosse, où le suivirent ses deux gardiens, et se fit ramener à l'évêché, où ils le quittèrent.

Juxon attendait avec anxiété.

— Eh bien? dit-il en apercevant Aramis.

— Eh bien! dit celui-ci, tout a réussi selon mes souhaits; espions, gardes, satellites, m'ont pris pour vous, et le roi vous bénit en attendant que vous le bénissiez.

— Dieu vous protège, mon fils, car votre exemple m'a donné à la fois espoir et courage.

Aramis reprit ses habits et son manteau, et sortit en prévenant Juxon qu'il aurait encore une fois recours à lui.

A peine eut-il fait dix pas dans la rue qu'il s'aperçut qu'il était suivi par un homme enveloppé dans un grand manteau; il mit la main sur son poignard et s'arrêta. L'homme vint droit à lui. C'était Porthos.

— Ce cher ami! dit Aramis en lui tendant la main.

— Vous le voyez, mon cher, dit Porthos, chacun de nous avait sa mission; la mienne était de vous garder, et je vous gardais. Avez-vous vu le roi?

— Oui, et tout va bien. Maintenant, nos amis, où sont-ils?

— Nous avons rendez-vous à onze heures à l'hôtel.

— Il n'y a pas de temps à perdre alors, dit Aramis.

En effet, dix heures et demie sonnaient à l'église Saint-Paul.

Cependant, comme les deux amis firent diligence, ils arrivèrent les premiers.

Après eux, Athos entra.

— Tout va bien, dit-il avant que ses amis eussent eu le temps de l'interroger.

— Qu'avez-vous fait? dit Aramis.

— J'ai loué une petite felouque, étroite comme une pirogue, légère comme une hirondelle; elle nous attend à Greenwich, en face de l'île des Chiens ; elle est montée d'un patron et de quatre hommes, qui, moyennant cinquante livres sterling, se tiendront tout à notre disposition trois nuits de suite. Une fois à bord avec le roi, nous profitons de la marée, nous descendons la Tamise, et en deux heures nous sommes en pleine mer. Alors, en vrais pirates, nous suivons les côtes, nous nichons sur les falaises, ou si la mer est libre, nous mettons le cap sur Boulogne. Si j'étais tué, le patron se nomme le capitaine Roggers, et la felouque *l'Éclair*. Avec ces renseignements, vous les retrouverez l'un et l'autre. Un mouchoir noué aux quatre coins est le signe de reconnaissance.

Un instant après, d'Artagnan rentra à son tour.

— Videz vos poches, dit-il; jusqu'à concurrence de cent livres sterling, car quant aux miennes…

D'Artagnan retourna ses poches absolument vides.

La somme fut faite à la seconde; d'Artagnan sortit et rentra un instant après.

— Là! dit-il, c'est fini. Ouf! ce n'est pas sans peine.

— Le bourreau a quitté Londres? demanda Athos.

— Ah bien, oui! ce n'était pas assez sûr, cela. Il pouvait sortir par une porte et rentrer par l'autre.

— Et où est-il? demanda Athos.

— Dans la cave.

— Dans quelle cave?

— Dans la cave de notre hôte! Mousqueton est assis sur le seuil, et voici la clef.

— Bravo! dit Aramis. Mais comment avez-vous décidé cet homme à disparaître?

— Comme on décide tout en ce monde, avec de l'argent; cela m'a coûté cher, mais il y a consenti.

— Et combien cela vous a-t-il coûté, ami? dit Athos; car, vous le comprenez, maintenant que nous ne sommes plus tout à fait de pauvres mousquetaires sans feu ni lieu, toutes dépenses doivent être communes.

— Cela m'a coûté douze mille livres, dit d'Artagnan.

— Et où les avez-vous trouvées? demanda Athos; possédiez-vous cette somme?

— Et le fameux diamant de la reine! dit d'Artagnan avec un soupir.

— Ah! c'est vrai, dit Aramis, je l'avais reconnu à votre doigt.

— Vous l'avez donc racheté à M. des Essarts? demanda Porthos.

— Eh! mon Dieu, oui, dit d'Artagnan; mais il est écrit là-haut que je ne pourrai pas le garder. Que voulez-vous! les diamants, à ce qu'il faut croire, ont leurs sympathies et leurs antipathies comme les hommes; il paraît que celui-là me déteste.

— Mais, dit Athos, voilà qui va bien pour le bourreau; malheureusement tout bourreau a son aide, son valet, que sais-je, moi.

— Aussi celui-là avait-il le sien; mais nous jouons de bonheur.

— Comment cela?

— Au moment où je croyais que j'allais avoir une seconde affaire à traiter, on a rapporté mon gaillard avec une cuisse cassée. Par excès de zèle, il a accompagné jusque sous les fenêtres du roi la charrette qui portait les poutres et les charpentes; une de ces poutres lui est tombée sur la jambe et la lui a brisée.

— Ah! dit Aramis, c'est donc lui qui a poussé le cri que j'ai entendu de la chambre du roi?

— C'est probable, dit d'Artagnan; mais comme c'est un homme bien pensant, il a promis en se retirant d'envoyer en son lieu et place quatre ouvriers experts et habiles pour aider ceux qui sont déjà à la besogne, et en rentrant chez son patron, tout blessé qu'il était, il a écrit à l'instant même à Maître Tom Low, garçon charpentier de ses amis, de se rendre à White-Hall pour

accomplir sa promesse. Voici la lettre qu'il envoyait
par un exprès qui devait la porter pour dix pence et qui
me l'a vendue un louis.

— Et que diable voulez-vous faire de cette lettre ?
demanda Athos.

— Vous ne devinez pas ? dit d'Artagnan avec ses
yeux brillants d'intelligence.

— Non, sur mon âme !

— Eh bien ! mon cher Athos, vous qui parlez anglais
comme John Bull lui-même, vous êtes Maître Tom Low,
et nous sommes, nous, vos trois compagnons ; comprenez-vous maintenant ?

Athos poussa un cri de joie et d'admiration, courut
à un cabinet, en tira des habits d'ouvriers, que revê-
tirent aussitôt les quatre amis, après quoi ils sortirent
de l'hôtel, Athos portant une scie, Porthos une pince,
Aramis une hache, et d'Artagnan un marteau et des
clous.

La lettre du valet de l'exécuteur faisait foi près du
maître charpentier que c'était bien eux que l'on attendait.

LXIX

Vers le milieu de la nuit, Charles entendit un grand fracas au-dessous de sa fenêtre : c'étaient des coups de marteau et de hache, des morsures de pince et des cris de scie.

Comme il s'était jeté tout habillé sur son lit et qu'il commençait à s'endormir, ce bruit l'éveilla en sursaut; et comme, outre son retentissement matériel, ce bruit avait un écho moral et terrible dans son âme, les pensées affreuses de la veille vinrent l'assaillir de nouveau. Seul en face des ténèbres et de l'isolement, il n'eut pas la force de soutenir cette nouvelle torture, qui n'était pas dans le programme de son supplice, et il envoya Parry dire à la sentinelle de prier les ouvriers de frapper moins fort et d'avoir pitié du dernier sommeil de celui qui avait été leur roi.

La sentinelle ne voulut point quitter son poste, mais laissa passer Parry.

Arrivé près de la fenêtre, après avoir fait le tour du palais, Parry aperçut de plain-pied avec le balcon, dont on avait descellé la grille, un large échafaud inachevé, mais sur lequel on commençait à clouer une tenture de serge noire.

Cet échafaud, élevé à la hauteur de la fenêtre, c'est-à-dire à près de vingt pieds, avait deux étages inférieurs. Parry, si odieuse que lui fût cette vue, chercha parmi huit ou dix ouvriers qui bâtissaient la sombre machine ceux dont le bruit devait être le plus fatigant pour le roi, et sur le second plancher il aperçut deux hommes qui descellaient à l'aide d'une pince les dernières fiches du balcon de fer; l'un d'eux, véritable colosse, faisait l'office du bélier antique chargé de renverser les murailles. A chaque coup de son instrument la pierre volait en éclats. L'autre, qui se tenait à genoux, tirait à lui les pierres ébranlées.

Il était évident que c'étaient ceux-là qui faisaient le bruit dont se plaignait le roi.

Parry monta à l'échelle et vint à eux.

— Mes amis, dit-il, voulez-vous travailler un peu plus doucement, je vous prie? Le roi dort, et il a besoin de sommeil.

L'homme qui frappait avec sa pince arrêta son mouvement et se tourna à demi; mais, comme il était debout, Parry ne put voir son visage perdu dans les ténèbres qui s'épaississaient près du plancher.

L'homme qui était à genoux se retourna aussi; et comme, plus bas que son compagnon, il avait le visage éclairé par la lanterne, Parry put le voir.

Cet homme le regarda fixement et porta un doigt à sa bouche.

Parry recula stupéfait.

— C'est bien, c'est bien, dit l'ouvrier en excellent anglais, retourne dire au roi que s'il dort mal cette nuit-ci, il dormira mieux la nuit prochaine.

Ces rudes paroles, qui, en les prenant au pied de la lettre, avaient un sens si terrible, furent accueillies des ouvriers qui travaillaient sur les côtés et à l'étage inférieur avec une explosion d'affreuse joie.

Parry se retira, croyant qu'il faisait un rêve.

Charles l'attendait avec impatience.

Au moment où il rentra, la sentinelle qui veillait à la porte passa curieusement sa tête par l'ouverture pour voir ce que faisait le roi.

Le roi était accoudé sur son lit.

Parry ferma la porte, et, allant au roi, le visage rayonnant de joie:

— Sire, dit-il à voix basse, savez-vous quels sont ces ouvriers qui font tant de bruit?

— Non, dit Charles en secouant mélancoliquement la tête; comment veux-tu que je sache cela? Est-ce que je connais ces hommes?

— Sire, dit Parry plus bas encore et en se penchant vers le lit de son maître, sire, c'est le comte de La Fère et son compagnon.

— Qui dressent mon échafaud? dit le roi étonné.

— Oui, et qui en le dressant font un trou à la muraille.

— Chut! dit le roi en regardant avec terreur autour de lui. Tu les as vus?

— Je leur ai parlé.

Le roi joignit les mains et leva les yeux au ciel; puis, après une courte et fervente prière, il se jeta à bas de son lit et alla à la fenêtre, dont il écarta les rideaux : les sentinelles du balcon y étaient toujours; puis au-delà du balcon s'étendait une sombre plate-forme sur laquelle elles passaient comme des ombres.

Charles ne put rien distinguer, mais il sentit sous ses pieds la commotion des coups que frappaient ses amis. Et chacun de ces coups maintenant lui répondait au cœur.

Parry ne s'était pas trompé, et il avait bien reconnu Athos. C'était lui, en effet, qui, aidé de Porthos, creusait un trou sur lequel devait poser une des charpentes transversales.

Ce trou communiquait dans une espèce de tambour pratiqué sous le plancher même de la chambre royale. Une fois dans ce tambour, qui ressemblait à un entresol fort bas, on pouvait, avec une pince et de bonnes épaules, et cela regardait Porthos, faire sauter une lame du parquet; le roi alors se glissait par cette ouverture, regagnait avec ses sauveurs un des compartiments de l'échafaud entièrement recouvert de drap noir, s'affublait à son tour d'un habit d'ouvrier qu'on lui avait préparé, et, sans affectation, sans crainte, il descendait avec les quatre compagnons.

Les sentinelles, sans soupçon, voyant des ouvriers qui venaient de travailler à l'échafaud, laissaient passer.

Comme nous l'avons dit, la felouque était toute prête.

Ce plan était large, simple et facile, comme toutes les choses qui naissent d'une résolution hardie.

Donc Athos déchirait ses belles mains si blanches et si fines à lever les pierres arrachées de leur base par Porthos. Déjà il pouvait passer la tête sous les ornements qui décoraient la crédence du balcon. Deux heures encore, il y passerait tout le corps. Avant le jour, le trou serait achevé et disparaîtrait sous les plis d'une tenture intérieure que poserait d'Artagnan. D'Artagnan s'était fait passer pour un ouvrier français et posait les clous avec la régularité du plus habile tapissier. Aramis coupait l'excédent de la serge, qui pendait jusqu'à terre et derrière laquelle se levait la charpente de l'échafaud.

Le jour parut au sommet des maisons. Un grand
feu de tourbe et de charbon avait aidé les ouvriers à
passer cette nuit si froide du 29 au 30 janvier; à tout
moment les plus acharnés à leur ouvrage s'interrom-
paient pour aller se réchauffer. Athos et Porthos seuls
n'avaient point quitté leur œuvre. Aussi, aux premières
lueurs du matin, le trou était-il achevé. Athos y entra,
emportant avec lui les habits destinés au roi, enveloppés
dans un coupon de serge noire. Porthos lui passa une
pince; et d'Artagnan cloua, luxe bien grand mais fort
utile, une tenture de serge intérieure, derrière laquelle
le trou et celui qu'il cachait disparurent.

Athos n'avait plus que deux heures de travail pour
pouvoir communiquer avec le roi; et, selon la prévision
des quatre amis, ils avaient toute la journée devant
eux, puisque, le bourreau manquant, on serait forcé
d'aller chercher celui de Bristol.

D'Artagnan alla reprendre son habit marron, et
Porthos son pourpoint rouge; quant à Aramis, il se
rendit chez Juxon, afin de pénétrer, s'il était possible,
avec lui jusqu'auprès du roi.

Tous trois avaient rendez-vous à midi sur la place
de White-Hall pour voir ce qui s'y passerait.

Avant de quitter l'échafaud, Aramis s'était approché
de l'ouverture où était caché Athos, afin de lui annoncer
qu'il allait tâcher de revoir Charles.

— Adieu donc et bon courage, dit Athos; rapportez
au roi où en sont les choses; dites-lui que lorsqu'il
sera seul il frappe au parquet, afin que je puisse continuer sûrement ma besogne. Si Parry pouvait m'aider
en détachant d'avance la plaque inférieure de la cheminée, qui sans doute est une dalle de marbre, ce serait
autant de fait. Vous, Aramis, tâchez de ne pas quitter
le roi. Parlez haut, très haut, car on vous écoutera de la
porte. S'il y a une sentinelle dans l'intérieur de l'appartement, tuez-la sans marchander; s'il y en a deux, que
Parry en tue une et vous l'autre; s'il y en a trois, faites-
vous tuer, mais sauvez le roi.

— Soyez tranquille, dit Aramis, je prendrai deux
poignards, afin d'en donner un à Parry. Est-ce tout?

— Oui, allez; mais recommandez bien au roi de ne
pas faire de fausse générosité. Pendant que vous vous
battrez, s'il y a combat, qu'il fuie; la plaque une fois

replacée sur sa tête, vous, mort ou vivant sur cette plaque, on sera dix minutes au moins à retrouver le trou par lequel il aura fui. Pendant ces dix minutes nous aurons fait du chemin et le roi sera sauvé.

— Il sera fait comme vous le dites, Athos. Votre main, car peut-être ne nous reverrons-nous plus.

Athos passa ses bras autour du cou d'Aramis et l'embrassa :

— Pour vous, dit-il. Maintenant, si je meurs, dites à d'Artagnan que je l'aime comme un enfant, et embrassez-le pour moi. Embrassez aussi notre bon et brave Porthos. Adieu.

— Adieu, dit Aramis. Je suis aussi sûr maintenant que le roi se sauvera que je suis sûr de tenir et de serrer la plus loyale main qui soit au monde.

Aramis quitta Athos, descendit de l'échafaud à son tour et regagna l'hôtel en sifflotant l'air d'une chanson à la louange de Cromwell. Il trouva ses deux autres amis attablés près d'un bon feu, buvant une bouteille de vin de Porto et dévorant un poulet froid. Porthos mangeait, tout en maugréant force injures sur ces infâmes parlementaires ; d'Artagnan mangeait en silence, mais en bâtissant dans sa pensée les plans les plus audacieux.

Aramis lui conta tout ce qui était convenu ; d'Artagnan approuva de la tête et Porthos de la voix.

— Bravo ! dit-il ; d'ailleurs nous serons là au moment de sa fuite : on est très bien caché sous cet échafaud, et nous pouvons nous y tenir. Entre d'Artagnan, moi, Grimaud et Mousqueton, nous en tuerons bien huit : je ne parle pas de Blaisois, il n'est bon qu'à garder les chevaux. A deux minutes par homme, c'est quatre minutes ; Mousqueton en perdra une, c'est cinq, pendant ces cinq minutes-là vous pouvez avoir fait un quart de lieue.

Aramis mangea rapidement un morceau, but un verre de vin et changea d'habits.

— Maintenant, dit-il, je me rends chez Sa Grandeur. Chargez-vous de préparer les armes, Porthos ; surveillez bien votre bourreau, d'Artagnan.

— Soyez tranquille, Grimaud a relevé Mousqueton, et il a le pied dessus.

— N'importe, redoublez de surveillance et ne demeurez pas un instant inactif.

— Inactif! Mon cher, demandez à Porthos; je ne vis pas, je suis sans cesse sur mes jambes, j'ai l'air d'un danseur. Mordioux! que j'aime la France en ce moment, et qu'il est bon d'avoir une patrie à soi, quand on est si mal dans celle des autres.

Aramis les quitta comme il avait quitté Athos, c'est-à-dire en les embrassant; puis il se rendit chez l'évêque Juxon, auquel il transmit sa requête. Juxon consentit d'autant plus facilement à emmener Aramis, qu'il avait déjà prévenu qu'il aurait besoin d'un prêtre, au cas certain où le roi voudrait communier, et surtout au cas probable où le roi désirerait entendre une messe.

Vêtu comme Aramis l'était la veille, l'évêque monta dans sa voiture. Aramis, plus déguisé encore par sa pâleur et sa tristesse que par son costume de diacre, monta près de lui. La voiture s'arrêta à la porte de White-Hall; il était neuf heures du matin à peu près. Rien ne semblait changé; les antichambres et les corridors, comme la veille, étaient pleins de gardes. Deux sentinelles veillaient à la porte du roi, deux autres se promenaient devant le balcon sur la plate-forme de l'échafaud où le billot était déjà posé.

Le roi était plein d'espérance; en revoyant Aramis, cette espérance se changea en joie. Il embrassa Juxon, il serra la main d'Aramis. L'évêque affecta de parler haut et devant tout le monde de leur entrevue de la veille. Le roi lui répondit que les paroles qu'il lui avait dites dans cette entrevue avaient porté leur fruit, et qu'il désirait encore un entretien pareil. Juxon se retourna vers les assistants et les pria de le laisser seul avec le roi. Tout le monde se retira.

Dès que la porte se fut refermée :

— Sire, dit Aramis avec rapidité, vous êtes sauvé! Le bourreau de Londres a disparu; son aide s'est cassé la cuisse hier sous les fenêtres de Votre Majesté. Ce cri que nous avons entendu, c'était le sien. Sans doute on s'est déjà aperçu de la disparition de l'exécuteur; mais il n'y a de bourreau qu'à Bristol, et il faut le temps de l'aller chercher. Nous avons donc au moins jusqu'à demain.

— Mais le comte de La Fère? demanda le roi.

— A deux pieds de vous, sire. Prenez le poker du brasier et frappez trois coups, vous allez l'entendre vous répondre.

Le roi, d'une main tremblante, prit l'instrument et frappa trois coups à intervalles égaux. Aussitôt des coups sourds et ménagés, répondant au signal donné, retentirent sous le parquet.

— Ainsi, dit le roi, celui qui me répond là...

— Est le comte de La Fère, sire, dit Aramis. Il prépare la voie par laquelle Votre Majesté pourra fuir. Parry, de son côté, soulèvera cette dalle de marbre, et un passage sera tout ouvert.

— Mais, dit Parry, je n'ai aucun instrument.

— Prenez ce poignard, dit Aramis; seulement prenez garde de le trop émousser, car vous pourrez bien en avoir besoin pour creuser autre chose que la pierre.

— Oh! Juxon, dit Charles, se retournant vers l'évêque et lui prenant les deux mains, Juxon, retenez la prière de celui qui fut votre roi...

— Qui l'est encore et qui le sera toujours, dit Juxon en baisant la main du prince.

— Priez toute votre vie pour ce gentilhomme que vous voyez, pour cet autre que vous entendez sous nos pieds, pour deux autres encore qui, quelque part qu'ils soient, veillent, j'en suis sûr, à mon salut.

— Sire, répondit Juxon, vous serez obéi. Chaque jour il y aura, tant que je vivrai, une prière offerte à Dieu pour ces fidèles amis de Votre Majesté.

Le mineur continua quelque temps encore son travail, qu'on sentait incessamment se rapprocher. Mais tout à coup un bruit inattendu retentit dans la galerie. Aramis saisit le poker et donna le signal de l'interruption.

Ce bruit se rapprochait : c'était celui d'un certain nombre de pas égaux et réguliers. Les quatre hommes restèrent immobiles; tous les yeux se fixèrent sur la porte, qui s'ouvrit lentement et avec une sorte de solennité.

Des gardes étaient formés en haies dans la chambre qui précédait celle du roi. Un commissaire du Parlement, vêtu de noir et plein d'une gravité de mauvais augure, entra, salua le roi, et déployant un parchemin, lui lut son arrêt comme on a l'habitude de le faire aux condamnés qui vont marcher à l'échafaud.

— Que signifie cela? demanda Aramis à Juxon.

Juxon fit un signe qui voulait dire qu'il était en tout point aussi ignorant que lui.

— C'est donc pour aujourd'hui? demanda le roi avec une émotion perceptible seulement pour Juxon et Aramis.

— N'étiez-vous point prévenu, sire, que c'était pour ce matin? répondit l'homme vêtu de noir.

— Et, dit le roi, je dois périr comme un criminel ordinaire, de la main du bourreau de Londres?

— Le bourreau de Londres a disparu, sire, dit le commissaire du Parlement; mais à sa place un homme s'est offert. L'exécution ne sera donc retardée que du temps seulement que vous demanderez pour mettre ordre à vos affaires temporelles et spirituelles.

Une légère sueur qui perla à la racine des cheveux de Charles fut la seule trace d'émotion qu'il donna en apprenant cette nouvelle.

Mais Aramis devint livide. Son cœur ne battait plus: il ferma les yeux et appuya sa main sur une table. En voyant cette profonde douleur, Charles parut oublier la sienne.

Il alla à lui, lui prit la main et l'embrassa.

— Allons, ami, dit-il avec un doux et triste sourire, du courage.

Puis se retournant vers le commissaire:

— Monsieur, dit-il, je suis prêt. Vous le voyez, je ne désire que deux choses qui ne vous retarderont pas beaucoup, je crois: la première, de communier; la seconde, d'embrasser mes enfants et de leur dire adieu pour la dernière fois; cela me sera-t-il permis?

— Oui, sire, répondit le commissaire du Parlement Et il sortit.

Aramis, rappelé à lui, s'enfonçait les ongles dans la chair, un immense gémissement sortit de sa poitrine.

— Oh! Monseigneur, s'écria-t-il en saisissant les mains de Juxon, où est Dieu? où est Dieu?

— Mon fils, dit avec fermeté l'évêque, vous ne le voyez point, parce que les passions de la terre le cachent.

— Mon enfant, dit le roi à Aramis, ne te désole pas ainsi. Tu demandes ce que fait Dieu? Dieu regarde ton dévouement et mon martyre, et, crois-moi, l'un et l'autre auront leur récompense; prends-t'en de ce qui arrive aux hommes, et non à Dieu. Ce sont les hommes qui me font mourir, ce sont les hommes qui te font pleurer.

— Oui, sire, dit Aramis, oui, vous avez raison, c'est aux hommes qu'il faut que je m'en prenne, et c'est à eux que je m'en prendrai.

— Asseyez-vous, Juxon, dit le roi en tombant à genoux, car il vous reste à m'entendre, et il me reste à me confesser. Restez, Monsieur, dit-il à Aramis qui faisait un mouvement pour se retirer; restez Parry, je n'ai rien à dire, même dans le secret de la pénitence, qui ne puisse se dire en face de tous; restez, et je n'ai qu'un regret, c'est que le monde entier ne puisse pas m'entendre comme vous et avec vous.

Juxon s'assit, et le roi, agenouillé devant lui comme le plus humble des fidèles, commença sa confession.

LXX

L A CONFESSION royale achevée, Charles communia, puis il demanda à voir ses enfants. Dix heures sonnaient; comme l'avait dit le roi, ce n'était donc pas un grand retard.

Cependant le peuple était déjà prêt; il savait que dix heures était le moment fixé pour l'exécution, il s'entassait dans les rues adjacentes au palais, et le roi commençait à distinguer ce bruit lointain que font la foule et la mer, quand l'une est agitée par ses passions, l'autre pas ses tempêtes.

Les enfants du roi arrivèrent : c'était d'abord la princesse Charlotte, puis le duc de Glocester , c'est-à-dire une petite fille blonde, belle et les yeux mouillés de larmes, puis un jeune garçon de huit à neuf ans, dont l'œil sec et la lèvre dédaigneusement relevée accusaient la fierté naissante. L'enfant avait pleuré toute la nuit, mais devant tout ce monde il ne pleurait pas.

Charles sentit son cœur se fondre à l'aspect de ses deux enfants qu'il n'avait pas vus depuis deux ans, et qu'il ne revoyait qu'au moment de mourir. Une larme vint à ses yeux et il se retourna pour l'essuyer, car il voulait être fort devant ceux à qui il léguait un si lourd héritage de souffrance et de malheur.

Il parla à la jeune fille d'abord, l'attirant à lui, il lui recommanda la piété, la résignation et l'amour filial; puis, passant de l'un à l'autre, il prit le jeune duc de Glocester, et l'asseyant sur son genou pour qu'à la fois il pût le presser sur son cœur et baiser son visage :

— Mon fils, lui dit-il, vous avez vu par les rues et dans les antichambres beaucoup de gens en venant ici; ces gens vont couper la tête à votre père, ne l'oubliez jamais. Peut-être un jour, vous voyant près d'eux et vous ayant en leur pouvoir, voudront-ils vous faire roi à l'exclusion du prince de Galles ou du duc d'York, vos frères aînés, qui sont, l'un en France, l'autre je ne sais où , mais vous n'êtes pas le roi, mon fils, et vous ne pouvez le devenir que par leur mort. Jurez-moi donc de ne pas vous laisser mettre la couronne sur la tête, que vous n'ayez légitimement droit à cette couronne; car un jour, écoutez bien, mon fils, un jour, si vous faisiez cela, tête et couronne, ils abattraient tout, et ce jour-là vous ne pourriez mourir calme et sans remords, comme je meurs. Jurez, mon fils.

L'enfant étendit sa petite main dans celle de son père, et dit :

— Sire, je jure à Votre Majesté...

Charles l'interrompit.

— Henri, dit-il, appelle-moi ton père.

— Mon père, reprit l'enfant, je vous jure qu'ils me tueront avant de me faire roi.

— Bien, mon fils, dit Charles. Maintenant, embrassez-moi, et vous aussi, Charlotte, et ne m'oubliez point.

— Oh! non, jamais! jamais! s'écrièrent les deux enfants en enlaçant leurs bras au cou du roi.

— Adieu, dit Charles, adieu, mes enfants. Emmenez-les, Juxon; leurs larmes m'ôteraient le courage de mourir.

Juxon arracha les pauvres enfants des bras de leur père et les remit à ceux qui les avaient amenés.

Derrière eux les portes s'ouvrirent, et tout le monde put entrer.

Le roi, se voyant seul au milieu de la foule des gardes et des curieux qui commençaient à envahir la chambre, se rappela que le comte de La Fère était là bien près, sous le parquet de l'appartement, ne le pouvant voir et espérant peut-être toujours.

Il tremblait que le moindre bruit ne semblât un signal pour Athos, et que celui-ci, en se remettant au travail, ne se trahît lui-même. Il affecta donc l'immobilité et contint par son exemple tous les assistants dans le repos.

Le roi ne se trompait point, Athos était réellement sous ses pieds : il écoutait, il se désespérait de ne pas entendre le signal; il commençait parfois, dans son impatience, à déchiqueter de nouveau la pierre; mais, craignant d'être entendu, il s'arrêtait aussitôt.

Cette horrible inaction dura deux heures. Un silence de mort régnait dans la chambre royale.

Alors Athos se décida à chercher la cause de cette sombre et muette tranquillité que troublait seule l'immense rumeur de la foule. Il entrouvrit la tenture qui cachait le trou de la crevasse, et descendit sur le premier étage de l'échafaud. Au-dessus de sa tête, à quatre pouces à peine, était le plancher qui s'étendait au niveau de la plate-forme et qui faisait l'échafaud.

Ce bruit qu'il n'avait entendu que sourdement jusque-là et qui dès lors parvint à lui, sombre et menaçant, le fit bondir de terreur. Il alla jusqu'au bord de l'échafaud, entrouvrit le drap noir à la hauteur de son œil et vit des cavaliers acculés à la terrible machine ; au-delà des cavaliers, une rangée de pertuisaniers ; au-delà des pertuisaniers, des mousquetaires ; et au delà des mousquetaires, les premières files du peuple, qui, pareil à un sombre océan, bouillonnait et mugissait.

— Qu'est-il donc arrivé ? se demanda Athos plus tremblant que le drap dont il froissait les plis. Le peuple se presse, les soldats sont sous les armes, et parmi les spectateurs, qui tous ont les yeux fixés sur la fenêtre, j'aperçois d'Artagnan ! Qu'attend-il ? Que regarde-t-il ? Grand Dieu ! auraient-ils laissé échapper le bourreau !

Tout à coup le tambour roula sourd et funèbre sur la place ; un bruit de pas pesants et prolongés retentit au-dessus de sa tête. Il lui sembla que quelque chose de pareil à une procession immense foulait les parquets de White-Hall ; bientôt il entendit craquer les planches mêmes de l'échafaud. Il jeta un dernier regard sur la place, et l'attitude des spectateurs lui apprit ce qu'une dernière espérance restée au fond de son cœur l'empêchait encore de deviner.

Le murmure de la place avait cessé entièrement. Tous les yeux étaient fixés sur la fenêtre de White-Hall, les bouches entrouvertes et les haleines suspendues indiquaient l'attente de quelque terrible spectacle.

Ce bruit de pas que, de la place qu'il occupait alors sous le parquet de l'appartement du roi, Athos avait entendu au-dessus de sa tête se reproduisit sur l'échafaud, qui plia sous le poids, de façon à ce que les planches touchèrent presque la tête du malheureux gentilhomme. C'était évidemment deux files de soldats qui prenaient leur place.

Au même instant une voix bien connue du gentilhomme, une noble voix prononça ces paroles au-dessus de sa tête :

— Monsieur le colonel, je désire parler au peuple.

Athos frissonna des pieds à la tête : c'était bien le roi qui parlait sur l'échafaud.

En effet, après avoir bu quelques gouttes de vin et rompu un pain, Charles, las d'attendre la mort, s'était tout à coup décidé à aller au-devant d'elle et avait donné le signal de la marche.

Alors on avait ouvert à deux battants la fenêtre donnant sur la place, et du fond de la vaste chambre, le peuple avait pu voir s'avancer silencieusement d'abord un homme masqué, qu'à la hache qu'il tenait à la main il avait reconnu pour le bourreau. Cet homme s'était approché du billot et y avait déposé sa hache.

C'était le premier bruit qu'Athos avait entendu.

Puis, derrière cet homme, pâle sans doute, mais calme et marchant d'un pas ferme, Charles Stuart, lequel s'avançait entre deux prêtres suivis de quelques officiers supérieurs, chargés de présider à l'exécution, et escorté de deux files de pertuisaniers, qui se rangèrent aux deux côtés de l'échafaud.

La vue de l'homme masqué avait provoqué une longue rumeur. Chacun était plein de curiosité pour savoir quel était ce bourreau inconnu qui s'était présenté si à point pour que le terrible spectacle promis au peuple pût avoir lieu, quand le peuple avait cru que ce spectacle était remis au lendemain. Chacun l'avait donc dévoré des yeux; mais tout ce qu'on avait pu voir, c'est que c'était un homme de moyenne taille, vêtu tout en noir, et qui paraissait déjà d'un certain âge, car l'extrémité d'une barbe grisonnante dépassait le bas du masque qui lui couvrait le visage.

Mais à la vue du roi si calme, si noble, si digne, le silence s'était à l'instant même rétabli, de sorte que chacun put entendre le désir qu'il avait manifesté de parler au peuple.

A cette demande, celui à qui elle était adressée avait sans doute répondu par un signe affirmatif, car d'une voix ferme et sonore, et qui vibra jusqu'au fond du cœur d'Athos, le roi commença de parler.

Il expliquait sa conduite au peuple et lui donnait des conseils pour le bien de l'Angleterre.

— Oh! se disait Athos en lui-même, est-il bien possible que j'entende ce que j'entends et que je voie ce que je vois? Est-il bien possible que Dieu ait abandonné son représentant sur la terre à ce point qu'il le laisse mourir si misérablement!... Et moi qui ne l'ai pas vu! Moi qui ne lui ai pas dit adieu!

Un bruit pareil à celui qu'aurait fait l'instrument de mort remué sur le billot se fit entendre.

Le roi s'interrompit.

— Ne touchez pas à la hache, dit-il.

Et il reprit son discours où il l'avait laissé.

Le discours fini, un silence de glace s'établit sur la tête du comte. Il avait la main à son front et entre sa main et son front ruisselaient des gouttes de sueur, quoique l'air fût glacé.

Ce silence indiquait les derniers préparatifs.

Le discours terminé, le roi avait promené sur la foule un regard plein de miséricorde; et détachant l'ordre qu'il portait et qui était cette même plaque en diamants que la reine lui avait envoyée, il la remit au prêtre qui accompagnait Juxon. Puis il tira de sa poitrine une petite croix en diamants aussi. Celle-là, comme la plaque, venait de Madame Henriette.

— Monsieur, dit-il en s'adressant au prêtre qui accompagnait Juxon, je garderai cette croix dans ma main jusqu'au dernier moment; vous me la reprendrez quand je serai mort.

— Oui, sire, dit une voix qu'Athos reconnut pour celle d'Aramis.

Alors Charles, qui jusque-là s'était tenu la tête couverte, prit son chapeau et le jeta près de lui; puis un à un il défit tous les boutons de son pourpoint, se dévêtit et le jeta près de son chapeau. Alors, comme il faisait froid, il demanda sa robe de chambre, qu'on lui donna.

Tous ces préparatifs avaient été faits avec un calme effrayant.

On eût dit que le roi allait se coucher dans son lit et non dans son cercueil.

Enfin, relevant ses cheveux avec la main :

— Vous gêneront-ils, Monsieur? dit-il au bourreau. En ce cas on pourrait les retenir avec un cordon.

Charles accompagna ces paroles d'un regard qui semblait vouloir pénétrer sous le masque de l'inconnu. Ce regard si noble, si calme et si assuré força cet homme à détourner la tête. Mais derrière le regard profond du roi il trouva le regard ardent d'Aramis.

Le roi, voyant qu'il ne répondait pas, répéta sa question.

— Il suffira, répondit l'homme d'une voix sourde, que vous les écartiez sur le cou.

Le roi sépara ses cheveux avec les deux mains, et regardant le billot :

— Ce billot est bien bas, dit-il, n'y en aurait-il point de plus élevé ?

— C'est le billot ordinaire, répondit l'homme masqué.

— Croyez-vous me couper la tête d'un seul coup ? demanda le roi.

— Je l'espère, répondit l'exécuteur.

Il y avait dans ces deux mots : *Je l'espère,* une si étrange intonation, que tout le monde frissonna, excepté le roi.

— C'est bien, dit le roi ; et maintenant, bourreau, écoute.

L'homme masqué fit un pas vers le roi et s'appuya sur sa hache.

— Je ne veux pas que tu me surprennes, lui dit Charles. Je m'agenouillerai pour prier, alors ne frappe pas encore.

— Et quand frapperai-je ? demanda l'homme masqué.

— Quand je poserai le cou sur le billot et que je tendrai les bras en disant : *Remember*,* alors frappe hardiment.

L'homme masqué s'inclina légèrement.

— Voici le moment de quitter le monde, dit le roi à ceux qui l'entouraient. Messieurs, je vous laisse au milieu de la tempête et vous précède dans cette patrie qui ne connaît pas d'orage. Adieu.

Il regarda Aramis et lui fit un signe de tête particulier.

— Maintenant, continua-t-il, éloignez-vous et laissez-moi faire tout bas ma prière, je vous prie. Éloigne-toi aussi, dit-il à l'homme masqué ; ce n'est que pour un instant, et je sais que je t'appartiens ; mais souviens-toi de ne frapper qu'à mon signal.

Alors Charles s'agenouilla, fit le signe de la croix, approcha sa bouche des planches comme s'il eût voulu

---

* Souvenez-vous. *(Note de Dumas)*

baiser la plate-forme; puis, s'appuyant d'une main sur le
plancher et de l'autre sur le billot:

— Comte de La Fère, dit-il en français, êtes-vous là
et puis-je vous parler?

Cette voix frappa droit au cœur d'Athos et le perça
comme un fer glacé.

— Oui, Majesté, dit-il en tremblant.

— Ami fidèle, cœur généreux, dit le roi, je n'ai pu
être sauvé, je ne devais pas l'être. Maintenant, dussé-je
commettre un sacrilège, je te dirai: Oui, j'ai parlé aux
hommes, j'ai parlé à Dieu, je te parle à toi le dernier.
Pour soutenir une cause que j'ai crue sacrée, j'ai perdu le
trône de mes pères et diverti l'héritage de mes enfants.
Un million en or me reste, je l'ai enterré dans les caves du
château de Newcastle au moment où j'ai quitté cette ville.
Cet argent, toi seul sais qu'il existe, fais-en usage quand
tu croiras qu'il en sera temps pour le plus grand bien de
mon fils aîné; et maintenant, comte de La Fère, dites-moi
adieu.

— Adieu, Majesté sainte et martyre, balbutia Athos
glacé de terreur.

Il se fit alors un instant de silence, pendant lequel il
sembla à Athos que le roi se relevait et changeait de
position.

Puis d'une voix pleine et sonore, de manière qu'on
l'entendît non seulement sur l'échafaud, mais encore
sur la place:

— *Remember,* dit le roi.

Il achevait à peine ce mot qu'un coup terrible ébranla
le plancher de l'échafaud; la poussière s'échappa du drap
et aveugla le malheureux gentilhomme. Puis soudain,
comme par un mouvement machinal il levait les yeux et
la tête, une goutte chaude tomba sur son front. Athos
recula avec un frisson d'épouvante, et, au même instant,
les gouttes se changèrent en une noire cascade, qui
rejaillit sur le plancher.

Athos, tombé lui-même à genoux, demeura pendant
quelques instants comme frappé de folie et d'impuissance. Bientôt, à son murmure décroissant, il s'aperçut
que la foule s'éloignait; il demeura encore un instant
immobile, muet et consterné. Alors, se retournant, il alla
tremper le bout de son mouchoir dans le sang du roi
martyr; puis, comme la foule s'éloignait de plus en plus,

il descendit, fendit le drap, et glissa entre deux chevaux, se mêla au peuple dont il portait le vêtement, et arriva le premier à la taverne.

Monté à sa chambre, il se regarda dans une glace, vit son front marqué d'une large tache rouge, porta la main à son front, la retira pleine du sang du roi et s'évanouit.

LXXI

L'HOMME MASQUÉ

Quoiqu'il ne fût que quatre heures du soir, il faisait nuit close; la neige tombait épaisse et glacée. Aramis rentra à son tour et trouva Athos, sinon sans connaissance, du moins anéanti.

Aux premiers mots de son ami, le comte sortit de l'espèce de léthargie où il était tombé.

— Eh bien! dit Aramis, vaincu par la fatalité.

— Vaincus! dit Athos. Noble et malheureux roi!

— Êtes-vous donc blessé? demanda Aramis.

— Non, ce sang est le sien.

Le comte s'essuya le front.

— Où étiez-vous donc?

— Où vous m'aviez laissé, sous l'échafaud.

— Et vous avez tout vu?

— Non, mais tout entendu; Dieu me garde d'une autre heure pareille à celle que je viens de passer! N'ai-je point les cheveux blancs?

— Alors vous savez que je ne l'ai point quitté?

— J'ai entendu votre voix jusqu'au dernier moment.

— Voici la plaque qu'il m'a donnée, dit Aramis, voici la croix que j'ai retirée de sa main; il désirait qu'elles fussent remises à la reine.

— Et voilà un mouchoir pour les envelopper, dit Athos.

Et il tira de sa poche le mouchoir qu'il avait trempé dans le sang du roi.

— Maintenant, demanda Athos, qu'a-t-on fait de ce pauvre cadavre?

— Par ordre de Cromwell, les honneurs royaux lui seront rendus. Nous avons placé le corps dans un cercueil de plomb; les médecins s'occupent d'embaumer ces malheureux restes, et, leur œuvre finie, le roi sera déposé dans une chapelle ardente .

— Dérision! murmura sombrement Athos; les honneurs royaux à celui qu'ils ont assassiné!

— Cela prouve, dit Aramis, que le roi meurt, mais que la royauté ne meurt pas.

— Hélas! dit Athos, c'est peut-être le dernier roi chevalier qu'aura eu le monde.

— Allons, ne vous désolez pas, comte, dit une grosse voix dans l'escalier, où retentissaient les larges pas de Porthos, nous sommes tous mortels, mes pauvres amis.

— Vous arrivez tard, mon cher Porthos, dit le comte de La Fère.

— Oui, dit Porthos, il y avait des gens sur ma route qui m'ont retardé. Ils dansaient, les misérables! J'en ai pris un par le cou et je crois l'avoir un peu étranglé. Juste en ce moment une patrouille est venue. Heureusement, celui à qui j'avais eu particulièrement affaire a été quelques minutes sans pouvoir parler. J'ai profité de cela pour me jeter dans une petite rue. Cette petite rue m'a conduit dans une autre plus petite encore. Alors je me suis perdu. Je ne connais pas Londres, je ne sais pas l'anglais, j'ai cru que je ne me retrouverais jamais; enfin me voilà.

— Mais d'Artagnan, dit Aramis, ne l'avez-vous point vu, et ne lui serait-il rien arrivé?

— Nous avons été séparés par la foule, dit Porthos, et, quelques efforts que j'aie faits, je n'ai pas pu le rejoindre.

— Oh! dit Athos avec amertume, je l'ai vu, moi; il était au premier rang de la foule, admirablement placé pour ne rien perdre; et comme, à tout prendre, le spectacle était curieux, il aura voulu voir jusqu'au bout.

— Oh! comte de La Fère, dit une voix calme, quoique étouffée par la précipitation de la course, est-ce bien vous qui calomniez les absents?

Ce reproche atteignit Athos au cœur. Cependant, comme l'impression que lui avait produite d'Artagnan aux premiers rangs de ce peuple stupide et féroce était profonde, il se contenta de répondre.

— Je ne vous calomnie pas, mon ami. On était inquiet de vous ici, et j'ai dit où vous étiez. Vous ne connaissiez pas le roi Charles, ce n'était qu'un étranger pour vous, et vous n'étiez pas forcé de l'aimer.

Et en disant ces mots il tendit la main à son ami. Mais d'Artagnan fit semblant de ne point voir le geste d'Athos et garda sa main sous son manteau.

Athos laissa retomber lentement la sienne près de lui.

— Ouf! je suis las, dit d'Artagnan, et il s'assit.

— Buvez un verre de porto, dit Aramis en prenant une bouteille sur une table et en remplissant un verre; buvez, cela vous remettra.

— Oui, buvons, dit Athos, qui, sensible au mécontentement du Gascon, voulait choquer son verre contre le sien, buvons et quittons cet abominable pays. La felouque nous attend, vous le savez; partons ce soir, nous n'avons plus rien à faire ici.

— Vous êtes bien pressé, Monsieur le comte, dit d'Artagnan.

— Ce sol sanglant me brûle les pieds, dit Athos.

— La neige ne me fait pas cet effet, à moi, dit tranquillement le Gascon.

— Mais que voulez-vous donc que nous fassions, dit Athos, maintenant que le roi est mort?

— Ainsi, Monsieur le comte, dit d'Artagnan avec négligence, vous ne voyez point qu'il vous reste quelque chose à faire en Angleterre?

— Rien, rien, dit Athos, qu'à douter de la bonté divine et à mépriser mes propres forces.

— Eh bien! moi, dit d'Artagnan, moi chétif, moi badaud sanguinaire, qui suis allé me placer à trente pas de l'échafaud pour mieux voir tomber la tête de ce roi que je ne connaissais pas, et qui, à ce qu'il paraît, m'était indifférent, je pense autrement que Monsieur le comte... je reste!

Athos pâlit extrêmement; chaque reproche de son ami vibrait jusqu'au plus profond de son cœur.

— Ah! vous restez à Londres? dit Porthos à d'Artagnan.

— Oui, dit celui-ci. Et vous?

— Dame! dit Porthos un peu embarrassé vis-à-vis d'Athos et d'Aramis; dame! si vous restez, comme je suis venu avec vous, je ne m'en irai qu'avec vous; je ne vous laisserai pas seul dans cet abominable pays.

— Merci, mon excellent ami. Alors j'ai une petite entreprise à vous proposer, et que nous mettrons à exécution ensemble quand Monsieur le comte sera parti, et dont l'idée m'est venue pendant que je regardais le spectacle que vous savez.

— Laquelle? dit Porthos.

— C'est de savoir quel est cet homme masqué qui s'est offert si obligeamment pour couper le cou du roi.

— Un homme masqué! s'écria Athos, vous n'avez donc pas laissé fuir le bourreau?

— Le bourreau? dit d'Artagnan, il est toujours dans la cave, où je présume qu'il dit deux mots aux bouteilles de notre hôte. Mais vous m'y faites penser...

Il alla à la porte.

— Mousqueton! dit-il.

— Monsieur? répondit une voix qui semblait sortir des profondeurs de la terre.

— Lâchez votre prisonnier, dit d'Artagnan, tout est fini.

— Mais, dit Athos, quel est donc le misérable qui a porté la main sur son roi?

— Un bourreau amateur, qui, du reste, manie la hache avec facilité, car, ainsi qu'*il l'espérait,* dit Aramis, il ne lui a fallu qu'un coup.

— N'avez-vous point vu son visage? demanda Athos.

— Il avait un masque, dit d'Artagnan.

— Mais vous qui étiez près de lui, Aramis?

— Je n'ai vu qu'une barbe grisonnante qui passait sous le masque.

— C'est donc un homme d'un certain âge? demanda Athos.

— Oh! dit d'Artagnan, cela ne signifie rien. Quand on met un masque, on peut bien mettre une barbe.

— Je suis fâché de ne pas l'avoir suivi, dit Porthos.

— Eh bien! mon cher Porthos, dit d'Artagnan, voilà justement l'idée qui m'est venue, à moi.

Athos comprit tout; il se leva.

— Pardonne-moi, d'Artagnan, dit-il; j'ai douté de Dieu, je pouvais bien douter de toi. Pardonne-moi, ami.

— Nous verrons cela tout à l'heure, dit d'Artagnan avec un demi-sourire.

— Eh bien? dit Aramis.

— Eh bien, reprit d'Artagnan, tandis que je regardais, non pas le roi, comme le pense Monsieur le comte, car je sais ce que c'est qu'un homme qui va mourir, et, quoique je dusse être habitué à ces sortes de choses, elles me font toujours mal, mais bien le bourreau masqué, cette idée me vint, ainsi que je vous l'ai dit, de savoir qui il était. Or, comme nous avons l'habitude de nous compléter les uns par les autres, et de nous appeler à l'aide, comme on appelle sa seconde main au secours de la première, je regardai machinalement autour de moi pour voir si Porthos ne serait pas là; car je vous avais reconnu près du roi, Aramis, et vous, comte, je savais que vous deviez être sous l'échafaud. Ce qui fait que je vous pardonne, ajouta-t-il en tendant la main à Athos, car vous avez bien dû souffrir. Je regardais donc autour de moi quand je vis à ma droite une tête qui avait été fendue, et qui, tant bien que mal, s'était raccommodée avec du taffetas noir. « Parbleu! me dis-je, il me semble que voilà » une couture de ma façon, et que j'ai recousu ce crâne-là » quelque part. » En effet, c'était ce malheureux Écossais, le frère de Parry, vous savez, celui sur lequel Groslow s'est amusé à essayer ses forces, et qui n'avait plus qu'une moitié de tête quand nous le rencontrâmes.

— Parfaitement, dit Porthos, l'homme aux poules noires.

— Vous l'avez dit, lui-même; il faisait des signes à un autre homme qui se trouvait à ma gauche; je me retournai, et je reconnus l'honnête Grimaud, tout occupé comme moi à dévorer des yeux mon bourreau masqué.

« — Oh! lui fis-je. Or, comme cette syllabe est l'abréviation dont se sert M. le comte les jours où il lui parle, Grimaud comprit que c'était lui qu'on appelait, et se retourna comme mû par un ressort; il me reconnut à son tour, alors, allongeant le doigt vers l'homme masqué :

« — Hein? dit-il. Ce qui voulait dire : Avez-vous vu?

« — Parbleu! répondis-je.

« Nous nous étions parfaitement compris.

« Je me retournai vers notre Écossais; celui-là aussi avait des regards parlants.

« Bref, tout finit, vous savez comment, d'une façon fort lugubre. Le peuple s'éloigna; peu à peu le soir venait; je m'étais retiré dans un coin de la place avec Grimaud et l'Écossais, auquel j'avais fait signe de demeurer avec nous, et je regardais de là le bourreau, qui, rentré dans la chambre royale, changeait d'habit; le sien était ensanglanté sans doute. Après quoi il mit un chapeau noir sur sa tête, s'enveloppa d'un manteau

et disparut. Je devinai qu'il allait sortir et je courus en
face de la porte. En effet, cinq minutes après nous le
vîmes descendre l'escalier. »

— Vous l'avez suivi ? s'écria Athos.

— Parbleu ! dit d'Artagnan ; mais ce n'est pas sans
peine, allez ! A chaque instant il se retournait ; alors nous
étions obligés de nous cacher ou de prendre des airs
indifférents. J'aurais été à lui et je l'aurais bien tué ; mais
je ne suis pas égoïste, moi, et c'était un régal que je vous
ménageais, à Aramis et à vous, Athos, pour vous consoler un peu. Enfin, après une demi-heure de marche à
travers les rues les plus tortueuses de la Cité, il arriva
à une petite maison isolée, où pas un bruit, pas une
lumière n'annonçaient la présence de l'homme.

« Grimaud tira de ses larges chausses un pistolet.

« — Hein ? dit-il en le montrant.

« — Non pas, lui dis-je. Et je lui arrêtai le bras.

« Je vous l'ai dit, j'avais mon idée.

« L'homme masqué s'arrêta devant une porte basse
et tira une clef ; mais avant de la mettre dans la serrure,
il se retourna pour voir s'il n'avait pas été suivi. J'étais
blotti derrière un arbre ; Grimaud derrière une borne ;
l'Écossais, qui n'avait rien pour se cacher, se jeta à plat
ventre sur le chemin.

« Sans doute celui que nous poursuivions se crut bien
seul, car j'entendis le grincement de la clef ; la porte
s'ouvrit et il disparut.

— Le misérable, dit Aramis, pendant que vous êtes
revenu, il aura fui, et nous ne le retrouverons pas.

— Allons donc, Aramis, dit d'Artagnan, vous me
prenez pour un autre.

— Cependant, dit Athos, en votre absence...

— Eh bien, en mon absence, n'avais-je pas pour me
remplacer Grimaud et l'Écossais ? Avant qu'il eût le
temps de faire dix pas dans l'intérieur j'avais fait le tour
de la maison, moi. A l'une des portes, celle par laquelle
il était entré, j'ai mis notre Écossais en lui faisant signe
que si l'homme au masque noir sortait, il fallait le suivre
où il allait, tandis que Grimaud le suivrait lui-même et
reviendrait nous attendre où nous étions. Enfin, j'ai mis
Grimaud à la seconde issue, en lui faisant la même
recommandation, et me voilà. La bête est cernée, maintenant, qui veut voir l'hallali ?

Athos se précipita dans les bras de d'Artagnan, qui s'essuyait le front.

— Ami, dit-il, en vérité vous avez été trop bon de me pardonner; j'ai tort, cent fois tort, je devrais vous connaître pourtant; mais il y a au fond de nous quelque chose de méchant qui doute sans cesse.

— Hum! dit Porthos, est-ce que le bourreau ne serait point par hasard M. Cromwell, qui pour être sûr que sa besogne fût bien faite, aurait voulu la faire lui-même!

— Ah bien! oui! M. Cromwell est gros et court, et celui-là mince, élancé et plutôt grand que petit.

— Quelque soldat condamné auquel on aura offert sa grâce à ce prix, dit Athos, comme on a fait pour le malheureux Chalais.

— Non, non, continua d'Artagnan, ce n'est point la marche mesurée d'un fantassin; ce n'est point non plus le pas écarté d'un homme de cheval. Il y a dans tout cela une jambe fine, une allure distinguée. Ou je me trompe fort, ou nous avons affaire à un gentilhomme.

— Un gentilhomme! s'écria Athos, impossible! Ce serait un déshonneur pour toute la seigneurie.

— Belle chasse! dit Porthos avec un rire qui fit trembler les vitres; belle chasse, mordieu!

— Partez-vous toujours, Athos? demanda d'Artagnan.

— Non, je reste, répondit le gentilhomme avec un geste de menace qui ne promettait rien de bon à celui à qui ce geste était adressé.

— Alors, les épées! dit Aramis, les épées! et ne perdons pas un instant.

Les quatre amis reprirent promptement leurs habits de gentilshommes, ceignirent leurs épées, firent monter Mousqueton, Blaisois, et leur ordonnèrent de régler la dépense avec l'hôte et de tenir tout prêt pour leur départ, les probabilités étant que l'on quitterait Londres la nuit même.

La nuit s'était assombrie encore, la neige continuait de tomber et semblait un vaste linceul étendu sur la ville régicide; il était sept heures du soir à peu près, à peine voyait-on quelques passants dans les rues, chacun s'entretenait en famille et tout bas des événements terribles de la journée.

Les quatre amis, enveloppés de leurs manteaux,

traversèrent toutes les places et les rues de la Cité, si fréquentées le jour, et si désertes cette nuit-là. D'Artagnan les conduisait, essayant de reconnaître de temps en temps des croix qu'il avait faites avec son poignard sur les murailles; mais la nuit était si sombre que les vestiges indicateurs avaient grand-peine à être reconnus. Cependant d'Artagnan avait si bien incrusté dans sa tête chaque borne, chaque fontaine, chaque enseigne, qu'au bout d'une demi-heure de marche il parvint, avec ses trois compagnons, en vue de la maison isolée.

D'Artagnan crut un instant que le frère de Parry avait disparu; il se trompait : le robuste Écossais, accoutumé aux glaces de ses montagnes, s'était étendu contre une borne, et comme une statue abattue de sa base, insensible aux intempéries de la saison, s'était laissé recouvrir de neige; mais à l'approche des quatre hommes il se leva.

— Allons, dit Athos, voici encore un bon serviteur. Vrai Dieu! les braves gens sont moins rares qu'on ne le croit; cela encourage.

— Ne nous pressons pas de tresser des couronnes pour notre Écossais, dit d'Artagnan; je crois que le drôle est ici pour son propre compte. J'ai entendu dire que ces Messieurs qui ont vu le jour de l'autre côté de la Tweed sont fort rancuniers. Gare à Maître Groslow! il pourra bien passer un mauvais quart d'heure s'il le rencontre.

En se détachant de ses amis il s'approcha de l'Écossais et se fit reconnaître. Puis il fit signe aux autres de venir.

— Eh bien? dit Athos en anglais.

— Personne n'est sorti, répondit le frère de Parry.

— Bien, restez avec cet homme, Porthos, et vous aussi, Aramis. D'Artagnan va me conduire à Grimaud.

Grimaud, non moins habile que l'Écossais, était collé contre un saule creux dont il s'était fait une guérite. Un instant, comme il l'avait craint pour l'autre sentinelle, d'Artagnan crut que l'homme masqué était sorti et que Grimaud l'avait suivi.

Tout à coup une tête apparut et fit entendre un léger sifflement.

— Oh! dit Athos.

— Oui, répondit Grimaud.

Ils se rapprochèrent du saule.

— Eh bien, demanda d'Artagnan, quelqu'un est-il sorti?

— Non, mais quelqu'un est entré, dit Grimaud.

— Un homme ou une femme?

— Un homme.

— Ah! ah! dit d'Artagnan; ils sont deux, alors.

— Je voudrais qu'ils fussent quatre, dit Athos, au moins la partie serait égale.

— Peut-être sont-ils quatre, dit d'Artagnan.

— Comment cela?

— D'autres hommes ne pouvaient-ils pas être dans cette maison avant eux et les y attendre?

— On peut voir, dit Grimaud en montrant une fenêtre à travers les contrevents de laquelle filtraient quelques rayons de lumière.

— C'est juste, dit d'Artagnan, appelons les autres.

Et ils tournèrent autour de la maison pour faire signe à Porthos et à Aramis de venir.

Ceux-ci accoururent empressés.

— Avez-vous vu quelque chose? dirent-ils.

— Non, mais nous allons voir, répondit d'Artagnan en montrant Grimaud, qui, en s'accrochant aux aspérités de la muraille, était déjà parvenu à cinq ou six pieds de la terre.

Tous quatre se rapprochèrent. Grimaud continuait son ascension avec l'adresse d'un chat; enfin il parvint à saisir un de ces crochets qui servent à maintenir les contrevents quand ils sont ouverts; en même temps son pied trouva une moulure qui parut lui présenter un point d'appui suffisant, car il fit un signe qui indiquait qu'il était arrivé à son but. Alors il approcha son œil de la fente du volet.

— Eh bien? demanda d'Artagnan.

Grimaud montra sa main fermée avec deux doigts ouverts seulement.

— Parle, dit Athos, on ne voit pas tes signes. Combien sont-ils?

Grimaud fit un effort sur lui-même.

— Deux, dit-il, l'un est en face de moi; l'autre me tourne le dos.

— Bien. Et quel est celui qui est en face de toi?

— L'homme que j'ai vu passer.

— Le connais-tu?

— J'ai cru le reconnaître et je ne me trompais pas ; gros et court.

— Qui est-ce ? demandèrent ensemble et à voix basse les quatre amis.

— Le général Olivier Cromwell.

Les quatre amis se regardèrent.

— Et l'autre ? demanda Athos.

— Maigre et élancé.

— C'est le bourreau, dirent à la fois d'Artagnan et Aramis.

— Je ne vois que son dos, reprit Grimaud ; mais attendez, il fait un mouvement, il se retourne ; et, s'il a déposé son masque, je pourrai voir... Ah !

Grimaud, comme s'il eût été frappé au cœur, lâcha le crochet de fer et se rejeta en arrière en poussant un gémissement sourd. Porthos le retint dans ses bras.

— L'as-tu vu ? dirent les quatre amis.

— Oui, dit Grimaud, les cheveux hérissés et la sueur au front.

— L'homme maigre et élancé ? dit d'Artagnan.

— Oui.

— Le bourreau, enfin ? dit Aramis.

— Oui.

— Et qui est-ce ? dit Porthos.

— Lui ! lui ! balbutia Grimaud pâle comme un mort et saisissant de ses mains tremblantes la main de son maître.

— Qui, lui ? demanda Athos.

— Mordaunt !... répondit Grimaud.

D'Artagnan, Porthos et Aramis poussèrent une exclamation de joie.

Athos fit un pas en arrière et passa la main sur son front :

— Fatalité ! murmura-t-il.

C'ÉTAIT effectivement Mordaunt que d'Artagnan avait suivi sans le reconnaître.

En entrant dans la maison il avait ôté son masque, enlevé la barbe grisonnante qu'il avait mise pour se déguiser, avait monté l'escalier, avait ouvert une porte, et, dans une chambre éclairée par la lueur d'une lampe et tendue d'une tenture de couleur sombre, s'était trouvé en face d'un homme assis devant un bureau et écrivant.

Cet homme, c'était Cromwell.

Cromwell avait dans Londres, on le sait, deux ou trois de ces retraites inconnues même au commun de ses amis, et dont il ne livrait le secret qu'à ses plus intimes. Or, Mordaunt, on se rappelle, pouvait être compté au nombre de ces derniers.

Lorsqu'il entra, Cromwell leva la tête.

— C'est vous, Mordaunt, lui dit-il, vous venez tard.

— Général, répondit Mordaunt, j'ai voulu voir la cérémonie jusqu'au bout; cela m'a retardé.

— Ah! dit Cromwell, je ne vous croyais pas d'ordinaire aussi curieux que cela.

— Je suis toujours curieux de voir la chute d'un des ennemis de Votre Honneur, et celui-là n'était pas compté au nombre des plus petits. Mais vous, général, n'étiez-vous pas à White-Hall?

— Non, dit Cromwell.

Il y eut un moment de silence.

— Avez-vous eu des détails? demanda Mordaunt.

— Aucun. Je suis ici depuis le matin. Je sais seulement qu'il y avait un complot pour sauver le roi.

— Ah! vous saviez cela? dit Mordaunt.

— Peu importe. Quatre hommes déguisés en ouvriers devaient tirer le roi de prison et le conduire à Greenwich, où une barque l'attendait.

— Et sachant tout cela, Votre Honneur se tenait ici, loin de la Cité, tranquille et inactif?

— Tranquille, oui, répondit Cromwell; mais qui vous dit inactif?

— Cependant, si le complot avait réussi?

— Je l'eusse désiré.

— Je pensais que Votre Honneur regardait la mort de Charles Ier comme un malheur nécessaire au bien de l'Angleterre.

— Eh bien! dit Cromwell, c'est toujours mon avis. Mais, pourvu qu'il mourût, c'était tout ce qu'il fallait; mieux eût valu, peut-être, que ce ne fût point sur un échafaud.

— Pourquoi cela, Votre Honneur?

Cromwell sourit.

— Pardon, dit Mordaunt, mais vous savez, général, que je suis un apprenti politique, et je désire profiter en toutes circonstances des leçons que veut bien me donner mon maître.

— Parce qu'on eût dit que je l'avais fait condamner par justice, et que je l'avais laissé fuir par miséricorde.

— Mais s'il avait fui effectivement?

— Impossible.

— Impossible?

— Oui, mes précautions étaient prises.

— Et Votre Honneur connaît-il les quatre hommes qui avaient entrepris de sauver le roi?

— Ce sont ces quatre Français dont deux ont été envoyés par Madame Henriette à son mari, et deux par Mazarin à moi.

— Et croyez-vous, Monsieur, que Mazarin les ait chargés de faire ce qu'ils ont fait?

— C'est possible, mais il les désavouera.

— Vous croyez?

— J'en suis sûr.

— Pourquoi cela?

— Parce qu'ils ont échoué.

— Votre Honneur m'avait donné deux de ces Français alors qu'ils n'étaient coupables que d'avoir porté les armes en faveur de Charles Ier. Maintenant qu'ils sont coupables de complot contre l'Angleterre, Votre Honneur veut-il me les donner tous les quatre?

— Prenez-les, dit Cromwell.

Mordaunt s'inclina avec un sourire de triomphale férocité.

— Mais, dit Cromwell, voyant que Mordaunt s'apprêtait à le remercier, revenons, s'il vous plaît, à ce malheureux Charles. A-t-on crié parmi le peuple?

— Fort peu, si ce n'est: « Vive Cromwell! »

— Où étiez-vous placé?

Mordaunt regarda un instant le général pour essayer de lire dans ses yeux s'il faisait une question inutile et s'il savait tout.

Mais le regard ardent de Mordaunt ne put pénétrer dans les sombres profondeurs du regard de Cromwell.

— J'étais placé de manière à tout voir et à tout entendre, répondit Mordaunt.

Ce fut au tour de Cromwell de regarder fixement Mordaunt et au tour de Mordaunt de se rendre impénétrable. Après quelques secondes d'examen, il détourna les yeux avec indifférence.

— Il paraît, dit Cromwell, que le bourreau improvisé a fort bien fait son devoir. Le coup, à ce qu'on m'a rapporté du moins, a été appliqué de main de maître.

Mordaunt se rappela que Cromwell lui avait dit n'avoir aucun détail, et il fut dès lors convaincu que le général avait assisté à l'exécution, caché derrière quelque rideau ou quelque jalousie.

— En effet, dit Mordaunt d'une voix calme et avec un visage impassible, un seul coup a suffi.

— Peut-être, dit Cromwell, était-ce un homme du métier.

— Le croyez-vous, Monsieur?

— Pourquoi pas?

— Cet homme n'avait pas l'air d'un bourreau.

— Et quel autre qu'un bourreau, demanda Cromwell, eût voulu exercer cet affreux métier?

— Mais, dit Mordaunt, peut-être quelque ennemi personnel du roi Charles, qui aura fait vœu de vengeance et qui aura accompli ce vœu, peut-être quelque gentilhomme qui avait de graves raisons de haïr le roi déchu, et qui, sachant qu'il allait fuir et lui échapper, s'est placé ainsi sur sa route, le front masqué et la hache à la main, non plus comme suppléant du bourreau, mais comme mandataire de la fatalité.

— C'est possible, dit Cromwell.

— Et si cela était ainsi, dit Mordaunt, Votre Honneur condamnerait-il son action?

— Ce n'est point à moi de juger, dit Cromwell. C'est une affaire entre lui et Dieu.

— Mais si Votre Honneur connaissait ce gentilhomme?

— Je ne le connais pas, Monsieur, répondit Cromwell, et je ne veux pas le connaître. Que m'importe à moi que ce soit celui-là ou un autre? Du moment où Charles était condamné, ce n'est point un homme qui a tranché la tête, c'est une hache.

— Et cependant, sans cet homme, dit Mordaunt, le roi était sauvé.

Cromwell sourit.

— Sans doute, vous l'avez dit vous-même, on l'enlevait.

— On l'enlevait jusqu'à Greenwich. Là il s'embarquait sur une felouque avec ses quatre sauveurs. Mais sur la felouque étaient quatre hommes à moi, et cinq tonneaux de poudre à la nation. En mer, les quatre hommes descendaient dans la chaloupe, et vous êtes déjà trop habile politique, Mordaunt, pour que je vous explique le reste.

— Oui, en mer ils sautaient tous.

— Justement. L'explosion faisait ce que la hache n'avait pas voulu faire. Le roi Charles disparaissait, anéanti. On disait qu'échappé à la justice humaine, il avait été poursuivi et atteint par la vengeance céleste; nous n'étions plus que ses juges et c'était Dieu qui était son bourreau. Voilà ce que m'a fait perdre votre gentilhomme masqué, Mordaunt. Vous voyez donc bien que j'avais raison quand je ne voulais pas le connaître; car, en vérité, malgré ses excellentes intentions, je ne saurais lui être reconnaissant de ce qu'il a fait.

— Monsieur, dit Mordaunt, comme toujours je m'incline et m'humilie devant vous; vous êtes un profond penseur, et, continua-t-il, votre idée de la felouque minée est sublime.

— Absurde, dit Cromwell, puisqu'elle est devenue inutile. Il n'y a d'idée sublime en politique que celle qui porte ses fruits; toute idée qui avorte est folle et aride. Vous irez donc ce soir à Greenwich, Mordaunt,

dit Cromwell en se levant; vous demanderez le patron
de la felouque *l'Éclair,* vous lui montrerez un mouchoir
blanc noué par les quatre bouts, c'était le signe convenu;
vous direz aux gens de reprendre terre, et vous ferez
reporter la poudre à l'Arsenal, à moins que...

— A moins que..., répondit Mordaunt, dont le
visage s'était illuminé d'une joie sauvage pendant que
Cromwell parlait.

— A moins que cette felouque telle qu'elle est ne
puisse servir à vos projets personnels.

— Ah! Milord, Milord! s'écria Mordaunt, Dieu, en
vous faisant son élu, vous a donné son regard, auquel
rien ne peut échapper.

— Je crois que vous m'appelez Milord! dit Cromwell en riant. C'est bien, parce que nous sommes entre
nous, mais il faudrait faire attention qu'une pareille
parole ne vous échappât devant nos imbéciles de puritains.

— N'est-ce pas ainsi que Votre Honneur sera appelé
bientôt?

— Je l'espère du moins, dit Cromwell, mais il n'est
pas encore temps.

Cromwell se leva et prit son manteau.

— Vous vous retirez, Monsieur? demanda Mordaunt.

— Oui, dit Cromwell, j'ai couché ici hier et avant-
hier, et vous savez que ce n'est pas mon habitude de
coucher trois fois dans le même lit.

— Ainsi, dit Mordaunt, Votre Honneur me donne
toute liberté pour la nuit?

— Et même pour la journée de demain si besoin
est, dit Cromwell. Depuis hier soir, ajouta-t-il en souriant, vous avez assez fait pour mon service, et si vous
avez quelques affaires personnelles à régler, il est juste
que je vous laisse votre temps.

— Merci, Monsieur; il sera bien employé, je l'espère.

Cromwell fit à Mordaunt un signe de la tête; puis,
se retournant:

— Êtes-vous armé? demanda-t-il.

— J'ai mon épée, dit Mordaunt.

— Et personne qui vous attende à la porte?

— Personne.

— Alors vous devriez venir avec moi, Mordaunt.

— Merci, Monsieur; les détours que vous êtes obligé de faire en passant par le souterrain me prendraient du temps, et, d'après ce que vous venez de me dire, je n'en ai peut-être que trop perdu. Je sortirai par l'autre porte.

— Allez donc, dit Cromwell.

Et posant la main sur un bouton caché, il fit ouvrir une porte si bien perdue dans la tapisserie qu'il était impossible à l'œil le plus exercé de la reconnaître.

Cette porte, mue par un ressort d'acier, se referma sur lui.

C'était une de ces issues secrètes comme l'histoire nous dit qu'il en existait dans toutes les mystérieuses maisons qu'habitait Cromwell.

Celle-là passait sous la rue déserte et allait s'ouvrir au fond d'une grotte, dans le jardin d'une autre maison située à cent pas de celle que le futur protecteur venait de quitter.

C'était pendant cette dernière partie de la scène, que, par l'ouverture que laissait un pan du rideau mal tiré, Grimaud avait aperçu les deux hommes et avait successivement reconnu Cromwell et Mordaunt.

On a vu l'effet qu'avait produit la nouvelle sur les quatre amis.

D'Artagnan fut le premier qui reprit la plénitude de ses facultés.

— Mordaunt, dit-il; ah! par le ciel! c'est Dieu lui-même qui nous l'envoie.

— Oui, dit Porthos, enfonçons la porte et tombons sur lui.

— Au contraire, dit d'Artagnan, n'enfonçons rien, pas de bruit, le bruit appelle du monde; car, s'il est, comme le dit Grimaud, avec son digne maître, il doit y avoir, caché à une cinquantaine de pas d'ici, quelque poste des Côtes de fer. Holà! Grimaud, venez ici, et tâchez de vous tenir sur vos jambes.

Grimaud s'approcha. La fureur lui était revenue avec le sentiment, mais il était ferme.

— Bien, continua d'Artagnan. Maintenant montez de nouveau à ce balcon, et dites-nous si le Mordaunt est encore en compagnie, s'il s'apprête à sortir ou à se coucher; s'il est en compagnie, nous attendrons qu'il soit seul; s'il sort, nous le prendrons à la sortie; s'il

reste, nous enfoncerons la fenêtre. C'est toujours moins
bruyant et moins difficile qu'une porte.

Grimaud commença à escalader silencieusement la
fenêtre.

— Gardez l'autre issue, Athos et Aramis; nous
restons ici avec Porthos.

Les deux amis obéirent.

— Eh bien! Grimaud? demanda d'Artagnan.

— Il est seul, dit Grimaud.

— Tu en es sûr?

— Oui.

— Nous n'avons pas vu sortir son compagnon.

— Peut-être est-il sorti par l'autre porte.

— Que fait-il?

— Il s'enveloppe de son manteau et met ses gants.

— A nous! murmura d'Artagnan.

Porthos mit la main à son poignard, qu'il tira machinalement du fourreau.

— Rengaine, ami Porthos, dit d'Artagnan, il ne
s'agit point ici de frapper d'abord. Nous le tenons, procédons avec ordre. Nous avons quelques explications
mutuelles à nous demander, et ceci est un pendant de
la scène d'Armentières; seulement, espérons que celui-ci
n'aura point de progéniture, et que, si nous l'écrasons,
tout sera bien écrasé avec lui.

— Chut! dit Grimaud; le voilà qui s'apprête à sortir.
Il s'approche de la lampe. Il la souffle. Je ne vois plus
rien.

— A terre, alors, à terre!

Grimaud sauta en arrière et tomba sur ses pieds. La
neige assourdissait le bruit. On n'entendit rien.

— Va prévenir Athos et Aramis qu'ils se placent
de chaque côté de la porte, comme nous allons faire
Porthos et moi; qu'ils frappent dans leurs mains s'ils
le tiennent, nous frapperons dans les nôtres si nous le
tenons.

Grimaud disparut.

— Porthos, Porthos, dit d'Artagnan, effacez mieux vos
larges épaules, cher ami; il faut qu'il sorte sans rien voir.

— Pourvu qu'il sorte par ici!

— Chut! dit d'Artagnan.

Porthos se colla contre le mur à croire qu'il y voulait
rentrer. D'Artagnan en fit autant.

On entendit alors retentir le pas de Mordaunt dans l'escalier sonore. Un guichet inaperçu glissa en grinçant dans son coulisseau. Mordaunt regarda, et, grâce aux précautions prises par les deux amis, il ne vit rien. Alors il introduisit la clef dans la serrure; la porte s'ouvrit et il parut sur le seuil.

Au même instant, il se trouva face à face avec d'Artagnan.

Il voulut repousser la porte. Porthos s'élança sur le bouton et la rouvrit toute grande.

Porthos frappa trois fois dans ses mains. Athos et Aramis accoururent.

Mordaunt devint livide, mais il ne poussa point un cri, mais n'appela point au secours.

D'Artagnan marcha droit sur Mordaunt, et, le repoussant pour ainsi dire avec sa poitrine, lui fit remonter à reculons tout l'escalier, éclairé par une lampe qui permettait au Gascon de ne pas perdre de vue les mains de Mordaunt; mais Mordaunt comprit que, d'Artagnan tué, il lui resterait encore à se défaire de ses trois autres ennemis. Il ne fit donc pas un seul mouvement de défense, pas un seul geste de menace. Arrivé à la porte, Mordaunt se sentit acculé contre elle, et sans doute il crut que c'était là que tout allait finir pour lui; mais il se trompait, d'Artagnan étendit la main et ouvrit la porte. Mordaunt et lui se trouvèrent donc dans la chambre où dix minutes auparavant le jeune homme causait avec Cromwell.

Porthos entra derrière lui; il avait étendu le bras et décroché la lampe du plafond; à l'aide de cette première lampe il alluma la seconde.

Athos et Aramis parurent à la porte, qu'ils refermèrent à clef.

— Prenez donc la peine de vous asseoir, dit d'Artagnan en présentant un siège au jeune homme.

Celui-ci prit la chaise des mains de d'Artagnan et s'assit, pâle mais calme. A trois pas de lui, Aramis approcha trois sièges pour lui, d'Artagnan et Porthos.

Athos alla s'asseoir dans un coin, à l'angle le plus éloigné de la chambre, paraissant résolu de rester spectateur immobile de ce qui allait se passer.

Porthos s'assit à la gauche et Aramis à la droite de d'Artagnan.

Athos paraissait accablé. Porthos se frottait les paumes des mains avec une impatience fiévreuse.

Aramis se mordait, tout en souriant, les lèvres jusqu'au sang.

D'Artagnan seul se modérait, du moins en apparence.

— Monsieur Mordaunt, dit-il au jeune homme, puisque, après tant de jours perdus à courir les uns après les autres, le hasard nous rassemble enfin, causons un peu, s'il vous plaît.

LXXIII

CONVERSATION

MORDAUNT avait été surpris si inopinément, il avait monté les degrés sous l'impression d'un sentiment si confus encore, que sa réflexion n'avait pu être complète; ce qu'il y avait de réel, c'est que son premier sentiment avait été tout entier à l'émotion, à la surprise et à l'invincible terreur qui saisit tout homme dont un ennemi mortel et supérieur en force étreint le bras au moment même où il croit cet ennemi dans un autre lieu et occupé d'autres soins.

Mais une fois assis, mais du moment qu'il s'aperçut qu'un sursis lui était accordé, n'importe dans quelle intention, il concentra toutes ses idées et rappela toutes ses forces.

Le feu du regard de d'Artagnan au lieu de l'intimider, l'électrisa pour ainsi dire, car ce regard, tout brûlant de menace qu'il se répandît sur lui, était franc dans sa haine et dans sa colère. Mordaunt, prêt à saisir toute occasion qui lui serait offerte de se tirer d'affaire, soit par la force, soit par la ruse, se ramassa donc sur lui-même, comme fait l'ours acculé dans sa tanière, et qui suit d'un œil en apparence immobile tous les gestes du chasseur qui l'a traqué.

Cependant cet œil, par un mouvement rapide, se porta sur l'épée longue et forte qui battait sur sa hanche; il posa sans affectation sa main gauche sur la poignée, la ramena à la portée de la main droite et s'assit, comme l'en priait d'Artagnan.

Ce dernier attendait sans doute quelque parole agressive pour entamer une de ces conversations railleuses ou terribles comme il les soutenait si bien. Aramis se disait tout bas : « Nous allons entendre des banalités. » Porthos mordait sa moustache en murmurant : « Voilà bien des façons, mordieu! pour écraser ce serpenteau! » Athos s'effaçait dans l'angle de la chambre, immobile et

pâle comme un bas-relief de marbre, et sentant malgré
son immobilité son front se mouiller de sueur.

Mordaunt ne disait rien; seulement lorsqu'il se fut
bien assuré que son épée était toujours à sa disposition,
il croisa imperturbablement les jambes et attendit.

Ce silence ne pouvait se prolonger plus longtemps
sans devenir ridicule; d'Artagnan le comprit; et, comme
il avait invité Mordaunt à s'asseoir pour *causer,* il pensa
que c'était à lui de commencer la conversation.

— Il me paraît, Monsieur, dit-il avec sa mortelle politesse, que vous changez de costume presque aussi rapidement que je l'ai vu faire aux mimes italiens que M. le
cardinal Mazarin fit venir de Bergame, et qu'il vous a
sans doute mené voir pendant votre voyage en France.

Mordaunt ne répondit rien.

— Tout à l'heure, continua d'Artagnan, vous étiez
déguisé, je veux dire habillé en assassin, et maintenant...

— Et maintenant, au contraire, j'ai tout l'air d'être
dans l'habit d'un homme qu'on va assassiner, n'est-ce
pas? répondit Mordaunt de sa voix calme et brève.

— Oh! Monsieur, répondit d'Artagnan, comment
pouvez-vous dire de ces choses-là, quand vous êtes en
compagnie de gentilshommes et que vous avez une si
bonne épée au côté!

— Il n'y a pas si bonne épée, Monsieur, qui vaille
quatre épées et quatre poignards; sans compter les
épées et les poignards de vos acolytes qui vous attendent
à la porte.

— Pardon, Monsieur, reprit d'Artagnan, vous faites
erreur, ceux qui nous attendent à la porte ne sont point
nos acolytes, mais nos laquais. Je tiens à rétablir les
choses dans leur plus scrupuleuse vérité.

Mordaunt ne répondit que par un sourire qui crispa
ironiquement ses lèvres.

— Mais ce n'est point de cela qu'il s'agit, reprit
d'Artagnan, et j'en reviens à ma question. Je me faisais
donc l'honneur de vous demander, Monsieur, pourquoi
vous aviez changé d'extérieur. Le masque vous était
assez commode, ce me semble; la barbe grise vous
seyait à merveille, et quant à cette hache dont vous
avez fourni un si illustre coup, je crois qu'elle ne vous
irait pas mal non plus dans ce moment. Pourquoi donc
vous en êtes-vous dessaisi?

— Parce qu'en me rappelant la scène d'Armentières, j'ai pensé que je trouverais quatre haches pour une, puisque j'allais me trouver entre quatre bourreaux.

— Monsieur, répondit d'Artagnan avec le plus grand calme, bien qu'un léger mouvement de ses sourcils annonçât qu'il commençait à s'échauffer, Monsieur, quoique profondément vicieux et corrompu, vous êtes excessivement jeune, ce qui fait que je ne m'arrêterai pas à vos discours frivoles. Oui, frivoles, car ce que vous venez de dire à propos d'Armentières n'a pas le moindre rapport avec la situation présente. En effet, nous ne pouvions pas offrir une épée à Madame votre mère et la prier de s'escrimer contre nous; mais à vous, Monsieur, à un jeune cavalier qui joue du poignard et du pistolet comme nous vous avons vu faire, et qui porte une épée de la taille de celle-ci, il n'y a personne qui n'ait le droit de demander la faveur d'une rencontre.

— Ah! ah! dit Mordaunt, c'est donc un duel que vous voulez?

Et il se leva, l'œil étincelant, comme s'il était disposé à répondre à l'instant même à la provocation.

Porthos se leva aussi, prêt comme toujours à ces sortes d'aventures.

— Pardon, pardon, dit d'Artagnan avec le même sang-froid; ne nous pressons pas, car chacun de nous doit désirer que les choses se passent dans toutes les règles. Rasseyez-vous donc, cher Porthos, et vous, Monsieur Mordaunt, veuillez demeurer tranquille. Nous allons régler au mieux cette affaire, et je vais être franc avec vous. Avouez, Monsieur Mordaunt, que vous avez bien envie de nous tuer les uns ou les autres?

— Les uns et les autres, répondit Mordaunt.

D'Artagnan se retourna vers Aramis et lui dit :

— C'est un bien grand bonheur, convenez-en, cher Aramis, que M. Mordaunt connaisse si bien les finesses de la langue française; au moins il n'y aura pas de malentendu entre nous, et nous allons tout régler merveilleusement.

Puis se retournant vers Mordaunt.

— Cher Monsieur Mordaunt, continua-t-il, je vous dirai que ces Messieurs payent de retour vos bons sen-

timents à leur égard; et seraient charmés de vous tuer
aussi. Je vous dirai plus, c'est qu'ils vous tueront probablement; toutefois, ce sera en gentilshommes loyaux,
et la meilleure preuve que l'on puisse fournir, la voici.

Et, ce disant, d'Artagnan jeta son chapeau sur le tapis,
recula sa chaise contre la muraille, fit signe à ses amis d'en
faire autant, et saluant Mordaunt avec une grâce toute
française :

— A vos ordres, Monsieur, continua-t-il; car si
vous n'avez rien à dire contre l'honneur que je réclame,
c'est moi qui commencerai, s'il vous plaît. Mon épée
est plus courte que la vôtre, c'est vrai, mais bast! j'espère
que le bras suppléera à l'épée.

— Halte-là! dit Porthos en s'avançant; je commence,
moi, et sans rhétorique.

— Permettez, Porthos, dit Aramis.

Athos ne fit pas un mouvement; on eût dit d'une
statue; sa respiration même semblait arrêtée.

— Messieurs, Messieurs, dit d'Artagnan, soyez tranquilles, vous aurez votre tour. Regardez donc les yeux
de Monsieur, et lisez-y la haine bienheureuse que nous
lui inspirons; voyez comme il a habilement dégainé;
admirez avec quelle circonspection il cherche tout autour de lui s'il ne rencontrera pas quelque obstacle qui
l'empêche de rompre. Eh bien! tout cela ne vous prouve-
t-il pas que M. Mordaunt est une fine lame et que vous
me succéderez avant peu, pourvu que je le laisse faire?
Demeurez donc à votre place comme Athos, dont je ne
puis trop vous recommander le calme, et laissez-moi
l'initiative que j'ai prise. D'ailleurs, continua-t-il tirant
son épée d'un geste terrible, j'ai particulièrement affaire
à monsieur, et je commencerai. Je le désire, je le
veux.

C'était la première fois que d'Artagnan prononçait
ce mot en parlant à ses amis. Jusque-là, il s'était contenté
de le penser.

Porthos recula, Aramis mit son épée sous son bras;
Athos demeura immobile dans l'angle obscur où il se
tenait, non pas calme, comme le disait d'Artagnan, mais
suffoqué, mais haletant.

— Remettez votre épée au fourreau, chevalier, dit
d'Artagnan à Aramis, Monsieur pourrait croire à des
intentions que vous n'avez pas.

Puis, se retournant vers Mordaunt.

— Monsieur, lui dit-il, je vous attends.

— Et moi, Messieurs, je vous admire. Vous discutez à qui commencera de se battre contre moi, et vous ne me consultez pas là-dessus, moi que la chose regarde un peu, ce me semble. Je vous hais tous quatre, c'est vrai, mais à des degrés différents. J'espère vous tuer tous quatre, mais j'ai plus de chance de tuer le premier que le second, le second que le troisième, le troisième que le dernier. Je réclame donc le droit de choisir mon adversaire. Si vous me déniez ce droit, tuez-moi, je ne me battrai pas.

Les quatre amis se regardèrent.

— C'est juste, dirent Porthos et Aramis, qui espéraient que le choix tomberait sur eux.

Athos ni d'Artagnan ne dirent rien; mais leur silence même était un assentiment.

— Eh bien! dit Mordaunt au milieu du silence profond et solennel qui régnait dans cette mystérieuse maison; eh bien! je choisis pour mon premier adversaire celui de vous qui, ne se croyant plus digne de se nommer le comte de La Fère, s'est fait appeler Athos!

Athos se leva de sa chaise comme si un ressort l'eût mis sur ses pieds; mais au grand étonnement de ses amis, après un moment d'immobilité et de silence :

— Monsieur Mordaunt, dit-il en secouant la tête, tout duel entre nous deux est impossible, faites à quelque autre l'honneur que vous me destiniez.

Et il se rassit.

— Ah! dit Mordaunt, en voilà déjà un qui a peur.

— Mille tonnerres, s'écria d'Artagnan en bondissant vers le jeune homme, qui a dit ici qu'Athos avait peur?

— Laissez dire, d'Artagnan, reprit Athos avec un sourire plein de tristesse et de mépris.

— C'est votre décision, Athos? reprit le Gascon.

— Irrévocable.

— C'est bien, n'en parlons plus.

Puis se retournant vers Mordaunt :

— Vous l'avez entendu, Monsieur, dit-il, le comte de La Fère ne veut pas vous faire l'honneur de se battre avec vous. Choisissez parmi nous quelqu'un qui le remplace.

— Du moment que je ne me bats pas avec lui, dit

Mordaunt, peu m'importe avec qui je me batte. Mettez vos noms dans un chapeau, et je tirerai au hasard.

— Voilà une idée, dit d'Artagnan.

— En effet, ce moyen concilie tout, dit Aramis.

— Je n'y eusse point songé, dit Porthos, et cependant c'est bien simple.

— Voyons, Aramis, dit d'Artagnan, écrivez-nous cela de cette jolie petite écriture avec laquelle vous écriviez à Marie Michon pour la prévenir que la mère de Monsieur voulait faire assassiner Milord Buckingham.

Mordaunt supporta cette nouvelle attaque sans sourciller; il était debout, les bras croisés, et paraissait aussi calme qu'un homme peut l'être en pareille circonstance. Si ce n'était pas du courage, c'était du moins de l'orgueil, ce qui y ressemble beaucoup.

Aramis s'approcha du bureau de Cromwell, déchira trois morceaux de papier d'égale grandeur, écrivit sur le premier son nom à lui et sur les deux autres les noms de ses compagnons, les présenta tout ouverts à Mordaunt, qui, sans les lire, fit un signe de tête qui voulait dire qu'il s'en rapportait parfaitement à lui; puis, les ayant roulés, il les mit dans un chapeau et les présenta au jeune homme.

Celui-ci plongea la main dans le chapeau et en tira un des trois papiers, qu'il laissa dédaigneusement retomber, sans le lire, sur la table.

— Ah! serpenteau! murmura d'Artagnan, je donnerais toutes mes chances au grade de capitaine des mousquetaires pour que ce bulletin portât mon nom!

Aramis ouvrit le papier; mais, quelque calme et quelque froideur qu'il affectât on voyait que sa voix tremblait de haine et de désir.

— D'Artagnan! lut-il à haute voix.

D'Artagnan jeta un cri de joie.

— Ah! dit-il, il y a donc une justice au ciel!

Puis se retournant vers Mordaunt :

— J'espère, Monsieur, dit-il, que vous n'avez aucune objection à faire?

— Aucune, Monsieur, dit Mordaunt en tirant à son tour son épée et en appuyant la pointe sur sa botte.

Du moment que d'Artagnan fut sûr que son désir était exaucé et que son homme ne lui échapperait point, il reprit toute sa tranquillité, tout son calme et même

toute la lenteur qu'il avait l'habitude de mettre aux préparatifs de cette grave affaire qu'on appelle un duel. Il
releva promptement ses manchettes, frotta la semelle de
son pied droit sur le parquet, ce qui me l'empêcha pas de
remarquer que, pour la seconde fois, Mordaunt lançait
autour de lui le singulier regard qu'une fois déjà il avait
saisi au passage.

— Êtes-vous prêt, Monsieur? dit-il enfin.

— C'est moi qui vous attends, Monsieur, répondit
Mordaunt en relevant la tête et en regardant d'Artagnan
avec un regard dont il serait impossible de rendre
l'expression.

— Alors, prenez garde à vous, Monsieur, dit le Gascon, car je tire assez bien l'épée.

— Et moi aussi, dit Mordaunt.

— Tant mieux; cela met ma conscience en repos. En
garde!

— Un moment, dit le jeune homme, engagez-moi
votre parole, Messieurs, que vous ne me chargerez que
les uns après les autres.

— C'est pour avoir le plaisir de nous insulter que
tu nous demandes cela, petit serpent! dit Porthos.

— Non, c'est pour avoir, comme disait Monsieur
tout à l'heure, la conscience tranquille.

— Ce doit être pour autre chose, murmura d'Artagnan en secouant la tête et en regardant avec une certaine inquiétude autour de lui.

— Foi de gentilhomme! dirent ensemble Aramis et
Porthos.

— En ce cas, messieurs, dit Mordaunt, rangez-vous
dans quelque coin, comme a fait M. le comte de La Fère,
qui, s'il ne veut point se battre, me paraît connaître au
moins les règles du combat, et livrez-nous de l'espace;
nous allons en avoir besoin.

— Soit, dit Aramis.

— Voilà bien des embarras! dit Porthos.

— Rangez-vous, Messieurs, dit d'Artagnan; il ne
faut pas laisser à Monsieur le plus petit prétexte de se
mal conduire, ce dont, sauf le respect que je lui dois, il
me semble avoir grande envie.

Cette nouvelle raillerie alla s'émousser sur la face
impassible de Mordaunt.

Porthos et Aramis se rangèrent dans le coin parallèle

à celui où se tenait Athos, de sorte que les deux cham-
pions se trouvèrent occuper le milieu de la chambre,
c'est-à-dire qu'ils étaient placés en pleine lumière, les
deux lampes qui éclairaient la scène étant posées sur le
bureau de Cromwell. Il va sans dire que la lumière s'af-
faiblissait à mesure qu'on s'éloignait du centre de son
rayonnement.

— Allons, dit d'Artagnan, êtes-vous enfin prêt,
Monsieur?

— Je le suis, dit Mordaunt.

Tous deux firent en même temps un pas en avant,
et, grâce à ce seul et même mouvement, les fers furent
engagés.

D'Artagnan était une lame trop distinguée pour
s'amuser, comme on dit en termes d'académie, à tâter
son adversaire. Il fit une feinte brillante et rapide; la
feinte fut parée par Mordaunt.

— Ah! ah! fit-il avec un sourire de satisfaction.

Et, sans perdre de temps, croyant voir une ouverture,
il allongea un coup droit, rapide et flamboyant comme
l'éclair.

Mordaunt para un contre de quarte si serré qu'il ne
fût pas sorti de l'anneau d'une jeune fille.

— Je commence à croire que nous allons nous amuser,
dit d'Artagnan.

— Oui, murmura Aramis, mais en vous amusant,
jouez serré.

— Sangdieu! mon ami, faites attention, dit Porthos.

Mordaunt sourit à son tour.

— Ah! Monsieur, dit d'Artagnan, que vous avez un
vilain sourire! C'est le diable qui vous a appris à sourire
ainsi, n'est-ce pas?

Mordaunt ne répondit qu'en essayant de lier l'épée
de d'Artagnan avec une force que le Gascon ne s'attendait pas à trouver dans ce corps débile en apparence;
mais, grâce à une parade non moins habile que celle que
venait d'exécuter son adversaire, il rencontra à temps le
fer de Mordaunt, qui glissa le long du sien sans rencontrer sa poitrine.

Mordaunt fit rapidement un pas en arrière.

— Ah! vous rompez, dit d'Artagnan, vous tournez?
Comme il vous plaira, j'y gagne même quelque chose:
je ne vois plus votre méchant sourire. Me voilà tout à

fait dans l'ombre; tant mieux. Vous n'avez pas idée comme vous avez le regard faux, Monsieur, surtout lorsque vous avez peur. Regardez un peu mes yeux, et vous verrez une chose que votre miroir ne vous montrera jamais, c'est-à-dire un regard loyal et franc.

Mordaunt, à ce flux de paroles, qui n'était peut-être pas de très bon goût, mais qui était habituel à d'Artagnan, lequel avait pour principe de préoccuper son adversaire, ne répondit pas un seul mot; mais il rompait, et, tournant toujours, il parvint ainsi à changer de place avec d'Artagnan.

Il souriait de plus en plus. Ce sourire commença d'inquiéter le Gascon.

— Allons, allons, il faut en finir, dit d'Artagnan, le drôle a des jarrets de fer, en avant les grands coups!

Et à son tour il pressa Mordaunt, qui continua de rompre, mais évidemment par tactique, sans faire une faute dont d'Artagnan pût profiter, sans que son épée s'écartât un instant de la ligne. Cependant, comme le combat avait lieu dans une chambre et que l'espace manquait aux combattants, bientôt le pied de Mordaunt toucha la muraille, à laquelle il appuya sa main gauche.

— Ah! fit d'Artagnan, pour cette fois vous ne romprez plus, mon bel ami! Messieurs, continua-t-il en serrant les lèvres et en fronçant le sourcil, avez-vous jamais vu un scorpion cloué à un mur? Non. Eh bien! vous allez le voir...

Et, en une seconde, d'Artagnan porta trois coups terribles à Mordaunt. Tous trois le touchèrent, mais en l'effleurant. D'Artagnan ne comprenait rien à cette puissance. Les trois amis regardaient haletants, la sueur au front.

Enfin d'Artagnan, engagé de trop près, fit à son tour un pas en arrière pour préparer un quatrième coup, ou plutôt pour l'exécuter; car, pour d'Artagnan, les armes comme les échecs étaient une vaste combinaison dont tous les détails s'enchaînaient les uns aux autres. Mais au moment où, après une feinte rapide et serrée, il attaquait prompt comme l'éclair, la muraille sembla se fendre: Mordaunt disparut par l'ouverture béante, et l'épée de d'Artagnan, prise entre les deux panneaux, se brisa comme si elle eût été de verre.

D'Artagnan fit un pas en arrière. La muraille se referma.

Mordaunt avait manœuvré, tout en se défendant, de manière à venir s'adosser à la porte secrète par laquelle nous avons vu sortir Cromwell. Arrivé là, il avait de la main gauche cherché et poussé le bouton, puis il avait disparu comme disparaissent au théâtre ces mauvais génies qui ont le don de passer à travers les murailles.

Le Gascon poussa une imprécation furieuse, à laquelle, de l'autre côté du panneau de fer, répondit un rire sauvage, rire funèbre qui fit passer un frisson jusque dans les veines du sceptique Aramis.

— A moi, Messieurs! cria d'Artagnan, enfonçons cette porte.

— C'est le démon en personne! dit Aramis en accourant à l'appel de son ami.

— Il nous échappe, sangdieu! il nous échappe, hurla Porthos en appuyant sa large épaule contre la cloison, qui, retenue par quelque ressort secret, ne bougea point.

— Tant mieux, murmura sourdement Athos.

— Je m'en doutais, mordioux! dit d'Artagnan en s'épuisant en efforts inutiles, je m'en doutais; quand le misérable a tourné autour de la chambre, je prévoyais quelque infâme manœuvre, je devinais qu'il tramait quelque chose; mais qui pouvait se douter de cela?

— C'est un affreux malheur que nous envoie le diable son ami! s'écria Aramis.

— C'est un bonheur manifeste que nous envoie Dieu! dit Athos avec une joie évidente.

— En vérité, répondit d'Artagnan en haussant les épaules et en abandonnant la porte qui décidément ne voulait pas s'ouvrir, vous baissez, Athos! Comment pouvez-vous dire des choses pareilles à des gens comme nous, mordioux! Vous ne comprenez donc pas la situation?

— Quoi donc? Quelle situation? demanda Porthos.

— A ce jeu-là, quiconque ne tue pas est tué, reprit d'Artagnan. Voyons maintenant, mon cher, entre-t-il dans vos jérémiades expiatoires que M. Mordaunt nous sacrifie à sa piété filiale? Si c'est votre avis, dites-le franchement.

— Oh! d'Artagnan, mon ami!

— C'est qu'en vérité, c'est pitié que de voir les choses

à ce point de vue! Le misérable va nous envoyer cent Côtes de fer qui nous pileront comme grains dans ce mortier de M. Cromwell. Allons! allons! en route! si nous demeurons cinq minutes seulement ici, c'est fait de nous.

— Oui, vous avez raison, en route! reprirent Athos et Aramis.

— Et où allons-nous? demanda Porthos.

— A l'hôtel, cher ami, prendre nos hardes et nos chevaux; puis de là, s'il plaît à Dieu, en France, où, du moins, je connais l'architecture des maisons. Notre bateau nous attend; ma foi, c'est encore heureux.

Et d'Artagnan, joignant l'exemple au précepte, remit au fourreau son tronçon d'épée, ramassa son chapeau, ouvrit la porte de l'escalier et descendit rapidement suivi de ses trois compagnons.

A la porte les fugitifs retrouvèrent leurs laquais et leur demandèrent des nouvelles de Mordaunt; mais ils n'avaient vu sortir personne.

LXXIV

D'ARTAGNAN avait deviné juste : Mordaunt n'avait pas de temps à perdre et n'en avait pas perdu. Il connaissait la rapidité de décision et d'action de ses ennemis, il résolut donc d'agir en conséquence. Cette fois les mousquetaires avaient trouvé un adversaire digne d'eux.

Après avoir refermé avec soin la porte derrière lui, Mordaunt se glissa dans le souterrain, tout en remettant au fourreau son épée inutile, et, gagnant la maison voisine, il s'arrêta pour se tâter et reprendre haleine.

— Bon! dit-il, rien, presque rien : des égratignures, voilà tout; deux au bras, l'autre à la poitrine. Les blessures que je fais sont meilleures, moi! Qu'on demande au bourreau de Béthune, à mon oncle de Winter et au roi Charles! Maintenant pas une seconde à perdre, car une seconde de perdue les sauve peut-être, et il faut qu'ils meurent tous quatre ensemble, d'un seul coup, dévorés par la foudre des hommes à défaut de celle de Dieu. Il faut qu'ils disparaissent brisés, anéantis, dispersés. Courons donc jusqu'à ce que mes jambes ne puissent plus me porter, jusqu'à ce que mon cœur se gonfle dans ma poitrine, mais arrivons avant eux.

Et Mordaunt se mit à marcher d'un pas rapide mais plus égal vers la première caserne de cavalerie, distante d'un quart de lieue à peu près. Il fit ce quart de lieue en quatre ou cinq minutes.

Arrivé à la caserne, il se fit reconnaître, prit le meilleur cheval de l'écurie, sauta dessus et gagna la route. Un quart d'heure après, il était à Greenwich.

— Voilà le port, murmura-t-il; ce point sombre là-bas, c'est l'île des Chiens. Bon! j'ai une demi-heure d'avance sur eux... une heure, peut-être. Niais que j'étais! j'ai failli m'asphyxier par ma précipitation insensée. Maintenant, ajouta-t-il en se dressant sur ses étriers comme pour voir au loin parmi tous ces cordages, parmi tous ces mâts, *l'Éclair,* où est *l'Éclair ?*

Au moment où il prononçait mentalement ces paroles, comme pour répondre à sa pensée, un homme couché sur un rouleau de câbles se leva et fit quelques pas vers Mordaunt.

Mordaunt tira un mouchoir de sa poche et le fit flotter un instant en l'air. L'homme parut attentif, mais demeura à la même place sans faire un pas en avant ni en arrière.

Mordaunt fit un nœud à chacun des coins de son mouchoir; l'homme s'avança jusqu'à lui. C'était, on se le rappelle, le signal convenu. Le marin était enveloppé d'un large caban de laine qui cachait sa taille et lui voilait le visage.

— Monsieur, dit le marin, ne viendrait-il pas par hasard de Londres pour faire une promenade sur mer?

— Tout exprès, répondit Mordaunt, du côté de l'île des Chiens.

— C'est cela. Et sans doute Monsieur a une préférence quelconque? Il aimerait mieux un bâtiment qu'un autre? Il voudrait un bâtiment marcheur, un bâtiment rapide?...

— Comme l'éclair, répondit Mordaunt.

— Bien, alors, c'est mon bâtiment que Monsieur cherche, je suis le patron qu'il lui faut.

— Je commence à le croire, dit Mordaunt, surtout si vous n'avez pas oublié certain signe de reconnaissance.

— Le voilà, Monsieur, dit le marin en tirant de la poche de son caban un mouchoir noué aux quatre coins.

— Bon! bon! s'écria Mordaunt en sautant à bas de son cheval. Maintenant il n'y a pas de temps à perdre. Faites conduire mon cheval à la première auberge et menez-moi à votre bâtiment.

— Mais vos compagnons? dit le marin; je croyais que vous étiez quatre, sans compter les laquais.

— Écoutez, dit Mordaunt en se rapprochant du marin, je ne suis pas celui que vous attendez, comme vous n'êtes pas celui qu'ils espèrent trouver. Vous avez pris la place du capitaine Roggers, n'est-ce pas? Vous êtes ici par l'ordre du général Cromwell, et moi je viens de sa part.

— En effet, dit le patron, je vous reconnais, vous êtes le capitaine Mordaunt.

Mordaunt tressaillit.

— Oh! ne craignez rien, dit le patron en abaissant son capuchon et en découvrant sa tête, je suis un ami.

— Le capitaine Groslow! s'écria Mordaunt.

— Lui-même. Le général s'est souvenu que j'avais été autrefois officier de marine, et il m'a chargé de cette expédition. Y a-t-il donc quelque chose de changé?

— Non, rien. Tout demeure dans le même état, au contraire.

— C'est qu'un instant j'avais pensé que la mort du roi...

— La mort du roi n'a fait que hâter leur fuite; dans un quart d'heure, dans dix minutes ils seront ici peut-être.

— Alors, que venez-vous faire?

— M'embarquer avec vous.

— Ah! ah! le général douterait-il de mon zèle?

— Non; mais je veux assister moi-même à ma vengeance. N'avez-vous point quelqu'un qui puisse me débarrasser de mon cheval?

Groslow siffla, un marin parut.

— Patrick, dit Groslow, conduisez ce cheval à l'écurie de l'auberge la plus proche. Si l'on vous demande à qui il appartient, vous direz que c'est à un seigneur irlandais.

Le marin s'éloigna sans faire une observation.

— Maintenant, dit Mordaunt, ne craignez-vous point qu'ils vous reconnaissent?

— Il n'y a pas de danger sous ce costume, enveloppé de ce caban, par cette nuit sombre; d'ailleurs vous ne m'avez pas reconnu, vous; eux, à plus forte raison, ne me reconnaîtront point.

— C'est vrai, dit Mordaunt; d'ailleurs ils seront loin de songer à vous. Tout est prêt, n'est-ce pas?

— Oui.

— La cargaison est chargée?

— Oui.

— Cinq tonneaux pleins?

— Et cinquante vides.

— C'est cela.

— Nous conduisons du porto à Anvers.

— A merveille. Maintenant menez-moi à bord et revenez prendre votre poste, car ils ne tarderont pas à arriver.

— Je suis prêt.

— Il est important qu'aucun de vos gens ne me voie entrer.

— Je n'ai qu'un homme à bord, et je suis sûr de lui comme de moi-même. D'ailleurs, cet homme ne vous connaît pas, et, comme ses compagnons, il est prêt à obéir à nos ordres, mais il ignore tout.

— C'est bien. Allons.

Ils descendirent alors vers la Tamise. Une petite barque était amarrée au rivage par une chaîne de fer fixée à un pieu. Groslow tira la barque à lui, l'assura tandis que Mordaunt descendait dedans, puis il sauta à son tour, et presque aussitôt, saisissant les avirons, il se mit à ramer de manière à prouver à Mordaunt la vérité de ce qu'il avait avancé, c'est-à-dire qu'il n'avait pas oublié son métier de marin.

Au bout de cinq minutes on fut dégagé de ce monde de bâtiments qui, à cette époque déjà, encombraient les approches de Londres, et Mordaunt put voir, comme un point sombre, la petite felouque se balançant à l'ancre à quatre ou cinq encablures de l'île des Chiens.

En approchant de *l'Éclair,* Groslow siffla d'une certaine façon, et vit la tête d'un homme apparaître au-dessus de la muraille.

— Est-ce vous, capitaine? demanda cet homme.

— Oui, jette l'échelle.

Et Groslow, passant léger et rapide comme une hirondelle sous le beaupré, vint se ranger bord à bord avec lui.

— Montez, dit Groslow à son compagnon.

Mordaunt, sans répondre, saisit la corde et grimpa le long des flancs du navire avec une agilité et un aplomb peu ordinaires aux gens de terre; mais son désir de vengeance lui tenait lieu d'habitude et le rendait apte à tout.

Comme l'avait prévu Groslow, le matelot de garde à bord de *l'Éclair* ne parut pas même remarquer que son patron revenait accompagné.

Mordaunt et Groslow s'avancèrent vers la chambre du capitaine. C'était une espèce de cabine provisoire bâtie en planches sur le pont.

L'appartement d'honneur avait été cédé par le capitaine Roggers à ses passagers.

— Et eux, demanda Mordaunt, où sont-ils?

— À l'autre extrémité du bâtiment, répondit Groslow.

— Et ils n'ont rien à faire de ce côté?

— Rien absolument.

— A merveille! Je me tiens caché chez vous. Retournez à Greenwich et ramenez-les. Vous avez une chaloupe?

— Celle dans laquelle nous sommes venus.

— Elle m'a paru légère et bien taillée.

— Une véritable pirogue.

— Amarrez-la à la poupe avec une liasse de chanvre, mettez-y les avirons afin qu'elle suive dans le sillage et qu'il n'y ait que la corde à couper. Munissez-la de rhum et de biscuits. Si par hasard la mer était mauvaise, vos hommes ne seraient pas fâchés de trouver sous leur main de quoi se réconforter.

— Il sera fait comme vous dites. Voulez-vous visiter la sainte-barbe?

— Non, à votre retour. Je veux placer la mèche moi-même, pour être sûr qu'elle ne fera pas long feu. Surtout cachez bien votre visage, qu'ils ne vous reconnaissent pas.

— Soyez donc tranquille.

— Allez, voilà dix heures qui sonnent à Greenwich.

En effet, les vibrations d'une cloche dix fois répétées traversèrent tristement l'air chargé de gros nuages qui roulaient au ciel pareils à des vagues silencieuses.

Groslow repoussa la porte, que Mordaunt ferma en dedans, et, après avoir donné au matelot de garde l'ordre de veiller avec la plus grande attention, il descendit dans sa barque, qui s'éloigna rapidement, écumant le flot de son double aviron.

Le vent était froid et la jetée déserte lorsque Groslow aborda à Greenwich; plusieurs barques venaient de partir à la marée pleine. Au moment où Groslow prit terre, il entendit comme un galop de chevaux sur le chemin pavé de galets.

— Oh! oh! dit-il, Mordaunt avait raison de me presser. Il n'y avait pas de temps à perdre; les voici.

En effet, c'étaient nos amis ou plutôt leur avant-garde composée de d'Artagnan et d'Athos. Arrivés en face de l'endroit où se tenait Groslow, ils s'arrêtèrent comme s'ils eussent deviné que celui à qui ils avaient affaire était là. Athos mit pied à terre et déroula tranquillement un mouchoir dont les quatre coins étaient noués, et

La felouque L'Éclair 721

qu'il fit flotter au vent, tandis que d'Artagnan toujours prudent, restait à demi penché sur son cheval, une main enfoncée dans les fontes.

Groslow, qui, dans le doute où il était que les cavaliers fussent bien ceux qu'il attendait, s'était accroupi derrière un de ces canons plantés dans le sol et qui servent à enrouler les câbles, se leva alors, en voyant le signal convenu, et marcha droit aux gentilshommes. Il était tellement encapuchonné dans son caban qu'il était impossible de voir sa figure. D'ailleurs la nuit était si sombre que cette précaution était superflue.

Cependant l'œil perçant d'Athos devina, malgré l'obscurité, que ce n'était pas Roggers qui était devant lui.

— Que voulez-vous ? dit-il à Groslow en faisant un pas en arrière.

— Je veux vous dire, Milord, répondit Groslow en affectant l'accent irlandais, que vous cherchez le patron Roggers, mais que vous cherchez vainement.

— Comment cela ? demanda Athos.

— Parce que ce matin il est tombé d'un mât de hune et qu'il s'est cassé la jambe. Mais je suis son cousin; il m'a conté toute l'affaire et m'a chargé de reconnaître pour lui et de conduire à sa place, partout où ils le désireraient, les gentilshommes qui m'apporteraient un mouchoir noué aux quatre coins comme celui que vous tenez à la main et comme celui que j'ai dans ma poche.

Et à ces mots Groslow tira de sa poche le mouchoir qu'il avait déjà montré à Mordaunt.

— Est-ce tout ? demanda Athos.

— Non pas, Milord; car il y a encore soixante-quinze livres promises si je vous débarque sains et saufs à Boulogne ou sur tout autre point de la France que vous m'indiquerez.

— Que dites-vous de cela, d'Artagnan ? demanda Athos en français.

— Que dit-il, d'abord ? répondit celui-ci.

— Ah! c'est vrai, dit Athos; j'oubliais que vous n'entendez pas l'anglais.

Et il redit à d'Artagnan la conversation qu'il venait d'avoir avec le patron.

— Cela me paraît assez vraisemblable, dit le Gascon.

— Et à moi aussi, répondit Athos.

— D'ailleurs, reprit d'Artagnan, si cet homme nous

trompe, nous pourrons toujours lui brûler la cervelle.

— Et qui nous conduira?

— Vous, Athos; vous savez tant de choses, que je ne doute pas que vous ne sachiez conduire un bâtiment.

— Ma foi, dit Athos avec un sourire, tout en plaisantant, ami, vous avez presque rencontré juste; j'étais destiné par mon père à servir dans la marine, et j'ai quelques vagues notions du pilotage.

— Voyez-vous! s'écria d'Artagnan.

— Allez donc chercher nos amis, d'Artagnan, et revenez, il est onze heures, nous n'avons pas de temps à perdre.

D'Artagnan s'avança vers deux cavaliers qui, le pistolet au poing, se tenaient en vedette aux premières maisons de la ville, attendant et surveillant sur le revers de la route et rangés contre une espèce de hangar; trois autres cavaliers faisaient le guet et semblaient attendre aussi.

Les deux vedettes du milieu de la route étaient Porthos et Aramis.

Les trois cavaliers du hangar étaient Mousqueton, Blaisois et Grimaud; seulement ce dernier, en y regardant de plus près, était double, car il avait en croupe Parry, qui devait ramener à Londres les chevaux des gentilshommes et de leurs gens, vendus à l'hôte pour payer les dettes qu'ils avaient faites chez lui. Grâce à ce coup de commerce, les quatre amis avaient pu emporter avec eux une somme, sinon considérable, du moins suffisante pour faire face aux retards et aux éventualités.

D'Artagnan transmit à Porthos et à Aramis l'invitation de le suivre, et ceux-ci firent signe à leurs gens de mettre pied à terre et de détacher leurs portemanteaux.

Parry se sépara, non sans regret, de ses amis; on lui avait proposé de venir en France, mais il avait opiniâtrement refusé.

— C'est tout simple, avait dit Mousqueton, il a son idée à l'endroit de Groslow.

On se rappelle que c'était le capitaine Groslow qui lui avait cassé la tête.

La petite troupe rejoignit Athos. Mais déjà d'Artagnan avait repris sa méfiance naturelle; il trouvait le quai trop désert, la nuit trop noire, le patron trop facile.

Il avait raconté à Aramis l'incident que nous avons dit, et Aramis, non moins défiant que lui, n'avait pas peu contribué à augmenter ses soupçons.

Un petit claquement de la langue contre ses dents traduisit à Athos les inquiétudes du Gascon.

— Nous n'avons pas le temps d'être défiants, dit Athos, la barque nous attend, entrons.

— D'ailleurs, dit Aramis, qui nous empêche d'être défiants et d'entrer tout de même ? On surveillera le patron.

— Et s'il ne marche pas droit, je l'assommerai. Voilà tout.

— Bien dit, Porthos, reprit d'Artagnan. Entrons donc. Passe, Mousqueton.

Et d'Artagnan arrêta ses amis, faisant passer les valets les premiers afin qu'ils essayassent la planche qui conduisait de la jetée à la barque.

Les trois valets passèrent sans accident.

Athos les suivit, puis Porthos, puis Aramis. D'Artagnan passa le dernier, tout en continuant de secouer la tête.

— Que diable avez-vous donc, mon ami ? dit Porthos ; sur ma parole, vous feriez peur à César.

— J'ai, répondit d'Artagnan, que je ne vois sur ce port ni inspecteur, ni sentinelle, ni gabelou.

— Plaignez-vous donc ! dit Porthos, tout va comme sur une pente fleurie.

— Tout va trop bien, Porthos. Enfin, n'importe, à la grâce de Dieu.

Aussitôt que la planche fut retirée, le patron s'assit au gouvernail et fit signe à l'un de ses matelots, qui, armé d'une gaffe, commença à manœuvrer pour sortir du dédale de bâtiments au milieu duquel la petite barque était engagée.

L'autre matelot se tenait déjà à bâbord, son aviron à la main.

Lorsqu'on put se servir des rames, son compagnon vint le rejoindre, et la barque commença de filer plus rapidement.

— Enfin, nous partons ! dit Porthos.

— Hélas ! répondit le comte de La Fère, nous partons seuls !

— Oui ; mais nous partons tous quatre ensemble, et sans une égratignure ; c'est une consolation.

— Nous ne sommes pas encore arrivés, dit d'Artagnan; gare les rencontres!

— Eh! mon cher, dit Porthos, vous êtes comme les corbeaux, vous! vous chantez toujours malheur. Qui peut nous rencontrer par cette nuit sombre, où l'on ne voit pas à vingt pas de distance?

— Oui, mais demain matin? dit d'Artagnan.

— Demain matin nous serons à Boulogne.

— Je le souhaite de tout mon cœur, dit le Gascon, et j'avoue ma faiblesse. Tenez, Athos, vous allez rire! mais tant que nous avons été à portée de fusil de la jetée ou des bâtiments qui la bordaient, je me suis attendu à quelque effroyable mousquetade qui nous écrasait tous.

— Mais, dit Porthos avec un gros bon sens, c'était chose impossible, car on eût tué en même temps le patron et les matelots.

— Bah! voilà une belle affaire pour M. Mordaunt! Croyez-vous qu'il y regarde de si près?

— Enfin, dit Porthos, je suis bien aise que d'Artagnan avoue qu'il ait eu peur.

— Non seulement je l'avoue, mais je m'en vante. Je ne suis pas un rhinocéros comme vous. Ohé! qu'est-ce que cela?

— L'*Éclair,* dit le patron.

— Nous sommes donc arrivés? demanda Athos en anglais.

— Nous arrivons, dit le capitaine.

En effet, après trois coups de rame, on se trouvait côte à côte avec le petit bâtiment.

Le matelot attendait, l'échelle était préparée; il avait reconnu la barque.

Athos monta le premier avec une habileté toute marine; Aramis, avec l'habitude qu'il avait depuis longtemps des échelles de corde et des autres moyens plus ou moins ingénieux qui existent pour traverser les espaces défendus; d'Artagnan comme un chasseur d'isard et de chamois; Porthos, avec ce développement de force qui chez lui suppléait à tout.

Chez les valets l'opération fut plus difficile; non pas pour Grimaud, espèce de chat de gouttière, maigre et effilé, qui trouvait toujours moyen de se hisser partout, mais pour Mousqueton et pour Blaisois, que les matelots furent obligés de soulever dans leurs bras à la portée de la main de Porthos, qui les empoigna par le collet de leur justaucorps et les déposa tout debout sur le pont du bâtiment.

Le capitaine conduisit ses passagers à l'appartement qui leur était préparé, et qui se composait d'une seule pièce qu'ils devaient habiter en communauté; puis il essaya de s'éloigner sous le prétexte de donner quelques ordres.

— Un instant, dit d'Artagnan; combien d'hommes avez-vous à bord, patron?

— Je ne comprends pas, répondit celui-ci en anglais.

— Demandez-lui cela dans sa langue, Athos.

Athos fit la question que désirait d'Artagnan.

— Trois, répondit Groslow, sans me compter, bien entendu.

D'Artagnan comprit, car en répondant le patron avait levé trois doigts.

— Oh! dit d'Artagnan, trois, je commence à me rassurer. N'importe, pendant que vous vous installerez, moi, je vais faire un tour dans le bâtiment.

— Et moi, dit Porthos, je vais m'occuper du souper.

— Ce projet est beau et généreux, Porthos, mettez-le à exécution. Vous, Athos, prêtez-moi Grimaud, qui, dans la compagnie de son ami Parry, a appris à baragouiner un peu d'anglais; il me servira d'interprète.

— Allez, Grimaud, dit Athos.

Une lanterne était sur le pont, d'Artagnan la souleva d'une main, prit un pistolet de l'autre et dit au patron :

— *Come.*

C'était, avec *Goddam,* tout ce qu'il avait pu retenir de la langue anglaise.

D'Artagnan gagna l'écoutille et descendit dans l'entrepont.

L'entrepont était divisé en trois compartiments : celui dans lequel d'Artagnan descendait, et qui pouvait s'étendre du troisième mâtereau à l'extrémité de la poupe, et qui par conséquent était recouvert par le plancher de la chambre dans laquelle Athos, Porthos et Aramis se préparaient à passer la nuit; le second, qui occupait le milieu du bâtiment, et qui était destiné au logement des domestiques; le troisième qui s'allongeait sous la proue, c'est-à-dire sous la cabine improvisée par le capitaine et dans laquelle Mordaunt se trouvait caché.

— Oh! oh! dit d'Artagnan, descendant l'escalier de l'écoutille et se faisant précéder de sa lanterne, qu'il tenait étendue de toute la longueur du bras, que de tonneaux! On dirait la caverne d'Ali-Baba.

Les Mille et une Nuits venaient d'être traduites pour la première fois et étaient fort à la mode à cette époque.

— Que dites-vous? demanda en anglais le capitaine.

D'Artagnan comprit à l'intonation de la voix.

— Je désire savoir ce qu'il y a dans ces tonneaux? demanda d'Artagnan en posant sa lanterne sur l'une des futailles.

Le patron fit un mouvement pour remonter l'échelle, mais il se contint.

— Porto, répondit-il.

— Ah! du vin de Porto? dit d'Artagnan, c'est toujours une tranquillité, nous ne mourrons pas de soif.

Puis se retournant vers Groslow, qui essuyait sur son front de grosses gouttes de sueur:

— Et elles sont pleines? demanda-t-il.

Grimaud traduisit la question.

— Les unes pleines, les autres vides, dit Groslow d'une voix dans laquelle, malgré ses efforts, se trahissait son inquiétude.

D'Artagnan frappa du doigt sur les tonneaux, reconnut cinq tonneaux pleins et les autres vides; puis il introduisit, toujours à la grande terreur de l'Anglais, sa lanterne dans les intervalles des barriques, et reconnaissant que ces intervalles étaient inoccupés:

— Allons, passons, dit-il, et il s'avança vers la porte qui donnait dans le second compartiment.

— Attendez, dit l'Anglais, qui était resté derrière, toujours en proie à cette émotion que nous avons indiquée; attendez, c'est moi qui ai la clef de cette porte.

Et, passant rapidement devant d'Artagnan et Grimaud, il introduisit d'une main tremblante la clef dans la serrure et l'on se trouva dans le second compartiment, où Mousqueton et Blaisois s'apprêtaient à souper.

Dans celui-là ne se trouvait évidemment rien à chercher ni à reprendre: on en voyait tous les coins et tous les recoins à la lueur de la lampe qui éclairait ces dignes compagnons.

On passa donc rapidement et l'on visita le troisième compartiment.

Celui-là était la chambre des matelots.

Trois ou quatre hamacs pendus au plafond, une table soutenue par une double corde passée à chacune de ses extrémités, deux bancs vermoulus et boiteux en formaient tout l'ameublement. D'Artagnan alla soulever deux ou trois vieilles voiles pendantes contre les parois, et, ne voyant encore rien de suspect, regagna par l'écoutille le pont du bâtiment.

— Et cette chambre? demanda d'Artagnan.

Grimaud traduisit à l'Anglais les paroles du mousquetaire.

— Cette chambre est la mienne, dit le patron; y voulez-vous entrer?

— Ouvrez la porte, dit d'Artagnan.

L'Anglais obéit: d'Artagnan allongea son bras armé de la lanterne, passa la tête par la porte entrebâillée, et voyant que cette chambre était un véritable réduit:

— Bon, dit-il, s'il y a une armée à bord, ce n'est point ici qu'elle sera cachée. Allons voir si Porthos a trouvé de quoi souper.

En remerciant le patron d'un signe de tête, il regagna la chambre d'honneur, où étaient ses amis.

Porthos n'avait rien trouvé, à ce qu'il paraît, ou, s'il avait trouvé quelque chose, la fatigue l'avait emporté sur la faim, et, couché dans son manteau, il dormait profondément lorsque d'Artagnan rentra.

Athos et Aramis, bercés par les mouvements moelleux des premières vagues de la mer, commençaient de leur côté à fermer les yeux; ils les rouvrirent au bruit que fit leur compagnon.

— Eh bien? fit Aramis.

— Tout va bien, dit d'Artagnan, et nous pouvons dormir tranquilles.

Sur cette assurance, Aramis laissa retomber sa tête; Athos fit de la sienne un signe affectueux; et d'Artagnan, qui, comme Porthos, avait encore plus besoin de dormir que de manger, congédia Grimaud, et se coucha dans son manteau, l'épée nue, de telle façon que son corps barrait le passage et qu'il était impossible d'entrer dans la chambre sans le heurter.

LXXV

Au bout de dix minutes, les maîtres dormaient, mais il n'en était pas ainsi des valets, affamés et surtout altérés.

Blaisois et Mousqueton s'apprêtaient à préparer leur lit, qui consistait en une planche et une valise, tandis que sur la table suspendue comme celle de la chambre voisine se balançaient, au roulis de la mer, un pot de bière et trois verres.

— Maudit roulis! disait Blaisois. Je sens que cela va me reprendre comme en venant.

— Et n'avoir pour combattre le mal de mer, répondit Mousqueton, que du pain d'orge et du vin de houblon! pouah!

— Mais votre bouteille d'osier, Monsieur Mousqueton, demanda Blaisois, qui venait d'achever la préparation de sa couche et qui s'approchait en trébuchant de la table devant laquelle Mousqueton était déjà assis et où il parvint à s'asseoir; mais votre bouteille d'osier, l'avez-vous perdue?

— Non pas, dit Mousqueton, mais Parry l'a gardée. Ces diables d'Écossais ont toujours soif. Et vous, Grimaud, demanda Mousqueton à son compagnon, qui venait de rentrer après avoir accompagné d'Artagnan dans sa tournée, avez-vous soif?

— Comme un Écossais, répondit laconiquement Grimaud.

Et il s'assit près de Blaisois et de Mousqueton, tira un carnet de sa poche et se mit à faire les comptes de la société, dont il était l'économe.

— Oh! la! la! dit Blasois, voilà mon cœur qui s'embrouille!

— S'il en est ainsi, dit Mousqueton d'un ton doctoral, prenez un peu de nourriture.

— Vous appelez cela de la nourriture? dit Blaisois en accompagnant d'une mine piteuse le doigt dédaigneux dont il montrait le pain d'orge et le pot de bière.

— Blaisois, reprit Mousqueton, souvenez-vous que le pain est la vraie nourriture du Français; encore le Français n'en a-t-il pas toujours, demandez à Grimaud.

— Oui, mais la bière, reprit Blaisois avec une promptitude qui fait honneur à la vivacité de son esprit de repartie; mais la bière, est-ce là sa vraie boisson?

— Pour ceci, dit Mousqueton, pris par le dilemme et assez embarrassé d'y répondre, je dois avouer que non, et que la bière lui est aussi antipathique que le vin l'est aux Anglais.

— Comment, Monsieur Mouston, dit Blaisois, qui cette fois doutait des profondes connaissances de Mousqueton, pour lesquelles, dans les circonstances ordinaires de la vie, il avait cependant l'admiration la plus entière; comment, Monsieur Mouston, les Anglais n'aiment pas le vin?

— Ils le détestent.

— Mais je leur en ai vu boire, cependant.

— Par pénitence; et la preuve, continua Mousqueton en se rengorgeant, c'est qu'un prince anglais est mort un jour parce qu'on l'avait mis dans un tonneau de malvoisie . J'ai entendu raconter le fait à M. l'abbé d'Herblay.

— L'imbécile! dit Blaisois, je voudrais bien être à sa place!

— Tu le peux, dit Grimaud tout en alignant ses chiffres.

— Comment cela, dit Blaisois, je le peux?

— Oui, continua Grimaud tout en retenant quatre et en reportant ce nombre à la colonne suivante.

— Je le peux? Expliquez-vous, Monsieur Grimaud.

Mousqueton gardait le silence pendant les interrogations de Blaisois, mais il était facile de voir à l'expression de son visage que ce n'était point par indifférence.

Grimaud continua son calcul et posa son total.

— Porto, dit-il alors en étendant la main dans la direction du premier compartiment visité par d'Artagnan et lui en compagnie du patron.

— Comment! ces tonneaux que j'ai aperçus à travers la porte entrouverte?

— Porto, répéta Grimaud, qui recommença une nouvelle opération arithmétique.

— J'ai entendu dire, reprit Blaisois en s'adressant

à Mousqueton, que le porto est un excellent vin d'Espagne.

— Excellent, dit Mousqueton en passant le bout de sa langue sur ses lèvres, excellent. Il y en a dans la cave de M. le baron de Bracieux.

— Si nous priions ces Anglais de nous en vendre une bouteille ? demanda l'honnête Blaisois.

— Vendre ! dit Mousqueton amené à ses anciens instincts de marauderie. On voit bien, jeune homme, que vous n'avez pas encore l'expérience des choses de la vie. Pourquoi donc acheter quand on peut prendre ?

— Prendre, dit Blaisois, convoiter le bien du prochain ! la chose est défendue, ce me semble.

— Où cela ? demanda Mousqueton.

— Dans les commandements de Dieu ou de l'Église, je ne sais plus lesquels. Mais ce que je sais, c'est qu'il y a :

> Bien d'autrui ne convoiteras,
> Ni son épouse mêmement.

— Voilà encore une raison d'enfant, Monsieur Blaisois, dit de son ton le plus protecteur Mousqueton. Oui, d'enfant, je répète le mot. Où avez-vous vu dans les Écritures, je vous le demande, que les Anglais fussent votre prochain ?

— Ce n'est nulle part, la chose est vraie, dit Blaisois, du moins je ne me le rappelle pas.

— Raison d'enfant, je le répète, reprit Mousqueton. Si vous aviez fait dix ans la guerre comme Grimaud et moi, mon cher Blaisois, vous sauriez faire la différence qu'il y a entre le bien d'autrui et le bien de l'ennemi. Or, un Anglais est un ennemi, je pense, et ce vin de Porto appartient aux Anglais. Donc il nous appartient, puisque nous sommes Français. Ne connaissez-vous pas le proverbe : Autant de pris sur l'ennemi ?

Cette faconde, appuyée de toute l'autorité que puisait Mousqueton dans sa longue expérience, stupéfia Blaisois. Il baissa la tête comme pour se recueillir, et tout à coup relevant le front en homme armé d'un argument irrésistible :

— Et les maîtres, dit-il, seront-ils de votre avis, Monsieur Mouston ?

Mouston sourit avec dédain.

— Il faudrait peut-être, dit-il, que j'allasse troubler

le sommeil de ces illustres seigneurs pour leur dire : « Messieurs, votre serviteur Mousqueton a soif, voulez-vous lui permettre de boire ? » Qu'importe, je vous le demande, à M. de Bracieux que j'aie soif ou non ?

— C'est du vin bien cher, dit Blaisois en secouant la tête.

— Fût-ce de l'or potable, Monsieur Blaisois, dit Mousqueton, nos maîtres ne s'en priveraient pas. Apprenez que le baron de Bracieux est à lui seul assez riche pour boire une tonne de porto, fût-il obligé de la payer une pistole la goutte. Or, je ne vois pas, continua Mousqueton de plus en plus magnifique dans son orgueil, puisque les maîtres ne s'en priveraient pas, pourquoi les valets s'en priveraient.

Et Mousqueton, se levant, prit le pot de bière qu'il vida par un sabord jusqu'à la dernière goutte, et s'avança majestueusement vers la porte qui donnait dans le compartiment.

— Ah ! ah ! fermée, dit-il. Ces diables d'Anglais, comme ils sont défiants !

— Fermée ! dit Blaisois d'un ton non moins désappointé que celui de Mousqueton. Ah ! peste ! c'est malheureux ; avec ça que je sens mon cœur qui se barbouille de plus en plus.

Mousqueton se retourna vers Blaisois avec un visage si piteux qu'il était évident qu'il partageait à un haut degré le désappointement du brave garçon.

— Fermée ! répéta-t-il.

— Mais, hasarda Blaisois, je vous ai entendu raconter, Monsieur Mouston, qu'une fois dans votre jeunesse, à Chantilly, je crois, vous avez nourri votre maître et vous-même en prenant des perdrix au collet, des carpes à la ligne et des bouteilles au lacet.

— Sans doute, répondit Mousqueton, c'est l'exacte vérité, et voilà Grimaud qui peut vous le dire. Mais il y avait un soupirail à la cave, et le vin était en bouteilles. Je ne puis pas jeter le lacet à travers cette cloison, ni tirer avec une ficelle une pièce de vin qui pèse peut-être deux quintaux.

— Non, mais vous pouvez lever deux ou trois planches de la cloison, dit Blaisois, et faire à l'un des tonneaux un trou avec une vrille.

Mousqueton écarquilla démesurément ses yeux ronds

et, regardant Blaisois en homme émerveillé de rencontrer dans un autre homme des qualités qu'il ne soupçonnait pas :

— C'est vrai, dit-il, cela se peut; mais un ciseau pour faire sauter les planches, une vrille pour percer le tonneau?

— La trousse, dit Grimaud tout en établissant la balance de ses comptes.

— Ah! oui, la trousse, dit Mousqueton, et moi qui n'y pensais pas!

Grimaud, en effet, était non seulement l'économe de la troupe, mais encore son armurier; outre un registre il avait une trousse. Or, comme Grimaud était homme de suprême précaution, cette trousse, soigneusement roulée dans sa valise, était garnie de tous les instruments de première nécessité.

Elle contenait donc une vrille d'une raisonnable grosseur.

Mousqueton s'en empara.

Quant au ciseau, il n'eut point à le chercher bien loin, le poignard qu'il portait à sa ceinture pouvait le remplacer avantageusement. Mousqueton chercha un coin où les planches fussent disjointes, ce qu'il n'eut pas de peine à trouver, et se mit immédiatement à l'œuvre.

Blaisois le regardait faire avec une admiration mêlée d'impatience, hasardant de temps en temps sur la façon de faire sauter un clou ou de pratiquer une pesée des observations pleines d'intelligence et de lucidité.

Au bout d'un instant, Mousqueton avait fait sauter trois planches.

— Là, dit Blaisois.

Mousqueton était le contraire de la grenouille de la fable qui se croyait plus grosse qu'elle n'était. Malheureusement, s'il était parvenu à diminuer son nom d'un tiers, il n'en était pas de même de son ventre. Il essaya de passer par l'ouverture pratiquée et vit avec douleur qu'il lui faudrait encore enlever deux ou trois planches au moins pour que l'ouverture fût à sa taille.

Il poussa un soupir et se retira pour se remettre à l'œuvre.

Mais Grimaud, qui avait fini ses comptes, s'était levé, et, avec un intérêt profond pour l'opération qui s'exécutait, il s'était approché de ses deux compagnons et avait vu les efforts inutiles tentés par Mousqueton pour atteindre la terre promise.

— Moi, dit Grimaud.

Ce mot valait à lui seul tout un sonnet, qui vaut à lui seul, comme on le sait, tout un poème .

Mousqueton se retourna.

— Quoi, vous? demanda-t-il.

— Moi, je passerai.

— C'est vrai, dit Mousqueton en jetant un regard sur le corps long et mince de son ami, vous passerez, vous, et même facilement.

— C'est juste, il connaît les tonneaux pleins, dit Blaisois, puisqu'il a déjà été dans la cave avec M. le chevalier d'Artagnan. Laissez passer M. Grimaud, Monsieur Mouston.

— J'y serais passé aussi bien que Grimaud, dit Mousqueton un peu piqué.

— Oui, mais ce serait plus long, et j'ai bien soif. Je sens mon cœur qui se barbouille de plus en plus.

— Passez donc, Grimaud, dit Mousqueton en donnant à celui qui allait tenter l'expédition à sa place le pot à bière et la vrille.

— Rincez les verres, dit Grimaud.

Puis il fit un geste amical à Mousqueton, afin que celui-ci lui pardonnât d'achever une expédition si brillamment commencée par un autre, et comme une couleuvre il se glissa par l'ouverture béante et disparut.

Blaisois semblait ravi, en extase. De tous les exploits accomplis depuis leur arrivée en Angleterre par les hommes extraordinaires auxquels ils avaient le bonheur d'être adjoints, celui-là lui semblait sans contredit le plus miraculeux.

— Vous allez voir, dit alors Mousqueton en regardant Blaisois avec une supériorité à laquelle celui-ci n'essaya même point de se soustraire, vous allez voir, Blaisois, comment nous autres anciens soldats, nous buvons quand nous avons soif.

— Le manteau, dit Grimaud du fond de la cave.

— C'est juste, dit Mousqueton.

— Que désire-t-il? demanda Blaisois.

— Qu'on bouche l'ouverture avec un manteau.

— Pour quoi faire? demanda Blaisois.

— Innocent! dit Mousqueton, et si quelqu'un entrait?

— Ah! c'est vrai! s'écria Blaisois avec une admiration de plus en plus visible. Mais il n'y verra pas clair.

— Grimaud voit toujours clair, répondit Mousqueton, la nuit comme le jour.

— Il est bien heureux, dit Blaisois; quand je n'ai pas de chandelle, je ne puis pas faire deux pas sans me cogner, moi.

— C'est que vous n'avez pas servi, dit Mousqueton; sans cela vous auriez appris à ramasser une aiguille dans un four. Mais silence! on vient, ce me semble.

Mousqueton fit entendre un petit sifflement d'alarme qui était familier aux laquais aux jours de leur jeunesse, reprit sa place à table et fit signe à Blaisois d'en faire autant.

Blaisois obéit.

La porte s'ouvrit. Deux hommes enveloppés dans leurs manteaux parurent.

— Oh! oh! dit l'un d'eux, pas encore couchés à onze heures et un quart? C'est contre les règles. Que dans un quart d'heure tout soit éteint et que tout le monde ronfle.

Les deux hommes s'acheminèrent vers la porte du compartiment dans lequel s'était glissé Grimaud, ouvrirent cette porte, entrèrent et la refermèrent derrière eux.

— Ah! dit Blaisois frémissant, il est perdu!

— C'est un bien fin renard que Grimaud, murmura Mousqueton.

Et ils attendirent, l'oreille au guet et l'haleine suspendue.

Dix minutes s'écoulèrent, pendant lesquelles on n'entendit aucun bruit qui pût faire soupçonner que Grimaud fût découvert.

Ce temps écoulé, Mousqueton et Blaisois virent la porte se rouvrir, les deux hommes en manteau sortirent, refermèrent la porte avec la même précaution qu'ils avaient fait en entrant et ils s'éloignèrent en renouvelant l'ordre de se coucher et d'éteindre les lumières.

— Obéirons-nous? demanda Blaisois; tout cela me semble louche.

— Ils ont dit un quart d'heure; nous avons encore cinq minutes, reprit Mousqueton.

— Si nous prévenions les maîtres?
— Attendons Grimaud.
— Mais s'ils l'ont tué?
— Grimaud eût crié.
— Vous savez qu'il est presque muet.
— Nous eussions entendu le coup, alors.
— Mais s'il ne revient pas?
— Le voici.

En effet, au moment même Grimaud écartait le manteau qui cachait l'ouverture et passait à travers cette ouverture une tête livide dont les yeux arrondis par l'effroi laissaient voir une petite prunelle dans un large cercle blanc. Il tenait à la main le pot à bière plein d'une substance quelconque, l'approcha du rayon de lumière qu'envoyait la lampe fumeuse, et murmura ce simple monosyllabe : *Oh !* avec une expression de si profonde terreur que Mousqueton recula épouvanté et que Blaisois pensa s'évanouir.

Tous deux jetèrent néanmoins un regard curieux dans le pot à bière : il était plein de poudre.

Une fois convaincu que le bâtiment était chargé de poudre au lieu de l'être de vin, Grimaud s'élança vers l'écoutille et ne fit qu'un bond jusqu'à la chambre où dormaient les quatre amis. Arrivé à cette chambre, il repoussa doucement la porte, laquelle en s'ouvrant réveilla immédiatement d'Artagnan couché derrière elle.

A peine eut-il vu la figure décomposée de Grimaud, qu'il comprit qu'il se passait quelque chose d'extraordinaire et voulut s'écrier; mais Grimaud, d'un geste plus rapide que la parole elle-même, mit un doigt sur ses lèvres, et, d'un souffle qu'on n'eût pas soupçonné dans un corps si frêle, il éteignit la petite veilleuse à trois pas.

D'Artagnan se souleva sur le coude, Grimaud mit un genou en terre, et là, le cou tendu, tous les sens surexcités, il lui glissa dans l'oreille un récit qui, à la rigueur, était assez dramatique pour se passer du geste et du jeu de physionomie.

Pendant ce récit, Athos, Porthos et Aramis dormaient comme des hommes qui n'ont pas dormi depuis huit jours, et dans l'entrepont, Mousqueton nouait par précaution ses aiguillettes, tandis que Blaisois, saisi d'horreur, les cheveux hérissés sur sa tête, essayait d'en faire autant.

Voici ce qui s'était passé.

A peine Grimaud eut-il disparu par l'ouverture et se trouva-t-il dans le premier compartiment, qu'il se mit en quête et qu'il rencontra un tonneau. Il frappa dessus : le tonneau était vide. Il passa à un autre, il était vide encore ; mais le troisième sur lequel il répéta l'expérience rendit un son si mat qu'il n'y avait point à s'y tromper. Grimaud reconnut qu'il était plein.

Il s'arrêta à celui-ci, chercha une place convenable pour le percer avec sa vrille, et, en cherchant cet endroit, mit la main sur un robinet.

— Bon ! dit Grimaud, voilà qui m'épargne de la besogne.

Et il approcha son pot à bière, tourna le robinet et sentit que le contenu passait doucement d'un récipient dans l'autre.

Grimaud, après avoir préalablement pris la précaution de fermer le robinet, allait porter le pot à ses lèvres, trop consciencieux qu'il était pour apporter à ses compagnons une liqueur dont il n'eût pas pu leur répondre, lorsqu'il entendit le signal de l'alarme que lui donnait Mousqueton ; il se douta de quelque ronde de nuit, se glissa dans l'intervalle de deux tonneaux et se cacha derrière une futaille.

En effet, un instant après, la porte s'ouvrit et se referma après avoir donné passage aux deux hommes à manteau que nous avons vus passer et repasser devant Blaisois et Mousqueton en donnant l'ordre d'éteindre les lumières.

L'un des deux portait une lanterne garnie de vitres, soigneusement fermée et d'une telle hauteur que la flamme ne pouvait atteindre à son sommet. De plus, les vitres elles-mêmes étaient recouvertes d'une feuille de papier blanc qui adoucissait ou plutôt absorbait la lumière et la chaleur.

Cet homme était Groslow.

L'autre tenait à la main quelque chose de long, de flexible et de roulé comme une corde blanchâtre. Son visage était recouvert d'un chapeau à large bord. Grimaud, croyant que le même sentiment que le sien les attirait dans le caveau, et que, comme lui, ils venaient faire une visite au vin de Porto, se blottit de plus en plus derrière sa futaille, se disant qu'au reste, s'il était découvert, le crime n'était pas bien grand.

Arrivés au tonneau derrière lequel Grimaud était caché, les deux hommes s'arrêtèrent.

— Avez-vous la mèche? demanda en anglais celui qui portait le falot.

— La voici, dit l'autre.

A la voix du dernier, Grimaud tressaillit et sentit un frisson lui passer dans la moelle des os; il se souleva lentement, jusqu'à ce que sa tête dépassât le cercle de bois, et sous le large chapeau il reconnut la pâle figure de Mordaunt.

— Combien de temps peut durer cette mèche? demanda-t-il.

— Mais... cinq minutes à peu près, dit le patron.

Cette voix, non plus, n'était pas étrangère à Grimaud. Ses regards passèrent de l'un à l'autre, et après Mordaunt il reconnut Groslow.

— Alors, dit Mordaunt, vous allez prévenir vos hommes de se tenir prêts, sans leur dire à quoi. La chaloupe suit-elle le bâtiment?

— Comme un chien suit son maître au bout d'une laisse de chanvre.

— Alors, quand la pendule piquera le quart après minuit, vous réunirez vos hommes, vous descendrez sans bruit dans la chaloupe...

— Après avoir mis le feu à la mèche?

— Ce soin me regarde. Je veux être sûr de ma vengeance. Les rames sont dans le canot?

— Tout est préparé.

— Bien.

— C'est entendu, alors.

Mordaunt s'agenouilla et assura un bout de sa mèche au robinet, pour n'avoir plus qu'à mettre le feu à l'extrémité opposée.

Puis, cette opération achevée, il tira sa montre.

— Vous avez entendu? Au quart d'heure après minuit dit-il en se relevant, c'est-à-dire...

Il regarda sa montre.

— Dans vingt minutes.

— Parfaitement, Monsieur, répondit Groslow; seulement, je dois vous faire observer une dernière fois qu'il y a quelque danger pour la mission que vous vous réservez, et qu'il vaudrait mieux charger un de nos hommes de mettre le feu à l'artifice.

— Mon cher Groslow, dit Mordaunt, vous connaissez le proverbe français : *On n'est bien servi que par soi-même.* Je le mettrai en pratique.

Grimaud avait tout écouté, sinon tout entendu; mais la vue suppléait chez lui au défaut de compréhension parfaite de la langue; il avait vu et reconnu les deux mortels ennemis des mousquetaires; il avait vu Mordaunt disposer la mèche; il avait entendu le proverbe que pour sa plus grande facilité Mordaunt avait dit en français. Enfin il palpait et repalpait le contenu du cruchon qu'il tenait à la main, et, au lieu du liquide qu'attendaient Mousqueton et Blaisois, criaient et s'écrasaient sous ses doigts les grains d'une poudre grossière.

Mordaunt s'éloigna avec le patron. A la porte il s'arrêta écoutant.

— Entendez-vous comme ils dorment? dit-il.

En effet, on entendait ronfler Porthos à travers le plancher.

— C'est Dieu qui nous les livre, dit Groslow.

— Et cette fois, dit Mordaunt, le diable ne les sauverait pas !

Et tous deux sortirent.

LXXVI

LE VIN DE PORTO

(suite.)

GRIMAUD attendit qu'il eût entendu grincer le pêne de la porte dans la serrure, et quand il se fut assuré qu'il était seul, il se dressa lentement le long de la muraille.

— Ah! fit-il en essuyant avec sa manche de larges gouttes de sueur qui perlaient sur son front; comme c'est heureux que Mousqueton ait eu soif!

Il se hâta de passer par son trou, croyant encore rêver; mais la vue de la poudre dans le pot de bière lui prouva que ce rêve était un cauchemar mortel.

D'Artagnan, comme on le pense, écouta tous ces détails avec un intérêt croissant, et, sans attendre que Grimaud eût fini, il se leva sans secousse, et approchant sa bouche de l'oreille d'Aramis, qui dormait à sa gauche, et lui touchant l'épaule en même temps pour prévenir tout mouvement brusque :

— Chevalier, lui dit-il, levez-vous, et ne faites pas le moindre bruit.

Aramis s'éveilla. D'Artagnan lui répéta son invitation en lui serrant la main. Aramis obéit.

— Vous avez Athos à votre gauche, dit-il, prévenez-le comme je vous ai prévenu.

. Aramis réveilla facilement Athos, dont le sommeil était léger comme l'est ordinairement celui de toutes les natures fines et nerveuses; mais on eut plus de difficulté pour réveiller Porthos. Il allait demander les causes et les raisons de cette interruption de son sommeil, qui lui paraissait fort déplaisante, lorsque d'Artagnan, pour toute explication, lui appliqua la main sur la bouche.

Alors notre Gascon, allongeant ses bras et les ramenant à lui, enferma dans leur cercle les trois têtes de ses amis, de façon qu'elles se touchassent pour ainsi dire.

— Amis, dit-il, nous allons immédiatement quitter ce bateau, ou nous sommes tous morts.

— Bah! dit Athos, encore?

— Savez-vous quel était le capitaine du bateau?

— Non.

— Le capitaine Groslow.

Un frémissement des trois mousquetaires apprit à d'Artagnan que son discours commençait à faire quelque impression sur ses amis.

— Groslow! fit Aramis, diable!

— Qu'est-ce que c'est que cela, Groslow? demanda Porthos, je ne me le rappelle plus.

— Celui qui a cassé la tête à Parry et qui s'apprête en ce moment à casser les nôtres.

— Oh! oh!

— Et son lieutenant, savez-vous qui c'est?

— Son lieutenant? Il n'en a pas, dit Athos. On n'a pas de lieutenant dans une felouque montée par quatre hommes.

— Oui, mais M. Groslow n'est pas un capitaine comme un autre; il a un lieutenant, lui, et ce lieutenant est M. Mordaunt.

Cette fois ce fut plus qu'un frémissement parmi les mousquetaires, ce fut presque un cri. Ces hommes invincibles étaient soumis à l'influence mystérieuse et fatale qu'exerçait ce nom sur eux, et ressentaient de la terreur à l'entendre seulement prononcer.

— Que faire? dit Athos.

— Nous emparer de la felouque, dit Aramis.

— Et le tuer, dit Porthos.

— La felouque est minée, dit d'Artagnan. Ces tonneaux que j'ai pris pour des futailles pleines de porto sont des tonneaux de poudre. Quand Mordaunt se verra découvert, il fera tout sauter, amis et ennemis, et ma foi c'est un monsieur de trop mauvaise compagnie pour que j'aie le désir de me présenter en sa société, soit au ciel, soit à l'enfer.

— Vous avez donc un plan? demanda Athos.

— Oui.

— Lequel?

— Avez-vous confiance en moi?

— Ordonnez, dirent ensemble les trois mousquetaires.

— Eh bien, venez!

D'Artagnan alla à une fenêtre basse comme un dalot, mais qui suffisait pour donner passage à un homme; il la fit glisser doucement sur sa charnière.

— Voilà le chemin, dit-il.

— Diable! dit Aramis, il fait bien froid, cher ami!

— Restez si vous voulez ici, mais je vous préviens qu'il y fera chaud tout à l'heure.

— Mais nous ne pouvons gagner la terre à la nage.

— La chaloupe suit en laisse, nous gagnerons la chaloupe et nous couperons la laisse; voilà tout. Allons, Messieurs.

— Un instant, dit Athos; les laquais?

— Nous voici, dirent Mousqueton et Blaisois, que Grimaud avait été chercher pour concentrer toutes les forces dans la cabine, et qui, par l'écoutille qui touchait presque à la porte, étaient entrés sans être vus.

Cependant les trois amis étaient restés immobiles devant le terrible spectacle que leur avait découvert d'Artagnan en soulevant le volet et qu'ils voyaient par cette étroite ouverture.

En effet, quiconque a vu ce spectacle une fois sait que rien n'est plus profondément saisissant qu'une mer houleuse, roulant avec de sourds murmures ses vagues noires à la pâle clarté d'une lune d'hiver.

— Cordieu! dit d'Artagnan, nous hésitons, ce me semble! Si nous hésitons, nous, que feront donc les laquais?

— Je n'hésite pas, moi, dit Grimaud.

— Monsieur, dit Blaisois, je ne sais nager que dans les rivières, je vous en préviens.

— Et moi, je ne sais pas nager du tout, dit Mousqueton.

Pendant ce temps, d'Artagnan s'était glissé par l'ouverture.

— Vous êtes donc décidé, ami, dit Athos.

— Oui, répondit le Gascon. Allons, Athos, vous qui êtes l'homme parfait, dites à l'esprit de dominer la matière. Vous, Aramis, donnez le mot aux laquais. Vous, Porthos, tuez tout ce qui nous fera obstacle.

Et d'Artagnan, après avoir serré la main d'Athos, choisit le moment où par un mouvement de tangage la felouque plongeait de l'arrière; de sorte qu'il n'eut qu'à se laisser glisser dans l'eau, qui l'enveloppait déjà jusqu'à la ceinture.

Athos le suivit avant même que la felouque fût relevée; après Athos elle se releva, et l'on vit se tendre et sortir de l'eau le câble qui attachait la chaloupe.

D'Artagnan nagea vers ce câble et l'atteignit.

Là il attendit suspendu à ce câble par une main et la tête seule à fleur d'eau.

Au bout d'une seconde, Athos le rejoignit.

Puis l'on vit au tournant de la felouque poindre deux autres têtes. C'étaient celles d'Aramis et de Grimaud.

— Blaisois m'inquiète, dit Athos. N'avez-vous pas entendu, d'Artagnan, qu'il a dit qu'il ne savait nager que dans les rivières?

— Quand on sait nager, on nage partout, dit d'Artagnan; à la barque! à la barque!

— Mais Porthos? Je ne le vois pas.

— Porthos va venir, soyez tranquille, il nage comme Léviathan lui-même.

En effet Porthos ne paraissait point; car une scène, moitié burlesque, moitié dramatique, se passait entre lui, Mousqueton et Blaisois.

Ceux-ci, épouvantés par le bruit de l'eau, par le sifflement du vent, effarés par la vue de cette eau noire bouillonnant dans le gouffre, reculaient au lieu d'avancer.

— Allons! allons! dit Porthos, à l'eau!

— Mais, Monsieur, disait Mousqueton, je ne sais pas nager, laissez-moi ici.

— Et moi aussi, Monsieur, disait Blaisois.

— Je vous assure que je vous embarrasserai dans cette petite barque, reprit Mousqueton.

— Et moi je me noierai bien sûr avant que d'y arriver, continuait Blaisois.

— Ah çà, je vous étrangle tous deux si vous ne sortez pas, dit Porthos en les saisissant à la gorge. En avant, Blaisois!

Un gémissement étouffé par la main de fer de Porthos fut toute la réponse de Blaisois, car le géant, le tenant par le cou et par les pieds, le fit glisser comme une planche par la fenêtre et l'envoya dans la mer la tête en bas.

— Maintenant, Mouston, dit Porthos, j'espère que vous n'abandonnerez pas votre maître.

— Ah! Monsieur, dit Mousqueton les larmes aux yeux, pourquoi avez-vous repris du service? Nous étions si bien au château de Pierrefonds.

Et sans autre reproche, devenu pensif et obéissant, soit par dévouement réel, soit par l'exemple donné à l'égard de Blaisois, Mousqueton donna tête baissée dans la mer. Action sublime en tout cas, car Mousqueton se croyait mort.

Mais Porthos n'était pas homme à abandonner ainsi son fidèle compagnon. Le maître suivit de si près son valet que la chute des deux corps ne fit qu'un seul et même bruit ; de sorte que lorsque Mousqueton revint sur l'eau tout aveuglé, il se trouva retenu par la large main de Porthos, et put, sans avoir besoin de faire aucun mouvement, s'avancer vers la corde avec la majesté d'un dieu marin.

Au même instant, Porthos vit tourbillonner quelque chose à la portée de son bras. Il saisit ce quelque chose par la chevelure : c'était Blaisois, au-devant duquel venait déjà Athos.

— Allez, allez, comte, dit Porthos, je n'ai pas besoin de vous.

Et en effet, d'un coup de jarret vigoureux, Porthos se dressa comme le géant Adamastor au-dessus de la lame, et en trois élans il se trouva avoir rejoint ses compagnons.

D'Artagnan, Aramis et Grimaud aidèrent Mousqueton et Blaisois à monter ; puis vint le tour de Porthos qui, en enjambant par-dessus le bord, manqua de faire chavirer la petite embarcation.

— Et Athos ? demanda d'Artagnan.

— Me voici ! dit Athos, qui, comme un général soutenant la retraite, n'avait voulu monter que le dernier et se tenait au rebord de la barque. Êtes-vous tous réunis ?

— Tous, dit d'Artagnan. Et vous, Athos, avez-vous votre poignard ?

— Oui.

— Alors coupez le câble et venez.

Athos tira un poignard acéré de sa ceinture et coupa la corde ; la felouque s'éloigna ; la barque resta stationnaire, sans autre mouvement que celui que lui imprimaient les vagues.

— Venez, Athos ! dit d'Artagnan.

Et il tendit la main au comte de La Fère, qui prit à son tour place dans le bateau.

— Il était temps, dit le Gascon, et vous allez voir quelque chose de curieux.

LXXVII

FATALITÉ

EN EFFET, d'Artagnan achevait à peine ces paroles qu'un coup de sifflet retentit sur la felouque, qui commençait à s'enfoncer dans la brume et dans l'obscurité.

— Ceci, comme vous le comprenez bien, reprit le Gascon, veut dire quelque chose.

En ce moment on vit un falot apparaître sur le pont et dessiner des ombres à l'arrière.

Soudain un cri terrible, un cri de désespoir traversa l'espace; et comme si ce cri eût chassé les nuages, le voile qui cachait la lune s'écarta, et l'on vit se dessiner sur le ciel, argenté d'une pâle lumière, la voilure grise et les cordages de la felouque.

Des ombres couraient éperdues sur le navire, et des cris lamentables accompagnaient ces promenades insensées.

Au milieu de ces cris, on vit apparaître, sur le couronnement de la poupe, Mordaunt, une torche à la main.

Ces ombres qui couraient éperdues sur le navire, c'était Groslow, qui, à l'heure indiquée par Mordaunt, avait rassemblé ses hommes; tandis que celui-ci, après avoir écouté à la porte de la cabine si les mousquetaires dormaient toujours, était descendu dans la cale, rassuré par le silence.

En effet, qui eût pu soupçonner ce qui venait de se passer?

Mordaunt avait en conséquence ouvert la porte et couru à la mèche; ardent comme un homme altéré de vengeance et sûr de lui comme ceux que Dieu aveugle, il avait mis le feu au soufre.

Pendant ce temps, Groslow et ses matelots s'étaient réunis à l'arrière.

— Halez la corde, dit Groslow, et attirez la chaloupe à nous.

Un des matelots enjamba la muraille du navire, saisit

le câble et tira; le câble vint à lui sans résistance aucune.

— Le câble est coupé! s'écria le marin, plus de canot!

— Comment! plus de canot! dit Groslow en s'élançant à son tour sur le bastingage, c'est impossible!

— Cela est cependant, dit le marin, voyez plutôt; rien
dans le sillage, et d'ailleurs voilà le bout du câble.

C'était alors que Groslow avait poussé ce rugissement
que les mousquetaires avaient entendu.

— Qu'y a-t-il? s'écria Mordaunt, qui, sortant de
l'écoutille, s'élança à son tour vers l'arrière, sa torche à
la main.

— Il y a que nos ennemis nous échappent; il y a qu'ils
ont coupé la corde et qu'ils fuient avec le canot.

Mordaunt ne fit qu'un bond jusqu'à la cabine, dont il
enfonça la porte d'un coup de pied.

— Vite! s'écria-t-il. Oh! les démons!

— Nous allons les poursuivre, dit Groslow; ils ne
peuvent être loin, et nous les coulerons en passant sur
eux.

— Oui, mais le feu! dit Mordaunt, j'ai mis le feu!

— A quoi?

— A la mèche!

— Mille tonnerres! hurla Groslow en se précipitant
vers l'écoutille. Peut-être est-il encore temps.

Mordaunt ne répondit que par un rire terrible; et, les
traits bouleversés par la haine plus encore que par la
terreur, cherchant le ciel de ses yeux hagards pour lui
lancer un dernier blasphème, il jeta d'abord sa torche
dans la mer, puis il s'y précipita lui-même.

Au même instant et comme Groslow mettait le pied
sur l'escalier de l'écoutille, le navire s'ouvrit comme le
cratère d'un volcan; un jet de feu s'élança vers le ciel
avec une explosion pareille à celle de cent pièces de canon
qui tonneraient à la fois; l'air s'embrasa tout sillonné de
débris embrasés eux-mêmes, puis l'effroyable éclair disparut, les débris tombèrent l'un après l'autre, frémissant
dans l'abîme, où ils s'éteignirent, et, à l'exception d'une
vibration dans l'air, au bout d'un instant on eût cru qu'il
ne s'était rien passé.

Seulement la felouque avait disparu de la surface de la
mer, et Groslow et ses trois hommes étaient anéantis.

Les quatre amis avaient tout vu, aucun des détails de ce
terrible drame ne leur avait échappé. Un instant inondés

de cette lumière éclatante qui avait éclairé la mer à plus
d'une lieue, on aurait pu les voir chacun dans une attitude
diverse, exprimant l'effroi que, malgré leurs cœurs de
bronze, ils ne pouvaient s'empêcher de ressentir. Bientôt
la pluie de flammes retomba tout autour d'eux; puis
enfin le volcan s'éteignit comme nous l'avons raconté,
et tout rentra dans l'obscurité, barque flottante et océan
houleux.

Ils demeurèrent un instant silencieux et abattus. Porthos et d'Artagnan, qui avaient pris chacun une rame,
la soutenaient machinalement au-dessus de l'eau en
pesant dessus de tout leur corps et en l'étreignant de
leurs mains crispées.

— Ma foi, dit Aramis rompant le premier ce silence
de mort, pour cette fois je crois que tout est fini.

— A moi, Milords! à l'aide! au secours! cria une voix
lamentable dont les accents parvinrent aux quatre amis,
et pareille à celle de quelque esprit de la mer.

Tous se regardèrent. Athos lui-même tressaillit.

— C'est lui, c'est sa voix! dit-il.

Tous gardèrent le silence, car tous avaient, comme
Athos, reconnu cette voix. Seulement leurs regards aux
prunelles dilatées se tournèrent dans la direction où avait
disparu le bâtiment, faisant des efforts inouïs pour percer
l'obscurité.

Au bout d'un instant on commença de distinguer un
homme; il s'approchait, nageant avec vigueur.

Athos étendit lentement le bras vers lui, le montrant
du doigt à ses compagnons.

— Oui, oui, dit d'Artagnan, je le vois bien.

— Encore lui! dit Porthos en respirant comme un
soufflet de forge. Ah çà, mais il est donc de fer?

— O mon Dieu! murmura Athos.

Aramis et d'Artagnan se parlaient à l'oreille.

Mordaunt fit encore quelques brassées, et, levant en
signe de détresse une main au-dessus de la mer :

— Pitié! Messieurs, pitié, au nom du ciel! Je sens mes
forces qui m'abandonnent, je vais mourir!

La voix qui implorait secours était si vibrante qu'elle
alla éveiller la compassion au fond du cœur d'Athos.

— Le malheureux! murmura-t-il.

— Bon! dit d'Artagnan, il ne vous manque plus que
de le plaindre! En vérité, je crois qu'il nage vers nous.

Pense-t-il donc que nous allons le prendre? Ramez,
Porthos, ramez!

Et, donnant l'exemple, d'Artagnan plongea sa rame
dans la mer, deux coups d'aviron éloignèrent la barque
de vingt brasses.

— Oh! vous ne m'abandonnerez pas! Vous ne me
laisserez pas périr! Vous ne serez pas sans pitié! s'écria
Mordaunt.

— Ah! ah! dit Porthos à Mordaunt, je crois que nous
vous tenons, enfin, mon brave, et que vous n'avez pour
vous sauver d'ici d'autres portes que celles de l'enfer.

— Oh! Porthos! murmura le comte de La Fère.

— Laissez-moi tranquille, Athos; en vérité, vous
devenez ridicule avec vos éternelles générosités! D'abord
s'il approche à dix pieds de la barque, je vous déclare que
je lui fends la tête d'un coup d'aviron.

— Oh! de grâce... ne me fuyez pas, Messieurs... de
grâce... ayez pitié de moi! cria le jeune homme, dont la
respiration haletante faisait parfois, quand sa tête disparaissait sous la vague, bouillonner l'eau glacée.

D'Artagnan, qui, tout en suivant de l'œil chaque mouvement de Mordaunt, avait terminé son colloque avec
Aramis, se leva:

— Monsieur, dit-il en s'adressant au nageur, éloignez-
vous, s'il vous plaît. Votre repentir est de trop fraîche
date pour que nous y ayons une bien grande confiance;
faites attention que le bateau dans lequel vous avez voulu
nous griller fume encore à quelques pieds sous l'eau, et
que la situation dans laquelle vous êtes est un lit de roses
en comparaison de celle où vous vouliez nous mettre et
où vous avez mis M. Groslow et ses compagnons.

— Messieurs, reprit Mordaunt avec un accent plus
désespéré, je vous jure que mon repentir est véritable.
Messieurs, je suis si jeune, j'ai vingt-trois ans à peine!
Messieurs, j'ai été entraîné par un ressentiment bien naturel, j'ai voulu venger ma mère, et vous eussiez tous fait
ce que j'ai fait.

— Peuh! fit d'Artagnan, voyant qu'Athos s'atten-
drissait de plus en plus; c'est selon.

Mordaunt n'avait plus que trois ou quatre brassées à
faire pour atteindre la barque, car l'approche de la mort
semblait lui donner une vigueur surnaturelle.

— Hélas! reprit-il, je vais donc mourir! Vous allez

donc tuer le fils comme vous avez tué la mère! Et cependant je n'étais pas coupable; selon toutes les lois divines et humaines, un fils doit venger sa mère. D'ailleurs, ajouta-t-il en joignant les mains, si c'est un crime, puisque je m'en repens, puisque j'en demande pardon, je dois être pardonné.

Alors, comme si les forces lui manquaient, il sembla ne plus pouvoir se soutenir sur l'eau, et une vague passa sur sa tête, qui éteignit sa voix.

— Oh! cela me déchire! dit Athos.

Mordaunt reparut.

— Et moi, répondit d'Artagnan, je dis qu'il faut en finir; Monsieur l'assassin de votre oncle, Monsieur le bourreau du roi Charles, Monsieur l'incendiaire, je vous engage à vous laisser couler à fond; ou, si vous approchez encore de la barque d'une seule brasse, je vous casse la tête avec mon aviron.

Mordaunt, comme au désespoir, fit une brassée. D'Artagnan prit sa rame à deux mains, Athos se leva.

— D'Artagnan! d'Artagnan! s'écria-t-il; d'Artagnan! mon fils, je vous en supplie! Le malheureux va mourir, et c'est affreux de laisser mourir un homme sans lui tendre la main, quand on n'a qu'à lui tendre la main pour le sauver. Oh! mon cœur me défend une pareille action; je ne puis y résister, il faut qu'il vive!

— Mordieu! répliqua d'Artagnan, pourquoi ne vous livrez-vous pas tout de suite pieds et poings liés à ce misérable? Ce sera plus tôt fait. Ah! comte de La Fère, vous voulez périr par lui; eh bien! moi, votre fils, comme vous m'appelez, je ne le veux pas.

C'était la première fois que d'Artagnan résistait à une prière qu'Athos faisait en l'appelant son fils.

Aramis tira froidement son épée, qu'il avait emportée entre ses dents à la nage.

— S'il pose la main sur le bordage, dit-il, je la lui coupe comme à un régicide qu'il est.

— Et moi, dit Porthos, attendez...

— Qu'allez-vous faire? demanda Aramis.

— Je vais me jeter à l'eau et je l'étranglerai.

— Oh! Messieurs, s'écria Athos avec un sentiment irrésistible, soyons hommes, soyons chrétiens!

D'Artagnan poussa un soupir qui ressemblait à un gémissement, Aramis abaissa son épée, Porthos se rassit.

— Voyez, continua Athos, voyez, la mort se peint sur son visage; ses forces sont à bout, une minute encore, et il coule au fond de l'abîme. Ah! ne me donnez pas cet horrible remords, ne me forcez pas à mourir de honte à mon tour, mes amis, accordez-moi la vie de ce malheureux, je vous bénirai, je vous...

— Je me meurs! murmura Mordaunt; à moi!... à moi!...

— Gagnons une minute, dit Aramis en se penchant à gauche et en s'adressant à d'Artagnan. Un coup d'aviron, ajouta-t-il en se penchant à droite vers Porthos.

D'Artagnan ne répondit ni du geste ni de la parole; il commençait d'être ému, moitié des supplications d'Athos, moitié par le spectacle qu'il avait sous les yeux. Porthos seul donna un coup de rame, et, comme ce coup n'avait pas de contrepoids, la barque tourna seulement sur elle-même et ce mouvement rapprocha Athos du moribond.

— Monsieur le comte de La Fère! s'écria Mordaunt, Monsieur le comte de La Fère! c'est à vous que je m'adresse, c'est vous que je supplie, ayez pitié de moi!... Où êtes-vous, Monsieur le comte de La Fère? je n'y vois plus... je me meurs!... A moi! à moi!

— Me voici, Monsieur, dit Athos en se penchant et en étendant le bras vers Mordaunt avec cet air de noblesse et de dignité qui lui était habituel, me voici; prenez ma main, et entrez dans notre embarcation.

— J'aime mieux ne pas regarder, dit d'Artagnan, cette faiblesse me répugne.

Il se retourna vers les deux amis, qui, de leur côté, se pressaient au fond de la barque comme s'ils eussent craint de toucher celui auquel Athos ne craignait pas de tendre la main.

Mordaunt fit un effort suprême, se souleva, saisit cette main qui se tendait vers lui et s'y cramponna avec la véhémence du dernier espoir.

— Bien! dit Athos, mettez votre autre main ici.

Et il lui offrait son épaule comme second point d'appui, de sorte que sa tête touchait presque la tête de Mordaunt, et que ces deux ennemis mortels se tenaient embrassés comme deux frères.

Mordaunt étreignit de ses doigts crispés le collet d'Athos.

— Bien, Monsieur, dit le comte, maintenant vous voilà sauvé, tranquillisez-vous.

— Ah ! ma mère, s'écria Mordaunt avec un regard flamboyant et avec un accent de haine impossible à décrire, je ne peux t'offrir qu'une victime, mais ce sera du moins celle que tu eusses choisie !

Et tandis que d'Artagnan poussait un cri, que Porthos levait l'aviron, qu'Aramis cherchait une place pour frapper, une effrayante secousse donnée à la barque entraîna Athos dans l'eau, tandis que Mordaunt, poussant un cri de triomphe, serrait le cou de sa victime et enveloppait, pour paralyser ses mouvements, ses jambes et les siennes comme aurait pu le faire un serpent.

Un instant, sans pousser un cri, sans appeler à son aide, Athos essaya de se maintenir à la surface de la mer, mais, le poids l'entraînant, il disparut peu à peu ; bientôt on ne vit plus que ses longs cheveux flottants ; puis tout disparut, et un large bouillonnement, qui s'effaça à son tour, indiqua seul l'endroit où tous deux s'étaient engloutis.

Muets d'horreur, immobiles, suffoqués par l'indignation et l'épouvante, les trois amis étaient restés la bouche béante, les yeux dilatés, les bras tendus ; ils semblaient des statues, et cependant, malgré leur immobilité, on entendait battre leur cœur. Porthos le premier revint à lui, et s'arrachant les cheveux à pleines mains :

— Oh ! s'écria-t-il avec un sanglot déchirant chez un pareil homme surtout, oh ! Athos ! Athos ! noble cœur ! malheur ! malheur sur nous qui t'avons laissé mourir !

— Oh ! oui, répéta d'Artagnan, malheur !

— Malheur ! murmura Aramis.

En ce moment, au milieu du vaste cercle illuminé des rayons de la lune, à quatre ou cinq brasses de la barque, le même tourbillonnement qui avait annoncé l'absorption se renouvela, et l'on vit reparaître d'abord des cheveux, puis un visage pâle aux yeux ouverts mais cependant morts, puis un corps qui, après s'être dressé jusqu'au buste au-dessus de la mer, se renversa mollement sur le dos, selon le caprice de la vague.

Dans la poitrine du cadavre était enfoncé un poignard dont le pommeau d'or étincelait.

— Mordaunt ! Mordaunt ! Mordaunt ! s'écrièrent les trois amis, c'est Mordaunt !

— Mais Athos ? dit d'Artagnan.

Tout à coup la barque pencha à gauche sous un poids nouveau et inattendu, et Grimaud poussa un hurlement de joie ; tous se retournèrent, et l'on vit Athos, livide, l'œil éteint et la main tremblante, se reposer en s'appuyant sur le bord du canot. Huit bras nerveux l'enlevèrent aussitôt et le déposèrent dans la barque, où dans un instant Athos se sentit réchauffé, ranimé, renaissant sous les caresses et dans les étreintes de ses amis ivres de joie.

— Vous n'êtes pas blessé, au moins ? demanda d'Artagnan.

— Non, répondit Athos... Et lui ?

— Oh ! lui, cette fois, Dieu merci ! il est bien mort. Tenez !

Et d'Artagnan, forçant Athos de regarder dans la direction qu'il lui indiquait, lui montra le corps de Mordaunt flottant sur le dos des lames, et qui, tantôt submergé, tantôt relevé, semblait encore poursuivre les quatre amis d'un regard chargé d'insulte et de haine mortelle.

Enfin il s'abîma. Athos l'avait suivi d'un œil empreint de mélancolie et de pitié.

— Bravo, Athos ! dit Aramis avec une effusion bien rare chez lui.

— Le beau coup ! s'écria Porthos.

— J'avais un fils, dit Athos, j'ai voulu vivre.

— Enfin, dit d'Artagnan, voilà où Dieu a parlé.

— Ce n'est pas moi qui l'ai tué, murmura Athos, c'est le destin.

LXXVIII

OÙ, APRÈS AVOIR MANQUÉ D'ÊTRE ROTI
MOUSQUETON MANQUA D'ÊTRE MANGÉ

Un profond silence régna longtemps dans le canot après la scène terrible que nous venons de raconter. La lune, qui s'était montrée un instant comme si Dieu eût voulu qu'aucun détail de cet événement ne restât caché aux yeux des spectateurs, disparut derrière les nuages; tout rentra dans cette obscurité si effrayante dans tous les déserts et surtout dans ce désert liquide qu'on appelle l'Océan, et l'on n'entendit plus que le sifflement du vent d'ouest dans la crête des lames.

Porthos rompit le premier le silence.

— J'ai vu bien des choses, dit-il, mais aucune ne m'a ému comme celle que je viens de voir. Cependant, tout troublé que je suis, je vous déclare que je me sens excessivement heureux. J'ai cent livres de moins sur la poitrine, et je respire enfin librement.

En effet, Porthos respira avec un bruit qui faisait honneur au jeu puissant de ses poumons.

— Pour moi, dit Aramis, je n'en dirai pas autant que vous, Porthos; je suis encore épouvanté. C'est au point que je n'en crois pas mes yeux, que je doute de ce que j'ai vu, que je cherche tout autour du canot, et que je m'attends à chaque minute à voir reparaître ce misérable tenant à la main le poignard qu'il avait dans le cœur.

— Oh! moi, je suis tranquille, reprit Porthos; le coup lui a été porté vers la sixième côte et enfoncé jusqu'à la garde. Je ne vous en fais pas un reproche, Athos, au contraire. Quand on frappe, c'est comme cela qu'il faut frapper. Aussi je vis à présent, je respire, je suis joyeux.

— Ne vous hâtez pas de chanter victoire, Porthos! dit d'Artagnan. Jamais nous n'avons couru un danger plus grand qu'à cette heure; car un homme vient à bout d'un homme, mais non pas d'un élément. Or, nous sommes en mer la nuit, sans guide, dans une frêle barque;

qu'un coup de vent fasse chavirer le canot, et nous sommes perdus.

Mousqueton poussa un profond soupir.

— Vous êtes ingrat, d'Artagnan, dit Athos; oui, ingrat de douter de la Providence au moment où elle vient de nous sauver tous d'une façon si miraculeuse. Croyez-vous qu'elle nous ait fait passer, en nous guidant par la main, à travers tant de périls, pour nous abandonner ensuite? Non pas. Nous sommes partis par un vent d'ouest, ce vent souffle toujours. (Athos s'orienta sur l'étoile polaire.) Voici le Chariot, par conséquent là est la France. Laissons-nous aller au vent, et tant qu'il ne changera point il nous poussera vers les côtes de Calais ou de Boulogne. Si la barque chavire, nous sommes assez forts et assez bons nageurs, à nous cinq du moins, pour la retourner, ou pour nous attacher à elle si cet effort est au-dessus de nos forces. Or, nous nous trouvons sur la route de tous les vaisseaux qui vont de Douvres à Calais et de Portsmouth à Boulogne; si l'eau conservait leurs traces, leur sillage eût creusé une vallée à l'endroit même où nous sommes. Il est donc impossible qu'au jour nous ne rencontrions pas quelque barque de pêcheur qui nous recueillera.

— Mais si nous n'en rencontrions point, par exemple, et que le vent tournât au nord!

— Alors, dit Athos, c'est autre chose, nous ne retrouverions la terre que de l'autre côté de l'Atlantique.

— Ce qui veut dire que nous mourrions de faim, reprit Aramis.

— C'est plus que probable, dit le comte de La Fère.

Mousqueton poussa un second soupir plus douloureux encore que le premier.

— Ah çà! Mouston, demanda Porthos, qu'avez-vous donc à gémir toujours ainsi? Cela devient fastidieux!

— J'ai que j'ai froid, Monsieur, dit Mousqueton.

— C'est impossible, dit Porthos.

— Impossible? dit Mousqueton étonné.

— Certainement. Vous avez le corps couvert d'une couche de graisse qui le rend impénétrable à l'air. Il y a autre chose, parlez franchement.

— Eh bien, oui, Monsieur, et c'est même cette couche de graisse, dont vous me glorifiez, qui m'épouvante, moi!

— Et pourquoi cela, Mouston? Parlez hardiment, ces Messieurs vous le permettent.

— Parce que, Monsieur, je me rappelais que dans la bibliothèque du château de Bracieux il y a une foule de livres de voyages, et parmi ces livres de voyages ceux de Jean Mocquet , le fameux voyageur du roi Henri IV.

— Après?

— Eh bien! Monsieur, dit Mousqueton, dans ces livres il est fort parlé d'aventures maritimes et d'événements semblables à celui qui nous menace en ce moment!

— Continuez, Mouston, dit Porthos, cette analogie est pleine d'intérêt.

— Eh bien, Monsieur, en pareil cas, les voyageurs affamés, dit Jean Mocquet, ont l'habitude affreuse de se manger les uns les autres et de commencer par...

— Par le plus gras! s'écria d'Artagnan ne pouvant s'empêcher de rire, malgré la gravité de la situation.

— Oui, Monsieur, répondit Mousqueton, un peu abasourdi de cette hilarité, et permettez-moi de vous dire que je ne vois pas ce qu'il peut y avoir de risible là-dedans.

— C'est le dévouement personnifié que ce brave Mouston! reprit Porthos. Gageons que tu te voyais déjà dépecé et mangé par ton maître?

— Oui, Monsieur, quoique cette joie que vous devinez en moi ne soit pas, je vous l'avoue, sans quelque mélange de tristesse. Cependant je ne me regretterais pas trop, Monsieur, si en mourant j'avais la certitude de vous être utile encore.

— Mouston, dit Porthos attendri, si nous revoyons jamais mon château de Pierrefonds, vous aurez, en toute propriété, pour vous et vos descendants, le clos de vignes qui surmonte la ferme.

— Et vous le nommerez la vigne du Dévouement, Mouston, dit Aramis, pour transmettre aux derniers âges le souvenir de votre sacrifice.

— Chevalier, dit d'Artagnan en riant à son tour, vous eussiez mangé du Mouston sans trop de répugnance, n'est-ce pas, surtout après deux ou trois jours de diète?

— Oh! ma foi, non, reprit Aramis, j'eusse mieux aimé Blaisois : il y a moins longtemps que nous le connaissons.

On conçoit que pendant cet échange de plaisanteries,

qui avaient pour but surtout d'écarter de l'esprit d'Athos la scène qui venait de se passer, à l'exception de Grimaud, qui savait qu'en tout cas le danger, quel qu'il fût, passerait au-dessus de sa tête, les valets ne fussent point tranquilles.

Aussi Grimaud, sans prendre aucune part à la conversation, et muet, selon son habitude, s'escrimait-il de son mieux, un aviron de chaque main.

— Tu rames donc, toi ? dit Athos.

Grimaud fit signe que oui.

— Pourquoi rames-tu ?

— Pour avoir chaud.

En effet, tandis que les autres naufragés grelottaient de froid, le silencieux Grimaud suait à grosses gouttes.

Tout à coup Mousqueton poussa un cri de joie en élevant au-dessus de sa tête sa main armée d'une bouteille.

— Oh ! dit-il en passant la bouteille à Porthos ; oh ! Monsieur, nous sommes sauvés ! la barque est garnie de vivres.

Et fouillant vivement sous le banc d'où il avait déjà tiré le précieux spécimen, il amena successivement une douzaine de bouteilles pareilles, du pain et un morceau de bœuf salé.

Il est inutile de dire que cette trouvaille rendit la gaieté à tous, excepté à Athos.

— Mordieu ! dit Porthos, qui, on se le rappelle, avait déjà faim en mettant le pied sur la felouque, c'est étonnant comme les émotions creusent l'estomac !

Et il avala une bouteille d'un coup et mangea à lui seul un bon tiers du pain et du bœuf salé.

— Maintenant, dit Athos, dormez ou tâchez de dormir, Messieurs ; moi, je veillerai.

Pour d'autres hommes que pour nos hardis aventuriers, une pareille proposition eût été dérisoire. En effet, ils étaient mouillés jusqu'aux os, il faisait un vent glacial, et les émotions qu'ils venaient d'éprouver semblaient leur défendre de fermer l'œil ; mais pour ces natures d'élite, pour ces températures de fer, pour ces corps brisés à toutes les fatigues, le sommeil, dans toutes les circonstances, arrivait à son heure sans jamais manquer à l'appel.

Aussi, au bout d'un instant, chacun, plein de confiance dans le pilote, se fut-il accoudé à sa façon, et eut-il essayé de profiter du conseil donné par Athos, qui, assis au gouvernail et les yeux fixés sur le ciel, où sans doute il cherchait non seulement le chemin de la France, mais encore le visage de Dieu, demeura seul, comme il l'avait promis, pensif et éveillé, dirigeant la petite barque dans la voie qu'elle devait suivre.

Après quelques heures de sommeil, les voyageurs furent réveillés par Athos.

Les premières lueurs du jour venaient de blanchir la mer bleuâtre, et à dix portées de mousquet à peu près vers l'avant on apercevait une masse noire au-dessus de laquelle se déployait une voile triangulaire fine et allongée comme l'aile d'une hirondelle.

— Une barque! dirent d'une même voix les quatre amis, tandis que les laquais, de leur côté, exprimaient aussi leur joie sur des tons différents.

C'était en effet une flûte dunkerquoise qui faisait voile vers Boulogne.

Les quatre maîtres, Blaisois et Mousqueton unirent leurs voix en un seul cri qui vibra sur la surface élastique des flots, tandis que Grimaud, sans rien dire, mettait son chapeau au bout de sa rame pour attirer les regards de ceux qu'allait frapper le son de la voix.

Un quart d'heure après, le canot de cette flûte les remorquait; ils mettaient le pied sur le pont du petit bâtiment. Grimaud offrait vingt guinées au patron de la part de son maître, et à neuf heures du matin, par un bon vent, nos Français mettaient le pied sur le sol de la patrie.

— Morbleu! qu'on est fort là-dessus! dit Porthos en enfonçant ses larges pieds dans le sable. Qu'on vienne me chercher noise maintenant, me regarder de travers ou me chatouiller, et l'on verra à qui l'on a affaire! Morbleu! je défierais tout un royaume!

— Et moi, dit d'Artagnan, je vous engage à ne pas faire sonner ce défi trop haut, Porthos; car il me semble qu'on nous regarde beaucoup par ici.

— Pardieu! dit Porthos, on nous admire.

— Eh bien, moi, répondit d'Artagnan, je n'y mets point d'amour-propre, je vous jure, Porthos! Seulement j'aperçois des hommes en robe noire, et dans notre situation les hommes en robe noire m'épouvantent, je l'avoue.

— Ce sont les greffiers des marchandises du port, dit Aramis.

— Sous l'autre cardinal, sous le grand, dit Athos, on eût plus fait attention à nous qu'aux marchandises. Mais sous celui-ci, tranquillisez-vous, amis, on fera plus attention aux marchandises qu'à nous.

— Je ne m'y fie pas, dit d'Artagnan, et je gagne les dunes.

— Pourquoi pas la ville! dit Porthos. J'aimerais mieux une bonne auberge que ces affreux déserts de sable que Dieu a créé pour les lapins seulement. D'ailleurs j'ai faim, moi.

— Faites comme vous voudrez, Porthos! dit d'Artagnan; mais, quant à moi, je suis convaincu que ce qu'il y a de plus sûr pour des hommes dans notre situation, c'est la rase campagne.

Et d'Artagnan, certain de réunir la majorité, s'enfonça dans les dunes sans attendre la réponse de Porthos.

La petite troupe le suivit et disparut bientôt avec lui derrière les monticules de sable, sans avoir attiré sur elle l'attention publique.

— Maintenant, dit Aramis quand on eut fait un quart de lieue à peu près, causons.

— Non pas, dit d'Artagnan, fuyons. Nous avons échappé à Cromwell, à Mordaunt, à la mer, trois abîmes qui voulaient nous dévorer; nous n'échapperons pas au sieur Mazarin.

— Vous avez raison, d'Artagnan, dit Aramis, et mon avis est que, pour plus de sécurité même, nous nous séparions.

— Oui, oui, Aramis, dit d'Artagnan, séparons-nous.

Porthos voulut parler pour s'opposer à cette résolution, mais d'Artagnan lui fit comprendre, en lui serrant la main, qu'il devait se taire. Porthos était fort obéissant à ces signes de son compagnon, dont avec sa bonhomie ordinaire il reconnaissait la supériorité intellectuelle. Il renfonça donc les paroles qui allaient sortir de sa bouche.

— Mais pourquoi nous séparer? dit Athos.

— Parce que, dit d'Artagnan, nous avons été envoyés à Cromwell par M. de Mazarin, Porthos et moi, et qu'au lieu de servir Cromwell nous avons servi le roi Charles Ier, ce qui n'est pas du tout la même chose. En revenant avec

Messieurs de La Fère et d'Herblay, notre crime est avéré; en revenant seuls, notre crime demeure à l'état de doute, et avec le doute on mène les hommes très loin. Or, je veux faire voir du pays à M. de Mazarin, moi.

— Tiens, dit Porthos, c'est vrai!

— Vous oubliez, dit Athos, que nous sommes vos prisonniers, que nous ne nous regardons pas du tout comme dégagés de notre parole envers vous, et qu'en nous ramenant prisonniers à Paris...

— En vérité, Athos, interrompit d'Artagnan, je suis fâché qu'un homme d'esprit comme vous dise toujours des pauvretés dont rougiraient des écoliers de troisième. Chevalier, continua d'Artagnan en s'adressant à Aramis, qui, campé fièrement sur son épée, semblait, quoiqu'il eût d'abord émis une opinion contraire, s'être au premier mot rallié à celle de son compagnon, chevalier, comprenez donc qu'ici comme toujours mon caractère défiant exagère. Porthos et moi ne risquons rien, au bout du compte. Mais si par hasard cependant on essayait de nous arrêter devant vous, eh bien! on n'arrêterait pas sept hommes comme on en arrête trois, les épées verraient le soleil, et l'affaire, mauvaise pour tout le monde, deviendrait une énormité qui nous perdrait tous quatre. D'ailleurs, si malheur arrive à deux de nous, ne vaut-il pas mieux que les deux autres soient en liberté pour tirer ceux-là d'affaire, pour ramper, pour miner, saper, les délivrer enfin? Et puis, qui sait si nous n'obtiendrons pas séparément, vous de la reine, nous de Mazarin, un pardon qu'on nous refuserait réunis? Allons, Athos et Aramis, tirez à droite; vous, Porthos, venez à gauche avec moi; laissez ces Messieurs filer sur la Normandie, et nous, par la route la plus courte, gagnons Paris.

— Mais, si l'on nous enlève en route, comment nous prévenir mutuellement de cette catastrophe? demanda Aramis.

— Rien de plus facile, répondit d'Artagnan; convenons d'un itinéraire dont nous ne nous écarterons pas. Gagnez Saint-Valery, puis Dieppe, puis suivez la route droite de Dieppe à Paris; nous, nous allons prendre par Abbeville, Amiens, Péronne, Compiègne et Senlis, et dans chaque auberge, dans chaque maison où nous nous arrêterons, nous écrirons sur la muraille avec la pointe du couteau, ou sur la vitre avec le tranchant d'un diamant, un renseignement qui puisse guider les recherches de ceux qui seraient libres.

— Ah! mon ami, dit Athos, comme j'admirerais les ressources de votre tête, si je ne m'arrêtais pas, pour les adorer, à celle de votre cœur.

Et il tendit la main à d'Artagnan.

— Est-ce que le renard a du génie, Athos? dit le Gascon avec un mouvement d'épaules. Non, il sait croquer les poules, dépister les chasseurs et retrouver son chemin le jour comme la nuit, voilà tout. Eh bien, est-ce dit?

— C'est dit.

— Alors, partageons l'argent, reprit d'Artagnan, il doit rester environ deux cents pistoles. Combien reste-t-il, Grimaud?

— Cent quatre-vingts demi-louis, Monsieur.

— C'est cela. Ah! vivat! voilà le soleil! Bonjour, ami soleil! Quoique tu ne sois pas le même que celui de la Gascogne, je te reconnais ou je fais semblant de te reconnaître. Bonjour. Il y avait bien longtemps que je ne t'avais vu.

— Allons, allons, d'Artagnan, dit Athos, ne faites pas l'esprit fort, vous avez les larmes aux yeux. Soyons toujours francs entre nous, cette franchise dût-elle laisser voir nos bonnes qualités.

— Eh! mais, dit d'Artagnan, est-ce que vous croyez, Athos, qu'on quitte de sang-froid et dans un moment qui n'est pas sans danger deux amis comme vous et Aramis?

— Non, dit Athos; aussi venez dans mes bras, mon fils!

— Mordieu! dit Porthos en sanglotant, je crois que je pleure; comme c'est bête!

Et les quatre amis se jetèrent en un seul groupe dans les bras les uns des autres. Ces quatre hommes, réunis par l'étreinte fraternelle, n'eurent certes qu'une âme en ce moment.

Blaisois et Grimaud devaient suivre Athos et Aramis. Mousqueton suffisait à Porthos et à d'Artagnan.

On partagea, comme on avait toujours fait, l'argent avec une fraternelle régularité; puis, après s'être individuellement serré la main et s'être mutuellement réitéré l'assurance d'une amitié éternelle, les quatre gentilshommes se séparèrent pour prendre chacun la route convenue, non sans se retourner, non sans se renvoyer encore d'affectueuses paroles que répétaient les échos de la dune.

Enfin ils se perdirent de vue.

— Sacrebleu! d'Artagnan, dit Porthos, il faut que je vous dise cela tout de suite, car je ne saurais jamais garder sur le cœur quelque chose contre vous, je ne vous ai pas reconnu dans cette circonstance!

— Pourquoi? demanda d'Artagnan avec son fin sourire.

— Parce que si, comme vous le dites, Athos et Aramis courent un véritable danger, ce n'est pas le moment de les abandonner. Moi, je vous avoue que j'étais tout prêt à les suivre et que je le suis encore à les rejoindre malgré tous les Mazarins de la terre.

— Vous auriez raison, Porthos, s'il en était ainsi, dit d'Artagnan; mais apprenez une toute petite chose, qui cependant, toute petite qu'elle est, va changer le cours de vos idées : c'est que ce ne sont pas ces Messieurs qui courent le plus grave danger, c'est nous; c'est que ce n'est point pour les abandonner que nous les quittons, mais pour ne pas les compromettre.

— Vrai? dit Porthos en ouvrant de grands yeux étonnés.

— Eh! sans doute : qu'ils soient arrêtés, il y va pour eux de la Bastille tout simplement; que nous le soyons, nous, il y va de la place de Grève.

— Oh! oh! dit Porthos, il y a loin de là à cette couronne de baron que vous me promettiez, d'Artagnan!

— Bah! pas si loin que vous le croyez, peut-être, Porthos; vous connaissez le proverbe : « Tout chemin « mène à Rome. »

— Mais pourquoi courons-nous des dangers plus grands que ceux que courent Athos et Aramis? demanda Porthos.

— Parce qu'ils n'ont fait, eux, que de suivre la mission qu'ils avaient reçue de la reine Henriette, et que nous avons trahi, nous, celle que nous avons reçue de Mazarin; parce que, partis comme messagers à Cromwell, nous sommes devenus partisans du roi Charles; parce que, au lieu de concourir à faire tomber sa tête royale condamnée par ces cuistres qu'on appelle MM. Mazarin, Cromwell,

Joyce, Pridge, Fairfax, etc., nous avons failli le sauver.

— C'est, ma foi, vrai, dit Porthos; mais comment voulez-vous, mon cher ami, qu'au milieu de ces grandes préoccupations le général Cromwell ait eu le temps de penser...

— Cromwell pense à tout, Cromwell a du temps pour tout; et, croyez-moi, cher ami, ne perdons pas le nôtre, il est précieux. Nous ne serons en sûreté qu'après avoir vu Mazarin, et encore...

— Diable! dit Porthos, et que lui dirons-nous à Mazarin?

— Laissez-moi faire, j'ai mon plan; rira bien qui rira le dernier. M. Cromwell est bien fort; M. Mazarin est bien rusé, mais j'aime encore mieux faire de la diplomatie contre eux que contre feu M. Mordaunt.

— Tiens! dit Porthos, c'est agréable de dire *feu M. Mordaunt.*

— Ma foi, oui! dit d'Artagnan; mais en route!

Et tous deux, sans perdre un instant, se dirigèrent à vue de pays vers la route de Paris, suivis de Mousqueton, qui, après avoir eu trop froid toute la nuit, avait déjà trop chaud au bout d'un quart d'heure.

LXXIX

Athos et Aramis avaient pris l'itinéraire que leur avait indiqué d'Artagnan et avaient cheminé aussi vite qu'ils avaient pu. Il leur semblait qu'il serait plus avantageux pour eux d'être arrêtés près de Paris que loin.

Tous les soirs, dans la crainte d'être arrêtés pendant la nuit, ils traçaient soit sur la muraille, soit sur les vitres, le signe de reconnaissance convenu; mais tous les matins ils se réveillaient libres, à leur grand étonnement.

A mesure qu'ils avançaient vers Paris, les grands événements auxquels ils avaient assisté et qui venaient de bouleverser l'Angleterre s'évanouissaient comme des songes; tandis qu'au contraire ceux qui pendant leur absence avaient remué Paris et la province venaient au-devant d'eux.

Pendant ces six semaines d'absence, il s'était passé en France tant de petites choses qu'elles avaient presque composé un grand événement. Les Parisiens, en se réveillant le matin sans reine, sans roi, furent fort tourmentés de cet abandon; et l'absence de Mazarin, si vivement désirée, ne compensa point celle des deux augustes fugitifs.

Le premier sentiment qui remua Paris lorsqu'il apprit la fuite à Saint-Germain, fuite à laquelle nous avons fait assister nos lecteurs, fut donc cette espèce d'effroi qui saisit les enfants lorsqu'ils se réveillent dans la nuit ou dans la solitude. Le Parlement s'émut, et il fut décidé qu'une députation irait trouver la reine, pour la prier de ne pas plus longtemps priver Paris de sa royale présence.

Mais la reine était encore sous la double impression du triomphe de Lens et de l'orgueil de sa fuite si heureusement exécutée. Les députés non seulement n'eurent pas l'honneur d'être reçus par elle, mais encore on les fit attendre sur le grand chemin, où le chancelier, ce même chancelier Séguier que nous avons vu dans la première partie de cet ouvrage poursuivre si obstinément une lettre jusque dans le corset de la reine, vint leur remettre l'ultimatum de la cour, portant que, si le Parlement ne s'humiliait pas devant la majesté royale en passant condamnation sur toutes les questions qui avaient amené la querelle qui les divisait, Paris serait assiégé le lendemain; que même déjà, dans la prévision de ce siège, le duc d'Orléans occupait le pont de Saint-Cloud, et que M. le Prince, tout resplendissant encore de sa victoire de Lens, tenait Charenton et Saint-Denis.

Malheureusement pour la cour, à qui une réponse modérée eût rendu peut-être bon nombre de partisans, cette réponse menaçante produisit un effet contraire de celui qui était attendu. Elle blessa l'orgueil du Parlement, qui, se sentant vigoureusement appuyé par la bourgeoisie, à qui la grâce de Broussel avait donné la mesure de sa force, répondit à ces lettres patentes en déclarant que le cardinal Mazarin étant notoirement l'auteur de tous les désordres, il le déclarait ennemi du roi et de l'État, et lui ordonnait de se retirer de la cour le jour même, et de la France sous huit jours, et, après ce délai expiré, s'il n'obéissait pas, enjoignait à tous les sujets du roi de lui courir sus.

Cette réponse énergique, à laquelle la cour avait été loin de s'attendre, mettait à la fois Paris et Mazarin hors la loi. Restait à savoir seulement qui l'emporterait du Parlement ou de la cour.

La cour fit alors ses préparatifs d'attaque, et Paris ses préparatifs de défense. Les bourgeois étaient donc occupés à l'œuvre ordinaire des bourgeois en temps d'émeute, c'est-à-dire à tendre des chaînes et à dépaver les rues, lorsqu'ils virent arriver à leur aide, conduits par le coadjuteur, M. le prince de Conti, frère de M. le prince de Condé, et M. le duc de Longueville, son beau-frère. Dès lors ils furent rassurés, car ils avaient pour eux deux princes du sang, et de plus l'avantage du nombre. C'était le 10 janvier que ce secours inespéré était venu aux Parisiens.

Après une discussion orageuse, M. le prince de Conti fut nommé généralissime des armées du roi hors Paris, avec MM. les ducs d'Elbeuf et de Bouillon et le maréchal de La Mothe pour lieutenants généraux. Le duc de Longueville, sans charge et sans titre, se contentait de l'emploi d'assister son beau-frère .

Quant à M. de Beaufort, il était arrivé, lui, du Vendômois apportant, dit la chronique, sa haute mine, de
beaux et longs cheveux et cette popularité qui lui valut la
royauté des Halles.

L'armée parisienne s'était alors organisée avec cette
promptitude que les bourgeois mettent à se déguiser
en soldats, lorsqu'ils sont poussés à cette transformation
par un sentiment quelconque. Le 19, l'armée improvisée
avait tenté une sortie, plutôt pour s'assurer et assurer les
autres de sa propre existence que pour tenter quelque
chose de sérieux, faisant flotter au-dessus de sa tête un
drapeau, sur lequel on lisait cette singulière devise :
Nous cherchons notre roi.

Les jours suivants furent occupés à quelques petites
opérations partielles qui n'eurent d'autres résultats que
l'enlèvement de quelques troupeaux et l'incendie de
deux ou trois maisons.

On gagna ainsi les premiers jours de février, et c'était
le 1er de ce mois que nos quatre compagnons avaient
abordé à Boulogne et avaient pris leur course vers Paris
chacun de son côté.

Vers la fin du quatrième jour de marche, ils évitaient
Nanterre avec précaution, afin de ne pas tomber dans
quelque parti de la reine.

C'était bien à contrecœur qu'Athos prenait toutes
ces précautions, mais Aramis lui avait très judicieusement fait observer qu'ils n'avaient pas le droit d'être
imprudents, qu'ils étaient chargés, de la part du roi
Charles, d'une mission suprême et sacrée, et que cette
mission reçue au pied de l'échafaud ne s'achèverait
qu'aux pieds de la reine.

Athos céda donc.

Aux faubourgs, nos voyageurs trouvèrent bonne
garde, tout Paris était armé. La sentinelle refusa de laisser
passer les deux gentilshommes, et appela son sergent.

Le sergent sortit aussitôt, et prenant toute l'importance
qu'ont l'habitude de prendre les bourgeois lorsqu'ils ont
le bonheur d'être revêtus d'une dignité militaire :

— Qui êtes-vous, Messieurs ? demanda-t-il.

— Deux gentilshommes, répondit Athos.

— D'où venez-vous ?

— De Londres.

— Que venez-vous faire à Paris ?

— Accomplir une mission près de Sa Majesté la reine d'Angleterre.

— Ah çà! tout le monde va donc aujourd'hui chez la reine d'Angleterre! répliqua le sergent. Nous avons déjà au poste trois gentilshommes dont on visite les passes et qui vont chez Sa Majesté. Où sont les vôtres?

— Nous n'en avons point.

— Comment! vous n'en avez point?

— Non, nous arrivons d'Angleterre, comme nous vous l'avons dit; nous ignorons complètement où en sont les affaires politiques, ayant quitté Paris avant le départ du roi.

— Ah! dit le sergent d'un air fin, vous êtes des mazarins qui voudriez bien entrer chez nous pour nous espionner.

— Mon cher ami, dit Athos, qui avait jusque-là laissé à Aramis le soin de répondre, si nous étions des mazarins, nous aurions au contraire toutes les passes possibles. Dans la situation où vous êtes, défiez-vous avant tout, croyez-moi, de ceux qui sont parfaitement en règle.

— Entrez au corps de garde, dit le sergent; vous exposerez vos raisons au chef du poste.

Il fit un signe à la sentinelle, elle se rangea; le sergent passa le premier, les deux gentilshommes le suivirent au corps de garde.

Ce corps de garde était entièrement occupé par des bourgeois et des gens du peuple; les uns jouaient, les autres buvaient, les autres péroraient.

Dans un coin et presque gardés à vue, étaient les trois gentilshommes arrivés les premiers et dont l'officier visitait les passes. Cet officier était dans la chambre voisine, l'importance de son grade lui concédant l'honneur d'un logement particulier.

Le premier mouvement des nouveaux venus et des premiers arrivés fut, des deux extrémités du corps de garde, de jeter un regard rapide et investigateur les uns sur les autres. Les premiers venus étaient couverts de longs manteaux dans les plis desquels ils étaient soigneusement enveloppés. L'un d'eux, moins grand que ses compagnons, se tenait en arrière dans l'ombre.

A l'annonce que fit en entrant le sergent, que, selon toute probabilité, il amenait deux mazarins, les trois gentilshommes dressèrent l'oreille et prêtèrent attention.

Le plus petit des trois, qui avait fait deux pas en avant, en fit un en arrière et se retrouva dans l'ombre.

Sur l'annonce que les nouveaux venus n'avaient point de passes, l'avis unanime du corps de garde parut être qu'ils n'entreraient pas.

— Si fait, dit Athos, il est probable au contraire que nous entrerons, car nous paraissons avoir affaire à des gens raisonnables. Or, il y aura une chose bien simple à faire : ce sera de faire passer nos noms à Sa Majesté la reine d'Angleterre; et si elle répond de nous, j'espère que nous ne verrez plus aucun inconvénient à nous laisser le passage libre.

A ces mots l'attention du gentilhomme caché dans l'ombre redoubla et fut même accompagnée d'un mouvement de surprise tel, que son chapeau, repoussé par le manteau dont il s'enveloppait plus soigneusement encore qu'auparavant, tomba; il se baissa et le ramassa vivement.

— Oh! mon Dieu! dit Aramis poussant Athos du coude, avez-vous vu?

— Quoi? demanda Athos.

— La figure du plus petit des trois gentilshommes?

— Non.

— C'est qu'il m'a semblé... mais c'est chose impossible...

En ce moment le sergent, qui était allé dans la chambre particulière prendre des ordres de l'officier du poste, sortit, et désignant les trois gentilshommes, auxquels il remit un papier :

— Les passes sont en règle, dit-il, laissez passer ces trois Messieurs.

Les trois gentilshommes firent un signe de tête et s'empressèrent de profiter de la permission et du chemin qui, sur l'ordre du sergent, s'ouvrait devant eux.

Aramis les suivit des yeux; et au moment où le plus petit passait devant lui, il serra vivement la main d'Athos.

— Qu'avez-vous, mon cher? demanda celui-ci.

— J'ai... c'est une vision sans doute.

Puis, s'adressant au sergent :

— Dites-moi, Monsieur, ajouta-t-il, connaissez-vous les trois gentilshommes qui viennent de sortir d'ici?

— Je les connais d'après leur passe : ce sont MM. de Flamarens, de Châtillon et de Bruy, trois gentilshommes frondeurs qui vont rejoindre M. le duc de Longueville.

— C'est étrange, dit Aramis répondant à sa propre pensée plutôt qu'au sergent, j'avais cru reconnaître le Mazarin lui-même.

Le sergent éclata de rire.

— Lui, dit-il, se hasarder ainsi ici, chez nous, pour être pendu, pas si bête!

— Ah! murmura Aramis, je puis bien m'être trompé, je n'ai pas l'œil infaillible de d'Artagnan.

— Qui parle ici de d'Artagnan? demanda l'officier, qui, en ce moment même, apparaissait sur le seuil de sa chambre.

— Oh! fit Grimaud en écarquillant les yeux.

— Quoi? demandèrent à la fois Aramis et Athos.

— Planchet! reprit Grimaud; Planchet avec le hausse-col!

— Messieurs de La Fère et d'Herblay, s'écria l'officier, de retour à Paris! Oh! quelle joie pour moi, Messieurs! car sans doute vous venez vous joindre à MM. les princes!

— Comme tu vois, mon cher Planchet, dit Aramis, tandis qu'Athos souriait en voyant le grade important qu'occupait dans la milice bourgeoise l'ancien camarade de Mousqueton, de Bazin et de Grimaud.

— Et M. d'Artagnan dont vous parliez tout à l'heure, Monsieur d'Herblay, oserai-je vous demander si vous avez de ses nouvelles?

— Nous l'avons quitté il y a quatre jours, mon cher ami, et tout nous portait à croire qu'il nous avait précédés à Paris.

— Non, Monsieur, j'ai la certitude qu'il n'est point rentré dans la capitale; après cela, peut-être est-il resté à Saint-Germain.

— Je ne crois pas, nous avons rendez-vous à *La Chevrette*.

— J'y suis passé aujourd'hui même.

— Et la belle Madeleine n'avait pas de ses nouvelles? demanda Aramis en souriant.

— Non, Monsieur, je ne vous cacherai même point qu'elle paraissait fort inquiète.

— Au fait, dit Aramis, il n'y a point de temps de perdu, et nous avons fait grande diligence. Permettez donc, mon cher Athos, sans que je m'informe davantage de notre ami, que je fasse mes compliments à M. Planchet.

— Ah! Monsieur le chevalier! dit Planchet en s'inclinant.

— Lieutenant! dit Aramis.

— Lieutenant, et promesse pour être capitaine.

— C'est fort beau, dit Aramis; et comment tous ces honneurs sont-ils venus à vous?

— D'abord vous savez, Messieurs, que c'est moi qui ai fait sauver M. de Rochefort?

— Oui, pardieu! il nous a conté cela.

— J'ai à cette occasion failli être pendu par le Mazarin, ce qui m'a rendu naturellement plus populaire encore que je n'étais.

— Et grâce à cette popularité...

— Non, grâce à quelque chose de mieux. Vous savez d'ailleurs, Messieurs, que j'ai servi dans le régiment de Piémont, où j'avais l'honneur d'être sergent.

— Oui.

— Eh bien! un jour que personne ne pouvait mettre en rang une foule de bourgeois armés qui partaient les uns du pied gauche et les autres du pied droit, je suis parvenu, moi, à les faire partir tous du même pied, et l'on m'a fait lieutenant sur le champ de... manœuvre.

— Voilà l'explication, dit Aramis.

— De sorte, dit Athos, que vous avez une foule de noblesse avec vous?

— Certes! Nous avons, d'abord comme vous le savez sans doute, M. le prince de Conti, M. le duc de Longueville, M. le duc de Beaufort, M. le duc d'Elbeuf, le duc de Bouillon, le duc de Chevreuse, M. de Brissac, le maréchal de La Mothe, M. de Luynes, le marquis de Vitry, le prince de Marcillac, le marquis de Noirmoutiers, le comte de Fiesque, le marquis de Laigues, le comte de Montrésor, le marquis de Sévigné , que sais-je encore, moi.

— Et M. Raoul de Bragelonne? demanda Athos d'une voix émue; d'Artagnan m'a dit qu'il vous l'avait recommandé en partant, mon bon Planchet.

— Oui, Monsieur le comte, comme si c'était son propre fils, et je dois dire que je ne l'ai pas perdu de vue un seul instant.

— Alors, reprit Athos d'une voix altérée par la joie, il se porte bien? Aucun accident ne lui est arrivé?

— Aucun, monsieur.

— Et il demeure?

— Au *Grand-Charlemagne* toujours.

— Il passe ses journées?...

— Tantôt chez la reine d'Angleterre, tantôt chez Mme de Chevreuse. Lui et le comte de Guiche ne se quittent point.

— Merci, Planchet, merci! dit Athos en lui tendant la main.

— Oh! Monsieur le comte, dit Planchet en touchant cette main du bout des doigts.

— Eh bien! que faites-vous donc, comte? A un ancien laquais! dit Aramis.

— Ami, dit Athos, il me donne des nouvelles de Raoul.

— Et maintenant, Messieurs, demanda Planchet qui n'avait point entendu l'observation, que comptez-vous faire?

— Rentrer dans Paris, si toutefois vous nous en donnez la permission, mon cher Monsieur Planchet, dit Athos.

— Comment! si je vous en donnerai la permission! Vous vous moquez de moi, Monsieur le comte, je ne suis pas autre chose que votre serviteur.

Et il s'inclina.

Puis, se retournant vers ses hommes :

— Laissez passer ces Messieurs, dit-il, je les connais, ce sont des amis de M. de Beaufort.

— Vive M. de Beaufort! cria tout le poste d'une seule voix en ouvrant un chemin à Athos et à Aramis.

Le sergent seul s'approcha de Planchet :

— Quoi! sans passeport? murmura-t-il.

— Sans passeport, dit Planchet.

— Faites attention, capitaine, continua-t-il en donnant d'avance à Planchet le titre qui lui était promis, faites attention qu'un des trois hommes qui sont sortis tout à l'heure m'a dit tout bas de me défier de ces Messieurs.

— Et moi, dit Planchet avec majesté, je les connais et j'en réponds.

Cela dit, il serra la main de Grimaud, qui parut fort honoré de cette distinction.

— Au revoir donc, capitaine, reprit Aramis de son ton goguenard; s'il nous arrivait quelque chose, nous nous réclamerions de vous.

— Monsieur, dit Planchet, en cela comme en toutes choses, je suis bien votre valet.

— Le drôle a de l'esprit, et beaucoup, dit Aramis en montant à cheval.

— Et comment n'en aurait-il pas, dit Athos en se mettant en selle à son tour, après avoir si longtemps brossé les chapeaux de son maître ?

LXXX

LES AMBASSADEURS

Les deux amis se mirent aussitôt en route, descendant la pente rapide du faubourg; mais, arrivés au bas de cette pente, ils virent avec un grand étonnement que les rues de Paris étaient changées en rivières et les places en lacs. A la suite de grandes pluies qui avaient eu lieu pendant le mois de janvier, la Seine avait débordé et la rivière avait fini par envahir la moitié de la capitale.

Athos et Aramis entrèrent bravement dans cette inondation avec leurs chevaux; mais bientôt les pauvres animaux en eurent jusqu'au poitrail, et il fallut que les deux gentilshommes se décidassent à les quitter et à prendre une barque : ce qu'ils firent après avoir recommandé aux laquais d'aller les attendre aux Halles.

Ce fut donc en bateau qu'ils abordèrent le Louvre. Il était nuit close, et Paris, vu ainsi à la lueur de quelques pâles falots tremblotants parmi tous ces étangs, avec ses barques chargées de patrouilles aux armes étincelantes, avec tous ces cris de veille échangés la nuit entre les postes, Paris présentait un aspect dont fut ébloui Aramis, l'homme le plus accessible aux sentiments belliqueux qu'il fût possible de rencontrer.

On arriva chez la reine; mais force fut de faire antichambre, Sa Majesté donnant en ce moment même audience à des gentilshommes qui apportaient des nouvelles d'Angleterre.

— Et nous aussi, dit Athos au serviteur qui lui faisait cette réponse, nous aussi, non seulement nous apportons des nouvelles d'Angleterre, mais encore nous en arrivons.

— Comment donc vous nommez-vous, Messieurs ? demanda le serviteur.

— M. le comte de La Fère et M. le chevalier d'Herblay, dit Aramis.

— Ah! en ce cas, Messieurs, dit le serviteur en entendant ces noms que tant de fois la reine avait prononcés dans son espoir, en ce cas c'est autre chose, et je crois que Sa Majesté ne me pardonnerait pas de vous avoir fait attendre un seul instant. Suivez-moi, je vous prie.

Et il marcha devant, suivi d'Athos et d'Aramis.

Arrivés à la chambre où se tenait la reine, il leur fit signe d'attendre; et ouvrant la porte :

— Madame, dit-il, j'espère que Votre Majesté me pardonnera d'avoir désobéi à ses ordres, quand elle saura que ceux que je viens lui annoncer sont MM. le comte de La Fère et le chevalier d'Herblay.

A ces deux noms, la reine poussa un cri de joie que les deux gentilshommes entendirent de l'endroit où ils s'étaient arrêtés.

— Pauvre reine! murmura Athos.

— Oh! qu'ils entrent! qu'ils entrent! s'écria à son tour la jeune princesse en s'élançant vers la porte.

La pauvre enfant ne quittait point sa mère et essayait de lui faire oublier par ses soins filiaux l'absence de ses deux frères et de sa sœur.

— Entrez, entrez, Messieurs, dit-elle en ouvrant elle-même la porte.

Athos et Aramis se présentèrent. La reine était assise dans un fauteuil, et devant elle se tenaient debout deux des trois gentilshommes qu'ils avaient rencontrés dans le corps de garde.

C'étaient MM. de Flamarens et Gaspard de Coligny, duc de Châtillon, frère de celui qui avait été tué sept ou huit ans auparavant dans un duel sur la place Royale, duel qui avait eu lieu à propos de Mme de Longueville.

A l'annonce des deux amis, ils reculèrent d'un pas et échangèrent avec inquiétude quelques paroles à voix basse.

— Eh bien! Messieurs? s'écria la reine d'Angleterre en apercevant Athos et Aramis. Vous voilà enfin, amis fidèles, mais les courriers d'État vont encore plus vite que vous. La cour a été instruite des affaires de Londres au moment où vous touchiez les portes de Paris, et voilà MM. de Flamarens et de Châtillon qui m'apportent de la part de Sa Majesté la reine Anne d'Autriche les plus récentes informations.

Aramis et Athos se regardèrent; cette tranquillité, cette joie même, qui brillaient dans les regards de la reine, les comblaient de stupéfaction.

— Veuillez continuer, dit-elle en s'adressant à MM. de Flamarens et de Châtillon; vous disiez donc que Sa Majesté Charles Ier, mon auguste maître, avait été condamné à mort malgré le vœu de la majorité des sujets anglais!

— Oui, Madame, balbutia Châtillon.

Athos et Aramis se regardaient de plus en plus étonnés.

— Et que, conduit à l'échafaud, continua la reine, à l'échafaud! ô mon seigneur! ô mon roi!... et que, conduit à l'échafaud, il avait été sauvé par le peuple indigné?

— Oui, Madame, répondit Châtillon d'une voix si basse que ce fut à peine si les deux gentilshommes, cependant fort attentifs, purent entendre cette affirmation.

La reine joignit les mains avec une généreuse reconnaissance, tandis que sa fille passait un bras autour du cou de sa mère et l'embrassait, les yeux baignés de larmes de joie.

— Maintenant, il ne nous reste plus qu'à présenter à Votre Majesté nos humbles respects, dit Châtillon, à qui ce rôle semblait peser et qui rougissait à vue d'œil sous le regard fixe et perçant d'Athos.

— Un moment encore, Messieurs, dit la reine en les retenant d'un signe. Un moment, de grâce! car voici MM. de La Fère et d'Herblay qui, ainsi que vous avez pu l'entendre, arrivent de Londres et qui vous donneront peut-être, comme témoins oculaires, des détails que vous ne connaissez pas. Vous porterez ces détails à la reine, ma bonne sœur. Parlez, Messieurs, parlez, je vous écoute. Ne me cachez rien; ne ménagez rien. Dès que Sa Majesté vit encore et que l'honneur royal est sauf, tout le reste m'est indifférent.

Athos pâlit et porta la main sur son cœur.

— Eh bien! dit la reine, qui vit ce mouvement et cette pâleur, parlez donc, Monsieur, je vous en prie.

— Pardon, Madame, dit Athos; mais je ne veux rien ajouter au récit de ces Messieurs avant qu'ils aient reconnu que peut-être ils se sont trompés.

— Trompés? s'écria la reine presque suffoquée; trompés!... Qu'y a-t-il donc, ô mon Dieu?

— Monsieur, dit M. de Flamarens à Athos, si nous nous sommes trompés, c'est de la part de la reine que vient l'erreur, et vous n'avez pas, je suppose, la préten-

tion de la rectifier, car ce serait donner un démenti à Sa
Majesté.

— De la reine, Monsieur? reprit Athos de sa voix
calme et vibrante.

— Oui, murmura Flamarens en baissant les yeux.

Athos soupira tristement.

— Ne serait-ce pas plutôt de la part de celui qui
vous accompagnait, et que nous avons vu avec vous au
corps de garde de la barrière du Roule , que viendrait
cette erreur? dit Aramis avec sa politesse insultante.
Car, si nous ne nous sommes trompés, le comte de La
Fère et moi, vous étiez trois en entrant dans Paris.

Châtillon et Flamarens tressaillirent.

— Mais expliquez-vous, comte! s'écria la reine, dont
l'angoisse croissait de moment en moment; sur votre
front je lis le désespoir, votre bouche hésite à m'annoncer
quelque nouvelle terrible, vos mains tremblent... Oh!
mon Dieu! mon Dieu! qu'est-il donc arrivé?

— Seigneur! dit la jeune princesse en tombant à
genoux près de sa mère, ayez pitié de nous!

— Monsieur, dit Châtillon, si vous portez une nouvelle funeste, vous agissez en homme cruel lorsque vous
annoncez cette nouvelle à la reine.

Aramis s'approcha de Châtillon presque à le toucher.

— Monsieur, lui dit-il les lèvres pincées et le regard
étincelant, vous n'avez pas, je le suppose, la prétention
d'apprendre à M. le comte de La Fère et à moi ce que
nous avons à dire ici?

Pendant cette courte altercation, Athos, toujours la
main sur son cœur et la tête inclinée, s'était approché
de la reine, et d'une voix émue:

— Madame, lui dit-il, les princes, qui, par leur nature,
sont au-dessus des autres hommes, ont reçu du ciel un
cœur fait pour supporter de plus grandes infortunes
que celles du vulgaire; car leur cœur participe de leur
supériorité. On ne doit donc pas, ce me semble, en agir
avec une grande reine comme Votre Majesté de la même
façon qu'avec une femme de notre état. Reine, destinée
à tous les martyres sur cette terre, voici le résultat de
la mission dont vous nous avez honorés.

Et Athos, s'agenouillant devant la reine palpitante
et glacée, tira de son sein, enfermés dans la même boîte,
l'ordre en diamants qu'avant son départ la reine avait

remis à lord de Winter, et l'anneau nuptial qu'avant sa mort Charles avait remis à Aramis ; depuis qu'il les avait reçus, ces deux objets n'avaient point quitté Athos.

Il ouvrit la boîte et les tendit à la reine avec une muette et profonde douleur.

La reine avança la main, saisit l'anneau, le porta convulsivement à ses lèvres, et sans pouvoir pousser un soupir, sans pouvoir articuler un sanglot, elle étendit les bras, pâlit et tomba sans connaissance dans ceux de ses femmes et de sa fille.

Athos baisa le bas de la robe de la malheureuse veuve, et se relevant avec une majesté qui fit sur les assistants une impression profonde :

— Moi, comte de La Fère, dit-il, gentilhomme qui n'ai jamais menti, je jure devant Dieu d'abord, et ensuite devant cette pauvre reine, que tout ce qu'il était possible de faire pour sauver le roi, nous l'avons fait sur le sol d'Angleterre. Maintenant, chevalier, ajouta-t-il en se tournant vers d'Herblay, partons, notre devoir est accompli.

— Pas encore, dit Aramis ; il nous reste un mot à dire à ces Messieurs.

Et se retournant vers Châtillon :

— Monsieur, lui dit-il, ne vous plairait-il pas de sortir, ne fût-ce qu'un instant, pour entendre ce mot que je ne puis dire devant la reine ?

Châtillon s'inclina sans répondre en signe d'assentiment ; Athos et Aramis passèrent les premiers, Châtillon et Flamarens les suivirent, ils traversèrent sans mot dire le vestibule ; mais, arrivés à une terrasse de plain-pied avec une fenêtre, Aramis prit le chemin de cette terrasse, tout à fait solitaire ; à la fenêtre il s'arrêta, et se retournant vers le duc de Châtillon :

— Monsieur, lui dit-il, vous vous êtes permis tout à l'heure, ce me semble, de nous traiter cavalièrement. Cela n'était point convenable en aucun cas, moins encore de la part de gens qui venaient apporter à la reine le message d'un menteur.

— Monsieur ! s'écria Châtillon.

— Qu'avez-vous donc fait de M. de Bruy ? demanda ironiquement Aramis. Ne serait-il point par hasard allé changer sa figure qui ressemble trop à celle de M. Mazarin ? On sait qu'il y a au Palais-Royal bon nombre de masques italiens de rechange, depuis celui d'Arlequin jusqu'à celui de Pantalon .

— Mais vous nous provoquez, je crois! dit Flamarens.

— Ah! vous ne faites que le croire, Messieurs?

— Chevalier! chevalier! dit Athos.

— Eh! laissez-moi donc faire, dit Aramis avec humeur, vous savez bien que je n'aime pas les choses qui restent en chemin.

— Achevez donc, Monsieur, dit Châtillon avec une hauteur qui ne le cédait en rien à celle d'Aramis.

Aramis s'inclina.

— Messieurs, dit-il, un autre que moi ou M. le comte de La Fère vous ferait arrêter, car nous avons quelques amis à Paris; mais nous vous offrons un moyen de partir sans être inquiétés. Venez causer cinq minutes l'épée à la main avec nous sur cette terrasse abandonnée.

— Volontiers, dit Châtillon.

— Un moment, Messieurs, s'écria Flamarens. Je sais bien que la proposition est tentante, mais à cette heure il est impossible de l'accepter.

— Et pourquoi cela? dit Aramis de son ton goguenard; est-ce donc le voisinage de Mazarin qui vous rend si prudents?

— Oh! vous entendez, Flamarens, dit Châtillon, ne pas répondre serait une tache à mon nom et à mon honneur.

— C'est mon avis, dit Aramis.

— Vous ne répondrez pas, cependant, et ces Messieurs tout à l'heure seront, j'en suis sûr, de mon avis.

Aramis secoua la tête avec un geste d'incroyable insolence.

Châtillon vit ce geste et porta la main à son épée.

— Duc, dit Flamarens, vous oubliez que demain vous commandez une expédition de la plus haute importance, et que, désigné par M. le Prince, agréé par la reine, jusqu'à demain soir vous ne vous appartenez pas.

— Soit. A après-demain matin donc, dit Aramis.

— A après-demain matin, dit Châtillon, c'est bien long, Messieurs.

— Ce n'est pas moi, dit Aramis, qui fixe ce terme, et qui demande ce délai, d'autant plus, ce me semble ajouta-t-il, qu'on pourrait se retrouver à cette expédition.

— Oui, Monsieur, vous avez raison, s'écria Châtillon,
et avec grand plaisir, si vous voulez prendre la peine de
venir jusqu'aux portes de Charenton.

— Comment donc, Monsieur! Pour avoir l'honneur
de vous rencontrer j'irais au bout du monde, à plus
forte raison ferai-je dans ce but une ou deux lieues.

— Eh bien! à demain, Monsieur.

— J'y compte. Allez-vous-en donc rejoindre votre
cardinal. Mais auparavant jurez sur l'honneur que vous
ne le préviendrez pas de notre retour.

— Des conditions!

— Pourquoi pas?

— Parce que c'est aux vainqueurs à en faire, et que
vous ne l'êtes pas, Messieurs.

— Alors, dégainons sur-le-champ. Cela nous est
égal, à nous qui ne commandons pas l'expédition de
demain.

Châtillon et Flamarens se regardèrent; il y avait tant
d'ironie dans la parole et dans le geste d'Aramis que
Châtillon surtout avait grand-peine de tenir en bride sa
colère. Mais, sur un mot de Flamarens, il se contint.

— Eh bien, soit! dit-il; notre compagnon, quel
qu'il soit, ne saura rien de ce qui s'est passé. Mais vous
me promettez bien, Monsieur, de vous trouver demain
à Charenton, n'est-ce pas?

— Ah! dit Aramis, soyez tranquilles, Messieurs.

Les quatre gentilshommes se saluèrent, mais cette
fois ce furent Châtillon et Flamarens qui sortirent du
Louvre les premiers, et Athos et Aramis qui les suivirent.

— A qui donc en avez-vous avec toute cette fureur,
Aramis? demanda Athos.

— Eh pardieu! j'en ai à ceux à qui je m'en suis pris.

— Que vous ont-ils fait?

— Il m'ont fait... Vous n'avez donc pas vu?

— Non.

— Ils ont ricané quand nous avons juré que nous
avions fait notre devoir en Angleterre. Or, ils l'ont cru
ou ne l'ont pas cru; s'ils l'ont cru, c'était pour nous
insulter qu'ils ricanaient; s'ils ne l'ont pas cru, ils nous
insultaient encore, et il est urgent de leur prouver que
nous sommes bons à quelque chose. Au reste, je ne
suis pas fâché qu'ils aient remis la chose à demain, je

crois que nous avons ce soir quelque chose de mieux à
faire que de tirer l'épée.

— Qu'avons-nous à faire?

— Eh pardieu! nous avons à faire prendre le Mazarin.

Athos allongea dédaigneusement les lèvres.

— Ces expéditions ne me vont pas, vous le savez,
Aramis.

— Pourquoi cela?

— Parce qu'elles ressemblent à des surprises.

— En vérité, Athos, vous seriez un singulier général
d'armée; vous ne vous battriez qu'au grand jour; vous
feriez prévenir votre adversaire de l'heure à laquelle
vous l'attaqueriez, et vous vous garderiez bien de rien
tenter la nuit contre lui, de peur qu'il ne vous accusât
d'avoir profité de l'obscurité.

Athos sourit.

— Vous savez qu'on ne peut pas changer sa nature,
dit-il; d'ailleurs, savez-vous où nous en sommes, et si
l'arrestation de Mazarin ne serait pas plutôt un mal qu'un
bien, un embarras qu'un triomphe?

— Dites, Athos, que vous désapprouvez ma proposition.

— Non pas, je crois au contraire qu'elle est de bonne
guerre; cependant...

— Cependant, quoi?

— Je crois que vous n'auriez pas dû faire jurer à ces
Messieurs de ne rien dire au Mazarin; car en leur faisant
jurer cela, vous avez presque pris l'engagement de ne
rien faire.

— Je n'ai pris aucun engagement, je vous jure; je
me regarde comme parfaitement libre. Allons, allons,
Athos! allons!

— Où?

— Chez M. de Beaufort ou chez M. de Bouillon;
nous leur dirons ce qu'il en est.

— Oui, mais à une condition : c'est que nous com-
mencerons par le coadjuteur. C'est un prêtre; il est
savant sur les cas de conscience, et nous lui conterons
le nôtre.

— Ah! fit Aramis, il va tout gâter, tout s'approprier;
finissons par lui au lieu de commencer.

Athos sourit. On voyait qu'il avait au fond du cœur
une pensée qu'il ne disait pas.

— Eh bien, soit! dit-il; par lequel commençons-nous?

— Par M. de Bouillon, si vous voulez bien; c'est celui qui se présente le premier sur notre chemin.

— Maintenant vous me permettez une chose, n'est-ce pas?

— Laquelle?

— C'est que je passe à l'hôtel du *Grand-Empereur-Charlemagne* pour embrasser Raoul.

— Comment donc! J'y vais avec vous, nous l'embrasserons ensemble.

Tous deux avaient repris le bateau qui les avait amenés et s'étaient fait conduire aux Halles. Ils y trouvèrent Grimaud et Blaisois, qui leur tenaient leurs chevaux, et tous quatre s'acheminèrent vers la rue Guénégaud.

Mais Raoul n'était point à l'hôtel du *Grand-Roi;* il avait reçu dans la journée un message de M. le Prince et était parti avec Olivain aussitôt après l'avoir reçu.

LXXXI

LES TROIS LIEUTENANTS DU GÉNÉRALISSIME

Selon qu'il avait été convenu et dans l'ordre arrêté entre eux, Athos et Aramis, en sortant de l'auberge du *Grand-Roi-Charlemagne,* s'acheminèrent vers l'hôtel de M. le duc de Bouillon .

La nuit était noire, et, quoique s'avançant vers les heures silencieuses et solitaires, elle continuait de retentir de ces mille bruits qui réveillent en sursaut une ville assiégée. A chaque pas on rencontrait des barricades, à chaque détour des rues des chaînes tendues, à chaque carrefour des bivouacs; les patrouilles se croisaient, échangeant les mots d'ordre; les messagers expédiés par les différents chefs sillonnaient les places; enfin, des dialogues animés, et qui indiquaient l'agitation des esprits, s'établissaient entre les habitants pacifiques qui se tenaient aux fenêtres et leurs concitoyens plus belliqueux qui couraient les rues, la pertuisane sur l'épaule ou l'arquebuse au bras.

Athos et Aramis n'avaient pas fait cent pas sans être arrêtés par les sentinelles placées aux barricades, qui leur avaient demandé le mot d'ordre; mais ils avaient répondu qu'ils allaient chez M. de Bouillon pour lui annoncer une nouvelle d'importance, et l'on s'était contenté de leur donner un guide qui, sous prétexte de les accompagner et de leur faciliter les passages, était chargé de veiller sur eux. Celui-ci était parti les précédant et chantant :

> Ce brave Monsieur de Bouillon
> Est incommodé de la goutte.

C'était un triolet des plus nouveaux et qui se composait de je ne sais combien de couplets où chacun avait sa part .

En arrivant aux environs de l'hôtel de Bouillon, on croisa une petite troupe de trois cavaliers qui avaient tous les mots du monde, car ils marchaient sans guide et sans escorte, et en arrivant aux barricades n'avaient qu'à échanger avec ceux qui les gardaient quelques paroles pour qu'on les laissât passer avec toutes les déférences qui sans doute étaient dues à leur rang. A leur aspect, Athos et Aramis s'arrêtèrent.

— Oh! oh! dit Aramis, voyez-vous, comte?

— Oui, dit Athos.

— Que vous semble de ces trois cavaliers?

— Et à vous, Aramis?

— Mais que ce sont nos hommes.

— Vous ne vous êtes pas trompé, j'ai parfaitement reconnu M. de Flamarens.

— Et moi, M. de Châtillon.

— Quant au cavalier au manteau brun...

— C'est le cardinal.

— En personne.

— Comment diable se hasardent-ils ainsi dans le voisinage de l'hôtel de Bouillon? demanda Aramis.

Athos sourit, mais il ne répondit point. Cinq minutes après ils frappaient à la porte du prince.

La porte était gardée par une sentinelle, comme c'est l'habitude pour les gens revêtus de grades supérieurs; un petit poste se tenait même dans la cour, prêt à obéir aux ordres du lieutenant de M. le prince de Conti.

Comme le disait la chanson, M. le duc de Bouillon avait la goutte et se tenait au lit; mais malgré cette grave indisposition, qui l'empêchait de monter à cheval depuis un mois, c'est-à-dire depuis que Paris était assiégé, il n'en fit pas moins dire qu'il était prêt à recevoir MM. le comte de La Fère et le chevalier d'Herblay.

Les deux amis furent introduits près de M. le duc de Bouillon. Le malade était dans sa chambre, couché, mais entouré de l'appareil le plus militaire qui se pût voir. Ce n'étaient partout, pendus aux murailles, qu'épées, pistolets, cuirasses et arquebuses, et il était facile de voir que, dès qu'il n'aurait plus la goutte, M. de Bouillon donnerait un joli peloton de fil à retordre aux ennemis du Parlement. En attendant, à son grand regret, disait-il, il était forcé de se tenir au lit.

— Ah! Messieurs, s'écria-t-il en apercevant les deux visiteurs et en faisant pour se soulever sur son lit un effort qui lui arracha une grimace de douleur, vous êtes bien heureux, vous; vous pouvez monter à cheval, aller,

venir, combattre pour la cause du peuple. Mais moi,
vous le voyez, je suis cloué sur mon lit. Ah! diable de
goutte! fit-il en grimaçant de nouveau. Diable de goutte!

— Monseigneur, dit Athos, nous arrivons d'Angleterre, et notre premier soin, en touchant à Paris, a
été de venir prendre des nouvelles de votre santé.

— Grand merci, Messieurs, grand merci! reprit le
duc. Mauvaise, comme vous le voyez, ma santé…
Diable de goutte! Ah! vous arrivez d'Angleterre? Et
le roi Charles se porte bien, à ce que je viens d'apprendre.

— Il est mort, Monseigneur, dit Aramis.

— Bah! fit le duc étonné.

— Mort sur un échafaud, condamné par le Parlement.

— Impossible!

— Et exécuté en notre présence.

— Que me disait donc M. de Flamarens?

— M. de Flamarens? fit Aramis.

— Oui, il sort d'ici.

Athos sourit.

— Avec deux compagnons? dit-il.

— Avec deux compagnons, oui, reprit le duc. Puis
il ajouta avec quelque inquiétude : Les auriez-vous
rencontrés?

— Mais oui, dans la rue, ce me semble, dit Athos.

Et il regarda en souriant Aramis, qui, de son côté, le
regarda d'un air quelque peu étonné.

— Diable de goutte! s'écria M. de Bouillon évidemment mal à son aise.

— Monseigneur, dit Athos, en vérité il faut tout
votre dévouement à la cause parisienne pour rester,
souffrant comme vous l'êtes, à la tête des armées, et
cette persévérance cause en vérité notre admiration, à
M. d'Herblay et à moi.

— Que voulez-vous, Messieurs! il faut bien, et vous
en êtes un exemple, vous si braves et si dévoués, vous à
qui mon cher collègue le duc de Beaufort doit la liberté
et peut-être la vie, il faut bien se sacrifier à la chose
publique. Aussi vous le voyez, je me sacrifie; mais, je
l'avoue, je suis au bout de ma force. Le cœur est bon, la
tête est bonne; mais cette diable de goutte me tue, et
j'avoue que si la cour faisait droit à mes demandes,
demandes bien justes, puisque je ne fais que demander
une indemnité promise par l'ancien cardinal lui-même

lorsqu'on m'a enlevé ma principauté de Sedan, oui, je l'avoue, si l'on me donnait des domaines de la même valeur, si l'on m'indemnisait de la non-jouissance de cette propriété depuis qu'elle m'a été enlevée, c'est-à-dire depuis huit ans; si le titre de prince était accordé à ceux de ma maison, et si mon frère de Turenne était réintégré dans son commandement, je me retirerais immédiatement dans mes terres et laisserais la cour et le Parlement s'arranger entre eux comme ils l'entendraient.

— Et vous auriez bien raison, Monseigneur, dit Athos.

— C'est votre avis, n'est ce pas, Monsieur le comte de La Fère.

— Tout à fait.

— Et à vous aussi, Monsieur le chevalier d'Herblay?

— Parfaitement.

— Eh bien! je vous assure, Messieurs, reprit le duc, que, selon toute probabilité, c'est celui que j'adopterai. La cour me fait des ouvertures en ce moment; il ne tient qu'à moi de les accepter. Je les avais repoussées jusqu'à cette heure, mais puisque des hommes comme vous me disent que j'ai tort, mais puisque surtout cette diable de goutte me met dans l'impossibilité de rendre aucun service à la cause parisienne, ma foi, j'ai bien envie de suivre votre conseil et d'accepter la proposition que vient de me faire M. de Châtillon.

— Acceptez, prince, dit Aramis, acceptez.

— Ma foi, oui. Je suis même fâché, ce soir, de l'avoir presque repoussée... mais il y a conférence demain, et nous verrons.

Les deux amis saluèrent le duc.

— Allez, Messieurs, leur dit celui-ci, allez, vous devez être bien fatigués du voyage. Pauvre roi Charles! Mais enfin, il y a bien un peu de sa faute dans tout cela, et ce qui doit nous consoler c'est que la France n'a rien à se reprocher dans cette occasion, et qu'elle a fait tout ce qu'elle a pu pour le sauver.

— Oh! quant à cela, dit Aramis, nous en sommes témoins, M. de Mazarin surtout...

— Eh bien! voyez-vous, je suis bien aise que vous lui rendiez ce témoignage; il a du bon, au fond, le cardinal, et s'il n'était pas étranger... eh bien! on lui rendrait justice. Aïe! diable de goutte!

Athos et Aramis sortirent, mais jusque dans l'antichambre les cris de M. de Bouillon les accompagnèrent; il était évident que le pauvre prince souffrait comme un damné.

Arrivés à la porte de la rue :

— Eh bien! demanda Aramis à Athos, que pensez-vous?

— De qui?

— De M. de Bouillon, pardieu?

— Mon ami, j'en pense ce qu'en pense le triolet de notre guide, reprit Athos :

> Ce pauvre Monsieur de Bouillon
> Est incommodé de la goutte.

— Aussi, dit Aramis, vous voyez que je ne lui ai pas soufflé mot de l'objet qui nous amenait.

— Et vous avez agi prudemment, vous lui eussiez redonné un accès. Allons chez M. de Beaufort.

Et les deux amis s'acheminèrent vers l'hôtel de Vendôme.

Dix heures sonnaient comme ils arrivaient.

L'hôtel de Vendôme était non moins bien gardé et présentait un aspect non moins belliqueux que celui de Bouillon. Il y avait sentinelles, poste dans la cour, armes aux faisceaux, chevaux tout sellés aux anneaux. Deux cavaliers, sortant comme Athos et Aramis entraient, furent obligés de faire faire un pas en arrière à leurs montures pour laisser passer ceux-ci.

— Ah! ah! Messieurs, dit Aramis, c'est décidément la nuit aux rencontres, j'avoue que nous serions bien malheureux, après nous être si souvent rencontrés ce soir, si nous allions ne point parvenir à nous rencontrer demain.

— Oh! quant à cela, Monsieur, repartit Châtillon (car c'était lui-même qui sortait avec Flamarens de chez le duc de Beaufort), vous pouvez être tranquille; si nous nous rencontrons la nuit sans nous chercher, à plus forte raison nous rencontrerons-nous le jour en nous cherchant.

— Je l'espère, Monsieur, dit Aramis.

— Et moi, j'en suis sûr, dit le duc.

MM. de Flamarens et de Châtillon continuèrent leur chemin, et Athos et Aramis mirent pied à terre.

A peine avaient-ils passé la bride de leurs chevaux aux bras de leurs laquais et s'étaient-ils débarrassés de leurs manteaux, qu'un homme s'approcha d'eux, et après les avoir regardés un instant à la douteuse clarté d'une lanterne suspendue au milieu de la cour, poussa un cri de surprise et vint se jeter dans leurs bras.

— Comte de La Fère, s'écria cet homme, chevalier d'Herblay! comment êtes-vous ici, à Paris?

— Rochefort! dirent ensemble les deux amis.

— Oui, sans doute. Nous sommes arrivés, comme vous l'avez su, du Vendômois, il y a quatre ou cinq jours, et nous nous apprêtons à donner de la besogne au Mazarin. Vous êtes toujours des nôtres, je présume?

— Plus que jamais. Et le duc?

— Il est enragé contre le cardinal. Vous savez ses succès, à notre cher duc! c'est le véritable roi de Paris; il ne peut pas sortir sans risquer qu'on l'étouffe.

— Ah! tant mieux, dit Aramis; mais dites-moi, n'est-ce pas MM. de Flamarens et de Châtillon qui sortent d'ici?

— Oui, ils viennent d'avoir audience du duc; ils venaient de la part du Mazarin, sans doute, mais ils auront trouvé à qui parler, je vous en réponds.

— A la bonne heure! dit Athos. Et ne pourrait-on avoir l'honneur de voir Son Altesse?

— Comment donc! à l'instant même. Vous savez que pour vous elle est toujours visible. Suivez-moi, je réclame l'honneur de vous présenter.

Rochefort marcha devant. Toutes les portes s'ouvrirent devant lui et devant les deux amis. Ils trouvèrent M. de Beaufort près de se mettre à table. Les mille occupations de la soirée avaient retardé son souper jusqu'à ce moment-là; mais, malgré la gravité de la circonstance, le prince n'eut pas plus tôt entendu les deux noms que lui annonçait Rochefort qu'il se leva de la chaise qu'il était en train d'approcher de la table, et que s'avançant vivement au-devant des deux amis:

— Ah! pardieu, dit-il, soyez les bienvenus, Messieurs. Vous venez prendre votre part de mon souper, n'est-ce pas? Boisjoli, préviens Noirmont que j'ai deux convives Vous connaissez Noirmont, n'est-ce pas, Messieurs? c'est mon maître d'hôtel, le successeur du père Marteau, qui confectionne les excellents pâtés que vous savez.

Boisjoli, qu'il en envoie un de sa façon, mais pas dans le genre de celui qu'il avait fait pour La Ramée. Dieu merci! nous n'avons plus besoin d'échelles de corde, de poignards ni de poires d'angoisse.

— Monseigneur, dit Athos, ne dérangez pas pour nous votre illustre maître d'hôtel, dont nous connaissons les talents nombreux et variés. Ce soir, avec la permission de Votre Altesse, nous aurons seulement l'honneur de lui demander des nouvelles de sa santé et de prendre ses ordres.

— Oh! quant à ma santé, vous voyez, Messieurs, excellente. Une santé qui a résisté à cinq ans de Bastille accompagnés de M. de Chavigny est capable de tout. Quant à mes ordres, ma foi, j'avoue que je serais fort embarrassé de vous en donner, attendu que chacun donne les siens de son côté, et que je finirai, si cela continue, par n'en pas donner du tout.

— Vraiment? dit Athos, je croyais cependant que c'était sur votre union que le Parlement comptait.

— Ah! oui, notre union! elle est belle! Avec le duc de Bouillon, ça va encore, il a la goutte et ne quitte pas son lit, il y a moyen de s'entendre; mais avec M. d'Elbeuf et ses éléphants de fils... Vous connaissez le triolet sur le duc d'Elbeuf, Messieurs?

— Non, Monseigneur.

— Vraiment!

Le duc se mit à chanter :

> Monsieur d'Elbeuf et ses enfants
> Font rage à la place Royale,
> Ils vont tous quatre piaffant,
> Monsieur d'Elbeuf et ses enfants,
> Mais sitôt qu'il faut battre aux champs,
> Adieu leur humeur martiale.
> Monsieur d'Elbeuf et ses enfants
> Font rage à la place Royale .

— Mais, reprit Athos, il n'en est pas ainsi avec le coadjuteur, j'espère?

— Ah! bien oui! avec le coadjuteur, c'est pis encore. Dieu vous garde des prélats brouillons, surtout quand ils portent une cuirasse sous leur simarre! Au lieu de se tenir tranquille dans son évêché à chanter des *Te Deum* pour les victoires que nous ne remportons pas, ou pour les victoires où nous sommes battus, savez-vous ce qu'il fait?

— Non.

— Il lève un régiment auquel il donne son nom, le régiment de Corinthe. Il fait des lieutenants et des capitaines ni plus ni moins qu'un maréchal de France, et des colonels comme le roi.

— Oui, dit Aramis; mais lorsqu'il faut se battre, j'espère qu'il se tient à son archevêché.

— Eh bien! pas du tout, voilà ce qui vous trompe, mon cher d'Herblay! Lorsqu'il faut se battre, il se bat; de sorte que, comme la mort de son oncle lui a donné siège au Parlement, maintenant on l'a sans cesse dans les jambes, au Parlement, au conseil, au combat. Le prince de Conti est général en peinture, et quelle peinture! Un prince bossu! Ah! tout cela va bien mal, Messieurs, tout cela va bien mal!

— De sorte, Monseigneur, que Votre Altesse est mécontente? dit Athos en échangeant un regard avec Aramis.

— Mécontente, comte! dites que Mon Altesse est furieuse. C'est au point, tenez, je le dis à vous, je ne le dirais point à d'autres, c'est au point que si la reine, reconnaissant ses torts envers moi, rappelait ma mère exilée et me donnait la survivance de l'amirauté, qui est à Monsieur mon père et qui m'a été promise à sa mort, eh bien! je ne serais pas bien éloigné de dresser des chiens à qui j'apprendrais à dire qu'il y a encore en France de plus grands voleurs que M. de Mazarin.

Ce ne fut plus un regard seulement, ce furent un regard et un sourire qu'échangèrent Athos et Aramis; et ne les eussent-ils pas rencontrés, ils eussent deviné que MM. de Châtillon et de Flamarens avaient passé par là. Aussi ne soufflèrent-ils pas mot de la présence à Paris de M. de Mazarin.

— Monseigneur, dit Athos, nous voilà satisfaits. Nous n'avions, en venant à cette heure chez Votre Altesse, d'autre but que de faire preuve de notre dévouement, et de lui dire que nous nous tenions à sa disposition comme ses plus fidèles serviteurs.

— Comme mes plus fidèles amis, Messieurs, comme mes plus fidèles amis! vous l'avez prouvé; et, si jamais je me raccommode avec la cour, je vous prouverai, je l'espère, que moi aussi je suis resté votre ami ainsi que celui de ces Messieurs; comment diable les appelez-vous, d'Artagnan et Porthos?

— D'Artagnan et Porthos.

— Ah! oui, c'est cela. Ainsi donc, vous comprenez, comte de La Fère; vous comprenez, chevalier d'Herblay, tout et toujours à vous.

Athos et Aramis s'inclinèrent et sortirent.

— Mon cher Athos, dit Aramis, je crois que vous n'avez consenti à m'accompagner, Dieu me pardonne! que pour me donner une leçon?

— Attendez donc, mon cher, dit Athos, il sera temps de vous en apercevoir quand nous sortirons de chez le coadjuteur.

— Allons donc à l'archevêché, dit Aramis.

Et tous deux s'acheminèrent vers la Cité.

En se rapprochant du berceau de Paris, Athos et Aramis trouvèrent les rues inondées, et il fallut reprendre une barque.

Il était onze heures passées, mais on savait qu'il n'y avait pas d'heure pour se présenter chez le coadjuteur; son incroyable activité faisait, selon les besoins, de la nuit le jour, et du jour la nuit.

Le palais archiépiscopal sortait du sein de l'eau, et on eût dit, au nombre des barques amarrées de tous côtés autour de ce palais, qu'on était, non à Paris, mais à Venise. Ces barques allaient, venaient, se croisaient en tous sens, s'enfonçant dans le dédale des rues de la Cité, ou s'éloignant dans la direction de l'Arsenal ou du quai Saint-Victor, et alors nageaient comme sur un lac. De ces barques, les unes étaient muettes et mystérieuses, les autres étaient bruyantes et éclairées. Les deux amis glissèrent au milieu de ce monde d'embarcations et abordèrent à leur tour.

Tout le rez-de-chaussée de l'archevêché était inondé, mais des espèces d'escaliers avaient été adaptés aux murailles, et tout le changement qui était résulté de l'inondation, c'est qu'au lieu d'entrer par les portes on entrait par les fenêtres.

Ce fut ainsi qu'Athos et Aramis abordèrent dans l'antichambre du prélat. Cette antichambre était encombrée de laquais, car une douzaine de seigneurs étaient entassés dans le salon d'attente.

— Mon Dieu! dit Aramis, regardez donc, Athos! Est-ce que ce fat de coadjuteur va se donner le plaisir de nous faire faire antichambre?

Athos sourit.

— Mon cher ami, lui dit-il, il faut prendre les gens avec tous les inconvénients de leur position; le coadjuteur est en ce moment un des sept ou huit rois qui règnent à Paris, il a une cour.

— Oui, dit Aramis; mais nous ne sommes pas des courtisans, nous.

— Aussi allons-nous lui faire passer nos noms, et s'il ne fait pas en les voyant une réponse convenable, eh bien! nous le laisserons aux affaires de la France et aux siennes. Il ne s'agit que d'appeler un laquais et de lui mettre une demi-pistole dans la main.

— Eh! justement, s'écria Aramis, je ne me trompe pas... oui... non... si fait, Bazin; venez ici, drôle!

Bazin qui dans ce moment traversait l'antichambre, majestueusement revêtu de ses habits d'église, se retourna, le sourcil froncé, pour voir quel était l'impertinent qui l'apostrophait de cette manière. Mais à peine eut-il reconnu Aramis, que le tigre se fit agneau, et que s'approchant des deux gentilshommes :

— Comment? dit-il, c'est vous, Monsieur le chevalier! c'est vous, Monsieur le comte! Vous voilà tous deux au moment où nous étions si inquiets de vous! Oh! que je suis heureux de vous revoir!

— C'est bien, c'est bien, Maître Bazin, dit Aramis; trêve de compliments. Nous venons pour voir M. le coadjuteur, mais nous sommes pressés, et il faut que nous le voyions à l'instant même.

— Comment donc! dit Bazin, à l'instant même, sans doute; ce n'est point à des seigneurs de votre sorte qu'on fait faire antichambre. Seulement en ce moment il est en conférence secrète avec un M. de Bruy.

— De Bruy! s'écrièrent ensemble Athos et Aramis.

— Oui! c'est moi qui l'ai annoncé, et je me rappelle parfaitement son nom. Le connaissez-vous, Monsieur? ajouta Bazin en se retournant vers Aramis.

— Je crois le connaître.

— Je n'en dirai pas autant, moi, reprit Bazin, car il était si bien enveloppé dans son manteau, que, quelque persistance que j'y aie mise, je n'ai pas pu voir le plus petit coin de son visage. Mais je vais entrer pour annoncer, et cette fois peut-être serai-je plus heureux.

— Inutile, dit Aramis, nous renonçons à voir M. le coadjuteur pour ce soir, n'est-ce pas, Athos?

— Comme vous voudrez, dit le comte.

— Oui, il a de trop grandes affaires à traiter avec ce M. de Bruy.

— Et lui annoncerai-je que ces Messieurs étaient venus à l'archevêché?

— Non, ce n'est pas la peine, dit Aramis; venez, Athos.

Et les deux amis, fendant la foule des laquais, sortirent de l'archevêché suivis de Bazin, qui témoignait de leur importance en leur prodiguant des salutations.

— Eh bien! demanda Athos lorsque Aramis et lui furent dans la barque; commencez-vous à croire, mon ami, que nous aurions joué un bien mauvais tour à tous ces gens-là en arrêtant M. de Mazarin?

— Vous êtes la sagesse incarnée, Athos, répondit Aramis.

Ce qui avait surtout frappé les deux amis, c'était le peu d'importance qu'avaient pris à la cour de France les événements terribles qui s'étaient passés en Angleterre et qui leur semblaient, à eux, devoir occuper l'attention de toute l'Europe.

En effet, à part une pauvre veuve et une orpheline royale qui pleuraient dans un coin du Louvre, personne ne paraissait savoir qu'il eût existé un roi Charles Ier et que ce roi venait de mourir sur un échafaud.

Les deux amis s'étaient donné rendez-vous pour le lendemain matin à dix heures, car, quoique la nuit fût fort avancée lorsqu'ils étaient arrivés à la porte de l'hôtel, Aramis avait prétendu qu'il avait encore quelques visites d'importance à faire et avait laissé Athos entrer seul.

Le lendemain à dix heures sonnantes ils étaient réunis. Depuis six heures du matin Athos était sorti de son côté.

— Eh bien! avez-vous eu quelques nouvelles? demanda Athos.

— Aucune; on n'a vu d'Artagnan nulle part, et Porthos n'a pas encore paru. Et chez vous?

— Rien.

— Diable! fit Aramis.

— En effet, dit Athos, ce retard n'est point naturel; ils ont pris la route la plus directe, et par conséquent ils auraient dû arriver avant nous.

— Ajoutez à cela, dit Aramis, que nous connaissons d'Artagnan pour la rapidité de ses manœuvres, et qu'il n'est pas homme à avoir perdu une heure, sachant que nous l'attendons...

— Il comptait, si vous vous rappelez, être ici le 5.

— Et nous voilà au 9. C'est ce soir qu'expire le délai.

— Que comptez-vous faire, demanda Athos, si ce soir nous n'avons pas de nouvelles?

— Pardieu! nous mettre à sa recherche.

— Bien, dit Athos.

— Mais Raoul? demanda Aramis.

Un léger nuage passa sur le front du comte.

— Raoul me donne beaucoup d'inquiétude, dit-il, il a reçu hier un message du prince de Condé, il est allé le rejoindre à Saint-Cloud et n'est pas revenu.

— N'avez-vous point vu Mme de Chevreuse?

— Elle n'était point chez elle. Et vous, Aramis, vous deviez passer, je crois, chez Mme de Longueville?

— J'y ai passé en effet.

— Eh bien?

— Elle n'était point chez elle non plus, mais au moins elle avait laissé l'adresse de son nouveau logement.

— Où était-elle?

— Devinez, je vous le donne en mille.

— Comment voulez-vous que je devine où est à minuit, car je présume que c'est en me quittant que vous vous êtes présenté chez elle, comment, dis-je, voulez-vous que je devine où est à minuit la plus belle et la plus active de toutes les frondeuses?

— A l'Hôtel de Ville, mon cher!

— Comment, à l'Hôtel de Ville! Est-elle donc nommée prévôt des marchands?

— Non, mais elle s'est faite reine de Paris par intérim, et comme elle n'a pas osé de prime abord aller s'établir au Palais-Royal ou aux Tuileries, elle s'est installée à l'Hôtel de Ville, où elle va donner incessamment un héritier ou une héritière à ce cher duc.

— Vous ne m'aviez pas fait part de cette circonstance, Aramis, dit Athos.

— Bah! vraiment! C'est un oubli, alors, excusez-moi

— Maintenant, demanda Athos, qu'allons-nous faire d'ici à ce soir? Nous voici fort désœuvrés, ce me semble.

— Vous oubliez, mon ami, que nous avons de la besogne toute taillée.

— Où cela?

— Du côté de Charenton, morbleu? J'ai l'espérance, d'après sa promesse, de rencontrer là un certain M. de Châtillon que je déteste depuis longtemps.

— Et pourquoi cela?

— Parce qu'il est frère d'un certain M. de Coligny.

— Ah! c'est vrai, j'oubliais... lequel a prétendu à l'honneur d'être votre rival. Il a été bien cruellement puni de cette audace, mon cher, et, en vérité, cela devrait vous suffire.

— Oui, mais que voulez-vous! cela ne me suffit point. Je suis rancunier; c'est le seul point par lequel je tienne à l'Église. Après cela, vous comprenez, Athos, vous n'êtes aucunement forcé de me suivre.

— Allons donc, dit Athos, vous plaisantez!

— En ce cas, mon cher, si vous êtes décidé à m'accompagner, il n'y a point de temps à perdre. Le tambour a battu, j'ai rencontré les canons qui partaient, j'ai vu les bourgeois qui se rangeaient en bataille sur la place de l'Hôtel-de-Ville; on va bien certainement se battre vers Charenton, comme l'a dit hier le duc de Châtillon.

— J'aurais cru, dit Athos, que les conférences de cette nuit avaient changé quelque chose à ces dispositions belliqueuses.

— Oui, sans doute, mais on ne s'en battra pas moins, ne fût-ce que pour mieux masquer ces conférences.

— Pauvres gens! dit Athos, qui vont se faire tuer pour qu'on rende Sedan à M. de Bouillon, pour qu'on donne la survivance de l'amirauté à M. de Beaufort, et pour que le coadjuteur soit cardinal.

— Allons! allons! mon cher, dit Aramis, convenez que vous ne seriez pas si philosophe si votre Raoul ne se devait point trouver à toute cette bagarre.

— Peut-être dites-vous vrai, Aramis.

— Eh bien! allons donc où l'on se bat, c'est un moyen sûr de retrouver d'Artagnan, Porthos, et peut-être même Raoul.

— Hélas! dit Athos.

— Mon bon ami, dit Aramis, maintenant que nous

sommes à Paris, il vous faut, croyez-moi, perdre cette habitude de soupirer sans cesse. A la guerre, morbleu! comme à la guerre, Athos! N'êtes-vous plus homme d'épée, et vous êtes-vous fait d'Église, voyons! Tenez, voilà de beaux bourgeois qui passent; c'est engageant, tudieu! Et ce capitaine, voyez donc, ça vous a presque une tournure militaire!

— Ils sortent de la rue du Mouton .

— Tambour en tête, comme de vrais soldats! Mais voyez donc ce gaillard-là, comme il se balance, comme il se cambre!

— Heu! fit Grimaud.

— Quoi? demanda Athos.

— Planchet, Monsieur.

— Lieutenant hier, dit Aramis, capitaine aujourd'hui, colonel sans doute demain; dans huit jours, le gaillard sera maréchal de France.

— Demandons-lui quelques renseignements, dit Athos.

Et les deux amis s'approchèrent de Planchet, qui, plus fier que jamais d'être vu en fonctions, daigna expliquer aux deux gentilshommes qu'il avait ordre de prendre position sur la place Royale avec deux cents hommes formant l'arrière-garde de l'armée parisienne, et de se diriger de là vers Charenton quand besoin serait.

Comme Athos et Aramis allaient du même côté, ils escortèrent Planchet jusque sur son terrain.

Planchet fit assez adroitement manœuvrer ses hommes sur la place Royale et les échelonna derrière une longue file de bourgeois placée rue et faubourg Saint-Antoine, en attendant le signal du combat.

— La journée sera chaude, dit Planchet d'un ton belliqueux.

— Oui, sans doute, répondit Aramis; mais il y a loin d'ici à l'ennemi.

— Monsieur, on rapprochera la distance, répondit un dizainier.

Aramis salua, puis se retournant vers Athos :

— Je ne me soucie pas de camper place Royale avec tous ces gens-là, dit-il; voulez-vous que nous marchions en avant? Nous verrons mieux les choses.

— Et puis M. de Châtillon ne viendrait point vous

chercher place Royale, n'est-ce pas? Allons donc en avant, mon ami.

— N'avez-vous pas deux mots à dire de votre côté à M. de Flamarens?

— Ami, dit Athos, j'ai pris une résolution, c'est de ne plus tirer l'épée que je n'y sois forcé absolument.

— Et depuis quand cela?

— Depuis que j'ai tiré le poignard.

— Ah bon! encore un souvenir de M. Mordaunt! Eh bien! mon cher, il ne vous manquerait plus que d'éprouver des remords d'avoir tué celui-là.

— Chut! dit Athos en mettant un doigt sur sa bouche avec ce sourire triste qui n'appartenait qu'à lui, ne parlons plus de Mordaunt, cela nous porterait malheur.

Et Athos piqua vers Charenton, longeant le faubourg, puis la vallée de Fécamp , toute noire de bourgeois armés.

Il va sans dire qu'Aramis le suivait d'une demi-longueur de cheval.

LXXXII

LE COMBAT DE CHARENTON

A MESURE qu'Athos et Aramis avançaient, et qu'en
avançant ils dépassaient les différents corps échelonnés sur la route, ils voyaient les cuirasses fourbies et
éclatantes succéder aux armes rouillées, et les mousquets
étincelants aux pertuisanes bigarrées.

— Je crois que c'est ici le vrai champ de bataille, dit
Aramis; voyez-vous ce corps de cavalerie qui se tient
en avant du pont, le pistolet au poing? Éh! prenez
garde, voici du canon qui arrive.

— Ah çà! mon cher, dit Athos, où nous avez-vous
menés? Il me semble que je vois tout autour de nous des
figures appartenant à des officiers de l'armée royale.
N'est-ce pas M. de Châtillon lui-même qui s'avance
avec ces deux brigadiers?

Et Athos mit l'épée à la main, tandis qu'Aramis,
croyant qu'en effet il avait dépassé les limites du camp
parisien, portait la main à ses fontes.

— Bonjour, Messieurs, dit le duc en s'approchant,
je vois que vous ne comprenez rien à ce qui se passe,
mais un mot vous expliquera tout. Nous sommes pour
le moment en trêve; il y a conférence : M. le Prince,
M. de Retz, M. de Beaufort et M. de Bouillon causent
en ce moment politique. Or, de deux choses l'une : ou
les affaires ne s'arrangeront pas, et nous nous retrouverons, chevalier; ou elles s'arrangeront, et, comme je
serai débarrassé de mon commandement, nous nous
retrouverons encore.

— Monsieur, dit Aramis, vous parlez à merveille.
Permettez-moi donc de vous adresser une question.

— Faites, Monsieur.

— Où sont les plénipotentiaires?

— A Charenton même, dans la seconde maison à
droite en entrant du côté de Paris.

— Et cette conférence n'était pas prévue!

— Non, Messieurs. Elle est, à ce qu'il paraît, le

résultat de nouvelles propositions que M. de Mazarin
a fait faire hier soir aux Parisiens.

Athos et Aramis se regardèrent en riant; ils savaient
mieux que personne quelles étaient ces propositions, à
qui elles avaient été faites et qui les avait faites.

— Et cette maison où sont les plénipotentiaires,
demanda Athos, appartient...?

— A M. de Chanleu, qui commande vos troupes
à Charenton. Je dis vos troupes, parce que je présume
que ces Messieurs sont frondeurs.

— Mais... à peu près, dit Aramis.

— Comment à peu près?

— Eh! sans doute, Monsieur; vous le savez mieux
que personne, dans ce temps-ci on ne peut pas dire
bien précisément ce qu'on est.

— Nous sommes pour le roi et MM. les princes, dit
Athos.

— Il faut cependant nous entendre, dit Châtillon : le
roi est avec nous, et il a pour généralissimes MM. d'Orléans et de Condé.

— Oui, dit Athos, mais sa place est dans nos rangs
avec MM. de Conti, de Beaufort, d'Elbeuf et de Bouillon.

— Cela peut être, dit Châtillon, et l'on sait que
pour mon compte j'ai assez peu de sympathie pour
M. de Mazarin; mes intérêts mêmes sont à Paris : j'ai
là un grand procès d'où dépend toute ma fortune, et,
tel que vous me voyez, je viens de consulter mon
avocat...

— A Paris?

— Non pas, à Charenton... M. Viole, que vous
connaissez de nom, un excellent homme, un peu têtu;
mais il n'est pas du Parlement pour rien. Je comptais
le voir hier soir, mais notre rencontre m'a empêché de
m'occuper de mes affaires. Or, comme il faut que les
affaires se fassent, j'ai profité de la trêve, et voilà comment je me trouve au milieu de vous.

— M. Viole donne donc ses consultations en plein
vent? demanda Aramis en riant.

— Oui, monsieur, et à cheval même. Il commande
cinq cents pistoliers pour aujourd'hui, et je lui ai rendu
visite accompagné, pour lui faire honneur, de ces deux
petites pièces de canon, en tête desquelles vous avez
paru si étonnés de me voir. Je ne le reconnaissais pas

d'abord, je dois l'avouer; il a une longue épée sur sa robe et des pistolets à sa ceinture, ce qui lui donne un air formidable qui vous ferait plaisir, si vous aviez le bonheur de le rencontrer.

— S'il est si curieux à voir, on peut se donner la peine de le chercher tout exprès, dit Aramis.

— Il faudrait vous hâter, Monsieur, car les conférences ne peuvent durer longtemps encore.

— Et si elles sont rompues sans amener de résultat, dit Athos, vous allez tenter d'enlever Charenton?

— C'est mon ordre; je commande les troupes d'attaque, et je ferai de mon mieux pour réussir.

— Monsieur, dit Athos, puisque vous commandez la cavalerie...

— Pardon! je commande en chef.

— Mieux encore!... Vous devez connaître tous vos officiers, j'entends tous ceux qui sont de distinction.

— Mais oui, à peu près.

— Soyez assez bon pour me dire alors si vous n'avez pas sous vos ordres M. le chevalier d'Artagnan, lieutenant aux mousquetaires.

— Non, Monsieur, il n'est pas avec nous; depuis plus de six semaines il a quitté Paris, et il est, dit-on, en mission en Angleterre.

— Je savais cela, mais je le croyais de retour.

— Non, Monsieur, et je ne sache point que personne l'ai revu. Je puis d'autant mieux vous répondre à ce sujet que les mousquetaires sont des nôtres, et que c'est M. de Cambon qui, par intérim, tient la place de M. d'Artagnan.

Les deux amis se regardèrent.

— Vous voyez, dit Athos.

— C'est étrange, dit Aramis.

— Il faut absolument qu'il leur soit arrivé malheur en route.

— Nous sommes aujourd'hui le 9, c'est ce soir qu'expire le délai fixé. Si ce soir nous n'avons point de nouvelles, demain matin nous partirons.

Athos fit de la tête un signe affirmatif, puis se retournant :

— Et M. de Bragelonne, un jeune homme de quinze ans, attaché à M. le prince, demanda Athos presque embarrassé de laisser percer ainsi devant le sceptique

Aramis ses préoccupations paternelles, a-t-il l'honneur
d'être connu de vous, Monsieur le duc?

— Oui, certainement, répondit Châtillon, il nous
est arrivé ce matin avec M. le Prince. Un charmant jeune homme! Il est de vos amis, Monsieur le
comte?

— Oui, Monsieur, répliqua Athos doucement ému;
à telle enseigne que j'aurais même le désir de le voir.
Est-ce possible?

— Très possible, Monsieur. Veuillez m'accompagner
et je vous conduirai au quartier général.

— Holà! dit Aramis en se retournant, voilà bien
du bruit derrière nous, ce me semble.

— En effet, un gros de cavaliers vient à nous! fit
Châtillon.

— Je reconnais M. le coadjuteur à son chapeau de
la fronde.

— Et moi, M. de Beaufort à ses plumes blanches.

— Ils viennent au galop. M. le Prince est avec eux.
Ah! voilà qu'il les quitte.

— On bat le rappel, s'écria Châtillon. Entendez-
vous? Il faut nous informer.

En effet, on voyait les soldats courir à leurs armes,
les cavaliers qui étaient à pied se remettre en selle, les
trompettes sonnaient, les tambours battaient, M. de
Beaufort tira l'épée.

De son côté, M. le Prince fit un signe de rappel, et
tous les officiers de l'armée royale, mêlés momentanément aux troupes parisiennes, coururent à lui.

— Messieurs, dit Châtillon, la trêve est rompue,
c'est évident; on va se battre. Rentrez donc dans Charenton, car j'attaquerai sous peu. Voilà le signal que
M. le Prince me donne.

En effet, un cornette élevait par trois fois en l'air
le guidon de M. le Prince.

— Au revoir, Monsieur le chevalier? cria Châtillon.

Et il partit au galop pour rejoindre son escorte.

Athos et Aramis tournèrent bride de leur côté et
vinrent saluer le coadjuteur et M. de Beaufort. Quant
à M. de Bouillon, il avait eu vers la fin de la conférence
un si terrible accès de goutte qu'on avait été obligé de
le reconduire à Paris en litière.

En échange, M. le duc d'Elbeuf, entouré de ses

quatre fils comme d'un état-major, parcourait les rangs de l'armée parisienne.

Pendant ce temps, entre Charenton et l'armée royale se formait un long espace blanc qui semblait se préparer pour servir de dernière couche aux cadavres.

— Ce Mazarin est véritablement une honte pour la France, dit le coadjuteur en resserrant le ceinturon de son épée qu'il portait, à la mode des anciens prélats militaires, sur sa simarre archiépiscopale. C'est un cuistre qui voudrait gouverner la France comme une métairie. Aussi la France ne peut-elle espérer de bonheur et de tranquillité que lorsqu'il en sera sorti.

— Il paraît que l'on ne s'est pas entendu sur la couleur du chapeau, dit Aramis.

Au même instant, M. de Beaufort leva son épée.

— Messieurs, dit-il, nous avons fait de la diplomatie inutile; nous voulions nous débarrasser de ce pleutre de Mazarini; mais la reine qui en est embéguinée, le veut absolument garder pour ministre, de sorte qu'il ne nous reste plus qu'une ressource, c'est de le battre congrûment.

— Bon! dit le coadjuteur, voilà l'éloquence accoutumée de M. de Beaufort.

— Heureusement, dit Aramis, qu'il corrige ses fautes de français avec la pointe de son épée.

— Peuh! fit le coadjuteur avec mépris, je vous jure que dans toute cette guerre il est bien pâle.

Et il tira son épée à son tour.

— Messieurs, dit-il, voilà l'ennemi qui vient à nous; nous lui épargnerons bien, je l'espère, la moitié du chemin.

Et, sans s'inquiéter s'il était suivi ou non, il partit. Son régiment, qui portait le nom de régiment de Corinthe, du nom de son archevêché, s'ébranla derrière lui et commença la mêlée.

De son côté, M. de Beaufort lançait sa cavalerie, sous la conduite de M. de Noirmoutiers, vers Étampes, où elle devait rencontrer un convoi de vivres impatiemment attendu par les Parisiens . M. de Beaufort s'apprêtait à le soutenir.

M. de Chanleu, qui commandait la place, se tenait, avec le plus fort de ses troupes, prêt à résister à l'assaut, et même, au cas où l'ennemi serait repoussé, à tenter une sortie.

Au bout d'une demi-heure le combat était engagé sur tous les points. Le coadjuteur, que la réputation de courage de M. de Beaufort exaspérait, s'était jeté en avant et faisait personnellement des merveilles de courage. Sa vocation, on le sait, était l'épée, et il était heureux chaque fois qu'il la pouvait tirer du fourreau, n'importe pour qui ou pour quoi. Mais dans cette circonstance, s'il avait bien fait son métier de soldat, il avait mal fait celui de colonel. Avec sept ou huit cents hommes il était allé heurter trois mille hommes, lesquels, à leur tour, s'étaient ébranlés tout d'une masse et ramenaient tambour battant les soldats du coadjuteur, qui arrivèrent en désordre aux remparts. Mais le feu de l'artillerie de Chanleu arrêta court l'armée royale, qui parut un instant ébranlée. Cependant cela dura peu, et elle alla se reformer derrière un groupe de maisons et un petit bois.

Chanleu crut que le moment était venu; il s'élança à la tête de deux régiments pour poursuivre l'armée royale; mais, comme nous l'avons dit, elle s'était reformée et revenait à la charge, guidée par M. de Châtillon en personne. La charge fut si rude et si habilement conduite que Chanleu et ses hommes se trouvèrent presque entourés. Chanleu ordonna la retraite, qui commença de s'exécuter pied à pied, pas à pas. Malheureusement, au bout d'un instant, Chanleu tomba mortellement frappé.

M. de Châtillon le vit tomber et annonça tout haut cette mort, qui redoubla le courage de l'armée royale et démoralisa complètement les deux régiments avec lesquels Chanleu avait fait sa sortie. En conséquence, chacun songea à son salut et ne s'occupa plus que de regagner les retranchements, au pied desquels le coadjuteur essayait de reformer son régiment écharpé.

Tout à coup un escadron de cavalerie vint à la rencontre des vainqueurs, qui entraient pêle-mêle avec les fugitifs dans les retranchements. Athos et Aramis chargeaient en tête, Aramis l'épée et le pistolet à la main, Athos l'épée au fourreau, le pistolet aux fontes. Athos était calme et froid comme dans une parade, seulement son beau et noble regard s'attristait en voyant s'entr'égorger tant d'hommes que sacrifiaient d'un côté l'entêtement royal, et de l'autre côté la rancune des princes.

Aramis, au contraire, tuait et s'enivrait peu à peu, selon son habitude. Ses yeux vifs devenaient ardents; sa bouche, si finement découpée, souriait d'un sourire lugubre; ses narines ouvertes aspiraient l'odeur du sang; chacun de ses coups d'épée frappait juste, et le pommeau de son pistolet achevait, assommait le blessé qui essayait de se relever.

Du côté opposé, et dans les rangs de l'armée royale, deux cavaliers, l'un couvert d'une cuirasse dorée, l'autre d'un simple buffle duquel sortaient les manches d'un justaucorps de velours bleu, chargeaient au premier rang. Le cavalier à la cuirasse dorée vint heurter Aramis et lui porta un coup d'épée qu'Aramis para avec son habileté ordinaire.

— Ah! c'est vous, Monsieur de Châtillon! s'écria le chevalier; soyez le bienvenu, je vous attendais!

— J'espère ne vous avoir pas trop fait attendre, Monsieur, dit le duc; en tout cas, me voici.

— Monsieur de Châtillon, dit Aramis en tirant de ses fontes un second pistolet qu'il avait réservé pour cette occasion, je crois que si votre pistolet est déchargé vous êtes un homme mort.

— Dieu merci, dit Châtillon, il ne l'est pas!

Et le duc, levant son pistolet sur Aramis, l'ajusta et fit feu. Mais Aramis courba la tête au moment où il vit le duc appuyer le doigt sur la gâchette, et la balle passa, sans l'atteindre, au-dessus de lui.

— Oh! vous m'avez manqué, dit Aramis. Mais moi, j'en jure Dieu, je ne vous manquerai pas.

— Si je vous en laisse le temps! s'écria M. de Châtillon en piquant son cheval et en bondissant sur lui l'épée haute.

Aramis l'attendit avec ce sourire terrible qui lui était propre en pareille occasion; et Athos, qui voyait M. de Châtillon s'avancer sur Aramis avec la rapidité de l'éclair, ouvrait la bouche pour crier : « Tirez! mais tirez donc! » quand le coup partit. M. de Châtillon ouvrit les bras et se renversa sur la croupe de son cheval.

La balle lui était entrée dans la poitrine par l'échancrure de la cuirasse.

— Je suis mort! murmura le duc.

Et il glissa de son cheval à terre.

— Je vous l'avais dit, Monsieur, et je suis fâché

maintenant d'avoir si bien tenu ma parole. Puis-je vous être bon à quelque chose ?

Châtillon fit un signe de la main ; et Aramis s'apprêtait à descendre, quand tout à coup il reçut un choc violent dans le côté : c'était un coup d'épée, mais la cuirasse para le coup.

Il se tourna vivement, saisit ce nouvel antagoniste par le poignet, quand deux cris partirent en même temps, l'un poussé par lui, l'autre par Athos :

— Raoul !

Le jeune homme reconnut à la fois la figure du chevalier d'Herblay et la voix de son père, et laissa tomber son épée. Plusieurs cavaliers de l'armée parisienne s'élancèrent en ce moment sur Raoul, mais Aramis le couvrit de son épée.

— Prisonnier à moi ! Passez donc au large ! cria-t-il.

Athos, pendant ce temps, prenait le cheval de son fils par la bride et l'entraînait hors de la mêlée.

En ce moment, M. le Prince, qui soutenait M. de Châtillon en seconde ligne, apparut au milieu de la mêlée ; on vit briller son œil d'aigle et on le reconnut à ses coups.

A sa vue, le régiment de l'archevêque de Corinthe, que le coadjuteur, malgré tous ses efforts, n'avait pu réorganiser, se jeta au milieu des troupes parisiennes ; renversa tout et rentra en fuyant dans Charenton, qu'il traversa sans s'arrêter. Le coadjuteur, entraîné par lui, repassa près du groupe formé par Athos, par Aramis et Raoul.

— Ah ! ah ! dit Aramis, qui ne pouvait, dans sa jalousie, ne pas se réjouir de l'échec arrivé au coadjuteur, en votre qualité d'archevêque, Monseigneur, vous devez connaître les Écritures.

— Et qu'ont de commun les Écritures avec ce qui m'arrive ? demanda le coadjuteur.

— Que M. le Prince vous traite aujourd'hui comme saint Paul, la première aux Corinthiens .

— Allons ! allons ! dit Athos, le mot est joli, mais il ne faut pas attendre ici les compliments. En avant, en avant, ou plutôt en arrière, car la bataille m'a bien l'air d'être perdue pour les frondeurs.

— Cela m'est bien égal ! dit Aramis, je ne venais ici que pour rencontrer M. de Châtillon. Je l'ai ren-

contré, je suis content; un duel avec un Châtillon, c'est
flatteur!

— Et de plus un prisonnier, dit Athos en montrant
Raoul.

Les trois cavaliers continuèrent la route au galop.

Le jeune homme avait ressenti un frisson de joie en
retrouvant son père. Ils galopaient l'un à côté de l'autre,
la main gauche du jeune homme dans la main droite
d'Athos.

Quand ils furent loin du champ de bataille :

— Qu'alliez-vous donc faire si avant dans la mêlée,
mon ami? demanda Athos au jeune homme; ce n'était
point là votre place, ce me semble, n'étant pas mieux
armé pour le combat.

— Aussi ne devais-je point me battre aujourd'hui,
Monsieur. J'étais chargé d'une mission pour le cardinal,
et je partais pour Rueil, quand, voyant charger M. de
Châtillon, l'envie me prit de charger à ses côtés. C'est
alors qu'il me dit que deux cavaliers de l'armée parisienne me cherchaient, et qu'il me nomma le comte de
La Fère.

— Comment! vous saviez que nous étions là, et
vous avez voulu tuer votre ami le chevalier?

— Je n'avais point reconnu M. le chevalier sous son
armure, dit en rougissant Raoul, mais j'aurais dû le
reconnaître à son adresse et à son sang-froid.

— Merci du compliment, mon jeune ami, dit Aramis,
et l'on voit qui vous a donné des leçons de courtoisie.
Mais vous allez à Rueil, dites-vous?

— Oui.

— Chez le cardinal?

— Sans doute. J'ai une dépêche de M. le Prince
pour Son Éminence.

— Il faut la porter, dit Athos.

— Oh! pour cela, un instant, pas de fausse générosité,
comte. Que diable! notre sort, et, ce qui est plus important, le sort de nos amis est peut-être dans cette
dépêche.

— Mais il ne faut pas que ce jeune homme manque
son devoir, dit Athos.

— D'abord, comte, ce jeune homme est prisonnier,
vous l'oubliez. Ce que nous faisons là est de bonne
guerre. D'ailleurs, des vaincus ne doivent pas être diffi-

ciles sur le choix des moyens. Donnez cette dépêche, Raoul.

Raoul hésita, regardant Athos comme pour chercher une règle de conduite dans ses yeux.

— Donnez la dépêche, Raoul, dit Athos, vous êtes le prisonnier du chevalier d'Herblay.

Raoul céda avec répugnance, mais Aramis, moins scrupuleux que le comte de La Fère, saisit la dépêche avec empressement, la parcourut, et la rendant à Athos :

— Vous, dit-il, qui êtes croyant, lisez et voyez, en y réfléchissant, dans cette lettre, quelque chose que la Providence juge important que nous sachions.

Athos prit la lettre tout en fronçant son beau sourcil, mais l'idée qu'il était question, dans la lettre, de d'Artagnan l'aida à vaincre le dégoût qu'il éprouvait à la lire.

Voici ce qu'il y avait dans la lettre :

« Monseigneur, j'enverrai ce soir à Votre Éminence, » pour renforcer la troupe de M. de Comminges, les dix » hommes que vous demandez. Ce sont de bons soldats, » propres à maintenir les deux rudes adversaires dont » Votre Éminence craint l'adresse et la résolution. »

— Oh! oh! dit Athos.

— Eh bien! demanda Aramis, que vous semble de deux adversaires qu'il faut, outre la troupe de Comminges, dix bons soldats pour garder? Cela ne ressemble-t-il pas comme deux gouttes d'eau à d'Artagnan et à Porthos?

— Nous allons battre Paris toute la journée, dit Athos, et si nous n'avons pas de nouvelles ce soir, nous reprendrons le chemin de la Picardie, et je réponds, grâce à l'imagination de d'Artagnan, que nous ne tarderons pas à trouver quelque indication qui nous enlèvera tous nos doutes.

— Battons donc Paris, et informons-nous à Planchet surtout, s'il n'aura point entendu parler de son ancien maître.

— Ce pauvre Planchet! vous en parlez bien à votre aise, Aramis, il est massacré sans doute. Tous ces belliqueux bourgeois seront sortis, et l'on aura fait un massacre.

Comme c'était assez probable, ce fut avec un sentiment d'inquiétude que les deux amis rentrèrent à Paris par la porte du Temple, et qu'ils se dirigèrent vers la place Royale où ils comptaient avoir des nouvelles de ces pauvres bourgeois. Mais l'étonnement des deux amis fut grand lorsqu'ils les trouvèrent buvant et goguenardant, eux et leur capitaine, toujours campés place Royale et pleurés sans doute par leurs familles, qui entendaient le bruit du canon de Charenton et les croyaient au feu.

Athos et Aramis s'informèrent de nouveau à Planchet; mais il n'avait rien su de d'Artagnan. Ils voulurent l'emmener, il leur déclara qu'il ne pouvait quitter son poste sans ordre supérieur.

A cinq heures seulement ils rentrèrent chez eux en disant qu'ils revenaient de la bataille; ils n'avaient pas perdu de vue le cheval de bronze de Louis XIII.

— Mille tonnerres! dit Planchet en rentrant dans sa boutique de la rue des Lombards, nous avons été battus à plate couture. Je ne m'en consolerai jamais!

LXXXIII

Athos et Aramis, fort en sûreté dans Paris, ne se dissimulaient pas qu'à peine auraient-ils mis le pied dehors ils courraient les plus grands dangers; mais on sait ce qu'était la question de danger pour de pareils hommes. D'ailleurs ils sentaient que le dénouement de cette seconde odyssée approchait, et qu'il n'y avait plus, comme on dit, qu'un coup de collier à donner.

Au reste, Paris lui-même n'était pas tranquille; les vivres commençaient à manquer, et selon que quelqu'un des généraux de M. le prince de Conti avait besoin de reprendre son influence, il se faisait une petite émeute qu'il calmait et qui lui donnait un instant la supériorité sur ses collègues.

Dans une de ces émeutes, M. de Beaufort avait fait piller la maison et la bibliothèque de M. de Mazarin pour donner, disait-il, quelque chose à ronger à ce pauvre peuple.

Athos et Aramis quittèrent Paris sur ce coup d'État, qui avait eu lieu dans la soirée même du jour où les Parisiens avaient été battus à Charenton.

Tous deux laissaient Paris dans la misère et touchant presque à la famine, agité par la crainte, déchiré par les factions. Parisiens et frondeurs, ils s'attendaient à trouver même misère, mêmes craintes, mêmes intrigues dans le camp ennemi. Leur surprise fut donc grande lorsque, en passant à Saint-Denis, ils apprirent qu'à Saint-Germain on riait, on chansonnait et l'on menait joyeuse vie.

Les deux gentilshommes prirent des chemins détournés, d'abord pour ne pas tomber aux mains des mazarins épars dans l'Ile-de-France, ensuite pour échapper aux frondeurs qui tenaient la Normandie, et qui n'eussent pas manqué de les conduire à M. de Longueville pour que M. de Longueville reconnût en eux des amis ou des ennemis. Une fois échappés à ces deux dangers, ils rejoi-

La route de Picardie

gnirent le chemin de Boulogne à Abbeville, et le suivirent pas à pas, trace à trace.

Cependant ils furent quelque temps indécis; deux ou trois aubergistes avaient été interrogés, sans qu'un seul indice vînt éclairer leurs doutes ou guider leurs recherches, lorsque à Montreuil Athos sentit sur la table quelque chose de rude au toucher de ses doigts délicats. Il leva la nappe, et lut sur le bois ces hiéroglyphes creusés profondément avec la lame d'un couteau :

> Port... — d'Art... — 2 février.

— A merveille, dit Athos en faisant voir l'inscription à Aramis; nous voulions coucher ici, mais c'est inutile. Allons plus loin.

Ils remontèrent à cheval et gagnèrent Abbeville. Là ils s'arrêtèrent fort perplexes à cause de la grande quantité d'hôtelleries. On ne pouvait pas les visiter toutes. Comment deviner dans laquelle avaient logé ceux que l'on cherchait?

— Croyez-moi, Athos, dit Aramis, ne songeons pas à rien trouver à Abbeville. Si nous sommes embarrassés, nos amis l'ont été aussi. S'il n'y avait que Porthos, Porthos eût été loger à la plus magnifique hôtellerie, et, nous la faisant indiquer, nous serions sûrs de retrouver trace de son passage. Mais d'Artagnan n'a point de ces faiblesses-là; Porthos aura eu beau lui faire observer qu'il mourait de faim, il aura continué sa route, inexorable comme le destin, et c'est ailleurs qu'il faut le chercher.

Ils continuèrent donc leur route, mais rien ne se présenta. C'était une tâche des plus pénibles et surtout des plus fastidieuses qu'avaient entreprise là Athos et Aramis, et sans ce triple mobile de l'honneur, de l'amitié et de la reconnaissance incrusté dans leur âme, nos deux voyageurs eussent cent fois renoncé à fouiller le sable, à interroger les passants, à commenter les signes, à épier les visages.

Ils allèrent ainsi jusqu'à Péronne.

Athos commençait à désespérer. Cette noble et intéressante nature se reprochait cette obscurité dans laquelle Aramis et lui se trouvaient. Sans doute ils avaient mal cherché; sans doute ils n'avaient pas mis dans leurs questions assez de persistance, dans leurs investigations assez de perspicacité. Ils étaient prêts à retourner sur leurs pas, lorsqu'en traversant le faubourg qui conduisait aux portes de la ville, sur un mur blanc qui faisait l'angle d'une rue tournant autour du rempart, Athos jeta les yeux sur un dessin de pierre noire qui représentait, avec la naïveté des premières tentatives d'un enfant, deux cavaliers galopant avec frénésie; l'un des deux cavaliers tenait à la main une pancarte où étaient écrits en espagnol ces mots :

« On nous suit. »

— Oh! oh! dit Athos, voilà qui est clair comme le jour. Tout suivi qu'il était, d'Artagnan se sera arrêté cinq minutes ici; cela prouve au reste qu'il n'était pas suivi de bien près; peut-être sera-t-il parvenu à s'échapper.

Aramis secoua la tête.

— S'il était échappé, nous l'aurions revu ou nous en aurions au moins entendu parler.

— Vous avez raison, Aramis, continuons.

Dire l'inquiétude et l'impatience des deux gentilshommes serait chose impossible. L'inquiétude était pour le cœur tendre et amical d'Athos; l'impatience était pour l'esprit nerveux et si facile à égarer d'Aramis. Aussi galopèrent-ils tous deux pendant trois ou quatre heures avec la frénésie des deux cavaliers de la muraille. Tout à coup, dans une gorge étroite, resserrée entre deux talus, ils virent la route à moitié barrée par une énorme pierre. Sa place primitive était indiquée sur un des côtés du talus, et l'espèce d'alvéole qu'elle y avait laissé, par suite de l'extraction, prouvait qu'elle n'avait pu rouler toute seule, tandis que sa pesanteur indiquait qu'il avait fallu, pour la faire mouvoir, le bras d'un Encelade ou d'un Briarée .

Aramis s'arrêta.

— Oh! dit-il en regardant la pierre, il y a là-dedans de l'Ajax, du Télamon ou du Porthos. Descendons, s'il vous plaît, comte, et examinons ce rocher.

Tous deux descendirent. La pierre avait été apportée dans le but évident de barrer le chemin à des cavaliers. Elle avait donc été placée d'abord en travers; puis les cavaliers avaient trouvé cet obstacle, étaient descendus et l'avaient écarté.

Les deux amis examinèrent la pierre de tous les côtés exposés à la lumière; elle n'offrait rien d'extraordinaire

Ils appelèrent alors Blaisois et Grimaud. A eux quatre,
ils parvinrent à retourner le rocher. Sur le côté qui touchait la terre était écrit :

« Huit chevau-légers nous poursuivent. Si nous arri-
» vons jusqu'à Compiègne, nous nous arrêterons au
» *Paon-Couronné ;* l'hôte est de nos amis. »

— Voilà quelque chose de positif, dit Athos, et dans
l'un ou l'autre cas nous saurons à quoi nous en tenir.
Allons donc au *Paon-Couronné*.

— Oui, dit Aramis ; mais si nous voulons y arriver,
donnons quelque relâche à nos chevaux ; ils sont presque
fourbus.

Aramis disait vrai. On s'arrêta au premier bouchon ;
on fit avaler à chaque cheval double mesure d'avoine
détrempée dans du vin, on leur donna trois heures de
repos et l'on se remit en route. Les hommes eux-mêmes
étaient écrasés de fatigue, mais l'espérance les soutenait.

Six heures après, Athos et Aramis entraient à Compiègne et s'informaient du *Paon-Couronné*. On leur montra une enseigne représentant le dieu Pan avec une couronne sur la tête.

Les deux amis descendirent de cheval sans s'arrêter
autrement à la prétention de l'enseigne, que, dans un
autre temps, Aramis eût fort critiquée. Ils trouvèrent un
brave homme d'hôtelier, chauve et pansu comme un
magot de la Chine, auquel ils demandèrent s'il n'avait
pas logé plus ou moins longtemps deux gentilshommes
poursuivis par des chevau-légers. L'hôte, sans rien
répondre, alla chercher dans un bahut une moitié de
lame de rapière.

— Connaissez-vous cela ? dit-il.

Athos ne fit que jeter un coup d'œil sur cette lame.

— C'est l'épée de d'Artagnan, dit-il.

— Du grand ou du petit ? demanda l'hôte.

— Du petit, répondit Athos.

— Je vois que vous êtes des amis de ces Messieurs.

— Eh bien ! que leur est-il arrivé ?

— Qu'ils sont entrés dans ma cour avec des chevaux
fourbus, et qu'avant qu'ils aient eu le temps de refermer
la grande porte huit chevau-légers qui les poursuivaient
sont entrés après eux.

— Huit ! dit Aramis. Cela m'étonne bien que d'Artagnan et Porthos, deux vaillants de cette nature, se soient laissé arrêter par huit hommes.

— Sans doute, Monsieur, et les huit hommes n'en seraient pas venus à bout s'ils n'eussent recruté par la ville une vingtaine de soldats du régiment de Royal-Italien, en garnison dans cette ville, de sorte que vos deux amis ont été littéralement accablés par le nombre.

— Arrêtés! dit Athos, et sait-on pourquoi?

— Non, Monsieur, on les a emmenés tout de suite, et ils n'ont eu le temps de me rien dire; seulement, quand ils ont été partis, j'ai trouvé ce fragment d'épée sur le champ de bataille en aidant à ramasser deux morts et cinq ou six blessés.

— Et à eux, demanda Aramis, ne leur est-il rien arrivé?

— Non, Monsieur, je ne crois pas.

— Allons, dit Aramis, c'est toujours une consolation.

— Et savez-vous où on les a conduits? demanda Athos.

— Du côté de Louvres.

— Laissons Blaisois et Grimaud ici, dit Athos, ils reviendront demain à Paris avec les chevaux, qui aujourd'hui nous laisseraient en route, et prenons la poste.

— Prenons la poste, dit Aramis.

On envoya chercher des chevaux. Pendant ce temps, les deux amis dînèrent à la hâte; ils voulaient, s'ils trouvaient à Louvres quelques renseignements, pouvoir continuer leur route.

Ils arrivèrent à Louvres. Il n'y avait qu'une auberge. On y buvait une liqueur qui a conservé de nos jours sa réputation, et qui s'y fabriquait déjà à cette époque.

— Descendons ici, dit Athos, d'Artagnan n'aura pas manqué cette occasion, non pas de boire un verre de liqueur, mais de nous laisser un indice.

Ils entrèrent et demandèrent deux verres de liqueur sur le comptoir, comme avaient dû les demander d'Artagnan et Porthos. Le comptoir sur lequel on buvait d'habitude était recouvert d'une plaque d'étain. Sur cette plaque on avait écrit avec la pointe d'une grosse épingle : « Rueil, D. »

— Ils sont à Rueil! dit Aramis, que cette inscription frappa le premier.

— Allons donc à Rueil! dit Athos.

— C'est nous jeter dans la gueule du loup, dit Aramis.

— Si j'eusse été l'ami de Jonas comme je suis celui de d'Artagnan, dit Athos, je l'eusse suivi jusque dans le ventre de la baleine et vous en feriez autant que moi, Aramis.

— Décidément, mon cher comte, je crois que vous me faites meilleur que je ne suis. Si j'étais seul, je ne sais pas si j'irais ainsi à Rueil sans de grandes précautions; mais où vous irez, j'irai.

Ils prirent des chevaux et partirent pour Rueil.

Athos, sans s'en douter, avait donné à Aramis le meilleur conseil qui pût être suivi. Les députés du Parlement venaient d'arriver à Rueil pour ces fameuses conférences qui devaient durer trois semaines et amener cette paix boiteuse à la suite de laquelle M. le Prince fut arrêté . Rueil était encombré, de la part des Parisiens, d'avocats, de présidents, de conseillers, de robins de toute espèce; et enfin, de la part de la cour, de gentils-hommes, d'officiers et de gardes; il était donc facile, au milieu de cette confusion, de demeurer aussi inconnu qu'on désirait l'être. D'ailleurs, les conférences avaient amené une trêve, et arrêter deux gentilshommes en ce moment, fussent-ils frondeurs au premier chef, c'était porter atteinte au droit des gens.

Les deux amis croyaient tout le monde occupé de la pensée qui les tourmentait. Ils se mêlèrent aux groupes, croyant qu'ils entendraient dire quelque chose de d'Artagnan et de Porthos; mais chacun n'était occupé que d'articles et d'amendements. Athos opinait pour qu'on allât droit au ministre.

— Mon ami, objecta Aramis, ce que vous dites là est bien beau, mais, prenez-y garde, notre sécurité vient de notre obscurité. Si nous nous faisons connaître d'une façon ou d'une autre, nous irons immédiatement rejoindre nos amis dans quelque cul de basse-fosse d'où le diable ne nous tirera pas. Tâchons de ne pas les retrouver par accident, mais bien à notre fantaisie. Arrêtés à Compiègne, ils ont été amenés à Rueil, comme nous en avons acquis la certitude à Louvres; conduits à Rueil, ils ont été interrogés par le cardinal, qui, après cet interrogatoire, les a gardés près de lui ou les a envoyés à Saint-Germain. Quant à la Bastille ils n'y sont point,

puisque la Bastille est aux frondeurs et que le fils de
Broussel y commande. Ils ne sont pas morts, car la mort
de d'Artagnan serait bruyante. Quant à Porthos, je le
crois éternel comme Dieu, quoiqu'il soit moins patient.
Ne désespérons pas, attendons et restons à Rueil, car
ma conviction est qu'ils sont à Rueil. Mais qu'avez-vous
donc? vous pâlissez!.

— J'ai, dit Athos d'une voix presque tremblante, que
je me souviens qu'au château de Rueil M. de Richelieu
avait fait fabriquer une affreuse oubliette…

— Oh! soyez tranquille, dit Aramis, M. de Richelieu
était un gentilhomme, notre égal à tous par la naissance,
notre supérieur par la position. Il pouvait, comme un roi,
toucher les plus grands de nous à la tête et, en les
touchant, faire vaciller cette tête sur les épaules. Mais
M. de Mazarin est un cuistre qui peut tout au plus nous
prendre au collet comme un archer. Rassurez-vous donc,
ami, je persiste à dire que d'Artagnan et Porthos sont à
Rueil, vivants et bien vivants.

— N'importe, dit Athos, il nous faudrait obtenir du
coadjuteur d'être des conférences, et ainsi nous entre-
rions à Rueil.

— Avec tous ces affreux robins! Y pensez-vous, mon
cher? Et croyez-vous qu'il y sera le moins du monde
discuté de la liberté et de la prison de d'Artagnan et de
Porthos? Non, je suis d'avis que nous cherchions quelque autre moyen.

— Eh bien! reprit Athos, j'en reviens à ma première
pensée; je ne connais point de meilleur moyen que d'agir
franchement et loyalement. J'irai trouver non pas
Mazarin, mais la reine, et je lui dirai: « Madame, rendez-
» nous nos deux serviteurs et nos deux amis. »

Aramis secoua la tête.

— C'est une dernière ressource dont vous serez
toujours libre d'user, Athos; mais, croyez-moi, n'en
usez qu'à l'extrémité; il sera toujours temps d'en venir
là. En attendant, continuons nos recherches.

Ils continuèrent donc de chercher, et prirent tant
d'informations, firent, sous mille prétextes plus ingénieux les uns que les autres, causer tant de personnes,
qu'ils finirent par trouver un chevau-léger qui leur
avoua avoir fait partie de l'escorte qui avait amené
d'Artagnan et Porthos de Compiègne à Rueil. Sans les

chevau-légers, on n'aurait pas même su qu'ils y étaient
rentrés.

Athos en revenait éternellement à son idée de voir
la reine.

— Pour voir la reine, disait Aramis, il faut d'abord
voir le cardinal; et à peine aurons-nous vu le cardinal,
rappelez-vous ce que je vous dis, Athos, que nous serons
réunis à nos amis, mais point de la façon que nous
l'entendons. Or, cette façon d'être réunis à eux me sourit
assez peu, je l'avoue. Agissons en liberté pour agir bien
et vite.

— Je verrai la reine, dit Athos.

— Eh bien, mon ami, si vous êtes décidé à faire cette
folie, prévenez-moi, je vous prie, un jour à l'avance.

— Pourquoi cela?

— Parce que je profiterai de la circonstance pour
aller faire une visite à Paris.

— A qui?

— Dame! que sais-je! peut-être bien à Mme de
Longueville. Elle est toute-puissante là-bas; elle m'aidera. Seulement faites-moi dire par quelqu'un si vous
êtes arrêté, alors je me retournerai de mon mieux.

— Pourquoi ne risquez-vous point l'arrestation avec
moi, Aramis? dit Athos.

— Non, merci.

— Arrêtés à quatre et réunis, je crois que nous ne
risquons plus rien. Au bout de vingt-quatre heures nous
sommes tous quatre dehors.

— Mon cher, depuis que j'ai tué Châtillon, l'adoration
des dames de Saint-Germain, j'ai trop d'éclat autour de
ma personne pour ne pas craindre doublement la prison.
La reine serait capable de suivre les conseils de Mazarin,
en cette occasion, et le conseil que lui donnerait Mazarin,
serait de me faire juger.

— Mais pensez-vous donc, Aramis, qu'elle aime cet
Italien au point qu'on le dit?

— Elle a bien aimé un Anglais.

— Eh! mon cher, elle est femme!

— Non pas; vous vous trompez, Athos, elle est reine!

— Cher ami, je me dévoue et vais demander audience
à Anne d'Autriche.

— Adieu, Athos, je vais lever une armée.

— Pour quoi faire?

— Pour revenir assiéger Rueil.

— Où nous retrouverons-nous?

— Au pied de la potence du cardinal.

Et les deux amis se séparèrent. Aramis pour retourner à Paris, Athos pour s'ouvrir par quelques démarches préparatoires un chemin jusqu'à la reine.

LXXXIV

LA RECONNAISSANCE D'ANNE D'AUTRICHE

Athos éprouva beaucoup moins de difficulté qu'il ne s'y était attendu à pénétrer près d'Anne d'Autriche; à la première démarche, tout s'aplanit, au contraire, et l'audience qu'il désirait lui fut accordée pour le lendemain, à la suite du lever, auquel sa naissance lui donnait le droit d'assister.

Une grande foule emplissait les appartements de Saint-Germain; jamais au Louvre ou au Palais-Royal Anne d'Autriche n'avait eu plus grand nombre de courtisans; seulement, un mouvement s'était fait parmi cette foule qui appartenait à la noblesse secondaire, tandis que tous les premiers gentilshommes de France étaient près de M. de Conti, de M. de Beaufort et du coadjuteur.

Au reste, une grande gaieté régnait dans cette cour. Le caractère particulier de cette guerre fut qu'il y eut plus de couplets faits que de coups de canon tirés. La cour chansonnait les Parisiens, qui chansonnaient la cour, et les blessures, pour n'être pas mortelles, n'en étaient pas moins douloureuses, faites qu'elles étaient avec l'arme du ridicule.

Mais, au milieu de cette hilarité générale et de cette futilité apparente, une grande préoccupation vivait au fond de toutes les pensées : Mazarin resterait-il ministre ou favori, ou Mazarin, venu du Midi comme un nuage, s'en irait-il emporté par le vent qui l'avait apporté? Tout le monde l'espérait, tout le monde le désirait; de sorte que le ministre sentait qu'autour de lui tous les hommages, toutes les courtisaneries recouvraient un fond de haine mal déguisée sous la crainte et sous l'intérêt. Il se sentait mal à l'aise, ne sachant sur quoi faire compte ni sur qui s'appuyer.

M. le Prince lui-même, qui combattait pour lui, ne manquait jamais une occasion ou de le railler ou de l'humilier; et, à deux ou trois reprises, Mazarin ayant voulu, devant le vainqueur de Rocroy, faire acte de volonté, celui-ci l'avait regardé de manière à lui faire comprendre que, s'il le défendait, ce n'était ni par conviction ni par enthousiasme.

Alors le cardinal se rejetait vers la reine, son seul appui. Mais à deux ou trois reprises il lui avait semblé sentir cet appui vaciller sous sa main.

L'heure de l'audience arrivée, on annonça au comte de La Fère qu'elle aurait toujours lieu, mais qu'il devait attendre quelques instants, la reine ayant conseil à tenir avec le ministre.

C'était la vérité. Paris venait d'envoyer une nouvelle députation qui devait tâcher de donner enfin quelque tournure aux affaires, et la reine se consultait avec Mazarin sur l'accueil à faire à ces députés.

La préoccupation était grande parmi les hauts personnages de l'État. Athos ne pouvait donc choisir un plus mauvais moment pour parler de ses amis, pauvres atomes perdus dans ce tourbillon déchaîné.

Mais Athos était un homme inflexible qui ne marchandait pas avec une décision prise, quand cette décision lui paraissait émanée de sa conscience et dictée par son devoir; il insista pour être introduit, en disant que, quoiqu'il ne fût député ni de M. de Conti, ni de M. de Beaufort, ni de M. de Bouillon, ni de M. d'Elbeuf, ni du coadjuteur, ni de Mme de Longueville, ni de Broussel, ni du Parlement, et qu'il vînt pour son propre compte, il n'en avait pas moins les choses les plus importantes à dire à Sa Majesté.

La conférence finie, la reine le fit appeler dans son cabinet.

Athos fut introduit et se nomma. C'était un nom qui avait trop de fois retenti aux oreilles de Sa Majesté et trop de fois vibré dans son cœur pour qu'Anne d'Autriche ne le reconnût point; cependant elle demeura impassible, se contentant de regarder ce gentilhomme avec cette fixité qui n'est permise qu'aux femmes reines soit par la beauté, soit par le sang.

— C'est donc un service que vous offrez de nous rendre, comte? demanda Anne d'Autriche après un instant de silence.

— Oui, Madame, encore un service, dit Athos, choqué de ce que la reine ne paraissait point le reconnaître

C'était un grand cœur qu'Athos, et par conséquent un bien pauvre courtisan.

Anne fronça le sourcil. Mazarin, qui, assis devant une table, feuilletait des papiers comme eût pu le faire un simple secrétaire d'État, leva la tête.

— Parlez, dit la reine.

Mazarin se remit à feuilleter ses papiers.

— Madame, reprit Athos, deux de nos amis, deux des plus intrépides serviteurs de Votre Majesté, M. d'Artagnan et M. du Vallon, envoyés en Angleterre par M. le cardinal, ont disparu tout à coup au moment où ils mettaient le pied sur la terre de France, et l'on ne sait ce qu'ils sont devenus.

— Eh bien? dit la reine.

— En bien! dit Athos, je m'adresse à la bienveillance de Votre Majesté pour savoir ce que sont devenus ces deux gentilshommes, me réservant, s'il le faut ensuite, de m'adresser à sa justice.

— Monsieur, répondit Anne d'Autriche avec cette hauteur qui, vis-à-vis de certains hommes, devenait de l'impertinence, voilà donc pourquoi vous nous troublez au milieu des grandes préoccupations qui nous agitent? Une affaire de police! Eh! Monsieur, vous savez bien, ou vous devez bien le savoir, que nous n'avons plus de police depuis que nous ne sommes plus à Paris.

— Je crois que Votre Majesté, dit Athos en s'inclinant avec un froid respect, n'aurait pas besoin de s'informer à la police pour savoir ce que sont devenus MM. d'Artagnan et du Vallon; et que si elle voulait bien interroger Monsieur le cardinal à l'endroit de ces deux gentilshommes, Monsieur le cardinal pourrait lui répondre sans interroger autre chose que ses propres souvenirs.

— Mais, Dieu me pardonne! dit Anne d'Autriche avec ce dédaigneux mouvement des lèvres qui lui était particulier, je crois que vous interrogez vous-même.

— Oui, Madame, et j'en ai presque le droit, car il s'agit de M. d'Artagnan, de M. d'Artagnan, entendez-vous bien, Madame? dit-il de manière à courber sous les souvenirs de la femme le front de la reine.

Mazarin comprit qu'il était temps de venir au secours d'Anne d'Autriche.

— Monsou le comte, dit-il, je veux bien vous apprendre une chose qu'ignore Sa Majesté, c'est ce que sont devenus ces deux gentilshommes. Ils ont désobéi, et ils sont aux arrêts.

— Je supplie donc Votre Majesté, dit Athos toujours impassible et sans répondre à Mazarin, de lever ces arrêts en faveur de MM. d'Artagnan et du Vallon.

— Ce que vous me demandez est une affaire de discipline et ne me regarde point, Monsieur, répondit la reine.

— M. d'Artagnan n'a jamais répondu cela lorsqu'il s'est agi du service de Votre Majesté, dit Athos en saluant avec dignité.

Et il fit deux pas en arrière pour regagner la porte Mazarin l'arrêta.

— Vous venez aussi d'Angleterre, Monsieur? dit-il en faisant un signe à la reine, qui pâlissait visiblement et s'apprêtait à donner un ordre rigoureux.

— Et j'ai assisté aux derniers moments du roi Charles Ier, dit Athos. Pauvre roi! coupable tout au plus de faiblesse, et que ses sujets ont puni bien sévèrement; car les trônes sont bien ébranlés à cette heure, et il ne fait pas bon, pour les cœurs dévoués, de servir les intérêts des princes. C'était la seconde fois que M. d'Artagnan allait en Angleterre : la première, c'était pour l'honneur d'une grande reine; la seconde, c'était pour la vie d'un grand roi.

— Monsieur, dit Anne d'Autriche à Mazarin avec un accent dont toute son habitude de dissimuler n'avait pu chasser la véritable expression, voyez si l'on peut faire quelque chose pour ces gentilshommes.

— Madame, dit Mazarin, je ferai tout ce qu'il plaira à Votre Majesté.

— Faites ce que demande M. le comte de La Fère. N'est-ce pas comme cela que vous vous appelez, Monsieur?

— J'ai encore un autre nom, Madame; je me nomme Athos.

— Madame, dit Mazarin avec un sourire qui indiquait avec quelle facilité il comprenait à demi-mot, vous pouvez être tranquille, vos désirs seront accomplis.

— Vous avez entendu, Monsieur? dit la reine.

— Oui, Madame, et je n'attendais rien moins de la justice de Votre Majesté. Ainsi, je vais revoir mes amis n'est-ce pas, Madame? C'est bien ainsi que Votre Majesté l'entend?

— Vous allez les revoir, oui, Monsieur. Mais, à propos, vous êtes de la Fronde, n'est-ce pas?

— Madame, je sers le roi.

— Oui, à votre manière.

— Ma manière est celle de tous les vrais gentils-hommes, et je n'en connais pas deux, répondit Athos avec hauteur.

— Allez donc, Monsieur, dit la reine en congédiant Athos du geste; vous avez obtenu ce que vous désiriez obtenir, et nous savons tout ce que nous désirions savoir.

Puis, s'adressant à Mazarin, quand la portière fut retombée derrière lui:

— Cardinal, dit-elle, faites arrêter cet insolent gentil-homme avant qu'il soit sorti de la cour.

— J'y pensais, dit Mazarin, et je suis heureux que Votre Majesté me donne un ordre que j'allais solliciter d'elle. Ces casse-bras qui apportent dans notre époque les traditions de l'autre règne nous gênent fort; et puisqu'il y en a déjà deux de pris, joignons-y le troisième.

Athos n'avait pas été entièrement dupe de la reine. Il y avait dans son accent quelque chose qui l'avait frappé et qui lui semblait menacer tout en promettant. Mais il n'était pas homme à s'éloigner sur un simple soupçon, surtout quand on lui avait dit clairement qu'il allait revoir ses amis. Il attendit donc, dans une des chambres attenantes au cabinet où il avait eu audience, qu'on amenât vers lui d'Artagnan et Porthos, ou qu'on le vînt chercher pour le conduire vers eux.

Dans cette attente, il s'était approché de la fenêtre et regardait machinalement dans la cour. Il y vit entrer la députation des Parisiens, qui venait pour régler le lieu définitif des conférences et saluer la reine. Il y avait des conseillers au Parlement, des présidents, des avocats, parmi lesquels étaient perdus quelques hommes d'épée. Une escorte imposante les attendait hors des grilles.

Athos regardait avec plus d'attention, car au milieu de cette foule il avait cru reconnaître quelqu'un, lorsqu'il sentit qu'on lui touchait légèrement l'épaule.

Il se retourna.

— Ah! Monsieur de Comminges! dit-il.

— Oui, Monsieur le comte, moi-même, et chargé

d'une mission pour laquelle je vous prie d'agréer toutes mes excuses.

— Laquelle, Monsieur? demanda Athos.

— Veuillez me rendre votre épée, comte.

Athos sourit, et ouvrant la fenêtre :

— Aramis! cria-t-il.

Un gentilhomme se retourna; c'était celui qu'avait cru reconnaître Athos. Ce gentilhomme, c'était Aramis. Il salua amicalement le comte.

— Aramis, dit Athos, on m'arrête.

— Bien, répondit flegmatiquement Aramis.

— Monsieur, dit Athos en se retournant vers Comminges et en lui présentant avec politesse son épée par la poignée, voici mon épée; veuillez me la garder avec soin pour me la rendre quand je sortirai de prison. J'y tiens, elle a été donnée par le roi François Ier à mon aïeul. Dans son temps on armait les gentilshommes, on ne les désarmait pas. Maintenant, où me conduisez-vous?

— Mais... dans ma chambre d'abord, dit Comminges. La reine fixera le lieu de votre domicile ultérieurement.

Athos suivit Comminges sans ajouter un seul mot.

LXXXV

LA ROYAUTÉ DE M. DE MAZARIN

L'ARRESTATION n'avait fait aucun bruit, causé aucun scandale et était même restée à peu près inconnue. Elle n'avait donc en rien entravé la marche des événements, et la députation envoyée par la ville de Paris fut avertie solennellement qu'elle allait paraître devant la reine.

La reine la reçut, muette et superbe comme toujours; elle écouta les doléances et les supplications des députés, mais, lorsqu'ils eurent fini leurs discours, nul n'aurait pu dire, tant le visage d'Anne d'Autriche était resté indifférent, si elle les avait entendus.

En revanche, Mazarin, présent à cette audience, entendait très bien ce que ces députés demandaient : c'était son renvoi en termes clairs et précis, purement et simplement.

Les discours finis, la reine restant muette :

— Messieurs, dit Mazarin, je me joindrai à vous pour supplier la reine de mettre un terme aux maux de ses sujets. J'ai fait tout ce que j'ai pu pour les adoucir, et cependant la croyance publique, dites-vous, est qu'ils viennent de moi, pauvre étranger qui n'ai pu réussir à plaire aux Français. Hélas! on ne m'a point compris, et c'était raison : je succédais à l'homme le plus sublime qui eût encore soutenu le sceptre des rois de France. Les souvenirs de M. de Richelieu m'écrasent. En vain, si j'étais ambitieux, lutterais-je contre ces souvenirs; mais je ne le suis pas, et j'en veux donner une preuve. Je me déclare vaincu. Je ferai ce que demande le peuple. Si les Parisiens ont quelques torts, et qui n'en a pas, Messieurs? Paris est assez puni; assez de sang a coulé, assez de misère accable une ville privée de son roi et de la justice. Ce n'est pas à moi, simple particulier, de prendre tant d'importance que de diviser une reine avec son royaume, puisque vous exigez que je me retire, eh bien! je me retirerai.

— Alors, dit Aramis à l'oreille de son voisin, la paix est faite et les conférences sont inutiles. Il n'y a plus qu'à envoyer sous bonne garde M. Mazarini à la frontière la plus éloignée, et à veiller à ce qu'il ne rentre ni par celle-là ni par les autres.

— Un instant, Monsieur, un instant, dit l'homme de robe auquel Aramis s'adressait. Peste! comme vous y allez! On voit bien que vous êtes des hommes d'épée. Il y a le chapitre des rémunérations et des indemnités à mettre au net.

— Monsieur le chancelier, dit la reine en se tournant vers ce même Séguier, notre ancienne connaissance, vous ouvrirez les conférences; elles auront lieu à Rueil. M. le cardinal a dit des choses qui m'ont fort émue. Voilà pourquoi je ne vous réponds pas plus longuement. Quant à ce qui est de rester ou de partir, j'ai trop de reconnaissance à M. le cardinal pour ne pas le laisser libre en tous points de ses actions. M. le cardinal fera ce qu'il voudra.

Une pâleur fugitive nuança le visage intelligent du premier ministre. Il regarda la reine avec inquiétude. Son visage était tellement impassible qu'il en était, comme les autres, à ne pouvoir lire ce qui se passait dans son cœur.

— Mais, ajouta la reine, en attendant la décision de M. de Mazarin, qu'il ne soit, je vous prie, question que du roi.

Les députés s'inclinèrent et sortirent.

— Eh quoi! dit la reine quand le dernier d'entre eux eut quitté la chambre, vous céderiez à ces robins et à ces avocats!

— Pour le bonheur de Votre Majesté, Madame, dit Mazarin en fixant sur la reine son œil perçant, il n'y a point de sacrifice que je ne sois prêt à m'imposer.

Anne baissa la tête et tomba dans une de ces rêveries qui lui étaient si habituelles. Le souvenir d'Athos lui revint à l'esprit. La tournure hardie du gentilhomme, sa parole ferme et digne à la fois, les fantômes qu'il avait évoqués d'un mot, lui rappelaient tout un passé d'une poésie énivrante : la jeunesse, la beauté, l'éclat des amours de vingt ans, et les rudes combats de ses soutiens et la fin sanglante de Buckingham, le seul homme qu'elle eût aimé réellement; et l'héroïsme de ses obscurs défen-

seurs qui l'avaient sauvée de la double haine de Richelieu
et du roi.

Mazarin la regardait, et maintenant qu'elle se croyait
seule et qu'elle n'avait plus tout un monde d'ennemis
pour l'épier, il suivait ses pensées sur son visage, comme
on voit dans les lacs transparents passer les nuages,
reflets du ciel comme les pensées.

— Il faudrait donc, murmura Anne d'Autriche, céder
à l'orage, acheter la paix, attendre patiemment et religieusement des temps meilleurs?

Mazarin sourit amèrement à cette proposition, qui
annonçait qu'elle avait pris la proposition du ministre
au sérieux.

Anne avait la tête inclinée et ne vit pas ce sourire;
mais, remarquant que sa demande n'obtenait aucune
réponse, elle releva le front.

— Eh bien! vous ne me répondez point, cardinal;
que pensez-vous?

— Je pense, Madame, que cet insolent gentilhomme
que nous avons fait arrêter par Comminges a fait allusion
à M. de Buckingham, que vous laissâtes assassiner; à
Mme de Chevreuse, que vous laissâtes exiler; à M. de
Beaufort, que vous fîtes emprisonner. Mais s'il a fait
allusion à moi, c'est qu'il ne sait pas ce que je suis pour
vous.

Anne d'Autriche tressaillit comme elle faisait lorsqu'on
la frappait dans son orgueil; elle rougit et enfonça, pour
ne pas répondre, ses ongles acérés dans ses belles mains.

— Il est homme de bon conseil, d'honneur et d'esprit,
sans compter qu'il est homme de résolution. Vous en
avez quelque chose, n'est-ce pas, Madame? Je veux
donc lui dire, c'est une grâce personnelle que je lui fais,
en quoi il s'est trompé à mon égard. C'est que, vraiment,
ce qu'on me propose, c'est presque une abdication, et
une abdication mérite qu'on y réfléchisse.

— Une abdication! dit Anne; je croyais, Monsieur,
qu'il n'y avait que les rois qui abdiquaient.

— Eh bien! reprit Mazarin, ne suis-je pas presque roi,
et roi de France même? Jetée sur le pied d'un lit royal,
je vous assure, Madame, que ma simarre de ministre
ressemble fort, la nuit, à un manteau royal.

C'était une des humiliations que lui faisait le plus
souvent subir Mazarin, et sous lesquelles elle courbait

constamment la tête. Il n'y eut qu'Élisabeth et Catherine II qui restèrent à la fois maîtresses et reines pour leurs amants .

Anne d'Autriche regarda donc avec une sorte de terreur la physionomie menaçante du cardinal, qui, dans ces moments-là, ne manquait pas d'une certaine grandeur.

— Monsieur, dit-elle, n'ai-je point dit, et n'avez-vous point entendu que j'ai dit à ces gens-là que vous feriez ce qu'il vous plairait?

— En ce cas, dit Mazarin, je crois qu'il doit me plaire de demeurer. C'est non seulement mon. intérêt, mais encore j'ose dire que c'est votre salut.

— Demeurez donc, Monsieur, je ne désire pas autre chose; mais alors ne me laissez pas insulter.

— Vous voulez parler des prétentions des révoltés et du ton dont ils les expriment? Patience! ils ont choisi un terrain sur lequel je suis général plus habile qu'eux, les conférences. Nous les battrons rien qu'en temporisant. Ils ont déjà faim; ce sera bien pis dans huit jours.

— Eh! mon Dieu! oui, Monsieur, je sais que nous finirons par là. Mais ce n'est pas d'eux seulement qu'il s'agit; ce n'est pas eux qui m'adressent les injures les plus blessantes pour moi.

— Ah! je vous comprends. Vous voulez parler des souvenirs qu'évoquent perpétuellement ces trois ou quatre gentilshommes. Mais nous les tenons prisonniers, et ils sont juste assez coupables pour que nous les laissions en captivité tout le temps qu'il nous conviendra; un seul est encore hors de notre pouvoir et nous brave. Mais, que diable! nous parviendrons bien à le joindre à ses compagnons. Nous avons fait des choses plus difficiles que cela, ce me semble. J'ai d'abord et par précaution fait enfermer à Rueil, c'est-à-dire près de moi, c'est-à-dire sous mes yeux, à la portée de ma main, les deux plus intraitables. Aujourd'hui même le troisième les y rejoindra.

— Tant qu'ils seront prisonniers, ce sera bien, dit Anne d'Autriche, mais ils sortiront un jour.

— Oui, si Votre Majesté les met en liberté.

— Ah! continua Anne d'Autriche répondant à sa propre pensée, c'est ici qu'on regrette Paris!

— Et pourquoi donc?

— Pour la Bastille, Monsieur, qui est si forte et si discrète.

— Madame, avec les conférences nous avons la paix; avec la paix nous avons Paris; avec Paris nous avons la Bastille! Nos quatre matamores y pourriront.

Anne d'Autriche fronça légèrement le sourcil, tandis que Mazarin lui baisait la main pour prendre congé d'elle.

Mazarin sortit après cet acte moitié humble, moitié galant. Anne d'Autriche le suivit du regard, et à mesure qu'il s'éloignait on eût pu voir un dédaigneux sourire se dessiner sur ses lèvres.

— · J'ai méprisé, murmura-t-elle, l'amour d'un cardinal qui ne disait jamais « Je ferai », mais « J'ai fait ». Celui-là connaissait des retraites plus sûres que Rueil, plus sombres et plus muettes encore que la Bastille. Oh! le monde dégénère!

LXXXVI

PRÉCAUTIONS

Après avoir quitté Anne d'Autriche, Mazarin reprit le chemin de Rueil, où était sa maison . Mazarin marchait fort accompagné, par ces temps de trouble, et souvent même il marchait déguisé. Le cardinal, nous l'avons déjà dit, sous les habits d'un homme d'épée, était un fort beau gentilhomme.

Dans la cour du vieux château il monta en carrosse et gagna la Seine à Chatou. M. le Prince lui avait fourni cinquante chevau-légers d'escorte, non pas tant pour le garder encore que pour montrer aux députés combien les généraux de la reine disposaient facilement de leurs troupes et les pouvaient disséminer selon leur caprice.

Athos, gardé à vue par Comminges, à cheval et sans épée, suivait le cardinal sans dire un seul mot. Grimaud, laissé à la porte du château par son maître, avait entendu la nouvelle de son arrestation quand Athos l'avait criée à Aramis, et, sur un signe du comte, il était allé, sans dire un seul mot, prendre rang près d'Aramis, comme s'il ne se fût rien passé.

Il est vrai que Grimaud, depuis vingt-deux ans qu'il servait son maître, avait vu celui-ci se tirer de tant d'aventures que rien ne l'inquiétait plus.

Les députés, aussitôt après leur audience, avaient repris le chemin de Paris, c'est-à-dire qu'ils précédaient le cardinal d'environ cinq cents pas. Athos pouvait donc, en regardant devant lui, voir le dos d'Aramis, dont le ceinturon doré et la tournure fière fixèrent ses regards parmi cette foule, tout autant que l'espoir de la délivrance qu'il avait mise en lui, l'habitude, la fréquentation et l'espèce d'attraction qui résulte de toute amitié.

Aramis, au contraire, ne paraissait pas s'inquiéter le moins du monde s'il était suivi par Athos. Une seule fois il se retourna; il est vrai que ce fut en arrivant au château. Il supposait que Mazarin laisserait peut-être là son nouveau prisonnier dans le petit château fort, sentinelle qui gardait le pont et qu'un capitaine gouvernait pour la reine. Mais il n'en fut point ainsi. Athos passa Chatou à la suite du cardinal.

A l'embranchement du chemin de Paris à Rueil, Aramis se retourna. Cette fois ses prévisions ne l'avaient point trompé. Mazarin prit à droite, et Aramis put voir le prisonnier disparaître au tournant des arbres. Athos, au même instant, mû par une pensée identique, regarda aussi en arrière. Les deux amis échangèrent un simple signe de tête, et Aramis porta son doigt à son chapeau comme pour saluer. Athos seul comprit que son compagnon lui faisait signe qu'il avait une pensée.

Dix minutes après, Mazarin rentrait dans la cour du château, que le cardinal son prédécesseur avait fait disposer pour lui à Rueil.

Au moment où il mettait pied à terre au bas du perron, Comminges s'approcha de lui.

— Monseigneur, demanda-t-il, où plairait-il à Votre Éminence que nous logions M. de La Fère ?

— Mais au pavillon de l'orangerie, en face du pavillon où est le poste. Je veux qu'on fasse honneur à M. le comte de La Fère, bien qu'il soit prisonnier de Sa Majesté la reine.

— Monseigneur, hasarda Comminges, il demande la faveur d'être conduit près de M. d'Artagnan, qui occupe, ainsi que Votre Éminence l'a ordonné, le pavillon de chasse en face de l'orangerie.

Mazarin réfléchit un instant.

Comminges vit qu'il se consultait.

— C'est un poste très fort, ajouta-t-il ; quarante hommes sûrs, des soldats éprouvés, presque tous Allemands, et par conséquent n'ayant aucune relation avec les frondeurs ni aucun intérêt dans la Fronde.

— Si nous mettions ces trois hommes ensemble, monsou Comminges, dit Mazarin, il nous faudrait doubler le poste et nous ne sommes pas assez riches en défenseurs pour faire de ces prodigalités-là.

Comminges sourit. Mazarin vit ce sourire et le comprit.

— Vous ne les connaissez pas, monsou Comminges, mais moi je les connais, par eux-mêmes d'abord, puis par tradition. Je les avais chargés de porter secours au roi Charles, et ils ont fait pour le sauver des choses

miraculeuses; il a fallu que la destinée s'en mêlât pour
que ce cher roi Charles ne soit pas à cette heure en sûreté
au milieu de nous.

— Mais s'ils ont si bien servi Votre Éminence,
pourquoi donc Votre Éminence les tient-elle en prison?

— En prison! dit Mazarin, et depuis quand Rueil
est-il une prison?

— Depuis qu'il y a des prisonniers, dit Comminges.

— Ces Messieurs ne sont pas mes prisonniers, Comminges, dit Mazarin en souriant de son sourire narquois,
ce sont mes hôtes; hôtes si précieux, que j'ai fait griller
les fenêtres et mettre des verrous aux portes des appartements qu'ils habitent, tant je crains qu'ils ne se lassent
de me tenir compagnie. Mais tant il y a que, tout prisonniers qu'ils semblent être au premier abord, je les estime
grandement; et la preuve, c'est que je désire rendre visite
à M. de La Fère pour causer avec lui en tête à tête. Donc,
pour que nous ne soyons pas dérangés dans cette cause-
rie, vous le conduirez, comme je vous l'ai déjà dit, dans
le pavillon de l'orangerie; vous savez que c'est ma promenade habituelle; eh bien! en faisant ma promenade,
j'entrerai chez lui et nous causerons. Tout mon ennemi
qu'on prétend qu'il est, j'ai de la sympathie pour lui, et,
s'il est raisonnable, peut-être en ferons-nous quelque
chose.

Comminges s'inclina et revint vers Athos, qui attendait, avec un calme apparent, mais avec une inquiétude
réelle, le résultat de la conférence.

— Eh bien? demanda-t-il au lieutenant des gardes.

— Monsieur, répondit Comminges, il paraît que c'est
impossible.

— Monsieur de Comminges, dit Athos, j'ai toute
ma vie été soldat, je sais donc ce que c'est qu'une consigne; mais en dehors de cette consigne vous pourriez
me rendre un service.

— Je le veux de grand cœur, Monsieur, répondit
Comminges, depuis que je sais qui vous êtes et quels
services vous avez rendus autrefois à Sa Majesté; depuis
que je sais combien vous touche ce jeune homme qui est
si vaillamment venu à mon secours le jour de l'arrestation
de ce vieux drôle de Broussel, je me déclare tout vôtre,
sauf cependant la consigne.

— Merci, Monsieur, je n'en désire pas davantage et

je vais vous demander une chose qui ne vous compromettra aucunement.

— Si elle ne me compromet qu'un peu, Monsieur, dit en souriant M. de Comminges, demandez toujours. Je n'aime pas beaucoup plus que vous M. Mazarini : je sers la reine, ce qui m'entraîne tout naturellement à servir le cardinal; mais je sers l'une avec joie et l'autre à contre-cœur. Parlez donc, je vous prie; j'attends et j'écoute.

— Puisqu'il n'y a aucun inconvénient, dit Athos, que je sache que M. d'Artagnan est ici, il n'y en a pas davantage, je présume, à ce qu'il sache que j'y suis moi-même?

— Je n'ai reçu aucun ordre à cet endroit, Monsieur.

— Eh bien! faites-moi donc le plaisir de lui présenter mes civilités et de lui dire que je suis son voisin. Vous lui annoncerez en même temps ce que vous m'annonciez tout à l'heure, c'est-à-dire que M. de Mazarin m'a placé dans le pavillon de l'orangerie pour me pouvoir faire visite, et vous lui direz que je profiterai de cet honneur qu'il me veut bien accorder, pour obtenir quelque adoucissement à notre captivité.

— Qui ne peut durer, ajouta Comminges; M. le cardinal me le disait lui-même, il n'y a point ici de prison.

— Il y a des oubliettes, dit en souriant Athos.

— Oh! ceci est autre chose, dit Comminges. Oui, je sais qu'il y a des traditions à ce sujet; mais un homme de petite naissance comme l'est le cardinal, un Italien qui est venu chercher fortune en France, n'oserait se porter à de pareils excès envers des hommes comme vous; ce serait une énormité. C'était bon du temps de l'autre cardinal, qui était un grand seigneur; mais mons Mazarin! allons donc! les oubliettes sont vengeances royales et auxquelles ne doit pas toucher un pleutre comme lui. On sait votre arrestation, on saura bientôt celle de vos amis, Monsieur, et toute la noblesse de France lui demanderait compte de votre disparition. Non, non, tranquillisez-vous, les oubliettes de Rueil sont devenues, depuis dix ans, des traditions à l'usage des enfants. Demeurez donc sans inquiétude à cet endroit. De mon côté, je préviendrai M. d'Artagnan de votre arrivée ici. Qui sait si dans quinze jours vous ne me rendrez pas quelque service analogue!

— Moi, Monsieur?

— Eh! sans doute; ne puis-je pas à mon tour être prisonnier de M. le coadjuteur?

— Croyez bien que dans ce cas, Monsieur, dit Athos en s'inclinant, je m'efforcerais de vous plaire.

— Me ferez-vous l'honneur de souper avec moi, Monsieur le comte? demanda Comminges.

— Merci, Monsieur, je suis de sombre humeur et je vous ferais passer la soirée triste. Merci.

Comminges alors conduisit le comte dans une chambre du rez-de-chaussée d'un pavillon faisant suite à l'orangerie et de plain-pied avec elle. On arrivait à cette orangerie par une grande cour peuplée de soldats et de courtisans. Cette cour, qui formait le fer à cheval, avait à son centre les appartements habités par M. de Mazarin, et à chacune de ses ailes le pavillon de chasse, où était d'Artagnan, et le pavillon de l'orangerie, où venait d'entrer Athos. Derrière l'extrémité de ces deux ailes s'étendait le parc.

Athos, en arrivant dans la chambre qu'il devait habiter, aperçut à travers sa fenêtre, soigneusement grillée, des murs et des toits.

— Qu'est-ce que ce bâtiment? dit-il.

— Le derrière du pavillon de chasse où vos amis sont détenus, dit Comminges. Malheureusement, les fenêtres qui donnent de ce côté ont été bouchées du temps de l'autre cardinal, car plus d'une fois les bâtiments ont servi de prison, et M. de Mazarin, en vous y enfermant, ne fait que les rendre à leur destination première. Si ces fenêtres n'étaient pas bouchées, vous auriez eu la consolation de correspondre par signes avec vos amis.

— Et vous êtes sûr, Monsieur de Comminges, dit Athos, que le cardinal me fera l'honneur de me visiter?

— Il me l'a assuré, du moins, Monsieur.

Athos soupira en regardant ses fenêtres grillées.

— Oui, c'est vrai, dit Comminges, c'est presque une prison, rien n'y manque, pas même les barreaux. Mais aussi quelle singulière idée vous a-t-il pris, à vous qui êtes une fleur de noblesse, d'aller épanouir votre bravoure et votre loyauté parmi tous ces champignons de la Fronde! Vraiment, comte, si j'eusse jamais cru avoir quelque ami dans les rangs de l'armée royale, c'est à vous que j'eusse pensé. Un frondeur, vous, le comte de La Fère, du parti d'un Broussel, d'un Blancmesnil, d'un

Viole! Fi donc! cela ferait croire que Madame votre mère était quelque petite robine. Vous êtes un frondeur!

— Ma foi, mon cher Monsieur, dit Athos, il fallait être mazarin ou frondeur. J'ai longtemps fait résonner ces deux noms à mon oreille, et je me suis prononcé pour le dernier; c'est un nom français, au moins. Et puis, je suis frondeur, non pas avec M. Broussel, avec M. Blancmesnil et avec M. Viole, mais avec M. de Beaufort, M. de Bouillon et M. d'Elbeuf, avec des princes et non avec des présidents, des conseillers, des robins. D'ailleurs, l'agréable résultat que de servir M. le cardinal! Regardez ce mur sans fenêtres, Monsieur de Comminges, il vous en dira de belles sur la reconnaissance mazarine.

— Oui, reprit en riant Comminges, et surtout s'il répète ce que M. d'Artagnan lui lance depuis huit jours de malédictions.

— Pauvre d'Artagnan! dit Athos avec cette mélancolie charmante qui faisait une des faces de son caractère, un homme si brave, si bon, si terrible à ceux qui n'aiment pas ceux qu'il aime! Vous avez là deux rudes prisonniers, Monsieur de Comminges, et je vous plains si l'on a mis sous votre responsabilité ces deux hommes indomptables.

— Indomptables! dit en souriant à son tour Comminges, eh! Monsieur, vous voulez me faire peur. Le premier jour de son emprisonnement, M. d'Artagnan a provoqué tous les soldats et tous les bas officiers, sans doute afin d'avoir une épée; cela a duré le lendemain, s'est étendu même jusqu'au surlendemain, mais ensuite il est devenu calme et doux comme un agneau. A présent il chante des chansons gasconnes qui nous font mourir de rire.

— Et M. du Vallon? demanda Athos.

— Ah! celui-là, c'est autre chose. J'avoue que c'est un gentilhomme effrayant. Le premier jour, il a enfoncé toutes les portes d'un seul coup d'épaule, et je m'attendais à le voir sortir de Rueil comme Samson est sorti de Gaza. Mais son humeur a suivi la même marche que celle de M. d'Artagnan. Maintenant, non seulement il s'accoutume à sa captivité, mais encore il en plaisante.

— Tant mieux, dit Athos, tant mieux.

— En attendiez-vous donc autre chose? demanda Comminges, qui, rapprochant ce qu'avait dit Mazarin de ses prisonniers avec ce qu'en disait le comte de La Fère, commençait à concevoir quelques inquiétudes.

De son côté, Athos réfléchissait que très certainement cette amélioration dans le moral de ses amis naissait de quelque plan formé par d'Artagnan. Il ne voulut donc pas leur nuire pour trop les exalter.

— Eux? dit-il, ce sont des têtes inflammables; l'un est Gascon, l'autre Picard; tous deux s'allument facilement, mais s'éteignent vite. Vous en avez la preuve, et ce que vous venez de me raconter tout à l'heure fait foi de ce que je vous dis maintenant.

C'était l'opinion de Comminges; aussi se retira-t-il plus rassuré, et Athos demeura seul dans la vaste chambre, où, suivant l'ordre du cardinal, il fut traité avec les égards dus à un gentilhomme.

Il attendait, au reste, pour se faire une idée précise de sa situation, cette fameuse visite promise par Mazarin lui-même.

LXXXVII

L'ESPRIT ET LE BRAS

MAINTENANT, passons de l'orangerie au pavillon de chasse.

Au fond de la cour, où, par un portique fermé de colonnes ioniennes, on découvrait les chenils, s'élevait un bâtiment oblong qui semblait s'étendre comme un bras au-devant de cet autre bras, le pavillon de l'orangerie, demi-cercle enserrant la cour d'honneur.

C'est dans ce pavillon, au rez-de-chaussée, qu'étaient renfermés Porthos et d'Artagnan, partageant les longues heures d'une captivité antipathique à ces deux tempéraments.

D'Artagnan se promenait comme un tigre, l'œil fixe, et rugissant parfois sourdement le long des barreaux d'une large fenêtre donnant sur la cour de service.

Porthos ruminait en silence un excellent dîner dont on venait de desservir les restes.

L'un semblait privé de raison, et il méditait; l'autre semblait méditer profondément, et il dormait. Seulement, son sommeil était un cauchemar, ce qui pouvait se deviner à la manière incohérente et entrecoupée dont il ronflait.

— Voilà, dit d'Artagnan, le jour qui baisse. Il doit être quatre heures à peu près. Il y a tantôt cent quatre-vingt-trois heures que nous sommes là-dedans.

— Hum! fit Porthos pour avoir l'air de répondre.

— Entendez-vous, éternel dormeur? dit d'Artagnan, impatienté qu'un autre pût se livrer au sommeil le jour, quand il avait, lui, toutes les peines du monde à dormir la nuit.

— Quoi, dit Porthos.

— Ce que je dis?

— Que dites-vous?

— Je dis, reprit d'Artagnan, que voilà tantôt cent quatre-vingt-trois heures que nous sommes ici.

— C'est votre faute, dit Porthos.

— Comment! c'est ma faute?...

— Oui, je vous ai offert de nous en aller.

— En descellant un barreau ou en enfonçant une porte?

— Sans doute.

— Porthos, des gens comme nous ne s'en vont pas purement et simplement.

— Ma foi, dit Porthos, moi je m'en irais avec cette pureté et cette simplicité que vous me semblez dédaigner par trop.

D'Artagnan haussa les épaules.

— Et puis, dit-il, ce n'est pas le tout que de sortir de cette chambre.

— Cher ami, dit Porthos, vous me semblez aujourd'hui d'un peu meilleure humeur qu'hier. Expliquez-moi comment ce n'est pas le tout que de sortir de cette chambre.

— Ce n'est pas le tout, parce que, n'ayant ni armes ni mot de passe, nous ne ferons pas cinquante pas dans la cour sans heurter une sentinelle.

— Eh bien! dit Porthos, nous assommerons la sentinelle et nous aurons ses armes.

— Oui, mais avant d'être assommée tout à fait — cela a la vie dure, un Suisse — elle poussera un cri ou tout au moins un gémissement qui fera sortir le poste; nous serons traqués et pris comme des renards, nous qui sommes des lions, et l'on nous jettera dans quelque cul de basse-fosse où nous n'aurons pas même la consolation de voir cet affreux ciel gris de Rueil, qui ne ressemble pas plus au ciel de Tarbes que la lune ne ressemble au soleil. Mordioux! si nous avions quelqu'un au-dehors, quelqu'un qui pût nous donner des renseignements sur la topographie morale et physique de ce château, sur ce que César appelait les *mœurs* et les *lieux*, à ce qu'on m'a dit, du moins ... Eh! quand on pense que durant vingt ans, pendant lesquels je ne savais que faire, je n'ai pas eu l'idée d'occuper une de ces heures-là à venir étudier Rueil.

— Qu'est-ce que ça fait? dit Porthos, allons-nous-en toujours.

— Mon cher, dit d'Artagnan, savez-vous pourquoi les maîtres pâtissiers ne travaillent jamais de leurs mains?

— Non, dit Porthos; mais je serais flatté de le savoir.

— C'est que devant leurs élèves ils craindraient de faire quelques tartes trop rôties ou quelques crèmes tournées.

— Après?

— Après, on se moquerait d'eux, et il ne faut jamais qu'on se moque des maîtres pâtissiers.

— Et pourquoi les maîtres pâtissiers à propos de nous?

— Parce que nous devons, en fait d'aventures, jamais n'avoir d'échec ni prêter à rire de nous. En Angleterre dernièrement nous avons échoué, nous avons été battus, et c'est une tache à notre réputation.

— Par qui donc avons-nous été battus? demanda Porthos.

— Par Mordaunt.

— Oui, mais nous avons noyé M. Mordaunt.

— Je le sais bien, et cela nous réhabilitera un peu dans l'esprit de la postérité, si toutefois la postérité s'occupe de nous. Mais écoutez-moi, Porthos; quoique M. Mordaunt ne fût pas à mépriser, M. Mazarin me paraît bien autrement fort que M. Mordaunt, et nous ne le noierons pas aussi facilement. Observons-nous donc bien et jouons serré; car, ajouta d'Artagnan avec un soupir, à nous deux, nous en valons huit autres peut-être, mais nous ne valons pas les quatre que vous savez.

— C'est vrai, dit Porthos en correspondant par un soupir au soupir de d'Artagnan.

— Eh bien! Porthos, faites comme moi, promenez-vous de long en large jusqu'à ce qu'une nouvelle de nos amis nous arrive ou qu'une bonne idée nous vienne; mais ne dormez pas toujours comme vous le faites, il n'y a rien qui alourdisse l'esprit comme le sommeil. Quant à ce qui nous attend, c'est peut-être moins grave que nous ne le pensions d'abord. Je ne crois pas que M. de Mazarin songe à nous faire couper la tête, parce qu'on ne nous couperait pas la tête sans procès, que le procès ferait du bruit, que le bruit attirerait nos amis, et qu'alors ils ne laisseraient pas faire M. de Mazarin.

— Que vous raisonnez bien! dit Porthos avec admiration.

— Mais oui, pas mal, dit d'Artagnan. Et puis, voyez-vous, si l'on ne nous fait pas notre procès, si l'on ne nous coupe pas la tête, il faut qu'on nous garde ici ou qu'on nous transporte ailleurs.

— Oui, il le faut nécessairement, dit Porthos.

— Eh bien! il est impossible que Maître Aramis, ce fin limier, et qu'Athos, ce sage gentilhomme, ne découvrent pas notre retraite; alors, ma foi, il sera temps.

— Oui, d'autant plus qu'on n'est pas absolument mal ici; à l'exception d'une chose, cependant.

— De laquelle?

— Avez-vous remarqué, d'Artagnan, qu'on nous a donné du mouton braisé trois jours de suite?

— Non, mais s'il s'en présente une quatrième fois, je m'en plaindrai, soyez tranquille.

— Et puis quelquefois ma maison me manque; il y a bien longtemps que je n'ai visité mes châteaux.

— Bah! oubliez-les momentanément, nous les retrouverons, à moins que M. de Mazarin ne les ait fait raser.

— Croyez-vous qu'il se soit permis cette tyrannie? demanda Porthos avec inquiétude.

— Non; c'était bon pour l'autre cardinal, ces résolutions-là. Le nôtre est trop mesquin pour risquer de pareilles choses.

— Vous me tranquillisez, d'Artagnan.

— Eh bien! alors faites bon visage comme je le fais; plaisantons avec les gardiens; intéressons les soldats, puisque nous ne pouvons les corrompre; cajolez-les plus que vous ne faites, Porthos, quand ils viendront sous nos barreaux. Jusqu'a présent vous n'avez fait que leur montrer le poing, et plus votre poing est respectable, Porthos, moins il est attirant. Ah! je donnerais beaucoup pour avoir cinq cents louis seulement.

— Et moi aussi, dit Porthos, qui ne voulait pas demeurer en reste de générosité avec d'Artagnan, je donnerais bien cent pistoles.

Les deux prisonniers en étaient là de leur conversation, quand Comminges entra, précédé d'un sergent et de deux hommes qui portaient le souper dans une manne remplie de bassins et de plats.

— Bon! dit Porthos, encore du mouton!

— Mon cher Monsieur de Comminges, dit d'Artagnan, vous saurez que mon ami, M. du Vallon, est décidé à se porter aux plus dures extrémités, si M. de Mazarin s'obstine à le nourrir de cette sorte de viande.

— Je déclare même, dit Porthos, que je ne mangerai de rien autre chose si on ne l'emporte pas.

— Emportez le mouton, dit Comminges, je veux que M. du Vallon soupe agréablement, d'autant plus que j'ai à lui annoncer une nouvelle qui, j'en suis sûr, va lui donner de l'appétit.

— M. de Mazarin serait-il trépassé? demanda Porthos.

— Non, j'ai même le regret de vous annoncer qu'il se porte à merveille.

— Tant pis, dit Porthos.

— Et quelle est cette nouvelle? demanda d'Artagnan. C'est du fruit si rare qu'une nouvelle en prison, que vous excuserez, je l'espère, mon impatience, n'est-ce pas, Monsieur de Comminges? D'autant plus que vous nous avez laissé entendre que la nouvelle était bonne.

— Seriez-vous aise de savoir que M. le comte de La Fère se porte bien? répondit Comminges.

Les petits yeux de d'Artagnan s'ouvrirent démesurément.

— Si j'en serais aise! s'écria-t-il, j'en serais plus qu'aise, j'en serais heureux.

— Eh bien! je suis chargé par lui-même de vous présenter tous ses compliments et de vous dire qu'il est en bonne santé.

D'Artagnan faillit bondir de joie. Un coup d'œil rapide traduisit à Porthos sa pensée : « Si Athos sait où nous sommes, disait ce regard, s'il nous fait parler, avant peu Athos agira. »

Porthos n'était pas très habile à comprendre les coups d'œil; mais cette fois, comme il avait, au nom d'Athos, éprouvé la même impression que d'Artagnan, il comprit.

— Mais, demanda timidement le Gascon, M. le comte de La Fère, dites-vous, vous a chargé de tous ses compliments pour M. du Vallon et moi?

— Oui, Monsieur?

— Vous l'avez donc vu?

— Sans doute.

— Où cela, sans indiscrétion?

— Bien près d'ici, répondit Comminges en souriant.

— Bien près d'ici? répéta d'Artagnan, dont les yeux étincelèrent.

— Si près que, si les fenêtres qui donnent dans l'orangerie n'étaient pas bouchées, vous pourriez le voir de la place où vous êtes.

« Il rôde aux environs du château », pensa d'Artagnan. Puis tout haut :

— Vous l'avez rencontré à la chasse, dit-il, dans le parc peut-être?

— Non pas, plus près, plus près encore. Tenez, derrière ce mur, dit Comminges en frappant contre ce mur.

— Derrière ce mur? Qu'y a-t-il donc derrière ce mur? On m'a amené ici de nuit, de sorte que le diable m'emporte si je sais où je suis.

— Eh bien! dit Comminges, supposez une chose.

— Je supposerai tout ce que vous voudrez.

— Supposez qu'il y ait une fenêtre à ce mur.

— Eh bien?

— Eh bien! de cette fenêtre vous verriez M. de La Fère à la sienne.

— M. de La Fère est donc logé au château?

— Oui.

— A quel titre?

— Au même titre que vous.

— Athos est prisonnier?

— Vous savez bien, dit en riant Comminges, qu'il n'y a pas de prisonniers à Rueil, puisqu'il n'y a pas de prison.

— Ne jouons pas sur les mots, Monsieur; Athos a été arrêté?

— Hier, à Saint-Germain, en sortant de chez la reine.

Les bras de d'Artagnan retombèrent inertes à son côté. On eût dit qu'il était foudroyé.

La pâleur courut comme un nuage blanc sur son teint bruni, mais disparut presque aussitôt.

— Prisonnier! répéta-t-il.

— Prisonnier! répéta après lui Porthos abattu.

Tout à coup d'Artagnan releva la tête et on vit luire en ses yeux un éclair imperceptible pour Porthos lui-même. Puis, le même abattement qui l'avait précédé suivit cette fugitive lueur.

— Allons, allons, dit Comminges, qui avait un sentiment réel d'affection pour d'Artagnan depuis le service signalé que celui-ci lui avait rendu le jour de l'arrestation de Broussel en le tirant des mains des Parisiens; allons, ne vous désolez pas, je n'ai pas prétendu vous apporter une triste nouvelle, tant s'en faut. Par la guerre qui court, nous sommes tous des êtres incertains. Riez donc du hasard qui rapproche votre ami de vous et de M. du Vallon, au lieu de vous désespérer.

Mais cette invitation n'eut aucune influence sur d'Artagnan, qui conserva son air lugubre.

— Et quelle mine faisait-il? demanda Porthos, qui, voyant que d'Artagnan laissait tomber la conversation, en profita pour placer son mot.

— Mais fort bonne mine, dit Comminges. D'abord, comme vous, il avait paru assez désespéré; mais quand il a su que M. le cardinal devait lui faire une visite ce soir même...

— Ah! fit d'Artagnan, M. le cardinal doit faire visite au comte de La Fère.

— Oui, il l'en a fait prévenir, et M. le comte de La Fère, en apprenant cette nouvelle, m'a chargé de vous dire, à vous, qu'il profiterait de cette faveur que lui faisait le cardinal pour plaider votre cause et la sienne.

— Ah! ce cher comte! dit d'Artagnan.

— Belle affaire, grogna Porthos, grande faveur! Mordieu! M. le comte de La Fère, dont la famille a été alliée aux Montmorency et aux Rohan, vaut bien M. de Mazarin.

— N'importe, dit d'Artagnan avec son ton le plus câlin, en y réfléchissant, mon cher du Vallon, c'est beaucoup d'honneur pour M. le comte de La Fère, c'est surtout beaucoup d'espérance à concevoir, une visite!

Et même, à mon avis, c'est un honneur si grand pour un
prisonnier que je crois que M. de Comminges se trompe.

— Comment! je me trompe!

— Ce sera non pas M. de Mazarin qui ira visiter le
comte de La Fère, mais M. le comte de La Fère qui sera
appelé par M. de Mazarin.

— Non, non, non, dit Comminges, qui tenait à rétablir les faits dans toute leur exactitude. J'ai parfaitement
entendu ce que m'a dit le cardinal. Ce sera lui qui ira
visiter le comte de La Fère.

D'Artagnan essaya de surprendre un des regards de
Porthos pour savoir si son compagnon comprenait l'importance de cette visite, mais Porthos ne regardait pas
même de son côté.

— C'est donc l'habitude de M. le cardinal de se promener dans son orangerie? demanda d'Artagnan.

— Chaque soir il s'y enferme, dit Comminges. Il
paraît que c'est là qu'il médite sur les affaires de l'État.

— Alors, dit d'Artagnan, je commence à croire que
M. de La Fère recevra la visite de Son Éminence;
d'ailleurs, il se fera accompagner, sans doute?

— Oui, par deux soldats.

— Et il causera ainsi d'affaires devant deux étrangers?

— Les soldats sont des Suisses des petits cantons et
ne parlent qu'allemand. D'ailleurs, selon toute probabilité, ils attendront à la porte.

D'Artagnan s'enfonçait les ongles dans les paumes
des mains pour que son visage n'exprimât pas autre
chose que ce qu'il voulait lui permettre d'exprimer.

— Que M. de Mazarin prenne garde d'entrer ainsi
seul chez M. le comte de La Fère, dit d'Artagnan, car le
comte de La Fère doit être furieux.

Comminges se mit à rire.

— Ah çà! mais, en vérité, on dirait que vous êtes
des anthropophages! M. de La Fère est courtois, il n'a
point d'armes, d'ailleurs; au premier cri de Son Éminence, les deux soldats qui l'accompagnent toujours
accourraient.

— Deux soldats, dit d'Artagnan paraissant rappeler
ses souvenirs, deux soldats, oui; c'est donc cela que
j'entends appeler deux hommes chaque soir, et que je les
vois se promener pendant une demi-heure quelquefois
sous ma fenêtre.

— C'est cela, ils attendent le cardinal ou plutôt, Bernouin, qui vient les appeler quand le cardinal sort.

— Beaux hommes, ma foi! dit d'Artagnan.

— C'est le régiment qui était à Lens, et que M. le prince a donné au cardinal pour lui faire honneur.

— Ah! Monsieur, dit d'Artagnan comme pour résumer en un mot toute cette longue conversation, pourvu que Son Éminence s'adoucisse et accorde notre liberté à M. de La Fère.

— Je le désire de tout mon cœur, dit Comminges.

— Alors, s'il oubliait cette visite, vous ne verriez aucun inconvénient à la lui rappeler?

— Aucun, au contraire.

— Ah! voilà qui me tranquillise un peu.

Cet habile changement de conversation eût paru une manœuvre sublime à quiconque eût pu lire dans l'âme du Gascon.

— Maintenant, continua-t-il, une dernière grâce, je vous prie, mon cher Monsieur de Comminges.

— Tout à votre service, Monsieur.

— Vous reverrez M. le comte de La Fère?

— Demain matin.

— Voulez-vous lui souhaiter le bonjour pour nous, et lui dire qu'il sollicite pour moi la même faveur qu'il aura obtenue?

— Vous désirez que M. le cardinal vienne ici?

— Non; je me connais et ne suis point si exigeant. Que Son Éminence me fasse l'honneur de m'entendre, c'est tout ce que je désire.

« Oh! murmura Porthos en secouant la tête, je n'aurais jamais cru cela de sa part. Comme l'infortune vous abat un homme! »

— Cela sera fait, dit Comminges.

— Assurez aussi le comte que je me porte à merveille, et que vous m'avez vu triste, mais résigné.

— Vous me plaisez, Monsieur, en disant cela.

— Vous direz la même chose pour M. du Vallon.

— Pour moi, non pas! s'écria Porthos. Moi, je ne suis pas résigné du tout.

— Mais vous vous résignerez, mon ami.

— Jamais!

— Il se résignera, Monsieur de Comminges. Je le connais mieux qu'il ne se connaît lui-même, et je lui sais mille excellentes qualités qu'il ne se soupçonne même pas. Taisez-vous, cher du Vallon, et résignez-vous.

— Adieu, Messieurs, dit Comminges. Bonne nuit !

— Nous y tâcherons.

Comminges salua et sortit. D'Artagnan le suivit des yeux dans la même posture humble et avec le même visage résigné. Mais à peine la porte fut-elle refermée sur le capitaine des gardes que, s'élançant vers Porthos, il le serra dans ses bras avec une expression de joie sur laquelle il n'y avait pas à se tromper.

— Oh ! oh ! dit Porthos, qu'y a-t-il donc ? Est-ce que vous devenez fou, mon pauvre ami ?

— Il y a, dit d'Artagnan, que nous sommes sauvés !

— Je ne vois pas cela le moins du monde, dit Porthos ; je vois au contraire que nous sommes tous pris, à l'exception d'Aramis, et que nos chances de sortir sont diminuées depuis qu'un de plus est entré dans la souricière de M. de Mazarin.

— Pas du tout, Porthos, mon ami, cette souricière était suffisante pour deux ; elle devient trop faible pour trois.

— Je ne comprends pas du tout, dit Porthos.

— Inutile, dit d'Artagnan, mettons-nous à table et prenons des forces, nous en aurons besoin pour la nuit.

— Que ferons-nous donc cette nuit ? demanda Porthos de plus en plus intrigué.

— Nous voyagerons probablement.

— Mais…

— Mettons-nous à table, cher ami, les idées me viennent en mangeant. Après le souper, quand mes idées seront au grand complet, je vous les communiquerai.

Quelque désir qu'eût Porthos d'être mis au courant du projet de d'Artagnan, comme il connaissait les façons de faire de ce dernier, il se mit à table sans insister davantage et mangea avec un appétit qui faisait honneur à la confiance que lui inspirait l'imaginative de d'Artagnan.

LXXXIX

LE BRAS ET L'ESPRIT

L E souper fut silencieux, mais non pas triste; car de
temps en temps un de ces fins sourires qui lui étaient
habituels dans ses moments de bonne humeur illuminait
le visage de d'Artagnan. Porthos ne perdait pas un de
ces sourires, et à chacun d'eux il poussait quelque
exclamation qui indiquait à son ami que, quoiqu'il ne la
comprît pas, il n'abandonnait pas de vue la pensée qui
bouillonnait dans son cerveau.

Au dessert, d'Artagnan se coucha sur sa chaise, croisa
une jambe sur l'autre, et se dandina de l'air d'un homme
parfaitement satisfait de lui-même.

Porthos appuya son menton sur ses deux mains, posa
les deux coudes sur la table et regarda d'Artagnan avec
ce regard confiant qui donnait à ce colosse une si admirable expression de bonhomie.

— Eh bien? fit d'Artagnan au bout d'un instant.

— Eh bien? répéta Porthos.

— Vous disiez donc, cher ami?...

— Moi! je ne disais rien.

— Si fait, vous disiez que vous aviez envie de vous
en aller d'ici.

— Ah! pour cela, oui, ce n'est pas l'envie qui me
manque.

— Et vous ajoutiez que, pour vous en aller d'ici,
il ne s'agissait que de desceller une porte ou une muraille.

— C'est vrai, je disais cela, et même je le dis encore.

— Et moi je vous répondais, Porthos, que c'était
un mauvais moyen, et que nous ne ferions point cent
pas sans être repris et assommés, à moins que nous
n'eussions des habits pour nous déguiser et des armes
pour nous défendre.

— C'est vrai, il nous faudrait des habits et des
armes.

— Eh bien! dit d'Artagnan en se levant, nous

les avons, ami Porthos, et même quelque chose de mieux.

— Bah! dit Porthos en regardant autour de lui.

— Ne cherchez pas, c'est inutile, tout cela viendra nous trouver au moment voulu. A quelle heure à peu près avons-nous vu se promener hier les deux gardes suisses ?

— Une heure, je crois, après que la nuit fut tombée.

— S'ils sortent aujourd'hui comme hier, nous ne serons donc pas un quart d'heure à attendre le plaisir de les voir.

— Le fait est que nous serons un quart d'heure tout au plus.

— Vous avez toujours le bras assez bon, n'est-ce pas, Porthos ?

Porthos déboutonna sa manche, releva sa chemise, et regarda avec complaisance ses bras nerveux, gros comme la cuisse d'un homme ordinaire.

— Mais oui, dit-il, assez bon.

— De sorte que vous feriez, sans trop vous gêner, un cerceau de cette pincette et un tire-bouchon de cette pelle ?

— Certainement, dit Porthos.

— Voyons, dit d'Artagnan.

Le géant prit les deux objets désignés et opéra avec la plus grande facilité et sans aucun effort apparent les deux métamorphoses désirées par son compagnon.

— Voilà! dit-il.

— Magnifique! dit d'Artagnan, et véritablement vous êtes doué, Porthos.

— J'ai entendu parler, dit Porthos, d'un certain Milon de Crotone qui faisait des choses fort extraordinaires, comme de serrer son front avec une corde et de la faire éclater, de tuer un bœuf d'un coup de poing et de l'emporter chez lui sur ses épaules, d'arrêter un cheval par les pieds de derrière, etc., etc. Je me suis fait raconter toutes ses prouesses, là-bas à Pierrefonds et j'ai fait tout ce qu'il faisait, excepté de briser une corde en enflant mes tempes.

— C'est que votre force n'est pas dans votre tête, Porthos, dit d'Artagnan.

— Non, elle est dans mes bras et dans mes épaules, répondit naïvement Porthos.

— Eh bien! mon ami, approchons de la fenêtre et
servez-vous de votre force pour desceller un barreau.
Attendez que j'éteigne la lampe.

Porthos s'approcha de la fenêtre, prit un barreau à deux mains, s'y cramponna, l'attira vers lui et le fit plier comme un arc, si bien que les deux bouts sortirent de l'alvéole de pierre où depuis trente ans le ciment les tenait scellés.

— Eh bien! mon ami, dit d'Artagnan, voilà ce que n'aurait jamais pu faire le cardinal, tout homme de génie qu'il est.

— Faut-il en arracher d'autres? demanda Porthos.

— Non pas, celui-ci nous suffira; un homme peut passer maintenant.

Porthos essaya et sortit son torse tout entier.

— Oui, dit-il.

— En effet, c'est une assez jolie ouverture. Maintenant passez votre bras.

— Par où?

— Par cette ouverture.

— Pourquoi faire?

— Vous le saurez tout à l'heure. Passez toujours.

Porthos obéit, docile comme un soldat, et passa son bras à travers les barreaux.

— A merveille! dit d'Artagnan.

— Il paraît que cela marche?

— Sur des roulettes, cher ami.

— Bon. Maintenant que faut-il que je fasse?

— Rien.

— C'est donc fini?

— Pas encore.

— Je voudrais cependant bien comprendre, dit Porthos.

— Écoutez, mon cher ami, et en deux mots vous serez au fait. La porte du poste s'ouvre, comme vous voyez.

— Oui, je vois.

— On va envoyer dans notre cour, que traverse M. de Mazarin pour se rendre à l'orangerie, les deux gardes qui l'accompagnent.

— Les voilà qui sortent.

— Pourvu qu'ils referment la porte du poste. Bon! ils la referment.

— Après?

— Silence! ils pourraient nous entendre.

— Je ne saurai rien, alors.

— Si fait, car à mesure que vous exécuterez vous comprendrez.

— Cependant, j'aurais préféré...

— Vous aurez le plaisir de la surprise.

— Tiens, c'est vrai, dit Porthos.

— Chut!

Porthos demeura muet et immobile.

En effet, les deux soldats s'avançaient du côté de la fenêtre en se frottant les mains, car on était, comme nous l'avons dit, au mois de février, et il faisait froid.

En ce moment la porte du corps de garde s'ouvrit et l'on rappela un des soldats. Le soldat quitta son camarade et rentra dans le corps de garde.

— Cela va donc toujours? dit Porthos.

— Mieux que jamais, répondit d'Artagnan. Maintenant, écoutez. Je vais appeler ce soldat et causer avec lui, comme j'ai fait hier avec un de ses camarades, vous rappelez-vous?

— Oui; seulement je n'ai pas entendu un mot de ce qu'il disait.

— Le fait est qu'il avait un accent un peu prononcé. Mais ne perdez pas un mot de ce que je vais vous dire; tout est dans l'exécution, Porthos.

— Bon, l'exécution, c'est mon fort.

— Je le sais pardieu bien; aussi je compte sur vous.

— Dites.

— Je vais donc appeler le soldat et causer avec lui.

— Vous l'avez déjà dit.

— Je me tournerai à gauche, de sorte qu'il sera placé, lui, à votre droite au moment où il montera sur le banc.

— Mais s'il n'y monte pas!

— Il y montera, soyez tranquille. Au moment où il montera sur le banc, vous allongerez votre bras formi-

dable et le saisirez au cou. Puis, l'enlevant comme Tobie
enleva le poisson par les ouïes , vous l'introduirez dans
notre chambre, en ayant soin de serrer assez fort pour
l'empêcher de crier.

— Oui, dit Porthos; mais si je l'étrangle!

— D'abord, ce ne sera qu'un Suisse de moins; mais
vous ne l'étranglerez pas, je l'espère. Vous le déposerez
tout doucement ici et nous le bâillonnerons, et l'attache-
rons, peu importe où, quelque part enfin. Cela nous fera
d'abord un habit d'uniforme et une épée.

— Merveilleux! dit Porthos en regardant d'Artagnan
avec la plus profonde admiration.

— Hein! fit le Gascon.

— Oui, reprit Porthos en se ravisant; mais un habit
d'uniforme et une épée, ce n'est pas assez pour deux.

— Eh bien! est-ce qu'il n'a pas son camarade!

— C'est juste, dit Porthos.

— Donc, quand je tousserai, allongez le bras, il sera
temps.

— Bon!

Les deux amis prirent chacun le poste indiqué. Placé
comme il était, Porthos se trouvait entièrement caché
dans l'angle de la fenêtre.

— Bonsoir, camarade, dit d'Artagnan de sa voix la
plus charmante et de son diapason le plus modéré.

— Ponsoir, monsir, répondit le soldat.

— Il ne fait pas trop chaud à se promener, dit d'Artagnan.

— Brrrrrroun, fit le soldat.

— Et je crois qu'un verre de vin ne vous serait pas
désagréable?

— Un ferre de fin, il serait le bienfenu.

— Le poisson mord! le poisson mord! murmura
d'Artagnan à Porthos.

— Je comprends, dit Porthos.

— J'en ai là une bouteille, dit d'Artagnan.

— Une pouteille!

— Oui.

— Une pouteille bleine!

— Tout entière, et elle est à vous si vous voulez la
boire à ma santé.

— Ehé! moi fouloir pien, dit le soldat en s'approchant.

— Allons, venez la prendre, mon ami, dit le Gascon.

— Pien folontiers. Ché grois qu'il y a un panc.

— Oh! mon Dieu, on dirait qu'il a été placé exprès là. Montez dessus... Là, bien, c'est cela, mon ami.

Et d'Artagnan toussa.

Au même moment, le bras de Porthos s'abattit; son poignet d'acier mordit, rapide comme l'éclair et ferme comme une tenaille, le cou du soldat, l'enleva en l'étouffant, l'attira à lui par l'ouverture au risque de l'écorcher en passant, et le déposa sur le parquet où d'Artagnan, en lui laissant tout juste le temps de reprendre sa respiration, le bâillonna avec son écharpe; et, aussitôt bâillonné, se mit à le déshabiller avec la promptitude et la dextérité d'un homme qui a appris son métier sur le champ de bataille.

Puis le soldat, garrotté et bâillonné, fut porté dans l'âtre, dont nos amis avaient préalablement éteint la flamme.

— Voici toujours une épée et un habit, dit Porthos.

— Je les prends, dit d'Artagnan. Si vous voulez un autre habit et une autre épée, il faut recommencer le tour. Attention! Je vois justement l'autre soldat qui sort du corps de garde et qui vient de ce côté.

— Je crois, dit Porthos, qu'il serait imprudent de recommencer pareille manœuvre. On ne réussit pas deux fois, à ce qu'on assure, par le même moyen. Si je le manquais, tout serait perdu. Je vais descendre, le saisir au moment où il ne se défiera pas, et je vous l'offrirai tout bâillonné.

— C'est mieux, répondit le Gascon.

— Tenez-vous prêt, dit Porthos en se laissant glisser par l'ouverture.

La chose s'effectua comme Porthos l'avait promis. Le géant se cacha sur son chemin, et, lorsque le soldat passa devant lui, il le saisit au cou, le bâillonna, le poussa pareil à une momie à travers les barreaux élargis de la fenêtre et rentra derrière lui.

On déshabilla le second prisonnier comme on avait déshabillé l'autre. On le coucha sur le lit, on l'assujettit avec des sangles; et comme le lit était de chêne massif et que les sangles étaient doublées, on fut non moins tranquille sur celui-là que sur le premier.

— Là, dit d'Artagnan, voici qui va à merveille.

Maintenant, essayez-moi l'habit de ce gaillard-là, Porthos, je doute qu'il vous aille; mais s'il vous est par trop étroit, ne vous inquiétez point, le baudrier vous suffira, et surtout le chapeau à plumes rouges.

Il se trouva par hasard que le second était un Suisse gigantesque, de sorte qu'à l'exception de quelques points qui craquèrent dans les coutures tout alla le mieux du monde.

Pendant quelque temps on n'entendit que le froissement du drap. Porthos et d'Artagnan s'habillant à la hâte.

— C'est fait, dirent-ils en même temps. Quant à vous, compagnons, ajoutèrent-ils en se retournant vers les deux soldats, il ne vous arrivera rien si vous êtes bien gentils; mais si vous bougez, vous êtes morts.

Les soldats se tinrent cois. Ils avaient compris au poignet de Porthos que la chose était des plus sérieuses et qu'il n'était pas le moins du monde question de plaisanter.

— Maintenant, dit d'Artagnan, vous ne seriez pas fâché de comprendre, n'est-ce pas Porthos?

— Mais oui, pas mal.

— Eh bien, nous descendons dans la cour.

— Oui.

— Nous prenons la place de ces deux gaillards-là.

— Bien.

— Nous nous promenons de long en large.

— Et ce sera bien vu, attendu qu'il ne fait pas chaud.

— Dans un instant le valet de chambre appelle comme hier et avant-hier le service.

— Nous répondons?

— Non, nous ne répondons pas, au contraire.

— Comme vous voudrez. Je ne tiens pas à répondre.

— Nous ne répondons donc pas; nous enfonçons seulement notre chapeau sur notre tête et nous escortons Son Éminence.

— Où cela?

— Où elle va, chez Athos. Croyez-vous qu'il sera fâché de nous voir?

— Oh! s'écria Porthos, oh! je comprends!

— Attendez pour vous écrier, Porthos; car, sur ma parole, vous n'êtes pas au bout, dit le Gascon tout goguenard.

— Que va-t-il donc arriver ? dit Porthos.

— Suivez-moi, répondit d'Artagnan. Qui vivra verra.

Et, passant par l'ouverture, il se laissa légèrement glisser dans la cour. Porthos le suivit par le même chemin, quoique avec plus de peine et moins de diligence.

On entendait frissonner de peur les deux soldats liés dans la chambre.

A peine d'Artagnan et Porthos eurent-ils touché terre qu'une porte s'ouvrit et que la voix du valet de chambre cria :

— Le service !

En même temps le poste s'ouvrit à son tour et une voix cria :

— La Bruyère et du Barthois, partez !

— Il paraît que je m'appelle La Bruyère, dit d'Artagnan.

— Et moi du Barthois, dit Porthos.

— Où êtes-vous ? demanda le valet de chambre, dont les yeux éblouis par la lumière ne pouvaient sans doute distinguer nos deux héros dans l'obscurité.

— Nous voici, dit d'Artagnan.

Puis, se tournant vers Porthos :

— Que dites-vous de cela, Monsieur du Vallon ?

— Ma foi, pourvu que cela dure, je dis que c'est joli !

Les deux soldats improvisés marchèrent gravement derrière le valet de chambre ; il leur ouvrit une porte du vestibule, puis une autre qui semblait être celle d'un salon d'attente, et leur montrant deux tabourets :

— La consigne est bien simple, leur dit-il, ne laissez entrer qu'une personne ici, une seule, entendez-vous bien ? pas davantage ; à cette personne obéissez en tout. Quant au retour, il n'y a pas à vous tromper, vous attendrez que je vous relève.

D'Artagnan était fort connu de ce valet de chambre, qui n'était autre que Bernouin, qui, depuis six ou huit mois, l'avait introduit une dizaine de fois près du cardinal. Il se contenta donc, au lieu de répondre, de grommeler le *ia* le moins gascon et le plus allemand possible.

Quant à Porthos, d'Artagnan avait exigé et obtenu de lui la promesse qu'en aucun cas il ne parlerait. S'il était poussé à bout, il lui était permis de proférer pour toute réponse le *tarteifle* proverbial et solennel.

Bernouin s'éloigna en fermant la porte.

— Oh! oh! dit Porthos en entendant la clef de la serrure, il paraît qu'ici c'est de mode d'enfermer les gens. Nous n'avons fait, ce me semble, que de troquer de prison; seulement, au lieu d'être prisonnier là-bas, nous le sommes dans l'orangerie. Je ne sais pas si nous y avons gagné.

— Porthos, mon ami, dit tout bas d'Artagnan, ne doutez pas de la Providence, et laissez-moi méditer et réfléchir.

— Méditez et réfléchissez donc, dit Porthos de mauvaise humeur en voyant que les choses tournaient ainsi au lieu de tourner autrement.

— Nous avons marché quatre-vingts pas, murmura d'Artagnan, nous avons monté six marches, c'est donc ici, comme l'a dit tout à l'heure mon illustre ami du Vallon, cet autre pavillon parallèle au nôtre et qu'on désigne sous le nom de pavillon de l'orangerie. Le comte de La Fère ne doit pas être loin; seulement les portes sont fermées.

— Voilà une belle difficulté! dit Porthos, et avec un coup d'épaule...

— Pour Dieu! Porthos, mon ami, dit d'Artagnan, ménagez vos tours de force, ou ils n'auront plus, dans l'occasion, toute la valeur qu'ils méritent; n'avez-vous pas entendu qu'il va venir ici quelqu'un?

— Si fait.

— Eh bien! ce quelqu'un nous ouvrira les portes.

— Mais, mon cher, dit Porthos, si ce quelqu'un nous reconnaît, si ce quelqu'un en nous reconnaissant se met à crier, nous sommes perdus; car enfin vous n'avez pas le dessein, j'imagine, de me faire assommer ou étrangler cet homme d'Église. Ces manières-là sont bonnes envers les Anglais et les Allemands.

— Oh! Dieu m'en préserve et vous aussi! dit d'Artagnan. Le jeune roi nous en aurait peut-être quelque reconnaissance, mais la reine ne nous le pardonnerait pas, et c'est elle qu'il faut ménager; puis d'ailleurs, du sang inutile! jamais! au grand jamais! J'ai mon plan. Laissez-moi donc faire et nous allons rire.

— Tant mieux, dit Porthos, j'en éprouve le besoin.

— Chut! dit d'Artagnan, voici le quelqu'un annoncé.

On entendit alors dans la salle précédente, c'est-à-dire dans le vestibule, le retentissement d'un pas léger. Les gonds de la porte crièrent et un homme parut en habit de cavalier, enveloppé d'un manteau brun, un large feutre rabattu sur ses yeux et une lanterne à la main.

Porthos s'effaça contre la muraille, mais il ne put tellement se rendre invisible que l'homme au manteau ne l'aperçût; il lui présenta sa lanterne et lui dit :

— Allumez la lampe du plafond.

Puis s'adressant à d'Artagnan :

— Vous connaissez la consigne, dit-il.

— *Ia,* répliqua le Gascon, déterminé à se borner à cet échantillon de la langue allemande.

— *Tedesco,* fit le cavalier, *va bene.*

Et s'avançant vers la porte située en face de celle par laquelle il était entré, il l'ouvrit et disparut derrière elle en la refermant.

— Et maintenant, dit Porthos, que ferons-nous ?

— Maintenant, nous nous servirons de votre épaule si cette porte est fermée, ami Porthos. Chaque chose à son temps, et tout vient à propos à qui sait attendre. Mais d'abord barricadons la première porte d'une façon convenable, ensuite nous suivrons le cavalier.

Les deux amis se mirent aussitôt à la besogne et embarrassèrent la porte de tous les meubles qui se trouvèrent dans la salle, embarras qui rendaient le passage d'autant plus impraticable que la porte s'ouvrait en dedans.

— Là, dit d'Artagnan, nous voilà sûrs de ne pas être surpris par-derrière. Allons, en avant !

ON ARRIVA à la porte par laquelle avait disparu Mazarin; elle était fermée; d'Artagnan tenta inutilement
de l'ouvrir.

— Voilà où il s'agit de placer votre coup d'épaule, dit
d'Artagnan. Poussez, ami Porthos, mais doucement, sans
bruit; n'enfoncez rien, disjoignez les battants, voilà tout.

Porthos appuya sa robuste épaule contre un des panneaux, qui plia, et d'Artagnan introduisit alors la pointe
de son épée entre le pène et la gâche de la serrure. Le
pène, taillé en biseau, céda, et la porte s'ouvrit.

— Quand je vous disais, ami Porthos, qu'on obtenait
tout des femmes et des portes en les prenant par la
douceur.

— Le fait est, dit Porthos, que vous êtes un grand
moraliste.

— Entrons, dit d'Artagnan.

Ils entrèrent. Derrière un vitrage, à la lueur de la
lanterne du cardinal, posée à terre au milieu de la galerie,
on voyait les orangers et les grenadiers du château de
Rueil alignés en longues files formant une grande allée
et deux allées latérales plus petites.

— Pas de cardinal, dit d'Artagnan, mais sa lampe
seule; où diable est-il donc?

Et comme il explorait une des ailes latérales, après
avoir fait signe à Porthos d'explorer l'autre, il vit tout à
coup à sa gauche une caisse écartée de son rang, et, à la
place de cette caisse, un trou béant.

Dix hommes eussent eu de la peine à faire mouvoir
cette caisse, mais, par un mécanisme quelconque, elle
avait tourné avec la dalle qui la supportait.

D'Artagnan, comme nous l'avons dit, vit un trou à
cette place, et, dans ce trou, les degrés de l'escalier
tournant.

Il appela Porthos de la main et lui montra le trou et
les degrés.

Les deux hommes se regardèrent avec une mine effarée.

— Si nous ne voulions que de l'or, dit tout bas d'Artagnan, nous aurions trouvé notre affaire et nous serions riches à tout jamais.

— Comment cela ?

— Ne comprenez-vous pas, Porthos, qu'au bas de cet escalier est, selon toute probabilité, ce fameux trésor du cardinal, dont on parle tant, et que nous n'aurions qu'à descendre, vider une caisse, enfermer dedans le cardinal à double tour, nous en aller en emportant ce que nous pourrions traîner d'or, remettre à sa place cet oranger, et que personne au monde ne viendrait nous demander d'où nous vient notre fortune, pas même le cardinal ?

— Ce serait un beau coup pour des manants, dit Porthos, mais indigne, ce me semble, de deux gentils-hommes.

— C'est mon avis, dit d'Artagnan, aussi ai-je dit : « Si nous ne voulions que de l'or... » mais nous voulons autre chose.

Au même instant, et comme d'Artagnan penchait la tête vers le caveau pour écouter, un son métallique et sec comme celui d'un sac d'or qu'on remue vint frapper son oreille ; il tressaillit. Aussitôt une porte se referma et les premiers reflets d'une lumière parurent dans l'escalier.

Mazarin avait laissé sa lampe dans l'orangerie pour faire croire qu'il se promenait. Mais il avait une bougie de cire pour explorer son mystérieux coffre-fort.

— Hé ! dit-il en italien, tandis qu'il remontait les marches en examinant un sac de réaux à la panse arrondie ; hé ! voilà de quoi payer cinq conseillers au Parlement et deux généraux de Paris. Moi aussi je suis un grand capitaine, seulement je fais la guerre à ma façon...

D'Artagnan et Porthos s'étaient tapis chacun dans une allée latérale, derrière une caisse, et attendaient.

Mazarin vint, à trois pas de d'Artagnan, pousser un ressort caché dans le mur. La dalle tourna, et l'oranger supporté par elle revint de lui-même prendre sa place.

Alors le cardinal éteignit sa bougie, qu'il remit dans sa poche ; et, reprenant sa lampe :

— Allons voir M. de La Fère, dit-il.

« Bon! c'est notre chemin, pensa d'Artagnan, nous irons ensemble. »

Tous trois se mirent en marche, M. de Mazarin suivant l'allée du milieu, et Porthos et d'Artagnan les allées parallèles. Ces deux derniers évitaient avec soin ces longues lignes lumineuses que traçait à chaque pas entre les caisses la lampe du cardinal.

Celui-ci arriva à une seconde porte vitrée sans s'être aperçu qu'il était suivi, le sable mou amortissant le bruit des pas de ses deux accompagnateurs.

Puis il tourna sur la gauche, prit un corridor auquel Porthos et d'Artagnan n'avaient pas encore fait attention, mais, au moment d'en ouvrir la porte, il s'arrêta pensif.

— Ah! diavolo! dit-il, j'oubliais la recommandation de Comminges. Il me faut prendre les soldats et les placer à cette porte, afin de ne pas me mettre à la merci de ce diable à quatre. Allons.

Et, avec un mouvement d'impatience, il se retourna pour revenir sur ses pas.

— Ne vous donnez pas la peine, Monseigneur, dit d'Artagnan le pied en avant, le feutre à la main et la figure gracieuse, nous avons suivi Votre Éminence pas à pas, et nous voici.

— Oui, nous voici, dit Porthos.

Et il fit le même geste d'agréable salutation.

Mazarin porta ses yeux effarés de l'un à l'autre, les reconnut tous deux, et laissa échapper sa lanterne en poussant un gémissement d'épouvante.

D'Artagnan la ramassa; par bonheur elle ne s'était pas éteinte dans la chute.

— Oh! quelle imprudence, Monseigneur! dit d'Artagnan; il ne fait pas bon à aller ici sans lumière! Votre Éminence pourrait se cogner contre quelque caisse ou tomber dans quelque trou.

— Monsieur d'Artagnan! murmura Mazarin, qui ne pouvait revenir de son étonnement.

— Oui, Monseigneur, moi-même, et j'ai l'honneur de vous présenter M. du Vallon, cet excellent ami à moi auquel Votre Éminence a eu la bonté de s'intéresser si vivement autrefois.

Et d'Artagnan dirigea la lumière de la lampe vers le visage joyeux de Porthos, qui commençait à comprendre et qui en était tout fier.

— Vous alliez chez M. de La Fère, continua d'Artagnan. Que nous ne vous gênions pas, Monseigneur.
Veuillez nous montrer le chemin, et nous vous suivrons.

Mazarin reprenait peu à peu ses esprits.

— Y a-t-il longtemps que vous êtes dans l'orangerie,
Messieurs? demanda-t-il d'une voix tremblante en songeant à la visite qu'il venait de faire à son trésor.

Porthos ouvrit la bouche pour répondre, d'Artagnan
lui fit un signe, et la bouche de Porthos, demeurée
muette, se referma graduellement.

— Nous arrivons à l'instant même, Monseigneur, dit
d'Artagnan.

Mazarin respira : il ne craignait plus pour son trésor;
il ne craignait que pour lui-même. Une espèce de sourire
passa sur ses lèvres.

— Allons, dit-il, vous m'avez pris au piège, Messieurs,
et je me déclare vaincu. Vous voulez me demander
votre liberté, n'est-ce pas? Je vous la donne.

— Oh! Monseigneur, dit d'Artagnan, vous êtes bien
bon; mais notre liberté, nous l'avons, et nous aimerions
autant vous demander autre chose.

— Vous avez votre liberté? dit Mazarin tout effrayé.

— Sans doute, et c'est au contraire vous, Monseigneur, qui avez perdu la vôtre, et maintenant, que
voulez-vous, Monseigneur, c'est la loi de la guerre, il
s'agit de la racheter.

Mazarin se sentit frissonner jusqu'au fond du cœur.
Son regard si perçant se fixa en vain sur la face moqueuse
du Gascon et sur le visage impassible de Porthos. Tous
deux étaient cachés dans l'ombre, et la sibylle de Cumes
elle-même n'aurait pas su y lire.

— Racheter ma liberté! répéta Mazarin.

— Oui, Monseigneur.

— Et combien cela me coûtera-t-il, Monsieur d'Artagnan?

— Dame, Monseigneur, je ne sais pas encore. Nous
allons demander cela au comte de La Fère, si Votre
Éminence veut bien le permettre. Que Votre Éminence
daigne donc ouvrir la porte qui mène chez lui, et dans
dix minutes elle sera fixée.

Mazarin tressaillit.

— Monseigneur, dit d'Artagnan, Votre Éminence
voit combien nous y mettons de formes, mais cependant

nous sommes obligés de la prévenir que nous n'avons
pas de temps à perdre; ouvrez donc, Monseigneur, s'il
vous plaît, et veuillez vous souvenir, une fois pour
toutes, qu'au moindre mouvement que vous feriez pour
fuir, au moindre cri que vous pousseriez pour échapper,
notre position étant tout exceptionnelle, il ne faudrait
pas nous en vouloir si nous nous portions à quelque
extrémité.

— Soyez tranquilles, Messieurs, dit Mazarin, je ne
tenterai rien, je vous en donne ma parole d'honneur.

D'Artagnan fit signe à Porthos de redoubler de
surveillance, puis, se retournant vers Mazarin :

— Maintenant, Monseigneur, entrons, s'il vous plaît.

CONFÉRENCES

MAZARIN fit jouer le verrou d'une double porte, sur le seuil de laquelle se trouva Athos tout prêt à recevoir son illustre visiteur, selon l'avis que Comminges lui avait donné.

En apercevant Mazarin il s'inclina.

— Votre Éminence, dit-il, pouvait se dispenser de se faire accompagner, l'honneur que je reçois est trop grand pour que je l'oublie.

— Aussi, mon cher comte, dit d'Artagnan, Son Éminence ne voulait-elle pas absolument de nous, c'est du Vallon et moi qui avons insisté, d'une façon inconvenante, peut-être, tant nous avions grand désir de vous voir.

A cette voix, à son accent railleur, à ce geste si connu qui accompagnait cet accent et cette voix, Athos fit un bond de surprise.

— D'Artagnan! Porthos! s'écria-t-il.

— En personne, cher ami.

— En personne, répéta Porthos.

— Que veut dire ceci? demanda le comte.

— Ceci veut dire, répondit Mazarin, en essayant, comme il l'avait déjà fait, de sourire et en se mordant les lèvres en souriant, cela veut dire que les rôles ont changé, et qu'au lieu que ces Messieurs soient mes prisonniers, c'est moi qui suis le prisonnier de ces Messieurs, si bien que vous me voyez forcé de recevoir ici la loi au lieu de la faire. Mais, Messieurs, je vous en préviens, à moins que vous ne m'égorgiez, votre victoire sera de peu de durée, j'aurai mon tour, on viendra...

— Ah! Monseigneur, dit d'Artagnan, ne menacez point; c'est d'un mauvais exemple. Nous sommes si doux et si charmants avec Votre Éminence! Voyons, mettons de côté toute mauvaise humeur, écartons toute rancune, et causons gentiment.

— Je ne demande pas mieux, Messieurs, dit Mazarin;

mais, au moment de discuter ma rançon, je ne veux pas
que vous teniez votre position pour meilleure qu'elle
n'est; en me prenant au piège, vous vous y êtes pris avec
moi. Comment sortirez-vous d'ici? Voyez les grilles,
voyez les portes, voyez ou plutôt devinez les sentinelles
qui veillent derrière ces portes et ces grilles, les soldats
qui encombrent ces cours, et composons. Tenez, je vais
vous montrer que je suis loyal.

« Bon! pensa d'Artagnan, tenons-nous bien, il va
nous jouer un tour. »

— Je vous offrais votre liberté, continua le ministre,
je vous l'offre encore. En voulez-vous? Avant une heure
vous serez découverts, arrêtés, forcés de me tuer, ce qui
serait un crime horrible et tout à fait indigne de loyaux
gentilshommes comme vous.

« Il a raison », pensa Athos.

Et comme toute raison qui passait dans cette âme qui
n'avait que de nobles pensées, sa pensée se refléta dans
ses yeux.

— Aussi, dit d'Artagnan pour corriger l'espoir que
l'adhésion tacite d'Athos avait donné à Mazarin, ne nous
porterons-nous à cette violence qu'à la dernière extrémité.

— Si au contraire, continua Mazarin, vous me laissez
aller en acceptant votre liberté...

— Comment, interrompit d'Artagnan, voulez-vous
que nous acceptions notre liberté, puisque vous pouvez
nous la reprendre, vous le dites vous-même, cinq minutes après nous l'avoir donnée? Et, ajouta d'Artagnan, tel
que je vous connais, Monseigneur, vous nous la repren-
driez.

— Non, foi de cardinal... Vous ne me croyez pas?

— Monseigneur, je ne crois pas aux cardinaux qui ne
sont pas prêtres.

— Eh bien! foi de ministre!

— Vous ne l'êtes plus, Monseigneur, vous êtes prisonnier.

— Alors, foi de Mazarin! Je le suis et le serai toujours,
je l'espère.

— Hum! fit d'Artagnan, j'ai entendu parler d'un
Mazarin qui avait peu de religion pour ses serments, et
j'ai peur que ce ne soit un des ancêtres de Votre Éminence.

— Monsieur d'Artagnan, dit Mazarin, vous avez beaucoup d'esprit, et je suis tout à fait fâché de m'être brouillé avec vous.

— Monseigneur, raccommodons-nous, je ne demande pas mieux.

— Eh bien! dit Mazarin, si je vous mets en sûreté d'une façon évidente, palpable?...

— Ah! c'est autre chose, dit Porthos.

— Voyons, dit Athos.

— Voyons, dit d'Artagnan.

— D'abord, acceptez-vous? demanda le cardinal.

— Expliquez-nous votre plan, Monseigneur, et nous verrons.

— Faites attention que vous êtes enfermés, pris.

— Vous savez bien, Monseigneur, dit d'Artagnan, qu'il nous reste toujours une dernière ressource.

— Laquelle?

— Celle de mourir ensemble.

Mazarin frissonna.

— Tenez, dit-il, au bout du corridor est une porte dont j'ai la clef; cette porte donne dans le parc. Partez avec cette clef. Vous êtes alertes, vous êtes vigoureux, vous êtes armés. A cent pas, en tournant à gauche, vous rencontrerez le mur du parc, vous le franchirez, et en trois bonds vous serez sur la route et libres. Maintenant je vous connais assez pour savoir que si l'on vous attaque, ce ne sera point un obstacle à votre fuite.

— Ah! pardieu! Monseigneur, dit d'Artagnan, à la bonne heure, voilà qui est parlé. Où est cette clef que vous voulez bien nous offrir?

— La voici.

— Ah! Monseigneur, dit d'Artagnan, vous nous conduirez bien vous-même jusqu'à cette porte.

— Très volontiers, dit le ministre, s'il vous faut cela pour vous tranquilliser.

Mazarin, qui n'espérait pas en être quitte à si bon marché, se dirigea tout radieux vers le corridor et ouvrit porte.

Elle donnait bien sur le parc, et les trois fugitifs s'en aperçurent au vent de la nuit qui s'engouffra dans le corridor et leur fit voler la neige au visage.

— Diable! diable! dit d'Artagnan, il fait une nuit horrible, Monseigneur. Nous ne connaissons pas les

localités et jamais nous ne trouverons notre chemin.
Puisque Votre Éminence a tant fait que de venir jusqu'ici
quelques pas encore, Monseigneur... conduisez-nous au
mur.

— Soit, dit le cardinal.

Et, coupant en ligne droite, il marcha d'un pas rapide
vers le mur, au pied duquel tous quatre furent en un
instant.

— Êtes-vous contents, Messieurs? demanda Mazarin.

— Je crois bien! nous serions difficiles! Peste! quel
honneur! trois pauvres gentilshommes escortés par un
prince de l'Église! Ah! à propos, Monseigneur, vous
disiez tout à l'heure que nous étions braves, alertes et
armés?

— Oui.

— Vous vous trompez : il n'y a d'armés que M. du
Vallon et moi; M. le comte ne l'est pas, et si nous étions
rencontrés par quelque patrouille, il faut que nous
puissions nous défendre.

— C'est trop juste.

— Mais où trouverons-nous une épée? demanda
Porthos.

— Monseigneur, dit d'Artagnan, prêtera au comte
la sienne qui lui est inutile.

— Bien volontiers, dit le cardinal; je prierai même
Monsieur le comte de vouloir bien la garder en souvenir
de moi.

— J'espère que voilà qui est galant, comte! dit
d'Artagnan.

— Aussi, répondit Athos, je promets à Monseigneur
de ne jamais m'en séparer.

— Bien, dit d'Artagnan, échange de procédés, comme
c'est touchant! N'en avez-vous point les larmes aux
yeux, Porthos?

— Oui, dit Porthos; mais je ne sais si c'est cela ou
si c'est le vent qui me fait pleurer. Je crois que c'est le
vent.

— Maintenant montez, Athos, fit d'Artagnan, et
faites vite.

Athos, aidé de Porthos, qui l'enleva comme une plume,
arriva sur le perron.

— Maintenant sautez, Athos.

Athos sauta et disparut de l'autre côté du mur.

— Êtes-vous à terre? demanda d'Artagnan.

— Oui.

— Sans accident?

— Parfaitement sain et sauf.

— Porthos, observez M. le cardinal tandis que je vais monter; non, je n'ai pas besoin de vous, je monterai bien tout seul. Observez M. le cardinal, voilà tout.

— J'observe, dit Porthos. Eh bien?...

— Vous avez raison, c'est plus difficile que je ne croyais, prêtez-moi votre dos, mais sans lâcher M. le cardinal.

— Je ne le lâche pas.

Porthos prêta son dos à d'Artagnan, qui en un instant, grâce à cet appui, fut à cheval sur le couronnement du mur.

Mazarin affectait de rire.

— Y êtes-vous? demanda Porthos.

— Oui, mon ami, et maintenant...

— Maintenant, quoi?

— Maintenant, passez-moi M. le cardinal, et au moindre cri qu'il poussera, étouffez-le.

Mazarin voulut s'écrier; mais Porthos l'étreignit de ses deux mains et l'éleva jusqu'à d'Artagnan, qui, à son tour, le saisit au collet et l'assit près de lui. Puis d'un ton menaçant :

— Monsieur, sautez à l'instant même en bas, près de M. de La Fère, ou je vous tue, foi de gentilhomme!

— Monsou, monsou, s'écria Mazarin, vous manquez la foi promise.

— Moi! Où vous ai-je promis quelque chose, Monseigneur?

Mazarin poussa un gémissement.

— Vous êtes libre par moi, Monsieur, dit-il, votre liberté c'était ma rançon.

— D'accord; mais la rançon de cet immense trésor enfoui dans la galerie et près duquel on descend en poussant un ressort caché dans la muraille, lequel fait tourner une caisse qui, en tournant, découvre un escalier, ne faut-il pas aussi en parler un peu, dites, Monseigneur?

— Jésous! dit Mazarin presque suffoqué et en joignant les mains, Jésous mon Diou! Je suis un homme perdu.

Mais, sans s'arrêter à ses plaintes, d'Artagnan le prit

par-dessous le bras et le fit glisser doucement aux mains
d'Athos, qui était demeuré impassible au bas de la
muraille.

Alors, se retournant vers Porthos :

— Prenez ma main, dit d'Artagnan; je me tiens au
mur.

Porthos fit un effort qui ébranla la muraille, et à son
tour il arriva au sommet.

— Je n'avais pas compris tout à fait, dit-il, mais je
comprends maintenant; c'est très drôle.

— Trouvez-vous? dit d'Artagnan; tant mieux! Mais
pour que ce soit drôle jusqu'au bout, ne perdons pas de
temps.

Et il sauta au bas du mur.

Porthos en fit autant.

— Accompagnez M. le cardinal, Messieurs, dit d'Artagnan, moi, je sonde le terrain.

Le Gascon tira son épée et marcha à l'avant-garde.

— Monseigneur, dit-il, par où faut-il tourner pour
gagner la grande route? Réfléchissez bien avant de
répondre; car si Votre Éminence se trompait, cela pourrait avoir de graves inconvénients, non seulement pour
nous, mais encore pour elle.

— Longez le mur, Monsieur, dit Mazarin, et vous ne
risquez pas de vous perdre.

Les trois amis doublèrent le pas, mais au bout de
quelques instants ils furent obligés de ralentir leur marche; quoiqu'il y mît toute la bonne volonté possible, le
cardinal ne pouvait les suivre.

Tout à coup d'Artagnan se heurta à quelque chose de
tiède qui fit un mouvement.

— Tiens! un cheval, dit-il; je viens de trouver un
cheval, Messieurs!

— Et moi aussi! dit Athos.

— Et moi aussi! dit Porthos, qui, fidèle à la consigne
tenait toujours le cardinal par le bras.

— Voilà ce qui s'appelle de la chance, Monseigneur
dit d'Artagnan, juste au moment où Votre Éminence se
plaignait d'être obligée d'aller à pied...

Mais, au moment où il prononçait ces mots, un canon
de pistolet s'abaissa sur sa poitrine; il entendit ces mots
prononcés gravement :

— Touchez pas!

— Grimaud! s'écria-t-il, Grimaud! que fais-tu là?
Est-ce le ciel qui t'envoie?

— Non, Monsieur, dit l'honnête domestique, c'est
M. Aramis qui m'a dit de garder les chevaux.

— Aramis est donc ici?

— Oui, Monsieur, depuis hier.

— Et que faites-vous?

— Nous guettons.

— Quoi! Aramis est ici? répéta Athos.

— A la petite porte du château. C'était là son poste.

— Vous êtes donc nombreux?

— Nous sommes soixante.

— Fais-le prévenir.

— A l'instant même, Monsieur.

Et, pensant que personne ne ferait mieux la commission que lui, Grimaud partit à toutes jambes, tandis que,
venant d'être enfin réunis, les trois amis attendaient.

Il n'y avait dans tout le groupe que M. de Mazarin
qui fût de fort mauvaise humeur.

OÙ L'ON COMMENCE À CROIRE
QUE PORTHOS SERA ENFIN BARON
ET D'ARTAGNAN CAPITAINE

Au bout de dix minutes Aramis arriva accompagné de Grimaud et de huit ou dix gentilshommes. Il était tout radieux, et se jeta au cou de ses amis.

— Vous êtes donc libres, frères! libres sans mon aide! Je n'aurai donc rien pu faire pour vous malgré tous mes efforts!

— Ne vous désolez pas, cher ami. Ce qui est différé n'est pas perdu. Si vous n'avez pas pu faire, vous ferez.

— J'avais cependant bien pris mes mesures, dit Aramis. J'ai obtenu soixante hommes de M. le coadjuteur; vingt gardent les murs du parc, vingt la route de Rueil à Saint-Germain, vingt sont disséminés dans les bois. J'ai intercepté ainsi, et grâce à ces dispositions stratégiques, deux courriers de Mazarin à la reine.

Mazarin dressa les oreilles.

— Mais, dit d'Artagnan, vous les avez honnêtement, je l'espère, renvoyés à M. le cardinal?

— Ah! oui, dit Aramis, c'est bien avec lui que je me piquerais de semblable délicatesse! Dans l'une de ces dépêches, le cardinal déclare à la reine que les coffres sont vides et que Sa Majesté n'a plus d'argent; dans l'autre, il annonce qu'il va faire transporter ses prisonniers à Melun, Rueil ne lui paraissant pas une localité assez sûre. Vous comprenez, cher ami, que cette dernière lettre m'a donné bon espoir. Je me suis embusqué avec mes soixante hommes, j'ai cerné le château, j'ai fait préparer des chevaux de main que j'ai confiés à l'intelligent Grimaud, et j'ai attendu votre sortie; je n'y comptais guère que pour demain matin, et je n'espérais pas vous délivrer sans escarmouche. Vous êtes libres ce soir, libres sans combat, tant mieux! Comment avez-vous fait pour échapper à ce pleutre de Mazarin? Vous devez avoir eu fort à vous en plaindre.

— Mais pas trop, dit d'Artagnan.

— Vraiment!

— Je dirai même plus, nous avons eu à nous louer de lui.

— Impossible!

— Si fait, en vérité; c'est grâce à lui que nous sommes libres.

— Grâce à lui?

— Oui, il nous a fait conduire dans l'orangerie par M. Bernouin, son valet de chambre, puis de là nous l'avons suivi jusque chez le comte de La Fère. Alors il nous a offert de nous rendre notre liberté, nous avons accepté, et il a poussé la complaisance jusqu'à nous montrer le chemin et nous conduire au mur du parc, que nous venions d'escalader avec le plus grand bonheur, quand nous avons rencontré Grimaud.

— Ah! bien, dit Aramis, voici qui me raccommode avec lui, et je voudrais qu'il fût là pour lui dire que je ne le croyais pas capable d'une si belle action.

— Monseigneur, dit d'Artagnan incapable de se contenir plus longtemps, permettez que je vous présente M. le chevalier d'Herblay, qui désire offrir, comme vous avez pu l'entendre, ses félicitations respectueuses à Votre Éminence.

Et il se retira, démasquant Mazarin confus aux regards effarés d'Aramis.

— Oh! oh! fit celui-ci, le cardinal? Belle prise! Holà! holà! amis! les chevaux! les chevaux!

Quelques cavaliers accoururent.

— Pardieu! dit Aramis, j'aurai donc été utile à quelque chose. Monseigneur, daigne Votre Éminence recevoir tous mes hommages! Je parie que c'est ce saint Christophe de Porthos qui a encore fait ce coup-là? A propos, j'oubliais...

Et il donna tout bas un ordre à un cavalier.

— Je crois qu'il serait prudent de partir, dit d'Artagnan.

— Oui, mais j'attends quelqu'un... un ami d'Athos.

— Un ami? dit le comte.

— Et tenez, le voilà qui arrive au galop à travers les broussailles.

— Monsieur le comte! Monsieur le comte! cria une jeune voix qui fit tressaillir Athos.

— Raoul! Raoul! s'écria le comte de La Fère.

Un instant le jeune homme oublia son respect habituel; il se jeta au cou de son père.

— Voyez, Monsieur le cardinal, n'eût-ce pas été dommage de séparer des gens qui s'aiment comme nous nous aimons! Messieurs, continua Aramis en s'adressant aux cavaliers qui se réunissaient plus nombreux à chaque instant, Messieurs, entourez Son Éminence pour lui faire honneur; elle veut bien nous accorder la faveur de sa compagnie; vous lui en serez reconnaissants, je l'espère. Porthos, ne perdez pas de vue Son Éminence.

Et Aramis se réunit à d'Artagnan et à Athos, qui délibéraient, et délibéra avec eux.

— Allons, dit d'Artagnan après cinq minutes de conférence, en route!

— Et où allons-nous? demanda Porthos.

— Chez vous, cher ami, à Pierrefonds; votre beau château est digne d'offrir son hospitalité seigneuriale à Son Éminence. Et puis, très bien situé, ni trop près ni trop loin de Paris; on pourra de là établir des communications faciles avec la capitale. Venez, Monseigneur, vous serez là comme un prince, que vous êtes.

— Prince déchu, dit piteusement Mazarin.

— La guerre a ses chances, Monseigneur, répondit Athos, mais soyez assuré que nous n'en abuserons point.

— Non, mais nous en userons, dit d'Artagnan.

Tout le reste de la nuit, les ravisseurs coururent avec cette rapidité infatigable d'autrefois; Mazarin, sombre et pensif, se laissait entraîner au milieu de cette course de fantômes.

A l'aube, on avait fait douze lieues d'une seule traite; la moitié de l'escorte était harassée, quelques chevaux tombèrent.

— Les chevaux d'aujourd'hui ne valent pas ceux d'autrefois, dit Porthos, tout dégénère.

— J'ai envoyé Grimaud à Dammartin, dit Aramis; il doit nous ramener cinq chevaux frais, un pour Son Éminence, quatre pour nous. Le principal est que nous ne quittions pas Monseigneur; le reste de l'escorte nous rejoindra plus tard; une fois Saint-Denis passé, nous n'avons plus rien à craindre.

Grimaud ramena effectivement cinq chevaux; le seigneur auquel il s'était adressé, étant un ami de Porthos,

'était empressé, non pas de les vendre, comme on le lui
vait proposé, mais de les offrir. Dix minutes après,
'escorte s'arrêtait à Ermenonville; mais les quatre amis
couraient avec une ardeur nouvelle, escortant M. de
Mazarin.

A midi on entrait dans l'avenue du château de Por-
hos.

— Ah! fit Mousqueton, qui était placé près de
d'Artagnan et qui n'avait pas soufflé un seul mot pendant toute la route; ah! vous me croirez si vous voulez,
Monsieur, mais voilà la première fois que je respire
depuis mon départ de Pierrefonds.

Et il mit son cheval au galop pour annoncer aux autres
erviteurs l'arrivée de M. du Vallon et de ses amis.

— Nous sommes quatre, dit d'Artagnan à ses amis,
nous nous relayons pour garder Monseigneur, et chacun
de nous veillera trois heures. Athos va visiter le château,
qu'il s'agit de rendre imprenable en cas de siège, Porthos
veillera aux approvisionnements, et Aramis aux entrées
des garnisons; c'est-à-dire qu'Athos sera ingénieur en
chef, Porthos munitionnaire général, et Aramis gouverneur de la place.

En attendant, on installa Mazarin dans le plus bel
appartement du château.

— Messieurs, dit-il quand cette installation fut faite,
vous ne comptez pas, je présume, me garder ici longtemps incognito?

— Non, Monseigneur, répondit d'Artagnan, et, tout
au contraire, comptons-nous publier bien vite que nous
vous tenons.

— Alors on vous assiégera.

— Nous y comptons bien.

— Et que ferez-vous?

— Nous nous défendrons. Si feu M. le cardinal de
Richelieu vivait encore, il vous raconterait une certaine
histoire d'un bastion Saint-Gervais, où nous avons tenu
à nous quatre, avec nos quatre laquais et douze morts,
contre toute une armée.

— Ces prouesses-là se font une fois, Monsieur, et ne
se renouvellent pas.

— Aussi, aujourd'hui, n'aurons-nous pas besoin
d'être si héroïques; demain l'armée parisienne sera prévenue, après-demain elle sera ici. La bataille, au lieu de

se livrer à Saint-Denis ou à Charenton, se livrera donc
vers Compiègne ou Villers-Cotterets.

— Monsieur le Prince vous battra, comme il vous
a toujours battus.

— C'est possible, Monseigneur; mais avant la bataille
nous ferons filer Votre Éminence sur un autre château
de notre ami du Vallon, et il en a trois comme celui-ci.
Nous ne voulons pas exposer Votre Éminence aux
hasards de la guerre.

— Allons, dit Mazarin, je vois qu'il faudra capituler.

— Avant le siège?

— Oui, les conditions seront peut-être meilleures.

— Ah! Monseigneur, pour ce qui est des conditions,
vous verrez comme nous sommes raisonnables.

— Voyons, quelles sont-elles, vos conditions?

— Reposez-vous d'abord, Monseigneur, et nous,
nous allons réfléchir.

— Je n'ai pas besoin de repos, Messieurs, j'ai besoin
de savoir si je suis entre des mains amies ou ennemies.

— Amies, Monseigneur, amies!

— Eh bien, alors, dites-moi tout de suite ce que vous
voulez, afin que je voie si un arrangement est possible
entre nous. Parlez, Monsieur le comte de La Fère.

— Monseigneur, dit Athos, je n'ai rien à demander
pour moi et j'aurais trop à demander pour la France.
Je me récuse donc et passe la parole à M. le chevalier
d'Herblay.

Athos, s'inclinant, fit un pas en arrière et demeura
debout, appuyé contre la cheminée, en simple spectateur
de la conférence.

— Parlez donc, Monsieur le chevalier d'Herblay,
dit le cardinal. Que désirez-vous? Pas d'ambages, pas
d'ambiguïtés. Soyez clair, court et précis.

— Moi, Monseigneur, je jouerai cartes sur table.

— Abattez donc votre jeu.

— J'ai dans ma poche, dit Aramis, le programme des
conditions qu'est venue vous imposer avant-hier à Saint-
Germain la députation dont je faisais partie. Respectons
d'abord les droits anciens; les demandes qui seront
portées au programme seront accordées.

— Nous étions presque d'accord sur celles-là, dit
Mazarin, passons donc aux conditions particulières.

— Vous croyez donc qu'il y en aura? dit en souriant Aramis.

— Je crois que vous n'aurez pas tous le même désintéressement que M. le comte de La Fère, dit Mazarin en le retournant vers Athos en le saluant.

— Ah! Monseigneur, vous avez raison, dit Aramis, et je suis heureux de voir que vous rendez enfin justice au comte. M. de La Fère est un esprit supérieur qui plane au-dessus des désirs vulgaires et des passions humaines; c'est une âme antique et fière. M. le comte est un homme à part. Vous avez raison, Monseigneur, nous ne le valons pas, et nous sommes les premiers à le confesser avec vous.

— Aramis, dit Athos, raillez-vous?

— Non, mon cher comte, non, je dis ce que nous pensons et ce que pensent tous ceux qui vous connaissent. Mais vous avez raison, ce n'est pas de vous qu'il s'agit, c'est de Monseigneur et de son indigne serviteur le chevalier d'Herblay.

— Eh bien! que désirez-vous, Monsieur, outre les conditions générales sur lesquelles nous reviendrons?

— Je désire, Monseigneur, qu'on donne la Normandie à Mme de Longueville, avec l'absolution pleine et entière et cinq cent mille livres. Je désire que Sa Majesté le roi daigne être le parrain du fils dont elle vient d'accoucher ; puis que Monseigneur, après avoir assisté au baptême, aille présenter ses hommages à Notre Saint-Père le pape.

— C'est-à-dire que vous voulez que je me démette de mes fonctions de ministre, que je quitte la France, que je m'exile?

— Je veux que Monseigneur soit pape à la première vacance, me réservant alors de lui demander des indulgences plénières pour moi et mes amis.

Mazarin fit une grimace intraduisible.

— Et vous, Monsieur? demanda-t-il à d'Artagnan.

— Moi, Monseigneur, dit le Gascon, je suis en tout point du même avis que M. le chevalier d'Herblay, excepté sur le dernier article, sur lequel je diffère entièrement de lui. Loin de vouloir que Monseigneur quitte la France, je veux qu'il demeure à Paris; loin de désirer qu'il devienne pape, je désire qu'il demeure premier ministre, car Monseigneur est un grand politique. Je tâcherai même, autant qu'il dépendra de moi,

qu'il ait le dé sur la Fronde tout entière; mais à la
condition qu'il se souviendra quelque peu des fidèles
serviteurs du roi, et qu'il donnera la première compagnie de mousquetaires à quelqu'un que je désignerai.
Et vous, du Vallon?

— Oui, à votre tour, Monsieur, dit Mazarin, parlez.

— Moi, dit Porthos, je voudrais que Monsieur le
cardinal, pour honorer ma maison qui lui a donné asile,
voulût bien, en mémoire de cette aventure, ériger ma
terre en baronnie, avec promesse de l'ordre pour un
de mes amis à la première promotion que fera Sa Majesté.

— Vous savez, Monsieur, que pour recevoir l'ordre
il faut faire des preuves.

— Cet ami les fera. D'ailleurs, s'il le fallait absolument, Monseigneur lui dirait comment on évite cette
formalité.

Mazarin se mordit les lèvres, le coup était direct, et
il reprit assez sèchement:

— Tout cela se concilie fort mal, ce me semble,
Messieurs; car si je satisfais les uns, je mécontente nécessairement les autres. Si je reste à Paris, je ne puis
aller à Rome; si je deviens pape, je ne puis rester ministre, et si je ne suis pas ministre, je ne puis pas faire
M. d'Artagnan capitaine et M. du Vallon baron.

— C'est vrai, dit Aramis. Aussi, comme je fais mino-
rité, je retire ma proposition en ce qui est du voyage de
Rome et de la démission de Monseigneur.

— Je demeure donc ministre? dit Mazarin.

— Vous demeurez ministre, c'est entendu, Monseigneur, dit d'Artagnan; la France a besoin de vous.

— Et moi je me désiste de mes prétentions, reprit
Aramis, Son Éminence restera premier ministre, et
même favori de Sa Majesté, si elle veut m'accorder, à
moi et à mes amis, ce que nous demandons pour la
France et pour nous.

— Occupez-vous de vous, Messieurs, et laissez la
France s'arranger avec moi comme elle l'entendra, dit
Mazarin.

— Non pas! non pas! reprit Aramis, il faut un traité
aux frondeurs, et votre Éminence voudra bien le rédiger
et le signer devant nous, en s'engageant par le même
traité à obtenir la ratification de la reine.

— Je ne puis répondre que de moi, dit Mazarin, je ne puis répondre de la reine. Et si Sa Majesté refuse?

— Oh! dit d'Artagnan; Monseigneur sait bien que Sa Majesté n'a rien à lui refuser.

— Tenez, Monseigneur, dit Aramis, voici le traité proposé par la députation des frondeurs; plaise à Votre Éminence de le lire et de l'examiner.

— Je le connais, dit Mazarin.

— Alors signez-le donc.

— Réfléchissez, Messieurs, qu'une signature donnée dans les circonstances où nous sommes pourrait être considérée comme arrachée par la violence.

— Monseigneur sera là pour dire qu'elle a été donnée volontairement.

— Mais enfin, si je refuse?

— Alors, Monseigneur, dit d'Artagnan, Votre Éminence ne pourra s'en prendre qu'à elle des conséquences de son refus.

— Vous oseriez porter la main sur un cardinal?

— Vous l'avez bien portée, Monseigneur, sur des mousquetaires de Sa Majesté!

— La reine me vengera, Messieurs!

— Je n'en crois rien, quoique je ne pense pas que la bonne envie lui en manque; mais nous irons à Paris avec Votre Éminence, et les Parisiens sont gens à nous défendre...

— Comme on doit être inquiet en ce moment à Rueil et à Saint-Germain! dit Aramis; comme on doit se demander où est le cardinal, ce qu'est devenu le ministre, où est passé le favori! Comme on doit chercher Monseigneur dans tous les coins et recoins! Comme on doit faire des commentaires, et si la Fronde sait la disparition de Monseigneur, comme la Fronde doit triompher!

— C'est affreux, murmura Mazarin.

— Signez donc le traité, Monseigneur, dit Aramis.

— Mais si je le signe et que la reine refuse de le ratifier?

— Je me charge d'aller voir Sa Majesté, dit d'Artagnan, et d'obtenir sa signature.

— Prenez garde, dit Mazarin, de ne pas recevoir à Saint-Germain l'accueil que vous croyez avoir le droit d'attendre.

— Ah bah! dit d'Artagnan, je m'arrangerai de manière à être le bienvenu; je sais un moyen.

— Lequel?

— Je porterai à Sa Majesté la lettre par laquelle Monseigneur lui annonce le complet épuisement des finances.

— Ensuite? dit Mazarin pâlissant.

— Ensuite, quand je verrai Sa Majesté au comble de l'embarras, je la mènerai à Rueil, je la ferai entrer dans l'orangerie, et je lui indiquerai certain ressort qui fait mouvoir une caisse.

— Assez, Monsieur, murmura le cardinal, assez! Où est le traité?

— Le voici, dit Aramis.

— Vous voyez que nous sommes généreux, dit d'Artagnan, car nous pouvions faire bien des choses avec un pareil secret.

— Donc, signez, dit Aramis en lui présentant la plume.

Mazarin se leva, se promena quelques instants, plutôt rêveur qu'abattu. Puis s'arrêtant tout à coup:

— Et quand j'aurai signé, Messieurs, quelle sera ma garantie?

— Ma parole d'honneur, Monsieur, dit Athos.

Mazarin tressaillit, se retourna vers le comte de La Fère, examina un instant ce visage noble et loyal, et prenant la plume:

— Cela me suffit, Monsieur le comte, dit-il.

Et il signa.

— Et maintenant, Monsieur d'Artagnan, ajouta-t-il préparez-vous à partir pour Saint-Germain et à porter une lettre de moi à la reine.

COMME QUOI AVEC UNE PLUME
ET UNE MENACE ON FAIT PLUS VITE ET MIEUX
QU'AVEC UNE ÉPÉE ET DU DÉVOUEMENT

D'Artagnan connaissait sa mythologie : il savait que l'occasion n'a qu'une touffe de cheveux par laquelle on puisse la saisir, et il n'était pas homme à la laisser passer sans l'arrêter par le toupet. Il organisa un système de voyage prompt et sûr en envoyant d'avance des chevaux de relais à Chantilly, de façon qu'il pouvait être à Paris en cinq ou six heures. Mais, avant de partir, il réfléchit que, pour un garçon d'esprit et d'expérience, c'était une singulière position que de marcher à l'incertain en laissant le certain derrière soi.

— En effet, se dit-il au moment de monter à cheval pour remplir sa dangereuse mission, Athos est un héros de roman pour la générosité; Porthos, une nature excellente, mais facile à influencer; Aramis, un visage hiéroglyphique, c'est-à-dire toujours illisible. Que produiront ces trois éléments quand je ne serai plus là pour les relier entre eux?... la délivrance du cardinal peut-être. Or, la délivrance du cardinal, c'est la ruine de nos espérances, et nos espérances sont jusqu'à présent l'unique récompense de vingt ans de travaux près desquels ceux d'Hercule sont des œuvres de pygmée.

Il alla trouver Aramis.

— Vous êtes, vous, mon cher chevalier d'Herblay, lui dit-il, la Fronde incarnée. Méfiez-vous donc d'Athos, qui ne veut faire les affaires de personne, pas même les siennes. Méfiez-vous surtout de Porthos, qui, pour plaire au comte, qu'il regarde comme la Divinité sur la terre, l'aidera à faire évader Mazarin, si Mazarin a seulement l'esprit de pleurer ou de faire de la chevalerie.

Aramis sourit de son sourire fin et résolu à la fois.

— Ne craignez rien, dit-il, j'ai mes conditions à poser. Je ne travaille pas pour moi, mais pour les autres.

Il faut que ma petite ambition aboutisse au profit de qui de droit.

« Bon, pensa d'Artagnan, de ce côté je suis tranquille ».

Il serra la main d'Aramis et alla trouver Porthos.

— Ami, lui dit-il, vous avez tant travaillé avec moi à édifier notre fortune, qu'au moment où nous sommes sur le point de recueillir le fruit de nos travaux, ce serait une duperie ridicule à vous que de vous laisser dominer par Aramis, dont vous connaissez la finesse, finesse qui, nous pouvons le dire entre nous, n'est pas toujours exempte d'égoïsme, ou par Athos, homme noble et désintéressé, mais aussi homme blasé, qui, ne désirant plus rien pour lui-même, ne comprend pas que les autres aient des désirs. Que diriez-vous si l'un ou l'autre de nos deux amis vous proposait de laisser aller Mazarin?

— Mais je dirais que nous avons eu trop de mal à le prendre pour le lâcher ainsi.

— Bravo! Porthos, et vous auriez raison, mon ami; car avec lui vous lâcheriez votre baronnie, que vous tenez entre vos mains; sans compter qu'une fois hors d'ici Mazarin vous ferait pendre.

— Bon! vous croyez?

— J'en suis sûr.

— Alors je tuerais plutôt tout que de le laisser échapper.

— Et vous auriez raison. Il ne s'agit pas, vous comprenez, quand nous avons cru faire nos affaires, d'avoir fait celles des frondeurs, qui d'ailleurs n'entendent pas les questions politiques comme nous, qui sommes de vieux soldats.

— N'ayez pas peur, cher ami, dit Porthos; je vous regarde par la fenêtre monter à cheval, je vous suis des yeux jusqu'à ce que vous ayez disparu, puis je reviens m'installer à la porte du cardinal, à une porte vitrée qui donne dans la chambre. De là je verrai tout, et au moindre geste suspect j'extermine.

« Bravo! pensa d'Artagnan, de ce côté, je crois, le cardinal sera bien gardé ».

Et il serra la main du seigneur de Pierrefonds et alla trouver Athos.

— Mon cher Athos, dit-il, je pars. Je n'ai qu'une chose à vous dire : vous connaissez Anne d'Autriche, la captivité de M. de Mazarin garantit seule ma vie; si vous me lâchez, je suis mort.

— Il ne me fallait rien de moins qu'une telle considération, mon cher d'Artagnan, pour me décider à faire le métier de geôlier. Je vous donne ma parole que vous retrouverez le cardinal où vous le laissez.

« Voilà qui me rassure plus que toutes les signatures royales, pensa d'Artagnan. Maintenant que j'ai la parole d'Athos, je puis partir. »

D'Artagnan partit effectivement seul, sans autre escorte que son épée et avec un simple laissez-passer de Mazarin pour parvenir près de la reine.

Six heures après son départ de Pierrefonds, il était à Saint-Germain.

La disparition de Mazarin était encore ignorée; Anne d'Autriche seule la savait et cachait son inquiétude à ses plus intimes. On avait retrouvé dans la chambre de d'Artagnan et de Porthos les deux soldats garrottés et bâillonnés. On leur avait immédiatement rendu l'usage des membres et de la parole; mais ils n'avaient rien autre chose à dire que ce qu'ils savaient, c'est-à-dire comme ils avaient été harponnés, liés et dépouillés. Mais de ce qu'avaient fait Porthos et d'Artagnan une fois sortis, par où les soldats étaient entrés, c'est ce dont ils étaient aussi ignorants que tous les habitants du château.

Bernouin seul en savait un peu plus que les autres. Bernouin, ne voyant pas revenir son maître et entendant sonner minuit, avait pris sur lui de pénétrer dans l'orangerie. La première porte, barricadée avec les meubles, lui avait déjà donné quelques soupçons, mais cependant il n'avait voulu faire part de ses soupçons à personne et avait patiemment frayé son passage au milieu de tout ce déménagement. Puis il était arrivé au corridor, dont il avait trouvé toutes les portes ouvertes. Il en était de même de la porte de la chambre d'Athos et de celle du parc. Arrivé là, il lui fut facile de suivre les pas sur la neige. Il vit que ces pas aboutissaient au mur; de l'autre côté, il retrouva la même trace, puis des piétinements de chevaux, puis les vestiges d'une troupe de cavalerie tout entière qui s'était éloignée dans la direction d'Enghien. Dès lors il n'avait plus conservé aucun doute que le cardinal eût été enlevé par les trois prisonniers, puisque les prisonniers étaient

disparus avec lui, et il avait couru à Saint-Germain pour
prévenir la reine de cette disparition.

Anne d'Autriche lui avait recommandé le silence,
et Bernouin l'avait scrupuleusement gardé, seulement
elle avait fait prévenir M. le Prince, auquel elle avait
tout dit, et M. le Prince avait aussitôt mis en campagne
cinq ou six cents cavaliers, avec ordre de fouiller tous
les environs et de ramener à Saint-Germain toute troupe
suspecte qui s'éloignerait de Rueil, dans quelque direction que ce fût.

Or, comme d'Artagnan ne formait pas une troupe,
puisqu'il était seul, puisqu'il ne s'éloignait pas de Rueil,
puisqu'il allait à Saint-Germain, personne ne fit attention
à lui, et son voyage ne fut aucunement entravé.

En entrant dans la cour du vieux château, la première
personne que vit notre ambassadeur fut Maître Bernouin
en personne, qui, debout sur le seuil, attendait des nouvelles de son maître disparu.

A la vue de d'Artagnan, qui entrait à cheval dans la
cour d'honneur, Bernouin se frotta les yeux et crut se
tromper. Mais d'Artagnan lui fit de la tête un petit signe
amical, mit pied à terre, et, jetant la bride de son cheval
au bras d'un laquais qui passait, il s'avança vers le valet
de chambre, qu'il aborda le sourire sur les lèvres.

— Monsieur d'Artagnan! s'écria celui-ci, pareil à
un homme qui a le cauchemar et qui parle en dormant,
Monsieur d'Artagnan!

— Lui-même, Monsieur Bernouin.

— Et que venez-vous faire ici?

— Apporter des nouvelles de M. de Mazarin, et des
plus fraîches même.

— Et, qu'est-il donc devenu?

. — Il se porte comme vous et moi.

— Il ne lui est donc rien arrivé de fâcheux?

— Rien absolument. Il a seulement éprouvé le
besoin de faire une course dans l'Ile-de-France, et nous
a priés, M. le comte de La Fère, M. du Vallon et moi,
de l'accompagner. Nous étions trop ses serviteurs pour
lui refuser une pareille demande. Nous sommes partis
hier soir, et nous voilà.

— Vous voilà.

— Son Éminence avait quelque chose à faire dire
à Sa Majesté, quelque chose de secret et d'intime, un

mission qui ne pouvait être confiée qu'à un homme sûr, de sorte qu'elle m'a envoyé à Saint-Germain. Ainsi donc, mon cher Monsieur Bernouin, si vous voulez faire quelque chose qui soit agréable à votre maître, prévenez Sa Majesté que j'arrive et dites-lui dans quel but.

Qu'il parlât sérieusement ou que son discours ne fût qu'une plaisanterie, comme il était évident que d'Artagnan était, dans les circonstances présentes, le seul homme qui pût tirer Anne d'Autriche d'inquiétude, Bernouin ne fit aucune difficulté d'aller la prévenir de cette singulière ambassade, et comme il l'avait prévu, la reine lui donna l'ordre d'introduire à l'instant même M. d'Artagnan.

D'Artagnan s'approcha de sa souveraine avec toutes les marques du plus profond respect.

Arrivé à trois pas d'elle, il mit un genou en terre et lui présenta la lettre.

C'était, comme nous l'avons dit, une simple lettre, moitié d'introduction, moitié de créance. La reine la lut, reconnut parfaitement l'écriture du cardinal, quoiqu'elle fût un peu tremblée; et, comme cette lettre ne lui disait rien de ce qui s'était passé, elle demanda des détails.

D'Artagnan lui raconta tout avec cet air naïf et simple qu'il savait si bien prendre dans certaines circonstances.

La reine, à mesure qu'il parlait, le regardait avec un étonnement progressif; elle ne comprenait pas qu'un homme osât concevoir une telle entreprise, et encore moins qu'il eût l'audace de la raconter à celle dont l'intérêt et presque le devoir étaient de la punir.

— Comment, Monsieur! s'écria, quand d'Artagnan eut terminé son récit, la reine rouge d'indignation, vous osez m'avouer votre crime! me raconter votre trahison!

— Pardon, Madame, mais il me semble, ou que je me suis mal expliqué, ou que Votre Majesté m'a mal compris; il n'y a là-dedans ni crime ni trahison. M. de Mazarin nous tenait en prison, M. du Vallon et moi, parce que nous n'avons pu croire qu'il nous ait envoyés en Angleterre pour voir tranquillement couper le cou au roi Charles Ier, le beau-frère du feu roi votre mari, l'époux de Mme Henriette, votre sœur et votre hôte, et que nous avons fait tout ce que nous avons pu pour sauver la vie du martyr royal. Nous étions donc convaincus, mon ami et moi, qu'il y avait là-dessous quelque erreur dont nous

étions victimes, et qu'une explication entre nous et Son
Éminence était nécessaire. Or, pour qu'une explication
porte ses fruits, il faut qu'elle se fasse tranquillement, loin
du bruit des importuns. Nous avons, en conséquence,
emmené M. le cardinal dans le château de mon ami, et
là nous nous sommes expliqués. Eh bien! Madame, ce
que nous avions prévu est arrivé, il y avait erreur. M. de
Mazarin avait pensé que nous avions servi le général
Cromwell, au lieu d'avoir servi le roi Charles, ce qui
eût été une honte qui eût rejailli de nous à lui, de lui
à Votre Majesté, une lâcheté qui eût taché à sa tige la
royauté de votre illustre fils. Or, nous lui avons donné
la preuve du contraire et cette preuve, nous sommes
prêts à la donner à Votre Majesté elle-même, en en
appelant à l'auguste veuve qui pleure dans ce Louvre
où l'a logée votre royale munificence. Cette preuve l'a
si bien satisfait qu'en signe de satisfaction il m'a envoyé,
comme Votre Majesté peut le voir, pour causer avec elle
des réparations naturellement dues à des gentilshommes
mal appréciés et persécutés à tort.

— Je vous écoute et vous admire, Monsieur, dit Anne
d'Autriche. En vérité, j'ai rarement vu un pareil excès
d'impudence.

— Allons, dit d'Artagnan, voici Votre Majesté qui, à
son tour, se trompe sur nos intentions comme avait fait
M. de Mazarin.

— Vous êtes dans l'erreur, Monsieur, dit la reine,
et je me trompe si peu que dans dix minutes vous serez
arrêté et que dans une heure je partirai pour aller délivrer
mon ministre à la tête de mon armée.

— Je suis sûr que Votre Majesté ne commettra point
une pareille imprudence, dit d'Artagnan, d'abord parce
qu'elle serait inutile et qu'elle amènerait les plus graves
résultats. Avant d'être délivré, M. le cardinal serait mort;
et Son Éminence est si bien convaincue de la vérité de ce
que je dis qu'elle m'a au contraire prié, dans le cas où je
verrais Votre Majesté dans ces dispositions, de faire tout
ce que je pourrais pour obtenir qu'elle change de projet.

— Eh bien! je me contenterai donc de vous faire
arrêter.

— Pas davantage, Madame, car le cas de mon arrestation est aussi bien prévu que celui de la délivrance du
cardinal. Si demain, à une heure fixe, je ne suis pas

evenu, après-demain matin M. le cardinal sera conduit
Paris.

— On voit bien, Monsieur, que vous vivez, par votre
osition, loin des hommes et des choses; car autrement
ous sauriez que M. le cardinal a été cinq ou six fois à
Paris, et cela depuis que nous en sommes sortis, et qu'il
a vu M. de Beaufort, M. de Bouillon, M. le coadjuteur,
M. d'Elbeuf, et que pas un n'a eu l'idée de le faire arrêter.

— Pardon, Madame, je sais tout cela; aussi n'est-ce
i à M. de Beaufort, ni à M. de Bouillon, ni à M. le
oadjuteur, ni à M. d'Elbeuf, que mes amis conduiront
M. le cardinal, attendu que ces Messieurs font la guerre
our leur propre compte, et qu'en leur accordant ce
u'ils désirent M. le cardinal en aurait bon marché;
nais bien au Parlement, qu'on peut acheter en détail
ans doute, mais que M. de Mazarin lui-même n'est pas
ssez riche pour acheter en masse.

— Je crois, dit Anne d'Autriche en fixant son regard,
ui, dédaigneux chez une femme, devenait terrible chez
ne reine, je crois que vous menacez la mère de votre roi.

— Madame, dit d'Artagnan, je menace parce qu'on
n'y force. Je me grandis parce qu'il faut que je me place
la hauteur des événements et des personnes. Mais
royez bien une chose, Madame, aussi vrai qu'il y a un
œur qui bat pour vous dans cette poitrine, croyez bien
ue vous avez été l'idole constante de notre vie, que nous
vons, vous le savez bien, mon Dieu, risquée vingt fois
our Votre Majesté. Voyons, Madame, est-ce que Votre
Majesté n'aura pas pitié de ses serviteurs, qui ont depuis
ingt ans végété dans l'ombre, sans laisser échapper
ans un seul soupir les secrets saints et solennels qu'ils
vaient eu le bonheur de partager avec vous? Regardez-
noi, moi qui vous parle, Madame, moi que vous accusez
'élever la voix et de prendre un ton menaçant. Que
uis-je? un pauvre officier sans fortune, sans abri, sans
venir, si le regard de ma reine, que j'ai si longtemps
herché, ne se fixe pas un moment sur moi. Regardez
M. le comte de La Fère, un type de noblesse, une fleur
e la chevalerie; il a pris parti contre sa reine, ou plutôt,
on pas, il a pris parti contre son ministre, et celui-là n'a
as d'exigences, que je crois. Voyez enfin M. du Vallon,
tte âme fidèle, ce bras d'acier, il attend depuis vingt ans
e votre bouche un mot qui le fasse par le blason ce

qu'il est par le sentiment et par la valeur. Voyez enfin
votre peuple, qui est bien quelque chose pour une reine,
votre peuple qui vous aime et qui cependant souffre, que
vous aimez et qui cependant a faim, qui ne demande pas
mieux que de vous bénir et qui cependant vous... Non,
j'ai tort; jamais votre peuple ne vous maudira, Madame.
Eh bien! dites un mot, et tout est fini, et la paix succède
à la guerre, la joie aux larmes, le bonheur aux calamités.

Anne d'Autriche regarda avec un certain étonnement
le visage martial de d'Artagnan, sur lequel on pouvait
lire une expression singulière d'attendrissement.

— Que n'avez-vous dit tout cela avant d'agir! dit-elle.

— Parce que, Madame, il s'agissait de prouver à Votre
Majesté une chose dont elle doutait, ce me semble : c'est
que nous avons encore quelque valeur, et qu'il est juste
qu'on fasse quelque cas de nous.

— Et cette valeur ne reculerait devant rien, à ce que
je vois? dit Anne d'Autriche.

— Elle n'a reculé devant rien dans le passé, dit d'Artagnan; pourquoi donc ferait-elle moins dans l'avenir?

— Et cette valeur, en cas de refus, et par conséquent
en cas de lutte, irait jusqu'à m'enlever moi-même au
milieu de ma cour pour me livrer à la Fronde, comme
vous voulez livrer mon ministre?

— Nous n'y avons jamais songé, Madame, dit d'Artagnan avec cette forfanterie gasconne qui n'était chez
lui que de la naïveté; mais, si nous l'avions résolu entre
nous quatre, nous le ferions bien certainement.

— Je devais le savoir, murmura Anne d'Autriche,
ce sont des hommes de fer.

— Hélas! Madame, dit d'Artagnan, cela me prouve
que c'est seulement d'aujourd'hui que Votre Majesté
une juste idée de nous.

— Bien, dit Anne, mais cette idée, si je l'ai enfin...

— Votre Majesté nous rendra justice. Nous rendant
justice, elle ne nous traitera plus comme des hommes
vulgaires. Elle verra en moi un ambassadeur digne de
hauts intérêts qu'il est chargé de discuter avec vous.

— Où est le traité?

— Le voici.

COMME QUOI AVEC UNE PLUME
ET UNE MENACE ON FAIT PLUS VITE ET MIEUX
QU'AVEC UNE ÉPÉE ET DU DÉVOUEMENT

(suite)

ANNE d'Autriche. jeta les yeux sur le traité que lui présentait d'Artagnan.

— Je n'y vois, dit-elle, que des conditions générales. Les intérêts de M. de Conti, de M. de Beaufort, de M. de Bouillon, de M. d'Elbeuf et de M. le coadjuteur y sont établis. Mais les vôtres?

— Nous nous rendons justice, Madame, tout en nous plaçant à notre hauteur. Nous avons pensé que nos noms n'étaient pas dignes de figurer près de ces grands noms.

— Mais vous, vous n'avez pas renoncé, je présume, à m'exposer vos prétentions de vive voix?

— Je crois que vous êtes une grande et puissante reine, Madame, et qu'il serait indigne de votre grandeur et de votre puissance de ne pas récompenser dignement les bras qui ramèneront Son Éminence à Saint-Germain.

— C'est mon intention, dit la reine; voyons, parlez.

— Celui qui a traité l'affaire (pardon si je commence par moi, mais il faut bien que je m'accorde l'importance, non pas que j'ai prise, mais qu'on m'a donnée), celui qui a traité l'affaire du rachat de M. le cardinal doit être, ce me semble, pour que la récompense ne soit pas au-dessous de Votre Majesté, celui-là doit être fait chef des gardes, quelque chose comme capitaine des mousque-taires.

— C'est la place de M. de Tréville que vous me demandez là!

— La place est vacante, Madame, et depuis un an que M. de Tréville l'a quittée, il n'a point été remplacé .

— Mais c'est une des premières charges militaires de la maison du roi!

— M. de Tréville était un simple cadet de Gascogne

comme moi, Madame, et il a occupé cette charge vingt ans.

— Vous avez réponse à tout, Monsieur, dit Anne d'Autriche.

Et elle prit sur un bureau un brevet qu'elle remplit et signa.

— Certes, Madame, dit d'Artagnan en prenant le brevet et en s'inclinant, voilà une belle et noble récompense; mais les choses de ce monde sont pleines d'instabilité, et un homme qui tomberait dans la disgrâce de Votre Majesté perdrait cette charge demain.

— Que voulez-vous donc alors? dit la reine, rougissant d'être pénétrée par cet esprit aussi subtil que le sien.

— Cent mille livres pour ce pauvre capitaine des mousquetaires, payables le jour où ses services n'agréeront plus Votre Majesté.

Anne hésita.

— Et dire que les Parisiens, reprit d'Artagnan offraient l'autre jour, par arrêt du Parlement, six cen mille livres à qui leur livrerait le cardinal mort ou vivant vivant pour le pendre, mort pour le traîner à la voirie

— Allons, dit Anne d'Autriche, c'est raisonnable puisque vous ne demandez à une reine que le sixième de ce que proposait le Parlement.

Et elle signa une promesse de cent mille livres.

— Après? dit-elle.

— Madame, mon ami du Vallon est riche, et n'a pa conséquent rien à désirer comme fortune; mais je croi me rappeler qu'il a été question entre lui et M. de Mazari d'ériger sa terre en baronnie. C'est même, autant que j puis me le rappeler, une chose promise.

— Un croquant! dit Anne d'Autriche. On en rira

— Soit! dit d'Artagnan. Mais je suis sûr d'une chose c'est que ceux qui en riront devant lui ne riront pa deux fois.

— Va pour la baronnie, dit Anne d'Autriche, et ell signa.

— Maintenant, reste le chevalier ou l'abbé d'Herblay comme Votre Majesté voudra.

— Il veut être évêque?

— Non pas, Madame, il désire une chose plus facil

— Laquelle?

— C'est que le roi daigne être le parrain du fils de Mme de Longueville.

La reine sourit.

— M. de Longueville est de race royale, Madame, dit d'Artagnan.

— Oui, dit la reine; mais son fils?

— Son fils, Madame... doit en être, puisque le mari de sa mère en est.

— Et votre ami n'a rien à demander de plus pour Mme de Longueville?

— Non, Madame; car il présume que Sa Majesté le roi, daignant être le parrain de son enfant, ne peut pas faire à la mère, pour les relevailles, un cadeau de moins de cinq cent mille livres, en conservant, bien entendu, au père le gouvernement de la Normandie.

— Quant au gouvernement de la Normandie, je crois pouvoir m'engager, dit la reine; mais quant aux cinq cent mille livres, M. le cardinal ne cesse de me répéter qu'il n'y a plus d'argent dans les coffres de l'État.

— Nous en chercherons ensemble, Madame, si Votre Majesté le permet, et nous en trouverons.

— Après?

— Après, Madame?

— Oui.

— C'est tout.

— N'avez-vous donc pas un quatrième compagnon?

— Si fait, Madame; M le comte de La Fère.

— Que demande-t-il?

— Il ne demande rien.

— Rien?

— Non.

— Il y a au monde un homme qui, pouvant demander, ne demande pas?

— Il y a M. le comte de la Fère, Madame; M. le comte de La Fère n'est pas un homme.

— Qu'est-ce donc?

— M. le comte de La Fère est un demi-dieu.

— N'a-t-il pas un fils, un jeune homme, un parent, un neveu, dont Comminges m'a parlé comme d'un brave enfant, et qui a rapporté avec M. de Châtillon les drapeaux de Lens?

— Il a, comme Votre Majesté le dit, un pupille qui s'appelle le vicomte de Bragelonne.

— Si on donnait à ce jeune homme un régiment, que dirait son tuteur?

— Peut-être accepterait-il?

— Peut-être!

— Oui, si Votre Majesté elle-même le priait d'accepter.

— Vous l'avez dit, Monsieur, voilà un singulier homme. Eh bien, nous y réfléchirons, et nous le prierons peut-être. Êtes-vous content, Monsieur?

— Oui, Votre Majesté. Mais il y a une chose que la reine n'a pas signée.

— Laquelle?

— Et cette chose est la plus importante.

— L'acquiescement au traité?

— Oui.

— A quoi bon? Je signe le traité demain.

— Il y a une chose que je crois pouvoir affirmer à Votre Majesté, dit d'Artagnan : c'est que si Votre Majesté ne signe pas cet acquiescement aujourd'hui, elle ne trouvera pas le temps de signer plus tard. Veuillez donc, je vous en supplie, écrire au bas de ce programme, tout entier de la main de M. de Mazarin, comme vous le voyez :

« Je consens à ratifier le traité proposé par les Pari- » siens. »

Anne était prise, elle ne pouvait reculer, elle signa. Mais à peine eut-elle signé que l'orgueil éclata en elle comme une tempête, et qu'elle se prit à pleurer.

D'Artagnan tressaillit en voyant ces larmes. Dès ce temps les reines pleuraient comme de simples femmes.

Le Gascon secoua la tête. Ces larmes royales semblaient lui brûler le cœur.

— Madame, dit-il en s'agenouillant, regardez le malheureux gentilhomme qui est à vos pieds, il vous prie de croire que sur un geste de Votre Majesté tout lui serait possible. Il a foi en lui-même, il a foi en ses amis, il veut aussi avoir foi en sa reine; et la preuve qu'il ne craint rien, qu'il ne spécule sur rien, c'est qu'il ramènera M. de Mazarin à Votre Majesté sans conditions. Tenez, Madame, voici les signatures sacrées de Votre Majesté; si vous croyez devoir me les rendre, vous le ferez. Mais, à partir de ce moment, elles ne vous engagent plus à rien.

Et d'Artagnan, toujours à genoux, avec un regard flamboyant d'orgueil et de mâle intrépidité, remit en masse à Anne d'Autriche ces papiers qu'il avait arrachés un à un et avec tant de peine.

Il y a des moments, car si tout n'est pas bon, tout n'est pas mauvais dans ce monde, il y a des moments où, dans les cœurs les plus secs et les plus froids, germe, arrosé par les larmes d'une émotion extrême, un sentiment généreux, que le calcul et l'orgueil étouffent si un autre sentiment ne s'en empare pas à sa naissance. Anne était dans un de ces moments-là. D'Artagnan, en cédant à sa propre émotion, en harmonie avec celle de la reine, avait accompli l'œuvre d'une profonde diplomatie; il fut donc immédiatement récompensé de son adresse ou de son désintéressement, selon qu'on voudra faire honneur à son esprit ou à son cœur de la raison qui le fit agir.

— Vous aviez raison, Monsieur, dit Anne, je vous avais méconnu. Voici les actes signés que je vous rends librement; allez et ramenez-moi au plus vite le cardinal.

— Madame, dit d'Artagnan, il y a vingt ans, j'ai bonne mémoire, que j'ai eu l'honneur, derrière une tapisserie de l'Hôtel de Ville, de baiser une de ces belles mains.

— Voici l'autre, dit la reine, et pour que la gauche ne soit pas moins libérale que la droite (elle tira de son doigt un diamant à peu près pareil au premier), prenez et gardez cette bague en mémoire de moi.

— Madame, dit d'Artagnan en se relevant, je n'ai plus qu'un désir, c'est que la première chose que vous me demandiez, ce soit ma vie.

Et, avec cette allure qui n'appartenait qu'à lui, il se eleva et sortit.

— J'ai méconnu ces hommes, dit Anne d'Autriche en regardant s'éloigner d'Artagnan, et maintenant il est trop tard pour que je les utilise : dans un an le roi sera majeur!

Quinze heures après, d'Artagnan et Porthos ramenaient Mazarin à la reine, et recevaient, l'un son brevet de lieutenant-capitaine des mousquetaires, l'autre son diplôme de baron.

— Eh bien! êtes-vous contents? demanda Anne d'Autriche.

D'Artagnan s'inclina. Porthos tourna et retourna son diplôme entre ses doigts en regardant Mazarin.

— Qu'y a-t-il donc encore? demanda le ministre.

— Il y a, Monseigneur, qu'il avait été question d'une promesse de chevalier de l'ordre à la première promotion.

— Mais, dit Mazarin, vous savez, monsieur le baron, qu'on ne peut être chevalier de l'ordre sans faire ses preuves.

— Oh! dit Porthos, ce n'est pas pour moi, Monseigneur, que j'ai demandé le cordon bleu.

— Et pour qui donc? demanda Mazarin.

— Pour mon ami, M. le comte de La Fère.

— Oh! celui-là, dit la reine, c'est autre chose : les preuves sont faites.

— Il l'aura?

— Il l'a.

Le même jour le traité de Paris était signé, et l'on proclamait partout que le cardinal s'était enfermé pendant trois jours pour l'élaborer avec plus de soin.

Voici ce que chacun gagnait à ce traité :

M. de Conti avait Damvilliers, et, ayant fait ses preuves comme général, il obtenait de rester homme d'épée et de ne pas devenir cardinal. De plus, on avait lâché quelques mots d'un mariage avec une nièce de Mazarin; ces quelques mots avaient été accueillis avec faveur par le prince, à qui il importait peu avec qui on le marierait pourvu qu'on le mariât.

M. le duc de Beaufort faisait son entrée à la cour avec toutes les réparations dues aux offenses qui lui avaient été faites et tous les honneurs qu'avait droit de réclamer son rang. On lui accordait la grâce pleine et entière de ceux qui l'avaient aidé dans sa fuite, la survivance de l'amirauté que tenait le duc de Vendôme son père, et une indemnité pour ses maisons et château que le parlement de Bretagne avait fait démolir.

Le duc de Bouillon recevait des domaines d'une égale valeur à sa principauté de Sedan, une indemnité pour les huit ans de non-jouissance de cette principauté, et le titre de prince accordé à lui et à ceux de sa maison.

M. le duc de Longueville, le gouvernement de Pont-de-l'Arche, cinq cent mille livres pour sa femme et l'honneur de voir son fils tenu sur les fonts de baptême par le jeune roi et la jeune Henriette d'Angleterre.

Aramis stipula que ce serait Bazin qui officierait à
cette solennité et que ce serait Planchet qui fournirait
les dragées.

Le duc d'Elbeuf obtint le payement de certaines
sommes dues à sa femme, cent mille livres pour l'aîné
de ses fils et vingt-cinq mille pour chacun des trois autres.

Il n'y eut que le coadjuteur qui n'obtint rien; on lui
promit bien de négocier l'affaire de son chapeau avec
le pape; mais il savait quel fond il fallait faire sur de
pareilles promesses venant de la reine et de Mazarin.
Tout au contraire de M. de Conti, ne pouvant devenir
cardinal, il était forcé de demeurer homme d'épée.

Aussi, quand tout Paris se réjouissait de la rentrée
du roi, fixée au surlendemain, Gondy seul, au milieu
de l'allégresse générale, était-il de si mauvaise humeur
qu'il envoya chercher à l'instant deux hommes qu'il
avait l'habitude de faire appeler quand il était dans cette
disposition d'esprit.

Ces deux hommes étaient, l'un le comte de Rochefort,
l'autre le mendiant de Saint-Eustache.

Ils vinrent avec leur ponctualité ordinaire, et le coadjuteur passa une partie de la nuit avec eux.

XCVI

PENDANT que d'Artagnan et Porthos étaient allés conduire le cardinal à Saint-Germain, Athos et Aramis qui les avaient quittés à Saint-Denis, étaient rentrés à Paris.

Chacun d'eux avait sa visite à faire.

A peine débotté, Aramis courut à l'Hôtel de Ville où était Mme de Longueville. A la première nouvelle de la paix la belle duchesse jeta les hauts cris. La guerre la faisait reine, la paix amenait son abdication; elle déclara qu'elle ne signerait jamais au traité et qu'elle voulait une guerre éternelle.

Mais lorsque Aramis lui eut présenté cette paix sous son véritable jour, c'est-à-dire avec tous ses avantages, lorsqu'il lui eut montré, en échange de sa royauté précaire et contestée de Paris, la vice-royauté de Pont-de-l'Arche, c'est-à-dire de la Normandie tout entière, lorsqu'il eut fait sonner à ses oreilles les cinq cent mille livres promises par le cardinal, lorsqu'il eut fait briller à ses yeux l'honneur que lui ferait le roi en tenant son enfant sur les fonts de baptême, Mme de Longueville ne contesta plus que par l'habitude qu'ont les jolies femmes de contester, et ne se défendit plus que pour se rendre.

Aramis fit semblant de croire à la réalité de son opposition, et ne voulut pas à ses propres yeux s'ôter le mérite de l'avoir persuadée.

— Madame, lui dit-il, vous avez voulu battre une bonne fois M. le Prince votre frère, c'est-à-dire le plus grand capitaine de l'époque, et lorsque les femmes de génie le veulent, elles réussissent toujours. Vous avez réussi, M. le Prince est battu, puisqu'il ne peut plus faire la guerre. Maintenant, attirez-le à notre parti. Détachez

e tout doucement de la reine, qu'il n'aime pas, et de
M. de Mazarin, qu'il méprise. La Fronde est une comédie
dont nous n'avons encore joué que le premier acte.
Attendons M. de Mazarin au dénouement, c'est-à-dire
au jour où M. le Prince, grâce à vous, sera tourné contre
la cour.

Mme de Longueville fut persuadée. Elle était si bien
convaincue du pouvoir de ses beaux yeux, la frondeuse
duchesse, qu'elle ne douta point de leur influence, même
sur M. de Condé, et la chronique scandaleuse du temps
dit qu'elle n'avait pas trop présumé.

Athos, en quittant Aramis à la place Royale, s'était
rendu chez Mme de Chevreuse. C'était encore une frondeuse à persuader, mais celle-là était plus difficile à
convaincre que sa jeune rivale; il n'avait été stipulé
aucune condition en sa faveur. M. de Chevreuse n'était
nommé gouverneur d'aucune province, et si la reine
consentait à être marraine, ce ne pouvait être que de
son petit-fils ou de sa petite-fille .

Aussi, au premier mot de paix, Mme de Chevreuse
fronça-t-elle le sourcil, et malgré toute la logique d'Athos
pour lui montrer qu'une plus longue guerre était impossible, elle insista en faveur des hostilités.

— Belle amie, dit Athos, permettez-moi de vous
dire que tout le monde est las de la guerre; qu'excepté
vous et M. le coadjuteur peut-être, tout le monde désire la paix. Vous vous ferez exiler comme du temps
du roi Louis XIII. Croyez-moi, nous avons passé l'âge
des succès en intrigue, et vos beaux yeux ne sont pas
destinés à s'éteindre en pleurant Paris, où il y aura toujours deux reines tant que vous y serez.

— Oh! dit la duchesse, je ne puis faire la guerre
toute seule, mais je puis me venger de cette reine ingrate
et de cet ambitieux favori, et... foi de duchesse! je me
vengerai.

— Madame, dit Athos, je vous en supplie, ne faites
pas un avenir mauvais à M. de Bragelonne; le voilà lancé,
M. le Prince lui veut du bien, il est jeune, laissons un
jeune roi s'établir! Hélas! excusez ma faiblesse, Madame,
il vient un moment où l'homme revit et rajeunit dans ses
enfants.

La duchesse sourit, moitié tendrement, moitié ironiquement.

— Comte, dit-elle, vous êtes, j'en ai bien peur, gagné au parti de la cour. N'avez-vous pas quelque cordon bleu dans votre poche?

— Oui, Madame, dit Athos, j'ai celui de la Jarretière, que le roi Charles Ier m'a donné quelques jours avant sa mort.

Le comte disait vrai; il ignorait la demande de Porthos et ne savait pas qu'il en eût un autre que celui-là.

— Allons! il faut devenir vieille femme, dit la duchesse rêveuse.

Athos lui prit la main et la lui baisa. Elle soupira en le regardant.

— Comte, dit-elle, ce doit être une charmante habitation que Bragelonne. Vous êtes homme de goût; vous devez avoir de l'eau, des bois, des fleurs.

Elle soupira de nouveau, et elle appuya sa tête charmante sur sa main coquettement recourbée et toujours admirable de forme et de blancheur.

— Madame, répliqua le comte, que disiez-vous donc tout à l'heure? Jamais je ne vous ai vue si jeune jamais je ne vous ai vue plus belle.

La duchesse secoua la tête.

— M. de Bragelonne reste-t-il à Paris? dit-elle.

— Qu'en pensez-vous? demanda Athos.

— Laissez-le-moi, reprit la duchesse.

— Non pas, Madame; si vous avez oublié l'histoire d'Œdipe, moi, je m'en souviens.

— En vérité, vous êtes charmant, comte, et j'aimerais à vivre un mois à Bragelonne.

— N'avez-vous pas peur de me faire bien des envieux duchesse? répondit galamment Athos.

— Non, j'irai incognito, comte, sous le nom de Marie Michon.

— Vous êtes adorable, Madame.

— Mais Raoul, ne le laissez pas près de vous.

— Pourquoi cela?

— Parce qu'il est amoureux.

— Lui, un enfant!

— Aussi est-ce une enfant qu'il aime!

Athos devint rêveur.

— Vous avez raison, duchesse, cet amour singulier pour une enfant de sept ans peut le rendre bien malheureux un jour ; on va se battre en Flandre; il ira.

— Puis à son retour vous me l'enverrez; je le cuirasserai contre l'amour.

— Hélas! Madame, dit Athos, aujourd'hui l'amour est comme la guerre, et la cuirasse y est devenue inutile.

En ce moment Raoul entra; il venait annoncer au comte et à la duchesse que le comte de Guiche, son ami, l'avait prévenu que l'entrée solennelle du roi, de la reine et du ministre devait avoir lieu le lendemain.

Le lendemain, en effet, dès la pointe du jour, la cour fit tous ses préparatifs pour quitter Saint-Germain.

La reine, dès la veille au soir, avait fait venir d'Artagnan.

— Monsieur, lui avait-elle dit, on m'assure que Paris n'est pas tranquille. J'aurais peur pour le roi; mettez-vous à la portière de droite.

— Que Votre Majesté soit tranquille, dit d'Artagnan; je réponds du roi.

Et, saluant la reine, il sortit.

En sortant de chez la reine, Bernouin vint dire à d'Artagnan que le cardinal l'attendait pour des choses importantes.

Il se rendit aussitôt chez le cardinal.

— Monsieur, lui dit-il, on parle d'émeute à Paris. Je me trouverai à la gauche du roi, et, comme je serai principalement menacé, tenez-vous à la portière de gauche.

— Que Votre Éminence se rassure, dit d'Artagnan, on ne touchera pas à un cheveu de sa tête.

— Diable! fit-il une fois dans l'antichambre, comment me tirer de là? Je ne puis cependant pas être à la fois à la portière de gauche et à celle de droite. Ah! bah! je garderai le roi, et Porthos gardera le cardinal.

Cet arrangement convint à tout le monde, ce qui est assez rare. La reine avait confiance dans le courage de d'Artagnan qu'elle connaissait, et le cardinal, dans la force de Porthos qu'il avait éprouvée.

Le cortège se mit en route pour Paris dans un ordre arrêté d'avance; Guitaut et Comminges, en tête des gardes, marchaient les premiers; puis venait la voiture royale, ayant à l'une de ses portières d'Artagnan, à l'autre Porthos; puis les mousquetaires, les vieux amis de d'Artagnan depuis vingt-deux ans, leur lieutenant depuis vingt, leur capitaine depuis la veille.

En arrivant à la barrière, la voiture fut saluée par de grands cris de : « Vive le roi! » et de : « Vive la reine! » Quelques cris de : « Vive Mazarin! » s'y mêlèrent, mais n'eurent point d'échos.

On se rendait à Notre-Dame, où devait être chanté un *Te Deum*.

Tout le peuple de Paris était dans les rues. On avait échelonné les Suisses sur toute la longueur de la route; mais, comme la route était longue, ils n'étaient placés qu'à six ou huit pas de distance, et sur un seul homme de hauteur. Le rempart était donc tout à fait insuffisant, et de temps en temps la digue rompue par un flot de peuple avait toutes les peines du monde à se reformer.

A chaque rupture, toute bienveillante d'ailleurs, puisqu'elle tenait au désir qu'avaient les Parisiens de revoir leur roi et leur reine, dont ils étaient privés depuis une année, Anne d'Autriche regardait d'Artagnan avec inquiétude, et celui-ci la rassurait avec un sourire.

Mazarin, qui avait dépensé un millier de louis pour faire crier « Vive Mazarin! » et qui n'avait pas estimé les cris qu'il avait entendus à vingt pistoles, regardait aussi avec inquiétude Porthos; mais le gigantesque garde du corps répondait à ce regard avec une si belle voix de basse : « Soyez tranquille, Monseigneur », qu'en effet Mazarin se tranquillisa de plus en plus.

En arrivant au Palais-Royal, on trouva la foule plus grande encore; elle avait afflué sur cette place par toutes les rues adjacentes, et l'on voyait, comme une large rivière houleuse, tout ce flot populaire venant au-devant de la voiture, et roulant tumultueusement dans la rue Saint-Honoré.

Lorsqu'on arriva sur la place, de grands cris de « Vivent Leurs Majestés! » retentirent. Mazarin se pencha à la portière. Deux ou trois cris de : « Vive le cardinal! » saluèrent son apparition; mais presque aussitôt des sifflets et des huées les étouffèrent impitoyablement. Mazarin pâlit et se jeta précipitamment en arrière.

— Canailles! murmura Porthos.

D'Artagnan ne dit rien, mais frisa sa moustache avec un geste particulier qui indiquait que sa belle humeur gasconne commençait à s'échauffer.

Anne d'Autriche se pencha à l'oreille du jeune roi et lui dit tout bas :

— Faites un geste gracieux, et adressez quelques mots à M. d'Artagnan, mon fils.

Le jeune roi se pencha à la portière.

— Je ne vous ai pas encore souhaité le bonjour, Monsieur d'Artagnan, dit-il, et cependant je vous ai bien reconnu. C'est vous qui étiez derrière les courtines de mon lit, cette nuit où les Parisiens ont voulu me voir dormir.

— Et si le roi le permet, dit d'Artagnan, c'est moi qui serai près de lui toutes les fois qu'il y aura un danger à courir.

— Monsieur, dit Mazarin à Porthos, que feriez-vous si toute la foule se·ruait sur nous ?

— J'en tuerais le plus que je pourrais, Monseigneur, dit Porthos.

— Hum! fit Mazarin, tout brave et tout vigoureux que vous êtes, vous ne pourriez pas tout tuer.

— C'est vrai, dit Porthos en se haussant sur ses étriers pour mieux découvrir les immensités de la foule, c'est vrai, il y en a beaucoup.

— Je crois que j'aimerais mieux l'autre, dit Mazarin. Et il se rejeta dans le fond du carrosse.

La reine et son ministre avaient raison d'éprouver quelque inquiétude, du moins le dernier. La foule, tout en conservant les apparences du respect et même de l'affection pour le roi et la régente, commençait à s'agiter tumultueusement. On entendait courir de ces rumeurs sourdes qui, quand elles rasent les flots, indiquent la tempête, et qui, lorsqu'elles rasent la multitude, présagent l'émeute.

D'Artagnan se retourna vers les mousquetaires et fit, en clignant de l'œil, un signe imperceptible pour la foule, mais très compréhensible pour cette brave élite.

Les rangs des chevaux se resserrèrent, et un léger frémissement courut parmi les hommes.

A la barrière des Sergents on fut obligé de faire halte; Comminges quitta la tête de l'escorte qu'il tenait, et vint au carrosse de la reine. La reine interrogea d'Artagnan du regard; d'Artagnan lui répondit dans le même langage.

— Allez en avant, dit la reine.

Comminges regagna son poste. On fit un effort, et la barrière vivante fut rompue violemment.

Quelques murmures s'élevèrent de la foule, qui, cette fois, s'adressaient aussi bien au roi qu'au ministre.

— En avant! cria d'Artagnan à pleine voix.

— En avant! répéta Porthos.

Mais, comme si la multitude n'eût attendu que cette démonstration pour éclater, tous les sentiments d'hostilité qu'elle renfermait éclatèrent à la fois. Les cris : « A bas le Mazarin! A mort le cardinal! » retentirent de tous côtés.

En même temps, par les rues de Grenelle, Saint-Honoré et du Coq un double flot se rua qui rompit la faible haie des gardes suisses, et s'en vint tourbillonner jusqu'aux jambes des chevaux de d'Artagnan et de Porthos.

Cette nouvelle irruption était plus dangereuse que les autres, car elle se composait de gens armés, et mieux armés même que ne le sont les hommes du peuple en pareil cas. On voyait que ce dernier mouvement n'était pas l'effet du hasard qui aurait réuni un certain nombre de mécontents sur le même point, mais la combinaison d'un esprit hostile qui avait organisé une attaque.

Ces deux masses étaient conduites chacune par un chef, l'un qui semblait appartenir, non pas au peuple, mais même à l'honorable corporation des mendiants; l'autre que, malgré son affectation à imiter les airs du peuple, il était facile de reconnaître pour un gentilhomme.

Tous deux agissaient évidemment poussés par une même impulsion.

Il y eut une vive secousse qui retentit jusque dans la voiture royale; puis des milliers de cris, formant une vaste clameur, se firent entendre, entrecoupés de deux ou trois coups de feu.

— A moi les mousquetaires! s'écria d'Artagnan.

L'escorte se sépara en deux files; l'une passa à droite du carrosse, l'autre à gauche; l'une vint au secours de d'Artagnan, l'autre de Porthos.

Alors une mêlée s'engagea, d'autant plus terrible qu'elle n'avait pas de but, d'autant plus funeste qu'on ne savait ni pourquoi ni pour qui on se battait.

XCVII

OÙ IL EST PROUVÉ QU'IL EST QUELQUEFOIS PLUS DIFFICILE AUX ROIS DE RENTRER DANS LA CAPITALE DE LEUR ROYAUME QUE D'EN SORTIR

(suite)

COMME tous les mouvements de la populace, le choc de cette foule fut terrible; les mousquetaires, peu nombreux, mal alignés, ne pouvant, au milieu de cette multitude, faire circuler leurs chevaux, commencèrent par être entamés.

D'Artagnan avait voulu faire baisser les mantelets de la voiture, mais le jeune roi avait étendu le bras en disant :

— Non, Monsieur d'Artagnan, je veux voir.

— Si Votre Majesté veut voir, dit d'Artagnan, eh bien, qu'elle regarde!

Et se retournant avec cette furie qui le rendait si terrible, d'Artagnan bondit vers le chef des émeutiers, qui, un pistolet d'une main, une large épée de l'autre, essayait de se frayer un passage jusqu'à la portière, en luttant avec deux mousquetaires.

— Place, mordioux! cria d'Artagnan, place!

A cette voix, l'homme au pistolet et à la large épée leva la tête; mais il était déjà trop tard : le coup de d'Artagnan était porté, la rapière lui avait traversé la poitrine.

— Ah! ventre-saint-gris! cria d'Artagnan, essayant trop tard de retenir le coup, que diable veniez-vous faire ci, comte?

— Accomplir ma destinée, dit Rochefort en tombant sur un genou. Je me suis déjà relevé de trois de vos coups d'épée; mais je ne me relèverai pas du quatrième.

— Comte, dit d'Artagnan avec une certaine émotion, j'ai frappé sans savoir que ce fût vous. Je serais fâché, si vous mouriez, que vous mourussiez avec des sentiments de haine contre moi.

Rochefort tendit la main à d'Artagnan. D'Artagnan

la lui prit. Le comte voulut parler, mais une gorgée de
sang étouffa sa parole. Il se raidit dans une dernière
convulsion et expira.

— Arrière, canaille! cria d'Artagnan. Votre chef est
mort, et vous n'avez plus rien à faire ici.

En effet, comme si le comte de Rochefort eût été
l'âme de l'attaque qui se portait de ce côté du carrosse
du roi, toute la foule qui l'avait suivi et qui lui obéissait
prit la fuite en le voyant tomber. D'Artagnan poussa une
charge avec une vingtaine de mousquetaires dans la rue
du Coq et cette partie de l'émeute disparut comme une
fumée, en s'éparpillant sur la place de Saint-Germain
l'Auxerrois et en se dirigeant vers les quais.

D'Artagnan revint pour porter secours à Porthos, si
Porthos en avait besoin; mais Porthos, de son côté, avait
fait son œuvre avec la même conscience que d'Artagnan.
La gauche du carrosse était non moins bien déblayée
que la droite, et l'on relevait le mantelet de la portière
que Mazarin, moins belliqueux que le roi, avait pris la
précaution de faire baisser.

Porthos avait l'air fort mélancolique.

— Quelle diable de mine faites-vous donc là, Porthos,
et quel singulier air vous avez pour un victorieux!

— Mais vous-même, dit Porthos, vous me semblez
tout ému!

— Il y a de quoi, mordioux! je viens de tuer un ancien
ami.

— Vraiment! dit Porthos. Qui donc?

— Ce pauvre comte de Rochefort!...

— Eh bien! c'est comme moi, je viens de tuer un
homme dont la figure ne m'est pas inconnue; malheureusement je l'ai frappé à la tête, et en un instant il a eu le
visage plein de sang.

— Et il n'a rien dit en tombant?

— Si fait, il a dit... Ouf!

— Je comprends, dit d'Artagnan ne pouvant s'empêcher de rire, que, s'il n'a pas dit autre chose, cela n'a pas
dû vous éclairer beaucoup.

— Eh bien, Monsieur? demanda la reine.

— Madame, dit d'Artagnan, la route est parfaitement
libre, et Votre Majesté peut continuer son chemin.

En effet, tout le cortège arriva sans autre accident dans
l'église Notre-Dame, sous le portail de laquelle tout le

clergé, le coadjuteur en tête, attendait le roi, la reine et
le ministre, pour la bienheureuse rentrée desquels on
allait chanter le *Te Deum*.

Pendant le service et vers le moment où il tirait à sa
fin, un gamin tout effaré entra dans l'église, courut à la
sacristie, s'habilla rapidement en enfant de chœur, et fendant, grâce au respectable uniforme dont il venait de se
couvrir, la foule qui encombrait le temple, il s'approcha
de Bazin, qui, revêtu de sa robe bleue et sa baleine garnie
d'argent à la main, se tenait gravement placé en face du
suisse à l'entrée du chœur.

Bazin sentit qu'on le tirait par sa manche. Il abaissa
vers la terre ses yeux béatement levés vers le ciel, et
reconnut Friquet.

— Eh bien! drôle, qu'y a-t-il, que vous osez me déranger dans l'exercice de mes fonctions? demanda le bedeau.

— Il y a, Monsieur Bazin, dit Friquet, que M. Maillard
vous savez bien, le donneur d'eau bénite à Saint-
Eustache...

— Oui, après?...

— Eh bien! il a reçu dans la bagarre un coup d'épée
sur la tête; c'est ce grand géant qui est là, vous voyez,
brodé sur toutes les coutures, qui le lui a donné.

— Oui? En ce cas, dit Bazin, il doit être bien malade.

— Si malade qu'il se meurt, et qu'il voudrait, avant
de mourir, se confesser à M. le coadjuteur, qui a pouvoir
ce qu'on dit, de remettre les gros péchés.

— Et il se figure que M. le coadjuteur se dérangera
pour lui?

— Oui, certainement, car il paraît que M. le coadjuteur le lui a promis.

— Et qui t'a dit cela?

— M. Maillard lui-même.

— Tu l'as donc vu?

— Certainement, j'étais là quand il est tombé.

— Et que faisais-tu là?

— Tiens! je criais: « A bas Mazarin! A mort le
cardinal! A la potence l'Italien! » N'est-ce pas cela que
vous m'aviez dit de crier?

— Veux-tu te taire, petit drôle! dit Bazin en regardant
avec inquiétude autour de lui.

— De sorte qu'il m'a dit, ce pauvre M. Maillard:
Va chercher M. le coadjuteur, Friquet, et si tu me

» l'amènes, je te fais mon héritier. » Dites donc, père
Bazin, l'héritier de M. Maillard, le donneur d'eau bénite
à Saint-Eustache! hein! je n'ai plus qu'à me croiser les
bras! C'est égal, je voudrais bien lui rendre ce service-là,
qu'en dites-vous?

— Je vais prévenir M. le coadjuteur, dit Bazin.

En effet, il s'approcha respectueusement et lentement
du prélat, lui dit à l'oreille quelques mots, auxquels
celui-ci répondit par un signe affirmatif, et revenant du
même pas qu'il était allé:

— Va dire au moribond qu'il prenne patience,
Monseigneur sera chez lui dans une heure.

— Bon, dit Friquet, voilà ma fortune faite.

— A propos, dit Bazin, où s'est-il fait porter?

— A la tour Saint-Jacques-la-Boucherie.

Et, enchanté du succès de son ambassade, Friquet,
sans quitter son costume d'enfant de chœur, qui d'ailleurs
lui donnait une plus grande facilité de parcours, sortit de
la basilique et prit, avec toute la rapidité dont il était
capable, la route de la tour Saint-Jacques-la-Boucherie.

En effet, aussitôt le *Te Deum* achevé, le coadjuteur,
comme il l'avait promis, et sans même quitter ses habits
sacerdotaux, s'achemina à son tour vers la vieille tour
qu'il connaissait si bien.

Il arrivait à temps. Quoique plus bas de moment en
moment, le blessé n'était pas encore mort.

On lui ouvrit la porte de la pièce où agonisait le
mendiant.

Un instant après, Friquet sortit en tenant à la main un
gros sac de cuir qu'il ouvrit aussitôt qu'il fut hors de la
chambre, et qu'à son grand étonnement il trouva plein
d'or.

Le mendiant lui avait tenu parole et l'avait fait son
héritier.

— Ah! mère Nanette, s'écria Friquet suffoqué, ah!
mère Nanette!

Il n'en put dire davantage; mais la force qui lui manquait pour parler lui resta pour agir. Il prit vers la rue
une course désespérée, et, comme le Grec de Marathon
tombant sur la place d'Athènes son laurier à la main,
Friquet arriva sur le seuil du conseiller Broussel, et
tomba en arrivant, éparpillant sur le parquet les louis
qui dégorgeaient de son sac.

La mère Nanette commença par ramasser les louis,
et ensuite ramassa Friquet.

Pendant ce temps, le cortège rentrait au Palais-Royal.

— C'est un bien vaillant homme, ma mère, que ce
M. d'Artagnan, dit le jeune roi.

— Oui, mon fils, et qui a rendu de bien grands
services à votre père. Ménagez-le donc pour l'avenir.

— Monsieur le capitaine, dit en descendant de voiture
le jeune roi à d'Artagnan, Madame la reine me charge
de vous inviter à dîner pour aujourd'hui, vous et votre
ami le baron du Vallon.

C'était un grand honneur pour d'Artagnan et pour
Porthos; aussi Porthos était-il transporté. Cependant,
pendant toute la durée du repas, le digne gentilhomme
parut tout préoccupé.

— Mais qu'aviez-vous donc, baron? lui dit d'Artagnan en descendant l'escalier du Palais-Royal; vous
aviez l'air tout soucieux pendant le dîner.

— Je cherchais, dit Porthos, à me rappeler où j'ai vu
le mendiant que je dois avoir tué.

— Et vous ne pouvez en venir à bout?

— Non.

— Eh bien! cherchez, mon ami, cherchez; quand
vous l'aurez trouvé, vous me le direz, n'est-ce pas?

— Pardieu! fit Porthos.

CONCLUSION

En rentrant chez eux, les deux amis trouvèrent une lettre d'Athos qui leur donnait rendez-vous au *Grand-Charlemagne* pour le lendemain matin.

Tous deux se couchèrent de bonne heure, mais ni l'un ni l'autre ne dormit. On n'arrive pas ainsi au but de tous ses désirs sans que ce but atteint n'ait l'influence de chasser le sommeil, au moins pendant la première nuit.

Le lendemain, à l'heure indiquée, tous deux se rendirent chez Athos. Ils trouvèrent le comte et Aramis en habits de voyage.

— Tiens! dit Porthos, nous partons donc tous? Moi aussi j'ai fait mes apprêts ce matin.

— Oh! mon Dieu, oui, dit Aramis, il n'y a plus rien à faire à Paris du moment où il n'y a plus de Fronde. Mme de Longueville m'a invité à aller passer quelques jours en Normandie, et m'a chargé, tandis qu'on baptiserait son fils, d'aller lui faire préparer ses logements à Rouen. Je vais m'acquitter de cette commission; puis, s'il n'y a rien de nouveau, je retournerai m'ensevelir dans mon couvent de Noisy-le-Sec.

— Et moi, dit Athos, je retourne à Bragelonne. Vous le savez, mon cher d'Artagnan, je ne suis plus qu'un bon et brave campagnard. Raoul n'a d'autre fortune que ma fortune, pauvre enfant! et il faut que je veille sur elle puisque je ne suis en quelque sorte qu'un prête-nom.

— Et Raoul, qu'en faites-vous?

— Je vous le laisse, mon ami. On va faire la guerre en Flandre, vous l'emmènerez; j'ai peur que le séjour de Blois ne soit dangereux à sa jeune tête. Emmenez-le et apprenez-lui à être brave et loyal comme vous.

— Et moi, dit d'Artagnan, je ne vous aurai plus, Athos, mais au moins, je l'aurai, cette chère tête blonde et, quoique ce ne soit qu'un enfant, comme votre âme tout entière revit en lui, cher Athos, je croirai toujours que vous êtes là près de moi, m'accompagnant et me soutenant.

Les quatre amis s'embrassèrent les larmes aux yeux. Puis ils se séparèrent sans savoir s'ils se reverraient jamais.

D'Artagnan revint rue Tiquetonne avec Porthos, toujours préoccupé et toujours cherchant quel était cet homme qu'il avait tué. En arrivant devant l'hôtel de *la Chevrette,* on trouva les équipages du baron prêts et Mousqueton en selle.

— Tenez, d'Artagnan, dit Porthos, quittez l'épée et venez avec moi à Pierrefonds, à Bracieux ou au Vallon; nous vieillirons ensemble en parlant de nos compagnons.

— Non pas! dit d'Artagnan. Peste! on va ouvrir la campagne, et je veux en être; j'espère bien y gagner quelque chose!

— Et qu'espérez-vous donc devenir?

— Maréchal de France, pardieu!

— Ah! ah! fit Porthos en regardant d'Artagnan, aux gasconnades duquel il n'avait jamais pu se faire entièrement.

— Venez avec moi, Porthos, dit d'Artagnan, je vous frai duc.

— Non, dit Porthos. Mouston ne veut plus faire la guerre. D'ailleurs on m'a ménagé une entrée solennelle chez moi, qui va faire crever de pitié tous mes voisins.

— A ceci, je n'ai rien à répondre, dit d'Artagnan qui connaissait la vanité du nouveau baron. Au revoir donc, mon ami.

— Au revoir, cher capitaine, dit Porthos. Vous savez que lorsque vous me voudrez venir voir, vous serez toujours le bienvenu dans ma baronnie.

— Oui, dit d'Artagnan, au retour de la campagne j'irai.

— Les équipages de Monsieur le baron attendent, dit Mousqueton.

Et les deux amis se séparèrent après s'être serré la main. D'Artagnan resta sur la porte, suivant d'un œil mélancolique Porthos qui s'éloignait.

Mais, au bout de vingt pas, Porthos s'arrêta tout court, se frappa le front et revint.

— Je me rappelle, dit-il.

— Quoi? demanda d'Artagnan.

— Quel est ce mendiant que j'ai tué.

— Ah! vraiment! Qui est-ce?

— C'est cette canaille de Bonacieux.

Et Porthos, enchanté d'avoir l'esprit libre, rejoigni
Mousqueton, avec lequel il disparut au coin de la rue

D'Artagnan demeura un instant immobile et pensif
puis, en se retournant, il aperçut la belle Madeleine, qui
inquiète des nouvelles grandeurs de d'Artagnan, s
tenait debout sur le seuil de la porte.

— Madeleine, dit le Gascon, donnez-moi l'apparte
ment du premier; je suis obligé de représenter, mainte
nant que je suis capitaine des mousquetaires. Mai
gardez-moi toujours la chambre du cinquième : on n
sait ce qui peut arriver.

DOSSIER

VIE D'ALEXANDRE DUMAS

(1802-1870)

Alexandre Dumas aurait pu dire avant Oscar Wilde : « Je n'ai mis que mon talent dans mes livres ; c'est dans ma vie que j'ai mis mon génie. » L'Anglais voulut en faire une parfaite réussite esthétique. Le Français en fit — à l'image de ses livres — un mélodrame, un roman d'aventures, un conte de fées, une comédie, un recueil d'anecdotes, une série de lointaines randonnées prétextes à de truculents récits de voyages, le tout ponctué d'énormes éclats de rire.

Son premier livre date de 1825 ; dans les quarante-cinq années qui suivent, il publie plus de mille titres, la valeur de trois cents volumes in-8°. Il mourut en composant un *Dictionnaire de cuisine*, qu'achèvera un autre grand épicurien, Anatole France. Ultime célébration de la vie, dernier témoignage d'optimisme : la gourmandise de Dumas ne se limitait pas aux plaisirs de la table, elle s'étendait aux livres, aux femmes, aux pays inconnus, aux plaisirs de la conversation, aux ivresses de l'action politique.

Verve, démesure, érudition boulimique d'autodidacte, amours de tous les étages, camaraderie virile, bons mots, intolérance moqueuse pour tout ce qui est pris au sérieux sans mériter de l'être, cette dimension pantagruélique, l'homme sut la mettre dans sa vie autant et plus que dans ses œuvres. Les biographes de Dumas en ont fait leurs choux gras.

Il est vrai qu'il leur a montré l'exemple. Ni dans ses *Mémoires* ni dans ses autres œuvres autobiographiques il ne s'est posé en censeur. « Je ne suis qu'un vulgarisateur », a-t-il écrit à Napoléon III. Voilà qui nuance la phrase précédente, où il se plaçait à la tête de la littérature française » avec Hugo et Lamartine. Dans le fond, ce vaniteux est un modeste.

S'il a souffert de dépits amoureux, d'angoisse métaphysique, de blessures d'amour-propre, il le cache ou s'en moque gentiment. Telle conversation avec une actrice, un camarade, un voyageur de rencontre, telle scène amusante dont il a été témoin ou protagoniste lui semble plus digne d'être transmise à la postérité. L'important pour lui, c'est de raconter. Il fabule ? Oui, parfois, comme Chateaubriand dans les *Mémoires d'outre-*

tombe. Mais quelle différence entre les personnages que se
fabriquent l'ancien ministre de Louis XVIII et l'ancien surnuméraire au secrétariat du duc d'Orléans ! D'un côté le téné-
breux, l'incompris, l'obsédé par la fuite du temps ; de l'autre le
brave homme tout franc, le joyeux compagnon, le jouisseur du
temps qui passe. Le prototype de l'extraverti, voilà ce que
Dumas voulait être, voilà comment l'évoquent ses contemporains et l'imaginent ses biographes. On dirait qu'il a désarmé le
Destin même par sa bonne humeur ; dans la vie de Dumas, pas
de ces tragédies qui frappent Hugo lorsqu'il perd sa fille, ou
Musset, lorsque sa grande passion pourrit à Venise, ou Vigny
trompé par celle qu'il aime, ou Nerval, poursuivi par ses fantômes.

Les amateurs d'amours célèbres ne trouveront pas dans la vie
de Dumas l'équivalent de Juliette Drouet, de Jenny Colon ou
de Mme de Berny. Tout simplement une liste très longue (et
sûrement incomplète) où les liaisons éphémères voisinent ou
coïncident avec les passades sans lendemain ; y figurent des
jeunes filles comme Adèle Dalvin, des ouvrières comme Catherine Labay, des actrices comme Marie Dorval et Belle Krelsamer, des aventurières comme Lola Montès, des bourgeoises
comme Mélanie Waldor, une cantatrice manquée, la Signor
Fanny Gordosa et, surtout vers la fin de sa vie, des filles de joi
dont personne (pas même lui, sans doute) ne connaissait l
nom. Il n'est pas impossible qu'il ait précédé Hugo dans le
faveurs de Juliette Drouet. Peut-être mérite-t-il une petit
place parmi les amants de George Sand... Il serait amusant d'e
être sûr, mais dans le fond cela n'apporterait pas grand-chose
une meilleure connaissance de l'homme.

En fait, et contrairement à ce qui se passe pour Musse
Vigny ou Balzac, la vie d'Alexandre Dumas est assez pitto
resque pour mériter d'être racontée même abstraction faite d
ce qu'il a écrit. Il faut remercier Clouard d'avoir rappelé qu
l'œuvre d'Alexandre Dumas est intéressante *aussi*. Les bio
graphes qui l'ont précédé se contentent trop souvent de signa
ler en passant que telle année est marquée par la première
d'*Henri III*, telle autre par la publication des *Trois Mousquetaire*
Et tout le monde s'extasie sur l'étonnante prolixité d
l'homme. Mais tout se passe comme si cette prolixité excluait
valeur littéraire. Dans l'énorme bibliographie dumassienn
dominent les recherches biographiques, voire anecdotiques
les travaux de critique sont peu nombreux et souvent d
médiocre qualité. Trop de préfaciers et de chroniqueurs
bornent à évoquer le plaisir qu'ils ont pris dans leur jeune âge

re *Ange Pitou* ou l'*Histoire de mes bêtes*, et à nous assurer que
âge adulte peut aussi y trouver de quoi rêver. On pourrait
ut de même aller plus loin et considérer l'œuvre de Dumas
vec un peu du sérieux qu'on met à en analyser d'autres, de
ien moindre qualité.

L'espoir est permis : Jean-Paul Sartre n'a pas dédaigné
'adapter *Kean* ; des éditions critiques de romans de Dumas
ommencent à paraître. Peut-être les chercheurs vont-ils enfin
e tourner vers l'œuvre pour en cerner les constantes, les grands
hèmes, les relations internes. Et s'ils étaient menés à bien, de
els travaux rendraient possible une biographie intellectuelle de
Dumas, peut-être moins amusante mais sûrement plus significa-
ative que celles dont nous disposons jusqu'à présent.

Pour établir la chronologie de Dumas, j'ai surtout utilisé les
ravaux de F. W. Reed, les biographies de Clouard et de Mau-
ois, et les chronologies déjà dressées par Jacques Suffel (dans
on édition de *Vingt ans après*, Garnier-Flammarion), par
Charles Samaran (*Les Trois Mousquetaires*, Classiques Garnier) et
ar Gilbert Sigaux (*Les Trois Mousquetaires*, Pléiade). Les notes
e Pierre Josserand à son édition de *Mes Mémoires* (Gallimard)
n'ont également été précieuses.

La chronologie de Dumas remplirait déjà plusieurs pages si
lle se limitait aux ouvrages qu'il a écrits... ou tout du moins
ignés. Une sélection s'impose, nécessairement arbitraire,
uisque personne n'a lu tout Dumas, moi pas plus qu'un autre.
Quant à sa vie, elle est tellement remplie et mouvementée que,
à encore, il faut choisir. Importe-t-il de signaler tous les dépla-
ements de cet infatigable voyageur ? Tous les déménagements
e ce nomade qui change d'appartement avec une facilité
éconcertante ? Toutes les maîtresses de ce tempérament fait
omme ? Les nombreux périodiques auxquels il a collaboré,
ans compter ceux qu'il a fondés et parfois rédigés à lui seul ?
es procès, ses duels, ses candidatures politiques et acadé-
iques ?

Autre difficulté : les chercheurs sont parfois en désaccord,
otamment en ce qui concerne les dates de certaines premières
ditions et publications préoriginales. De nombreuses autres
ivergences existent. La grand-mère de Dumas s'appelait-elle
Louise Cessette, comme il l'écrit ? ou Cessette tout court,
'après Maurois ? ou bien Louise-Césette, selon Clouard ? ou
ncore Marie-Césette que préfère Samaran ? ou enfin Marie-
Cézette, que choisit Suffel ?

Suffel date de 1818 les amours de Dumas avec Adèle Dalvin ;

Samaran les renvoie à l'année suivante. Clouard est le seul à appeler la mère de Marie, fille aînée de Dumas, Bell Krebsamer et non pas Belle Krelsamer, et à dater de 1852 le départ pour Bruxelles plutôt que de la fin 1851. Ida Ferrier est morte à Gênes, selon Maurois, à Pise selon Clouard. Maurois et Clouard sont par contre d'accord pour affirmer qu'Émilie Cordier refusa de laisser Dumas reconnaître la fille dont elle avait accouché en 1860, mais Josserand prétend que c'est le romancier qui refusa de reconnaître son enfant. Et ainsi de suite.

Force est de s'en tenir à une cote mal taillée, de choisir dans une masse de renseignements parfois contradictoires. C'est ce que j'ai fait, bien conscient que le résultat ne pourrait de toute façon être entièrement satisfaisant.

1710 — Naissance du marquis Antoine-Alexandre Davy de la Pailleterie, grand-père du romancier.

1760 — Le marquis Davy de la Pailleterie s'établit à Saint-Domingue, sur la terre qu'il avait achetée au Trou-Jérémie.

1762 — *25 mars*. Naissance du père d'Alexandre Dumas, fils de Louise-Cessette Dumas.

1772 — Mort de Louise-Cessette Dumas.

1780 — Retour en France du marquis Davy de la Pailleterie, accompagné de son fils.

1786 — *16 juin*. Mort du grand-père d'Alexandre Dumas.

1792 — *28 novembre*. Le colonel de hussards Dumas, en garnison à Villers-Cotterêts, y épouse Marie-Louise Élizabeth Labouret.

1793 — *10 septembre*. Naissance de Marie-Alexandrine, sœur aînée de Dumas.

1801 — *1er mai*. Le général Dumas, retour d'Égypte et des prisons de Naples, revient à Villers-Cotterêts.

1802 — *24 juillet*. Naissance d'Alexandre Dumas à Villers-Cotterêts, la même année que Victor Hugo, autre fils de général.

1806 — *26 février*. Mort du général Alexandre Dumas.

1818 — Liaison avec Adèle Dalvin, modiste à Villers-Cotterêts, sans doute la première maîtresse de Dumas.

1823 — Arrivé à Paris, Dumas entre comme surnuméraire au secrétariat du duc d'Orléans, grâce à la recommandation du général Foy.
Liaison avec Marie-Catherine Labay, lingère, sa voisine de palier.

824 — Naissance d'Alexandre, fils de Dumas et de Marie-Catherine Labay.

Première œuvre imprimée de Dumas : un poème intitulé « La Rose rouge et la rose blanche », inséré dans l'*Almanach dédié aux demoiselles* pour 1824.

825 — La première pièce de Dumas, *La Chasse et l'amour*, écrite en collaboration avec Leuven et Rousseau, est jouée à l'Ambigu Comique le 22 septembre. Elle est imprimée par Duvernois.

826 — Parution des *Nouvelles contemporaines*, premier ouvrage en prose entièrement de Dumas, publié à compte et demi par Sétier. On en vendit en tout quatre exemplaires. Étienne Arago en rend compte dans *Le Figaro*. Chacune des trois nouvelles qui constituent le recueil sera republiée par Dumas, telle quelle ou revue et corrigée, dans d'autres collections.

827 — Une troupe anglaise, dont Kemble, Kean et Miss Smithson font partie, vient à Paris jouer Shakespeare dans l'original. Dumas est enthousiasmé.

12 septembre. Début de sa liaison avec Mélanie Waldor, femme de lettres, épouse d'un officier et fille du critique Villenave. Ils se rompront en novembre 1830.

828 — Liaison avec l'actrice Virginie Bourbier.

829 — Dumas fréquente le salon de Charles Nodier à l'Arsenal.

11 février. Première d'*Henri III et sa cour* au Théâtre-Français, première bataille gagnée par les romantiques, un an avant celle d'*Hernani*. Cinquante représentations en 1829-1830.

28 février. Représentation au Théâtre du Vaudeville d'une parodie d'*Henri III et sa cour*, intitulée *La Cour du roi Pétaud*. Composée par Cavé, Langlé, Leuven et Dumas lui-même, elle n'a jamais été publiée.

30 — *30 mars*. Première de *Christine* à l'Odéon.

Mai. Début de liaison avec Belle Krelsamer, dite Mélanie Serre.

31 juillet. Partisan de la révolution, Dumas capture à lui tout seul la poudrière de Soissons.

10 août. Envoyé par Lafayette, Dumas part sept semaines en mission dans les départements de l'Ouest pour étudier la possibilité d'y établir la garde nationale.

31 — *10 janvier*. Première de *Napoléon Bonaparte* à l'Odéon. Frédérick Lemaître joue le rôle de Napoléon.

5 mars. Naissance de Marie, fille du romancier et de Belle Krelsamer. Dumas reconnaît l'enfant.

17 mars. Dumas reconnaît le fils, Alexandre, qu'il a eu de Catherine Labay.

3 mai. Première d'*Antony*, avec Marie Dorval, à la Porte-Saint-Martin. Triomphe.

6 juillet. Dumas part se reposer dans le petit village de Trouville, qu'il met à la mode.

20 octobre. Première à l'Odéon de *Charles VII et ses grands vassaux*, tragédie en 1 817 alexandrins.

1832 — 6 février. Début de la liaison avec Ida Ferrier, qu'il épousera huit ans plus tard.

29 mai. Première de *La Tour de Nesle* au Théâtre de la Porte-Saint-Martin. Les protestations de Gaillardet, qui avait fourni le sujet du drame, menèrent à un procès et même à un duel, et défrayèrent longtemps la chronique.

21 juillet. Soupçonné d'agitation républicaine, Dumas se croit menacé d'arrestation. Il part en Suisse, d'où il reviendra en octobre.

28 août. La chute retentissante du *Fils de l'émigré* décourage Dumas. Dans les mois qui suivent, il donnera des « scènes historiques » à *La Revue des Deux Mondes*.

1833 — Publication des deux premiers volumes d'*Impressions de voyage : En Suisse*. Les trois derniers ne seront publiés qu'en 1837.

1834 — Interdiction d'*Antony*, qui ne sera levée qu'à la fin du Second Empire.

Voyage dans le Midi avec le paysagiste Godefroy Jadin.

1835 — Premier d'une longue série de voyages en Italie.

1836 — 30 avril. Première de *Don Juan de Marana, ou La Chute d'un ange* au Théâtre de la Porte-Saint-Martin.

31 août. Triomphale première de *Kean* aux Variétés, avec Frédérick Lemaître dans le rôle de Kean.

1837 — Dumas est fait chevalier de la Légion d'honneur.

1838 — Mort de la mère de Dumas.

Voyage en Rhénanie avec Gérard de Nerval. Aventure avec Mme Durand, femme du rédacteur du *Journal de Francfort*.

Décembre. Nerval présente Maquet à Dumas.

1839 — 2 avril. Succès de *Mademoiselle de Belle-Isle*, comédie dernier triomphe de Mlle Mars au Théâtre-Français. Première édition d'*Acté*, roman historique qui se passe sous le règne de Néron.

1840 — 1er février. Dumas épouse Ida Ferrier à Saint-Roch Chateaubriand et Villemain sont les témoins du romancier.

Juin. Part s'installer à Florence, via Arondinelli.

Publication du *Maître d'armes* et du *Capitaine Pamphile*, premier roman pour enfants, de Dumas.

841 — Plusieurs voyages aller et retour Florence-Paris.

1ᵉʳ juin. Première d'*Un mariage sous Louis XV* au Théâtre-Français.

842 — *13 juillet.* Mort du duc d'Orléans, grand ami de Dumas. L'écrivain rentre d'urgence à Paris pour assister aux obsèques.

Septembre. Se réinstalle à Paris, laissant sa femme à Florence. Publie *Le Chevalier d'Harmental*, premier roman écrit en collaboration avec Maquet, avec qui il écrira la plupart de ses romans les plus connus : *Les Trois Mousquetaires*, *Vingt ans après*, *Le Comte de Monte-Cristo*, *La Reine Margot*, *Joseph Balsamo*, *Le Vicomte de Bragelonne*, etc.

843 — Année particulièrement riche en publications : *Le Corricolo*, *La Villa Palmieri*, *Un alchimiste au XIXᵉ siècle*, *Filles, lorettes et courtisanes*, *Georges*, *Ascanio*, *Sylvandire*, *Albine* (publié en Belgique ; sera publié en France l'année suivante sous le titre : *Le Château d'Epstein*).

Premières représentations de trois pièces, écrites en collaboration avec Leuven et Brunswick : le 1ᵉʳ juillet *Les Demoiselles de Saint-Cyr* au Théâtre-Français, qui donne lieu à une polémique — et même à un duel manqué — avec Jules Janin, qui en avait fait un compte rendu défavorable ; le 18 novembre, *Louise Bernard* à la Porte-Saint-Martin et le 30 décembre *Le Laird de Dumbicky* à l'Odéon.

844 — Séparation d'avec Ida Ferrier, qui reste en Italie avec son amant Edoardo de Villafranca.

Publication des *Trois Mousquetaires*, de *Gabriel Lambert* et des *Frères corses*.

Début de la parution du *Comte de Monte-Cristo*, qui se poursuivra jusqu'en 1846.

845 — Dumas s'engage par traité à fournir annuellement neuf volumes de romans à *La Presse* et neuf volumes de romans au *Constitutionnel*.

Eugène de Mirecourt publie *Fabrique de romans*, *Maison Alexandre Dumas et Cie*.

Publication de *Vingt ans après*, *La Reine Margot* et *L'Histoire d'un casse-noisette*, d'après E. T. A. Hoffmann.

846 — Séparation, d'abord de corps, puis de biens d'avec Ida Ferrier.

Dumas voyage en Espagne et en Afrique du Nord. Liaison avec Lola Montès.

Publication du *Chevalier de Maison-Rouge*, *La Dame de Mon*
soreau, *Le Bâtard de Mauléon*.

Début de la publication de *Joseph Balsamo*, qui se poursui
vra jusqu'en 1848.

1847 — Liaison avec Béatrix Person.

Inauguration du château de Monte-Cristo, qui sera saisi e
vendu en 1851.

Dumas fonde le Théâtre-Historique.

15 décembre. Première d'*Hamlet*, *prince de Danemark*, a
Théâtre-Historique. Écrite en collaboration avec Pau
Meurice, ce sera longtemps la version « officielle » d'*Ham
let* en français.

1848 — Liaison avec Céleste Scrivaneck.

Dumas se présente à la députation en Seine-et-Oise, pui
dans l'Yonne, enfin à Pointe-à-Pitre. Il est battu.

10 décembre. Vote pour Louis-Napoléon aux élections
Publie *De Paris à Cadix* ; début de la publication d
Vicomte de Bragelonne, qui se poursuivra jusqu'en 1850. L
1er mars, fonde *Le Mois*, journal qu'il rédigera tout seu
jusqu'au 1er février 1850.

1850 — Liaison, qui durera neuf ans, avec Isabelle Constant
Liaison avec Anne Bauër, qui donnera un fils, Henr
Bauër, à Dumas.

Publication de *La Tulipe noire*.

20 octobre. Faillite du Théâtre-Historique.

1851 — En décembre, Dumas prend prétexte du cou
d'État pour gagner Bruxelles, échappant ainsi à ses créan
ciers.

Michel Lévy commence l'édition des *Œuvres complètes*.

Publication d'*Ange Pitou*, qui avait commencé à paraîtr
en feuilleton dans *La Presse* à la fin de l'année précé
dente.

1852 — À Bruxelles, Dumas reçoit et aide ses amis exilés : il fa
de fréquents voyages à Paris.

Début de la publication de *Mes Mémoires*, qui se poursuivr
jusqu'en 1854.

Début d'*Isaac Laquédem* qui, interrompu par la censure, n
sera jamais repris. Certains critiques y voient le che
d'œuvre de Dumas.

1853 — Dumas se réinstalle à Paris en novembre.

Il fonde *Le Mousquetaire*, qui paraîtra jusqu'en févri
1857. Il y publie *El Desdichado* de Nerval, ainsi que d
œuvres de Lermontov et d'Edgar Allan Poe.

1854 — Dumas fait la navette entre Paris et Bruxelles.

Début de la publication des *Mohicans de Paris* et des *Souvenirs de 1830 à 1842*, qui sera achevée l'année suivante.

857 — Voyage en Angleterre avec son fils Alexandre.

Fonde *Le Monte-Cristo*, journal hebdomadaire qui paraîtra entre avril 1857 et mai 1860, puis entre janvier et octobre 1862.

Publication des *Compagnons de Jéhu*.

858 — En juin Dumas part pour la Russie, qu'il parcourra jusqu'en mars 1859.

859 — Liaison avec Émilie Cordier, qui durera jusqu'en 1864.

Dumas passe deux jours avec Hugo à Hauteville-House.

Mort en Italie d'Ida Ferrier.

Publication des *Louves de Machecoul*.

860 — Rencontre Garibaldi à Turin, plus tard le rejoint à Palerme et assiste à la conquête de la Sicile. Il revient quelques jours à Marseille acheter des armes pour le compte de Garibaldi, et assiste à la prise de Naples le 7 septembre.

Le 11 novembre, Alessandro Dumas fonde à Naples l'*Independente*.

À la fin de l'année, naissance de Michaëlle-Clélie-Cécilia, fille de Dumas et d'Émilie Cordier. Céleste Mogador sera la marraine de l'enfant et Garibaldi son parrain (par procuration).

863 — Les œuvres d'Alexandre Dumas mises à l'Index.

864 — Au printemps, Dumas revient s'installer à Paris en compagnie de Fanny Gordosa, avec qui il va rompre en octobre.

865 — Première édition complète des *Impressions de voyages : en Russie*.

866 — Voyages en Italie, puis en Allemagne et en Autriche.

867 — Dumas publie *La Terreur prussienne*, pour mettre ses compatriotes en garde contre le danger allemand.

Liaison avec l'actrice américaine Adah Menken.

868 — Mort de Catherine Labay, mère d'Alexandre Dumas fils. Dumas fait une tournée de conférences en Normandie.

869 — *10 mars*. Première au Châtelet de *Les Blancs et les Bleus*, dernière œuvre théâtrale de Dumas.

870 — Dumas s'installe à Puys (près de Dieppe) avec sa fille Marie.

5 décembre. Mort de Dumas.

872 — Exhumation du corps de Dumas et funérailles solennelles à Villers-Cotterêts.

1875 — La rue de Paris qui relie le boulevard Voltaire à la place
de La Réunion reçoit le nom d'Alexandre Dumas.
1883 — Inauguration de la statue d'Alexandre Dumas à Paris.

Léon-François Hoffmann.

Appendice

CHAPITRE XXIX

LE BONHOMME BROUSSEL

Dumas n'a pas cru bon d'inclure dans l'édition originale de Vingt ans après *ni dans les éditions non illustrées parues de son vivant le chapitre XXIX, «Le bonhomme Broussel», qui figurait cependant dans l'édition illustrée publiée chez Fellens et Dufour en 1846, texte que nous reproduisons ci-dessous.*

Mais malheureusement pour le cardinal Mazarin, qui était en ce moment-là en veine de guignon, le bonhomme Broussel n'était pas écrasé.

En effet, il traversait tranquillement et rêveur la rue Saint-Honoré quand le cheval emporté de d'Artagnan l'atteignit à l'épaule et le renversa dans la boue : comme nous l'avons dit, d'Artagnan n'avait pas fait attention à un si petit événement, d'ailleurs d'Artagnan partageait au plus haut point la profonde et dédaigneuse indifférence que la noblesse, et surtout la noblesse militaire, professait à cette époque pour la bourgeoisie, il était donc resté fort insensible au malheur arrivé au petit homme noir, bien qu'il fût cause de ce malheur, et avant même que le pauvre Broussel eût eu le temps de jeter un cri, toute la tempête de ces coureurs armés était passée. Alors seulement le blessé put être entendu et relevé.

On accourut, on vit cet homme gémissant, on lui demanda son nom, son adresse, son titre, et sitôt qu'il eut dit qu'il se nommait Pierre Broussel, qu'il était conseiller au Parlement, qu'il demeurait rue Cocatrix un cri s'éleva dans cette foule, cri terrible et menaçant, et qui fit autant de peur au blessé que l'ouragan qui venait de lui passer sur le corps.

— Broussel ! s'écriait-on, Broussel, notre père ! celui qui défend nos droits contre le Mazarin ! Broussel, l'ami du peuple, tué, foulé aux pieds par ces scélérats de cardinalistes ! au secours ! aux armes ! à mort !

En ce moment, la foule devint immense ; on arrêta un carrosse pour y mettre le petit conseiller ; mais un homme du peuple ayant fait observer que, dans l'état où était le blessé, le

mouvement de la voiture pouvait empirer son mal, des fana
tiques proposèrent de le porter à bras, proposition qui fu
accueillie avec enthousiasme et acceptée à l'unanimité. Sitô
dit, sitôt fait. Le peuple le souleva, menaçant et doux à la fois
et l'emporta, pareil à ce géant des contes fantastiques qu
gronde tout en caressant et en berçant un nain entre ses bras

Broussel se doutait bien déjà de cet attachement des Pari
siens pour sa personne; il n'avait pas semé l'opposition pen
dant trois ans sans un secret espoir de recueillir un jour l
popularité. Cette démonstration, qui arrivait à point, lui f
donc plaisir et l'enorgueillit, car elle lui donnait la mesure d
son pouvoir; mais d'un autre côté, ce triomphe était troubl
par certaines inquiétudes. Outre ses contusions qui le faisaien
fort souffrir, il craignait à chaque coin de rue de voir débou
cher quelque escadron de gardes et de mousquetaires, pou
charger cette multitude, et alors que deviendrait le triompha
teur dans cette bagarre?

Il avait sans cesse devant les yeux ce tourbillon d'homme
cet orage au pied de fer qui d'un souffle l'avait culbuté.

Aussi répétait-il d'une voix éteinte :

— Hâtons-nous, mes enfants, car en vérité je souffre beau
coup.

Et à chacune de ces plaintes c'était autour de lui une recru
descence de gémissements et un redoublement de malédic
tions.

On arriva, non sans peine, à la maison de Broussel : la foul
qui bien avant lui avait déjà envahi la rue avait attiré aux cro
sées et sur les seuils des portes tout le quartier. A une fenêtr
d'une maison à laquelle donnait entrée une porte étroite, o
voyait se démener une vieille servante qui criait de toutes se
forces, et une femme, déjà âgée aussi, qui pleurait. Ces deu
personnes, avec une inquiétude visible quoique exprimée d
façon différente, interrogeaient le peuple, lequel leur envoya
pour toute réponse des cris confus et inintelligibles.

Mais lorsque le conseiller, porté par huit hommes, appar
tout pâle et regardant d'un œil mourant son logis, sa femme
sa servante, la bonne dame Broussel s'évanouit, et la servant
levant ses bras au ciel, se précipita dans l'escalier pour aller a
devant de son maître en criant : « O mon Dieu! mon Dieu!
Friquet était là, au moins pour aller chercher un chirurgien!

Friquet était là. Où n'est pas le gamin de Paris?

Friquet avait naturellement profité du jour de la Pentecô
pour demander un congé au maître de la taverne, congé qu

e pouvait lui être refusé, vu que son engagement portait qu'il
erait libre les quatre grandes fêtes de l'année.

Friquet était à la tête du cortège, l'idée lui était bien venue
'aller chercher un chirurgien, mais il trouvait bien plus amu-
ant de crier à tue-tête : «Ils ont tué M. Broussel ! M. Brous-
el le père du peuple ! Vive M. Broussel !» que de s'en aller
out seul par des rues détournées dire tout simplement à un
omme noir : «Venez, monsieur le chirurgien, le conseiller
roussel a besoin de vous.»

Malheureusement pour Friquet, qui jouait un rôle d'impor-
ance dans le cortège, il eut l'imprudence de s'accrocher aux
rilles de la fenêtre du rez-de-chaussée, afin de dominer la
oule. Cette ambition le perdit ; sa mère l'aperçut, et l'envoya
hercher le médecin.

Puis elle prit le bonhomme dans ses bras et voulut le porter
usqu'au premier, mais au bas de l'escalier le conseiller se remit
ur ses jambes et déclara qu'il se sentait assez fort pour mon-
er seul. Il priait en outre Nanette, c'était le nom de sa servante,
e tâcher d'obtenir du peuple qu'il se retirât, mais Nanette ne
écoutait pas.

— Oh ! mon pauvre maître ! mon cher maître ! s'écriait-
le.

— Oui ; ma bonne, oui Nanette, murmurait Broussel pour
a calmer, tranquillise-toi, ce ne sera rien.

— Que je me tranquillise, quand vous êtes broyé, écrasé,
oulu !

— Mais non, mais non, disait Broussel ; ce n'est rien ou
resque rien.

— Rien, et vous êtes couvert de boue ! Rien, et vous avez
u sang à vos cheveux ! Ah ! mon Dieu, mon Dieu, mon pauvre
aître !

— Chut donc ! disait Broussel, chut !

— Du sang, mon Dieu, du sang ! criait Nanette.

— Un médecin ! un chirurgien ! un docteur ! hurlait la
oule, le conseiller Broussel se meurt ! Ce sont les mazarins qui
ont tué !

— Mon Dieu, disait Broussel, se désespérant, les malheu-
ux vont faire brûler la maison !

— Mettez-vous à votre fenêtre et montrez-vous, notre
aître.

— Je m'en garderai bien, peste ! disait Broussel ; c'est bon
our le roi de se montrer. Dis-leur que je suis mieux, Nanette,
s-leur que je vais me mettre au lit, et qu'ils se retirent.

— Mais pourquoi donc, qu'ils se retirent? Mais cela vou[s]
fait honneur qu'ils soient là.

— Oh! mais ne vois-tu pas, disait Broussel désespéré, qu'il[s]
me feront arrêter, qu'ils me feront pendre! Allons! Voilà m[a]
femme qui se trouve mal!

— Broussel! Broussel! criait la foule; vive Broussel! U[n]
chirurgien pour Broussel!

Ils firent un tel bruit que ce qu'avait prévu Broussel se pro[-]
duisit. Un peloton de gardes arriva et balaya avec la crosse de[s]
mousquets cette multitude, assez inoffensive du reste; mai[s]
aux premiers cris de «La garde! les soldats!» Broussel, qu[i]
tremblait qu'on ne le prît pour l'instigateur de ce tumulte, s[e]
fourra tout habillé dans son lit.

Grâce à cette balayade, la vieille Nanette, sur l'ordre troi[s]
fois réitéré de Broussel, parvint à fermer la porte de la ru[e.]
Mais à peine la porte fut-elle fermée et Nanette remontée prè[s]
de son maître, que l'on heurta fortement à la porte.

Mme Broussel, revenue à elle, déchaussait son mari par l[e]
pied du lit, tout en tremblant comme une feuille.

— Regardez qui frappe, dit Broussel, et n'ouvrez qu'à bo[n]
escient, Nanette.

Nanette regarda.

— C'est M. le président Blancmesnil, dit-elle.

— Alors, dit Broussel, il n'y a pas d'inconvénient, ouvrez[.]

— Eh bien, dit le président en entrant, que vous ont-i[l]
donc fait, mon cher Broussel? J'entends dire que vous ave[z]
failli être assassiné?

— Le fait est que, selon toute probabilité, quelque chose [a]
été tramé contre ma vie, répondit Broussel avec une fermet[é]
qui parut stoïque.

— Mon pauvre ami! Oui, ils ont voulu commencer p[ar]
vous; mais notre tour viendra à chacun, et ne pouvant pas no[us]
vaincre en masse, ils chercheront à nous détruire les uns apr[ès]
les autres.

— Si j'en réchappe, dit Broussel, je veux les écraser à le[ur]
tour sous le poids de ma parole.

— Vous en reviendrez, dit Blancmesnil, et pour leur fai[re]
payer cher leur agression.

Mme Broussel pleurait à chaudes larmes; Nanette se dése[s-]
pérait.

— Qu'y a-t-il donc? s'écria un beau jeune homme au[x]
formes robustes en se précipitant dans la chambre. Mon pè[re]
blessé!

— Vous voyez une victime de la tyrannie, jeune homme, dit Blancmesnil en vrai Spartiate.

— Oh ! je cours chercher des vengeurs, s'écria le jeune homme.

— Jacques, dit le conseiller en le retenant, allez plutôt chercher un médecin, mon ami.

— J'entends les cris du peuple, dit la vieille ; c'est sans doute Friquet qui en amène un ; mais non, c'est un carrosse.

— Un carrosse ! s'écria Broussel. Allez ouvrir.

Blancmesnil regarda par la fenêtre.

— Le coadjuteur ! dit-il.

— M. le coadjuteur ! dit Broussel. Eh ! mon Dieu, attendez donc que j'aille au-devant de lui !

Et le conseiller, oubliant sa blessure, allait s'élancer à la rencontre de M. de Retz, si Blancmesnil ne l'eût arrêté.

— Eh bien ! mon cher Broussel, dit le coadjuteur en entrant, qu'y a-t-il ? On parle de guet-apens, d'assassinat ? Bonjour, monsieur Blancmesnil. J'ai pris en passant mon médecin, et je vous l'amène.

— Ah ! monsieur, dit Broussel, que de grâces je vous dois ! Il est vrai que j'ai été cruellement renversé et foulé aux pieds par les mousquetaires du roi.

— Dites du cardinal, reprit le coadjuteur, dites du Mazarin. Mais nous lui ferons payer tout cela, soyez tranquille. N'est-ce pas, monsieur de Blancmesnil ?

Blancmesnil s'inclinait lorsque la porte s'ouvrit tout à coup, poussée par un coureur. Un laquais à grande livrée le suivait, qui annonça à voix haute :

— Monsieur le duc de Longueville.

— Quoi ! s'écria Broussel, monsieur le duc ici ? Cet honneur à moi ! Ah ! monseigneur !

— Je viens gémir, monsieur, dit le duc, sur le sort de notre brave défenseur. Êtes-vous donc blessé, monsieur ?

— Votre visite me guérirait, monseigneur.

— Vous souffrez cependant ?

— Beaucoup, dit Broussel.

— J'ai amené mon médecin, dit le duc, permettez-vous qu'il entre ?

— Comment donc ! dit Broussel.

Le duc fit un signe à son laquais, qui introduisit un homme noir.

— J'avais eu la même idée que vous, mon prince, dit le coadjuteur.

Les deux médecins se regardèrent.

— Ah ! c'est vous, monsieur le coadjuteur ? dit le duc. Le amis du peuple se rencontrent sur leur véritable terrain.

— Ce bruit m'avait effrayé, et je suis accouru ; mais je croi que le plus pressé serait que les médecins visitassent notr brave conseiller.

— Devant vous, messieurs ? dit Broussel tout intimidé.

— Pourquoi pas, mon cher ? Nous avons hâte, je vous le jure, de savoir ce qu'il en est.

— Eh ! mon Dieu, dit Mme Broussel, qu'est-ce encore qu ce nouveau tumulte ?

— On dirait des applaudissements, dit Blancmesnil en cou rant à la fenêtre. Eh, mon Dieu !...

— Quoi ? s'écria Broussel pâlissant ; qu'y a-t-il encore ?

— La livrée de M. le prince de Conti ! s'écria Blancmesnil M. le prince de Conti lui-même !

Le coadjuteur et M. de Longueville avaient une énorm envie de rire.

Les médecins allaient lever la couverture de Brousse Broussel les arrêta.

En ce moment le prince de Conti entra.

— Ah ! messieurs, dit-il en voyant le coadjuteur, vou m'avez prévenu ! Mais il ne faut pas m'en vouloir, mon che monsieur Broussel. Quand j'ai appris votre accident, j'ai cr que vous manqueriez peut-être de médecin, et j'ai passé pou prendre le mien ; comment allez-vous, et qu'est-ce que c assassinat dont on parle ?

Broussel voulut parler, mais les paroles lui manquèrent ; était écrasé sous le poids des honneurs qui lui arrivaient.

— Eh bien ! mon cher docteur, voyez, dit le prince de Con à un homme noir qui l'accompagnait.

— Messieurs, dit un des médecins, alors c'est une consu tation.

— C'est ce que vous voudrez, dit le prince, mais rassure moi vite sur l'état de ce cher conseiller.

Les trois médecins s'approchèrent du lit. Broussel tirait couverture à lui de toutes ses forces, mais malgré sa résistanc il fut dépouillé et examiné.

Il n'avait qu'une contusion au bras et l'autre à la cuisse.

Les trois médecins se regardèrent, ne comprenant pas qu'o eût réuni trois des hommes les plus savants de la faculté Paris pour une pareille misère.

— Eh bien ? dit le coadjuteur.

— Eh bien? dit le duc.

— Eh bien? dit le prince.

— Nous espérons que l'accident n'aura pas de suite, dit un
les trois médecins. Nous allons nous retirer dans la chambre
oisine pour faire l'ordonnance.

— Broussel! des nouvelles de Broussel! criait le peuple.
Comment va Broussel?

Le coadjuteur courut à la fenêtre. A sa vue le peuple fit
ilence.

— Mes amis, dit-il, rassurez-vous, M. Broussel est hors de
langer. Cependant sa blessure est sérieuse et le repos est
écessaire.

Les cris «Vive Broussel! Vive le coadjuteur!» retentirent
ussitôt dans la rue. M. de Longueville fut jaloux et alla à son
our à la fenêtre.

— Vive monsieur de Longueville! cria-t-on aussitôt.

— Mes amis, dit le duc en saluant de la main, retirez-vous
n paix, et ne donnez pas la joie du désordre à nos ennemis.

— Bien! monsieur le duc, dit Broussel de son lit; voilà qui
st parler en bon Français.

— Oui, messieurs les Parisiens, dit le prince de Conti allant
son tour à la fenêtre pour avoir sa part des applaudissements;
ui, monsieur Broussel vous en prie d'ailleurs: il a besoin de
epos, et le bruit pourrait l'incommoder.

— Vive monsieur le prince de Conti! cria la foule.

Le prince salua.

Tous trois prirent alors congé du conseiller, et la foule qu'ils
vaient renvoyée au nom de Broussel leur fit escorte. Ils étaient
ur les quais que Broussel de son lit saluait encore.

La vieille servante, stupéfaite de ce spectacle, regardait son
aître avec admiration. Le conseiller avait grandi de six pieds
ses yeux.

— Voilà ce que c'est que de servir son pays selon sa
onscience, dit Broussel avec satisfaction.

Les médecins sortirent après une heure de délibération et
donnèrent de bassiner les contusions avec de l'eau et du sel.
Ce fut toute la journée une procession de carrosses. Toute
Fronde se fit inscrire chez Broussel.

— Quel beau triomphe, mon père! dit le jeune homme,
i, ne comprenant pas le véritable motif qui poussait tous ces
ns-là chez son père, prenait au sérieux cette démonstration
s grands, des princes et de leurs amis.

— Hélas! mon cher Jacques, dit Broussel, j'ai bien peur de

payer ce triomphe-là un peu cher, et je m'abuse fort, ou M. de Mazarin, à cette heure, est en train de me faire la carte des chagrins que je lui cause.

Friquet rentra à minuit, il n'avait pas pu trouver de médecin.

Table 927

DOSSIER

DU MÊME AUTEUR

Dans la même collection

COLLECTION FOLIO

Composition traitext.
Impression Bussière Camedan Imprimeries
Saint-Amand (Cher), le 9 juillet 1999.
Dépôt légal : juillet 1999.
1er dépôt légal dans la collection : novembre 1997.
Numéro d'imprimeur : 992919/4.
ISBN 2-07-040478-1./Imprimé en France.